HEYNE BÜCHER

Tip des Monats

W0194417

In derselben Reihe
erschienen außerdem als Heyne-Taschenbücher:

2 Romane in einem Band

Robert Ludlum

Das Parsifal-Mosaik
Der Holcroft-Vertrag

WILHELM HEYNE VERLAG
MÜNCHEN

HEYNE TIP DES MONATS
Nr. 23/68

Copyright © dieser Ausgabe 1991 by Wilhelm
Heyne Verlag GmbH & Co. KG, München
Printed in Germany 1991
Umschlagillustration: Photodesign Mall, Stuttgart
Autorenfoto: Michelle Ryder
Umschlaggestaltung: Atelier Ingrid Schütz, München
Satz: Compusatz
Druck und Bindung: Presse-Druck Augsburg

ISBN 3-453-05071-1

Inhalt

Das Parsifal-Mosaik

Der Holcroft-Vertrag

Das
Parsifal-Mosaik

ERSTES BUCH

1

Kaltes Mondlicht strömte vom dunklen Nachthimmel, spiegelte sich in der Brandung und brach sich dort, wo einzelne Wellen gegen die Felsen der Küste anrannten und weiße Gischt aufschäumte. Der Strandstreifen zwischen den hoch aufragenden Felsen der Costa Brava war der Hinrichtungsort. Es mußte sein. Mochte Gott diese gottverdammte Welt verdammen. Es mußte sein.

Jetzt konnte er sie sehen. Und sie hören durch die Geräusche der See und der tosenden Brandung hindurch. Sie rannte und schrie hysterisch.

»Pro boha živého! Proč! Co to děláš! Přestaň! Proč! Proč!«

Das Mondlicht fiel auf ihr blondes Haar. Der Strahl einer Taschenlampe, fünfzig Meter hinter ihr, fing ihre Umrisse ein. Sie stürzte; der Abstand wurde kleiner, und das Stakkato einer Maschinenpistole drängte sich abrupt in die Dissonanzen der Nacht. Kugeln ließen den Sand und das wild wachsende Gras rings um sie explodieren. In ein paar Sekunden würde sie tot sein.

Und mit ihr seine Liebe.

Vom hohen Hügel schweifte ihr Blick über die Moldau, wo Boote stromaufwärts und -abwärts das Wasser durchpflügten. Über den Fabriken kräuselte Rauch empor, verteilte sich am hellen Nachmittagshimmel und verdeckte die Berge in der Ferne, und Michael beobachtete den verschleierten Horizont und wartete darauf, daß Wind aufkommen und den Rauch wegblasen würde, so daß er die Berge wieder sehen konnte. Sein Kopf lag auf Jennas Schoß, mit den ausgestreckten Beinen berührte er den Weidenkorb, den sie mit belegten Broten und gekühltem Wein gefüllt hatte. Sie saß im Gras, den Rücken an die glatte Rinde einer Birke gelehnt, und strich über sein Haar. Ihre Finger umkreisten sein Gesicht, zogen sanft seine Lippen und seine Wangenknochen nach.

»Mikhail, mein Liebster, ich habe gerade nachgedacht. Weder deine Tweedjacketts noch die dunklen Hosen, auch nicht dein gepflegtes Englisch, das du dir auf einer sehr exklusiven Universität zugelegt haben mußt, können darüber hinwegtäuschen, daß Michael Havelock als Mikhail Havliček in Lidice geboren worden ist.«

»Das eine ist eine Art Uniform, und das andere lernt man irgendwie, um

seine Haut zu retten.« Er lächelte und berührte ihre Hand. »Außerdem liegt dieser Universitätsbesuch weit zurück.«

»So vieles geschah vor langer Zeit! Direkt dort unten.«

»Vorbei.«

»Du warst dabei, mein armer Liebling.«

»Das ist Vergangenheit. Ich habe überlebt.«

»Viele aber nicht.«

»Vergessen wir's.«

Die blonde Frau erhob sich, drehte sich im Sand, taumelte nach rechts und wich für ein paar Sekunden dem Lichtstrahl aus. Sie strebte geduckt auf den Feldweg oberhalb des Strands zu, hielt sich in der Finsternis, wobei sie das hohe Gras als Deckung nutzte.

Es wird ihr nicht helfen, dachte der große Mann im schwarzen Pullover auf seinem Posten zwischen zwei Bäumen oberhalb der Straße. In wenigen Augenblicken würde die von Panik erfüllte Frau tot sein. Er hatte schon einmal auf sie hinuntergeblickt, das war noch gar nicht lange her. Damals hatte keine Panik sie erfüllt, sondern Leidenschaft.

Langsam, vorsichtig zog er den Vorhang in dem dunklen Bürozimmer zurück, den Rücken gegen die Wand gepreßt, und bewegte sein Gesicht zentimeterweise auf das Fenster zu. Er konnte sie unten sehen, wie sie über den hellerleuchteten Hof ging, konnte hören, wie ihre hohen Absätze auf dem Kopfsteinpflaster klickten und zwischen den Gebäuden, die den Hof umgaben, ein martialisches Echo erzeugten. Die Posten standen reglos im Schatten. In ihren Uniformen von sowjetischem Schnitt wirkten sie wie starre Marionetten. Köpfe drehten sich, verrieten billigende Blicke, die auf die langbeinige Gestalt gerichtet waren, die mit geradezu provozierendem Selbstvertrauen auf das eiserne Tor inmitten des Zauns zuging, der den Häuserkomplex umschloß, in dem Prags Geheimpolizei ihr Hauptquartier hatte. Die Gedanken hinter den Blicken waren klar: Das war nicht nur eine Sekretärin, die Überstunden machte, das war eine privilegierte ›Kurva‹, die sich die ganze Nacht durch von einem Kommissar auf seiner Couch diktieren ließ.

Natsztrzency chlopak!

Aber auch andere beobachteten sie, ebenfalls hinter verdunkelten Fenstern. Nur ein winziges Stocken in ihrem selbstbewußten Schritt, ein einziger Augenblick des Zögerns, und jemand würde zu einem Telefonhörer greifen und der Torwache Anweisung geben, sie festzuhalten. Natürlich galt es, den Kommissaren alles Peinliche zu ersparen, aber nicht, wenn ein Verdacht berechtigt schien.

Es gab kein Zögern, kein Stocken. Sie stand es durch... schaffte es! Sie hatten es geschafft! Plötzlich spürte er einen hohlen Schmerz in der Brust; er *wußte, was es war: Furcht, nackte, quälende Furcht. Und während er sie beobachtete, wanderten seine Gedanken zurück zu einer Stadt, die in Schutt und Asche lag, zu den schrecklichen Geräuschen einer Massenhinrichtung. Lidice. Und da war ein Kind – eines von vielen Kindern –, das über aufwallenden, grauen, rauchenden Schutt huschte, Botschaften überbrachte und die Taschen voller Sprengstoff hatte. Ein einziges Zögern, ein einziges Stocken... Vergangenheit.*

Sie erreichte das Tor. Ein beflissener Posten gestattete sich ein feistes Grinsen. Sie war betörend. Herrgott, wie er sie liebte!

Jetzt hatte sie die Straßenböschung erreicht, und ihre Beine und Arme arbeiteten wie wild, gruben sich in den Sand und den Schmutz. Aber es gab kein Entrinnen. Sie mußte sich aufrichten, um weiterzurennen, und konnte sich nicht mehr hinter der Böschung verbergen. Man würde sie sehen, der Lichtstrahl würde sie erfassen, und dann würde schnell das Ende kommen.

Während er die fliehende Frau mit seinem Blick verfolgte, unterdrückte er seine Gefühle und den Schmerz in seiner Brust. Er mußte so reagieren. Sein Beruf zwang ihn dazu. Er hatte die Wahrheit erfahren: Ihr Erscheinen an diesem Strand an der Costa Brava bestätigte ihre Schuld und ihre Verbrechen. Die von Panik erfüllte Frau dort unten war eine Killerin, eine Agentin der berüchtigten *Voennaja Kontra Rozvedka*, jener brutalen Abteilung des sowjetischen KGB, die überall den Terrorismus schürte – das war die unwiderrufliche Wahrheit. Er hatte alles gesehen, hatte von Madrid aus mit Washington gesprochen. Das Rendezvous in jener Nacht war von Moskau befohlen worden; dabei sollte die VKR-Außenagentin Jenna Karras einer Untergruppe der Rote Armee Fraktion Deutschlands, die sich kurz RAF nannte, einen Mordplan übermitteln. Das war die Wahrheit.

Doch diese Wahrheit machte ihn nicht frei. Vielmehr zwang sie ihn zu einer unvermeidlichen Konsequenz. Jene, die Verrat übten und Makler des Todes waren, mußten sterben. Gleichgültig, um wen es sich handelte... Michael Havelock hatte seine Entscheidung getroffen, und auch die war unwiderruflich. Die letzte Phase des Plans, der die Frau in die tödliche Falle locken sollte, hatte er selbst vorbereitet... Er hatte mitgeholfen, die Frau zu töten, die ihm eine kurze Zeit mehr Glück gegeben hatte als irgendein anderer Mensch auf Erden. Doch zuzulassen, daß sie weiterlebte, würde den Tod Hunderter, vielleicht Tausender bedeuten. Unwiderruflich.

Was Moskau nämlich nicht wußte, war, daß das CIA die VKR-Codes geknackt hatte. Er selbst hatte den letzten Funkspruch an ein Boot abgesetzt, das eine halbe Meile vor der Küste der Costa Brava ankerte. *KGB-Bestätigung. Offizierkontakt durch US-Abwehr gefährdet. Pläne falsch.*

Eliminieren. Die Codes gehörten zu den sichersten, die es gab. Sie würden die Eliminierung garantieren.

Jetzt richtete sie sich auf, und ihr schlanker Körper wurde hinter der Böschung sichtbar. Nun mußte es geschehen. Er liebte die Frau, die gleich sterben würde. Auch das war gewiß. Dieses Gefühl ruhte irgendwo tief in ihrem Bewußtsein. Sie waren einander in den Armen gelegen und hatten von einem gemeinsamen Leben gesprochen, von Kindern, die noch nicht geboren waren, die sie sich aber wünschten, vom Frieden und vom tiefen Wohlbehagen, wenn sie spürten, eins zu sein... Daran hatte er einmal geglaubt, aber es sollte nicht sein.

Die Wahrheit.

Sie lagen im Bett. Ihr Kopf ruhte auf seiner Brust. Ihr weiches blondes Haar fiel über ihr Gesicht. Er wischte es zur Seite, hob die Strähnen auf, die ihre Augen verbargen, und lachte.

»Du versteckst dich«, sagte er.

»Es scheint, daß wir uns immer verstecken«, erwiderte sie und lächelte traurig. »Nur dann nicht, wenn wir absichtlich von Leuten gesehen werden wollen. Alles ist Berechnung, Mikhail, alles ist reglementiert. Mir kommt es so vor, als lebten wir in einem beweglichen Gefängnis.«

»Das ist noch nicht lange so, und es wird auch nicht für immer sein.«

»Wahrscheinlich nicht. Eines Tages werden sie feststellen, daß sie uns nicht länger brauchen und womöglich gar nicht mehr haben wollen. Werden sie uns dann gehenlassen, was meinst du? Oder werden wir verschwinden?«

»Washington ist nicht Prag, auch nicht Moskau. Wir werden unser bewegliches Gefängnis verlassen, ich mit einer goldenen Uhr und du mit einer Art stummem Orden in deinen Papieren.«

»Bist du sicher? Wir wissen viel. Zuviel vielleicht.«

»Uns schützt gerade das, was wir wissen. Was ich weiß. Die werden sich immer fragen: Hat er es irgendwo aufgeschrieben? Wir müssen aufpassen, ihn beobachten, nett zu ihm sein... Das ist gar nichts Ungewöhnliches. Wir werden einfach weggehen.«

»Immer redest du von Schutz«, sagte sie und zog seine Augenbrauen nach. »Du vergißt das nie, nicht wahr? Die frühen Tage, die schrecklichen Tage.«

»Das ist Vergangenheit. Ich habe es vergessen.«

»Was werden wir tun?«

»Leben. Ich liebe dich.«

»Glaubst du, wir werden einmal Kinder haben? Ihnen nachblicken, wenn sie zur Schule gehen, sie an uns drücken, uns über sie ärgern? Oder sie zum Hockey begleiten?«

»Football... oder Baseball. Nicht Hockey. Ja, ich hoffe schon.«

»Was wirst du tun, Mikhail?«

»Als Dozent arbeiten, denke ich. Irgendwo an einem College. Ich habe ein paar Diplome, die aussagen, daß ich dafür qualifiziert bin. Wir werden glücklich sein, das weiß ich. Ich verlasse mich darauf.«

»Was willst du lehren?«

Er sah sie an und berührte ihr Gesicht; dann wanderten seine Augen zu der schäbigen Decke in dem heruntergekommenen Hotelzimmer. »Geschichte«, sagte er. Und dann griff er nach ihr, nahm sie in die Arme.

Gab es denn keine Wahrheit mehr? Überhaupt keine?

Der Lichtbalken wanderte durch die Dunkelheit. Schließlich erfaßte er sie. Sie glich einem brennenden Vogel, der versuchte, zum Himmel aufzusteigen. Dann folgten die Schüsse... Terroristenschüsse für eine Terroristin. Die Frau bäumte sich nach hinten, die ersten Kugeln trafen sie am Ansatz ihrer Wirbelsäule. Sekunden später folgten drei einzelne Schüsse, sie hatten etwas Endgültiges an sich, ein Scharfschütze am Werk; sie trafen sie am Nacken und in den Kopf und warfen sie nach vorn in den Sand. Ihre Finger krallten sich in die Erde, ihr mit Blut überströmtes Gesicht war barmherzig verborgen. Ein letztes Zucken, dann hörte jegliche Bewegung auf.

Seine Liebe war tot. Er hatte getan, was er hatte tun müssen, ebenso wie sie. Jeder hatte recht, genauso wie jeder unrecht hatte, und am Ende so schrecklich unrecht. Er schloß die Augen und spürte die ungewollten Tränen.

Warum mußte es so sein? Wir sind doch Narren. Noch schlimmer, wir sind dumm. Wir reden nicht; wir sterben lieber. Deshalb können uns Männer mit glatter Zunge und kühlem Verstand sagen, was recht ist und was unrecht – in weltpolitischer Hinsicht, müssen Sie verstehen –, was wiederum bedeutet, daß das, was einem diese Männer auch erzählen, unser naives Vorstellungsvermögen übersteigt.

Was wirst du tun, Mikhail?

Als Dozent arbeiten, denke ich. Irgendwo an einem College...

Was willst du lehren?

Geschichte...

Jetzt war alles Geschichte. Erinnerungen an Dinge, die zu schmerzhaft waren. Laß dich nicht mehr davon berühren. Sie können nicht länger Teil meiner selbst sein, ebensowenig wie sie, wenn sie das überhaupt je war, auch wenn sie es immer vorgab. Und doch werde ich jetzt ein Versprechen halten, nicht ihr gegenüber, sondern mir. Ich bin am Ende. Ich werde verschwinden, in ein anderes Leben, in ein neues Leben. Ich werde irgendwo hingehen, irgendwo unterrichten.

Geschichte.

Er hörte die Stimmen und schlug die Augen auf. Unten hatten die Killer der RAF die verurteilte Frau erreicht, die im Tode ausgestreckt dalag. War sie wirklich eine Lügnerin gewesen? Ja, denn sie hatte die Wahrheit gewußt. Sogar ihre Augen hatten ihm das verraten.

Die beiden Henker hatten sich über sie gebeugt und packten die Leiche, um sie wegzuschleppen. Ihr einst schöner, geschmeidiger Körper war jetzt für einen kläglichen Tod im Feuer bestimmt. Oder er würde an Ketten gebunden ins tiefe Meer versinken. Er würde sich nicht einmischen.

Ein Windstoß fegte plötzlich über den offenen Strand. Die Killer lehnten sich dagegen, ihre Füße glitten im Sand aus. Der Mann zur Linken hob die Hand in dem vergeblichen Versuch, die Fischermütze mit dem Schild auf seinem Kopf festzuhalten; sie wurde weggeblasen, rollte auf die Düne zu, die der Straße als Begrenzung diente. Er ließ die Leiche los und rannte hinter der Mütze her. Havelock musterte den Mann. Da war etwas an ihm... das Gesicht? Nein, es war das Haar, er konnte es ganz deutlich im Mondlicht sehen. Es war dunkles Haar; doch vom Ansatz über der Stirn gingen weiße Strähnen aus; sie waren auffällig, nicht zu übersehen. Er hatte dieses Haar schon einmal gesehen, das Gesicht. Aber wo? Es gab so viele Erinnerungen. Akten, die er überprüft hatte, Fotos, die er studiert hatte... Kontakte, Quellen, Feinde. Woher kam dieser Mann? Gehörte er zum KGB? Zur schrecklichen *Voennaja*? Oder zu einer Splittergruppe, die Moskau bezahlte, wenn sie nicht sogar von einem CIA-Stationsleiter in Lissabon Gelder kassierte?

Wer war dieser Mann?

Egal, es war vorbei. Endgültig. Die Marionetten, die in diesem gigantischen Schachspiel geopfert wurden, berührten Michael Havelock nicht mehr... oder Mikhail Havliček, was das betraf. Er würde morgen früh über die Botschaft in Madrid ein Kabel nach Washington absenden. Er war fertig. Er hatte nichts mehr zu geben. Wenn seine Vorgesetzten ein Abschlußgespräch haben wollten, dann sollten sie das haben. Auch gegen eine Klinik hätte er nichts einzuwenden; es war ihm einfach gleichgültig. Aber mehr von seinem Leben würden sie nicht bekommen.

Das war Vergangenheit. An einem einsamen Strand an der Costa Brava, der Montebello hieß, war dieser Abschnitt seines Lebens zu Ende gegangen.

2

Zeit war das beste Mittel gegen Schmerzen. Entweder verschwanden sie mit der Zeit, oder man lernte, mit ihnen zu leben. Das wußte Havelock, genauso war ihm klar, daß in diesem Stadium, in diesem Augenblick von beidem etwas zutraf. Die schmerzhaften Erinnerungen verschwanden zwar nicht, aber es gab Perioden, in denen die Wunden der Vergangenheit nur spürbar waren, wenn man sie berührte, und unter den gegebenen Umständen berührte man sie nicht, wenigstens nicht zu heftig. Und das Reisen lenkte einen von so vielen Dingen ab; er hatte vergessen, wie es war, das hektische, nervenaufreibende Leben eines Touristen zu führen. Mal verlor er seine Reservierungsbelege, mal landete sein Gepäck im falschen Flugzeug, oder der Zug oder das Flugzeug hatten Verspätung. Es passierte ihm auch, daß Flüge ganz gestrichen wurden, so daß er in fremden Städten in irgendwelchen schrecklichen Restaurants die Zeit totschlagen mußte.

Ohne Frage, als Agent hatte er auf Reisen Privilegien genossen. Sein vorangegangenes Leben hatte seine Schwierigkeiten und seine Risiken gehabt, aber die lästigen Situationen, die den normalen Touristen immer wieder verärgern, hatten nicht dazugehört. Vorher, wenn er an einem bestimmten Tag oder zu einer bestimmten Stunde irgendwo sein mußte, war er pünktlich dorthin gelangt. Kein Grenzbeamter verbrachte Minuten damit, mit halbgeschlossenen Augen die Seiten im Paß herumzublättern, als läse er das Kamasutra, noch gruben sich bärenähnliche Tatzen – je weiter östlich man sich in Europa begab, desto häufiger waren besagte Tatzen weiblichen Geschlechts und trugen Spuren von Nagellack – in den Koffer und durchwühlten ihn. Nein, all das war ihm erspart geblieben. Doch dafür kam er sich oft vor wie in einem beweglichen Gefängnis. Denn es galt, Verabredungen einzuhalten, Quellen zu kontaktieren, Informanten zu bezahlen. Zu häufig nachts, an stillen Orten, wo man weder jemanden sah noch gesehen wurde.

Doch das war bereits seit beinahe acht Wochen vorbei. Er bewegte sich bei Tageslicht, so wie er jetzt den Damtrak in Amsterdam hinunterging, auf das Büro von American Express zu. Er fragte sich, ob das Telegramm wohl dort sein würde. Wenn ja, würde das eine neue Aufgabe und den Anfang eines neuen Lebens bedeuten.

Drei Monate waren seit jener Nacht an der Costa Brava vergangen, zwei Monate und fünf Tage seit dem Ende seines Abschlußinterviews und seinem formellen Ausscheiden aus dem Regierungsdienst. Von der Klinik in Virginia, in der er zwölf Tage verbracht hatte, war er nach Washington gekommen, um sich seine Papiere zu holen. Was immer sie erwartet hatten zu finden, war nicht dagewesen; er hätte ihnen das gleich sagen können. Ihn interessierte das alles nicht mehr; begriffen sie das nicht? Um vier Uhr nachmittags hatte er zwar als freier Mann das Gebäude des State Department verlassen, aber auch als arbeitsloser Bürger, ohne Pensionsanspruch, mit gewissen Rücklagen zwar, die jedoch kaum ausreichten, um davon den Lebensunterhalt zu bestreiten. An jenem Nachmittag war ihm klargeworden, daß er irgendwann in der Zukunft eine Stellung finden mußte. Aber nicht gleich; zunächst würde er eine Zeitlang nur das Minimum tun.

Er wollte reisen und all jene Orte wieder besuchen, die er nie wirklich besucht hatte, nämlich bei hellichtem Tag. Er nahm sich vor zu lesen... endlich wieder... nicht Codes und Akten, sondern all jene Bücher, die er seit der Studienzeit nicht mehr in die Hand genommen hatte. Wenn er irgend etwas für irgend jemanden mit Leben erfüllen sollte, mußte er so vieles, das er vergessen hatte, wieder lernen.

Aber was ihn an jenem Nachmittag vor zwei Monaten und fünf Tagen am meisten beschäftigte, war der Wunsch nach einem opulenten Abendessen. Nach zwölf Tagen in klinischer Behandlung und einer nicht gerade schmackhaften Diät hatte er förmlich nach einem guten Essen gelechzt. Er wollte gerade zu seinem Hotel zurückkehren, um dort zu duschen und sich umzuziehen, als ein Taxi die Straße entlangfuhr. Die Sonne spiegelte sich in seinen Fensterscheiben, so daß man die Insassen nicht sehen konnte. Das Taxi hatte vor ihm am Randstein angehalten; Michael hatte angenommen, weil er gewinkt hatte; doch statt dessen war ein Fahrgast mit einem Aktenkoffer schnell ausgestiegen, ein gehetzter Mann, der sich vielleicht für eine Verabredung verspätet hatte. Zuerst hatten weder Havelock noch der Fahrgast einander erkannt, Michaels Gedanken suchten ein Restaurant, der eilige Mann war damit beschäftigt, den Fahrpreis zu bezahlen.

»Havelock?« hatte er dann plötzlich gefragt und sich die Brille zurechtgerückt. »Du bist es doch, nicht wahr, Michael?«

»Harry? Harry Lewis?«

»Du hast's erfaßt. Wie geht's denn, M. H.?«

Lewis war einer der wenigen Leute, die er kannte – und er sah Harry selten –, die ihn mit den Anfangsbuchstaben anredeten. Das war eine alte Gewohnheit aus der Schulzeit; er und Lewis waren in Princeton Studienkollegen gewesen. Michael war anschließend in den Regierungsdienst getreten, während Lewis die akademische Laufbahn gewählt hatte. Dr. Harry Lewis war Inhaber des Lehrstuhls für politische Wissenschaften an einer kleinen, aber sehr renommierten Universität in New England und kam gelegentlich nach Washington, wo er einen Beratervertrag mit dem State Department hatte. Sie hatten sich ab und zu getroffen, wenn beide in Washington waren.

»Gut geht's mir. Arbeitest wohl immer noch gegen Tageshonorar, Harry?«

»Längst nicht mehr so oft wie früher. Jemand hat deinen Kollegen beigebracht, wie man Forschungsberichte unserer hochgestochenen Universitäten auswertet.«

»Du lieber Gott, mich haben die jetzt durch einen Bartträger in Bluejeans ersetzt.«

Der bebrillte Professor hatte ihn verblüfft angesehen. »Du machst wohl Witze. Du bist ausgeschieden? Ich dachte, du wärst auf Lebenszeit engagiert.«

»Im Gegenteil, Harry. Mein Leben hat gerade angefangen, vor fünf oder sieben Minuten, als ich meine letzte Unterschrift geleistet habe. Und in ein paar Stunden werde ich zum ersten Mal mein Abendessen nicht als Spesen abrechnen können.«

»Was wirst du machen, Michael?«

»Keine Ahnung. Ich hab' noch gar nicht drüber nachgedacht. Das will ich vorerst auch nicht.«

Der Professor hatte innegehalten, sein Wechselgeld entgegengenommen und schnell gesagt: »Hör zu, ich habe mich schon verspätet. Aber ich bleibe über Nacht in der Stadt. Da ich ein Tageshonorar kriege, lade ich dich zum Essen ein. Wo wohnst du? Vielleicht habe ich eine Idee.«

Kein Regierungshonorar irgendwo in der zivilisierten Welt hätte für dieses Abendessen vor zwei Monaten und fünf Tagen ausgereicht, aber Harry Lewis hatte wirklich eine Idee. Sie waren einmal Freunde gewesen; jetzt wurden sie wieder Freunde, und Havelock fiel es leichter, mit jemandem zu reden, der die Arbeit, die er für die Regierung geleistet hatte, wenigstens ungefähr kannte, als mit jemandem, der dazu überhaupt keine Beziehung hatte. Es war immer schwierig zu erklären, daß etwas nicht zu erklären war; Lewis begriff. Ein Gedanke hatte zum anderen geführt, und am Ende hatte Harry seine Idee.

»Hast du jemals daran gedacht, zur Uni zurückzukehren?«

Michael hatte gelächelt. »Was würdest du jetzt sagen, wenn ich ›dauernd‹ antworten würde?«

»Ich weiß, ich weiß«, hatte Lewis mit einem Grinsen erwidert. »Leute wie ihr – ›Spooks‹ nennt man euch, glaube ich – bekommen alle möglichen Angebote von den Multis und verdammt hohe Gehälter obendrein, das ist mir bekannt. Aber M. H., du warst einer der Besten. Ein Dutzend Schulen hat deine Dissertation nachgedruckt, selbst eigene Seminare hast du gehalten. Deine akademischen Leistungen in Verbindung mit deinen Jahren im State Department – auch wenn du dazu großteils keine Einzelheiten liefern kannst – könnten dich für eine Universität sehr attraktiv machen. Wir sagen immer: ›Wir wollen jemanden finden, der wirklich dabei war, nicht nur ein Theoretiker.‹ Verdammt, Michael, ich glaube, du wärst da genau der Richtige. Ich weiß, die Bezahlung ist nicht gerade...«

»Harry, du hast mich mißverstanden. Ich habe das ernst gemeint. Ich denke dauernd daran, wieder zur Uni zurückzugehen.«

Jetzt war Harry Lewis mit Lächeln an der Reihe. »Dann habe ich eine andere Idee.«

Eine Woche darauf war Havelock nach Boston geflogen und von dort zu den efeuüberwucherten roten Backsteinhäusern des Campus am Rande von Concord, New Hampshire, gefahren. Er hatte vier Tage mit Harry Lewis und seiner Frau verbracht, war herumgeschlendert, hatte verschiedenen Vorlesungen und Seminaren beigewohnt und die Angehörigen der Fakultät und der Verwaltung kennengelernt, die Harry für wichtig hielt. ›Beiläufig‹ hatte man beim Kaffee, bei ein paar Drinks und beim Abendessen seine Meinung erfragt. Lewis hatte gute Vorarbeit geleistet. Am Ende des vierten Tages hatte Harry beim Mittagessen verkündet: »Sie mögen dich!«

»Warum auch nicht?« hatte Lewis' Frau ihn unterbrochen. »Er ist auch sehr nett.«

»Tatsächlich sind sie sogar ziemlich beeindruckt von dir. Ich sagte es ja neulich schon, M.H., du bist dabeigewesen. Sechzehn Jahre beim State Department machen dich zu einem besonders interessanten Kandidaten.«

»Und?«

»In acht Wochen ist die jährliche Konferenz zwischen der Verwaltung und dem Aufsichtsrat. Ich denke, man wird dir einen Job anbieten. Wo kann ich dich erreichen?«

»Ich werde auf Reisen sein. Ich rufe dich an.«

Er hatte Harry vor zwei Tagen aus London angerufen. Die Konferenz war immer noch im Gange, aber Lewis rechnete in Kürze mit einer Antwort.

»Schick mir ein Telegramm an das American-Express-Büro in Amsterdam«, hatte Michael gesagt. »Und vielen Dank, Harry.«

Er sah, wie die Glastüren der American-Express-Filiale sich vor ihm öffneten. Ein Paar kam heraus. Der Mann versuchte ungeschickt, die Schulterriemen von zwei Kameras im Gleichgewicht zu halten, während er Geld zählte. Havelock blieb stehen und fragte sich einen Augenblick lang, ob er wirklich hineingehen sollte. Wenn das Telegramm eine Ablehnung war, würde er einfach weiterziehen, und darin lag ein gewisser Reiz, die schwebende Passivität, nichts zu planen, hatte angefangen, für ihn gewissen Wert zu haben. Andererseits konnte das Telegramm auch ein Angebot sein. Was dann? War er dafür bereit? War er bereit, eine Entscheidung zu treffen? Nicht eine Entscheidung in den Bereichen, in denen sich Instinkt und Schnelligkeit verbanden, um das Überleben zu garantieren, vielmehr eine Festlegung. Aber war er imstande, sich festzulegen?

Er atmete tief und setzte bewußt einen Fuß vor den anderen, als er auf die Glastüren zuging.

Gastdozent für zwei Jahre. Anschließend, falls beiderseitig erwünscht, feste Anstellung möglich. Anfangsgehalt dreitausend. Benötige Antwort binnen zehn Tagen. Mach's nicht zu spannend. Gruß Harry.

Michael faltete das Telegramm zusammen und steckte es in die Jackentasche. Er kehrte nicht an den Tresen zurück, um seinerseits ein Telegramm an Harry Lewis, Concord, New Hampshire, USA, zu schreiben. Das würde später kommen. Für den Augenblick genügte es zu wissen, daß es einen Anfang gab. Er würde ein paar Tage brauchen, um zu verarbeiten, daß er nun eine Eigenverantwortlichkeit besaß, und anschließend vielleicht noch einmal mehrere Tage, um sich damit auseinanderzusetzen. Denn in der Eigenverantwortlichkeit lag auch die Verpflichtung; ohne sie gab es keinen echten Anfang.

Er trat auf den Damtrak hinaus und atmete die kalte Luft Amsterdams ein, fühlte die feuchte Kühle, die vom Kanal aufstieg. Die Sonne senkte sich dem westlichen Horizont entgegen; einen kurzen Augenblick lang versperrte eine tiefliegende Wolke die Sicht, dann kam sie wieder zum Vorschein, ein orangeroter Ball, der seine Strahlen durch den Dunst warf. Das Bild erinnerte Havelock an das Meer vor der Küste Spaniens... an die Costa Brava. Er war die ganze Nacht dort geblieben... jene Nacht... bis die Sonne sich über den Horizont gestemmt und die Nebel über dem Wasser gerötet hatte. Dann war er zur Böschung hinuntergegangen...

Hör auf! Das war ein anderes Leben. Dies hier ist ein neues.

Vor zwei Monaten und fünf Tagen war Harry Lewis, wie es der Zufall wollte, aus einem Taxi gestiegen und hatte angefangen, für einen Freund die Welt zu verändern. Jetzt, zwei Monate und fünf Tage später, war diese Veränderung eingetroffen. Die Chance brauchte von ihm nur noch genutzt zu werden. Er würde sie nutzen, das wußte Michael, aber irgend etwas fehlte. Eine solche Veränderung sollte geteilt werden, und es gab niemanden, mit dem er sie teilen konnte, niemanden, der sagte... *Was wirst du lehren?*

Hör auf!

Vor zwei Monaten und fünf Tagen hatten er und Harry zu Abend gegessen, sehr feudal. Havelock klappte die Revers seines Mantels hoch und schlenderte in nördlicher Richtung auf dem Damtrak davon. Er würde heute zu Abend essen, sehr feudal. Allein.

Der befrackte Kellner im ›Dikker en Thijs‹ drückte den Rand des flammenden Kognakschwenkers in die silberne Zuckerschale; die Zutaten für *café jamique* würden folgen. Das Zeremoniell war lächerlich und nichts als Vergeudung von gutem Kognak, aber Harry Lewis hatte an jenem Abend vor zwei Monaten und fünf Tagen in Washington auf dieser Show am Tisch bestanden. Er würde Harry erzählen, daß er das Ritual in Amsterdam wiederholt hätte, obwohl er wahrscheinlich nicht begreifen würde, wie hell diese verdammten Flammen waren und welche Aufmerksamkeit sie auf seinen Tisch lenkten.

»Danke, Harry«, sagte er lautlos, als der Kellner gegangen war, und hob das Glas ein paar Zentimeter seinem unsichtbaren Begleiter entgegen. Es war doch besser, nicht ganz allein zu sein.

Er konnte den näherkommenden Mann fühlen, ebenso wie er aus dem Augenwinkel bemerkte, daß es dunkler wurde. Eine Gestalt in einem konservativen, dunklen Nadelstreifenanzug näherte sich seiner Nische. Havelock nahm das Glas etwas zur Seite und hob die Augen. Der Name des Mannes war George. Er war der Chef der CIA-Station in Amsterdam. Sie hatten in der Vergangenheit zusammengearbeitet, nicht immer auf angenehme Weise, aber professionell.

»Auch eine Art, seine Ankunft bekanntzugeben«, sagte der Abwehragent und blickte auf das Serviertischchen des Kellners mit der silbernen Zuckerschale. »Darf ich mich setzen?«

»Natürlich. Wie geht es Ihnen, George?«

»Ich hab' schon bessere Zeiten erlebt«, sagte der CIA-Mann und nahm Michael gegenüber Platz.

»Das tut mir leid. Möchten Sie etwas trinken?«

»Das kommt darauf an.«

»Auf was?«

»Ob ich dazu lange genug bleibe.«

»Heute sind wir aber geheimnisvoll«, sagte Havelock, ohne eine Frage zu stellen. »Dann sind Sie wahrscheinlich noch im Dienst.«

»Ich wußte gar nicht, daß wir so klare Arbeitszeiten haben.«

»Nein, davon kann wohl keine Rede sein. Bin ich der Grund, George?«

»Im Augenblick vielleicht«, sagte der CIA-Mann. »Ich bin überrascht, Sie hier zu sehen. Ich hörte, Sie wären ausgeschieden.«

»Da haben Sie richtig gehört.«

»Warum sind Sie dann hier?«

»Ich bin auf Reisen. Ich mag Amsterdam. Man könnte sagen, daß ich meine Abfindung dazu verwende, all die Orte zu besuchen, die ich am Tage selten zu sehen bekommen habe.«

»Klingt überzeugend, aber das heißt noch nicht, daß ich es glaube.«

»Glauben Sie mir, George. Es ist die Wahrheit.«

»Keine Tarnung?« fragte der Abwehrbeamte, und seine wißbegierigen Augen musterten Michael. »Sie wissen ja, daß ich es überprüfen kann.«

»Wirklich nicht. Ich bin draußen, weg vom Fenster, zur Zeit arbeitslos. Ihre Nachprüfungen werden nichts anderes ergeben. Ich bin sicher, daß die Centrex-Codes in bezug auf mich geändert worden sind und daß man alle Quellen und Informanten in Amsterdam wegen meines neuen Status verständigt hat. Ich bin *off limits*, George. Jeder, der sich mit mir einläßt, riskiert seine Entlassung und am Ende vielleicht sogar ein obskures Begräbnis.«

»Das sind die *äußeren* Fakten«, pflichtete der CIA-Mann ihm bei.

»Es sind die einzigen Fakten. Sparen Sie sich die Mühe, nach etwas anderem zu suchen, Sie finden nichts.«

»Also gut. Dann will ich Ihnen mal glauben. Sie sind also auf Reisen und leben dabei von Ihrer Abfindung.« Der Agent hielt inne und beugte sich vor. »Aber irgendwann wird Ihnen das Geld ausgehen.«

»Sicherlich. Bis dahin hoffe ich, wieder eine Stelle gefunden zu haben. Was das betrifft, habe ich heute nachmittag...«

»Weshalb warten?« unterbrach ihn der andere. »Vielleicht könnte ich Ihnen behilflich sein.«

»Nein, das können Sie nicht, George. Ich habe nichts zu verkaufen.«

»Sicher haben Sie das. Erfahrung. Sie kriegen ein Beraterhonorar, das ich meinem Spesenkonto entnehme. Kein Name wird notiert, nichts wird aufgezeichnet.«

»Wenn das hier ein Test sein soll, dann stellen Sie sich ziemlich ungeschickt an.«

»Das ist kein Test. Ich bin bereit zu zahlen, um selber bessere Ergebnisse nach Langley melden zu können. Das würde ich nicht zugeben, wenn ich Ihnen nur auf den Zahn fühlen wollte.«

»Vielleicht schon, aber Sie wären ein verdammter Narr. Das ist ein drittklassiger Trick; so unbeholfen, daß Sie es wahrscheinlich ernst meinen. Keiner von uns möchte schließlich, daß die Spesenkonten zu gründlich überprüft werden, oder?«

»Ich bin vielleicht nicht von derselben Klasse wie Sie, aber drittklassig bin ich nicht. Ich brauche Hilfe. Wir brauchen Hilfe.«

»So ist's schon besser. Jetzt appellieren Sie an mein Ego. Viel besser.«

»Nun, wie steht's, Michael? In Den Haag stolpert man auf Schritt und Tritt über KGB-Leute. Wir wissen nicht, wen sie gekauft haben oder wie weit oben sie angekommen sind. Die NATO ist gefährdet.«

»Wir sind alle in Gefahr, George, und ich *kann* nicht helfen, weil ich nämlich nicht glaube, daß es einen Unterschied machen würde. Wir setzen unseren Stein auf das Feld fünf und drängen den Gegner auf Feld vier zurück, worauf er uns überspringt und auf Feld sieben landet.

Dann dringen wir bis acht vor, bis er uns schließlich auf neun blockiert, und keiner kommt bis zehn. Alle nicken nachdenklich, und dann fängt das Ganze wieder von vorne an. Unterdessen beklagen wir unsere Verluste, übertreiben dabei ein wenig und geben niemals zu, daß alles sinnlos ist.«

»Das ist doch Blödsinn! Niemand wird uns ins Grab schicken.«

»Doch, George. Uns alle. Von ›Kindern, die noch nicht geboren und noch nicht gezeugt sind‹. Außer sie wären klüger als wir, und das kann sehr wohl der Fall sein. Herrgott, ich hoffe es sogar.«

»Was, verdammt noch mal, reden Sie denn da für ein Zeug zusammen?«

»Schon gut, George. Kommen Sie, trinken wir was.«

»Nein, danke.« Der CIA-Stationsleiter schob seinen Stuhl zurück. »Mir scheint, Sie haben auch genug«, fügte er hinzu und erhob sich.

»Noch nicht.«

»Scheren Sie sich zum Teufel, Havelock.« Der Abwehrbeamte schickte sich an wegzugehen.

»George.«

»Was?«

»Jetzt haben Sie einen Fehler gemacht. Ich wollte gerade etwas über heute nachmittag sagen, aber Sie haben mich nicht ausreden lassen.«

»Na und?«

»Sie wußten also, was ich Ihnen erzählen wollte. Wann haben Sie das Telegramm abgefangen? Gegen Mittag?«

»Gehen Sie zum Teufel!«

Michael sah zu, wie der CIA-Mann an seinen Tisch zurückkehrte. Er hatte allein gegessen, aber Havelock wußte, daß er nicht allein war. Als drei Minuten um waren, fand Michael seine Vermutung bestätigt. George zeichnete hastig seine Rechnung ab und eilte hinaus. Fünfundvierzig Sekunden später erhob sich ein junger Mann von einem Tisch auf der rechten Seite des Raums und führte eine etwas verwirrt wirkende Dame am Ellbogen zum Ausgang. Eine Minute verstrich, worauf zwei Männer, die in einer Nische auf der linken Seite gesessen hatten, gleichzeitig aufstanden und das Restaurant verließen. Im Kerzenlicht blickte Michael auf die Teller in der Nische. Beide waren noch voll. Was für Dilettanten!

Sie hatten ihn verfolgt, ihn beobachtet. Warum? Warum konnten sie ihn nicht in Ruhe lassen?

Die Mittagssonne in Paris leuchtete in einem diffusen blendenden Gelb. Ihre Strahlen spiegelten sich in der Seine und flimmerten auf dem dahinströmenden Wasser. Havelock hatte die Mitte des Pont Royal erreicht; sein kleines Hotel war nur wenige Straßen entfernt an der Rue de Bac. Nach seinem Besuch im Louvre hatte er den direkten Weg zurück gewählt. Er wußte, wie wichtig es war, von dieser Route nicht abzuweichen; denn sonst hätten seine Verfolger womöglich Verdacht geschöpft, daß er ihre Anwesenheit ahnte. Das Taxi war ihm aufgefallen, als es im Verkehr zweimal abrupt einen Bogen beschrieb, um ihn im Auge zu behalten. Wer auch immer dem Fahrer seine Anweisungen gab, es mußte ein Profi sein. Das Taxi hatte höchstens zwei oder drei Sekunden an einer Ecke angehalten und war dann in entgegengesetzter Richtung davongerast. Das bedeutete, daß sein Verfolger ihm jetzt zu Fuß über die überfüllte Brücke folgte. Wenn sein Ziel war, ihn zu kontakten, eignete sich eine Seine-Brücke besonders dafür. Passanten blieben auf dem Pont Royale stehen, einfach um abwesend ins Wasser zu starren. Ein günstiger Ort also, um unauffällig Gespräche zu führen. Vielleicht aber wollte man ihn auch nur überwachen.

Michael blieb stehen und lehnte sich gegen die brusthohe Steinmauer, die als Geländer diente, und zündete sich eine Zigarette an. Er blickte auf ein *Bateau Mouche* hinunter, das gerade im Begriff war, unter die Brücke durchzufahren. Wer ihn jetzt beobachtete, mußte vermuten, er schaue dem Touristenboot zu. Tatsächlich aber nutzte er die Sonne, legte den Kopf etwas zur Seite, schirmte die Augen ab und konzentrierte sich auf die hochgewachsene Gestalt, die sich von rechts näherte.

Er konnte den grauen Homburg erkennen, den Mantel mit dem Samtkragen, die auf Hochglanz polierten schwarzen Schuhe. Das Bild genügte. Der gutgekleidete Mann verkörperte gleichsam Pariser Eleganz und Wohlstand. Ganz Europa und das Mittelmeergebiet hatte er bereist, in Künstlerkreisen und in den Salons der Reichen war seine Gesellschaft sehr gefragt. Er galt als der profundeste Kenner klassischer Kunst in ganz Paris. Und nur diejenigen, die es wissen mußten, wußten, daß er viel mehr als nur seine Anwesenheit verkaufte. Sein Name war Gravet. Zwei Meter rechts von Havelock blieb er am Geländer stehen und schob sich den Samtkragen zurecht. Als er zu reden begann, sprach er gerade laut genug, daß Havelock ihn verstehen konnte.

»Ich dachte mir, daß Sie das sind. Ich folge Ihnen schon seit einiger Zeit.«

»Ich weiß. Was wollen Sie?«

»Die Frage ist, was wollen *Sie*? Warum sind Sie in Paris? Man hat uns zu verstehen gegeben, daß sie nicht mehr aktiv seien. Offen gestanden, es hieß, man solle Sie meiden.«

»Und sofort melden, wenn ich jemanden kontakte, stimmt's?«

»Natürlich.«

»Aber Sie schaffen die umgekehrte Situation. Sie haben sich mir genähert. Etwas unklug, nicht wahr?«

»Ein geringes Risiko, das es wert ist, eingegangen zu werden«, sagte

Gravet, der aufrecht dastand und sich umsah. »Gehen wir ganz weit zurück, Michael. Ich glaube keinen Augenblick, daß Sie in Paris sind, nur um die Kunstschätze der Stadt zu besichtigen.«

»Ich auch nicht. Wer hat das denn behauptet?«

»Sie waren genau siebenundzwanzig Minuten im Louvre. Zu kurz, um sich irgend etwas anzusehen, und zu lange, um bloß eine Toilette aufzusuchen. Aber die Zeit reicht, um sich mit jemandem in einem dunklen, überfüllten Ausstellungsraum zu treffen, sagen wir, ganz am Ende des zweiten Stockwerks.«

Havelock fing zu lachen an. »Hören Sie, Gravet...«

»Sehen Sie mich nicht an, bitte! Blicken Sie weiter aufs Wasser.«

»Ich wollte mir die römische Abteilung im Zwischenstock anschauen. Doch da drängte sich eine Reisegruppe aus der Provence um die Ausstellungsstücke; also bin ich gegangen.«

»Sie waren immer schnell, das habe ich an Ihnen bewundert... und jetzt dieser seltsame Alarm: ›Er ist nicht mehr aktiv. Meiden Sie den Kontakt mit ihm.‹«

»Das stimmt zufällig.«

»Was auch immer Ihre neue Rolle sein mag«, fuhr Gravet schnell fort und wischte ein Stäubchen vom Mantelärmel, »daß sie sich so radikal geändert hat, kann nur bedeuten, daß Sie sich in sehr exklusiver Gesellschaft bewegen. Ich bin Makler und verfüge über viele Informationen. Je distinguierter meine Klienten sind, desto besser gefällt es mir.«

»Tut mir leid, ich kaufe nichts. Meiden Sie mich lieber.«

»Machen Sie sich nicht lächerlich. Sie wissen ja nicht, was ich anzubieten habe. Überall geschehen unglaubliche Dinge. Verbündete werden zu Feinden, Feinde zu Verbündeten. Der Persische Golf steht in Flammen, ganz Afrika ist in Aufruhr; der Warschauer Pakt hat viele Schwachstellen, von denen Sie nichts wissen, und Washington verfolgt ein Dutzend unsinniger Strategien, denen nur die sagenhafte Dummheit der Sowjets gleichkommt. Ich könnte Ihnen Einzelheiten über Ungeschicklichkeiten der letzten Zeit liefern. Schicken Sie mich nicht einfach weg, Michael. Benutzen Sie mich. Sie werden noch höher steigen.«

»Weshalb sollte ich höher steigen wollen, wo ich doch gerade ausgestiegen bin?«

»Noch einmal, das ist lächerlich. Sie sind ein relativ junger Mann – die würden Sie nicht gehen lassen.«

»Die können mich beobachten, aber nicht mich festhalten. Ich brauchte bloß auf meine Pension verzichten, die irgendwann einmal auf mich zugekommen wäre.«

»Das ist zu einfach dargestellt. Solche Leute wie Sie haben sich irgendwo Bankkonten eingerichtet, auf die Zahlungen an Personen geflossen sind, die in Wirklichkeit nie existiert haben, oder die Spesen für angebliche Reisen oder kurzfristig benötigte Papiere. Mit fünfunddreißig hatten Sie bereits Ihre Altersvorsorge sicher.«

»Sie übertreiben sowohl meine Talente als auch mein Bedürfnis nach finanzieller Sicherheit«, erwiderte Havelock lächelnd.

»Vielleicht interessiert Sie eine ziemlich umfangreiche Akte«, fuhr der elegante Franzose fort, als hätte Michael ihn nicht unterbrochen, »die Einzelheiten über gewisse geheime Aktionen enthält, wobei notwendigerweise konkrete Vorgänge und Personen beschrieben worden sind. Die Akte befindet sich außer Reichweite jener, die am meisten an ihrem Besitz interessiert wären.«

Havelocks Lächeln verblaßte.

»Das ist natürlich keine finanzielle Sicherheit«, fuhr Gravet fort, »aber es gibt einem doch ein angenehmes Gefühl, nicht wahr?«

»Sie vergeuden Ihre Zeit, ich kaufe nichts. Wenn Sie eine wertvolle Information haben, werden Sie Ihren Preis dafür bekommen. Sie wissen, mit wem Sie verhandeln müssen.«

»Die sind zweitklassig und haben Angst. Keiner von denen hat direkten Zugang zu den entscheidenden Leute, so wie Sie.«

»Den habe ich nicht mehr.«

»Das glaube ich Ihnen nicht. Sie sind der einzige Mann hier in Europa, der direkt mit Anthony Matthias spricht.«

»Lassen Sie ihn aus dem Spiel. Und zu Ihrer Information, ich habe schon seit Monaten nicht mehr mit ihm gesprochen.« Plötzlich richtete sich Havelock auf und drehte sich zu dem Franzosen herum. »Jetzt nehmen wir uns ein Taxi und fahren zur Botschaft. Ich kenne dort ein paar Leute. Ich werde Sie einem Attaché vorstellen und ihm sagen, daß Sie etwas zu verkaufen haben. Ich habe weder die Mittel noch das Interesse, mich hier einzuschalten. Okay?«

»Sie wissen, daß ich das nicht tun kann. Und bitte...« Gravet brauchte seinen Wunsch nicht auszusprechen.

»Schon gut, schon gut.« Michael drehte sich wieder herum und blickte zum Fluß hinunter. »Dann geben Sie mir eine Nummer oder einen Kontaktort. Ich rufe an, und Sie können zuhören.«

»Warum tun Sie das? Was soll das Theater?«

»Es ist eben kein Theater. Wie Sie schon sagten, das geht weit zurück. Ich tue Ihnen den Gefallen, dann sind Sie vielleicht überzeugt. Vielleicht werden Sie sogar andere überzeugen, wenn die Fragen stellen. Was meinen Sie?«

Der Franzose starrte Havelock an. »Nein, danke, Mike. Dann doch besser einen zweitklassigen Mann, den ich bereits kenne, als einen neuen. Ich weiß, wie wertvoll meine Informationen tatsächlich sind;

deshalb glaube ich, vertraue ich Ihnen auch. Sie würden jemanden wie mich niemals verraten, nicht einmal einem hohen Attaché. Dafür weiß ich zuviel, bin ich zu wichtig. Sie könnten mich brauchen. Ja, ich vertraue Ihnen.«

»Machen Sie mir das Leben leichter. Halten Sie nicht länger geheim, daß ich ausgeschieden bin.«

»Und was ist mit Ihren Gegenspielern im KGB? Wird die das überzeugen?«

»Da bin ich sicher. Deren Maulwürfe haben bestimmt schon die Zentrale am Dscherschinski-Platz informiert, ehe ich meine Entlassungsurkunde unterzeichnet hatte.«

»Die werden eine List vermuten.«

»Ein Grund mehr, mich in Frieden zu lassen. Warum in einen giftigen Köder beißen? Ich kann denen ohnehin nichts sagen, was sie nicht bereits wissen. Außerdem sind meine Kenntnisse inzwischen weitgehend überholt. Das ist das Komische: Meine Feinde haben von mir nichts zu befürchten. Die wenigen Namen, die sie erfahren könnten, sind den Preis nicht wert. Es würde Repressalien geben.«

»Sie haben sich persönliche Feinde geschaffen, die sich womöglich an Ihnen rächen wollen, das ist menschlich.«

»Trifft hier nicht zu. Wir sind in diesen Bereichen quitt, und noch einmal, ich bin es nicht wert, weil es keinen praktischen Nutzen hätte. Niemand tötet ohne Grund. Keiner von uns will für die Folgen verantwortlich sein. Verrückt, nicht wahr? Das ist die Ironie an dem Ganzen, das, was unseren Job so sinnlos macht, Gravet: Wenn wir einmal draußen sind, interessiert uns das alles nicht mehr. Wir haben keinen Grund mehr zu hassen. Oder zu töten.«

»Treffend formuliert, mein Freund. Offensichtlich haben Sie über diese Dinge nachgedacht.«

»Ich hatte in letzter Zeit viel Gelegenheit dazu.«

»Es gibt gewiß Leute, die sich für Ihre letzten Beobachtungen, Ihre Schlüsse daraus, ungemein stark interessieren. Aber das ist natürlich zu erwarten. Ihre Stimmungen sind unberechenbar; erst himmelhoch jauchzend, dann zu Tode betrübt; im einen Augenblick voller Gewalttätigkeit, im nächsten sentimental. Die russische Seele ist so widersprüchlich.«

Havelock stockte der Atem; er erwiderte Gravets Blick. »Warum haben Sie mir mißtraut?«

»Das geschah ohne Nachteil für Sie. Wenn ich etwas anderes erfahren hätte, wer weiß, was ich denen dann berichtet hätte? Aber da ich Ihnen wirklich glaube, erkläre ich auch, weshalb ich Sie prüfen mußte.«

»Moskau denkt also, ich wäre immer noch aktiv?«

»Ich werde das Urteil abgeben, daß Sie das nicht mehr sind. Ob sie das akzeptieren, ist eine andere Sache.«

»Warum sollten sie daran zweifeln?« fragte Havelock, der immer noch auf das Wasser hinunterblickte.

»Ich habe keine Ahnung... Sie werden mir fehlen, Michael. Sie waren immer höflich, schwierig zwar, aber korrekt im Umgang. Sie sind kein geborener Amerikaner, nicht wahr? In Wirklichkeit sind Sie Europäer.«

»Ich bin Amerikaner«, erwiderte Havelock leise. »In Wirklichkeit.«

»Sie haben Ihrem Land gute Dienste geleistet, das muß ich sagen. Wenn Sie es sich anders überlegen – oder jemand Sie dazu bringt, Ihre Haltung zu ändern –, dann nehmen Sie mit mir Verbindung auf. Wir können immer Geschäfte machen.«

»Das ist höchst unwahrscheinlich, aber trotzdem vielen Dank.«

»Das ist kein deutliches Nein.«

»Ich bin höflich.«

»Wohlerzogen. *Au revoir*, Mikhail.«

Havelock wandte langsam den Kopf und blickte dem eleganten Gravet nach, wie er mit einstudierter Grazie den Pont Royal hinunterging. Der Franzose war bereit gewesen, im Auftrag von Leuten, die er abstoßend fand, ein getarntes Verhör durchzuführen; man mußte ihn dafür sehr gut bezahlt haben. Aber warum ließ man ihn nicht in Ruhe?

Das CIA in Amsterdam glaubte ihm nicht. Der KGB war in Paris und mißtraute ihm ebenfalls. *Warum*?

Wie weit würden sie gehen, um ihn weiter unter ihrer Kontrolle zu halten?

Das ›Arethusa Delphi‹ war eines jener kleinen Hotels am Syntagma-Platz in Athen, das den Reisenden nie vergessen ließ, daß er sich in Griechenland befand. Das schimmernde Weiß der Wände und Möbel in den Zimmern wechselte nur mit den grellen Farben der Ölgemälde ab, auf denen antike Tempel und Plätze von Postkartenkünstlern romantisch verklärt dargestellt waren. Jeder Raum hatte eine schmale Flügeltür, die auf einen winzigen Balkon hinausführte – groß genug für zwei kleine Stühle und einen Liliputanertisch, auf dem die Gäste ihren schwarzen Morgenkaffee trinken konnten, draußen ebenso geblendet wie drinnen. Auch auf akustische Reize hatte die Direktion nicht verzichtet. Nirgends, weder in der Halle noch in den Lifts, entkam der Gast den rhythmischen Klängen griechischer Volksmusik.

Havelock führte die olivhäutige Frau aus dem Lift, und als die Tür sich schloß, standen sie beide einen Augenblick in gespielt erwartungsvoller Haltung da. Die Musik war verstummt; sie seufzten erleichtert.

»Zorba macht Pause«, sagte Michael und wandte sich nach links zu seinem Zimmer.

»Endlich«, sagte die Frau und lachte. Sie fuhr sich durch das schwarze Haar und strich das lange weiße Kleid glatt, das gut zu ihrer dunklen Haut paßte und ihre makellose Figur vorteilhaft hervorhob. Ihr Englisch hatte einen starken Akzent, so wie man ihn auf jenen Mittelmeerinseln spricht, auf denen die Reichen den Sommer verbringen. Sie war eine teure Kurtisane, deren Kunden zur Prominenz des Geldadels zählten. Die Frau hatte Verstand und Humor; daher wußte sie, daß die Zeit, die ihr für ihr Vergnügen zur Verfügung stand, beschränkt war. Offensichtlich machte sie das Beste daraus. »Sie haben mich gerettet«, fuhr sie fort und drückte Havelocks Arm, als sie den Korridor hinuntergingen.

»Entführt habe ich Sie«, sagte er.

»Wo hört das eine auf, und wo fängt das andere an?« antwortete sie und lachte wieder.

Es war ein wenig von beidem gewesen. Michael war auf der Marathonos-Straße einem Mann begegnet, mit dem er vor fünf Jahren im Thermaikos-Sektor zusammengearbeitet hatte. Der lud ihn zu einer Dinnerparty ein, die am selben Abend in einem Café in der Nähe des Syntagma-Platzes gefeiert wurde. Dort lernte Havelock die Frau in Begleitung eines wesentlich älteren, unfreundlichen Geschäftsmannes kennen. Havelock hatte neben ihr gesessen, und nach mehreren Ouzos hatten sich ihre Beine und Hände berührt, Blicke waren ausgetauscht worden. Schließlich hatten Michael und die Kurtisane sich weggestohlen.

»Ich glaube, morgen bekomme ich es mit einem sehr zornigen Athener zu tun«, sagte Havelock, während er die Tür zu seinem Zimmer öffnete und die Frau hineinführte.

»Seien Sie nicht albern«, erwiderte sie. »Er ist kein Gentleman. Er ist aus Epidaurus; dort gibt es keine Gentlemen. Er ist nichts weiter als ein alternder Bulle, der unter den Obristen reich wurde.«

»In Athen«, sagte Michael und ging zum Schränkchen, wo er eine Flasche Scotch und Gläser aufbewahrte, »sollte man sich von Leuten aus Epidaurus besser fernhalten.«

»Sind Sie schon oft in Athen gewesen?«

»Ein paarmal.«

»Was haben Sie hier gemacht?«

»Ich habe Dinge gekauft und andere verkauft.« Havelock trug die gefüllten Gläser durchs Zimmer. Inzwischen hatte die Frau ihr dünnes Seidencape abgelegt und über einen Stuhl drapiert. Jetzt begann sie, ihr Abendkleid von oben aufzuknöpfen. Ihre schwellenden Brüste wirkten provozierend einladend.

»Sie haben mich nicht gekauft«, sagte sie und nahm das Glas mit der freien Hand. »Ich bin mitgekommen, weil ich Lust hatte. *Evcharistó*, Michael Havelock. Spreche ich es richtig aus?«

»Sehr gut so.«

Mit sanftem Klirren berührten sich ihre Gläser. Sie trat näher, legte die Finger auf seine Lippen, streichelte seine Wangen und zog schließlich sein Gesicht zu sich. Sie küßten sich, und ihre Lippen öffneten sich dabei. Das weiche Fleisch und die Feuchtigkeit ihres Mundes erregten ihn; sie drückte sich fest an ihn und zog seine linke Hand an die Brust unter ihrem offenen Kleid. Tief atmend lehnte sie sich zurück.

»Wo ist das Badezimmer? Ich will mir etwas...«

»Dort drüben.«

»Warum machst du es dir nicht auch bequemer? Wir treffen uns gleich im Bett. Ich bin wild nach dir. Du bist sehr, sehr attraktiv, und ich, ich...«

Sie nahm ihr Cape vom Stuhl und ging mit langsamen, aufreizenden Bewegungen zum Badezimmer. Bevor sie die Tür hinter sich schloß, sah sie sich über die Schulter um, und ihre Augen sagten ihm Dinge, die wahrscheinlich nicht wahr waren, ihm aber dennoch eine erregende Nacht versprachen. Die versierte Hure würde ihm, aus welchen Gründen auch immer, die Entspannung bieten, die er sich ersehnte.

Michael zog sich bis auf die Unterhose aus, trug seinen Drink ans Bett und schlüpfte unter die Decke.

»*Dobrij vjechchjer prijatel.*«

Als Havelock die tiefe Männerstimme hörte, fuhr er herum, seine Hände verwandelten sich in Klauen, aber da war keine Waffe, nach der die Klauen greifen konnten. Am Eingang zum Badezimmer stand ein Mann mit schütterem Haar. Das Gesicht kannte Michael von Dutzenden von Fotografien. Der Eindringling war einer der mächtigsten Männer im sowjetischen KGB. Er hielt eine Pistole in der Hand, eine große schwarze Graz-Burja Automatic.

3

»Sie können jetzt gehen«, sagte der Russe. Das galt der Frau, die sich hinter ihm verbarg. Sie schob sich an ihm vorbei, sah Havelock kurz an und eilte zur Tür hinaus.

»Sie sind Rostow, Pjotr Rostow, Direktor für Externe Strategien beim KGB.«

»Ihr Gesicht und Ihr Name sind mir ebenfalls bekannt. Und Ihre Akte.«

»Sie haben sich sehr viel Mühe gemacht, *prijatel*«, sagte Michael und starrte den anderen an. Er blinzelte ein paarmal und begann sich langsam zu orientieren, wenn auch nicht ohne Schwierigkeiten. Er schüttelte den Kopf und versuchte den dünnen, Übelkeit erregenden Nebel von Ouzo aus den Augen und dem Bewußtsein zu verdrängen.

»Warum haben Sie mich nicht auf der Straße angehalten und auf einen Drink eingeladen? Dann hätten Sie auch nicht mehr oder weniger erfahren und ohnehin kaum etwas, das für Sie von Wert wäre. Oder soll das eine *kazu gariah* sein?«

»Keine Exekution, Havliček.«

»Havelock«

»Der Sohn von Havliček.«

»Sie würden gut daran tun, mich nicht zu erinnern.«

»Ich habe die Pistole, nicht Sie.« Rostow nahm seinen Finger langsam vom Abzug, aber die Waffe blieb auf Michaels Kopf gerichtet.

»Nun, das liegt in ferner Vergangenheit und hat keine Beziehung zu mir. Doch was Sie in letzter Zeit getan haben, betrifft mich sehr. Betrifft uns, wenn Sie wollen.«

»Dann verdienen sich Ihre Maulwürfe wohl ihr Geld nicht.«

»Sie liefern mit entnervender Regelmäßigkeit Berichte, in der Hauptsache, um ihre Ausgaben zu rechtfertigen. Ich zweifle allerdings an ihrer Zuverlässigkeit.«

»Wenn Ihre Leute Ihnen gesagt haben, daß ich meinen Job quittiert habe, dann sind sie zuverlässig.«

»Quittiert? Ein Wort mit so viel Endgültigkeit und doch auslegungsbedürftig, nicht wahr? Eine Phase ist vorüber, und jetzt warten neue Aufgaben auf Sie. Das kommt der Wahrheit schon wesentlich näher.«

»Ich bin mit allem am Ende, das Sie betreffen könnte.«

»Tatsächlich?« fragte der KGB-Offizier und schob sich am Türrahmen vorbei, um sich an die Wand zu lehnen. Die Graz-Burja war immer noch auf Havelock gerichtet. »Man hat Sie aus der Strategie entfernt? Das kann ich Ihnen nicht abnehmen. Für Ihren Freund Anthony Matthias muß das ein schwerer Schlag gewesen sein.«

Michael studierte das Gesicht des Russen und senkte den Blick auf die schwere Waffe, die auf ihn zielte. »Ein Franzose hat neulich im Gespräch mit mir Matthias' Namen erwähnt. Ich werde Ihnen sagen, was ich ihm darauf entgegnet habe, obwohl ich eigentlich nicht recht weiß, warum ich das sollte. Sie haben ihn dafür bezahlt, daß er von Matthias redete.«

»Gravet? Der verabscheut uns. Er ist uns gegenüber nur dann freundlich, wenn er sich im Kreml oder in der Eremitage in Leningrad aufhält. Der kann uns viel erzählen.«

»Warum haben Sie ihn dann für sich eingespannt?«

»Weil er Sie mag. Es ist viel leichter, eine Lüge zu entdecken, wenn der Lügner über jemanden spricht, den er gern hat.«

»Sie haben ihm also geglaubt.«

»Oder Sie haben ihn überzeugt, und unsere Leute hatten keine Wahl. Sagen Sie *mir*: Wie hat der brillante amerikanische Außenminister auf den Rücktritt seines *krajan* reagiert?«

»Keine Ahnung, aber ich nehme an, daß er es verstanden hat. Es ist genauso, wie ich es Gravet geschildert habe. Seit Monaten habe ich Matthias weder gesehen noch mit ihm gesprochen. Er hat genügend Probleme am Hals; es gibt wirklich keinen Grund, warum er sich auch noch die eines ehemaligen Studenten aufladen sollte.«

»Aber Sie waren viel mehr als ein Student. Seine Familie kannte ihre Familie in Prag. Was Sie heute sind...«

»... waren«, unterbrach Havelock.

»... haben Sie Anton Matthias zu verdanken«, beendete der Russe den Satz.

»Das liegt weit zurück.«

Rostow schwieg; er ließ die Waffe ein paar Zentimeter sinken. Schließlich meinte er: »Nun gut, es liegt weit zurück. Aber was ist jetzt? Niemand ist unersetzlich, doch Sie sind ein wertvoller Mann. Sie wissen sehr viel und leisten effektvolle Arbeit.«

»Vorausgesetzt, ich fühle mich dazu verpflichtet. Aber die Verpflichtung habe ich nicht mehr.«

»Soll ich daraus schließen, Sie könnten vielleicht an einer anderen Aufgabe Gefallen finden?« Der KGB-Mann ließ seine Waffe noch weiter sinken.

»Sie wissen genau, wie überflüssig diese Frage ist. Abgesehen von meinem persönlichen Ekel, der Jahrzehnte zurückreicht, haben wir bereits ein oder zwei Maulwürfe im Dscherschinski. Ich lege keinen Wert darauf, daß man mich als ›nicht zu retten‹ klassifiziert.«

»Ein heuchlerischer Begriff. Er deutet auf Mitgefühl seitens Ihrer Henker.«

»So ist es.«

Rostow hob seine Automatic und schob sie langsam vor. »Wir verzichten auf solche verbalen Tarnungen. Bei uns ist ein Verräter ein Verräter. Ich könnte Sie mitnehmen, das wissen Sie.«

»Nicht ohne Schwierigkeiten.« Michael blieb reglos auf dem Bett liegen, und seine Augen bohrten sich in die des Russen. »Wir müßten durch Korridore und Hallen und schließlich auch noch Straßen überqueren; das ist zu riskant für Sie. Sie könnten verlieren. Alles. Denn ich habe nichts zu verlieren. Auf mich wartet bloß eine Zelle in der Lubjanka.«

»Ein Zimmer, keine Zelle. Wir sind keine Barbaren.«

»Pardon, ein Zimmer. Sicherlich dieselbe Art von Zimmern, wie wir sie in Virginia für Leute wie Sie reserviert haben.«

»Reden wir lieber von den Maulwürfen.«

»Ich weiß genausowenig, wer sie sind, wie Sie, als Sie noch im Außendienst waren. Wir kennen sie auf beiden Seiten nicht. Bekannt sind uns nur die geläufigen Codes, die uns verraten, wohin wir gehen müssen. Und die, die ich mir eingeprägt hatte, sind jetzt bedeutungslos, weil sie sich längst geändert haben.«

»Sie wollen mich also wirklich ernsthaft davon überzeugen, daß ein Mann mit Ihrer Erfahrung für uns wertlos wäre?«

»Das habe ich nicht gesagt«, unterbrach Havelock. »Ich empfehle Ihnen nur, die Risiken abzuwägen, wenn Sie mich entführen wollen. Eine ähnliche Aktion haben Sie vor zwei Jahren, offen gestanden, mit erstaunlichem Erfolg durchgezogen. Wir haben uns einen Ihrer Leute geschnappt, schleusten ihn nach Finnland und flogen ihn in die Staaten. Dort, in einem Zimmer in Fairfax, Virginia, hat man ihm alles mögliche injiziert, angefangen bei Scopolamin bis zu starken Dosen Amatol, und wir haben eine Menge erfahren. Daraufhin wurden neue Strategien entwickelt und das ganze Agentennetz neu strukturiert. Die Verwirrung war damals groß – bis wir dann erfuhren, daß alles, was er uns gesagt hatte, nichts als Lüge war. Sein Gehirn war programmiert wie ein Computer. Unterstellen wir, Sie würden es fertigbringen, mich in die Lubjanka zu schaffen – was ich nicht glaube –, woher wissen Sie dann, daß ich nicht unsere Antwort auf das bin, was Sie uns zugefügt haben?«

»Weil Sie dann diese Möglichkeit nicht andeuten würden.« Rostow zog die Waffe zurück, ließ sie aber nicht sinken.

»Wirklich? Mir scheint das eher eine ausgezeichnete Tarnung zu sein. Ich meine, Sie würden es ja doch nie erfahren, nicht wahr? Übrigens haben wir ein Serum entwickelt – von dem ich nichts Näheres weiß, außer daß man es an der Schädelbasis injiziert –, das die Programmierung löscht. Es hat etwas damit zu tun, daß der *locus occipitalis* neutralisiert ist, was auch immer das sein mag. Anschließend können wir unsere Programmierung vornehmen.«

»Ihre Offenheit erstaunt mich.«

»Warum eigentlich? Vielleicht stimmt überhaupt nichts davon, vielleicht gibt es gar kein Serum, und ich erfinde das alles nur. Auch an die Möglichkeit müssen Sie denken.«

Der Russe lächelte. »*Khvatit!* Sie sind *wirklich* draußen.«

»Das war es, was ich Ihnen die ganze Zeit klarzumachen versuchte. Bin ich das Risiko wirklich wert?«

»Das wollen wir herausfinden.« Plötzlich hob der Russe seine Pistole und warf sie Havelock auf dem Bett zu. Michaels Hand schoß in die Höhe und fing die Waffe aus der Luft.

»Was soll ich damit?«

»Was wollen Sie damit machen?«

»Nichts. Da ich annehme, daß die ersten drei Patronen Gummikapseln sind, die mit Farbe gefüllt sind, würde ich Ihnen nur den Anzug beschmutzen.« Havelock drückte den Hebel, der das Magazin freigab, und der Ladestreifen fiel aufs Bett. »Es ist ohnehin keine besonders gute Prüfung. Angenommen, der Bolzen funktioniert und dieses Ding macht auch nur den geringsten Lärm, dann würden zwanzig *chrust-scheiks* hier hereinplatzen und mich umblasen.«

»Der Bolzen funktioniert, und im Flur ist niemand. Das ›Arethusa Delphi‹ wird von Ihren Leuten beobachtet, und ich bin nicht so dumm, unser Personal hier aufmarschieren zu lassen. Ich denke, das wissen Sie. Deshalb sind Sie hier.«

»Was versuchen Sie eigentlich zu beweisen, indem Sie mir Ihre Waffe zuwerfen?«

Der Russe lächelte wieder und zuckte die Schultern. »Das weiß ich auch nicht genau. Vielleicht rechnete ich mit einem kurzen Aufflackern in Ihren Augen. Wenn ein Mann von einer Pistole bedroht wird und er sie plötzlich selbst in der Hand hält, reagiert er mit dem unbändigen Drang, die vorherige Bedrohung auszulöschen, vorausgesetzt, er erwidert die feindselige Haltung. Die Augen verraten das einem sehr zuverlässig. Keine noch so gute Tarnung kann diesen Impuls verdekken.«

»Was war in meinen Augen?«

»Absolutes Desinteresse. Müdigkeit, wenn Sie wollen.«

»Ich bin nicht sicher, ob Sie recht haben, aber ich muß Ihren Mut bewundern – ich hätte ihn nicht. Der Bolzen funktioniert also wirklich?«

»Ja.«

»Keine Gummikapseln?«

Der Russe schüttelte den Kopf. »Keine Kugeln. Das heißt, in den Patronen ist kein Pulver.« Rostow hob die linke Hand und zog mit der rechten den Ärmel seines Mantels zurück. An sein Handgelenk war ein dünnes Rohr geschnallt, das bis zu seinem Ellbogen führte, wobei der Auslösemechanismus offensichtlich dadurch betätigt wurde, daß er den Arm beugte. »Snotvornoje«, sagte er und tippte die straff gespannten federähnlichen Drähte an. »Was Sie Narkosepfeile nennen. Sie hätten den größten Teil des morgigen Tages friedlich geschlafen, und ein Arzt hätte darauf bestanden, daß man Ihr seltsames Fieber im Krankenhaus untersuchen müsse. Wir hätten Sie herausgeholt, Sie nach Saloniki geflogen und von dort über die Dardanellen nach Sebastopol.« Der Russe löste ein Gummiband von seinem Handgelenk und nahm die Waffe ab.

Havelock musterte den KGB-Mann, ohne auch nur eine Spur irritiert zu sein. »Sie hätten mich wirklich überwältigen können.«

»Solange man es nicht versucht, weiß man das nie sicher. Ich hätte Sie mit dem ersten Schuß verfehlen können, und Sie sind jünger und stärker als ich. Sie hätten mir den Hals brechen können. Aber ich hatte die größeren Chancen.«

»Ohne Zweifel. Warum haben Sie sie nicht genutzt?«

»Weil Sie recht haben. Wir wollen Sie nicht. Die Risiken sind zu groß – nicht die, von denen Sie sprachen, aber andere. Ich mußte einfach die Wahrheit kennen, jetzt bin ich überzeugt. Sie stehen nicht mehr im Dienst Ihrer Regierung.«

»Welche Risiken meinen Sie?«

»Sie sind uns unbekannt, aber es gibt sie. Alles, was man in diesem Geschäft nicht versteht, ist ein Risiko; überflüssig, Sie darauf hinzuweisen.«

»Ich würde gerne wissen, weshalb Sie mir plötzlich trauen.«

»Also gut.« Der sowjetische Abwehrmann zögerte; er ging auf die Tür zu, die auf den winzigen Balkon führte, und öffnete einen der beiden Flügel ein paar Zentimeter. Dann schloß er sie wieder und wandte sich zu Havelock um. »Erst einmal sollte ich Ihnen erzählen, daß ich nicht auf Anweisung von oben hier bin. Offen gestanden, meine Vorgesetzten im KGB glauben, ich wäre in einer ganz anderen Angelegenheit in Athen. Das können Sie akzeptieren oder auch nicht.«

»Dazu brauche ich nähere Einzelheiten. Jemand muß doch wissen, daß Sie hinter mir her sind.«

»Genau gesagt sind es zwei: ein mir vertrauter Kollege in Moskau und ein uns ergebener Mann – ein Maulwurf – aus Washington.«

»Sie meinen Langley?«

Der Russe schüttelte den Kopf, dann erwiderte er mit leiser Stimme: »Aus dem Weißen Haus.«

»Jetzt bin ich baff. Zwei *kontroljorja* aus dem KGB und ein sowjetischer Maulwurf beschließen, mit mir sprechen zu wollen, haben aber nicht die Absicht, mich nach Rußland zu verschleppen. In einem Zimmer in der Lubjanka würde jedes Gespräch aus Ihrer Sicht bestimmt produktiver verlaufen. Doch statt dessen erklärt mir der Sprecher dieser drei – ein Mann, den ich nur von Fotografien und seinem Ruf nach kenne –, daß es Risiken gibt, die mit mir in Verbindung stehen, die er nicht definieren könne, von denen er aber weiß, daß sie existieren. Und wegen dieser Risiken überläßt man es mir, ob ich sprechen will oder nicht – und ich habe nicht die entfernteste Idee, worüber. Gebe ich das richtig wieder?«

»Sie besitzen die slawische Fähigkeit, direkt zum Kern einer Sache vorzudringen.«

»Dazu ist nicht mehr nötig als gesunder Menschenverstand.«

Rostow trat von der Balkontür zurück und sein Ausdruck wirkte nachdenklich, zweifelnd. »Ich fürchte, das ist tatsächlich der entscheidende Faktor, der hier fehlt: die Logik.«

»Jetzt sprechen wir über etwas anderes.«

»Ja, richtig.«

»Worüber denn?«

»Über Sie, die Costa Brava.«

Havelock hielt inne, seine Augen blitzten vor Zorn, aber er hielt ihn unter Kontrolle. »Weiter.«

»Über die Frau. Ihretwegen haben Sie den Dienst quittiert, nicht wahr?«

»Die Unterhaltung ist beendet«, sagte Havelock abrupt.

»Bitte.« Der Russe hob beschwichtigend beide Hände. »Sie sollten mir besser zuhören.«

»Das glaube ich nicht. Sie könnten mir ohnehin nichts erzählen, was mich auch nur im geringsten interessieren würde. Man muß der *Voennaja* gratulieren. Gute Arbeit. Sie haben gewonnen... sie hat gewonnen. Und dann hat sie verloren. Die Sache ist erledigt, und es gibt nichts weiter darüber zu sagen.«

»Doch.«

»Nicht für mich.«

»Die beim VKR sind Wahnsinnige«, fuhr der Russe leise, aber mit eindringlicher Stimme fort. »Das brauche ich Ihnen nicht zu sagen. Sie und ich, wir sind zwar Feinde, aber wir halten uns an gewisse Regeln. Schließlich sind wir keine blindwütigen Hunde, sondern Profis. Jeder hat vor dem anderen einen gewissen Respekt, der vielleicht von Angst herrührt, aber nicht unbedingt. Glauben Sie mir das, *prijatel*.«

Ihr Augen musterten sich durchdringend. Havelock nickte. »Ich kenne Sie aus den Akten, wie Sie umgekehrt mich kennen. Sie hatten nichts damit zu tun.«

»Ein sinnloser Tod bleibt ein sinnloser Tod. Er provoziert die Gegenseite auf sehr gefährliche Weise. Die Vergeltung kann zehnfach schlimmere Folgen für den haben, der das Ganze ausgelöst hat.«

»Erzählen Sie das der *Voennaja*. Soweit es die betraf, war es keineswegs sinnlos, nur notwendig.«

»Schlächter sind das!« erregte sich Rostow. »Wer kann denen schon was sagen? Das sind die Nachfolger der alten OGPU-Schlächter. Die Erben des wahnsinnigen Mörders Jagoda. Die haben auch den Kopf voller paranoider Vorstellungen, die bereits ein halbes Jahrhundert zuvor die Leute verrückt machten, als Jagoda besonnene, vernünftige Männer niederschoß. Er haßte an ihnen, daß sie nicht so fanatisch waren wie er, und setzte das mit Verrat gegen die Revolution gleich. Kennen Sie das VKR?«

»Gut genug, um mich möglichst weit von ihm fernzuhalten und zu hoffen, daß Sie es unter Kontrolle halten können.«

»Ich wünschte, ich könnte darauf eine positive Antwort geben. Das wäre genauso, als würde man bei Ihnen einer Gruppe rechtsradikaler Eiferer offiziell den Status einer Unterabteilung des CIA verleihen.«

»Bei uns gibt es – manchmal wenigstens – wachsame Gegenkräfte. Wenn eine solche Unterabteilung entstehen würde – was durchaus möglich wäre –, würde man sie ständig kontrollieren und öffentlich kritisieren und die Mittel, die man ihnen zuteilt, sorgfältig im Auge behalten. Und am Ende würde man die Gruppe hinauswerfen.«

»Sie hatten auch Ihre Rückfälle, gerade in der McCarthy-Ära, als Säuberungsaktionen gegen Liberale und Linke gestartet wurden. Man hat Karrieren vernichtet und den Leuten das Leben unerträglich gemacht. Ja, Sie hatten auch Ihre düsteren Kapitel.«

»Aber immer nur von kurzer Dauer. Bei uns gibt es keine Gulags, keine ›Rehabilitationsprogramme‹ in einer Lubjanka. Und unsere freie, unabhängige Presse hat es immerhin fertiggebracht, die kriminellen Machenschaften eines Präsidenten aufzudecken und ihn zum Rücktritt zu zwingen. Bei Ihnen wäre so ein Fall undenkbar.«

»Dann haben wir eben beide unsere wunden Punkte. Aber wir sind so viel jünger; der Jugend erlaubt man Fehler.«

»Aber es gibt nichts«, unterbrach ihn Michael, »was man mit der *paminjatschik*-Operation des VKR vergleichen könnte. Die würde bei uns niemals toleriert und auch nicht von der gewissenlosesten Behörde finanziert werden.«

»Das ist auch wieder eine Ihrer paranoiden Vorstellungen«, schrie der KGB-Offizier und fügte spöttisch hinzu: »Die *paminjatschiks!* Schon das Wort ist eine Lüge, ohne jeden Sinn. Diese Strategie war Jahrzehnte zurück aktuell. Sie glauben doch nicht im Ernst, daß sie immer noch Geltung hat.«

»Vielleicht weniger auffällig als die *Voennaja*. Aber sie hat ganz bestimmt mehr Einfluß, als Sie vorgeben.«

»Ach, hören Sie auf, Havelock! Sie stellen sich wohl tatsächlich vor, wir hätten russische Familien, als Emigranten getarnt, in die Vereinigten Staaten geschickt, um aus den Kindern fanatische Sowjetagenten zu machen. Wahnsinn! Denken Sie doch mal nach. Das ist einfach Unsinn. Die Mehrzahl dieser jungen Leute würden wir verlieren, sobald sie an Bluejeans, Rockmusik und schnellen Autos Gefallen gefunden haben.«

»Jetzt lügen Sie. Es gibt sie. Das wissen Sie genausogut wie wir.«

Rostow zuckte die Achseln. »Dann ist es eben eine Frage der Zahl... der Bedeutung möchte ich hinzufügen. Wie viele mag es noch geben? Fünfzig, hundert, höchstens zweihundert? Allesamt Amateure, die sich in ein paar Städten herumtreiben und in Kellern treffen, um Unsinn zu reden. Diesen Leuten schenkt man bei uns nur sehr wenig Glauben, das versichere ich Ihnen.«

»Aber zurückgezogen haben Sie sie nicht.«

»Wohin sollten wir sie tun? Nur wenige von ihnen sprechen Russisch; sie sind uns wirklich ein Klotz am Bein. Wir lassen sie einfach gewähren und nehmen sie nicht weiter ernst.«

»Die *Voennaja* hat sie aber nicht abgeschrieben.«

»Ich sagte Ihnen doch, daß die Männer im VKR fehlgeleiteten Fantasien nachhängen.«

»Ich frage mich, ob Sie das selbst glauben«, sagte Michael und sah den Russen prüfend an. »Nicht alle waren Amateure.«

»Wenn es augenblicklich von seiten der *paminjatschiks* irgendeine Aktivität von Bedeutung gibt, so ist uns das nicht bekannt«, sagte Rostow entschieden.

»Und wenn nun doch etwas in der Richtung läuft und Sie nichts davon wissen, hätte das doch sicherlich Folgen, nicht wahr?«

Der Russe stand reglos da und schien zu überlegen; schließlich antwortete er mit leiser und ernster Stimme: »Das VKR gibt sich unglaublich geheimnisvoll. Das ist sicherlich bedeutsam.«

»Jetzt habe ich Sie vielleicht auf etwas hingewiesen, worüber sich nachzudenken lohnt. Nennen Sie es ein Abschiedsgeschenk von einem pensionierten Feind.«

»Auf solche Geschenke bin ich nicht scharf«, sagte Rostow kalt. »Die sind ebenso zufällig wie Ihre Anwesenheit in Athen.«

»Sie sollten besser nach Moskau zurückkehren und dort Ihre Probleme klären. Die inneren Machtkämpfe im KGB interessieren mich nicht mehr. Und nun schlage ich vor, daß Sie gehen.«

»Das ist ja genau der Punkt. Unsere Infrastruktur gliedert sich in einzelne Sektionen, die alle zusammen eine Einheit bilden. Da ist ganz oben das KGB. Ein Mann… oder eine Frau… kommt in die *Voennaja Kontra Rozvedka*, vollbringt dort vielleicht sogar hervorragende Leistungen, aber er… oder sie… muß aus dem KGB stammen. Zumindest *muß irgendwo* eine Dscherschinski-Akte angelegt sein. Bei ausländischen Rekruten ist das doppelt wichtig, zum inneren Schutz natürlich.«

Havelock setzte sich auf dem Bett auf, und in den Zorn, der in seinen Augen stand, mischte sich Verwirrung. »Sagen Sie endlich, worauf Sie hinaus wollen. Schnell! Sie haben einen schlechten Geruch an sich, *prijatel*!«

»Ich nehme an, den haben wir alle an uns, Mikhail Havliček. Unsere Nasen gewöhnen sich nie ganz an ihn, nicht wahr? Perverserweise werden sie immer empfindlicher und können allmählich jede Nuance dieses Geruchs wahrnehmen. Wie Tiere.«

»Los, reden Sie!«

»Beim KGB gibt es keine Aufzeichnungen über eine Jenna Karras.«

Havelock starrte den Russen an. Plötzlich sprang er ohne die geringste Warnung auf, packte das Laken und riß es hoch, so daß der Russe nichts mehr sehen konnte. Er warf sich nach vorne, schleuderte Rostow gegen die Wand neben der Balkontür und drehte den KGB-Mann im Uhrzeigersinn an den Handgelenken herum, während er gleichzeitig den rechten Arm um Rostow schlang, so daß dessen Hals wie in einem Schraubstock eingespannt war. »Dafür könnte ich Sie töten«, keuchte er atemlos, und seine Kinnmuskeln pulsierten an dem kahlen Schädel Rostows. »Sie sagten vorhin, ich könnte Ihnen den Hals brechen. Das könnte ich jetzt auf der Stelle tun!«

»Das könnten Sie«, erwiderte der Russe mit erstickter Stimme. »Aber anschließend würde man Sie erledigen. Entweder in diesem Zimmer oder draußen auf der Straße.«

»Ich dachte, Sie hätten niemanden in diesem Hotel.«

»Ich habe gelogen. Da sind drei Männer. Zwei, die als Kellner gekleidet sind, warten unten in der Halle bei den Lifts. Und einer hat sich auf der Treppe postiert. Meine Leute sind auch auf der Straße, jede Tür wird bewacht. Meine Instruktionen sind eindeutig: Falls ich zur verabredeten Zeit nicht aus einem bestimmten Ausgang komme, wird man Sie töten. Sie haben keine Chance zu entrinnen. Ich bin kein Idiot.«

»Vielleicht nicht, aber ein Tier!« schrie Michael und stieß den Russen durch den Raum. »Gehen Sie zurück nach Moskau und sagen Sie Ihren Leuten, daß der Köder zu auffällig ist, sein Gestank ist penetrant. Darauf falle ich nicht rein, *prijatel*. Verschwinden Sie von hier!«

»Es ist kein Köder«, protestierte Rostow und hielt sich den Hals. »Sie haben es ja selbst gesagt: Was könnten Sie uns schon mitteilen, das die Risiken wert wäre oder die Repressalien, die uns nachher drohen? Oder die Unsicherheit. Sie sind draußen. Ohne Programmierung könnten Sie uns in hundert Fallen locken, indem wir auf das hin handeln, was Sie uns sagen, aber das entspricht nicht mehr dem letzten Stand. Durch Sie beschäftigen wir uns womöglich mit langfristigen, wichtigen Strategien, die Washington inzwischen aufgegeben hat, ohne Sie informiert zu haben. Dabei riskieren wir das Leben unserer Leute. Das ist Ihnen doch sicherlich bewußt.«

Havelock starrte den anderen an, sein Atem war deutlich hörbar, und die Wut und die Verwirrung lasteten schwer auf seinem Gefühl. Auch nur die geringste Möglichkeit, daß an der Costa Brava ein Irrtum passiert war, war mehr, als er ertragen konnte. Aber ein Irrtum war ausgeschlossen. Ein Abtrünniger der Rote Armee Fraktion hatte die Kette der Ereignisse ausgelöst, durch die alles ans Licht gekommen war. Die Beweise waren nach Madrid gesandt worden, er hatte über ihnen gebrütet, hatte jede Einzelheit gründlich untersucht, um einen Widerspruch zu finden. Aber es gab keinen. Selbst Anthony Matthias – *Anton* Matthias, Freund, Betreuer, Vaterersatz – hatte eine detaillierte Bestätigung verlangt; die war geliefert worden, ohne daß er Einwände gehabt hätte.

»Nein! Der Beweis war vorhanden! *Sie* war da! Ich habe es selbst gesehen! Ich hatte gesagt, daß ich mich mit eigenen Augen überzeugen müßte, und sie waren einverstanden!«

»Sie? Wer sind diese ›sie‹?«

»Das wissen Sie genausogut wie ich! Männer wie Sie! Die Eingeweihten. Sie haben nicht gründlich genug hingesehen, Sie haben unrecht!«

Der Russe drehte den Kopf langsam im Kreis und massierte mit der linken Hand seinen Hals; er sprach mit leiser Stimme: »Ich will nicht leugnen, daß wir uns getäuscht haben können. Wie ich schon sagte, das VKR treibt seine Geheimniskrämerei bis zum Wahnsinn, besonders in Moskau – aber das ist nur eine ganz entfernte Möglichkeit. Wir waren sehr erstaunt, daß eine ungewöhnlich wirkungsvolle Agentin von ihren eigenen Leuten in eine Terroristenfalle geführt wird... und dann machen eben diese Leute den KGB für ihren Tod verantwortlich, indem sie behaupten, sie wäre eine der unseren. Die Folge dieser Verdrehung ist, daß der ständige Begleiter dieser Frau, ihr Liebhaber, ein mehrsprachiger Außenagent mit außergewöhnlichen Talenten, neutralisiert wird. Von Ekel und tiefer Enttäuschung überwältigt, steigt er aus. Wir reagieren verblüfft und sehen uns daraufhin die Akten an, auch die ganz schwer zugänglichen. Aber ihr Name taucht nirgendwo auf. Jenna Karras hat nie für uns gearbeitet.« Rostow hielt inne, und seine Augen verrieten Angst. Michael Havelock war ein gefährlich gereizter Panther, der im Begriff war zu springen, zuzuschlagen. Der Russe fuhr mit ausdrucksloser Stimme fort. »Wir sind froh. Es ist zu unserem Vorteil, daß Sie eliminiert sind, doch wir fragen uns, weshalb? Weshalb ist das geschehen? Ist es ein Trick? Und wenn ja, wozu? Wer hat einen Vorteil davon? Es bleibt die Frage: Warum hat man Sie suspendiert?«

»Fragen Sie ihr VKR!« schrie Michael verächtlich. »Sie haben es nicht so geplant, aber so ist es geschehen. Ich bin so etwas wie ein Bonus! Fragen Sie Ihre Leute beim VKR.«

»Das haben wir getan«, entgegnete der Russe, »und zwar einen Abteilungsdirektor, der klüger und vernünftiger ist als die meisten seiner Kollegen. Er sagte uns, er persönlich wisse nichts von der Karras oder von Einzelheiten über die Vorgänge an der Costa Brava, aber als die Außenleute keine Fragen stellten, vermutete er, daß solche Fragen nicht gestellt werden *sollten*, und er wies darauf hin, daß die Ergebnisse günstig waren: zwei feindliche Agenten abgeschossen, beide talentiert, einer in besonderem Maße. Die *Voennaja* ließ sich dafür gerne loben.«

»Warum sollte sie auch nicht? Ich war draußen, und ihr Tod konnte gerechtfertigt werden. Ein Opfer, egal mit welchem Namen, bleibt ein Opfer, und man kann es gut zum eigenen Vorteil ins Spiel bringen. Der Mann beim VKR hat es mit seiner Aussage bestätigt.«

»Keineswegs. Er sagte uns, er hätte nicht die leiseste Ahnung, was geschehen wäre oder weshalb.«

»Er persönlich wußte es nicht«, widersprach Havelock ärgerlich. »Die Leute dort wußten es. *Sie* wußte es.«

»Eine wenig überzeugende Erklärung. Sein Büro ist für sämtliche Aktivitäten im südwestlichen Mittelmeersektor verantwortlich. Dieses Gebiet schließt die Costa Brava ein. Er hätte über das Rendezvous informiert sein müssen.« Rostow hielt kurz inne und fügte dann leise hinzu: »Unter normalen Umständen.«

»Vielleicht doch keine so schwache Erklärung?« fragte Michael.

»Daß ich mich da täusche, ist kaum denkbar. Diese Möglichkeit ist äußerst gering.«

»Von der Möglichkeit gehe ich aus!« schrie Havelock erneut, irritiert über seinen plötzlichen Ausbruch.

»Vielleicht müssen Sie so denken.«

»Das VKR bekommt ziemlich häufig seine Anweisungen direkt von höchsten politischen Instanzen im Kreml. Das ist kein Geheimnis. Wenn Sie nicht lügen, hat man Sie einfach übergangen.«

»Ganz bestimmt. Und der Gedanke macht mir mehr Angst, als ich Ihnen sagen kann. Aber sosehr ich auch Ihre beruflichen Leistungen anerkennen muß, trotzdem glaube ich nicht, daß die Leute, die im Kreml die Politik machen, sich mit unseresgleichen befassen. Sie beschäftigen sich mit Dingen von globaler Bedeutung. Und, was in diesem Zusammenhang sehr viel mehr bedeutet, sie haben keine Erfahrung mit uns.«

»Dafür haben sie Erfahrung mit der RAF. *Und* der PLO *und* der Brigate Rosse *und* ein paar Dutzend Rote Armeen, die überall Unheil stiften! *Das* ist Politik!«

»Nur für Wahnsinnige.«

»Genau davon sprechen wir! Von *Wahnsinnigen*!« Michael hielt inne, und das Offenkundige war ihm plötzlich klar. »Wir haben die Codes der VKR entschlüsselt. Sie waren authentisch; ich habe genug Varianten gesehen, um das beurteilen zu können. Ich habe den Kontakt hergestellt – sie hat geantwortet! Ich habe den letzten Funkspruch an die Männer in dem Boot draußen auf See abgesetzt und – sie hat geantwortet! Erklären Sie mir das!«

»Das kann ich nicht.«

»Dann verschwinden Sie!«

Der Russe sah auf die Uhr. »Das muß ich ohnehin. Die Zeit ist um.«

»Ja, das ist sie.«

»Wir befinden uns in einer Pattsituation«, sagte der KGB-Mann.

»Ich nicht.«

»Nein, Sie wahrscheinlich nicht, und das macht die Risiken, die Sie betreffen, noch größer. Sie wissen, was Sie wissen, und ich weiß, was ich weiß: ein Patt, ob es Ihnen nun gefällt oder nicht.«

»Ihre Zeit ist um, denken Sie daran.«

»Ich vergesse es nicht. Ich habe keine Lust, in einen Kugelhagel zu geraten.« Rostow ging zur Tür und drehte sich, die Hand auf der Klinke, um. »Vor ein paar Minuten sagten Sie, der Köder sei zu auffällig, sein Gestank ist penetrant. Erzählen Sie Washington, wir nehmen ihn auch nicht an.«

»Hinaus!«

Die Tür schloß sich. Havelock stand fast eine Minute reglos da und versuchte, sich die Augen des Russen vorzustellen. Sie hatten zuviel Wahrheit enthalten. Über die Jahre hatte Michael gelernt, die Wahrheit zu erkennen, besonders bei seinen Feinden. Rostow hatte nicht gelogen, er hatte die Wahrheit gesagt, oder das, was er für die Wahrheit hielt. Und das bedeutete, daß dieser mächtige KGB-Stratege von seinen eigenen Leuten in Moskau manipuliert wurde. Den einflußreichen Abwehroffizier, Pjotr Rostow, hatte man ausgeschickt, um Kontakt mit dem Feind herzustellen. Er hatte Informationen in seinem Besitz, von denen er überzeugt war, daß seine Vorgesetzten sie nicht kannten. Nun sollte er einen Gegner dazu bringen, für die Sowjets zu arbeiten. Je höher der Rang des Offiziers, desto glaubwürdiger war seine Geschichte – so lange er die Wahrheit so wiedergab, wie er sie sah, jene Wahrheit, die sein Feind ihm vermittelte.

Michael ging an den Tisch, wo er vor einer halben Stunde das Glas Whisky hingestellt hatte. Er leerte es und blickte auf das Bett. Bei dem Gedanken, wie anders der Abend sich entwickelt hatte, mußte er lächeln. Die sinnliche Kurtisane hatte ihn in eine geschickt inszenierte Falle gelockt. Wann würden sie endlich aufhören, ihm nachzustellen? Amsterdam, Paris, Athen.

Wahrscheinlich würden seine Nachfolger ihm so lange auf den Fersen bleiben, solange er sich bewegte, ihn beobachten, ihn immer wieder in die Enge treiben, darauf wartend, daß er die Verbrechen beging, die sie ihm in ihrer Fantasie zutrauten. Allein schon in der Tatsache, daß er umherreiste, fanden sie die Berechtigung für ihren Argwohn. Ein Mann, der bisher jeden Schritt auf Befehl getan hatte, ließ sich nicht plötzlich ziellos treiben. Aus seinem Verhalten mußte man schließen, daß er anderen Befehlen folgte, neuen Befehlen; sonst würde er an einem Ort bleiben. Irgendwo.

Vielleicht war es Zeit anzuhalten. Die Odyssee seiner Rückkehr in das normale Leben hatte lange genug gedauert. Nun war es an der Zeit, ein Telegramm abzuschicken, eine Verpflichtung einzugehen, einen neuen Anfang zu machen. Ein fast vergessener Freund war wieder ein Freund geworden. Jener Mann hatte ihm ein neues Leben angeboten; er konnte sein altes begraben und gleichzeitig aus ihm Nutzen ziehen, konnte neue Verbindungen herstellen, konnte seine Erfahrungen weitergeben.

Was wirst du lehren, Mikhail?

Hör auf! Du bist kein Teil von mir! Du warst es nie!

Morgen früh wollte er ein Telegramm an Harry Lewis schicken, anschließend einen Wagen mieten und nach Nordwesten fahren, an den Adriahafen Kêrkyra. Dort würde er ein Schiff nach Gagliano del Capo in Italien nehmen. Er hatte das früher schon einmal gemacht, unter irgendeinem Namen und aus irgendeinem Grund. Jetzt würde er die Passage als Michael Havelock, Gastprofessor, buchen. Von Gagliano würde er mit der Bahn nach Rom fahren, in die Stadt, in der er sich besonders wohl fühlte. Eine oder zwei Wochen plante er in Rom zu bleiben. Das sollte die letzte Station seiner Odyssee sein, der Ort, wo er alle Gedanken an ein Leben begraben wollte, das vorbei war.

Aber zu lange beabsichtigte er nicht in Rom zu bleiben. Denn in weniger als drei Monaten begann seine Gastprofessur in Concord, New Hampshire. In der Zwischenzeit mußte er seine Vorlesungen vorbereiten und Lehrpläne studieren. Vielleicht hatte er noch Gelegenheit für einen kurzen Besuch bei Matthias, der ihm gewiß neue Eindrücke würde vermitteln können, vielleicht sogar bestimmte Konzepte, die sich für seine Lehrtätigkeit eigneten. Gleichgültig, wie beschäftigt er auch sein würde, Matthias würde sich die Zeit nehmen, weil Anton von allen Menschen am glücklichsten über seine neue Rolle sein würde. Dort hatte alles angefangen. So vieles gab es zu tun.

Er brauchte eine Bleibe, ein Haus, Möbel, Töpfe, Geschirr und Bücher. Einen Stuhl, auf dem er sitzen konnte, ein Bett zum Schlafen. Bisher hatte er sich nie um so etwas gekümmert. Jetzt setzte er sich mit solchen praktischen Dingen auseinander und spürte, wie die Erregung in ihm wuchs.

Er ging an den Schrank, schraubte die Scotchflasche auf und schenkte sich ein. »*Prijatel*«, sagte er leise, als er sein Gesicht im Spiegel betrachtete. Plötzlich starrte er seine Augen an, seine eigenen Augen. Und in einem Augenblick des Schreckens schmetterte er das Whiskyglas mit solcher Gewalt zu Boden, daß das Glas zersprang; Blut quoll langsam über seine Hand. Die Augen ließen ihn nicht los! Und dann begriff er. Hatten seine eigenen Augen in jener Nacht an der Costa Brava die Wahrheit gesehen?

»Hör auf!« schrie er. »Es ist vorbei!«

Dr. Harry Lewis saß in seinem Arbeitszimmer am Schreibtisch und hielt das Telegramm in der Hand. Er lauschte auf die Stimme seiner Frau. Jetzt kam sie.

»Bis später, Liebling«, rief sie vom Flur herein. Die Haustür öffnete sich und schloß sich wieder. Sie hatte das Haus verlassen.

Lewis nahm den Hörer ab und wählte die Vorwahl von Washington D.C. Die sieben Ziffern, die folgten, hatte er auswendig gelernt; sie waren nirgendwo notiert und würden auch nie auf einer Rechnung erscheinen.

»Ja?« fragte eine Männerstimme am anderen Ende der Leitung.

»Birchtree«, meldete sich Harry.

»Sprechen Sie, Birchtree. Sie werden auf Band aufgenommen.«

»Er hat akzeptiert. Das Telegramm kam aus Athen.«

»Irgendeine Änderung in den Daten?«

»Nein. Er wird hier einen Monat vor Beginn des Trimesters eintreffen.«

»Hat er gesagt, wo er von Athen aus hinreisen wird?«

»Nein.«

»Wir beobachten die Flughäfen. Danke, Birchtree.«

Schon bald nach seiner Ankunft in Rom war ihm die geliebte Stadt rasch verleidet. Überall wurde gestreikt, fast an jeder Straßenecke in den Parks und an den Brunnen bildeten sich Gruppen von Streikenden, die lautstark und temperamentvoll die Lage diskutierten. Die Post lag im Rinnstein neben dem Müll, den niemand abholte. Nirgends gab es Taxis, und die meisten Restaurants waren geschlossen, weil sie nicht mehr mit frischer Ware beliefert wurden. Die *poliziotti* hatten die Arbeit eingestellt, so daß der ohnehin schon chaotische Verkehr völlig zum Erliegen kam. Und das Telefonnetz brach ebenfalls zusammen. Die Stadt war von Hysterie erfüllt.

Es war der zweite Abend. Michael hatte seine Pension in der Via Due Macelli vor mehr als zwei Stunden verlassen, um in der Via Flamina Vecchia in einem seiner Lieblingsrestaurants zu speisen. Doch das Lokal war geschlossen, auch nach langer Geduld fand er kein Taxi, das ihn zur Spanischen Treppe zurückbringen sollte.

Als er das nördliche Ende der Via Veneto zu Fuß erreicht hatte, sah er im beleuchteten Fenster eines Reisebüros ein Plakat, das für einen Besuch Venedigs warb.

Warum, zum Teufel, sollte er eigentlich nicht in die Lagunenstadt reisen? Schließlich war er an keinen festen Plan gebunden. Er sah auf die Uhr; es war kurz vor halb neun, wahrscheinlich zu spät, um noch einen Flug zu bekommen. Aber wenn er sich richtig erinnerte – und das hoffte er –, verkehrten von Rom aus bis Mitternacht Züge. Die langsame, gemächliche Bahnfahrt von Gagliano del Capo nach Rom durch Landschaften, die sich seit Jahrhunderten nicht verändert hatten, hatte ihm gefallen. Warum also nicht einen Zug nehmen? Sein Koffer war in wenigen Minuten gepackt, und zum Bahnhof waren es zwanzig Minuten zu Fuß. Das Geld, das er auszugeben bereit war, würde für eine Unterkunft sicherlich ausreichen. Wenn nicht, konnte er jederzeit in die Via Due Macelli zurückkehren. Er hatte sein Zimmer für eine Woche im voraus bezahlt.

Fünfundvierzig Minuten später schritt Havelock durch das riesige Portal des Bahnhofs Ostia, den Mussolini in den verklärten Tagen der Trommeln und Trompeten hatte bauen lassen, als die Züge pünktlich verkehrten.

Italienisch gehörte nicht zu den Sprachen, die Michael besonders gut beherrschte, aber lesen konnte er sie einigermaßen.

Biglietto per Venezia. Prima classe.

Die Schlange war kurz, und er hatte Glück. Der berühmte *Freccia della Laguna* fuhr in acht Minuten, und wenn der *Signore* bereit war, den Aufpreis zu zahlen, könne er ein eigenes Abteil haben. Das wünschte er, und während der Beamte sein prunkvolles Ticket stempelte, sagte er ihm, daß der Zug von der *binario trentasei* verkehre, einige hundert Meter vom Schalter entfernt.

»Fate presto, Signore. Non perdete tempo! Fate in fretta!«

Michael bahnte sich, so schnell er konnte, den Weg zum Gleis 36. Wie gewöhnlich – er erinnerte sich aus seiner Vergangenheit daran – drängelte sich eine lärmende Menschenmenge unter der riesigen Kuppel. Das Kreischen der Bremsen mischte sich mit dem Heulen der abfahrenden Züge. Stimmen schrien sich Flüche zu und übertönten das betäubende Brüllen. Offensichtlich streikten auch die Gepäckträger. Er brauchte beinahe fünf Minuten, bis er den Bahnsteig mit den zwei Gleisen erreicht hatte. Dort war gerade ein überfüllter Zug aus dem Norden eingetroffen, während der Venezia-Expreß im Begriff war abzufahren. Unter den aussteigenden und einsteigenden Fahrgästen gab es ein Geschiebe und Gedränge. Koffer, Kisten und mit Seilen verschnürte Pakete wurden herumgestoßen, kreischende Kinder von ärgerlichen Männern und Frauen getreten und beschimpft.

Plötzlich sah er auf der anderen Seite des Bahnsteigs durch die Menschenmenge hindurch von hinten den Kopf einer Frau, die Krempe eines weichen Huts verdeckte ihr Gesicht. Sie war gerade aus dem Zug aus Richtung Norden gestiegen und hatte sich umgedreht, um mit dem Schaffner zu sprechen. Der Anblick war ihm vertraut: dieselbe Haarfarbe, dieselbe Halsform. Der Hut ähnelte jenem, den sie getragen hatte. Eine solche Situation hatte er schon oft erlebt. Zu oft. Jedesmal hatte er sich von solchen zufälligen Ähnlichkeiten täuschen lassen.

Schließlich drehte sich die Frau herum, und ein scharfer Schmerz durchzuckte Havelocks Augen und Schläfen, bohrte sich in seine Brust. Das Gesicht auf der anderen Seite der Plattform, das von den hastenden Menschen immer wieder verdeckt wurde, war keine Illusion.

Das war *sie*.

Ihre Blicke trafen sich. Ihre Augen weiteten sich in nackter Furcht. Ihr Gesicht erstarrte in einem Augenblick des Schreckens. Dann riß sie den Kopf herum und stürzte sich in das Menschengewühl vor ihr.

Michael drückte die Augen zu und öffnete sie wieder. Er versuchte den Schmerz und den Schock und das plötzliche Zittern abzuschütteln, das ihn erfaßt hatte. Er ließ seinen Koffer fallen. Er mußte sich bewegen, hinter dieser lebenden Leiche von der Costa Brava herrennen. Sie lebte! Diese Frau, die er geliebt und die jene Liebe verraten hatte und für sie gestorben war, lebte!

Hastig drängte er sich zwischen den Fahrgästen hindurch, rief ihr zu, stehenzubleiben. Er raste die Rampe hinauf, durch den mächtigen Steinbogen, achtete nicht auf das Schreien der wütenden Leute, die er beiseite stieß. Er merkte gar nicht, daß man nach ihm trat, nach ihm schlug, spürte die Hände nicht, die an seinen Kleidern zerrten.

Sie war nirgends in der Menge zu sehen. Aber er hatte sie gesehen. Und sie hatte ihn gesehen!

Was war geschehen?

Jenna Karras lebte!

4

Als hätte ihn plötzlich aus blauem Himmel ein Blitz getroffen, war er wieder in der dunklen Welt, die er hinter sich zurückgelassen hatte. Sie lebte! Seine eigene, ganz persönliche Welt kreiste wie wild unkontrolliert unter der mächtigen Kuppel, inmitten sich drängender, schreiender Menschen. Er mußte weiterrennen, sie finden! Er drängte sich blindlings durch die Menge, schob Arme und gestikulierende Hände auseinander. Zuerst ein Ausgang, dann der andere; und ein dritter und ein vierter. Dann sprach er Polizisten an und versuchte, sie mit seinem dürftigen Italienisch zu beschreiben und beendete jeden seiner wirren Sätze mit »*Emergenza! Emergenza!*« Aber er erntete nur Achselzucken und mißbilligende Blicke.

Er rannte weiter. Eine Treppe! Eine Tür! Ein Lift! Zweitausend Lire für eine Frau, die in der Damentoilette nachschaute; fünftausend für einen Speditionsangestellten.

Nichts. Sie blieb verschwunden.

Havelock lehnte sich auf eine Mülltonne, der Schweiß rann ihm über Gesicht und Nacken, strömte aus seinen zerfetzten Kleidern, und seine Hände waren aufgeschrammt und bluteten. Einen Augenblick lang dachte er, er müsse sich gleich übergeben. Er mußte sich zusammenreißen, mußte zu sich kommen.

Und das einzige, was ihm dazu verhelfen würde, war, sich weiterzubewegen. Da fiel ihm sein Koffer ein. Die Möglichkeit, daß er immer noch auf dem Bahnsteig stand, war gering, aber immerhin ein Ziel. Er machte kehrt, drängte sich wieder durch die Menschenmassen. Sein Körper schmerzte, sein Wahrnehmungsvermögen war abgestumpft. Er fühlte sich geblendet von den verschwommenen, gestikulierenden Horden, die ihn umgaben. Es kam ihm vor, als befände er sich in einem dunklen Tunnel, angefüllt mit wilden Schatten und wirbelnden Winden. Er hatte keine Ahnung, wie lange er dazu brauchte, um den steinernen Rundbogen wieder zu erreichen und die Treppe zum nächsten, halb verlassenen Bahnsteig hinunterzugehen. Der Zug nach Venedig war abgefahren, und die Reinigungstrupps drängten sich in die Waggons des Zugs, der Jenna Karras nach Rom gebracht hatte, die Tote von der Costa Brava. *Wie?*

Da stand sein Koffer, zerdrückt, aber noch intakt. Die Gurte waren gerissen, die Sachen schauten hervor, doch seltsamerweise noch ganz. Sein Koffer war in den engen Spalt zwischen dem Rand des Bahnsteigs und der schmutzigen Seitenwand des dritten Waggons eingezwängt. Er kniete nieder und zog an ihm. Als er ihn schließlich mit einigen Mühen freibekommen hatte, verlor er das Gleichgewicht, fiel auf den Betonboden und hielt immer noch den halb abgerissenen Handgriff fest. Ein Mann im Overall, der einen breiten Besen vor sich her schob, näherte sich. Michael erhob sich langsam, ungeschickt, erkannte, daß der Reinigungsmann stehengeblieben war. Seine Augen verrieten zugleich Erheiterung und Abscheu.

Plötzlich brach der Griff, rutschte der Koffer nach unten, nur noch von einem Scharnier gehalten. Havelock riß ihn in die Höhe und preßte ihn an sich. Wie in Trance eilte er den Bahnsteig hinunter auf die Treppe zu.

Plötzlich war er draußen auf der Straße, den Koffer gegen die Brust gepreßt. Unsicher ging er an einer Reihe erleuchteter Schaufenster vorbei. Er war sich bewußt, daß Leute ihn immer wieder anstarrten, mit seinem zerrissenen Sakko und dem zerdrückten Koffer, dessen Inhalt heraushing. Die Nebel fingen an sich zu lösen, die kalte Nachtluft verteilte sie. Er mußte jetzt wieder zu sich finden, mußte sich auf das Nächstliegende konzentrieren: sich das Gesicht waschen, Kleider wechseln, sich ausruhen, eine Zigarette rauchen, den Koffer ersetzen.

F. MARTINELLI Valigeria. Die Neonbuchstaben leuchteten in tiefem Rot über dem breiten Schaufenster, in dem Reisezubehör ausgestellt war. Es war eines jener Geschäfte in der Nähe des Bahnhofs Ostia, in denen wohlhabende Ausländer und Italiener kauften. Bei der Ware handelte es sich um ganz gewöhnliche Dinge, aus denen man durch die Verwendung kostspieliger Materialien wie Silber und poliertem Messing Luxusartikel gemacht hatte.

Havelock stand einen Augenblick vor dem Eingang und atmete tief durch. Den Koffer hielt er krampfhaft fest, als wäre er ein Gegenstand, der ihn zu tragen vermochte. Irgendwohin an ein Ufer. Wie eine Planke im tosenden Meer. Als er eintrat, war schon beinahe Ladenschluß, und im Geschäft hielten sich keine Kunden mehr auf, wie er erleichtert feststellte.

Der Geschäftsführer trat auf ihn zu, sein Gesichtsausdruck wirkte besorgt, verstört. Er zögerte, trat dann einen Schritt zurück, als wollte er schnell die Flucht ergreifen. Havelock sprach hastig, in kaum verständlichem Italienisch.

»Ich bin am Bahnsteig in eine halbverrückte Menge geraten. Dabei bin ich gestürzt. Jetzt brauche ich dringend ein paar Dinge... eine ganze Menge, um es genau zu sagen. Man erwartet mich ziemlich bald im ›Hassler‹.«

Als der Geschäftsführer den Namen von Roms exklusivstem Hotel hörte, setzte er sofort eine mitfühlende Miene auf.

»*Animali*!« rief er aus und machte eine großspurige Handbewegung. »Wie schrecklich für Sie, *Signore*! Hier, lassen Sie sich von mir helfen...«

»Ich brauche einen neuen Koffer, aus weichem, sehr gutem Leder, wenn Sie so etwas haben.«

»*Naturalmente...*«

»Ich bin mir klar, daß das eine Zumutung ist, aber meinen Sie, ich könnte mich hier irgendwo waschen? Ich würde die *Contessa* ungern in diesem Zustand begrüßen.«

»Bitte, folgen Sie mir, *Signore*! Ich bitte tausendmal um Entschuldigung!«

Während Michael sich in einem Hinterzimmer wusch und umzog, konzentrierte er seine Gedanken auf die zwei kurzen Besuche, die er und Jenna Karras in Rom gemacht hatten. Beim ersten Mal waren sie auf der Durchreise gewesen und nur eine Nacht geblieben; der zweite Aufenthalt war länger gewesen, hatte drei oder vier Tage gedauert, wenn er sich richtig erinnerte. Sie hatten Anweisungen aus Washington erwartet; damals waren sie als ein jugoslawisches Ehepaar durch die Balkanländer gereist, mit dem Auftrag, ein Verzeichnis über die sich ausdehnenden Verteidigungsanlagen an den Grenzen zu erstellen.

Damals war ein Beamter der Heeresabwehr Havelocks Verbindungsperson nach Washington gewesen. Er war der einzige Farbige, der als ranghoher Attaché in der Botschaft arbeitete. Er hieß Lawrence B. Brown, der Buchstabe in der Mitte stand für seinen richtigen Namen, der Baylor lautete.

Der farbige Colonel war ein Mann, mit dem er reden konnte – falls Baylor einverstanden war, mit *ihm* zu sprechen.

Havelock brauchte zwanzig Minuten, bis er am Telefon im Zimmer des Geschäftsführers, der inzwischen Michaels Kleider in einen geradezu sündhaft teuren Koffer packte, die Botschaft erreicht hatte. Baylor nahm gerade an einem Empfang im Erdgeschoß teil.

»Sagen Sie ihm, es sei wichtig«, bat Michael. »Mein Name ist... Baylor.«

Lawrence Baylor gab sich ziemlich reserviert, man merkte ihm an, daß er Havelocks Ansinnen am liebsten abgelehnt hätte. Alles, was ein suspendierter Abwehrbeamter zu sagen hatte, ließ sich am besten in der Botschaft bereden. Aus einer ganzen Anzahl von Gründen.

»Und wenn ich Ihnen jetzt sage, daß ich soeben wieder in den aktiven Dienst eingetreten bin? Auch wenn ich nicht auf Ihrer Gehaltsliste stehe – oder auf der von sonst jemandem –, ich bin wieder dabei. Ich unterstelle, daß Sie das für sich behalten, Colonel.«

»Es gibt da ein Café in der Via Pancrazio; es heißt ›La Ruota del Pavone‹. Kennen Sie es?«

»Ich werde es schon finden.«

»In einer Dreiviertelstunde.«

»Ich werde dort sein.«

Havelock beobachtete von einem Tisch in der hintersten Ecke des Cafés, wie der Offizier sich eine Karaffe Wein an der Bar bestellte und damit durch den schwach erleuchteten Raum ging. Baylors Gesicht wirkte ernst und besorgt; er fühlte sich nicht wohl in seiner Haut, und als er schließlich an den Tisch kam, bot er dem anderen nicht die Hand. Er setzte sich Michael gegenüber, atmete langsam aus und zwang sich zu einem aufgesetzten Lächeln.

»Nett, Sie zu sehen«, sagte er wenig überzeugend.

»Danke.«

»Wenn Sie mir nicht etwas mitzuteilen haben, das für uns von Interesse ist, bringen Sie mich in eine ziemlich dumme Lage. Das ist Ihnen hoffentlich klar.«

»Ich habe eine Neuigkeit, die Ihnen den Verstand rauben wird«, antwortete Havelock, der unwillkürlich flüsterte. Da war jetzt wieder das Zittern; er packte mit der rechten Hand sein linkes Handgelenk, um es unter Kontrolle zu bringen.

Der Colonel musterte Michael, und sein Blick fiel auf Havelocks Hände. »Sie sind ziemlich fertig, wie ich sehe. Was ist denn passiert?«

»Sie lebt! Ich habe sie gesehen!«

Baylor schwieg und rührte sich nicht. Seine Augen wanderten über Michaels Gesicht; es war offensichtlich, daß er die Spuren der letzten Verletzungen auf Havelocks Haut bemerkte. Und ebenso erkennbar war, daß er die Zusammenhänge begriff. »Sprechen Sie von der Costa Brava?« fragte er schließlich.

»Das wissen Sie nur zu gut!« sagte Michael ärgerlich. »Mein plötzliches Ausscheiden und die Umstände, die dazu führten, sind als Blitzmeldung an alle unsere Stationen gegangen. Deshalb haben Sie mir ja diese Frage stellen können. ›Hüten Sie sich vor dem verrückten Kerl‹, warnt Washington. Er könnte alles mögliche tun, alles mögliche sagen, sich einbilden, er hätte irgendwo eine Rechnung zu begleichen.«

»Das wäre nicht das erste Mal, daß so etwas geschieht.«

»Für mich schon. Ich habe an keine unbeglichenen Rechnungen zu denken, weil mich dieses Spiel nicht interessiert. Ich bin klar im Kopf und weiß, was ich gesehen habe. Sie hat *mich* erkannt! Sie hat auf mich reagiert! Sie ist weggerannt!«

»Streß führt leicht zu Hysterie. In diesem Zustand sieht man Dinge, die gar nicht real sind. Und Sie hatten einen schweren Schock.«

»Längst vorbei. Ich war draußen. Ich habe die Tatsachen akzeptiert und die Gründe, warum...«

»Kommen Sie schon, Kumpel. Sechzehn Jahre waren Sie im Geschäft; diese Zeit kann man nicht so leicht hinter sich lassen.«

»Ich schon.«

»Sie waren mit ihr hier in Rom. Da werden Erinnerungen wieder lebendig. Das hat Sie verwirrt. Wie gesagt, so etwas kommt vor.«

»Noch einmal – nein. Ich habe gesehen...«

»Sie haben sich sogar bei mir gemeldet«, unterbrach ihn Baylor. »Zu dritt haben wir ein paar Abende miteinander verbracht. Da lag der Gedanke nahe, mich anzurufen.«

»Es gab sonst niemanden. Sie waren meine einzige Kontaktperson hier in Rom. Jetzt könnte ich die Botschaft betreten, damals war das unmöglich.«

»Dann gehen wir«, sagte der Colonel schnell.

»Kommt nicht in Frage! Außerdem hat das keinen Sinn. *Sie* sind derjenige, auf den es ankommt. Vor sieben Monaten haben Sie die Befehle aus Washington an mich weitergeleitet, und jetzt werden Sie denselben Leuten mitteilen, was ich Ihnen gesagt habe, was ich gesehen habe. Sie haben keine Wahl.«

»Aber eine Meinung habe ich. Ich gebe das weiter, was ein ehemaliger Mitarbeiter im Zustand höchster Aufregung berichtet hat.«

»Fein! Gut! Nun hören Sie sich folgende Geschichte an: Vor fünf Tagen hätte ich in Athen beinahe einen Mann, den wir beide aus den Dscherschinski-Akten kennen, dafür getötet, daß er mir erzählte, die Aktion an der Costa Brava sei kein sowjetischer Einsatz gewesen. *Sie* hätte nichts mit dem KGB zu tun gehabt, geschweige denn mit dem VKR. Ich habe ihn nicht umgebracht, weil dieser Mann die Wahrheit sagte oder richtiger das, was er für die Wahrheit hielt. Denn seine eigenen Leute hatten ihn manipuliert. Zum Schluß habe ich ihm eine Botschaft für Moskau mitgegeben. Der Köder sei zu auffällig, sein Geruch zu penetrant.«

»Ihrer Darstellung zufolge war das sehr rücksichtsvoll von Ihnen.«

»O nein, zuerst hatte er mich verschont. Er hätte mich nämlich leicht nach Rußland verschleppen können. Aber er wollte mich nicht.«

»Warum nicht?«

»Weil er überzeugt war, daß *ich* der Köder war. Die reinste Ironie, nicht wahr? So blieb mir das Zimmer in der Lubjanka erspart. Statt dessen hat er mir eine Nachricht für Washington mitgegeben. Sie wollten nichts mit mir zu tun haben.« Havelock hielt inne. »Und jetzt dies.«

Der schwarze Colonel runzelte nachdenklich die Stirn und drehte sein Glas zwischen den Händen. »Ich habe nicht Ihre Erfahrung, aber nehmen wir einmal an, Sie hätten wirklich gesehen, was Sie behaupten.«

»Da habe ich. Glauben Sie es.«

»Nun gut. Gehen wir davon aus, es wäre möglich. Trotzdem könnte die Frau ein Lockvogel gewesen sein. Das KGB hat Sie unter Kontrolle, kennt Ihre Pläne, Ihre Reiseroute. Sie beschaffen sich eine Frau, die ihr im Aussehen hinreichend gleicht.«

»Aber ich habe doch ihre Augen gesehen! Das war kein Double. Vor zwei Stunden wußte ich ja nicht einmal selber, daß ich mich im Bahnhof Ostia aufhalten würde. Deshalb konnte auch niemand anders davon wissen. Ich kam gestern hier an und nahm mir für eine Woche ein Zimmer in einer Pension in der Via Due Macelli, das ich im voraus bezahlt habe. Um halb neun Uhr heute abend habe ich im Schaufenster eines Reisebüros ein Plakat gesehen und mich spontan entschlossen, nach Venedig zu fahren. Ich habe mit niemandem darüber gesprochen.« Michael griff in die Tasche, holte seine Fahrkarte heraus und legte sie vor Lawrence Baylor auf den Tisch. »Der Zug sollte um 9.35 Uhr abfahren. Die Zeit, wenn ich das Ticket gekauft habe, ist hier aufgestempelt. Lesen Sie!«

»Siebenundzwanzig Minuten nach neun«, sagte der Offizier. »Acht Minuten vor Abfahrt des Zugs.«

»Alles überprüfbar. Jetzt sagen Sie mir noch, daß ich lüge. Erklären

Sie mir, wie so etwas geplant und durchgeführt werden konnte, angesichts der Tatsache, daß sie in einem ankommenden Zug war.«

»Das kann ich nicht. Wenn sie . . .«

»Sie sprach mit einem Schaffner, kurz nachdem sie den Zug verlassen hatte. Ich bin sicher, daß ich ihn finden kann.«

Baylor starrte Havelock an. Schließlich sagte er mit leiser Stimme: »Beruhigen Sie sich. Ich werde Washington Bericht erstatten.« Er hielt inne und fügte hinzu: »Was auch immer Sie gesehen haben, Sie lügen nicht. Wo kann ich Sie erreichen?«

»Tut mir leid. Ich werde mich bei Ihnen melden.«

»Die werden mit Ihnen sprechen wollen und es wahrscheinlich eilig damit haben.«

»Ich werde mit Ihnen in Verbindung bleiben.«

»Warum die Vorsicht?«

»Da ist etwas, das Rostow in Athen gesagt hat.«

»*Rostow*? Pjotr Rostow?« Die Augen des Colonels weiteten sich. »Viel weiter hinauf können Sie ja im Dscherschinski nicht gehen.«

»Es gibt noch Höhere.«

»Er reicht mir. Was hat er Ihnen gesagt?«

»Daß sich unsere Nasen nie ganz anpassen. Daß sie vielmehr immer sensibler reagieren auf die individuellen Varianten desselben fauligen Gestanks. Wie Tiere.«

»Ich hatte etwas weniger Abstraktes erwartet«, reagierte Lawrence Brown verstimmt.

»Wirklich? Von meinem Standpunkt aus klingt das verdammt konkret. Die Falle an der Costa Brava ist in Washington inszeniert worden. Die Regisseure sitzen im obersten Stockwerk des Außenministeriums.«

»Ich hatte Sie so verstanden, daß Sie die Leitung hatten«, unterbrach Baylor ihn.

»In der letzten Phase. Ich habe darauf bestanden.«

»Dann haben Sie . . .«

»Ich habe aufgrund der Unterlagen gehandelt, die man mir gegeben hat«, unterbrach Michael. »Und jetzt möchte ich wissen, *warum* man sie mir gegeben hat. Warum ich das gesehen habe, was ich heute abend gesehen habe.«

»*Wenn* Sie etwas gesehen haben.«

»Sie lebt! Ich möchte wissen, warum.«

»Ich verstehe immer noch nicht.«

»Die Aktion an der Costa Brava galt mir! Jemand wollte, daß ich aussteige, daß ich auf schonungsvolle Weise von jenen Versuchungen entfernt werde, die Männer wie mich häufig heimsuchen.«

»Alte Rechnungen zu begleichen?« fragte der Colonel. »Ich wußte gar nicht, daß Sie sich auch angesteckt hatten.«

»Ich hatte eine Menge Wut im Bauch und eine Menge offener Fragen. Jemand wollte, daß alles das begraben wurde, und *sie* hat dabei mitgeholfen. Warum?«

»Das sind zwei Unterstellungen, die ich nicht ohne weiteres als Fakten akzeptiere. Und wenn Sie die Absicht hatten, Ihre Wut loszuwerden, was nicht im nationalen Interesse liegt, dann kann ich mir – und ich spreche natürlich völlig hypothetisch – andere Methoden vorstellen...«

»Mich zu erledigen? Mich für tot zu erklären?«

»Das habe ich nicht gesagt. Herrgott, in was für einer Welt leben bloß Leute wie Sie?«

»In derselben Welt wie Sie, bloß daß wir schon ein wenig länger dabei sind und mehr erlebt haben. Deshalb werde ich Ihnen auch nicht sagen, wo Sie mich erreichen können. Meine Nase hat einen penetranten Geruch vom Potomac aufgenommen.« Havelock beugte sich vor, und seine Stimme klang heiser, war fast ein Flüstern. »Ich kenne dieses Mädchen. Um sie dazu zu bringen, das zu tun, was sie getan hat, muß man ihr übel zugesetzt haben, sie erpreßt haben. Ich möchte wissen, womit und weshalb.«

»Angenommen«, begann Brown langsam, »... angenommen, Sie haben recht – und ich räume damit keineswegs ein, daß Sie recht haben –, was läßt Sie bloß glauben, daß man Ihnen das erzählen wird?«

»Alles kam so plötzlich«, sagte Michael und lehnte sich zurück. Seine Stimme klang matt, als er fortfuhr. »Es war an einem Dienstag, wir waren bereits seit einer Woche in Barcelona gewesen. Irgend etwas sollte in dem Sektor geschehen; das war alles, was Washington uns mitteilte. Und dann kam Nachricht aus Madrid: eine Vier-Null-Mitteilung war per Kurier eingeflogen worden, ihr Inhalt nur für die Botschaft bestimmt. Da dort niemand autorisiert war, die Sendung weiterzuleiten, flog ich Mittwoch früh nach Madrid, unterschrieb für diesen gottverdammten Stahlbehälter und öffnete ihn in einem Raum, den drei Soldaten des Marinekorps bewachten. Der Behälter enthielt alle Informationen, die sie übermittelt hatte – Informationen, die sie nur von mir haben konnte. Auch die Instruktionen für die Falle waren darunter, und ich selbst sollte die Aktion leiten, wenn ich das wünschte... und ob ich das wollte. Sie wußten, daß dies die einzige Möglichkeit war, mich zu überzeugen. Am Freitag war ich wieder in Barcelona, und am Samstag war alles vorbei... Ich war überzeugt.«

»Sie haben meine Frage nicht beantwortet«, unterbrach ihn der Colonel. »Wenn Sie recht haben, was veranlaßt Sie dann zu der Meinung, daß man Ihnen sagen wird, womit man sie erpreßt hat?«

Havelock sah Baylor mir zornigen Augen an. »Weil sie Angst haben. Es läuft alles auf das ›Warum‹ hinaus.«

»Wovon reden Sie?«

»Die Entscheidung, mich zu entfernen, ist nicht allmählich gereift, Colonel. Etwas hat sie provoziert. Sie drängen einen Mann nicht einfach hinaus so wie mich, nur weil es häufiger Differenzen gegeben hat. Fachleute in unserem Beruf sind zu wertvoll, und solche, die sich im Außendienst bewährt haben, sind viel zu schwierig zu ersetzen. Man kann immer Kompromisse schließen und sich irgendwie arrangieren. Man probiert es wenigstens, bevor man einen Fachmann gehen läßt. Aber niemand machte den Versuch mit mir.«

»Können Sie etwas konkreter werden?« drängte der Offizier.

»Ich wünschte, ich könnte es. Ich muß etwas für sie unerhört Brisantes wissen, zumindest glauben sie es. Etwas, das ich hätte aufschreiben können.«

»Und haben Sie das?« fragte Baylor kühl. »Eine solche Information, meine ich.«

»Ich werde es herausbekommen«, erwiderte Havelock und schob seinen Stuhl zurück, um aufzustehen und wegzugehen. »Sagen Sie ihnen das. Es wird nicht leicht sein, weil sie nicht mehr bei ihnen ist. Sie ist sicherlich untergetaucht. Egal, ich werde sie finden.«

»Vielleicht...«, sagte der Offizier eindringlich und versuchte Havelock aufzuhalten. »Wenn sich beweist, was Sie sagen, vielleicht wären sie dann bereit zu helfen.«

»Das kann ich ihnen nur raten«, entgegnete Michael. Er erhob sich und blickte auf den Colonel herunter. »Ich brauche jede Hilfe, die ich kriegen kann. Und bis dahin möchte ich, daß diese ganze gottverdammte Sache geklärt wird... in allen Einzelheiten. Denn wenn das nicht geschieht, werde ich anfangen, aus der Schule zu plaudern. Wann und wo wird keiner von euch erfahren. Und dabei wird auch irgendwo die hochbrisante Information zur Sprache kommen.«

»Machen Sie keine Dummheiten!«

»Verstehen Sie mich nicht falsch, das beabsichtige ich nicht. Aber das, was man ihr angetan hat, uns angetan an... war einfach nicht fair, Colonel. Ich bin wieder dabei. Solo. Ich melde mich.«

Havelock drehte sich um und eilte aus dem Café in der Via Pancrazio.

Er erreichte die Via Galvani auf seinem Weg zurück zum Bahnhof, wo er den neugekauften Koffer in einem Münzschließfach deponiert hatte. Plötzlich wurde ihm die schmerzhafte Ironie klar: Ein Koffer in einem Münzschließfach auf dem Flughafen von Barcelona war es gewesen, der Jenna Karras überführt hatte. Der Überläufer von der Rote Armee Fraktion hatte sie – als Gegenleistung für die stillschweigende Aufhebung eines Todesurteils, das *in absentia* ausgesprochen worden war – zu dem Koffer geführt. Der deutsche Terrorist hatte Madrid erzählt, ›Fräulein Karras‹ hätte ständig Zugriff zu geheimen, stets auf den letzten Stand gebrachten Akten. Das war eine übliche Praxis bei der *Voennaja*, die von der seltsamen Beziehung diktiert wurde, die dieser geheime Zweig der sowjetischen Abwehr zum übrigen KGB unterhielt. Außenagenten, die an ausgedehnten Operationen beteiligt waren, hatten Zugang zu ihren eigenen Akten für den Fall, daß ihre Vorgesetzten in Moskau plötzlich nicht erreichbar waren.

Jemand nimmt Kontakt mit ihr auf und überreicht ihr einen Schlüssel. Dabei nennt er ihr einen Ort: einen Raum oder ein Schließfach, vielleicht sogar eine Bank. Dort befindet sich das Material, darunter auch Aufzeichnungen über neue, gerade entwickelte Ziele.

Ein Mann hatte sie eines Nachmittags zwei Tage vor seiner Abreise nach Madrid in einem Café am Paseo Isabel angesprochen. Ein Betrunkener. Er hatte ihr die Hand geschüttelt und sie geküßt. Drei Tage später hatte Michael in Jennas Handtasche einen Schlüssel gefunden. Am nächsten Tag war sie tot.

Da war ein Schlüssel gewesen, aber wem gehörte er? Er hatte Fotokopien von jedem einzelnen Gegenstand in jenem Koffer gesehen, Fotokopien, die Langley bestätigt hatte. Wer hatte den Koffer benutzt? Wenn sie es nicht war – wie kamen dann drei Proben von Fingerabdrücken, die eindeutig ihre waren, in den Koffer? Und, weshalb hatte sie zugelassen, daß dieses belastende Material im Koffer blieb?

Was hatten sie mit ihr angestellt? Was hatten sie mit einer blonden Frau an der Costa Brava gemacht, die in Tschechisch geschrien hatte, bevor sie von Kugeln durchbohrt worden war? Was für Leute waren das, die Menschen wie Marionetten behandelten und sie abschossen. Jene Frau war gestorben; er hatte zu viel vom Tod gesehen, um sich zu irren. Das war keine Scharade, wie der elegante Gravet es vielleicht genannt hätte.

Und doch war alles eine Scharade. Alle waren sie Marionetten. Aber auf welcher Bühne und zu wessen Nutzen traten sie auf?

Er eilte auf der Via Galvani weiter, beschleunigte seine Schritte; er war nur noch wenige Straßen vom Bahnhof entfernt; dort würde er anfangen. Zumindest hatte er eine Idee; ob sie ihn weiterbrachte oder nicht, würde die nächste halbe Stunde beweisen.

Er kam an einem grell beleuchteten Zeitungsstand vorbei, an dem Boulevardblätter mit bunten Magazinen um die Lesergunst wetteiferten. Und dann sah er das berühmte Gesicht, das ihn vom Titelblatt der internationalen Ausgabe der *Times* anstarrte. Die klaren, intelligenten Augen hinter den horngeränderten Brillengläsern glänzten. Auf den ersten Blick wirkten sie kalt; doch wenn man sie länger anschaute, strahlten sie Wärme aus. Michael war das Gesicht vertraut, mit den hohen Wangenknochen und der Adlernase, den großzügigen Lippen, über die so außergewöhnliche Worte flossen.

Ein Mann für alle Jahreszeiten, für alle Völker.

Das war die lapidare Unterschrift unter dem Foto. Kein Name, kein Titel. Die ganze Welt kannte den amerikanischen Außenminister. Es gab Leute, die glaubten – und Michael zählte zu ihnen –, daß die Welt entweder auf Anthony Matthias hören würde oder eines Tages zum Untergang verdammt war.

Anton Matthias: Freund, Mentor, Vaterersatz. Was die Aktion an der Costa Brava betraf, war auch er eine Marionette gewesen. Wer konnte es wagen, ihn zu hintergehen?

Während Havelock ein paar Lirascheine auf den Tresen des Kiosks legte und das Magazin nahm, erinnerte er sich ganz deutlich an Antons handschriftlichen Brief, der auf dessen Drängen von den Strategen in Washington der Vier-Null-Akte beigelegt worden war, die man nach Madrid geflogen hatte. In ihren wenigen kurzen Gesprächen in George-town hatte Matthias erkannt, wie tief Michaels Gefühle für die Frau waren, die man ihm die letzten acht Monate zugeteilt hatte. Seine persönlichen Zeilen waren denn auch voller Trost und Verständnis für den tschechischen Freund gewesen.

> *Mui milý synu*
>
> *Das Beiliegende schmerzt mein Herz so, wie es dem Deinen Schmerzen bereiten wird. Du, der Du früh so viel gelitten hast und später unserem Land selbstlos so viel gegeben hast, mußt erneut leiden. Ich habe eine vollständige Bestätigung dieser Indizien verlangt und erhalten. Wenn Du nun aus der Szene aussteigen willst, hast Du natürlich die Möglichkeit dazu. Du solltest Dich durch die beigefügten Empfehlungen nicht gebunden fühlen. Eine Nation kann nicht Grenzenloses verlangen, und Du hast ihr alles gegeben, ja, noch mehr als das. Vielleicht hat der Zorn, von dem wir vor Jahren sprachen, die Wut, die Dich in dieses schreckliche Leben geschleudert hat, jetzt nachgelassen und es Dir erlaubt, in eine andere Welt zurückzukehren, die Deine intellektuelle Kraft braucht. Ich bete darum.*
>
> *Truj Anton M.*

Havelock verdrängte den Brief aus seinem Bewußtsein; er machte das Unbegreifliche nur noch schwerer. Bestätigung: *positiv.* Er schlug das Magazin auf und suchte die Seite mit dem Artikel über Matthias. Dort stand nichts Neues, nur eine Zusammenfassung seiner letzten diplomatischen Aktivitäten im Bereich der Abrüstungsverhandlungen. Der Artikel schloß mit der Feststellung, der Außenminister verbringe momentan an einem nicht näher bezeichneten Ort einen wohlverdienten

Urlaub. Michael lächelte; er kannte diesen Ort: eine Blockhütte im Shenandoah-Tal. Es war durchaus möglich, daß er, noch ehe die Nacht zu Ende war, ein Dutzend Codes benutzen würde, um jene Berghütte zu erreichen. Aber erst, wenn er herausbekommen hatte, was geschehen war. Er würde erst dann an Matthias herantreten, wenn er den schrecklichen *danse macabre* begriff. Denn auch Anton Matthias war von ihm erfaßt worden.

Die Menschenmenge unter der riesigen Kuppel des Ostia-Bahnhofs hatte sich aufgelöst, der letzte Zug, der Rom in dieser Nacht verließ, war gerade abgefahren. Havelock holte seinen Koffer aus dem Schließfach und sah sich nach einem Zeichen um; es mußte irgendwo sein. Vielleicht war das Ganze Zeitvergeudung, aber das glaubte er nicht; zumindest war dieser Bahnhof ein Ort, an dem er anfangen konnte. In dem Café in der Via Pancrazio hatte er zu Baylor gesagt: »Kurz bevor sie aus dem Zug stieg, hatte sie mit dem Schaffner gesprochen. Ich bin sicher, daß ich ihn finden kann.«

Michael überlegte, daß jemand auf der Flucht nicht einfach beiläufig ein Gespräch mit einem Schaffner begann; dieser Jemand hatte dafür viel zuviel zu bedenken. Und es gab in jeder Stadt Viertel, wo Männer und Frauen untertauchen konnten. Viertel, wo die einzige Währung Bargeld war, wo man den Mund hielt und in den Hotels die Gäste nur selten unter ihrem richtigen Namen registriert waren. Jenna Karras kannte Rom nicht. Deshalb hat sie sich von dem Schaffner am Zug wahrscheinlich einen Tip geben lassen. Um Jennas Spur aufzunehmen, mußte er diesen Mann unbedingt finden.

An der Wand hing eine Tafel mit einem Pfeil, der auf einen Bürokomplex wies.

Amministratore della stazione.

Fünfunddreißig Minuten später, nachdem ein Bahnbeamter ihm gegen das nötige Kleingeld die gewünschte Auskunft gegeben hatte, besaß er die Adresse des Zugführers, der, wie er erfahren hatte, ein wenig Englisch sprach.

Er stieg die ausgetretenen Steinstufen des Apartmentgebäudes bis zum fünften Stock hinauf, fand den Namen Mascolo an einer Wohnungstür und klopfte. In dem rotgesichtigen Mann, der ihm öffnete, erkannte er sofort den Schaffner, den er mit Jenna Karras hatte sprechen sehen. Er trug eine weite Hose, die ein Hosenträger über dem Unterhemd festhielt. Sein Atem stank nach billigem Fusel, seine Augen blickten nicht mehr völlig klar. Havelock zog einen Fünftausend-Lire-Schein aus der Tasche.

»Wer erinnert sich schon an einen bestimmten Fahrgast unter Tausenden?« meinte der Mann zurückhaltend, der Michael gegenüber am Küchentisch saß.

»Ich bin sicher, daß Sie das können«, sagte Havelock und zog einen weiteren Schein heraus. »Denken Sie nach. Ziemlich groß, breitkrempiger Hut... Sie standen mit ihr auf dem Bahnsteig.«

»*Si! Naturalmente. Una bella ragazza!* Jetzt erinnere ich mich!« Der Schaffner nahm das Geld und trank einen Schluck Wein. Dann rülpste er laut und fuhr fort: »Sie hat mich gefragt, ob ich wüßte, wo sie nach Civitavecchia umsteigen müsse.«

»Civitavecchia? Das ist eine Stadt nördlich von hier, nicht wahr?«

»*Si.* Ein Hafen am Tyrrhenischen Meer.«

»Konnten Sie ihr die gewünschte Auskunft geben?«

»Es gibt nur sehr wenige Züge, die zwischen Rom und Civitavecchia verkehren, *Signore.* Und ganz bestimmt nicht um die Zeit.«

»Was haben Sie ihr gesagt?«

»Ich empfahl ihr, mit einem Taxifahrer zu sprechen und einen festen Tarif auszumachen, wenn sie überhaupt einen finden konnte.«

Havelock legte einen weiteren Geldschein auf den Tisch, stand hastig auf und ging zur Tür. Er sah auf die Uhr; es war zwanzig nach eins.

Civitavecchia, ein Hafen am Tyrrhenischen Meer. Schiffe liefen gewöhnlich mit der ersten Morgendämmerung aus, ganz früh.

Er hatte knapp drei Stunden Zeit, um Civitavecchia zu erreichen, um das Schiff zu finden, auf dem ein weiblicher Passagier sich unter falschem Namen eingetragen hatte oder auch gar nicht.

5

Er rannte aus der marmorverkleideten Eingangshalle des Hotels am Berniniplatz, hetzte blindlings durch die winkligen Straßen, bis er die Via Veneto erreichte. Der Portier im Hotel hatte vergeblich versucht, für ihn ein Taxi zu rufen.

Havelock blieb stehen, um Atem zu holen. Einige Cafés und das ›Excelsior‹ hatten noch geöffnet. Jemand mußte ihm helfen und ihn nach Civitavecchia bringen. *Er mußte sie finden. Er durfte sie nicht verlieren. Nicht noch einmal!* Er mußte sie finden, sie festhalten und ihr sagen, daß man ihnen schreckliche Dinge angetan hatte, so lange, bis sie die Wahrheit in seinen Augen sah und in seiner Stimme hörte, bis sie die Liebe spürte, die er so tief empfand, und die unerträgliche Schuld begriff, die ihn nie losließ, weil er jene Liebe getötet hatte.

Er rannte weiter, zuerst ins ›Excelsior‹, wo der arrogante Portier auch nicht für ein noch so großes Trinkgeld zu bewegen war.

»Sie müssen mir helfen!«

»Sie sind ja nicht einmal Gast hier, *Signore*«, sagte der Mann und blickte nach links.

Langsam drehte Michael den Kopf zur Seite. Auf der anderen Seite der Lobby beobachteten zwei Polizisten die Szene. Sie sprachen miteinander; offenbar wurde das nächtliche Geschehen in der Halle des ›Excelsior‹ von der Polizei überwacht. Viele Rauschgifthändler setzten auf dem weltberühmten Boulevard ihre heiße Ware ab. Havelock zögerte nicht lange und eilte auf die halbverlassene Straße hinaus.

Der müde Oberkellner im ›Café de Paris‹ sagte, er sei ein *capo zuccone*. Wer hatte schon ein Auto, das er um diese Stunde an einen Fremden verlieh?

Der Nachtportier im ›Hassler's Villa Medici‹ war von den reichen Hotelgästen Extravaganzen gewöhnt. Er sorgte dafür, daß Michael einen Fiat mieten konnte. Der Preis war exorbitant, aber dafür bekam er auch einen Stadtplan von Rom und Umgebung, auf dem der Portier den schnellsten Weg nach Civitavecchia eingezeichnet hatte.

Um 3.15 Uhr hatte Havelock die Hafenstadt erreicht. Eine halbe Stunde lang war er die Uferstraße auf und ab gefahren, bis er sich hatte entscheiden können, wo er den Wagen parken und seine Suche nach Jenna Karras beginnen sollte.

Es war ein Viertel, wie man es in Hafenstädten in der ganzen Welt findet, wo Scheinwerfer die ganze Nacht über die Piers erhellten, Stauer die Frachter beluden und Bordmechaniker die teilweise veralteten Maschinen der größeren Schiffe warteten, die bald wieder in See stechen sollten. Wo Cafés und Bars die nebelverhüllten Gassen säumten, in denen das diffuse Licht der Straßenlaternen kleine Inseln bildete.

Im Norden und Süden, wo die kleinen Piers lagen, schwankten die Silhouetten von Ladebäumen und Masten im Mondlicht. Dort waren die Anlegeplätze für die Fischerboote und Trawler, die sich nur höchstens vierzig Kilometer aufs Meer hinauswagten, an jene Stellen, wo die Kapitäne aus jahrzehntelanger Erfahrung und Überlieferung den reichlichsten Fang erwarteten. Erst wenn der Morgen nähergerückt war und der hellgelbe Streifen am Horizont allmählich immer breiter wurde und den Nachthimmel verdrängte, gingen Männer mit schläfrigen Augen die hölzernen Planken hinunter zu ihren ölverschmierten Booten. Dort, wo die Boote nur bei Morgendämmerung ablegten, um erst bei Sonnenuntergang zurückzukehren. Dort würde Jenna Karras nicht zu finden sein. Sie würde sich irgendwo in jenem Komplex aufhalten, wo die Schiffe auf die Flut warteten und zu fernen Häfen in anderen Ländern ausliefen.

Sie würde irgendwo in jenem Bereich des Hafens sein, wo Nebelschwaden vom Meer hereinquollen und über die Docks zogen, wo die ganze Nacht hindurch der Lärm nicht abbrach. Hier irgendwo mußte sie sich versteckt haben, um auf den Augenblick zu warten, in dem man sie an Bord nehmen konnte, nachdem ein *capo operaio* den Laderaum inspiziert und die Papiere unterzeichnet hatte, die dokumentierten, daß das betreffende Schiff auslaufen durfte.

Aber welches Schiff? Drei Frachter, alle von mittlerer Tonnage, lagen längsseits an drei der vier größten Ladedocks. Am vierten waren zwei kleinere Schiffe vertäut. Aus dicken Rohren wurde ihnen gerade Kunstdünger in die offenen Laderäume gepumpt. Michael war sich sicher, daß sie an Bord eines dieser Frachter gehen würde. Zuallererst mußte er erfahren, wann jeder einzelne ablegen würde.

Er parkte den Fiat in einer Nebenstraße, überquerte die breite Straße, wobei er ein paar Lastwagen auswich, und wandte sich zum ersten Pier. Das Zufahrtstor war von einem uniformierten Posten bewacht. Er war unfreundlich, und die Mühe, die es ihm bereitete, Havelocks gebrochenes Italienisch zu verstehen, machte ihn noch mürrischer.

»Wozu wollen Sie die Abfahrtszeiten wissen?« fragte er Mann in der Tür des Wachhäuschens. »Was geht Sie das an?«

»Ich versuche jemanden zu finden, der vielleicht eine Passage gebucht hat«, sagte Michael und hoffte, daß seine Worte wenigstens in etwa das vermittelten, was er ausdrücken wollte.

»*Passaggio? Biglietto!?* Wer kauft Tickets auf einem portugiesischen Frachter?«

Havelock begriff seine Chance sofort; er beugte sich vor und sah sich beim Reden um. »Das ist das Schiff. Entschuldigen Sie meine armseligen Italienischkenntnisse, *Signore Esaminare*. Das ist unverzeihlich. Ich bin Angehöriger der portugiesischen Botschaft in Rom. Ich bin auf meine Art ebenso ein... Inspektor... wie Sie. Man hat uns berichtet, auf diesem Schiff gebe es Unregelmäßigkeiten. Wenn Sie mir behilflich sind, werden Ihre Vorgesetzten das erfahren.«

Der abweisende Wachmann war plötzlich freundlich und trat zur Seite, um den *straniero importante* einzulassen.

»*Scusatemi, Signore!* Ich hatte Sie nicht verstanden. Wir, die wir gegen die Korruption vorgehen, müssen einander unterstützen. Und wahrhaftig, ein Wort an meine Vorgesetzten... in Rom natürlich.«

»Natürlich. Nicht hier.«

»Auf keinen Fall. Hier stecken sie alle unter einer Decke. Kommen Sie herein, kommen Sie herein. Es muß kalt sein.«

Die *Miguel Cristobal* sollte um fünf Uhr früh auslaufen. Ihr Kapitän, ein Mann namens Aliandro, stand schon seit zwölf Jahren am Steuer der *Cristobal*. Er kannte jede Insel, jede Untiefe im westlichen Mittelmeer, hieß es.

Die beiden anderen Frachter fuhren unter italienischer Flagge. Dort waren die Wachmänner an den Toren ohne weiteres bereit, dem Ausländer mit dem eigenartigen Akzent jede gewünschte Auskunft zu geben.

Die *Isla Elba* lief um 5.30 Uhr, die *Santa Teresa* zwanzig Minuten später aus.

Havelock sah auf die Uhr. Es war acht Minuten nach vier; viel Zeit blieb ihm nicht mehr.

Jenna! Wo bist du?

Plötzlich hörte er hinter sich das Schrillen einer Glocke. Das durchdringende Geräusch erschreckte ihn; er drehte sich schnell herum. Der Posten war in sein Wachhäuschen getreten und meldete sich. Die pausenlos wiederholten *Sis* waren ein klarer Hinweis darauf, daß am anderen Ende der Leitung, von wem auch immer, Befehle erteilt wurden, und zwar auf sehr unmißverständliche Weise.

Telefone und Wachmänner an Kontrollpunkten waren für Michael stets alarmierend. Einen Augenblick lang war er nicht sicher, ob er sich umdrehen und davonlaufen sollte oder nicht. Die Antwort ließ nicht lange auf sich warten und erforderte seinerseits keine Entscheidung. Der Wachmann hängte den Hörer auf und streckte den Kopf durch die Tür.

»Sie! Sie wollen doch so viel über diesen stinkenden Kahn wissen, ich hab' noch etwas für Sie! Die *Teresa* bleibt hier. Sie legt erst ab, wenn sechs Lastwagen aus Turin hier eintreffen, und das kann noch acht Stunden dauern. Ich sag' Ihnen, diese Schweine kriegen eine Rechnung von den Gewerkschaften. Und knöpfen Sie sich die Mannschaft vor, weil sie wieder mal betrunken ist. *Alle* sind sie Schweine!«

Die *Teresa* schied also zumindest für eine Weile aus. Nun konnte er sich auf die *Elba* und die *Cristobal* konzentrieren. Sollte Jenna an Bord der *Teresa* geschmuggelt werden, hatte er noch Stunden Zeit, nicht aber, wenn es eines der zwei anderen Schiffe war. In dem Fall standen nur noch Minuten zur Verfügung. Er mußte sie klug nutzen, durfte keine Sekunde mehr vergeuden. Vielleicht konnte er mit Geld jemanden zum Reden bringen. Und sollte sich derjenige in Lügen verstricken, die darauf deuteten, daß der Informant die Wahrheit kannte, würde er sie mit Gewalt herauspressen.

Havelock ging schnell zu dem zweiten Häuschen zurück, hinter dem die *Isla Elba* vertäut lag, und änderte seine Geschichte für den müden Wachmann nur leicht ab. Er wollte mit ein paar Mannschaftsmitgliedern des Schiffs sprechen. Sie waren gerade an Land und warteten, daß sie gerufen wurden. Ob der hilfsbereite Beamte, nachdem er eine Hand geschüttelt hatte, die ein paar zusammengefaltete Lirescheine enthielt, wohl wüßte, welche Kneipe am Hafen von der Mannschaft der *Elba* bevorzugt wurde?

»Die halten zusammen, *Signore*. Wenn es zu Prügeleien kommt, wollen Seeleute ihre Kameraden in der Nähe haben, selbst die, die sie an Bord nicht ausstehen können. Versuchen Sie's mal bei ›Il Pinguino‹. Oder vielleicht bei ›La Carrozza Mare‹. In der ersten Kneipe ist der Whisky billiger, aber von dem Fraß wird einem schlecht. Im ›La Carrozza‹ ißt man besser.«

Der zuerst feindselige und jetzt beflissene Wachmann am Tor der *Cristobal* war plötzlich sehr gesprächig.

»Es gibt ein Café in der Via Maggio, von dem es heißt, daß dort viele Dinge den Besitzer wechseln.«

»Wollen Sie damit sagen, die Männer von der *Cristobal* könnten dort sein, mein Freund?«

»Ein paar vielleicht. Portugiesen werden nicht leicht mit anderen warm, und keiner vertraut ihnen. Damit meine ich natürlich nicht Sie, *Signore*, sondern nur diesen Abschaum der Meere. Die sind überall dieselben.«

»Der Name bitte?«

»›Il Tritone‹.«

Er brauchte weniger als fünf Minuten, um das Café in der Via Maggio abzuhaken. Michael schritt durch die schwere Eingangstür, über der ein primitives Plakat angebracht war, das ein nacktes Wesen – halb Mensch, halb Fisch – zeigte, und trat in die von Lärm und Rauch erfüllte Bar. Der Gestank von abgestandenem Whisky war noch penetranter als der Zigarettenqualm. Männer grölten an den Tischen; ein paar torkelten herum, und nicht wenige waren bereits außer Gefecht gesetzt; ihre Köpfe hatten sie auf ihre verschränkten Arme gelegt, und ihre Hände und bärtigen Wangen waren mit Alkohol überschüttet.

Havelock trat auf den Mann hinter der Bar zu.

»Sind hier Leute von der *Cristobal*?«

»*Portoghesi*?«

»*Si.*«

»Ein paar... dort drüben, glaube ich.«

Michael blickte durch die Rauchschwaden zu einem Tisch auf der anderen Seite des Raumes. Vier Männer saßen dort. »Was ist mit der *Isla Elba*?« fragte er und wandte sich wieder dem Barkeeper zu.

»*Porchi!*« erwiderte der Mann. »Schweine! Wenn sich die hier sehen lassen, werfe ich sie hinaus. Gesindel!«

»Die müssen ja schlimm sein«, sagte Havelock und musterte die Gäste des ›Tritone‹.

»Wenn Sie Männer von der *Elba* sprechen wollen, dann gehen Sie ins ›Il Pinguino‹. Dort drüben ist denen alles egal.«

Michael holte einen Zehntausend-Lire-Schein heraus und legte ihn auf den Tresen. »Können Sie Portugiesisch? Genug, um verstanden zu werden?«

»Wenn man hier seinen Lebensunterhalt verdienen will, muß man sich in einem halben Dutzend Sprachen verständlich machen können.« Der Mann schob die Banknote in die Schürzentasche und fügte hinzu: »Bestimmt sprechen die auch Italienisch... wahrscheinlich besser als Sie, *Signore*. Reden wir also auf englisch weiter. Was möchten Sie von mir?«

»Dort hinten ist ein leerer Tisch«, sagte Havelock erleichtert und wechselte die Sprache. Er deutete mit dem Kopf auf die linke hintere Ecke des Cafés. »Ich setze mich dort hinten hin, und Sie gehen zu diesen Männern und sagen Ihnen, daß ich sie sprechen möchte... einzeln. Wenn Sie glauben, daß die mich nicht verstehen, dann dolmetschen Sie für mich.«

»*Interprete?*«

»*Si.*«

»*Bene.*«

Die vier portugiesischen Matrosen kamen einer nach dem anderen an den Tisch, jeder etwas verwirrt. Zwei sprachen ausreichend Italienisch, einer Englisch, und einer brauchte die Hilfe des Barkeepers. Michael sagte jedem dasselbe.

»Ich bin auf der Suche nach einer Frau. Es ist eigentlich unbedeutend, nichts, worüber man sich Sorgen machen muß; nennen Sie es eine Herzenssache. Sie ist eine impulsive Frau; wir alle kennen solche Frauen, nicht wahr? Aber jetzt ist sie vielleicht zu weit gegangen. Man hat mir erzählt, sie hätte einen Freund auf der *Cristobal*. Vielleicht war sie am Pier und hat Fragen gestellt und sich nach einer Beförderungsmöglichkeit umgesehen. Sie ist ziemlich groß, trägt wahrscheinlich einen Regenmantel und einen breitkrempigen Hut. Haben Sie so eine Frau gesehen? Wenn ja, könnten Sie sich eine Menge Geld verdienen. Was immer Sie mir sagen, bleibt unter uns. Mehr zu meinem Schutz als zu Ihrem. Ihnen allen erzähle ich das gleiche, damit Sie Bescheid wissen. Ich bin scharf auf eine Frau, die Civitavecchia verläßt; aber ich lasse mich nur mit jemandem ein, der seine Papiere an einer Hotelrezeption hinterlegt. Wo er sie von mir wieder ausgehändigt bekommt. Kapiert?«

Erst bei dem dritten Mann warnte der Barkeeper, der darauf bestanden hatte, bei jedem Gespräch dabei zu sein, Havelock mit Nachdruck.

»Der würde seine Papiere hinterlegen«, sagte er.

»Dann ist er nicht mein Typ.«

»*Bene!*«

»*Grazie.*«

»*Prego.*«

Am Pier der *Cristobal* hatte man nichts von einer solchen Frau gesehen oder gehört. Die vier portugiesischen Männer fuhren fort zu trinken.

Havelock dankte dem etwas verwirrten älteren Mann neben ihm und schob ihm einen weiteren Geldschein in die Schürzentasche. »Wie finde ich zum ›Il Pinguino‹?« fragte er.

»Die *Elba*-Mannschaft?«

»Richtig.«

»Ich komme mit«, sagte der Barkeeper.

»Warum?«

»Sie sprechen wie ein anständiger Mann. Und dumm sind Sie. Wenn Sie im ›Il Pinguino‹ Fragen stellen, sind Sie Ihr Geld schnell los. Dazu braucht es nur eines Matrosen, dem das Messer locker sitzt.«

»Ich kann selbst auf mich aufpassen.«

»Sie sind nicht nur dumm, Sie sind sogar sehr dumm. Ich bin der Besitzer des ›Il Tritone‹; man respektiert mich im ›Pinguino‹. In meiner Gesellschaft sind Sie sicherer. Sie werfen zu sehr mit Ihrem Geld um sich.«

»Ich hab' es eilig.«

»*Presto!* Bringen wir es hinter uns. Das ist hier ohnehin ein übler Morgen. Anders als in alten Tagen, wo man einfach wußte, wann man mit dem Saufen aufzuhören hatte. Man schmeckt es ja in der Kehle, wissen Sie. *Venga!*«

Das fünf Straßen entfernte Café rief in Michael Erinnerungen wach, Erinnerungen an ein Leben, von dem er geglaubt hatte, es wäre vorbei. In jenem anderen Leben war er in zu vielen Lokalen dieser Art gewesen. Wenn das ›Il Tritone‹ schon schäbig war und den Abschaum der Menschheit zu Gast hatte, dann betrachtete das ›Il Pinguino‹ diesen Abschaum noch als Vorzugskunden. Der Rauch war dicker, das Geschrei lauter, und die Männer torkelten hier nicht, sie waren auf ein Niveau herabgestiegen, wo einem nur noch die Schwäche des anderen Vergnügen bereitete, die man als Mangel an Männlichkeit auslegte und deshalb attackierte.

Kaum hatte der Besitzer des ›Il Tritone‹ Havelock durch die Tür komplimentiert, wurde er von seinem Kollegen begrüßt. Der *proprietario* des ›Pinguino‹ paßte zu seinem Etablissement, und es war leichter zu sagen, wieviel Zähne er noch hatte, als die fehlenden zu zählen. Sein Brustkasten war gewölbt wie ein Faß, und seine muskulösen Arme waren stark behaart. Er war nicht so groß wie Michaels neuer Freund, aber von ihm ging eine dumpfe Gewalttätigkeit aus, er wirkte wie ein groteskes, mürrisches Schwein, das leicht reizbar war.

Die Begrüßung der beiden Männer war kurz und beiläufig und kaum herzlich zu nennen. Doch da war Respekt zu spüren, wie es der Besitzer des ›Tritone‹ angekündigt hatte. Die Vereinbarungen waren schnell getroffen, ohne daß längere Erklärungen nötig waren.

»Der Amerikaner sucht eine Frau. Es dreht sich um ein *malinteso* und geht uns nichts an«, sagte der Inhaber des ›Il Tritone‹. »Sie fährt vielleicht auf der *Elba*, und einer dieser Strolche hier hat sie womöglich gesehen. Er ist bereit zu zahlen.«

»Dann sollte er sich beeilen«, erwiderte der mürrische Besitzer des ›Pinguino‹. »Die Heizer sind schon vor einer Stunde gegangen. Der zweite Maat wird jeden Augenblick hier auftauchen, um den Rest der Crew zu holen.«

»Wie viele sind es denn?«

»Acht, zehn, wer weiß das schon? Ich zähle Lire, nicht Gesichter.«

»Einer Ihrer Leute soll herumgehen und sich nach den Männern erkundigen, aber ganz unauffällig, und mir dann sagen, wer sie sind. Machen Sie meinem Begleiter einen Tisch frei. Ich bringe dann jeden zu ihm.«

»Sie geben hier Befehle, als wäre das ›Pinguino‹ Ihr ›Tritone‹.«

»Weil ich Ihnen den gleichen Gefallen tun würde. Man weiß ja nie, oder? Sie könnten morgen meine Hilfe brauchen... Jedes Schwein von der *Elba* bringt Ihnen tausend Lire.«

»*Bene*.« Der Besitzer des ›Pinguino‹ stapfte zur Bar hinüber.

»Erklären Sie diesen Männern gar nicht, weshalb Sie mit ihnen reden, wie Sie das bei den *portoghesi* getan haben«, meinte Michaels Begleiter. »Für die war das richtig, aber nicht für diese Schweine hier. Jetzt ist keine Zeit, und die könnten das in ihrem Suff in den falschen Hals kriegen. Hier zerbricht man leicht Flaschen.«

»Was soll ich dann sagen? Ich muß doch jedem einen Grund dafür nennen, warum ich mit ihm allein reden will. Ich kann sie nicht alle gleichzeitig ansprechen. Einer könnte etwas wissen, es mir aber vor den anderen nicht erzählen wollen.«

»Richtig. Also sagen Sie jedem, daß Sie nur *ihm* vertrauen. Den anderen – so hätten Sie gehört – sei nicht zu trauen. Sie hätten nur zum Schein mit ihnen gesprochen, weil das, was Sie wollen, die *Elba* betrifft. Das genügt.«

»Ich bin ein Fremder. Wer würde mir so etwas sagen?«

»Jemand, der seine Kunden kennt, der, den Sie bezahlt haben: der Besitzer des ›Pinguino‹.« Der Inhaber des ›Tritone‹ grinste. »Wenn die wieder in den Hafen einlaufen, hat der Stunk am Hals; die Polizei ruft der ohnehin jede Nacht.«

Einer nach dem anderen, jeder vom Suff halb benommen, setzten sich die Mannschaftsmitglieder der *Elba* zu Havelock an den Tisch und hörten sich das an, was er auf Italienisch vorbrachte, und das immer flüssiger, da er stets dieselbe Frage stellte. Und jedesmal studierte er dabei das Gesicht des Mannes, seine Augen suchten nach einer Reaktion, einer Unsicherheit, nach einem kurzen Ausweichen des Blicks, das eine Lüge verdecken sollte. Beim sechsten glaubte er, es gefunden zu haben. Plötzlich spannten sich die Lippen des Mannes, der, vom

Whisky berauscht, bis dahin mit schlaffem Gesichtsausdruck dagesessen hatte. Und dann die matten Augen, die noch stumpfer waren von dem instinktiven Wunsch, gar nicht zuzuhören; der Mann wußte etwas.

»Sie haben sie gesehen, nicht wahr?« sagte Michael und benutzte in seiner Erregung die englische Sprache.

»*Ascolta*«, unterbrach ihn der Besitzer des ›Il Tritone‹. »*In italiano, Signore.*«

»*Sorry.*« Havelock wiederholte die Frage, die eher ein Vorwurf war.

Der Matrose reagierte mit einem Achselzucken und rutschte auf dem Sitz zur Seite, um aufzustehen. Michael griff schnell über den Tisch und packte den Arm des Matrosen. Der kniff die triefenden, rotgeäderten Augen zusammen, und sein Mund verzog sich wie das Maul eines wütenden Hundes, wobei die Lippen sich auseinanderschoben und ungepflegte gelbe Zähne sichtbar wurden. In wenigen Sekunden würde er sich auf ihn stürzen.

»*Lascialo*«, befahl der Besitzer des ›Il Tritone‹ und fügte schnell in Englisch hinzu: »Zeigen Sie ihm Geld. Schnell! Sonst geht Ihnen dieses Schwein an die Gurgel, und dann fallen die alle über uns her, und Sie erfahren gar nichts. Sie haben recht. Er hat die Frau gesehen.«

Havelock ließ den Arm des Mannes los, griff in die Tasche und holte ein dickes Bündel mit Lirenoten hervor. Er nahm zwei Scheine und legte sie vor dem Matrosen auf den Tisch: 40 000 Lire, eine Tagesheuer auf einem Schiff.

»Wie Sie sehen«, sagte er, so gut er das in Italienisch konnte, »ist hier noch mehr. Sie können es mir nicht wegnehmen, aber ich kann es Ihnen geben. Andererseits können Sie natürlich weggehen und mir gar nichts erzählen.« Michael hielt inne, lehnte sich auf seinem Stuhl zurück und blickte den Mann feindselig an. »Aber ich kann Ihnen Ärger machen. Und das werde ich.«

»*In che modo?*« Der Matrose war ebenso zornig wie verwirrt, und seine Augen huschten zwischen Havelocks Gesicht, dem Geld und dem Besitzer des ›Il Tritone‹ hin und her. Der saß reglos da, und seine starre Haltung verriet, daß ihm die Gefährlichkeit von Michaels Taktik bewußt war.

»Wie?« Havelock beugte sich vor, und seine Finger zogen die Geldscheine wieder zu sich heran, als wären es zwei wichtige Karten in einem Bakkarat-Spiel. »Ich gehe zur *Elba* hinüber und hole mir Ihren Kapitän. Was ich ihm über Sie berichten werde, wird ihm nicht gefallen.«

»*Che cosa?* Was... Was können Sie *riguardo a me* ihm sagen, daß er *sentire?*« Daß der Matrose plötzlich, wenn auch nur bruchstückhaft, Englisch sprach, kam unerwartet. Er wandte sich dem Besitzer des ›Il

Tritone‹ zu. »Vielleicht geht dieses Schwein *Ihnen* an die Gurgel, Alter. Ich brauch' keine Hilfe von anderen.« Der Mann zog den Reißverschluß seiner groben Wolljacke herunter; aus einer Scheide, die er am Gürtel trug, ragte der Griff eines Messers; sein Kopf schwankte etwas, eine Auswirkung des Whiskys.

Plötzlich, ohne die geringste Andeutung, ließ Havelock sich in seinem Stuhl nach hinten fallen und lachte leise und ohne Groll. Es war ein natürliches Lachen, in keiner Weise feindselig oder herausfordernd, und das verwirrte den Seemann noch mehr. »*Bene!*« sagte Michael, lehnte sich plötzlich wieder vor und zupfte zwei weitere Fünftausend-Lire-Scheine von dem Geldbündel. »Ich wollte bloß sehen, ob Sie Mumm haben, und das haben Sie mir eben bewiesen. Prima! Ein Mann ohne Mumm weiß nicht, was er sieht. Er erfindet alles mögliche, weil er Angst hat... oder weil er Geld sieht.« Havelock packte die geballte Hand des Mannes am Gelenk und zwang ihn, sie zu öffnen. Es war ein starker, nicht unfreundlicher Griff, der entschlossene Kraft verriet, die der Matrose anerkennen mußte. »Hier, zwanzigtausend Lire. Zwischen uns ist kein Streit. Wo haben Sie sie gesehen?«

Der plötzliche Stimmungsumschwang brachte den Mann völlig aus der Fassung. Am liebsten hätte er die Herausforderung angenommen, aber das verlockende Geld, der feste Handgriff und das ansteckende Lachen ließen ihn zurückweichen. Zuerst nur zögernd.

»Gehen Sie... zu meinem Kapitän?« fragte der Seemann in Englisch mit glasigem Blick.

»Wozu? Sie haben es mir ja gerade gesagt. Es hat nichts mit ihm zu tun. Warum sollen wir also diesen *farabutto* hineinziehen? Soll er sich doch selbst sein Geld verdienen. Wo haben Sie sie gesehen?«

»Auf der Straße. *Ragazza bionda. Bella. Cappello largo.*«

»Blond, attraktiv... breiter Hut... Das ist sie! Wo? Mit wem war sie zusammen? Einem Maat, einem Schiffsoffizier? *Un' ufficiale?*«

»Nicht die *Elba.* Das nächste Schiff. *Barca mercantile.*«

»Da sind nur zwei. Die *Cristobal* und die *Teresa.* Welches?«

Der Mann sah sich um, sein Kopf schwankte etwas, seine Augen waren halb geöffnet. »Sie hat mit zwei Männern gesprochen... Der eine war ein *capitano.*«

»Welches Schiff?«

»*A destra*«, flüsterte der Matrose und fuhr sich mit dem Handrücken über die feuchten Lippen.

»Rechts?« fragte Michael schnell. »Die *Santa Teresa?*«

Der Seemann rieb sich das Kinn und blinzelte; plötzlich hatte er Angst, seine Augen wanderten zur linken Tischseite hinüber. Er zuckte die Achseln, zerknüllte das Geld mit der rechten Hand und schob seinen Stuhl zurück. »*Non conoscenza. Niente. Una prostituta del capitano.*«

»*Mercantile italiana*?« drängte Havelock. »Der italienische Frachter? Die *Santa Teresa*?«

Der Matrose erhob sich, sein Gesicht war weiß. »*Si... No! Destra... Sinistra!*« Die Augen des Mannes fixierten jetzt die andere Seite des Raums; Michael drehte unauffällig den Kopf herum. Drei Männer an einem Tisch an der Wand beobachteten den Matrosen der *Elba*. »*Il capitano. Un marinaio superiore! Il migliore!*« rief der Matrose mit heiserer Stimme. »Ich weiß nichts mehr, *Signore*!« Er torkelte in Richtung Ausgang und bahnte sich mit den Schultern einen Weg vorbei an den Männern, die dicht gedrängt an der Bar standen.

»Sie spielen ein gefährliches Spiel«, meinte der Besitzer des ›Il Tritone‹. »Es hätte auch anders ausgehen können.«

»Bei einem sturen Esel – betrunken oder nicht – hat noch immer die Peitsche am besten geholfen«, sagte Havelock, der seinen Kopf immer noch zur Seite geneigt hielt und sich auf die drei Männer auf der anderen Seite des Lokals konzentrierte.

»Sie hätten dem ein Loch in den Bauch fragen können und doch nichts erfahren.«

»Aber ich habe etwas erfahren.«

»Nicht sehr viel. Ein Frachter, links oder rechts. Aber welcher?«

»Er hat zuerst rechts gesagt.«

»Wenn man vom Pier kommt oder darauf zugeht?«

»Von hier aus betrachtet. *Diritto*. Die *Santa Teresa* also. Man wird sie an Bord der *Teresa* bringen, was bedeutet, daß ich noch Zeit habe, sie zu finden, bevor man ihr das Zeichen gibt. Sie ist irgendwo in Sichtweite des Docks.«

»Da bin ich nicht so sicher«, sagte der Besitzer des ›Il Tritone‹ und schüttelte den Kopf. »Unser sturer Esel hat sich da recht deutlich ausgedrückt. Der Kapitän war *un marinaio superiore. Migliore*. Ein besonders erfahrener Seemann. Der Kapitän der *Teresa* jedoch ist ein ausgedienter Handelsschiffer. Er fährt nie über Marseille hinaus.«

»Wer sind diese Männer an dem Tisch dort drüben?« fragte Michael so leise, daß man seine Frage kaum verstehen konnte.

»Ich kenne sie nicht mit Namen.«

»Was heißt das?«

»*Italiani*«, sagte der Besitzer des ›Il Tritone‹ mit ausdrucksloser Stimme.

»Die *Santa Teresa*«, antwortete Havelock und schälte ein paar Scheine von seinem Geldbündel. »Sie waren mir eine große Hilfe«, sagte er. »Ich schulde dem *proprietario* sechstausend Lire. Der Rest ist für Sie.«

»*Grazie.*«

»*Prego.*«

»Ich geh' mit Ihnen zum Hafen hinunter. Mir gefällt das immer noch nicht. Wir wissen nicht, ob diese Männer wirklich von der *Teresa* sind. Irgend etwas ist nicht *in equilibrio*.«

»Die Wahrscheinlichkeit spricht dafür, daß es sich um die *Teresa* handelt. Brechen wir auf.«

Draußen vor dem lauten Café war es vergleichsweise leise; nackte Glühbirnen schimmerten schwach in Hauseingängen, und jahrhundertealte Pflastersteine dämpften das Geräusch der Schritte. Am Ende der schmalen Gasse konnte man die breite Straße, die zu den Piers führte, im Schein der Straßenlaternen sehen. Mit höchster Wachsamkeit traten sie in die schwarzen Flecken zwischen den Lichtkegeln.

»*Ecco*!« flüsterte der Italiener und blickte nach vorne. »Dort steht jemand in einem Hauseingang. Links. Haben Sie eine Waffe?«

»Nein. Ich hatte keine Zeit...«

»Dann schnell!« Plötzlich fing der Besitzer des ›Il Tritone‹ zu rennen an, vorbei an der Türnische, als eine Gestalt heraustorkelte, die Silhouette eines breiten, muskulösen Mannes. Er hatte die Arme ausgestreckt, um sie aufzuhalten. Aber in der Hand hielt er keine Pistole, auch keine andere Waffe.

Havelock eilte ein paar Schritte auf den Schatten zu, blieb kurz stehen und fiel mit einem Satz den Mann auf der gegenüberliegenden Seite der Gasse an. Mit seiner Linken packte Michael das Jackett des Angreifers, während sich sein rechter Schuh in den Unterleib bohrte. Der Mann krümmte sich und sackte zu Boden. Havelock riß ihn hoch und preßte ihn gegen die Hauswand, bevor seine rechte Hand ihm ins Gesicht fuhr und nach seinen Augen krallte.

»*Basta! Per favor! Se Deus quiser*!« keuchte der Angreifer und hielt sich den Bauch. Speichel tropfte ihm aus dem Mund. Die Sprache war portugiesisch, der Mann gehörte zur Besatzung der *Cristobal*. Michael konnte sein Gesicht im schwachen Licht erkennen; es war der Matrose, der an dem Tisch im ›Il Tritone‹ etwas Englisch gesprochen hatte.

»Wenn Sie mich überfallen wollten, um mich auszurauben, machen Sie es nicht gerade sehr geschickt.«

»No, *Señhor*! Ich möchte nur reden, aber man darf mich nicht mit Ihnen sehen. Wenn Sie zahlen, sage ich es Ihnen.«

»Reden Sie.«

»Erst das Geld!«

Havelock preßte den Hals des Matrosen mit dem Unterarm gegen die Mauer, griff in die Tasche und holte zwei Scheine heraus. »Zwanzigtausend Lire«, sagte er. »Los, was wissen Sie?«

»Das ist mehr wert, viel mehr, *Señhor*. Sie werden sehen.«

»Ich knöpfe Ihnen das Geld wieder ab, wenn das nicht der Fall ist. Dreißigtausend, mein letztes Wort.«

»Die Frau geht... *sete*... sieben *minutos* bevor wir auslaufen an Bord der *Cristobal*. So ist es arrangiert. Sie kommt durch die Osttür des Lagerschuppens. Jetzt wird sie bewacht. Sie können nicht an sie ran. Aber sie muß ungefähr vierzig Meter bis zur Laderampe laufen.«

Michael ließ den Matrosen los und fügte den drei Geldscheinen, die er in der Hand hielt, einen vierten hinzu. »Verschwinden Sie«, sagte er. »Ich hab' Sie nie gesehen.«

»Sie müssen es schwören, *Señhor*!« flehte der Mann und rappelte sich hoch.

»Ich schwöre es. Und jetzt verschwinden Sie.«

Plötzlich waren am Ende der Gasse Stimmen zu hören. Zwei Männer stürmten auf sie zu.

»*Americano! Americano!*« Es war der Besitzer des ›Il Tritone‹, der Hilfe geholt hatte. Als der Portugiese wegrennen wollte, packten sie ihn.

»Laßt ihn gehen!« schrie Havelock. »Es ist alles in Ordnung!«

Sechzig Sekunden später hatte Michael dem Besitzer des ›Il Tritone‹ alles erklärt. »Es ist nicht die *Teresa*, es ist die *Cristobal*.«

»Das war es, was gefehlt hat«, sagte der Italiener. »Der tüchtige *capitano* ist natürlich Aliandro, Juan Aliandro! Er ist in der Lage, sein Schiff in jedem gefährlichen Küstengewässer zu manövrieren und überall, wo er will, jemanden an Land zu setzen. Sie haben die Frau gefunden, *Signore*.«

Er kauerte im Schatten eines Krans; von dort hatte er unbehinderte Sicht auf die *Cristobal*. Der Frachter hatte inzwischen seine Ladung erhalten, die Stauer waren lärmend über die breite Straße gelaufen und hatten sich in den schmalen Gassen verteilt, um in irgendeiner Kneipe ihren Durst zu löschen. Abgesehen von den vier Männern, die beim Ablegen des Schiffes die Leinen zu lösen hatten, war der Pier verlassen, und selbst diese vier waren kaum zu sehen; reglos standen sie an den mächtigen Pollern, zwei Männer pro Tau.

Hundert Meter hinter ihm war das Eingangstor mit dem beflissenen Wachposten in seinem Glaskasten. Er bildete eine graue Silhouette in dem träge dahinquellenden Morgennebel. Schräg zur Linken, etwa fünfundzwanzig Meter entfernt, führte eine verwitterte Gangway zum Vorderdeck der *Cristobal* hinauf. Zur Rechten, höchstens zwanzig Meter vom Kran entfernt, war die Tür zum Lagerhaus des Piers; sie war versperrt, und drinnen waren alle Lichter gelöscht. Hinter jener Tür wartete Jenna Karras, auf der Flucht nach dem Verrat, den sie und andere verübt hatten, seine Geliebte, die aus Gründen, die nur sie kannte, ihre Liebe zerstört hatte. In wenigen Augenblicken mußte sich die Tür öffnen, und sie würde heraustreten, zur Gangway gehen und dann den ausgetretenen hölzernen Steg zum Deck hinaufsteigen. Sobald sie an Bord war, war sie frei; mächtige Taue würden über den Pier geworfen werden, Trillerpfeifen würden ertönen, und dann würde die Gangway in den Laderaum gezogen werden. Aber vorerst war Jenna Karras noch nicht verborgener Besitz der *Cristobal*; noch war sie nicht frei. Erst einmal mußte sie die fünfzig Meter bis zum Aufgang des Schiffes zurückgelegt haben. In dem Lagerhausbüro war es möglich, sie zu schützen; jeder Eindringling konnte mit einem Schuß erledigt werden. Im Freien jedoch würde niemand eine Schießerei riskieren. Es würde ein Geschrei geben, man würde Alarm schlagen, und die Gefängnisstrafen für Leute, die Menschen an Bord von Schiffen schmuggelten, waren drastisch. Die paar tausend Lire, die es dabei zu verdienen gab, waren das Risiko nicht wert.

Michael sah auf die Uhr; es war 4.25 Uhr, der Sekundenzeiger näherte sich der Minutenmarke. Sieben Minuten bevor die *Cristobal* ihr Horn im Hafen ertönen ließ, um zu signalisieren, daß sie auslief, würde der schärfere, höhere Ton alle Schiffe davor warnen, daß sie gleich vom Pier ablegen würde. Hoch oben auf dem Deck, vorn und mittschiffs, schlenderten ein paar Männer herum, nur durch das Glimmen ihrer Zigaretten zu erkennen. Aus dem mächtigen schwarzen Rumpf drang das halberstickte Dröhnen der Kessel, und das heisere Mahlen mächtiger Zahnräder kündigte den bevorstehenden Befehl an, die gewaltige Schiffsschraube einzukuppeln. Schwarzes ölverschmiertes Wasser wallte am Heck der *Cristobal* auf; ein Vorspiel zum Ablegen.

Jetzt öffnete sich die Lagerhaustür. Havelock spürte den Stich in seiner Brust, als die blonde weibliche Gestalt aus der Dunkelheit heraustrat. Warum flüchtete sie vor ihm? *Was haben sie dir getan? Uns?*

Das Hämmern in seiner Brust war unerträglich, der Schmerz in seinen Augen qualvoll. Sobald Jenna Karras die Mitte des Piers erreicht und das Tor vor Augen hatte, in Sichtweite des Wachmannes, der Alarm schlagen konnte, würde er sie aufhalten. Keinen Augenblick früher.

Dort war sie! *Jetzt!*

Er sprang hinter dem Kran vor und rannte los. Er achtete nicht auf das Geräusch, das seine Schritte machten, er hatte nur im Sinn, sie zu erreichen, sie zu berühren, sie an sich zu drücken.

»Jenna! Um Himmels willen, *Jenna*!«

Er packte ihre Schultern; die Frau fuhr erschreckt herum, und Michaels Atem stockte in seiner Kehle; sein ganzer Körper vibrierte.

Das Gesicht, das sich ihm zuwandte, war ein altes Gesicht, ein häßliches Gesicht, die pockennarbige Fratze einer Hafenhure. Die Augen, die ihn anstarrten, waren die großen, dunklen Augen eines Nagetiers; die schwarze Schminke auf den Lidern war verlaufen, die Lippen waren blutrot und gesprungen, und die Zähne dahinter gelb und brüchig.

»*Wer sind Sie*?« Sein Schrei war der Schrei eines Wahnsinnigen. »*Lügnerin! Lügnerin!* Warum lügst du? Warum sind Sie hier?! Warum bist du nicht hier? Lügnerin!«

Nebel, die nicht vom Meer herkamen, erfüllten seinen Geist. Er war jenseits aller Vernunft; er wußte nur, daß seine Hände zu Klauen geworden waren, dann zu Fäusten... Klauen, die kratzten, Fäuste, die hämmerten... *Ich muß die Ratte töten, sie hat mich getäuscht. Töten, töten!*

Schreie, Rufe, Befehle erfüllten die Leere geistloser Unendlichkeit. Da war kein Anfang, kein Ende, nur wild tobender Wahnsinn, ein Wirbel, der ihn hinunterzog.

Und dann spürte er Schläge, aber den Schmerz fühlte er nicht... Männer waren rings um ihn, schließlich über ihm. Fäuste und schwere Stiefel trafen ihn. Immer wieder. Überall.

Und dann kam die Finsternis, der Wahnsinn war zu Ende. Da war nur Schwärze. Und Stille.

Über dem Pier, im zweiten Stock des Lagerhausbüros, stand eine Gestalt am Fenster und blickte auf die Szene der Gewalt hinunter. Sie atmete tief und hielt die Finger an den Lippen. In ihren klaren braunen Augen wallten Tränen auf. Geistesabwesend nahm Jenna Karras die Hand vom Gesicht und drückte sie gegen die Schläfe, gegen das lange blonde Haar, das unter ihrem breitkrempigen Hut herabfiel.

»Warum hast du es getan, Mikhail?« flüsterte sie halblaut und nur für sich bestimmt. »Warum willst du mich töten?«

6

Als er die Augen aufschlug, nahm er den Übelkeit erregenden Gestank von billigem Whisky wahr und spürte die Feuchtigkeit an Hals und Brust; sein Hemd, sein Jackett und seine Hose waren mit billigem Fusel getränkt. Vor ihm lagen graue und schwarze Schatten, unterbrochen von winzigen Lichtflecken, die in der Dunkelheit flimmerten. Ein stumpfer Schmerz durchzog seinen Körper, sein Kopf fühlte sich geschwollen und taub an, und sein Gesicht war bedeckt mit blutenden Schnittwunden. Man hatte ihn brutal zusammengeschlagen und an das Ende des Piers geschleppt, hinter das Lagerhaus, wenn sein verschwommener Orientierungssinn auch nur annähernd richtig war.

Langsam hob er die rechte Hand an sein linkes Handgelenk; seine Uhr war noch da. Er streckte die Beine und griff in die Tasche; auch sein Geld war unangetastet. Man hatte ihn nicht beraubt, wohl weil er mit zu vielen Männern gesprochen hatte und andere ihn in jenen Gesprächen beobachtet hatten. Sie waren sein Schutz gewesen.

Mord war Mord, und ganz gleich, wie der Besitzer des ›Il Tritone‹ das sah, ein Raubüberfall führte zu lästigen Ermittlungen, besonders wenn ein wohlhabender Ausländer das Opfer war. Niemand war interessiert, daß an den Piers zu viele Fragen gestellt wurden; kühle Köpfe hatten befohlen, ihn nicht umzubringen und ihm das Geld und die Uhr zu lassen.

Die Falle war professionell inszeniert gewesen: Ein neugieriger, wohlhabender Ausländer hatte plötzlich durchgedreht und eine blonde Hure am Pier attackiert. Dann waren andere Männer ihr zu Hilfe geeilt.

Er wälzte sich auf die linke Seite; das Meer im Südosten war ein feuriger Streifen unterhalb des Horizonts. Der Morgen graute; die *Cristobal* war eine von einem Dutzend kleiner Silhouetten auf dem Wasser. Blinkende Lichter markierten ihre Position. Langsam richtete Havelock sich auf, drückte seine Knie gegen die nassen Planken unter sich und stemmte sich mühsam mit den Händen hoch. Als er auf den Füßen stand, drehte er vorsichtig seinen Oberkörper, streckte seine Beine, bog den Nacken, den Rücken. Er hatte Schmerzen, jedoch nichts war gebrochen, aber in seiner Beweglichkeit fühlte er sich ziemlich behindert.

Der Wachmann. War er vielleicht an der Aktion beteiligt gewesen? Hatte man ihm befohlen, dem Ausländer zuerst feindselig gegenüberzutreten und dann auf Beflissenheit umzuschalten, um ihn so in die Falle zu locken? Es war eine wirksame Strategie; er hätte sie durchschauen müssen. Keiner von den zwei anderen Wachposten war so schwierig gewesen, jeder war sofort bereit gewesen, ihm alles, was er wissen wollte, zu sagen. Der Mann am Tor des Piers, an dem die *Teresa* lag, war sogar so weit gegangen, ihn über die Verzögerung im Zeitplan des Frachters zu informieren.

Und welche Rolle spielte der Besitzer des ›Il Tritone‹ und der Matrose von der *Cristobal*, der ihm in der engen, finsteren Gasse aufgelauert hatte? Hatte nicht das Zusammentreffen logisch aufeinanderfolgender Ereignisse ihn zu jenen Männern geführt, die auf ihn gewartet hatten? Aber wie *konnten* sie gewartet haben? Vor vier Stunden war Civitavecchia für ihn nicht mehr als ein Name auf einer Landkarte gewesen, ohne jegliche Bedeutung. Und doch war eben das geschehen; das mußte er akzeptieren, ohne das Wie oder Warum zu kennen. Es gab so viel, was sein Begriffsvermögen überstieg und ihn zum Wahnsinn trieb.

Alles, was Sie in diesem Geschäft nicht verstehen können, ist ein Risiko, aber das brauche ich Ihnen nicht zu sagen. Rostow. Athen.

Man hatte einen Lockvogel, eine blonde, pockennarbige Hure benutzt, um ihn zum Handeln zu zwingen. Aber *warum*? Welche Reaktion hatten sie von ihm erwartet? Er hatte keinen Zweifel daran gelassen, was er zu tun beabsichtigte. Was hatten sie nun erfahren, was war geklärt worden? Was steckte hinter alledem? Versuchte sie etwa, ihn zu töten? Diente die Aktion an der Costa Brava nur diesem Zweck?

Jenna, warum tust du das?! Was ist mit dir geschehen? . . . Mit uns?

Er ging unsicher und blieb stehen, als er im Begriff war, das Gleichgewicht zu verlieren. Als er das Lagerhaus erreicht hatte, schob er sich an der Mauer entlang, vorbei an abgedunkelten Fenstern und riesigen Ladetüren, bis er schließlich zur Ecke des Gebäudes gelangte. Dahinter lag der verlassene Pier; über die Lichttümpel, die die sich kreuzenden Scheinwerferbalken bildeten, wälzte sich der Nebel. Er spähte an dem Stahlgerüst vorbei und kniff die Augen zu, um den Glaskasten besser sehen zu können, in dem der Wachmann saß. Wie vorhin war die Gestalt drinnen kaum sichtbar, nur das gleichmäßige Glühen einer Zigarette war deutlich zu erkennen.

Jetzt bewegte sich der rote Punkt nach rechts; der Wachmann war von seinem Hocker aufgestanden und schob die Tür des Häuschens auf. Nun konnte er eine zweite Gestalt im Nebel ausmachen, die von der breiten Straße herüberkam. Es war ein Mann in mittlerer Größe. Er trug einen Mantel und einen Hut mit hochgeklappter Krempe . . . so wie es die Spaziergänger auf der Via Veneto zu tun pflegten. Die Kleidung war nicht von der Art, wie man sie im Hafen trug. Der Mann ging auf das Glashäuschen zu, blieb an der Tür stehen und sprach mit dem Posten. Dann blickten beide zum Ende des Piers und zum Lagerhaus hinüber. Der Wachmann machte eine Handbewegung, und Michael wußte, daß die Geste für ihn bestimmt war. Der Mann nickte, drehte sich um und hob die Hand. Innerhalb von Sekunden tauchten zwei weitere Männer auf, beide groß und breitschultrig.

Havelock lehnte den Kopf an die Mauer. Hilflosigkeit mischte sich mit Schmerz. Die Erschöpfung begann ihn zu überwältigen. Solchen Männern war er nicht gewachsen; er konnte kaum die Arme heben, geschweige denn wegrennen. Und eine Waffe hatte er nicht.

Wo war Jenna Karras? War sie an Bord der *Cristobal* gegangen, nachdem der Lockvogel seine Funktion erfüllt hatte? Das war ein logischer . . . Nein, das herrschende Durcheinander hätte zu viel Aufmerksamkeit auf den Frachter gelenkt. Zu leicht hätten unfreundliche Beamte herbeigerufen werden können . . . so wie man die zwei Männer, die sich jetzt dem Tor näherten, gerufen hatte. Das Schiff selbst war der Lockvogel gewesen, und die blonde Hure der Köder. Jenna Karras war an Bord eines der zwei anderen Schiffe gegangen!

Michael löste sich von der Wand und humpelte über die nassen Planken auf den Rand des Piers zu. Er wischte sich die Augen und starrte durch den dichten Nebel. Unwillkürlich atmete er tief durch; der

Schmerz, den er dabei im Magen empfand, brannte. Die *Elba* war verschwunden. Man hatte ihn zum falschen Pier gelockt, ihn in eine unkontrollierbare Situation getrieben, während Jenna an Bord der *Elba* gelotst wurde. War der Kapitän der *Elba* ein ebenso hervorragender Navigator wie der Skipper der *Cristobal*? Würde er – konnte er – seinen Passagier nahe genug an einen unbewachten Küstenstreifen bringen, um ihn mit einem kleinen Boot am Ufer abzusetzen?

Ein Mann wußte die Antwort darauf. Ein Mann in einem Mantel und mit einem schräg auf dem Kopf sitzenden Hut, der nicht mit Gabelstaplern arbeitete, sondern kaufte und verkaufte. Dieser Mann hatte Jennas Passage arrangiert.

Havelock taumelte zur Ecke des Lagerhauses zurück. Irgendwie mußte er an den Mann herankommen; dazu mußte er aber zuerst an den zwei bedrohlichen Gestalten vorbei, die sich ihm jetzt näherten. Wenn er nur eine Waffe hätte, irgendeine Waffe. Er blickte sich in der langsam weichenden Dunkelheit um. Nichts. Nicht einmal ein loses Brett oder ein Stück Holz von einer zerbrochenen Kiste lag herum.

Das Wasser. Es war ein tiefer Fall, aber er würde es schaffen. Wenn er das andere Ende des Piers erreichte, ehe man ihn sah, würde man annehmen, daß er im bewußtlosen Zustand ins Meer gefallen war. Wie viele Sekunden hatte er Zeit? Er preßte sein Gesicht an die Wand und spähte in das Licht der Scheinwerfer, darauf vorbereitet, sich abzustoßen und wegzurennen.

Aber er brauchte nicht wegzurennen. Die beiden Männer waren stehengeblieben. Warum? Warum ließen sie ihn in Ruhe?

Plötzlich drang aus dem dichten Nebel ein paar Piers weiter hinter ihnen das ohrenbetäubende Schrillen einer Schiffspfeife. Und dann noch einmal, gefolgt von einem in die Länge gezogenen Baßklang, der im ganzen Hafen widerhallte. Das war die *Santa Teresa*! Nun dämmerte es ihm. Man hatte die beiden Männer nicht herbeigerufen, um ihn noch weiter zu bestrafen, sondern um dafür zu sorgen, daß er den ersten Pier nicht verließ. Es gab also gar keine Verzögerung in der Abfahrtszeit der *Teresa*; auch das gehörte zu den Täuschungsmanövern. Sie legte rechtzeitig ab, und Jenna Karras war an Bord. Und während die Schiffsglocke ertönte, hatte der Mann im Mantel die Aufgabe, den verletzten Jäger an Ort und Stelle festzuhalten.

Aber irgendwie, dachte er wütend, mußte er zu diesem Pier gelangen, um sie aufzuhalten und den Frachter am Ablegen zu hindern. Wenn erst einmal die mächtigen Taue von den Pollern gelöst waren, hatte er keine Chance mehr einzugreifen. Und Jenna Karras würde spurlos untertauchen. Dann wäre alles vorbei, ohne sie wollte er nicht weiterleben! Er wünschte, er wüßte, was die schrillen Signale bedeuteten, wieviel Zeit ihm noch blieb. Jedenfalls konnten es nur wenige

Minuten sein. Der Pier der *Teresa* war ein paar hundert Meter entfernt; in seinem Zustand würde er bis dorthin mindestens zwei Minuten brauchen, vorausgesetzt, es würde ihm gelingen, an den zwei Männern vorbeizukommen, die man gerufen hatte, um ihn aufzuhalten. Nur wie?

Zwischen zwei Pollern in etwa zehn Metern Entfernung erkannte er die Silhouette eines gedrungenen schwarzen Gegenstands. Es war ein ganz gewöhnliches Faß, das ohne Zweifel während des Lade- und Löschvorgangs ein Loch abbekommen hatte und jetzt als Behälter für Abfall benutzt wurde. Er rannte darauf zu, packte es, kippte es zur Seite und rollte es zur Mauer zurück. Dreißig, vielleicht vierzig Sekunden hatte das Ganze gedauert.

Er kauerte sich im Schatten nieder, preßte sich gegen die Mauer, beide Hände an dem schmutzigen, umgekippten Faß. Er atmete tief ein und schrie so laut er konnte.

»*Aiuto! Presto! Sanguino! Muoio!*«

Er hielt inne und lauschte. In der Ferne konnte er Rufe hören; zuerst Fragen, dann Befehle.

Er schrie erneut: »*Aiuto!*«

Keine Antwort. Dann hastige Schritte. Näher, immer näher kamen sie. Jetzt. Er stieß das Faß mit aller Kraft von sich. Es polterte schräg über die Planken, durch den Nebel, auf den Rand des Piers zu.

Die beiden Männer hatten jetzt die Ecke des Lagerhauses erreicht. Er konnte sie in dem dunstigen Licht deutlich sehen; das rollende Faß stieß gegen einen der Poller! Herrgott! Dann drehte es sich und stürzte über den Rand des Piers in die Tiefe; es schien eine Ewigkeit zu dauern, bis das Aufklatschen im Wasser laut durch die nächtliche Stille hallte. Die zwei Männer riefen sich etwas zu und liefen zur Kaimauer.

Jetzt!

Havelock richtete sich auf und rannte aus dem Schatten heraus, die Hände ausgestreckt, die Schultern und Arme gleichsam ein Rammbock. Jeder hastige Schritt war schmerzhaft. Jetzt hatte er die beiden Männer erreicht. Den einen brachte er mit wuchtigen Hieben in den Rücken aus dem Gleichgewicht, dem anderen Italiener trieb er die Schulter ins Kreuz.

Ein ohrenbetäubendes Röhren aus den Schornsteinen der *Teresa* übertönte die Schreie der zwei Männer, als sie ins Wasser fielen. Michael humpelte zur Ecke des Lagerhauses zurück; er wollte auf den verlassenen Pier hinausgehen und sich dem vorher so beflissenen Wachposten und dem Mann im Mantel stellen.

Er rannte hinkend auf das Tor zu und schrie in gebrochenem Italienisch. Seine panikerfüllte Stimme verriet, daß er völlig verwirrt war.

»Hilfe! Ich bin verletzt. Zwei Männer wollten mir helfen. Und als sie ganz nahe bei mir waren, fielen Schüsse! Drei Schüsse! Vom nächsten Pier. Ich konnte sie kaum hören, wegen des Frachters! Gewehrschüsse! Schnell! Sie sind verletzt. Einer ist tot, glaube ich. Herrgott, schnell!«

Havelock verstand kein Wort von dem, was die beiden Männer sich zuriefen. Als er auf das Tor zutaumelte, konnte er erkennen, daß der Wächter die Pistole gezogen hatte, aber es war nicht derselbe wie vorher. Er war kleiner, untersetzter, älter, und sein breites Gesicht wirkte verärgert. Der Mann im Mantel mit dem gebräunten Gesicht befahl dem Wachtposten, der Sache auf den Grund zu gehen. Der weigerte sich, er würde seinen Posten nicht verlassen, nicht für zwanzigtausend Lire!

Ein abgekartetes Spiel, von Anfang an...

»*Andate voi stessi!*« brüllte der Wachmann.

Der Mann im Mantel ging auf das Lagerhaus zu, fluchte, wurde schneller, verlangsamte dann plötzlich sein Tempo, als er sich der Ecke des Gebäudes näherte. Der Wächter stand vor seinem verglasten Häuschen und hielt die Pistole drohend auf Michael gerichtet.

»Sie da! Gehen Sie rüber zum Zaun«, schrie er auf Italienisch. »Heben Sie die Hände, und halten Sie sich ganz oben am Draht fest! Drehen Sie sich nicht um. Sonst kriegen Sie eine Kugel in den Kopf!«

Wenn er noch eine Chance haben wollte, mußte er jetzt handeln.

»O Jesus!« schrie Havelock, griff sich an die Brust und sank zu Boden.

Der Mann rannte vor; Michael blieb reglos zusammengekrümmt liegen. »Aufstehen!« befahl der Uniformierte. »Aufstehen, verdammt!«

Der Wachposten beugte sich vor und schüttelte Havelock an der Schulter. Darauf hatte Michael gewartet. Er schnellte empor, griff nach der Waffe über seinem Kopf und packte das Handgelenk an seiner Schulter, während er sich blitzschnell aufrichtete und dem stürzenden Wachmann das Knie in die Kehle stieß. Er hielt den Pistolenlauf in der Hand und schmetterte den Knauf gegen den Kopf des Italieners. Der Mann wurde bewußtlos. Havelock zerrte ihn in den Schatten des Wachhäuschens und rannte durch das offene Tor.

Aus der Ferne hallte ein langgezogenes Röhren herüber, gefolgt von vier kürzeren Signalen. Die *Teresa* war im Begriff, ihren Liegeplatz zu verlassen! Michael spürte, wie ihn ein Gefühl der Hilflosigkeit überkam, während er atemlos die breite Straße hinunterlief. Seine Beine waren kaum mehr imstande, ihn zu tragen. Als er den Pier der *Teresa* erreichte, stand derselbe Wachmann in seinem Glashaus, den Telefonhörer in der Hand und mit dem Kopf nickend, während er mit stumpfem Blick weitere Anweisungen entgegennahm.

Quer vor das offene Tor war jetzt eine Kette gespannt. Havelock packte den Haken und riß ihn aus seiner Verankerung; die Kette ringelte sich wie eine Schlange in der Luft und fiel klirrend zu Boden.

»*Che cosa?! Fermati!*«

Michael rannte, während glühender Schmerz durch seine Beine schoß, den langen Pier hinunter, auf den Schiffsrumpf zu, der sich in den trägen Nebelschwaden schemenhaft am Dockende abzeichnete. Da knickte das rechte Bein ein, es riß ihn zu Boden, seine Hände bremsten den Sturz ab, nicht aber den Aufprall. Seine rechte Schulter glitt über das feuchte Pflaster. Er packte sein Bein und rappelte sich wieder hoch. Völlig außer Atem erreichte er das Ende des Piers; da war das Gefühl der Ohnmacht endgültig.

Der Frachter *Santa Teresa* trieb zehn Meter von der Kaimauer entfernt, die mächtigen Taue glitten über die Wasseroberfläche, eingezogen von Männern, die oben an Deck auf ihn herunterblickten.

»Jenna!« schrie er. »Jenna! Jenna!«

Er fiel zu Boden, auf das feuchte Holz. Arme und Beine zitterten, seine Brust wurde von Krämpfen geschüttelt, und sein Kopf fühlte sich an, als hätte ihn jemand mit einer Axt gespalten. Er hatte verloren... hatte sie verloren! Ein kleines Boot konnte sie an tausend Stellen irgendwo an der Mittelmeerküste absetzen. Der einzige Mensch auf Erden, der ihm etwas bedeutete, war für immer verschwunden.

Er hörte Rufe hinter sich, dann das Hämmern näherkommender Schritte. Dabei mußte er an andere Geräusche denken, an andere Schritte... einen anderen Pier. Von dem aus die *Cristobal* abgelegt hatte.

Da war ein Mann in einem Mantel, der anderen Männern befohlen hatte, ihn zu verfolgen; auch sie waren über einen verlassenen Pier gerannt, durch Tümpel von Licht und Nebel. Wenn es ihm gelang, jenen Mann zu finden, würde er ihm die sonnengebräunte Haut vom Gesicht reißen, bis der Mann ihm sagte, was er wissen mußte.

Er stand auf und hinkte schnell auf den Wachposten zu, der jetzt mit erhobener Waffe auf ihn zukam.

»*Fermati! Alzate le mani!*«

»*Un' errore!*« schrie Havelock zurück; seine Stimme war aggressiv und schien doch um Nachsicht zu bitten; er mußte an dem Mann vorbei, durfte sich nicht aufhalten lassen. Er holte ein paar Scheine aus der Tasche und hielt sie vor sich, so daß man sie im Scheinwerferlicht sehen konnte. »Was kann ich Ihnen sagen?« fuhr er in italienischer Sprache fort. »Ich habe einen Fehler gemacht... der kommt *Ihnen* jetzt zugute, nicht wahr? Sie und ich, wir haben doch vorhin miteinander gesprochen, erinnern Sie sich?« Er drückte dem Mann das Geld in die Hand und schlug ihm dabei auf den Rücken. »Kommen Sie schon, stecken Sie das Ding weg. Ich bin Ihr Freund.«

»Ich hab' mir schon gedacht, daß Sie es sind!« sagte der Italiener widerstrebend und steckte das Geld ein, wobei er sich vorsichtig umblickte. »Sie sind verrückt! Die hätten Sie erschießen können. Und wofür?«

»Sie haben mir erzählt, die *Teresa* würde erst in Stunden ablegen.«

»Das hat man *mir* auch gesagt. Schweine sind das. Alles Schweine! Die sind auch verrückt! Die wissen nicht, was sie tun!«

»Das wissen die ganz genau«, sagte Michael leise. »Ich muß jetzt weiter. Vielen Dank für Ihre Hilfe.« Ehe der verärgerte Beamte Antwort geben konnte, setzte Havelock sich in Bewegung. Als er das Gewicht von einem Bein auf das andere verlagerte, zuckte er vor Schmerz zusammen.

Er erreichte den Gitterzaun, der den Pier der *Cristobal* umschloß. Die rechte Hand in der Jackentasche hielt die Waffe fest umklammert. Der Wachmann lag immer noch bewußtlos im Schatten seines Glashäuschens auf dem Boden. Er hatte sich weder bewegt, noch war in der Zwischenzeit an ihm gerührt worden. War der Mann im Mantel immer noch am anderen Pier? Wahrscheinlich. Denn sonst hätte er bemerkt, daß der Wachmann nicht in seinem Glashäuschen war. Dann hätte er nach ihm gesucht und ihn bestimmt gefunden.

Aber warum blieb der *capo regime* so lange auf dem Pier? Seine zwei Helfershelfer waren ins Wasser gestürzt. Er mußte sich um sie kümmern und schließlich der Ursache für das Gewehrfeuer nachgehen.

Durch den fauchenden Wind drangen Rufe zu ihm herüber, Fragen, denen Befehle und weitere Fragen folgten. Der Mann im Mantel war immer noch auf dem anderen Pier, und seine Gorillas schrien im Wasser.

Michael biß die Zähne zusammen und verdrängte den Schmerz aus seinem Bewußtsein. Er schob sich an der Seitenmauer des Lagerhauses entlang, vorbei an der Tür, aus der die blonde Frau gekommen war, bis zur Ecke des Gebäudes. Das Morgenlicht wurde jetzt stärker, die Nebel stiegen, und seitdem der Frachter seinen Liegeplatz verlassen hatte, konnten die frühen Strahlen der Morgensonne das Dock erhellen. In der Ferne dampfte ein anderes Schiff auf den Hafen von Civitavecchia zu; vielleicht steuerte es sogar den Liegeplatz an, den die *Cristobal* gerade freigemacht hatte. Dann blieb nur noch sehr wenig Zeit, bis die Arbeiter kamen. Er mußte sich beeilen, mußte schnell und wirksam handeln; aber er war keineswegs sicher, daß er zum einen oder anderen fähig war.

Ein unbewachter Küstenstreifen. Wußte der Mann, der nur wenige Meter von ihm entfernt war, an welchem Ufer man Jenna Karras aussetzen würde? Er würde es herausfinden, egal wie.

Er bog um die Ecke, die Waffe ganz nahe am Körper, so daß der Stoff seines Jacketts sie halb verbarg. Er konnte sie nicht einsetzen, das war ihm klar; es wäre sinnlos, den Mann zu beseitigen, der allein ihm die Frage beantworten konnte, und gleichzeitig würde ein Schuß andere alarmieren. Aber die Drohung mußte dem anderen spürbar werden, ebenso wie seine verzweifelte Wut. Dazu war er gewiß in der Lage.

Er starrte durch den aufsteigenden Nebel. Der Mann im Mantel stand am Rande des Docks und bellte erregt Anweisungen. Aber er schrie sie nicht mehr. Auch er hatte offensichtlich Angst, Aufmerksamkeit auf sich zu ziehen, den Stauern aufzufallen, die sich womöglich schon auf dem nächsten Pier herumtrieben. Die Situation war äußerst komisch. Nach allem, was Michael erkennen konnte, klammerte sich einer der Männer im Wasser an eine Holzplanke; offensichtlich konnte er nicht schwimmen. Der Mann im Mantel redete auf den anderen ein, drängte ihn, seinem Kollegen zu helfen. Doch der weigerte sich, wohl aus Angst, sein in Panik geratener Komplize könnte ihn mit in die Tiefe ziehen.

»Schweigen Sie!« sagte Havelock mit scharfer Stimme auf italienisch, ganz klar, aber nicht laut.

Der erschreckte Italiener fuhr herum, seine rechte Hand griff unter den Mantel.

»Lassen Sie das«, fuhr Michael fort und trat näher. »Ehe Sie Ihre Waffe ziehen, sind sie ein toter Mann. Gehen Sie nach links, zur Mauer hinüber. Weiter! Nicht stehenbleiben!«

Der Mann ging langsam vorwärts. »Ich hätte Sie töten können, *Signore*. Das habe ich nicht. Das ist Ihnen doch ganz bestimmt etwas wert.«

»Bestimmt. Ich danke Ihnen.«

»Man hat Ihnen auch nichts weggenommen; ich nehme an, das wissen Sie. Meine Anweisungen waren in dem Punkt eindeutig.«

»Das weiß ich. Jetzt sagen Sie mir, warum.«

»Ich bin weder ein Mörder noch ein Dieb, *Signore*.«

»Das reicht nicht. Heben Sie die Hände! Lehnen Sie sich gegen die Mauer, und spreizen Sie die Beine!«

Der Italiener gehorchte; dies war nicht das erste Mal, daß man ihm einen solchen Befehl erteilt hatte. Havelock trat von hinten an ihn heran, griff mit der Hand um die Hüfte des Mannes und zog die Pistole aus dem Gürtel. Er sah sie an und war beeindruckt. Es war eine spanische Automatic, Kaliber 38, mit Griffschalen und manueller Sicherung. Eine Präzisionswaffe, die es ohne Zweifel im Hafen billiger zu kaufen gab. Er steckte sie sich in den Gürtel. »Sagen Sie mir, was mit dem Mädchen ist. Schnell!«

»Man hat mich bezahlt. Was soll ich Ihnen mehr sagen?«

»Eine ganze Menge.« Michael packte die linke Hand des Mannes; sie war weich. Der Italiener war kein Mann der Gewalt. Er gehörte nicht der Mafia an; ein Mafioso in seinem Alter hatte bereits eine harte Ausbildung hinter sich und gewiß keine weichen Hände mehr.

Plötzlich hallte vom Hafen her eine schrille Symphonie von Schiffspfeifen herüber. Panikerfüllte Schreie des Mannes unten im Wasser mischten sich in den Lärm. Michael nutzte das Geräusch und rammte seinem Gefangenen die Pistole in die Nieren. Der Mann schrie. Havelock holte erneut aus und hieb dem Italiener den Kolben in den Nacken. Der Aufschrei, der darauf folgte, ging in ein Wimmern über.

»*Signore...Signore*!« jammerte der Mann in englischer Sprache. »Sie sind Amerikaner. Tun Sie mir das nicht an! Ich habe Ihnen das Leben gerettet – mein Wort darauf!«

»Darüber reden wir noch. Das Mädchen! Sagen Sie mir, was mit dem Mädchen war. Schnell!«

»Ich erledige hier in den Docks kleine Gefälligkeiten. Jeder weiß das. Sie brauchte jemanden, der ihr behilflich war. Sie hat dafür bezahlt.«

»Um aus Italien herauszukommen?«

»Was sonst?«

»Sie hat für eine ganze Menge mehr bezahlt! Wieviel Leute haben *Sie* denn für das ganze Arrangement bezahlt?«

»*Che dice*?«

»Für das kleine Theater, das Sie da inszeniert haben. Die alte Nutte, die dort drüben aus der Tür kam.« Havelock packte den Italiener an der Schulter und stieß ihn erneut gegen die Mauer. »Dort hinter der Ecke«, fügte er mit einer Geste hinzu. »Was sollte das? Raus mit der Sprache! Dafür hat sie auch bezahlt. Warum?«

»Wie Sie sagen, *Signore*. Sie hat bezahlt. *Spiegazioni*... Erklärungen waren nicht erforderlich.«

Ohne Vorwarnung trieb Michael dem Mann den Pistolenlauf in den Bauch. »Das reicht nicht. Los, reden Sie!«

»Sie sagte, sie müßte es wissen«, stieß der Mann hervor und krümmte sich dabei.

»Was wissen?« Havelock fegte dem Mann den Hut vom Kopf, packte ihn am Haar und schmetterte seinen Kopf gegen die Mauer.

»Was Sie tun würden.«

»Woher wußte sie denn, daß ich ihr hierher folgen würde?«

»Das wußte sie keineswegs.«

»*Warum* dann?«

»Sie hat gesagt, es *könnte* sein, daß Sie das tun würden. Sie seien ein... *ingegnoso*... ein findiger Mann. Sie hätten schon andere Männer gejagt; sie hätten Mittel zu Ihrer Verfügung, Kontakte, Quellen.«

»Das ist mir zu allgemein!« erwiderte Michael ungeduldig und zerrte an den Haaren des Italieners.

»*Signore*... sie hat gesagt, sie hätte mit drei Fahrern auf der *piattafor- ma* gesprochen, ehe sie ein Taxi gefunden hätte, das bereit war, sie nach Civitavecchia zu bringen. Sie hatte Angst!«

Das war einleuchtend. Es war ihm gar nicht in den Sinn gekommen, einen Taxistand am Ostia-Bahnhof zu suchen; in Rom gab es nicht gerade übermäßig viele Taxis. Er hatte tatsächlich nicht daran gedacht.

»*Per favore! Aiuto! Mio Dio!*« Die Schreie kamen aus dem Wasser, das Morgenlicht war inzwischen noch heller geworden, und die Schiffe im Hafen erfüllten die Luft mit dem schrillen Ton ihrer Pfeifen. Es blieb nur noch wenig Zeit; bald würden die Arbeiten kommen und den Pier bevölkern. Er mußte ganz genau erfahren, für welche Gefälligkeiten der Italiener bezahlt worden war. Seine linke Hand drückte die Kehle des Mannes zu.

»Sie ist auf der *Teresa*, nicht wahr?«

»*Sì.*«

Havelock erinnerte sich an das, was der Besitzer des ›Il Tritone‹ gesagt hatte: Die *Teresa* fuhr nach Marseille. »Wie wird man sie von Bord bringen?«

Der Italiener gab keine Antwort. Michael bohrte seine Finger in den Hals und schnürte die Luft ab. Dann sagte er ganz leise: »Hören Sie jetzt gut zu, und passen Sie auf, daß Sie ja alles verstehen. Wenn Sie es mir nicht sagen, werde ich Sie auf der Stelle töten. Mir ist das gleichgültig. Sollten Sie lügen und sie mir in Marseille entwischen, komme ich zurück und werde Sie finden. Sie hat recht, ich bin clever, und ich habe viele Männer gejagt. Ich werde Sie zu fassen kriegen!«

Die Muskeln des Italieners verkrampften sich, der Mund stand offen. Er versuchte zu nicken, etwas zu sagen. Havelock verringerte den Druck am Hals des Mannes. Der Italiener hustete heftig und griff sich an den Hals.

»Was soll's schon? Ich *sage* es Ihnen. Ich will keinen Ärger mit Leuten wie Ihnen, *Signore*! Ich hätte es wissen müssen. Ich hätte besser zuhören müssen!«

»Weiter.«

»Nicht Marseille. San Remo. Die *Teresa* macht halt in San Remo. Wie oder wo sie an Land gebracht werden soll, weiß ich nicht – mein Wort darauf! Sie hat bis Paris bezahlt. In Col des Moulinets soll sie über die Grenze gebracht werden. Wann, weiß ich nicht. Mein Wort! Von dort nach Paris. Ich schwöre es!«

Der Mann hätte nicht zu schwören brauchen, er sprach die Wahrheit; das stand in seinen verstörten Augen geschrieben. Er war aus Angst ehrlich, aus ungewöhnlicher Angst. Was hatte Jenna Karras ihm gesagt? Warum hatte der Mann ihn nicht töten lassen, warum hatte man ihm nichts gestohlen?

Michael lockerte seinen Griff. Er sprach ganz leise: »Vorhin haben Sie gesagt, Sie hätten mich töten lassen können, aber Sie haben es nicht getan. Jetzt will ich wissen, warum.«

»Nein, *Signore*. das sage ich Ihnen nicht«, flüsterte der Mann und schüttelte den Kopf. »Im Namen Gottes, Sie werden mich nie wiedersehen! Ich sage nichts, weiß nichts!«

Havelock hob langsam die Pistole, bis die Mündung auf das linke Auge des Mannes zeigte. »Reden Sie!«

»*Signore*, ich habe hier zwar ein kleines, profitables Geschäft, aber ich habe mich nie in politische Dinge eingelassen! Auch in nichts, das nur entfernt mit solchen Dingen zu tun hat. Ich schwöre es bei den Tränen der Madonna! Ich habe gedacht, daß sie lügt, daß sie mit ihren Lügen bei mir Eindruck machen wollte! Aber ich habe ihr nicht geglaubt!«

»Man hat mich weder getötet, noch mir etwas weggenommen. Warum?« Michael hielt inne, und während er dem Italiener den Pistolenknauf unter das Kinn stieß, schrie er wieder: »Warum?«

»Sie hat gesagt, Sie seien Amerikaner und würden mit den *communisti* zusammenarbeiten. Mit den Sowjets. Ich habe ihr nicht geglaubt. Ich weiß von solchen Dingen nichts. Aber die Vorsicht erfordert natürlich... nun, eben Vorsicht. In Civitavecchia haben wir mit solchen Kriegen nichts zu tun. Sie sind zu... *internazionali* für uns, die wir unsere paar Lire im Hafen verdienen. Uns bedeuten diese Dinge nichts – mein Wort darauf! Wir wollen keinen Ärger mit Leuten wie Sie. Sie haben eine Frau angegriffen, sicher eine *prostituta*, aber immerhin eine Frau, und das hier am Pier. Männer haben sich eingemischt, Sie weggerissen, aber als ich das sah, habe ich sie gebremst und ihnen gesagt, wir sollten besser vorsichtig sein. Wir mußten daran denken...«

Der verängstigte Mann redete weiter, aber Havelock nahm seine Worte nicht mehr auf. Was er gehört hatte, war ein größerer Schock für ihn gewesen, als er erwartet hatte. *Ein Amerikaner, der mit den Sowjets zusammenarbeitete.* Sollte Jenna das wirklich gesagt haben?

Ein wahnsinniger Gedanke.

Hatte sie dem kleinen Gangster eine Lüge aufgetischt, bloß um ihm Angst einzujagen, damit er später schwieg? Der Italiener hatte nicht gelogen, dazu war er viel zu verängstigt.

Glaubte sie das tatsächlich? War es das, was er auf dem Bahnsteig in Ostia in ihren Augen gesehen hatte? Glaubte sie wirklich?... Genauso wie er jenseits aller Zweifel geglaubt hatte, daß sie für die *Voennaja* tätig war?

Einer wurde gegen den anderen mit demselben Schachzug aufgehetzt. Waren vielleicht die Beweise gegen ihn ebenso unwiderlegbar gewesen wie die, die gegen sie vorgelegen hatten? So mußte es gewesen sein; in ihren Augen hatten sich Furcht, Schmerz, Verletztheit gespiegelt. Ihr Geliebter hatte sich gegen sie gewandt... so wie seine Geliebte sich gegen ihn gewandt hatte. Es gab niemanden mehr, dem sie vertrauen konnte und wollte. Jetzt nicht und für eine ganze Zeit nicht, vielleicht für immer. Sie konnte nur davonlaufen – so wie er die ganze Zeit davongelaufen war. Herrgott! Was hatten sie getan?

Warum?

Sie war nach Paris unterwegs. Dort würde er sie finden. Oder am Col des Moulinets. Er hatte den Vorteil, daß er die Entfernungen mit dem Flugzeug schnell überbrücken konnte, während sie sich auf einem alten Frachter befand, der nur langsam vorwärtskam. Er hatte also Zeit.

Und die Zeit würde er nutzen. In der Botschaft in Rom gab es einen Abwehrbeamten, der zu spüren bekommen sollte, daß er noch am Leben und voller Wut auf ihn war. Lieutenant Colonel Baylor-Brown würde ihm die Antworten liefern – oder alles, was bisher über Washingtons Geheimdiensttätigkeit an die Öffentlichkeit gedrungen war, würde geradezu lächerlich sein, verglichen mit dem, was er dann ans Licht bringen würde: die illegalen Machenschaften, die Schlappen und tragischen Irrtümer, die auf der ganzen Welt jedes Jahr Tausenden von Menschen das Leben oder die Freiheit kosteten.

Anfangen würde er mit einem farbigen Diplomaten in Rom, der an die amerikanischen Agenten in Italien und im westlichen Mittelmeerraum Geheimbefehle weiterleitete.

»*Capisco?* Sie verstehen doch, *Signore?*« Der Italiener bettelte, versuchte Zeit zu gewinnen, und seine Augen huschten immer wieder verstohlen nach rechts. Auf dem zweiten Pier kamen jetzt drei Männer im Morgenlicht auf die Poller zu; zwei Stöße aus einer Schiffspfeife verrieten den Grund. Der Frachter, der jetzt in den Hafen einfuhr, sollte am Liegeplatz der *Elba* vertäut werden. In wenigen Augenblicken würden weitere Arbeiter erscheinen. »Wir sind vorsichtig... *naturalmente*, aber wir wissen nichts von solchen Dingen!«

»Ich verstehe«, sagte Michael. Er legte seine Hand auf die Schulter des Mannes und drehte ihn herum. »Gehen Sie vor bis an den Rand der Kaimauer«, befahl er leise.

»*Signore*, bitte! Ich flehe Sie an!«

»Tun Sie, was ich sage. Jetzt.«

»Ich schwöre bei meinem Schutzpatron, bei den Tränen der heiligen Mutter!« Der Italiener weinte, und seine Stimme wurde immer schriller. »Ich bin ein ganz unbedeutender Händler, *Signore*! Ich weiß nichts! Ich sage nichts!«

»Springen Sie«, sagte Havelock, als sie den Rand des Piers erreicht hatten, und stieß den Mann ins Wasser.

»*Mio Dio! Aiuto!*« schrie der Mann, der sich immer noch an dem Holzbalken festhielt, als sein Boß neben ihm ins Wasser platschte.

Michael wandte sich ab und humpelte zum Lagerhaus zurück. Das Dock war immer noch verlassen, aber der niedergeschlagene Wachmann begann sich zu bewegen. Er schüttelte den Kopf und richtete sich im Schatten seines Glashäuschens langsam auf. Havelock klappte die Trommel des Revolvers auf und schüttelte die Patronen heraus; sie fielen klirrend zu Boden. Dann rannte er so schnell er konnte zum Tor; der Wachmann fiel wieder hin, japste nach Luft und hielt sich den Kopf. Michael griff nach der Tür des Glashäuschens und warf die Waffe hinein. Dann rannte er so schnell er konnte durchs Tor, auf seinen Mietwagen zu.

Rom.

In Rom würde er Antworten bekommen.

7

Die vier Männer, die in dem weißgetünchten Zimmer im vierten Stock des Außenministeriums an einem Tisch saßen, waren alle noch relativ jung, zumindest für Angehörige der oberen Ränge. Ihr Alter reichte von Mitte Dreißig bis Ende Vierzig, aber die Falten in ihren Gesichtern und der gelegentlich hohle Blick ihrer Augen ließen sie älter erscheinen. Sie alle hatten oft schlaflose Nächte verbracht und arbeiteten pausenlos unter höchster psychischer Belastung. Der Druck wurde dadurch noch schlimmer, daß keiner seine persönlichen Krisen mit irgend jemandem draußen besprechen konnte. Sie, die Strategen der Geheimaktionen, sozusagen die ›Lotsen‹ der Operationen, hatten große Verantwortung: Schon die geringste Fehleinschätzung konnte den Tod ihrer eigenen Agenten bedeuten. Nur diese Männer kannten jede vorstellbare Variation, jede mögliche Folge einer bestimmten Operation. Jeder war Spezialist, jeder für sich eine Autorität. Sie allein hatten die letzte Entscheidung, wann und wo ihre Leute zum Einsatz kamen. Deren Charakter und Eigenarten waren ihnen bestens vertraut, so wie sie auch die Aktionen und Reaktionen des Feindes bei jedem Schritt ins Kalkül zogen. Jede abrupte Wende der Ereignisse machte die richtige Einschätzung der Lage komplizierter. Sie waren Spezialisten in einer Welt, in der die Wahrheit gewöhnlich eine Lüge war und Lügen allzu häufig zum Überleben notwendig waren. Der Streß machte ihnen am meisten zu schaffen; denn unter anhaltendem Streß waren Freund wie Feind unberechenbar in ihrem Verhalten, und das völlig Unvorhersehbare bildete eine tödliche Gefahr.

Dies war der Schluß, den die vier Männer spät in der Nacht bezüglich der Krise gezogen hatten. Das Telegramm von Lieutenant Colonel Lawrence Brown aus Rom veranlaßte sie, sich eine bereits abgeschlossene Akte wieder vorzunehmen und sich mit den Fakten erneut auseinanderzusetzen.

Es gab keine Zweifel an ihnen. Die Ereignisse an der Costa Brava waren von zwei Quellen bestätigt: von Außenagent Havelock selbst und von einem Mann, der Havelock unbekannt war: Steven MacKenzie. Er war einer der erfahrensten Agenten, die für den amerikanischen Geheimdienst in Europa tätig waren. Er hatte sein Leben riskiert, um Beweise zu liefern: zerfetzte, mit Blut besudelte Kleidungsstücke. Sie waren unter dem Mikroskop untersucht worden, mit dem Ergebnis, daß Jenna Karras sie getragen haben mußte. Die Beziehung zwischen Havelock und Jenna Karras war jenen, die es wissen mußten, bekannt. Ein Mann, der einem Höchstmaß an Streß ausgesetzt war, konnte leicht unfähig sein, das zu tun, was getan werden mußte. Washington mußte verläßlich erfahren, was geschah. Deshalb hatte MacKenzie achtzig Meter nördlich von Havelock Position bezogen, wo er das Geschehen ganz klar verfolgen konnte. Sein Beweis war unwiderlegbar: Jenna Karras war in jener Nacht getötet worden. Die Tatsache, daß Steven MacKenzie drei Wochen nach seiner Rückkehr von Barcelona beim Segeln in der Chesapeake Bay an einem Herzanfall gestorben war, minderte seinen Beitrag in keiner Weise. Der Arzt, den die Wasserschutzpolizei gerufen hatte, war ein bekannter Mediziner an der Ostküste, ein Chirurg namens Randolph, dessen Glaubwürdigkeit außer Zweifel stand. Die Autopsie hatte seine Diagnose bestätigt: MacKenzie war eines natürlichen Todes gestorben.

Die Beweise gegen Jenna Karras waren mit besonderer Gründlichkeit auf ihre Glaubwürdigkeit hin untersucht worden. Der Außenminister hatte das ausdrücklich verlangt, und der Eingeweihte kannte den Grund: Seit nahezu zwanzig Jahren nämlich, seit der Student Michael Havelock an der Princeton-Universität dem Dozenten Anthony Matthias begegnet war, bestand eine enge Beziehung zwischen den beiden gebürtigen Tschechen. Der eine hatte sich als der vielleicht brillanteste politische Analytiker in der akademischen Welt etabliert, während der andere, ein junger Emigrant, nach seiner eigenen Identität suchte. Die persönlichen Unterschiede waren beträchtlich, aber die Freundschaft zwischen den beiden Männern war stark.

Anton Matthias war vor mehr als vierzig Jahren nach Amerika gekommen. Sein Vater, ein prominenter Arzt aus Prag, hatte seine Familie aus der von den Nazis besetzten Tschechoslowakei herausgeholt und war von der medizinischen Welt in Amerika mit offenen Armen aufgenommen worden. Havelocks Einwanderung hingegen war geheim durchgeführt worden, als gemeinsame Aktion der amerikanischen und britischen Abwehr. Über seine Herkunft wurde nichts verlautet, ursprünglich um der Sicherheit des Kindes willen. Während Matthias' meteorhafter Aufstieg in der Regierung zur Folge hatte, daß einflußreiche politische Persönlichkeiten ganz offen seinen Rat suchten und in aller Öffentlichkeit seine brillanten Fähigkeiten priesen, ging der viel jüngere Mann aus Prag daran, sich durch hervorragende Leistungen zu profilieren, die nur in Geheimdienstkreisen die Runde machten. Obwohl die beiden Männer sich, was ihr Alter, ihren Intellekt und das Temperament betraf, sehr unterschieden, verband sie doch eine enge Beziehung, die von dem Älteren stets bekräftigt und vom Jüngeren nie ausgenutzt wurde.

Für jene, die die Beweise gegen Jenna Karras bestätigten, war ein Irrtum ausgeschlossen. Den Strategen am Konferenztisch war klar, daß sie das Telegramm aus Rom gründlich überdenken und mit besonderer Vorsicht behandeln mußten. Auf keinen Fall durfte Anthony Matthias davon erfahren. Die Medien hatten die Meldung verbreitet, der Außenminister sei im wohlverdienten Urlaub. Die Wirklichkeit aber sah anders aus: Matthias war krank, sogar sehr krank, meinten einige. Und wenn er auch täglich, häufig sogar stündlich, mit seinem Ministerium Verbindung hatte, so war er immerhin fast fünf Wochen nicht mehr in Washington gewesen. Selbst aufmerksame Journalisten, die der offiziellen Verlautbarung mißtrauten und für die lange Abwesenheit des Ministers eine andere Erklärung hatten, reagierten mit Schweigen. Niemand wollte wirklich über die tieferen Gründe nachdenken; die Welt konnte es sich nicht leisten.

Man durfte nicht zulassen, daß das Telegramm aus Rom eine zusätzliche Belastung für Anthony Matthias wurde.

»Er wird von Halluzinationen verfolgt«, sagte der Mann mit der beginnenden Glatze, der Miller hieß, und legte seine Kopie des Telegramms vor sich auf den Tisch. Paul Miller war Psychiater, ein Spezialist auf dem Gebiet der Verhaltensdiagnostik.

»Steht in seiner Akte irgend etwas, das uns hätte warnen müssen?« fragte ein rothaariger, untersetzter Mann in einem ausgebeulten Anzug, der seine Krawatte gelöst hatte. Er hieß Ogilvie und war ein ehemaliger Agent.

»Nein«, antwortete Daniel Stern, der links von Miller saß. Stern war der verantwortliche Koordinator für alle Geheimdienstaktivitäten des State Department. *Consular Operations*, abgekürzt *Cons Op*, nannte sich seine Abteilung.

»Warum nicht?« fragte der vierte, ein konservativ gekleideter Mann, den man sich ohne weiteres in einer IBM-Anzeige im *Wall Street Journal* hätte vorstellen können. Sein Name war Dawson, er war Anwalt,

Experte für internationales Recht. »Wollen Sie damit sagen«, hakte er nach, »daß es in seiner Dienstakte... äh... Lücken gab?«

»Ja. Niemand hat sich je die Mühe gemacht, eine Überprüfung zu verlangen; also blieb die Akte unvollständig. Niemand hielt eine Kontrolle für notwendig, weil seine Arbeit erstklassig war. Abgesehen von ein oder zwei Ausfällen war er ungewöhnlich produktiv, und selbst unter höchst widrigen Umständen handelte er überlegt.«

»Allerdings sieht er tote Leute auf Bahnhöfen«, unterbrach Dawson. »Warum?«

»Kennen Sie Havelock?« fragte Stern.

»Nur von einem Interview, das ich einmal mit ihm gemacht habe«, antwortete der Anwalt. »Das liegt etwa vier Monate zurück. Auf mich machte er einen sehr effizienten Eindruck.«

»Das war er«, pflichtete der Direktor von *Cons Op* ihm bei, »effizient, produktiv, überlegt... und sehr zäh, sehr cool und intelligent. Nun, er ist auch in sehr jungen Jahren unter ziemlich außergewöhnlichen Umständen ausgebildet worden. Vielleicht ist das der Punkt, auf den wir hätten achten sollen.« Stern hielt inne, griff nach einem großen Umschlag und entnahm ihm einen rotgeränderten Aktendeckel. »Hier ist die komplette Lebensgeschichte von Havelock: Student der Universität Princeton, mit einem Doktortitel in europäischer Geschichte und einem Magisterexamen in slawischen Sprachen. Heimatort: Greenwich, Connecticut. Eine Kriegswaise, die aus England herüberkam und von einem Ehepaar namens Webster adoptiert wurde. Was wir natürlich alle berücksichtigt haben, war die Empfehlung von Matthias, mit dem schon damals zu rechnen war. Beim Einstellungsgespräch hier im Außenministerium vor sechzehn Jahren war das Bild von ihm ziemlich klar: ein hochintelligenter Absolvent der Universität Princeton, der bereit war, seine Sprachkenntnisse zu vervollständigen und in den Untergrund zu gehen. Aber das war nicht notwendig – die Sprachkurse, meine ich. Slawisch war seine Muttersprache, er sprach es viel besser, als wir annahmen. Das ist es, was hier in der Akte steht; das ist der letzte Teil seiner Biographie, der durchaus der Grund für seinen psychischen Kollaps sein könnte, den wir jetzt erleben.«

»Das ist ein verdammt großer Sprung zurück«, sagte Ogilvie. »Können Sie uns noch ein paar Einzelheiten liefern? Ich mag keine Überraschungen; Paranoiker im Ruhestand brauchen wir weiß Gott nicht.«

»Offenbar haben wir es hier mit einem zu tun«, warf Miller ein und griff nach dem Telegramm. »Wenn Baylors Urteil etwas bedeutet...«

»Ganz gewiß«, unterbrach ihn Stern. »Er zählt zu den besten Leuten, die wir in Europa haben.«

»Trotzdem gehört er zum Pentagon«, meinte Dawson. »Das spricht nicht gerade für sein Urteilsvermögen.«

»Bei ihm ist das anders«, verbesserte Stern, der Operationschef. »Er ist Schwarzer; also mußte er gut sein.«

»Wie ich gerade erwähnen wollte«, fuhr der Psychiater fort, »hat Baylor uns mit einigem Nachdruck geraten, Havelock ernst zu nehmen. Er hat gesehen, was er gesehen hat.«

»Was unmöglich ist«, sagte Ogilvie. »Das wiederum bedeutet, daß wir es mit einem Spinner zu tun haben. Was steht noch in der Akte, Dan?«

»Von einer schlimmen Jugend wird da berichtet«, erwiderte Stern und blätterte ein paar Seiten weiter. »Wir wußten, daß er Tscheche war, aber das war auch alles. Im Krieg gab es ein paar tausend tschechoslowakische Familien in England; damit wurde auch sein Aufenthalt in England erklärt. Aber es stimmte nicht, er war während des Krieges gar nicht in Großbritannien. Seine Eltern auch nicht. Jene Jahre hat er vielmehr in Prag verbracht. Es war ein langer Alptraum, der für ihn sehr real war. Es fing an, als er alt genug war, um die Dinge zu durchschauen. Leider können wir nicht in ihn hineinsehen.« Der Doktor wandte sich zu Miller. »Wir werden hier Ihren Rat brauchen, Paul. Er könnte äußerst gefährlich sein.«

»Dann sollte man das besser klären«, entgegnete der Psychiater. »Wie weit zurück müssen wir denn gehen? Und warum?«

»Beschäftigen wir uns zuerst mit dem ›Warum‹«, sagte Stern und nahm ein paar Blätter aus der Akte. »Seit seiner Kindheit hat er ständig mit der Angst vor Verrat leben müssen. Es gab eine kurze Periode – die Zeit, die er auf der Oberschule und der Universität verbracht hat –, wo er nicht unter diesem Druck stand, aber die Erinnerung muß schrecklich gewesen sein. Aber die letzten sechzehn Jahre befand er sich wieder in derselben bedrohlichen Welt. Vielleicht hat er zu viele Gespenster gesehen.«

»Etwas präziser bitte, Daniel«, drängte der Psychiater.

»Gern«, erwiderte Stern und sah wieder auf das Blatt, das er in der Hand hielt. »Dazu müssen wir bis zum Juni des Jahres 1942 zurückgehen, als Krieg in der Tschechoslowakei war. Sehen Sie, dieser Mann heißt eigentlich nicht Havelock, sondern Havlíček, Mikhail Havlíček. Er ist irgendwann Mitte der dreißiger Jahre in Prag geboren, das genaue Datum ist unbekannt. Sämtliche Akten sind von der Gestapo vernichtet worden.«

»Gestapo?« Der Anwalt Dawson lehnte sich in seinem Sessel zurück, als hätte das Wort eine Erinnerung in ihm ausgelöst. »Juni 1942... die Nürnberger Prozesse.«

»Das hat in den Nürnberger Akten ziemlichen Raum eingenommen«, pflichtete Stern ihm bei. »Am 27. Mai ist Reinhard Heydrich, bekannt als der ›Henker von Prag‹, von tschechischen Partisanen getötet worden. Ihr Anführer war ein Professor von der Karlowa-Universität, der entlassen worden war und mit der britischen Abwehr zusammenarbeitete. Sein Name war Havliček. Er wohnte mit seiner Frau und seinem Sohn in einem Dorf etwa fünfzehn Kilometer außerhalb von Prag, wo er den Partisanenkampf organisierte. Das Dorf hieß Lidice.«

»Du lieber Gott!« platzte Miller hervor.

»Er ist bei dem Attentat nicht in Erscheinung getreten«, meinte Stern trocken und blätterte in den Papieren. »Aus Angst, er könnte am Ort des Attentats gesehen worden sein, hielt Havliček sich fast zwei Wochen im Keller der Universität verborgen. *Ihn* entdeckte man nicht, aber jemand anderen aus Lidice; und dann wurden als Vergeltung für Heydrichs Tod alle erwachsenen Männer aus dem Ort erschossen, während die meisten Frauen und Kinder in Konzentrationslager gebracht und vergast wurden.«

»Diese Schweinehunde haben einfach kurzen Prozeß gemacht«, sagte Ogilvie.

»Die Befehle aus Berlin wurden bis zum Morgen des zehnten Juni, dem Tag der Massenexekution, geheimgehalten«, fuhr Stern fort. »Das war auch der Tag, an dem Havliček wieder nach Hause zurückkehrte. Als die Hinrichtungen bekannt wurden – man hatte Proklamationen an Telefonmasten genagelt und über Radio durchgegeben –, hinderten ihn die Partisanen daran zurückzugehen. Sie sperrten ihn ein und beruhigten ihn mit Medikamenten. Sie wußten, daß er nichts ausrichten konnte. Schließlich erzählten sie ihm das Schlimmste: Man hatte seine Frau in die Hurenlager geschickt; später wurde bekannt, daß sie sich in der ersten Nacht getötet hat und dabei einen Offizier der Wehrmacht in den Tod mitnahm. Und sein Sohn war nirgends zu finden.«

»Aber man hatte ihn – soviel steht fest – nicht mit den anderen Kindern mitgenommen«, sagte Dawson.

»Nein, er hatte im Wald Hasen gejagt und kam gerade rechtzeitig, um mit anzusehen, wie sie zusammengetrieben, niedergemetzelt und die Leichen schließlich in Gräben geworfen wurden. Er erlitt einen Schock und rannte zurück in den Wald. Dort lebte er wochenlang wie ein Tier. Dann begannen sich Gerüchte zu verbreiten, ein Kind würde im Wald umherirren. Der Vater hörte davon und wußte Bescheid; er hatte seinem Sohn gesagt, er solle in den Wald fliehen, wenn die Deutschen ihn holen wollten. Es dauerte mehr als einen Monat, bis Havliček den Jungen fand. Er hatte sich in Höhlen versteckt und sich von Beeren und Pilzen ernährt, gelegentlich auch von einem Stück Brot oder Eiern, die er auf Bauernhöfen stahl. Der Alptraum des Massakers verließ ihn nie mehr.«

»Eine reizende Kindheit«, sagte der Psychiater und machte sich Notizen.

»Das war erst der Anfang.« Stern griff nach einem weiteren Blatt der Akte. »Havliček und sein Sohn blieben im Bezirk Prag-Boleslaw, und der Untergrundkrieg nahm, mit dem Vater als Anführer der Partisanen, an Heftigkeit zu. Ein paar Monate später wurde der Junge einer der jüngsten Rekruten in der *Děti Brigada*, der Kinderbrigade. Man setzte sie als Kuriere ein, die häufig Nitroglyzerin und andere Explosivstoffe bei sich trugen. Ein falscher Schritt, ein Soldat, den es nach einem kleinen Jungen gelüstete – und alles war aus.«

»Das ließ sein Vater zu?« fragte Miller ungläubig.

»Der konnte ihn nicht aufhalten. Der Junge fand heraus, was sie seiner Mutter angetan hatten. Diese ›reizende Kindheit‹, wie Sie es genannt haben, Paul, hat er drei Jahre genossen. An Abenden, an denen sein Vater zu Hause war, lernte er für die Schule wie jedes andere Kind. Tagsüber, in den Wäldern und auf den Feldern, brachten andere ihm bei, wie man sich versteckt, wie man vor den feindlichen Truppen flieht, wie man lügt. Und wie man tötet.«

»Das war die Ausbildung, die Sie erwähnten, nicht wahr?« sagte Ogilvie leise.

»Ja. Er wußte, wie es war, jemanden umzubringen; er hatte miterlebt, wie Freunde ihr Leben verloren. Und das alles, ehe er zehn Jahre alt war. Schrecklich.«

»Unauslöschliche Erinnerungen«, fügte der Psychiater hinzu.

»Könnte es sein, daß die Operation an der Costa Brava sie dreißig Jahre später wachgerufen hat?« fragte der Anwalt und sah Miller an.

»Durchaus möglich. Ich müßte viel mehr Einzelheiten wissen.« Miller wandte sich Stern zu. »Was ist dann mit ihm geschehen?«

»Mit allen von ihnen«, verbesserte Stern. »Nun, schließlich kam der Frieden – ich sollte vielleicht besser sagen, daß der Krieg zu Ende war, denn in Prag gab es keinen Frieden. Die Sowjets hatten ihre eigenen Pläne, und bald setzte eine andere Art von Wahnsinn ein. Der ältere Havliček trat politisch in Erscheinung und wachte eifersüchtig über die Freiheit, für die er und die Partisanen gekämpft hatten. Und bald fand er sich in einem anderen Krieg, der ebenso im Untergrund geführt wurde wie zuvor, und genauso brutal. Diesmal gegen die Russen.« Stern griff nach dem nächsten Blatt. »Für Havliček war er am 10. März 1948 zu Ende, als Jan Masaryk ermordet wurde.«

»In welchem Sinne zu Ende?«

»Er verschwand. Vielleicht hat man ihn in ein Gulag nach Sibirien verbannt oder umgebracht und irgendwo verscharrt. Seine politischen Freunde reagierten schnell; Tschechen und Russen haben ein gemeinsames Sprichwort: ›Aus einem verspielten Welpen wird morgen ein

Wolf.‹ Sie versteckten den jungen Havliček und traten mit dem britischen MI 6 in Verbindung. Offensichtlich hat sich bei jemandem das Gewissen geregt. Der Junge wurde aus dem Land geschmuggelt und nach England gebracht.«

»Dieses Sprichwort mit dem Welpen, aus dem morgen ein Wolf wird«, warf Ogilvie ein, »hat sich ja als richtig erwiesen, nicht wahr?«

»Auf eine Art und Weise, wie es die Russen nie ahnen konnten.«

»Und was hatten die Websters damit zu tun?« fragte Miller. »Die haben hier für ihn gesorgt, aber der Junge war doch in England.«

»Genaugenommen war es kein Zufall. Webster war im Krieg Oberst der Reserve gewesen. Achtundvierzig war er geschäftlich in London, begleitet von seiner Frau. Und als sie mit Freunden aus der Kriegszeit zu Abend aßen, erfuhren sie von dem jungen Tschechen, den man aus Prag herausgeschmuggelt und in einem Waisenhaus in Kent untergebracht hatte. Eines führte zum anderen: Die Websters hatten keine Kinder, und die Geschichte des Jungen war weiß Gott ungewöhnlich, wenn nicht gar unglaublich. – Also fuhren die beiden nach Kent und interviewten ihn. So steht es hier wörtlich: ›interviewten‹. Klingt cool, nicht wahr?«

»Nun, die Websters waren keineswegs gefühlskalt.«

»Nein, bestimmt nicht. Webster machte sich ans Werk. Papiere wurden gefälscht, Vorschriften umgangen. Schließlich flog ein recht verwirrter kleiner Junge mit einer neuen Identität nach Amerika. Havliček hatte Glück. Aus einem englischen Waisenhaus kam er in ein bequemes Zuhause in einer wohlhabenden amerikanischen Vorstadt; er besuchte eine gute Privatschule und konnte in Princeton studieren.«

»Und bekam einen neuen Namen«, ergänzte Dawson.

Daniel Stern lächelte. »Eine neue Identität war ohnehin erforderlich. Und da waren unser Oberst der Reserve und seine Frau der Ansicht, daß in Greenwich eine Anglisierung des Namens angebracht war. Wir haben alle unsere kleinen Marotten.«

»Warum gaben sie ihm nicht ihren Namen?«

»Damit wäre der Junge nicht einverstanden gewesen. Wie ich schon sagte, die Erinnerung war ja da – unauslöschbar, wie Paul es formuliert hat.«

»Leben die Websters noch?«

»Nein. Sie sind beide Anfang der sechziger Jahre gestorben, als Havelock in Princeton studierte.«

»Wo er Matthias kennenlernte«, fügte Ogilvie hinzu.

»Ja«, pflichtete ihm Stern bei. »Die Beziehung half ihm. Matthias fand Interesse an dem jungen Exiltschechen, nicht nur wegen Havelocks Arbeit, sondern, was vielleicht viel wichtiger ist, weil seine Familie die Havličeks in Prag gekannt hatte. Sie alle gehörten zum selben intellektuellen Kreis, bis die Deutschen sie in alle Winde zerstreuten und die Russen die Überlebenden praktisch begruben.«

»Kannte Matthias die ganze Geschichte?«

»In allen Einzelheiten«, erwiderte Stern.

»Jetzt begreife ich diesen Brief in der Costa-Brava-Akte«, sagte der Anwalt. »Das Schreiben, das Matthias an Havelock schickte.«

»Er wollte, daß der Brief zu den Akten kam«, erklärte Stern, »um jedes Mißverständnis bei uns auszuschließen. Falls Havelock um seine sofortige Entlassung bat, so sollten wir das genehmigen.«

»Ich weiß«, fuhr Dawson fort. »Als Matthias die Schicksalsschläge Havelocks erwähnte – ›in den frühen Tagen‹ schrieb er, glaube ich –, meinte er vermutlich den Tod beider Eltern. Nicht so etwas.«

»Jetzt wissen Sie es. Wir alle.« Stern wandte sich wieder an den Psychiater. »Irgendeinen Vorschlag, Paul?«

»Der nächste Schritt liegt wohl auf der Hand«, sagte Miller. »Wir müssen ihn hierher schaffen. Ihm versprechen, was er will, aber ihn hierher holen. Und wir können uns keine Unfälle leisten. Schaffen Sie ihn lebend her.«

»Ich räume ein, daß das das Optimum wäre«, unterbrach der rothaarige Ogilvie. »Ich kann allerdings nicht erkennen, daß dies jede andere Lösung ausschließen würde.«

»Das sollten Sie aber«, sagte der Arzt. »Sie haben es ja selbst gesagt: Er ist paranoid, plemplem. Was an der Costa Brava geschah, betraf Havelock in einem sehr persönlichen Sinne. Es kann leicht sein, daß die Ereignisse dort diese Zeitbombe ausgelöst haben, die sich bei ihm vor dreißig Jahren eingenistet hat. Ein Teil seiner Persönlichkeit ist unauslöschlich geprägt von den grauenvollen Exekutionen in Lidice und schützt sich, baut sich ein Abwehrnetz gegen jegliche Feinde.«

»Was Baylor in seinem Telegramm erwähnt.« Dawson griff danach. »Hier ist es: ›aus der Schule plaudern‹.«

»Alles mögliche könnte er tun«, fuhr der Psychiater fort. »Es gibt da keine Regeln für sein Verhalten. Seine Halluzinationen lassen ihn in der irrealen Vorstellung leben, ständig verfolgt zu werden und gleichzeitig die Verfolger beseitigen zu müssen.«

»Und was ist mit Rostow in Athen?« fragte Stern.

»Wir wissen nicht, ob es einen Rostow in Athen gegeben hat. Das könnte Teil seiner Fantasiegespinste sein. Vielleicht hat er einen Mann auf der Straße gesehen, der ihm glich. Mit Bestimmtheit wissen wir nur, daß die Karras für den KGB gearbeitet hat. Warum sollte ein Mann wie Rostow auftreten und leugnen?«

Ogilvie lehnte sich vor. »Baylor zitiert Havelock, Rostow hätte ihn mitnehmen und aus Griechenland herausschaffen können.«

»Warum hat er es dann nicht getan?« fragte Miller. »Kommen Sie,

Red, schließlich sind Sie seit zehn Jahren in diesem Verein. Wenn Sie Rostow wären und wüßten, was in der Lubjanka los ist, hätten Sie Havelock dann nicht unter den Umständen, die in dem Telegramm beschrieben sind, mitgenommen?«

Ogilvie hielt inne und schaute den Psychiater an. »Ja«, sagte er schließlich. »Ich hätte ihn ja immer noch gehenlassen können.«

»Genau. Das paßt nicht zusammen. War das nun Rostow in Athen oder jemand anders? Oder hat unser Patient fantasiert und sich nur von seinem Verfolgungswahn leiten lassen?«

»Nach alledem, was dieser Colonel Baylor uns telegrafiert hat, war Havelock verdammt überzeugend«, warf Dawson, der Anwalt, ein.

»Ein Schizophrener mit Halluzinationen – wenn er das ist – kann ungewöhnlich überzeugend sein, weil er das, was er sagt, ja hundertprozentig glaubt.«

»Aber sicher können Sie da nicht sein«, insistierte Daniel Stern.

»Nein. Aber eines wissen wir genau ... zwei Dinge sogar, wenn man es genau betrachtet. Die Karras war Angehörige des KGB, und sie ist an der Costa Brava getötet worden. Für ersteres gibt es unwiderlegbare Beweise, und für das zweite haben wir die Bestätigung durch zwei Augenzeugen; der eine ist Havelock selbst.« Der Psychiater sah die drei Männer an. »Das ist alles, worauf ich eine Diagnose aufbauen kann; und nun habe ich noch diese neue Information über einen gewissen Mikhail Havliček. Sie haben mich um eine Empfehlung gebeten, nicht um eine absolute Aussage.«

»Versprechen Sie ihm, was Sie wollen ...«, zitierte Ogilvie den Psychiater. »Klingt wie einer dieser verdammten Werbespots.«

»Aber schaffen Sie ihn her«, führte Miller den Satz für ihn zu Ende. »So schnell Sie können. Sorgen Sie dafür, daß er in eine Klinik kommt, in therapeutische Behandlung.«

»Ich brauche wohl niemanden in diesem Raum daran zu erinnern«, sagte Dawson leise, »daß Havelock mit seinem Wissen ungeheuren Schaden anrichten könnte, und zwar ebensogroßen Schaden für unsere eigene Glaubwürdigkeit – hier und im Ausland – wie auch in bezug auf das, was die Sowjets erfahren könnten. Offen gestanden, in diesem Punkt wären die Folgen sogar noch schlimmer. Chiffren, Informationen, Quellen kann man durch neue ersetzen, aber wir können nicht gewisse Vorfälle, bei denen unsere Leute die Gesetze eines Gastlandes gebrochen haben, ungeschehen machen.«

»Ganz zu schweigen von den Beschränkungen, die uns hier auferlegt sind«, fügte Stern hinzu. »Ich weiß, daß Sie das mit einschließen, wollte es nur noch einmal betonen. Havelock weiß darüber Bescheid; er hat infolge dieser Beschränkungen eine ganze Anzahl Austauschaktionen durchgeführt.«

»Was immer wir getan haben, war berechtigt«, sagte Ogilvie kurz. »Wenn jemand Beweise sehen will, gibt es ein paar hundert Akten, die zeigen, was wir geleistet haben.«

»Und ein paar tausend, die das Gegenteil beweisen«, wandte der Anwalt ein. »Außerdem wäre da noch die Verfassung der Vereinigten Staaten zu bedenken.«

»Blödsinn!« widersprach der ehemalige Agent. »Bis wir gerichtliche Vollmachten bekommen, passiert es irgendeinem Teufel hier bei uns, daß die Frau oder der Vater in eines dieser Gulags dort drüben gebracht wird. Das wäre anders gelaufen, wenn jemand wie Havelock sich eingeschaltet hätte – vorausgesetzt, wir hätten rechtzeitig eine Leitung angezapft, Überwachung angeordnet und herausgefunden, was sich da anbahnte.«

»Das ist eine Grauzone, Red«, erklärte Dawson nicht ohne Mitgefühl. »Wann ist Mord gerechtfertigt, *wirklich* gerechtfertigt? Es gibt sicherlich Leute, die behaupten würden, daß unsere Erfolge unsere Schlappen nicht aufwiegen.«

»Ein Mann, der an einem Checkpoint zu uns herüberkommt, rechtfertigt sie.« Ogilvies Augen waren starr und kalt. »Auch nur eine einzige Familie, die wir aus einem Lager in Magya-Oszag oder Krakau oder Dannenwalde oder Liberec herausholen, rechtfertigt unsere Mißerfolge. Wem, zum Teufel, wird denn *wirklich* weh getan? Ein paar politischen Fanatikern mit aufgeblähtem Ego.«

»Das Gesetz sieht das anders.«

»Dann scheiß' ich auf das Gesetz. Mir hängt es zum Hals heraus, daß uns großmäulige, langhaarige Schlaumeier, denen jedes Mittel recht ist, bloß um uns die Hände zu binden, dazu benutzen, die Aufmerksamkeit auf sich zu lenken. Ich habe diese *Rehabilitationslager* gesehen, lieber Herr Anwalt. Ich bin *selbst* dort gewesen.«

»Deshalb sind Sie ja hier so wertvoll«, schritt Stern schnell ein, um die Wogen zu glätten. »Jeder von uns hat seinen Wert, selbst wenn er über Dinge urteilt, wo er besser schweigen sollte. Ich glaube, worauf Dawson hinaus möchte, ist, daß dies nicht der Zeitpunkt für eine Senatsuntersuchung oder gar einen Kongreßausschuß ist. Das könnte uns viel wirksamer die Hände binden als die linksintellektuelle Schickeria mit ihrem Geschrei.«

Dawson warf Ogilvie einen Blick zu, der eine stillschweigende Übereinkunft ausdrückte. »Oder denken Sie an die Vertreter eines halben Dutzends Regierungen, die in unseren Botschaften auftauchen und uns auffordern, gewisse Operationen einzustellen. Ich glaube nicht, daß Sie das möchten, Red.«

»Unser Patient kann erreichen, daß es dazu kommt«, warf Miller ein. »Und das wird er höchstwahrscheinlich auch, wenn wir ihn nicht rechtzeitig erreichen. Je länger er von Halluzinationen verfolgt wird, desto tiefer versinkt er in seiner krankhaften Fantasie. Das Gefühl, verfolgt zu werden, wird sich verstärken, bis es unerträglich wird und er glaubt, zuschlagen zu müssen... sich wehren zu müssen, indem er selbst angreift. Das ist seine Verteidigung.«

»Und auf welche Weise, Paul?« fragte Stern.

»Da gibt es mehrere Möglichkeiten«, erwiderte der Psychiater. »Im extremsten Fall tritt er mit Männern in Verbindung, die er aus seiner früheren Tätigkeit in ausländischen Abwehrkreisen kennt, und bietet ihnen an, Informationen zu liefern. Oder er könnte Briefe schreiben – mit Kopien an uns – oder Telegramme schicken, die wir mit Leichtigkeit auffangen könnten, in denen er auf Aktivitäten in der Vergangenheit hindeutet, die in unserem Interesse besser nicht näher untersucht werden sollten. Was auch immer er tut, er wird ungewöhnlich vorsichtig vorgehen. Sie haben es selbst gesagt, Daniel, er könnte gefährlich sein. Er ist *gefährlich*.«

»Er wird Ihnen anbieten, Informationen zu liefern«, wiederholte der Anwalt Millers Worte. »Also sie nicht gleich rausrücken?«

»Zuerst nicht. Er wird versuchen, uns dazu zu zwingen, uns zu erpressen, um das zu sagen, was er hören möchte: daß die Karras lebt, daß das Ganze eine Verschwörung war, mit dem Ziel, ihn zum Rücktritt zu treiben.«

»Und keines von beidem können wir überzeugend bewirken, weil wir ihm keine Beweise für seine verrückte Vorstellung präsentieren können«, sagte Ogilvie. »Nichts, was er akzeptieren würde. Er ist ein erfahrener Agent. Was auch immer wir ihm schicken, er wird es filtern, mit größtem Mißtrauen prüfen und schließlich für eine Lüge halten. Was erzählen wir ihm also?«

»Gar nichts«, antwortete Miller. »Versprechen Sie ihm nur, ihn einzuweihen. Formulieren Sie es, wie Sie wollen. Die Information ist zu geheim, um per Kurier gesandt zu werden, zu gefährlich, als daß sie diesen Raum verlassen dürfte. Sie müssen sein Spiel mitspielen. Denken Sie daran, er möchte unbedingt erreichen, daß seine Halluzination bestätigt wird – er braucht das sogar, wenn Sie wollen. Er hat eine tote Frau *gesehen*; er muß daran glauben. Und die Bestätigung findet er hier, meint er.«

»Tut mir leid, Boß.« Der rothaarige ehemalige Agent spreizte die Hände. »Das nimmt er uns nicht ab, nicht so. So einfach läuft das nicht. Er wird schon etwas Überzeugenderes haben wollen.«

»Von Matthias?« fragte Dawson leise.

»Das wäre das beste«, stimmte der Psychiater zu.

»Nicht, so lange wir noch eine andere Wahl haben«, sagte Stern. »Der Minister ist momentan in einem schlechten Gesundheitszustand und schont seine Kräfte für die SALT-3-Verhandlungen. Mit dieser Sache dürfen wir ihn jetzt nicht belasten.«

»Womöglich zwingen uns aber die Umstände dazu«, beharrte Dawson.

»Vielleicht.« Stern wandte sich an Ogilvie. »Müssen wir denn Havelock etwas Konkretes bieten, Red?«

»Damit wir nahe genug an ihn heran können, um ihn zu schnappen.«

»Könnte man ihm nicht, um ihn anzulocken, eine Story sozusagen in Fortsetzung auftischen, die ihn immer mehr anheizt? Den letzten Teil erfährt er erst, wenn er persönlich erscheint.«

»Eine Art Schatzsuche?« fragte Ogilvie und lachte.

»Das ist es für ihn auch«, sagte Miller ruhig.

»Dazu kann ich nur nein sagen.« Ogilvie lehnte sich vor, die Ellbogen auf den Tisch gestützt. »Ein solches Vorgehen setzt absolute Glaubwürdigkeit voraus, und je besser der Mann draußen ist, desto größer muß die Glaubwürdigkeit sein. Außerdem ist dieses Verfahren kompliziert. Havelock wird Mittelsleute einschalten. Er wird den Spieß umkehren, indem er ihnen Fragen mit auf den Weg gibt, die sie auf der Stelle beantwortet haben wollen. Nicht, daß er mit perfekten Antworten rechnet; wenn er die bekäme, würde er noch argwöhnischer werden, aber er wird sich auf sein ›Bauchgefühl‹ verlassen, wie wir das nennen. Das kann man nicht näher beschreiben; es ist einfach ein Gefühl für Glaubwürdigkeit. Es gibt nicht so viele gute Leute, die der Reihe nach Havelock täuschen könnten. Ein einziger nennenswerter Fehltritt, und er wendet sich von uns ab.«

»Und läßt die Bombe platzen«, ergänzte Miller.

»Ich verstehe«, sagte Stern.

Dies war einer jener Augenblicke, in denen der ungepflegt wirkende, reizbare Ogilvie wieder einmal unter Beweis stellte, was er wert war. Als ehemaliger Agent kannte er die Praxis, und seine Analysen trafen jedesmal ins Schwarze.

»Und doch gibt es eine Möglichkeit«, fuhr Ogilvie fort. »Ich bin nicht einmal sicher, ob es nicht noch eine andere Lösung gibt.«

»Und die wäre?« fragte Stern.

»Ich.«

»Kommt nicht in Frage.«

»Denken Sie darüber nach«, sagte Ogilvie schnell. »*Ich* verkörpere gewissermaßen die Glaubwürdigkeit. Er kennt mich – und was noch wichtiger ist, er weiß, daß ich an diesem Tisch sitze. Für ihn bin ich einer von *denen*, ein dämlicher Stratege, der vielleicht nicht weiß, was er eigentlich verlangt, aber verdammt genau weiß, warum er es verlangt. Und da ist noch etwas: Den Job der Leute draußen habe ich auch schon gemacht. So was zählt für die. Keiner von Ihnen kann das von sich sagen. Wenn es überhaupt, abgesehen von Matthias, jemanden gibt, auf den er hört, jemanden, mit dem er bereit ist, sich zu treffen, dann bin ich das.«

»Es tut mir leid, Red. Selbst wenn ich Ihnen zustimmen würde – ich glaube, das tue ich sogar –, kann ich es nicht zulassen. Sie kennen die Vorschriften: Sobald Sie einmal diesen Raum betreten haben, werden Sie nie wieder draußen im Einsatz sein.«

»Das ist eine Regel, die in diesem Raum beschlossen worden ist. Das Evangelium ist sie keineswegs.«

»Aber man hat sie aus triftigem Grund eingeführt«, sagte der Anwalt. »Aus demselben Grund, aus dem man unsere Privathäuser rund um die Uhr bewacht, unsere Wagen eskortiert und unsere Telefonleitungen mit unserer Zustimmung angezapft hat. Wenn irgendeiner von uns interessierten Gruppen, sei es in Moskau, sei es in Peking oder am Persischen Golf, in die Hände fällt, wären die Konsequenzen unvorstellbar.«

»Ich will ja nicht respektlos sein, aber diese Sicherheitsvorkehrungen sind für Leute wie Sie und den Boß getroffen worden. Bei mir ist das ein wenig anders. Die würden gar nicht erst versuchen, mich zu fassen, weil sie wissen, daß sie nichts davon hätten.«

»Keiner bezweifelt Ihre Fähigkeiten«, entgegnete Dawson. »Aber ich unterstelle...«

»Das hat überhaupt nichts mit Fähigkeiten zu tun«, unterbrach Ogilvie und griff an das Revers seiner abgewetzten Tweedjacke; er klappte es um, so daß der Anwalt neben ihm es sehen konnte. »Schauen Sie genau hin, Counsellor. Etwa zwei Zentimeter unterhalb der Spitze ist eine leichte Verdickung.«

Dawson blickte auf den Stoff, sein Ausdruck blieb undurchdringlich. »Zyankali?«

»Richtig.«

»Manchmal fällt es mir wirklich schwer, Sie zu begreifen, Red.«

»Damit Sie das nicht falsch verstehen«, meinte Ogilvie, »ich habe keine Lust, es jemals zu benutzen. Und die anderen Kapseln auch nicht, die ich an anderer Stelle versteckt habe. Ich bin kein Masochist, der Sie schockieren will. Ich habe ebensowenig das Bedürfnis, meinen Arm über ein Feuer zu halten, um zu zeigen, wie tapfer ich bin, wie es mir fernliegt, jemanden zu töten oder mir zu wünschen, daß er versucht, mich umzubringen. Ich habe diese Kapseln, weil ich ein Feigling bin, Mr. Dawson. Sie sagen, wir werden vierundzwanzig Stunden täglich beobachtet und bewacht. Das ist großartig, ich habe allerdings den Eindruck, Sie reagieren da empfindlich auf etwas, das gar nicht existiert. Ich glaube nicht, daß es am Dscherschinski-Platz eine Akte über Sie gibt; wenigstens nicht über Sie oder den Doktor. Ich bin sicher, daß über Stern eine Akte angelegt ist; aber daß er in russische Hände fällt, ist genauso absurd wie die Vorstellung, wir könnten uns Rostow greifen. So etwas passiert einfach nicht. Aber über mich gibt es eine tolle Akte, darauf können Sie wetten, und ich bin nicht im Ruhestand. Was ich weiß, ist sehr brisant, und jetzt, seitdem ich diesen Raum betreten habe, trifft das noch mehr zu. Deshalb habe ich diese kleinen Dinger. Ich weiß, wie ich mich aus der Affäre ziehen würde. Und das wissen die auch. Seltsamerweise sind diese Pillen mein Schutz. Die wissen, daß ich sie habe, daß ich sie notfalls benützen würde, weil ich ein Feigling bin.«

»Und jetzt haben Sie auch gerade den Grund dargelegt, weshalb Sie nicht draußen aktiv werden können«, erklärte Stern.

»Habe ich das? Dann haben Sie entweder nicht zugehört, oder Sie müßten wegen Unfähigkeit entlassen werden. Sie haben nämlich berücksichtigt, was ich *nicht* ausgesprochen habe. Was wollen Sie eigentlich, Herr Lehrer? Ein Attest von meinem Arzt, daß ich dienstunfähig bin?«

Die Männer blickten sich kurz verlegen an. »Kommen Sie schon, Red, hören Sie auf«, sagte Stern. »Davon kann keine Rede sein.«

»Doch, Dan. Das gehört durchaus zu den Dingen, die Sie bei Ihrer Entscheidung ins Kalkül ziehen. Wir alle wissen das, wir sprechen nur nicht darüber. Und ich nehme an, daß das eine weitere Überlegung ist. Wie lange habe ich noch zu leben? Drei Monate, vielleicht vier. Das ist doch der Grund, weshalb ich hier bin, und das war in der Tat eine intelligente Entscheidung.«

»Das war bestimmt nicht der einzige Grund«, meinte Dawson leise.

»Der hätte aber genügen sollen. Sie sollten immer jemanden aus dem Außendienst nehmen, der garantiert eine robuste Gesundheit besitzt – oder das Gegenteil davon.« Ogilvie wandte sich Miller zu. »Unser Doktor weiß Bescheid, nicht wahr, Paul?«

»Ich bin nicht *Ihr* Doktor, Red«, sagte der Psychiater ruhig.

»Das ist auch nicht nötig. Sie haben die Berichte gelesen. In fünf Wochen etwa werden die Schmerzen stärker werden... und dann noch stärker. Ich werde es natürlich nicht spüren, weil man mich dann in ein Krankenhaus schaffen und mir Injektionen verpassen wird. Und die Ärzte werden mir weismachen, daß ich auf dem Wege der Besserung sei. Bis ich sie weder erkennen noch hören kann, und dann brauchen sie nichts mehr zu sagen.« Der ehemalige Agent lehnte sich in seinem Sessel zurück und sah Stern an. »Wir haben hier etwas, was unser kluger Anwalt vielleicht ein Zusammenwirken günstiger Umstände nennen würde. Aller Wahrscheinlichkeit nach werden die Sowjets mich nicht anrühren, aber sollten sie es versuchen, verliere ich nichts, da können Sie verdammt sicher sein. Und ich bin hier der einzige, der Havelock so weit herauslocken kann, daß wir ihn uns greifen können.«

Sterns Blick ließ den rothaarigen Mann, der nur noch wenige Wochen zu leben hatte, nicht los. »Sie sind sehr überzeugend«, sagte er.

»Ich bin nicht nur überzeugend, ich habe auch recht.« Plötzlich stieß Ogilvie seinen Stuhl zurück und stand auf. »Deshalb werde ich jetzt nach Hause gehen, ein paar Sachen packen und mir ein Taxi nach Andrews nehmen. Besorgen Sie mir eine Militärmaschine nach Italien; es ist wirklich nicht nötig, meine Reise allen dadurch auf die Nase zu binden, daß ich eine Linienmaschine nehme. Diese Kerle vom KGB kennen jeden Paß, jeden Decknamen, den ich je benutzt habe, und um sich einen neuen einfallen zu lassen, ist keine Zeit. Schicken Sie mich über Brüssel zum Stützpunkt Palombara. Und dann telegrafieren Sie Baylor-Brown, daß er mich erwarten soll... Nennen Sie mich ›Apatsche‹.«

»Apatsche?« fragte Dawson.

»Das sind ausgezeichnete Fährtenleser.«

»Angenommen, er ist bereit, sich mit Ihnen zu treffen«, sagte der Psychiater. »Was werden Sie zu ihm sagen?«

»Nicht sehr viel. Hat er sich einmal auf Armlänge genähert, gehört er mir.«

»Er ist erfahren, Red«, sagte Stern und musterte Ogilvies Gesicht. »Er mag nicht mehr alle Tassen im Schrank haben, aber zäh ist der Bursche.«

»Ich werd' schon mit ihm klarkommen«, erwiderte der Todgeweihte und ging zur Tür. »Ich bin auch erfahren. Das ist ja der Grund, weshalb ich ein Feigling bin. Ich gehe auf nichts zu, von dem ich mich nicht wieder entfernen kann. Meistens.« Ogilvie öffnete die Tür und trat hinaus, ohne ein weiteres Wort zu sagen.

»Wir werden ihn nicht wiedersehen«, meinte Miller.

»Ich weiß«, sagte Stern. »Und er weiß es auch.«

»Glauben Sie, daß er Havelock findet?« fragte Dawson.

»Dessen bin ich mir sicher«, erwiderte Stern. »Er wird ihn sich holen, ihn Brown und ein paar Ärzten übergeben, die wir in Rom haben, und dann wird er verschwinden, das hat er uns ja gerade erklärt. Er geht nicht ins Krankenhaus. Er wird auf seine Art sterben.«

»Das Recht hat er«, sagte der Psychiater.

»Ich denke auch«, stimmte der Anwalt nicht sehr überzeugend zu und wandte sich an Stern. »Ich wünschte, wir könnten in bezug auf Havelock sicher sein. Er muß unbedingt ausgeschaltet werden. Politiker in ganz Europa würden sich auf uns stürzen, und das wäre genau das, worauf die Fanatiker aller Richtungen gewartet haben. Botschaften würden niedergebrannt, Agentennetze zerstört werden. Man würde Geiseln nehmen, und – machen wir uns ja nichts vor – eine ganze Menge Leute würde getötet werden. Und das nur, weil ein Mann aus dem Gleichgewicht geraten ist. Wir haben so etwas doch schon erlebt, und zwar in weit weniger eklatanten Fällen.«

»Deshalb bin ich ja so sicher, daß Ogilvie ihn herschaffen wird«, sagte Stern. »Pauls Job ist mir nicht allzusehr vertraut, aber ich glaube zu wissen, was Red durch den Kopf geht. Meiner Ansicht nach ist er innerlich tief aufgewühlt. Er hat miterlebt, wie seine Freunde draußen starben – von Afrika bis Istanbul. Er hat gelitten, als jene Frau ihn mit drei Kindern wegen seiner Arbeit verließ. Die Kinder hat er seit fünf Jahren nicht mehr gesehen. Jetzt muß er mit dem leben, was er hat... an dem sterben, was er hat. Wenn man alles betrachtet, könnte man fragen, wenn ein Mann wie er auf der geraden Bahn bleibt, was gibt dann eigentlich Havelock das Privileg, durchzudrehen. Unser Apatsche ist auf seiner letzten Jagd, stellt seine letzte Falle. Er wird dafür sorgen, daß sie zuklappt, weil er zornig ist.«

»Gewiß«, sagte der Psychiater. »Ihm bleibt nichts anderes. Das ist seine letzte Rechtfertigung.«

»Wofür?« fragte der Anwalt.

»Für seinen Schmerz«, antwortete Miller. »Und den von Havelock. Verstehen Sie, er hat ihn einst sehr respektiert. Das kann er nicht vergessen.«

8

Die Düsenmaschine ohne Hoheitskennzeichen stieß sechzig Kilometer nördlich des Flughafens von Palombara durch die dichte Wolkenschicht. Sie war in Brüssel gestartet und hatte auf ihrem Kurs die militärischen und kommerziellen Luftrouten gemieden. Dank ihrer extremen Flughöhe und dem blitzartigen Landemanöver war die Wahrscheinlichkeit einer Beobachtung praktisch Null. Für das kurze Auftauchen auf den Radarschirmen hatte man vorgesorgt. Es würde keine Untersuchungen zur Folge haben. Und nach der Landung in Palombara sollte ein Mann der Maschine entsteigen, der um drei Uhr früh unter strikter Geheimhaltung in Brüssel an Bord gegangen war.

Ein Mann ohne richtigen Namen, den man nur den ›Apatschen‹ nannte. Dieser Mann konnte wie viele seinesgleichen die üblichen Paßformalitäten nicht riskieren. Zwar war es möglich, das Aussehen eines Menschen oder seinen Namen zu ändern, aber bei der Grenzpolizei gab es Beamte, die genau wußten, wonach sie Ausschau halten mußten, und zudem mit einem computerhaften Personengedächtnis ausgestattet waren. Zu oft hatten sie Erfolg.

Für den Apatschen war die gegenwärtige Art zu reisen die Norm. Der Pilot drosselte die Schubkraft der Motoren und lenkte seine Maschine in einer langgezogenen Kurve über die Wälder. Der Landeplatz war eine etwa eine Meile lange Schneise. Die Wartungshangars und der Tower standen etwas abseits, seltsame und doch kaum sichtbare Fremdkörper in der Landschaft.

Jetzt war das Landemanöver beendet; der junge Pilot drehte sich in seinem Sessel herum, als der Gegenschub der Maschine die kleine Kabine erzittern ließ. Er hob die Stimme, um sich in dem Lärm Gehör zu verschaffen, und sprach den rothaarigen Mann in mittleren Jahren hinter sich an.

»Da wären wir, Indianer. Jetzt können Sie Pfeil und Bogen nehmen und sich auf den Kriegspfad begeben. Manitou möge Ihnen helfen.«

»Spaßvogel«, erwiderte Ogilvie und schnallte sich los. Er sah auf die Uhr. »Welche Zeit haben wir hier? Meine Uhr ist immer noch auf Washingtoner Zeit gestellt.«

»Drei Minuten vor sechs. Sie haben sechs Stunden verloren. Für Sie ist jetzt Mitternacht, aber hier ist bereits Morgen. Wenn man Sie im Büro erwartet, hoffe ich, daß Sie ein wenig schlafen konnten.«

»Es reicht. Ist für die Fahrt gesorgt?«

»Bis zum Wigwam des Großen Häuptlings an der Via Vittorio.«

»Sehr komisch. Ist dort die Botschaft?«

»Richtig. Sie sind ein Spezialpaket. Lieferung garantiert ab Brüssel.«

»Das ist falsch. Die Botschaft kommt nicht mehr in Frage.«

»Wir haben unsere Anweisungen.«

»Dann erteile ich jetzt neue.«

Im Hauptgebäude des Flughafens, der auf keiner Karte verzeichnet war, betrat Ogilvie das kleine Büro, zu dem nur Männer wie er Zutritt hatten. Der Raum hatte keine Fenster und war einfach möbliert. Die zwei Telefone waren ständig mit elektronischen Zerhackersystemen gekoppelt. Der Korridor, der zum Büro führte, wurde von drei Männern bewacht, die unauffällige Overalls trugen. Aber unter dem khakifarbenen Stoff verbarg jeder eine Waffe, bereit, von ihr Gebrauch zu machen, falls sich irgendwelche unbekannten Personen dem ankommenden Passagier nähern oder gar eine Kamera zücken sollten. Diese Vorkehrungen waren das Ergebnis außerplanmäßiger Konferenzen zwischen unbekannten Vertretern beider Regierungen, deren Aufgabengebiet weit über die offiziellen Geheimdiensttätigkeiten hinausging. Überall auf der Welt wurden Regierungen von inneren und äußeren Feinden bedroht, von Fanatikern der Linken und Rechten, die sich einzig und allein der Zerstörung der politischen Stabilität verschworen hatten. Ihr Fanatismus wurde von der Sensationspresse unterstützt, die reißerisch von spektakulären Terroranschlägen berichtete. Deshalb mußte man denen, die diese Extremisten in jeder Form bekämpften, auch stillschweigend entgegenkommen. Fest stand, daß die Männer, die in Palombara landeten, wie Ogilvie etwa, den Auftrag hatten, gegen solche Extremisten vorzugehen. Wenn es ihm nicht gelang, einen abtrünnig gewordenen Agenten zu stellen, der unter einer gefährlichen Art von Paranoia litt und in seinem Gedächtnis die brisantesten Einzelheiten streng geheimer Abwehroperationen aus den letzten sechzehn Jahren gespeichert hatte, konnte jener Mann Agentennetze in ganz Europa zerstören, und wichtige Informationsquellen würden versiegen. Es war unbedingt notwendig, Michael Havelock aufzuspüren und dingfest zu machen; kein Terrorist konnte größeren Schaden anrichten.

Ogilvie trat an den Schreibtisch, setzte sich und griff nach dem Telefon zu seiner Linken; es war schwarz und für den Inlandeinsatz bestimmt. Er wählte die Nummer, die er sich gemerkt hatte, und vernahm zwölf Sekunden später die schläfrige Stimme von Lieutenant Colonel Lawrence Brown.

»Brown. Was ist?«

»Baylor-Brown?«

»Apatsche?«

»Ja. Ich bin in Palombara. Haben Sie irgend etwas gehört?«

»Kein Wort. Ich habe Leute in ganz Rom ausgeschickt; niemand weiß etwas über ihn.«

»Was haben Sie gemacht?«

»Nun, Leute eingesetzt, jede Quelle, die wir bezahlen können oder die uns eine Gefälligkeit schuldet...«

»Verdammt, rufen Sie sie zurück! Was, zum Teufel, geht in Ihnen vor?«

»He, mal langsam, Kumpel. Ich glaube nicht, daß wir so miteinander klarkommen.«

»Mir ist es scheißegal, ob wir miteinander klarkommen oder nicht. Sie haben es hier nicht mit einem Kreuzworträtsel von G-Zwo zu tun; er ist eine Schlange, Kumpel. Wenn der herausfindet, daß Sie hinter ihm her sind, dann reimt er sich daraus zusammen, daß Sie die Abmachung gebrochen haben; und er wird es herausfinden; und dann beißt er zu. Herrgott, glauben Sie etwa, daß der bislang noch nie verfolgt worden ist?«

»Bilden Sie sich vielleicht ein, daß ich meine Leute nicht kenne?« konterte Brown verärgert.

»Ich denke, wir sollten besser miteinander reden.«

»Dann kommen Sie her«, sagte der Colonel.

»Das ist auch so eine Sache«, erwiderte Ogilvie. »Die Botschaft kommt nicht in Frage.«

»Warum nicht?«

»Unter anderem, weil er an einem Fenster auf der anderen Straßenseite lauern könnte.«

»So?«

»Er weiß, daß ich mich nie im Einsatzgebiet zeigen würde. Außerdem wird jeder Eingang rund um die Uhr von KGB-Kameras beobachtet.«

»Er weiß ja nicht einmal, daß Sie kommen«, entgegnete Brown. »Oder wer Sie sind.«

»Spätestens, wenn Sie es ihm erzählen.«

»Ein Name, bitte?« sagte der Offizier verärgert.

»Apatsche genügt für den Augenblick.«

»Meinen Sie, daß ihm das etwas sagen wird?«

»Bestimmt.«

»Mir aber nicht.«

»Das soll es auch nicht.«

»Wir werden ganz gewiß nicht miteinander auskommen.«

»Das tut mir leid.«

»Da Sie nicht hierherkommen wollen – wo treffen wir uns?«

»Im Park der Villa Borghese. Ich werde Sie finden.«

»Das wird leichter sein, als wenn ich Sie finden müßte.«

»Sie irren, Baylor.«

»Von wegen finden?«

»Nein. Ich glaube, wir werden uns schon verstehen.« Ogilvie hielt kurz inne. »Sagen wir in zwei Stunden. Bis dahin könnte unsere Zielperson versucht haben, Sie zu erreichen.«

»In zwei Stunden.«

»Und noch etwas, Baylor.«

»Was?«

»Rufen Sie Ihre Leute zurück, Kumpel.«

Der März war nicht gerade freundlich. Die Kühle des römischen Winters – so mild er auch war – verhinderte immer noch das Knospen der Blumen. Die vielen Wege, die durch die hohen Pinien zu dem großen Museum führten, schienen ein wenig schmutzig, und das Grün der Pinien wirkte matt. Selbst die Bänke, die die schmalen Fußwege säumten, waren mit Staub bedeckt. Ein durchsichtiger Film hatte sich über den Park der Villa Borghese gesenkt; er würde nach dem ersten Aprilregen verschwinden.

Ogilvie stand an einem dicken Eichenstamm am Rande des Parks hinter dem Museum. Es war noch früh am Morgen, und nur ein paar Studenten und Touristen schlenderten durch den Park. Sie warteten darauf, daß die Wärter die Tore öffneten, die zu den Schätzen des Casino Borghese führten. Der ehemalige Agent – der jetzt wieder einer war – sah auf die Uhr, und auf sein von tiefen Furchen durchzogenes Gesicht legten sich weiter Falten – vor Ärger. Es war beinahe zwanzig Minuten vor neun; der Beamte von der Heeresabwehr hatte sich schon um mehr als eine halbe Stunde verspätet. Ogilvies Verstimmtheit richtete sich ebensosehr gegen ihn selbst wie auf Baylor-Brown. In seiner Hast, einen Besuch in der Botschaft zu verhindern und klarzustellen, daß er und niemand sonst das Sagen hatte, hatte er sich einen schlechten Treffpunkt ausgewählt, wie er jetzt merkte. Dem Colonel würde das auch klarwerden, sobald er darüber nachdachte; vielleicht war dies der Grund, weshalb er sich verspätete. Die Villa Borghese war um diese Stunde zu wenig besucht und besaß zu viele dunkle Winkel, von denen aus ein etwaiger Verfolger jeden Schritt beobachten und jedes Wort mit hochempfindlichen Mikrofonen mithören konnte. Ogilvie verfluchte sich insgeheim, das war keine überzeugende Art, seine Autorität zu bestätigen. Der Attaché hatte wahrscheinlich eine komplizierte Route gewählt und einige Male die Fahrzeuge gewechselt, in der Hoffnung, mögliche Verfolger auf diese Weise abzuschütteln. Auf die Botschaft waren tatsächlich KGB-Kameras gerichtet, und der unfreundliche Mann aus Washington mit dem rätselhaften Namen Apatsche hatte den Colonel wirklich in eine schwierige Situation gebracht. Vor sieben Jahren hatten zwei Geheimagenten mit den Decknamen Apatsche und Navajo in Istanbul fast ihr Leben verloren, als sie auf der Mesrutiyet einen KGB-Mord zu verhindern versucht hatten. Ihr Vorhaben war gescheitert. Dabei war Navajo um vier Uhr morgens auf der verlassenen Atatürk-Straße in die Falle gegangen, als plötzlich an beiden Enden Killerkommandos des KGB auftauchten. Die Situation war aussichtslos, bis Apatsche in einem gestohlenen Wagen über die Brücke gerast kam, auf dem Bürgersteig mit quietschenden Reifen stoppte und seinem Kollegen zurief, er solle einsteigen oder sich den Kopf abschießen lassen. Dann war Ogilvie durch einen Kugelhagel gerast und hatte sich einen Streifschuß an der Schläfe und zwei Steckschüsse in der rechten Hand zugezogen, während er durch die Barrikaden brach. Der Mann, der vor sieben Jahren den Tarnnamen Navajo getragen hatte, konnte Apatsche nicht ohne weiteres vergessen. Ohne ihn wäre Michael Havelock in Istanbul getötet worden. Darauf baute Ogilvie.

Plötzlich hörte er ein Geräusch hinter sich; er fuhr herum. Eine schwarze Hand hob sich vor ihm, das dunkle Gesicht hinter der Hand war unbewegt, geweitete Augen starrten ihn an. Baylor-Brown schüttelte zweimal lautlos den Kopf und legte den Zeigefinger an die Lippen. Nachdem er Ogilvie hinter die Eiche gezogen hatte, wies er zum südlichen Teil des Gartens. Vierzig Meter entfernt sah sich ein Mann im dunklen Anzug um, sein Gesichtsausdruck wirkte gehetzt, unschlüssig. Zuerst bewegte er sich in die eine Richtung, dann in die andere. In der Ferne war dreimal hintereinander der Ton einer Autohupe zu hören, dann heulte ein Motor auf; der Mann im dunklen Anzug schrak zusammen. Er blieb stehen und fing an, in die Richtung zu rennen, aus der die Geräusche kamen. Jetzt verschwand er hinter der Ostmauer der Villa Borghese.

»Das ist wirklich ein blöder Ort«, sagte der Colonel und sah auf die Uhr.

»War das Ihre Hupe?« fragte Ogilvie.

»Der Wagen parkt an den Veneto-Toren. Das war nahe genug, um etwas zu hören; darauf kam es an.«

»Tut mir leid«, sagte der ehemalige Agent leise. »Mein letzter Einsatz ist lange her. Normalerweise mache ich keine solchen Fehler. Früher waren immer viele Leute im Park.«

»Schon gut. Ich bin gar nicht mal sicher, daß es ein Fehler war.«

»Hören Sie auf mit den Nadelstichen.«

»Sie verstehen nicht, worauf ich hinauswill. Ihre Gefühle sind mir gleichgültig. Ich meine, ich bin bisher nie vom KGB beobachtet worden – nicht, daß ich davon wüßte. Warum also jetzt?«

Ogilvie lächelte; er hatte die Situation wieder im Griff. »Sie haben Spürhunde ausgeschickt. Ich glaube, das erwähnte ich.«

Der farbige Offizier blieb stumm, seine dunklen Augen blickten nachdenklich. »Dann bin ich in Rom erledigt«, sagte er schließlich.

»Vielleicht.«

»Nicht vielleicht. Ganz sicher. Deshalb habe ich mich verspätet.«

»Er hat Sie erreicht.« Der rothaarige Agent sprach die Worte mit weicher Stimme.

»Er hat alle seine Geschütze aufgefahren, und ich bin der erste, der dabei draufgehen wird. Er hat die Spur der Karras gefunden und ist ihr bis in den Hafen Civitavecchia gefolgt, wo sie ihm entkommen ist. Er will nicht sagen, wie oder auf welchem Schiff. Es war eine Falle; aber er hat den Spieß umgedreht und den Verantwortlichen gefunden: einen kleinen Gangster in den Docks. Havelock hat ihn zum Reden gebracht, und was er erfuhr – was er *glaubt*, erfahren zu haben – macht ihn hochexplosiv wie eine Bombe.«

»Was denn?«

»Die Doppelprogrammierung. Dieselbe Taktik, die vermutlich bei ihm angewandt wurde. Die Karras ist von uns gegen ihn eingesetzt worden.«

»Wie?«

»Indem jemand sie davon überzeugt hat, daß er zu den Sowjets übergelaufen ist, daß er vorhatte, sie zu töten.«

»Das ist doch völliger Quatsch.«

»Ich wiederhole nur, was er gesagt hat – was man ihm gesagt hat. Wenn man alles betrachtet, ist es nicht ohne Logik. Es würde eine ganze Menge erklären. Der KGB hat ein paar recht tüchtige Schauspieler; die könnten für sie ein Theater aufgeführt haben. Das ist eine ganz ausgebuffte Strategie. Er ist draußen und sie auf der Flucht – ein produktives Team neutralisiert.«

»Ich meine, das Ganze ist nichts als Unfug«, entgegnete Ogilvie. »Es gibt keine Jenna Karras; die ist an der Costa Brava umgekommen. Sie war eine KGB-Agentin. Da sind keine Fehler gemacht worden, aber selbst das hat jetzt nichts zu sagen. Das Wichtigste ist, daß sie tot ist.«

»Er glaubt es nicht; wenn Sie mit ihm sprechen, glauben Sie es vielleicht auch nicht mehr. Ich jedenfalls bin verunsichert.«

»Havelock glaubt, was er glauben will, glauben muß. Ich habe die medizinischen Fachausdrücke gehört, und wenn man die in die normale Sprache übersetzt, dann hat er einfach durchgedreht.«

»Er ist verdammt überzeugend.«

»Weil er nicht lügt. Das ist es ja gerade. Er hat tatsächlich gesehen, was er gesehen hat.«

»Das sagt er ja.«

»Aber das kann nicht sein. Seine Wahrnehmungsfähigkeit ist stark reduziert. Wenn er durchdreht, sieht er nicht mehr klar, und in seinem kranken Kopf spukt es.«

»Sie sind auch überzeugend.«

»Weil ich nicht lüge, und mein Kopf ist intakt.« Ogilvie griff nach einem Päckchen Zigaretten. Er holte eine heraus und zündete sie mit einem uralten, abgewetzten Feuerzeug an, das er vor einem Vierteljahrhundert gekauft hatte. »Das sind die Fakten, Colonel. Sie können sich den Rest selber denken. Die Konsequenz daraus ist klar. Havelock muß dingfest gemacht werden.«

»Das wird nicht so leicht sein. Er mag sich vielleicht in wirren Gedanken verrennen, aber ein Amateur ist er nicht. Er ist raffiniert und vorsichtig.«

»Das ist mir bewußt. Das ist der reale Teil. Sie haben ihm gesagt, daß ich hier bin, stimmt's?«

»Ich sagte ihm, daß ein Mann namens Apatsche hier sei.« Der Colonel hielt inne.

»Und?«

»Es hat ihm nicht gefallen. Warum gerade Sie?«

»Er steht in meiner Schuld.«

»Vielleicht ist das Ihre Antwort.«

»Was sind Sie eigentlich? Psychologe? Oder Anwalt?«

»Ein wenig von beidem. Sie etwa nicht?«

»Im Augenblick bin ich bloß genervt. Worauf, zum Teufel, wollen Sie hinaus?«

»Havelocks Reaktion auf Sie war sehr spontan und heftig. ›So, die haben also den Revolverhelden geschickt‹, hat er gesagt. Ist das Ihre andere Bezeichnung?«

»Kinderkram. Ein schlechter Witz.«

»Er klang gar nicht erheitert. Er wird mittags anrufen und Instruktionen für Sie durchgeben.«

»In der Botschaft?«

»Nein. Ich soll mir ein Zimmer im ›Excelsior‹ nehmen. Sie sollen mit mir dort sein und ans Telefon gehen.«

»Dieser Schweinehund!«

»Bringt das Probleme?«

»Er weiß, wo ich bin, aber ich nicht, wo er ist. Er kann mich beobachten, aber ich ihn nicht.«

»Welchen Unterschied macht das schon? Er ist offensichtlich bereit, sich mit Ihnen zu treffen. Wenn Sie ihn schnappen wollen, müssen Sie sich mit ihm verabreden.«

»Sie sind ein Greenhorn, Colonel, nehmen Sie mir's nicht übel. Er setzt mich unter Druck.«

»Inwiefern?«

»Ich brauche zwei Männer, am besten Italiener, die möglichst unauffällig sind und mir folgen, wenn ich das Hotel verlasse.«

»Warum?«

»Weil er *mich* greifen könnte«, sagte der ehemalige Agent nachdenklich. »Von hinten. Auf jedem überfüllten Bürgersteig. Es gibt keinen Trick, den er nicht kennt... Ein Mann bricht auf der Straße zusammen; ein Freund hilft ihm und bringt ihn zum nächsten Wagen. Beides Amerikaner. Nichts Auffälliges.«

»Das heißt, daß ich nicht bei Ihnen sein werde. Trotzdem bin ich die Verbindungsperson. Ich könnte verlangen, dabei zu sein.«

»Sie sind wirklich noch ein Anfänger. Er würde nach Kairo gehen. Und falls Sie versuchen sollten, mich im Auge zu behalten, dann hab' ich da so eine Idee, würde er Sie entdecken. Nehmen...«

»... Sie es mir nicht übel«, führte Brown den Satz zu Ende. »Es hat schon Nachteile... Ich werde für Ihren Schutz sorgen.« Wieder hielt der Offizier inne und fuhr dann fort: »Aber statt zwei Männern wäre ein Paar besser.«

»Das ist gut. Sie kommen schon noch dahinter, Colonel.«

»Ich hätte noch einen Vorschlag. Sollte man ihn mir jemals zur Last legen, werde ich freilich ableugnen, ihn gemacht zu haben. Und angesichts Ihres Spitznamens ›Revolverheld‹ glaube ich, daß es mir nicht schwerfallen würde zu behaupten, die Idee hätten Sie gehabt.«

»Ich bin schon ganz gespannt.«

»Ich bin in dieser Region für ein großes Gebiet zuständig. Die Arbeit, die ich für das Pentagon und das Außenministerium mache, läßt sich nicht klar voneinander trennen. Ich brauche eine Gefälligkeit, oder jemand braucht eine von uns, und so wird der Kreis immer größer, selbst wenn wir einander nie begegnet sind.«

»Ich wiederhole mich ungern«, unterbrach Ogilvie. »Aber worauf zum Teufel, wollen Sie hinaus?«

»Ich habe dort draußen eine Menge Freunde. Männer und Frauen, die mir vertrauen. Wenn ich gehen muß, möchte ich natürlich, daß das Büro intakt bleibt; aber eines ist mir noch wichtiger: Ich möchte nicht, daß diese Freunde – die, die ich kenne, und die anderen auch – einen Schaden erleiden. Und Havelock könnte ihnen Schaden zufügen. Er hat in Italien agiert, an der Adria, am Ligurischen Meer, an der Nordküste bis hinunter nach Gibraltar. Er könnte Gegenaktionen provozieren. Ich glaube nicht, daß ein ausgeschiedener, durchgedrehter Agent das wert ist.«

»Ich auch nicht.«

»Dann schaffen Sie ihn weg. Schnappen Sie ihn nicht bloß, sondern machen Sie ihn kalt.«

»Das hätten Sie von mir gehört haben können.«

»Und jetzt?«

Der Mann aus Washington schwieg eine Weile und erwiderte schließlich: »Nein.«

»Warum nicht?«

»Weil das zu Konsequenzen führen könnte, die Sie nicht wollen.«

»Unmöglich. Er hat keine Zeit gehabt.«

»Das wissen Sie nicht. Wenn diese Sache seit der Aktion an der Costa Brava läuft, kann man unmöglich sagen, was für Depots er eingerichtet hat oder wo. Er könnte in einem halben Dutzend Ländern Dokumente hinterlassen haben, mit der speziellen Anweisung, diese Dokumente freizugeben, falls bestimmte Kontakte nicht stattfinden sollten. In den letzten sechs Wochen war er in London, Amsterdam, Paris, Athen und Rom. Warum? Warum ausgerechnet in diesen Städten? Er konnte Ziele in der ganzen Welt wählen, denn er hatte genügend Geld bei sich. Und doch kehrte er ausgerechnet in die Städte zurück, wo er intensiv im Untergrund tätig war. Das könnte einen bestimmten Grund haben.«

»Oder Zufall sein. Er kannte die Städte und fühlte sich sicher.«

»Vielleicht, aber vielleicht auch nicht.«

»Ihrer Logik kann ich nicht folgen. Wenn Sie ihn schnappen, kann er diese Kontakte ja auch nicht wahrnehmen.«

»Es gibt Mittel und Wege.«

»Die Kliniken, vermute ich.«

»Richtig.«

»Und ich glaube, daß Sie nicht recht haben. Ich weiß nicht, ob er diese Karras gesehen hat oder nicht, aber was auch immer er gesehen hat, was auch immer passiert ist, es ist in den letzten vierundzwanzig Stunden geschehen. Er hatte keine Zeit, irgend etwas zu veranlassen. Vielleicht hat er Ihnen so was erzählt, aber es kann nicht wahr sein.«

»Ist das Ihre Ansicht, oder sind Sie Hellseher?«

»Keines von beiden. Das ist Tatsache. Ich habe einem Mann zugehört, der einen Schock erlitten hat. Er hatte gerade etwas erlebt, das ihn völlig verwirrt hat. Wenn Sie davon sprechen, was er hätte tun können, von Depots reden, die er angelegt haben könnte, verwenden Sie die Worte, die ich Ihnen geliefert habe, weil er sie mir gegenüber gebraucht hat. Er stellte Spekulationen darüber an, was er tun *könnte*, nicht, was er getan hat. Das ist ein verdammt großer Unterschied, Herr Oberstratege.«

»Und deswegen wollen Sie, daß er stirbt?«

»Ich will, daß eine Menge anderer Leute am Leben bleibt.«

»Das wollen wir auch. Deshalb bin ich hier.«

»Damit Sie ihn lebend zurückbringen können«, sagte Baylor-Brown finster. »Genau wie Frank Buck.«

»Das genügt.«

»Nein, keineswegs. Angenommen, Sie schaffen es nicht und er entkommt?«

»Das wird nicht passieren.«

»Ihre Meinung oder Hellseherei?«

»Tatsache.«

»Nein. Das ist eine Vermutung, auf die ich nicht bauen will.«

»Sie haben keine Wahl, Soldat. Das Oberkommando hat gesprochen.«

»Dann will ich Ihnen etwas sagen, Zivilist. Reden Sie mit mir nicht über Oberkommando. Ich hab' mir in dieser Armee der Weißen so lange meinen schwarzen Hintern aufgerissen – in einer Armee, die oben weiß und unten schwarz ist –, bis die mich zu diesem wichtigen Posten befördern mußten. Und jetzt kommen Sie mit Ihrer Geheimagententour und einem Codenamen, mit dem ich nichts anfangen kann, der mir nicht weiterhilft. Wenn Sie Havelock nicht zu fassen kriegen und er entkommt, dann bin ich die Zielscheibe. ›Kaffeegesicht‹ ist schuld an der Schlappe: sein Agentennetz ist bloßgestellt. Suspendiert ihn, wird es sofort heißen.«

»Sie heuchlerischer Bastard«, sagte der Mann aus Washington angewidert. »Sie sind doch nur interessiert daran, Ihre eigene Haut zu retten.«

»Aus etlichen Gründen, die viel zu hoch sind, als daß Sie sie verstehen könnten. Es wird mehr Leute wie mich geben, nicht weniger... Wo auch immer Sie in dieser Stadt hingehen, ich werde nicht weit hinter Ihnen sein. Holen Sie ihn sich auf Ihre Art, dagegen habe ich nichts. Ich werde Sie nach Palombara zurückbringen und Sie beide persönlich in einen Düsenjet setzen, mit einem Empfehlungsschreiben in lateinischer Sprache. Aber sollten Sie es nicht schaffen, und er richtet Unheil an, wird er auf meine Art eliminiert werden.«

»Das klingt aber nicht nach dem Mann, der ihm seine Story geglaubt hat.«

»Ich habe nur berichtet, was er mir gesagt hat. Und ob ich ihm glaube oder nicht, macht keinen Unterschied. Er ist eine Gefahr für mich und meine Funktion hier in Rom und für einen großen Teil des Netzes, das ich auf Anweisung meiner Regierung und auf Kosten der amerikanischen Steuerzahler aufgebaut habe.«

Der Colonel hielt inne und lächelte. »Das ist alles, was ich wissen muß, um angemessen zu reagieren.«

»Sie könnten es weit bringen.«

»Das habe ich auch vor. Dazu muß ich Punkte sammeln.«

Ogilvie trat einen Schritt zurück und blickte an dem dichten Blätterwerk der Eiche vorbei auf die Parkanlagen im Hintergrund. Er sprach jetzt ganz leise, und seine Stimme war ausdruckslos. »Ich könnte Sie verlieren, wissen Sie. Sie töten, wenn ich müßte.«

»Richtig«, sagte der Offizier. »Ich werde das also mit dem ›Excelsior‹ vergessen. Nehmen Sie sich ein Zimmer auf meinen Namen, und wenn der Anruf von Havelock kommt, geben Sie vor, Sie wären ich. Er erwartet, mich dort vorzufinden, ich soll Ihre Anwesenheit bestätigen. Er weiß, daß für mich einiges auf dem Spiel steht.«

»Ich kann Sie anzeigen, dann droht Ihnen garantiert ein Kriegsgerichtsprozeß. Wegen Befehlsverweigerung im Dienst.«

»Wegen eines Gesprächs, das nie stattgefunden hat? Oder vielleicht hat es stattgefunden, und ich habe eine militärische Entscheidung getroffen. Das Subjekt fand den Kontakt nicht akzeptabel; ich wollte einen anderen Mann in Rom. Was halten Sie von der Version?«

Ogilvie ließ sich mit der Antwort fast eine Minute Zeit. Er warf seine Zigarette weg, trat sie aus und zermahlte sie mit dem Absatz im Sand. »Sie haben Talent, Colonel«, sagte er schließlich. »Ich brauche Sie.«

»Sie wollen ihn wirklich, wie?«

»Ja.«

»Das habe ich mir gedacht. Aus Ihrer Stimme am Telefon konnte ich das schon hören. Ich wollte die Bestätigung, Herr Oberstratege. Betrachten Sie mich einfach wie eine Versicherungspolice, die Sie nicht haben wollen, aber von der Ihr Steuerberater sagt, daß Sie sie brauchen. Wenn ich Rede und Antwort stehen muß, ist nichts verloren. Ich kann das Ganze besser rechtfertigen als irgend jemand an einem Konferenztisch in Washington. Schließlich bin ich der einzige, der mit ihm gesprochen hat. Ich weiß, was er getan hat und was nicht.«

»Aber schon nach kurzer Zeit könnte sich herausstellen, daß Sie unrecht haben.«

»Das Risiko gehe ich ein. Sehen Sie, so sicher bin ich meiner Sache.«

»Das brauchen Sie gar nicht. Man wird Sie nicht zur Rechenschaft ziehen, weil ich ihn nicht entkommen lasse.«

»Das freut mich zu hören. Abgesehen von dem Paar, das sich an Ihre Fersen heften wird, sobald Sie das Hotel verlassen – was benötigen Sie sonst noch?«

»Nichts. Ich habe meine Ausrüstung mitgebracht.«

»Was werden Sie ihm sagen?«

»Was er hören will.«

»Was werden Sie einsetzen?«

»Meine Erfahrung. Haben Sie das mit dem Zimmer arrangiert?«

»Vor fünfundvierzig Minuten«, sagte Brown und nickte. »Ich habe kein Zimmer, sondern eine Suite reserviert. Die hat nämlich zwei Telefone. Nur für den Fall, daß Sie in Versuchung geraten, mir einen Bären aufzubinden, werde ich alles mithören, was er sagt.«

»Sie setzen mich unter Druck, Junge.«

»Darauf will ich jetzt nicht eingehen. Sehen Sie es lieber so: Wenn der heutige Tag vorbei ist, werden Sie entweder mit oder ohne ihn nach Washington zurückkehren. Wenn Sie ihn haben, schön. Wenn nicht, werde ich es ausbaden. Man gibt im Pentagon etwas auf mein Urteil; unter den gegebenen Umständen wird die Lösung womöglich das äußerste Mittel erfordern, und man wird sie akzeptieren.«

»Sie kennen sich aus, wie?«

»Bis auf ein paar hundert Widersprüche. Machen Sie sich ein angenehmes Leben, Herr Oberstratege. Fühlen Sie sich wohl und zufrieden. Geben Sie Ihre Kommentare lieber aus der Distanz ab, und überlassen Sie den Außendienst uns. Auf diese Weise leben Sie besser.«

Ogilvie unterdrückte das leichte Zucken im Gesicht. Er konnte den scharfen Schmerz spüren, der durch seine Brust schoß und tief in seiner Kehle brannte. Jeden Tag breitete sich die Krankheit ein wenig weiter aus – unbezähmbar.

»Danke für den Rat«, sagte er.

9

Der Palatin, einer der sieben Hügel Roms, liegt hinter dem Konstantin-
bogen. An den sanft ansteigenden Hängen sind Ruinen aus der antiken
Vergangenheit verstreut; das war der Treffpunkt.

Einen halben Kilometer nordwestlich des Gregorius-Tors lag ein
altes Arborium mit einer Büste des Kaisers Domitian auf einem Podest
am Ende eines Plattenweges, den zu beiden Seiten die marmornen
Überreste einer halbzerfallenen Mauer säumten. Zweige wilder Oliven-
bäume fielen in Kaskaden über den behauenen Felsen, während braune
und grüne Schlingpflanzen am Boden entlangkrochen, jede Spalte
füllten und ein Netzwerk gleich dem einer Spinne über den zersprungenen Marmor breiteten. Am Ende des Plattenwegs, hinter dem strengen
Gesicht des Domitian, waren die Überreste eines Brunnens zu erkennen, der in den Hügel hineingebaut war. Dort endete der Laubengang
plötzlich; es gab keinen Ausgang. Das friedliche Bild ließ Szenen einer
alten Epoche lebendig werden: Kleine, aber imposant wirkende Männer, in Togen gewandet, die unter den ineinander verschlungenen
Ästen im gefilterten Sonnenlicht auf und ab schreiten und über die
Staatsgeschäfte Roms parlieren.

Zwischen drei und halb vier, wenn die Sonne den mittleren Punkt
am westlichen Himmel einnahm, würden sich hier, an diesem idyllischen, geschichtsträchtigen Ort, zwei Männer begegnen, jeder mit
einem anderen Ziel, beide im Wissen, daß diese unterschiedliche
Zielsetzung den Tod des einen oder des anderen verursachen konnte.

Noch zwanzig Minuten. Havelock hatte sich hinter einer Gruppe
von Büschen auf dem nächsten Hügel postiert, von wo aus er den
Laubengang überblicken konnte. Er war nervös und zornig, während
seine Blicke über den Plattenweg und die wilden Felder jenseits der
Mauern schweiften. Vor einer halben Stunde hatte er von einem
Straßencafé gegenüber dem Hotel ›Excelsior‹ auf der Via Veneto das
gesehen, was er befürchtet hatte. Binnen Sekunden, nachdem der
rothaarige Ogilvie durch die Glastür auf das Pflaster hinausgetreten
war, hatten ein Mann und eine Frau sich ihm an die Fersen gesetzt. Sie
waren auffallend zufällig und ein wenig zu schnell aus einem Juweliergeschäft nebenan gekommen. Der Laden hatte einen breiten Eingang
mit Schaufenstern, so daß die Beobachter alles gut überblicken konnten. Der Mann aus Washington war kurz nach rechts abgebogen und
stehengeblieben, ehe er sich in den Fußgängerstrom eingereiht hatte.
Niemand würde den Apatschen aus der Menge herausholen, ehe er
den Palatin erreichte. Ogilvie hatte damit gerechnet, daß der Versuch
gemacht würde, er hatte nicht die Absicht, die Kontrolle zu verlieren,
und deshalb hatte er vorgesorgt. Am Telefon hatte der ehemalige

Agent, jetzt ein hochrangiger Stratege, ihm nur Hilfe angeboten. Er hätte wichtige – wenn nicht sogar streng geheime – Informationen zu übergeben; darunter würden auch die Antworten zu finden sein, die Michael suchte.

Keine Sorge, Navajo. Wir reden miteinander.

Aber vernünftige Erklärungen erforderten keinen Schutz; sie waren selbst der Schutz. Warum hatte Ogilvie so bereitwillig dem abgelegenen Treffpunkt zugestimmt? Warum hatte er nicht einfach vorgeschlagen, sich auf der Straße zu treffen, in einem Café?

Ein Mann, der nichts Hinerlistiges im Schilde führte, hätte anders reagiert.

Hatte Washington etwa eine weitere Botschaft geschickt?

Mich töten und für tot erklären?

Das habe ich nicht gesagt. Wir leben nicht in solch einem Land ... Warum nicht? Lieutenant Colonel Baylor-Brown, Abwehragent, US-Botschaft, Rom.

Wenn Washington zu jenem Entschluß gelangt war, hatten die Strategen einen qualifizierten Killer geschickt. Havelock respektierte Ogilvies Talente, aber er bewunderte ihn nicht. Der ehemalige Agent gehörte zu den gewalttätigen Männern, die ihre Brutalität zu leicht rechtfertigen. Die Kollegen draußen wußten, daß Ogilvie ein rücksichtsloser Killer war. Ein innerer Zwang trieb ihn dazu, seiner eigenen sadistischen Wut Luft zu machen. Ihre Existenz aber verbarg er vor allen; nur die wußten von ihr, die einmal unter höchstem Streß eng mit ihm zusammengearbeitet hatten und anschließend alles daransetzten, den beruflichen Umgang mit ihm zu meiden.

Nach Istanbul hatte Michael etwas getan, das ihn selbst überrascht hatte: Er hatte mit Anthony Matthias Verbindung aufgenommen und ihm geraten, Red Ogilvie aus dem Außendienst zu entfernen. Der Mann war gefährlich. Er hatte sich bereit erklärt, in einem geheimen Hearing vor den Strategen zu erscheinen, aber wie stets hatte Matthias eine bessere, weniger rüde Methode. Ogilvie war ein wertvoller Experte; es gab nur wenige Männer mit seiner Erfahrung, und deshalb hatte der Außenminister ihn kurzerhand befördert und ihn in die Zentrale versetzt.

Matthias hielt sich zur Zeit nicht in Washington auf. Kein angenehmer Gedanke. Entscheidungen wurden häufig gefällt, ohne daß jemand die Verantwortung dafür übernahm, einfach weil diejenigen, die ausführlich informiert werden sollten, nicht verfügbar waren. Die Dringlichkeit einer akuten Krise reichte schon aus, um grünes Licht zum Handeln zu geben.

Das ist er, dachte Havelock, als seine Augen in der Ferne auf dem sich neigenden Feld hinter der rechten Mauer eine Gestalt erfaßten.

Nämlich den Mann, der die Frau aus dem Juweliergeschäft neben dem ›Excelsior‹ begleitet hatte und mit ihr Ogilvie gefolgt war. Michael wandte den Kopf nach links; dort stand eine kräftig gebaute Frau vor den Stufen eines alten Bads, sie hielt einen Skizzenblock in der linken Hand. Aber in der rechten war kein Stift; vielmehr verbarg sie die Hand unter dem Revers ihrer Jacke.

Havelocks Blick wanderte zu dem Mann zurück. Er saß jetzt auf dem Boden, die Beine ausgestreckt, ein Buch aufgeschlagen im Schoß.

Michael ahnte, daß dort ein winziges Mikrofon befestigt war, ein Minisender, über den die Frau Sprechkontakt mit ihrem Begleiter hielt. Und auch seine rechte Hand hielt er keineswegs zufällig im oberen Bereich seines Tweedsakkos. Die beiden verständigten sich miteinander.

Also keine Mitarbeiter aus der Botschaft, keine CIA-Leute... nirgends ein Amerikaner zu sehen. Wenn Ogilvie auftauchte, würde er der einzige sein. Aus gutem Grund: Amerikaner als Zeugen waren unerwünscht. Besser einheimische Leute einsetzen, Männer oder Frauen, die man einfach erledigen konnte.

Warum das alles? Warum war er eine Bedrohung? Was hatte er getan? Was wußte er, das Männer in Washington dazu veranlaßte, seinen Tod zu wünschen? Zuerst den Dienst quittiert, wegen Jenna Karras. Jetzt tot. Gott im Himmel, was ging hier vor?

Gab es außer dem Paar noch andere in der Nähe? Er kniff die Augen zusammen, um bei der hellen Sonne jeden Quadratmeter Boden überprüfen zu können – ein schwieriges Unterfangen. Die Laube des Domitian war keineswegs ein touristisch besonders anziehender Punkt auf dem Palatin. Außerdem war März, und nur wenige Touristen verirrten sich in dieser Jahreszeit hierher. In der Ferne auf einem Hügel spielten ein paar Kinder unter den wachsamen Blicken von zwei Erwachsenen. Weiter unten, im Süden, breitete sich eine grüne Rasenfläche aus, auf der Marmorsäulen des frühen Imperiums in unterschiedlicher Höhe emporragten. Ein paar Touristen, mit Kameras behängt, machten Erinnerungsfotos und postierten sich vor den steinernen Relikten. Aber abgesehen von dem Paar, das den Laubengang von beiden Seiten bewachte, war niemand in unmittelbarer Nähe. Wenn es ausgebildete Scharfschützen waren, war auch keine weitere Hilfe nötig. Es gab nur einen Eingang, und ein Mann, der über eine Mauer kletterte, bot ein bequemes Ziel.

Es war schon komisch: Michael hatte sich am Morgen auf dem Palatin umgesehen und sich den Ort eben wegen der Vorteile ausgewählt, die sich jetzt gegen ihn richten konnten. Er sah auf die Uhr:

vierzehn Minuten vor drei. Er mußte schnell agieren, aber erst, wenn er Ogilvie gesichtet hatte. Der Apatsche war clever. Er wußte, daß er sich am besten so lange wie möglich versteckt hielt, um die Aufmerksamkeit seines Gegners auf den erwarteten Auftritt zu konzentrieren. Michael begriff und konzentrierte sich auf die Frau mit dem Skizzenblock in der Hand und den Mann, der im Gras lag und in der Nachmittagssonne las.

Plötzlich war er da. Eine Minute vor drei tauchte der rothaarige Agent auf. Zuerst sah man nur seinen Kopf und seine Schultern, als er den Weg vom Gregorius-Tor heraufschritt und an dem lesenden Mann vorbeiging, ohne auf ihn zu achten. Irgend etwas war da seltsam, dachte Havelock, etwas an Ogilvie selbst. War es vielleicht sein zerknautschter und wie üblich schlecht sitzender Anzug, der zu groß für seine knochige Gestalt war? Was auch immer es war, Ogilvie kam ihm verändert vor – nicht das Gesicht; er war zu weit entfernt, als daß er es hätte deutlich sehen können. Es war die Art, wie er ging, die Art, wie er seine Schultern hielt, als wäre der Hügel steiler, als er in Wirklichkeit war. Der Apatsche hatte sich seit Istanbul verändert; die zwei Jahre hatten ihm nicht gutgetan.

Als er den halbzerfallenen Marmorbogen erreichte, der den Eingang zur Laube bildete, verließ Michael sein Versteck hinter den wild gewachsenen Büschen und kroch schnell durch das Gras nach unten, bis er zum Fuß des Hügels gelangte. Er sah auf die Uhr; er hatte fast zwei Minuten gebraucht.

Die Frau war jetzt über ihm, etwa hundert Meter entfernt, mitten in dem Feld rechts unterhalb von Domitians Laube. Er konnte sie nicht sehen; sie hatte ihren Standort geschickt gewählt. Er robbte auf Händen und Knien den Abhang hinauf, schob die Grashalme vor sich auseinander und lauschte auf unerwartete Stimmen. Aber da waren keine.

Er erreichte den Hügelkamm. Die Frau war unmittelbar vor ihm, höchstens zwanzig Meter entfernt, sie stand immer noch auf der ersten Stufe der sich sanft windenden weißen Treppe, die zu dem antiken Marmorbad hinunterführte. Sie hielt den Skizzenblock vor sich, aber ihr Blick ruhte nicht darauf. Vielmehr starrte sie gebannt zum Eingang der Laube hinüber, bereit, sich sofort zu bewegen. Und dann bemerkte Havelock, daß die rechte Hand der Frau unter ihrer Jacke verborgen war und ohne Frage eine Pistole hielt. Michael hatte Angst vor der Waffe, aber den Minisender fürchtete er mehr. Jetzt mußte er sich beeilen. Unterhalb des Hügelkamms arbeitete er sich auf die steinerne Wasserrinne zu, die zur Quelle des römischen Bads führte. Aus den Steinsprüngen wucherte Unkraut, das den ganzen Graben bedeckte, so daß er wie ein riesiger häßlicher Tausendfüßler aussah. Havelock schob sich auf dem Bauch durch den marmorgesäumten Graben. Dreißig Sekunden später hatte er das kreisförmige Becken erreicht, in dem sich vor Jahrhunderten Kaiser und Kurtisanen getummelt hatten. Zwei Meter über ihm – acht Stufen weit entfernt – stand die Frau, deren Funktion es war, ihn zu töten, falls ihr Auftraggeber dazu nicht in der Lage sein sollte. Sie kehrte ihm den Rücken zu und hatte die kräftigen Beine in den Boden gestemmt. Er sah sich die Überreste der Marmortreppe genauer an; sie wirkte zerbrechlich, und an der zweiten Stufe war ein dreißig Zentimeter hohes Eisengitter angebracht, das die Besucher daran hintern sollte, weiter nach unten zu steigen. Ein Tritt auf eine beliebige Treppenstufe würde den Stein brechen lassen und ihn verraten. Aber wenn das Geräusch von einem kräftigen Schlag begleitet war, dann würde die daraus resultierende Verwirrung – und wäre sie auch noch so kurz – ausreichen, die benötigten Sekundenbruchteile zu gewinnen. Bei dem Gedanken, wie wenig Zeit ihm zur Verfügung stand, wurde ihm noch klarer, daß er schnell entscheiden und handeln mußte. Jede Minute, die jetzt verstrich, würde Ogilvie in Domitians Laube noch mehr beunruhigen.

Lautlos tastete er mit den Händen im dichten Unkraut herum, bis seine Finger einen harten Gegenstand mit kantigen Ecken spürten: einen Marmorstein. Er ergriff ihn mit der rechten Hand und zog mit der linken die spanische Llama aus seinem Gürtel, die er dem Möchtegern-Mafioso in Civitavecchia abgenommen hatte. Vor langer Zeit hatte er gelernt, mit der linken Hand ebensogut wie mit der rechten zu schießen; das war zu seinem Schutz notwendig. Jetzt würde diese Fähigkeit ihm nutzen. Wenn seine Taktik versagte, würde er die Frau töten, die die Gegenseite dazu bestimmt hatte, seinen Tod am Palatin zu garantieren. Aber die Pistole wollte er nur im äußersten Notfall gebrauchen. Schließlich wollte er sein Rendezvous in Domitians Laube einhalten.

Er duckte sich langsam und schob ein Bein vor, bereit zu springen. Sein rechter Arm wanderte nach hinten, jetzt bog er den Ellbogen über dem Kopf, hielt das schwere, kantige Marmorstück in der Hand. Die muskulöse Frau mit den kräftigen Waden war weniger als eineinhalb Meter von ihm entfernt, direkt über ihm. Er schleuderte den schweren Marmorbrocken auf die breite Fläche zwischen ihren Schultern, warf mit aller Kraft, deren er fähig war.

Der kantige Stein traf sie am Halsansatz, und sofort rötete sich ihr dunkles Haar mit Blut. Havelock machte einen Satz nach vorn, packte ihr Jackett an der Taille und zog sie über den kleinen Eisenzaun, während er seinen linken Unterarm gegen ihren Mund preßte und ihren Schrei erstickte. Als sie zusammen in die marmorbedeckte Grube stürzten, drehte Michael die Frau im Fallen halb herum. Jetzt prallten sie auf den harten Untergrund. Er rammte ihr das Knie in die Brust und bohrte ihr den Lauf der Llama in den Hals.

»Hören Sie zu!« flüsterte er heiser, weil er wußte, daß weder die

Botschaft noch Ogilvie jemand mit einem so wichtigen Auftrag betrauen würden, der nicht fließend Englisch sprach und damit die Garantie bot, daß jeder Befehl aufs Wort verstanden wurde. »Nehmen Sie Ihr Sprechfunkgerät und sagen Sie Ihrem Freund, er soll so schnell wie möglich hierherkommen. Es sei etwas schiefgegangen. Er soll durch das Gehölz unterhalb des Laubenganges gehen. Sie wollen nicht, daß der Amerikaner ihn sieht.«

»*Cosa dice*?«

»Sie haben mich genau verstanden. Tun Sie, was ich sage. Erzählen Sie, Sie glaubten, man hätte sie beide hereingelegt. *Prudente! Io parlo italiano! Capisci*?« fügte Havelock hinzu und verstärkte den Druck mit dem Knie und dem Pistolenlauf. »*Presto!*«

Die Frau schnitt eine Grimasse, sog mit zusammengebissenen Zähnen die Luft ein, und ihr breites, maskulin wirkendes Gesicht war gespannt wie das einer angriffslustigen Kobra, die jemand mit der Schlangengabel gefangen hat. Während Michael sein Knie zurückzog, hob sie langsam die rechte Hand an ihr Revers und klappte es um, so daß ein transitorisiertes Mikrofon in Gestalt eines dicken Knopfes sichtbar wurde. Der Knopf hatte in der Mitte einen kleinen flachen Schalter, den sie jetzt drückte. Ein kurzes Summen ertönte, dann sprach sie.

»*Trifoglio, trifolgio*«, sagte sie hastig, um sich zu identifizieren. »*Ascolta? C'è un' emergenza...!*« Sie führte Michaels Befehl durch, und die Eindringlichkeit ihrer Stimme vermittelte das Panikgefühl, das sie erfaßt hatte, während die Llama sich noch tiefer in ihren Hals bohrte. Die Antwort kam mit metallisch klingender Stimme.

»*Che avete?*«

»*Sbrigatevi!*«

»*Arrivo!*«

Havelock drückte die Frau auf die Knie und riß ihr Jackett auseinander. Über ihrer Hüfte hielt ein breiter Gürtel ein ungewöhnlich langes Halfter, aus dem der Griff einer schweren Magnum-Automatic ragte. Das übergroße Lederfutteral diente einem durchlöcherten Zylinder, der am Lauf befestigt war: einem Schalldämpfer. Die Frau war tatsächlich ein Profi. Michael nahm ihr schnell die häßliche Waffe ab und schob sie sich unter den Gürtel. Dann zerrte er die Frau in die Höhe und stieß sie unsanft gegen die Treppe, zwang sie auf die zweite Stufe, so daß sie beide zwischen den Sprossen des kleinen Eisenzauns über den Rand des antiken Bades sehen konnten. Er war hinter ihr, die Llama preßte sich gegen ihre Schläfe, sein linker Arm umfaßte ihren Hals. In wenigen Sekunden sah er die Gestalt ihres Begleiters, der geduckt durch das Blattwerk unter der Laube rannte. Das reichte. Ohne Warnung zog er den linken Arm zu sich heran und schnürte der Frau die Kehle zu. Ihr

Körper erschlaffte; sie würde bewußtlos bleiben, bis es auf dem Palatin dunkel wurde. Er wollte sie nicht töten. Sie sollte ihre Geschichte den Patrioten berichten, die sie angeheuert hatten. Er löste die Umklammerung, und sie glitt schlaff in die von Unkraut überwucherte Grube. Er wartete.

Der Mann trat vorsichtig hervor, die Hand unter dem Tweedjackett, so wie die Frau noch vor Minuten die Hand unter ihrer Gabardinejacke verborgen hatte. Die Minuten verstrichen zu schnell, die vereinbarte Zeitspanne war schon zur Hälfte vorüber. Allmählich mußte der Killer, den Washington geschickt hatte, unruhig werden. Wenn er die Laube verließ, würde er merken, daß seine Posten nicht mehr da waren, daß er die Kontrolle über die Lage verloren hatte; und dann würde er fliehen. Dazu durfte es nicht kommen!

»*Trifolgio, trifoglio!*« raunte Michael, als der Italiener auftauchte, und warf ein paar Steine, die er vom Boden aufgehoben hatte, über die Marmorbrüstung nach rechts zum gegenüberliegenden Ende der kreisförmigen Vertiefung.

Der Mann fing zu rennen an, als er das Codewort hörte. Havelock schob sich nach links, duckte sich auf der dritten Stufe nieder, die Hand an einer Zaunsprosse, mit den Füßen dauernd die Festigkeit des Gesteins prüfend; es *mußte* ihn tragen.

Das tat es. Er schnellte empor, als der Italiener die Marmorbrüstung erreichte, und erschreckte den Mann dabei so, daß der Killer einen Augenblick lang wie gelähmt war. Michael warf sich nach vorne und schlug dem Italiener die Llama ins Gesicht, zerschmetterte dabei Kiefer und Zähne. Blut schoß aus dem Mund und besudelte sein gestreiftes Hemd und die Tweedjacke. Der Mann brach zusammen; Havelock packte ihn, drehte ihn herum und warf ihn über den Rand des idyllischen Bades eines schon lange zu Staub gewordenen Kaisers. Der Italiener stürzte in die Tiefe; unten lag er reglos da, unter sich die bewußtlose Frau. Sein blutiger Kopf ruhte auf ihrem Bauch. Auch er würde eine Geschichte zu erzählen haben, dachte Michael. Es war wichtig, daß die Strategen in Washington sie hörten, denn wenn er nicht in den nächsten paar Minuten das erfuhr, was er erfahren mußte, dann würde der Palatin nur der Anfang sein.

Havelock schob die Llama in die Innentasche seines Jacketts und verspürte dabei den Druck der schweren Magnum unter seinem Gürtel. Er würde beide Waffen behalten; die Llama war klein und leicht zu verbergen, während die Magnum mit dem festmontierten Schalldämpfer nützlich sein würde, wenn er lautlos arbeiten mußte.

Während ihn diese Gedanken beschäftigten, überkam ihn das Gefühl tiefer Enttäuschung. Noch vor vierundzwanzig Stunden hatte er sich nicht vorstellen können, in seinem neuen Leben je wieder eine

Pistole in der Hand zu halten oder bei sich zu tragen. In Wahrheit verabscheute er Waffen, für ihn symbolisierten sie Furcht und Haß. Er hatte gelernt, sie zu beherrschen... um weiterzuleben, um andere Waffen zum Schweigen zu bringen – die Gewehre aus seiner Kindheit. Die frühen Tage, die schrecklichen Tage; in gewisser Weise hatte sich sein ganzes Leben um sie gedreht, das Leben, von dem er geglaubt hatte, es endlich abgeschlossen zu haben. Man mußte diesen Abschaum der Menschheit ausrotten und den Lebenden das Leben gewähren... die Killer von Lidice vernichten. Er hatte jenes Leben verlassen, aber *sie* gab es immer noch – in anderer Form. Und jetzt war auch er wieder zurückgekehrt.

Er knöpfte sein Jackett zu und näherte sich dem Eingang der Laube, wo der Mann wartete, der ihn töten wollte.

Instinktiv suchten seine Augen den Boden ab, und seine Füße mieden jeden Zweig, der unter seinem Tritt hätte zerbrechen und damit sein Kommen ankündigen können. Er erreichte die Mauer und bewegte sich lautlos an ihr entlang bis zur Öffnung. Vorsichtig zog er die Schlinggewächse vor seinem Gesicht weg und sah hinein. Ogilvie stand am anderen Ende des Plattenwegs, am Podest mit der Büste Domitians. Er rauchte eine Zigarette und betrachtete den Hügel zu seiner Rechten, denselben Hügel – die Stelle mit dem dichten Gebüsch –, hinter dem Michael sich vor neunzehn Minuten versteckt hatte.

Havelock bemerkte, daß Ogilvie sein zerknittertes, schlecht sitzendes Jackett zugeknöpft hatte. Es war kühl, aber nicht so kühl, daß man sich den schnellen Zugang zu einer Waffe versperren mußte. Dann musterte Michael das Gesicht des Apatschen; die Veränderung war erschreckend. Das Gesicht war bleich, blasser, als Havelock es je gesehen hatte. Die Furchen, die auch früher schon dagewesen waren, hatten sich jetzt tiefer in die Haut eingegraben, so wie die Risse in dem verblaßten Marmor der alten Säulen. Man brauchte kein Arzt zu sein, um zu wissen, daß Ogilvie ein kranker Mann war, und es bedurfte auch keiner medizinischen Diagnose, um zu erkennen, daß diese Krankheit bedrohlich war. Wenn er noch viel Kraft besaß, dann war sie ebenso verborgen wie die Waffe, die er bei sich trug.

Michael trat ein, darauf gefaßt, daß der ehemalige Agent eine plötzliche Bewegung machte. »Hallo, Red?« sagte er.

Ogilvie drehte seinen Kopf nur leicht und ließ damit erkennen, daß er Havelock schon vor der Begrüßung aus dem Augenwinkel wahrgenommen hatte. »Nett, Sie zu sehen, Navajo«, antwortete der Stratege.

»Lassen Sie den Navajo. Das ist nicht Istanbul.«

»Nein, das ist es nicht, aber dort habe ich Ihnen das Leben gerettet, nicht wahr?«

»Das stimmt, doch vorher hätte ich Ihretwegen bald ins Gras gebissen. Ich hab' Ihnen gesagt, daß die Brücke eine Falle sei, aber Sie, mein sogenannter Vorgesetzter – den haben Sie ja ziemlich rausgekehrt –, bestanden darauf, daß es nicht so war. Sie haben mich gerettet, weil ich Ihnen vor unserem Verbindungsmann auf der Mesrutiyet gesagt hatte, daß es sich um eine Falle handelte. Sonst hätte der Sie in seinem Bericht ans Kreuz geschlagen.«

»Jedenfalls habe ich Sie rausgeholt«, beharrte Ogilvie etwas verärgert, und sein bleiches Gesicht rötete sich. Dann riß er sich zusammen, lächelte schwach und zuckte die Achseln. »Zum Teufel, ist ja auch egal.«

»Nein, keineswegs. Ich glaube, Sie würden es riskieren, sich und Ihre Kinder in die Luft zu sprengen, bloß um sich zu rechtfertigen. Aber wie gesagt, Sie haben mich ja rausgeholt. Das war schneller, wenn auch nicht unbedingt sicherer, als in den Bosporus zu springen.«

»Sie hätten es nie geschafft.«

»Vielleicht, vielleicht auch nicht.«

Ogilvie warf seine Zigarette auf den Boden, zerdrückte sie mit der Fußspitze und trat vor. »Nicht die Kinder, Havelock. Mich schon, aber nicht die Kinder.«

»Also gut, nicht die Kinder.« Der Hinweis auf die Kinder – der unbedachte Hinweis – war Michael einen Augenblick lang peinlich. Er erinnerte sich, daß man Ogilvie die Kinder weggenommen hatte. Dieser plötzlich so alte Mann war mit seinen Haßgefühlen ganz allein.

»Reden wir«, sagte der Mann aus Washington und ging zu einer Marmorbank am Rand des Plattenwegs. »Setzen Sie sich… Michael. Oder Mike? Ich erinnere mich nicht.«

»Wie Sie wollen. Ich bleibe stehen.«

»Ich setze mich. Ich will Ihnen sagen, daß ich ziemlich fertig bin. Es ist eine weite Reise von Washington hierher, langer Flug. Ich kann in Flugzeugen nicht gut schlafen.«

»Sie sehen müde aus.«

Ogilvie blieb stehen und sah Havelock an. »Wie scharfsinnig«, sagte er und setzte sich. »Sagen Sie, Michael, sind *Sie* müde?«

»Ja«, meinte Havelock. »Der ganzen gottverdammten Lüge bin ich müde. All dessen, was geschehen ist. Was hier geschehen ist. Euch alle in euren sterilen weißen Büros mit eurer schmutzigen Fantasie habe ich satt. – Gott mag mir beistehen, ich habe auch einmal dazugehört. Was haben Sie sich eigentlich dabei gedacht? Warum haben Sie das getan?«

»Das ist eine sehr umfassende Anklage, Navajo.«

»Ich hab' Ihnen doch gesagt, Sie sollen diesen Scheißnamen nicht mehr benutzen. Und zu Ihrer Orientierung: Die Navajos waren zwar mit den Apatschen verwandt, aber im Gegensatz zu ihnen ein friedlicher Stamm. Der Name hat in Istanbul nicht gepaßt und paßt jetzt auch nicht.«

»Interessant; das habe ich nicht gewußt. Auf so was stößt wahrscheinlich nur jemand, der nach einer ziemlich qualvollen Kindheit in einem fremden Land eine neue Heimat gefunden hat. Ich meine, wenn man sich so mit der Geschichte beschäftigt, dann ist das auch eine Art, danke schön zu sagen, nicht wahr?«

»Ich weiß nicht, wovon Sie reden.«

»Doch, ganz sicher sogar. Ein kleiner Junge überlebt ein Massaker, sieht, wie seine Freunde und Nachbarn auf einem Acker mit Maschinengewehren niedergemäht und in Gräben geworfen werden. Als seine eigene Mutter nach weiß Gott wohin gebracht wird, weiß er, daß er sie nie wiedersehen wird. Dieser kleine Junge versteckt sich im Wald und hat nichts zu essen, außer dem, was er mit Fallen fangen oder stehlen kann, und er hat Angst, den Wald zu verlassen. Schließlich findet man ihn. Die nächsten Jahre verbringt er damit, mit Sprengstoff durch die Straßen zu laufen, den man ihm am Rücken befestigt hat. Überall ist der Feind, jeder einzelne könnte sein persönlicher Henker sein. Und all das macht er durch, bevor er zehn Jahre alt ist. Und als er zwölf ist, haben die Sowjets seinen Vater getötet... Herrgott, wenn ein solcher Junge endlich einen sicheren Zufluchtsort gefunden hat, wird er alles lernen, was er über seine neue Heimat lernen kann. Damit will er sich dafür bedanken, daß man ihn aufgenommen hat. Sind Sie nicht auch meiner Meinung... *Havliček?*«

Also war auch sein letztes Geheimnis nicht vor den Strategen sicher. Natürlich wußten sie es, das hätte er erkennen müssen; seine eigenen Aktionen hatten es ans Tageslicht gebracht. Die einzige Garantie, die man ihm gegeben hatte, war, daß seine persönliche Akte mit den authentischen Angaben nur auf höchster Ebene zugänglich sein würde, und auch nur dann, wenn nachweislich ein dringender Anlaß dafür bestand. Den niedrigeren Rängen würde man die Version vom britischen MI 6 präsentieren: eine slowakische Waise; die Eltern bei einem Bombenangriff auf Brighton ums Leben gekommen; für die Adoption und die Einwanderung freigegeben. Das war alles, was sie wissen mußten oder sollten. Vorher. Nicht jetzt.

»Das ist so nicht richtig.«

»Vielleicht doch«, sagte der ehemalige Agent und rutschte auf der Bank etwas zur Seite, während seine Hand sich unauffällig auf die Jackentasche zubewegte.

»Tun Sie das nicht.«

»Was?«

»Ihre Hand. Bleiben Sie weg von der Tasche.«

»Oh, Entschuldigung... Wie gesagt, all diese frühen Ereignisse *könnten* bedeutsam sein. Ein Mann kann in all den Jahren sehr viel verdauen; das wird immer mehr, verstehen Sie, was ich meine? Eines Tages schließlich fängt sein Kopf plötzlich an, ihm etwas vorzumachen, ohne daß er es merkt. Und dann geht er im Geiste zurück... weit zurück... zu der Zeit, wo ihm Dinge widerfahren sind – schreckliche Dinge. Und die Jahre und die Motive von Leuten, die er *damals* kannte, vermischen sich mit den Jahren und den Leuten, die er *jetzt* kennt. Er fängt an, die Gegenwart für all die schlimmen Dinge verantwortlich zu machen, die in der Vergangenheit geschahen. Das passiert vielen Leuten, die so leben, wie Sie und ich gelebt haben. Es ist nicht einmal ungewöhnlich.«

»Sind Sie fertig?« fragte Havelock barsch. »Denn ich...«

»Kommen Sie mit mir zurück, Michael«, unterbrach ihn der Mann aus Washington. »Sie brauchen Hilfe. Wir könnten Ihnen helfen.«

»Sie sind fünftausend Meilen gereist, um mir *das* zu sagen?« schrie Havelock. »Ist das etwa Ihre Erklärung?«

»Ganz ruhig. Nicht aufregen.«

»*Sie* bleiben ganz ruhig! *Sie* regen sich nicht auf, weil Sie jetzt einen kühlen Kopf brauchen werden, Sie und all die anderen! Ich werde hier in Rom anfangen und sie suchen, überall: in der Schweiz, in Deutschland... in Prag, Krakau, Warschau... bis nach Moskau werde ich reisen, wenn es sein muß! Und je mehr ich rede, desto schlimmer wird das Schlamassel sein, in das Sie hineingeraten, Sie alle! Wer, zum Teufel, sind Sie denn, um mir zu erklären, was in meinem Kopf los ist? Ich habe diese Frau gesehen. Sie lebt! Ich bin ihr nach Civitavecchia gefolgt, wo sie untergetaucht ist, aber ich habe herausgefunden, was Sie ihr gesagt haben, was Sie ihr angetan haben. Ich werde ihr folgen. Aber jeder Tag, den ich dafür brauche, wird Sie etwas kosten! Ich werde sofort anfangen, wenn ich hier weg bin, und Sie werden mich nicht aufhalten können. Hören Sie sich heute abend die Nachrichten an und lesen Sie die Morgenzeitungen. Es gibt hier einen verdienstvollen Verbindungsmann in Rom, einen Attaché, er gehört einer Minderheit an – gute Tarnung übrigens. Nur wird er seinen Wert *und* seinen Apparat verlieren, ehe die Sonne untergehen wird! Ihr Schweine! Für wen haltet ihr mich eigentlich?«

»Schon gut, schon gut!« meinte Ogilvie und hob besänftigend die Hände. »Sie haben schon eine Menge abgekriegt, aber Sie können doch nicht mir die Schuld dafür geben, daß ich es versuche. Das war mein Auftrag. ›Holen Sie ihn her, damit wir es ihm hier erklären können!‹ Das haben sie gesagt. ›Versuchen Sie, was Sie wollen, aber erzählen Sie nichts, nicht, solange er außer Landes ist.‹ Ich habe denen gesagt, daß es nicht so gehen wird. Ich habe verlangt, offen zu Ihnen zu sein; das wollten die nicht, aber ich habe keine Ruhe gegeben.«

»Dann reden Sie.«

»Okay, okay, ist schon gut.« Der Mann aus Washington atmete tief und schüttelte langsam den Kopf. »Herrgott, ist das ein Durcheinander.«

»Dann schaffen Sie Klarheit.«

Ogilvie blickte zu Michael auf und hob die Hand, als wolle er in eine Innentasche greifen. »Eine Zigarette, macht Ihnen das etwas aus?«

»Aber keine Dummheiten.«

Der Stratege zog sein Revers zurück, so daß man das Zigarettenpäckchen in seiner Hemdtasche sehen konnte. Havelock nickte; Ogilvie holte die Zigaretten und ein Streichholzbriefchen heraus. Er schüttelte eine Zigarette in seine rechte Hand und klappte den Deckel des Streichholzbriefchens auf; es war leer. »Scheiße«, murmelte er. »Haben Sie Feuer?«

Michael griff in die Tasche, holte Streichhölzer heraus und hielt sie dem Strategen hin. »Was Sie zu sagen haben, sollte recht einleuchtend sein...«

Ob es nun die leichte Bewegung des rothaarigen Kopfes unter ihm war oder die seltsame Haltung von Ogilvies rechter Hand oder ein Sonnenstrahl, der sich in der Cellophanhülle der Zigarettenpackung spiegelte, würde er nie erfahren, aber das Zusammenwirken dieser unerwarteten Faktoren machte ihm klar, daß die Falle zugeschnappt war. Sein linker Fuß schoß nach vorne, traf den rechten Arm des Strategen, warf ihn zurück, so daß Ogilvie von der Bank flog. Plötzlich war die Luft mit einer kreisförmigen wallenden Nebelwolke erfüllt. Michael warf sich neben den Plattenweg, hielt die Luft an, schloß die Augen und rollte auf dem Boden weiter, bis er gegen die alte Mauer stieß. Die Kapsel war in der Zigarettenpackung verborgen gewesen der beißende Geruch, der die Laube durchzog, verriet ihm, was die Kapsel enthalten hatte: ein Nervengas, das dem Opfer jede Kontrolle über seine Muskeln raubte, wenn es eingeatmet wurde. Die Wirkung hielt meistens eine Stunde, maximal drei Stunden, an. Das Gas wurde fast ausschließlich für Entführungen benutzt, ganz selten, wenn überhaupt, als Vorspiel zu einer Liquidierung.

Havelock schlug die Augen auf und richtete sich halb auf, er kniete jetzt und schützte sich an der Mauer. Hinter der Marmorbank schlug der Mann aus Washington um sich, hustete, versuchte aufzustehen, schien von Krämpfen geschüttelt zu werden. Er hatte ein wenig von dem Gas abbekommen, genug, um für einen Augenblick kampfunfähig zu sein. Aber lange würde die Behinderung nicht anhalten.

Michael erhob sich und sah zu, wie sich die blaugraue Wolke in der Luft über dem Palatin auflöste und wartete ab, bis der Wind auch die letzten Reste weggeweht hatte. Er knöpfte sein Jackett auf und spürte die Hautabschürfungen und Druckstellen, die ihm die Magnum unter seinem Gürtel zugefügt hatte, als er sich zu Boden geworfen hatte. Er holte die Waffe mit dem dicken, durchlöcherten Zylinder am Lauf heraus und ging etwas unsicher über das Gras auf Ogilvie zu. Dem rothaarigen Mann bereitete das Atmen Schwierigkeiten, aber sein Blick war klar; er stellte seine Bemühungen ein, sich aufzurichten, und starrte zuerst Havelock, dann die Pistole an, die Michael in der Hand hielt.

»Nur zu, Navajo«, sagte er mit einer Stimme, die kaum lauter als ein Flüstern war. »Sparen Sie mir die Mühe.«

»Das habe ich mir gedacht«, erwiderte Havelock und blickte in das hagere, von Furchen durchzogene Gesicht des ehemaligen Agenten, dem die kalkige Blässe des Todes anhaftete.

»Denken Sie nicht. Schießen Sie.«

»Warum sollte ich? Es leichter machen, meine ich. Oder schwerer, was das betrifft. Sie sind nicht hergekommen, um mich zu töten, um mich zu holen. Sie haben überhaupt keine Antworten auf meine Fragen.«

»Ich habe sie Ihnen gegeben.«

»Wann?«

»Vor ein paar Minuten... *Havliček*. Der Krieg. Die Tschechoslowakei. Prag. Ihr Vater, Ihre Mutter. Lidice. All die Dinge, die nicht richtig sind.«

»Wovon, zum Teufel, *reden* Sie?«

»Sie sind krank im Kopf, Navajo. Ich lüge da nicht...«

»Was?«

»Sie haben die Karras nicht gesehen. Sie ist tot.«

»Sie lebt!« schrie Michael und packte Ogilvie am Revers seiner zerknautschen Jacke. »Verdammt noch mal, sie hat *mich* gesehen! Sie ist vor *mir* weggerannt!«

»Nein«, sagte Ogilvie und schüttelte fast traurig den Kopf. »Sie waren nicht der einzige an der Costa Brava, da war noch jemand. Wir haben seinen Bericht; er hat Beweise gebracht... Fetzen ihrer Kleidung, Blut der richtigen Blutgruppe. Sie ist an der Costa Brava umgekommen!«

»Das ist eine Lüge! Ich war die ganze Nacht dort. Ich bin zur Straße hinuntergegangen, zum Strand. Dort waren keine Kleidungsstücke; sie ist weggerannt, keiner hat sie angerührt, erst nachdem sie tot war, nachdem die Kugeln sie getroffen hatten. Wer auch immer diese Frau war, ihre Leiche ist unversehrt weggeschleppt worden, da war nichts zerrissen, da blieb nichts am Strand zurück. Wie könnte es auch? Und warum? Dieser Bericht ist eine Lüge!«

Der Stratege lag reglos da, und sein Blick bohrte sich in Havelocks Augen, sein Atem ging jetzt gleichmäßiger. Es war offensichtlich, daß er fieberhaft überlegte. »Es war dunkel«, sagte er monoton. »Sie konnten das nicht feststellen.«

»Als ich zum Strand hinunterging, war die Sonne aufgegangen.«

Ogilvie zuckte zusammen. Ein brennender Schmerz schoß durch seine Brust, seinen Arm hinunter. »Der Mann, der den Bericht geliefert hat, ist drei Wochen später an einem Herzinfarkt gestorben«, sagte der Stratege, und seine Stimme war kaum mehr als ein angestrengtes Flüstern. »Er ist auf einem Segelboot im Chesapeake gestorben... Wenn Sie wirklich recht haben, dann gibt es in Washington ein Problem, von dem weder Sie noch ich etwas wissen. Helfen Sie mir. Wir müssen nach Palombara.«

»Gehen Sie nach Palombara. Ich komme nicht mit, solange ich keine Antwort habe. Das habe ich Ihnen gesagt.«

»Das müssen Sie! Weil Sie nämlich ohne mich hier nicht herauskommen; das ist so sicher wie das Amen in der Kirche.«

»Sie haben nachgelassen, Apatsche. Diese Magnum habe ich dem hübschen Kind weggenommen, das Sie angeheuert haben. Übrigens, ihr *gumbar* ist auch bei ihr, beide ruhen sich in dem alten Marmorbecken aus.«

»Nicht die beiden meine ich. Ihn!« Der Mann aus Washington schien plötzlich beunruhigt. Er stemmte sich auf die Ellbogen und drehte den Hals. Dann kniff er die Augen zusammen und suchte den Hügel oberhalb der Laube ab. »Er wartet dort draußen und beobachtet uns«, flüsterte er. »Nehmen Sie die Kanone herunter! Schnell!«

»Wer? Warum? Wozu?«

»Um Himmels willen, tun Sie, was ich sage! Schnell!«

Michael schüttelte den Kopf und richtete sich auf. »Sie sind voller mieser Tricks, Red, aber Sie sind zu lange aus dem Geschäft. Sie haben den gleichen Gestank an sich, den ich vom Potomac bis hierher riechen kann...«

»Nicht! Nein!« schrie der ehemalige Agent, die vor Angst geweiteten Augen auf den höchsten Punkt des Hügels gerichtet. Und dann schnellte er plötzlich in die Höhe, packte Havelock am Jackett und zog ihn zur Seite.

Michael hob die Magnum und wollte damit gerade nach Ogilvie schlagen, als das knackende Geräusch kam, dann noch einmal, zwei Laute wie ein halbersticktes Husten. Der rothaarige Agent stöhnte und stieß hörbar den Atem aus und fiel schlaff rückwärts ins Gras. Seine Kehle war aufgerissen; er war tot, hatte eine Kugel aufgehalten, die für einen anderen bestimmt war.

Havelock warf sich gegen die Mauer; drei weitere Schüsse fielen, rings um ihn zersplitterten Steine. Er rannte ans Ende der Mauer, die Magnum schußbereit, und spähte durch eine Ritze im Stein hinaus.

Stille.

Ein Arm. Eine Schulter. Hinter einem Busch. *Jetzt*. Er zielte sorgfältig und gab schnell hintereinander vier Schüsse ab. Eine blutige Hand fuhr in die Höhe, gleich darauf war eine Schulter zu sehen. Dann sprang die Gestalt eines verwundeten Mannes aus dem Blattwerk heraus und rannte hinkend über den Hügelkamm. Aber die Beine konnten den verletzten Körper nicht so schnell davontragen, wie das Auge des Beobachters ihn erfassen konnte. Das Haar des Flüchtenden war kurz geschoren und schwarz, und die Haut am Nacken tiefbraun. Der Mann, der Ogilvie auf dem Palatin getötet hatte, war der Verbindungsmann in Rom, zuständig für den Nordsektor des Mittelmeers. Hatte er im Zorn oder aus Furcht den Abzug betätigt, oder hatte beides ihn gesteuert. Besorgnis und Wut darüber, daß seine Tarnung und sein Netz auffliegen sollten? Oder hatte er nur cool einen Befehl ausgeführt?

Havelock drehte sich um und lehnte sich gegen die Mauer, erschöpft, verängstigt. Er kam sich ebenso verletzlich vor wie... wie damals in der schrecklichen Zeit. Er blickte auf Red Ogilvie hinunter – John Philip Ogilvie, wenn er sich richtig erinnerte. Minuten zuvor war er noch ein sterbender Mann gewesen, jetzt war er ein toter Mann. Der Apatsche wollte den Navajo nicht erledigen, sondern ihn retten. Aber bei den Strategen in Washington fand man keine Rettung. Sie waren von Lügnern programmiert worden. Lügner hatten die Kontrolle.

Warum? Zu welchem Zweck?

Keine Zeit. Er mußte Italien verlasen und zur Grenze am Col des Moulinets, und wenn er dort keinen Erfolg hatte, nach Paris.

Zu Jenna. Jetzt mehr denn je.

10

Die zwei Telefongespräche aus zwei verschiedenen Zellen im überfüllten Leonardo-da-Vinci-Flughafen nahmen insgesamt siebenundvierzig Minuten in Anspruch. Das erste galt dem Büro des *direttore* von Roms *Amministrazione di Sicurezza*, Italiens Abwehrzentrale gegen feindliche Geheimdienstoperationen. Nach ein paar kurzen, gezielten Hinweisen auf Geheimdienstoperationen, die einige Jahre zurücklagen, gelang es Havelock, ohne sich zu identifizieren, mit dem Verwaltungsassistenten des Direktors verbunden zu werden. Er redete mit dem Mann weniger als eine Minute und legte auf, ohne eine Antwort abzuwarten, nachdem er gesagt hatte, was er sagen mußte.

Der zweite Anruf, von einer Zelle am gegenüberliegenden Ende des Terminals geführt, galt der Redaktion des *Il Progresso*. Diese Tageszeitung war amerikanisch eingestellt. Angesichts des Themas, das Havelock andeutete, war es weit weniger schwierig, die Neugier eines politischen Redakteurs zu erwecken.

Als der Journalist Michael unterbrach, um ihn um seinen Namen zu bitten und eine nähere Erklärung zu verlangen, erwiderte Havelock, er solle sich mit dem Verwaltungsassistenten des *direttore* der *Amministrazione di Sicurezza* in Verbindung setzen. Und dann gab er dem eine heiße Story witternden Zeitungsmann den Rat, die Botschaft der Vereinigten Staaten während der nächsten zweiundsiebzig Stunden zu beobachten und dabei besonders auf die in Frage kommende Person zu achten.

»*Mezzani!*« fluchte der Redakteur.

»*Addio*«, sagte Michael und legte den Hörer auf.

Lieutenant Colonel Lawrence Baylor-Brown, diplomatischer Attaché, war arbeitslos. Der Verbindungsmann war erledigt, sein Netz unbrauchbar. Es würde Monate, vielleicht sogar ein Jahr dauern, es wieder aufzubauen. Und gleichgültig, wie ernsthaft seine Verwundung auch war, Baylor würde jedenfalls binnen Stunden aus Rom ausgeflogen werden, um den Tod eines rothaarigen Mannes am Palatin zu erklären.

Die erste Flugschleuse war geöffnet worden. Andere würden folgen.

Jeder Tag wird euch teuer zu stehen kommen.

Es war ihm bitterernst. Diese Bastarde!

»Ich bin froh, daß Sie hierher gekommen sind«, sagte Daniel Stern und schloß die Tür des weißen, fensterlosen Raums im vierten Stock des State Department. Die zwei Männer, die er angesprochen hatte, saßen am Konferenztisch: Psychiater Dr. Paul Miller blätterte in seinen Notizen, während der Anwalt namens Dawson geistesabwesend zur Wand starrte, wobei seine Hand auf einem großformatigen gelben Block ruhte.

»Ich war gerade im Walter-Reed-Hospital und habe Baylor verhört. Alles bestätigt. Er ist ein Soldat, den man fertiggemacht hat, physisch wie psychisch. Aber er hält sich tapfer; ein guter Mann.«

»Keine Abweichungen von dem ursprünglichen Bericht?« fragte der Anwalt.

»Nichts Wesentliches; er war schon beim ersten Mal sehr gründlich. Die Kapsel war in Ogilvies Zigarettenpackung versteckt, eine Cobalomin-Phospor-Verbindung, die von einer CO_2-Patrone ausgestoßen wird.«

»Das hat Red also gemeint, als er uns sagte, er würde Havelock schnappen, wenn er ihn in Reichweite bekäme«, unterbrach Miller mit leiser Stimme.

»Beinahe hätte er es geschafft«, sagte Stern. Auf einem kleinen Tisch neben seinem Stuhl stand ein rotes Telefon; er legte einen Schalter an der Vorderseite des Instruments um und setzte sich. »Wenn man Baylor zuhört, ist das Ganze sehr viel lebendiger, als wenn man nur einen trockenen Bericht liest«, meinte der Leiter der Einsatzplanung und schwieg einen Augenblick. Die zwei Strategen warteten, weil sie spürten, daß er noch etwas sagen wolle. Schließlich fuhr Stern mit leiser Stimme fort: »Er ist ganz still, fast passiv, aber wenn man sich sein Gesicht ansieht, weiß man, wie tief seine Gefühle gehen.«

Dawson lehnte sich vor. »Haben Sie ihn gefragt, wie Havelock gewarnt wurde? Das stand nicht im Bericht.«

»Das stand deshalb nicht dort, weil er es nicht weiß. Havelock war offensichtlich bis zur letzten Sekunde arglos. Die beiden haben miteinander geredet, Ogilvie holte die Zigaretten aus der Tasche und bat wohl um Feuer. Havelock griff in die Tasche, um Streichhölzer herauszuholen, reichte sie Red, und dann ist es passiert. Plötzlich trat er zu, so daß Ogilvie von der Bank fiel und die Kapsel explodierte. Als der Rauch sich verzog, lag Red auf dem Boden, und Havelock stand mit einer Pistole in der Hand über ihm.«

»Warum hat Baylor in diesem Augenblick nicht geschossen?« Der Anwalt schien beunruhigt; es war seiner Stimme anzumerken.

»Unseretwegen«, erwiderte Stern. »Unser Auftrag war da ganz eindeutig. Havelock sollte lebend hierhergeschafft werden. Dieser Befehl durfte nur in äußerster Not mißachtet werden.«

»Er hätte es schaffen können«, sagte Dawson schnell, fast fragend. »Ich habe Browns ... Baylors ... Dienstakte gelesen. Er ist ein qualifizierter Waffenexperte. Es gibt sehr wenig, wofür er nicht qualifiziert ist. Er ist auch im taktischen Guerillakrieg ausgebildet. Sie brauchen bloß irgend etwas zu nennen, und Sie finden es mit Sicherheit in seiner Akte.«

»Er ist schwarz; er mußte gut sein. Das habe ich Ihnen ja gesagt. Worauf wollen Sie hinaus?«

»Er hätte Havelock in die Beine schießen können. Er und Ogilvie hätten ihn schnappen können.«

»Das setzt aber ziemliche Treffsicherheit auf eine Distanz von fünfundzwanzig bis dreißig Metern voraus.«

»Diese Entfernung entspricht ziemlich genau einem Pistolenschießstand. Havelock stand still, er war kein bewegtes Ziel. Haben Sie Brown danach gefragt?«

»Ich sah keinen Anlaß dazu. Er hat schon genug Probleme. Die eine Hand ist zerschossen. Was ihn womöglich seinen Job bei der Armee kostet. Meiner Ansicht nach hat er in einer kritischen Situation korrekt gehandelt. Er wartete, bis er sah, daß Havelock die Waffe auf Ogilvie richtete, und überzeugt war, daß Ogilvie keine Chance mehr hatte. Erst dann hat er gefeuert ... genau in dem Augenblick, als Ogilvie Havelock attackierte und dadurch die Kugel abbekam. Die Autopsie in Rom bestätigt Baylors Schilderung.«

»Die Verzögerung hat Red das Leben gekostet«, sagte Dawson, den die Antwort nicht befriedigte.

»Es verkürzt«, korrigierte der Arzt. »Um nicht sehr viel Jahre.«

»Das steht auch in dem Autopsiebericht«, fügte Stern hinzu.

»Unter den gegebenen Umständen mag das ziemlich gefühllos klingen«, sagte der Anwalt. »Wir haben seine Fähigkeiten einfach überschätzt.«

»Nein«, wandte Stern ein. »Wir haben Havelock unterschätzt. Was brauchen Sie denn noch? Seit der Geschichte auf dem Palatin sind drei Tage vergangen, und in diesen drei Tagen hat er einen Verbindungsmann arbeitslos gemacht, die Leute in Rom verunsichert – niemand will jetzt mehr für uns arbeiten – und ein Netz auffliegen lassen. Ferner hat er ein Telegramm über die Schweiz an den Vorsitzenden des Kongreß-Untersuchungsausschusses geschickt und Andeutungen auf Inkompetenz und Korruption des CIA in Amsterdam gemacht. Und heute morgen bekamen wir einen Anruf vom Chef der Sicherheitsabteilung des Weißen Hauses, der nicht genau weiß, ob er in Panik geraten oder wütend sein soll. Er hat ebenfalls ein Telegramm bekommen, in dem von einem sowjetischen Maulwurf die Rede ist, der im Umkreis des Präsidenten zu finden sei.«

»Das rührt von Havelocks Konfrontation mit Rostow in Athen her«, sagte Dawson nach einem Blick auf seinen Schreibblock. »Baylor hat das ebenfalls gemeldet.«

»Und Paul bezweifelt, daß dieses Gespräch je stattgefunden hat«, sagte Stern und sah Miller an.

»Fantasie und Realität«, warf der Psychiater ein. »Wenn sämtliche Informationen, die wir gesammelt haben, zutreffen, bewegt er sich zwischen beiden Zuständen hin und her und ist nicht imstande, zwischen ihnen zu unterscheiden. Aller Wahrscheinlichkeit nach gibt es in Amsterdam tatsächlich ein gewisses Maß an Unfähigkeit, vielleicht sogar Korruption in kleinerem Umfang. Andererseits halte ich es für undenkbar, daß ein sowjetischer Maulwurf in die Kreise des Präsidenten eindringen könnte.«

»Wir können hier Fehler machen und machen sie auch«, meinte Stern. »Ebensogut wie im Pentagon und, weiß Gott, beim CIA. Aber im Weißen Haus ist die Chance verdammt gering, daß diese Art von Fehlern begangen wird. Ich sage nicht, daß es nicht passieren kann oder nicht auch schon passiert ist, aber jeder, der dort zum engeren Kreis gehört, wird peinlich genau überprüft. Selbst die engsten Freunde des Präsidenten. Vielversprechende neue Leute werden so gründlich durchleuchtet, als wären sie Stalins Erben; das gehört schon seit siebenundvierzig zur Routine.« Wieder hielt der Direktor inne, ohne seinen Gedanken zu Ende zu führen. Sein Blick wanderte zu dem Stapel von Notizblättern, die der Psychiater vor sich liegen hatte. Dann fuhr er nachdenklich fort: »Havelock weiß, welche Knöpfe er drücken, an welche Leute er herantreten muß, und er kennt auch die richtigen Chiffren; selbst alte Chiffren haben noch ihre Wirkung. Er kann Panik erzeugen, weil das Ganze so authentisch wirkt ... Wie weit, meinen Sie, wird er gehen, Paul?«

»Darauf gibt es keine verläßliche Antwort, Daniel«, sagte der Psychiater besorgt und schüttelte den Kopf. »Ich kann da auch nicht viel mehr als vermuten.«

»Aber Sie sind darin versierter«, unterbrach ihn der Anwalt.

»Würden Sie gerne in eine Verhandlung gehen, ohne vorher den Fall untersucht zu haben?« fragte Miller.

»Nun, Sie haben immerhin eine detaillierte Akte.«

»Dann war mein Vergleich eben schlecht. Tut mir leid.«

»Wenn wir ihn nicht finden können, wie weit wird er dann gehen?« hakte Stern nach. »Wie lange haben wir noch Zeit, bevor er anfängt, Menschenleben zu kosten?«

»Das hat er doch schon«, meinte Dawson.

»Nicht aktiv«, widersprach Miller. »In diesem Fall hat er einen gewaltsamen Angriff auf sein eigenes Leben abgewehrt.«

»In welcher Hinsicht, Paul?«

»Ich sehe es so«, sagte der Psychiater und griff nach seinen Papieren, während er sich mit der anderen Hand die Brille zurechtschob. »Um eine Lieblingsformulierung von Ogilvie zu gebrauchen, ich behaupte ja nicht, daß es das Evangelium wäre. Aber es gibt da ein paar Dinge, die das etwas erhellen und die mich, um ehrlich zu sein, beunruhigen. Der Schlüssel liegt natürlich in dem, was zwischen Havelock und Ogilvie gesprochen wurde, aber da wir den Dialog nicht kennen, können wir nur nach Baylors detaillierter Schilderung der Szene vorgehen, nach den Bewegungen, die er sah. Ich habe es immer wieder gelesen, und dabei ist mir etwas aufgefallen, das mich verwundert. Bis zu dem Moment, als plötzlich Gewalt ausbrach, herrschte keine Feindseligkeit zwischen ihnen.«

»Feindseligkeit?« fragte Stern. »Ich weiß nicht, was das aus dem Mund eines Psychologen bedeutet, aber ich hoffe nur, es bedeutet nicht, daß sie nicht gestritten hätten, denn das haben sie. Baylor macht das ganz klar.«

»Natürlich haben sie gestritten. Es war eine Konfrontation. Havelock wiederholte die Drohungen mit wütender Stimme, die er schon früher gemacht hat. Aber dann hörte das Schreien auf; das mußte es. Sie hatten irgendeine Übereinkunft getroffen. Im Lichte dessen, was dann folgte, kann es nicht anders gewesen sein.«

»Im Lichte dessen, was folgte?« fragte Stern verwirrt. »Was dann folgte, war Ogilvies Falle. Das Diphenylamingas, die Explosion.«

»Es tut mir leid, aber Sie irren, Daniel. Es gab vorher schon einen

Rückzug. Erinnern Sie sich bitte. Von dem Augenblick, in dem Havelock sich zeigte, bis zu dem Moment an der Bank, als er nach Ogilvie trat, gab es keinerlei körperliche Gewalt, wurden keinerlei Waffen gezückt. Sie haben nur miteinander geredet. Dann die Zigaretten ... die Streichhölzer. Es ist einfach zu verdammt vernünftig.«

»Was meinen Sie damit?«

»Versetzen Sie sich in Havelocks Position. Der Zorn, den Sie empfinden, ist ungeheuer, Ihre Wut geschürt. Und ein Mann, den Sie für Ihren Freund halten, bittet Sie um Feuer. Was tun Sie?«

»Es ist doch nur ein Streichholz.«

»Schon richtig, nur ein Streichholz. Aber Sie sind in höchstem Maße angespannt und gereizt. Der Mann, den Sie vor sich sehen, hat an Ihnen den schlimmsten Verrat geübt, nämlich als persönlicher Freund; deshalb wird die Enttäuschung besonders tief empfunden. Das ist es, was ein Paranoiker, ein Schizophrener, in einer solchen Situation fühlt. Und jener Mann, jener Feind – selbst wenn er Ihnen versprochen hat, Ihnen alles zu sagen, was Sie hören wollen –, bittet Sie um Feuer. Wie reagieren Sie?«

»Ich würde es ihm geben.«

»Wie?«

»Nun, ich ...« Stern hielt inne und fixierte Miller mit bohrendem Blick. Nach einer Weile führte er seine Antwort zu Ende, ganz leise. »Ich würde es ihm hinwerfen.«

»Oder ihm sagen, er solle es vergessen, oder Sie würden einfach weiterreden. Aber ich glaube nicht, daß Sie ein Streichholzbriefchen aus der Tasche nehmen und es dem Mann geben würden, als wäre es einfach eine Gesprächspause und nicht eine Unterbrechung in einem sehr kritischen Moment. Nein, ich kann mir nicht vorstellen, daß Sie sich so verhalten würden. Niemand von uns würde so reagieren.«

»Wir wissen nicht, was Ogilvie zu ihm gesagt hat«, wandte Stern ein. »Er hätte ...«

»Eigentlich macht das doch keinen Unterschied«, unterbrach der Psychiater. »Um sein Verhaltensmuster geht es.«

»Und das verrät Ihnen ein Päckchen Streichhölzer?«

»Ja, weil es symptomatisch ist. Während der ganzen Konfrontation, mit Ausnahme eines einzigen Ausbruchs, fiel an Havelock das Fehlen jeglicher Aggressivität auf. Wenn Brown so genau berichtet, wie Sie das sagen – und ich vermute, daß er das tut, weil er unter den gegebenen Umständen ja eigentlich jede drohende Bewegung oder Geste übertreiben müßte –, hat Havelock außergewöhnliche Selbstkontrolle an den Tag gelegt ... ein sehr besonnenes Verhalten.«

»Und was schließen Sie daraus?« fragte Dawson und brach damit sein Schweigen. Er musterte Miller interessiert.

»Das weiß ich nicht genau«, sagte der Psychiater und erwiderte den starren Blick des Anwalts. »Aber ich weiß jedenfalls, daß es nicht zu dem Bild des Mannes paßt, mit dem wir glauben, es zu tun zu haben. Man könnte vielleicht sagen, da ist zuviel Vernunft und nicht genug Wahnsinn.«

»Obwohl er die Realität von seiner Fiktion nicht unterscheiden kann?« fuhr Dawson fort.

»Das hat hier nichts zu bedeuten. Seine Realität ist das Produkt seiner Erfahrung, seines alltäglichen Lebens. Nicht seiner Überzeugungen, die basieren im weitesten Sinne auf seinen Emotionen. Unter den Umständen, wie sie bei dem Zusammentreffen vorlagen, hätten sie seinen Sinn für die Realität verzerren und ihn dazu zwingen müssen, weniger zuzuhören und aggressiver aufzutreten... Er hat mir einfach zu viel zugehört.«

»Sie wissen, was Sie damit sagen, oder, Paul?« fragte der Anwalt.

»Ich weiß, was ich andeute, aufbauend auf den Fakten, die wir als völlig verläßlich akzeptiert haben... von Anfang an.«

»Daß der Mann auf dem Palatin vor drei Tagen nicht in das Bild paßt?« wollte Dawson wissen.

»*Vielleicht* nicht in das Bild paßt. Das sind alles keine absoluten Aussagen, nur ›gestützte‹ Vermutungen. Da ja niemand gehört hat, was er sagte, liegt jedenfalls in dem, was Brown uns geschildert hat, zuviel an rationaler Vernunft, als daß es in das Bild passen oder mich befriedigen würde.«

»Und dies Bild fußt wiederum auf Angaben, die wir für unwiderlegbar hielten«, schloß der Anwalt. »Um Ihre Worte zu gebrauchen: ›von Anfang an‹, seit der Episode an der Costa Brava.«

»Richtig. Aber stellen Sie sich vor, diese Information wäre falsch?«

»Unmöglich!« sagte Stern. »Diese Information ist durch ein Dutzend Siebe gefiltert worden und dann noch einmal durch zwanzig andere. Es gab einfach keine Chance eines Irrtums. Die Karras *war* KGB-Agentin; sie ist an der Costa Brava umgekommen.«

»Genau das hatten wir angenommen«, pflichtete der Psychiater ihm bei. »Und ich hoffe, daß es zutrifft, daß meine Vermutungen sich als unangemessene Reaktion auf eine ungenau beschriebene Szene herausstellen. Aber sollte das nicht zutreffen, sollte auch nur die entfernteste Möglichkeit bestehen, daß wir es nicht mit einem Psychopathen zu tun haben, sondern mit einem Mann, der die Wahrheit spricht, weil es die Wahrheit *ist*, dann werden wir mit etwas konfrontiert, woran ich überhaupt nicht zu denken wage.«

Die drei Männer verstummten, und jeder setzte sich selbst mit der Ungeheuerlichkeit dieser Möglichkeit auseinander. Schließlich brach Dawson das Schweigen.

»Wir müssen darüber nachdenken«, sagte der Anwalt.

»Schon der bloße Gedanke ist erschütternd«, fügte Stern hinzu. »Wir haben MacKenzies Bestätigung, und es *war* eine Bestätigung. Die zerrissenen Kleider, Teile einer Bluse, ein Rock: Die Sachen haben ihr gehört, das ist bewiesen. Und die Blutspuren der Gruppe A-negativ paßten auch zu ihr.«

»Und Steven MacKenzie ist drei Wochen später an einem Herzinfarkt gestorben«, unterbrach Miller. »Wir haben das überprüft, aber es löste sich einfach im Nichts auf.«

»Kommen Sie, Paul«, wandte Stern ein, »der Arzt in Maryland ist einer der angesehensten Mediziner an der Ostküste. Wie heißt er noch?... Randolph, Matthew Randolph. Er hat in der Mayo-Klinik gearbeitet und hat seine eigene Privatklinik. Man hat ihn ausführlich befragt.«

»Ich würde gerne noch einmal mit ihm sprechen.«

»Ich darf Sie erinnern«, beharrte Stern, »daß gerade MacKenzie die sauberste Akte hatte, die je beim CIA angelegt worden ist. Was Sie hier andeuten, ist unvorstellbar.«

»Das hat man vom Trojanischen Pferd auch gesagt«, meinte der Anwalt und wandte sich Miller zu, der die Brille abgenommen hatte. »Wir wollen die Sache ruhig weiter durchleuchten; gehen wir doch einmal davon aus, daß etwas dahintersteckt. Was meinen Sie, wird er jetzt tun?«

»Ich werde Ihnen sagen, was er nicht tun wird... wenn das Ganze überhaupt Substanz hat. Er wird nicht zurückkommen, und wir können ihn nicht mit irgendwelchen Tricks hereinlegen, weil er – rational – begreift, daß wir, ganz gleich, was geschehen ist, entweder in die Sache verwickelt sind oder nichts davon wissen, oder daß wir sie nicht im Griff haben. Man hat ihn angegriffen; jetzt wird er sich mit all den Mitteln verteidigen, die er in den sechzehn Jahren im Außendienst gelernt hat. Von nun an wird er völlig rücksichtslos sein, weil man ihn *tatsächlich* verraten hat.« Der Psychiater sah Stern zu. »Da haben Sie Ihre Antwort, Daniel... falls das Ganze Substanz hat. Seltsamerweise ist er jetzt in seine Jugendzeit zurückversetzt – die Maschinengewehre, Lidice, der Verrat. Er läuft durch die Straßen und überlegt sich, wer in der Menschenmenge wohl sein Henker sein mag.«

Das rote Telefon auf dem kleinen niedrigen Tischchen neben Stern gab einen scharfen, durchdringenden Ton von sich. Der Direktor griff nach dem Hörer, ohne den Blick von Miller zu wenden. »Ja?«

In den nächsten dreißig Sekunden ließ Stern nur hin und wieder ein zustimmendes Brummen vernehmen, während er zuhörte und auf die Notizen des Psychiaters starrte. »Bleiben Sie am Apparat«, sagte er schließlich und legte den Schalter um. »Das ist Rom. Sie haben einen

Mann in Civitavecchia gefunden; den Namen eines Schiffes. Es *könnte* das Mädchen sein. Oder ein sowjetisches Täuschungsmanöver. Das wäre durchaus möglich. Das war Browns Theorie, er hält immer noch an ihr fest... Der ursprüngliche Befehl bleibt bestehen. Wir müssen Havelock fassen, aber nicht erledigen. Und jetzt muß ich Sie etwas fragen, ganz besonders Sie, Paul. Ich weiß, daß Sie nichts von absoluten Aussagen halten.«

»Das ist die einzige absolute Aussage, die ich gelten lasse.«

»Wir sind von der Annahme ausgegangen, daß wir es mit einem Mann zu tun haben, der aus dem Gleichgewicht geraten ist, dessen Verfolgungswahn ihn dazu zwingen könnte, Dokumente und Berichte über frühere Operationen irgendwo zu deponieren und sie nach einem Hinweis irgendwelchen Dritten freizugeben. Ist das richtig?«

»Im Prinzip ja. So würde ein Schizophrener vorgehen, wobei ihn ebenso die Möglichkeit zur Rache befriedigt wie die Drohung selbst. Bedenken Sie bitte, daß die in Frage kommenden Dritten ohne Zweifel recht unerwünschte Elemente wären. Es handelt sich um ein zwanghaftes Verhalten, über das er keine Kontrolle hat. Er kann nie und nimmer gewinnen, nur die Vergeltung suchen, und darin liegt die Gefahr.«

»Würde sich ein Mensch im Vollbesitz seiner geistigen Kräfte auf ein solches Spiel einlassen?«

Der Psychiater überlegte einen Augenblick und griff sich dabei unwillkürlich an die Brille. »Nicht auf dieselbe Weise.«

»Wie meinen Sie das?«

»Würden Sie es tun?«

»Bitte, Paul!«

»Nein, ich meine das ganz ernst. Sie würde die Drohung viel mehr beschäftigen als die Rache. Sie wollen etwas; vielleicht spielt später auch Rache mit, aber das ist es nicht, was Sie im Augenblick beschäftigt. Sie wollen eine Antwort. Drohungen können dazu führen, daß Sie diese Antwort bekommen, aber wenn Sie riskierten, höchst suspekten Leuten brisante Informationen in die Hände zu spielen, würde das Ihre eigene Absicht durchkreuzen.«

»Was würde denn ein normaler Mensch tun?«

»Er würde wahrscheinlich denjenigen, die er bedroht, einen Hinweis zuspielen, was für Informationen er preiszugeben gedenkt. Und dann würde er an qualifizierte Dritte herantreten – Journalisten vielleicht oder Männer und Frauen, die an der Spitze von Organisationen stehen, die ganz offen Geheimdienstpraktiken anprangern. Und mit ihnen würde er sich arrangieren. So würde ein normal zurechnungsfähiger Mann vorgehen.«

»Es gibt keinerlei Beweise, daß Havelock etwas von der Art getan hat.«

»Die Sache auf dem Palatin liegt auch nur drei Tage zurück. Er hatte bislang keine Zeit, solche Dinge zu arrangieren.«

»Und das alles hängen Sie an diesen Streichhölzern auf. Nach Ihrer Meinung ist er geistig gesund, nicht wahr?«

»Ja, das glaube ich, und darauf wette ich. Ich hatte ihn als Psychopathen eingestuft – basierend auf dem, was wir an Fakten hatten –, und jetzt frage ich mich, ob wir uns da nicht gewaltig irren.«

»Wir sollten also akzeptieren, daß wir es mit einem Gesunden zu tun haben. Wie Sie schon sagten, er wird völlig rücksichtslos sein, viel gefährlicher als ein Schizophrener.«

»Ja«, sagte der Psychiater. »Von einem Mann, der aus dem Gleichgewicht geraten ist, kann man sich distanzieren; gegen Erpresser gibt es Mittel... und wir sollten bedenken, daß seit der Operation an der Costa Brava keine Erpresser an uns herangetreten sind. Aber legitime Interessen, und wären sie noch so fehlgeleitet, könnten außerordentlichen Schaden anrichten.«

»Wir würden Agenten verlieren, Informationen, Quellen. Jahrelange Arbeit wäre umsonst...«, ergänzte Stern und griff zum Telefon.

»Und wenn er tatsächlich gesund ist«, unterbrach ihn Dawson mit scharfer Stimme, »wenn es wirklich dieses Mädchen ist, deutet das doch auf ein viel tiefer gehendes Problem, nicht wahr? Ihre Schuld, ihr Tod, alles ist in Frage gestellt. Die unwiderlegbare Information, die durch zig Siebe gefiltert wurde, sieht plötzlich wie ein massives Täuschungsmanöver aus, und das an einer Stelle, wo es keine Täuschung geben dürfte. Das sind die Antworten, die Havelock will.«

»Wir kennen die Fragen«, erwiderte Stern leise, die Hand immer noch am Telefonschalter, »und wir können ihm die Antworten nicht geben. Wir können ihn nur daran hindern, Schaden anzurichten.« Stern verstummte einen Augenblick und sah unverwandt das Telefon an. »Als wir dieses Zimmer betraten, war das uns allen klar. Hier geht es nicht um Moral, sondern um ganz pragmatische Dinge.«

»Wenn Sie ihn für unrettbar halten«, fuhr der Anwalt leise, aber eindringlich fort, »kann ich Sie nicht unterstützen. Und zwar nicht aus ethischen Motiven, sondern aus sehr praktischen Erwägungen.«

Stern blickte auf. »Und die wären?«

»Wir brauchten ihn, um dem zweiten, tieferen Problem auf die Spur zu kommen. Wenn er nicht krank ist, gibt es eine Möglichkeit, die wir noch nicht ausprobiert haben, eine Möglichkeit, daß er auf uns hört. Wie Sie schon sagten, wir haben unterstellt, daß er aus dem Gleichgewicht geraten ist; das war die einzige vernünftige Annahme, die uns zur Verfügung stand. Aber wenn das nicht zutrifft, hört er vielleicht auf die Wahrheit.«

»Welche Wahrheit?«

»Ganz einfach die, daß wir nichts wissen. Gestehen wir ihm doch zu, daß er die Karras wirklich gesehen hat, daß sie lebt. Und dann sagen wir ihm, daß wir genauso an der Aufklärung interessiert sind wie er. Vielleicht sogar noch mehr.«

»Angenommen, wir können ihm das übermitteln, und er hört nicht auf uns, sondern verlangt nur die Antworten, die wir nicht geben können, und hält alles andere für einen Trick, um ihn in unsere Hände zu bekommen oder ihn zu beseitigen – was dann? Wir haben die Costa-Brava-Akten; in ihnen stehen die Namen aller Beteiligten. Kann er uns denn wirklich helfen? Andererseits wissen wir, welchen Schaden er anzurichten vermag, wie viele Menschenleben es kosten kann. Man wird sich alle Mühe geben, dem ursprünglichen Befehl Folge zu leisten, ihn lebend hierher zu schaffen. Aber die Möglichkeit, anderes zu entscheiden, muß man ihnen lassen.«

»Damit erklären Sie zugleich, daß er ein Verräter ist. Dann werden die ihn auf die geringste Provokation hin töten. Ich wiederhole: Ich kann Sie nicht unterstützen.«

Der Direktor blickte langsam zu dem Anwalt auf, seine müden Augen waren von Zweifel erfüllt. »Wenn wir so weit auseinander sind, dann ist es Zeit«, sagte er ruhig.

»Zeit wofür?« fragte Miller.

»Um nach oben zu gehen. Die Angelegenheit Matthias' Büro zu übergeben. Ich werde selbst hinaufgehen und berichten.« Stern legte den Schalter am Telefon um. »Rom? Tut mir leid, daß ich Sie warten ließ. Ich fürchte, es wird noch schlimmer werden. Halten Sie das Schiff unter Luftüberwachung, und schicken Sie Ihre Leute zum Col des Moulinets, sie sollen ihre Radiofrequenz auf Zerhacker schalten und Instruktionen abwarten. Wenn sie Ihre Befehle nicht bis zur Landung bekommen, sollen sie alle fünfzehn Minuten bei Ihnen rückfragen. Wir setzen uns so bald wie möglich mit Ihnen wieder in Verbindung, entweder ich oder jemand weiter oben. Wenn ich es nicht bin, lautet der Erkennungscode ›Ambiguity‹. Haben Sie das? ›Ambiguity‹. Das ist alles, Rom.« Stern legte den Hörer auf, kippte den Schalter um und erhob sich. »Ich tue das höchst ungern... besonders in diesem Augenblick«, sagte er. »Wir müssen tausend Augen haben, die alles sehen, alles wissen. Andere planen oder führen aus. Aber wir sind es, die die Entscheidungen treffen. Das ist unsere *Funktion*, verdammt.«

»Das ist nicht das erstemal, daß wir Hilfe brauchen«, sagte der Psychiater.

»Nur in taktischen Fragen, die Ogilvie nicht lösen konnte; nie wenn es um die Beurteilung der Lage ging«, erwiderte Stern.

»Sollen wir mitkommen?« fragte Miller.

»Nein, ich werde schon eine faire Darstellung liefern.«

»Daran habe ich nie gezweifelt«, meinte der Anwalt.

»Wir befinden uns in einem Wettlauf gegen die Uhr«, fuhr Stern fort. »Je weniger wir sind, desto weniger Fragen werden gestellt. Im übrigen gibt es ja ohnehin nur eine Frage, auf die es ankommt: zurechnungsfähig oder nicht? Noch zu retten oder nicht?«

Als Stern den Raum verlassen hatte, war auf den Gesichtern der beiden Strategen ein Gefühl von Erleichterung zu erkennen.

»Ist Ihnen eigentlich klar«, meinte Miller und drehte sich in seinem Stuhl herum, »daß zum erstenmal seit drei Jahren der Satz ›Ich kann Sie nicht unterstützen‹ fiel? Nicht nur ›Das glaube ich nicht‹ oder ›Da bin ich anderer Ansicht‹, sondern ›Ich kann Sie nicht unterstützen‹.«

»Das konnte ich auch nicht«, sagte Dawson. »Daniel ist ein Statistiker. Er sieht nur Zahlen und Summen, und daraus ergeben sich für ihn die Chancen. Er macht das, weiß Gott, auf brillante Weise; mit diesen Statistiken hat er Hunderten das Leben gerettet. Aber ich bin Anwalt; ich sehe Komplikationen, sehe Anklagevertreter, die gelähmt sind, weil das Gesetz sie daran hindert, ein Beweisstück mit einem andern in Verbindung zu bringen, obwohl das eigentlich zulässig sein müßte; Verbrecher, die über winzige Diskrepanzen im Beweismaterial empört sind, wo das einzig Empörende doch die Verbrechen sind. All das habe ich erlebt, Paul, und es gibt Zeiten, wo die Chancen einfach nicht aus den Zahlen hervorgehen, sondern aus Dingen, die man im Augenblick nicht wahrnehmen kann.«

»Seltsam, nicht wahr? Die Unterschiede zwischen uns, meine ich. Daniel sieht Zahlen, Sie sehen Komplikationen, und ich erkenne Verhaltensmuster, die mir Winzigkeiten verraten.«

»Sie denken an das Streichholzbriefchen?«

»Ja.« Der Psychiater blickte dem Anwalt in die Augen. »Ich glaube an diese Streichhölzer. Ich glaube an das, was wir aus ihnen herausgelesen haben.«

»Ich auch. Zumindest an die Möglichkeit, daß es so sein könnte. Das ist ja die Komplikation, ›Boß‹ – wie Ogilvie sagen würde. Wenn Havelock tatsächlich voll zurechnungsfähig ist, dann ist alles, was er sagt, wahr. Dann müssen die Beweisstücke, die die Schuld der Frau untermauern, in unseren Labors gefälscht worden sein. Das Mädchen lebt und ist auf der Flucht. Rostow in Athen – ein Köder, der aus unbekannten Gründen nicht in die Lubjanka geschafft wurde... lauter Rätsel, Doktor. Wir brauchen Michael Havelock, damit er uns hilft, dieses Geflecht zu entwirren. *Wenn* es geschehen ist – was auch immer es sein mag –, macht es mir angst.« Dawson schob abrupt seinen Sessel zurück und stand auf. »Ich muß ins Büro zurück. Ich werde eine Nachricht für Stern hinterlassen; vielleicht will er rüberkommen und reden. Wie steht es mit Ihnen?«

»Was? O nein, danke«, antwortete Miller geistesabwesend. »Ich habe um halb sechs einen Termin im Marinekrankenhaus Bethesda.« Der Psychiater blickte auf. »Es ist wirklich beängstigend, nicht wahr?«

»Ja, Paul, sehr.«

»Wir haben das Richtige getan. Niemand in Matthias' Abteilung wird entscheiden, daß Mikhail Havliček abgeschrieben ist.«

»Ich weiß. Ich habe darauf gebaut.«

Stern, der Operationsleiter, verließ das Büro im vierten Stock des Außenministeriums und schloß die Tür leise und fest hinter sich. Nun ruhte die Verantwortung auf mehreren Schultern. Der Mann, der sie nun mit ihm trug und unter der Codebezeichnung ›Ambiguity‹ mit Rom Verbindung aufnehmen und die Entscheidung treffen würde, war sorgfältig ausgewählt. Er gehörte zu Matthias' engsten Vertrauten. Er würde alle Alternativen durchdenken, ehe er die Entscheidung traf – ohne Zweifel nicht allein.

Der Fall war eindeutig: Wenn Havelock zurechnungsfähig war und die Wahrheit sprach, war er imstande, außergewöhnlichen Schaden anzurichten, weil man ihn verraten hatte. Dann mußten seine Verräter hier in Washington zu finden sein und eine Verschwörung unvorstellbaren Ausmaßes inszeniert haben. Sollte man ihn also sofort für vogelfrei erklären, auf daß sein Tod den großen Schaden verhinderte, den er dem CIA in ganz Europa zufügen konnte? Oder sollte man den Befehl für seine Exekution aufschieben, in der Hoffnung, etwas könnte geschehen, das einen Mann wieder versöhnte, der ein unschuldiges Opfer in den Augen jener war, die ihn nie verraten würden?

Am Col des Moulinets war die Chance, die Frau zu finden und sie Havelock zu bringen, sich mit ihm zu verbünden. Aber wenn es nicht Jenna Karras war, sondern das Ganze ein sowjetisches Intrigenspiel, wenn sie nur mehr als eine tödliche Marionette existierte, dazu bestimmt, einen Mann in den Wahnsinn und in den Verrat zu treiben – was dann? Oder wenn sie noch lebte und man sie nicht finden oder dingfest machen konnte, würde Mikhail Havliček, Opfer, Überlebender von Lidice, dann auf sie hören? Oder würde er den Verrat dort vermuten, wo gar keiner war? Konnte man den Aufschub dann rechtfertigen? Wohl kaum, wenn man an die Agenten dachte, die seinetwegen in Rußland auffliegen würden. Und wenn dies die Antwort war, dann lag die Möglichkeit, die Wahrscheinlichkeit nahe, daß ein Mann sterben müßte, weil er recht hatte.

Das war die ehrliche Antwort. Die Statistiken sprachen dafür. Aber dies gehörte zum Machtbereich von Anthony Matthias. Würden sie es hier auch so sehen? ... Aller Wahrscheinlichkeit nach nicht, das wußte Stern. Die Angst würde den Staatssekretär, mit dem er gesprochen hatte, dazu veranlassen, Matthias zu erreichen, und der Außenminister würde zögern.

Und der Mensch Daniel Stern – nicht der Funktionär – hatte Verständnis dafür. Ein Mann durfte nicht sterben, nur weil er recht hatte, weil er zurechnungsfähig war. Und doch hatte er sich beruflich abgesichert. Er wüßte schon seinen Tod zu rechtfertigen, falls es dazu kommen sollte.

Und in einer Beziehung hatte er Glück gehabt, dachte er, als er zur Tür seines Vorzimmers ging. Das Problem hätte er keinem faireren, klügeren Mann vorlegen können als Arthur Pierce, dem Staatssekretär. Er war nicht jeden Tag in Washington, sondern häufiger in New York, wo er bei den Vereinten Nationen Leiter des Verbindungsstabs zwischen dem Botschafter und dem State Department war, eine Position, die Anthony Matthias geschaffen hatte, der wußte, was er tat. Nach angemessener Zeit würde Arthur Pierce zum UN-Botschafter ernannt werden und damit nicht nur für seine hervorragende Intelligenz, sondern auch für seine Anständigkeit belohnt werden.

Und Anstand war jetzt, weiß Gott, gefragt. Aber war das wirklich so? fragte sich Stern und erschrak bei dem Gedanken. *Die einzige Moral hier ist eine pragmatische Moral . . .*

Egal, das lag nicht mehr in seiner Hand, dachte Stern weiter, als er die Tür zum Vorzimmer öffnete. Die Entscheidung, die getroffen und unter dem Decknamen ›Ambiguity‹ nach Rom telegrafiert werden mußte, hatte jetzt Pierce zu verantworten. Der stille, intelligente, verständnisvolle Arthur Pierce – nach Mikhail Havliček vielleicht derjenige, der Matthias am nächsten stand – würde alle Aspekte bedenken und dann andere hinzuziehen. Ein Ausschuß würde die Entscheidung treffen, wenn sie getroffen werden mußte.

»Mr. Stern?« rief die Sekretärin, als er an ihr vorbei zum Lift ging.

»Ja?«

»Eine Mitteilung für Sie, Sir.«

Daniel. Ich bin eine Weile in meinem Büro. Wenn Sie Lust haben, kommen Sie auf einen Drink vorbei. Ich fahr' Sie nach Hause.

Dawson hatte nicht unterschrieben, das war auch nicht notwendig. Der umsichtige, häufig abwesend wirkende Anwalt schien immer zu wissen, wann die Zeit für ein ruhiges Gespräch gekommen war; das war die zugänglichere Seite seines Wesens. Beide waren kühle, analytisch denkende Männer, die dann und wann den Zuspruch des anderen brauchten. Das Angebot, ihn nach Hause zu fahren, bezog sich auf Sterns Abneigung für den Washingtoner Verkehr. Er benutzte immer nur Taxis, sehr zum Verdruß seiner persönlichen Leibwächter. Nun, dann sollte sein augenblicklicher Begleitschutz eben eine kleine Pause machen und ihn am nächsten Morgen zu Hause in Virginia abholen.

Stern sah auf die Uhr; es war zwanzig Minuten nach sieben; er wußte, daß der Anwalt noch in seinem Büro sein und auf das Gespräch warten würde.

Sie redeten über eine Stunde, ehe sie zu Dawsons Wagen hinuntergingen, und analysierten die Ereignisse an der Costa Brava immer wieder. Dabei mußten sie erkennen, daß es keine überzeugende Erklärung gab, keine ihnen zugängliche Lösung. Sie hatten beide ihre Frauen benachrichtigt; beide waren die endlosen Überstunden gewohnt, die der Job ihren Männern abverlangte. Beide gaben vor, Verständnis dafür zu haben. In Wirklichkeit aber empfanden sie den beruflichen Streß als schwere Belastung für ihre Ehe. Eines Tages würde das alles ein Ende haben. Jenseits des Potomac gab es eine weit gesündere Welt als die, in der beide Männer seit allzu vielen Jahren lebten.

»Pierce wird zu Matthias gehen, und Matthias wird das nicht glauben, das ist Ihnen doch klar, oder?« sagte Dawson und bog von dem überfüllten Highway auf eine Landstraße in Virginia ab, wo beleuchtete Schilder eine Baustelle ankündigten. »Er wird eine Überprüfung verlangen.«

»Ich habe mich Pierce gegenüber ganz klar ausgedrückt«, erwiderte Stern und blickte geistesabwesend in den Außenspiegel, wissend, daß in wenigen Augenblicken dort ein Scheinwerferpaar auftauchen würde. Die Wachhunde blieben an ihrer Leine. »In der Unterredung mit dem Staatssekretär gab ich mich verbindlich, aber bestimmt; beide Entscheidungen haben ihre Vorteile und ihre Nachteile. Wenn er mit seinem Ausschuß spricht, könnten sie zu der Entscheidung gelangen, Matthias zu übergehen, weil die Zeit es nicht mehr erlaubt, ihn einzuschalten. Das habe ich hervorgehoben. Unsere Leute werden weniger als drei Stunden in Col des Moulinets sein, Havelock auch. Sie müssen wissen, wie sie vorgehen sollen.«

»Wie auch immer es endet, zuerst werden sie versuchen, ihn lebend zu schnappen.«

»Das ist auch die Absicht. Niemand hier will es anders.« Stern sah durch die huschenden Schatten zu dem Anwalt hinüber. »Aber ich will mir nichts vormachen, Sie hatten von Anfang an recht. Wenn es auf ›nicht zu retten‹ hinausläuft, ist er ein toter Mann. Das ist praktisch die Freigabe, jemanden zu töten, der einen sonst selbst tötet, wenn er kann.«

»Nicht unbedingt. Vielleicht habe ich da zu vorschnell geurteilt. Wenn die Anweisung klar ist – seine Tötung also nur der letzte Ausweg ist –, könnte ich unrecht haben.«

»Ich fürchte, Sie haben jetzt schon unrecht. Glauben Sie denn, daß Havelock denen eine Wahl läßt? Er hat überlebt, was auf dem Palatin geschah; er wird alle Tricks anwenden, die er kennt, und das sind sehr viele. Niemand wird nahe an ihn herankommen, um ihn zu fassen. Ihn vor das Visier eines Gewehrs zu kriegen, ist eine ganz andere Sache. Das läßt sich machen, und das wird auch ohne Zweifel geschehen.«

»Ich bin nicht so sicher, ob ich Ihnen da zustimmen soll.«

»Das ist immerhin besser, als mich nicht zu unterstützen.«

»Das ist auch leichter«, sagte Dawson und lächelte kurz. »Havelock weiß nicht, daß wir den Mann in Civitavecchia gefunden haben, daß wir ihm in Col des Moulinets auf der Spur sind.«

»Aber er wird es annehmen. Er hat Brown beschrieben, wie die Karras seiner Überzeugung nach das Land verlassen hat. Er wird damit rechnen, daß wir dem nachgehen. Wir werden uns natürlich auf sie konzentrieren. Wenn es wirklich Jenna Karras ist, ist sie die Antwort auf alle Fragen; dann bräuchte kein einziger Schuß zu fallen, dann könnten wir gemeinsam mit Havelock versuchen, die Geschichte hier aufzuklären. Das wäre die optimale Lösung, und ich hoffe, weiß Gott, daß es dazu kommt. Aber vielleicht läuft es anders.«

»Und wir haben einen Mann im Fadenkreuz eines Zielfernrohrs«, sagte Dawson mit scharfer Stimme, als sie in hohem Tempo über die Landstraße brausten. »Wenn es die Karras ist, müssen wir sie finden, unbedingt.«

»Ganz gleich, wer es ist, wir werden uns die größte Mühe geben«, antwortete Stern, und sein Blick schweifte erneut zum Außenspiegel. Es waren keine Scheinwerfer zu sehen. »Seltsam. Entweder sind unsere Wachhunde vom Weg abgekommen, oder Sie fahren zu schnell.«

»Auf dem Highway war ziemlich dichter Verkehr. Vielleicht stecken die noch auf ihrer Spur fest. Es ist Freitag. An solchen Abenden beginne ich zu begreifen, warum Sie nicht selber fahren.«

»Welches Team hat denn übrigens heute abend Dienst.«

Die Frage sollte nie beantwortet werden. Statt dessen stieß der Anwalt einen ohrenbetäubenden Schrei aus, als der alles vernichtende, schreckliche Aufprall kam und die Windschutzscheibe zerbarst. Tausende von spitzen Glassplittern bohrten sich ins Fleisch, durchtrennten Adern und Arterien, aus denen das Blut schoß. Metall scharrte kreischend an Metall, als die linke Wagenseite sich von der Straße hob und das Auto umkippte.

Der schwarzgelbe stählerne Koloß vibrierte, und seine Farben leuchteten im Widerschein seines starken Frontscheinwerfers, der wie das Auge eines Zyklopen wirkte. Seine mächtigen Ketten rollten über riesige Radlager und schoben das Ungeheuer unablässig nach vorne. Die gigantische Maschine, dazu gebaut, gewaltige Erdmassen zu bewegen, kroch weiter, zerquetschte das demolierte Fahrzeug und schob es über die Landstraße. Man hätte meinen können, das Ganze geschähe ohne Kraftaufwendung. Als schließlich der Wagen des Anwalts über eine steile Böschung stürzte, explodierte der Tank. Das lodernde Feuer verbrannte die Leichen der beiden Insassen.

Das grell lackierte Ungetüm rückte vor und zurück, die Schaufel, das Instrument der Zerstörung, wie im Triumph hoch erhoben. Seine mächtigen Räder knirschten, als es langsam, aber ungemein zielstrebig quer über die Straße zu einem Abstellplatz rollte.

In der Finsternis der unbeleuchteten Fahrerkabine schaltete der unsichtbare Fahrer die Maschine ab und hielt sich ein Sprechfunkgerät an die Lippen.

»›Ambiguity‹ abgeschlossen«, sagte er.

»Verschwinden Sie dort«, war die Antwort.

Die langgestreckte graue Limousine bog mit aufheulendem Motor vom Highway auf die Landstraße. Wie die Zulassungsschilder erkennen ließen, war das Fahrzeug im US-Staat North Carolina angemeldet. Nachforschungen hätten allerdings ergeben, daß der in Raleigh registrierte Besitzer in Wirklichkeit Mitglied einer Einheit von vierundzwanzig Mann war, die in Washington, D. C., stationiert waren. Jeder einzelne hatte reichlich Erfahrung im Dienst der Militärpolizei und der Spionageabwehr; sie alle waren dem Außenministerium unterstellt. Das Auto selbst, das jetzt über die dunkle Landstraße in Virginia raste, gehörte zu einer Flotte von zwölf Wagen; auch sie waren dem Außenministerium, Abteilung Geheimdienstoperationen, zugewiesen.

»Bitte Meldung an die Versicherungsgesellschaft in Raleigh«, sprach der Mann neben dem Fahrer in ein Mikrofon, das mit einer großen Radiokonsole unter dem Armaturenbrett verbunden war. »Irgend so ein Idiot hat uns gestreift; dabei sind wir in ein Fahrzeug aus Jersey geschleudert. Wir sind natürlich unbeschädigt, aber bei dem anderen ist nicht mehr viel vom Kofferraum übrig. Wir wollten weiter, also haben wir ihm gesagt…«

»Graham!«

»Was?«

»Dort vorne! Das Feuer!«

»Herrgott! Schnell!«

Die graue Limousine schoß mit einem Ruck nach vorne, und das Dröhnen des mächtigen Motors hallte durch die Nacht. Neun Sekunden später erreichten sie die steile Böschung oberhalb des kleinen Grabens und stoppten mit quietschenden Reifen. Die beiden Männer sprangen heraus und rannten an den Rand. Sofort wichen sie vor der Hitze der Flammen zurück und schützten ihre Augen mit den Händen vor dem Feuer.

»O mein Gott!« rief der Fahrer. »Das ist Dawsons Wagen! Vielleicht können wir...«

»Nein!« schrie der Mann namens Graham und hinderte seinen Kollegen daran, die Böschung hinunterzusteigen. Sah zu dem schwarzgelb lackierten Monstrum hinüber, das reglos in seinem Schlupfwinkel neben der Straße stand. »Miller!« schrie er. »Wo ist Miller?«

»Auf dem Terminplan stand, glaube ich, Bethesda.«

»Sieh zu, daß du ihn findest!« befahl Graham und rannte quer über die Straße. Er duckte sich und griff an seine Hüfte, wo die Waffe im Halfter steckte. »Ruf Bethesda an! Du mußt ihn erreichen!«

Die Schwester am Empfang im fünften Stock des Marinekrankenhauses Bethesda blieb hartnäckig. Sie ließ sich auch nicht von der aggressiven Stimme am Telefon aus dem Konzept bringen; die Verbindung war schlecht, und sein Schreien machte es noch schlimmer.

»Ich wiederhole, Doktor Miller befindet sich in einer psychiatrischen Sitzung und darf nicht gestört werden.«

»Sie holen ihn an den Apparat, und zwar sofort! Es handelt sich um einen dringenden Vier-Null-Fall. Hier ist das State Department, Abteilung Spionageabwehr. Das ist ein direkter Befehl! Bitte bestätigen.«

»Bestätigt«, sagte eine dritte Stimme ausdruckslos. »Hier spricht der Operator Eins-Sieben, damit Sie rückfragen können, Schwester.«

»Verstanden, Operator Eins-Sieben. Sie können sich darauf verlassen, daß wir das prüfen.« Die Schwester drückte den Knopf an ihrem Telefon und unterbrach damit das Gespräch. Dann erhob sie sich aus ihrem Stuhl und ging um die Theke herum. Hysterische Männer wie dieser aufgeblasene Spezialagent waren es, die die Psychiatriestation füllten, dachte sie, als sie den weißgetünchten Korridor hinunter zu den Behandlungsräumen ging. Die ganze Zeit schrien die bloß von Katastrophenfällen herum, wobei sie in der Regel nichts anderes im Sinne hatten, als ihre eigene Wichtigkeit unter Beweis zu stellen. Es würde diesem Spezialagenten recht geschehen, wenn Dr. Miller sich weigerte, ans Telefon zu kommen; aber er würde es nicht ablehnen, das wußte die Schwester. Seine brillanten Fähigkeiten hatten seiner angeborenen Freundlichkeit keinen Abbruch getan, wie es häufig bei so vielen anderen Männern der Fall war. Wenn er einen Fehler hatte, dann war das seine grenzenlose Großzügigkeit. Er hielt sich in Zimmer zwanzig auf; dort brannte die rote Lampe neben der Tür und zeigte damit an, daß der Raum besetzt war. Sie drückte den Knopf der Sprechanlage.

»Doktor Miller, entschuldigen Sie die Störung, ich habe einen Mann vom State Department am Telefon. Er sagt, es wäre dringend.«

Sie bekam keine Antwort. Noch einmal drückte die Schwester den Knopf, diesmal kräftiger, und sprach lauter:

»Doktor Miller? Es tut mir leid, aber ich habe einen Mann vom Außenministerium am Telefon. Er läßt sich nicht abwimmeln, und die Vermittlung hat bestätigt, daß es sich um einen dienstlichen Anruf von größter Dringlichkeit handelt.«

Schweigen. Wieder keine Antwort. Offensichtlich konnte Miller sie nicht hören; die Sprechanlage funktionierte nicht. Sie klopfte an die Tür.

»Doktor Miller? Doktor Miller?«

Der Mann war doch nicht taub. Was machte er denn nur da drinnen? Sein Patient war ein Marineinfanterist, eine der Geiseln aus Teheran. Nicht gewalttätig. Im Gegenteil: zu passiv. Hatte er einen Rückfall gehabt? Die Schwester drehte den Knopf und öffnete die Tür zum Behandlungsraum.

Sie konnte nur noch schreien. Und wieder schreien.

In der Ecke kauerte zitternd der junge Marinesoldat in seinem Bademantel. Er blickte durch den Lichtkegel der Schreibtischlampe, die Augen starr auf die Gestalt gerichtet, die nach hinten gelehnt im Stuhl saß. Dr. Millers Augen standen offen... weit, glasig, tot. Mitten auf seiner Stirn klaffte ein Einschußloch, aus dem Blut floß.

Der Mann in Rom sah auf die Uhr. Es war 4.15 Uhr in der Früh. Inzwischen hatten seine Männer in Col des Moulinets Stellung bezogen. Aus Washington hatte er immer noch nichts gehört. Die einzige andere Person im Codierraum war der Funker. Er langweilte sich und drehte immer wieder abwesend an seinen Knöpfen, oder er blätterte in einem italienischen Magazin und wiederholte murmelnd die Sätze, die er las.

Das rote Lämpchen am Telefon leuchtete auf, begleitet von einem Summton. Der Mann nahm den Hörer ab. »Rom«, sagte er.

»›Ambiguity‹, Rom.« Die Stimme klang klar und entschlossen. »Sind Sie auf Zerhacker geschaltet?«

»Ja.«

»Das Gespräch darf weder mitgeschnitten noch protokolliert werden. Ist das klar?«

»Verstanden. Wie ist die Lösung?«

»Nicht zu retten. Absolut.«

»Das wär's dann.«

»Noch nicht ganz. Es hat bislang keinen Kontakt mit dem Frachter gegeben, nicht wahr?«

»Natürlich nicht. Luftüberwachung bis zum Einbruch der Dunkelheit; dann weiter Küstenbeobachtung.«

»Gut. Man wird sie irgendwo bei San Remo an Land bringen, vermute ich.«

»Wir sind bereit.«

»Hat der Korse dort oben das Kommando?« fragte die Stimme aus Washington.

»Der vor drei Tagen an Bord kam?«

»Den meine ich.«

»Ja, er hat die Einheit zusammengestellt.«

»Fein.«

»Weil wir gerade von Klärung sprechen – ich nehme an, die Anweisung des Colonels gilt noch. Wir bringen die Frau mit.«

»Nein, die Anweisung ist ungültig. Wer auch immer die Frau sein mag, die Karras ist sie jedenfalls nicht; die ist an der Costa Brava getötet worden, das wissen wir.«

»Was tun wir dann?«

»Moskau kann sie zurückhaben. Sie dient als Köder, um die Zielperson verrückt zu machen. Es hat funktioniert. Er hat ja bereits geredet. Er ist...«

»Nicht zu retten«, führte Rom den Satz zu Ende.

»Schaffen Sie sie einfach weg. Wir wollen keine Spur hinterlassen, die zu uns führen könnte, keine Spekulationen über die Costa Brava. Der Korse wird wissen, was er zu tun hat.«

»Ich muß sagen, das verstehe ich nicht ganz.«

»Das brauchen Sie auch nicht. Wir wollen nur einen Beweis, daß er beseitigt ist.«

»Den werden Sie kriegen. Unser Mann mit den Augen ist dort oben.«

»Ich wünsche einen guten Tag, Rom. Einen Tag ohne Fehler.«

»Ich habe verstanden.«

»Ende«, sagte die Stimme.

Der Mann hinter dem Schreibtisch war als Silhouette zu sehen. Er saß vor einem Fenster, von dem er das Gelände des State Department überblicken konnte. Nur das Licht von Straßenlaternen drang in das dunkle Zimmer. Der Mann hatte die Sprechmuschel seines Telefons dicht an seine Lippen gehalten. Jetzt drehte er sich im Sessel herum, und seine Gesichtszüge blieben im Schatten, als er den Hörer auf die Gabel legte und sich vorbeugte, die Stirn auf die ausgestrecken Finger beider Hände stützend. Die weiße Strähne, die sein dunkles Haar durchzog, glänzte selbst in der schwachen Beleuchtung.

Staatssekretär Arthur Pierce, geboren als Nikolai Petrowitsch Maljekow in der Ortschaft Ramenskoje südöstlich von Moskau und im US-Staat Iowa erzogen und aufgewachsen, atmete tief und gleichmäßig. Das machte ihn ruhig, er hatte das im Laufe der Jahre gelernt, jedesmal, wenn eine Krise schnelle, brisante Entscheidungen von ihm verlangte; er wußte sehr wohl, was für Folgen ein Versagen haben würde. Darin lag natürlich die Stärke von Männern wie ihm: Sie hatten keine Angst davor zu versagen. Sie begriffen, daß die großen Leistungen in der Geschichte unter größten Risiken vollbracht wurden, daß die Geschichte selbst stets durch die Kühnheit einzelner geprägt wurde. Jene, die bei dem Gedanken an ein mögliches Versagen in Panik geraten, die nicht mit Überlegtheit und Entschlossenheit handelten, wenn der Augenblick der Krise gekommen war, verdienten die Grenzen, die ihre Ängste ihnen zogen.

Er hatte eine weitere Entscheidung treffen müssen, eine, die genauso gefährlich war wie diejenige, die er nach Rom weitergeleitet hatte; aber es war notwendig gewesen. Die Strategen der Einsatzleitung hatten die Ereignisse jener Nacht an der Costa Brava noch einmal aufgegriffen, hatten den Schleier der Täuschung gelüftet, über die sie *nichts* wußten. Die Sache mußte ein für allemal begraben werden – um jeden Preis, kein Risiko war dafür zu groß. Was an der Costa Brava geschehen war, mußte erneut vertuscht werden. In wenigen Stunden würde die Nachricht aus Col des Moulinets eingehen: »Die Aktion ›Ambiguity‹ ist ausgeführt worden. Auftraggeber: D. S. Stern.«

Aber nur die Strategen wußten, wen Stern mit seinem Dilemma aufgesucht hatte. Tatsächlich hatte Stern selbst nicht gewußt, wen er ansprechen sollte, bis er im vierten Stock aus dem Lift gestiegen und die Liste der leitenden Beamten studiert hatte, die gerade anwesend waren; das hatte Stern ihm gegenüber erwähnt. Doch das war belanglos, dachte Arthur Pierce in dem finsteren Büro, während er auf das Foto an der Wand blickte, ein Foto von Anthony Matthias, das sein Chef ihm mit einer Widmung geschenkt hatte. Denn auch wenn er nicht in dem Augenblick dagewesen wäre, hätte man mit ihm Verbindung aufgenommen, seinen Rat gesucht. Das Ergebnis wäre dasselbe gewesen: ›Nicht zu retten‹. Ein Scheitern kam nicht in Frage. Die Strategen waren tot. Alle Verbindungen zu der Codebezeichnung ›Ambiguity‹ abgeschnitten. Sie mußten den Mann finden, der das Unglaubliche bewirkt hatte – *mit ihrer Hilfe.* Sie würden ihn finden, denn er hinterließ eine Spur des Schreckens – und Spuren ließen sich immer verfolgen.

Der Tod der Strategen war von entscheidender Wichtigkeit gewesen. Das daraus resultierende Vakuum würde die ursprünglichen Planer der Operation ›Costa Brava‹ paralysieren, sie so lähmen, daß sie schwiegen. Ihr oberstes Ziel würde es sein, alles zu vertuschen. Denn der Mann im Schatten hinter dem Schreibtisch hatte Rom nicht belogen. Es durfte nicht dazu kommen, daß man erneut Spekulationen über die Costa Brava anstellte. Beide Seiten konnten sich das nicht leisten. Arthur Pierce, der mächtigste *paminjatschik* im State Department, erhob sich hinter seinem Schreibtisch und ging lautlos zu dem Sessel, der an der Wand stand. Er setzte sich und streckte die Beine; er würde bis zum

Morgen dort sitzen bleiben, bis die zahlreichen leitenden Beamten und ihre Untergebenen anfingen, den vierten Stock zu füllen. Dann würde er sich unter die anderen mischen, eine vergessene Anwesenheitsliste abzeichnen; er würde am Morgen nur kurze Zeit anwesend sein, man brauchte ihn nämlich in New York bei den Vereinten Nationen. Eigentlich war er die wichtigste Stimme des State Department am East River; bald würde er selbst Botschafter sein. Das war Anthony Matthias' Ziel; jeder wußte das. Das würde ein weiterer bedeutsamer Schritt in seiner außergewöhnlichen Karriere sein.

Plötzlich sprang Maljekow-Pierce aus seinem Sessel auf. Er mußte noch ein Telefongespräch mit Rom führen, eine letzte Stimme zum Schweigen bringen: einen Mann in einem Funkraum, der ein abhörsicheres Telefon bediente.

11

»Sie ist nicht an Bord, das schwöre ich!« verteidigte sich der Kapitän des Frachters *Santa Teresa*, der an seinem Schreibtisch in der kleinen Kabine hinter dem Steuerhäuschen saß. »Sie können ja suchen, wenn Sie wollen, *Signore*. Niemand wird Sie behindern. Wir haben Sie vor drei... dreieinhalb... Stunden an Land gebracht. *Madre di Dio!* Was für ein Wahnsinn!«

»Wie? Wo?« fragte Havelock mit der Stimme eines Mannes, der für dieses Verhör keine Waffe brauchte, sondern allein mit energischem Auftreten einzuschüchtern verstand.

»Wie bei Ihnen. Ein Motorboot ist uns zwölf Kilometer südlich von Arma di Taggia entgegengekommen. Ich schwöre es Ihnen, ich habe nichts gewußt. Ich werde dieses Schwein in Civitavecchia umbringen! Bloß ein politischer Flüchtling aus dem Balkan, hat er gesagt... eine Frau mit ein wenig Geld und Freunden in Frankreich. Davon gibt es heutzutage so viele. Worin besteht denn die Sünde, wenn man einem Flüchtling hilft?«

Michael beugte sich vor und nahm den abgelaufenen Diplomatenausweis wieder an sich, der seinen Status als Attaché im Außenministerium der USA bestätigte, und sagte ruhig und mit verständnisvoll klingender Stimme: »Von Sünde ist gar keine Rede, wenn Sie das geglaubt haben.«

»Es ist wahr, *Signore*! Ich fahre schon fast dreißig Jahre zur See. Nicht mehr lange, und ich gehe in Pension. Mit ein wenig Land und ein wenig Geld werde ich Wein anbauen. Niemals *narcotici!* Niemals *contrabandi!* Aber Leuten helfen, ja. Und ich schäme mich auch nicht dafür. Ich frage Sie noch einmal, ist das etwa Sünde?«

»Nur dann, wenn Sie dabei Fehler machen.«

»Ich kann einfach nicht glauben, daß diese Frau ein Verbrechen begangen hat.«

»Das habe ich auch nicht behauptet«, verbesserte ihn Havelock. »Ich habe nur gesagt, daß wir sie finden müssen.«

Der Kapitän nickte resigniert. »Schlimm genug: um mich zu melden. Mich steckt man dann ins Gefängnis. *Gracie, Signore Americano.*«

»Das habe ich auch nicht gesagt«, erwiderte Michael ruhig.

Die Augen des Kapitäns weiteten sich, als er aufblickte. »*Che cosa?*«

»Schon gut. Es gibt Situationen, in denen jede Komplikation vermieden werden sollte. Wenn Sie tun, was ich Ihnen sage, braucht vielleicht keine Meldung gemacht zu werden.«

»Alles, was Sie wollen! Damit habe ich nicht gerechnet.«

»Erzählen Sie mir alles, was sie zu Ihnen gesagt hat. Schnell.«

»Eine ganze Menge war völlig nebensächlich...«

»Das ist es nicht, was ich hören will.«

»Ich verstehe. Sie war gefaßt, aber dahinter spürte man ihre Angst. Sie blieb in dieser Kabine.«

»Oh!«

»Nicht mit mir zusammen, das kann ich Ihnen versichern. Ich habe Töchter, die so alt sind wie sie, *Signore*. Wir haben drei Mahlzeiten gemeinsam eingenommen; es gab keinen anderen Platz für sie. Meine Mannschaft ist nicht von der Art, daß ich meine Töchter mit ihr essen lassen würde. Sie hat mit großen Unannehmlichkeiten gerechnet. Heute abend.«

»Was meinen Sie damit?«

»Sie hat mich gefragt, ob ich jemals in dem Dorf Col des Moulinets in den Ligurischen Bergen gewesen sei.«

»Sie hat Ihnen von Col des Moulinets erzählt?«

»Ich glaube, sie nahm an, ich wüßte es. Vielleicht hat sie unterstellt, man hätte mich auch in die anderen Etappen ihrer Reise eingeweiht. Zufälligerweise war ich tatsächlich einige Male in Moulinets gewesen. Die Schiffe, die man mir gibt, sind oft reparaturbedürftig und liegen hier in San Remo oder in Savonna oder Marseille im Dock; das ist übrigens mein entferntester Hafen. Ich bin nicht das, was man einen *capitano superiore* nennt...«

»Bitte fahren Sie fort.«

»Wenn mein Schiff in San Remo im Trockendock repariert wurde, bin ich in die Berge nach Col des Moulinets gefahren. Das ist jenseits der französischen Grenze westlich von Monesi, einem hübschen Ort mit einem Bergflüßchen und... wie sagen Sie? *Ruote a pale?*«

»Mühlräder. *Moulinets* auf französisch.«

»*Si.* Das ist ein kleiner Paß in den Alpen. Er wird nicht sehr häufig benutzt. Schlecht zu erreichen, die Straße ist nicht besonders gut ausgebaut. Und die Grenzwächter sind die laschesten an der ganzen Ligurischen Küste; die haben kaum Zeit, die Gauloises aus dem Mund zu nehmen. Ich versuchte, meinem ängstlichen Passagier klarzumachen, daß sie keine Schwierigkeiten haben würde.«

»Halten Sie es für möglich, daß sie einen offiziellen Grenzübergang benutzen würde?«

»Es gibt nur einen, direkt an einer Brücke über einen Bergfluß. Warum nicht? Ich glaube nicht, daß man auch nur einen Grenzposten bestechen müßte; eine Frau inmitten einer Gruppe gutgekleideter Leute, nachts, alle vom *vino* ein wenig angetrunken. Was interessiert die das schon?«

»Aber Männer wie mich interessiert es.«

Der Kapitän hielt inne, lehnte sich in seinem Sessel zurück und musterte den Amerikaner, als sähe er ihn plötzlich in einem anderen Licht. »Dann müssen Sie sich die Frage selbst beantworten, *Signore*. Wer sonst weiß davon?« Die beiden Männer sahen einander an, und keiner sagte ein Wort. Schließlich nickte der Kapitän und fuhr fort. »Aber eines ist gewiß: Wenn sie die Brücke nicht benutzen, müssen sie durch dichten Wald mit seinen vielen steilen Felsen, und vergessen Sie auch den Fluß nicht.«

»Danke. Das ist die Art von Informationen, wie ich sie brauche. Hat sie Ihnen gesagt, weshalb sie das Land auf diesem Wege verläßt?«

»Das übliche. Die Flughäfen werden bewacht, die Bahnhöfe ebenso und auch die Hauptstraßen, die nach Frankreich führen.«

»Von wem bewacht?«

»Von Männern wie Sie, *Signore*?«

»Hat sie das tatsächlich gesagt?«

»Sie brauchte gar nichts weiter zu erzählen, und ich habe nicht weiter gebohrt. Das ist die Wahrheit.«

»Ich glaube Ihnen.«

»Würden Sie mir eine Frage beantworten? Wissen es andere?«

»Ich bin nicht sicher«, sagte Michael. »Das ist die Wahrheit.«

»Wenn es nämlich andere wissen, wird man mich verhaften. Dann komme ich ins Gefängnis.«

»Würde das bedeuten, daß es öffentlich bekannt wird?«

»Sicher. Man würde die Sache vor die *commissione* bringen.«

»Dann glaube ich nicht, daß die Sie behelligen werden. Ich kann mir vorstellen, daß die Leute, mit denen ich zu tun habe, nichts weniger wünschen, als daß diese Geschichte publik wird. Wenn man bis jetzt nicht mit Ihnen Verbindung aufgenommen hat – über Funk, mit einem Schnellboot oder mit einem Helikopter –, dann wissen die entweder nichts über Sie oder wollen keinen Kontakt mit Ihnen.«

Wieder hielt der Kapitän inne und sah Havelock prüfend an. »Die Männer, mit denen Sie zu tun haben, *Signore*?« sagte er und betonte jedes Wort. »*Avolgere, non includere?*«

»Ich verstehe nicht.«

»Sie reden doch von Männern, zu denen Sie nicht gehören. Ist das richtig?«

»Das ist unwichtig.«

»Sie wollen dieser Frau helfen, nicht wahr? Sie sind nicht hinter ihr her, um... um sie zu bestrafen?«

»Die Antwort auf die erste Frage ist ja, auf die zweite nein.«

»Dann will ich es Ihnen sagen. Sie hat mich gefragt, ob ich den Flugplatz in der Nähe von Col des Moulinets kennen würde. Ich habe nie von ihm gehört.«

»Ein Flugplatz?« Michael begriff. »Eine Brücke über einen Bergfluß und ein Flugplatz. Heute nacht.«

Die Paßstraße, die von Monesi zur französischen Grenze führte, war zwar breit genug, aber die vielen Felsbrocken und die überhängenden Büsche am Rand ließen sie recht schmal erscheinen, eher für geländegängige Jeeps geeignet, als für normale Pkw. Mit diesem Vorwand machte Michael dem Taxifahrer aus Monesi klar, warum er die letzten achthundert Meter zu Fuß zurücklegen wollte, worüber sein Chauffeur sichtlich erleichtert war.

Michael hatte erfahren, daß es unmittelbar vor der Brücke einen Berggasthof gab, eine Art Wasserstelle für die italienischen und französischen Zöllner. Beiderseits der Grenze verstanden die wenigen Bewohner sowohl Italienisch als auch Französisch. Was auch auf die kleinen Garnisonen beider Nationen zutraf, die in diesem Grenzabschnitt stationiert waren. Aus dem wenigen, was Havelock gesehen und erfahren hatte, war zu erkennen, daß der Kapitän der *Santa Teresa* die Ortsverhältnisse zutreffend beschrieben hatte. Die Grenzstation Col des Moulinets lag schwer zugänglich an einem unbedeutenden Paß. Seit Jahrzehnten schon war der Übergang eigentlich überflüssig; die Bürokratie hatte sich bisher nicht dazu durchringen können, die Grenzstation abzuschaffen. Der Hauptverkehr zwischen beiden Ländern floß entweder über die breiten Küstenstraßen zwanzig Kilometer weiter südlich oder benutzte die größeren, bequemeren Pässe im Norden, wie den Col de Larche oder den Col de la Madeleine westlich von Turin. Unter Schmugglern und anderen illegalen Grenzgängern war der Col des Moulinets besonders beliebt. Seine Abgelegenheit und die Gleichgültigkeit der Zöllner boten die Garantie für ungestörte Passagen.

Die Nachmittagssonne leuchtete in dunklem Orange und Gelb wie ein aufgespannter Fächer hinter den Bergen und erfüllte den Himmel mit langsam verblassendem Licht. Die Schatten auf der Straße wurden länger; in wenigen Minuten würden ihre scharfen Konturen im diffusen Grau der einbrechenden Dunkelheit zerfließen. Michael ging am Waldrand entlang, bereit, jederzeit ins Unterholz zu springen, sobald er ein Geräusch hörte. Er wußte, daß er bei jedem seiner Schritte gewahr sein mußte, daß Rom vom Col des Moulinets als Grenzübergang der Karras erfahren hatte. Er hatte den Kapitän der *Santa Teresa* nicht angelogen. Es gab beliebig viele Gründe, weshalb für die Botschaft tätige Leute sich einem Schiff in internationalen Gewässern fernhielten. Man konnte den langsamen Frachter überwachen und verfolgen – das war höchstwahrscheinlich auch geschehen –, aber es war eine ganz andere Sache, ihn aufzuhalten und in offiziellem Auftrag an Bord zu gehen... Das würde nur zu leicht zu peinlichen Untersuchungen des Vorfalls führen.

Hatte Rom den Mann in Civitavecchia gefunden? Durchaus möglich. In seiner Wut – nein, seiner Empörung – hatte er den Namen der Hafenstadt ins Telefon geschrien, und Baylor-Brown hatte ihn wiederholt. Wenn der verwundete Abwehrbeamte nach dem, was auf dem Palatin geschehen war, bei klarem Verstand war, würde er seine Leute anweisen, das Hafengebiet von Civitavecchia abzusuchen, und dort den Mann im Mantel finden. Aber würde er das richtige Schiff benennen, wohl wissend, daß man ihm künftig nie mehr vertrauen würde? Sein Verrat konnte ihm in der nächsten Seitengasse das Leben kosten. Vielleicht würde er in bezug auf jene Phase der Flucht Unwissenheit vorschützen und behaupten, dieser Teil sei von anderen arrangiert worden, und würde nur den Col des Moulinets preisgeben, um sich bei mächtigen Amerikaners in Rom einzuschmeicheln, zumal doch jeder wußte, daß die Amerikaner zu Leuten, die in ihrer Gunst standen, sehr generös sein konnten... *Ein Flüchtling mehr aus dem Balkan, worin besteht da schon die Sünde, Signore?*

Er hatte wenig Konkretes in der Hand, vieles paßte nicht zueinander. Wer hätte sich schon einen müden, alternden Kapitän vorstellen können, der nicht bereit war, im profitablen Rauschgifthandel mitzumachen, sich aber durchaus darauf einließ, Flüchtlinge aus Italien herauszuschmuggeln, was kein geringeres Risiko bedeutete und mit hohen Gefängnisstrafen geahndet wurde.

Oder der abgestumpfte Red Ogilvie, ein brutaler Mann, der nimmermüde die Anwendung von Gewalt zu rechtfertigen versucht hatte. Was hatte John Philip Ogilvie zu solch einem Vergleich getrieben? Weshalb mühte ein Mann sich sein ganzes Leben lang ab, sich von Ketten zu befreien, die er sich selbst angelegt hatte? Was für ein Mensch war der Apatsche wirklich gewesen? Wie auch immer die Antwort darauf lauten mag: Ogilvie war genau in dem Augenblick erschossen worden, als er eine Wahrheit erkannt hatte, eine Wahrheit voller Gewalt. Die Lügner saßen in Washington an den Schalthebeln der Macht.

Aber wichtiger als alles andere war, daß Jenna, seine Geliebte, ihre Liebe nicht verraten hatte, sondern selbst verraten worden war. Wie konnte sie den Lügnern geglaubt haben? Was konnten sie ihr gesagt haben, welchen unwiderlegbaren Beweis mochten sie ihr vorgelegt haben, den sie akzeptieren konnte? Wer waren die Lügner?

Er war jetzt ganz nahe, konnte es spüren, bei jedem Schritt, den er auf der immer dunkler werdenden Bergstraße machte, während im Hintergrund die Berge im letzten Licht des Tages strahlten. Ehe die untertauchende Sonne auf der anderen Seite der Erdkugel wieder aufging, würde er die Antworten kennen, seine Liebe zurückhaben. Sollten tatsächlich Leute aus Rom gekommen sein, dann würde keiner davon ihm gewachsen sein, davon war er überzeugt. Ohne die Fähigkeit, sich immer wieder Mut zu machen und sich auf die eigene Stärke zu besinnen, hätte er jene schrecklichen Tage in seiner Kindheit nicht überlebt.

Und wenn er endlich die Antworten hätte und seine Geliebte wieder bei ihm war, dann würde er eine Berghütte anrufen, Tausende von Meilen entfernt, in den Blue Ridges am Shenandoah. Er würde seinem Lehrer und Mentor Anthony Matthias von einer Verschwörung berichten, die in die höchste Spitze des CIA reichte, deren Existenz nicht zu leugnen und deren Ziel unbekannt war.

Plötzlich sah er einen kleinen Lichtkegel vor sich, er schien durch das Blattwerk zu seiner Linken. Er duckte sich und versuchte zu ergründen, woher der Lichtstrahl kam, der sich nicht bewegte. Er schlich weiter, gebannt, besorgt.

Als er sich vor einer Kurve zum Straßenrand vorwagte, erblickte er die Silhouette eines Gebäudes; das war der Berggasthof. Jemand hatte gerade die Außenlaterne eingeschaltet; bald würden andere Lichter folgen. Erleichtert richtete er sich auf und wagte wieder zu atmen. Die Dunkelheit war schnell gekommen. Die hohen Fichten und die mächtigen Felsbrocken versperrten den orangefarbenen Lichtpfeilen am Himmel noch den Weg zur Erde. Jetzt folgten andere Lichter; Fenster wurden sichtbar, drei an der ihm zugewandten Seite. Weit mehr waren es an der Frontseite, wie er an dem hellerleuchteten Kiesweg vor dem Eingang erkennen konnte. Michael bewegte sich vorsichtig zwischen Bäumen hindurch auf die drei beleuchteten Fenster zu. Schließlich hatte er den Waldrand erreicht. Zwischen ihm und der tief zerfurchten Zufahrtsstraße stand nur noch der dicke Stamm einer Fichte. Der Weg führte an dem Gasthof vorbei zu einem Parkplatz neben dem Lieferanteneingang. Die Distanz zum nächstliegenden Fenster betrug acht Meter; er trat hinter dem Baum hervor und zuckte zusammen...

Scheinwerfer blendeten ihn! Ein Lastwagen donnerte aus dem Sandweg dreißig Meter zu seiner Rechten und brauste in die schmale Zufahrt. Havelock sprang zurück und suchte hinter dem Fichtenstamm Schutz. Seine Hand griff unter das Jackett nach der spanischen Automatic, die er sich um die Hüfte geschnallt hatte. Der Lastwagen mit seinen schweren Rädern donnerte an ihm vorbei über die tiefen Rinnen im Boden. Aus seinem Innern drangen laute Flüche von Männern, die sich über die unsanfte Reise beklagten.

Havelock war unsicher, ob man ihn gesehen hatte oder nicht; er kauerte sich nieder und wartete. An der Einfahrt zum Parkplatz kam der Lkw ruckartig zum Stillstand; der Fahrer öffnete seine Tür und sprang herunter. Michael kroch einen Meter zurück und bereitete sich darauf vor, ins Waldesinnere zu fliehen. Aber es war nicht nötig; der Fahrer streckte sich und fluchte auf italienisch, während ein Scheinwerfer, den jemand drinnen im Gasthof eingeschaltet hatte, ihn erfaßte. Der Fahrer trug die Uniform der italienischen Armee und die Rangabzeichen der Grenzpatrouille. Er ging zum hinteren Ende des Wagens und öffnete die große Klappe.

»Raus mit euch!« schrie er.

»Jetzt habt ihr eine Stunde Zeit, was in den Magen zu kriegen, bevor der Dienst beginnt. Ich gehe inzwischen zur Brücke und sag' den anderen, daß wir hier sind.«

»So wie Sie fahren, Sergeant«, meinte ein Soldat mit einer Grimasse, »haben die Sie bis hinunter nach Monesi gehört.«

»Schnauze!«

Drei weitere Männer stiegen aus, stampften mit den Füßen auf und reckten sich; alles Grenzpolizisten.

»Paulo«, fuhr der Sergeant fort, »nimm du den Neuen. Mach' ihm klar, wie das hier läuft.« Der Unteroffizier torkelte auf dem Einfahrtsweg an Havelock vorbei, kratzte sich zwischen den Beinen und zog sich die Wäsche unter der Hose zurecht.

»Sie da, Ricci!« schrie ein Soldat am hinteren Ende des Wagens und sah hinein: »Sie heißen doch Ricci, stimmts?«

»Ja«, sagte eine männliche Stimme, und eine fünfte Gestalt kam zum Vorschein.

»Sie haben den besten Job, den's in der ganzen Armee gibt, *peasano*! Die Unterkunft ist oben an der Brücke, aber wir haben ein Arrangement. Wir leben praktisch hier im Gasthof und gehen erst hinauf, wenn wir Dienst haben. Sobald Sie hineingehen, müssen Sie sich eintragen, kapiert?«

»Ich habe verstanden«, sagte der Soldat namens Ricci. Aber sein Name war nicht Ricci, dachte Michael und starrte den blonden Mann an, der mit seiner Mütze spielte. Havelocks geistiges Auge musterte ein halbes Dutzend Fotografien und suchte schließlich eine davon aus. Der Mann war kein Soldat in der italienischen Armee und ganz bestimmt kein Grenzpolizist. Er war Korse, ein Meister im Umgang mit Karabiner und Pistole, ebenso mit Messer und Drahtschlinge. Sein wirklicher Name tat nichts zur Sache; er gebrauchte zu viele, als daß man sie noch hätte zählen können. Einen solchen Spezialisten setzte man nur in extremen Situationen ein, als verläßlichen ›Scharfrichter‹. Im westlichen Mittelmeerraum kannte er sich bestens aus, und auf den Balearen war er ebenso zu Hause wie in den Wäldern Siziliens. Seine Fotografie und jene Akte waren Michael vor mehreren Jahren von einem CIA-Agenten in einem verschlossenen Raum in Palombara vorgelegt worden. Havelock hatte damals eine Einheit der Brigate Rosse verfolgt; den blonden Killer, der jetzt zehn Meter von ihm entfernt in der von Scheinwerferlicht erhellten Einfahrt stand, hatte er für die geplante Tötung eines Terroristen abgelehnt, weil er ihm einfach nicht vertrauen konnte; aber Rom vertraute ihm jetzt.

In Rom wußte man also Bescheid. Die Botschaft hatte einen Mann in Civitavecchia gefunden und nun einen Henker geschickt, der keine Spuren hinterließ. Etwas oder jemand hatte die Lügner in Washington überzeugt, daß Michael Havelock eine Bedrohung darstellte; also würden sie verbreiten, daß ein ehemaliger Außenagent ›nicht zu retten‹ war und daß seine sofortige Beseitigung höchste Priorität hatte.

Die Lügner konnten es sich nicht leisten, daß er mit Jenna Karras in Verbindung trat, denn ihr angeblicher Tod an der spanischen Küste war ein Teil ihrer Lüge. Auch Jenna befand sich auf der Flucht; irgendwie war sie entkommen. Sollte sie jetzt auch liquidiert werden? Das war unausweichbar; man durfte nicht zulassen, daß der Köder weiterlebte. Und daher war der blonde Killer nicht der einzige Angehörige seines Berufsstandes, der auf der Brücke am Col des Moulinets lauerte. Oder in ihrer Nähe.

Die vier Soldaten und der neue Rekrut gingen zum Hintereingang des Gasthofs. Die Tür öffnete sich, und ein untersetzter Mann sprach mit lauter Stimme:

»Ihr Schweine, wenn ihr euer ganzes Geld in Monesi verbraucht habt, braucht ihr hier gar nicht erst reinzukommen!«

»Ah, Gianni, dann müssen wir dir den Laden dichtmachen, weil du die französischen Mädchen teurer verkaufst als unsere!«

»Du und zahlen!« rief der Wirt.

»Ricci, das ist Gianni. Dieser Saustall hier gehört ihm. Seien Sie vorsichtig, was Sie essen.«

»Ich muß auf die Toilette«, sagte der neue Rekrut.

»Wer muß das nicht?« rief ein anderer Soldat, und dann gingen alle fünf hinein.

Als die Tür sich geschlossen hatte, rannte Havelock quer über die Einfahrt zum ersten Fenster. Von dort konnte er in die Gaststube blicken, die Tische waren mit rotkarierten Tüchern bedeckt, Teller und Bestecke waren bereits aufgelegt, aber es waren noch keine Gäste da.

Entweder war es noch zu früh fürs Abendessen, oder es gab einfach keine Kundschaft. Dahinter, durch einen Verbindungsgang vom Eßraum getrennt, war die Bar. Eine Anzahl Leute saß an kleinen, runden Tischen, zwischen zehn und fünfzehn mochten es sein... fast ausschließlich Männer. Die zwei Frauen, die er sehen konnte, waren um die sechzig, die eine korpulent, die andere hager. Sie saßen beide an nebeneinanderstehenden Tischen mit schnurrbärtigen Männern und unterhielten sich. Er fragte sich, ob es noch andere Frauen im Raum gab – ob Jenna vielleicht zusammengekauert an einem Ecktisch saß, den er nicht überblicken konnte. Wenn das der Fall war, mußte er eine Tür im Auge behalten können, die in den hinteren Teil des Gebäudes führte – in die Küche vielleicht. Durch diese Tür mußten die fünf Soldaten den Saal betreten. Die nächsten Minuten würden ihm vielleicht verraten, was er wissen mußte. Wen unter den Gästen in der Bar würde der blondhaarige Killer erkennen, und wäre es nur mit einem kurzen Blick, einem Zucken seiner Lippen oder einem kaum wahrnehmbaren Kopfnicken?

Michael duckte sich und rannte zum zweiten Fenster; aber der Blickwinkel reichte nicht aus. Er rannte zum dritten und hatte auch von dort nicht die erforderliche Übersicht. Er bog um die Hausecke. Gleich durch das erste Fenster konnte er die Tür sehen; *cucina* stand darauf. Die fünf Soldaten würden jeden Augenblick durch diese Tür kommen, aber nicht alle Tische hatte er im Blick. Es gab zwei weitere Fenster vor dem Plattenweg, der zum Eingang führte, wobei das zweite zu nahe bei der Tür war, um ihm ausreichend Deckung zu bieten. Er kroch schnell ans zweite Fenster und richtete sich im Schatten einer jungen Fichte auf. Was er sah, ließ ihn erleichtert aufatmen. Jetzt hatte er nicht nur ungehinderte Sicht auf den Kücheneingang, sondern auf jeden Tisch im Raum. Jenna war nicht da. Und dann schweifte sein Blick zu der rechten Wand; dort war eine schmale Tür mit der Aufschrift *uomi hommes* – die Herrentoilette.

Die Küchentür schwang auf, und die fünf Soldaten kamen herein. Gianni hatte dem blonden Mann, der nicht Ricci hieß, die Hand auf die Schulter gelegt. Havelock fixierte den Killer mit höchster Konzentration. Der Besitzer des Gasthofs wies nach links, der Killer durchquerte den Raum und betrat die Herrentoilette. Die Augen. Du mußt auf die Augen achten! Und da passierte es. Havelock folgte den Augen des blonden Mannes. Bestätigt! Die zwei Männer an einem Tisch in der Saalmitte! Der eine hielt seinen Kopf gesenkt, während er sprach; der andere hatte tatsächlich... schlechter Stil... die Beine bewegt, um nicht in die Richtung wie der Killer zu gucken. Zwei weitere Mitglieder der Einheit... aber nur einer von ihnen würde aktiv werden. Der andere war Beobachter. Der Mann, der die Beine bewegt hatte, war der Berichterstatter, der die Erledigung des Auftrags bestätigen, aber sonst in keiner Weise an ihm teilhaben würde. Er war Amerikaner; das war an seinen Fehlern zu erkennen. Er trug eine teure Schweizer Windjacke, die weder in die Umgebung noch in die Jahreszeit paßte. Seine Schuhe waren aus weichem schwarzen Leder, und er trug eine auffällige Digitaluhr... alles so eindrucksvoll, so unwiderstehlich angesichts der hohen Auslandsspesen. Was für ein Kontrast zu der einfachen Bergsteigerkluft seines Begleiters.

Und noch etwas stimmte nicht: Eine Einsatzgruppe aus drei Personen, davon nur zwei bewaffnet, war angesichts der hohen Priorität des Auftrags und der Erfahrung des Mannes, der ihr Hauptziel war, unterbesetzt. Michael begann jedes Gesicht im Raum zu studieren, versuchte wahrzunehmen, ob irgendein Blick zu dem seltsamen Paar an dem Tisch in der Mitte hinüberschweifte. Nach den Gesichtern kam die Bekleidung, insbesondere bei jenen, die mit dem Rücken zu ihm saßen. Aber er konnte nichts Auffälliges entdecken. Mit Ausnahme der beiden Männer an dem Tisch in der Mitte waren die Gäste der Bar Einheimische: Bauern, Bergführer, Ladenbesitzer – offensichtlich Franzosen von der anderen Seite der Brücke – und natürlich die Grenzpolizisten.

»*Ehi! Che avete*?« rief plötzlich jemand hinter ihm. Der Sergeant, der den Lkw gesteuert hatte, stand im Halbdunkel des Wegs, der zum Eingang des Gasthofs führte, die Beine gespreizt, die Hand auf der Pistolentasche.

»*Mia sposa*«, sagte Havelock schnell mit leiser, eindringlicher Stimme und angemessen respektvoll. »*Noi siamo molto distrubati, Signore Maggiore. Io vado ad aiutare una ragazza francese. Mia sposa seguirà!*«

Der Soldat grinste, nahm die Hand von der Tasche und ermahnte den sichtlich verstörten Lauscher in italienischer Sprache. »Die Männer von Monesi gehen also immer noch über die Grenze, um sich Franzosenweiber zu schnappen, was? Wenn Ihre Frau nicht dort drinnen ist, ist sie wahrscheinlich zu Hause im Schlafzimmer und läßt sich's von einem Franzosen besorgen! Haben Sie daran schon mal gedacht?«

»Der Lauf der Welt, Major«, erwiderte Michael beflissen und zuckte die Achseln, während er sich wünschte, der großmäulige Tölpel würde endlich hineingehen und ihn allein lassen. Er mußte zurück ans Fenster!

»Sie sind nicht aus Monesi«, sagte der Sergeant, als hätte ihn das plötzlich beunruhigt. »Sie sprechen nicht wie jemand aus Monesi.«

»Bin aus der Schweiz, Major, aus Lugano. Vor zwei Jahren bin ich hierhergezogen.«

Der Soldat schwieg einen Augenblick und kniff die Augen zusammen. Havelock schob die Hand im Schatten langsam auf seine Hüfte zu, wo die schwere Magnum mit dem Schalldämpfer unter seinem Gürtel steckte. Doch dann machte der Sergeant eine wegwerfende Handbewegung und schüttelte angewidert den Kopf.

»Schweizer! Italienisch-Schweizer, aber mehr Schweizer als Italiener! Alles das gleiche Pack. Ich würde nie in einem Bataillon nördlich von Mailand dienen, das schwöre ich. Lieber quittiere ich den Dienst. Schnüffeln Sie weiter, Schweizer!« Der Soldat schüttelte noch einmal den Kopf, ging auf die schwere Holztür zu, öffnete sie ruckartig und stampfte hinein.

Drinnen wurde gerade eine andere Tür geöffnet, die schmale Tür zur Herrentoilette. Ein Mann kam heraus, und Michael wußte, daß er nicht nur eine dritte Waffe in der Einheit aus Rom gefunden hatte, sondern erkannte jetzt, daß es noch einen vierten geben mußte. Der Mann war einer von zwei Sprengstoffexperten, die ständig zusammenarbeiteten. Beide hatten als Söldner einige Jahre in Afrika verbracht und dort alles mögliche in die Luft gesprengt, angefangen bei Dämmen und Flughäfen bis zu grandiosen Villen, die von Despoten in Operettenuniform bewohnt wurden. Der CIA hatte sie in Angola gefunden, auf der falschen Seite, aber der amerikanische Dollar hatte schon immer eine besondere Überzeugungskraft.

Ihre Anwesenheit zu dieser Zeit und an diesem Ort verriet Havelock etwas sehr Wichtiges: Man erwartete ein Fahrzeug – oder mehrere Fahrzeuge, und mit welcher Methode man die Zielperson beseitigen wollte, war nun offenkundig: Einer der beiden Sprengstoffexperten würde zehn Sekunden lang neben einem Wagen stehen, und zehn Minuten später würde er explodieren – keine Überlebenschance für die Insassen, ebenso für den, der unmittelbar daneben stand. Man rechnete offensichtlich damit, daß Jenna Karras die Grenze in einem Wagen überqueren würde. Minuten später würde sie tot sein. Eine erfolgreiche, nicht nachweisbare Tötungsmethode.

Und der Flugplatz. Rom hatte von dem Mann in Civitavecchia von dem Flugplatz erfahren. Irgendwo auf der Straße hinter Col des Moulinets würde eine Explosion ihr Auto in Stücke reißen.

Michael kauerte sich hinter der Fichte auf den Boden. Durch das Fenster konnte er den Sprengstoffexperten auf die Eingangstür des Gasthofs zugehen sehen; der Mann blickte auf die Uhr, so wie es der blonde Killer vor wenigen Minuten getan hatte. Ein Plan lief hier an, aber welcher?

Jetzt trat der Mann ins Freie. Sein finsteres Gesicht wirkte im schwachen Lichtschein der Lampe am Ende des Wegs noch dunkler. Havelock erhob sich vorsichtig, bereit, dem Mann zu folgen; er blickte zum Fenster hinüber, dann noch einmal, jetzt gespannt und beruhigt.

Drinnen sprach der Sergeant an der Bar mit dem blonden Rekruten, den er Ricci nannte; offenbar erteilte er ihm einen Befehl, der dem anderen nicht gefiel. Der Killer schien zu protestieren, hob sein Bier, als wäre es dringend benötigte Medizin. Dann schnitt er eine Grimasse, leerte das Glas mit wenigen Schlucken und ging zum Ausgang.

Der Plan wurde eingehalten, jede Möglichkeit eines Irrtums war ausgeschlossen. Gemäß einer vorher getroffenen Absprache hatte jemand an der Brücke Anweisung gehabt, den neuen Rekruten vor seiner offiziellen Dienstzeit zu sich zu bestellen; er sollte eingesetzt werden, ehe die Schicht um war. Man würde irgendwelche Verwaltungsgründe vorschieben, niemand würde Einwände erheben. In Wirklichkeit aber war das Teil des Plans.

Die Einheit aus Rom wußte, daß Jenna Karras zu der Brücke unterwegs war. Man hatte in Arma di Taggia ein Motorboot entdeckt und war dem weiblichen Passagier gefolgt; das Fahrzeug, in dem sie in die Ligurischen Berge fuhr, war jetzt wenige Minuten vor seiner Ankunft an der Grenzstation Col des Moulinets gesichtet worden. Gab es einen günstigeren Zeitpunkt, eine Grenze zu überqueren, als am Ende einer Schicht, wenn die Zöllner müde waren und auf Ablösung warteten... noch nachlässiger als gewöhnlich waren?

Die Tür öffnete sich, Michael duckte sich erneut, spähte durch die Zweige der Fichte nach rechts zur Straße hinüber. Der Söldner hatte sie überquert und wandte sich nach links in Richtung Brücke. Er hätte ein ganz gewöhnlicher Spaziergänger sein können, ein Franzose vielleicht, der nach Col des Moulinets zurückkehrte. Doch gleich würde er eine vorher festgelegte Position in unmittelbarer Nähe der Brücke einnehmen, von der aus er an einen Wagen heranschleichen konnte, den die Grenzposten anhielten. Der blonde Killer hatte jetzt die Hälfte des Wegs zurückgelegt; er blieb stehen und zündete sich eine Zigarette an. Als er hörte, wie die Eingangstür zum Gasthof geöffnet wurde und Gelächter ertönte, lief der ›Soldat‹ weiter. Er wußte Bescheid: Die zwei Männer vom Tisch in der Mitte des Gastraums, der amerikanische Agent und sein Begleiter, der zweite Scharfschütze in der Einheit aus Rom, hatten das Lokal verlassen.

Jetzt erkannte Havelock, mit welcher Präzision die Falle vorbereitet worden war. Die zwei Scharfschützen hatten den Auftrag, denjenigen unschädlich zu machen, der versuchen sollte, den Wagen mit Jenna Karras aufzuhalten. Und die beiden Sprengstoffspezialisten garantierten, daß der durchgewinkte Wagen irgendwo auf der Paßstraße oder auf der Strecke zu einem kleinen Flughafen explodierte.

Noch einen weiteren Schluß konnte man aus den Vorbereitungen ziehen: Der Einheit aus Rom war bekannt, daß Michael Havelock hier war, daß er nahe genug an die Grenzposten herankommen würde, um alle Fahrzeuginsassen zu beobachten, die den Grenzposten ihre Pässe zeigten. Man würde sie sorgfältig überprüfen und dabei die Waffen schußbereit halten. Ihr Vorteil lag in ihrer Überzahl, aber auch er verfügte über einen nicht unerheblichen Vorteil: Er wußte, wer sie waren.

Der auffällig gekleidete Amerikaner und sein ›Kollege‹ trennten sich an der Straße, wobei der Agent nach rechts bog, um sich von der Hinrichtungsstelle zu entfernen, während der Killer nach links zur Brücke ging. Zwei kleine Lieferwagen rumpelten die Straße von Monesi herauf. Weder der Amerikaner noch der Killer achteten auf die beiden Lkw; sie kannten das Fahrzeug, das sie erwarteten, und es war keines von den beiden.

Wenn man eine Strategie kennt, kann man sie auch durchkreuzen. Das waren die Worte seines Vaters, Worte, die viele Jahre zurücklagen. Er konnte sich gut daran erinnern, wie geduldig der große, besonnene Mann auf die Partisanen einwirkte, ihnen ihre Ängste nahm und ihre Haßgefühle in sinnvolle Bahnen lenkte. Lidice war ihre Sache, der Tod der Deutschen ihr Ziel. Daran mußte er jetzt denken, als er zur Einfahrt zurückschlich und in den Wald rannte.

Er erblickte die Brücke das erste Mal, als er noch dreihundert Meter von ihr entfernt war, an der Stelle, wo die Straße, die zu dem Berggasthof führte, eine Kurve machte. Soweit er aus der Distanz erkennen konnte, war die Brücke nicht sonderlich lang und so schmal, daß immer nur ein Fahrzeug abgefertigt werden konnte. Inzwischen war eine Doppelreihe nackter Glühbirnen eingeschaltet worden, sie spannte sich über die Brückenmitte und sackte zwischen den Streben durch. Die Grenzstation selbst bestand aus zwei gegenüberstehenden Wachhäuschen. Sie hatten hohe, breite Fenster. Hier über die Brücke spannte sich eine von Hand bediente Schranke, die in reflektierendem Orange gestrichen war und die Durchfahrt sperrte. Rechts von der Winde, mit der die Schranke hochgezogen wurde, war ein schulterhohes Tor, das den Fußgängerweg versperrte.

Zwei Soldaten in braunen Uniformen mit roten und grünen Streifen standen zu beiden Seiten des zweiten Lieferwagens und redeten mit dem Fahrer. Ein dritter Mann stand dahinter, achtete aber nicht auf den Lieferwagen, sondern blickte zum Wald auf der anderen Brückenseite. Seine Augen schweiften umher, aber sein Kopf bewegte sich dabei kaum. Es war der blonde Killer auf seinem perfekt getarnten Posten. Wer würde schon argwöhnen, daß ein einfacher Soldat an einer Grenzstation ein Killer war, der im ganzen Mittelmeergebiet seine Opfer fand.

Soeben war ein vierter Mann durch das Fußgängertor gewinkt worden. Er ging langsam die leichte Steigung zur Brückenmitte hinauf. Aber dieser Mann hatte nicht die geringste Absicht, auf die französische Seite hinüberzuwechseln. Nein, dachte Michael, dieser primitiv gekleidete Bergbauer mit der weiten ausgebeulten Hose und dem schlechtsitzenden Jackett würde sich im Hintergrund halten und dort, wo es dunkel genug war, seine Waffe überprüfen: ohne Zweifel eine Maschinenpistole mit einer abklappbaren Schulterstütze. Er würde den Sicherungsflügel umlegen und sich darauf vorbereiten, im Augenblick der Explosion zur Grenzstation hinunterzurennen, bereit, die italienischen Zöllner zu töten, falls sie sich einschalteten. In erster Linie aber hatte er die Absicht, ein paar Feuerstöße auf einen Mann abzugeben, der aus der Dunkelheit kam, um eine Frau aufzuhalten, die die Grenze überqueren wollte. Denn dieser Mann, der noch kurz zuvor mitten im Lokal des Berggasthofs gesessen hatte, war die Unterstützung für den blonden Killer.

Das Ganze war eine Falle, die sich natürlicher Straßensperren ebenso bediente wie künstlicher, aus der es für die Zielperson kein Entrinnen mehr gab. Zwei Männer warteten mit Sprengstoff und Waffen an der Mündung zur Falle, einer in ihrer Mitte und ein vierter außen. Sehr professionell inszeniert...

12

Auf der anderen Seite der dunklen Straße konnte man als winzigen roten Punkt das Glühen einer Zigarette sehen. Ein dilettantisches Verhalten für einen Agenten. Man sollte ihn ersetzen; und das würde auch geschehen.

Havelock schätzte den Abstand der Zigarette zum Boden ab; der Mann kauerte oder saß, jedenfalls stand er nicht. Bei dem dichten Blattwerk war es ihm unmöglich, die Straße deutlich zu sehen, und das wiederum bedeutete, daß er den Wagen mit Jenna Karras augenblicklich noch nicht erwartete. Der Sergeant hatte in der Einfahrt gesagt, die Soldaten hätten eine Stunde Zeit, um sich den Bauch vollzuschlagen; davon waren zwanzig Minuten bereits verstrichen.

Michael schlich weiter in den Wald hinein, bis der Lichtschein von der Brücke durch die Bäume praktisch verdeckt war. Er rannte über die Straße und tastete sich durchs Unterholz. Er kontrollierte jeden Schritt, um nur ja kein Geräusch zu erzeugen. Einen kurzen schrecklichen Augenblick lang befand er sich wieder in den Wäldern von Prag, und in seinen Ohren hallte das Echo der Schüsse von Lidice. Doch dann zwang er sich in die Gegenwart zurück, erinnerte sich daran, wer und wo er war. Er befand sich in seinem Element, im Wald, der sein Freund gewesen war, als er sonst keinen besessen hatte.

Der Agent saß auf dem Felsbrocken und – typisch – spielte mit seiner neuerworbenen Schweizer Uhr. Havelock griff in die Tasche und holte einen der Gegenstände heraus, die er in Monesi gekauft hatte: ein zehn Zentimeter langes Fischmesser in einer ledernen Scheide. Er zog es heraus, schob die Zweige vor sich auseinander, duckte sich und sprang.

»Sie! Herrgott! . . . Nicht! Was machen Sie? O mein Gott!«

»Ein lautes Wort, und Sie haben kein Gesicht mehr!« Michael hatte dem Agenten sein Knie gegen den Hals gerammt und ihm die rasiermesserscharfe, gezackte Klinge unter dem linken Auge gegen die Wange gedrückt. »Das ist ein Messer, mit dem man Fische sauber macht, Sie Schweinehund. Ich schäle Ihnen die Haut herunter, wenn Sie mir nicht sagen, was ich wissen will. Jetzt gleich!«

»Sie sind wahnsinnig . . . !«

»Und Sie erledigt, wenn Sie das glauben. Wie lange sind Sie schon hier?«

»Sechsundzwanzig Stunden.«

»Wer hat den Befehl gegeben?«

»Woher soll ich das wissen?«

»Weil sogar ein Arschloch wie Sie sich Rückendeckung verschafft! Das ist das erste, was wir lernen, wenn einer erledigt werden soll, stimmt's? Der Befehl! Wer hat ihn erteilt?«

»›Ambiguity‹! Die Operation hat den Codenamen ›Ambiguity‹«, schrie der Mann mit unterdrückter Stimme, als sich das Messer in sein Gesicht bohrte. »Ich schwöre bei Gott, mehr weiß ich nicht! Der Code aus Washington hieß ›Ambiguity‹.«

»Ich will es mal glauben. Und jetzt den Stufenplan. Vollständig! Sie haben ihre Spur in Arma di Taggia aufgenommen, und seitdem hat man sie verfolgt. Wie?«

»Mit wechselnden Fahrzeugen.«

»Wo ist sie jetzt? Was für ein Auto benutzt sie? Wann erwartet man sie hier?«

»Einen Lancia. Ankunft sieben Uhr vierzig. Man hat in ihrem Wagen einen Peilsender versteckt; sie werden um zwanzig vor acht hier sein.«

»Ich weiß, daß Sie keinen Sender bei sich haben, weil ein solches Gerät in Ihrem Fall ein Beweismittel wäre. Wie hat man Kontakt mit Ihnen gehalten?«

»Über das Telefon im Gasthof. Jesus! Nehmen Sie das Ding weg!«

»Jetzt noch nicht, Sie vernünftiger Mann. Erst den Stufenplan. Wer verfolgt den Wagen jetzt?«

»Zwei Männer in einem verbeulten Lkw, vierhundert Meter dahinter. Falls Sie den Wagen anhalten, hören die das und greifen ein.«

»Wenn ich es nicht tue, was dann?«

»Wir haben Vorkehrungen getroffen. Ab halb acht wird jeder, der die Grenze überqueren will, zum Aussteigen aufgefordert. Alle Fahrzeuge werden durchsucht – also muß sie sich so oder so zeigen.«

»Und in dem Moment, haben Sie sich gedacht, würde ich auftauchen.«

»Falls wir... falls sie... Sie nicht bereits vorher finden. Die glauben, sie würden Sie schon entdecken, ehe sie hier erscheint.«

»Und wenn nicht?«

»Ich weiß nicht! Die anderen haben den Plan gemacht.«

»Sie haben ihn gemacht!« entgegnete Havelock wütend und ritzte die Gesichtshaut des Agenten auf; Blut floß über seine Wange.

»Herrgott! Nicht! Bitte!«

»Reden Sie!«

»Es soll so aussehen, als hätten Sie angegriffen. Die wissen, daß Sie eine Waffe haben, ob Sie sie nun zeigen oder nicht. Die knallen Sie ab und ziehen anschließend Ihre Pistole heraus, falls Sie die Waffe noch nicht gezückt haben. Das dient nur der Verwirrung. Dann verschwinden sie; der Lkw hat einen guten Motor.«

»Und der Wagen? Was ist mit dem Wagen?«

»Der wird durchgeschoben. Wir wollen ihn hier nicht haben. Sie ist nicht die Karras; sie ist ein sowjetischer Köder. Moskau soll sie zurückhaben. Die Franzosen werden den Mund halten, wir haben einen Grenzposten geschmiert.«

»Lügner! Sie gottverdammter Lügner!«

Michael zog das Fischmesser quer über das Gesicht des Agenten. »Sie werden gezeichnet sein, Lügner! Diese zwei Nitro-Clowns, die schon in Tansania, Mozambique und Angola mitgemischt haben – die sind nicht wegen der gesunden Bergluft hier, Lügner!«

»O Gott! Sie bringen mich um!«

»Jetzt noch nicht, aber möglich ist das durchaus. Was sollen die beiden machen?«

»Die sind bloß für alle Fälle hier. Ricci hat sie mitgebracht.«

»Der Korse?«

»Ich weiß nicht... Korse?«

»Der Blonde.«

»Ja! Nicht schneiden! Bitte! Nicht schneiden!«

»Für alle Fälle? Wie Ihr Freund am Tisch im Gasthof?«

»Der Tisch? Herrgott, wer sind Sie?«

»Jemand, der die Augen offenhält. Und Sie sind dumm. Für Sie sind die wohl bloß Kanonen.«

»Herrgott, ja! Genau das sind sie.«

Die Lügner in Washington belogen sogar ihre eigenen Leute in Rom, schoß es Michael durch den Kopf. Jenna Karras existierte nicht. Die Frau in dem Wagen sollte erledigt werden, ohne daß Rom davon erfuhr. Lügner! Killer! Warum?

»Wo sind sie?«

»Ich blute! Ich habe Blut im Mund!«

»Sie werden daran ersticken, wenn Sie es mir nicht sagen. Wo?«

»Auf beiden Seiten der Brücke. Ungefähr neun Meter vor der Schranke. Herrgott, ich sterbe!«

»Nein, Sie sterben nicht, Sie sind bloß gezeichnet. Erledigt. Sie sind die ärztliche Behandlung nicht wert.« Havelock nahm das Messer in die linke Hand und hob die rechte, die Finger ausgestreckt, die Muskeln der Handfläche gespannt. So schmetterte er sie dem Mann mit voller Wucht in die Kehle; mindestens für eine Stunde würde er ausgeschaltet sein. Das würde genügen; das mußte genügen.

Er kroch durch das Unterholz, jeden Schritt kontrollierend. Bald hatte er den einen der beiden Sprengstoffspezialisten aufgespürt. Der Mann kniete über einer Tasche oder einem Rucksack. Das Licht von der Brücke war hell genug, um seine Umrisse zu zeigen. Plötzlich war das lauter werdende Geräusch eines Motors zu hören, begleitet vom Klappern eines gelockerten Auspuffs; vielleicht war es auch ein Kotflügel, gegen den Schottersteine prasselten. Michael fuhr lautlos herum, hielt den Atem an, und seine Hand fuhr zum Gürtel. Ein zerbeulter Lieferwagen tauchte auf; ein dumpfer Schmerz in der Magengegend erfaßte ihn – hatte der Agent gelogen? Sein Blick wanderte zurück zu dem Sprengstoffspezialisten; der Mann duckte sich noch tiefer, machte aber sonst keine Bewegung, und Havelock atmete langsam wieder aus.

Der Lieferwagen klapperte vorbei und hielt an der Brücke an. Der blonde Killer stand neben einem Grenzpolizisten; er hatte offensichtlich Anweisung, sich unauffällig zu verhalten; aber statt dessen suchten seine Augen den Wald ab und die Straße darunter. Laute Stimmen hallten von der Grenzstation herüber; das Paar in dem Lieferwagen war offensichtlich mit der unerwarteten Aufforderung, den Wagen zu verlassen, nicht einverstanden. Wahrscheinlich überquerten sie täglich die Grenze. Mürrisch stiegen schließlich die beiden Insassen aus.

Michael wußte, daß der Lärm ihm Deckung bot, und kroch weiter vor. Er war noch zwei Meter von dem Mann entfernt, als die Hintertür des Lieferwagens geöffnet wurde, von lauten Flüchen begleitet. In diesem Moment warf sich Havelock nach vorn, die Arme ausgestreckt, die Finger zu Klauen gekrümmt.

»Di quale . . .«

Der Spezialist hatte keine Gelegenheit, sich weiter zu erschrecken. Sein Kopf wurde gegen einen Felsstein geschmettert, bewußtlos blieb er liegen. Havelock drehte den Mann herum, riß ihm den Gürtel aus der Hose, fädelte ihn unterhalb der Schulterblätter unter seinen Armen durch, zog ihn straff, machte eine Schlinge in das Leder und verknotete ihn. Dann zog er die Llama aus seinem Brusthalfter und ließ den kurzen Lauf auf die rechte Schläfe des Mannes herunterkrachen. Jetzt würde seine Bewußtlosigkeit lange genug anhalten.

Michael wühlte in der Segeltuchtasche. Sie war das tragbare Labor eines Spezialisten, wie der Inhalt zeigte: Dynamitblöcke, weiche Rollen aus Plastiksprengstoff und Zeitzünder; darunter auch solche, die aus flachen, kreisförmigen Bausteinen bestanden und nicht viel größer als das Zifferblatt einer Herrenuhr waren. Mit einem winzigen Knopf an der Seite konnte man die gewünschte Zeit einstellen, die auf einer Digitalanzeige ablesbar war. Diese drahtlosen Zünder waren speziell für Plastiksprengstoff konstruiert. Man drückte sie einfach in die weiche Masse und konnte sich darauf verlassen, daß sie mit einer Abweichung von maximal fünf Sekunden über eine Zeitspanne von vierundzwanzig Stunden funktionierten. Havelock betastete die Umhüllung von einem Stück Plastik. An der oberen Fläche war ein Schlitz angebracht, in den der flache Zünder geschoben wurde, während sich unten eine Lasche befand, die man ein paar Minuten, bevor der Sprengstoff angebracht wurde, abzog. Sie schützte eine Klebefläche, die mit einem Epoxydharz von besonders hoher Haftfestigkeit beschichtet war. Weder Erdbeben noch Orkane konnten den Sprengkörper von seiner Unterlage abschütteln. Er nahm drei Zünder und Bausteine aus der Tasche und steckte sie ein, dann kroch er weg, zog die Segeltuchtasche hinter sich her und verbarg sie unter einem heruntergefallenen Fichtenzweig.

Er sah auf die Uhr.

Noch zwölf Minuten.

Die lautstarke Auseinandersetzung auf der Brücke hatte aufgehört. Die verärgerten zwei jungen Leute waren wieder in ihren Lieferwagen gestiegen. Der Motor wurde angelassen, dann waren ein paar knirschende, metallische Geräusche zu hören, und schließlich sprang er an, um gleich darauf aufzuröhren, als das Gaspedal gedrückt wurde. Die Scheinwerfer flammten wieder auf, die orangerote Schranke hob sich, und der zerbeulte Lkw rollte an. Jetzt war das Klappern noch lauter, weil die Brückenfahrbahn mit schmalen Metallstreben durchzogen war. Der Krach war fast unerträglich, einer der Grenzposten zuckte zusammen und hielt sich beide Hände an die Ohren.

Der Lärm, die Scheinwerfer – beides diente ihm als Ablenkung. Wenn er sich richtig postieren könnte, hatte er – mit etwas Glück – eine

Chance, den zweiten Killer zu erledigen. Aber ein einziger Schuß würde nicht ausreichen, um den untersetzten Mann in der wattierten Jacke auszuschalten; niemand war auf mehr als fünfundzwanzig Meter treffsicher. Ein guter Schütze jedoch, der mehrere Kugeln praktisch in einem einzigen Feuerstoß abgab, konnte den tödlichen Treffer anbringen. Das erforderte eine ruhige Hand, er mußte den Arm also irgendwo aufstützen und sein Ziel deutlich vor Augen haben. So schnell und so lautlos wie möglich arbeitete er sich an den Rand der Schlucht heran.

Plötzlich schoß der Strahl einer Taschenlampe hinter ihm hervor. Schnell huschte er hinter einen großen Felsbrocken. Er hatte oben am Rand einer zackigen Felswand Zuflucht gefunden, die etwa fünfzig Meter zum Fluß abfiel. Die Sicht zur anderen Seite war unbehindert. Der blonde Killer stand reglos da, die Taschenlampe in der Hand; die Bewegung eines Zweiges mußte ihn irritiert haben. Langsam ließ seine Aufmerksamkeit nach; offenbar hatte ein Tier den Zweig berührt, vermutete er wohl.

Unter ihm erreichte der rumpelnde Lieferwagen die Brückenmitte. Höchstens zwanzig Meter entfernt lehnte sich der Killer über das Geländer, den Kopf tief im Kragen seiner schweren Jacke vergraben. Das Poltern war jetzt ohrenbetäubend, hallte von den Wänden der Schlucht wider, als die Scheinwerferbündel des Lkw den Mann voll erfaßten. Havelock sprang hinter dem Felsen hervor und stützte seine Füße an einem Vorsprung ab. Er würde höchstens Sekunden Zeit haben, um die Magnum genau in dem Moment abzufeuern, wenn der Lieferwagen die Sicht von den Wachhäuschen her versperrte. Michael zog die schwere Waffe aus dem Gürtel und stützte den Arm an dem Felsen ab, umfaßte das rechte Handgelenk mit der Linken und zielte. Als die Motorhaube des Lieferwagens sich an dem Mann vorbeischob, richtete er sich auf und gab schnell hintereinander vier Schüsse ab, die sich in das betäubende Poltern auf der Brücke mischten. Der Killer bäumte sich nach hinten und sank zu Boden.

Das klappernde Geräusch entfernte sich, als der Lieferwagen die andere Brückenseite erreichte. Auf der französischen Seite war die Schranke geöffnet; dafür hatte der Mann aus Rom gesorgt. Die beiden Zöllner lehnten an der Wand, Zigaretten im Mund. Jetzt war ein anderes Geräusch zu hören, es kam von der Straße nach Monesi. Michael glitt in den Wald zurück, kauerte sich nieder und steckte die warme Magnum in den Gürtel. Er spähte zwischen den Bäumen hindurch zur Grenzstation; die beiden echten Grenzsoldaten befanden sich in dem Wachhäuschen zur Rechten, man konnte sie deutlich hinter den großen Glasfenstern sehen. Sie nickten mit den Köpfen, als zählten sie etwas – Lire wahrscheinlich. Der blonde, als Soldat getarnte Killer war draußen und starrte die Straße hinunter.

Jetzt hob er die Hand zur Brust, schüttelte zweimal das Handgelenk – eine unauffällige Bewegung. Aber in Wirklichkeit bedeutete die Geste etwas anderes: sie war ein Signal.

Jetzt bewegte sich die Hand nach unten, zur rechten Hüfte, und es gehörte nicht viel Fantasie dazu, um zu begreifen, daß er eine Pistolentasche aufknöpfte. Havelock kroch schnell durch das Unterholz, bis er den bewußtlosen Sprengstoffspezialisten erreicht hatte. Das Motorengeräusch wurde jetzt lauter, und wenn man genau hinhörte, konnte man ein weiteres Geräusch wahrnehmen, von einem zweiten Fahrzeug, das seine Geschwindigkeit ständig steigerte. Michael teilte die dicken Äste einer Fichte auseinander und sah ein paar hundert Meter weiter unten auf der Straße den glitzernden Kühlergrill einer großen Limousine, in dem sich das Licht von der Brücke widerspiegelte. Jetzt bog er in die Kurve ein; der Wagen war ein Lancia! Es war Jenna! Havelock zwang sich zur Konzentration. Die nächsten Minuten würden ihm alles abverlangen, was er je gelernt hatte, jede Fähigkeit und jeden Trick.

Der Lancia kam näher, und ein scharfer Schmerz schoß durch Michaels Brust, als er ins Wageninnere starrte. Jenna war nicht im Wagen. Statt dessen konnte er im reflektierten Licht der Armaturen zwei Männer erkennen. Der Fahrer rauchte, während sein Begleiter auf ihn einredete und dabei mit den Händen herumfuchtelte. Dann drehte der Fahren den Kopf zur Seite, offenbar sagte er zu jemandem auf dem Rücksitz etwas. Der Lancia begann seine Fahrt zu verlangsamen; jetzt war er etwa noch sechzig Meter von der Grenzstation entfernt.

Der blonde Killer an der Schranke drehte sich um und ging schnell auf das Wachhäuschen zu, klopfte ans Fenster, deutete auf das sich nähernde Fahrzeug und dann auf sich. Er war der beflissene Rekrut, der seinen erfahrenen Vorgesetzten klarmachte, daß er den nächsten Auftrag übernehmen würde. Die zwei Soldaten blickten auf, verstimmt über die Störung, und fragten sich vielleicht, ob der Neue das Geld in ihren Händen gesehen hatte; dann nickten sie und winkten ihn weg.

Anstatt sofort zu verschwinden, griff der Killer, den Rom geschickt hatte, in die Tasche und holte einen Gegenstand heraus, während er unauffällig auf die geschlossene Tür des Wachhäuschens zuging. Er beugte sich vor und schob den Gegenstand in den Rahmen unter dem Fenster, wobei seine Schulterbewegungen erkennen ließen, daß er dazu sehr viel Kraft benötigte. Havelock versuchte sich vorzustellen, was der Killer tat. Schließlich begriff er; bei der Tür des Wachhäuschens handelte es sich um eine Schiebetür, aber jetzt würde sie sich nicht mehr öffnen lassen; denn der Mann namens Ricci hatte eine dünne Stahlplatte mit kleinen Widerhaken zwischen Türstock und Türblatt geschoben. Je mehr Kraft eingesetzt würde, um die Tür zu öffnen, desto tiefer würden sich die kleinen Dorne in das Holz bohren, bis jede Bewegung unmöglich war. Die zwei Soldaten drinnen im Häuschen konnten jetzt nicht heraus, und wie das bei Grenzstationen überall der Fall war – so unbedeutend sie auch sein mochten –, war auch dieses Haus massiv gebaut und hatte dickes Glas in den Fenstern. Und doch hatte der Blonde etwas übersehen; sie brauchten bloß die Kaserne anzurufen und würden sofort Unterstützung bekommen. Michaels Blick wanderte nach links über die Straße. Vom Ast eines Baums baumelte ein Telefondraht; er war durchgeschnitten worden. Die Killer aus Rom hatten die Grenzstation unter Kontrolle.

Der blonde Mann ging auf die Metallplanke zu, die die Straße von der Brückeneinfahrt trennte, nahm militärische Haltung an – die linke Hand an der Hüfte, die rechte erhoben – und blickte der heranrollenden Limousine entgegen. Der Lancia kam zum Halten, die Vorderfenster wurden heruntergekurbelt, und die zwei Männer auf dem Vordersitz reichten ihre Pässe heraus, die Arme ausgestreckt, so daß man die Dokumente sehen konnte. Der Killer ging zum Fenster des Fahrers hinüber und sprach leise auf ihn ein – zu leise, als daß Havelock es hören konnte –, während er am Fahrer vorbei zum Hintersitz blickte.

Der Fahrer antwortete, besorgt, wie es schien, und wandte sich dabei, Bestätigung heischend, seinem Begleiter zu. Der zweite Mann beugte sich über den Sitz, nickte zuerst und schüttelte dann den Kopf. Der falsche Zöllner trat zurück und erhob die Stimme, ganz Beamter.

»Bedaure, *Signori et Signora*«, sagte er in italienischer Sprache. »Ich habe heute abend Anweisung, daß alle Insassen zur Überprüfung ihr Fahrzeug verlassen müssen.«

»Aber man hat uns zugesichert, daß wir so schnell wie möglich passieren dürften, *Caporale*«, protestierte der Fahrer und hob dabei die Stimme. »Die Frau hat erst vor zwei Stunden ihren Mann begraben. Sie ist völlig außer sich... hier sind ihre Papiere. Ihr Paß. Und die unseren auch. Alles ist in Ordnung, das kann ich Ihnen versichern. Man erwartet uns um acht Uhr zur Messe. Sie stammt aus einer guten Familie. Die Bürgermeister von Monesi und Moulinets waren beim Begräbnis...«

»Bedaure, *Signore*«, erwiderte der Killer geschäftig. »Bitte steigen Sie aus. Hinter Ihnen ist ein Lastwagen und Sie sollten hier die Kontrolle nicht aufhalten.«

Havelock wandte den Kopf und blickte auf den heruntergekommenen Lkw mit der kraftvollen Maschine. Die beiden Männer waren bereits ausgestiegen und standen zu beiden Seiten der Straße, suchten den Wald und die Böschung ab und hatten die Hände in den Taschen ihrer Anoraks. – Unterstützung für den Mann aus Rom. Falls man die Zielperson sah, würde sie sterben.

Und wenn man sie nicht zu fassen kriegte? Würde dann der zweite Befehl ausgeführt werden, nämlich den Köder in Col des Moulinets zu eliminieren, weil er nutzlos geworden war? Es war für Michael gleichermaßen schmerzhaft, sich die Antwort einzugestehen, wie es offenkundig war. Es mußte so sein. Die Existenz dieser Frau war für die Lügner zu gefährlich, für jene Leute, die den Strategen ebenso wie den Botschaften Befehle erteilten. Die Einheit würde unverrichteterdinge nach Rom zurückkehren, und nur ein Agent, den man über die zweite Zielperson nicht informiert hatte, würde der Verlierer sein.

Die hochgewachsene, schlanke Gestalt in Schwarz stieg aus dem Wagen, eine Frau in Trauerkleidung; ein kaum durchsichtiger schwarzer Spitzenschleier fiel von ihrem breitkrempigen Hut und bedeckte ihr Gesicht. Havelock blickte aus brennenden Augen hinüber, und der Schmerz in seiner Brust war fast unerträglich; sie war höchstens sechs Meter von ihm entfernt.

»Ich bedaure wirklich, *Signora*«, sagte der Killer in Uniform, »ich muß Sie bitten, den Hut abzunehmen?«

»Du lieber Gott, warum?« fragte Jenna Karras mit leiser, kontrollierter Stimme, doch stockend.

»Nur um Ihr Gesicht mit dem Foto in Ihrem Paß zu vergleichen, *Signora*. sie wissen doch sicher, daß das üblich ist.«

Langsam hob Jenna den Schleier vom Gesicht und dann den Hut vom Kopf. Die Haut, die so oft von der Sonne gebräunt worden war, wirkte bleich in dem schwachen, gespenstischen Licht der Brücke. Ihr langes blondes Haar war nach hinten gekämmt und in einem strengen Knoten zusammengefaßt. Michael atmete langsam, lautlos; etwas in ihm wollte losschreien; während ein anderer Teil sich verzweifelt an die Vergangenheit erinnerte... wie sie beide nebeneinander im Gras über der Moldau liegen, die Ringstraße hinuntergehen, händchenhaltend wie Kinder – zwei Geheimagenten, die sich wie normale Menschen benahmen. Zusammen im Bett, eng umschlungen, das Versprechen auf den Lippen, daß sie eines Tages irgendwie aus ihrem Gefängnis ausbrechen würden. Überall, nur hier nicht, vom Tode bedroht.

»*Signora* haben herrliches Haar«, sagte der blonde Killer und lächelte. »Das würde meiner Mutter gefallen. Wir sind auch aus dem Norden.«

»Danke. Darf ich den Schleier wieder aufsetzen, *Caporale*? Ich habe Trauer.«

»Einen Augenblick bitte«, erwiderte Ricci und hob den Paß, ohne ihn anzusehen. Sein Blick schweifte überall hin, wobei er kaum den Kopf bewegte, aber es war zu spüren, daß sein Zorn wuchs. Jennas Begleiter standen reglos neben dem Wagen, wichen dem Blick des Soldaten aus.

Hinter dem Lancia, zu beiden Seiten des zerbeulten Lastwagens, spähten die Killer in die Dunkelheit, wobei ihr Blick immer wieder in die Umgebung des Gasthofs zurückkehrte. Ihre Gesichter wirkten erwartungsvoll, als rechneten sie alle damit, daß er plötzlich aus der Finsternis auftauchte. Das war es, was sie nun erwarteten. Jetzt mußte es geschehen.

Inzwischen versuchten die beiden Soldaten im Wachhäuschen, die Tür zu öffnen und schrien durchs Fenster, aber das dicke Glas dämpfte ihre Stimmen. Jenna Karras und ihren bezahlten Begleitern entging nichts davon; der Fahrer hatte sich auf die Tür zubewegt, sein Begleiter ein paar Schritte zum Waldrand gemacht. Hier war eine Falle im Begriff zuzuschnlappen, aber aus Gründen, die sie nicht verstehen, nicht einmal vage ahnen konnten. Ihnen galt der Hinterhalt nicht, denn sonst wären sie jetzt bereits tot.

»*Finisce in niente*«, sagte der uniformierte Killer, gerade laut genug, um gehört zu werden, und nahm seine Hand an die Hüfte, schüttelte das Handgelenk dabei zweimal, wie er es vorher schon einmal getan hatte.

Michael griff in die Tasche und holte ein Päckchen Plastiksprengstoff und einen Zeitzünder heraus. Vorsichtig drückte er den Knopf des Zeitgebers, bis die gewünschten Ziffern aufleuchteten, und schob die flache Scheibe in den Schlitz. Er hatte seinen Standort in der Finsternis immer wieder überprüft. Wie eine Schlange arbeitete er sich zwei Meter in den Wald hinein, musterte die Silhouetten der Zweige vor dem Nachthimmel und warf das Päckchen in die Luft. Sofort hastete er wieder zur Straße zurück, bis er die Höhe des zerbeulten Lastwagens erreicht hatte, drei Meter von dem Ersatzmann in Gebirgskleidung entfernt.

»Ich bedaure die Verzögerung wirklich, *Signora et Signori*«, sagte der Killer, den Rom geschickt hatte. Er trat vom Lancia zurück und ging auf die Winde zu, um die orangerote Schranke zu öffnen. »Ich habe meine Vorschriften. Sie dürfen jetzt zu Ihrem Wagen zurückkehren. Alles ist in Ordnung.« Der blonde Mann ging an den Fenstern des Wachhäuschens vorbei und achtete kaum auf die verärgerten Rufe der Soldaten drinnen; er hatte jetzt keine Zeit für Belanglosigkeiten. Ein Plan war gescheitert, eine sorgfältig ausgearbeitete Strategie vergebens gewesen; nun drängte es ihn, den Schauplatz so schnell wie möglich zu verlassen. Nur noch eins galt es zu erledigen, etwas, das der offizielle Agent nicht wissen durfte. Er kurbelte die orangerote Schranke hoch, trat sofort wieder in die Mitte der Durchfahrt und holte ein Notizbuch und einen Bleistift aus der Tasche, ein Grenzposten, der die Zulassungsnummer eines Fahrzeugs notiert. Auch das war ein Signal.

Sekunden noch.

Jenna und ihre beiden Begleiter stiegen ins Auto, die Gesichter der zwei Männer verrieten Verblüffung und Erleichterung zugleich. Als die Türen zuknallten, schob sich die Gestalt eines kleinen, drahtigen Mannes langsam auf der anderen Straßenseite aus dem Blattwerk und bewegte sich auf das Heck des Lancia zu; aber seine Aufmerksamkeit galt nicht dem Wagen, sondern dem Wald jenseits der Straße. Er hob die rechte Hand an die Hüfte, schüttelte zweimal sein Handgelenk und registrierte verwirrt, daß niemand auf sein Signal reagierte. Einen Augenblick lang stand er da, mit gefurchter Stirn. Er war irritiert, aber keineswegs in Panik. Männer in seinem Beruf begriffen, daß Geräte manchmal nicht funktionierten; so etwas geschah plötzlich und konnte tödlich sein. Deshalb reisten die zwei Spezialisten auch als Team. Er sah schnell zur Grenzstation hinüber; der Killer war ungeduldig. Der Mann kniete nieder, wechselte einen Gegenstand von der linken Hand in die rechte und langte unter den Wagen, dorthin, wo der Benzintank saß.

Jetzt hatte er nicht einmal Sekunden.

Havelock hatte den Mann vor der Kimme seiner Magnum und drückte ab; der Spezialist schrie auf, der Aufprall des Projektils warf ihn gegen den Kotflügel. Das Sprengstoffpaket fiel aus seiner Hand, als sein Arm nach hinten gerissen wurde. Die Kugel hatte sich in seine Wirbelsäule gebohrt, sein Körper bäumte sich in loderndem Schmerz nach hinten. Der Killer neben dem Lieferwagen fuhr herum und zog eine schußbereite Automatic aus der Tasche. Michael wälzte sich ins Unterholz. Schüsse hallten, Kugeln pflügten den Boden auf, als Havelock die Magnum hob und die letzte Patrone im Magazin abfeuerte. Dem gedämpften Knall folgte ein lautes Stöhnen von dem Mann neben dem Lieferwagen; die Kugel hatte seinen Hals zerrissen.

»*Di dove? Dove!*« rief der blonde Killer und rannte um den Lancia herum.

In dem Moment ließ eine gewaltige Explosion die Luft erzittern, und ein greller Lichtschein erhellte den Wald. Michaels Plastiksprengstoff war detoniert. Der Killer warf sich zu Boden, die Waffe gezogen, und schoß blind um sich. Der Motor des Lancia brüllte auf, die Räder drehten durch, dann raste die Limousine auf die Brücke zu. Jenna war frei!

Michael erhob sich und rannte aus dem Wald heraus, die leergeschossene Magnum im Gürtel, die Llama in der Hand. Der Killer sah ihn im Licht der sich im Wald ausbreitenden Flammen, richtete sich auf und zielte auf Havelock, den rechten Arm auf die linke Hand gestützt. Er feuerte schnell hintereinander, die Kugeln pfiffen, prallten vom Felsgestein ab, während Michael hinter dem Lieferwagen Deckung suchte. Da hörte er Schritte hinter sich, wirbelte herum, den Rücken gegen die Tür. Jetzt sprang der Fahrer auf ihn zu, hob die Waffe und drückte ab. Havelock ließ sich zu Boden fallen, zielte und gab zwei Schüsse ab. Er spürte einen eisigen Schmerz an der Schulter, wußte, daß er getroffen war, ahnte aber nicht, wie ernsthaft die Wunde war. Der Fahrer wälzte sich blutend und stöhnend am Straßenrand. Von ihm drohte keine Gefahr mehr.

Plötzlich spritzte vor Michael die Erde auf; der blonde Killer hatte wieder zu schießen angefangen. Havelock warf sich unter den Lieferwagen und kroch, von Panik getrieben, auf die andere Seite. Er sprang auf und schob sich seitwärts zur Fahrertür. Jetzt sah er die verstörten Gäste, die sich unten vor dem Eingang des Berggasthofs drängten. Er hatte wenig Zeit; Männer würden aus der Kaserne gerannt kommen, vielleicht jetzt schon unterwegs sein. Er riß die Tür auf; die Schlüssel steckten im Zündschloß, wie er es gehofft hatte. Er hechtete auf den Fahrersitz, den Kopf geduckt, und drehte den Schlüssel um; der starke Motor sprang an. Sofort kam von vorne Feuer, er hörte, wie die Kugeln in das Blech einschlugen. Dann eine Pause. Michael begriff; der Killer mußte nachladen. Das war seine Chance! Er schaltete die Scheinwerfer ein, die ein blendendes Licht verbreiteten. Vorne kauerte der blonde Mann an der Straßenböschung und rammte ein neues Magazin in seine Automatic. Havelock trat auf die Kupplung, riß den Ganghebel nach vorne und gab Vollgas.

Der schwere Lkw machte einen Satz, seine Reifen drehten fast durch. Michael riß das Steuer nach rechts und beschleunigte. Eine Kugel traf die Windschutzscheibe; wie ein Spinnennetz breiteten sich Risse über das Glas aus. Havelock hob den Kopf gerade hoch genug, um zu sehen, was er sehen mußte; die Scheinwerfer hatten den Killer erfaßt. Michael hielt seinen Kurs, bis er den Aufprall spürte und den wütenden Schrei hörte. Plötzlich riß der Schrei ab, der uniformierte Killer taumelte zur Seite und krümmte sich. Eine Sekunde später rollten die schweren Stollenreifen des Lieferwagens über seine Beine. Wieder riß Havelock das Steuer herum, diesmal nach links. Er raste an den zwei Wachhäuschen vorbei auf die Brücke und registrierte mit einem kurzen Blick zur Seite, daß die zwei Grenzsoldaten drinnen ausgestreckt auf dem Boden lagen.

Auf der französischen Seite herrschte Chaos, aber es gab keine Schranke, die ihm den Weg versperrte. Soldaten rannten von allen Seiten auf die Grenzstation zu, ringsum hallten Befehle. In einer beleuchteten Wachstube drängten sich vier Uniformierte, einer von ihnen schrie in ein Telefon. Die Straße nach Col des Moulinets zweigte links von der Brücke ab und führte geradewegs zu einem Bergdorf mit kleinen Holzhäusern und geschindelten Dächern. Er rollte in eine schmale, kopfsteingepflasterte Straße. Vor sich sah er die roten Hecklichter des Lancia. Er war weit vor ihm; jetzt bog er in eine Straße ein. In

Col des Moulinets war jeder Weg mit Steinen gepflastert. Einige waren kaum breit genug, um sie mit einem Obstkarren passieren zu können.

Die Straße wurde breiter, die Häuser und Läden lagen jetzt weiter zurück. Dorfbewohner liefen an beleuchteten Schaufenstern entlang. Der Lancia war verschwunden! Michael mußte ihn wiederfinden!

»Pardon! Où est l'aéroport?« rief er durch das heruntergelassene Fenster einem älteren Ehepaar zu.

»Aéroport?« sagte der alte Mann auf französisch, sprach das Wort aber eher mit italienischem Akzent aus. »In Col des Moulinets gibt es keinen Flughafen, Monsieur.«

»Ganz in der Nähe des Dorfes muß einer sein, da bin ich ganz sicher«, erwiderte Havelock und versuchte, seine Erregung unter Kontrolle zu halten. »Ein sehr guter Freund hat mir gesagt, er würde nach Col des Moulinets fliegen. Ich soll mich hier mit ihm treffen und habe mich verspätet.«

»Ihr Freund hat den Flughafen in Cap Martin gemeint, *Monsieur*.«

»Vielleicht nicht«, mischte sich ein jüngerer Mann ein. »Fünfzehn oder zwanzig Kilometer nördlich von hier, auf der Straße nach Tenda, ist ein kleiner Landeplatz. Die reichen Leute, die ihre Villen in Roquebillière und Breil haben, benutzen ihn.«

»Das ist es! Wie komme ich am schnellsten hin?«

»Biegen Sie an der nächsten Straße rechts ein und dann noch einmal rechts. Fahren Sie bis zur Rue Maritimes. Biegen Sie dort nach links, dann immer der Straße entlang.«

»Danke.«

Minuten später raste er durch die Finsternis, Jenna entgegen. Auf der Landstraße hielt er vergeblich nach dem Lancia Ausschau. Fuhr er überhaupt in die richtige Richtung? Oder hatte er in seiner Aufregung den Weg verpaßt?

Ein Scheinwerferbalken! Er zog über den Nachthimmel. Hinter den nächsten Hügeln, schräg vor ihm zur Linken. Irgendwo würde die Straße abbiegen, nur Minuten von ihm entfernt war ein Flugplatz und ein Flugzeug – und Jenna.

Er klammerte sich an das Lenkrad und schoß in hohem Tempo durch die Kurven. Bald sah er zwei Lichtbalken vorne und zwei rote Punkte hinten. Es war der Lancia! Er war eine Meile vor ihm. Und jetzt erblickte er auch die gelben Bodenlichter des Flugplatzes im Tal. Seine Länge und Breite reichte ebenso für kleine Jets wie für Propellermaschinen aus.

Havelock drückte das Gaspedal bis zum Boden durch, sein rechter Fuß trat immer wieder kurz auf die Bremse, wenn der Lkw zu schleudern anfing. Die Straße wurde jetzt flacher und verlief an dem eingezäunten Flugplatz entlang. Ungefähr zwölf Maschinen waren seitlich der Rollbahn verteilt. Der Zaun war drei Meter hoch und oben mit Stacheldrahtgitter gesichert. Das ließ vermuten, daß die Toreinfahrt durch Wachen besetzt war. Michael bog mit kreischenden Reifen in die Zufahrt. Das schwere, drei Meter hohe Tor schloß sich hundert Meter vor ihm. Drinnen raste der Lancia quer über das Flugfeld. Plötzlich erloschen die Lichter; irgendwo auf dem weiten Areal wartete ein Flugzeug auf den Start. Jetzt ging es um Bruchteile von Sekunden.

Ohne das Steuer loszulassen, drückte er mit beiden Handballen auf die Hupe des Lieferwagens, während er auf das sich schließende Tor zuraste. Zwei uniformierte Wachen standen innerhalb des Zaunes, einer hielt die stählerne Querstange des Tors, während der andere am Riegel stand, bereit, die Stange in die Halterung zu legen. Beide starrten durch das Drahtgeflecht auf den Wagen; man konnte es ihren erschreckten Gesichtern ablesen, daß sie keineswegs die Absicht hatten, sich dem heranbrausenden Lkw in den Weg zu stellen. Der eine Mann ließ die Stange los, rannte nach links; das Tor schwang teilweise zurück. Der Mann an der Querstange machte einen Satz nach rechts und warf sich ins Gras, wo der Zaun ihm Schutz bot. Jetzt kam der Aufprall, der Lieferwagen riß das Tor aus den Angeln und schmetterte es gegen das kleine Wachhäuschen, so daß Glas zersplitterte und ein elektrischer Draht abgerissen wurde.

Auf dem Flugfeld verfehlte Michael nur knapp zwei Jets, die im Schatten eines Hangars parkten. Er riß das Steuer nach links, in die Richtung, in die der Lancia noch vor weniger als einer Minute gefahren war.

Ein Licht flackerte kurz auf am anderen Ende der Piste. Die Kabine eines Flugzeugs war geöffnet worden, die Innenbeleuchtung war für einen Moment aufgeflammt und sofort wieder gelöscht worden. Die robusten, wettersicheren Glühbirnen der Pistenmarkierung explodierten unter seinen Reifen, als er auf die Stelle zuraste.

Da war es! Kein Jet, sondern eine zweimotorige Maschine, deren Propeller sich plötzlich wild drehten. Der Pilot war bereit, in Startposition zu rollen.

Jetzt hielt der Lancia rechts hinter dem Flugzeug. Wieder ein Licht! Die Türen vom Lancia wurden geöffnet. Michael konnte Gestalten aus dem Wagen springen und zum Flugzeug rennen sehen. Wieder flammte das Kabinenlicht auf. Einen Augenblick überlegte Michael, ob er das Leitwerk rammen sollte, aber zu leicht konnte er einen Treibstofftank treffen, und Sekunden später würde das Flugzeug in Flammen stehen. Und er hatte nur Sekunden! Er riß den schweren Lieferwagen nach rechts, dann nach links und brachte ihn wenige Meter vor der Maschine zum Halten. Er sprang heraus und rief:

»Jenna! Jenna! *Poslouchám já! Stuj!* Hör mir zu!«

Der Fahrer des Lancia stieß sie die Treppe hinauf. Michael rannte auf sie zu, hatte für nichts Augen, nur für sie. Er mußte sie aufhalten!

Der Schlag kam aus dem Schatten, gedämpft. Sein Kopf zuckte zurück, als die Beine ihm den Dienst versagten und Blut sein Haar über der rechten Schläfe tränkte. Er war auf seinen Knien, stützte sich mit den Händen, starrte zu dem Flugzeug hinauf, zu den Fenstern und konnte sich nicht bewegen! Die Kabinenbeleuchtung blieb ein paar Sekunden eingeschaltet, er sah ihr Gesicht, ihre Augen, die ihn anstarrten. Es war ein Augenblick, den er, so lange er lebte, nicht vergessen würde... wenn man ihn leben ließ. Ein zweiter Schlag mit einem stumpfen Gegenstand traf ihn im Nacken.

Er durfte jetzt nicht über das schreckliche Bild nachdenken. Sirenen heulten über das Gelände, Scheinwerfer blitzten auf, fingen die Propellermaschine ein, als sie zwischen den gelben Lichtern dahinraste. Der Mann, der ihm die zwei Schläge versetzt hatte, rannte auf den Lancia zu. Er mußte sich bewegen! Oder sie würden ihn nicht leben lassen, würden nicht zulassen, daß er sie je wiedersah, daß er die Lügner jagte. Taumelnd kam er auf die Beine, seine rechte Hand zog die Llama unter seinem Jackett hervor.

Er feuerte zweimal über das Dach der Limousine; der Mann, der sich jetzt auf den Fahrersitz warf, hätte ihn töten können. Er würde diesen Mann jetzt nicht umbringen. Seine Hände waren zu unsicher, die gleißenden Scheinwerfer, die über das Flugfeld glitten, zu irritierend, als daß er einen gezielten Schuß hätte anbringen können. Aber er mußte den Wagen haben! Wieder feuerte er, und diesmal prallte die Kugel vom Metall ab, als er sich dem Fenster näherte.

»Raus, oder Sie sind ein toter Mann!« schrie er und öffnete die Tür. »Sie haben gehört, was ich gesagt habe! Raus!« Havelock packte den Mann am Kragen, zerrte ihn aus dem Wagen und warf ihn ins Gras. Dann schob er sich selbst hinter das Steuer und schlug die Tür zu; der Motor lief.

Die nächsten fünfundvierzig Minuten raste er mit hoher Geschwindigkeit im Zickzack über den Flughafen, wich den Scheinwerferbalken aus und kollidierte wenigstens ein dutzendmal mit parkenden Flugzeugen, bis das demolierte Tor direkt vor ihm war, ohne ihn zu behindern. Er raste hindurch, ohne die Straße richtig wahrzunehmen. Was seine Augen erfüllte, war der schreckliche Anblick von Jenna Karras im Fenster des anrollenden Flugzeugs.

In Rom hatte er ihr Gesicht gesehen; es hatte nackte Furcht und Verwirrung ausgedrückt. Augenblicke zuvor war da etwas anderes gewesen; er hatte es in ihren Augen gesehen: kalter, unverhohlener Haß.

13

Er fuhr nach Südwesten, in Richtung Provence, dann nach Süden, auf die Küste zu, zu dem kleinen Städtchen Cagnes-sur-Mer. Da er jahrelang im nördlichen Mittelmeerraum für das CIA gearbeitet hatte, kannte er einen Arzt zwischen Cagnes und Antibes; jetzt brauchte er dringend seine Hilfe. Er hatte den Hemdsärmel abgerissen und damit die Wunde an seiner Schulter verbunden. Aber das reichte nicht aus, um einen Blutverlust zu verhindern. Die ganze Brust war mit Blut bedeckt, das Hemd klebte an seiner Haut. Am Hals hatte er nur eine Prellung, die Platzwunde am Kopf jedoch mußte genäht werden; die leiseste Berührung würde den verkrusteten Riß wieder aufplatzen lassen.

Er brauchte auch noch andere Hilfe, und auch die würde Dr. Henri Salanne ihm gewähren. Er mußte mit Matthias Kontakt aufnehmen; jede weitere Verzögerung war unsinnig. Aus den Befehlen mußte es möglich sein, die Identität der Männer ausfindig zu machen, die unter der Codebezeichnung ›Ambiguity‹ eine Verschwörung von ungeheurem Ausmaß inszeniert hatten. Jenna Karras hatte die Aktion an der Costa Brava überlebt – war nicht tot, wie es in den offiziellen Akten hieß –, und ihn hatten sie zum Todeskandidaten erklärt. Ersteres würde Matthias seinem *přítele* auch so glauben, letzteres würden die versiegelten, schwarz geränderten Geheimakten in Sterns Abteilung bestätigen. Die Gründe waren zwar Havelock nicht zugänglich, wohl aber die Fakten; sie reichten für Matthias aus, um endlich einzugreifen. Und während der Außenminister aktiv wurde, mußte Michael so schnell wie möglich nach Paris gelangen. Das würde nicht einfach sein, denn jeder Flughafen, jede Straße, jeder Bahnhof in der Provence und an der Küste würden überwacht werden, und Matthias würde nichts dagegen unternehmen können. Die Lügner hatten die Zeit und die bessere Kommunikation auf ihrer Seite. Es war viel leichter, Geheimbefehle zu erlassen, als sie zu widerrufen; wenn nämlich die Opfer verschwanden, wollte jeder das Lob für den Mord einstreichen.

Binnen einer Stunde – falls es nicht schon geschehen war – würde Rom über die Ereignisse am Col des Moulinets informiert sein. Per Telefon und über Funk würde die Nachricht verbreitet:

Die Zielperson ist weiterhin in Freiheit. Angeblich verwundet. Das gesamte Netz ist in Alarmzustand; alle Quellen, alle verfügbaren Waffen einsetzen. Zone Null: Col des Moulinets. Radius: maximal zwei Stunden Reisezeit. Benutzt eine Lancia-Limousine. Aufspüren und töten.

Gewiß waren die Lügner in Washington bereits an Dr. Salanne herangetreten; aber wie so häufig in der Welt der Geheimdienste, gab es
Dinge in seiner Vergangenheit, von denen diejenigen, die in Washington, Rom oder Paris geheime Zahlungen anwiesen, nichts wußten.
Über Schmarotzer wie Dr. Henri Salanne waren nur die Leute im
Außendienst informiert, die zu einer bestimmten Zeit an einem bestimmten Ort gewesen waren und die Namen solcher Leute für sich
behielten, falls sie in Zukunft einmal persönlich ihre Hilfe brauchen
sollten. Diese Praxis hatte sogar eine gewisse moralische Berechtigung,
denn häufig waren die belastenden Informationen oder die Ereignisse
selbst Resultat einer momentanen Krise, weshalb die Vernichtung der
betreffenden Person gar nicht erforderlich war.

Im Fall Salannes war Havelock zum rechten Zeitpunkt an Ort und
Stelle gewesen; um es genau zu sagen, elf Stunden nachher, Zeit
genug, um die Folgen zu ändern. Der Arzt hatte einen amerikanischen
Agenten in Cannes verraten, der eine kleine Flotte seetüchtiger Ver-
gnügungsboote unter sich hatte, mit dem Ziel, die Aktivitäten der
sowjetischen Kriegsmarine in diesem Sektor zu beobachten. Salanne
hatte ihn für Geld an einen KGB-Informanten verraten. Michael hatte
das Verhalten des Arztes anfangs nicht begreifen können, bis er schließlich das wahre Motiv erfuhr. Der umgängliche, wenn auch etwas
zynische Arzt in mittleren Jahren war ein leidenschaftlicher Spieler.
Dies war der Hauptgrund, weshalb er vor Jahren als brillanter junger
Chirurg vom L'Hôpital de Paris wegging und eine Praxis in Monte Carlo
eröffnete. Je häufiger er das Casino besuchte, desto höher wurden seine
Spielverluste.

Da trat der Amerikaner auf den Plan, der sich als Mitglied des Jetset
mit eigener Yacht ausgab und das Geld der Steuerzahler an den
Spieltischen verplemperte. Er war ein Schürzenjäger mit einer Vorliebe
für junge Mädchen. Eines der Mädchen, das er in sein gastliches Bett
zog, war Salannes Tochter Claudie, ein leicht zu beeindruckender
Teenager. Sie erlitt schwere Depressionen, als aus der Beziehung nichts
weiter wurde.

Die Sowjets standen bereit, um die Verluste des Arztes zu begleichen
und einen Feindagenten von der Szene zu entfernen.

In dieser Phase war Havelock in Erscheinung getreten und dem
Verräter auf die Spur gekommen. Er hatte sich Henri Salanne vorge-
knöpft, ehe die Boote identifiziert wurden. Er berichtete nie, was er in
Erfahrung gebracht hatte; der Arzt begriff rasch die Bedingung, von der
seine ›Begnadigung‹ abhing: nie wieder ins Casino! Und damit ging er
gleichzeitig auch eine Verpflichtung ein.

In Cagnes-sur-Mer fand Michael eine Telefonzelle an einer verlassenen Straßenecke. Mit einiger Schwierigkeit zwängte er sich aus dem Wagen; er fror und blutete immer noch. In der Zelle holte er die Llama aus dem Halfter, zerschlug die Deckenlampe und musterte angestrengt die Wählscheibe in der Finsternis. Nach einer Weile, die ihm wie eine Ewigkeit vorkam, gab ihm die Auskunft von Antibes Salannes Nummer.

»*Votre fille Claudie, comment va-t-elle?*« fragte er leise. Schweigen. Schließlich antwortete der Arzt auf englisch. »Ich habe mich schon gefragt, ob ich von Ihnen hören würde. Wenn Sie es wirklich sind, hat man mir gesagt, daß Sie verletzt sein könnten.«

»Das bin ich.«

»Wie schwer?«

»Ich brauche einen Verband, und eine Wunde muß genäht werden. Das ist alles, denke ich.«

»Hoffentlich haben Sie recht. Ein Krankenhaus wäre im Augenblick nicht opportun. Ich vermute, daß sämtliche Notaufnahmen in der ganzen Gegend überwacht werden.«

Michael war plötzlich beunruhigt. »Wie steht es mit Ihnen?«

»Nun, wir werden schon einen Weg finden, um unauffällig in meine Praxis zu gelangen. Aber es könnte ein Problem geben. Man sagt, Sie fahren einen dunkelgrauen Lancia.«

»Das ist richtig.«

»Sehen Sie zu, daß Sie ihn loswerden.«

»Ich weiß nicht, wie weit ich zu Fuß gehen kann«, sagte er zu dem Arzt.

»Haben Sie Blut verloren?«

»Genug, um es zu spüren.«

»*Merde!* Wo sind Sie jetzt?«

Havelock sagte es ihm. »Ich glaube, ich kenne die Ecke. Ist auf der anderen Straßenseite eine *bijouterie*?«

Michael spähte durch die Glaswand der Zelle. »Meinen Sie den Laden ›Ariale et Fils‹?«

»Richtig. Ein paar Geschäfte weiter ist eine Seitengasse, die zu einem kleinen Parkplatz führt. Ich sehe zu, daß ich so schnell wie möglich dort bin. Es dauert höchstens zwanzig Minuten. Kriechen Sie unter ein Auto, und legen Sie sich flach auf den Rücken. Und wenn Sie mich kommen sehen, zünden Sie ein Streichholz an. So wenig Bewegung wie möglich, verstanden?«

»Verstanden.«

Havelock lag auf dem Rücken, die Streichhölzer in der Hand, und starrte auf die mit schwarzer Wagenschmiere bedeckte Unterseite eines

Peugeot, der ganz hinten an der Mauer des Parkplatzes stand. Er bemühte sich wachzubleiben, indem er seinen Geist beschäftigte: Angenommen, der Besitzer des Wagens kehrte mit einem Begleiter zurück, überlegte er – was würde er dann tun?

Zwei Lichtbalken streckten sich in die Einfahrt des Parkplatzes und rissen ihn aus seinen Gedanken. Die Scheinwerfer wurden drei Meter hinter dem unbesetzten Wärterhäuschen abgeschaltet; der Wagen hielt an, der Motor lief weiter. Es war Salanne. Havelock kroch unter dem Peugeot hervor und riß ein Streichholz an. Sekunden später war der Arzt bei ihm, Minuten darauf fuhren sie auf der Straße nach Antibes in südlicher Richtung. Michael lag auf dem Rücksitz, die Beine ausgestreckt, so daß man ihn nicht sehen konnte.

»Wenn Sie sich erinnern«, sagte Salanne, »mein Haus hat einen Seiteneingang, den man von der Einfahrt her erreichen kann. Er führt direkt in meine Praxis.«

»Ja, ich erinnere mich. Ich habe ihn schon benutzt.«

»Ich gehe als erster hinein, um ganz sicherzugehen.«

»Was werden Sie tun, wenn Wagen vor dem Haus stehen?«

»Darüber möchte ich lieber nicht nachdenken.«

»Vielleicht sollten Sie das aber tun.«

»Das habe ich auch. Ich habe einen Kollegen in Villefranche, einen älteren, untadeligen Mann. Es wäre mir natürlich lieber, ihn nicht hineinzuziehen.«

»Ich bin Ihnen dankbar für das, was Sie tun«, sagte Havelock und blickte in dem schwachen Licht auf den Hinterkopf des Arztes. Das Haar, das vor ein oder zwei Jahren erst einige graue Strähnen gehabt hatte, war jetzt fast weiß.

»Ich bin Ihnen für das dankbar, was Sie für mich getan haben«, erwiderte Salanne mit weicher Stimme. »Ich habe eine Verpflichtung auf mich genommen. Ich habe es nie anders gesehen.«

»Ich weiß. Das ist verdammt schwer, nicht wahr?«

»Ganz und gar nicht. Sie haben mich gefragt, wie es meiner Tochter Claudie geht. Sie ist glücklich und hat ein kleines Kind und ist mit einem jungen Internisten in Nizza verheiratet. Vor zwei Jahren hätte sie sich beinahe das Leben genommen. Wieviel ist mir das wert, mein Freund?«

»Das freut mich zu hören.«

»Außerdem ist das, was sie von Ihnen behaupten, geradezu absurd.«

»Was sagen die denn?«

»Daß Sie geistesgestört seien, ein gefährlicher Psychopath, der droht, uns alle auffliegen zu lassen – das wäre der sichere Tod durch die Schakale des KGB, wenn man Sie leben ließe.«

»Und das kommt Ihnen absurd vor?«

»Vor einer Stunde schien es mir so, *mon ami méchant*. Sie erinnern sich an den Mann in Cannes, der mit meiner Affäre zu tun hatte?«

»Der KGB-Informant?«

»Ja. Würden Sie sagen, daß er gut informiert ist?«

»So gut wie jeder andere im Sektor. Bis zu dem Zeitpunkt, wo wir versucht haben, ihm falsche Informationen zuzuspielen. Was ist mit ihm?«

»Als ich das über Sie hörte, habe ich ihn angerufen – natürlich von einer öffentlichen Telefonzelle aus. Ich wollte eine Bestätigung dieser neuen, unglaublichen Entwicklung. Also fragte ich ihn, welcher Preis für den amerikanischen Attaché bezahlt würde, der aus Prag stammte. Was er mir darauf antwortete, hat mich verwirrt.«

»Was hat er denn gesagt?«

»Es gibt überhaupt keinen Preis für Sie. Sie sind ein Aussätziger, und Moskau will sich durch Sie nicht infizieren. Keiner will mit Ihnen in Berührung kommen. Wen könnten Sie also auf diese Weise auffliegen lassen?« Der Arzt schüttelte den Kopf. »Rom hat gelogen, und das bedeutet, daß jemand in Washington Rom belogen hat. Nicht zu retten? Unvorstellbar!«

»Würden Sie dies einem anderen gegenüber wiederholen?«

»Und damit mein eigenes Todesurteil heraufbeschwören? Meine Dankbarkeit hat Grenzen.«

»Keiner wird Ihren Namen erfahren, darauf gebe ich Ihnen mein Wort.«

»Wer würde Ihnen denn glauben, wenn Sie Ihre Quelle nicht so benennen, daß man sie überprüfen kann?«

»Anthony Matthias.«

»Matthias?« rief Salanne überrascht. »Warum sollte er...?«

»Weil Sie bei mir sind. Auch darauf gebe ich Ihnen mein Wort.«

»Warum sollte er Ihnen glauben? Mir glauben?«

»Sie haben es gerade selbst gesagt. Er stammt auch aus Prag wie ich.«

»Ich verstehe«, sagte der Arzt nachdenklich. »Die Verbindung ist mir nie in den Sinn gekommen, ich habe nie daran gedacht.«

»Ich spreche auch normalerweise nicht darüber. Die Beziehung geht weit zurück; unsere Familien kannten sich schon.«

»Wenn man sich mit einem solchen Mann einläßt, denke ich mir, bekommt alles eine völlig andere Perspektive, nicht wahr? Wir sind gewöhnliche Menschen; im Unterschied zu ihm. Dank seiner Machtfülle lebt er auf einer anderen Ebene.«

»Und trotzdem wird er von den Verschwörern in Washington hintergangen.«

In der Straße von Salannes Haus parkten keine fremden Fahrzeuge, so daß es sich erübrigte, nach Villefranche zu fahren und die Hilfe des älteren Arztes in Anspruch zu nehmen. Havelock legte im Behandlungszimmer die Kleider ab, Salanne reinigte ihn mit einem Schwamm und nähte seine Wunden, wobei die Frau des Arztes assistierte.

»Sie sollten ein paar Tage ruhen«, sagte der Franzose, nachdem seine Frau hinausgegangen war und Michaels Kleider zum Waschen mitgenommen hatte.

»Das kann ich nicht«, antwortete Havelock und richtete sich auf dem Tisch auf. Dabei verzog er sein Gesicht zu einer Grimasse.

»Selbst diese kleine Bewegung tut weh, nicht wahr?«

»Nur die Schulter, sonst nichts.«

»Sie haben Blut verloren, das wissen Sie.«

»Ja, viel sogar.« Michael hielt inne und musterte Salanne. »Haben Sie ein Diktiergerät in Ihrem Büro?«

»Natürlich. Damit erledige ich meine Briefe und ärztlichen Berichte.«

»Ich möchte, daß Sie mir zeigen, wie man damit umgeht. In Ihrer Anwesenheit werde ich darauf etwas sprechen. Es dauert nicht lange, und ich werde Sie auf dem Band nicht erwähnen. Und anschließend möchte ich ein Überseegespräch mit den Vereinigten Staaten führen.«

»Mit Matthias?«

»Ja. Aber es wird von den Umständen abhängen, wieviel ich ihm sagen kann. Etwa davon, wer gerade bei ihm ist; er wird wissen, was zu tun ist. Sobald Sie sich das Band angehört haben, sollen Sie selbst entscheiden, ob Sie mit ihm sprechen wollen oder nicht ... wenn es dazu kommt.«

»Da laden Sie mir eine schwere Bürde auf.«

»Das tut mir leid, aber ich werde auch nicht mehr von Ihnen verlangen. Nur morgen brauche ich neue Kleidung. Alles, was ich hatte, ist in Monesi zurückgeblieben.«

»Kein Problem. Meine Frau ist es gewöhnt, für mich einzukaufen. Sie wird morgen für Sie neue Sachen besorgen.«

»Weil wir vom Kaufen sprechen, ich habe reichlich Geld, aber nicht genug bei mir. Ich habe Konten in Paris. Sie bekommen es zurück.«

»Jetzt machen Sie mich verlegen.«

»Das war nicht meine Absicht. Die Sache hat allerdings einen Haken, müssen Sie wissen. Damit Sie es zurückkriegen, muß ich nach Paris.«

»Matthias kann doch bestimmt für schnellen, sicheren Transport sorgen.«

»Das bezweifle ich. Die Gründe werden Sie verstehen, wenn Sie gleich in Ihrem Büro mithören, was ich auf Band spreche. Die Leute, die Rom belogen haben, nehmen in Washington sehr hohe Posten ein. Ich weiß nicht, wer sie sind, aber ich weiß, daß sie nur das übermitteln werden, was ihnen in den Kram paßt. Man wird die Ausführung seiner Befehle umgehen oder verzögern, weil ihre Befehle schon hinausgegangen sind und sie nicht wollen, daß man sie widerruft. Und wenn ich sage, wo ich bin, wo man mich erreichen kann, werden sie Leute nach mir schicken. Jedenfalls ist es möglich, daß sie Erfolg haben könnten, und deshalb brauche ich das Diktiergerät.«

Dreißig Minuten später schaltete Havelock das Kassettengerät aus und legte das Mikrofon auf den Schreibtisch des Franzosen. Er hatte alles auf Band gesprochen, angefangen mit den Schreien an der Costa Brava bis zu den Explosionen am Col des Moulinets.

Salanne saß ihm in einem tiefen Ledersessel auf der anderen Seite des Schreibtisches gegenüber und musterte Havelock mit starrem Gesicht. Er war sprachlos, wie benommen. Nach einer Weile schüttelte er den Kopf und brach sein Schweigen. »Das ist alles so absurd, genauso absurd wie das, was man von Ihnen behauptet. Was steckt nur dahinter?«

»Die Frage habe ich mir selbst auch immer wieder gestellt und komme dabei immer wieder auf das zurück, was ich in Rom zu Baylor gesagt habe. Die glauben, ich wüßte etwas, das ich besser nicht wissen sollte, etwas, das ihnen angst macht.«

»Trifft das zu?«

»Das hat er mich auch gefragt.«

»Wer?«

»Baylor. Und ich war aufrichtig zu ihm – vielleicht zu aufrichtig; aber der Schock, sie zu sehen, hatte mich völlig verwirrt. Ich war einfach nicht imstande, mich taktisch klüger zu verhalten. Besonders nicht nach dem, was Rostow in Athen gesagt hatte.«

»Was haben Sie ihm erzählt?«

»Die Wahrheit. Daß, wenn ich wirklich etwas gewußt hâtte, ich es vergessen hätte.«

»Das paßt nicht zu Ihnen. Man sagt, Sie wären in der Beziehung wie ein Computer und könnten sich an winzige Ereignisse erinnern, die Jahre zurückliegen.«

»Wie die meisten Behauptungen dieser Art, ist auch diese ein Märchen. Ich habe lange Zeit studiert und dabei mein Gedächtnis trainiert. Aber ein Computer bin ich nicht.«

»Das weiß ich«, sagte der Franzose mit leiser Stimme. »Kein Computer hätte das getan, was Sie für mich getan haben.« Salannes hielt inne und beugte sich in seinem Sessel vor. »Haben Sie über die Monate vor den Ereignissen an der Costa Brava einmal nachgedacht?«

»Jede Woche, jeden Tag habe ich Revue passieren lassen, jede Station, wo wir waren... wo ich war – Belgrad, Prag, Krakau, Wien,

Washington, Paris – und bin dabei auf nichts gestoßen, was auch nur im entferntesten auffällig gewesen wäre. Mit Ausnahme meines Einsatzes in Prag, wo wir Dokumente aus dem *Státni Bezpečnost*, dem Hauptquartier der Geheimpolizei, herausholten, war alles Routine. Wir haben einfach nur Informationen gesammelt, was praktisch jeder Tourist hätte tun können, sonst weiter nichts.«

»Und in Washington?«

»Weniger als nichts. Ich bin für fünf Tage zurückgeflogen, um wie jeder Außendienstmann das einmal jährlich stattfindende Auswertungsgespräch mitzumachen; zum größten Teil ist das Ganze Zeitvergeudung, aber wahrscheinlich erwischen sie dabei hin und wieder einen, der durchgedreht hat.«

»Wie?«

»Einen, der sich für jemanden hält, der er nicht ist, der zuviel Fantasie in einen Beruf hineinlegt, bei dem eigentlich auch fast alles Routine ist. Das kommt von dem Streß, davon, daß man zu oft vorgibt, jemand zu sein, der man gar nicht ist.«

»Interessant«, meinte der Arzt und nickte nachdenklich. »Geschah sonst noch etwas, während Sie in Washington waren?«

»Nichts weiter. Ich flog für einen Abend nach New York, um mich mit einem Ehepaar zu treffen, das ich in meiner Jugend kannte. Er ist Besitzer eines Yachthafens auf Long Island, und wenn er je einen politischen Gedanken im Kopf hatte, habe ich zumindest nie davon gehört. Dann verbrachte ich zwei Tage mit Matthias, eigentlich ein Dienstbesuch.«

»Sie standen ihm sehr nahe... *stehen* ihm nahe.«

»Ich sagte Ihnen doch, wir kennen uns schon sehr lange. Er war immer da, wenn ich ihn brauchte; er hat mich verstanden.«

»Und was war an diesen zwei Tagen?«

»Weniger als null. Ich sah ihn nur an den Abenden, wenn wir zusammen aßen. Und selbst da wurde er, obwohl wir allein waren, dauernd von Telefonanrufen und von gehetzten Leuten aus seinem Ministerium gestört.« Havelock hielt inne, als er den nervösen Ausdruck in Salannes Gesicht bemerkte, und fuhr dann schnell fort: »Niemand hat mich gesehen, wenn Sie das jetzt denken. Er konferierte in seiner Bibliothek mit ihnen, und das Speisezimmer ist auf der anderen Seite des Hauses. Wir waren uns darüber einig, unsere freundschaftlichen Beziehungen vor anderen besser nicht zu zeigen. Mehr zu meinen Nutzen wohl. Niemand mag jemanden, der von seinem Chef protegiert wird.«

»Mir fällt es schwer, Sie mir so vorzustellen.«

»Wenn Sie mit uns zu Abend gegessen hätten, wäre das unmöglich«, sagte Michael und lachte. »Wir redeten die ganze Zeit nur über Seminararbeiten, die ich vor fast zwanzig Jahren bei ihm geschrieben hatte. Er konnte sie immer noch zerpflücken. Wenn Sie schon von einem verblüffenden Gedächtnis sprechen, dann hat er es.« Langsam verblaßte sein Lächeln im Gesicht.

»Es ist Zeit«, sagte er und griff nach dem Telefon.

Die Hütte im Shenandoah-Tal war nur über eine Geheimnummer zu erreichen. Sie war vielleicht gerade einem Dutzend Menschen im ganzen Land bekannt; unter anderem dem Präsidenten, seinem Stellvertreter, dem Regierungssprecher, dem Vorsitzenden der Vereinigten Generalstäbe, dem Verteidigungsminister, dem Präsidenten des Sicherheitsrats der Vereinten Nationen, zwei hochrangigen Beamten im Außenministerium – und Mikhail Havliček.

Michael hatte die Nummer während der vergangenen sechs Jahre zweimal benutzt; das erste Mal, als er sich kurz in Washington aufhielt, um neue Instruktionen einzuholen. Matthias hatte eine Nachricht im Hotel hinterlassen, mit der Bitte um Rückruf. Damals hatte es sich um ein rein privates Gespräch gehandelt. Mit dem zweiten Anruf verbanden sich für Havelock keine angenehmen Erinnerungen. Er betraf einen Mann namens Ogilvie, von dem Michael überzeugt war, daß er aus dem Außendienst entfernt werden sollte.

Während Michael wartete, fuhr Salanne fort: »Warum sind Sie nicht schon früher an ihn herangetreten?«

»Weil nichts einen Sinn gab. Ich wollte ihm etwas Konkretes liefern, einen Namen oder mehrere.«

»Aber nach allem, was ich gehört habe, können Sie das immer noch nicht.«

»Doch, inzwischen schon. Der Deckname für das Killerkommando heißt ›Ambiguity‹. Der Auftrag muß von jemandem ganz oben im Außenministerium bestätigt worden sein, der mit Rom in Verbindung stand. Matthias braucht nur Rom anzurufen und die eingehenden Telex überprüfen zu lassen, um zu erfahren, wer ›Ambiguity‹ verantwortet. Da ist noch ein anderer Name; ich weiß allerdings nicht, wieviel er nützen wird. Es gab eine zweite sogenannte Bestätigung, was die Ereignisse an der Costa Brava betraf; dabei wurden auch zerrissene, blutbeschmierte Kleidungsstücke erwähnt. Das ist alles eine Lüge; es blieben keine Kleidungsstücke liegen.«

»Dann finden Sie diesen Mann.«

»Er ist tot. Es heißt, er wäre drei Wochen später auf einem Segelboot an einem Herzinfarkt gestorben. Aber man kann nach Spuren suchen... wenn sie nicht schon alle verwischt sind... woher er kam, wer ihn an der Costa Brava eingesetzt hat.«

»Und wenn ich hinzufügen darf«, sagte der Franzose, »der Arzt, der den Leichenschein ausgestellt hat.«

»Sie haben recht.« Michael drückte den Hörer fester ans Ohr. Die

Verbindung mit der Hütte im Shenandoah-Tal war hergestellt. Michael spürte, wie sein Herz schneller schlug. Er hatte seinen Freund so viel zu berichten; er hoffte nur, alles loszuwerden und damit den Anfang vom Ende des Alptraums herbeizuführen. Das Klingeln hörte auf, jemand nahm den Hörer von der Gabel.

»Ja?« fragte eine Männerstimme mehr als viertausend Meilen entfernt in den Blue Ridge Mountains; aber es war nicht Anton Matthias. Oder wurde der Klang seiner Stimme verzerrt?

»*Jak se vám dárí?*«

»Was? Wer spricht da?«

Es war nicht Matthias.

»Den Außenminister, bitte«, sagte Havelock.

»Wer ist am Apparat?«

»Die Tatsache, daß ich diese Nummer benutze, enthebt mich der Notwendigkeit, darauf zu antworten. Es handelt sich um einen dringenden Notfall und um einen vertraulichen Anruf.«

»Mr. Matthias ist im Augenblick in einer Konferenz und hat mich gebeten, alle Anrufe für ihn entgegenzunehmen. Wenn Sie mir Ihren Namen nennen würden...«

»Verdammt noch mal. Sie hören mir nicht zu! Das ist ein dringender Fall!«

»Die Konferenz ist ebenfalls dringend, Sir.«

»Sie unterbrechen jetzt diese Konferenz und sagen die folgenden Worte zu ihm: »Krajan... und *bouře*. Haben Sie verstanden? Nur die zwei Worte! Wenn Sie das nicht tun, kostet Sie das Ihren Job. Beeilen Sie sich!«

»Krajan«, sagte die Männerstimme zögernd, »*bouře*.«

Jetzt war nur noch das leise Reden von Männern in der Ferne zu hören. Das Warten war für Michael eine Qual. Schließlich kam die Stimme zurück.

»Ich fürchte, Sie müssen konkreter werden, Sir.«

»Was?«

»Wenn Sie mir jetzt sagen würden, in welcher Beziehung Ihr Anruf so dringend ist, und mir eine Telefonnummer nennen, wo man Sie erreichen kann...«

»Haben Sie meine Nachricht übermittelt?«

»Der Minister ist sehr beschäftigt und läßt Sie bitten, mir mitzuteilen, worum es geht.«

»Verdammt, haben Sie gesagt, was ich Ihnen aufgetragen habe?«

»Ich wiederhole, was der Minister gesagt hat, Sir. Ich kann ihn unmöglich stören, aber wenn Sie mir Einzelheiten geben und eine Nummer hinterlassen, wird jemand mit Ihnen Verbindung aufnehmen.«

»Jemand? Was, zum Teufel, geht hier vor? Wer sind sie?«

Am anderen Ende blieb es einen Augenblick lang still. »Smith«, sagte die Stimme schließlich.

»Ihren Namen! Ich will Ihren Namen haben!«

»Ich habe ihn ja gerade gesagt!«

»Sie holen jetzt Matthias ans Telefon...!«

Ein Klicken ertönte, dann war die Leitung tot.

Havelock starrte den Hörer in seiner Hand an. Sein Mentor, sein *krajan*... sein *přítel* hatte ihn abgewiesen. Was war geschehen?

Er mußte es herausfinden; es gab einfach keinen Sinn. Er kannte noch eine andere Nummer in den Blue Ridge Mountains, die eines Mannes, den Matthias regelmäßig besuchte, wenn er im Shenandoah-Tal war. Der schon ältere Mann liebte Schach und guten alten Wein und teilte hin und wieder beide Freuden mit Anton Matthias. Michael hatte Leon Zelienski einige Male gesehen und staunte immer wieder über die Kameradschaft zwischen den zwei Akademikern.

Zelienski war an der Warschauer Universität ein angesehener Professor gewesen. Vor Jahren war er nach Amerika gekommen, um in Berkeley Vorlesungen zu halten. Anton hatte Leon bei einem seiner Gastseminare kennengelernt. Eine Freundschaft hatte sich entwickelt – hauptsächlich per Brief und über ihre gemeinsame Leidenschaft Schach. Und nach Zelienskis Pensionierung hatte Anton den Exilpolen dazu überredet, ins Shenandoah-Tal zu ziehen.

Diesmal dauerte die Vermittlung wesentlich länger, aber schließlich hörte Havelock die Stimme des alten Mannes.

»Guten Abend.«

»Leon? Sind Sie das, Leon?«

»Wer ist da?«

»Michael Havelock. Erinnern Sie sich an mich, Leon?«

»Mikhail! Und ob ich mich erinnere! Wie geht es Ihnen? Sie klingen so weit weg.«

»Ich bin sehr weit entfernt, Leon. Und ich mache mir große Sorgen...« Havelock erklärte seine Situation, daß er ihren gemeinsamen Freund nicht erreichen könne. Ob der alte Zelienski wohl die Absicht hätte, Anton zu besuchen, während er im Shenandoah-Tal weilte?

»Ob er hier ist, Mikhail, weiß ich nicht. Anton ist natürlich ein vielbeschäftigter Mann... manchmal denke ich, der meistbeschäftigte Mann auf der Welt... aber er hat neuerdings wenig Zeit für mich. Ich hinterlasse Nachrichten an sein Haus, aber er ignoriert sie leider. Natürlich verstehe ich das. Er hat schließlich Wichtigeres zu tun, als mit mir Schach zu spielen.«

»Es tut mir leid zu hören, daß Sie keine Verbindung miteinander haben.«

»Jetzt muß ich mich eben mit einem anderen gemeinsamen Freund begnügen, Mikhail. Er war vor einigen Monaten häufiger hier draußen: der großartige Journalist Raymond Alexander.«

»Raymond?« sagte Havelock, der kaum zuhörte. »Bestellen Sie ihm Grüße von mir. Und danke, Leon.« Havelock legte den Hörer auf und sah zu Salanne hinüber. »Er hat für uns keine Zeit mehr«, sagte er bestürzt.

14

Um acht Uhr früh war Michael in Paris angekommen, hatte eine Stunde später bereits mit Gravet Verbindung aufgenommen und schlenderte um Viertel nach elf über den Boulevard Saint Germain in südlicher Richtung. Gravet wollte sich irgendwo zwischen der Rue de Pontoise und dem Quai St. Bernard mit ihm treffen. Er brauchte die zwei Stunden, um die Informationen, die Havelock benötigte, zu beschaffen.

Salannes Frau hatte keine Zeit gehabt, für Michael am nächsten Morgen Kleidung zu kaufen. Alles hing davon ab, so schnell wie möglich nach Paris zu gelangen, denn jede Minute, die er verlor, vergrößerte die Distanz zwischen ihm und Jenna.

Jenna...!

Der Arzt war in dreieinhalb Stunden nach Avignon gerast. Von dort fuhr er mit dem Zug nach Paris, bekleidet mit einem Pullover und einem schlechtsitzenden Gabardinemantel von Salanne. Er musterte sein Spiegelbild in einer Schaufensterscheibe: das Jackett, die Hose, das offene Hemd und den Hut, den er vor fünfundvierzig Minuten in einem Laden am Boulevard Raspail gekauft hatte. In dieser Bekleidung würde er nicht auffallen, und die Krempe des weichen Hutes ragte weit genug über seine Stirn, um sein Gesicht halb zu verdecken. Er sah blaß aus und hatte dunkle Ringe um die Augen. Er war übermüdet und erschöpft, die frisch genähten Wunden bereiteten ihm Schmerzen. Wie sehr sehnte er sich in diesem Augenblick danach, sich hinzulegen und darauf zu warten, daß die Kräfte in ihm zurückkehrten. Er brauche dringend Ruhe, hatte Salanne gesagt. Er hatte versucht, im Zug zu schlafen. Aber jedesmal, wenn er eingedöst war, hatten ihn die häufigen Stops auf den Bahnhöfen wieder geweckt. Und wenn er wach war, war sein Bewußtsein von einem tiefen Gefühl der Verwirrung und der Wut erfüllt. Der einzige Mann auf der ganzen Welt, dem er sein Vertrauen, seine Liebe gegeben hatte, der sein Leben geformt hatte, hatte ihn von sich gestoßen, und er wußte nicht, weshalb. In all den

Jahren, auch in der schlimmsten Zeit, war er nie wirklich allein gewesen, weil er stets mit Anton Matthias rechnen konnte. Anton war für ihn der Ansporn, besser zu sein, als er wirklich war. Anton war sein Schutz gegen die Erinnerung an jene schrecklichen Tage in seiner Kindheit – weil sein *přítel* ihnen einen Sinn verliehen hatte. Diese Vergangenheit motivierte ihn, das zu tun, was er tat, und sein Leben so lange in einer abnormalen Welt zu verbringen, bis sich etwas in ihm regte und er aussteigen konnte. Er hatte gegen die Schlächter von Lidice gekämpft, gegen die Leute, die ihre Feinde in ein Gulag schickten.

Die Schüsse von Lidice werden dich nicht mehr loslassen, mein Freund. Ich wünsche dir beim allmächtigen Gott, daß du sie einfach vergessen könntest; aber ich glaube nicht, daß du dazu in der Lage bist. Tu also etwas, das den Schmerz verringert, das dir sinnvoll erscheint und dir das Schuldgefühl darüber nimmt, daß du überlebt hast. Eines Tages wirst du frei sein und deine Zorn verbraucht haben. Erst dann wirst du an die Universität zurückkehren. Ich hoffe, ich werde das noch miterleben.

Er hatte sich schon fast frei gefühlt, und die Rückkehr in eine normale Welt war greifbar nahe gewesen – endlich Frieden. Einmal mit der Frau, die er liebte, die seinem Leben eine neue Dimension verliehen hatte... und dann ohne sie, als seine Liebe schmerzhafter Enttäuschung gewichen war und er den Lügen der Lügner geglaubt hatte. So hatte er seine innersten Gefühle verraten – und sie.

Und jetzt hatte sich sein engster Vertrauter von ihm abgewendet. Der Riese war doch nur ein Sterblicher. Und jetzt sein Feind.

»*Mon Dieu*, Sie sehen ja sterbenskrank aus!« raunte ihm der hochgewachsene Franzose in dem Mantel mit Samtkragen und den glänzenden schwarzen Schuhen zu, der zwei Meter rechts von Havelock vor dem Fenster stand. »Was ist denn mit Ihnen passiert?... Nein, sagen Sie es mir nicht! Nicht hier.«

»Wo?«

»Am Quai Bernard, hinter der Universität, ist ein Kinderspielplatz«, fuhr Gravet fort und betrachtet eitel seine schlanke Figur im Schaufenster. »Wenn die Bänke besetzt sind, dann suchen Sie sich einen Platz am Zaun, ich komme zu Ihnen. Kaufen Sie unterwegs eine Tüte mit Süßigkeiten und versuchen Sie, wie ein adretter Vater auszusehen, nicht wie ein Sittenstrolch.«

»Danke für das Vertrauen. Haben Sie mir etwas mitgebracht?«

»Sie wissen, daß Sie tief in meiner Schuld stehen. Ihr armseliges Aussehen läßt nicht gerade vermuten, daß Sie mir jemals ein Honorar zahlen könnten.«

»Haben Sie etwas über *sie* erfahren?«

»Ich bin noch dabei.«

»Was wollen Sie mir dann erzählen?«

»Mehr am Quai Bernard«, sagte Gravet, zog sich die scharlachrote Krawatte zurecht und schob seinen grauen Homburg etwas zur Seite. Dann drehte er sich um und schlenderte davon.

Von der Seine wehte ein kühler Wind über den Spielplatz, aber das hinderte die Kindermädchen und jungen Mütter nicht daran, ihren lärmenden Nachwuchs an der frischen Luft toben zu lassen. Zum Glück für Michael war an der hinteren Wand eine Bank frei, etwas abseits von den Spielgeräten. Er setzte sich und holte geistesabwesend bunte Pfefferminzbonbons aus einer weißen Papiertüte, wobei er ein besonders lebhaftes Kind im Auge hatte, das sein Dreirad traktierte. Er hoffte, daß es so aussah, der Junge würde zu ihm gehören. Dabei ging er davon aus, daß der wirkliche Begleiter des Kleinen sich so weit wie möglich von ihm fernhalten würde.

Der schlanke, elegante Gravet schlenderte durch den Eingang und lief außen am Spielplatz entlang und nickte allen, die ihm über den Weg kamen, gütig zu, ein älterer Herr voll freundlicher Gefühle für die Jugend. Wirklich eine schauspielerische Leistung, dachte Havelock, der wußte, daß Gravet lärmende Kinder eigentlich haßte. Schließlich erreichte er die Bank und setzte sich neben Michael, wobei er eine Zeitung vor sich entfaltete.

»Sollten Sie nicht besser einen Arzt aufsuchen?« fragte der Franzose, ohne den Blick von der Zeitung zu wenden.

»Das habe ich bereits vor einigen Stunden getan«, erwiderte Michael, der sich beim Sprechen die Tüte mit den Bonbons vor den Mund hielt. »Mir fehlt nichts, ich bin nur müde.«

»Das erleichtert mich. Ich würde Ihnen aber dennoch empfehlen, sich zu säubern und zu rasieren. Wir beide in diesem Park hier könnten leicht die Polizei auf den Plan rufen.«

»Mir ist nicht nach Witzen zumute, Gravet. Was haben Sie erfahren?«

Der Kritiker faltete die Zeitung zusammen und schnippte mit den Fingern. »Ich bin auf einen Widerspruch gestoßen, wenn meine Quellen verläßlich sind, und ich habe allen Anlaß zu der Annahme, daß Sie das sind. Auf einen unglaublichen Widerspruch sogar.«

»Wieso?«

»Das KGB hat keinerlei Interesse an Ihnen. Ich könnte Sie denen als bereitwilligen, geschwätzigen Überläufer präsentieren und Sie in das Pariser Hauptquartier des KGB bringen – eine Importfirma am Boulevard Beaumarchais, aber das wissen Sie ja wahrscheinlich – und würde keinen Sou dafür bekommen.«

»Warum ist das ein Widerspruch? Dasselbe habe ich vor ein paar Wochen auf dem Pont Royal zu Ihnen gesagt.«

»*Das* ist auch nicht der Widerspruch.«

»Was denn?«

»Jemand anderer sucht Sie. Er ist gestern nacht mit dem Flugzeug hier angekommen, weil er glaubt, daß Sie entweder in Paris oder auf dem Wege hierher sind. Es heißt, er würde ein Vermögen für Ihre Leiche geben. Er ist kein KGB-Mann im üblichen Sinne, aber damit wir uns richtig verstehen, ein Sowjet ist er.«

»Nicht... im üblichen Sinne?« fragte Havelock verwirrt und spürte, wie eine bedrohliche Erinnerung in ihm wach wurde.

»Ich habe von ihm über eine Quelle im *Militaire Étranger* erfahren. Er gehört einer besonderen Abteilung der sowjetischen Abwehr an, einem Elitekorps der...«

»*Voennaja Kontra Rozvedka*«, unterbrach ihn Michael.

»Wenn die Abkürzung dafür VKR lautet, ist das richtig.«

»Das stimmt.«

»Er will Sie haben. Er zahlt viel Geld.«

»Wahnsinnige.«

»Mikhail, ich sollte Ihnen das sagen. Er ist mit dem Flugzeug aus Barcelona gekommen.«

»Costa Brava!« Auf der anderen Seite des Weges schrie das wütende Kind.

»Sehen Sie mich nicht an! Rutschen Sie an den Rand der Bank!«

»Wissen Sie, was Sie mir da gerade gesagt haben?«

»Sie sind erregt. Ich muß jetzt gehen.«

»Nein!... Schon gut, schon gut.« Havelock hob die weiße Papiertüte vor sein Gesicht. Seine beiden Hände zitterten, und der Schmerz in seiner Brust schoß ihm bis an die Schläfen hinauf. »Sie wissen, was Sie mir jetzt sagen sollten, nicht wahr? Also heraus damit.«

»Ihr Zustand erlaubt das nicht.«

»Überlassen Sie das mir. Sagen Sie es.«

»Ich frage mich wirklich, ob ich das sollte. Ganz abgesehen von dem Geld, das ich vielleicht nie bekommen werde, habe ich auch noch moralische Skrupel. Ich mag Sie, Mikhail. Sie sind ein zivilisierter Mann, vielleicht sogar ein reeller Mann, in einem höchst widerlichen Geschäft. Sie sind selbst ausgestiegen; habe ich das Recht, Sie wieder hineinzuziehen?«

»Sie brauchen mich nicht erst hineinzuziehen, ich bin schon mitten drinnen!«

»Die Costa Brava?«

»Ja.«

»Gehen Sie zu Ihrer Botschaft.«

»Das kann ich nicht. Verstehen Sie das nicht?«

Gravet senkte die Zeitung und sah Havelock an. »Mein Gott, das können Sie nicht tun«, sagte er leise.

»Sagen Sie es mir einfach.«

»Sie lassen mir keine Wahl.«

»Wo ist er?«

Der Franzose erhob sich von der Bank und faltete die Zeitung zusammen, während er sprach. »In der Rue Étienne gibt es ein heruntergekommenes Hotel, ›La Couronne Nouvelle‹ mit Namen. Er wohnt im ersten Stock, Zimmer dreiundzwanzig. Es liegt zur Straße; er beobachtet jeden, der das Hotel betritt.«

Die Kleider des Penners waren zerlumpt, aber dick genug, um des Nachts in verlassenen Seitengassen die Kälte abzuhalten. Die Schnürsenkel an seinen Stiefeln waren abgerissen und in großen Knoten gebunden, weil seine gekrümmten Finger zu nichts anderem mehr fähig waren. Auf dem Kopf trug er eine Wollmütze, die er sich tief in die Stirn gezogen hatte, sein Blick war nach unten gewandt, wich der Welt aus, in der er nicht konkurrieren konnte und die ihrerseits seine Gegenwart als Belästigung empfand. Über die Schulter hatte er sich eine schmutzige Segeltuchtasche geschlungen. Der Mann näherte sich dem Hotel ›La Couronne Nouvelle‹. Er blieb an einem Abfallbehälter aus Drahtgeflecht stehen und wühlte mit fachmännischem Blick in seinem Inhalt herum.

Havelock löste einen zerfetzten Lampenschirm von einer weichen Tüte mit Essensresten und schob den kleinen Spiegel dazwischen, wobei der schmutzige Stoff des Schirms seine Hände verbarg. Er konnte den Russen deutlich am Fenster im ersten Stockwerk sehen; der Mann hatte die Arme ausgestreckt, lehnte am Fenstersims und beobachtete die Straße. Michael kannte ihn – obwohl er weder seinen Namen wußte noch jemals sein Foto in einer Akte betrachtet hatte. Der Schnitt seines Gesichts, der Blick seiner Augen – beides war ihm vertraut. Havelock hatte erlebt, was dieser Mann erlebt hatte – was er jetzt tat. Sein Auftrag war klar, und irgendwo wartete jemand auf die Rückmeldung. Man hatte sich an einen Profi gewandt, der niemandem Bündnistreue schuldete und nur an dem Kopfgeld interessiert war. Jetzt wartete der Mann im Fenster auf den entscheidenden Anruf, der ihm bestätigte, daß die Zielperson in Paris gesichtet worden war; in einer Straße, in einem Café, einer Bank oder vielleicht auf einem Spielplatz an der Seine; das war durchaus möglich, denn die Profis hielten überall nach ihm Ausschau. Die Jagd hatte begonnen. Und wenn die Bestätigung kam, würde der Mann im Fenster seinen Unterschlupf verlassen. Ja, dachte Michael, auch er hatte das erlebt. Das Warten war das Schlimmste daran.

Er drehte sein Handgelenk herum und sah auf die Uhr, die Hand nach wie vor im Abfallkorb verborgen. Er war schon zweimal in einem Taxi an dem Hotel vorbeigefahren, bevor er einen Altkleiderhändler in der Rue Séverin aufgesucht hatte... und einen Waffenladen in der Rue Sommerard, wo er Munition für die Llama und die Magnum gekauft hatte. Er hatte vor sieben Minuten Gravet angerufen und ihm gesagt, daß die Uhr jetzt liefe; der Franzose wollte von einer Telefonzelle am Place Vendôme das Hotel anrufen und den Mann von Zimmer 23 verlangen. Was hielt ihn auf? Es gab so viele Möglichkeiten: besetzte Telefonzellen, ein Bekannter auf der Straße, der Gravet in ein Gespräch verwickelte. Was auch immer geschehen sein mochte, Havelock wußte, daß er nicht länger bleiben konnte.

Da fuhr der Mann am Fenster mit dem Kopf herum. Eine Störung, irgend etwas riß ihn aus seiner Konzentration, die der Straße galt; er ging ins Zimmer zurück, Gravets Anruf. Jetzt!

Michael hob seine Tasche auf, legte sie in den Drahtkorb und ging schnell auf die Treppe zu, die zum Eingang des Hotels führte. Bei jedem Schritt richtete er sich mehr auf. Während er die Treppen hinaufstieg, hielt er sich die Hand ans Gesicht und griff sich an den Rand der Strickmütze. Höchstens zweieinhalb Meter über ihm war das Fenster, in dem Sekunden zuvor der sowjetische VKR-Agent gestanden hatte. Gravets Anruf würde kurz sein und in keiner Weise gekünstelt wirken. Der Franzose würde behaupten, Havelock am Montparnasse gesichtet zu haben. Wenn es tatsächlich die Zielperson war, dann war er jetzt zur Metro unterwegs; der Jäger würde ihm folgen und später wieder anrufen.

In der dunklen, muffig riechenden Vorhalle mit den zersprungenen Bodenfliesen und den Spinnweben, die alle vier Ecken der Decke zierten, nahm Havelock die Mütze ab und drückte die Revers seiner schmutzigen Jacke flach. In einem Hotel wie diesem, das Pennern und Huren als Absteige galt, war die Aufmachung gleichgültig, hier interessierte nur das Geld, das jeder im voraus zu zahlen hatte. Der fettleibige Portier hinter dem Marmortresen döste in einem Sessel und hatte seine weichen, wulstigen Hände über dem vorstehenden Bauch gefaltet, und sein Doppelkinn füllte den offenen Kragen seines schmutzigen Hemds. Eine weitere Person hielt sich in der Halle auf. Ein hagerer alter Mann saß auf einer Bank; unter dem ungepflegten grauen Schnurrbart hing ihm eine Zigarette aus dem Mund. Er hatte den Kopf nach vorne gebeugt und starrte aus zusammengekniffenen Augen auf eine Zeitung, die er in der Hand hielt. Er blickte nicht auf. Havelock ließ seine Mütze auf den Boden fallen, trat sie zur Seite, so daß sie zur Wand rutschte, und ging nach links, wo eine schmale Treppe nach oben führte. Die Stufen waren abgewetzt, und das Geländer war an einigen Stellen zerbrochen. Er ärgerte sich über das Knarren der Dielen und stellte erleichtert fest, daß die Treppe nur kurz war. Er erreichte den ersten Stock und stand reglos da, lauschte. Bis auf das ferne Dröhnen des Straßenverkehrs war kein Laut zu hören. Er blickte auf die zwei Meter entfernte Tür von Zimmer 23. Gravets Anruf war vorbei, der VKR-Beamte hatte wieder seinen Platz am Fenster eingenommen.

Höchstens fünfundvierzig Sekunden waren verstrichen. Michael knöpfte sein Jackett auf, griff hinein und zog die Magnum heraus. Der perforierte Schalldämpfer fing sich kurz im Leder; er schob mit dem Daumen den Sicherungsflügel zurück und ging durch den dunklen, schmalen Gang auf die Tür zu.

Er zwang sich zu äußerster Konzentration.

Plötzlich ein Knarren der Dielen hinter ihm! Er fuhr herum, als die erste Tür zu seiner Rechten jenseits der Treppe langsam aufgezogen wurde; sie war nicht verschlossen gewesen, und so fehlte auch das Geräusch, das ein sich drehender Türknopf erzeugt. Ein kleiner, untersetzter Mann trat heraus, Schultern und Rücken am Türrahmen, eine Waffe in der Hand. Er hob sie, den Finger am Abzug, sein Gesicht zeigte keine Gefühlsregung. Michael feuerte sofort. Der Mann wurde gegen den Türstock geschleudert. Michaels Blick suchte die Waffe, die der andere immer noch in der Hand hielt. Er hatte recht gehabt; die Waffe war eine Graz-Burja, die wirksamste Schnellfeuerpistole, die in Rußland produziert wurde. Der VKR-Mann war nicht allein. Und wo ein zweiter war...

Ein Türknopf drehte sich; es war die Tür unmittelbar gegenüber von Zimmer 23. Havelock warf sich gegen die Wand rechts vom Eingang. Als sich die Tür öffnete, wirbelte Michael herum, die Magnum in Brusthöhe. Das Gesicht unter ihm! Die geduckte Haltung... die Waffe! Havelock schmetterte den Lauf seiner Magnum gegen den Kopf des Mannes. Der Russe fiel in das Zimmer zurück. Michael schloß die Tür und wartete. In der Halle war Stille, nur der Verkehrslärm war weiterhin zu vernehmen. Er trat von der Tür zurück, die Magnum darauf gerichtet, und suchte den Boden nach der Waffe des Russen ab. Sie lag neben der bewußtlosen Gestalt am Boden. Er kniete nieder und hob sie auf. Es war ebenfalls eine Graz-Burja. Er schob sie sich in die Jackentasche, beugte sich vor und zog den Russen zu sich hin. Der Mann war schlaff, und es würde noch Stunden dauern, bis er sein Bewußtsein wiedererlangen würde.

Havelock richtete sich auf. Die Anstrengung hatte ihn ausgepumpt; er lehnte sich gegen die Wand, atmete langsam und tief und versuchte, das Schwächegefühl zu verdrängen, den Schmerz nicht wahrzunehmen. Aber er konnte nicht aufhören, nicht jetzt. Erst mußte er den Mann in Zimmer 23 erledigen. Es gab keinen anderen Weg; die einzige Chance lag im Schock des völlig Unerwarteten. Er spannte seine Brust, schob die unverletzte Schulter vor, trat zurück und warf sich mit seinem ganzen Körpergewicht gegen die Tür. Der VKR-Beamte wirbelte am

Fenster herum und griff nach dem Halfter, das er am Gürtel trug. Dann hielt er inne, streckte beide Hände vor sich aus und starrte den riesigen Lauf der Magnum an, die auf seinen Kopf zielte.

»Ich glaube, Sie haben mich gesucht«, sagte Havelock.

»Offensichtlich habe ich den falschen Leuten vertraut«, antwortete der Sowjet ruhig in gepflegtem Englisch.

»Aber nicht Ihren eigenen Leuten«, unterbrach Michael ihn.

»Sie sind etwas Besonderes.«

»Sie haben verloren.«

»Ich habe Ihren Tod nie befohlen. Die hätten das vielleicht getan.«

»Jetzt lügen Sie, aber das macht nichts. Wie ich schon sagte, Sie haben verloren.«

»Ich muß Sie loben«, murmelte der VKR-Beamte, und sein Blick wanderte an Havelock vorbei zu der zerbrochenen Tür.

»Sie haben mir nicht zugehört. Sie haben verloren. Die beiden Gorillas können Ihnen nicht mehr helfen – sie sind tot.«

»*Njet! Molnija!*« Der Sowjetagent wurde bleich, seine Augen weiteten sich, seine Finger waren gespreizt, nur wenige Zentimeter von seinem Gürtel entfernt.

»Ich spreche Russisch, wenn Sie das vorziehen.«

»Das ist gleichgültig«, sagte der erschreckte Mann. »Ich bin Absolvent des Institute of Technology von Massachusetts.«

»Was ist an der Costa Brava geschehen?«

»Ich habe keine Ahnung, was Sie meinen.«

»Sie sind vom VKR und kommen aus Barcelona! Die Costa Brava liegt in Ihrem Abschnitt! Was ist in jener Nacht am vierten Januar geschehen?«

»Nichts, das uns betraf!«

»Da hinüber!«

»Was?«

»Gegen die Wand!«

Der Russe bewegte sich langsam, trat zögernd davor.

»Ich bin etwas so Spezielles, daß Ihr Sektionschef in Moskau die Wahrheit nicht kennt«, fuhr Havelock fort. »Aber Sie kennen sie. Deshalb sind Sie in Paris, deshalb haben Sie die Prämie auf mich ausgesetzt.«

»Man hat Sie falsch informiert. Es gilt als Verbrechen, das dem Hochverrat gleichkommt, irgend welche Informationen vor unseren Vorgesetzten geheimzuhalten. Den Grund dafür, warum ich aus Barcelona komme, werden Sie sicher verstehen. Das war Ihr letzter Einsatz und ich Ihr letzter Kontrahent. Ich hatte die neuesten Informationen über Sie.«

»Sie sind sehr geschickt.«

»Ich habe Ihnen nichts gesagt, was Sie nicht selbst wissen oder in Erfahrung bringen könnten.«

»Etwas ist Ihnen entgangen. Warum bin ich denn etwas Besonderes? Ihre Genossen im KGB haben nicht das geringste Interesse an mir. Im Gegenteil: Sie wollen nichts mit mir zu tun haben. Und doch sagen Sie, ich sei etwas Besonderes. Die *Voennaja* will mich haben.«

»Ich will nicht leugnen, daß es eine gewisse Rivalität zwischen den einzelnen Abteilungen gibt. Vielleicht haben wir das von Ihnen gelernt. Bei Ihnen gibt es das im Überfluß.«

»Sie haben meine Frage nicht beantwortet.«

»Wir wissen gewisse Dinge, die unseren Genossen nicht bekannt sind.«

»Zum Beispiel?«

»Daß Ihre eigene Regierung Sie als ›nicht zu retten‹ eingestuft hat.«

»Wissen Sie, warum?«

»Die Gründe sind an diesem Punkt zweitrangig. Wir bieten Ihnen Asyl.«

»Die Gründe sind keineswegs zweitrangig«, verbesserte Michael.

»Also gut«, pflichtete der andere ihm widerstrebend bei. »Man ist zu der Ansicht gekommen, daß Sie aus dem Gleichgewicht geraten seien.«

»Woraus schließt man das?«

»Nun, da ist von Drohungen und Telegrammen die Rede, von Wahnvorstellungen und Halluzinationen.«

»Wegen dem, was an der Costa Brava passierte?«

»Ja.«

»Einfach so? Da läuft man an einem Tag noch ganz normal und gesund herum, reicht Berichte ein und tritt in allen Ehren in den Ruhestand – und am nächsten Tag soll man ein Verrückter sein? Jetzt sind Sie nicht sehr clever; ich habe Sie überschätzt.«

»Ich sage Ihnen nur, was ich weiß«, beharrte der Russe. »Ich treffe diese Entscheidungen nicht, ich befolge die Anweisungen, mehr nicht. Die Prämie, wie Sie das nennen, sollte dafür bezahlt werden, daß sie und ich zusammenkommen. Warum sollte es anders sein? Wenn es das Ziel wäre, Sie zu töten, wäre es viel einfacher, Ihren Aufenthaltsort zu erkunden und sofort Ihre Botschaft anzurufen und eine bestimmte Nebenstelle zu verlangen. Die Informationen würden die richtigen Personen erreichen, und wir könnten uns heraushalten und würde jede Möglichkeit vermeiden, daß Irrtümer später vielleicht zu unangenehmen Folgen führen.«

»Aber indem Sie mir Asyl anbieten und mich mitnehmen, bringen Sie eine Trophäe zurück, die Ihre weniger talentierten Genossen gemieden haben, weil sie dachten, ich wäre eine Falle, ob nun programmiert oder nicht.«

»Im wesentlichen haben Sie recht. Können wir nicht miteinander reden?«

»Das tun wir bereits.« Havelock musterte den Mann; er wirkte überzeugend. Wahrscheinlich war das, was er sagte, aus seiner Sicht sogar die Wahrheit. Asyl oder eine Kugel, was von beidem traf zu? Nur wenn er die Lügen aufdeckte, würde er das erfahren. Die Interpretation der Wahrheit durch Untergebene half ihm da nicht viel weiter. Nebenbei nahm Michael den Spiegel an der Wand über einer schäbigen Kommode wahr. Schließlich sprach er weiter: »Sie würden von mir Informationen erwarten, von denen Sie wissen, daß ich sie besitze.«

»Wir würden Ihnen das Leben retten. Der Befehl für Ihre Exekution wird nicht zurückgenommen werden, das ist Ihnen auch klar.«

»Sie schlagen mir also vor überzulaufen.«

»Welche Wahl haben Sie denn? Wie lange glauben Sie, Ihre Flucht fortsetzen zu können? Wie viele Tage oder Wochen wird es dauern, bis Ihre Leute Sie finden?«

»Ich bin erfahren. Ich kann mir helfen. Vielleicht bin ich bereit, das Risiko einzugehen. Es wäre nicht das erstemal, daß ein Mann untertaucht – nicht in einem Gulag, sondern irgendwo glücklich und zufrieden lebt. Was können Sie sonst noch anbieten?«

»Was suchen Sie? Bequemlichkeit, Geld, ein angenehmes Leben? Das können wir alles bieten. Sie haben es verdient.«

»Nicht in Ihrem Land. Ich will nicht in der Sowjetunion leben.«

»Oh?«

»Angenommen, ich hätte mir schon einen Ort ausgesucht. Er liegt Tausende von Meilen entfernt im Pazifik, auf den britischen Salomon-Inseln. Ich war bereits dort; er ist sehr abgelegen, niemand würde mich dort finden. Mit genügend Geld könnte ich es dort prima aushalten.«

»Das ließe sich arrangieren. Ich habe Vollmacht, das zu garantieren.«

Lüge Nummer eins. Kein Überläufer hat je die Sowjetunion verlassen, und der VKR-Agent wußte das auch.

»Sie sind gestern abend nach Paris geflogen. Woher wußten Sie, daß ich dort bin?«

»Von Informanten in Rom, wie sonst?«

»Wie haben die es erfahren?«

»Man stellt Informanten keine zu detaillierten Fragen.«

»Das ist allerdings wahr.«

»Wenn man ihnen vertrauen kann«, fügte der Russe hinzu. »Aber Sie wollen wissen, aus welcher Quelle der Hinweis stammt. Man fliegt nicht einfach in eine Hunderte von Meilen entfernte Stadt, ohne verdammt sicher zu sein, daß die Quelle zuverlässig ist.«

»Also gut«, sagte der VKR-Agent einlenkend. »Es hat eine Untersu-chung gegeben; man hat einen Mann in Civitavecchia gefunden. Er sagte, Sie wären nach Paris unterwegs.«

»Wann haben Sie das erfahren?«

»Gestern natürlich«, erwiderte der Russe ungeduldig.

»Wann gestern?«

»Am späten Nachmittag. Um halb sechs, glaube ich.«

Lüge Nummer zwei. Die Entscheidung, nach Paris zu reisen, war ihm nach den Ereignissen am Col des Moulinets aufgezwungen worden. Um acht Uhr abends.

»Sie sind also überzeugt, daß das, was ich über unsere europäischen Geheimdienstoperationen mitteilen kann, für Sie von solchem Wert ist, daß Sie dafür die Vergeltungsmaßnahmen in Kauf nehmen, die ein Überlaufen einer Person meines Ranges nach sich zieht?«

»Natürlich.«

»Die Verantwortlichen im KGB teilen diese Meinung gewiß nicht.«

»Das sind Narren. Verängstigte, müde Hasen unter den Wölfen. Wir werden sie ersetzen.«

»Und Sie haben keine Angst, daß ich programmiert sein könnte? Daß alles, was ich sage, nutzlos sein könnte?«

»Keinen Augenblick. Deshalb sind Sie ja von Ihren Leuten zum Abschuß freigegeben worden.«

»Und wenn ich tatsächlich paranoid wäre?«

»Niemals. Sie sind weder paranoid, noch leiden Sie unter Halluzina-tionen. Sie sind das, was Sie immer gewesen sind; ein hochintelligenter Spezialist in Ihrem Fach.«

Lüge Nummer drei. Man hat verbreiten lassen, er sei psychopathisch. Washington glaubte daran; Ogilvie hatte es auf dem Palatin bestätigt.

»Ich verstehe«, sagte Havelock und schnitt eine Grimasse, als der Schmerz in seiner Brust heftiger wurde. »Ich bin verdammt müde«, sagte er und ließ die Magnum sinken, drehte sich leicht nach links, die Augen nur Millimeter von dem Punkt entfernt, wo er in den Spiegel an der Wand sehen konnte. »Ich habe eine Kugel abbekommen und hatte keinen Schlaf. Ich war die ganze Zeit auf der Flucht und habe versucht, mir zu erklären, warum sie mich beseitigen wollen.«

»Was gibt es da noch zu erklären?« fragte der Russe, und seine Stimme klang fast mitfühlend. »Im wesentlichen ist das eine ökonomi-sche, zeitsparende Entscheidung. Anstatt die Codes zu ändern, die Netze und die Quellen zu gefährden, haben sie beschlossen, den Mann zu eliminieren, der zuviel weiß. Sechzehn Jahre im Dienst, und das ist jetzt Ihr Abschiedsgeschenk. Nicht zu retten.«

Michael ließ die Waffe noch mehr sinken, drehte sich weiter herum, aber die Augen jetzt auf den Spiegel gerichtet. »Ich muß nachdenken«, flüsterte er. »Das alles ist so verrückt, so unmöglich.«

Lüge Nummer vier – die Lüge, die ihm am meisten verriet! Der Russe griff nach seiner Waffe!

Havelock fuhr herum und feuerte; die Kugel klatschte in die Wand. Der VKR-Beamte griff sich an den Ellbogen. Blut quoll durch sein Hemd, tropfte auf den Boden.

»*Ubliudok*«, schrie er.

»Wir haben erst angefangen!« sagte Michael mit fauchender Stimme. Er ging auf den Sowjet zu, stieß ihn gegen die Wand, zog ihm die Waffe aus dem Halfter und warf sie hinter sich. »Sie sind zu selbstbewußt, Genosse, Sie sind sich Ihrer Informationen zu sicher! Sie sollten sie nie so unkritisch vortragen, sondern Platz für Irrtümer lassen, weil es leicht welche geben kann. Sie haben mir einigen Quatsch aufgetischt.«

Der Russe antwortete ihm mit Schweigen, seine Augen waren von Abscheu und Resignation erfüllt. Havelock kannte diesen Blick; er war typisch für gewisse Menschen, die jahrelang dazu ausgebildet waren, zu hassen und zu sterben. Man kannte sie unter vielen Namen. *Gestapo, Nippon Kai, Palästinensische Befreiungsfront, Voennaja.*

»Regen Sie sich nicht unnötig auf«, sagte Michael nach einer Weile ruhig. »Ich werde Sie nicht töten. Darauf sind Sie vorbereitet. Verdammt will ich sein, wenn ich Ihnen den Gefallen tue. Statt dessen werde ich Ihnen beide Kniescheiben zerschmettern und dann die Hände. Sie sind nicht dazu ausgebildet, mit den Folgen zu leben. In Wirklichkeit ist das niemand, ganz besonders nicht Ihresgleichen! So viele einfache Dinge werden Ihnen nicht mehr möglich sein. Zum Beispiel zu einem versperrten Aktenschrank zu gehen und ihn zu öffnen, die Wählscheibe eines Telefons zu drehen oder nach einer Waffe zu greifen und abzudrücken.«

Das Gesicht des Russen wurde blaß, die Unterlippe begann zu zittern. »*Njet!*« flüsterte er leise.

»*Da*«, sagte Havelock. »Es gibt nur eins, womit Sie mich davon abhalten können. Sagen Sie mir, was genau an der Costa Brava geschehen ist.«

»Ich habe es Ihnen gesagt. Nichts.«

Michael senkte die schwere Magnum und schoß auf den Schenkel des Russen. Blut spritzte. Der Russe fing an zu schreien und sank zu Boden. Havelock packte ihn mit der linken Hand am Mund.

»Ich habe die Kniescheibe verfehlt. Diesmal werde ich sie treffen. Eine von beiden.« Er stand auf und richtete die Waffe nach unten.

»Nein! Nicht!« Der VKR-Agent wälzte sich zur Seite, umklammerte sein Bein. Es war gebrochen. »Ich werde Ihnen sagen, was ich weiß.«

»Ich werde merken, wenn Sie lügen. Mein Finger ist am Abzug, die Waffe ist auf Ihre rechte Hand gerichtet. Wenn Sie lügen, haben Sie keine mehr.«

»Was ich Ihnen gesagt habe, ist wirklich die Wahrheit. Wir waren in jener Nacht nicht an der Costa Brava.«

»Washington hat Ihren Code entschlüsselt. Ich habe ihn gesehen. Ich habe ihn geschickt!«

»Washington hat gar nichts entschlüsselt. Der Code ist sieben Tage vor der Nacht zum vierten Januar gelöscht worden. Selbst wenn Sie ihn geschickt und wir ihn akzeptiert hätten, hätten wir nicht reagiert. Das wäre praktisch unmöglich gewesen.«

»Warum?«

»Weil wir überhaupt nicht in der Nähe waren. Keiner von uns. Man hat uns weggeschickt.« Der Russe hustete schmerzerfüllt, sein Gesicht verzerrte sich. »In dem betreffenden Zeitabschnitt waren alle Aktivitäten abgesagt. Man hatte uns strikt untersagt, uns dem Montebello-Strand an der Costa Brava auf mehr als dreißig Kilometer zu nähern.«

»Lügner!«

»Nein«, sagte der VKR-Agent, der sein blutendes Bein an sich gezogen hatte, und Michael anstarrte. »Nein, ich lüge nicht. Das waren die Befehle aus Moskau.«

Zweites
Buch

15

An diesem Abend regnete es in Washington. Ein böiger Wind trieb die Regentropfen schräg über den Himmel und behinderte die Sicht von Fußgängern und Autofahrern. Der Chauffeur am Steuer der Limousine, die die 14. Straße hinunter auf das Osttor des Weißen Hauses zurollte, war auch nicht immun gegen das blendende Licht der entgegenkommenden Fahrzeuge. Er trat ruckartig auf die Bremse und riß den Wagen herum, um einem Kleinwagen auszuweichen.

»Sorry, meine Herren«, sagte er, den Mund auf das Mikrofon der Sprechanlage gerichtet, die Augen auf dem Rückspiegel und der gläsernen Wand zugewandt, die ihn von den Fahrgästen trennte.

Keiner der beiden Männer gab Antwort. Es war, als ob sie ihn nicht gehört hätten, doch das blaue Lämpchen über der Sprechanlage leuchtete, was bedeutete, daß sie ihn sehr wohl verstanden hatten.

Das rote Licht brannte natürlich nicht; er konnte nichts von dem hören, was im Fond gesprochen wurde. Das rote Licht war nur eingeschaltet, wenn Anweisungen erteilt wurden. Zweimal am Tag wurde das System in der Werkstatt überprüft. Angeblich hatte man winzige Mikroschalter eingebaut, die sofort ein Signal auslösten, wenn jemand sich an dem Mechanismus zu schaffen machte. Die Männer, die in diesen großen Limousinen fuhren, hatten sie vom Präsidenten der Vereinigten Staaten zugewiesen bekommen; und ihre Chauffeure wurden ständig den härtesten Sicherheitsprüfungen unterzogen. Jede Fahrer war als Leibwächter ausgebildet, hatte seine Standhaftigkeit bereits im Krieg bewiesen und gründliche Erfahrung im Guerillakrieg. Die Fahrzeuge waren für maximalen Schutz gebaut. Die Fenster hielten dem direkten Aufprall einer Kugel vom Kaliber 45 stand. An mehreren Punkten der Karosserie waren kleine Düsen eingebaut, die auf Schalterdruck verschiedene Arten von Gas verströmten. Ein Gas lähmte nur und wurde bei Krawallen eingesetzt, das andere war eine beinahe tödliche Dioxyd-Verbindung. Sie war für Terroristen bestimmt. Die Chauffeure hatten den strikten Auftrag: »Beschützt eure Passagiere notfalls mit eurem Leben.« Diese Männer waren die wichtigsten Geheimnisträger der Nation, und in Krisenzeiten waren sie die engsten Vertrauten des Präsidenten.

Der Fahrer sah auf die Uhr am Armaturenbrett. Es war 21.20 Uhr.

Vor fast vier Stunden hatte er denselben Wagen in die Garage zurückgefahren und dort auf die Überprüfung der Elektronik gewartet, bevor er seinen Dienst beendet hatte. Fünfunddreißig Minuten später war er gerade im Begriff, in einem Restaurant sein Essen zu bestellen, als sein Piepser im Futteral, das er am Gürtel trug, das durchdringende Signal gab. Er hatte die Geheimnummer der Einsatzleitung angerufen und den Befehl erhalten, sich sofort zur Zentrale zu begeben. *Aquarius eins Notfall, Scorpio steigt ab.* Er verstand sofort die verschlüsselte Botschaft.

In der Zentrale erfuhr er, daß ein Kollege den Auftrag hatte, eine Adresse in Berwyn Heights, Maryland, aufzusuchen, während er nach Andrews fahren sollte, um dort die Ankunft von zwei Männern abzuwarten, die mit Militärmaschinen von zwei verschiedenen Inseln in der Karibik eingeflogen wurden. Ihre Flugpläne waren aufeinander abgestimmt worden; die Ankunftszeiten lagen nur fünfzehn Minuten auseinander.

Der jüngere der beiden Männer war als erster eingetroffen. Der Fahrer hatte ihn sofort erkannt; es war der Generalleutnant Malcomb Halyard. Der kahlköpfige Veteran hatte seine Laufbahn als Offizier in Frankreich begonnen, später hatte er Bataillone in Kaesong und Inchon befehligt und schließlich Armeen in Südostasien, wo der Fahrer ihn mehr als einmal in Da Nang gesehen hatte. Er war so etwas wie ein Sonderling in den oberen Rängen der Militärhierarchie; er hatte noch nie eine Pressekonferenz abgehalten, sehr wohl aber Fotografen aus Gegenden ferngehalten, in denen er eingesetzt war. Halyard galt als brillanter Taktiker. Er war einer der ersten, der vor dem Kongreß erklärte, es sei eine Idiotie, den aussichtslosen Krieg in Vietnam fortzusetzen. Aber offenbar war er der Ansicht, daß Soldaten eine andere Behandlung zuteil werden sollte als Politikern, Filmstars und Musikern.

Er mied die Öffentlichkeit mit derselben Hartnäckigkeit, mit der er auf dem Schlachtfeld um Terrain kämpfte. Wie es hieß, sagte diese Zurückhaltung dem Präsidenten zu.

Der pensionierte General war zu der Limousine geführt worden, hatte den Fahrer gegrüßt und dann wortlos im Fond gewartet. Der zweite Mann war zwölf Minute später eingetroffen. Der Gegensatz zwischen ihm und Halyard war ebensogroß wie der zwischen einem Adler und einem Löwen, und beides waren hervorragende Vertreter ihrer Art. Addison Brooks war Rechtsanwalt gewesen, internationaler Bankier, Berater von Politikern, Botschafter. Er kam aus dem Establishment der Ostküste. Er besaß einen schlagfertigen Witz, der manchmal zynisch, meistens aber sanft und voll Mitgefühl war. Er hatte alle politischen Machtkämpfe und Intrigen mit derselben hartnäckigen Geschicklichkeit überlebt, die Halyard ebenfalls auszeichnete. Beide waren kompromißlos, wenn es um ihre Prinzipien ging; sonst aber verstanden sie es meisterhaft, sich neuen Realitäten anzupassen.

Der Chauffeur hatte den Botschafter schon einige Male gefahren und fühlte sich geschmeichelt, daß der alte Brooks sich seinen Namen gemerkt und immer irgendeine persönliche Bemerkung gemacht hatte: »Verdammt, Jack, nehmen Sie denn nie zu? Meine Frau verlangt immer, daß ich meinen Gin mit Fruchtsaft mische.« Das war eine glatte Übertreibung gewesen; der Botschafter war ein großer, schlanker Mann, und sein silbergraues Haar, die markanten Züge und der perfekt gestutzte graue Schnurrbart ließen ihn eher wie einen Engländer erscheinen.

Heute freilich hatte es in Andrews Field keine persönliche Begrüßung gegeben. Statt dessen hatte Brooks nur geistesabwesend genickt, als der Fahrer ihm die hintere Tür geöffnet hatte. Als er jedoch den General im Fond erkannt hatte, erstarrte er für einen Moment.

»Parsifal«, hatte der Botschafter mit leiser, ernster Stimme gesagt; das war die Begrüßung. Anschließend hatten sie mit ernster Miene miteinander gesprochen und sich dabei immer wieder angesehen, als stellten sie Fragen, die keiner von beiden beantworten konnte. Dann waren sie verstummt, oder zumindest schien es jedesmal so, wenn der Fahrer gerade in den Rückspiegel blickte. Worin auch immer die Krise bestehen mochte, die sie von einer Insel in der Karibik ins Weiße Haus geführt hatte, sie war jedenfalls von höchster Brisanz.

Der Fahrer der schwarzen Limousine bog von der Kenilworth Road in das Wohnviertel Berwyn Heights ein. Er war schon zweimal dort gewesen, deshalb hatte man ihn auch heute abend für die Route eingeteilt, obwohl er früher einmal die Bitte geäußert hatte, dem Staatssekretär Emory Bradford nicht mehr zugeteilt zu werden. Wenn ein Teil seines Auftrags darin bestand, Bradfords Leben zu schützen und dabei sein eigenes zu riskieren, so war er nicht sicher, ob er das tun, ja, ob er überhaupt dazu bereit sein würde. Vor fünfzehn Jahren war der kalte, analytische Emory Bradford ein typischer Vertreter jener jungen Pragmatiker gewesen, die auf dem Weg zur politischen Macht ihre Gegner links und rechts einfach niedergemacht hatten. Auch die Tragödie von Dallas hatte ihn in seinem Spurt nicht gebremst; nach reichlichen Tränen folgte schnell ein Prozeß der Anpassung. Die Nation war in Gefahr, und jene, denen die Fähigkeit gegeben war, die aggressive Natur des Kommunismus zu durchschauen, mußten zusammenstehen. Der schmallippige, emotionslose Bradford mit dem bleichen Gesicht wurde ein leidenschaftlicher Falke. Die ›Domino-Theorie‹ hatte damals entscheidenden Einfluß auf die amerikanische Außenpolitik.

Und ein ehrgeiziger Farmerssohn aus Idaho war dem Ruf gefolgt und wurde Soldat in Vietnam. Das war seine persönliche Reaktion auf die langhaarigen Studenten und Hippies, die Fahnen und Einberufungsbefehle verbrannten.

Im Dschungel mußte er miterleben, wie seinen Freunden die Köpfe weggeschossen wurden, die Gesichter, die Arme, die Beine. Er sah, wie Soldaten im feindlichen Feuer kehrtmachten und davonrannten, während ihre Offiziere Karabiner, Jeeps und ganze Lkw-Ladungen mit Lebensmitteln verkauften. Er begann zu begreifen, was allen so offenkundig war, nur Washington und dem Oberkommando in Saigon nicht.

Und dann geschah es. Der fanatische Falke Emory Bradford trat vor einen Senatsausschuß und verkündete der Nation, daß die brillanten Planer einen schlimmen Fehler begangen hatten. Er sprach sich für den sofortigen Rückzug aus Vietnam aus und erhielt eine stehende Ovation, während sich ein Farmerssohn aus Idaho verdammte Mühe gab, nicht als Kriegsgefangener zu sterben.

Nein, Mr. Bradford, für Sie werde ich mein Leben nicht riskieren. Nicht noch einmal.

Das große zweistöckige Kolonialhaus lag weit zurückgesetzt hinter der Einfahrt, davor eine gepflegte Rasenfläche, dahinter ein Swimmingpool und ein Tennisplatz. Angesichts dieser luxuriösen Verhältnisse fragte sich der Farmerssohn aus Idaho, wie sich der Herr Staatssekretär wohl in einem Flußkäfig voller Wasserratten im Mekongdelta verhalten würde. Wahrscheinlich vorbildlich!

Der Fahrer griff unter das Armaturenbrett und zog das Mikrofon an seiner Schnur heraus.

»Abraham Seven an Einsatz.«

»Bitte sprechen, Abraham Seven.«

»Zielpunkt erreicht. Bitte Ladung per Telefon anfordern.«

»Wird erledigt, Seven. Gutes Timing. Sie und Abraham Four müßten etwa um dieselbe Zeit ›Aquarius‹ erreichen.«

»Freut mich. Wir geben immer unser Bestes.«

Die drei fuhren gemeinsam mit dem Lift nach unten. Die zwei älteren Männer waren leicht überrascht, daß die Konferenz in einem der Strategieräume unter der Erde und nicht im Oval Office stattfinden sollte. Der Staatssekretär mit dem strengen Gesicht und der Aktentasche in der Hand schien den Grund zu verstehen. Diese Räume waren mit Computern und Projektoren ausgestattet, mit denen Bilder und Schautafeln auf eine große Leinwand geworfen wurden. Dazu mit direkten Leitungen, die das Weiße Haus mit allen wichtigen Leuten überall auf der Welt verbanden. Und doch war diese perfekte technische Ausrüstung für sich allein nutzlos, wenn es nicht zu einem

Durchbruch aus der Krise kam. War er gekommen? Wenn ja, so ließ die Aufforderung des Präsidenten davon nichts erkennen. Statt dessen hatte man ihnen eher das Gegenteil zu verstehen gegeben. Die Losung ›der Skorpion sinkt‹ kündigte eher eine Katastrophe an. Jeder verspürte die lastende Spannung, als sie die untere Etage erreichten und die Lifttür sich öffnete.

Präsident Charles Berquist begrüßte jeden einzeln mit knappen Worten. Das war nun mal seine Art. Der vierschrötige Mann aus Minnesota war keineswegs ein kühler Typ – hart in der Sache schon, sehr hart sogar, aber kaltschnäuzig war er nicht. Ungeduldig wies er auf den U-förmigen Konferenztisch am anderen Ende des Saals. Die vier Männer nahmen ihre gewohnten Plätze ein. Jeder hatte eine kleine Leselampe vor sich, deren Lichtkegel auf einen Notizblock gerichtet war. Addison Brooks saß rechts von Berquist, Halyard zur Linken des Präsidenten. Der Stuhl neben dem General blieb frei; dann folgte Emory Bradford. Er hatte sich absichtlich so plaziert, um besser zu allen drei sprechen zu können. Die meisten anstehenden Fragen nämlich galten Bradford, der auch im wesentlichen die Mitarbeiter verhören würde, die später in den Raum gerufen werden sollten. Zwischen dem U-förmigen Tisch und der Leinwand stand noch ein kleiner, rechteckiger Tisch mit zwei Drehstühlen, so daß jeder, der auf ihnen saß, sich herumdrehen und die Dias betrachten konnte.

»Sie sehen müde aus, *Mr. President*«, sagte Brooks, als alle saßen.

»Ich bin auch müde«, erwiderte Berquist. »Es tut mir leid, daß ich Sie und Mal aus der Karibik in dieses scheußliche Wetter zurückholen mußte.«

»Das Wetter wird unser geringstes Problem sein«, meinte Halyard.

»Ich fürchte, Sie haben recht.« Der Präsident drückte einen Knopf, der links von ihm am Tisch angebracht war. »Das erste Dia, bitte.« Die Deckenbeleuchtung verlosch, nur die Leselampen blieben eingeschaltet, und auf einer Leinwand am Ende des Saals erschienen die Fotografien von vier Männern. »Kennen Sie irgendeinen dieser Männer?« fragte Berquist und fügte schnell hinzu: »Die Frage gilt nicht für Emory. Er kennt sie.«

Addison Brooks antwortete als erster. »Der Mann rechts oben heißt Stern. David oder Daniel mit Vornamen. Er sitzt im Außenministerium, nicht wahr? Ein Europaspezialist, sehr intelligent, ein guter Mann.«

»Ja«, bestätigte Berquist. »Wie steht's mit Ihnen, Mal? Erkennen Sie jemanden dort vorne?«

»Ich bin nicht sicher«, sagte der pensionierte General und musterte die Leinwand mit zusammengekniffenen Augen. »Der eine rechts unten, ich glaube, ich habe den schon einmal gesehen.«

»Stimmt«, warf Bradford ein. »Er war einige Zeit im Pentagon.«

»Ich komme nicht auf seinen Rang.«

»Er ist kein Offizier, sondern Arzt; er hat vor mehreren Ausschüssen über die Kriegsgefangenenprobleme ausgesagt. Sie saßen in zwei oder drei dieser Ausschüsse.«

»Ja, natürlich, jetzt erinnere ich mich. Er ist Psychiater.«

»Einer der führenden Experten zum Thema Streßverhalten«, ergänzte Bradford und beobachtete dabei die zwei alten Männer.

»Streßverhalten?« wiederholte der Botschafter.

Halyard beugte sich vor. »Besteht da ein Zusammenhang?« fragte er den jüngeren Mann.

»Zu Parsifal?«

»Was, zum Teufel, meine ich wohl sonst?«

»Ja, aber das ist nicht der Punkt.«

»Sondern?« fragte Brooks argwöhnisch.

»Millers Spezialfach. Paul Miller heißt er. Wir glauben nicht, daß seine Verbindung mit Parsifal etwas mit seinen Streßstudien zu tun hat.«

»Gott sei Dank«, murmelte der General.

»Weiter«, drängte der alte Diplomat, und seine Stimme klang ungeduldig.

»Darf ich, *Mr. President*?« fragte Bradford, und Berquist nickte. Der Staatssekretär wandte sich den Fotos auf der Leinwand zu. »Die zwei Männer links oben und unten sind John Phillip Ogilvie und Victor Alan Dawson.«

»Dawson ist Anwalt«, unterbrach ihn Addison Brooks. »Ich bin ihm nie begegnet, aber einige Schriftsätze habe ich von ihm gelesen. Ein brillanter Kopf bei internationalen Vertragsverhandlungen. Er hat einfach ein Gespür für juristische Nuancen.«

»Ogilvie«, fuhr Bradford fort, »war fast zwanzig Jahre lang Geheimagent, einer der erfahrensten Taktiker für Untergrundoperationen.«

Die Tatsache, daß Bradford die Vergangenheitsform benutzte, entging den zwei Beamten nicht. Sie sahen einander an, wobei ihre Blicke notwendigerweise die von Präsident Berquist kreuzten. Der Mann aus Minnesota nickte. »Alle sind tot«, sagte der Präsident und strich sich mit der rechten Hand über die Augenbrauen. »Ogilivie ist vor vier Tagen in Rom umgekommen – eine fehlgeleitete Kugel. Bei den drei anderen handelt es sich nicht um Unfälle; sie sind hier getötet worden. Dawson und Stern zusammen, Miller zwanzig Meilen von hier entfernt zum selben Zeitpunkt.«

Der silberhaarige Botschafter blickte auf die Leinwand. »Vier Männer, sagte er nachdenklich. »Einer davon Experte für europäische Politik, der nächste ein Jurist, der fast ausschließlich mit internationalem Recht befaßt war; der dritte ein ehemaliger Geheimagent mit umfangreichem taktischen Wissen; der vierte ein Psychiater, der als führender Spezialist für Streßverhalten anerkannt war.«

»Ein seltsames Quartett«, schloß der General.

»Sie hatten alle miteinander zu tun, Mal«, sagte Brooks. »Schon vor Parsifal. Habe ich recht, *Mr. President*?«

»Emory soll uns die näheren Umstände erklären«, antwortete Berquist. »Schließlich muß er mit dem Problem fertig werden.«

»Diese Männer waren die Strategen der Operationsplanung in Europa.«

»Costa Brava!« platzte der Botschafter heraus.

»Sie haben nachgeforscht und uns gefunden«, sagte Halyard mit zornigem Blick. »Und sie haben dafür bezahlt.«

»Ja«, sagte Bradford. »Aber wir wissen nicht, wie es geschehen ist.«

»Wie sie getötet worden sind?« fragte der General ungläubig.

»Das wissen wir«, erwiderte der Staatssekretär. »Auf sehr professionelle Weise.«

»Was verstehen Sie denn nicht?« Brooks war sichtlich verärgert.

»Die Verbindung mit Parsifal.«

»Aber Sie sagten doch gerade, daß es eine Verbindung gab«, insistierte Brooks. »Stimmt das nun oder nicht?«

»Es muß eine geben. Wir können sie uns nur nicht erklären.«

»Ich kann Ihnen nicht folgen«, sagte Halyard.

»Fangen Sie ganz vorne an, Emory«, schaltete sich der Präsident ein. »In Rom.«

Bradford nickte. »Vor fünf Tagen erhielten die Strategen ein Telegramm von unserem Verbindungsmann in der Botschaft in Rom, von einem Lieutenant Colonel Baylor – Deckname Brown.«

»Larry Baylor?«

»Ja, General.«

»Ein verdammt guter Offizier.«

»Colonel Baylor ist Schwarzer, Mr. Brooks.«

»Offensichtlich, Mr. Bradford.«

»Herrgott, Emory...«

»Ja, *Mr. President*... Baylors Telegramm bezog sich auf ein Zusammentreffen, das er mit...« – Bradford zögerte, den Namen auszusprechen – »...Michael Havelock hatte.«

»Costa Brava«, murmelte der General leise.

»Parsifal«, fügte Brooks hinzu und fuhr dann fort, wobei aus jedem Wort ein Protest klang. »Aber Havelock wurde ausgeschaltet. Nach seinem Ausscheiden hat man jeden seiner Schritte beobachtet. Man hat uns versichert, daß da nichts war, absolut nichts.«

»Weniger als nichts«, stimmte der Mann aus dem Außenministerium ihm bei. »Er hat unter Umständen, die wir kontrolliert haben, eine

Stelle als Dozent angenommen – eine Gastprofessur an der Concord-Universität in New Hampshire. Praktisch war er völlig draußen, und wir hatten es wieder mit dem ursprünglichen Szenarium zu tun.«

»Und was hat Havelocks Rolle verändert?« fragte Halyard.

Wieder hielt Bradford inne, wieder merkte man sein Zögern.

»Die Karras«, sagte er leise. »Sie ist wieder aufgetaucht; er hat sie gesehen. In Rom.«

Das Schweigen am Tisch verdeutlichte den Schock der Männer. Die Gesichter von Brooks und Halyard verhärteten sich. Ihre bohrenden Blicke nahm der Staatssekretär ungerührt hin.

Schließlich sagte Brooks: »Wann ist das geschehen?«

»Vor zehn Tagen.«

»Warum hat man uns nicht informiert, *Mr. President*?« fragte Brooks vorwurfsvoll, ohne den Blick von Emory Bradford zu wenden.

»Ganz einfach«, erwiderte der Staatssekretär, ehe der Präsident etwas sagen konnte. »Weil ich nicht informiert war.«

»Das reicht mir nicht als Entschuldigung.«

»Mir auch nicht«, fügte der General mit scharfer Stimme hinzu. »Was, zum Teufel, haben Sie hier für eine Organisation?«

»Eine äußerst effiziente, die auf das reagiert, was man ihr liefert. Vielleicht war sie in diesem Fall zu effizient, hat zu sensibel reagiert.«

»Erklären Sie das«, befahl Halyard.

»Diese vier Männer«, sagte Bradford und wies auf die Fotos auf der Leinwand, »waren ohne jeden Zweifel überzeugt, daß die Karras an der Costa Brava getötet worden war. Wie konnten sie auch anders denken? Wir haben alles durchgespielt – bis ins kleinste Detail. Nichts blieb der Spekulation überlassen. Havelock war Zeuge ihres Todes, der später noch durch blutbesudelte Kleidungsstücke bestätigt wurde. Wir wollten, daß niemand ihren Tod in Frage stellt, am allerwenigsten Havelock selbst.«

»Aber sie ist wieder aufgetaucht«, beharrte Halyard. »Sie sagen, er hätte sie gesehen. Ich nehme an, daß diese Information in Colonel Baylors Telegramm enthalten war.«

»Ja.«

»Warum ist das nicht sofort gemeldet worden?« wollte Brooks wissen.

»Weil sie es nicht geglaubt haben«, antwortete Bradford. »Sie dachten, Havelock wäre verrückt und litte unter Halluzinationen. Sie schickten Ogilvie nach Rom, was für sie schon ungewöhnlich war und deutlich machte, wie ernst sie die Situation einschätzten. Brown bestätigte es. Er sagte, Ogilvie hätte ihm erzählt, Havelock hätte durchgedreht, würde Dinge sehen, die nicht existierten. Seine Halluzinationen seien von tiefen, latenten Gefühlen der Feindseligkeit ausgelöst und von dem Druck, dem er jahrelang ausgesetzt war. Er ist einfach explodiert; das zumindest war es, was Ogilvie andeutete.«

»Das wäre auch Millers Ansicht gewesen«, unterbrach der Präsident. »Wenn man einmal darüber nachdenkt, ist das eigentlich auch der einzige Schluß, den er ziehen konnte.«

»Havelocks Verhalten verschlechterte sich«, fuhr der Staatssekretär fort. »Wenn man einmal darüber nachdenkt, ist das eigentlich auch der einzige Schluß, den er ziehen konnte.«

»Havelocks Verhalten verschlechterte sich«, fuhr der Staatssekretär fort. »Er drohte, frühere Operationen zu verraten, was uns nicht nur hier in Washington, sondern in ganz Europa kompromittiert hätte, wenn man ihm nicht Erklärungen geliefert hätte. Er sandte sogar entsprechende Telegramme ab, um zu zeigen, wozu er fähig war. Die Strategen nahmen ihn sehr ernst. Ogilvie war in Rom, um Havelock entweder zurückzuholen... oder ihn zu töten.«

»Statt dessen wurde er selbst getötet«, sagte der General lapidar.

»Ja, auf tragische Weise. Colonel Baylor beobachtete Ogilvies Zusammentreffen mit Havelock auf dem Palatin-Hügel. Es kam zu einer Auseinandersetzung zwischen den beiden. Und als Havelock mit der Pistole auf ihn losging, schoß Baylor, wie er es darstellt, in dem Augenblick, als er glaubte, Havelock würde Ogilvie töten. Es steht alles in Baylors Bericht, der Ihnen natürlich zugänglich ist.«

Halyard sah Bradford an. »Wenn das Larry Baylors Worte sind, brauche ich den Bericht nicht zu lesen. Wie verdaut er denn die ganze Sache? Dieser Bursche macht nicht gern Fehler.«

»Er ist an der rechten Hand schwer verwundet. Das wird seine Aktivitäten einschränken.«

»Werfen Sie ihn bloß nicht raus, das wäre ein Fehler. Setzen Sie ihn hinter einen Schreibtisch.«

»Ich werde es dem Pentagon empfehlen, General.«

»Könnten wir wieder zum Thema zurückkommen?« fragte Brooks. »Ich begreife immer noch nicht, weshalb diese Männer Baylors Information nicht weitergaben, geschweige denn die Motive Havelocks für seine darauffolgenden Telegramme. Übrigens, wie störend waren sie denn?«

»Alarmierend wäre der bessere Begriff. In einem hieß es, im Weißen Haus hätte sich ein sowjetischer Agent eingenistet. Ein weiteres Telegramm ging an den Untersuchungsausschuß des Kongresses; darin behauptete er, beim CIA in Amsterdam gäbe es Korruptionen. In beiden Fällen hat der Gebrauch der Chiffre und die Nennung von Namen in Amsterdam den Einzelheiten eine gewisse Glaubwürdigkeit verliehen.«

»Und steckte Substanz dahinter?« bohrte Halyard weiter.

»Überhaupt keine. Aber die Reaktionen waren unangenehm. Die Strategen wußten, daß sie noch schlimmer werden konnten.«

»Ein Grund mehr, weshalb sie Havelocks Motive hätten erklären sollen«, beharrte Brooks.

»Vielleicht haben sie das«, antwortete Bradford mit leiser Stimme. »Gegenüber irgend jemandem. Darauf kommen wir noch.«

»Weshalb sind die vier Männer getötet worden?« fragte Halyard. »Welche Verbindung besteht da zu Parsifal?« Der General senkte die Stimme. »Zur Costa Brava?«

»Es gab kein ›Costa Brava‹, bis wir das erfunden haben, Mal«, erklärte der Präsident. »Aber ich denke, das sollte ebenfalls in der richtigen Reihenfolge dargestellt werden. Nur so können wir den Zusammenhang herausfinden... wenn es überhaupt einen gibt.«

»Es hätte nie geschehen dürfen«, warf Brooks ein. »Wir hatten nicht das Recht dazu.«

»Wir hatten keine andere Wahl«, entgegnete Bradford und lehnte sich vor. »Matthias hat den Fall gegen die Karras aufgebaut, das wissen wir. Seine Absicht, soweit wir das feststellen können, war es, Havelock aus dem Dienst zu entfernen, aber wir konnten darin nie sicher sein. Ihre Freundschaft war sehr tief und reicht Jahre zurück, und die Verbindungen zwischen den Familien waren noch enger. War Havelock Teil von Matthias' Plan oder nicht? War er ein bereitwilliger Mitspieler, der seine Befehle befolgte und vorgab, das zu tun, was andere für völlig verständlich halten würden, oder war er das unwissende Opfer einer schrecklichen Manipulation? Wir mußten es herausfinden.«

»Wir haben es herausgefunden«, fügte Addison Brooks unwirsch hinzu. »In der Klinik in Virginia bei der Schlußuntersuchung haben die Ärzte alle Mittel eingesetzt; er wußte buchstäblich nichts. Wie Sie schon sagten, wir befanden uns wieder im ursprünglichen Szenarium und tappten völlig im dunkeln. Warum wollte Matthias ihn draußen haben? Das ist die unbeantwortete, vielleicht jetzt gar nicht beantwortbare Frage. Als wir das begriffen, hätten wir ihm die Wahrheit sagen sollen.«

»Das konnten wir nicht.« Der Staatssekretär lehnte sich im Sessel zurück. »Jenna Karras war verschwunden; wir hatten keine Ahnung, ob sie lebte oder tot war. Unter den gegebenen Umständen hätte er Fragen gestellt, die nur hier in einem Kreis wie diesem gestellt werden dürfen.«

»Fragen«, fügte der Präsident der Vereinigten Staaten hinzu, »die, wenn sie bekannt würden, die Welt in wenigen Stunden in einen Atomkrieg treiben würden.«

Beklommenes Schweigen machte sich im Raum breit.

»Es gibt jemanden, den Sie unbedingt kennenlernen sollten«, sagte

Emory Bradford schließlich. »Ich ließ ihn von einem Alpenpaß, der sich Col des Moulinets nennt, hierher fliegen. Er kommt aus Rom.«

»Ein nuklearer Krieg«, wiederholte der Präsident und drückte den Knopf auf dem riesigen, geschwungenen Schreibtisch, und die Leinwand verdunkelte sich.

16

Havelock hängte den Telefonhörer ein, strich zwei weitere Namen auf der Liste durch und verließ das schäbige Café am Montmartre. Kein Gespräch dauerte länger als neunzig Sekunden. Zu leicht konnte man mit elektronischen Ortungsgeräten seinen Standort feststellen, und das in wenigen Minuten. Und falls irgendeiner der Apparate, die er anrief, mit der Telefonanlage in der amerikanischen Botschaft verbunden war, hätte er ebensogut gleich den Pariser Verbindungsmann des CIA anrufen und die Zeit für seine eigene Exekution festsetzen können. Er hatte die Hälfte der Liste abgehakt, die restlichen Namen würde er später erledigen.

Es war fast 21 Uhr. Gleich wollte er sich mit Gravet in einer Seitengasse der Rue Norvins treffen. Der Kunstkritiker hatte den Nachmittag damit verbracht, mit all denen Kontakt aufzunehmen, die vielleicht etwas über Jenna Karras wußten.

Michael hatte sich wieder seine Kleidung aus einem Schließfach der Metro geholt, die wichtigsten Toilettenartikel, einen Notizblock und einen Kugelschreiber gekauft und sich in einem billigen Hotel, gleich um die Ecke von ›La Couronne Nouvelle‹, ein Zimmer genommen. Seine Überlegung dabei war, daß der verwundete VKR-Agent nicht daran denken würde, seine Killer gleich um die Ecke zu schicken, da er Michael sicher nicht gerade dort vermuten würde. Nachdem Havelock sich rasiert und gebadet hatte, versuchte er jeden Augenblick in sein Gedächtnis zurückzurufen, den er und Jenna miteinander in Paris geteilt hatten: wohin sie gegangen waren, was sie gesehen, mit wem sie gesprochen hatten, alles in der chronologischen Folge. Schließlich hatte jedes Gesicht, das irgendeine Bedeutung hatte, einen Namen, oder Michael erinnerte sich zumindest an jemanden, der ihn... oder sie... kannte.

Und jeden Namen, der ihm einfiel, notierte er sich. Eine halbe Stunde später war die Liste komplett – d. h. so komplett, wie sein Erinnerungsvermögen das zuließ.

Als er dann schließlich nach einem erholsamen Schlaf die ersten Namen anrief, erzählte er jedesmal dieselbe Geschichte: Er hätte sich mit Jenna am Mittag in der Meurice-Bar treffen sollen; sie seien beide aus verschiedenen Städten mit dem Flugzeug nach Paris gekommen, aber seine Maschine hätte sich um mehrere Stunden verspätet. Und da Jenna den Namen der betreffenden Person häufig erwähnt hätte, wollte er sich erkundigen, ob sie sich vielleicht dort gemeldet hätte, um sich in einer Stadt, die sie kaum kannte, eine ortskundige Begleitung für den Nachmittag zu suchen.

Die meisten waren leicht überrascht, von Havelock zu hören, besonders, wo es so beiläufig geschah – und noch überraschter, daß Jenna Karras sich an ihren Namen erinnert hatte. Im großen und ganzen waren sie nämlich nur oberflächlich mit ihr bekannt. Aber in keinem einzigen Fall verspürte er auch nur das geringste Zögern oder eine verdächtige Nervosität in der Stimme. Achtzehn Namen – und kein Hinweis auf Jenna. Wo hielt sie sich versteckt?

Er erreichte die Rue Ravignon und begann den steilen Aufstieg zum Montmartre-Hügel. Die Seitengasse von der Rue Norvins, die Gravet ihm geschildert hatte, lag unmittelbar vor der engen Rue des Saules. Sie war finster und menschenleer. Die Besucher des Montmartre wußten schon, warum man sie besser mied. Ein Überfall auf dem heiligen Berg der Märtyrer unterschied sich nur wenig von einem Schlag mit einem gummiumwickelten Eisenrohr in Soho oder St. Pauli. Als Havelock in die Gasse bog, tastete seine rechte Hand instinktiv nach seinem Gürtel, wo die Magnum steckte. Gravet hatte sich verspätet, eine Unhöflichkeit, die ganz untypisch für den Kritiker war. Was war geschehen?

Michael lehnte sich gegen eine Mauer und zündete sich eine Zigarette an. Nervös sog er den Rauch ein und wartete.

Von der Rue Norvins drang plötzlich heftiger Lärm in den dunklen Durchgang, als zwei Männer sich in die Haare gerieten. Eine hochgewachsene, schlanke Gestalt stand aufrecht da, einen Augenblick lang unbewegt, und ihren Lippen entströmte ein Schwall französischer Schimpfworte. Der viel jüngere, untersetzte Widersacher machte ein paar zynische Bemerkungen über die Vorfahren des Älteren und ging weiter. Der andere strich sich angewidert die Revers glatt, bog nach links und trat in die Gasse. Gravet war eingetroffen.

»*Merde!*« stieß der Kritiker aus, als er Havelock aus dem Schatten hervortreten sah. »Diese dreckigen Typen in ihren schmuddeligen Parkas! Bei denen weiß man nie, woran man ist. Deshalb auch meine Verspätung.«

»Sind doch nur ein paar Minuten.«

»Ich wollte schon vor einer halben Stunde in der Rue Norvins sein, um mich zu vergewissern, daß Ihnen niemand gefolgt ist.«

»Man ist mir nicht gefolgt!«

»Ja, Sie würden das merken, nicht wahr?«

»Ganz gewiß. Was hat Sie aufgehalten?«

»Ein junger Mann, den ich mir herangezogen habe. Er arbeitet in den Katakomben des Quai d'Orsay.«

»Sind Sie ehrlich!«

»Und Sie verstehen das falsch.« Gravet trat an die Wand und blickte nach rechts und links, zu den beiden Ausgängen der Gasse. Erst dann fuhr er fort: »Seit Sie nach Ihrem Besuch im ›Couronne Nouvelle‹ angerufen haben, war ich mit jeder Person in Verbindung, die vielleicht etwas über eine einsame Frau in Paris wissen könnte, die Unterschlupf oder Papiere oder eine Transportmöglichkeit sucht, und niemand konnte helfen. Selbst in den Italienervierteln habe ich mich umgesehen, weil ich dachte, ihre Begleiter vom Col des Moulinets hätten ihr vielleicht eine oder zwei Adressen gegeben. Auch Fehlanzeige. Und dann kam ich darauf. Vielleicht suchte eine Frau wie sie auf ganz legalem Weg Hilfe, ohne notwendigerweise ihre eigenen Motive zu offenbaren. Schließlich war sie eine erfahrene Agentin. Sie muß doch bestimmte Personen in Regierungskreisen kennen, und sei es nur durch die Verbindung mit Ihnen.«

»Der Quai d'Orsay.«

»*Naturellement*. Aber in den Katakomben. Wo es ganz bestimmt ohne Kenntnis der Öffentlichkeit gewisse Einrichtungen für Sie gab.«

»Wenn so etwas tatsächlich existieren sollte, so weiß ich nichts davon. Ich hatte gelegentlich mit einer Anzahl von Leuten in den Ministerien zu tun, aber von den Katakomben habe ich nie gehört.«

»Das britische Außenministerium nennt sie die *Clearing Centers*. Ihr State Department in Washington hat eine weniger subtile Bezeichnung für sie: Abteilung für diplomatischen Transfer.«

»Immunität«, sagte Havelock. »Haben Sie etwas gefunden?«

»Mein junger Freund hat die letzten paar Stunden damit verbracht, der Sache nachzugehen. Ich hatte ihm gesagt, daß es nur um eine kurze Zeitspanne ginge. Wenn etwas geschehen war, so konnte das nur heute gewesen sein. Also kehrte er nach dem Mittagessen unter irgendeinem Vorwand in seine kleine Höhle zurück und blätterte die Sicherheitsduplikate des Tages durch. Er glaubt, etwas gefunden zu haben, er ist jedoch nicht sicher. Aber Sie könnten vielleicht die Verbindung herstellen.«

»Um was dreht es sich?«

»Um Viertel vor elf heute morgen traf dort eine schriftliche Anforderung vom *Ministère des Affaires Étrangères* ein, das sofort die Identität der folgenden Person wissen wollte: weiblich, weiße Hautfarbe, Anfang Dreißig, Sprachen: Slawisch, Russisch, Serbokroatisch. Nun ist mir klar, daß es Dutzende…«

»Welche Abteilung im Ministerium?« unterbrach ihn Havelock.

»Die Abteilung vier.«

»Régine Broussac«, sagte Havelock. »Madame Régine Broussac, Leiterin der Sektion vier.«

»Da haben wir die Verbindung. Das ist der Name und die Unterschrift auf der Anforderung.«

»Sie steht an vorletzter Stelle auf meiner Namensliste. Wir haben sie – ich habe sie vor beinahe einem Jahr kurz auf der Straße getroffen. Das gibt keinen Sinn; die Broussac kennt sie kaum, eigentlich gar nicht.«

»Waren die äußeren Umstände Ihres Zusammentreffens vor einem Jahr von besonderer Art?«

»Ich denke schon. Einer ihrer Leute war ein Doppelagent in der französischen Botschaft in Bonn. Er flog regelmäßig über Schönefeld in den Osten. Wir fanden ihn auf der falschen Seite von Berlin. Bei einer Sitzung des Staatssicherheitsdienstes.«

»Nun, da würde ich schon von besonderer Art sprechen.« Gravet hielt inne, löste die Hände voneinander. »Diese Broussac ist doch schon älter, nicht wahr? Vor Jahren eine Heldin der Résistance?«

»Sie und ihr Mann, ja. Die Gestapo hat ihn erwischt; was man von ihm noch gefunden hat, war nicht gerade angenehm.«

»Aber sie hat weitergemacht.«

»Ja.«

»Haben Sie Ihrer Freundin vielleicht davon erzählt?«

Havelock überlegte, während er an seiner Zigarette sog. »Wahrscheinlich. Régine ist nicht leicht zu nehmen; sie ist sehr impulsiv. Es gibt eine Menge Leute, die sie als bösartig bezeichnen.«

»Dann lassen Sie mich noch eine Frage stellen, obwohl ich glaube, die Antwort zu kennen.« Der Kritiker faltete erneut die Hände. »Was hat denn Ihre Freundin dazu veranlaßt, ein solches Leben zu leben, wie sie es mit Ihnen verbracht hat und offenbar auch schon vor Ihnen?«

»Neunzehnhundertachtundsechzig«, erwiderte Havelock ausdruckslos.

»Meinen Sie die Invasion der Warschauer-Pakt-Staaten in der Tschechoslowakei?«

»Ja. Ihre Eltern waren damals schon tot, und sie lebte mit ihren zwei älteren Brüdern in Ostrava, einer davon war verheiratet. Beide waren Dubček-Anhänger; der jüngere war Student, der ältere Ingenieur. Das Novotný-Regime hatte ihm jede vernünftige Arbeit verboten. Als die Panzer kamen, wurde der jüngere Bruder auf der Straße getötet und der ältere zum ›Verhör‹ geschleppt. Nachher war er ein Krüppel auf Lebenszeit. Er jagte sich eine Kugel durch den Kopf, und seine Frau verschwand. Jenna reiste nach Prag, wo niemand sie kannte, und ging dort in den Untergrund. Sie wußte, an wen sie herantreten mußte, und kannte ihre Ziele.«

Gravet nickte, sein feingeschnittenes Gesicht wirkte in der schwachen Beleuchtung nachdenklich. »Die Menschen, die das tun, was Sie tun, unauffällig und effizient, sie alle haben unterschiedliche Lebensläufe, und doch sind sie alle vom gleichen Trauma geprägt: von Gewalt, von schmerzhaften Verlusten. Und in ihrem ›Beruf‹ rächen sie sich für die erlittenen Demütigungen.«

»Was haben Sie denn erwartet? Nur Ideologen können es sich leisten, ihre Überzeugung hinauszuschreien; wir beschäftigen uns meistens mit anderen Dingen. Deshalb schickt man uns immer zuerst. Es gehört nicht viel dazu, uns effizient zu machen.«

»Oder sich untereinander zu kennen, stelle ich mir vor.«

»Unter gewissen Umständen ja. Worauf wollen Sie hinaus?«

»Die Broussac. Ihre Freundin von der Costa Brava hat sich an sie erinnert. Eine solche Frau vergißt eine Frau nicht, die weitergemacht hat, nachdem sie alles verloren hatte.«

»Das hat sie offensichtlich, es wäre mir nur nie in den Sinn gekommen.« Havelock nickte stumm. »Sie haben recht. Danke, daß Sie mich darauf gebracht haben. Natürlich hat sie sich erinnert.«

»Seien Sie vorsichtig, Michael.«

»In welcher Hinsicht?«

»Ich denke an die mögliche Rache. Zwischen den beiden Frauen muß eine gewisse Sympathie bestehen. Sie könnte Sie Ihren eigenen Leuten ausliefern, Sie in die Falle locken.«

»Ich werde genauso vorsichtig sein wie sie. Was können Sie mir sonst noch über den Aktenvermerk sagen? War ein Zielort erwähnt?«

»Nein. Sie könnte überall hingehen. Das Außenministerium wird die Entscheidung treffen und geheimhalten.«

»Und wie steht es mit ihren Decknamen?«

»Das konnte mein junger Freund nicht in Erfahrung bringen, wenigstens nicht heute abend. Vielleicht kann er sich morgen Zugang zu den Akten verschaffen, die vorhin bereits eingeschlossen waren.«

»Zu spät. Sie ist bestimmt schon mit einem gefälschten Paß auf dem Weg ins Ausland. Ich muß schnell handeln.«

»Und wenn auch. In zwölf Stunden können wir vielleicht den Namen ausfindig machen. Dann rufen Sie die Fluggesellschaften an. Und die sehen sich ihre Passagierlisten durch. Dann wissen Sie, wohin sie geflogen ist.«

»Das reicht mir nicht. Wenn die Broussac das für Jenna getan hat, wird sie ihr auch weiterhelfen. Sie würde sie nicht auf sich allein gestellt irgendwo in einem Flughafen lassen. Sie hat sicher einiges arrangiert. Ich muß wissen, was.«

»Und Sie glauben, daß sie es Ihnen sagen wird?«

»Das muß sie.« Havelock knöpfte seine Jacke zu und klappte das

Revers hoch. Ein kühler Wind wehte durch die Gasse. »Sie muß es mir sagen, so oder so. Danke, Gravet, ich stehe in ihrer Schuld.«

»Ja, das tun Sie.«

»Ich werde die Broussac heute abend aufsuchen und morgen abreisen. In einer Pariser Bank habe ich einen Safe gemietet; ich werde ihn leeren und dort einen Umschlag für Sie hinterlassen. Nennen Sie es eine Teilzahlung. Es handelt sich um die Banque Germaine in der Avenue Georges Cinq.«

»Das ist sehr aufmerksam, aber nicht unbedingt ratsam. Ich bin bei aller Bescheidenheit doch ein recht bekannter Mann und muß in meinen Beziehungen sehr vorsichtig sein. Jemand in der Bank könnte mich kennen.«

»Sie brauchen Ihren Namen nicht zu nennen. Sagen Sie nur, der ›Herr aus Texas‹ hätte einen Umschlag für Sie hinterlassen. Wenn es Ihnen lieber ist, können Sie ja sagen, Sie wären mir nie begegnet. Ich soll für einen anonymen Käufer in Houston ein Gemälde erwerben.«

»Und wenn es Komplikationen gibt?«

»Es wird keine geben. Sie wissen, wo ich heute abend hingehe, und können daraus auch ermitteln, wo ich morgen sein werde.«

»Wir sind eben beide Profis, nicht wahr, Michael?«

»Ich würde es auch nicht anders haben wollen. Das ist einfacher so.« Havelock streckte die Hand aus. »Nochmals vielen Dank. Sie wissen, wie sehr Sie mir geholfen haben.«

»Das mit dem Umschlag ist nicht unbedingt nötig«, sagte Gravet, während er Michael die Hand schüttelte. »Vielleicht brauchen Sie das Geld, meine Ausgaben waren außerdem minimal. Sie können das nächste Mal zahlen, wenn Sie wieder in Paris sind.«

»Versuchen Sie nicht, die Regeln zu ändern, wir haben zu lange nach diesen Regeln gelebt. Aber Ihr Vertrauen ehrt mich trotzdem.«

»Sie waren immer ein fairer Mann. Ich verstehe nichts von diesem Geschäft. Warum sind gerade Sie in diese Sache verwickelt?«

»Ich wünschte, ich wüßte das.«

»Das ist doch der Schlüssel, nicht wahr? Etwas, das Sie wissen.«

»Wenn das der Schlüssel ist, so habe ich nicht die leiseste Ahnung, was es sein könnte. Leben Sie wohl, Gravet.«

»Non, au revoir. Ich will den Umschlag wirklich nicht haben, Mikhail. Kommen Sie wieder nach Paris. Sie stehen in meiner Schuld.« Der Franzose drehte sich um und ging die Gasse hinunter.

Es hatte keinen Sinn, Régine Broussac gegenüber Ausflüchte zu gebrauchen, sie würde ihn sofort durchschauen und nicht an einen Zufall glauben. Ihr andererseits den Vorteil zu überlassen, den Treffpunkt zu bestimmen, wäre genauso falsch gewesen; sie würde das Viertel mit

Leuten umstellen, die nicht auf der Gehaltsliste des Quai d'Orsay standen. Die Broussac war clever genug, um zu wissen, wann sie die Regierung einzuschalten hatte und wann nicht. Und je nachdem, was Jenna ihr gesagt hatte, würde sie vielleicht der Ansicht sein, daß eher inoffizielle Methoden angebracht waren, um mit dem ehemaligen, aus dem Gleichgewicht geratenen amerikanischen Agenten fertigzuwerden. Havelock begriff, daß er die Broussac allein sehen mußte; und um das zu erreichen, mußte er sie überzeugen, daß er nicht gefährlich war – nicht für sie – und über Informationen verfügte, die besonders wertvoll sein konnten.

Ein seltsamer Gedanke kam ihm, als er die endlosen Stufen vom Montmartre hinunterging. Er war selbst auf der Suche nach der Wahrheit und würde der Französin einen Teil der Wahrheit, soweit sie ihm bereits bewußt war, mitteilen, aber nicht alles. Lügner verdrehten die Wahrheit, und es konnte sein, daß Régine Broussac auf sie hörte. Sie stand im Pariser Telefonbuch. In der Rue Losserand wohnte sie.

».. . Ich habe Ihnen noch nie falsche Informationen geliefert, und das wird auch heute nicht anders sein. Damit Sie sich selbst ein Bild machen können, sollten Sie unter irgendeinem Namen aus dem Quai d'Orsay die amerikanische Botschaft anrufen. Erkundigen Sie sich nach meinem Status. Sagen Sie, ich hätte Sie irgendwo aus dem Süden angerufen und wolle mich mit Ihnen treffen. Als Mitarbeiterin einer befreundeten Regierung können Sie ohne weiteres Instruktionen erbitten. Ich rufe Sie in zehn Minuten zurück. . . nicht von diesem Apparat aus, natürlich.«

»Natürlich. In zehn Minuten.«

»Régine?«

»Ja?«

»Denken Sie an Bonn.«

Havelock ging weiter in Richtung Süden zur Plâce Berlioz und sah dabei immer wieder auf die Uhr, weil er die vereinbarten zehn Minuten um weitere fünf bis sieben verändern wollte. Wenn man einen Rückruf unter Umständen wie diesen hinauszögerte, so führte das oft dazu, daß der Empfänger mehr sagte, als er eigentlich sagen wollte.

Havelocks Anruf war seit neun Minuten überfällig, als er wieder in eine Telefonzelle trat und Régine Broussacs Nummer wählte.

»Ja?« Ihre Stimme war bereits nach dem ersten Klingeln zu hören. Sie war nervös; inzwischen hatte sie die Botschaft erreicht.

»Haben Sie mit dem Attaché gesprochen?«

»Sie haben sich verspätet. Sie sagten, zehn Minuten.«

»Haben Sie mit ihm gesprochen?«

»Ja. Ich will mich mit Ihnen treffen. Kommen Sie so schnell wie möglich in meine Wohnung.«

»Sorry. Ich rufe Sie in ein paar Minuten zurück.«

»Havelock!«

Er legte auf, verließ die Zelle und hielt auf der Straße nach einem freien Taxi Ausschau.

Fünfundzwanzig Minuten später stand er in einem Telefonhäuschen.

»Ja!«

»Nehmen Sie die Metro bis zur Station Bercy, und gehen Sie am Ausgang der Straße rechts hinunter, bis Sie zu einer Reihe von Lagerhäusern gelangen. Dort werde ich auf Sie warten. Kommen Sie allein, ich werde merken, wenn jemand bei Ihnen ist. Wenn Sie nicht allein sind, zeige ich mich nicht.«

»Das ist lächerlich! Eine Frau allein nachts in Bercy!«

»Wenn um die Zeit jemand dort ist, warne ich ihn vor Ihnen.«

»Eine Unverschämtheit! Was denken Sie sich überhaupt?«

»Ich erinnere mich daran, was vor einem Jahr auf einer anderen Straße geschehen ist«, sagte Michael. »In Bonn.«

Er legte den Hörer auf die Gabel und unterbrach die Verbindung. Die Gegend war verlassen, die Lagerhäuser lagen im Dunkeln, die Straßen waren nur schwach beleuchtet. Stunde und Ort waren günstig für ein ungestörtes Gespräch. Und im Gegensatz zu einem Café oder einem Park gab es hier nur wenige Stellen, wo sich ein unbekannter Beobachter verbergen konnte. Die wenigen Bewohner des Viertels, die aus der Metrostation kamen, ließen sich gut beobachten, und ein Zögern oder ein plötzliches Verschwinden würde ihm sofort auffallen. Aber der größte Vorteil lag natürlich darin, sich bereits an dem verabredeten Treffpunkt zu befinden. Er verließ die Zelle und überquerte den Boulevard de Bercy.

Auf der anderen Straßenseite standen zwei Lkws hintereinander vor einer Laderampe. Er versteckte sich zwischen den beiden Fahrzeugen, von wo er die Straße nach beiden Seiten ungehindert überblicken konnte. Régine Broussac würde kommen, denn sie war außerstande, dem Köder, den er ausgeworfen hatte, zu widerstehen. Elfmal hörte er das gedämpfte Poltern der Untergrundbahn und spürte, wie die Asphaltdecke der Straße vibrierte. Und als der unterirdische Donner wieder begann, sah er, wie ihre kleinwüchsige gedrungene Gestalt aus dem Treppenschacht auf die schwach beleuchtete Straße hinaustrat. Vor ihr ging ein Paar; Michael musterte es sorgfältig. Sie bogen nach links, um das schmiedeeiserne Gitter des Eingangs herum, weg von den Lkws und den Lagerschuppen. Régine ging weiter, ihr Gang war der einer Bäuerin, und ihren Kopf mit dem kurzgeschnittenen grauen Haar drehte sie bei jedem auffälligen Geräusch langsam und widerstrebend, zweifelnd, ob das Geräusch nun echt war oder nur eingebildet. Sie passierte eine Straßenlaterne, und Havelock erinnerte sich wieder;

ihre lederne Haut war ebenso grau wie ihr Haar und von tiefen Falten durchfurcht. Die großen blauen Augen in dem runzligen Gesicht waren häufig umwölkt.

Als sie durch das Licht in die Dunkelheit trat, erinnerte sich Havelock an Gravets Worte. Gewalt, Schmerz, Verlust – Régine Broussac hatte das alles durchlebt und überlebt und war jetzt gegen jedermann mißtrauisch. Sie genoß die geheimen Vollmachten, mit denen ihre Regierung sie ausgestattet hatte; das half ihr, mit der belastenden Vergangenheit besser fertigzuwerden. Michael begriff das; schließlich war sie vom gleichen Schlag wie er und die anderen

Jetzt kam sie an der Stelle vorbei, wo er stand. Er rief leise zwischen den Lkws hinaus: »Régine.«

Sie blieb stehen, ohne den Kopf zur Seite zu wenden. »Ist es nötig, eine Waffe auf mich zu richten?« fragte sie.

»Ich habe keine Waffe auf Sie gerichtet. Ich habe eine, aber ich halte sie nicht in der Hand.«

»*Bien!*« Die Broussac fuhr herum, die Handtasche hoch erhoben. Eine Explosion blies ein Loch durch den Stoff der Tasche, Beton und Stein zerplatzten vor Havelocks Füßen, Splitter schrammten seine Haut im Gesicht auf. »Für das, was Sie Jenna Karras angetan haben!« schrie die alte Frau, und ihr graues Gesicht war verzerrt. »Keine Bewegung! Ein Schritt, und Sie haben ein Loch in der Kehle!«

»Was tun Sie da?«

»Was haben Sie getan? Für wen arbeiten Sie denn jetzt?«

»Für mich selbst, verdammt. Für mich und Jenna!« Havelock hob beschwichtigend die Hand, aber Régine Broussac blieb ungerührt.

Eine zweite Explosion brach aus der zerfetzten Tasche hervor; die Kugel streifte über seine Handfläche, prallte von der Karosserie des Lastwagens und sirrte durch die Luft.

»*Arrêtez!* Wenn es sein muß, liefere ich auch eine Leiche und keine Lebenden ab, vielleicht in Ihrem Fall noch lieber, *cochon*.«

»Wem wollen Sie mich ausliefern?«

»Sie sagten, Sie würden mich in ein paar Minuten anrufen. Waren das nicht Ihre Worte? Nun, in ein paar Minuten werden ein paar Kollegen von mir hier sein. Dann fahren wir zu einem Haus aufs Land, und dort werden wir ein kleines Verhör mit Ihnen abhalten. Und dann liefern wir Sie ›Gabriel‹ aus. Die sind ganz scharf auf Sie. Die haben Sie als sehr gefährlich beschrieben; mehr brauchte ich nicht zu wissen, zusätzlich zu dem, was ich schon wußte.«

»Aber doch nicht für Sie bin ich gefährlich, nur für die!«

»Wofür halten Sie mich eigentlich?«

»Sie haben Jenna gesehen. Ihr geholfen...«

»Ich habe sie gesehen und ihr zugehört. Und die Wahrheit erfahren.«

»Das, was sie für die Wahrheit hält, ist nicht die wirkliche Wahrheit! Hören Sie mir zu! Hören Sie auf mich!«

»Sie kommen schon noch zum Reden, unter den richtigen Umständen. Sie wissen genau wie ich, was das für Umstände sein werden.«

»Ich brauche keine Psychopharmaka, Sie Miststück! Sie werden nichts anderes aus mir herauskriegen.«

»Wir werden planmäßig vorgehen«, sagte die Broussac und zog die Hand mit der Waffe aus der zerfetzten Handtasche. »Kommen Sie raus«, fuhr sie fort und winkte mit der Waffe. »Sie stehen im Dunkeln, das gefällt mir nicht.«

Natürlich gefiel ihr das nicht, dachte Havelock und sah, wie die alte Frau blinzelte. So wie viele ältere Leute sah auch sie bei Nacht nicht sehr gut. Er mußte dafür sorgen, daß sie weiterredete.

»Sie glauben, die amerikanische Botschaft wird das tolerieren, was Sie tun?« sagte Michael und trat zwischen den Lastwagen hervor.

»Es wird deswegen keinen internationalen Zwischenfall geben; wir hatten keine andere Wahl, als Sie auszuschalten. Um in Ihren Worten zu sprechen, Sie sind gefährlich.«

»Das wird man nicht akzeptieren, und das wissen Sie auch.«

»Die werden keine Wahl haben. ›Gabriel‹ ist informiert worden, daß ein ehemaliger amerikanischer Abwehragent, ein Spezialist für Geheimoperationen, versuchen könnte, einen Beamten des Quai d'Orsay zu kompromittieren. Die erwartete Konfrontation wird dreißig Kilometer außerhalb von Paris stattfinden, in der Nähe von Argenteuil. Die Amerikaner sind gebeten worden, ein Fahrzeug mit bewaffneten Leuten in der Nähe zu postieren. Für Sprechfunkkontakt ist gesorgt. Wir werden ein amerikanisches Problem an die Amerikaner übergeben... sobald wir erfahren haben, worum es bei dem Erpressungsversuch geht. Wir schützen nur die Interessen unserer Regierung.«

»Herrgott, sind Sie gründlich.«

»Allerdings. Ich habe schon vorher Männer Ihres Schlags gekannt. Und Frauen auch; wir haben ihnen gewöhnlich die Haare abrasiert. Ich verachte Sie.«

»Wegen dem, was Jenna Ihnen gesagt hat?«

»Genau wie Sie weiß ich, ob man mir die Wahrheit gesagt hat. Sie hat nicht gelogen.«

»Richtig. Weil sie das alles glaubt... ebenso wie ich es einmal geglaubt habe. Und ich hatte unrecht, genauso wie sie jetzt. Man hat uns beide benutzt.«

»Ihre eigenen Leute? Zu welchem Zweck?«

»Das weiß ich nicht.«

Sie lauerte auf die Antwort. Sie konnte nicht anders, ihre Neugierde war geweckt.

»Warum, meinen Sie, bin ich wohl an Sie herangetreten? Herrgott, wenn ich über die Mittel verfügte, um sie zu finden, hätte ich Sie doch auch übergehen können. Ich brauche Sie nicht, Régine. Ich hätte auch ohne Sie das erfahren können, was ich wissen wollte. Ich habe Sie angerufen, weil ich Ihnen vertraut habe.«

Die Französin blinzelte. »Sie werden schon noch Gelegenheit zum Reden haben... unter den richtigen Voraussetzungen.«

»Tun Sie das nicht!« rief Michael und trat einen kurzen Schritt vor. Sie schoß nicht. »Jetzt haben Sie alles in Bewegung gesetzt und müssen mich übergeben. Man wird Sie dazu zwingen. Ihre Freunde werden darauf bestehen. Die werden nicht mit Ihnen untergehen, ganz gleich, was Sie von mir hören... unter den richtigen Umständen!«

»Warum sollten wir untergehen?«

»Weil man die Botschaft belogen hat. Das haben Leute getan, die ganz weit oben stehen!«

Die Augen der alten Frau gingen jetzt ganz schnell auf und zu. Sie hatte nicht geschossen, als er sich vor ein paar Sekunden bewegt hatte.

Jetzt!

Havelock machte einen Satz nach vorne, den rechten Arm ausgestreckt, starr, so gerade wie eine Eisenstange, die linke Hand unter dem Handgelenk. Er fegte die Waffe beiseite, als eine dritte Explosion durch die verlassene Straße hallte. Seine linke Hand packte den Lauf, riß ihr die Pistole weg und schmetterte die Frau mit dem Rücken gegen die Mauer des Lagerhauses.

»*Cochon! Traître!*« schrie die Broussac. Ihr graues Gesicht verzerrte sich zu einer Fratze. »Töten Sie mich doch. Von mir erfahren Sie nichts!«

Er preßte den Unterarm gegen ihren Hals, die Waffe in der Hand. »Ich kann Sie nicht zwingen, mir das zu geben, was ich will, Régine«, sagte er keuchend. »Verstehen Sie nicht? Sie müssen es mir geben.«

»Nichts werde ich für Sie tun! Welche Terroristen haben Sie gekauft? Araberschweine? Fanatische Israelis? Die Brigate Rosse? Wer will das, was Sie anzubieten haben? Sie wußte Bescheid. Sie hat es herausgefunden. Und Sie müssen sie töten! Bringen Sie zuerst mich um, Sie Verräter!«

Langsam lockerte Havelock den Druck seines Arms und rückte langsam von ihr ab. Er nahm das Risiko nicht ohne Überlegung auf sich. Auf der anderen Seite kannte er Régine Broussac. Schließlich war sie eine von ihnen. Er zog den Arm weg und blickte in ihre Augen.

»Ich habe niemanden verraten, nur mich selbst«, begann er. »Und durch mich einen Menschen, den ich sehr liebe. Mir war es ernst mit dem, was ich sagte. Ich kann Sie nicht dazu zwingen, mir das zu sagen, was ich wissen muß. Unter anderem könnten Sie mich zu leicht belügen, und dann wäre ich wieder da, wo ich vor zehn Tagen war.

Wenn ich sie nicht finden kann, ist das vielleicht egal. Ich weiß, was ich getan habe, und der Gedanke daran bringt mich fast um. Ich liebe sie... Ich brauche sie. Ich glaube, wir beide brauchen uns, mehr als alles andere in der Welt.« Er hob die Waffe mit der linken Hand und griff mit der rechten nach dem Lauf. Er hielt sie ihr hin. »Sie haben dreimal geschossen; im Magazin sind noch vier Kugeln.«

Régine Broussac stand unbewegt da und musterte sein Gesicht, seine Augen. Sie nahm die Pistole und richtete sie auf seinen Kopf, während ihr prüfender Blick nicht von ihm wich. Schließlich lösten sich ihre Züge, und Staunen trat an die Stelle von Feindseligkeit. Langsam ließ sie die Waffe sinken. »C'est incroyable«, flüsterte sie. »Dann ist das doch die Wahrheit.«

»Die Wahrheit.«

Régine sah auf die Uhr. »Vite! Wir müssen hier weg! Meine Leute sind in ein paar Minuten hier. Sie werden alles absuchen.«

»Wohin? Hier sind keine Taxis...«

»Die Metro«, unterbrach die Frau. »Wir fahren bis zur Station Rochereau. Dort ist ein kleiner Park, wo wir reden können.«

»Was werden Sie Ihren Leuten sagen?«

»Daß ich nur prüfen wollte, ob sie ihr Handwerk verstehen«, sagte die alte Frau und griff nach seinem Arm. »Daß ich sehen wollte, wie sie in einer konkreten Situation reagieren. Das ist plausibel genug.«

»Und die Botschaft?«

»Ich weiß; dazu muß ich mir etwas einfallen lassen.«

»Es könnte doch sein, daß ich überhaupt nicht aufgetaucht bin.«

»Merci.«

In dem kleinen Park in Denfert Rochereau säumten ein paar steinerne Bänke und gestutzte Bäume die Rasenfläche, und ein Kiesweg führte rings um ein Becken mit einem Springbrunnen in der Mitte. Die einzige Lichtquelle war eine zehn Meter entfernte Straßenlaterne, deren Schein von den Zweigen gefiltert wurde. Sie setzten sich nebeneinander auf eine Bank und frösteten in der kühlen Nachtluft.

Michael berichtete der Frau, was er an der Costa Brava gesehen – und nicht gesehen – hatte. Dann mußte er die Frage stellen: »Hat sie Ihnen gesagt, was geschehen ist?«

»Man hatte sie gewarnt, sie aufgefordert, gewissen Instruktionen zu folgen.«

»Wer?«

»Ein hoher Regierungsbeamter aus Washington.«

»Wie konnte sie ihm Glauben schenken?«

»Ein Mann, der sich als Leiter der Consular Operations in Madrid auswies, hat sie mit ihm zusammengebracht.«

»Welche Instruktionen hat sie erhalten?«

»Sie sollte sich in der Nacht mit einem Mann treffen und Barcelona mit ihm verlassen.«

»Hat sie das getan?«

»Nein.«

»Warum nicht?«

»Sie geriet in Panik. In ihren Worten gesprochen: Alles war für sie zusammengebrochen. Sie hatte das Gefühl, niemanden mehr vertrauen zu können. Also floh sie.«

»Gott sei Dank. Ich weiß nicht, wer an der Costa Brava getötet wurde, aber es hätte Jenna sein sollen. In gewisser Weise macht es die ganze Geschichte noch widerlicher. Wer war die ahnungslose Frau? Als plötzlich auf sie geschossen wurde, muß sie gewußt haben, daß sie sterben würde. Was für Menschen sind das nur, die zu einem so kaltblütigen Mord fähig sind?«

»Das finden Sie in Madrid heraus über den Attaché von *Consular Operations*.«

»Das kann ich nicht. Es gibt nämlich gar keine *Cons-Op*-Einheit in Madrid. Der Standort ist vielmehr Lissabon.«

Régine sah ihn einen Augenblick lang schweigend an. »Was geht hier vor, Michael?«

Havelock blickte zu dem Springbrunnen hinüber. Der Wasserstrahl wurde dünner, sank in sich zusammen, erstarb; irgendwo drehte jemand an einem Hahn, schaltete den Brunnen für den Rest der Nacht ab. »An exponierter Stelle in meiner Regierung sind abgefeimte Lügner am Werk. Sie sind in Machtbereiche eingedrungen, die ich bisher für uneinnehmbar hielt. Sie kontrollieren, töten, lügen. Und jemand in Moskau arbeitet mit ihnen zusammen.«

»Moskau? Sind Sie sicher?«

»Absolut. Ich glaube den Worten eines Mannes, der keine Angst hatte zu sterben, aber sich davor fürchtete, so zu leben, wie er zwangsläufig nach meiner Prophezeiung leben mußte. Jemand in Moskau – jemand, von dem die Kontrolleute des KGB nichts wissen – steht mit den Lügnern in Washington in Verbindung.«

»Zu welchem Zweck? Um Ihre Glaubwürdigkeit zu zerstören und Sie dann zu töten? Um irgend etwas, was Sie in letzter Zeit geleistet haben, unwirksam zu machen, indem man den Ruf eines toten Mannes schlechtmacht?«

»Es geht nicht um mich; ich bin nur ein Teil des Ganzen. Vorher war ich nicht wichtig; aber jetzt bin ich es.« Havelock wandte den Kopf und sah Régine Broussac an. »Weil ich Jenna gesehen habe, weil ich herausgefunden habe, daß sie lebt. Jetzt müssen sie mich töten. Und Jenna auch.«

»Warum? Sie waren der Beste!«

»Ich weiß es nicht. Ich weiß nur, daß ich an der Costa Brava nach der Antwort suchen muß. Dort fing das alles für Jenna und mich an... dort sollte es enden.«

»Jetzt ist sie es, die seelisch vor die Hunde geht. Mich wundert, daß sie überhaupt noch so funktionieren kann. Sie ist wirklich eine erstaunliche Frau.« Régine hielt inne. Die Fontäne des Springbrunnens war in sich zusammengesunken, jetzt rann das Wasser nur noch über die Schale in das Becken. »Sie hat Sie geliebt, das wissen Sie.«

»Ist das Vergangenheit?«

»O ja. Wir alle lernen, neue Realitäten zu akzeptieren, nicht wahr? Wir verstehen uns besser darauf als die meisten Menschen, denn wir sind es gewohnt, plötzlich mit einer veränderten Situation konfrontiert zu sein. Wir suchen dauernd den Verrat in anderen. Und die ganze Zeit werden wir selbst auf die Probe gestellt. Unsere Feinde sind darauf aus, uns zu einem falschen Schritt zu verführen. Manchmal haben wir Erfolg, manchmal die anderen. Das ist die Wirklichkeit.«

»Die Sinnlosigkeit«, korrigierte Havelock.

»Sie sind zu philosophisch für dieses Geschäft.«

»Deshalb bin ich ausgestiegen.« Michael wandte den Blick von ihr. »Am Col des Moulinets habe ich ihr Gesicht im Fenster des Flugzeugs gesehen. Es war schrecklich.«

»Ganz bestimmt war es das. So etwas passiert. An die Stelle von Liebe tritt Haß. Das ist in solchen Fällen die einzige Möglichkeit, sich zu schützen. Sie wird Sie töten, wenn sie kann.«

»O Gott...« Havelock lehnte sich auf der Bank nach vorne, die Ellbogen auf den Knien, das Kinn auf die Hände gestützt. »Ich liebe sie so. Ich habe sie auch noch in jener Nacht geliebt, als ich glaubte, sie zu töten. Ich wußte, daß mich die schrecklichen Bilder an der Costa Brava mein Leben lang verfolgen würden: wie sie um ihr Leben rannte und in den Sand fiel. Es drängte mich, zum Strand hinunterzugehen und sie festzuhalten, ihr zu sagen, daß die ganze Welt eine Lüge ist. Etwas in mir versuchte mich zu warnen, daß mit uns schreckliche Dinge geschähen; aber ich war zu verletzt, um meinem Instinkt zu folgen. Und ich brachte es nicht fertig, die Wahrheit zu hören, die sie herausschrie!«

»Sie waren in einer Krise«, sagte Régine leise und berührte ihn am Arm. »Nach allem, was Sie als Profi gelernt hatten, mußten Sie so handeln.«

Michael drehte den Kopf herum und sah sie an. »Warum war ich nicht ich selbst?« fragte er. »Warum habe ich nicht auf meine innere Stimme gehört?«

»Wir können unserem Instinkt nicht immer vertrauen, Michael. Das wissen Sie.«

»Ich weiß, daß ich sie liebe... sie liebte, als ich dachte, ich würde sie hassen. Wissen Sie, warum ich das weiß?«

»Warum, *mon cher*?«

»Weil ich keine Befriedigung empfand zu siegen, nicht die geringste. Nur Ekel und Trauer erfüllten mich.«

»Und an dem Punkt sind Sie ausgestiegen, nicht wahr? Das hatten wir gehört; aber es zu glauben, fiel mir schwer. Jetzt verstehe ich es. Sie haben sie sehr geliebt. Es tut mir wirklich leid für Sie, Michael.«

Havelock schüttelte den Kopf und schloß die Augen. Die Dunkelheit tat ihm gut. Schließlich schlug er die Augen wieder auf und blickte auf die stille Wasseroberfläche vor ihnen. »Was ist in Barcelona mit ihr geschehen? Erzählen Sie mir, was sie Ihnen gesagt hat.«

»Sie kann nicht verstehen, was geschehen ist. Haben die Sowjets sie tatsächlich gekauft, oder hat Washington ihre Exekution befohlen? Das ist ein Rätsel für sie. Sie hat Spanien verlassen und ist nach Italien gereist. Dort hat sie die Leute aufgesucht, von denen sie glaubte, sie könne ihnen vertrauen und bei ihnen Hilfe oder Unterschlupf finden. Aber da waren immer die gleichen Fragen: Wo Sie wären? Weshalb sie allein wäre und nicht mit Ihnen zusammen? Zuerst hatte sie Angst davor, die ehrliche Antwort zu geben, und später, als sie es doch wagte, glaubte ihr niemand. Dann hatte sie jedesmal das Gefühl, sie müsse wieder fliehen. Sie war überzeugt, daß diese Leute Sie kontakten würden und Sie daraufhin ihre Verfolgung aufnehmen würden. Sie lebt mit dem Alptraum, daß Sie hinter ihr her sind, sie jagen. Und als sie einmal für kurze Zeit Unterschlupf gefunden hatte, tauchte ein Russe auf, jemand, den Sie beide in Prag kannten, ein KGB-Agent. Zufall? Wer konnte das sagen? Sie floh weiter, nachdem sie ihrem Arbeitgeber eine beträchtliche Geldsumme gestohlen hatte.«

»Das erklärt einiges. Ich hatte mich schon gefragt, wie sie es fertiggebracht hat, aus Italien herauszukommen, die Grenze zu überqueren und Paris zu erreichen. So etwas kostet viel Geld.«

Régine Broussac schmunzelte. »Sie hat darüber gelacht; es war gut, daß sie lachen konnte, Michael. Verstehen Sie, wie ich das meine? Ein paar Minuten war sie wie ein kleines Mädchen, das sich an einen Streich erinnert, den es jemandem gespielt hat.«

»Ich höre ihr Lachen im Schlaf... wenn ich nicht ihre Streiche höre. Sie lachte gerne; es war für sie eine Erleichterung, etwas, das ihr normalerweise nicht erlaubt war und sie um so mehr genoß, wenn es geschah.« Er hielt inne. »Wie hat sie das Geld gestohlen? Wo?«

»In Mailand.«

»Mailand wimmelt von Sowjets. Wen sie auch getroffen haben mag, es muß ein Zufall gewesen sein... Entschuldigen Sie, was ist dort geschehen?«

»Sie arbeitete in dem riesigen Buch- und Zeitschriftenladen an der Piazza del Duomo. Kennen Sie das Geschäft?«

»Ich bin schon daran vorbeigelaufen.«

»Sie bekam die Stelle wegen ihrer Sprachkenntnisse. Sie hat sich das Haar gefärbt und sich eine Brille zugelegt. Aber mit ihrer Figur machte sie ihren Chef ganz verrückt. Der widerliche Kerl lud sie immer wieder in sein Büro ein, betatschte sie und machte ihr eindeutige Angebote. Eines Tages, gegen Mittag, kam der Russe in ihren Laden; sie erkannte ihn und wußte, daß sie fliehen mußte. Sie hatte Angst, daß er mit Ihnen in Verbindung stünde, daß Sie dort nach ihr suchen könnten. In der Mittagspause hat sie den Geschäftsinhaber in seinem Büro buchstäblich attackiert und behauptet, sie könne nicht länger warten, mit ihm zu schlafen. Allerdings würde ihr ein kleines Darlehen den Entschluß, bis zum Letzten zu gehen, wesentlich erleichtern. Als es soweit gekommen war, hatte sie bereits ihre Bluse ausgezogen und die Brieftasche des Mannes unter einem Sessel versteckt. Einem Schlaganfall nahe, sperrte der Idiot seinen Safe auf, in dem der Kasseneingang von ein paar Tagen lagerte. Als unser schwitzender geiler Bock den Safe geöffnet hatte und Jenna den Büstenhalter ablegte, blätterte er ihr mit zitternden Händen ein paar tausend Lire hin. Da schlug sie ihm eine Schreibtischlampe über den Schädel und räumte den Safe leer, überrascht von den hohen Beträgen.«

»Jetzt verstehe ich«, sagte Michael und nickte mit dem Kopf.

»Die nächste Stunde benutzte sie dazu, ihre Sachen einzusammeln und sich die Farbe aus dem Haar zu waschen. Schließlich wußte sie ja, daß über kurz oder lang bei der Polizei eine Anzeige eingehen würde. Dann mischte sie sich am Bahnhof unter die Menschen dort.«

»Am Bahnhof?« Michael lehnte sich auf der Bank zurück und sah Régine an. »Der Zug! Sie nahm den Zug nach Rom! Und dort habe ich sie am Bahnsteig gesehen!«

»Diesen Augenblick wird sie nie vergessen. Sie standen da und starrten sie an. Für Jenna waren Sie der Mann, der sie dazu gezwungen hatte unterzutauchen, zu fliehen, der sie veranlaßt hatte, ihr Aussehen zu ändern. Der Mensch, den sie am meisten fürchtete, hatte sie aufgespürt und erkannt.«

»Wenn der Schock mich nicht so gelähmt hätte, wenn ich schneller reagiert hätte, wäre vieles völlig anders gelaufen.« Michael legte den Kopf in den Nacken und bedeckte sein Gesicht mit den Händen. »O Gott, so nahe waren wir! Ich habe ihr zugerufen, geschrien, aber sie verschwand. Ich habe sie in der Menge verloren; sie hat mich nicht gehört – sie wollte mich nicht hören.« Havelock nahm die Hände vom Gesicht und beugte sich vor. »Und dann kam Civitavecchia. Hat sie Ihnen davon erzählt?«

»Ja. Dort hat sie gesehen, wie ein verrücktes Tier sie auf einem Pier zu töten versuchte...«

»Das war doch gar nicht sie! Wie konnte sie glauben, daß ich das dachte? Herrgott, es war eine abgewrackte Hafenhure!« Michael riß sich zusammen, es war sinnlos, die Kontrolle über sich zu verlieren.

»Sie hat gesehen, was sie sah«, sagte die alte Frau leise. »Sie konnte nicht ahnen, was Sie dachten.«

»Woher wußte sie denn, daß ich nach Civitavecchia fahren würde? Dort sagte mir ein Mann, sie hätte gedacht, ich würde die Taxifahrer befragen. Das habe ich nicht.«

»Vergessen Sie nicht, daß Sie selbst ihr beigebracht haben, wie man ein Land am besten ungesehen verläßt: nämlich in den frühen Morgenstunden per Schiff. Es gibt immer jemanden, der einem einen Platz auf einem Frachter verschafft. Sie hat Leute im Zug gefragt und sich als Frau eines polnischen Matrosen ausgegeben, der auf einem Frachter Dienst macht. Die Leute sind nicht dumm, sie begriffen; wieder ein Ehepaar, das in den Westen geflohen war. Versuchen Sie es in Civitavecchia, rieten sie ihr. Sie nahm an, Sie würden vielleicht zu demselben Schluß kommen, und so traf sie die nötigen Vorkehrungen. Sie hatte recht; Sie kamen.«

»Auf einem anderen Weg«, sagte Havelock.

»Egal, sie richtete es jedenfalls so ein, daß sie Sie beobachten konnte. Wie gesagt, sie ist wirklich eine bewundernswerte Frau. Bei all dem Druck, bei all der Belastung so zu handeln, wie sie es getan hat, ohne in Panik zu geraten, ist schon erstaunlich. Ich glaube, Sie waren ein hervorragender Lehrmeister, Michael.«

»Sie hatte zehn Jahre Ausbildung hinter sich, als ich sie kennenlernte. Sie konnte mir eine Menge beibringen... und hat es auch getan. Ich weiß, Sie haben ihr einen neuen Paß und Diplomatenstatus verschafft. Wohin ging sie? Was haben Sie arrangiert?«

»Wie haben Sie das erfahren?«

»Zwingen Sie mich nicht, die Summe zu bezahlen, die ich dem Informanten schulde. Erlauben Sie mir statt dessen, ihn zu Ihnen zu schicken. Nutzen Sie seine Beziehungen und Kenntnisse.«

»Einverstanden. Ich habe Bonn nicht vergessen.«

»Wohin ist sie gegangen?«

»An den sichersten Ort auf der Welt, abgesehen von ein paar abgelegenen Pazifikinseln; in die Vereinigten Staaten.«

Havelock starrte die alte Frau erstaunt an. »Wie haben Sie das herausbekommen?«

»Ich habe mir die Geheimtelegramme Ihres State Department angesehen und nachgeschaut, ob Jenna Karras erwähnt war. Das war einmal der Fall. In einem Telex vom zehnten Januar wurden kurz die Ereignisse an der Costa Brava geschildet. Sie wurde als Doppelagentin beschrieben, die in Spanien in die tödliche Falle gegangen war. Ihr Tod wurde durch forensische Untersuchung blutbefleckter Kleider bestätigt. Die Akte war zur Zufriedenheit der *Consular Operations* abgeschlossen.«

»Wie einfach ist doch so was«, sagte Michael zynisch.

»Das war natürlich alles andere als plausibel. Indizienbeweise können auf Irrtümern basieren, aber ein forensisches Labor muß mit Material arbeiten. Und doch konnten sie das unmöglich getan haben. Jenna Karras war nicht nur sehr lebendig, als sie in meinem Büro saß, sie war auch nie an jenem Strand an der Costa Brava gewesen. Die gerichtsmedizinische Bestätigung dafür war daher eine Lüge. Jemand wollte, daß die Lüge als Wahrheit akzeptiert wurde.« Régine Broussac hielt kurz inne. »Ich nahm an, dieser Jemand wären Sie gewesen. Exekution planmäßig vollzogen. Wenn die Sowjets Sie gekauft hatten, konnten sie dann einen besseren Beweis für Jennas Tod haben als das State Department? Und wenn Sie Instruktionen aus Washington ausgeführt hatten, durften Sie nicht zulassen, daß man dort glaubte, Sie hätten Ihren Auftrag nicht erfüllt.«

»Im Lichte dessen, was sie Ihnen gesagt hat, kann ich das verstehen, aber Sie haben meine Frage immer noch nicht beantwortet. Warum haben Sie Jenna in die Staaten geschickt?«

»Die Suche nach ihr – und jetzt auch nach Ihnen – konzentriert sich auf Europa. Rom, der Mittelmeerraum, Paris, London... Bonn. Die Route weist nach Norden, man vermutet das Ziel im Ostblock. Das ist der Bereich, auf den sie sich konzentrieren, wo man die Agenten bereitgestellt und Quellen und Kontakte aktiviert hat.«

»Wann ist sie abgereist?«

»Gestern nachmittag. Sie ist mit der Air France nach New York geflogen, mit Diplomatenstatus und einem makellosen Decknamen.«

»Und welches sind die nächsten Schritte?«

»Sie soll einen Mann aufsuchen. Er wird die weiteren Arrangements treffen.«

»Régine. Bald verliere ich den Verstand. Jenna zu finden, ist jetzt greifbar nahe. Helfen Sie mir! Wen soll sie kontakten?«

»Sie stellen eine Menge Fragen, Michael. Wenn ich Ihre Bitte erfüllen soll, müßte ich einen Schwur brechen und damit rechnen, einen wertvollen Mann zu verlieren.«

»Ich könnte sie verlieren! Schauen Sie mich an, und sagen Sie mir, ich würde nicht das gleiche für Sie tun! Wenn es sich um Ihren Mann handeln würde und ich wäre bei ihm gewesen, als die Gestapo ihn holte, meinen Sie, ich hätte nicht geholfen?«

Régine Broussac schloß die Augen, als hätten seine Worte sie getroffen. »Sie sind meinem Mann sehr ähnlich... Ja, Sie hätten geholfen.«

»Bringen Sie mich aus Paris raus. Sofort! Bitte!«

Die Frau schwieg einen Augenblick lang und musterte sein Gesicht. »Es wäre besser, wenn Sie das selbst übernehmen. Ich weiß, daß Sie es können.«

»Dabei würden Tage draufgehen. Ich kann keine Zeit mehr verlieren. Mit jeder Stunde wird ihr Vorsprung größer. Sie könnte für immer verschwinden.«

»Also gut. Sie fliegen morgen mittag mit der Concorde nach New York, als Franzose und Mitglied der UNO-Delegation.«

»Danke. Und jetzt der Mittelsmann. Wer ist er?«

»Ich werde ihn verständigen, aber vielleicht wird er es vorziehen, Ihnen gar nichts zu sagen.«

»Verständigen Sie ihn. Wer ist es?«

»Ein Mann namens Handelman, Jacob Handelman. Er lehrt an der Columbia-Universität.«

17

Der Mann, der auf jeder Wange einen Streifen Heftpflaster hatte, saß an dem kleinen Tisch vor dem Podest in dem unterirdischen Strategieraum des Weißen Hauses. Die zwei braunen Streifen riefen auf dem kantigen Gesicht des Mannes einen makabren Effekt hervor. Das Fleisch war straff, von Nähten unter dem Pflaster festgehalten. Seine Mimik wirkte irgendwie mechanisch, und seine gedämpften, monotonen Antworten auf die Fragen verstärkten das Bild eines Mannes, der noch nicht ganz wiederhergestellt war, sich aber äußerste Mühe gab, sich unter Kontrolle zu halten. In Wahrheit hatte er Angst. Vor fünfunddreißig Minuten, als die Runde, die ihm gegenübersaß, vollständig war, hätte er noch mehr Angst gehabt. Bevor der CIA-Agent, der die Ereignisse am Mol des Moulinets miterlebt hatte, hereingerufen worden war, hatte sich der Präsident der Vereinigten Staaten entfernt. Nun beobachtete er das Geschehen aus einem Raum hinter dem Podest durch eine beschichtete Glasscheibe, die von der Wand nicht zu unterscheiden war. Nebenan wurden Worte ausgesprochen, die in seiner Gegenwart nicht gesagt werden konnten; er war nie unmittelbar zugegen, wenn von Befehlen für einen Einsatz auf einem Alpenpaß die Rede war, die unter der Prämisse ›nicht zu retten‹ auszuführen waren.

Das Verhör dauerte bereits eine Weile. Staatssekretär Emory Bradford arbeitete gerade die wichtigsten Punkte heraus, während Botschafter Brooks und General Halyard sich im hellen Licht der Leselampen Notizen machten.

»Lassen Sie mich das bitte klarstellen: Sie waren der zuständige Außenbeamte und der einzige, der Kontakt mit Rom hatte?«

»Ja, Sir.«

»Und Sie sind absolut sicher, daß kein anderes Mitglied der Einheit mit der Botschaft in Verbindung stand?«

»Ja, Sir. Ich war der einzige. Das ist üblich so, nicht nur aus Sicherheitsgründen, sondern auch, um ganz sicherzustellen, daß es bei den Befehlen keine Überschneidungen gibt. Einer übermittelt sie, ein anderer empfängt sie.«

»Und doch sagen Sie, daß Havelock zwei Angehörige der Einheit als Sprengstoffspezialisten bezeichnete, eine Tatsache, die ihnen nicht bekannt war.«

»Das ist richtig.«

»Aber als zuständiger Außenbeamter...«

»Zuständiger Agent, Sir.«

»Entschuldigung. Hätten Sie als zuständiger Agent das nicht wissen müssen?«

»Normalerweise ja.«

»Aber Sie wußten es nicht und können uns als einzige Erklärung dafür anbieten, daß dieser neue Rekrut, ein Korse namens Ricci, die zwei in Rede stehenden Männer engagiert hat.«

»Das ist der einzige Grund, den ich mir vorstellen kann. Vorausgesetzt, Havelock hatte recht und nicht gelogen.«

»In den Berichten vom Einsatz am Col des Moulinets heißt es, daß zu diesem Zeitpunkt in näherer Umgebung der Brücke zahlreiche Explosionen erfolgt seien.« Bradford überflog ein mit Maschine beschriebenes Blatt, das vor ihm lag. »Darunter auch eine schwere Detonation auf der Straße, die etwa zwölf Minuten nach der Konfrontation stattfand und drei italienische Soldaten und vier Zivilisten tötete. Offensichtlich wußte Havelock, wovon er redete; er hat Sie nicht belogen.«

»Das weiß ich nicht, Sir. Ich war bewußtlos... blutete. Diese Schweine... Havelock hat mich mit dem Messer traktiert.«

»Werden Sie ärztlich entsprechend versorgt?« fragte Brooks und blickte von dem gelben Block auf.

»Ich denke schon«, erwiderte der Agent, während seine rechte Hand sich über sein linkes Handgelenk schob und seine Finger über das glitzernde Gehäuse seiner Schweizer Uhr strichen. »Die Ärzte sind sich noch nicht sicher, ob sie einen Spezialisten für kosmetische Chirurgie hinzuziehen sollen. Ich bin schon der Ansicht, daß das geschehen sollte.«

»Das ist natürlich die Entscheidung der Ärzte«, meinte Brooks.

»Ohne diese Behandlung bin ich für immer gezeichnet, Sir.«

»Ich bin sicher, daß Mr. Bradford sich in dem Punkt im Walter-Reed-

Hospital für Sie verwenden wird«, sagte der General, während er in seinen Notizen las.

»Sie sagen, Sie hätten diesen Ricci nie gesehen«, fuhr Bradford fort, »erst unmittelbar bevor die Einheit zum Col des Moulinets flog. Ist das richtig?«

»Ja, Sir.«

»Und Sie haben ihn auch nicht gesehen, als Sie nach den Ereignissen auf der Brücke wieder zu Bewußtsein kamen?«

»Nein, Sir.«

»Sie wissen nicht, wohin er gegangen ist?«

»Nein, Sir.«

»Rom weiß es auch nicht«, fügte der Staatssekretär pointiert hinzu.

»Ich erfuhr, daß ein italienischer Soldat von einem Lkw erfaßt und dabei ziemlich übel zugerichtet wurde. Er soll fürchterlich geschrien haben. Jemand sagte, er hätte blondes Haar gehabt; deshalb vermutete ich, daß es Ricci war.«

»Und weiter?«

»Ein Mann kam aus dem Wald – jemand mit einer tiefen Wunde am Kopf –, legte den Soldaten in einen Wagen und fuhr ihn weg.«

»Wie haben Sie das erfahren?«

»Ich stellte eine Menge Fragen... nachdem man mir Erste Hilfe geleistet hatte. Das war meine Aufgabe, Sir. Dort oben war das reinste Tollhaus, Italiener und Franzosen schrien wild durcheinander. Ich ging erst, als ich alles erfahren hatte, was möglich war – ohne zuzulassen, daß jemand mir Fragen stellte.«

»Sehr lobenswert«, sagte Brooks.

»Danke, Sir.« Bradford beugte sich vor.

»Wir wollen einmal annehmen, daß Sie recht haben, daß der blonde Mann tatsächlich Ricci war und jemand mit einer Kopfwunde ihn weggeschafft hat. Haben Sie eine Ahnung, wer dieser Jemand sein könnte?«

»Ich denke ja. Einer der beiden Männer, die er mitgebracht hat. Der andere ist getötet worden.«

»Also sind Ricci und einer seiner Begleiter entkommen. Aber Rom hat nichts von Ricci gehört. Würden Sie sagen, daß das normal ist?«

»Ganz und gar nicht, Sir. Das ist überhaupt nicht normal. Immer wenn von diesen Leuten welche verletzt werden, lassen die uns für alles mögliche bluten. Unsere Vorgehensweise bei solchen Operationen ist klar. Wenn wir die Verwundeten nicht bergen können...«

»Ich glaube, wir verstehen«, unterbrach ihn Halyard.

»Dann sind Sie also der Meinung, daß Ricci und sein Sprengstoffexperte sich für den Fall, daß sie entkommen sind, so schnell wie möglich mit der Botschaft in Rom in Verbindung gesetzt hätten.«

»Ja, Sir. Sie hätten erwartet, daß man sich sofort um sie kümmert, und uns andernfalls auf eine Art gedroht, die wir nicht so schätzen.«

»Was ist denn Ihrer Ansicht nach geschehen?«

»Ich würde sagen, das ist ziemlich offenkundig. Sie haben es nicht geschafft.«

»Was war das?« fragte Brooks und hob den Blick von seinem Block.

»Eine andere Erklärung gibt es nicht. Ich kenne diese Leute. Abschaum ist das; die würden die eigene Mutter umbringen, wenn nur der Preis stimmt. Glauben Sie mir, die hätten mit Rom Verbindung aufgenommen.«

»Sie haben es nicht geschafft?« wiederholte Halyard und starrte den Agenten an. »Was meinen Sie damit?«

»Die Straßen, Sir. Die winden sich wie Korkenzieher die Berge hinauf und hinunter. Ein verwundeter Mann am Steuer, der Beifahrer ziemlich übel zugerichtet und die ganze Zeit vor Schmerzen schreiend; ein solches Fahrzeug muß ja abstürzen.«

»Kopfwunden sehen meistens viel schlimmer aus, als sie in Wirklichkeit sind«, meinte Halyard.

»Ich finde«, fügte der weißhaarige Staatsmann hinzu, »daß dieser Mann inmitten von so viel Chaos erstaunlich überlegt gehandelt hat. Er funktionierte...«

»Verzeihen Sie, Mr. Ambassador«, unterbrach ihn Bradford und hob dabei leicht die Stimme. »Ich glaube, was der Außenbeamte gesagt hat, ist durchaus begründet. Wenn man die Paßstraße absuchen würde, fände man ohne Zweifel irgendwo unten in einer Schlucht einen zertrümmerten Wagen.«

»Ja, natürlich. Wenn man es realistisch betrachtet, gibt es keine andere Erklärung«, stimmte Brooks ihm bei.

»Nur noch ein oder zwei Punkte, dann sind wir fertig«, fuhr Bradford fort und rückte die Papiere vor sich zurecht. »Wie Sie wissen, ist alles, was hier gesagt wird, streng vertraulich. Es gibt keine versteckten Mikrofone, keine Tonbandgeräte. Was hier gesagt wird, wird nur in unserem Gedächtnis, sonst nirgends gespeichert. Dies dient zu unser aller Schutz; Sie sollten also ganz offen und freimütig sprechen. Versuchen Sie nicht, die Wahrheit irgendwie zu vertuschen; wir sitzen alle im selben Boot.«

»Ich verstehe, Sir.«

»Ihre Anweisungen in bezug auf Havelock waren eindeutig. Er war offiziell als ›nicht zu retten‹ eingestuft, und die Weisung aus Rom lautete: ›erledigen‹. Ist das richtig?«

»Ja, Sir.«

»Mit anderen Worten: Er sollte am Col des Moulinets exekutiert werden.«

»Das war der Befehl.«

»Und Sie erhielten jene Anweisungen vom Attaché der *Consular Operations* in Rom. Von einem Mann namens Harry Warren.«

»Ja, Sir. Ich war ständig in Verbindung mit ihm und wartete darauf, daß Washington ihm die Weisung durchgab.«

»Wie konnten Sie sicher sein, daß der Mann, mit dem Sie sprachen, Harry Warren war?«

»Unter anderem deshalb, weil ich über zwei Jahre mit Harry zusammengearbeitet habe. Ich kenne seine Stimme.«

»Nur seine Stimme?«

»Und die Telefonnummer in Rom. Es war eine Direktleitung in den Funkraum der Botschaft. Die Nummer ist nirgendwo registriert und streng geheim. Das wußte ich ebenfalls.«

»Kam es Ihnen nicht in den Sinn, daß er, als er Ihnen die letzten Instruktionen gab, vielleicht unter Zwang gehandelt haben könnte? Gegen seinen Willen?«

»Nein, Sir, ganz und gar nicht.«

»An die Möglichkeit haben Sie nicht gedacht?«

»Wenn das der Fall gewesen wäre, hätte er es mir gesagt!«

»Während jemand ihm am Telefon eine Pistole gegen den Kopf gehalten hat?« fragte der General. »Wie hätte er das tun sollen?«

»Er benutzte den festgelegten Code. Das hätte er nicht getan, wenn irgend etwas nicht in Ordnung gewesen wäre.«

»Erklären Sie das bitte näher«, sagte Addison Brooks. »Welchen Code?«

»Ein Wort oder mehrere Worte, die ihren Ursprung in Washington haben. Man bezieht sich auf den Code bei Übermittlung von Entscheidungen. Auf diese Weise weiß man, ohne Namen zu nennen, daß es sich um autorisierte Entscheidungen handelt. Wenn etwas nicht gestimmt hätte, hätte Harry den Code nicht gebraucht. Das wäre für mich das Zeichen gewesen, daß etwas faul war. In dem Fall hätte ich nach dem Code gefragt, und er hätte mir einen anderen genannt. Aber er hat von vornherein den richtigen Code benutzt.«

»Wie lautete der Code für Col des Moulinets?« fragte Emory Bradford.

»›Ambiguity‹, Sir. Die Anweisung kam direkt von *Cons Op* aus Washington.«

»Was ein Beweis wäre, daß der Betreffende autorisiert war«, stellte Bradford fest.

»Ja, Sir. Datum, Uhrzeit und Herkunftort der Freigabe sind in den Logbüchern der Botschaft verzeichnet.«

Bradford zeigte das Foto eines Mannes und hielt die Leselampe so, daß man das Bild klar erkennen konnte. »Ist das Harry Warren?«

»Ja, Sir, das ist Harry.«

»Danke.« Der Staatssekretär legte die Fotografie weg und hakte auf seinem Notizblock etwas ab. »Lassen Sie mich ein wenig weiter ausholen. Da gibt es etwas, das ich vielleicht noch nicht richtig begriffen habe. Es betrifft die Frau. Sie sollte unverletzt, falls es möglich war, über die Grenze geschickt werden. Ist das richtig?«

»Die Anweisung lautete: ›wenn möglich‹. Niemand sollte etwas ihretwegen riskieren. Sie war nur eine Nadel.«

»Eine Nadel?«

»Mit der man die Sowjets sticht. Moskau sollte wissen, daß wir den Köder nicht gekauft hatten.«

»Das heißt, sie war Teil eines russischen Täuschungsmanövers. Eine Frau, die ihr äußerlich ähnelte – vielleicht sogar jemand, der sich einer chirurgischen Behandlung unterzogen hatte – und die die Sowjets wiederholt für Havelock an ausgewählten Orten auftauchen ließen, wobei sie ihn jedesmal nahe an sie heranließen, aber nie so nahe, daß er sie schnappen konnte. Meinen Sie das?«

»Ja, Sir.«

»Mit dem Zweck, Havelock einen solchen Schock zu versetzen, daß er anfing zu spinnen, und schließlich dazu, daß er überlief?«

»Um ihn verrückt zu machen, ja, Sir. Ich glaube, es hat funktioniert; das ›nicht zu retten‹ kam aus Washington.«

»Von ›Ambiguity‹.«

»Ja, Sir.«

»Und so wurde ohne jeden Zweifel festgestellt, daß die Frau auf der Brücke *nicht* Jenna Karras war.«

»Richtig. Sie ist an der Costa Brava getötet worden, das wußte jeder. Havelock selbst war der zuständige Agent. Er wurde verrückt.«

Brooks warf wütend seinen Bleistift auf den Tisch, beugte sich vor und musterte den Agenten. »Diese ganze Operation ist Ihnen nicht... bizarr vorgekommen, um es gelinde auszudrücken? Um ganz offen zu sprechen: War eine Exekution eigentlich die einzige Lösung? Mit dem Wissen, das Sie besaßen – vorausgesetzt, Sie besaßen es –, hätten Sie da nicht versuchen können, sich den Mann zu greifen, sein Leben zu schonen und ihn zur Behandlung hierherzubringen?«

»Sir, bei allem Respekt, das ist viel leichter gesagt als getan. Red Ogilvie hat es in Rom versucht; das Resultat kennen Sie. Havelock hat nach unserer Kenntnis drei Männer auf der Brücke getötet, und weitere zwei sind wahrscheinlich inzwischen auch tot. Er hat mir das Gesicht mit dem Messer zerschnitten... der Mann ist verrückt!«

Der Agent hielt inne, er war noch nicht fertig. »Ja, Sir. Wenn man alles bedenkt, dann töten wir ihn. Das ist es, was ›nicht zu retten‹ bedeutet, und hat nichts mit mir zu tun. Ich folge nur Befehlen.«

»Ein allzu bekannter Satz, Sir«, sagte Brooks.

»Aber den Umständen nach gerechtfertigt«, unterbrach ihn Bradford, während er das Wort ›Ambiguity‹ auf das Blatt Papier vor sich schrieb, und fuhr rasch fort, ehe ein anderer etwas erwidern konnte. »Was ist mit Havelock passiert? Haben Sie das erfahren?«

»Sie sagten, ein Verrückter, ein Killer wäre mit dem Lieferwagen wie der Teufel über die Brücke gerast und damit verschwunden. Das muß Havelock gewesen sein. Überall im Mittelmeerraum ist Alarm gegeben worden. Er hat einmal an der Küste gearbeitet; dort wird er mit irgend jemandem Verbindung aufnehmen, und dann werden sie ihn finden. Sie sagten mir, er sei verwundet gewesen; weit wird er nicht kommen. Ich gebe ihm allerhöchstens zwei oder drei Tage; ich wünschte, ich könnte dort sein und ihn mir selbst greifen.«

»Auch das ist durchaus berechtigt«, sagte Bradford. »Wir möchten Ihnen für Ihre Unterstützung heute abend danken. Sie waren sehr hilfreich. Sie können jetzt gehen. Viel Glück.«

Der Mann erhob sich, nickte verlegen und ging zur Tür. Dort blieb er stehen, griff sich an die linke Wange mit dem Heftpflaster und sah die mächtigen Männer auf dem Podest an. »Ich bin die chirurgische Behandlung wert«, sagte er.

»Ganz sicher«, erwiderte der Staatssekretär.

Kaum hatte der zuständige Agent für den Einsatz am Col des Moulinets die Tür hinter sich geschlossen, als Halyard sich an Bradford wandte und sagte: »Wir müssen sofort mit Rom in Verbindung treten! Wir brauchen diese Logbücher, um ›Ambiguity‹ zu finden. Das war es doch, was Sie uns klarmachen wollten, nicht wahr? Das ist die Verbindung zu Parsifal!«

»Ja, General. Der Code ›Ambiguity‹ ist von dem Direktor von *Consular Operations*, Daniel Stern, festgelegt worden. Sein Name taucht in den Logbüchern der Botschaft auf, die der Attaché von *Cons Op*, Harry Warren, führt. Warrens Eintrag ist eindeutig; man hat mir den Text vorgelesen. Er hat folgendes geschrieben.« Der Staatssekretär griff nach einem Blatt, das oben auf seinen Papieren lag. »Code: ›Ambiguity‹. Subjekt: M. Havelock. Entscheidung noch offen.«

»Wann ist sie getroffen worden?« fragte Brooks.

»Nach den Logbüchern der Botschaft überhaupt nicht. Es gab in jener Nacht keine weiteren Eintragungen, die sich in irgendeiner Weise auf ›Ambiguity‹, Havelock oder die Einheit am Col des Moulinets bezogen hätten.«

»Unmöglich!« protestierte der pensionierte General. »Sie haben doch gehört, was dieser Mann gesagt hat. Er hatte Anweisung zum Handeln, der vereinbarte Code ist übermittelt worden. Er hat sich ganz klar ausgedrückt. Dieser Anruf muß durchgekommen sein.«

»Das ist er auch.«

»Sie meinen, die Eintragung ist gelöscht worden?« fragte Brooks.

»Nein«, sagte Bradford, »Warren hat sie gar nicht gemacht.«

»Dann holen Sie ihn her«, sagte Halyard. »Nageln Sie ihn fest. Er weiß, mit wem er gesprochen hat. Verdammt noch mal, Emory, rufen Sie schon an. Hier geht es um Parsifal!« Der Soldat drehte sich in seinem Sessel herum und sprach zur Wand: »*Mr. President?*«

Keine Antwort.

Der Staatssekretär schob die Papiere, die vor ihm lagen, auseinander und griff nach einem dünnen Umschlag. Er klappte ihn auf und holte ein zweites Foto heraus, das er dem ehemaligen Botschafter reichte. Brooks studierte es und atmete bereits beim ersten Blick scharf ein, dann reichte er das Bild wortlos weiter an Halyard.

»Herrgott . . .« Halyard legte das Foto in den Lichtkegel der Leselampe. Es zeigte eine Leiche, die auf einem weißen Tisch ausgestreckt lag, die Kleidung zerfetzt und blutig, das Gesicht schrecklich zugerichtet, aber gesäubert, damit man es identifizieren konnte. Das Gesicht des toten Mannes war dasselbe wie das auf dem ersten Foto, daß Bradford vor wenigen Minuten dem Agenten gezeigt hatte. Der Tote war Harry Warren, Attaché von *Cons Op* in Rom.

»Das Funkbild ist uns heute mittag um eins durchgegeben worden. Das ist Warren. Er ist vor zwei Tagen am frühen Morgen auf der Via Frascati überfahren worden. Es gab Zeugen, aber sie konnten auch nicht helfen; sie haben unseren Leuten nur gesagt, es sei eine große, schwere Limousine gewesen; sie sei die Straße hinuntergerast und hätte offenbar kurz vor dem Aufprall beschleunigt. Wer auch immer das Fahrzeug lenkte, er ging jedenfalls kein Risiko ein, sein Opfer zu verfehlen. Das Auto erwischte Warren, als er auf den Bürgersteig trat, und schmetterte ihn gegen eine Straßenlaterne, wobei der Wagen stark beschädigt wurde. Die Polizei hat bisher vergebens nach der Limousine gesucht. Wahrscheinlich liegt sie irgendwo in den Bergen auf dem Grund eines Flusses.«

»Das Bindeglied ist also beseitigt.« Halyard schob das Foto zu Addison Brooks hinüber.

»Dieser Mann tut mir leid«, sagte Bradford, »aber ich bin nicht sicher, ob er wirklich ein so wichtiges Bindeglied war.«

»Jemand glaubte das jedenfalls«, meinte der Offizier.

»Oder er hatte eine Flanke zu schützen.«

»Was meinen Sie damit?« fragte Brooks.

»Wer auch immer dieser letzte Anrufer war, der das Signal gab, Havelock zu erledigen – er konnte wissen, was Stern zu Warren gesagt hatte. Uns ist nur bekannt, daß die Entscheidung noch nicht getroffen war.«

»Bitte werden Sie deutlicher«, drängte Brooks.

»Angenommen, die Strategen von *Consular Operations* kamen zu dem Entschluß, daß sie sich nicht zu einer Entscheidung würden durchringen können. Oberflächlich betrachtet, hätte es nicht so schwierig sein dürfen, da es sich um einen Psychopathen handelte, um einen unberechenbaren Agenten, der großen Schaden anrichten konnte, um einen möglichen Überläufer, einen Killer. Die Entscheidung hätte ihr Gewissen eigentlich nicht sehr belastet. Aber angenommen, sie argwöhnten etwas, das alles in Frage stellte.«

»Die Karras«, sagte Halyard.

»Vielleicht. Oder möglicherweise eine Mitteilung oder ein Signal von Havelock, das die Annahme in Zweifel stellte, daß er ein Wahnsinniger war. Vielleicht waren sie zu dem Schluß gelangt, daß er ebenso zurechnungsfähig war wie sie, daß er in einem schrecklichen Dilemma war, das er nicht verschuldet hatte.«

»Was die Wahrheit ist«, ergänzte Addison Brooks.

»Die Wahrheit«, pflichtete Bradford ihm bei. »Was würden sie dann tun?«

»Hilfe holen«, sagte der Offizier. »Rat.«

»Unterstützung«, fügte der Staatsmann hinzui.

»Oder«, meinte der Staatssekretär, »um die Dinge einmal praktisch zu sehen, insbesondere wenn die Fakten nicht ganz klar waren, die Verantwortung für die Entscheidung auszudehnen. Stunden später wurde sie getroffen – und sie waren tot… Wir wissen nicht, wer die Entscheidung getroffen hat, wer jenes letzte Telefongespräch geführt hat. Wir wissen nur, daß es jemand war, der Zugang zu Verschlußsachen hatte und dem man so viel Vertrauen entgegengebracht hat, daß man ihm den Code ›Ambiguity‹ mitteilte. Dieser Mann hat die Entscheidung getroffen; er hat Rom angerufen.«

»Aber Warren hat das Gespräch nicht eingetragen«, sagte Brooks. »Warum nicht? Wie konnte das geschehen?«

»So, wie so etwas immer geschieht, Mr. Ambassador. Eine Leitung, die man nur zu einem einzigen Telefonkomplex irgendwo in Arlington zurückverfolgen kann, wird benutzt, die Ermächtigung per Code bestätigt. Und dann wird mit der Begründung, es gehe um die innere Sicherheit, ein Auftrag erteilt, verbunden mit der strikten Anweisung, jegliche Aufzeichnung im Logbuch zu unterlassen. Es durfte keinerlei Hinweis auf das Gespräch geben. Der Empfänger fühlt sich geschmeichelt, da man ihn auserwählt hat. Männer, die wichtige Entscheidungen treffen, haben ihn für verläßlicher als seine Umgebung gehalten. Und was macht das schon für einen Unterschied? Man kann die Ermächtigung ja immer durch den Code feststellen – in diesem Fall durch den Direktor von *Cons Op*, Daniel Stern. Nur, Stern ist tot.«

»Erschütternd«, sagte der ehemalige Botschafter mit dem silbergrauen Haar und blickte auf seine Notizen. »Ein Mann soll exekutiert werden, weil er im Recht ist, und wenn der Versuch, ihn zu töten, fehlschlägt, macht man ihn für den Tod jener verantwortlich, die ihn umzubringen versuchen. Und wir wissen nicht, wer offiziell den Auftrag erteilt hat. Wir können diese Person nicht finden. Was für Menschen sind wir eigentlich?«

»Männer, die Geheimnisse hüten.« Mit diesen Worten trat der Präsident der Vereinigten Staaten aus der getäfelten Tür, die in die Stirnwand eingelassen war. »Verzeihen Sie mir, ich habe Sie beobachtet, Sie belauscht. Das ist häufig sehr hilfreich.«

»Geheimnisse, *Mr. President*?«

»Ja, Mal«, sagte Berquist und ging zu seinem Stuhl. »Es gibt eine Menge Bezeichnungen dafür, nicht wahr? Streng geheim, Verschlußsache, *top-secret*. Wir überprüfen Räume und Telefonleitungen mit elektronischen Geräten, die heimlich installierte Wanzen und andere Abhöreinrichtungen aufspüren, und dann entwickeln wir wieder Geräte, die die Kontrollinstrumente des Gegners funktionsunfähig machen, sobald wir unseren eigenen Wanzen installiert haben. Aus Gründen der nationalen Sicherheit halten wir Informationen unter Verschluß und bestimmen nach eigenem Gutdünken, welche Teile davon an die Öffentlichkeit dringen dürfen. Wir teilen einer bestimmten Abteilung eine Sache mit und einer anderen eine völlig andere Version, um damit den Teil der Wahrheit zu verbergen, der Schaden anrichten könnte. Im Zeitalter der totalen Kommunikation geben wir uns die größte Mühe, eben diese Kommunikation zu stören, sie zu mißbrauchen.« Die Präsident setzte sich und sah die Fotografie des toten Mannes in Rom an. »Das Bewahren von Geheimnissen und das Umlenken des Informationsflusses ist das Hauptziel in unserer sich immer weiterentwickelnden Technologie der Kommunikation. Eine Ironie, nicht wahr?«

»Leider ist das häufig nicht zu umgehen, Sir«, sagte Bradford.

»Mag sein. Wenn wir nur immer sicher sein könnten, wann wir diese Taktik einsetzen müssen. Ich frage mich oft – besonders nachts, wenn ich an die Decke starre und einzuschlafen versuche –, ob wir auch mit den Problemen konfrontiert wären, die wir jetzt zu lösen versuchen, wenn wir nicht vor drei Monaten versucht hätten, etwas geheimzuhalten.«

»Unsere Möglichkeiten waren sehr beschränkt, *Mr. President*. Es hätte noch schlimmer kommen können.«

»Schlimmer. Emory?«

»Dann eben früher. Die Zeit ist unser einziger Verbündeter.«

»Und wir müssen jede Minute nutzen, die wir haben«, pflichtete Berquist ihm bei und sah zuerst den General, dann Brooks an. »Jetzt wissen Sie beide, was sich in den letzten zweiundsiebzig Stunden ereignet hat und weshalb ich Sie nach Washington rufen mußte.«

»Mit Ausnahme eines Punktes, den ich für den wichtigsten halte«, sagte der Staatsmann. »Parsifals Reaktion.«

»Gar keine.«

»Dann weiß er nichts«, sagte Halyard hastig und mit Nachdruck.

»Wenn das sicher wäre, könnte ich nachts wieder schlafen.«

»Wann hatte er das letztemal Kontakt mit Ihnen?« fragte Brooks.

»Vor sechzehn Tagen. Es hatte keinen Sinn, mit Ihnen in Verbindung zu treten; es war wieder eine Forderung, ebenso verrückt wie die anderen.«

»In bezug auf die früheren Forderungen ist nichts unternommen worden?« fuhr Brooks fort.

»Nein. Wir haben vor fünfzehn Tagen achthundert Millionen Dollar bei Banken auf den Bahamas, den Cayman-Inseln und in Mittelamerika deponiert. Wir haben jeden . . .« Der Präsident hielt inne; er berührte die Fotografie, die vor ihm lag, knickte eine Ecke um, bis man ein blutiges Hosenbein sehen konnte. »Wir haben jeden Code eingerichtet, den er verlangt hat, damit er sich jederzeit von den Einzahlungen überzeugen und das Geld auf Nummernkonten in Zürich und Bern überweisen lassen konnte, wo es ihm zugänglich war. Er hat keinen Cent davon abgehoben, und abgesehen von drei Bestätigungen hat er mit den anderen Banken überhaupt keinen Kontakt gehabt. Er hat kein Interesse an dem Geld; für ihn dient es nur dazu, unsere Schwäche zu bestätigen. Er weiß, daß wir alles tun würden, was er verlangt.« Wieder machte Berquist eine Pause; als er weitersprach, war seine Stimme kaum zu vernehmen. »Gott helfe uns, wir können es uns nicht leisten, seine Forderungen abzulehnen.«

Auf dem Podest herrschte Schweigen. Schließlich durchbrach Halyard die Stille. »Ich bin da auf ein paar Lücken gestoßen«, sagte er und sah den Staatssekretär an. »Können Sie mir helfen, diese Lücken zu füllen?«

»Ich kann Spekulationen anstellen«, erwiderte Bradford. »Aber selbst dazu müssen wir bis zum Anfang zurückgehen.«

»Costa Brava?« fragte Brooks, und seine Stimme klang angewidert.

»Noch weiter zurück, Mr. Ambassador. Bis zu dem Zeitpunkt, wo wir uns alle einig waren, daß die Aktion an der Costa Brava nötig war, als wir erfuhren, daß Matthias persönlich die Überprüfung von Jenna Karras veranlaßt hatte, nicht seine Mitarbeiter, die Informationen von ungenannten Informanten an die sowjetische Abwehr weiterleiteten.«

»Seien Sie nicht so bescheiden, Emory«, unterbrach ihn der Präsident. »Nicht wir haben erfahren, daß Matthias dahintersteckte, sondern Sie waren so klug, den Außenminister zu umgehen.«

»Nur mit großem Bedauern, Sir. Sie haben im Oval Office von einem seiner Mitarbeiter verlangt, mit der Wahrheit herauszurücken, und er hat sie Ihnen gesagt. Er erklärte, *sie wüßten* nicht, woher die Information kam, nur daß Matthias selbst sie geliefert hatte. Mir hätte er das nie gesagt.«

»Das lag nicht an mir, sondern an dem Raum. Man belügt den Mann einfach nicht, der in jenem Zimmer sitzt... es sei denn, man heißt Anthony Matthias.«

»Um fair zu sein, *Mr. President*«, sagte Brooks mit sanfter Stimme, »er hatte nicht die Absicht, Sie zu täuschen. Er glaubte, recht zu haben.«

»Er glaubte, es wäre ihm zugekommen, auf meinem Stuhl in meinem Büro zu sitzen, und so denkt er immer noch. Fahren Sie fort, Emory.«

»Ja, Sir. Wir schlossen daraus, daß es Matthias' Ziel war, Havelock dazu zu zwingen, den Dienst zu quittieren, seinen alten Schüler, einen unserer besten Leute, aus *Consular Operations* zu entfernen. Darüber haben wir schon gesprochen; wir kannten den Grund damals genausowenig wie heute.«

»Aber wir gingen darauf ein«, sagte Berquist, »weil wir nicht wußten, womit wir es zu tun hatten – mit einem mutlosen Außenbeamten, der einfach nicht weitermachen wollte, oder mit einem verdammten Betrüger, einem Lakaien von Matthias, der bereit war, eine Frau töten zu lassen, damit er draußen für den ›großen‹ Mann arbeiten konnte. Oh, und was für eine Arbeit er hätte leisten können! Der internationale Emissär des ›heiligen Matthias‹. Oder soll ich besser sagen, Kaiser Matthias?«

»Beruhigen Sie sich, Charly.« Der General legte dem Präsidenten die Hand auf den Arm; niemand sonst im Raum hätte eine solche Geste riskiert. »Es ist vorbei. Das ist nicht der Grund, weshalb wir hier sind.«

»Wenn dieser Schweinhund nicht wäre, wären wir nicht hier! Das ist es, was ich nicht vergessen kann.«

»Könnten wir nun zu der weit gefährlicheren Krise zurückkehren, *Mr. President*?« fragte Bradford mit leiser Stimme.

Berquist lehnte sich zurück und nickte dem Mann aus dem Außenministerium zu. »Entschuldigung. Also, wir wissen nach wie vor nicht, weshalb Matthias Havelock draußen haben wollte. Aber Emory war dabei, uns die Situation von damals vor Augen zu führen.«

Bradford legte beide Hände auf seine Notizen, die er jetzt nicht mehr brauchte. »Der Fall, den man gegen die Karras aufgebaut hat, war ein Meisterstück detaillierter Erfindung. Ein abtrünniger Terrorist aus der Baader-Meinhof-Gruppe taucht plötzlich auf, bereit, Informationen zu liefern, sofern wir ihm die Möglichkeit zum Untertauchen und Straffreiheit garantieren. Bonn stimmt zu – widerstrebend, und wir kaufen seine Geschichte. Die Frau, die zu der Zeit mit einem *Cons-Op*-Außenbeamten in Barcelona zusammenarbeitet, ist in Wirklichkeit Angehörige des KGB. Eine Methode der Befehlsübermittlung wird uns beschrieben, ein Schlüssel übergeben. Er gehört zu einem kleinen Koffer, der in einem Flughafen deponiert ist. Es ist ihr Koffer, er enthält genügend Beweismaterial, um sie zu überführen: detaillierte Analysen der Aktivitäten, mit denen sie und Havelock in den letzten fünf Wochen beschäftigt waren; Zusammenfassungen streng geheimer Berichte, die Havelock ins State Department geschickt hatte; Kopien der augenblicklichen Codes und Radiofrequenzen. Außerdem fanden sich in dem Koffer schriftliche Instruktionen aus Moskau, darunter auch der KGB-Code, den sie benutzen sollte, falls ein Kontakt mit dem Nordwestsektor des KGB nötig sein sollte. Wir erprobten den Code und bekamen Antwort; er war authentisch.«

Brooks hob die linke Hand ein paar Zentimeter; er war es gewohnt, mit einer unauffälligen Geste die Aufmerksamkeit auf sich zu lenken. »General Halyard und ich sind mit den meisten dieser Dinge vertraut, wenn auch nicht in allen Einzelheiten. Ich nehme an, Sie haben einen Grund dafür, warum Sie so detailliert darauf eingehen.«

»Das ist richtig, Mr. Ambassador. Es betrifft Daniel Stern. Bitte haben Sie noch ein paar Augenblicke Geduld.«

»Dann könnten Sie mir bei der Gelegenheit sagen«, meinte der alte Offizier, »wie Sie diesen KGB-Code überprüft haben.«

»Indem wir die drei gängigen Seefunkfrequenzen für diesen Mittelmeerraum benutzten. Das ist das übliche Vorgehen der Sowjets.«

»Das ist verdammt unvorsichtig von ihnen, nicht wahr?«

»Ich bin in dieser Sache kein Fachmann, General, aber ich würde eher sagen, daß es verdammt schlau ist. Ich habe unsere Methode studiert – das mußte ich – und bin mir nicht sicher, ob sie besser ist. Die Frequenzen, die wir wählen, sind gewöhnlich die schwächeren und lassen sich leicht stören. Die Seefunkfrequenzen hingegen bleiben unbehelligt, und die Codes kommen auch innerhalb eines erträglichen Zeitraums durch, selbst wenn noch soviel Funkverkehr herrscht.«

»Ihre Sachkenntnis beeindruckt mich«, sagte Brooks.

»Ich habe in den letzten vier Monaten eine ganze Reihe von Schnellkursen absolviert. Jetzt kenne ich mich ganz gut aus in dieser Materie. Nun weiter. Das Dokument mit dem KGB-Code hat sie am stärksten belastet, es konnte unmöglich gefälscht sein. Also ließen wir ihren Namen durch die Maschinerie der zentralen Abwehr laufen – eine unfehlbare Maschinerie.« Bradford hielt inne. »Mag sein, daß Sie das wissen, vielleicht wissen Sie es auch nicht, General... Mr. Brooks, an diesem Punkt wurde ich eingeschaltet. Ich habe mich nicht danach gedrängt, man hat *mich* ausgewählt, genauer zwei Männer, mit denen ich während der Administration zusammengearbeitet habe... und in

Südostasien. Ihre große Erfahrung in Geheimoperationen hat dazu geführt, daß sie sogenannte Quellenkontrolleure für Informationen innerhalb des sowjetischen Machtapparats wurden. Sie riefen mich eines Abends zu Hause an, um mich in einer Bar in Berwyn zu treffen. Ich solle doch auf einen Drink herüberkommen, um mit ihnen über die alten Zeiten zu plaudern. Als ich sagte, daß es schon spät sei, meinte der, mit dem ich sprach, daß es auch für sie spät sei und Berwyn Heights eine ziemliche Strecke von McLean und Langley entfernt sei. Ich begriff und fuhr zu ihnen.«

»Das höre ich zum erstenmal«, unterbrach ihn Brooks. »Soll ich daraus schließen, daß diese Männer sich nicht der normalen Kanäle bedienten, sondern sich direkt an Sie wandten?«

»Ja, Sir. Sie waren sehr beunruhigt.«

»Warum denn?« wollte Halyard wissen. »Die verlangte Information über die Karras war doch nichts Alarmierendes.«

»Weil es eine höchst negative Anfrage war, die davon ausging, daß das Subjekt zu gut getarnt war, als daß das CIA es entdecken konnte. Sie war schuldig, auch wenn es viele gegenteilige Feststellungen gab.«

»War es nicht eher die Arroganz, die sie geärgert hat?« meinte Brooks.

»Nein, daran sind sie im Außenministerium gewöhnt. Was sie beunruhigt hat, war die Tatsache, daß der Verdacht unmöglich stimmen konnte. Sie setzten sich mit fünf verschiedenen Quellen in Moskau in Verbindung, wobei keine von der anderen wußte – Maulwürfe, die zu jeder Geheimakte im KGB Zugang hatten. Und alle fünf lieferten ein negatives Ergebnis. Sie war unschuldig; aber es gab jemanden im Außenministerium, der sie belasten wollte. Als einer der Männer routinemäßig einen von Matthias' Mitarbeitern anrief, um weitere Hintergrundinformationen von *Cons Op* zu erhalten, sagte man ihm, er solle einfach einen nichtssagenden Bericht einschicken. Das Außenministerium hätte jetzt alles, was es braucht. Mit anderen Worten: Das Urteil über sie stand bereits fest, gleichgültig, welche Informationen das CIA lieferte. Und der Quellenkontrolleur hatte den deutlichen Eindruck, daß alles, was sie dem Außenministerium noch schicken würden, dort im Papierkorb landen würde. Aber Jenna Karras hatte nie etwas mit dem KGB zu tun gehabt.«

»Wie haben Ihre Freunde denn den Code erklärt?« fragte Halyard.

»Daß jemand in Moskau ihn geliefert hat, der mit oder für Matthias arbeitet.«

Wieder drückte das Schweigen im Raum das Undenkbare aus.

»Die Möglichkeit hatten wir ausgeschlossen!« schrie Halyard.

»Ich würde aber gerne darauf zurückkommen«, sagte der Staatssekretär ruhig.

»Diese Möglichkeit haben wir doch erschöpfend untersucht«, sagte Brooks und starrte Bradford an. »Die Theorie bringt uns nicht weiter. Matthias ist untrennbar mit Parsifal verbunden; der eine existiert nicht ohne den anderen. Falls die Sowjetunion irgend etwas von Parsifal wüßte, dann würden zehntausend Mehrfachsprengköpfe bereitstehen, um die Hälfte unserer Städte und unsere sämtlichen Militäreinrichtungen zu vernichten. Die Russen hätten keine andere Wahl, als ihre Langstreckenraketen abzuschießen. Unser Geheimdienst ist gut genug informiert, um uns vor solchen militärischen Schlägen rechtzeitig zu warnen. Um Ihre Worte zu gebrauchen, Mr. Bradford, die Zeit ist unser einziger Verbündeter.«

»Dem Urteil will ich mich anschließen, Mr. Brooks. Trotzdem war der KGB-Code Teil des gefälschten Beweismaterials. Ich kann einfach nicht glauben, daß der Code käuflich war.«

»Warum nicht?« fragte der General. »Gibt es etwas, das nicht käuflich wäre?«

»Man kann keinen Code kaufen, der periodisch und unregelmäßig abgeändert wird, ohne daß es dafür einen festen Plan gibt.«

»Worauf wollen Sie hinaus?« Das war wieder Halyard.

»Daß wir Parsifal vielleicht näher sind als wir annehmen.«

»Und was für eine These haben Sie, Mr. Bradford?« Brooks lehnte sich vor und stützte die Ellbogen auf den Tisch.

»Es muß jemanden geben, der genauso erpicht darauf ist, Parsifal zu finden, wie wir das sind... aus denselben Gründen wie wir. Er sitzt hier in Washington; es kann durchaus sein, daß wir ihn jeden Tag sehen, aber wir wissen nicht, wer er ist. Ich weiß nur, daß er für Moskau arbeitet, und der einzige Unterschied zwischen ihm und uns besteht im Augenblick darin, daß er schon länger sucht als wir. Er wußte vor uns über Parsifal Bescheid. Und das wiederum bedeutet, daß auch Moskau informiert ist.« Bradford hielt inne. »Das ist der Grund für die bedrohlichste Krise, der dieses Land, ja die ganze Welt je ausgesetzt war. Hier in Washington gibt es einen Maulwurf, der das Gleichgewicht der Kräfte ins Wanken bringen könnte, wenn er Parsifal als erster erreichen würde.«

18

Der Mann in dem dunklen Mantel mit dem tief ins Gesicht gezogenen Hut stieg aus dem zweifarbig lackierten Coupé. Dabei wäre er fast in eine große Pfütze getreten, die sich vor der Fahrertür ausbreitete. Der nächtliche Regen trommelte dumpf auf die Motorhaube und die Windschutzscheibe, und mit gleichmäßigem Plätschern füllte er die Myriaden von Pfützen, die sich auf dem verlassenen Parkplatz am Ufer des Potomac gebildet hatten. Der Mann griff in die Tasche, holte ein vergoldetes Feuerzeug heraus, schnippte es kurz an und steckte es sofort wieder in die Tasche zurück. Er trat an das Geländer und sah hinunter auf das feuchte Blattwerk und das schwarze, träge dahinfließende Wasser. Dann blickte er auf und suchte das gegenüberliegende Flußufer ab; die Lichter von Washington flackerten im Regen. Als er die Schritte hinter sich hörte, das Knirschen auf dem nassen Kies, drehte er sich um.

Ein Mann tauchte aus der Finsternis auf. Er trug einen Poncho, dessen unregelmäßige schwarze und grüne Flecken auf dem Stoff erkennen ließen, daß es sich um ein Stück aus Militärbeständen handelte. Auf dem Kopf trug er einen Lederhut, wie ihn Cowboys in Wildwestfilmen zu tragen pflegen. Die Kopfbedeckung wirkte ein wenig grotesk. Das Gesicht unter der Hutkrempe war kantig und unrasiert, und die stumpfen, weit auseinanderliegenden Augen waren zwischen den zusammengekniffenen Lidern kaum zu sehen. Der Mann ging unsicher, er hatte getrunken und grinste, als er den anderen erkannte.

»Hey, wie steht die Sache?« rief der Mann im Poncho undeutlich. »Peng! Wumm! Wumm! Wie so 'ne Scheiß-Kanakenrikscha, die 'n Panzer erwischt hat! Peng! Das war ein Knall! So was hamse noch nie gesehen!«

»Sehr gute Arbeit«, sagte der Mann im Mantel.

»Darauf könnse ein' lassen! Ich hab' sie am Paß erwischt, wumm! Hey, ich kann Sie in dem verdammten Regen kaum sehen. Das sind Sie doch, oder?«

»Ja, aber Sie enttäuschen mich.«

»Warum? Ich hab' die Sache doch gut gemacht!«

»Sie haben getrunken. Ich dachte, wir wären uns einig gewesen, daß Sie nichts trinken würden.«

»Ein paar Schnäpse, mehr nicht. In meinem Zimmer, nicht in 'ner Kneipe... Nein, Sir!«

»Haben Sie mit jemandem gesprochen?«

»Du lieber Gott, nee!«

»Wie sind Sie hierhergekommen?«

»Wie Sie's gesagt haben. Mit 'm Bus... die letzten paar Meilen bin ich zu Fuß gegangen.«

»Auf der Straße?«

»Ne, daneben. Weit weg davon, wie ein Spähtrupp in Da Nang.«

»Gut. Sie haben sich Ihren Urlaub verdient.«

»Hey, Major... Entschuldigen Sie, Sir, meine ich.«

»Was ist denn?«

»Stand nix in den Zeitungen? Ich mein', das war doch'n mächtiger Knall! Stundenlang muß das gebrannt haben, und ich wette, daß man das ein paar Meilen weit sehen konnte.«

»Die waren nicht wichtig, Sergeant. Die waren nur das, was ich Ihnen gesagt habe: schlechte Menschen, die Leute wie Sie und mich verraten haben. Die hiergeblieben sind und zugelassen haben, daß wir getötet werden.«

»Okay. Ich denk', jetzt sollte ich wohl wieder umkehren, ins Krankenhaus zurück.«

»Das brauchen Sie nicht.« Der Mann im Mantel, den der andere als Major angesprochen hatte, nahm ruhig die rechte Hand aus der Tasche. Sie hielt eine kleine Automaticpistole, Kaliber 22. Er hob die Waffe und feuerte einmal.

Der Mann sank zu Boden, der groteske Hut fiel herunter, und sein blutender Kopf sank auf den nassen Poncho. Der Mann trat vor und wischte die Waffe an seinem Mantel ab. Dann kniete er nieder und spreizte die Finger der rechten Hand des Toten.

Das zweifarbig lackierte Coupé bog um die Kurve der Landstraße, seine Scheinwerfer strichen über ein von Steinbrocken übersätes Feld in Maryland, dessen hohes Gras sich im Wind und gepeitscht vom nächtlichen Regen beugte. Als der Fahrer in dem dunklen Mantel und dem breitkrempigen Hut sah, was er erwartet hatte, verlangsamte er seine Fahrt und schaltete die Beleuchtung ab, ehe er anhielt. Am Straßenrand, neben dem Stacheldrahtzaun, stand ein weißlackierter Krankenwagen, dessen Zulassungsschilder auf eine Regierungsbehörde deuteten. Bethesda Naval Hospital, Emergency Unit 14, stand in schwarzer Schrift auf der Tür.

Der Fahrer lenkte sein Coupé neben das lange, weiße Fahrzeug. Er holte sein vergoldetes Gasfeuerzeug heraus, klappte es auf und hielt die Flamme kurz hinter das Fenster auf der Beifahrerseite. Die Tür des Ambulanzwagens öffnete sich, und ein Mann Ende Zwanzig sprang heraus in den Regen. Sein Mantel öffnete sich dabei, und man konnte darunter die weiße Uniform eines Krankenpflegers erkennen.

Der Fahrer ließ das rechte Fenster herunter, indem er einen Knopf auf der Armstütze drückte. »Steigen Sie ein!« schrie er, um sich in dem Wolkenbruch Gehör zu verschaffen. »Dort draußen werden Sie naß.«

Der Mann stieg ein. Er knallte die Tür hinter sich zu und wischte sich mit der rechten Hand über das Gesicht. Er war südamerikanischer Herkunft, seine großen Augen leuchteten in der Dunkelheit, sein Haar war pechschwarz und klebte an seiner dunklen Stirn.

»Jetzt stehen Sie in meiner Schuld, *mama*«, sagte der Mann. »Oh, *big mama* schuldet mir jetzt einen großen *montón de dinero*.«

»Sie kriegen Ihr Geld, obwohl ich auch sagen könnte, daß Sie damit eine alte Schuld an mich beglichen haben.«

»*Olvidalo, mama*, Major!«

»Sie wären längst im Krieg umgekommen oder würden immer noch in den Steinbrüchen von Leavenworth arbeiten, wenn ich nicht gewesen wäre. Vergessen Sie das nicht, Corporal.«

»Ich hab' diesen Schrumpfkopf für Sie kaltgemacht! Jetzt zahlen Sie!«

»Sie haben zwei Militärposten in Pleiku kaltgemacht, wie Sie das ausdrücken, die Sie dabei erwischt haben, als Sie Narkotika aus einem Sanitätswagen stehlen wollten. War das nicht ein Glück für Sie, daß ich gerade in der Nähe war?«

»Sicher, *mama*, das war wirklich Glück. Und wer hat mich auf den Sanitätswagen aufmerksam gemacht? Sie, Major!«

»Ich wußte, daß Sie ein unternehmungslustiger junger Mann sind. Ich habe Sie die letzten Jahre im Auge behalten. Sie haben mich nie gesehen, aber ich Sie. Ich wußte immer, wo ich Sie finden konnte. Weil Schulden dazu da sind, daß man sie bezahlt!«

»Sie irren sich, Major. Ich hab' Sie neulich im Fernsehen in den Nachrichten gesehen. Sie stiegen gerade in New York aus einer großen Limousine. Beim UNO-Gebäude, nicht wahr? Das waren doch Sie, oder?«

»Das bezweifle ich.«

»Sicher waren Sie es! Ich erkenne meine *big mama*, wenn ich sie sehe. Sie müssen ein ganz wichtiger Typ sein. Jetzt her mit dem Geld.«

»Mein Gott, Sie gehen mir auf die Nerven.«

»Sie brauchen bloß zu zahlen.«

»Zuerst die Waffe«, sagte der Mann im Mantel. »Ich hab' sie Ihnen gegeben, jetzt will ich sie zurückhaben.«

Der Krankenpfleger griff in die Tasche seines Regenmantels und holte eine kleine Pistole heraus, die in Größe und Kaliber mit der identisch war, die der Fahrer des Coupés vor einer Stunde an dem Parkplatz am Potomac benutzt hatte.

»Das Magazin ist leer«, sagte der dunkelhäutige Mann und hielt dem anderen in der Dunkelheit die Waffe hin. »Da, nehmen Sie.«

»Geben Sie sie mir.«

»Nehmen Sie sie endlich! Herrgott, ich kann hier drinnen nichts sehen! Autsch! Scheiße! Was, zum Teufel...?«

Die Hand des Fahrers war an dem kurzen Lauf der Waffe vorgeglitten und hatte den Ärmel des Pflegers an seinem Unterarm hochgeschoben. »Sorry«, sagte der Mann im Mantel. »Mein Ring hat sich verdreht. Hab' ich Sie verletzt?«

»Schon gut, *mama*. Das Geld. Her damit!«

»Sicher.« Der Mann nahm die Waffe, steckte sie ein und hob das vergoldete Feuerzeug auf, das auf seinem Schoß gelegen hatte. Er schnippte es an. Auf dem Sitz zwischen ihnen lag ein Bündel Geldscheine, das mit einem Gummiband zusammengehalten war. »Da, fünfzig Hundertdollarscheine, sauber natürlich. Wollen Sie nachzählen?«

»Wozu? Ich weiß jetzt ja, wo ich Sie finden kann«, sagte der Pfleger und öffnete die Tür. »Und Sie werden mich noch öfter sehen, *big mama*.«

»Ich freu' mich darauf«, erwiderte der Fahrer.

Wieder fegte der Wind unter den Mantel des Pflegers, als er die Tür zuknallte und sich herumdrehte, um zum Ambulanzwagen zurückzugehen. Der Mann im Coupé lehnte sich nach rechts und sah zum Fenster hinaus, die linke Hand am Türgriff, bereit, aus dem Auto zu springen, sobald er das sah, was er zu sehen erwartete.

Der Krankenpfleger begann zu taumeln, verlor das Gleichgewicht, streckte die Arme aus und stützte sich gegen die Seitenwand seines Fahrzeugs. Er schrie, hob den Kopf, der Regen peitschte in sein Gesicht; drei Sekunden später brach er im feuchten Gras zusammen.

Der Mann im Mantel stieg aus dem Coupé und kniete neben dem Krankenpfleger nieder. Erst schob er den weiten Ärmel an dem reglosen Arm nach oben. Dann holte er mit der rechten Hand eine Spritze heraus und stach die Nadel in das weiche Fleisch. Den Kolben drückte er so lange nieder, bis der ganze Inhalt des Röhrchens sich in die Blutbahn des Dunkelhäutigen ergossen hatte. Nun löste er die Spritze von der langen Nadel, griff über den reglosen Körper des Pflegers hinweg, hob seine leblose Hand und legte die Finger um das Glasrohr, den Daumen auf den Kolben und ließ die Hand wieder heruntersinken.

Der Mann richtete sich auf, drehte sich um und öffnete die Tür des Ambulanzwagens; innen war alles ordentlich, jedes Gerät an seinem Platz, wie es sich für einen vertrauenswürdigen Angestellten des Bethesda-Marinehospitals gehörte. Der Mann im Mantel, dessen Gesicht die breite Krempe seines Huts verdeckte, holte die kleine Pistole aus der Tasche und warf sie auf den Sitz. Dann griff er unter seinen Mantel, um etwas aus einer anderen Tasche zu holen: vier weitere Glasröhrchen, zwei gefüllt, zwei leer. Er warf einen prüfenden Blick auf die Etiketten; alle trugen die gleiche Aufschrift:

Bethesda Naval Hospital Sicherheitskontrolle
Inhalt: $C_{17}N_{19}NO_3H_2O$ Morphium

Er ließ die Röhrchen auf den Boden des Ambulanzwagens fallen.

Plötzlich fegte ein Windstoß vom Feld herüber und trieb den Regen schräg vor sich her. Der Mann griff nach seinem Hut, aber es war zu spät. Der Wind hatte die Krempe erfaßt und den Hut vom Kopf gerissen, ihn gegen das Coupé geworfen. Er ging durchs Gras, um ihn wiederzuholen. Selbst in der Dunkelheit war die weiße Strähne sichtbar, die von der Stirn des Mannes nach hinten durch sein gewelltes schwarzes Haar verlief.

Nikolai Petrovisch Maljekow war verärgert, und daß sein Haar naß geworden war, trug daran nur zum Teil die Schuld. Die Zeit begann knapp zu werden. Als Staatssekretär Arthur Pierce konnte er sich in dem verdreckten Zustand nirgendwo sehen lassen. Ein Mann in seiner Position lief nicht während eines Wolkenbruchs im Schlamm herum. Sobald er zu Hause eintraf, würde er seinen Dienstwagen bestellen. Er war mit dem britischen Gesandten verabredet, um mit ihm über OPEC-Probleme zu diskutieren.

Das war zwar nicht das, was seine Leute in Moskau von ihm wollten, aber es schadete auch nicht, wenn man etwas über die neueste angloamerikanische Ölstrategie erfuhr.

Und doch konnte nur der Mann, der unauffindbar war, der das Geheimnis von Anthony Matthias kannte, die *Voennaja* an ihr Ziel führen – zum Nutzen der ganzen Welt.

Arthur Pierce, als Sohn eines Farmers in Iowa aufgewachsen, aber geboren in dem russischen Dorf Ramenskoje, wandte sich im Regen zu seinem Wagen. Er durfte nicht müde werden, denn die Scharade hatte nie ein Ende, nicht für ihn.

Der ehemalige Botschafter Addison Brooks blickte zu Bradford auf der anderen Seite des Tisches hinüber. »Sie sagen, dieser Maulwurf wisse, wer Parsifal sei, und er hätte vor uns von ihm erfahren. Was veranlaßt Sie zu einer so unerhörten Behauptung?«

»Die Ereignisse an der Costa Brava«, sagte der Staatssekretär, »und die Vorkommnisse der letzten zweiundsiebzig Stunden.«

»Berichten Sie der Reihe nach«, forderte der Präsident ihn auf.

»In den letzten Stunden an der Costa Brava wurde Havelock mit einem Sender ausgerüstet, dessen Frequenzeinstellung von Technikern des CIA in Madrid abgeändert worden war. Sie hatten keine Ahnung, wozu der Sender bestimmt war oder wer ihn benutzen würde. Wie Sie wissen, wurde die ganze Operation an der Costa Brava von einem Mann namens Steven MacKenzie koordiniert, dem erfahrensten Beamten, den das CIA für solche Einsätze zur Verfügung hat; die Geheimhaltung war garantiert.«

»Absolut«, unterbrach ihn Berquist. »MacKenzie starb drei Wochen später, nachdem wir ihn aus Barcelona abgezogen hatten, an einem Herzinfarkt. An seinem Tod war nichts Verdächtiges. Der behandelnde Arzt war ein bekannter Spezialist, und man hat ihn gründlich befragt. MacKenzie ist eines natürlichen Todes gestorben.«

»Nur *er* kannte alle Einzelheiten«, fuhr Bradford fort. »Er hatte ein Boot, zwei Männer und eine blonde Frau beschafft, die Tschechisch sprach. Während der schrecklichen Szene, die sie an dem Strand aufführten, sollte sie aus der Ferne laut schreien. Bei dem dreien handelte es sich um zwei kleine Rauschgifthändler und eine Prostituierte, die sich gut bezahlen ließen und keine Fragen stellten. Havelock funkte seine Nachricht im KGB-Code an das Boot draußen auf dem Meer; an Bord vermutete er Mitglieder der Baader-Meinhof-Gruppe. MacKenzie fing das Gespräch ab und signalisierte dem Boot, daß es ans Ufer kommen sollte. Ein paar Minuten später sah Havelock das, was MacKenzie beabsichtigt hatte. Die ›Operation Costa Brava‹ war vorbei.«

»Noch einmal, General Halyard und ich kennen die wesentlichen Punkte.« Der Botschafter wurde ungeduldig.

»Sie war vorbei, und mit Ausnahme der Anwesenden hier wußte niemand davon!« sagte der Staatssekretär hastig. »MacKenzie hatte die ganze Operation in einzelne Etappen unterteilt, und keine Gruppe wußte, was die andere tat. In der einzigen Erklärung, die wir gaben, war von einer Doppelagentin die Rede, die in die Falle gegangen sei. Und mit dem Tod MacKenzies war der letzte Außenstehende, der die Wahrheit kannte, von der Bildfläche verschwunden.«

»Der letzte Mann, vielleicht«, sagte Halyard, »nicht aber die letzte Frau. Jenna Karras wußte Bescheid.«

»Sie wußte nur, was man ihr gesagt hat. Und ich war derjenige, der in dem Hotel in Barcelona mit ihr gesprochen hat. Die Geschichte, die man ihr auftischte, hatte einen doppelten Zweck. Zum einen wollten wir ihr Angst einjagen, damit sie genau das tat, was wir von ihr verlangten, damit wir vorgeblich ihr Leben retten konnten. Zum zweiten wollten wir Havelock derart irritieren, daß er schließlich davon überzeugt war, daß Jenna Karras eine KGB-Agentin ist. Hätte sie meine Anweisungen befolgt, wäre sie jetzt in Sicherheit. Und wenn wir sie hätten finden können, befände sie sich jetzt nicht auf der Flucht vor Männern, die sie am Col des Moulinets töten wollten, die sie und Havelock jetzt töten müssen... damit die Wahrheit über das, was an der Costa Brava geschah, niemand sonst erfährt. Denn sie kennen die Wahrheit.«

Botschafter Brooks pfiff leise durch die Zähne. »Damit wären wir bei den letzten zweiundsiebzig Stunden angelangt«, sagte er.

»Ja, Sir. Col des Moulinets. Als ich den Bericht des zuständigen Agenten las, blieb für mich vieles im unklaren. Aber jetzt, nach seinen Aussagen hier heute abend, habe ich ein deutlicheres Bild.«

»Ein Mann namens Ricci, den er vorher nie gesehen hatte«, sagte der weißhaarige Staatsmann. »Zwei Sprengstoffexperten, von denen er nichts wußte.«

»Und eine heftige Explosion, die zwölf Minuten nach dem Feuergefecht auf der Brücke stattfand«, fügte Bradford hinzu. »Und dann seine Beschreibung der Frau, die die Russen eingeschleust hatten und wieder zurückhaben sollten, damit sie ihre Lektion lernten.«

»Was eine Lüge war«, wandte Halyard ein. »Die Bombe war für den Wagen bestimmt, in dem sie saß. Die Bombe war stark genug, um das Auto in tausend Stücke zu zerreißen, die Insassen eingeschlossen. Und unsere eigenen Leute durften kein Wort davon erfahren.«

»Das lief alles über einen Mann namens Ricci«, meinte Bradford, »einen Korsen, den keiner kannte, und zwei Sprengstoffexperten. Rom hat sie geschickt, aber die zwei, die entkamen, haben nachher kein einziges Mal versucht, mit der Botschaft in Verbindung zu treten. Da ist was faul. Sie haben es nicht gewagt, nach Rom zurückzukehren.«

»Sie sind von unseren Leuten geschickt worden«, sagte Berquist. »Aber sie kamen nicht von unseren Leuten. Sie hatten eine separate Übereinkunft mit derselben Person, die das Telefonat zwischen Washington und Rom geführt hat. ›Ambiguity‹.«

»Mit jener Person, *Mr. President*, die imstande war, einen authentischen KGB-Code in Moskau zu beschaffen; etwas anderes hätte Havelock nie akzeptiert. Dieser Jemand kennt die Wahrheit über die Costa Brava und war ebenso wie wir daran interessiert, vielleicht noch mehr, daß nichts darüber verlauten würde.«

»Warum?« fragte Halyard.

»Weil wir, wenn wir jede Einzelheit der Operation untersuchen würden, vielleicht feststellen, daß er selbst dort war.«

Der Präsident und der General reagierten, als hätte man ihnen plötzlich den Tod einer ihnen nahestehenden Person mitgeteilt. Nur Brooks blieb ungerührt und beobachtete Bradford aufmerksam.

»Das ist aber eine kühne Behauptung, junger Mann«, sagte Halyard.

»Ich kann mir keinen anderen Grund vorstellen. Havelocks Exekution war sanktioniert worden, und selbst diejenigen, die Respekt vor seinen früheren Leistungen hatten, hatten Verständnis für dieses Vorgehen. Er war nicht mehr zuverlässig, ein unberechenbarer Killer, der für jeden draußen gefährlich war. Aber warum sollte die

Frau am Col des Moulinets über die Grenze geschickt werden, warum behauptete man, ihre Flucht sei eine Lektion für die Sowjets, obwohl sie doch die ganze Zeit eine Bombe bereithielten, die Minuten später explodieren und sie in Stücke zerfetzen sollte, so daß keiner sie mehr hätte identifizieren können?«

»Um die Illusion aufrechtzuerhalten, sie sei an der Costa Brava getötet worden«, sagte Brooks. »Wenn sie überlebt hätte, würde sie um Asyl bitten und preisgeben, was sie weiß. Sie würde nichts mehr zu verlieren haben.«

»Und das würde dazu führen, daß man die Ereignisse jener Nacht am Strand erneut untersucht«, spann der Präsident den Faden weiter. »Sie mußte abseits von jener Brücke getötet werden, während weiterhin behauptet wurde, sie sei an der Costa Brava ums Leben gekommen.«

»Und Sie meinen, die Person, die telefonisch grünes Licht für Havelocks Exekution gab«, sagte Halyard und runzelte die Stirn, »die den Code ›Ambiguity‹ gebrauchte und diesen Ricci und die zwei Sprengstoffexperten am Col des Moulinets einsetzte, sei in jener Nacht an der Costa Brava gewesen?«

»Alles deutet darauf hin, General.«

»Um Himmels willen, warum?«

»Weil er weiß, daß Jenna Karras noch lebt«, erwiderte der Botschafter, der die ganze Zeit Bradford nicht aus den Augen gelassen hatte. »Ihm ist zumindest bekannt, daß sie an der Costa Brava nicht getötet worden ist. Sonst weiß das niemand.«

»Das ist reine Spekulation. Mag sein, daß nicht darüber gesprochen wurde, aber schließlich suchen wir sie schon fast vier Monate.«

»Ohne je zuzugeben, daß es sich tatsächlich um sie handelt, daß sie noch lebt«, erklärte der Staatssekretär. »Die Suchaktion galt einer Frau, deren Erfahrung als Agentin sie zu Leuten führen könnte, mit denen sie früher unter verschiedenen Decknamen zusammengearbeitet hat. Hauptsächlich wurde ihr Aussehen beschrieben, und die Sprachen, die sie beherrscht, wurden genannt.«

»Jetzt ist in Ihrer Darstellung ein Sprung.« Halyard schüttelte den Kopf. »MacKenzie hat über seine Strategie bei der ›Operation Costa Brava‹ nur Ihnen berichtet. Das CIA in Langley wußte nichts von Madrid. Wie konnte unter solchen Umständen jemand etwas in Erfahrung bringen, das gar nicht existierte? Es sei denn, Sie nehmen an, MacKenzie hätte Sie verraten oder die ganze Aktion verpatzt.«

»Ich glaube keines von beiden«, meinte Bradford und machte eine kurze Pause. »Ich glaube, daß der Mann, der den Code ›Ambiguity‹ übernommen hat, bereits vor drei Monaten mit Parsifal zu tun hatte. Er wußte, worauf er sich zu konzentrieren hatte, und wurde schließlich unruhig, als Havelock nach Madrid beordert wurde.«

»Es muß ein ranghoher Beamter hier im State Department sein«, unterbrach ihn der Botschafter, »jemand, der Zugang zu Verschlüsselungen höchster Geheimhaltung hat.«

»Ja. Er hielt ein waches Auge auf Havelocks Aktivitäten und sah, daß etwas geschah. Er flog nach Spanien, spürte ihn in Madrid auf und folgte ihm nach Barcelona. Ich war dort und MacKenzie auch. Es ist fast sicher, daß er mich erkennen würde, und da ich mich zweimal mit MacKenzie getroffen habe, darf man vernünftigerweise annehmen, daß man uns zusammen gesehen hat.«

»Und wenn das der Fall ist, darf man ebenfalls unterstellen, daß Moskau eine Akte über MacKenzie besaß, die dick genug ist, um die sowjetische Abwehr zu alarmieren.« Brooks beugte sich vor, seine Augen fixierten Bradford. »Ein Foto, das man dem KGB per Funk übermittelt hat, genügte, und schon wußte der Mann, den wir suchen und der Sie zusammen mit MacKenzie sah, daß eine Operation vorbereitet wurde.«

»So könnte es gewesen sein, ja.«

»Dabei unterstellen Sie allerdings eine ganze Menge«, sagte Halyard.

»Ich glaube nicht, daß der Staatssekretär schon fertig ist, Mal.« Der Botschafter deutete mit einer Kopfbewegung auf die Blätter, die Bradford gerade überflog. »Ich glaube nicht, daß er seiner Fantasie solche Ausflüge gestatten würde, wenn es nicht etwas gäbe, was sie angeregt hat. Habe ich recht?«

»Im Grunde, ja.«

»Wie wäre es mit einem einfachen Ja?« fragte der Präsident.

»Ja«, sagte der Mann aus dem Außenministerium. »Wahrscheinlich könnte man mich für das, was ich heute nachmittag getan habe, unter Anklage stellen, aber ich hielt es für unabdingbar. Ich konnte die Telefonate und die dauernden Unterbrechungen nicht mehr ertragen; ich mußte dieses Material wenigstens teilweise noch einmal lesen. Also ging ich in das Geheimarchiv von *Cons Op* und holte mir den Bericht, den Havelock über die Ereignisse an der Costa Brava abgegeben hatte, und nahm ihn mit nach Hause. Ich habe mich seit drei Uhr mit ihm beschäftigt und Havelocks Darstellung mit MacKenzies mündlichem Bericht nach seiner Rückkehr aus Barcelona verglichen; da gibt es Diskrepanzen.«

»In welcher Hinsicht?« fragte Brooks.

»MacKenzies Plan sah einen anderen Ablauf vor als den, den Havelock beobachtet hat.«

»Er sah, was wir absichtlich so inszeniert hatten«, sagte der Präsident. »Das haben Sie selbst vor wenigen Minuten ausdrücklich betont.«

»Möglicherweise hat er mehr gesehen, als wir denken, mehr als MacKenzie präpariert hat.«

»MacKenzie war doch selber dort«, protestierte Halyard. »Wovon, zum Teufel, reden Sie?«

»Er war ungefähr sechzig Meter von Havelock entfernt und hatte den Strand nur teilweise im Auge. Ihn interessierten auch Havelocks Reaktionen viel mehr als das, was dort unten sich abspielte. Er hatte es einige Male mit den zwei Männern und der blonden Frau geprobt. Und nach seinen Anweisungen sollte alles in Wassernähe stattfinden, sollten die Schüsse in die Brandung abgegeben werden, die Frau in den nassen Sand fallen und von den Wellen überspült werden. Das Boot sollte dabei ganz nahe sein, in Reichweite. Die Distanz, die Dunkelheit... alles war darauf abgestimmt, die größtmögliche Wirkung zu erzeugen.«

»Überzeugend inszeniert«, unterbrach ihn Brooks.

»Perfekt«, pflichtete Bradford ihm bei. »Aber das war es nicht, was Havelock beschrieben hat. Was er sah, war weit überzeugender. Er hat unter Einfluß von Medikamenten in der Klinik in Virginia das Ganze buchstäblich ein zweites Mal erlebt. Er redete von Kugeln, die den Sand aufspritzen ließen, schilderte, wie die Frau zur Straße hinaufrannte, nicht unten am Wasser, und daß zwei Männer die Leiche wegtrugen. Zwei Männer!«

»MacKenzie hat doch zwei Männer engagiert«, sagte Halyard verwirrt. »Was ist da das Problem?«

»Einer mußte im Boot sein. Das war sechs Meter vom Ufer entfernt, sein Motor lief. Der zweite Mann sollte die Schüsse abgeben und die Frau ins Wasser ziehen, ihre ›Leiche‹ ins Boot werfen. Die Distanz, die Dunkelheit, der Lichtkegel einer Taschenlampe... alles gehörte zu MacKenzies Szene, das, was er mit seinen Leuten geprobt hatte. Aber die einzige Parallele zwischen dem, was MacKenzie geplant hatte und dem, was Havelock sah, war die Taschenlampe. Er war nicht Zeuge eines fingierten Mordes, nein, er verfolgte, wie eine Frau tatsächlich getötet wurde.«

»Herrgott!« Der General lehnte sich in seinen Sessel zurück.

»MacKenzie hat von alledem nie etwas erwähnt?« fragte Brooks.

»Ich glaube nicht, daß er es gesehen hat. Er sagte mir gegenüber nur: ›Meine Leute müssen eine verdammt gute Schau abgezogen haben.‹ Er blieb noch einige Stunden an seinem Standort auf dem

Hügel oberhalb der Straße und beobachtete Havelock. Er verschwand erst, als es anfing, hell zu werden; er durfte nicht riskieren, daß Havelock ihn bemerkte.«

, Addison Brooks griff sich mit der rechten Hand ans Kinn. »Also ist der Mann, den wir suchen, identisch mit dem Mann, der an der Costa Brava auf die Frau geschossen hat. Von Stern hat er den Code ›Ambiguity‹ erhalten und Havelock als ›nicht zu retten‹ klassifiziert.«

»Ja, so ist es«, sagte der Staatssekretär.

»Und er ist ebenso versessen darauf, Parsifal zu finden, wie wir«, schloß der Präsident.

»Ja, Sir.«

»Und doch, wenn ich Ihrem Gedankengang folge«, sagte Brooks rasch, »paßt eines nicht: Er hat die erstaunliche Information nicht an die üblichen KGB-Instanzen weitergeleitet. Wenn er das getan hätte, würden wir es wissen. Garantiert!«

»Er hat die Information nicht nur zurückgehalten, Mr. Ambassador, sondern absichtlich einen der leitenden Direktoren des KGB in die Irre geführt.« Bradford nahm das oberste Blatt seiner Aufzeichnungen und schob es Brooks zu, der zu seiner Rechten saß. »Das habe ich mir für den Schluß aufgehoben. Nicht, um Sie zu schokkieren, sondern nur, weil es erst jetzt einen Sinn ergibt, jetzt, nachdem wir alles andere betrachtet haben, was damit zusammenhängt. Ehrlich gesagt, ich bin immer noch nicht sicher, ob ich es richtig begreife. Es handelt sich um ein Fernschreiben von Pjotr Rostow in Moskau. Er ist Direktor für externe Strategien im KGB.«

»Ein Telegramm vom sowjetischen Geheimdienst?« fragte Brooks erstaunt.

»Entgegen der landläufigen Meinung«, fügte der Staatssekretär erläuternd hinzu, »haben eigentlich sich feindlich gesinnte Geheimdienste häufiger Kontakt miteinander. Ihre Mitarbeiter sind nüchtern denkende Männer, die in einem verdammt nüchternen Beruf tätig sind. Mißverständliche Zeichen können sie sich nicht erlauben... Rostow zufolge hatte das KGB mit den Ereignissen an der Costa Brava nichts zu tun; das wollte er uns wissen lassen. Nach dem Bericht von Colonel Brown hat er Havelock in Athen in die Falle gelockt und obwohl er ihn leicht aus Griechenland hätte ausschleusen und nach Rußland bringen können, hat er es vorgezogen, das nicht zu tun.«

»Wann haben Sie das Telegramm erhalten?« fragte Brooks.

»Vor vierundzwanzig Stunden«, antwortete der Präsident. »Wir haben versucht, uns einen Reim darauf zu machen. Offensichtlich wird keine Antwort erwartet.«

»Lesen Sie, Addison«, sagte Halyard.

»Es ist adressiert an Daniel Stern, Direktor von *Consular Operations*, United States Department of...« Brooks hielt inne und blickte zu Bradford hin. »Stern ist vor drei Tagen getötet worden. Hat Rostow das wirklich nicht gewußt?«

»Nein, sonst hätte er das Telegramm nicht geschickt. Er hätte nicht den leisesten Verdacht zugelassen, daß das KGB irgend etwas mit Sterns Tod zu tun haben könnte. Er hat dieses Telegramm geschickt, weil er nicht wußte, daß Stern tot ist... Stern und die anderen.«

»Nur Millers Tod ist bekanntgegeben worden«, sagte Berquist, »weil wir seinen Tod nicht länger vertuschen konnten; ganz Bethesda hat davon gesprochen. Bei Stern und Dawson verhängten wir Nachrichtensperre, bis wir wußten, was geschehen war. Wir haben ihre Familien nach Colorado Springs verlegt, in den Sicherheitskomplex von Cheyenne.«

»Lesen Sie«, wiederholte der General.

Brooks hielt das Papier in den Lichtkegel der Tischlampe und las mit monotoner Stimme: »Den Verrat an der Costa Brava haben nicht wir begangen. Ebensowenig sind wir auf den Köder in Athen hereingefallen. Solange die berüchtigte Abteilung *Consular Operations* ihre provokativen Handlungen fortsetzt, wird die Sowjetunion gegen deren Mißachtung menschlichen Lebens protestieren und gegen die Verbrechen und terroristischen Aktionen, die es Unschuldigen zufügt – Menschen wie Nationen. Sollte diese kriminelle Abteilung des amerikanischen *State Department* glauben, Kollaborateure innerhalb der Mauern des Dscherschinski zu haben, so seien Sie versichert, daß diese Verräter entdeckt und die verdiente Strafe finden werden. Ich wiederhole: Costa Brava geht nicht auf unser Konto.« Brooks ließ die Hand sinken, ohne das Blatt loszulassen. »Du großer Gott!« flüsterte er.

»Ich verstehe die Worte«, sagte Halyard, »aber nicht, was er uns damit deutlich machen will.«

»Lieber einen Satan, den man kennt, als einen, den man nicht kennt«, erwiderte Brooks. »Der Dscherschinski-Platz hat keine Mauern.«

»Das ist es, was uns nicht aufgefallen ist«, sagte Bradford und wandte sich dem Präsidenten zu. »Die Mauern sind im Kreml.«

»Er will Ihnen damit sagen«, fuhr der ehemalige Botschafter fort, »daß er weiß, daß die Operation an der Costa Brava nicht ohne einen oder mehrere Kollaborateure in Moskau hat stattfinden können...«

»Das war uns klar«, unterbrach ihn Berquist. »Was hat das mit den Mauern zu bedeuten? Meint er damit den Kreml? Wie verstehen Sie das?«

»Er warnt uns. Er sagt, er wisse nicht, wer sie sind; und deshalb sind die Drahtzieher nicht kontrollierbar.«

»Weil sie den üblichen Instanzenweg umgehen?« fragte der Präsident.

»Mehr noch, sie agieren völlig selbstherrlich«, meinte Brooks.

»Ein interner Machtkampf also.« Berquist blickte zu Bradford hinüber. »Hat irgendeine unserer Geheimdienstabteilungen in der Richtung etwas gemeldet?«

»Nur die üblichen Reibereien zwischen der alten Garde, die langsam wegstirbt, und den jüngeren ehrgeizigen Kommissaren.«

»Welche Position nehmen die Generäle ein?« fragte Halyard.

»Die eine Hälfte will Omaha in die Luft jagen, die andere plädiert für SALT-3.«

»Und Parsifal könnte sie wieder vereinen«, fügte Brooks hinzu. »Dann wäre ein atomarer Angriff der Russen kaum zu vermeiden.«

»Aber Rostow weiß nichts über Parsifal«, wandte Bradford ein.

»Er fühlt es«, meinte Brooks. »Er weiß, daß die Operation an der Costa Brava vom State Department inszeniert war, in Verbindung mit Kollaborateuren in Moskau. Seine vergebliche Suche nach ihnen beunruhigt ihn ungeheuer. Er spürt, daß an höchster Stelle eine Verschwörung im Gange ist.«

»Wie kommen Sie darauf?« Der Präsident nahm Brooks das Telegramm weg und las erneut den Text, als suchte er etwas, das er vorher übersehen hatte.

»Das steht nicht in dem Telegramm«, sagte Bradford und nickte Brooks zu, während er weitersprach. »Nur das Wort ›Köder‹ gibt einen Hinweis darauf. Es bezieht sich auf Havelock. Erinnern Sie sich, Rostow hat ihn in Athen laufenlassen. Er weiß um die ungewöhnliche Freundschaft zwischen Havelock und Anthony Matthias. Beide Tschechen, Lehrer und Schüler, Überlebende... in vieler Hinsicht eine Vater-Sohn-Beziehung. Macht etwa einer von ihnen oder gar beide gemeinsame Sache mit Moskau? Und zu welchem Zweck? Es ist noch gar nicht so lange her, daß wir uns schon einmal darüber den Kopf zerbrochen haben. Damals lautete die Frage: Was hatte Matthias getan, und wo stand Havelock in dem Zusammenhang? Aus dem Grund haben wir ja schließlich das Schauspiel an der Costa Brava inszeniert.«

»Jetzt suchen wir nicht nur Parsifal, sondern einen weiteren Mann«, folgte Berquist. »Er beobachtet jeden unserer Schritte und weiß genausoviel wie wir. Dieser Maulwurf der Sowjets ist imstande, einen Geheimcode aus Moskau zu beschaffen, und hat genügend Einfluß hier, um der Aktion an der Costa Brava einen anderen Verlauf zu geben... verdammt, wir müssen ihn unschädlich machen! Wenn er Parsifal vor uns findet, sind er und die Wahnsinnigen im Kreml, denen er verantwortlich ist, in der Lage, diesem Land ihre Bedingungen zu diktieren.«

»Sie wissen, wo er ist«, sagte der stets pragmatisch denkende Offizier aggressiv. »Suchen Sie ihn! Er hat einen hohen Posten im Außenministerium und Zugang zu den Fernschreiben der Botschaften. Offensichtlich ist er Matthias verdammt nahe. Denn wenn ich Ihnen bis jetzt richtig folgen konnte, hat er die Karras ans Messer geliefert. Er war es, der den Zettel mit dem KGB-Code in ihren Koffer gelegt hat.«

»Ich glaube, daß er alles organisiert hat.« Bradford schüttelte langsam den Kopf und zog die Augenbrauen hoch. »Einschließlich den Koffer mit dem belastenden Inhalt, den Informanten von der Baader-Meinhof-Gruppe, unsere eigenen Codes und die Instruktionen aus Moskau. Alles tauchte plötzlich in Barcelona auf, wie aus dem Nichts. Und keiner weiß, wie.«

»Ich nehme an, es hat wenig Sinn, Matthias noch stärker unter Druck zu setzen«, sagte Brooks.

»Das ist absolut zwecklos«, erwiderte Bradford. »Er würde nur wiederholen, was er von Anfang an behauptet hat: ›Der Beweis war da. Es war wahr. Es ist mir zugeleitet worden.‹«

»Der heilige Antonius hört die Glocken läuten«, explodierte der Präsident.

»Den Maulwurf im State Department zu finden«, beharrte Halyard, »kann doch nicht so schwierig sein. Sie brauchen doch bloß jeden seiner Schritte zu überprüfen.«

»Die *Cons-Op*-Strategen haben in völliger Geheimhaltung gearbeitet«, sagte Bradford. »Es gab keinen Terminkalender, keine Tagesordnungen für ihre Konferenzen. Eine bestimmte Person im Ministerium oder beim CIA erhielt einen Anruf, woraufhin dem betreffenden Strategen alles geliefert wurde, was er haben wollte. Aber es gab nie Sitzungsprotokolle; aus Sicherheitsgründen nicht. Nach unserer Schätzung könnte Stern mit etwa sechzig bis siebzig Leuten gesprochen haben. Vielleicht sind es noch mehr.«

»Aber wir reden hier vom State Department«, betonte Brooks. »Es geht doch nur um die vier Stunden nach Sterns letztem Telefonat mit Rom, bevor die Ermächtigung zum Col des Moulinets hinausging. Das schränkt die Möglichkeiten beträchtlich ein.«

»Das weiß auch der Betreffende«, sagte der Staatssekretär. »Und um so besser tarnt er sich.«

»Hat denn niemand Stern gesehen?« bohrte Brooks weiter. »Die Frage haben Sie doch sicherlich gestellt.«

»So unauffällig wir konnten. Aber keiner der Befragten hat zugegeben, ihn zu der fraglichen Zeit getroffen zu haben. Wir haben allerdings auch nicht damit gerechnet, daß jemand das zugeben würde.«

»Niemand hat ihn gesehen?« fragte der General und runzelte ungläubig die Stirn.

»Nun, das schon«, sagte Bradford und nickte. »Die Empfangsdame im vierten Stock, Abteilung L. Dawson hatte eine Nachricht für Stern hinterlassen; der nahm sie auf dem Weg zum Lift mit. Hinter der Tür der Empfangshalle liegen fünfundsiebzig Bürozimmer, er könnte in jedem davon gewesen sein.«

»Wer war denn zu der Zeit anwesend?« wollte Brooks wissen.

»Die Überprüfung hat uns nicht weitergebracht«, antwortete Bradford. »Dreiundzwanzig Leute waren es. Es gab verschiedene Konferenzen, Sekretärinnen haben wie üblich Diktate aufgenommen. Niemand hatte seine Sitzung lange genug verlassen, um das Telefonat zu führen.«

»Aber, verdammt noch mal, Sie haben eine klar umgrenzte Abteilung!« rief Halyard zornig. »Fünfundsiebzig Leute sind nicht hundertfünfzig und nicht tausend, und einer davon ist Ihr Maulwurf. Fangen Sie doch einfach mit dem Personenkreis an, der eng mit Matthias zusammenarbeitet. Stecken Sie jeden einzelnen von ihnen in eine Klinik, wenn es sein muß.«

»Das würde eine Panik auslösen. Das ganze State Department wäre demoralisiert«, sagte Brooks. »Außer es gibt vielleicht tatsächlich eine Clique, die Matthias besonders nahesteht.«

»Sie begreifen diesen Mann nicht.« Bradford stützte das Kinn auf beide Hände und suchte nach Worten. »Er ist in erster Linie Geisteswissenschaftler, ein Intellektueller. Er ist der Sokrates am Potomac und schart seine Verehrer um sich, wo immer er sie finden kann. Die Mitarbeiter, die ihn anhimmeln, fördert er, während die Skeptiker seinen grausamen Zynismus zu spüren bekommen. Er ist ein brillanter Formulierer, der Worte wie Waffen gebraucht. Sticht ihm eine Abteilung positiv ins Auge, sind diese Leute eine Weile die Auserwählten, bis eine andere Gruppe kommt und ihm im richtigen Augenblick schmeichelt. Im letzten Jahr ist es schlimmer mit ihm geworden... aber es war schon immer so.« Bradford gestattete sich den Anflug eines gequälten Lächelns. »Natürlich ist es möglich, daß ich ein Vorurteil gegen ihn habe. Ich selbst hatte nie Zugang zu einer jener Elitegruppen.«

»Warum, glauben Sie, hat man Sie ausgeschlossen?« fragte Brooks.

»Ich weiß nicht, ich hatte selbst einen gewissen Ruf, vielleicht war ihm das nicht geheuer. Vielleicht kommt es daher, daß ich ihn immer schon sehr scharf beobachtet habe. Einige von uns sind selbstbewußter geworden, und ich glaube nicht, daß Dr. Matthias darüber sehr erfreut war. Mit zunehmendem Selbstbewußtsein geht auch eine kritischere Haltung einher. Blinder Glaube kann den klaren Blick verstellen.« Bradford beugte sich vor und sah Halyard an. »Es tut mir wirklich leid, General. Die Antwort, die ich Ihnen und Mr. Brooks geben muß, ist, daß es keine bestimmte Gruppe gibt, auf die wir uns bei der Suche nur zu konzentrieren brauchten. Wir haben keine Garantie, daß wir unseren Maulwurf fangen, ehe die Unruhe ihn aufschreckt und dazu veranlaßt, die Flucht zu ergreifen. Und das dürfen wir nicht zulassen. Wir müssen ihn finden, denn er kann uns zu dem Mann führen, den wir Parsifal nennen. Er mag ihn gelegentlich aus dem Auge verloren haben, aber er weiß, wer Parsifal ist.«

Der General runzelte die Stirn, und seine klaren Augen blickten fragend. Der Präsident nickte langsam mit dem Kopf und griff sich mit der rechten Hand an die Wange, den Zeigefinger ausgestreckt, und sah den Staatssekretär aus dem Außenministerium an.

Schließlich begann der weißhaarige Botschafter zu sprechen. »Ich muß Sie loben, Mr. Bradford. Darf ich versuchen, die neue Situation zu umreißen? Aus Gründen, die wir nicht kennen, brauchte Matthias belastende Beweise gegen die Karras, die dazu führten, daß Havelock den Dienst quittierte. Mittlerweile – das zeigt sein Verhalten – ist Matthias zu Parsifals Marionette geworden. Parsifal erkennt aber auch, daß es in seinem Interesse liegt, Matthias' Absicht zu fördern. Er tritt an einen gut getarnten Sowjetagenten heran, der einen hohen Posten im State Department hat. Das belastende Beweismaterial wird beschafft, geprüft und akzeptiert... Doch als das CIA Nachforschungen anstellt und Ihnen berichtet, daß die Beweise nicht authentisch sein können, treten Sie, Emory Bradford, auf den Plan. Alarmiert von den Vorgängen, die auf eine staatsbedrohende Verschwörung deuten, ruft der Präsident uns schließlich alle zu sich. Als Gegenmaßnahme inszenieren wir die Operation an der Costa Brava, wobei, anders als geplant, eine Frau ermordet wird. An diesem Punkt, das ist offensichtlich Ihre These, hat der Maulwurf Parsifal aus den Augen verloren.«

»Ja. Parsifal bekam von dem Maulwurf das, was er wollte, und ließ ihn dann fallen. Der Maulwurf ist wie gelähmt und bekommt es mit der Angst zu tun; denn er hat ohne Zweifel Moskau Versprechungen gemacht, die auf Parsifals Zusicherungen basierten, und einen massiven Rückschlag für die amerikanische Außenpolitik vorhergesagt, möglicherweise sogar ein Desaster.«

»Und wer auch immer die Information besitzt, die Parsifals Doku-

mente enthalten, wird die Kontrolle über den Kreml besitzen.«
Brooks blieb aufrecht und starr sitzen; sein Gesicht war bleich und
gezeichnet. »Wir führen Krieg«, fügte er mit leiser Stimme hinzu.

»Ich wiederhole«, sagte Halyard. »Konzentrieren Sie sich auf diese fünfundsiebzig Büros im State Department. Nennen Sie es meinetwegen ›ärztliche Quarantäne‹; das ist einfach, aber wirkungsvoll.
Schlagen Sie am frühen Abend zu, wenn sie ihren Dienst beendet
haben. Holen Sie sie aus ihren Häusern, ihren Wohnungen oder aus
Restaurants; sammeln Sie alle ein, und schaffen Sie sie in Ihre Labors. Finden Sie Ihren Maulwurf!« Halyard senkte die Stimme. »Ich
weiß, daß das nicht astrein ist, aber ich glaube nicht, daß Sie eine
andere Wahl haben.«

»Dazu brauchten wir zweihundert Männer, die sich als medizinisches Hilfspersonal ausgeben«, sagte Bradford, »und zwischen dreißig und vierzig Regierungsfahrzeuge. Und niemand darf etwas wissen.«

»Wir hätten es außerdem mit deren Familien und Nachbarn zu
tun«, fügte Berquist resignierend hinzu. »Dieser verdammte Schweinehund!« Der Präsident hielt inne und atmete tief durch, bevor er
fortfuhr: »Wir würden nie damit durchkommen; die Gerüchte würden sich wie ein Buschfeuer ausbreiten, die Presse würde sich gierig
darauf stürzen. Massenverhaftungen ohne Erklärung – wir könnten
ja keine geben –, Verhöre ohne Haftbefehl. Jede Zeitung im Land
würde uns ans Kreuz nageln, ganz zu schweigen von dem Gift, das
unsere Brüder im Kongreß verspritzen würden. Mein Sturz wäre
nur noch eine Frage der Zeit.«

»Und was noch viel wichtiger ist, *Mr. President*«, sagte der Botschafter, »ein solches Vorgehen würde Parsifal ohne Zweifel in Panik versetzen. Er würde merken, wen wir aufzuspüren versuchen,
nur um ihn zu finden. Er könnte seine Drohungen wahrmachen
und das Unvorstellbare tun.«

»Ja, ich weiß. Wir sind zum Scheitern verurteilt, wenn wir etwas
unternehmen, und ihm ausgeliefert, wenn wir tatenlos zusehen.«

»Es könnte funktionieren«, beharrte der Offizier.

»Wenn wir es richtig anpacken, könnten wir Erfolg haben, *Mr.
President*«, meinte Bradford.

»Um Himmels willen, wie denn?«

»Jeder, der sich der Untersuchung hartnäckig widersetzt, sich
weigert, könnte unser Mann sein.«

»Oder jemand, der etwas anderes zu verbergen hat«, sagte
Brooks mit sanfter Stimme. »Sie könnten sehr wohl jemanden in die
Enge treiben, der nicht mehr zu verbergen hat als etwa seinen Haß

gegenüber einem Vorgesetzten oder eine Affäre mit einer Sekretärin. Unter diesen Umständen nehmen Belanglosigkeiten oft riesige Dimensionen an. Parsifal wird nur das wahrnehmen, was er in seinem Wahnsinn wahrnehmen will.«

Bradford hörte zu und machte sich widerstrebend das Urteil des Staatsmannes zu eigen. »Es gibt noch eine andere Möglichkeit, der wir bisher aus Zeitgründen nicht nachgegangen sind. Wir sollten bei jeder Person, die im vierten Stock arbeitet, prüfen, wo sie sich während der Woche aufgehalten hat, in der die Operation an der Costa Brava lief. Wenn wir recht haben und ich mich nicht irre, war der Betreffende in der Zeit nicht hier in Washington, sondern in Madrid, in Barcelona.«

»Er hat sich getarnt«, wandte Halyard ein.

»Dennoch, General. Er müßte irgendwie seine Abwesenheit erklären. So viele können ja Washington nicht verlassen haben.«

»Wann können Sie beginnen?« fragte Berquist.

»Gleich morgen früh.«

»Warum nicht noch heute abend?« wollte Halyard wissen.

»Wenn die betreffenden Akten zugänglich wären, könnte ich das. Das sind sie aber nicht. Und jemand um diese Stunde anzurufen und ihn aufzufordern, sie auszuhändigen, würde zu Gerede führen. Das können wir uns auf keinen Fall leisten.«

»Und wie werden Sie morgen früh dafür sorgen, daß niemand Verdacht schöpft?«

Bradford schwieg eine Weile, die Augen gesenkt. Schließlich antwortete er: »Der Person, die diese Akten unter Verschluß hat, werde ich sagen, daß es sich um eine routinemäßige Terminüberprüfung handelt. So etwas führt immer jemand mal durch.«

»Akzeptabel«, nickte Brooks.

»Nichts ist akzeptabel«, sagte der Präsident der Vereinigten Staaten unwirsch und starrte die weiße Wand an, auf die vor einer Stunde die Gesichter von vier toten Männern projiziert worden waren. »›Ein Mann für alle Jahreszeiten‹ nennt man ihn. Verdammt, wenn ich könnte, wie ich wollte, würde ich das gleiche anstellen, was Heinrich VIII. mit Thomas More getan hat. Ich würde Matthias den Kopf abhacken und ihn statt auf die London Bridge auf die Spitze des Washington Monuments stecken, als ewige Erinnerung.«

»Sie wissen, was dann geschehen würde, nicht wahr, *Mr. President*?«

»Ja, das weiß ich. Die Leute würden zum blutenden Hals aufblicken, zu seinem stets wohlwollenden Gesicht – die Hornbrille säße ihm natürlich unversehrt auf der Nase – und würden in ihrer grenzenlosen Weisheit sagen, daß er stets recht gehabt hatte. Die Leute würden ihn heiligsprechen, und das ist die gemeine Ironie daran.«

»Er könnte immer noch an die Öffentlichkeit treten«, sinnierte Brooks, »und das Geschrei würde von neuem losgehen. Sie würden ihm die Krone anbieten, er würde sie ablehnen, dann würden sie darauf bestehen, so lange, bis er eines Tages auf dem Präsidentenstuhl sitzt. So unglaublich es auch scheinen mag, er könnte es wahrscheinlich schaffen. Selbst heute noch.«

»Vielleicht sollten wir ihn gewähren lassen«, sagte Berquist verbittert. »Vielleicht haben die Leute in ihrer grenzenlosen Weisheit doch recht. Vielleicht hat er die ganze Zeit tatsächlich recht gehabt. Manchmal weiß ich es nicht mehr. Vielleicht sieht er wirklich Dinge, die andere nicht wahrnehmen. Vielleicht sogar jetzt.«

Brooks und Halyard verließen den unterirdischen Raum, der Präsident und der Staatssekretär blickten ihnen nach. Am Mittag des nächsten Tages wollte man sich wieder zusammensetzen. Sollte allerdings Bradford bei seinen Nachforschungen vorher auf eine heiße Spur stoßen, würde man den Termin sofort vorverlegen; der Maulwurf hatte höchste Priorität. Er konnte sie zu einem Wahnsinnigen führen, den der Präsident und seine Berater Parsifal nannten.

»Ich muß Sie loben, Mr. Bradford«, sagte Berquist, wobei er versuchte, Brooks Stimme nachzuahmen. Das geschah ohne jeden Spott, eher Respekt klang aus seinen Worten. »Er ist eines der letzten Originale, nicht wahr?«

»Ja, Sir. Es gibt nicht mehr viele. Und unter denen, die ich kenne, ist keiner, der so engagiert das politische Geschehen verfolgt wie er. Ich finde, das ist ein großer Verlust für unser Land.«

»Halten Sie keine Grabreden, Emory, das paßt nicht zu Ihnen. Wir brauchen ihn; die Makler der Macht auf dem Capitolshügel haben immer noch verdammt großen Respekt vor ihm. Wenn es je eine Antwort auf Matthias gegeben hat, dann ist das Addison Brooks. Ich bewundere den alten Mann und seine klugen Gedanken. Genauso schätze ich Halyard. Für mich ist er einer der wenigen Offiziere, die tatsächlich die Verfassung gelesen haben und begreifen, daß politische Entscheidungen allein die gewählten Politiker und nicht die Militärs zu treffen haben. Das heißt keineswegs, daß der Krieg zu wichtig wäre, als daß man ihn den Generälen überlassen könnte; das ist Quatsch. Nein, es geht darum, die Kriege zu beenden; und das können die Generäle nicht akzeptieren. Halyard ist da anders, und das weiß man im Pentagon. Die Stabschefs hören auf ihn, weil er ihnen überlegen ist. Ihn brauchen wir auch.«

»Da bin ich ganz Ihrer Meinung.«

»Und darum geht es in diesem Amt: um das Notwendige, nicht um persönliche Vorlieben oder Abneigungen. Sollte ich jemals lebend und unversehrt nach Mountain Iron, Minnesota, zurückkehren, kann ich darüber nachdenken, ob ich jemanden mag oder nicht. Jetzt kommt es nur darauf an, was notwendig ist. Im Augenblick geht es darum, Parsifal zu bremsen, das aufzuhalten, was er in Bewegung gesetzt hat.« Der Präsident hielt inne und fuhr nach einer kurzen Pause fort: »Mir ist es ernst mit dem, was ich gesagt habe. Sie haben wirklich gute Arbeit geleistet.«

»Danke, Sir.«

»Besonders weil Sie nicht alles erwähnt haben. Havelock, wo ist er?«

»In Paris, da bin ich fast sicher. Das war das Ziel von Jenna Karras. Während ich heute nachmittag in den Unterlagen stöberte, habe ich mehrere Telefonate mit mir persönlich bekannten Senatoren und Beamten verschiedener Ministerien geführt. Auch mit dem Quai d'Orsay und unserer Botschaft in Paris habe ich gesprochen. Ich habe Druck ausgeübt, indem ich andeutete, meine Anweisungen kämen direkt aus dem Weißen Haus. Natürlich, ohne Sie namentlich zu erwähnen.«

»Das hätten Sie ruhig tun können.«

»Noch nicht, *Mr. President*. Vielleicht niemals, aber ganz sicher nicht jetzt.«

»Dann verstehen wir uns«, sagte Berquist.

»Ja, Sir. Die Notwendigkeit.«

»Halyard hätte das vielleicht verstanden, Brooks bestimmt nicht.«

»So habe ich das auch eingeschätzt, und deshalb habe ich vorhin Havelocks Status nicht erwähnt.«

»Er bleibt derselbe wie am Col des Moulinets. Wenn er die Ereignisse an der Costa Brava an die Öffentlichkeit trägt, wird Parsifal das schneller in Panik versetzen als jede noch so verdächtige Untersuchung im State Department. Havelock war im Zentrum des Geschehens... von Anfang an.«

»Ich verstehe, Sir.«

Berquist starrte die weiße Leinwand am anderen Ende des Raums an. »Im Zweiten Weltkrieg mußte Winston Churchill eine Entscheidung treffen, die ihm unsagbar schwerfiel. Der alliierten Abwehr war es gelungen, das deutsche Chiffriergerät Enigma in die Hände zu kriegen und zu knacken, was bedeutete, daß militärische Strategien, die von Berlin ausgesandt wurden, aufgefangen und entschlüsselt werden konnten, mit der Folge, daß Hunderttausende von Menschen – am Ende vielleicht sogar Millionen – vor dem Tode bewahrt werden konnten. Da erreichte die Engländer die verschlüsselte Meldung der deutschen Einsatzzentrale, daß ein schwerer Luftangriff gegen Coventry geplant war. Hätte man daraufhin die Stadt evakuiert, hätte man damit den Deutschen verraten, daß der Code den Alliierten bekannt war. Coventry mußte zerbombt werden, damit das Geheimnis bewahrt werden konnte. Aus dem gleichen Grund darf das Geheimnis der Operation an der Costa Brava nicht nach außen dringen – Millionen von Menschenleben stehen auf dem Spiel... Finden Sie Havelock, und wiederholen Sie den Befehl zu seiner Exekution.«

19

Havelock wußte, daß man ihn entdeckt hatte; jemand hatte plötzlich eine Zeitung sinken lassen, als er im Kennedy-Flughafen durch den Korridor lief, der zu den Schaltern der Einwanderungsbehörde führte. Er reiste mit Diplomatenpaß. Die Papiere, die Régine Broussac ihm beschafft hatte, garantierten ihm schnelle Abfertigung beim Zoll. Er hatte nur einen kleinen Koffer als Handgepäck bei sich, und sobald er die Paßkontrolle hinter sich hatte, würde man ihn die schwere Metalltür passieren lassen, die in den eigentlichen Terminal führte. Er würde dazu nur seine UNO-Papiere zeigen und erklären müssen, daß er weiter kein Gepäck hatte. Dann würde er frei sein, dann konnte er die Suche nach Jenna Karras in den Vereinigten Staaten fortsetzen.

Es war alles so einfach.

Aber zum Schutze von Régine Broussac – und am Ende auch zu seinem eigenen Schutz – mußte er die falschen Papiere rasch loswerden. Und außerdem mußte er in Erfahrung bringen, wer vorhin die Zeitung hatte sinken lassen. Ein Mann mit grauem Gesicht hatte sich langsam von seinem Stuhl erhoben, hatte die Zeitung zusammengefaltet, sie sich unter den Arm geklemmt und war auf die überfüllte Halle zugegangen, die außerhalb des Kontrollbereichs lag. Wer war dieser Mann?

Wenn er das nicht herausfinden konnte, war es durchaus möglich, daß er getötet wurde, ehe er einen Mann namens Jacob Handelman erreichte.

Der uniformierte Beamte der Einwanderungsbehörde war höflich und korrekt und stellte die üblichen Fragen, während er Havelock in die Augen sah.

»Sie haben kein Gepäck, Sir?«

»*Non, Monsieur*. Nur das Köfferchen hier.«

»Dann werden Sie sich wohl nicht lange in der First Avenue aufhalten.«

»Ein, zwei Tage«, erwiderte Michael. »Eine Konferenz.«

Der Beamte griff nach einem Knopf unter der Schreibplatte. »Ich wünsche einen angenehmen Tag, *Sir*«, sagte er.

»Vielen Dank«, sagte Havelock und schritt schnell durch die sich öffnende Stahltür. Da sah er den graugesichtigen Mann wieder. Er stand neben einer Reihe von Telefonboxen, die alle besetzt waren; er stand als zweiter in der Schlange hinter dem dritten Apparat. Die Zeitung, die er zusammengefaltet unter dem Arm getragen hatte, holte er sofort hervor und klappte sie auf. Er hatte also seinen Anruf noch nicht erledigen können.

Michael ging schnell an dem Mann vorbei, den Blick geradeaus gerichtet, und bog nach links in einen breiten Korridor, durch den abreisende Passagiere zu ihren Flugzeugen eilten. Dann wandte er sich nach rechts in einen schmaleren Gang, den weit weniger Leute benutzten, von denen die Mehrzahl die Uniformen der verschiedenen Fluggesellschaften trug.

Wieder nach links, diesmal war der Korridor länger, und ihm begegneten meist Männer in weißen Overalls. Das mußte die Frachtabteilung sein. In diesen Bereich verirrte sich kein normaler Passagier, hier gab es auch keine Münztelefone. Die kahlen Wände waren hin und wieder von weit auseinanderliegenden Glastüren unterbrochen. Michael lief den Flur entlang, bis er auf eine Schwingtür mit der Aufschrift ›Herrentoilette‹ stieß und darunter dem Zusatz: ›Zutritt nur für Flughafenpersonal‹.

Michael ging hinein. In dem gekachelten, fensterlosen Raum summten zwei Ventilatoren. Links an der Wand waren die Toiletten, rechts Waschbecken und Pissoirs. Ein Mann im Overall mit der Aufschrift *Exelsior Airline Caterers* auf dem Rücken stand vor dem vierten Pissoir; aus einer der Zellen war das Geräusch der Spülung zu vernehmen. Havelock trat an ein Waschbecken und stellte den Koffer darunter.

Der Mann im Overall trat zurück und zog den Reißverschluß zu. Er musterte Michael und registrierte den teuren dunklen Anzug, den Havelock am selben Morgen in Paris gekauft hatte. Dann schlenderte er, als wollte er sagen: Schon gut, Chef, ich will mir nur noch die Hände waschen, zum nächsten Waschbecken und drehte das Wasser an.

Ein zweiter Mann kam aus einer Kabine heraus; er zog sich den Gürtel stramm und ging, halblaut vor sich hin fluchend, zur Tür hinaus. Eine Plastikkarte, die mit einer Sicherheitsnadel an seinem

Hemd befestigt war, ließ erkennen, daß es sich um einen genervten Vorarbeiter handelte.

Der Mann im Overall hatte inzwischen ein Papierhandtuch aus einem Wandbehälter gerissen, um sich die Hände abzutrocknen. Er warf das harte braune Papier in einen Drahtkorb, bevor er den Raum verließ. Michael rannte zum Ausgang und bremste die zurückschwingende Tür mit dem Fuß. Er hielt sie einen Spaltbreit offen und spähte hinaus.

Der unbekannte Aufpasser stand etwa fünfzehn Meter weiter im Korridor und lehnte zeitunglesend an der Wand neben einer Bürotür. Er sah auf die Uhr und blickte auf die Milchglasscheibe, als sei er ein harmloser Besucher, der auf einen Freund wartete, um mit ihm einen Imbiß oder ein paar Drinks zu nehmen. Es ging nichts Drohendes von ihm aus; aber gerade seine geschickte Tarnung verriet Michael, daß er es mit einem ausgekochten Profi zu tun hatte.

Havelock hatte den Vorteil, daß er die räumlichen Verhältnisse in der Herrentoilette kannte, sein Verfolger aber nicht. Der konnte es sich nicht leisten, seinen Posten zu verlassen – um zu telefonieren, beispielsweise, weil Michael ihm sonst entkommen könnte.

Es galt also abzuwarten. Und unterdessen mußte er die gefälschten Papiere loswerden, die seine Verfolger zu Régine Broussac und einem Mann namens Jacob Handelman führen konnten. Die Papiere ließen sich zu ihrem Ursprung zurückverfolgen, während ein Name aus einer abgelegten Akte auf einer Passagierliste bedeutungslos war. Havelock zerriß die Dokumente und spülte die Fetzen auf dem Klo ganz am Ende der Reihe hinunter. Dann öffnete er seinen Koffer und holte die kurzläufige spanische Llama und eine Brieftasche mit seinen richtigen Papieren heraus. Wenn man sie in der richtigen Weise vorzeigte, waren sie im wesentlichen ungefährlich. Trotzdem galt es, solche Situationen, wenn irgend möglich, zu vermeiden, und in seiner neuen Heimat war das Gott sei Dank selten nötig.

Während er die gefälschten Papiere zerstörte und seinen Paß und die Waffe in seinem Anzug verstaute, betraten zwei weitere Männer die Herrentoilette: ein Flugkapitän der Air France und sein Copilot, ihrem Gespräch nach zu schließen. Michael blieb in seiner Kabine. Sie redeten miteinander und schimpften über die lange Wartezeit vor der Landung. Beim Hinausgehen erregten sie sich immer noch.

Havelock zog sein Jackett aus, rollte es zusammen und wartete weiter in der Kabine. Er hielt die Tür einen halben Zentimeter auf und sah auf die Uhr. Er war jetzt schon beinahe fünfzehn Minuten in dem Waschraum. Allmählich mußte der Kerl auftauchen, dachte er.

Da schwang die weiße Metalltür langsam zurück, zuerst wurde

eine Schulter sichtbar, dann der Rand einer zusammengefalteten Zeitung. Der unbekannte Aufpasser war sehr professionell; kein zusammengefaltetes Jackett, kein Mantel mit einer Waffe darunter; nur eine lose Zeitung, die man schnell fallenlassen konnte, um einen gezielten Schuß abzugeben.

Der graugesichtige Mann trat lautlos um die Tür herum, seine Augen suchten die vier Kabinen ab. Zufrieden bückte er sich weit herunter, aber nicht zu dem Zweck, um unter die Türen der ersten Kabinen hindurchzusehen; er hatte den Körper abgewandt. Was machte der Mann?

Michael drängte sich das Bild eines anderen Profis auf am Col des Moulinets, der die Uniform eines italienischen Grenzbeamten getragen hatte. Aber der blondhaarige Killer mit dem Namen Ricci war vorbereitet gewesen und kannte die Verhältnisse am Einsatzort. Er hatte gewußt, daß man die Tür des Wachhäuschens blockieren konnte. Dieser graugesichtige Profi indessen hatte improvisiert und sich ein Stück Furnierholz abgebrochen, wie man es in den Korridoren eines Flughafens an zig Stellen findet, und schob es jetzt unter die Eingangstür der Herrentoilette. Er richtete sich auf, stieß den Fuß gegen den Streifen Holz und zog mit aller Kraft an dem Türknopf. Die Tür saß fest, niemand konnte herein; sie waren allein.

Der Mann drehte sich um. Er war vielleicht Mitte Fünfzig, und sein Haar über dem grauen Gesicht mit den buschigen Augenbrauen und den hochliegenden Backenknochen begann bereits dünn zu werden. Er war höchstens einen Meter siebzig groß und hatte eine kompakte Figur. Und dann sah Michael die linke Hand, die rechte wurde von der Zeitung verdeckt. Es war eine vergleichsweise riesige, muskulöse Hand, die gewohnt war anzupacken.

Der Mann ging an den Kabinen entlang, deren Türen fünf Zentimeter über dem gekachelten Boden endeten. Er mußte bis auf einen Meter herantreten, um sich zu vergewissern, ob die Kabine besetzt war. Jeder seiner Schritte war lautlos, er hatte dicke, elastische Gummisohlen unter den Schuhen. Plötzlich machte er mit der rechten Hand eine Kreisbewegung und riß die Zeitung weg. Havelock starrte auf die Pistole, als sein Verfolger sich den letzten zwei Kabinen näherte. Es war eine Graz-Burja! Als der Russe sich vorbeugte, warf Michael sein zusammengerolltes Jackett über die Tür der Kabine zu seiner Rechten, wobei der Stoff des Jacketts die Decke streifte und das Geräusch den Russen dazu zwang, sich blitzschnell aufzurichten und einen Satz nach links zu machen, die Waffe im Anschlag.

Havelock packte den Handgriff seines Koffers und riß im selben Moment die Tür auf. Mit ganzer Wucht schleuderte er das schwere

Gepäckstück auf den Mann. Es gelang ihm, mit der linken Hand die Graz-Burja zu fassen zu kriegen und ihm die Pistole zu entreißen. Der Russe hielt seine kräftigen Arme schützend vor sich. Michael packte den linken Arm des Mannes und verdrehte ihn so lange, bis das Gesicht des Killers sich vor Schmerz verzerrte. Als der Russe anfing, zu Boden zu sacken, bückte sich Havelock und rammte ihm seine Schulter in den Bauch.

Der graugesichtige Mann fiel auf die Knie, stützte sich auf die rechte Hand, während er den linken Arm unbeweglich vor Schmerz quer über der Brust hielt. Er japste nach Atem. »*Njet, njet!*« stieß er keuchend hervor. »Nur reden, nur reden.«

»Hinter einer blockierten Tür und mit einer Waffe in der Hand?«

»Hätten Sie sich etwa mit mir unterhalten, wenn ich auf Sie zugegangen wäre und mich vorgestellt hätte? Auf russisch vielleicht?«

»Sie hätten es ja probieren können.«

»Sie sind nicht lange genug stehengeblieben... Darf ich?« Der Russe machte Anstalten, sich zu erheben.

»Nur zu«, sagte Havelock, der die Graz-Burja ruhig in der Hand hielt. »Sie haben versucht, zu telefonieren.«

»Ja. Um durchzugeben, daß ich Sie entdeckt hatte.«

»Was wissen Sie über mich? Wie haben Sie mich gefunden?« Michael hob die Waffe und zielte auf den Kopf des Mannes. »Ich würde Ihnen raten, mir die Wahrheit zu sagen. Ich habe nichts zu verlieren.«

Der Russe starrte auf den Lauf der Waffe. »Nein, Sie haben nichts zu verlieren; Sie würden bestimmt nicht zögern.«

»Woher wußten Sie, daß ich mit dieser Maschine kommen würde?«

»Ich wußte es nicht. Niemand weiß es. Irgendwoher... ein VKR-Beamter ist in Paris erschossen worden; er hatte niemanden außer uns, an den er sich wenden konnte.«

»Von einer Importfirma in Beaumarchais?« unterbrach ihn Michael. »Vom KGB-Hauptquartier in Paris?«

Der Russe ging nicht auf die Fragen ein. »Wir wußten, daß Sie überall im französischen Regierungsapparat Ihre Verbindungen hatten: bei der militärischen Abwehr, im Quai d'Orsay, in der Deputiertenkammer. Wenn Sie die Absicht hatten, Frankreich zu verlassen, gab es für Sie dazu nur eine Möglichkeit: mit Diplomatenstatus. Alle Air-France-Flüge wurden überwacht. Überall. In London, Rom, Bonn, Athen, in ganz Südamerika... Es war mein Pech, daß Sie sich für New York entschieden haben; damit hatten wir nicht gerechnet. Sie sind als ›nicht zu retten‹ eingestuft.«

»Das scheint ja ziemlich weit verbreitet zu sein.«

»Es ist in gewissen Kreisen bekannt.«

»Wollten Sie darüber sprechen? Wenn dem so ist, vergeuden Moskaus Leute in all diesen Flughäfen eine Menge Zeit.«

»Ich habe eine Botschaft von Pjotr Rostow für Sie. Er glaubt, Sie könnten nach Rom durchaus interessiert sein.«

»Was ist mit Rom?«

»Dort sollten Sie auf dem Palatin sterben.«

»Tatsächlich?« Havelock musterte die Augen des Mannes, seine Lippenhaltung. Rostow wußte also über die Schießerei auf dem Palatin Bescheid; das war zu erwarten. Die zwei verwundeten Italiener – der Mann und die Frau, die dem amerikanischen Agenten assistierten –, hatten nichts zu verlieren und einiges zu gewinnen, wenn sie die Wahrheit sagten. Natürlich war Moskau informiert. Aber Rostow wußte offensichtlich nichts von Jenna Karras und den Ereignissen am Col des Moulinets, sonst hätte er sie mit erwähnt.

»Was für eine Botschaft ist das?« wollte Michael wissen.

»Ich soll Ihnen mitteilen, man hätte sich die Sache mit dem Köder noch einmal überlegt, er würde ihn jetzt nehmen und meint, Sie sollten zustimmen. Er läßt Ihnen sagen, er wäre nicht länger Ihr Feind, das wären andere, die auch seine Feinde sind.«

»Was soll das bedeuten?«

»Das kann ich Ihnen nicht weiter erklären«, meinte der graugesichtige Mann. »Was das heißt, sollten Sie verstehen, nicht ich.«

»Ihnen ist der Vorfall auf dem Palatin bekannt?«

»Die Nachricht vom Tod eines Verrückten verbreitet sich schnell, besonders dann, wenn er eine ganze Reihe von Freunden getötet hat... Wie haben ihn seine eigenen Leute genannt? Den ›Revolverhelden‹, glaube ich. Rostow würde gerne Antwort haben, aber Sie brauchen sie nicht gleich zu geben. Ich kann Sie kontakten, in ein, zwei Tagen oder in ein paar Stunden. Wie und wo, bleibt Ihnen überlassen. Wir können Sie herausholen, Sie in Sicherheit bringen.«

Erneut musterte Michael das Gesicht des Russen. Ebenso wie Rostow zuvor in Athen, sprach auch dieser Mann die Wahrheit – soweit er die Wahrheit kannte. »Was bietet Rostow?«

»Das habe ich Ihnen gesagt. Sicherheit. Sie wissen, was Sie hier erwartet. Denken Sie nur an den Palatin.«

»Sicherheit – im Tausch wofür?«

»Das ist Sache zwischen Ihnen und Rostow.«

»Sagen Sie Rostow, daß er sich irrt.«

»In bezug auf den Palatin?«

»Richtig«, sagte Havelock und fragte sich einen Augenblick lang, ob ein KGB-Direktor, der zehntausend Meilen entfernt war, die entscheidende Wahrheit, die von der großen Lüge verschleiert war, wahrnehmen würde. »Ich brauche die Sicherheit der Lubjanka nicht.«

»Sie lehnen sein Angebot also ab,«

»Den Köder lehne ich ab.«

Plötzlich war ein Poltern an der Tür zu hören. Flüche wurden laut. Das Holzstück, das unter der Tür verkeilt war, scharrte auf den Kacheln. Der Mann draußen hämmerte noch einmal gegen die Tür und schrie: »Hey, was zum Teufel soll das? Aufmachen!«

Der Russe blickte zur Tür, während Havelock seine Augen nicht von ihm wandte, und sagte schnell: »Falls Sie es sich anders überlegen sollten, im Bryant Park, hinter Ihrer öffentlichen Bibliothek, stehen eine Reihe von Mülltonnen. Machen Sie auf eine davon ein rotes Kreuz; ich empfehle Ihnen einen Filzstift oder besser noch Nagellack. Gehen Sie ab zehn Uhr auf dem Broadway zwischen der 42. und der 53. Straße auf und ab, auf dem östlichen Bürgersteig. Jemand wird Sie ansprechen und Ihnen eine Kontaktadresse nennen. Auf der Straße natürlich. Sie brauchen keine Falle zu befürchten.«

»Was ist denn dort drinnen los? Verdammt noch mal, machen Sie endlich die Tür auf!«

»Sie hatten doch gesagt, ich könnte den Treffpunkt auswählen.«

»Das können Sie auch. Sagen Sie dem Mann, der mit Ihnen Verbindung aufnimmt, einfach, wo Sie sich treffen wollen. Geben Sie uns drei Stunden Zeit.«

»Um mir eine Falle zu stellen?«

»Aufmachen!« Die Blechtür wurde ein paar Zentimeter weiter aufgedrückt, und wieder scharrte der Holzstreifen auf den Kacheln.

Eine zweite befehlsgewohnte Stimme mischte sich jetzt ein. »Was geht hier vor?«

»Die Tür ist verklemmt. Ich kann nicht hinein, aber ich höre drinnen Leute reden. Die haben die Scheißtür verrammelt.« Wieder ein Knirschen, ein Ächzen.

»Wir treffen unsere Vorsichtsmaßnahmen genau wie Sie«, sagte der Russe. »Was zwischen Ihnen und Rostow ist... ist zwischen Ihnen und Moskau. Wir sind nicht in Moskau. Ich bin nicht in Moskau. Ich rufe nicht die Polizei, wenn ich in New York in Schwierigkeiten bin.«

»Hört zu, ihr dort drinnen!« rief die zweite Stimme drohend. »Letzte Warnung, ihr Fixer! Ich hole jetzt die Flughafenpolizei!« Der Mann mit der energischen Stimme wandte sich jetzt an den verärgerten Toilettenbenutzer. »An Ihrer Stelle würde ich mir ein anderes Klo suchen. Diese Jungs haben sich bestimmt 'ne Spritze verpaßt, dann drehen die völlig durch. Ich geh' telefonieren.«

»Scheiße!«

»Verschwinden wir«, sagte Havelock und nahm sein Jackett.

»Sie lassen mich also leben?« fragte der Russe.

»Ich möchte, daß Sie meine Antwort weiterleiten. Das mit dem Nagellack auf der Mülltonne können Sie vergessen.«

»Würden Sie mir dann bitte meine Waffe geben?«

»So wohltätig bin ich nun auch wieder nicht. Sehen Sie, schließlich sind Sie mein Feind.«

»Es ist schwierig, das Fehlen einer Waffe zu erklären. Das sollten gerade Sie verstehen.«

»Sagen Sie ihnen doch, Sie hätten sie auf dem freien Markt verkauft; das ist der erste Schritt zum Kapitalismus. Billig kaufen – oder gar nichts zahlen – und teuer verkaufen. Die Burja ist eine gute Waffe. Die bringt eine stattliche Summe.«

»Bitte!«

»Sie begreifen nicht, Kamerad. Sie würden staunen, wie viele Gauner in Moskau Sie dafür bewundern würden. Kommen Sie schon!« Havelock packte den Mann an der Schulter und stieß ihn zur Tür. »Treten Sie den Keil weg«, befahl er, während er sich die Waffe in seinen Gürtel steckte und seinen Koffer aufhob.

Der Russe drückte mit der Schuhspitze gegen das Holzstück, schob es hin und her und drückte die Tür dabei fest zu. Der Keil löste sich; er schob ihn mit dem Fuß weg und zog die Tür auf.

»Herrgott!« rief ein dickbäuchiger Mann im blauen Overall. »Zwei Schwule!«

»Jetzt kommen sie!« schrie ein anderer Mann in Hemdsärmeln, der aus einem Büro auf der anderen Seite des Korridors rannte.

»Ich glaube, sie kommen zu spät«, sagte der Mann im blauen Overall und schaute Havelock und den Russen verächtlich an. »Da haben Sie Ihre Scheißfixer. Zwei Warme, denen es auf dem Parkplatz zu kalt ist.«

»Gehen wir«, flüsterte Havelock und packte den Russen am Ellbogen.

»Widerlich! Abstoßend!« schrie der Abteilungsleiter ihnen nach. »Haben Sie denn überhaupt kein Schamgefühl? Perverses Pack!«

»Sie überlegen es sich nicht noch einmal wegen der Waffe?« fragte der Russe und zuckte zusammen, als Michael ihn unsanft an seinem verletzten linken Arm berührte. »Das trägt mir ein Disziplinarverfahren ein. Ich hab' sie seit Jahren nicht benutzt; eigentlich ist die Pistole eher so etwas wie eine Uniform, wissen Sie.«

»Ins Gefängnis soll man euch stecken!«

»Ich sag's Ihnen doch, die befördern Sie, wenn die richtigen Leute glauben, Sie hätten eine Stange Geld damit verdient.«

»Schwule Sau!«

»Lassen Sie meinen Arm los. Diese Idioten halten uns tatsächlich für Homos.«

»Warum sollte ich? Sie sind verdammt verführerisch.«

Sie erreichten den zweiten Flur und bogen nach links zum eigentlichen Terminal. Jetzt waren sie wieder von Männern in Overalls umgeben, die gelegentlich Sekretärinnen nachschauten. Vor ihnen lag der Hauptkorridor, in dem sich ein Pulk von Menschen in beide Richtungen wälzte.

In wenigen Sekunden hatte die Menge der ankommenden Reisenden sie aufgenommen. Kurz darauf konnte man im Strom der abreisenden Passagiere drei Polizisten erkennen, die sich rücksichtslos einen Weg durch die Massen bahnten. Havelock tauschte mit dem Russen die Seiten, und als die Bullen neben ihnen waren, gab er ihm einen Schubs, so daß er gegen einen Polizisten stieß.

»Njet! Kishki!« schrie der Russe.

»Verdammt noch mal!« brüllte der Polizist, der das Gleichgewicht verlor und einen seiner Kollegen umriß, der seinerseits auf eine alte Dame fiel.

Havelock beschleunigte seine Schritte und drängte sich an den Passagieren vorbei, die alle zur Gepäckhalle wollten. Da sah er zu seiner Linken einen Gang, der in den eigentlichen Terminal führte. Er lief schneller, und als er schließlich in die Halle trat, blendete ihn zuerst das helle Licht der Nachmittagssonne, das durch die riesigen, deckenhohen Fenster fiel. Er sah sich um, während er dem Ausgang zustrebte, hinter dem die Taxis warteten. An den Seiten des kuppelartigen Gebäudes reihten sich Telefonboxen aneinander, und daneben standen Regale mit Telefonbüchern.

Dreißig Sekunden später hatte Havelock den Eintrag gefunden: Handelman J., 116th Street, Morningside Heights. Eine Adresse in Upper Manhattan.

Jacob Handelman war der Mann, der Jenna Karras verborgen hielt.

»Halten Sie dort drüben«, sagte Havelock und wies auf die blaue Markise mit der kleinen goldenen Krone und der Aufschrift ›The King's Arms Hotel‹. Er hoffte zwar, nicht übernachten zu müssen – jede Stunde vergrößerte die Distanz zwischen Jenna und ihm –, aber auf der anderen Seite konnte er nicht mit seinem Koffer in der Hand auf dem Gelände der Columbia-Universität nach Jacob Handelman suchen.

Michael hatte während seiner Studienzeit in Princeton zweimal die Columbia-Universität besucht; das einemal, um sich einen historischen Vortrag über Europa nach Napoleons Herrschaft anzuhören, den ein Gastprofessor aus Oxford gehalten hatte, und das zweite Mal anläßlich einer Seminarveranstaltung, an deren Themenstellung er sich nicht mehr erinnerte. Keiner der beiden kurzen Besuche hatte einen bleibenden Eindruck bei ihm hinterlassen, und so wußte er praktisch nichts über die Columbia-Universität.

Das ›King's Arms‹, das gleich um die Ecke von Handelmans Wohnung lag, war ein kleines Hotel, das sich mit Niveau und Geschmack in der Umgebung einer Universität zu behaupten wußte. Unter den Gästen waren häufiger Gastdozenten, die das englische Flair der gediegenen Inneneinrichtung sehr zu schätzen wußten. Da das Hotel ganz in der Nähe von Handelmans Apartment lag, bestand sogar eine entfernte Möglichkeit, daß jemand vom Personal ihn kannte.

»Aber sicher, Mr. Hereford«, sagte der Angestellte nach einem Blick auf Michaels Meldekarte. »Dr. Handelman schaut gelegentlich auf ein Glas Wein herein oder ißt mit Freunden bei uns. Ein reizender Herr und immer gut gelaunt. Wir hier nennen ihn, wie die meisten das tun, den Rabbi.«

»Das wußte ich nicht. Daß er Rabbiner ist, meine ich.«

»Ich bin nicht sicher, ob er wirklich einer ist, obwohl ich bezweifle, daß jemand ihm die Befähigung dazu absprechen würde. Er ist Professor für Philosophie und hält, soweit mir bekannt ist, häufig Vorträge an der jüdischen theologischen Fakultät. Das Gespräch mit ihm wird Ihnen sicher große Freude machen.«

»Bestimmt. Danke für die Auskunft.«

»Page«, rief der Angestellte und schlug an eine Klingel.

Handelmans Wohnung lag zwischen dem Broadway und dem Riverside Drive, die leicht geneigte Straße bot einen Ausblick auf den Riverside Park und den Hudson. Das massive Gebäude aus weißem Stein war einst ein Monument für New Yorks explosionsartiges Wachstum. Früher einmal hatte ein Türsteher den Eingang bewacht, jetzt war die Tür mit zwei Schlössern gesichert, und jeder Besucher mußte sich über eine Sprechanlage beim Mieter melden.

Havelock drückte die Glocke lediglich, um sich zu überzeugen, daß Handelman zu Hause war.

Keine Antwort.

Er klingelte noch einmal.

Wieder nichts.

Er überquerte die Straße und überlegte im gegenüberliegenden Hauseingang, was nun zu tun sei. Er hatte die Universität angerufen und Adresse und Telefonnummer von Handelmans Büro erhalten. Durch einen zweiten Anruf, bei dem er sich als Verwaltungsangestellter ausgegeben hatte, der sich nach einem Termin erkundigte, hatte er erfahren, daß Handelman bis vier Uhr nachmittags beschäftigt war. Jetzt war es beinahe schon fünf Uhr, und Michaels Enttäuschung wuchs.

Es gab natürlich keinerlei Garantie, daß er direkt vom Büro nach Hause ging; aber ein Fluchthelfer, der gerade einer Frau aus Paris einen Unterschlupf beschafft hatte – oder noch dabei war –, hatte gewisse Verpflichtungen. Havelock hatte mit dem Gedanken gespielt, Handelmans Büro aufzusuchen oder ihn auf der Straße anzusprechen; jetzt überdachte er beide Möglichkeiten noch einmal. Vielleicht hatte sich eine Verabredung in die Länge gezogen oder jemand ihn zum Dinner eingeladen; vielleicht gab es noch jemanden in der Wohnung, der Bescheid wußte und ihm helfen konnte.

Das Warten wurde ihm, entgegen seiner Gewohnheit, immer unerträglicher. Das Zusammentreffen mußte an dem Ort stattfinden, an dem Handelman die Listen mit Namen, die Karten und Codes versteckt hatte. Er konnte sie nur an einem Platz aufbewahrt haben, wo er sie sicher wähnte und doch schnell erreichen konnte: unter einer Diele im Fußboden oder, auf mikroskopische Größe verkleinert, in einer Schuhspitze oder in einem Hemdknopf.

Er hatte nie ein Foto von Handelman gesehen, konnte sich aber trotzdem ein klares Bild von seinem Äußeren machen. Der Barkeeper vom ›King's Arms‹-Hotel – selbst offensichtlich eine feste Institution und mit dem Flair und dem Wortreichtum eines fünftrangigen Poeten aus Dublin ausgestattet – hatte den ›Rabbi‹ ausführlich beschrieben. Jacob Handelman war mittelgroß, hatte langes weißes Haar und einen kurzen grauen Bart. Er war etwas übergewichtig und daher wohlbeleibt. Er hatte einen »langsamen, gemessenen Schritt« – so der Barkeeper wörtlich –, »als wäre er von königlichem Geblüt und müßte stets die Wellen teilen oder die Arche Noah besteigen, um zu den Tieren zu sprechen. Ja, und in seinen Augen ist ein Leuchten, und er hat ein weiches Herz, Sir.«

Nachdem Havelock dem Mann zugehört hatte, mußte er sich erst einmal einen doppelten Scotch bestellen.

Drei Minuten nach fünf. *Atme tief durch. Du mußt wirklich atmen und an Jenna denken, an das, was du ihr sagen willst. Es kann noch eine Stunde dauern oder zwei oder noch länger, vielleicht die halbe Nacht.*

Die frühe Abenddämmerung begann, und die kalte, orangerote Sonne entflammte die Skyline von New Jersey hinter dem Hudson River. Auf dem West Side Highway war dichter Verkehr; nicht anders war es auf dem Riverside Drive. Die Temperatur sank, und graue Wolken zogen über den dunkler werdenden Himmel.

Auf der anderen Straßenseite lief ein mittelgroßer Mann in einem weiten schwarzen Mantel langsam den Bürgersteig hinunter. Seine Erscheinung war in der Tat imposant und paßte zu dem Bild, das sein schlohweißes Haar vermittelte, das unter dem Rand seines schwarzen Huts in den Nacken fiel. Im Licht einer Straßenlampe konnte Michael den grauen Bart sehen; es war Jacob Handelman.

Er ging auf die äußere Glastür des Apartmenthauses zu, gut sichtbar im hellen Eingangslicht. Havelock starrte zu ihm hinüber, wie hypnotisiert. Kannte er den Mann nicht irgendwoher? War der ›Rabbi‹ nicht vor acht oder zehn Jahren an einer Operation im Mittleren Osten beteiligt gewesen? In Tel Aviv oder im Libanon? Michael hatte das sichere Gefühl, daß er ihn tatsächlich kannte. War es die Art, wie er ging? Sein gemessener Schritt? Oder war es die Brille mit dem schmalen Stahlrand, die so fest in der Mitte seines großen Gesichts saß?

Der Augenblick ging vorüber; natürlich war es möglich, daß ein Mann seines Berufs Michaels Wege in einer Vielzahl von Situationen gekreuzt hatte. Vielleicht waren sie zum einen oder anderen Zeitpunkt im selben Sektor gewesen, der anerkannte Professor angeblich auf Urlaub, in Wirklichkeit aber hatte er sich mit jemandem wie Régine Broussac getroffen.

Handelman betrat den Eingangsflur, stieg die Stufen hinauf und blieb vor den Briefkästen stehen. Michael hatte alle Mühe, sich zurückzuhalten; der Drang, über die Straße zu rennen und den Mann anzusprechen, war überwältigend.

»Vielleicht zieht er es auch vor, Ihnen gar nichts zu sagen«, hatte Régine Broussac gemeint.

Aber ein alter Mann, der nicht verhandeln wollte, überlegte Havelock, konnte im Treppenhaus um Hilfe schreien. Es war besser, so lange zu warten, bis Handelman seine Wohnung betreten hatte.

Langsam fiel die schwere schmiedeeiserne Tür hinter dem alten Mann ins Schloß. Havelock wartete drei Minuten, hinter einigen Fenstern im dritten Stock gingen die Lichter an. Michael trat aus dem Windfang und überquerte rasch die Straße. In der prunkvollen Eingangshalle überflog er die Namen auf dem Klingelkasten.

R. Charles, Hausmeister, 1 D.

Er drückte den Knopf und hielt den Mund dicht an das Lautsprechergitter.

»Ja, was ist?« fragte die Männerstimme in klarem, gepflegten Englisch.

»Mr. Charles?« sagte Havelock, ohne zu wissen, weshalb die Stimme des Mannes ihm irgendwie eigenartig vorkam.

»Ja, hier spricht Charles. Wer ist da?«

»US-Regierung, State Department...«

»Was?«

»Kein Grund zur Unruhe, Mr. Charles. Wenn Sie bitte zur Tür kommen würden. Dort können Sie sich meinen Ausweis durch das Glas ansehen und mich entweder einlassen oder eine Nummer anrufen, die ich Ihnen gebe.«

R. Charles zögerte einen Augenblick, bevor er antwortete. »Einverstanden.«

Dreißig Sekunden später erschien ein hünenhafter, muskulöser junger Mann im Eingang. Er trug Sprintershorts und ein Sweatshirt mit dem Emblem der Columbia-Universität auf der Vorderseite. Dies war also der Schutz, den sich die Apartmentbewohner von Morningside Heights gewählt hatten. Freies Quartier gegen wirkungsvollen Schutz. Michael hielt seinen Ausweis in der Plastikhülle hin; die Daten waren natürlich etwas unleserlich.

R. Charles blickte mit zusammengekniffenen Augen durch das Glas, zuckte die Achseln und öffnete die Tür. »Was, zum Teufel, soll das Ganze?« fragte er eher neugierig als feindselig. Ein Mann seiner Statur brauchte nicht aggressiv zu sein. Sein muskulöser Körper wirkte einschüchternd genug.

»Hier wohnt ein Mann, den ich gerne dienstlich sprechen würde, aber er ist nicht da. Er ist ein Freund von mir.«

»Wer denn?«

»Dr. Jacob Handelman. Er hat einen Beratervertrag mit uns, aber er spricht nicht gern darüber.«

»Ein netter, alter Herr, dieser Handelman.«

»Das ist er, Mr. Charles. Ich glaube allerdings, er wäre wahrscheinlich beunruhigt, wenn er sich vorstellt, jemand könnte mich erkannt haben.« Havelock grinste. »Außerdem ist es da draußen verdammt kalt.«

»Ich kann Sie aber wirklich nicht in seine Wohnung lassen. Unmöglich.«

»Das ist doch klar. Wenn es Ihnen recht ist, werde ich einfach hier auf ihn warten.«

R. Charles zögerte einen Augenblick. »Na, schön, okay. Ich würde Sie gern hereinbitten, aber mein Mitbewohner und ich pauken gerade für eine Matheprüfung, die morgen ansteht.«

»Ich möchte wirklich nicht...«

Das Auftauchen eines jungen Mannes in einer Tür am Ende des Korridors unterbrach Havelock. Er hielt in einer Hand ein Buch.

»Hey, was ist denn?«

»Nichts. Jemand, der den Rabbi besuchen will.«

»Schon wieder einer? Komm schon, wir haben keine Zeit.« Der Zimmerkollege verschwand wieder.

»Nochmals, vielen Dank.«

»Schon gut. Der Rabbi müßte jeden Augenblick erscheinen.«

»Ist verdammt pünktlich, wie?«

»Wie eine Schweizer Uhr.« Der Student machte eine nachdenkliche Miene. »Wissen Sie, ich hab' mir schon so etwas gedacht, daß er mit einem Mann wie Ihnen zu tun hat, meine ich.«

»Wieso?«

»Ich weiß nicht... wahrscheinlich wegen der Leute, die zu ihm kommen. Manchmal spät nachts; nicht gerade Typen von der Uni.«

Wenn er jetzt eine Frage stellte, hatte er eigentlich nichts zu verlieren, überlegte Michael. »Wir machen uns große Sorgen wegen der Frau, das will ich Ihnen offen sagen. Um... des Rabbis willen hoffen wir, daß sie angekommen ist. Haben Sie sie mal zufällig gesehen? Eine große blonde Frau. Gestern? Heute?«

»Gestern abend«, sagte der junge Mann. »Ich nicht, aber mein Freund. Klasse Frau, hat er gesagt, aber sehr nervös. Sie hat auf den falschen Klingelknopf gedrückt und den alten Weinberg erwischt – er wohnt in Drei B und ist noch nervöser.«

»Das erleichtert mich. Wann denn gestern abend?«

»Um diese Zeit, schätze ich. Ich hab' gerade telefoniert, als Weinberg sich bei uns über die Haussprechanlage gemeldet hat.«

»Danke.« *Sie war in Reichweite – er konnte es fühlen.* »Übrigens, Sie haben eben durch reinen Zufall eine vertrauliche Information erfahren. Bitte respektieren Sie das.«

»Mann, Sie sind vielleicht amtlich. Ich hab' Sie nie gesehen, Mr. Havalatch, aber wenn die in Washington die Wehrpflicht wieder einführen, melde ich mich bei Ihnen.«

»Tun Sie das. Nochmals vielen Dank.«

»Machen Sie's gut.« Der hünenhafte Student ging zu der offenen Tür zurück.

Kaum hatte sie sich hinter ihm geschlossen, eilte Havelock zu der breiten, steinernen Treppe in der Mitte des Foyers. Den Lift traute er sich nicht zu benutzen; das Geräusch konnte zu leicht den ›Hausmeister‹ alarmieren.

In Paris hatte Michael die clevere Idee gehabt, die teuren schwarzen Schuhe, die er passend zu seinem dunklen Anzug gekauft hatte, mit harten Gummisohlen ausrüsten zu lassen. Jetzt leisteten sie ihm auf der ausgetretenen Treppe gute Dienste; er lief schnell und lautlos hinauf, wobei er mit jedem Schritt zwei oder drei Stufen nahm. In weniger als einer Minute hatte er das dritte Stockwerk erreicht. Das Apartment 3 A lag am Ende des schwachbeleuchteten Flurs. Er blieb eine Weile stehen und atmete tief ein. Dann trat er an die Tür und drückte den kleinen Klingelknopf. Ein weicher Glokkenschlag ertönte, und Sekunden später war das Geräusch näher-kommender Schritte zu hören.

»Ja?« sagte die seltsam hoch klingende Stimme.

»Dr. Jacob Handelman?«

»Wer ist da, bitte?« Jetzt war ganz deutlich der deutsche Akzent zu vernehmen.

»Ich habe Nachrichten vom Quai d'Orsay. Können wir sprechen?«

»*Vos?*« Das Schweigen dauerte nur kurz, und die Worte, die darauf folgten, klangen hastig. »Sie irren sich. Ich habe keine Ahnung, wovon Sie reden. Ich kenne niemanden im... wie haben Sie gesagt, Quai d'Orsay?«

»In dem Fall muß ich mit Paris in Verbindung treten und meiner Kontaktperson sagen, daß sie einen schlimmen Fehler begangen hat. Selbstverständlich wird der Name Jacob Handelman im Computerterminal der Katakombe gelöscht werden.«

»Nur eine Minute bitte. Ich muß mein Gedächtnis ein wenig auffrischen.«

Havelock konnte wieder Schritte hören, sie entfernten sich und kehrten zurück, lange bevor die Minute um war. Hinter dem dicken Holz war das metallische Klicken einiger Schlösser zu hören, dann öffnete sich die Tür. Handelman starrte Michael an und bedeutete ihm mit einer Handbewegung, daß er eintreten solle.

Woran lag es, daß er so sicher war, diesen alten Mann mit dem grauen Bart und dem langen weißen Haar zu kennen? Sein breites Gesicht war weich, aber die Augen hinter den dicken Gläsern mit dem dünnen Stahlrand waren... er fand das richtige Wort nicht.

»Sie sind in meinem Haus, Sir«, sagte Handelman und verriegelte die Tür. »Ich bin weit gereist, natürlich nicht immer auf eigenen Wunsch, wie so viele Tausende in meiner Lage. Vielleicht haben wir im Quai d'Orsay einen gemeinsamen Freund, an den ich mich im Augenblick nicht erinnere. Natürlich, ich kenne mehrere Professoren an der Sorbonne.«

War es die hohe Singsangstimme? Oder die fragende, schräge Kopfhaltung? Oder die Art, wie der alte Mann vor ihm stand, die Füße fest in den Boden gestemmt, die Haltung locker und doch irgendwie starr? Nein, es war weder das eine noch das andere, es war alles zusammen...

»Ihre Formulierung ›ein gemeinsamer Freund‹ trifft es nicht ganz. Sie kennen einen Namen: Régine Broussac, Ministerium für Auswärtige Angelegenheiten, Abteilung vier. Sie sollte heute mit Ihnen in Verbindung treten; sie ist eine Frau, die ihr Wort zu halten pflegt. Ich glaube, sie hat sich gemeldet.«

»Ah, in meinem Büro liegen Dutzende von Mitteilungen, über die nur meine Sekretärin Bescheid weiß, Mister...«

»Havelock.«

»Ja, Mr. Havellacht. Kommen Sie herein.«

»Ich kannte früher in Berlin einen Habernicht, Friedrich Habernicht. Ganz ähnlich, nein?«

»Ja, ich denke schon.« War es die Art, wie er ging? Nun mußte Michael es wissen. »Wir sind uns schon einmal begegnet, nicht wahr?«

»Wir?« Handelman hob die Brauen, rückte sich die Brille zurecht und musterte Michael durch die dicken Linsen. »Ich kann mir nicht vorstellen, wo. Es sei denn, Sie waren als Student in einem meiner Kurse, aber das müßte dann wohl etliche Jahre zurückliegen, würde ich meinen. In dem Fall würden Sie sich an mich erinnern, aber ich nicht notwendigerweise an Sie. Das Alter und die vielen Studenten, Sie verstehen.«

»Schon gut. Wollen Sie etwa behaupten, Sie hätten nichts von Régine Broussac gehört?«

»Ganz und gar nicht... Setzen Sie sich endlich... Ich sage nur, daß ich es nicht weiß. Sie erzählen mir, diese Broussac hätte mir heute eine Nachricht geschickt, und ich sage, daß ich jeden Tag Dutzende von Nachrichten erhalte, die häufig viele Tage ungesehen liegenbleiben.«

»Ich habe Ihre Stimme schon einmal gehört«, unterbrach ihn Havelock, der sich immer noch nicht gesetzt hatte und den Raum absuchte. Überall waren Bücherregale, alte Möbel. »Jenna Karras!« sagte Michael plötzlich und hob dabei die Stimme.

»Noch eine Nachricht?« fragte Handelman unschuldig. »Ich muß einmal ein ernstes Wort mit meiner Sekretärin reden. Sie hält zu viel von mir fern.«

»Jenna Karras ist gestern abend zu Ihnen gekommen, das weiß ich.«

»Drei... nein, vier Leute sind gestern abend zu mir gekommen, alles Studenten von mir. Ich habe sogar ihre Namen hier drüben und die Gliederungen von zwei Semesterarbeiten.«

Jacob Handelman ging zu einem mit Papieren übersäten Schreibtisch an der Wand.

»Hören Sie auf!« schrie Havelock. »Sie haben sie versteckt, und ich muß sie finden! Das war die Nachricht von Régine Broussac.«

»Ich erhalte so viele Nachrichten«, tönte der alte Mann, als sänge er eine Litanei aus dem Talmud. »Hier sind die Namen, die Gliederungen«, fuhr er fort und beugte sich über den Papierstapel. »Wer kann die vielen Namen schon alle behalten?«

»Sie sollen mir jetzt zuhören! Régine Broussac hätte mir nicht Ihren Namen gegeben und mir verraten, wo ich Sie finden kann, wenn ich nicht die Wahrheit spräche. Ich muß Jenna erreichen! Man hat ihr etwas Schreckliches angetan – *uns*, und sie durchschaut es nicht!«

Handelman zitierte ungerührt aus einer Seminararbeit.

»Verdammt, wo haben Sie sie hingeschickt? Hören Sie auf, mit mir zu spielen! Sonst zwingen Sie mich...«

»Ja?« Handelman drehte im Schein der Stehlampe den Kopf herum und lugte durch die stahlgeränderten Gläser. Er machte ein paar Schritte nach links und legte die Papiere auf den Schreibtisch zurück.

Und da war es, in diesem Augenblick. Alles war wieder das die Augen hinter den dünnen Silberrändern, die starre Haltung des weichen Körpers... seine Art zu gehen. Nicht das majestätische Schreiten eines Prälaten in der Kirche, nein, das Stolzieren eines Mannes in Uniform. Einer schwarzen Uniform!

Blitze erfüllten Havelocks Augen, und gleichzeitig schoß ein stechender Schmerz durch seinen Kopf. Sein Bewußtsein explodierte... *damals und jetzt, jetzt und damals!* Nicht vor acht oder zehn Jahren, sondern viel früher, in den schrecklichen Kriegsjahren! Er war einer von ihnen! Die Bilder, die aus seiner Erinnerung auftauchten, bestätigten es. Er sah den Mann jetzt so vor sich, wie er damals gewesen war. Das breite Gesicht ohne Bart, die langen Haare... nicht weiß, sondern arischblond. Wie er an den Gräben entlangging... stolzierte!

Maschinengewehrfeuer! Schreie! Lidice!

Wie in Trance begann Michael auf den Mann zuzugehen, die Hände gespannt, die Finger zu Klauen gekrümmt.

»*Vos?*« Handelman zog das ›s‹ zischend in die Länge. »Was ist denn mit Ihnen? Sind Sie verrückt? Sehen Sie sich doch an... Kommen Sie mir nicht zu nahe!«

»Der Rabbi... O Herrgott, Sie Schweinehund! Sie unglaubliches Schwein! Was waren Sie? Standartenführer? Sturmbannführer? Nein, Obergruppenführer! Sie waren das? Lidice!«

Die Augen des alten Mannes weiteten sich, von den dicken Brillengläsern noch vergrößert. »Sie sind verrückt, völlig verrückt! Verlassen Sie mein Haus! Sie sind hier nicht willkommen! Ich habe so viel Schmerz erduldet, daß ich mir nicht noch das Geschrei eines Verrückten anzuhören brauche.«

Die Singsangstimme, mit der er diese Worte hervorstieß, tarnte seine Bewegungen. Seine rechte Hand schob sich auf den Schreibtisch zu. Havelock sprang vor, als Handelman plötzlich eine Waffe in der Hand hielt. Der Obergruppenführer konnte es sich nie leisten, seine Vergangenheit zu offenbaren. Damals hatte er Tschechen, Polen und Juden ermordet, und nach dem Zusammenbruch hatte er die Identität eines KZ-Insassen angenommen, den er in die Gaskammer geschickt hatte.

Havelock packte die Hand mit der Waffe so, daß der Finger am Abzug sich nicht bewegen konnte. Er schmetterte sie ein paarmal gegen die Tischkante, aber Handelman ließ nicht los. Der Alte bäumte sich unter ihm auf, klammerte sich an seinem rechten Arm fest, sein Gesicht verzerrt, der häßliche Mund gespannt. Da schoß seine linke Hand in die Höhe und preßte sich auf Michaels Gesicht, ihre Finger bohrten sich in seine Augen.

Havelock wich zurück; der andere glitt unter ihm weg. Jetzt waren sie nebeneinander an der Schreibtischkante, die Arme bis zum Brechen geboten. Plötzlich spürte Michael, daß seine rechte Hand frei war; er ballte sie zur Faust und schmetterte sie Handelman ins Gesicht.

Die Gläser der Stahlbrille zersprangen. Der Deutsche schrie auf, die Waffe fiel klirrend zu Boden, als Handelman beide Hände vors Gesicht hielt.

Havelock riß den Alten hoch und preßte seine Hand auf den Mund. Seine Augen brannten, Tränen und Blutflecken behinderten seine Sicht. Aber er konnte sehen, der Nazi nicht.

»Wenn Sie einen Laut von sich geben, alter Mann, töte ich Sie. Und jetzt hinsetzen!« Er zog den Deutschen vom Schreibtisch weg und drückte ihn mit solcher Gewalt in den nächsten Sessel, daß sein Hals zurückschnellte. Aber die verbogene Brille blieb sicher auf Handelmans Gesicht.

»Sie haben mich blind gemacht!« jammerte er. »Ein Verrückter kommt in mein Haus...«

»Vergessen Sie es!« sagte Michael. »Ich war in Lidice!«

»Wahnsinn!« Handelman holte durch den weitgeöffneten Mund Luft und hob die Hände, um die Brille abzunehmen.

»Oben lassen!« herrschte Havelock ihn an.

»Junger Mann, Sie...«

»Halten Sie den Mund! Hören Sie zu. Ich kann Nachforschungen über einen Mann namens Jacob Handelman anstellen, Deutsche befragen, die noch am Leben sind und ihn kannten – wenn er je existiert hat. Anschließend werde ich ein Foto von Ihnen, natürlich ohne den Bart, in gewissen Vierteln von Prag in Umlauf geben. Sie waren dort; ich habe Sie später gesehen und wollte Sie töten. Ein neun- oder zehnjähriger Junge wollte Ihnen auf der Straße ein Messer in den Rücken stoßen. Und jemand, der heute noch in Prag oder Rudna oder Kladno lebt, würde das gleiche am liebsten heute noch tun. Darüber reden wir, Sie Bastard! Kommen Sie mir also nicht mit Leuten, die gestern abend nicht hier waren, sprechen Sie von der Frau. Wo ist sie?«

»Ich bin ein sehr wichtiger Mann...«

»Ganz gewiß sind Sie das. Wer könnte schon erfahrener darin sein, wie man spurlos untertaucht, als jemand, der selber so perfekt darin ist? Wer könnte sich besser schützen als jemand, der die Verstecke so vieler Menschen verraten könnte? Sie haben sich gut geschützt, Sie Mörder! Aber nicht mit mir, ist das klar? Denn mir ist das gleichgültig. Also, wo ist Jenna Karras?«

»Ich will nicht auf Ihre lächerlichen Anschuldigungen eingehen«, winselte der Deutsche, »aber da wäre die Bezahlung zu klären.«

»Sie können Ihr Leben behalten«, sagte Havelock. »Es interessiert mich nicht. Mir genügt es, daß Sie wissen, daß ich es jederzeit beenden kann. Wo ist sie?«

»Die oberste Schreibtischschublade.« Der Alte gestikulierte mit zitternder Hand; seine Augen blieben hinter der zersprungenen Brille unsichtbar. »Heben Sie die Bleistiftschale hoch; darunter ist ein zusammengefaltetes grünes Stück Papier.«

Michael trat an den Schreibtisch, zog die Schublade heraus und fand das hellgrüne Stück Papier; er nahm es und faltete es auseinander. In sauberen, handgeschriebenen Blockbuchstaben stand dort die Information, für die Havelock den Mann getötet hätte; sie bedeutete ihm alles.

Broussac. Bewerberin für eine Doktorarbeit.
Name: Arvidas Corescu, c/o Kohoutek
RFD 3, Mason Falls, Penna

»Ist Corescu der Name, den sie benutzt?« fragte Havelock mit scharfer Stimme.

»Im Augenblick. Das ist nicht endgültig. Die Papiere mußten in ein paar Stunden hergestellt werden. Andere werden folgen... falls sie folgen.«

»Und das bedeutet?«

»Sie müssen bezahlt werden. Umsonst gibt es nichts.«

»Natürlich; der Haken sitzt, und die Leine läuft. Sie müssen ein paar sehr eindrucksvolle Fische dort draußen haben.«

»Man könnte sagen, daß ich mächtige... Freunde habe. An vielen Orten.«

»Wer ist dieser Kohoutek?«

»Ein Slawe«, sagte der alte Mann und zuckte spöttisch die Achseln. »Er besitzt Ackerland.«

»Wann ist sie weggegangen?«

»Man hat sie heute früh abgeholt.«

»Und wie ist sie getarnt?«

»Als politischer Flüchtling – eine Nichte vielleicht – aus dem Ostblock. Kohoutek wird ihr Arbeit beschaffen.«

»Und dann kann sie ihn und Sie bezahlen, oder sie erhält keine neuen Papiere.«

»Man braucht Papiere«, jammerte Handelman, dessen breites, bärtiges Gesicht von der zersprungenen Brille noch mehr verzerrt wurde, »um einen Wagen zu fahren oder ein Konto zu eröffnen.«

»Oder damit einen die Einwanderungsbehörden in Ruhe lassen«, unterbrach ihn Michael. »Diese Drohung bleibt doch immer bestehen, oder?«

»Wir sind ein Land von Gesetzen, Sir.«

»Sie machen mich krank«, sagte Havelock und näherte sich dem Stuhl. Er blickte auf den Massenmörder von Lidice hinab. »Ich könnte Sie jetzt töten und würde nichts als Freude dabei empfinden. Können Sie das verstehen, Sie Philosoph? Aber ich werde es nicht tun, weil ich möchte, daß Sie zu spüren bekommen, wie es ist, wenn man jeden Augenblick, jeden Tag... jede Nacht damit rechnen muß. Jedesmal, wenn es an der Tür klopft. Leben Sie damit, Sie dreckiges altes Luder. Heil Hitler!«

Er drehte sich um und ging zur Tür.

Ein scharfes Geräusch ertönte hinter ihm, Unheil verheißend. Er fuhr herum und sah, wie die lange Klinge eines riesigen Messers auf ihn zuschoß, direkt auf seine Brust. Der Alte hatte sich die zerdrückte Brille vom Gesicht gerissen und hielt das Heft des Messers in der Hand. Die Waffe war in dem Polstersessel versteckt gewesen.

Michael sprang zurück; die rasiermesserscharfe Schneide zerfetzte sein Jackett, schnitt in das Fleisch und zog eine Blutbahn über sein weißes Hemd.

Seine rechte Hand griff nach der Pistole unter dem Jackett. Wieder wich er dem Messer aus, hob die Waffe und zielte auf das breite Gesicht.

Er feuerte zweimal; der alte Mann fiel zu Boden, der Kopf von Blut überströmt. Die Kugeln hatten den Mörder von Lidice zum Schweigen gebracht, aber da war keine Freude; es bedeutete ihm nichts mehr.

Es ging nur um Jenna. Er hatte sie gefunden; jetzt konnte sie ihn nicht mehr daran hindern, sie zu finden. Vielleicht würde sie ihn töten, aber zuerst würde sie ihm in die Augen sehen müssen.

Er schob die Llama zurück in den Gürtel, steckte das grüne Notizblatt ein und eilte aus dem Apartment ins Freie.

20

»Broussac ist der Name, *Mr. President*. Régine Broussac«, sprach Emory Bradford in das Mikrofon auf seinem Schreibtisch im Außenministerium »Quai d'Orsay, Sektion vier. Sie hat vorgestern abend mit der Botschaft Verbindung aufgenommen und beorderte einen Funkwagen in die Umgebung von Argenteuil, mit dem Auftrag, einen ehemaligen Mitarbeiter der amerikanischen Abwehr aufzugreifen, der sich dort mit ihr treffen sollte. Unter höchst unorthodoxen Umständen, sagte sie.«

»Havelock?«

»Ja, das hat sie zugegeben.«

»Und?«

»Der Wagen fuhr die ganze Nacht die Straßen von Argenteuil ab. Man hat ihn nicht kontaktet.«

»Was hat diese Broussac gesagt? Ich nehme an, daß man sie befragt hat.«

»Sie war wütend. Sie behauptet, er wäre nie aufgetaucht.«

»Nun?«

»Unsere Leute glauben, daß sie lügt.«

»Warum?«

»Einer unserer Männer hat sie in ihrer Wohnung besucht und ihr einige Fragen gestellt. Er erfuhr, daß sie gegen ein Uhr früh nach Hause zurückgekehrt ist. Wenn das der Fall war – und das war es offenbar, denn zwei Nachbarn haben ihre Aussage bestätigt –, weshalb hat sie dann nicht die Botschaft angerufen und den Wagen abbestellt?«

»Hat man sie danach befragt?«

»Nein, Sir. Unsere Leute warten auf Instruktionen. Es ist unüblich, daß Angehörige der Botschaft Besuche machen und heimlich Fragen über hohe Beamte des Quai d'Orsay stellen.«

Charles Berquist überlegte einen Augenblick und erklärte dann mit Bestimmtheit: »Veranlassen Sie, daß Botschafter Richardson Madame Broussac anruft und sie mit allem Respekt bittet, unsere Botschaft so bald wie möglich aufzusuchen; wenn es geht, innerhalb einer Stunde. Der Präsident der Vereinigten Staaten wünscht in einer vertraulichen Angelegenheit mit ihr zu sprechen.«

»*Mr. President*...«

»Tun Sie nur, was ich sage.«

»Ja, Sir.«

»Und... Emory?«

»Sir?«

»Was macht die andere Sache? Ich meine, die Diplomaten, die während des ›spanischen Problems‹ nicht in Washington waren?«

Bradford zögerte einen Moment, ehe er antwortete. Und als er dann sprach, war offensichtlich, daß er sich Mühe gab, seine Stimme unter Kontrolle zuhalten. »Bis zur Stunde fehlen fünf.«

»Was?«

»Ich wollte erst am Mittag darüber reden, wenn ich alle Informationen habe. Aber der letzte Bericht läßt darauf schließen, daß neunzehn Personen nicht im Ministerium waren. Vierzehn sind gecheckt worden, fünf noch nicht.«

»Dann machen Sie weiter. Besorgen Sie sich alle Informationen.«

»Ich gebe mir Mühe.«

»Bis Mittag.«

Der kalte Regen der vergangenen Nacht hatte bis zum Morgen angehalten, wenn er auch etwas schwächer geworden war. Der Himmel vor den Fenstern des Oval Office war dunkel. Ein Absinken der Temperatur nur um ein oder zwei Grad, und der Rasen des Weißen Hauses würde mit Schnee bedeckt werden. Berquist stand am Fenster und dachte kurz darüber nach, wie hoch die Schneewehen wohl in Mountain Iron, Minnesota, sein mochten. Wie sehr wünschte er sich, jetzt dort zu sein. Sein Telefon summte. Er sah auf die Uhr, als er zum Schreibtisch ging; es war 11.15 Uhr.

»Ja?«

»Ihr Gespräch mit Paris, Sir.«

»Danke.« Berquist drückte den roten Knopf. »Madame Broussac?«

»*Oui, Monsieur le Président*. Das ist eine Ehre für mich, Sir. Ich fühle mich geschmeichelt, daß man mich zu einem Gespräch mit Ihnen gerufen hat.« Die Stimme der alten Frau war kräftig, aber da war auch eine Andeutung von Angst zu spüren.

»Und ich bin Ihnen sehr dankbar, Madame. Sind wir allein, wie ich es angeordnet habe?«

»Ja, *Monsieur le Président*. Botschafter Richardson war so liebenswürdig, mir sein Zimmer zu überlassen. Ganz ehrlich, ich bin verwirrt, könnte man sagen.«

»Sie haben das Wort des Präsidenten der Vereinigten Staaten, daß uns wirklich niemand zuhört, Madame. Und es gibt keine Tonbandgeräte, die unser Gespräch aufzeichnen. Nehmen Sie mir das ab?«

»Selbstverständlich. Warum sollte eine so hochgestellte Persönlichkeit eine hohe Beamtin des Quai d'Orsay täuschen wollen?«

»Aus einer ganzen Anzahl von Gründen. Aber das tue ich nicht.«

»*Mais oui*. Dann bin ich beruhigt.«

»Gut. Ich brauche Ihre Hilfe in einer Angelegenheit von höchster Brisanz. Sie betrifft in keiner Weise die Regierung von Frankreich, aber jede Unterstützung Ihrerseits würde auch im Interesse Ihres Landes sein. Auch darauf haben Sie mein Wort.«

»Das genügt, *Monsieur le Président*.«

»Es ist von äußerster Wichtigkeit, daß wir einen ehemaligen Beamten erreichen, der sich erst kürzlich vom State Department getrennt hat. Sein Name ist Michael Havelock.«

»*S'il vous plaît, Monsieur le...*«

»Nein, bitte«, unterbrach Berquist. »Lassen Sie mich zu Ende sprechen. In meinem Amt habe ich zuviel um die Ohren, um mich persönlich mit Ihrer Arbeit zu befassen oder mit den Aktivitäten, mit denen Mr. Havelock beschäftigt war. Ich bitte Sie nur, uns behilflich zu sein, ihn zu finden. Vielleicht kennen Sie einen Namen, den er gebraucht. Was auch immer Sie mir sagen, wird streng vertraulich behandelt werden, das verspreche ich Ihnen.«

»*Monsieur...*«

»Ganz gleich, was er Ihnen vielleicht gesagt haben mag«, fuhr der Präsident fort und schnitt ihr das Wort ab, »seine Regierung hat ihm nie Böses gewollt. Wir haben viel zuviel Respekt für das, was er während seiner aktiven Dienstzeit geleistet hat und empfinden zu tiefe Dankbarkeit für seine Arbeit. Die Tragödie, von der er glaubt, daß sie nur ihn betrifft, berührt uns alle. Mehr kann ich Ihnen nicht sagen. Aber ich hoffe, Sie ziehen in Betracht, aus welcher Quelle diese Mitteilung kommt. Werden Sie mir helfen, Madame Broussac?«

Berquist konnte ihren schweren Atem durch das Telefon hören und auch das Pochen in seiner Brust. Er blickte zum Fenster hinaus, die ersten weißen Flocken mischten sich in den Nieselregen.

»Während Sie versuchen, ihn zu finden«, begann Régine Broussac, »sucht er jemand anderen.«

»Das wissen wir. Wir haben die Frau gesucht. Um ihr Leben zu retten. Und das seine.« Der Präsident schloß die Augen. Das war eine Lüge, an die er sich später einmal erinnern würde. Aber dann würde er sich auch an Churchill und Coventry erinnern.

»Es gibt da einen Mann in New York.«

»New York?« Berquist lehnte sich verblüfft nach vorne. »Er ist hier? Sie ist...«

»Das überrascht Sie, *Monsieur le Président*?«

»In hohem Maße.«

»Das sollte es auch. Ich war es, die sie nach New York geschickt hat. Und ihn.«

»Was ist mit diesem Mann in New York?«

»Man muß sich ihm mit einem hohen Maß an Feingefühl nähern. Man darf sein Leben nicht gefährden. Sie haben die gleichen Leute in Europa; wir brauchen sie alle, *Monsieur le Président*. Selbst wenn wir jene kennen, die zu anderen... Firmen gehören, lassen wir sie in Ruhe.«

»Ich verstehe völlig.« Berquist hatte die Warnung deutlich verstanden. »Dieser Mann kann uns sagen, wo er ist?«

»Er kann Ihnen sagen, wo sie ist. Das ist es, was Sie wissen müssen. Aber man muß ihn überzeugen, daß er nicht gefährdet ist.«

»Ich werde nur einen Mann schicken, und nur er wird eingeweiht sein. Mein Wort darauf.«

»*Je le respecte*. Ich muß Ihnen verraten, ich kenne ihn nicht persönlich, nur aus seiner Akte. Er ist ein großer Mann mit sehr viel Mitgefühl, *Monsieur*. Im April 1945 hat man ihn aus dem KZ in Bergen-Belsen befreit.«

»Man wird ihn mit allem denkbaren Respekt behandeln, und er kann mit absoluter Vertraulichkeit rechnen. Wie ist sein Name, bitte?«

»Jacob Handelman, Columbia-Universität.«

Die drei Männer hörten gespannt zu, während Emory Bradford im unterirdischen Strategieraum des Weißen Hauses methodisch darlegte, was er inzwischen in Erfahrung gebracht hatte. Mit bewußt monotoner Stimme beschrieb er im einzelnen, wo sich die neunzehn Mitarbeiter des State Department aus dem vierten Stock, Abteilung L, die während der Operation an der Costa Brava nicht in Washington gewesen waren, aufgehalten hatten. Als er geendet hatte, waren in den Gesichtern der Zuhörer Kummer und Enttäuschung zu erkennen, besonders beim Präsidenten. Er lehnte sich nach vorne, und sein massiges Gesicht wirkte abgespannt und faltig.

»Sie waren heute morgen so sicher«, sagte er. »Fünf fehlten noch, haben Sie mir erzählt. Was ist geschehen?«

»Ich hatte unrecht, *Mr. President*.«

»Verdammt, das wollte ich nicht hören. Wer waren die fünf?«

»Unter ihnen war auch eine Frau. Sie hatte in der Zeit eine Abtreibung machen lassen.«

»Wie konnten Sie überhaupt eine Frau in Betracht ziehen?« fragte Halyard. »Nicht daß ich da einen großen Unterschied mache, aber eine Frau würde irgendwo eine Spur hinterlassen.«

»Nicht wenn sie – über Moskau – Männer kontrolliert. Tatsächlich war ich sehr erregt, als ihr Name auftauchte. Ich dachte, du lieber Gott, das ist ja eine perfekte Tarnung. Aber ich habe mich geirrt.«

»Wer waren die anderen?«

»Zwei sind Attachés in unserer Botschaft in Mexiko. Man hatte sie wegen eines Informationsaustausches zurückgerufen, und sie sind erst am fünften Januar nach Mexico City zurückgekehrt.«

»Erklärung?« fragte der Präsident.

»Sie machten noch Urlaub mit ihren Familien. Einer war auf einer Skihütte in Vermont, der andere in der Karibik.«

»Wer ist der vierte?«

»Arthur Pierce.«

»Pierce?« fragte Halyard verblüfft. »Der Mann bei der UNO?«

»Ja, General. Er steht besonders hoch in Matthias' Gunst. Wenn überhaupt jemand im Außenministerium über einen längeren Zeitraum direkten Zugang zu Matthias hatte, dann war er es. Matthias hat Pierce mit der eindeutigen Absicht in die UNO delegiert, um ihm später einen Botschafterposten zuzuschanzen.«

»Wenn Sie mir eine kleine Korrektur gestatten«, sagte Berquist, »ich persönlich habe ihn ernannt. Letztes Jahr hat er ein paar Monate hier mit dem Nationalen Sicherheitsrat zusammengearbeitet, ehe der große Mann meinte, daß man ihn in New York brauche.«

»Dem hat dieser verdammte Krieg in Südostasien genausowenig behagt wie mir«, rief da Halyard aus. »Seine Personalakte war genausogut wie meine... ehrlich gesagt, sogar ein gutes Stück besser.«

Addison Brooks lehnte sich in seinem Sessel zurück. »Ich kenne Pierce. Ein erfahrener Diplomat hat mich auf ihn aufmerksam gemacht. Ich glaube, ich kann es mir auch ein wenig zuschreiben, daß er ins State Department kam. Ich hab' schon gewußt, was ich tue – ein Farmerssohn aus Iowa, glaube ich, brillante akademische Leistungen, ein Stipendium nach dem anderen, eine richtige Erfolgsstory. Und bei einem solchen Mann denken Sie an eine Verbindung mit Moskau?«

»Ich habe mir vorher gar nichts dabei gedacht, ganz besonders nicht in seinem Fall. Arthur Pierce ist ein Freund von mir... und ich habe nicht viele. Ich halte ihn für einen der fähigsten Männer, die wir im State Department habe. Trotzdem habe ich die Berichte, die man mir gegeben hat, gründlich durchgelesen. Nur ich, übrigens. Ich habe sie weder meiner Sekretärin noch einem Assistenten gegeben.«

»Was veranlaßt Sie denn zu glauben, Pierce könnte irgend etwas mit der sowjetischen Abwehr zu tun haben? Herrgott, der ist so amerikanisch wie das Sternenbanner.«

»Ein Irrtum in den Protokollbüchern der UNO. Der erste Bericht zeigte, daß Pierce während der letzten Dezembertage und in den ersten drei Januartagen – in der Woche, als die Operation an der Costa Brava lief – vier verschiedene Anfragen aus der Abteilung, die für den Mittleren Osten zuständig ist, nicht beantwortet hat. Dann tauchten sie natürlich doch auf. Seine Analysen waren scharfsinniger als alles andere, was ich bisher über diesen Bereich gelesen habe, und paßten glänzend zu dem, was im Sicherheitsrat verhandelt wurde. Tatsächlich hat man sie sogar benutzt, um einen besonders aggressiven sowjetischen Antrag zu blockieren.«

»Der Irrtum in den Aufzeichnungen war die Erklärung?« fragte Brooks.

»Das ist es ja, was mich so wahnsinnig macht. Es gibt immer eine Erklärung und dann die Bestätigung einer Erklärung. Es gehen so viele Meldungen ein, daß zwanzig Prozent davon verlegt werden. Pierces Antworten waren die ganze Zeit da gewesen.«

»Wer ist der letzte Mann?« Berquist wollte nicht aufgeben. Sein Blick ließ erkennen, daß er nicht bereit sein würde, Bradfords neue Erkenntnis zu akzeptieren.

»Einer, von dem ich schon überzeugt war, daß er der Maulwurf ist. Fast hätte ich seine Verhaftung durch den Sicherheitsrat des Weißen Hauses veranlaßt. Gott sei Dank habe ich das nicht getan. Er hätte ein Mordsgeschrei gemacht.«

»Wer?«

»Nikolai Sitmarin. In Leningrad geboren und aufgewachsen, die Eltern Dissidenten, die vor mehr als einem Dutzend Jahren eingewandert sind. Er ist der fähigste Analytiker des State Department in bezug auf die innenpolitischen Vorgänge in der Sowjetunion. Seine Prognosen treffen etwa zu siebzig Prozent zu. Ein erstklassiger Mann, und in seinem Fall dachte ich, daß es für Moskau eigentlich keine bessere Möglichkeit gäbe, einen Maulwurf bei uns einzunisten.«

»Ist Sitmarin Jude?« fragte der General.

»Nein, aber die meisten Leute glauben das wahrscheinlich; nach meiner Ansicht hatte das seine Tarnung sogar noch verbessert. Die russischen Dissidenten sind nicht ausschließlich Juden, obwohl das der allgemeine Eindruck zu sein scheint. Außerdem haben sich die Medien seiner ziemlich angenommen... ein dreißig Jahre altes Wunderkind, das einen persönlichen Rachefeldzug führt. Das alles schien so logisch ineinander verwoben, so richtig zu sein.«

»Was hat denn den Verdacht auf Sitmarin gelenkt?« Die Worte des Präsidenten verrieten seinen festen Entschluß, fündig zu werden.

»Auch in diesem Fall gab es zunächst keine Erklärung für seine Abwesenheit. Er war ab Mitte der Weihnachtswoche bis zum achten Januar nicht in seinem Büro. Er war überhaupt nicht in Washington. Ich ließ einen Zeitkontrolleur und seinen Abteilungsleiter anrufen; dann bekamen wir die Erklärung.«

»Und die war?« drängte Berquist.

»Urlaub aus privaten Gründen. Seine Mutter in Chicago war erkrankt. Sie wäre beinahe gestorben. Das Krankenhaus hat es bestätigt.«

»Aber sie ist nicht gestorben«, unterbrach ihn Brooks.

»Ich habe persönlich mit dem behandelnden Arzt gesprochen und ihm deutlich gemacht, wie wichtig meine Anfrage war. Er hat mir eine Passage aus seinen Akten vorgelesen.«

»Lassen Sie sich die Akten schicken«, befahl der Präsident. »Es gibt zu viele Erklärungen – eine davon ist eine Lüge.«

»Da bin ich Ihrer Ansicht, aber welche?« fragte Bradford. »Nicht nur diese fünf, sondern alle neunzehn. Jemand, der der Ansicht ist, er – oder sie – täte einem Vorgesetzten einen harmlosen Gefallen, indem er ›Ambiguity‹ vor uns verbirgt und den Maulwurf versteckt. Und in den Akten stehen ein paar zusätzliche Tage Skiurlaub oder ein bißchen Sonne in der Karibik oder eine Affäre mit... entschuldigen Sie.«

»Ach, hören Sie schon auf. Nehmen Sie jeden aus diesem Kreis noch einmal unter die Lupe. Finden Sie eine Erklärung, die einer Überprüfung nicht standhält.«

»Das wird einige Zeit in Anspruch nehmen«, sagte der Staatssekretär.

»Sie haben in gut zwölf Stunden schon eine ganze Menge erreicht«, meinte Brooks mitfühlend. »Ich muß Sie wieder loben.«

»Und hinter Ihnen steht die ganze Autorität dieses Amtes. Sie sollen alles beschaffen können, was Sie brauchen, was auch immer es ist. Nutzen Sie diese Vollmacht. Finden Sie den Maulwurf.« Berquist schüttelte verzweifelt den Kopf. »Wir befinden uns mit ihm in einem Wettrennen bei der Suche nach einem Verrückten, den wir Parsifal nennen. Wenn die Sowjets ihn vor uns finden, bricht die Außenpolitik dieses Landes zusammen.« Der Präsident stützte die Hände auf. »Noch etwas? Ich lasse zwei wißbegierige Senatoren warten. Sie sind beide Mitglieder im Ausschuß für Auswärtige Beziehungen. Mich läßt das Gefühl nicht los, daß sie von Matthias Wind bekommen haben.« Berquist hielt inne; er erhob sich und sah Bradford an. »Können Sie mir noch einmal versichern, daß auch wirklich jede Person auf Poole's Island absolut zuverlässig ist?«

»Ja, *Sir*. Jeder ist bis auf die Fingernägel überprüft worden, und keiner verläßt während der ganzen Zeit die Insel.«

»Auch das wird einmal ein Ende haben«, sagte Brooks. »Was heißt ›die ganze Zeit‹? Das ist ein unnatürlicher Zustand.«

»Die Umstände sind abnorm«, unterbrach ihn General Halyard. »Die Streifen sind bewaffnet, die ganze Insel ist eine Festung.«

»Was ist mit Havelock?« fragte Brooks. »Etwas Neues?«

»Nein«, erwiderte der Präsident und ging zur Tür.

»Rufen Sie mich später an«, sagte er ohne weitere Erklärung. »Um drei Uhr.«

Ein heftiger Wind peitschte die Schneeflocken gegen die Windschutzscheibe. Havelock war schon vor einigen Minuten an dem Hinweisschild vorbeigefahren, die Buchstaben hatten im Licht seiner Scheinwerfer geglänzt: MASON FALLS 3 MILES. In New York hatte er in einer Buchhandlung eine Landkarte von Pennsylvania gekauft und den Ort Mason Falls rasch gefunden. Sofort hatte er begriffen, daß er keine andere Wahl hatte, als nach Pittsburg zu fliegen und sich ein Taxi zum Flughafen La Guardia genommen. Im letzten Augenblick hatte er die 20-Uhr-Maschine erreicht und war in Pittsburg um 21.15 Uhr gelandet. Eine halbe Stunde später saß er in einem Mietauto, das er bei jeder Hertz-Station abgeben konnte, und fuhr auf der finsteren, verlassenen Landstraße Richtung Süden.

Kaum hatte er das Ortsschild von Mason Falls passiert, sah er im dichten Schneetreiben – die Flocken waren jetzt größer und schwerer geworden – zu seiner Rechten ein rotes Neonzeichen. Er fuhr darauf zu, verlangsamte seine Fahrt und las die Schrift: ›Harry's Bar‹. Entweder hatte jemand hier einen ausgeprägten Sinn für Humor, oder es gab hier einen Mann namens Harry, der nicht wußte, wie weit er von Paris oder Venedig entfernt war.

Drinnen in der Bar wurde Michael eines Besseren belehrt.

An den holzgetäfelten Wänden hingen vergrößerte Fotografien aus dem Zweiten Weltkrieg, die Pariser Motive zeigten; auf einigen war ein Soldat zu sehen, der sich vor dem Eingang von ›Harry's Bar‹ in Pose gestellt hatte. Das Lokal war rustikal eingerichtet. In einer Ecke stand eine Musikbox, aus der Countrymusik dröhnte. Das halbe Dutzend Gäste der Bar, lauter Männer in rotkarierten Flanellhemden, Cordhosen und knöchelhohen Stiefeln, saß gelangweilt herum.

Er sah sich nach einem Wandtelefon um; es war ausgerechnet nur zwei Meter von der Jukebox entfernt. Das störte ihn nicht weiter, wohl aber, daß kein Telefonbuch greifbar war; er brauchte eine Adresse. Er ging an die Bar, stellte sich zwischen zwei leere Hocker und wartete, bis der mürrisch blickende Harry ihn bediente.

»Was soll's denn sein?«

»Ein Scotch und ein Telefonbuch, wenn Sie eines haben, bitte.«

Der Besitzer des Lokals musterte Havelock kurz. »Hier wird selten Scotch verlangt. Deshalb hab' ich nicht gerade den besten.«

»Macht nichts.«

»Ist ja Ihre Kehle.« Harry griff unter die Bar, holte ein dünnes Telefonbuch hervor und legte es vor Michael auf den Tresen. Dann ging er nach links zu einer Reihe von Flaschen auf einem beleuchteten Regal.

Havelock durchblätterte das Buch schnell, und sein Zeigefinger fuhr an der Reihe unter dem Buchstaben K entlang.

Kohoutek, Janos RFD 3 Box 12

Verdammt! Route Nr. 3 konnte überall in Mason Falls liegen, einer Ortschaft mit geringer Einwohnerzahl zwar, aber ausgedehnter Fläche. Und wenn er die Nummer anrief, würde er Kohoutek nur alarmieren; bestimmt gab es eine Losung, mit der man sich am Telefon ausweisen mußte. Jacob Handelman zu erwähnen, hätte einen Anruf in New York zur Folge gehabt. Und in der Wohnung des toten ›Rabbi‹ würde sich niemand melden, zumindest nicht bis zum nächsten Morgen, wo man ihn vielleicht finden würde, möglicherweise aber sogar einige Tage nicht.

»Ihr Scotch«, sagte Harry und stellte das Glas auf den Tresen.

»Kennen Sie zufällig einen Mann namens Kohoutek?« fragte Havelock leise. »Janos Kohoutek?«

Der Barbesitzer kniff die Augen zusammen, dachte nach. »Den Namen habe ich schon gehört, aber den Mann selbst kenne ich nicht. Er ist einer von diesen Ausländern mit etwas Land, drüben im Westen.«

»Sie wissen nicht zufällig wo... im Westen?«

»Nein. Steht es nicht im Telefonbuch?«

»Dort steht nur Route drei und eine Postfachnummer.«

»Dann rufen Sie ihn doch an.«

»Das wollte ich lieber nicht tun... wie Sie ja selbst sagten, er ist Ausländer; vielleicht versteht er mich am Telefon nicht.«

»Hey«, schrie Harry, um sich in dem Lärm Gehör zu verschaffen, »kennt einer von euch Arschlöchern einen gewissen Kohoutek?«

»Ausländer«, sagte einer.

»Er hat mehr als sechzehn Hektar drüben im Westen«, fügte ein anderer an der Bar hinzu. »Diese Scheißflüchtlinge mit ihren staatlichen Zuschüssen können sich das leisten. Wir nicht.«

»Wissen Sie zufällig, wo?« fragte Havelock.

»Entweder an der Chamberlain oder an der Youngfield, vielleicht auch Fourforks, genau weiß ich es nicht. Steht's nicht im Buch?«

»Nein, da steht nur Route drei, sonst nichts, und eine Postfachnummer.«

»Route drei«, sagte ein weiterer Gast mit ungepflegtem Stoppelbart und wäßrigen Augen. »Das ist Davey Hookers Route. Er ist Briefträger. Er hat den Job durch seinen Onkel bekommen, mit Bestechung natürlich.«

»Wissen Sie, wo die Route verläuft?«

»Sicher, Fourforks Pike. Der verläuft westlich vom Bahnhof, eine Meile weiter die Einundfünfzig entlang.«

»Vielen Dank.« Michael hob das Glas an die Lippen und trank. Der Scotch schmeckte scheußlich. Er griff in die Tasche, holte sein Geld heraus und legte zwei Dollar auf den Tresen. »Nochmals, vielen Dank«, sagte er zu dem Besitzer.

»Das macht sechzig Cents«, sagte Harry.

»Um der alten Zeiten willen«, erwiderte Havelock. »Für das andere Lokal in Paris.«

»Hey, sind Sie dort gewesen?«

»Ein- oder zweimal.«

»Das hätten Sie mir sagen müssen! Dann hätte ich Ihnen anständigen

Whisky gegeben! Ich kann Ihnen sagen, damals, fünfundvierzig, da hab' ich...«

»Tut mir wirklich leid, ich muß weiter.«

Michael drehte sich um und ging zum Ausgang, ohne zu bemerken, wie ein Mann am anderen Ende des Raums von seinem Hocker stieg und zum Telefon ging.

Weniger als eine Meile westlich der alten Bahnstation wurde Fourforks Pike zu einer kurvenreichen Landstraße. Der erste Briefkasten trug die Nummer 5; die Ziffer stand auf einer deutlich sichtbaren Tafel, die an einer Stange neben dem Kasten befestigt war und trotz des Schneetreibens deutlich im Scheinwerferlicht zu erkennen war. Die nächsten drei Briefkästen befanden sich alle im Umkreis von einer halben Meile, der letzte hatte die Nummer 10. Zweihundert Meter weiter gabelte sich die Straße – die erste von mutmaßlich vier Abzweigungen, die dem Fourforks Pike seinen Namen verliehen hatten. Er entschied sich für die Gabelung nach rechts. Nummer 11 tauchte erst auf, als er beinahe eineinhalb Meilen weit gefahren war, und als er sie schließlich sah, reagierte er erleichtert. Ein paar Augenblicke lang war er überzeugt gewesen, den falschen Weg genommen zu haben. Er drückte den Fuß auf das Gaspedal, sein Mund war trocken, seine Augen schmerzten.

Die Straße schien endlos zu sein, ein Eindruck, der durch das Schneegestöber noch verstärkt wurde. Links und rechts wurde sie, soweit er das erkennen konnte, von Feldern oder Wiesen begrenzt. Nirgends waren Häuser oder Lichter zu sehen. War er bereits zu weit gefahren? Hatte er eine Abzweigung verpaßt?

Da! Rechts! Ein großer schwarzer Briefkasten, wie eine kleine Hütte geformt. Die Klappe war breit genug, um kleine Pakete aufzunehmen. Die Zahl 12 war in weißen Lettern aufgemalt, die das Licht seiner Scheinwerfer reflektierten. Havelock verlangsamte seine Fahrt und spähte durchs Fenster. Wieder war nirgendwo ein Licht zu erkennen. Nur eine lange Straße, die in einer Wand aus Bäumen und Finsternis zu verschwinden schien.

Ein paar hundert Meter hinter Box Nummer 12 bemerkte er eine Art Hecke, vielleicht eine Grundstücksgrenze.

Er lenkte den Mietwagen über die Böschung ins dichte Gebüsch, schaltete die Scheinwerfer ab und klappte seinen Koffer auf dem Vordersitz auf. Er entfernte alles, was ihn identifizieren konnte, und stopfte es unter die Rückbank. Dann holte er einen schweren mit Blei versehenen Plastikbeutel aus dem Koffer, der für Röntgenstrahlung undurchdringlich war und häufig für den Transport von belichtetem Film benutzt wurde. Er öffnete den Beutel und entnahm ihm die Llama; das Magazin war voll. Schließlich nahm er das Messer heraus, mit dem er dem Lügner am Col des Moulinets das Gesicht zerschnitten hatte; es steckte in einer dünnen Lederscheide. Er raffte seinen Mantel in die Höhe und befestigte das Messer hinten im Kreuz am Gürtel. So bewaffnet stieg er aus dem Wagen, sperrte ihn ab und schob das schneebedeckte Blattwerk von allen Seiten um das Auto herum.

Er hatte höchstens zehn Meter auf der langen, schmalen Straße zurückgelegt, als er stehenblieb. Ob es nun die Jahre waren, die er damit verbracht hatte, instinktiv ihm fremdes Terrain zu sondieren – wissend, daß ein unbekannter Pfad in der Nacht stets tödliche Überraschungen für ihn enthalten konnte –, oder der Wind von den Feldern, der ihn dazu veranlaßte, den Kopf schräg nach unten zu halten, wußte er nicht. Er war lediglich froh, daß er ihn sah, den winzigen grünen Lichtpunkt zu seiner Rechten, etwa einen halben Meter über dem Boden. Er schien in der Luft zu hängen, aber er wußte, daß das nicht der Fall war. Er war vielmehr am Ende eines dünnen schwarzen Metallrohrs mit Draht befestigt, das wenigstens einen halben Meter in die Erde gerammt war. Es handelte sich um eine Fotozelle, deren Gegenstück auf der anderen Straßenseite zu finden war, so daß ein unsichtbarer Lichtstrahl die Dunkelheit durchkreuzte und die beiden Endpunkte verband. Alles, was diesen Strahl länger als eine Sekunde oder mit einem Gewicht von mehr als 22 Kilo durchbrach, würde irgendwo einen Alarm auslösen.

Michael tastete sich vorsichtig nach rechts, durch das kalte, nasse Gestrüpp, und umging so die Sperre. Am Rande der Büsche blieb er wieder stehen, weil er eine flackernde weiße Linie bemerkt hatte, die parallel zu seinen Schultern verlief. Es war ein Stacheldraht, der ein Feld eingrenzte und an dessen Stacheln kurzzeitig Schneeflocken hängen blieben, ehe der Wind sie wegfegte. Er hatte den Draht nicht gesehen, als er an dem Briefkasten vorbeigefahren war; jetzt blickte er sich um und begriff. Der Zaun begann erst an der Stelle, wo das Gebüsch hoch genug war, um ihn zu verbergen. Und das bedeutete, daß ausreichender Druck gegen die Drähte einen weiteren Alarm auslösen würde. Janos Kohoutek war offensichtlich sehr auf seine Sicherheit bedacht, für die ihm nichts zu kostspielig war.

Zwischen dem grünen Licht und dem schulterhohen Stacheldrahtzaun verlief also der Weg, dachte Havelock. Wenn es eine Lichtschranke gab, waren auch noch andere entlang des Weges installiert, denn jede Schutztechnik kalkulierte Defekte mit ein Michael konnte vor sich praktisch nichts als Blattwerk, Finsternis und wirbelnden Schnee erkennen. Er schlich weiter, das Buschwerk und die einzelnen Zweige vor sich wegschiebend, die Augen auf den Boden geheftet, um nach winzigen grünen Lichtpunkten Ausschau zu halten.

Er passierte drei, dann vier, und jeder war etwa achtzig Meter vom nächsten entfernt. Als er die Mauer aus hohen Bäumen erreichte, wurde auch der Drahtzaun höher. Er war jetzt bis auf die Haut durchnäßt, und an seinen Augenbrauen klebte Eis; plötzlich wurde ihm bewußt, daß er sich auf einem leicht abschüssigen Pfad fortbewegte. Er blickte zur Straße hinüber. Dort war das Gefälle ausgeprägter, und er konnte jetzt die gefleckte Fläche aus Schnee und Erde nicht mehr sehen. Zwischen den Bäumen war eine Lücke, der schmale, abschüssige Weg, den er noch vor sich hatte, war mit Buschwerk angefüllt, und das hohe Gras und die Büsche bogen sich im Wind.

Und dann bot sich ihm ein Anblick, der ihn zugleich hypnotisierte und beunruhigte... so wie vor kurzem, als er Jacob Handelman das erste Mal sah.

Auf den ersten Blick wirkte die Anlage wie eine beliebige Farm, die von Feldern und endlosen Wäldern umgeben ist. Bei den Gebäuden aus massivem Holz konnte es sich um ein paar Scheunen handeln, um ein Silo, um ein paar Schuppen für Traktoren, Pflüge und andere Erntegeräte. Auch dazu dienten sie, dessen war Havelock sicher, aber sie waren auch mehr. Viel mehr.

Es begann mit dem Tor; es war aus Eisenrohr zusammengeschweißt und dazwischen ganz gewöhnliches Drahtgeflecht, aber es war höher als für eine Farm erforderlich – als hätte derjenige, der es hatte anfertigen lassen, sich bei der Festlegung der Höhe geirrt und dann beschlossen, mit seinem Fehler zu leben. Und dann war da der Zaun, der sich zu beiden Seiten des unauffälligen Tors erstreckte; er war ebenfalls höher als notwendig, um die Tiere auf den Weiden zurückzuhalten. War es nur die Höhe? Da entdeckte Michael, daß die Krone des Stacheldrahtzauns nach innen geneigt war. Dieser Zaun war nicht dazu bestimmt, Tiere abzuhalten, wegzulaufen; er diente vielmehr dem Zweck, Leute daran zu hindern, auszubrechen!

Plötzlich schoß der blendende Balken eines Scheinwerfers aus dem oberen Teil des Silos! Er kreiste... erfaßte ihn!

Dies waren die achtziger Jahre, aber er stand vor einem schrecklichen Symbol menschlicher Erniedrigung und Tortur, das vierzig Jahre zurückreichte. Es war ein Konzentrationslager!

»Wir haben uns schon gefragt, wie lange Sie brauchen würden«, sagte eine Stimme hinter ihm.

Er fuhr herum, griff nach seiner Waffe. Doch es war zu spät.

Kräftige Arme umklammerten seinen Hals, während ein paar Hände ihm ein weiches, feuchtes, bitter riechendes Stück Stoff auf das Gesicht preßten.

Dann kam die Finsternis, und er konnte weder sehen noch fühlen.

21

Als erstes spürte er die Wärme. Er schlug die Augen auf; sein Blick war verschwommen. Der beißende Geruch in seiner Nase verursachte ihm Übelkeit; man hatte ihn mit reinem Äthyläther betäubt.

Er sah Flammen, Holzscheite, die hinter einem Drahtgitter brannten, und rings um das Gitter unverputztes Mauerwerk, ein großes Rechteck.

Er lag vor dem Kamin auf dem Boden, man hatte ihm den Mantel ausgezogen, seine feuchten Kleider wurden ihm unangenehm warm. Aber noch etwas war unangenehm und drückte ihn im Rücken: das Messer. Er war dankbar für den Schmerz.

Er wälzte sich langsam herum, Zentimeter für Zentimeter, die Augen halb geschlossen, und versuchte, im Licht des Feuers und einiger Tischlampen soviel wahrzunehmen, wie er konnte. Er hörte unterdrückte Stimmen; hinter dem braunen Sofa am anderen Ende des Raums sprachen zwei Männer leise miteinander. Die beiden Aufpasser hatten seine Bewegung nicht bemerkt. Der Raum war mit massivem, funktionellen Mobiliar eingerichtet; dicke Teppiche lagen auf dem Holzfußboden, vor den Fenstern hingen rotkarierte Vorhänge. Es war ein schlichtes Wohnzimmer in einem ländlichen Bauernhaus, nicht mehr und nicht weniger, da gab es keinen Gegenstand, der einen auf die Idee hätte bringen können, er gehörte eigentlich in eine andere Umgebung. Der Raum wirkte spartanisch, so, als fehlte die weibliche Hand.

Michael bewegte langsam den Arm, um auf die Uhr zu sehen. Es war ein Uhr früh; er war fast fünfundvierzig Minuten bewußtlos gewesen

»Hey, er ist wach!« rief einer der Männer.

»Hol Mr. Kohoutek«, sagte der andere und näherte sich Havelock. Er ging um das Sofa herum und blieb stehen, griff unter seine Lederjacke und holte eine Pistole heraus. Grinsend hielt er die spanische Llama in der Hand und strich ihr über den Lauf. »Gutes Eisen, *Mister*. So ein feines Exemplar habe ich seit Jahren nicht mehr gesehen. Besten Dank.«

Michael wollte gerade antworten, als die schnellen, schweren Schritte eines anderen Mannes, der mit einem dampfenden Teeglas in der Hand aus dem Korridor hereinkam, ihn bremsten.

»Du gehst ja recht großzügig mit Kleinigkeiten um«, dröhnte Janos Kohoutek. »Sei vorsichtig, sonst läufst du barfuß im Schnee.«

Nie shodz sniegu bez butow.

Kohouteks Akzent ließ erkennen, daß er aus den Karpaten südlich von Otrokovice stammte, und was er in bezug auf das Barfußgehen im

Schnee gesagt hatte, so war das eine tschechische Redensart, wie man sie in Mähren gegenüber jungen Leuten benutzte, die sich ihren Lebensunterhalt nicht selbst verdienten. *Um zu verstehen, was Kälte ist, muß man barfuß im Schnee gehen.*

Kohoutek trat um den Aufpasser herum und war jetzt in voller Größe zu sehen. Er war ein Bulle von einem Mann, das offenstehende Hemd spannte sich um seine kräftige Brust. Er war nicht groß, eher gedrungen. Der einzige Hinweis auf sein Alter stand in seinem Gesicht... tiefe Falten hatten sich dort eingegraben, die Spuren gehetzten Lebens. Die heiße, dunkelbraune Flüssigkeit im Glas war Tee – schwarzer Karpatentee – und der sechzigjährige Mann, der das Glas hielt, war der Geburt nach Tscheche, der Überzeugung nach Mähre.

»Da ist ja unser Eindringling!« dröhnte er und starrte Havelock an. »Ein Mann mit Pistole, aber ohne Papiere – nicht einmal einen Führerschein oder eine Kreditkarte hat er bei sich. Wer ist dieser nächtliche Eindringling? Was will er? Wie heißt er?«

»Havliček«, sagte Michael leise und sprach den Namen so aus, wie man ihn in Mähren ausgesprochen hatte. »Mikhail Havliček.«

»*Český?*«

»*Ano.*«

»*Obchodní?*« schrie Kohoutek und fragte Havelock, was er von ihm wolle.

»*Má žena*«, erwiderte Michael, »die Frau.«

»*Co, žena?*« wollte der Bulle wissen.

»Die, die man heute morgen hier hergebracht hat«, sagte Havelock weiter in tschechischer Sprache.

»Man hat heute morgen zwei gebracht. Welche?«

»Sie hatte blondes Haar, als wir sie zuletzt sahen.«

Kohoutek grinste. »*Chlipný*«, sagte er lüstern.

»Ihr Körper interessiert mich nicht, nur das, was sie weiß.« Michael richtete sich auf. »Darf ich aufstehen?«

»*V žádnim případě!*« brüllte der Bulle und trat mit dem rechten Fuß zu, so daß der Stiefel Havelock am Hals traf und ihn auf die Schieferplatte zurückschleuderte.

»*Proklatě!*« schrie Havelock auf und griff sich an den Hals. Das war der richtige Augenblick, um verärgert zu reagieren, um die Worte zu sprechen, auf die es ankam. »Ich habe bezahlt!« fügte er auf Tschechisch hinzu. »Was fällt Ihnen eigentlich ein?«

»Wofür haben Sie bezahlt? Um sich nach mir zu erkundigen? Um sich mitten in der Nacht mit einer Pistole an mein Haus heranzuschleichen?«

»Ich habe getan, was man mir aufgetragen hat.«

»Wer hat Ihnen etwas aufgetragen?«

»Jacob Handelman.«

»Handelman?« Kohouteks breites, faltiges Gesicht wirkte plötzlich verblüfft. »Handelman haben Sie bezahlt? Er hat Sie geschickt?«

»Er hat mir gesagt, daß er mit Ihnen Verbindung aufnehmen würde«, sagte Michael rasch und sprach damit etwas aus, was er in Paris gehört und was Handelman in New York geleugnet hatte, um Profit daraus zu schlagen. »Ich sollte Sie unter keinen Umständen anrufen. Er hat mir geraten, den Wagen auf der Straße hinter Ihrem Briefkasten abzustellen und zu Fuß zu Ihrer Farm zu gehen.«

»Sie haben in einer Bar an der Straße Fragen über mich gestellt!«

»Ich wußte nicht, wo der Fourforks Pike ist. Wie sollte ich auch? Hatten Sie jemanden dort? Hat er sie angerufen?«

Der Tscheche schüttelte den Kopf. »Das ist jetzt nicht wichtig.« Kohoutek hielt inne; seine Augen blickten drohend. »Aber Sie sind nicht meinem Weg heruntergegangen, wie ein Dieb sind Sie gekommen, wie ein bewaffneter Dieb!«

»Ich bin kein Narr, *přiteli*. Ich weiß, was Sie hier haben; deshalb habe ich mich nach Alarmanlagen umgesehen und sie gefunden. Ich wollte vermeiden, daß man Hunde auf mich hetzt oder auf mich schießt. Warum, glauben Sie, hätte ich sonst so lange von der Bar bis hierher gebraucht?«

»Sie haben Handelman bezahlt?«

»Reichlich sogar. Darf ich jetzt aufstehen?«

»Ja, freilich. Setzen Sie sich schon. Setzen sollen Sie sich!« befahl der Bulle und wies auf eine kleine Bank links von dem offenen Kamin. Sein Gesichtsausdruck wirkte jetzt völlig verwirrt. »Sie haben ihm Geld gegeben?«

»Eine ganze Menge. Er hat gesagt, ich würde einen Punkt an der Straße erreichen, von dem aus ich die Farm unter mir sehen könnte. Jemand würde am Tor auf mich warten und mich mit einer Taschenlampe einweisen. Da war niemand, wenigstens habe ich keinen Menschen gesehen. Aber dann war das Wetter so miserabel, daß ich einfach herunterkam.«

Kohoutek umfaßte das dampfende Glas mit beiden Händen und ging quer durch das Zimmer zu einem Tisch an der Wand, auf dem ein Telefon stand. Er setzte das Glas ab, griff nach dem Hörer und wählte.

»Wenn Sie jetzt Handelman anrufen...«

»Ich rufe Handelman nie an«, unterbrach ihn der Tscheche. »Ich rufe einen Mann an, der daraufhin einen anderen anruft; und der ruft den Deutschen an.«

»Sie meinen den ›Rabbi‹?«

Kohoutek hob den Kopf und sah Havelock an. »Ja, den ›Rabbi‹«, sagte er, ohne etwas hinzuzufügen.

»Nun, wenn auch immer..., in seiner Wohnung wird sich niemand melden.«

»Warum nicht?«

»Er sagte mir, er müsse nach Boston reisen, um einen Vortrag zu halten. In Brandese oder Brandeis, hat er gesagt.«

»Das ist eine jüdische Schule«, meinte der Tscheche. Nach einer kurzen Pause sprach er ins Telefon: »Hier ist Janos. Rufen Sie New York an. Nennen Sie dort den Namen Havliček, haben Sie das? Havliček. Ich will eine Erklärung.«

Er legte auf, griff sich wieder sein Glas und ging zum Kamin zurück. »Steck das weg!« befahl er dem Mann in der Lederjacke, der die Llama an seinem Ärmel rieb. »Bleib draußen im Gang.« Der Mann ging hinaus. Kohoutek setzte sich Michael gegenüber in einen alten Schaukelstuhl.

»Jetzt warten wir, Mikhail Havliček. Es dauert nicht lange, ein paar Minuten, zehn... vielleicht fünfzehn.«

»Ich kann nichts dafür, wenn er nicht zu Hause ist«, sagte Havelock und zuckte die Achseln. »Ich wäre nicht hier, wenn wir nicht eine Übereinkunft getroffen hätten. Ich würde Ihren Namen nicht kennen und nicht wissen, wo Sie zu finden sind, wenn er es mir nicht gesagt hätte. Wie könnte ich?«

»Wir werden ja sehen.«

»Wo ist die Frau?«

»Hier. Wir haben mehrere Gebäude«, antwortete der Mann aus den Karpaten und schaukelte langsam vor und zurück, während er immer wieder an seinem Tee nippte. »Sie ist natürlich verstimmt. Es ist nicht ganz das, was sie sich erwartet hatte, aber das wird sie schon noch verstehen, wie alles andere auch. Wir sind ihre einzige Hoffnung.«

»Wie sehr verstimmt ist sie?«

Kohoutek kniff die Augen zusammen. »Interessiert es Sie?«

»Nur beruflich. Ich soll sie hinausschaffen, will keinen Ärger.«

»Wir werden sehen.«

»Ist ihr nichts passiert?« fragte Michael und unterdrückte das Angstgefühl.

»Sie hat wie einige andere eine Weile unvernünftig reagiert.« Kohoutek grinste, dann stieß er ein häßliches Lachen aus und nahm wieder einen Schluck aus seinem Glas. »Wir haben ihr die Vorschriften erklärt, und sie hat erwidert, die wären für sie nicht akzeptabel. Können Sie sich das vorstellen? Nicht akzeptabel!« Der Bulle brüllte es förmlich heraus, dann wurde seine Stimme wieder leiser. »Wir werden sie sorgfältig bewachen, und bevor sie weggeschickt wird, hat sie kapiert, wie sie sich zu verhalten hat.«

»Sie brauchen sich keine Sorge zu machen. Ich nehme sie mit.«

»Das sagen *Sie*.«

»Ich habe bezahlt.«

Kohoutek lehnte sich vor und unterbrach damit die Schaukelbewegung des Stuhls. »Wieviel?«

Das war die Frage, die der Tscheche schon vor einigen Minuten hatte stellen wollen, aber in den Karpaten pflegte man verschlungene Wege zu gehen; niemals direkt ein Ziel anzusteuern. Michael wußte, daß er eine riskante Taktik gewählt hatte; in Handelmans Wohnung würde sich niemand melden, wenn dort das Telefon klingelte. Er mußte jetzt verhandeln, und zwar rasch.

»Wollen Sie das nicht lieber von Handelman persönlich erfahren? Falls er zu Hause ist.«

»Vielleicht möchte ich es lieber von Ihnen hören, *přiteli*.«

»Woher wissen Sie denn, daß Sie mir vertrauen können?«

»Woher weiß ich denn, daß ich dem ›Rabbi‹ vertrauen kann? Woher wissen Sie, daß Sie ihm vertrauen können?«

»Warum sollte ich daran zweifeln? Ich habe Sie gefunden, Ihr Haus. Nicht so, wie ich das gewünscht hätte, aber ich bin hier.«

»Sie müssen einflußreiche Interessen vertreten«, sagte Kohoutek.

»So einflußreich, daß ich keine Papiere bei mir trage, aber das wissen Sie natürlich.«

»Leute wie Sie haben immer Geld bei sich«, sagte der Tscheche und begann wieder vor und zurück zu schaukeln.

»Auf jeden Fall genug.«

»Wieviel haben Sie Handelman bezahlt?« fragte Kohoutek, die Schaukelbewegung unterbrechend.

»Zwanzigtausend amerikanische Dollar.«

»Zwanzig…« Kohouteks verwittertes Gesicht verlor an Farbe, seine tiefliegenden Augen verschwanden fast unter den dicken Fleischwülsten. »Eine stattliche Summe, *přiteli*.«

»Er sagte, das sei ein angemessener Betrag.« Havelock schlug die Beine übereinander; das Feuer wärmte seine feuchte Hose. »Wir hatten damit gerechnet.«

»Sind Sie auch darauf vorbereitet, von mir zu erfahren, warum er mich nicht erreicht hat?«

»Nachdem Sie eine so komplizierte Methode haben, um miteinander Verbindung aufzunehmen, überrascht mich das nicht. Er wollte nach Boston reisen, und wenn niemand ans Telefon ging…«

»Dort ist immer jemand am Telefon; er ist ein Krüppel. Und Sie waren drauf und dran, in eine Falle zu gehen, die Sie das Leben hätte kosten können.«

Michael richtete sich auf, seine Augen fixierten Kohoutek. »Die Lichtschranken?«

»Sie sprachen von Hunden; wir haben Hunde. Sie greifen nur auf Kommando an, aber ein Eindringling weiß das nicht. Sie umkreisen ihn, bellen wild. Was hätten Sie getan?«

»Die Pistole benutzt, natürlich.«

»Und dann wären Sie erschossen worden. Darauf hatte es Handelman abgesehen.«

Beide Männer schwiegen. Schließlich sagte Havelock: »Jetzt verstehe ich; der ›Rabbi‹ hat zwanzigtausend Dollar, von denen Sie nichts wissen, und ich kann es Ihnen nicht sagen, weil ich ja tot bin.«

»Endlich kapieren Sie.«

»Das würde er Ihnen antun... für zwanzigtausend Dollar?«

Wieder fing der Bulle an, in seinem Sessel zu schaukeln. »Dahinter könnten auch andere Überlegungen stecken. Ich hatte hier kleinere Schwierigkeiten; nichts, mit dem wir nicht fertig werden, aber das hier ist eine arme Gegend. Es gibt immer Neider, wenn man seine Farm erfolgreich führt. Handelman könnte die Absicht haben, mich auszutauschen, womöglich hat er sogar einen Grund dazu.«

»Ich verstehe nicht.«

»Ich hätte eine Leiche hier im Haus, die Leiche eines Mannes, der vielleicht, solange er noch lebte, jemandem gesagt hat, wohin er fahren wollte.«

»Sie hätten einen bewaffneten Eindringling erschossen. Sie hätten nur Ihren Besitz verteidigt; niemand würde Sie deshalb anklagen.«

»Niemand«, sagte Kohoutek, der immer noch schaukelte. »Aber es würde genügen, um zu behaupten: ›Der Tscheche schafft Probleme, wir können ihn uns nicht mehr leisten. Schalten wir ihn aus.‹«

»Von was?«

Der Mann aus den Bergen nippte an seinem Tee. »Sie haben zwanzigtausend Dollar ausgegeben. Sind Sie bereit, mehr zu bezahlen?«

»Dazu könnte man mich vielleicht überreden. Wir wollen die Frau haben; sie hat mit unseren Feinden zusammengearbeitet.«

»Wer ist ›wir‹?«

»Das werde ich Ihnen nicht sagen. Es würde Ihnen auch nichts nützen... Von was könnte man Sie ausschalten?«

Kohoutek zuckte mit den breiten Schultern. »Der Aufenthalt hier ist erst der erste Schritt für Leute... wie diese Corescu.«

»So heißt sie nicht.«

»Das weiß ich auch, aber das geht mich nichts an. Man wird sie beruhigen, wie die anderen auch; sie wird ein oder zwei Monate hierbleiben, ehe man sie woanders hinschickt. In den Süden, in den Südwesten... wo auch immer wir sie unterbringen werden.« Der Bulle grinste. »Die Papiere sind noch nicht da, sie müssen jeden Tag eintreffen. Nach einer Weile sind die Frauen hier launisch und aufsässig. Und wozu führt das? Daß man sie an den Ort zurückschickt, von dem sie kommen, oder vor ein Erschießungskommando stellt oder in ein Gulag steckt? Sie müssen verstehen, das sind alles Menschen in größter Verzweiflung. Das ist wirklich eine fantastische Sache!«

»Treffen denn die Papiere jemals ein?«

»O ja, häufig. Besonders die für die Talentierten und Produktiven. Die Zahlungen dauern jahrelang an.«

»Ich hätte mir das riskant vorgestellt. Wenn sich jemand weigert und droht, Sie auffliegen zu lassen?«

»Dann liefern wir ein anderes Papier, *přiteli*. Einen Totenschein!«

»Jetzt muß ich fragen, wer ist ›wir‹?«

»Und darauf muß ich antworten: Das sage ich Ihnen nicht.«

»Aber der ›Rabbi‹ will Sie aus diesem fantastischen Geschäft verdrängen.«

»Möglich.« Das Telefon klingelte, ein durchdringendes Geräusch. Kohoutek erhob sich aus dem Schaukelstuhl und durchquerte schnell das Zimmer. »Vielleicht erfahren wir es jetzt«, sagte er, stellte seine Teetasse auf den Tisch und nahm den Hörer ab. »Ja?«

Havelock hielt unwillkürlich den Atem an; es gab so viele Möglichkeiten. Ein mißtrauischer Hausmeister, ein Student, der mit Handelman verabredet war...

»Versuchen Sie es weiter«, sagte der Tscheche.

Michael atmete wieder. Kohoutek kam zum Stuhl zurück, die Tasse ließ er auf dem Tisch stehen. »Bei Handelman meldet sich niemand.«

»Er ist in Boston.«

»Zu welchem Betrag könnte man Sie denn überreden?«

»Ich trage keine größeren Summen bei mir«, erwiderte Havelock und schätzte ab, wieviel Geld er im Koffer hatte: knapp sechstausend Dollar; er hatte sie aus Paris mitgenommen.

»Dem ›Rabbi‹ haben Sie zwanzigtausend hingeblättert.«

»Das war vorbereitet. Ich könnte Ihnen eine Anzahlung geben. Fünftausend.«

»Anzahlung worauf?«

»Ich will offen sein«, sagte Michael und lehnte sich nach vorn. »Die Frau ist uns fünfunddreißigtausend wert; das war die bereitgestellte Summe. Zwanzig habe ich bereits ausgegeben.«

»Wenn Sie fünftausend anzahlen, bleiben zehn«, sagte der Bulle.

»Der Rest ist in New York. Sie können das Geld morgen haben, aber ich muß die Frau noch in dieser Nacht sehen. Ich muß sie heute mitnehmen.«

»Und entschwinden mit meinen zehntausend Dollar.«

»Warum sollte ich das tun? Ich kümmere mich nicht um die Finanzen. Außerdem vermute ich, daß Sie Handelman einen ganz anständigen Betrag abknöpfen können. Ein Dieb, den man dabei erwischt hat, wie er einen anderen Dieb bestiehlt. Sie haben ihn jetzt in der Hand; Sie könnten ihn ausschalten.«

Kohoutek lachte dröhnend. »Sie kommen aus den Bergen, *čechu!* Aber was für Garantien haben ich?«

»Schicken Sie Ihren besten Mann mit uns. Ich habe keine Waffe. Sagen Sie ihm, er soll mir seine Pistole die ganze Zeit an den Kopf halten.«

»In einem Flughafen?«

»Wir werden mit dem Auto fahren.«

»Warum noch in dieser Nacht?«

»Die erwarten sie am frühen Morgen. Ich soll sie zu einem Mann bringen, der an der Ecke 62. Straße und York Avenue wartet, an der Einfahrt zum East River Drive. Er hat das restliche Geld. Er soll sie zum Kennedy-Flughafen fahren: Dort ist ein Platz auf einer Aeroflot-Maschine für sie gebucht. Ihr Mann kann ja aufpassen; sie besteigt den Wagen erst, wenn das Geld übergeben ist. Was wollen Sie mehr?«

Kohoutek schaukelte und kniff die Augen zusammen. »Der ›Rabbi‹ ist ein Dieb. Ist das der *čechu* nicht auch?«

»Wo soll da was faul sein? Können Sie Ihrem besten Mann nicht vertrauen?«

»Ich bin der Beste. Was ist, wenn ich mitkomme?«

»Warum nicht?«

»Prima! Wir werden gemeinsam fahren, die Frau neben mir auf dem Rücksitz. Ich werde die Waffe auf ihren Kopf richten, die andere auf Sie. Zwei Pistolen, *přiteli!* Wo sind die fünftausend Dollar?«

»In meinem Wagen, oben an der Straße. Schicken Sie jemanden mit mir, aber ich hole es selbst; er bleibt draußen vor dem Auto. Das ist meine Bedingung, sonst platzt das Geschäft.«

»Ihr Kommunisten seid alle so argwöhnisch.«

»Das haben wir in den Bergen gelernt.«

»*Čechu!*«

»Wo ist die Frau?«

»In einem Hintergebäude. Gestern abend hat sie das Essen verweigert und unserem Kubaner das Tablett ins Gesicht geworfen. Aber sie ist eben eine gebildete Frau; das ist nicht immer von Vorteil, wenn es auch später einen höheren Preis einbringt. Zuerst muß ihr Trotz gebrochen werden, vielleicht hat der Kubaner damit schon angefangen. Er ist ein heißblütiger *macho*, mit Eiern, die ihm bis zum Boden hängen. Auf ihren Typ steht er besonders.«

Michael lächelte; das war das schwierigste Lächeln, das er in seinem ganzen Leben zuwege gebracht hatte. »Haben Sie Wanzen in den Zimmern?«

»Wozu? Was können die denn alleine schon für Pläne aushecken?«

»Ich will sie sehen. Und dann will ich weg von hier.«

»Warum nicht? Wenn ich die fünftausend Dollar gesehen habe.« Kohoutek hörte auf zu schaukeln, drehte sich nach links und schrie auf englisch: »Bring unseren Gast im Lastwagen zu seinem Auto. Er soll fahren, du hältst ihm die Pistole an den Kopf.«

Sechzehn Minuten später blätterte Havelock dem Tschechen das Geld in die Hand.

»Gehen Sie zu der Frau, *přiteli*«, sagte Kohoutek.

Er ging über den eingezäunten Hof links am Silo vorbei, hinter ihm der Mann mit der spanischen Llama.

»Dort, rechts von Ihnen«, sagte der Mann.

Am Waldrand war eine Scheune zu sehen, aber es war mehr als eine Scheune. Hinter mehreren Fenstern brannte Licht; jetzt konnte Michael erkennen, daß der Bau sogar ein zweites Stockwerk hatte, wo ebenfalls Licht brannte. Die Fenster waren mit Gitterstäben gesichert. Wie im Konzentrationslager.

Michael spürte den Druck der Lederscheide im Kreuz; das Messer steckte immer noch dort. Er wußte, daß er den Posten trotz seiner Llama überwältigen konnte. Aber noch war der Zeitpunkt nicht gekommen. Vorher mußte er Jenna überzeugt haben, daß sie beide Opfer einer Verschwörung waren. Und wenn er das nicht schaffte, würden sie beide sterben. Der eine würde sein Leben verlieren, der andere in einer Hölle gefangen sein, die ihn langsam umbringen würde.

»Klopfen Sie an die Tür«, sagte der Mann hinter ihm.

Havelock schlug gegen das Holz. Eine Stimme antwortete.

»Ja? Was gibt es?«

»Aufmachen, Befehl von Mr. K. Hier ist Ryan. Schnell!«

Ein drahtiger Mann in einem Bolerohemd und Jeans öffnete die Tür einen Spaltbreit. Er starrte zuerst Michael an, sah dann den Aufpasser und öffnete die Tür ganz.

»Niemand hat angerufen«, sagte er.

»Wir dachten, du wärst vielleicht beschäftigt«, sagte der Mann hinter Havelock mit einem schmierigen Grinsen.

»Womit denn? Mit zwei Schweinen und einem verrückten Weib?«

»Die ist es auch, die wir sehen wollen. Er will sie sehen.«

»Dann wünsche ich ihm nur, daß er einen *pene* wie Stein hat, das ist keine Lüge! Ich hab' vor zehn Minuten reingeschaut. Sie ist eingeschlafen. Ich glaube, die hat ein paar Tage nicht geschlafen.«

»Dann kann er sie anspringen«, sagte der Wachmann und stieß Michael durch die Tür.

Sie gingen die Treppe hinauf, bis sie einen schmalen Korridor erreichten. Die Stahltüren zu beiden Seiten hatten einen Schlitz in der Mitte und darunter eine Klappe, die man wegschieben konnte.

»Sie ist in diesem Raum«, sagte der Kubaner und blieb an der Tür stehe. »Wollen Sie hineinsehen?«

»Machen Sie die Tür auf!« sagte Havelock. »Und warten Sie unten.«

»Ich hoffe . . .«

»Befehl von Mr. K.«, unterbrach ihn der Mann in der Lederjacke. »Tu, was der Mann sagt.«

Der Kubaner nahm einen Schlüssel vom Gürtel, schloß die Zellentür auf und trat beiseite.

»Verschwinden Sie hier«, sagte Michael.

Die zwei Männer gingen den Korridor hinunter.

Havelock öffnete die Tür.

Der kleine Raum war finster, durch das Fenster fiel nur wenig Licht herein. Die Schneeflocken prallten von der Fensterscheibe und den Gitterstangen ab. Er sah sie auf dem Bett liegen, es war eher eine Pritsche als ein Bett. Sie lag mit dem Gesicht nach unten, ihr blondes Haar fiel ihr über die Schultern. Der Arm hing schlaff herunter, so daß ihre Hand den Boden berührte. Sie war völlig bekleidet und lag auf der Decke, die Kleider zerwühlt. Ihre Körperhaltung und ihr tiefer Atem verrieten, wie erschöpft sie war. Ihr Anblick erfüllte ihn mit Schmerz. Wie sehr hatte sie gelitten und wieviel Leid hatte er ihr angetan! Das Vertrauen hatte sie verlassen, ihre Instinkte hatten sie getrogen, ihre Liebe war zurückgewiesen worden; er hatte sich ebenso wie ein Tier verhalten, wie die Menschen, die ihr das angetan hatten . . . er schämte sich so. Und war voller Liebe.

Neben dem Bett konnte er die Umrisse einer Stehlampe erkennen, wenn er sie einschaltete, würde ihr Licht auf sie fallen. Eine kalte Furcht ergriff ihn und schnürte ihm die Kehle zu. Es war weiß Gott nicht das erstemal, daß er einer riskanten Situation ausgesetzt war, aber noch nie einer Gefahr wie dieser, noch nie hatte er einen Augenblick erlebt, der ihm so viel bedeutete. Wenn er seine Chance verspielte, sie verlor, wenn das Band zwischen ihnen endgültig zerriß, gab es nichts mehr, das für ihn wichtig war, nur noch den Tod der Lügner. Er hätte Jahre seines Lebens dafür gegeben, diesen Augenblick für immer festzuhalten, das Licht nicht einschalten zu müssen – einfach nur leise ihren Namen zu rufen, so, wie er ihn unzählige Male gerufen hatte, zu spüren, wie ihre Hand die seine berührte; ihre Gesichter sich nahe kamen. Aber auch das Warten war eine Folter, die er sich selbst auferlegte. Er ging lautlos zum Bett.

Da schoß ein Arm in der Finsternis hoch. Bleiche Haut blitzte im schwachen Licht auf, und eine Hand bohrte sich in seinen Leib. Er spürte, wie ein scharfer, spitzer Gegenstand sein Hemd zerriß und ins

Fleisch drang. Er sprang zurück, packte die Hand, drehte sie ein wenige herum, nicht richtig... er brachte es nicht über sich, ihr weiteren Schmerz zuzufügen. Er konnte ihr nicht weh tun!

Sie wird Sie töten, wenn sie kann. Régine Broussac.

Jenna rollte sich vom Bett, das linke Bein gebeugt, und stieß ihr Knie in seine Nieren, ihre scharfen Fingernägel bohrten sich in seinen Hals, gruben sich tief in die Haut. Er konnte nicht nach ihr schlagen, er konnte es nicht! Sie zerrte an seinem Haar, zog sein Gesicht herunter; ihr rechtes Knie schoß hoch, schmetterte gegen sein Nasenbein. Weiße Lichtblitze zuckten in der Finsternis.

»*Čuně!*« schrie sie.

Er begriff; er hatte sie gut ausgebildet. Sie hatte fliehen wollen; das erklärte die zerwühlten Kleider. Den hochgezogenen Rock, so daß man ihren Schenkel sehen konnte. Er hatte das alles der Erschöpfung zugeschrieben, aber er hatte unrecht gehabt; das war der Anblick, den sie dem Aufpasser zugedacht hatte, der durch den Schlitz in der Zellentür blickte.

»*Stuj!*« flüsterte er heiser, während er sie festhielt. »*Těsimě!*« Er befreite seine linke Hand und zog ihren sich krümmenden Finger zur Lampe. Dann beugte er sich über sie, fand den Schalter und knipste die Lampe an.

Sie starrte ihn an, ihre großen braunen Augen traten aus den Höhlen. In ihrem Blick war wieder die gleiche seltsame Mischung aus nackter Angst und Abscheu wie am Col des Moulinets, als sie aus dem Fenster des kleinen Flugzeugs zu ihm heruntergesehen hatte. Der kehlige Schrei, der sich ihren Lippen entrang, kam aus der Tiefe ihrer Seele und wollte nicht enden. Eine Frau, die die Wiederkehr unendlicher Schmerzen erlitt. Sie trat nach ihm, riß sich los, befreite ihre linke Hand und warf sich über das Bett gegen die Wand. Ihre Hand zuckte vor und zurück, wie eine Irre schlug sie um sich, während die Falle sich schloß. In ihrer Hand hielt sie eine Gabel, deren Zinken von seinem Blut gefärbt waren.

»Hör mir zu!« flüsterte er. »Man hat es uns beiden angetan! Ich bin gekommen, um dir das zu sagen, was ich dir schon am Col des Moulinets erklären wollte!«

»Mir hat man es angetan! Du hast versucht, mich zu töten... wie viele Male? Wenn ich sterben soll, dann sollst du...«

Er warf sich vor und preßte sie gegen die Wand.

»Die Broussac hat dir geglaubt... aber dann hat sie mir geglaubt. Versuch doch zu verstehen. Sie wußte, daß ich ihr die Wahrheit sagte.«

»Du kennst die Wahrheit nicht. Lügner, Lügner!« Sie spuckte ihm ins Gesicht, trat um sich, wand sich unter seinem Griff.

»Die wollten, daß ich aussteige, und du warst ihr Werkzeug! Ich weiß nicht, warum, aber ich weiß, daß Männer getötet worden sind... auch eine Frau, und ich sollte glauben, daß du diese Frau warst! Jetzt wollen sie uns beide töten, das müssen sie!«

»Lügner!«

»Ja, es sind Lügner, aber ich bin keiner von ihnen.«

»Doch, das bist du, das bist du! Du hast dich an die *zviřata* verkauft. *Kurva!*«

»Nein!« Er verdrehte ihre Hand, die die blutige Gabel immer noch festhielt. Sie zuckte vor Schmerz zusammen, als er ihr Handgelenk nach unten bog. Dann ließ ihr Druck plötzlich nach, ihre großen Augen waren immer noch von Angst und Haß erfüllt. Er hielt sich die Gabel an die Kehle und flüsterte: »Du weißt, was du zu tun hast.« Er sagte es langsam und deutlich. »Wenn du die Luftröhre durchstößt, gibt es hier keine Rettung mehr für mich... wohl aber für dich. Tu so, als würdest du ihnen gehorchen; sei passiv, aber paß auf den Posten auf – du weißt ja, daß er ein geiler Bock ist. Je eher du dich kooperativ zeigst, um so schneller werden sie für dich Arbeit draußen finden. Denk daran, du willst nur deine Papiere; sie bedeuten alles für dich. Wenn sie dich hinauslassen, mußt du irgendwie an ein Telefon herankommen und die Broussac in Paris anrufen. Sie wird dir helfen, weil sie die Wahrheit kennt.« Er hielt inne und nahm die Hand weg. »Jetzt tu es. Entweder du tötest mich, oder du glaubst mir.«

Ihr Blick blieb starr. Michael konnte ihn kaum ertragen, ebensowenig wie ihr Schweigen. Nach einer Weile begannen ihre Lippen zu zittern, und dann geschah es langsam. Furcht und Verwirrung blieben in ihren Augen – aber der Haß schwand. Tränen traten lautlos in ihre Augen.

Jenna ließ die Hand sinken, er hob sie auf und hielt sie fest. Die Gabel fiel aus ihrer Faust, als das tiefe, schreckliche Schluchzen begann. Er hielt sie fest. Das war alles, was er tun konnte, tun wollte.

Das Schluchzen ließ nach, und die Minuten verstrichen in Schweigen. Nur ihr Atem war zu hören, nur die Kraft zu verspüren, mit der sie einander umklammert hielten. Schließlich flüsterte er. »Wir kommen hier raus, aber es wird nicht einfach sein. Hast du Kohoutek kennengelernt?«

»Ja, ein schrecklicher Mann.«

»Er kommt mit uns, angeblich um die letzte Rate für dich zu kassieren.«

»Aber die gibt es nicht«, sagte Jenna. Ihre Augen sogen ihn auf, hüllten ihn ein. »Laß mich dich anschauen, nur anschauen.«

»Dafür ist keine Zeit...«

»Pst.« Sie legte die Finger auf seine Lippen. »Dafür muß Zeit sein.«

»Ich dachte das gleiche, als ich auf dich herabblickte.« Er lächelte, streichelte ihr Haar und liebkoste ihr Gesicht. »Du hast deine Rolle gut gespielt, *překrásně*.«

»Ich hab' dir wehgetan.«

»Ein kleiner Schnitt und ein paar Kratzer. Mach dir keine Sorgen.«

»Du blutest... dein Hals.«

»Und mein Rücken... du kannst mich später pflegen, dann werd' ich dir dankbar sein. Aber im Augenblick paßt das zu dem Bild, das die von dir haben. Ich schaffe dich angeblich mit der Aeroflot zurück.«

»Soll ich mich weiter wehren?«

»Nein, es genügt, wenn du feindselig bleibst. Du hast resigniert, du weißt, daß du nicht gewinnen kannst. Wenn du dich wehrst, wird es nur noch schlimmer für dich.«

»Und Kohoutek?«

»Er sagt, du sollst während der Fahrt neben ihm auf dem Rücksitz sitzen. Er wird uns beide mit Pistolen in Schach halten.«

»Dann werde ich die ganze Zeit rauchen. Irgendwann wir ihm die Hand heruntersinken.«

»Es ist eine lange Fahrt, da kann eine Menge passieren. Eine Tankstelle, eine Panne.« Havelock hielt ihre Schultern fest. »Vielleicht kommt er auf die Idee, dir ein Betäubungsmittel zu geben; wenn er das tut, versuche ich ihn daran zu hindern.«

»Er wird mir nichts Gefährliches geben; er will sein Geld. Ich mache mir keine Sorgen. Ich weiß, daß du dabei bist, und ich weiß, wozu du imstande bist.«

»Komm!«

»Mikhail« – sie griff nach seinen Händen –, »was ist geschehen? Mir... dir? Die haben so schreckliche Dinge gesagt, so furchtbare Dinge! Ich konnte es nicht glauben, aber ich mußte es glauben. Es war da!«

»Alles war da. Ich hab' sogar zugesehen, wie man dich erschossen hat.«

»O Gott...«

»Seitdem war ich dauernd auf der Flucht, bis zu jener Nacht in Rom. Dann fing ich an, in die entgegengesetzte Richtung zu laufen. Hinter dir her, hinter den Lügnern her, die uns das angetan haben.«

»Wie haben sie das angestellt?«

»Dafür ist jetzt keine Zeit. Ich werde dir alles, was ich weiß, später erzählen, und dann will ich hören, was du zu sagen hast. Alles.«

Sie standen auf und umarmten sich, sie spürten die Wärme und die Hoffnung, die jeder dem anderen gab. Michael zog ein Taschentuch aus der Brusttasche und hielt es sich an den Hals. Jenna nahm seine Hand weg und betupfte die tiefen Kratzwunden.

»Denk daran, Geliebter«, flüsterte sie, »du mußt grob zu mir sein, mich stoßen, mich schieben und mich dabei fest am Arm packen. Ein Mann, den eine Frau gekratzt hat, ob sie nun sein Feind ist oder nicht, ist ein zorniger Mann. Besonders in der Gesellschaft anderer Männer.«

»Dank dir, Sigmund Freud. Gehen wir.«

Der Wachmann in der schwarzen Lederjacke grinste, als er Havelocks blutenden Hals sah, und der Kubaner nickte. Sein Gesichtsausdruck bestätigte, was er stets gewußt hatte. Michael hielt Jennas Arm fest umklammert und stieß sie neben sich her. Er hatte den Mund zusammengekniffen, und seine Augen blickten wütend.

»Ich will jetzt zu Kohoutek zurück und dann raus hier!« sagte er ärgerlich. »Und keine weiteren Diskussionen, ist das klar?«

»Hat das kleine Mädchen dem großen, starken Mann vielleicht weh getan?« spottete der Mann in der Lederjacke.

»Maul halten, verdammter Idiot!«

Janos Kohoutek trug eine großkarierte Wolljacke und eine Pelzmütze auf dem Kopf. Auch er lächelte, als er das Taschentuch sah, das Havelock sich an den Hals drückte. »Vielleicht ist sie eine Hexe aus den Karpaten«, sagte er auf englisch und zeigte seine fauligen Zähne. »Nach den Geschichten, die die alten Weiber dort erzählen, sollen die eine Kraft wie Bergkatzen haben.«

»Ein Miststück ist das, diese dreckige Hure.« Michael stieß Jenna gegen die Tür. »Ich will jetzt fahren, bei dem Schnee wird das ohnehin eine lange Fahrt.«

»So schlimm ist das gar nicht, mehr Wind als Schnee«, sagte der Bulle, holte ein Seilknäuel aus der Tasche und ging auf Jenna zu.

»Was soll das?« fragte Havelock und deutete auf das Seil. »Halt mir ihre Hände hin«, befahl Kohoutek, zum Wachmann gewandt. »Vielleicht balgen Sie sich gerne mit dieser Katze herum; ich nicht.«

»Ich will rauchen«, protestierte Jenna. »Lassen Sie mich rauchen, ich bin sehr nervös. Was könnte ich schon tun?«

»Vielleicht wollen Sie lieber eine Spritze haben. Dann denken Sie auch nicht mehr ans Rauchen. Aber ein Seil tut's ja auch. Komm, her mit der Hand.« Jenna hielt dem Wachmann in der Lederjacke widerstrebend die Hände hin und wich allen Blicken aus. »War sie auf der Toilette?« fragte Kohoutek unfreundlich. Niemand antwortete. »Sagen Sie, waren Sie auf der Toilette?«

»Nicht nötig«, sagte Jenna.

»Unterwegs wird nicht gehalten, ist das klar? Ich habe keine Lust, mich mit der Pistole in der Hand neben Sie an den Straßenrand zu setzen.«

»Fesselt sie, dann fahren wir.« Havelock machte ein paar ungeduldige Schritte auf die Tür zu und sah Jenna an. Ihr Blick war eiskalt; sie machte ihre Sache großartig. »Ich nehme an, dieser Flüchtling aus einem *žalář* bringt uns im Lkw zur Straße.«

Der Mann in der Lederjacke blickte finster, während Kohoutek grinste und Jenna die Hände zusammenband. »Sie haben gar nicht so unrecht, Havliček. Er war schon einige Male wegen schwerer Körperverletzung im Knast. Er fährt uns hinauf.« Der Bulle überprüfte die Knoten und drehte den Kopf zur Seite. »Axel!«

»Er hat meine Waffe«, sagte Michael und deutete auf den Mann in der Lederjacke. »Die hätte ich gern zurück.«

»Bald. An einer Straßenecke in New York.«

Der zweite Wachmann erschien. »Ja, Mr. Kohoutek?«

»Du kümmerst dich morgen um die Zeitpläne, klar?«

»Ja, Sir.«

»Du sorgst dafür, daß mich morgen einer von euch in Monongahela abholt, sobald mein Flugzeug gelandet ist. Ich rufe vom Flughafen aus an und gebe die Ankunftszeit durch.«

»Alles klar.«

»Gehen wir«, sagte der Bulle und trat vor die Tür.

Michael packte Jennas Arm, der Mann in der Lederjacke folgte ihnen. Draußen war der Wind stärker geworden, und der Schnee peitschte ihnen ins Gesicht. Kohoutek hatte die Spitze übernommen. Ein dritter Aufseher, der einen weißen Parka trug, stand fünfzig Meter von ihnen entfernt am Tor; als er sie sah, ging er zur Mitte des Tors, wo der Riegel angebracht war.

Auf der Ladefläche des Lkw waren in Fahrtrichtung zwei Bänke montiert, die sich gegenüber standen, wie bei einem Wehrmachtsfahrzeug.

»Einstein, einsteigen!« schrie Kohoutek und fuchtelte mit einer großkalibrigen Pistole herum, die er aus der Tasche gezogen hatte.

»Ich bin nicht Ihr Gefangener«, schrie Havelock. »Wir haben verhandelt. Es gibt eine Vereinbarung zwischen uns!«

»Und Teil dieser Vereinbarung, *přiteli*, ist, daß Sie, bis wir New York erreichen, ebenso mein Gast wie meine Geisel sind. Nach der Lieferung wird es mir ein Vergnügen sein, die Waffe wegzustecken und Sie zum Abendessen einzuladen.«

Der Bergbulle grinste, als Jenna und Michael auf die Pritsche kletterten. Sie setzten sich nebeneinander, aber das paßte Kohoutek nicht.

»Die Frau sitzt bei mir. Sie setzen sich auf die andere Seite. Schnell.«

Die Tür wurde verschlossen, und der Aufseher betätigte sich am Schloß. Das einzige Licht kam durch die Windschutzscheibe. In wenigen Sekunden, überlegte Michael, würden die Scheinwerfer eingeschaltet werden, und ihr Widerschein im Schneetreiben würde zum Teil auch die Pritsche erhellen. Er zog in der Dunkelheit sein Jackett hoch und griff mit der rechten Hand nach hinten und tastete sich langsam auf das Messer zu, das in seinem Kreuz am Gürtel befestigt war. Wenn er es jetzt nicht in Griffweite brachte, würde es später, sobald er einmal hinter dem Steuer seines Wagens saß, unendlich schwieriger sein.

»Was ist denn?« brüllte der Bulle und hob seine Waffe. »Was machen Sie da?«

»Dieses Miststück hat mich am Rücken gekratzt, das Blut klebt mir am Hemd«, sagte Michael. Dann schrie er: »Wollen Sie es sehen, es fühlen!?«

Kohoutek grinste und warf einen Blick zu Jenna hinüber. »Hoffentlich ist die Lubjanka noch so wie früher. Dieses Weib wird noch eure Wachen auffressen.«

Als sie das Wort Lubjanka hörte, zuckte Jenna zusammen.

»O Gott! O mein Gott!« stöhnte sie.

Kohoutek blickte wieder zu ihr hinüber, und Havelock verstand. Sie lenkte den Bullen ab; er zog schnell das Messer aus der Scheide und verbarg es in der rechten Hand.

Die Fahrertür öffnete sich; der Aufseher stieg ein und schaltete die Scheinwerfer ein. Er blickte nach hinten; Kohoutek nickte, worauf der Mann den Zündschlüssel herumdrehte. Eine Minute später hatten sie das Tor passiert und kletterten den steilen Abhang hinauf. Die schweren Zwillingsreifen zermahlten den Schnee und die weiche Erde darunter, das Fahrzeug vibrierte und stampfte. Sie erreichten die Wand aus Bäumen, wo die Straße ebener wurde; bis zum Fourforks Pike hatten sie vielleicht noch sechshundert Meter Straße vor sich. Der Fahrer beschleunigte das Tempo und trat plötzlich ohne Warnung auf die Bremse, so daß der Lkw ruckartig zum Stillstand kam. Ein rotes Licht leuchtete am Armaturenbrett auf. Er beugte sich zur Seite, um einen Schalter zu betätigen, dann einen zweiten. Eine erregte Stimme hallte aus dem Sprechfunkgerät.

»Mr. Kohoutek! Mr. Kohoutek!«

»Was ist?« fragte der Mann, schnappte sich ein Mikrofon vom Armaturenbrett und drückte gleichzeitig einen Knopf nieder. »Das ist der Notrufkanal.«

»Der Sperling in New York... er ist am Telefon! Handelman ist tot! Er hat es im Radio gehört. Man hat ihn in seiner Wohnung erschossen, und die Polizei sucht einen Mann...«

In dem Moment warf Havelock sich nach vorn und drehte das Messer in der geballten Faust. Seine linke Hand schoß auf den Lauf der Pistole zu. Jenna sprang zur Seite; Michael kriegte den langen glänzenden Lauf zu fassen, als Kohoutek sich aufrichtete, und schmetterte die Waffe auf die hölzerne Bank. Er stieß das Messer durch die Hand, so daß die Spitze sich durch Fleisch und Knochen ins Holz bohrte und seine blutige Hand aufgespießt war.

Kohoutek schrie auf, der Mann auf dem Fahrersitz fuhr herum, während Jenna sich auf ihn warf und mit den gefesselten Händen auf ihn einhämmerte. Das Mikrofon entglitt ihm. Havelock schlug die Pistole gegen den Kopf des Alten. Kohoutek taumelte gegen die Wagenwand, fiel nach vorne, den Arm ausgestreckt, die Hand immer noch an der hölzernen Bank festgenagelt.

»Mikhail!«

Der Mann auf dem Fahrersitz war vor Jennas Schlägen zurückgewichen; jetzt zog er die spanische Llama aus der Lederjacke. Michael sprang nach vorne und ließ den Lauf der 45er gegen die Schläfe des Mannes krachen, griff über seine Schultern und drückte die Llama herunter, so daß er sie nicht bewegen konnte.

»Mr. Kohoutek? Haben Sie gehört?« schrie die Stimme aus dem Lautsprecher. »Was soll der Sperling tun? Er will es wissen.«

»Sagen Sie ihm, Sie haben verstanden«, befahl Havelock dem Fahrer mit keuchender Stimme. »Sagen Sie, daß der Sperling gar nichts tun soll. Sie melden sich wieder.«

»Wir haben verstanden.« Der Wachmann sprach im Flüsterton. »Sagt dem Sperling, er soll gar nichts tun. Wir melden uns.« Michael riß ihm das Mikrofon weg und deutete auf die Llama. »Und jetzt geben Sie mir das Ding her, ganz langsam. Nehmen Sie die Finger, nur zwei Finger«, fuhr er fort. »Schließlich gehört sie ja mir, nicht wahr?«

»Ich hätte sie schon zurückgegeben«, sagte der verängstigte Mann mit zitternden Lippen.

Havelock nahm die Llama und drückte sie dem Mann ins Genick. »Und jetzt fahren Sie uns hier weg.«

22

Der schlanke, dunkelhaarige Mann öffnete die Tür der Telefonzelle an der Ecke der 116. Straße und des Riverside Drive. Der nasse Schnee, der auf den Glasscheiben haftete, ließ die kreisenden roten Lichter auf den Dächern der Polizeiwagen weiter oben an der Straße nur undeutlich erkennen. Er schob die Münze in den Schlitz, wählte eine Null und dann fünf weitere Ziffern. Wenige Augenblicke später klingelte ein Telefon im Wohnbereich des Weißen Hauses.

»Ja?«

»Mr. President?«

»Emory? Wie ist es gelaufen?«

»Gar nicht. Er ist tot. Er ist erschossen worden.«

Berquist schwieg, nur sein Atem war zu hören. »Erzählen Sie mir, was passiert ist«, sagte der Präsident schließlich.

»Es war Havelock, aber der Name ist nicht richtig gemeldet worden. Wir können Existenz einer solchen Person im Außenministerium leugnen.«

»Havelock? O mein Gott!«

»Ich weiß noch nicht alle Einzelheiten. Das Flugzeug ist durch den Schneefall aufgehalten worden, wir mußten fast eine Stunde über La Guardia kreisen. Bis ich hinkam, waren bereits die Polizei, ein paar Reporter und ein Ambulanzwagen da.«

»Die Presse?«

»Ja, *Sir*. Handelman ist hier eine bekannte Persönlichkeit. Nicht nur, weil er Jude war und Bergen-Belsen überlebt hat, sondern auch wegen seiner Stellung an der Universität. Man schätzte ihn sehr, ja, man verehrte ihn sogar.«

»O Gott... was haben Sie erfahren? Wie haben Sie es erfahren? Ihr Name wird doch hoffentlich nicht genannt werden, oder?«

»Nein, *Sir*. Ich habe mich auf dem Polizeirevier zu erkennen gegeben; der Beamte war sehr kooperativ. Handelman hatte sich anscheinend mit einer Studentin in seiner Wohnung verabredet. Sie ist zweimal zu dem Apartmentgebäude zurückgekehrt, ehe sie schließlich den Hausmeister herausklingelte. Sie liefen zu Handelmans Wohnung, sahen, daß die Tür nicht verschlossen war, gingen hinein und fanden ihn. Der Hausmeister rief die Polizei, und als sie erschienen, gab er zu Protokoll, er habe einen Mann eingelassen, der sich als Mitarbeiter des State Department ausgewiesen hätte. Er sagte, der Mann hätte Havelitsch geheißen; an seinen Vornamen erinnerte er sich nicht, bestand aber darauf, daß der Ausweis in Ordnung gewesen sei. Die Polizei ist immer noch in Handelmans Wohnung und sichert die Spuren.«

»Sind die Einzelheiten publik gemacht worden?«

»In dieser Stadt kann keiner warten. Man hat die Presse vor zwanzig Minuten informiert. Ich konnte es nicht verhindern, selbst wenn ich gewollt hätte. Aber das State Department braucht keine Erklärung abzugeben; es kann sagen, daß der Mann kein Mitarbeiter war.«

Der Präsident schwieg eine Weile, dann meinte er: »Das State Department wird zum richtigen Zeitpunkt mit den Behörden zusammenarbeiten. Bis dahin möchte ich, daß eine Akte angelegt und im engsten Kreis in Umlauf gebracht wird, die sich mit Havelocks Aktivitäten seit seinem Ausscheiden befaßt. Sie muß die Besorgnis der Regierung über seinen Geisteszustand widerspiegeln, seine offenkundigen Mordabsichten... Aber jene Akte wird im Interesse der nationalen Sicherheit Verschlußsache bleiben. Sie wird nicht veröffentlicht werden.«

»Ich bin nicht sicher, ob ich Sie verstehe.«

»Die Fakten werden erst dann freigegeben, wenn Havelock nicht länger die Interessen dieses Landes bedroht.«

»*Sir?*«

»Ein Mann ist unbedeutend«, sagte der Präsident leise. »Conventry, Mr. Bradford. Enigma... Parsifal.«

»Ich akzeptiere Ihre Überlegungen, *Sir*, nur nicht die Annahme, von der Sie ausgehen. Wie können wir sicher sein, daß wir ihn finden werden?«

»Er wird uns finden, er wird Sie finden. Wenn alles, was wir über Havelock wissen, so zutreffend ist, wie wir das glauben, dann hätte er Jacob Handelman nicht getötet, es sei denn, er hatte einen besonderen Grund dafür. Und er hätte ihn niemals umgebracht, wenn er nicht vorher erfahren hätte, wohin Handelman die Karras geschickt hat. Sobald Havelock sie gefunden hat, wird er Bescheid wissen.«

Bradford schwieg. Nach einigen Augenblicken sagte er gepreßt: »Ja, natürlich, *Mr. President.*«

»Kommen Sie so schnell wie möglich zurück. Wir müssen bereit sein... Sie müssen bereit sein. Ich werde zwei Männer von Poole's Island herauffliegen lassen. Sie werden Sie am Flughafen erwarten; bleiben Sie im Sicherheitsbereich des Flughafens, bis die beiden eintreffen.«

»Ja, *Sir.*«

»Und jetzt hören Sie mir gut zu, Emory. Meine Instruktionen werden klar und eindeutig sein. Ich werde veranlassen, daß man Sie rund um die Uhr beschützt. Ein Killer, der Staatsgeheimnisse an den Feind verkauft hat, macht Jagd auf Sie. Das werden die Worte sein, die ich gebrauchen werde. Sie werden es anders ausdrücken. Sie werden die Sprache von *Consular Operations* gebrauchen: Havelock ist ›nicht zu retten‹. Jede weitere Stunde, die er lebt, bedeutet Gefahr für unsere Männer draußen im Einsatz.«

»Ich verstehe.«

»Emory?«

»*Sir?*«

»Bevor dies alles geschehen ist, habe ich Sie nie wirklich gekannt, über Ihre privaten Verhältnisse weiß ich kaum etwas. Wie ist Ihre Situation zu Hause?«

»Zu Hause?«

»Dort wird er Ihnen auflauern, früher oder später. Haben Sie Kinder zu Hause?«

»Kinder? Nein, nein. Mein älterer Sohn ist auf dem College, der jüngere auf einem Internat.«

»Ich dachte, Sie hätten Töchter.«

»Zwei. Sie leben bei ihrer Mutter. In Wisconsin.«

»Ich verstehe. Das wußte ich nicht. Haben Sie wieder geheiratet?«

»Ja. Zweimal. Aber keine der beiden Ehen hat gehalten.«

»Dann leben also keine Frauen in Ihrem Haus?«

»Doch, häufig, aber im Augenblick nicht. In den letzten vier Monaten nur ganz selten.«

»Ich verstehe.«

»Ich lebe allein. Die Umstände sind optimal, *Mr. President.*«

»Ja, ich denke schon.«

Mit Seilen, die sie auf der Pritsche fanden, fesselten sie den Aufseher ans Steuer und Kohoutek an die Bank.

»Sieh zu, ob du etwas findest, mit dem du ihm die Hand verbinden kannst«, sagte Michael. »Ich möchte, daß er lebt, damit jemand ihm Fragen stellen kann.«

Jenna fand ein großkariertes Taschentuch im Handschuhfach. Sie zog das Messer aus der Pranke des alten Bergbullen, riß den Stoff in zwei Teile und stillte die Blutung.

»Das hält drei, vielleicht vier Stunden«, sagte sie. »Wenn er aufwacht und es zerreißt, könnte er verbluten.«

»Jemand wird ihn rechtzeitig finden. In einer guten Stunde wird es hell, und der Fourforks Pike ist eine Landstraße. Setz dich einen Augenblick hin.« Havelock ließ den Motor an, schob seinen Fuß über das Bein des Aufsehers, drückte die Kupplung nieder und legte den Gang ein. Dann manövrierte er das Fahrzeug so, daß es längs zur Straße stand. »Okay, gehen wir.«

»Sie können mich nicht einfach hierlassen«, jammerte der Aufseher.

»Waren Sie auf der Toilette?«

»Was?«

»Ich hoffe es für sie.«

»Mikhail?«

»Ja?«

»Das Sprechfunkgerät. Jemand könnte vorbeikommen und ihn befreien. Dann wird er es benützen. Wir brauchen jede Minute.«

Havelock nahm die Pistole vom Beifahrersitz und schmetterte den dicken Kolben ein paarmal gegen den Kasten. Schließlich riß er das Mikrofon heraus und schnitt die Drähte ab; dann öffnete er die Tür und wandte sich Jenna zu. »Wir lassen die Scheinwerfer eingeschaltet, damit keiner draufbrummt«, sagte er. »Jetzt müssen wir noch eines erledigen. Komm.«

Wegen des kräftigen Winds lag der Schnee auf dem Fourforks Pike weniger als zwei Zentimeter hoch, sah man einmal von den kleinen Schneewehen ab, die sich an einigen Stellen am Rand gebildet hatten.

Michael reichte Jenna Kohouteks Pistole und nahm selbst die Llama in die rechte Hand. »Die macht zu viel Lärm«, meinte er. »Der Wind könnte das Geräusch bis zum Haus tragen. Bleib hier.«

Er rannte zum hinteren Wagenende, hielt die Waffe schräg nach unten und gab zwei Schüsse auf die beiden Hinterreifen ab. Dann rannte er nach vorne und zielte auf die Vorderreifen. Der Lastwagen schwankte etwas, während die Luft ausströmte. Michael steckte die Llama in die Tasche. »Gib mir die Fünfundvierziger.«

»Was hast du vor?«

»Sie sauberwischen. Nicht daß es viel nützen wird, innen sind überall unsere Fingerabdrücke. Aber vielleicht suchen sie dort nicht; nur die Waffe sehen sie sich bestimmt an.«

»Und?«

»Ich rechne damit, daß unser Fahrer im eigensten Interesse behaupten wird, daß die Waffe nicht ihm gehört, sondern deinem Gastgeber Kohoutek.«

»Ganz gewiß«, sagte Jenna und nickte.

»Man wird jeden Winkel der Farm durchsuchen, und dann könnte man anfangen, auf dem Grundstück herumzugraben. Es könnte auch Morde geben, die nicht aktenkundig sind.« Havelock hielt die Automatic mit dem Hemdzipfel, öffnete die Tür des Lkw und warf die Waffe über den Vordersitz auf die Pritsche.

»Hey, kommen Sie schon. Um Gottes willen!« schrie der Fahrer und bäumte sich auf. »Lassen Sie mich hier raus. Ich hab' Ihnen nichts getan! Die verknacken mich auf mindestens zehn Jahre!«

»Zu Leuten, die sich als Kronzeugen zur Verfügung stellen, sind die viel großzügiger. Denken Sie darüber nach.« Havelock knallte die Tür zu und ging schnell zu Jenna zurück. »Der Wagen steht ungefähr fünfhundert Meter weiter unten. Ist bei dir alles in Ordnung?«

Sie sah ihn an. An ihrem blonden Haar, das der Wind zerzaust hatte, hingen ein paar Schneeflocken, ihr Gesicht war naß, aber ihre Augen glänzten. »Ja, *darling*, ich bin okay ... egal wo wir in diesem Augenblick auch sein mögen, ich fühl' mich zu Hause.«

Er griff nach ihrer Hand. »Geh in der Mitte. Dann deckt der Schnee unsere Spuren zu.«

Sie saß dicht neben ihm, die Hand auf seinem Schenkel, und gelegentlich ließ sie ihren Kopf auf seiner Schulter ruhen.

Sie sprachen nur wenig, die Stille tat ihnen gut; sie waren zu erschöpft, zu besorgt, um sich richtig zu unterhalten, wenigstens für den Augenblick. Das war nicht das erstemal, daß sie eine solche Stimmung erlebten, sie wußten, ein wenig Frieden würde mit der Stille kommen ... und dadurch, daß sie zusammen waren.

Havelock erinnerte sich an Kohouteks Worte und steuerte den Wagen in nördlicher Richtung auf den Pennsylvania Turnpike zu, dann nach Osten, in Richtung Harrisburg. Der Wind fegte den Highway fast völlig frei, und die eisige Temperatur sorgte dafür, daß der Schnee trocken blieb und damit leicht. Obwohl die Sicht schlecht war, kamen sie schnell voran.

»Ist das die Hauptstraße?« fragte Jenna.

»Ja, die Staatsstraße.«

»Ist es klug, sie zu benutzen? Wenn man Kohoutek vor Tagesanbruch findet, könnte es dann nicht sein, daß man diesen... Turnpike kontrolliert?«

»Er wird bestimmt nicht wollen, daß die Polizei uns findet. Wir wissen, was diese Farm ist. Er wird sie hinhalten, behaupten, wir seien Einbrecher gewesen und er die Geisel, das Opfer. Und der Wachmann wird überhaupt nichts sagen, bis er keine andere Wahl mehr hat, und dann wird er versuchen, einen Handel mit ihnen abzuschließen. Wir brauchen uns keine Sorgen zu machen.«

»Das gilt für die Polizei, *darling*«, sagte Jenna, und ihre Hand berührte sachte seinen Arm. »Und wenn es nicht die Polizei ist? Du willst, daß es die Polizei ist, also redest du dir das ein. Aber angenommen, ihn findet ein Farmer oder ein Milchfahrer. Ich glaube, Kohoutek würde es sich viel Geld kosten lassen, wenn ihn jemand sicher zu seinem Haus zurückbringt.«

Michael sah sie im schwachen Licht der Armaturenbeleuchtung an. Ihre Augen waren müde, dunkle Kreise unter der bleichen Haut. Und doch dachte sie bei aller Erschöpfung, bei aller Angst klarer als er. Das rührte daher, daß man sie öfter gejagt hatte als ihn. Sie würde nie in Panik geraten; sie wußte, wie wichtig es war, sich unter Kontrolle zu halten, selbst wenn die Angst und der Schmerz überwältigend waren. Er beugte sich zu ihr hinüber und strich mit den Lippen über ihre Wangen.

»Du bist großartig«, sagte er.

»Ich habe Angst«, erwiderte sie.

»Und trotzdem hast du recht. Die Chancen, daß die Polizei Kohoutek zuerst findet, stehen vielleicht siebzig zu dreißig. Wir werden die nächste Ausfahrt nehmen.«

»Wohin? Wohin fahren wir?«

»Zuerst einmal an einen Platz, wo wir alleine sind, wo wir uns ausruhen können.«

Sie saß in einem Sessel am Fenster ihres Motelzimmers. Draußen erhellten die ersten Strahlen der Morgensonne die Silhouette der Allegheny-Berge. Die gelben Strahlen erleuchteten ihr müdes Gesicht, hoben ihr langes blondes Haar hervor, das ihr bis auf die Schultern fiel. Immer wieder sah sie zu ihm hinüber und wandte dann wieder das Gesicht ab und schloß die Augen, weil die Worte zu weh taten.

Er hatte geendet; er hatte ihr alles gesagt, und mit dem Eingeständnis kam auch wieder der Schatten der Vergangenheit zurück: Er war ihr Henker gewesen, hatte sie töten wollen, als seine Liebe zu ihr erloschen war.

Jenna erhob sich und blieb schweigend am Fenster stehen. »Was haben sie uns nur angetan!« flüsterte sie.

Havelock stand auf der anderen Seite des Zimmers und sah sie an; er konnte den Blick nicht abwenden, und als er die Tränen in ihren Augen sah, kamen die quälenden Bilder zurück, die Bilder eines bösen Traums, der ihn nicht mehr losließ. Immer wenn die Erinnerungen nicht mehr ruhen wollten, erwachte der Traum zum Leben.

»Wir müssen herausfinden, warum«, sagte Michael. »Die Broussac hat mir erzählt, was dir passiert ist, aber da waren Lücken in ihrer Schilderung.«

»Ich habe ihr nicht alles gesagt«, erklärte Jenna und blickte zum Fenster hinaus. »Ich hatte Angst, sie würde mir dann nicht helfen.«

»Was hast du ihr verschwiegen?«

»Den Namen des Mannes, der mich aufgesucht hatte. Er war einige Jahre für deine Regierung tätig gewesen. Eine Zeitlang war er ziemlich umstritten, aber trotzdem angesehen, glaube ich. Zumindest hatte ich von ihm gehört.«

»Wer war dieser Mann?«

»Er heißt Bradford. Emory Bradford.«

»Du lieber Gott...« Havelock erschrak. Bradford war ein Name aus der Vergangenheit, einer beunruhigenden Vergangenheit. Er war einer der politischen Newcomer gewesen, die unter Kennedy ihre Karriere begonnen hatten und sich unter Johnson auf zweifelhafte Weise ihre Sporen verdienten. Als ihr Ruhm am Washingtoner Firmament verblaßt war, fanden sie fette Pfründe in der Privatwirtschaft: Die einen verdingten sich als hochdotierte Manager bei internationalen Banken und Konzernen, andere wurden Teilhaber in renommierten Anwaltsbüros. Aber Bradford war geblieben – ganz sicher weniger gefeiert und weniger einflußreich. Man hatte das nie verstanden. Schließlich war er nicht unvermögend und hätte tausend andere Dinge tun können. Und trotzdem hatte er sich entschieden, in der Politik zu bleiben. Bradford, wiederholte Havelock in Gedanken, und der Name hallte in seinem Kopf. Hatte Emory Bradford in all den Jahren nur auf eine neue Chance gewartet? So mußte es sein. Wenn er Jenna in Barcelona erreicht hatte, mußte er mitverantwortlich für das makabre Schauspiel an der Costa Brava sein.

»Kennst du ihn?« fragte Jenna, die immer noch aus dem Fenster starrte.

»Nicht persönlich. Ich bin ihm nie begegnet. Aber du hast recht, er war umstritten, und fast jeder kennt ihn. Das letzte, was ich über ihn hörte, war, daß er Staatssekretär geworden sei. Ein Mann ohne klares Profil, aber mit hoher Reputation. Er hat dir gegenüber behauptet, er sei für *Cons Op* in Madrid tätig?«

»Er sagte, er habe einen Sonderauftrag der *Consular Operations*, die innere Sicherheit sei gefährdet.«

»Durch mich, meinte er wohl damit.«

»Ja. Er zeigte mir Kopien von Dokumenten, die man in Madrid in einem Banksafe in der Rambla gefunden hatte.« Jenna wandte sich vom Fenster ab. »Erinnerst du dich? Du hattest mir erzählt, daß du einige Male in der Bank gewesen bist.«

»Er diente als Briefkasten für Lissabon, das hatte ich dir auch gesagt. Aber laß nur, das Ganze war natürlich sorgfältig arrangiert.«

»Aber du kannst doch verstehen, daß die Rambla mir in Erinnerung geblieben ist.«

»Ja, gewiß. Was waren das für Dokumente?«

»Instruktionen aus Moskau, die nur für dich bestimmt sein konnten. Sie enthielten Daten und Zeitpläne; da waren die Orte genannt, in denen wir gewesen waren, und unsere nächsten Ziele. Auch Codes gehörten zu dem Belastungsmaterial; wenn die nicht authentisch waren, dann habe ich noch nie eine russische Chiffre gesehen.«

»Das war dasselbe Material, das man mir gegeben hatte«, sagte Havelock, in dem jetzt langsam die Wut hochkam.

»Ja, das wurde mir klar, als du vorhin erzähltest, welche Dokumente sie dir in Madrid gegeben hatten.«

»Ich verstehe.«

»Als ich dann den Schlüssel in deinem Portemonnaie fand und er genau dem glich, der in Madrid in dem Banksafe gefunden worden war – der Schlüssel für ein Schließfach in einem Flughafen –, konnte ich es nicht mehr ertragen, mit dir im selben Zimmer zu sein.«

»Das war es, nicht wahr? Die letzte Bestätigung für uns beide. Ich hatte mich verändert und konnte nichts dagegen tun. Und als du von Madrid zurückkamst, warst du auch anders. In meinem Augen hattest du dich an die Sowjets verkauft, aus Gründen, die ich nicht begreifen konnte... Ich versuchte sogar, eine Erklärung zu finden; vielleicht hattest du nach dreißig Jahren Nachricht von deinem Vater bekommen – es hat schon seltsamere Dinge gegeben. Oder du warst tatsächlich ein Verräter, der nun als Doppelagent weiterarbeiten wollte. Ich wußte einfach, daß die Veränderung – worin auch immer sie bestand – mich nicht einschloß.« Jenna hielt inne und drehte sich wieder zum Fenster.

Als sie weitersprach, war ihre Stimme kaum zu hören. »Und dann trat Bradford wieder mit mir in Verbindung; diesmal war er völlig verstört, hatte sich überhaupt nicht mehr in der Hand. Er sagte, man hätte gerade eine Nachricht aufgefangen – Moskau hätte meine Exekution angeordnet, du solltest mich in eine Falle locken... und du würdest es noch in derselben Nacht tun.«

»An der Costa Brava?«

»Nein, die Costa Brava hat er nie erwähnt. Er sagte, ein Mann würde gegen sechs Uhr, während deiner Abwesenheit, anrufen und einen Satz oder eine Beschreibung verwenden, bei der ich sofort wissen würde, daß sie nur von dir stammen könnte. Er würde sagen, du könntest im Augenblick nicht telefonieren, aber ich solle den Wagen nehmen und an der Küste nach Villanueva entlangfahren; du würdest dich dort auf der Plaza am Brunnen mit mir treffen. Aber dazu würde es nicht kommen, weil ich Villanueva nie erreichen würde. Man würde mich auf der Straße aufhalten.«

»Ich erzählte dir, daß ich nach Villanueva fahren wollte«, sagte Michael. »Das war Teil der *Cons-Op*-Strategie. In der Annahme, ich sei zwanzig Meilen weiter südlich mit einer Sache beschäftigt, hattest du Zeit genug, um zum Montebello-Strand an der Costa Brava zu gelangen. Das war der entscheidende Beweis gegen dich. Nun wollte ich mich mit meinen eigenen Augen davon überzeugen, ob du wirklich eine Verräterin warst, und verlangte ausdrücklich, das Geschehen am Strand beobachten zu können. Dabei hoffte ich immer noch, daß du dort nie auftauchen würdest.«

»Siehst du, alles paßt zusammen. Bradford sagte, wenn dieser Mann anriefe, sollte ich fliehen. Ein weiterer Amerikaner würde mit ihm in der Hotelhalle warten und nach Leuten vom KGB Ausschau halten. Sie wollten mich zum Konsulat bringen.«

»Aber du bist nicht mit ihnen gegangen.«

»Ich konnte einfach nicht. Plötzlich konnte ich niemandem mehr trauen. Erinnerst du dich an den Zwischenfall in dem Café am Paseo Isabel, kurz bevor du nach Madrid fuhrst?«

»Der Betrunkene«, sagte Havelock, der sich nur zu gut erinnerte. »Er hat dich angerempelt, ist praktisch über dich gefallen und bestand dann darauf, dir die Hand zu schütteln und sie zu küssen.«

»Wir haben darüber gelacht. Du noch mehr als ich.«

»Ein paar Tage später habe ich nicht mehr gelacht. Ich war überzeugt, daß der angeblich Besoffene dir damals den Schlüssel für das Schließfach am Flughafen in die Hand gedrückt hat.«

»Von dem ich nie etwas wußte.«

»Und den ich in deiner Geldbörse fand, weil Bradford ihn dort hineingelegt hatte, während er im Hotelzimmer war. Ich nehme an, du hattest dich für einen Moment entschuldigt. Ich war zu dem Zeitpunkt in Madrid.«

»Ich war völlig schockiert, mir war übel. Sicher war ich auf der Toilette.«

»Wer war der andere Amerikaner in der Hotelhalle?«

»Das war der Betrunkene aus dem Café. Sein Gesicht machte mir angst, ich kann dir nicht sagen, weshalb. Vielleicht weil er sich vorher als jemand anders ausgegeben hatte. Ich weiß nur, daß seine Augen mich stutzig machten. Sie blickten grimmig, aber sie beobachteten nicht. Er saß nicht in der Lobby, um nach irgendwelchen KGB-Agenten Ausschau zu halten, er sah nur immer wieder auf die Uhr. Zu diesem Zeitpunkt war ich selbst in Panik geraten... verwirrt, verletzt wie noch nie zuvor in meinem Leben. Du wolltest mich sterben lassen, und plötzlich konnte ich ihnen auch nicht mehr vertrauen.«

»Du bist ins Zimmer zurück?«

»Du lieber Gott, nein, dann hätte ich ja keinen Ausweg mehr gehabt. Ich ging in mein Stockwerk, blieb im Treppenhaus stehen und versuchte nachzudenken. Ich dachte, das Ganze wäre vielleicht nur hysterische Einbildung. Warum vertraue ich den Amerikanern eigentlich nicht mehr? fragte ich mich. Ich hatte mich schon fast entschlossen, wieder hinunterzugehen, als ich die Geräusche aus dem Korridor hörte. Ich öffnete die Tür einen Spalt... und wußte in dem Augenblick, daß ich recht hatte, das zu tun, was ich dann tat.«

»Sie waren hinter dir her?«

»Bradford klopfte ein paarmal an die Tür, und während er klopfte, holte der andere Mann – der Betrunkene aus dem Café – eine Pistole heraus. Als keine Antwort kam, warteten sie, bis sie sicher waren, daß sonst niemand auf dem Flur war. Dann trat der Mann mit der Pistole die Tür ein. So handelt niemand, der vorgibt, jemanden zu retten. Ich rannte schleunigst weg.«

Während Havelock sie beobachtete, versuchte er eine Antwort darauf zu finden, wer den Code ›Ambiguitiy‹ benutzt hatte.

»Wie kamen sie an deinen Koffer?« fragte er.

»Du hast ihn ganz richtig beschrieben. Es war ein alter Koffer, den ich schon in Prag hatte. Das letzte, woran ich mich erinnere, ist, daß ich ihn einfach im Keller der Wohnung stehen ließ, die ich gemietet hatte.«

»Das KGB hat ihn vielleicht gefunden.«

»Das KGB?«

»Jemand im KGB.«

»Ja, das hast du gesagt, nicht wahr?... Da muß jemand sein.«

»Was für einen Satz oder welche Beschreibung hat der Mann am Telefon benutzt? Die Worte, bei denen du glauben solltest, daß sie von mir kamen?«

»Er sagte, es gäbe in der Stadtmitte von Prag einen Hof mit Kopfsteinpflaster.«

»*Veřejná místnost*«, sagte Michael und nickte. »Die sowjetische Polizei in Prag. Ich habe in einem Bericht, den ich nach Washington geschickt habe, beschrieben, wie du diese Gebäude verlassen hast, wie großartig du warst. Und wie ich fast dabei umgekommen wäre, als ich dich drei Stockwerke darüber beobachtete.«

»Danke für das Lob.«

»Weißt du noch? Wir wollten damals aus unserem beweglichen Gefängnis ausbrechen.«

»Und du wolltest an einer Universität lehren.«

»Geschichte.«

»Und wir wollten Kinder haben...«

»Ich liebe dich...«

»Mikhail?«

Die ersten Schritte waren tastend, unsicher, aber dann rannten sie aufeinander zu, umarmten sich, hielten sich fest umklammert. In dem Moment war alles vergessen, der Schmerz, die tausend Augenblicke der Angst. Und die Tränen, die ihre Augen befeuchteten, spülten die letzten Hindernisse fort, die die Lügner zwischen ihnen errichtet hatten, und die Männer, die den Lügnern dienten. Ihre Körper preßten sich aneinander, bäumten sich auf, als ihre Leidenschaft entflammte und ihre Lippen sich begegneten, tastend zuerst, dann immer fordernder. Gierige Lust durchflutete sie und drängte nach Entspannung...

Sie lag neben ihm. Ihr Gesicht berührte seine Schulter. Sie hatte die Lippen geöffnet, und ihr tiefer, gleichmäßiger Atem wärmte seine Haut. Strähnen ihres blonden Haars fielen über seine Brust, erinnerten daran, daß sie selbst im Schlaf ein Teil von ihm war. Er drehte sich vorsichtig herum, um sie nicht zu wecken – und blickte auf sie herab. Da waren immer noch die dunklen Schatten unter ihren Augen, aber sie fingen an zu verblassen, und ihre bleiche Haut bekam langsam wieder Farbe. Es würde Tage dauern, Wochen vielleicht, bis die Furcht in ihren Augen ganz verschwand. Und trotzdem war da eine Stärke in ihr; sie hatte ihr geholfen, das Unerträgliche durchzustehen.

Sie bewegte sich... streckte sich... wandte das Gesicht zur Decke. Die klaren Konturen ihres Gesichts zeichneten sich deutlich im Sonnenlicht ab, das durch die Fenster hereinströmte. Er betrachtete sie und dachte, welche Kräfte doch in dieser Frau ruhen mußten, Kräfte, von denen sie in schlimmen Momenten gezehrt hatte. Wo war sie gewesen? Wer waren die Leute, die ihr geholfen, ihr wehgetan hatten? Es gab so viele Fragen, so viele Dinge, die er wissen wollte. Einerseits kam er sich vor wie ein unerfahrener Jüngling, der sich voller Eifersucht die quälenden Bilder vorstellte, die er sich nicht vorstellen wollte; andererseits war er selbst ein Überlebender, der nur zu gut den Preis kannte, den man bezahlen mußte, um in ihrer ungeordneten, häufig so gewalttätigen Welt überleben zu können. Mit der Zeit würde er es erfahren, die Wahrheit würde langsam zutage treten oder in kurzen Abständen; aber er würde sie nicht bedrängen.

Wieder bewegte sie sich, ihr Gesicht wandte sich ihm zu, ihr Atem war warm. Plötzlich wurde ihm bewußt, wie absurd seine Gedanken waren. Mächtige Männer forderten ihren Tod, eiskalte Killer waren hinter ihnen her. Wie konnte er es da wagen, überhaupt an die Zukunft zu denken?

Jacob Handelman war tot. Und der, der ihn getötet hatte, war so gut wie identifiziert... inzwischen ganz sicher den Lügnern in Washington bekannt. Er sah die Schlagzeilen in den Zeitungen vor sich. Ein von allen geschätzter Wissenschaftler war von einem geistesgestörten Beamten des Foreign Service brutal ermordet worden, von einem Mann, den seine Regierung wegen aller möglichen Verbrechen suchte. Gab es da überhaupt jemanden, der die Wahrheit glauben würde? Ein freundlicher alter Jude, der die Schrecken der Konzentrationslager erlitten hatte... in Wahrheit ein menschliches Ungeheuer, das die Erschießungen in Lidice befohlen hatte. Wahnsinn!

Die Broussac würde sich abwenden; alle von denen, auf die er vielleicht hätte zählen können, würden ihn jetzt meiden, sie meiden.

Er sah auf die Uhr; es war 14.45 Uhr. Nun galt es, sich eine Strategie zurechtzulegen, in der Nacht wollte er an die Lügner herantreten.

Und doch mußte irgend etwas für sie bleiben, nur für sie allein; etwas, das den Schmerz linderte, ihr wieder Kraft gab. Sonst würde sie zerbrechen.

Er flüsterte ihren Namen. Und, als ob es nie eine Zeit der Trennung gegeben hätte, griff ihre Hand nach der seinen. Sie schlug die Augen auf, ließ ihren Blick über sein Gesicht wandern, hob dann die Decke und kam zu ihm, preßte ihren nackten Körper an ihn. Ihre Arme hoben sich, umfingen ihn, ihre Lippen preßten sich auf seinen Mund, öffneten sich. Nur ihre Körper sprachen, und je heftiger ihre Begierde entflammte, desto lauter wurde das wollüstige Stöhnen.

Sie liebten sich noch zweimal, doch beim letztenmal blieb es eher beim Versuch, kam es nicht zur Vollendung. Inzwischen erfüllte die untergehende Sonne das Zimmer mit einem glühenden, orangefarbenen Licht. Sie setzten sich im Bett auf, Michael zündete ihr eine Zigarette an, und beide lachten genüßlich über ihre wohltuende Erschöpfung.

»Jetzt wirfst du mich bestimmt hinaus und tauschst mich gegen einen heißblütigen Bock aus Ankara ein.«

»Du brauchst dich für nichts zu entschuldigen, *darling*... mein Mikhail. Außerdem mag ich türkischen Kaffee nicht.«

»Jetzt bin ich erleichtert.«

»Lieb bist du.«

»Verliebt bin ich. Es gibt so viel gutzumachen.«

»Beide müssen wir das, nicht nur du. Ich habe die Lügen genauso geglaubt wie du, diese unglaublichen Lügen. Und wir wissen nicht, warum sie uns das antun.«

»Aber den Zweck kennen wir, und das führt uns zum Warum. Man wollte mich draußen haben und trotzdem weiter kontrollieren.«

»Indem ich überlief, indem ich starb? Es gibt andere Wege, einen Mann auszuschalten, den man nicht mehr haben will.«

»Ihn töten, meinst du«, sagte Havelock. Er machte eine Pause und schüttelte den Kopf. »Aber dann kann man nicht mehr kontrollieren, welche schädlichen Beweise er hinterlassen haben könnte.«

»Aber jetzt wollen sie dich töten. Du bist ›nicht zu retten‹.«

»Jemand hat es sich anders überlegt.«

»Diese Person, die sich ›Ambiguity‹ nennt«, fügte Jenna hinzu.

»Ja, was auch immer es ist, was ich weiß – zumindest unterstellen sie mir das –, es ist von einer weit größeren Gefahr überlagert worden, die für sie viel bedrohlicher ist. Und die geht wieder von mir aus; sie fürchten das, was ich inzwischen entdeckt und erfahren habe.«

»Ich verstehe nicht.«

»Ich habe dich gefunden«, sagte Havelock. »Und damit ist klar für mich, daß an der Costa Brava ein perfektes Täuschungsmanöver inszeniert worden ist. Niemand darf das erfahren.«

»Die Verbindung mit den Russen?«

»Ich weiß nicht. Wer war die Frau am Strand? Was hat man ihr eingeredet? Dem Himmel sei Dank, daß du es nicht warst – aber warum nicht? Wohin wollten die dich bringen?«

»Ins Grab, glaube ich.«

»Das ist möglich. Aber wenn das der Fall war, warum hat man dich dann nicht einfach an den Strand geschickt? Warum bist du dort nicht getötet worden?«

»Vielleicht hatten sie den Eindruck, ich würde es nicht tun. Ich habe auch das Hotel nicht mit ihnen verlassen.«

»Das konnten sie damals ja noch nicht wissen. Sie dachten, sie hätten dich so sehr verängstigt, daß du Schutz wolltest. Worauf ich hinauswill, ist, daß sie die Costa Brava nie erwähnt haben; die haben nicht einmal versucht, dich in ihren Plan einzuspannen.«

»Ich wäre in jener Nacht dorthin gefahren – du hättest mich bloß anzurufen brauchen. Ich wäre gekommen. Sie hätten ihre Exekution haben können, dann hättest du gesehen, was sie dir zeigen wollten.«

»Das ergibt keinen Sinn.« Michael zündete sich eine Zigarette an. »Wer die Aktion an der Costa Brava auch geplant hat, er ist ein brillanter Stratege. Der zeitliche Ablauf funktionierte auf die Sekunde genau. Nein, die Erklärung muß woanders liegen.«

Einige Minuten lang lastete Schweigen über ihnen. »Mikhail«, sagte Jenna schließlich und beugte sich dabei vor, die Augen umwölkt, auf nichts gerichtet, nach innen blickend, »angenommen, es waren zwei Operationen, nicht eine?« Sie drehte sich zu ihm herum, in ihren Augen war wieder Leben. »Die erste ist in Madrid eingeleitet worden – mit manipulierten Beweisen gegen *mich* –, und dann wurde sie in Barcelona fortgeführt – mit Beweisen gegen *dich*.«

»Trotzdem ist das ein und dieselbe Operation«, sagte Havelock.

»Es waren zwei«, insistierte Jenna.

»Wieso?«

»Jemand, der nicht dazu gehörte, hat sich in die ursprüngliche Operation eingeschaltet«, sagte sie.

»Und dann verändert«, fügte er hinzu und begann zu begreifen.

»Zu welchem Zweck aber?« fragte sie.

»Um die Regie zu übernehmen«, antwortete er. »Und dann entkamst du, und die Kontrolle ging verloren. Die Broussac hat mir gesagt, daß es seit der Costa-Brava-Operation einen verschlüsselten Alarmbefehl gibt, dich unter allen Umständen festzuhalten.«

»Sehr verschlüsselt«, sagte Jenna kopfnickend und drückte ihre Zigarette aus. »Und das könnte bedeuten, daß derjenige, der die Operation gestört und verändert hat, vielleicht gar nicht wußte, daß ich tatsächlich lebend aus Barcelona entkommen bin.«

»Bis ich dich sah und dafür sorgte, daß jeder es erfuhr… jeder, auf den es ankam. Und an diesem Punkt mußten wir beide sterben.«

»Wieder ›Ambiguity‹?«

»Ja. Niemand sonst hätte sich in die Strategie am Col des Moulinets einschleichen können.«

Jenna sah ihn an, dann blickte sie zum Fenster hinüber; das orangerote Glühen begann zu verblassen, die Sonne ging unter. »Da sind immer noch zu viele Lücken.«

»Wir werden einige davon füllen, vielleicht alle.«

»Emory Bradford, natürlich.«

»Und noch jemand«, sagte Havelock: »Matthias. Vor vier Tagen versuchte ich ihn von Cagnes-sur-Mer aus über eine Geheimnummer zu erreichen, aber er war nicht bereit, mit mir zu sprechen. Du kannst dir nicht vorstellen, wie verrückt das war, in gewisser Weise unglaublich. Ich dachte schon das Schlimmste: Der Mann, der mir am nächsten steht, hatte mir den Rücken gekehrt. Doch seitdem du mir von Bradford erzählt hast, beginne ich zu glauben, daß ich mich geirrt habe.«

»Wie meinst du das?«

»Angenommen, Anton war gar nicht dort? Angenommen, andere hatten seine Hütte in den Bergen übernommen.«

»Bradford?«

»Und wer sonst noch von seiner Sorte übriggeblieben ist. Sie alle sind machthungrige Technokraten, die jede Möglichkeit nutzen, um mehr Einfluß zu gewinnen. Nach dem, was ich in der *Time* gelesen habe, verbringt Matthias einen ausgedehnten Urlaub; aber was ist, wenn das nicht stimmt, wenn Anton irgendwo festgehalten wird, für niemanden zugänglich? In irgendeiner Klinik vielleicht.«

»Dieser Gedanke ist für mich unvorstellbar, Mikhail. Ein Mann in Matthias' Position muß ständig mit seinem Büro in Verbindung bleiben. Täglich gibt es Besprechungen, Entscheidungen...«

»Das ließe sich auch durch Zweite oder Dritte erledigen, durch Leute, die im Außenministerium bekannt sind.«

»Das ist zu absurd.«

»Vielleicht doch nicht. Als man mir sagte, daß Anton nicht mit mir sprechen wollte, konnte ich das nicht akzeptieren. Ich führte ein zweites Telefonat... mit einem alten Mann, einem Nachbarn von Matthias, den er immer aufsuchte, wenn er sich auf seine Hütte im Shenandoah-Tal begab. Er heißt Zelienski und ist ein pensionierter Professor, den man vor ein paar Jahren aus Warschau in die Staaten geholt hat. Sie spielten immer Schach zusammen und unterhielten sich über die alten Zeiten. Der Kontakt mit dem Polen war sehr erfrischend für Matthias. Das wußten sie beide, ganz besonders Anton. Aber als ich mit Zelienski sprach, sagte er, Anton hätte in diesen Tagen keine Zeit für ihn. Keine Zeit!«

»Das ist doch durchaus möglich, Mikhail.«

»Aber es würde nicht zu ihm passen. Matthias würde sich die Zeit nehmen; zumindest würde er mit einem alten Freund persönlich reden.«

»Wie meinst du das?«

»Ich erinnere mich noch ganz deutlich an Zelienskis Worte. Er sagte, er hätte Nachrichten für Anton hinterlassen, und dann wären Rückrufe von Leuten gekommen, die Matthias' Bedauern ausgedrückt und gesagt hätten, er würde nur mehr selten in seine Hütte fahren. Worauf ich hinauswill, ist, daß er vielleicht gar nicht dort war, als ich anrief.«

»Jetzt bist du inkonsequent«, unterbrach ihn Jenna. »Wenn das stimmt, was du sagst, weshalb haben die dann nicht einfach behauptet, er wäre nicht da?«

»Das konnten sie nicht. Ich habe die Geheimnummer angerufen, und nur Anton meldet sich auf diesem Apparat. Kein anderer darf ihn benutzen. Jemand hat einen Fehler gemacht und versucht, ihn zu vertuschen.

»Jemand, der für Bradford arbeitet?«

»Auf jeden Fall jemand, der an einer Verschwörung gegen Matthias beteiligt ist, und da würde ich Bradford nicht ausschließen. Gewisse Leute in Washington stecken insgeheim mit gewissen Männern in Moskau unter einer Decke. Sie haben gemeinsam die Aktion an der Costa Brava geplant und Matthias davon überzeugt, daß du eine russische Agentin bist – seine Notiz an mich beweist das. Wir wissen nicht, ob alles aus der Bahn geraten ist oder nicht, wir wissen aber, daß Matthias nichts damit zu tun hatte, wohl aber Bradford... Anton hat Emory Bradford und seinem Klüngel nicht über den Weg getraut, sie waren für ihn Opportunisten der schlimmsten Sorte. Von besonders wichtigen Verhandlungen hielt er sie fern, weil er glaubte, sie würden sie zu ihrem eigenen Vorteil benutzen. Er tat das nicht ohne Grund; schon vorher hatte er diese Erfahrung machen müssen, daß sie nur die Informationen der Öffentlichkeit zukommen ließen, die ihr Image aufpolierten.« Michael hielt inne und zog an seiner Zigarette. »Vielleicht tut er das jetzt wieder, Gott allein weiß, zu welchem Zweck. Es wird bald dunkel sein, dann können wir aufbrechen. Wir fahren nach Maryland hinüber und dann weiter nach Washington.«

»Zu Bradford?«

Havelock nickte. Jenna berührte seinen Arm und sagte: »Sie werden dich mit Handelman in Verbindung bringen und daraus schließen, daß du mich gefunden hast. Sie wissen, daß der erste Name, den ich dir gegenüber erwähnen würde, der von Bradford ist. Sie werden ihn bewachen.«

»Das weiß ich«, sagte Michael. »Ziehen wir uns an. Wir sollten etwas essen und uns eine Zeitung besorgen. Wir können uns im Wagen weiter unterhalten. Mein Gott, deine Kleider. Ich habe nicht daran gedacht, daß du deine Kleider nicht mehr hast.«

»Kohouteks Leute haben sie mir weggenommen, sie haben alles genommen. Sie sagten, alles, was an unsere Vergangenheit erinnerte – ausländische Etiketten, europäisches Gepäck –, müsse zu unserem eigenen Nutzen einbehalten werden. Es dürfe keine Hinweise auf unsere Herkunft geben. Sie würden später etwas Passendes besorgen.«

»Passend wofür?«

»Ich hatte zuviel Angst, um darüber nachzudenken.«

»Deine Sachen haben sie dir weggenommen und dich in eine Zelle gesteckt, diese Hunde! Gehen wir«, sagte er.

»Wir sollten unterwegs irgendwo anhalten und einen Rot-Kreuz-Kasten besorgen«, fügte Jenna hinzu. »Der Verband an deiner Schulter müßte gewechselt werden. Das kann ich machen.«

23

Am Rande von Hagertown entdeckten sie eine Imbißstube; vor dem hellerleuchteten Eingang stand ein Verkaufsautomat für Zeitungen. In dem Gestell lagen noch zwei Exemplare, beides Nachmittagsausgaben der *Baltimore Sun*. Sie nahmen beide, um festzustellen, ob irgendwelche Fahndungsfotos von ihnen veröffentlicht waren, die jemand in der Imbißstube gesehen haben konnte.

Sie saßen sich in einer Ecknische gegenüber; nachdem sie die Zeitung schnell durchgeblättert hatten, ging ihr Atem wieder leichter. Es gab keine Fotografien. Es bestand also kein Grund, sich nicht zu stärken.

»Du mußt völlig ausgehungert sein«, sagte Havelock.

»Ehrlich gesagt, ich bin nur durstig.«

»Ich bestell' dir was zu trinken.« Er sah zur Theke hinüber und hob die Hand.

»An Essen habe ich überhaupt nicht gedacht.«

»Das ist seltsam. Kohoutek hat gesagt, du wolltest gestern abend nichts essen, du hättest seinem Kubaner das Tablett ins Gesicht geworfen.«

»Ein Tablett voll Küchenabfälle. Ich habe gegessen; du hast mir immer gesagt, in solchen kritischen Situationen nie auf das Essen zu verzichten und Kräfte zu sammeln; man könne nie wissen, wann man wieder etwas bekommt.«

»Brav von dir. Warum hast du ihm das Tablett ins Gesicht geworfen? Um ihn dir vom Leibe zu halten?«

»Um die Gabel zu kriegen. Ein Messer gab es nicht.«

»Du bist mir eine, *Lady*.«

Eine Kellnerin mit übertriebenem Make-up kam an den Tisch. Havelock bestellte ihre Getränke. Die Kellnerin lächelte und verschwand.

»Jetzt sehen wir uns die schlechten Nachrichten an«, sagte Michael und schlug die Zeitung wieder auf. Sein Blick suchte eine bestimmte Überschrift.

»Der Artikel steht auf Seite drei.«

»Ich weiß. Hast du ihn gelesen?«

»Nur die letzte Zeile. Da stand ›Fortsetzung auf Seite elf‹. Ich dachte, dort könnte vielleicht ein Foto sein.«

»Ich auch.« Havelock begann zu lesen, während Jenna ihn beobachtete. Die Kellnerin kehrte zurück und stellte die Getränke auf den Tisch. »Wir bestellen gleich das Essen«, sagte Michael, ohne den Blick von der Zeitung zu wenden. Die Kellnerin entfernte sich, während Havelock schnell die Seiten überflog und sich die Zeitung dann zurechtfaltete. Er fuhr fort zu lesen, empfand zuerst Erleichterung, dann Sorge und schließlich Unruhe. Er lehnte sich in der Nische zurück und starrte Jenna an.

»Was ist denn? Was steht da?«

»Die vertuschen es«, sagte er leise.

»Was?«

»Die schützen mich... die schützen mich tatsächlich.«

»Dann hast du nicht richtig gelesen.«

»Ich fürchte doch.« Er beugte sich vor, und seine Finger fuhren an den Zeilen entlang. »Hör dir das an: ›Nach Auskunft des State Department war nie eine Person, auf die der Name und die Beschreibung paßt, im Ministerium beschäftigt. Außerdem erklärte ein Sprecher des Außenministeriums, daß es in hohem Maße unfair und unkorrekt wäre, Spekulationen über die Ähnlichkeit zwischen dem gemeldeten Namen des Killers und irgendeinem gegenwärtigen oder früheren Angestellten anzustellen. Nach Erhalt des Polizeiberichts aus Manhattan war eine gründliche Untersuchung durchgeführt worden, mit negativem Ergebnis. Allerdings ging aus dem Bericht des State Department ein interessantes Detail hervor. Der getötete Professor Handelman hat in der Vergangenheit mehrfach das Außenministerium beraten, wobei es um die Veschleppung europäischer Flüchtlinge ging, besonders von solchen Personen, die die Nazizeit überlebt hatten. In diesem Zusammenhang stellt die Polizei die Theorie auf, wonach der Killer Angehöriger einer Terroristenorganisation ist, die der jüdischen Gemeinschaft feindlich gesinnt ist. Das State Department wies darauf hin, daß es durchaus nicht ungewöhnlich sei, wenn Terroristen sich die Namen von Regierungsbeamten zulegten.« Havelock hielt inne und blickte zu Jenna auf. »Das ist es«, sagte er. »Damit haben sie alle von der eigentlichen Spur abgelenkt.«

»Meinst du, sie könnten das glauben?«

»Unmöglich. Zunächst einmal gibt es hundert Leute im Ministerium und außerhalb, die wissen, daß ich für *Consular Operations* tätig war. Sie brauchen bloß die Namen zu vergleichen und würden sofort auf meinen stoßen. Zweitens muß Handelmans Apartment voll von meinen Fingerabdrücken gewesen sein; die sind aktenkundig. Und drittens hatte Handelman nie etwas mit irgendwelchen Regierungsbehörden zu tun; darin lag ja gerade seine Stärke. Er war ein Mittelsmann für den Quai d'Orsay, und die hätten ihn nie eingesetzt, wenn sie geglaubt hätten, daß er jemals von der Regierung überprüft werden würde. So etwas macht man nicht; wir alle sind *off limits*.«

»Und was schließt du daraus?«

Michael sank in die Nische zurück und griff nach seinem Whiskyglas. »Das ist mir zu vordergründig«, sinnierte er.

»Also eine Falle«, sagte Jenna. »Die wollen, daß du in Washington auftauchst – sie vermuten, um Bradford aufzusuchen –, und wollen dich bei der Gelegenheit töten.«

»Und wenn sie mich endgültig zum Schweigen gebracht haben, können sie erklären, sie hätten einen Killer in die Falle gelockt. Es wäre leicht, Bradford zu stellen, aber unmöglich, mit ihm herauszukommen... es sei denn, mir gelänge es, ihn herauszulocken.«

»Das würden sie nie zulassen. Man wird ihn schützen und außerdem nach dir Ausschau halten. Sie werden dich sofort töten, sobald sie dich zu Gesicht bekommen.«

Havelock nahm einen Schluck. »Nach mir Ausschau halten«, wiederholte er nachdenklich und setzte das Glas ab. »Mich suchen... aber niemand sucht mich, mit Ausnahme der Männer, die uns das angetan haben.«

»Die Lügner, wie du sie nennst«, sagte Jenna.

»Ja. Wir brauchen Hilfe; bis jetzt hatte ich angenommen, es wäre unmöglich, Hilfe zu beschaffen... hatte geglaubt, daß niemand uns auch nur anrühren würde. Nun allerdings liegt der Fall anders; sie haben die Jagd abgeblasen.«

»Kapier doch, Mikhail«, unterbrach ihn Jenna, »damit täuschen sie dich nur. Du wirst genauso gesucht wie ich, nur daß die Aktion, die dir gilt, nicht einmal verschlüsselt ist. Gibt es denn jemand in deiner Regierung, dem du glaubst, vertrauen zu können?«

»Niemand«, erwiderte Havelock.

»Und nun?«

»Cagnes-sur-Mer«, sagte Michael und kniff die Augen zusammen. »Als ich in Salannes Haus Anton nicht erreichen konnte, rief ich den alten Zelienski an – das hab’ ich dir bereits erzählt, erinnerst du dich? Er hat Raymond Alexander erwähnt. ›Alexander den Großen‹ hat er ihn genannt. Er ist ein gemeinsamer Freund von mir und Matthias.«

»Wer ist das?«

»Washington braucht ihn, und er braucht Washington. Er ist Journalist des *Potomac Review* und weiß genausogut in Regierungsdingen Bescheid wie jeder Insider. Er hat blendende Kontakte zu allen wichtigen Politikern. Er würde mich aber nie an sich herankommen lassen, wenn die Zeitungen meinen Namen und mein Foto veröffentlicht hätten.«

»Wie könnte er uns helfen?«

»Das weiß ich auch noch nicht genau. Vielleicht Bradford für mich herauslocken. Er macht häufig umfassende Interviews, und von ihm dazu ausgewählt zu werden, gilt für jeden in der Regierung als Pluspunkt. Raymond steht außerhalb jeden Verdachts. Man würde Bradford vielleicht in einem gepanzerten Fahrzeug zu ihm bringen, aber ihn dann allein in Alexanders Haus gehen lassen. Ich könnte Raymond

Andeutungen machen, daß sich irgend etwas Unerwartetes, eine wesentliche Veränderung im State Department anbahne, in deren Mittelpunkt Bradford stehe, und dann ein Interview mit ihm vorschlagen...
mit mir in seinem Haus, um zuzuhören und das Gesagte zu bestätigen.

»In seinem Haus?«

»Er arbeitet zu Hause; das ist Teil seines Nimbus. Genau wie bei James Reston von der *Times*: Wenn ein Politiker oder hoher Beamter sagt, er sei in Fiery Run gewesen, dann weiß jeder, was er damit meint; nämlich, daß Scotty Reston einen Artikel über ihn schreiben wird. Und wenn jemand sagt, er sei in Fox Hollow gewesen, dann heißt das, daß Raymond Alexander ihn interviewt hat. Fox Hollow liegt in Virginia, ein Stück westlich von Washington. Bradford könnte in eineinhalb Stunden dort sein.«

»Würde Alexander auf deinen Vorschlag eingehen.«

»Möglich. Wir sind schließlich gute Freunde.«

»Wie habt ihr euch kennengelernt?«

»Über Matthias. Als ich meine Tätigkeit im State Department begann, kam Matthias gelegentlich wegen irgendwelcher Dinge nach Washington. Ich erhielt dann häufig Anrufe von Anton, in denen er mich aufforderte, mit ihm und Raymond zu essen. Ich habe nie abgelehnt, nicht nur wegen der Gesellschaft, sondern auch weil ich mir diese Restaurants selber nicht leisten konnte.«

»Das war sehr großzügig von deinem *přiteli*.«

»Und nicht sehr klug für einen so brillanten Mann, wenn man die Art meiner Ausbildung bedachte. Er war der *učitel*, der seinen nicht besonders begabten Studenten aus Prag ausführte, wo doch das letzte, was ich brauchen konnte, jede Art von Aufmerksamkeit war. Ich habe das Alexander auch unter vier Augen erklärt. Wir mußten beide sehr darüber lachen, und die Folge war, daß wir von da ab gelegentlich bei Raymond speisten.«

»In Alexanders Haus?«

»Ja. Er begriff, daß auch er zu den Leuten gehörte, mit denen ich in der Öffentlichkeit besser nicht gesehen werden wollte.«

»Dann seid ihr wirklich gute Freunde.«

»Ja, ganz sicher.«

»Und er ist einflußreich.«

»Natürlich.«

Jenna beugte sich zu ihm hinüber und berührte seinen Arm. »Mikhail, warum erzählst du ihm dann nicht alles?«

Havelock runzelte die Stirn. »Ich glaube nicht, daß er das gerne hören würde. Er flieht vor solchen Dingen.«

»Er ist Journalist! In Washington! Wie kannst du so etwas behaupten?«

»Er ist Analytiker und kommentiert die politische Szene. Er ist kein Reporter der Sensationspresse, der anderen Leuten gerne auf die Zehen tritt.«

»Aber was du ihm zu sagen hast, ist außergewöhnlich.«

»Er würde mich auffordern, das State Department aufzusuchen, und davon ausgehen, daß man mich dort fair behandeln wird. Das einzige, was mir das einbrächte, ist eine Kugel in den Kopf. Alexander ist ein fünfundsechzigjähriger abgeklärter Mann, für den es nichts Neues mehr gibt, der schon alles einmal gehört hat – von Dallas bis Watergate. Und wenn er herausfände, was ich getan habe – würde er selbst das State Department anrufen.«

»Und das nennst du einen Freund?«

»Das ist er trotzdem; man darf nur die Grenzen nicht überschreiten, die einem Gesetz und Anstand setzen.« Michael hielt inne, streichelte ihre Hand. »Aber davon abgesehen, daß er Bradford nach Fox Hollow locken könnte, werde ich ihn darum bitten herauszufinden, wo Matthias ist. Mit dem Vorwand, daß ich selbst nicht anrufen möchte, weil ich vielleicht keine Zeit haben könnte, mich mit ihm zu treffen, und das würde Anton enttäuschen. Bei seinen Verbindungen könnte Raymond das tun.«

»Und wenn er dazu nicht in der Lage ist?«

»Dann könnten wir daraus auch unsere Schlüsse ziehen, nicht wahr? In dem Fall werde ich ihn zwingen, Bradford zu sich zu holen, selbst wenn ich ihm dazu die Pistole an den Kopf halten müßte. Aber wenn er Matthias doch erreicht – in seiner Berghütte im Shenandoah-Tal –, werden wir etwas anderes wissen, und das würde mir Todesangst einjagen. Es würde bedeuten, daß der Außenminister der Vereinigten Staaten mit dem KGB in Moskau in Verbindung steht.«

Fox Hollow war ein kleines Dorf, dessen Straßen von Gaslaternen beleuchtet wurden. Die ganze Architektur war im Kolonialstil gehalten, und die Geschäfte zählten die wohlhabendsten Leute zwischen Washington und New York zu ihren Kunden. Der Charme des Dorfes war nicht nur offensichtlich, sondern wurde sogar noch betont. Aber keineswegs wollte man damit Besucher in dem schmucken Ort locken. Touristen waren sogar unerwünscht. Das Polizeirevier war zwar nur mit wenigen Beamten besetzt, dafür verfügten sie über modernste Waffen und ein perfektes Fernmeldenetz. Fox Hollow in Virginia war eine geschützte Insel, umgeben von Feldern und Wiesen, und sicher, als wäre es von einem unüberbrückbaren Meer eingeschlossen.

Der Potomac-Fluß hatte die Luft erwärmt. In Leesburg war der Schneefall in einen kalten Regenschauer übergegangen, während Havelock sich am Steuer des Mietwagens überlegte, wie er mit Raymond

Alexander Kontakt aufnehmen sollte. In New York hatte es einen Mord gegeben – wenn Alexander bis jetzt noch nicht davon gehört hatte, so würde er es in jedem Fall bis zum Morgen erfahren haben; er pflegte begierig alle Zeitungen zu lesen, derer er habhaft werden konnte. Michael wollte dem Journalisten die Geschichte auftischen, das State Department hätte ihn mit einer Militärmaschine aus London zurückgeholt. Jegliche Unterstützung, die der pensionierte Beamte des Foreign Service der Abteilung *Consular Operations* zuteil werden lassen konnte, würde sehr willkommen sein. Er war ja schließlich in London gewesen, nicht wahr?

Der ehemals umstrittene Staatssekretär Bradford sei im Begriff – so seine eigentliche Stoßrichtung –, rehabilitiert zu werden und wieder ins Rampenlicht der Öffentlichkeit zu treten. Havelock wollte behaupten, man hätte ihm in London einen detaillierten Bericht über Bradfords ausgedehnte, aber geheime Verhandlungen in der kniffligen Angelegenheit der Stationierung von NATO-Raketen geliefert, die eine bedeutende Wende in der offiziellen Politik bedeuteten. Diese Materie war explosiv genug, um Raymond Alexander in Fahrt zu bringen. Dies war die Art von Indiskretion, von der er lebte. Eine solche Vorausinformation gab ihm die Zeit für eine erschöpfende Analyse des gesamten Für und Wider. Aber wenn das alte Schlachtroß Emory Bradford interviewen wollte – wobei er, Michael Havelock, ihm als unsichtbare Bestätigung, wenn nötig aber auch für eine Konfrontation, zur Verfügung stand –, mußte er den Staatssekretär davon überzeugen, am Vormittag nach Fox Hollow hinauszukommen. Havelock hatte ein Ticket für den Nachmittagsflug nach London gebucht... und wollte natürlich, wenn die Zeit dies erlaube, seinem alten Mentor Anthony Matthias einen kurzen Besuch abstatten, und wäre es nur auf eine paar Minuten. Falls Alexander wußte, wo er ihn auffinden konnte.

Wenn der hoch angesehene Journalist ihn zu sich rief, hatte Bradford keine Wahl. Er würde diesem Wunsch bestimmt nachkommen, so wichtig auch andere Dinge waren. Die Chance, sich durch ein Interview mit Raymond Alexander weiter zu profilieren, konnte er sich nicht entgehen lassen. Und wenn er das Haus in Fox Hollow betrat, während seine Leibwächter draußen in der Limousine warteten, würde Michael ihn in seine Gewalt bringen und verschwinden. Das große, ausgedehnte Haus des Journalisten war meilenweit von dichten Wäldern und steilen Schluchten umgeben. Niemand kannte den Wald so gut wie Matthias Havliček; er würde einen Lügner durch diese Wälder treiben, bis er irgendwo eine verlassene Landstraße fand und dort einen Wagen und eine Frau, die der Lügner in Barcelona mißbraucht hatte. Nach seinem Zusammentreffen mit Alexander hatten sie die ganze Nacht Zeit, die Landkarte zu studieren und die Straßen abzufahren, wobei sie stets nach der Polizei von Fox Hollow Ausschau halten würden. Sie konnten es schaffen. Sie mußten es schaffen!

»Wirklich reizend!« rief Jenna fasziniert von den Gaslaternen in den Straßen und von den kleinen alabasterweißen Säulen der Ladenfassaden.

»Die Laternen werden mit Strom gespeist«, erklärte Michael, als er gerade einen Streifenwagen entdeckte.

»Duck dich!« befahl er. »Man darf dich nicht sehen.«

»Was?«

»Tu schon, was ich sage.«

Jenna tauchte hinunter, krümmte sich auf dem Boden zusammen. Er verlangsamte seine Fahrt und hielt neben dem Polizeiwagen an. Als er den Beamten im Fenster sah, lenkte er den Wagen nach rechts und parkte direkt davor.

»Was machst du denn?« flüsterte Jenna verwirrt.

»Ich zeige ihm meine Papiere, ehe er sie verlangt.«

Havellock stieg aus dem Auto und ging zu dem Streifenwagen. Der Polizeibeamte kurbelte sein Fenster herunter und musterte zuerst die Zulassungsplakette auf Michaels Mietwagen. Damit hatte Michael gerechnet; es würde später vielleicht nützlich sein, wenn ein ›verdächtiges Fahrzeug‹ gemeldet wurde.

»*Officer*, können Sie mir sagen, wo hier ein Münztelefon ist? Ich dachte, hier wäre eines an der Ecke, aber ich bin schon seit ein paar Jahren nicht mehr hiergewesen.«

»Sind Sie schon einmal hiergewesen?« fragte der Beamte mit freundlicher Stimme, die freilich seine Augen Lügen straften.

»Oh, gewiß. Ich habe hier häufig das Wochenende verbracht.«

»Haben Sie in Fox Hollow zu tun, *Sir*?«

»Nun...« Havelock hielt inne, als grenzte die Frage an eine Unverschämtheit. Dann zuckte er die Achseln; schließlich hatte die Polizei ihren Auftrag zu erfüllen, besagte die Geste. Als er antwortete, war seine Stimme etwas leiser. »Schon gut, ich verstehe. Ich will einen alten Freund aufsuchen, Raymond Alexander. Ich will ihn vorher anrufen und ihm sagen, daß ich hier bin... nur für den Fall, daß gerade jemand bei ihm zu Besuch ist, dem ich besser nicht begegnen sollte. Das ist die übliche Gepflogenheit bei Mr. Alexander, aber das wissen Sie ja wahrscheinlich.«

Die Miene des Polizeibeamten war sichtlich freundlicher geworden, als Alexanders Name fiel. Auf der Straße, die zum Anwesen des angesehenen Kommentators führte, sah man häufig Limousinen und Dienstfahrzeuge. Man konnte dem Beamten ansehen, daß er bereits die ersten Sätze für sein Dienstprotokoll formulierte: »Ein alter Freund. Hat gelegentlich hier sein Wochenende verbracht...«

»Ja, *Sir*, natürlich, *Sir*. Fünf Straßen weiter oben ist ein Restaurant mit einem Telefon im Vorraum.«

»›The Lamplighter‹?« fragte Havelock, der sich in diesem Augenblick an das Lokal erinnerte.

»Richtig.«

»Dort könnte es zu voll sein. Ist nicht irgendwo eine Zelle in der Straße?«

»In der Acacia ist eine...«

»Ich wäre Ihnen sehr dankbar, wenn Sie mir sagen würden, wie ich dort hinkomme.«

»Sie können hinter mir herfahren, *Sir*.«

»Vielen Dank.« Michael schickte sich an, in seinen Wagen zu steigen, blieb dann aber stehen und kehrte an das heruntergedrehte Seitenfenster des Streifenwagens zurück. »Ich weiß, daß das albern klingt, aber man hat mich gewöhnlich hier herausgefahren. Ich glaube, ich kenne den Weg zu seinem Haus. Man biegt auf der Webster in die Underhill Road ein und fährt dann zwei oder drei Meilen geradeaus, nicht wahr?«

»Das sind eher sechs Meilen, *Sir*.«

»Ja? Vielen Dank.«

»Ich könnte Sie nach Ihrem Anruf hingeleiten, *Sir*. In der Stadt ist es ziemlich ruhig.«

»Das ist sehr freundlich von Ihnen. Aber wirklich, das kann ich nicht von Ihnen verlangen.«

»Kein Problem. Dazu sind wir da.«

»Nun, dann nochmals vielen Dank.«

Der Anruf bei Raymond Alexander führte zu der Reaktion, die Havelock erwartet hatte. Er sollte unbedingt vorbeikommen, wenn auch nur auf einen Drink. Michael sagte, er sei froh, daß Raymond Zeit hätte, nicht nur, um ihn einmal wiederzusehen, sondern weil er in London etwas erfahren hätte, was Alexander womöglich interessieren würde.

Als er von der Telefonzelle zu seinem Wagen zurückging, blieb Michael neben dem Streifenwagen stehen. »Mr. Alexander hat mich gebeten, nach Ihrem Namen zu fragen. Er ist Ihnen sehr dankbar.«

»Aber das ist doch nicht der Rede wert, *Sir*. Mein Name ist Lewis. Ich bin der einzige Lewis hier.«

Lewis, dachte, er, Harry Lewis, Professor für politische Wissenschaften an der Concord-Universität. Er konnte jetzt nicht über Harry nachdenken, würde das aber bald tun müssen. Er mußte Lewis davon überzeugen, daß er seinen Abschied von der Zivilisation genommen hatte, ausgestiegen war. Das hatte er auch getan, und um wieder in ein bürgerliches Leben zurückzukehren, galt es zuerst, die Lügner zu finden und zu entlarven.

»Ist etwas, *Sir*?«

»Nein, ganz und gar nicht. Ich kenne einen Mann namens Lewis. Mir fiel gerade ein, daß ich ihn anrufen muß. Nochmals vielen Dank. Ich fahre hinter Ihnen her.«

Havelock setzte sich hinter das Steuer des Mietwagens und blickte zu Jenna hinunter. »Wie geht es dir?«

»Nun, besonders bequem sitze ich nicht, und außerdem habe ich schreckliche Angst! Wenn dieser Mann eben ans Auto gekommen wäre?«

»Dann hätte ich ihn aufgehalten, ich hätte aus der Telefonzelle herübergerufen, aber ich hielt das für sehr unwahrscheinlich. Ein Polizist bleibt immer in der Nähe seines Sprechfunkgeräts. Ich will einfach nicht, daß man dich sieht, wenn wir es vermeiden können. Nicht hier, nicht in meiner Gesellschaft.«

Die Fahrt zu Alexanders Haus dauerte keine zwölf Minuten. Dann leuchtete der weiße Staketenzaun, der den Besitz des Journalisten begrenzte, im Scheinwerferlicht der beiden Wagen auf. Das Haus lag ein gutes Stück abseits von der Straße. Es bildete eine geschmackvolle Kombination aus Holz und Stein. Strahler beleuchteten die kreisförmige Zufahrt vor den breiten Schiefertreppen, die zu der schweren Eichentür des Eingangs hinaufführten. Auf den kurzgeschnittenen Rasenflächen vor dem Haus und seitlich davon ragten in unregelmäßigen Abständen hohe Bäume auf. Und wo der Rasen zu beiden Seiten endete, begann ganz abrupt der dichte Wald, wie um den Besucher daran zu erinnern, daß der Mensch hier ein Eindringling war und seine Behausung einem ungezähmten Wald abgerungen hatte. Michael malte sich in der Erinnerung den hinteren Teil des Hauses aus; der Wald war nicht weiter von der großen Hinterterrasse entfernt als an den Seiten des Gebäudes. Diesen Wald würde er ausnutzen, und Bradford würde bei ihm sein.

»Wenn du den Polizeiwagen wegfahren hörst«, sagte er, zu Jenna gewandt, »kannst du dich aufrichten, aber steige nicht aus. Ich weiß nicht, was für Alarmanlagen Alexander auf seinem Grundstück installiert hat.«

»Bis jetzt habe ich einen seltsamen Eindruck von diesem freien Land, in dem du lebst, Mikhail.«

»Rauchen darfst du auch nicht.«

Havelock tippte absichtlich an die Hupe, als er aus dem Wagen stieg. Es gab ein kurzes, abruptes Geräusch, das sich leicht erklären ließ, aber da waren keine Hunde. Er ging auf den Streifenwagen zu und hoffte, der kurze Hupton würde seinen Zweck erfüllen, ehe er das Fenster erreichte. Das tat er auch; das Eingangsportal öffnete sich, und ein Hausmädchen in Uniform blickte heraus.

»Hallo, Margaret!« rief Michael über die Motorhaube des Polizeiwagens hinweg. »Ich komme gleich.«

Er blickte auf den Polizeibeamten herunter, der zur Tür hinübergesehen hatte. »Nochmals vielen Dank, Mr. Lewis«, sagte er und holte einen Geldschein aus der Tasche. »Ich möchte Ihnen...«

»O nein, *Sir*. Trotzdem vielen Dank. Ich wünsche einen guten Abend, *Sir*.« Der Beamte lächelte, legte den Gang ein und fuhr weg.

Michael winkte; keine Polizei, keine Hunde, nur unsichtbare Alarmanlagen. Solange Jenna im Wagen blieb, war sie in Sicherheit. Er ging die Schiefertreppe zur Tür hinauf.

»Guten Abend, *Sir*«, sagte die Frau mit deutlich irischem Akzent. »Ich heiße Enid, nicht Margaret.«

»Das tut mir schrecklich leid.«

»Mr. Alexander erwartet Sie. Von einer Margaret habe ich nie gehört; das Mädchen vor mir hieß Gretchen.«

Raymond erhob sich aus dem weichen Polstersessel in seinem großen, holzgetäfelten Bibliothekszimmer und ging mit ausgestreckter Hand auf Michael zu. Sein Schritt war elastischer, als man das bei seiner stattlichen Gestalt erwartet hätte, und sein engelhaftes Gesicht wurde durch die klaren grünen Augen noch hervorgehoben. Das struppige Haar, das dunkler geblieben war, als die Jahre normalerweise erlaubten, ließ ihn fast jungenhaft erscheinen. Ganz zu seinem anachronistischen Lebensstil passend, trug er eine dunkelrote Jacke aus Samt. Havelock hatte seit seinen Tagen in Greenwich, Connecticut, keine solche Jacke mehr gesehen.

»Michael, wie geht es Ihnen? Mein Gott, das ist schon vier und fünf Jahre her!« rief der Journalist mit seiner schrillen Stimme.

»Die sind Ihnen gut bekommen, Raymond. Sie sehen sehr wohl aus.«

»Sie gar nicht! Ich fürchte, die Pensionierung bekommt Ihnen nicht.« Alexander ließ Havelocks Hand los und hob schnell beide Hände. »Ja, ich weiß Bescheid. Ich behalte meine Freunde im Auge. Machen Sie sich einen Drink. Sie kennen ja die Gepflogenheiten hier. Sie sehen wirklich aus, als könnten Sie einen Schluck gebrauchen.«

»Ja, gerne«, sagte Michael und ging auf die vertraute, mit Kupfer beschlagene Bar an der Wand zu.

»Ich könnte mir vorstellen, daß Sie etwas besser aussähen, wenn Sie ein wenig Schlaf hätten...«

Das war die passende Eröffnung. Havelock setzte sich dem Journalisten gegenüber und berichtete von dem Mord in New York und davon, daß das State Department ihn um vier Uhr morgens britischer Zeit nach Washington zurückgeholt hätte.

»Ich hab' heute morgen schon davon gelesen«, sagte Alexander und schüttelte den Kopf. »Natürlich habe ich an Sie gedacht – naheliegend bei dem Namen –, aber ich wußte gleich, daß es lächerlich war. Ausgerechnet Sie mit Ihrem Hintergrund? Hat jemand Ihnen einen alten Ausweis gestohlen?«

»Nein, er war gefälscht, das glauben wir wenigstens. Jedenfalls waren das zwei lange Tage. Eine Weile kam ich mir wie ein Gefangener vor.«

»Nun, wenn man Anton informiert hätte, dann hätten die Sie bestimmt nicht so hierher gehetzt.«

Nur die engsten Freunde nannten Matthias beim Vornamen. Michael wußte das; um so mehr beunruhigte ihn Alexanders Äußerung. Notwendigerweise mußte er die Geschichte über Bradford zurückstellen, es wäre unnatürlich gewesen, an dieser Stelle sich nicht nach Matthias zu erkundigen.

»Darüber habe ich mich schon gewundert«, sagte Havelock und drehte das Glas in der Hand. Seine Stimme klang ganz beiläufig. »Ich habe mir einfach gedacht, er hätte zuviel zu tun. Ich wollte Sie schon fragen, ob er gerade in Washington ist. Ich würde gerne kurz bei ihm vorbeikommen, aber meine Zeit ist knapp. Ich muß wieder nach London zurück. Und wenn ich ihn selbst anrufe... nun, Sie kennen Anton ja. Er würde darauf bestehen, daß ich ein paar Tage bleibe.«

Alexander lehnte sich vor, und sein intelligentes Gesicht drückte Besorgnis aus. »Sie wissen es also nicht.«

»Wovon reden Sie?«

»Verdammt, das ist wieder einmal typisch für unsere paranoide Regierung! Er ist für Sie so etwas wie ein Vater, und Sie sind ihm so nahe wie ein Sohn! Sie, der Sie die Geheimnisse von tausend Operationen kennen – und ausgerechnet Ihnen haben sie es nicht gesagt.«

»Was hat man mir verschwiegen?«

»Anton ist krank. Es tut mir leid, daß Sie das von mir hören müssen, Michael.«

»Wie krank?«

»Die Gerüchte reichen von ›ernst‹ bis ›tödlich‹. Offensichtlich weiß er es und denkt, was typisch für ihn ist, an sich selbst zuletzt. Als das Außenministerium davon Wind bekam, daß ich über seine Krankheit informiert war, schickte er mir eine persönliche Notiz und beschwor mich, darüber absolutes Stillschweigen zu wahren.«

»Wie haben Sie davon erfahren?«

»Eine dieser komischen Geschichten, über die man zuerst gar nicht nachdenkt... bis man es doch tut. Man hat mich vor ein paar Wochen dazu überredet, eine Party in Arlington zu besuchen. Sie wissen ja, wie ich diese Veranstaltungen verabscheue. Aber die Gastgeberin war mit meiner verstorbenen Frau eng befreundet.«

»Es tut mir leid«, sagte Havelock, der sich nur vage an die Frau des Journalisten erinnerte. »Ich wußte gar nicht...«

»Schon gut. Das liegt jetzt mehr als zwei Jahre zurück.«

»Die Party in Arlington...«

»Ja, nun, peinlicherweise war unter den Gästen eine ziemlich junge Frau, die angetrunken war und sich förmlich auf mich warf. Wäre sie nun ein nymphomanes Geschöpf gewesen, das nur sexuelle Interessen hatte, so hätte ich sehr wohl begriffen, daß sie sich zu dem ansehnlichsten männlichen Wesen weit und breit hingezogen fühlte; aber leider war das nicht der Fall. Offensichtlich hatte sie Eheprobleme höchst ungewöhnlicher Natur. Ihr Mann war Armeeoffizier und seit drei Monaten von zu Hause – sprich dem Ehebett – ferngeblieben, und niemand im Pentagon war bereit, ihr zu sagen, wo er sich aufhielt. Sie täuschte eine Krankheit vor, was ihr vermutlich wenig Mühe bereitete, worauf er Sonderurlaub bekam. Als sie ihn im Netz hatte, verlangte sie zu wissen, wo er gewesen war. Sie unterstellte ihm natürlich, sich mit einer anderen Frau eingelassen zu haben. Er weigerte sich, es ihr zu sagen, worauf sie seine Kleidung durchsuchte und einen Passierschein für einen Stützpunkt fand, von dem sie noch nie gehört hatte; ich übrigens auch nicht. Ich nehme an, daß sie ihn geweckt hat und ihn mit ihrem Wissen konfrontierte, worauf er zu seiner Verteidigung damit herausplatzte, daß sein Auftrag streng geheim wäre. Es handle sich um einen Ort, wo ein sehr bedeutender Mann behandelt würde; mehr könne er nicht sagen.«

»Anton?« unterbrach ihn Michael.

»Ich habe es mir erst am nächsten Morgen zusammengereimt. Das letzte, was sie mir sagte – ehe ein wohltätiger oder sexuell bedürftiger Gast sie nach Hause brachte –, war, daß die Amerikaner solche Dinge erfahren müßten und die Regierung sich wie Mütterchen Rußland benehme. Am nächsten Morgen rief sie mich an, diesmal ganz nüchtern und ernsthaft verstört. Sie entschuldigte sich für ihr ›schreckliches Benehmen‹, wie sie es ausdrückte, und bat mich inständig, alles zu vergessen, was sie mir gesagt hätte. Ich gab mich ganz mitfühlend, ließ aber durchblicken, daß ihr Instinkt vielleicht richtig gewesen wäre, obwohl ich nicht die richtige Adresse für ihre Klage sei; es gäbe aber andere, die ihr bessere Dienste leisten könnten. Daraufhin meinte sie sinngemäß, ihr Mann könne dadurch ruiniert werden, und das könne das Ende einer brillanten Militärlaufbahn bedeuten. Das war es.«

»Wie haben Sie herausgefunden, daß es Matthias war?«

»Weil ich am selben Morgen in der *Washington Post* las, daß Anton einen Kurzurlaub verlängern und nicht vor dem Senatsausschuß für Auswärtige Beziehungen auftreten würde. Ich dachte weiter über die Frau nach und über das, was sie gesagt hatte... und mich beschäftigte die Tatsache, daß Anton selten auf eine Gelegenheit verzichtete, vor die Fernsehkameras im Senat zu treten. Und dann dachte ich, warum eigentlich nicht? Uns beiden ist ja bekannt, wo er praktisch jede freie Minute verbringt...«

»In seiner Hütte im Shenandoah-Tal«, ergänzte Havelock.

»Richtig. Wenn die Geschichte stimmte und er sich wirklich ein paar zusätzliche Urlaubstage genommen hätte, überlegte ich mir, könnten wir ja miteinander fischen gehen oder vielleicht Schach spielen. Ebenso wie Sie kenne ich die geheime Telefonnummer auch. Also rief ich ihn an.«

»Und er war nicht dort«, sagte Michael.

»Das haben sie nicht gesagt«, berichtigte ihn der Journalist. »Sie sagten, er könne nicht ans Telefon kommen.«

»An jenes Telefon?«

»Ja... jenes Telefon. Die Privatnummer.«

»Das Telefon, das niemand abnimmt, wenn er nicht da ist. Zum Hinterlassen von Nachrichten gibt es eine andere Nummer.«

»Ja.« Alexander hob sein Brandyglas und nahm einen Schluck. Am liebsten hätte Havelock den behäbigen Journalisten mit der vollen Mähne an den Schultern gepackt und ihn geschüttelt. Weiter! Weiter! Reden Sie! Statt dessen sagte er ruhig: »Das muß ein Schock für Sie gewesen sein.«

»Hätten Sie nicht auch so reagiert?«

»Sicherlich. Sehen Sie denn nicht die Betroffenheit in meinen Augen? Was haben Sie getan?«

»Zu allererst habe ich Zelienski angerufen. Sie erinnern sich doch an den alten Leon, nicht wahr? Jedesmal, wenn Matthias auf seine Hütte ging, pflegte er Zelienski zum Abendessen einzuladen; seit Jahren war das so.«

»Haben Sie ihn erreicht?«

»Ja, und er hat mir etwas sehr Seltsames erzählt. Er sagte, er hätte Anton seit Monaten nicht gesehen, Matthias hätte seine Anrufe nie persönlich beantwortet; und seiner Ansicht nach hätte unser großer Mann neuerdings keine Zeit mehr für ein Wochenende im Tal.«

»Sie sind mit Zelienski befreundet, nicht wahr?« erinnerte sich Michael.

»Hauptsächlich über Anton. Durch ihn haben wir uns kennengelernt. Er kommt gelegentlich zum Mittagessen oder zum Schachspielen herauf. Nie zum Abendessen; er fährt nicht gerne bei Dunkelheit. Aber worauf ich hinauswill, ist, daß Matthias nicht in seiner Hütte war, wo er sich am besten hätte erholen können. Ich kann mir einfach nicht vorstellen, daß er den alten Leon nicht mehr sieht. Schließlich läßt Zelienski ihn gewinnen.«

»Ich kann mir auch nicht vorstellen, daß Sie die Sache einfach auf sich beruhen lassen.«

»Da haben Sie völlig recht. Ich habe Antons Büro angerufen und verlangt, den Mann zu sprechen, der den Minister während seiner Abwesenheit vertritt. Meine Anfrage hielt ich für dringlich genug. Raten Sie mal, mit wem man mich verbunden hat?«

»Mit wem?«

»Mit Emory Bradford. Erinnern Sie sich an ihn? Der ›Bumerang‹, der Schrecken der Falken, wo er doch einmal ihr Sprecher gewesen war. Ich war angenehm überrascht, weil ich ihn eigentlich sogar bewundere, daß er den Mut hatte, seine Position völlig zu revidieren. Aber ich hatte immer gedacht, Matthias hätte das ganze Pack verabscheut und wäre eher noch jenen wohlgesonnen, die ihre Posten verloren, weil sie ihrer politischen Haltung treu geblieben waren.«

»Was hat Bradford Ihnen denn gesagt?« Michael umklammerte das Glas und hatte plötzlich Angst, er könnte es zerbrechen.

»Sie meinen, nachdem ich ihm gesagt hatte, was ich dachte? Natürlich habe ich die Frau nie erwähnt, und das war weiß Gott auch nicht notwendig. Bradford war schockiert. Er bat mich inständig, nichts darüber zu schreiben oder anderweitig verlauten zu lassen, und versprach mir, Matthias würde persönlich mit mir in Verbindung treten. Noch am selben Nachmittag erhielt ich durch Boten einen Brief von Anton. Ich habe seiner Bitte entsprochen... bis jetzt. Ich kann keinen Augenblick lang glauben, daß er Sie ausschließen wollte.«

»Ich weiß nicht, was ich sagen soll.« Havelock lockerte den festen Griff um das Glas und atmete tief. Nun mußte er die für ihn so entscheidende Frage stellen. »Erinnern Sie sich an den Namen des Stützpunktes, wo der Mann dieser Frau stationiert war und von dem Sie nie vorher gehört hatten?«

»Ja«, sagte Alexander und sah Havelock dabei prüfend an. »Aber niemand weiß, daß ich ihn kenne. Und auch nicht woher.«

»Werden Sie es mir sagen? Niemand wird jemals erfahren, von wem ich die Information habe, darauf gebe ich Ihnen mein Wort.«

»Weshalb, Michael?«

Havelock schwieg einen Augenblick, dann lächelte er. »Ich will ihm einen Korb mit Obst schicken. Und einen Brief, natürlich.«

Der Journalist nickte mit dem Kopf und antwortete: »Er nennt sich Poole's Island und liegt irgendwo an der Küste von Georgia.«

»Danke.«

Alexander sah, daß ihre Gläser leer waren. »Schenken Sie nach.«

Michael erhob sich und schüttelte den Kopf. »Ich schenke Ihnen gerne nach, aber ich muß weiter.« Er griff nach dem Glas des Journalisten. »Man erwartet mich seit einer Stunde in Maclean.«

»Sie wollen gehen?« rief der alte Mann aus und drehte sich im Sessel herum. »Was ist denn mit dieser wichtigen Information aus London, junger Mann?«

Havelock stand an der Bar und schenkte Brandy ein. »Ich habe darüber nachgedacht. Ich war vielleicht ein wenig voreilig.«

»Spielverderber«, sagte Alexander und lachte.

»Nun, es liegt bei Ihnen. Es handelt sich um eine sehr komplizierte, geheime Abwehroperation, die uns nach meinem Urteil nicht weiterbringen wird. Wollen Sie es hören?«

»Hören Sie schon auf, junger Mann! Ihre Vorrede reicht mir bereits. Für mich gilt Antons Maxime: Achtzig Prozent aller Geheimdienstaktivitäten sind nichts weiter als ein Schachspiel, das Idioten zum Vorteil paranoider Kretins spielen!«

Michael stieg in den Wagen; Zigarettenqualm hing in der Luft. »Du hast geraucht«, sagte er.

»Ich bin mir ein wenig wie ein kleiner Junge auf dem Friedhof vorgekommen«, erwiderte Jenna, die immer noch zusammengekauert auf dem Boden saß. »Was ist mit Bradford?«

Havelock ließ den Motor an, legte den Gang ein und fuhr auf die Einfahrt zu. »Du kannst jetzt aufstehen.«

»Was ist mit Bradford?«

»Wir werden ihn noch eine Weile schwitzen lassen.«

Jenna setzte sich auf den Vordersitz und starrte ihn an. »Was soll das heißen, Mikhail?«

»Wir werden die ganze Nacht durchfahren, am Morgen eine Weile ausruhen, und dann geht es weiter. Ich möchte bis morgen abend dort sein.«

»Mein Gott, wo?«

»An einem Ort, der sich Poole's Island nennt, wo immer das auch sein mag.«

24

Die Insel lag ein paar Meilen vor der Küste, östlich von Savannah. Vor fünf Jahren war das kaum vier Quadratkilometer große Eiland nur dünn besiedelt. Damals hatte die Regierung die Insel übernommen, um dort Meeresforschung zu betreiben. Mehrere Male in der Woche konnte man Helikopter vom Stützpunkt Hunter Air Force flach über das Wasser gleiten sehen; sie flogen zu einem unsichtbaren Landeplatz hinter den hohen, dunklen Fichten, die die felsige Küste säumten.

Sie waren um halb vier nachmittags in Savannah eingetroffen und hatten um vier Uhr ein unauffälliges Motel an der Straße gefunden. Als sie zwanzig Minuten später über den Pier schlenderten, lief gerade ein gutes Dutzend Fischerboote mit dem Fang des Tages in den Hafen ein. Um Viertel nach fünf hatten sie sich mit einigen Fischern unterhalten, und um halb sechs führte Havelock ein unauffälliges Gespräch mit dem Hafenverwalter. Um zehn vor sechs hatten zweihundert Dollar den Besitzer gewechselt, und ein vier Meter langes Bott mit einem 12 PS starken Außenbordmotor stand zu seiner Verfügung, wobei es ihm überlassen war, wann er das Boot benutzen wollte. Der Nachtwächter der Anlegestelle war von dem Handel informiert.

Sie fuhren über den Highway zurück zu einem Einkaufszentrum in Fort Pulaski, wo Michael ein Sportartikelgeschäft fand, in dem er die Sachen kaufte, die er brauchte; unter anderem eine Strickmütze, einen dicken Pullover, eine Segeltuchhose und Halbstiefel mit Gummisohle. Außerdem erwarb er noch eine wasserdichte Taschenlampe und eine Öltuchtasche, ein Jagdmesser und fünf Pakete Lederschnürsenkel.

»Warum kaufst du nur für dich ein?« sagte Jenna ärgerlich. »Ich will auch mitkommen.«

»Nein, auf keinen Fall.«

»Hast du Prag und Warschau vergessen? Oder Triest?«

»Nein, aber du offensichtlich. Da gab es überall – wohin wir auch gingen – einen Helfer im Hintergrund, auf den wir uns verlassen konnten, und wenn es nur war, um Zeit zu gewinnen. Jemanden in einer Botschaft oder einem Konsultat, dem wir alle Details anvertraut hatten, die für die Gegenseite bedrohlich werden konnten.«

»Wir haben diese Leute nie gebraucht.«

»Man hat uns auch nie gefaßt.«

Sie sah ihn an und akzeptierte widerstrebend seine Logik. »Wann willst du mich in alle Details einweihen?«

»In unserem Hotelzimmer werde ich alles schriftlich festhalten. Dort drüben ist ein Schreibwarengeschäft. Ich will noch einen Block und Kohlepapier kaufen. Gehen wir.«

Jenna saß in einem Armsessel neben dem kleinen Schreibtisch des Zimmers, an dem Havelock schrieb. Sie nahm ihm die Durchschläge ab, die er vom Block riß, und prüfte, ob sie lesbar waren. Auf neun Seiten hatte er detaillierte Angaben über streng geheime Abwehroperationen gemacht, die die Vereinigten Staaten während der letzten achtzehn Monate überall in Europa durchgeführt hatten. Die Liste schloß Quellen, Informanten und Doppelagenten ein, ebenso die Namen von Diplomaten und Attachés in drei Botschaften, die in Wirklichkeit Agenten des CIA waren. Auf dem zehnten Blatt lieferte er ein Protokoll über die Ereignisse an der Costa Brava und erwähnte dabei namentlich Emory Bradford und die Männer, mit denen er gesprochen hatte und die die Beweise bestätigt hatten, die nur mit Unterstützung des KGB und eines VKR-Beamten in Paris beschafft worden sein konnten. Auf dem elften Blatt schilderte er das fatale Zusammentreffen auf dem Palatin, schrieb von einem amerikanischen Abwehrbeamten, der kurz vor seinem Tod ausgerufen hatte, daß in Washington mächtige Leute Lügen verbreiten würden. Auf dem zwölften Blatt hielt er kurz die Ereignisse am Col des Moulinets fest und den unter der Codebezeichnung ›Ambiguity‹ erlassenen Exekutionsbefehl. Auf dem letzten Blatt berichtete er die Wahrheit über einen Killer von Lidice, der sich Jacob Handelman genannt hatte, und über eine Farm in Mason Falls, Pennsylvania, die in Wirklichkeit ein Konzentrationslager war. Der letzte Satz war kurz und prägnant: »Der Außenminister Anthony Matthias wird gegen seinen Willen in einer Anlage der Regierung festgehalten, die sich Poole's Island nennt.«

»Endlich bin ich fertig«, sagte er und reichte Jenna das letzte Blatt. Er stand auf und streckte sich. Seine Muskeln schmerzten, er hatte fast zwei Stunden lang ununterbrochen geschrieben. Während Jenna las, zündete er sich eine Zigarette an und ging an das Fenster, das den Blick auf die Straße und das Meer dahinter bot. Es war dunkel, gelegentlich fiel Mondlicht durch den wolkenverhangenen Nachthimmel. Das Meer war ruhig; hoffentlich würde es so bleiben.

»Das sind starke Worte, Mikhail«, sagte Jenna und legte den letzten Durchschlag auf den Schreibtisch.

»Das ist die Wahrheit.«

»Verzeih mir, wenn ich nicht einverstanden bin. Damit könntest du das Leben vieler Leute, vieler Freunde, gefährden.«

»Nicht mit den letzten vier Seiten. Da werden keine Freunde erwähnt... nur der Apatsche, und den gibt es nicht mehr.«

»Dann solltest du auch nur die letzten vier Seiten benutzen«, sagte Jenna.

Havelock wandte sich vom Fenster ab. »Nein, ich muß den ganzen Weg gehen oder es ganz bleibenlassen. Es gibt jetzt keinen Mittelweg mehr; sie müssen glauben, daß ich es tue. Und was noch wichtiger ist, sie müssen glauben, daß *du* es tun wirst. Wenn es daran den geringsten Zweifel gibt, bin ich tot und du genauso. Die Drohung muß echt sein.«

»Du nimmst an, daß man dich fassen wird.«

»Wenn ich das finde, was ich erwarte, dann ist das meine Absicht.«

»Du bist verrückt!« rief Jenna und sprang auf.

»Nein, keineswegs. Diese Insel ist die Abkürzung, die wir gesucht haben.« Er ging zu dem Stuhl, auf den er die Sachen aus dem Sportartikelgeschäft gelegt hatte.

»Ich ziehe mich jetzt an, und dann kümmern wir uns um die Telefonverbindung.«

»Dir ist das bitterernst, nicht wahr?«

»Allerdings.«

»Also Telefonzellen«, sagte sie widerstrebend. »Kein Anruf über zwölf Sekunden.«

»Aber nur eine Nummer.« Michael ging zum Schreibtisch. Er nahm sich einen Bleistift, schrieb etwas auf den Block, riß das Blatt ab und gab es Jenna. »Da, das ist die Notzentrale von *Cons Op*, du mußt direkt wählen – ich zeige dir, wie – und das Portemonnaie voll Kleingeld haben.«

»Ich habe kein Portemonnaie.«

»Und kein Geld und keine Kleider«, fügte Havelock hinzu. Er faßte sie an den Schultern und zog sie zu sich heran. »Das änderst du, ja? Das lenkt dich eine Weile ab. Geh einkaufen.«

»Du bist verrückt!«

»Nein, im Ernst. Du wirst nicht viel Zeit haben. Aber die meisten Geschäfte in dem Shopping-Center bleiben bis halb elf geöffnet. Dann gibt es noch eine Kegelbahn, ein paar Restaurants und einen Supermarkt, der die ganze Nacht hindurch geöffnet hat.«

»Ich glaube dir einfach nicht«, rief sie aus und zog ihr Gesicht zurück.

»Das solltest du aber«, sagte er und sah auf die Uhr. »Es ist jetzt zehn vor neun. Und *Cons Op* ist nur eineinhalb Meilen weit draußen auf See. Ich dürfte höchstens zwanzig Minuten brauchen, um die Insel zu erreichen; sagen wir bis zehn. Ich möchte, daß du um elf Uhr anfängst, diese Nummer anzurufen und die Worte sagst: ›Billard oder Pool‹. Verstanden?«

»›Billard oder Pool‹«

»Gut. Wenn du nicht gleich Antwort bekommst, leg auf und such dir ein anderes Telefon. Du mußt alle fünfzehn Minuten anrufen.«

»Was für eine Antwort wird das sein?«

»Havelock runzelte die Stirn. »Wir ziehen Pool vor!«

»›Wir ziehen Pool vor!‹ Was dann?«

»Ein letzter Anruf, wieder fünfzehn Minuten später. Diesmal wird jemand anderer, nicht die Vermittlung, in die Notleitung eingeschaltet. Er wird keinen Namen gebrauchen, aber diese Antwort geben. In dem Augenblick, wo er das tut, liest du ihm die ersten zwei Zeilen auf dem ersten Blatt vor. Ich nehme die Durchschläge mit, damit die Worte verglichen werden können. Mach es ganz schnell und leg auf.«

»Und dann fängt das Warten an«, sagte Jenna und drückte sich an ihn.

»Keine Angst, ich komme wieder. Besorge dir im Supermarkt etwas zu essen und bleibe hier. Geh nicht raus. Ich melde mich bei dir.«

»Wie lange, meinst du, wird es dauern?«

Havelock löste sich sachte von ihr und sah sie an. »Es kann einen Tag dauern, vielleicht auch zwei. Ich hoffe es nicht, aber es könnte sein.«

»Und wenn...« Jenna konnte den Satz nicht zu Ende sprechen. Tränen traten ihr in die Augen, liefen die Wangen herab, ihr blasses Gesicht wirkte gequält.

»Nach drei Tagen rufst du Alexander in Fox Hollow an und erzählst ihm, man hätte mich getötet oder gefangengenommen, und Anton Matthias würde als Gefangener festgehalten. Sag ihm, du hättest Beweise dafür. Unter diesen Umständen kann er dich nicht im Stich lassen. Das wird er auch nicht.« Michael hielt inne. »Nur die letzten vier Seiten«, sagte er leise. »Verbrenne die ersten neun. Du hast recht, sie haben es nicht verdient zu sterben.«

Jenna schloß die Augen. »Das kann ich dir nicht versprechen«, sagte sie. »Ich liebe dich. Wenn ich dich verliere, sind mir die anderen egal.«

Die See war ruhig, wie es häufig der Fall ist, wenn eine Insel die Küstenströmung unterbricht. Er war vielleicht vierhundert Meter von der Felsküste der Insel entfernt und näherte sich von der Leeseite, so daß der Wind das schwache Motorengeräusch aufs Meer hinaustrug. Bald würde er den Motor abschalten und die Ruder benutzen, auf die dunkelste Stelle des Fichtenwäldchens zu rudern, vom schwachen Lichtschein hinter den Baumwipfeln gelenkt.

Bis jetzt war die Fahrt problemlos verlaufen. Er konnte das kleine Boot in eine finstere Bucht lenken und dort an Land ziehen.

Jetzt war der Augenblick gekommen. Er drückte den Fahrthebel ein, der Motor erstarb mit einem leisen Husten. Er sprang auf die mittlere Bank und legte die Ruder in die Dollen. Die nach draußen führende Strömung war kräftiger, als er erwartet hatte. Er hoffte, daß die Strömung umschlagen würde, ehe seine Arme und Schultern ermüdeten. Die Wunde, die er sich am Col des Moulinets zugezogen hatte, begann zu schmerzen; er mußte vorsichtig sein.

Ein Geräusch! Nicht das knarrende Ächzen von Rudern oder der Wellenschlag am Bug. Ein gedämpftes Geräusch... ein Motor.

Ein Licht, ein Scheinwerferstrahl. Er strich etwa tausend Meter rechts von ihm über die Wellen. Ein Patrouillenboot, das um die Insel herumfuhr, nach Steuerbord lenkte, direkt auf ihn zu. Geduckt hob Havelock die Ruder aus den Dollen und schob sie unter die Sitzbänke. Er griff nach dem Tau, warf es über den Bug und glitt ins Meer. Er atmete tief und spannte die Muskeln an, um die Kälte abzuwehren. Er schwamm nach hinten, hielt sich an der Schraubenwelle fest und bespritzte den Außenbordmotor mit Wasser, um ihn abzukühlen. In wenigen Augenblicken würde nur noch eine sehr empfindsame Hand feststellen können, ob die Maschine eingeschaltet gewesen war – wenn jemand überhaupt daran dachte, das zu überprüfen.

Plötzlich blendete ihn der Scheinwerferstrahl; man hatte das Boot entdeckt. Das Geräusch des weit entfernten Motors wurde lauter, vom Wind verstärkt. Er tauchte und schwamm von der Insel weg, ließ sich von der Strömung treiben. Sein Boot war immer noch fast vierhundert Meter vom Ufer entfernt.

Als das Patrouillenschiff an dem kleinen Ruderboot längsseits gegangen war und seine Motoren abgeschaltet hatte, war Michael zwanzig Meter hinter seinem Heck, tauchte jetzt auf und zog sich die nasse Wollmütze tief in die Stirn. Der Scheinwerferstrahl zuckte über die Wellen, Michael tauchte zweimal mit offenen Augen und kam jedesmal an einer Stelle wieder an die Oberfläche, die der Scheinwerferbalken bereits passiert hatte. Jetzt wurde der Strahl direkt auf das kleine Boot gerichtet. Zwei Männer mit Enterhaken hatten es ins Schlepptau genommen. Der eine am Bug schrie:

»Leos Marina, *Lieutenant*! Kennzeichen Y-null-acht-zwo!«

»Sagen Sie dem Stützpunkt, Sie sollen Leos Marina in Savannah anrufen und uns mithören lassen!« schrie der Offizier einem unsichtbaren Funker in der offenen Kabine zu. »Die Nummer ist Y-null-acht-zwo!«

»Ja, *Sir*!«

»Und teilen Sie dem Stützpunkt unsere Position mit. Die sollen Sektor vier überprüfen.«

»Dieses Ding wäre niemals reingekommen, Lieutenant«, sagte der Mann am Heck. »Die Netze hätten es aufgehalten. Überall, wo keine Felsen sind, haben wir Netze gespannt.«

»Was, zum Teufel, hat es dann hier verloren? Irgendwelche Kleider oder andere Sachen?«

»Nichts, *Sir*!« schrie der andere und kletterte in das Boot. »Es stinkt bloß nach Fisch.«

Havelock beobachtete das Geschehen. Etwas Eigenartiges fiel ihm auf: Die Männer auf dem Patrouillenboot trugen Khakiuniformen, der Offizier eine Feldjacke. Es waren Angehörige des Heeres, nicht der Marine. Und doch trug das Boot Marinekennzeichen.

»*Lieutenant*!« Die Stimme hallte aus der Kabine, und gleich darauf tauchte ein Gesicht mit Kopfhörern in der Tür auf. »Der Wachmann von Leo hat gesagt, ein paar Betrunkene hätten sich das Boot gemietet und es ziemlich spät reingebracht. Er meint, sie hätten es vielleicht nicht richtig vertäut, und die Flut hätte es hinausgetragen. Er wäre dankbar, wenn wir es in den Hafen schleppten.«

»Das gefällt mir nicht«, sagte der Offizier.

»Hey, kommen Sie schon, *Sir*. Wer schwimmt denn in diesem Wasser eine halbe Meile? Die Fischer haben hier schon Haie gesichtet.«

»Und wenn das Boot schon drüben war?«

»Trotz der Flachnetze?« fragte der Mann mit dem Enterhaken.

»Scheiße! Werfen Sie mir das Tau zu, und dann laßt uns die Felsen umkreisen. Dieser Leo muß zahlen.«

Die Motoren des Patrouillenboots heulten auf, als der erste Mann an Bord kletterte, während ein anderer das Tau des kleinen Ruderboots an einem Haken am Heck festband. Sekunden später jagte das Boot auf die Küste zu, während seine Scheinwerfer die Dunkelheit durchstachen.

Flachnetze: Sie waren knapp unter der Wasseroberfläche gespannt. Korken oder Styroporbojen hielten sie am Schwimmen. Vermutlich waren sie mit Pianodrähten durchwebt. Die Drähte waren zu kräftig, als daß ein Fisch sie zerreißen konnte, aber wohl eine Schiffsschraube; in letzterem Fall wurde jedoch Alarm ausgelöst.

Felsen: Küstenstreifen der Insel, die für Boote jeder Größe unzugänglich waren. Er mußte das Patrouillenboot im Auge behalten; es näherte sich jetzt den Felsen.

Haie: An die wollte er nicht erst denken; das hatte keinen Sinn.

Er mußte sich jetzt ganz darauf konzentrieren, die Insel zu erreichen. Die Strömung war stark, aber kräftige Schwimmzüge brachten ihn langsam vorwärts. Als er die Scheinwerferbalken von einem Dutzend Lampen zwischen den Fichten erblickte, wußte er, daß er näherkam. Der stechende Schmerz in seinen Armen und Beinen wurde immer unerträglicher. Er mußte ein Netz oder einen Felsen erreichen, Halt unter seinen Füßen finden, um stehen zu können.

Ein Netz! Er hangelte sich an dem dicken Nylontau entlang, bis er ein großes, schwimmendes Gebilde ertastete: eine Boje aus Stryropor. Er schwamm um die Boje herum und zog sich an dem Tau in Richtung Ufer, bis seine Knie gegen zwei scharfkantige Steine stießen; er hatte die Felsen erreicht. Er hielt sich am Netz fest, von der Brandung auf- und abgeworfen, wartete, schnappte nach Luft. Die Scheinwerferstrahlen zogen sich jetzt hinter die Fichten zurück; die Sicherheitsprüfung in Sektor vier war ergebnislos verlaufen. Als der letzte Lichtstrahl zwischen den Stämmen verschwand, arbeitete er sich Zentimeter für Zentimeter zum Ufer vor, hielt sich mit aller Kraft an dem verdrahteten Netz fest, als die Wellen über ihm zusammenbrachen. Er mußte sich von den Felsen fernhalten! Gezackt und scharfkantig ragten sie über ihm auf, in Jahrtausenden hatte die Brandung die Steinspitzen messerscharf geschliffen. Eine einzige kräftige Welle, und er würde aufgespießt werden.

Er richtete sich auf und versuchte sich an dem Netz festzuklammern... als es plötzlich verschwunden war. Verschwunden! Er konnte den Sand unter sich spüren; er war an Land!

Er kroch aus dem Wasser, stützte sich auf die Arme, die seinen Oberkörper fast nicht mehr zu tragen vermochten. In den Beinen hatte er kein Gefühl mehr. Jetzt gab der Mond eines seiner kurzen Gastspiele und beleuchtete eine mit wildem Gras bewachsene Düne zwanzig Meter vor ihm; er schleppte sich weiter, bis er schließlich die Düne erreicht hatte. Er kroch auf dem trockenen Sand nach oben, wälzte sich auf den Rücken, starrte zum finsteren Himmel empor.

Fast eine halbe Stunde blieb er bewegungslos liegen, bis er spürte, daß das Blut wieder durch seine Arme zirkulierte, die Erschöpfung nachließ. Vor fünf Jahren noch, überlegte er, hätte er allerhöchstens fünfzehn Minuten gebraucht, um sich von den Strapazen zu erholen. Nun wären ihm am liebsten ein paar Stunden Schlaf.

Er hob die Hand und sah auf das Leuchtzifferblatt seiner Armbanduhr. Es war 22.43 Uhr. In siebzehn Minuten würde Jenna zum erstenmal die Notzentrale von *Cons Op* anrufen. Er hatte vor jenem Anruf eine Stunde Zeit auf der Insel haben wollen, nun war er 43 Minuten hinter seinem Zeitplan.

Er stand auf, beugte und streckte seine Beine, schüttelte die Arme, drehte den Oberkörper nach links und rechts. Die Unbequemlichkeit seiner wasserdurchtränkten Kleidung bemerkte er kaum und auch nicht das Kratzen des Sandes auf seiner Haut, Sand, der scheinbar überall hingedrungen war. Entscheidend war nur, daß sein Körper funktionierte, daß er sich bewegen konnte – schnell, wenn es sein mußte –, und sein Bewußtsein war klar.

Er überprüfte seine Ausrüstung. Die wasserdichte Taschenlampe hing an einem Gurt, den er sich um die Hüften geschlungen hatte, neben der Tasche aus Öltuch, beide an seiner Linken, das Jagdmesser in der Scheide an der rechten Hüfte. Er hakte die Tasche aus, öffnete den wasserdichten Reißverschluß und befühlte ihren Inhalt. Die dreizehn zusammengefalteten Blätter waren trocken, ebenso die kleine spanische Pistole. Er holte die Waffe heraus, schob sie sich in den Gürtel und befestigte die Tasche wieder an ihrem Haken. Dann überprüfte er seine Hosentaschen; die Lederschnürsenkel waren naß, jeder einzelne zu einem Knäuel zusammengerollt, fünf in der rechten Tasche, fünf in der linken. Er war bereit.

Schritte... waren das Schritte? Wenn ja, so paßte das Geräusch nicht zu dem Sand und der weichen Erde, die unter den Fichten liegen mußte. Es war ein langsames, rhythmisches Klappern, als würden lederne Absätze auf eine harte Oberfläche treten. Havelock duckte sich und rannte zu den hohen Bäumen, die ihm Deckung boten, spähte nach rechts in die Richtung, aus der das Geräusch kam.

Jetzt war auch zu seiner Linken das rhythmische Klappern zu hören, weit entfernt, aber näher kommend. Er kroch noch tiefer in den Schutz der Bäume hinein, bis er nur noch ein paar Schritte vom Rand entfernt war. Dort preßte er sich gegen den Boden und hob gleich den Kopf, um das Licht, das plötzlich das Gelände vor ihm erhellte, auszunutzen. Was er sah, klärte das Geräusch der Schritte auf, die er gehört hatte, aber sonst nichts. Direkt vor ihm war eine breite·Betonstraße und dahinter ein Palisadenzaun, der wenigstens zweieinhalb Meter hoch war und nach beiden Richtungen sich erstreckte, so weit das Auge blicken konnte. Das Licht strahlte hinter dem Zaun. Das war das Leuchten, das er vom Wasser aus gesehen hatte.

Da tauchte der erste Soldat rechts von ihm auf; er ging langsam wie auf dem Exerzierplatz, und jeder Schritt hallte auf dem Beton. Der Mann vollführte eine scheinbar nutzlose Aufgabe. Ebenso wie die Mannschaft des Patrouillenboots trug er die Uniform der Heerestruppen, und an seiner Hüfte hing ein Revolver. Das gelangweilte Gesicht des Wachpostens war in dem weichen Licht deutlich zu erkennen. Jetzt kam die andere Streife aus dem Schatten zur Linken, vielleicht fünfzig Meter entfernt. Die beiden Soldaten gingen aufeinander zu wie zwei Roboter und begegneten sich höchstens zehn Meter vor Havelock.

»Hat dich jemand informiert?« fragte der Soldat zur Rechten.

»Ja, so'n Ruderboot mit Außenbordmotor ist mit der Flut von Savannah herübergetrieben worden, das ist alles. Niemand drin.«

»Hat jemand den Motor überprüft?«

»Was meinst du?«

»Das Öl. Das Öl bleibt längere Zeit warm, wenn er gelaufen ist. Wie in jedem Motor.«

»Hör schon auf. Wer, zum Teufel, könnte hier schon rein?«

»Das meine ich nicht. Ich hab' nur gesagt, daß man es so feststellen kann.«

»Vergiß es! Die machen immer noch eine dreiundsechziger Suche... für den Fall, daß einer Flügel hat, schätze ich. Die Typen hier spinnen doch alle.«

»Würdest du das nicht auch?«

Der Posten zur Linken sah auf die Uhr. »Da hast du auch wieder recht. Wir sehen uns drinnen.«

»Wenn Jackson auftaucht. Letzte Nacht kam er eine halbe Stunde zu spät. Kannst du das glauben? Er hat gesagt, er wollte sich so'n lausigen Fernsehfilm bis zu Ende ansehen.«

»Das macht er öfter. Willis hat ihm neulich gesagt, irgendwann wird der vor ihm einfach weggehen und sagen, Jackson hätte ihn abgelöst. Man sollte ihn wirklich mal hängen lassen.«

»Der würde sich schon rausreden.«

Die beiden Männer machten kehrt und setzten ihre Streife fort. Aus den Bruchstücken, die er gehört hatte, fügte sich Michael das Wesentliche ihres Gesprächs zusammen. Ein Suchtrupp kämmte die Insel durch, und die Wache der beiden Posten war so gut wie vorbei... eine Wache, die offenbar ziemlich locker gehandhabt wurde, wenn die Ablösung sich eine halbe Stunde verspäten durfte. Das paßte nicht; die Insel glich einer Festung, und trotzdem wurde der Wachdienst so betrieben, als wäre er nicht mehr als eine notwendige, wenn auch sinnlose Übung. Warum?

Die Antwort, vermutete Michael, lag vielleicht in einer immer wiederkehrenden Beobachtung. Soldaten im Kasernendienst und ihre Vorgesetzten waren gewöhnlich die ersten, die die Sinnlosigkeit eines Dienstbefehls erkannten. Und das konnte nur bedeuten, daß es auch hinter dem Palisadenzaun Alarmanlagen gab. Es gehörte wenig Fantasie dazu, um sich die verschiedenen Sicherheitseinrichtungen hinter der neuen Holzwand vorzustellen. Und dann bemerkte Michael, daß der Zaun eine Kurve beschrieb, genauso wie die Betonstraße – zu beiden Seiten. Weiter hinten mußte es bewachte Tore geben, die einzigen Punkte, wo ein Eindringen möglich war.

Eine ›dreiundsechziger Suche‹: Soldaten mit Taschenlampen, vielleicht ein Dutzend Männer, durchkämmten den Strand und das Wäldchen. Sie hatten direkt hinter ihm begonnen, an einem Küstenstreifen, der sich Sektor vier nannte. Und sobald sie einen Kreisbogen beschrieben hatten, würden sie ohne Zweifel wieder an der Stelle auftauchen, wo sie begonnen hatte... und die Nacht war finster, eine dichte Wolkenwand hatte den Mond verdeckt. Die Suchaktion zu seinem Vorteil einzusetzen, war eine entfernte Möglichkeit – die einzige, die ihm in den Sinn kam –, aber damit seine Taktik funktionierte, mußte er jetzt handeln. Jetzt!

Der Soldat zu seiner Rechten war kaum mehr zu sehen, er ging gerade um die Biegung der Straße und verschwand hinter dem Zaun. Havelock richtete sich auf, lief über die Straße und eilte das sandige Bankett hinunter, wobei ihn das Geräusch ärgerte, das seine mit Wasser durchtränkten Stiefel verursachten. Jetzt hatte er die Biegung erreicht; vor ihm waren die Lichter des Tors zu sehen, vielleicht noch zweihundert Meter entfernt. Er rannte schneller und verringerte den Abstand zu dem langsam dahintrottenden Soldaten. Er hoffte, daß der Wind das Knirschen seiner Schritte übertönen würde.

Er war noch vier Meter von dem Posten entfernt, als der erschreckt stehenblieb und den Kopf zur Seite neigte. Havelock hechtete sich auf ihn und preßte die rechte Hand auf den Mund des Soldaten, während seine linke ihn hinten am Kopf packte und damit ihren Sturz etwas abbremste. Er hielt den jungen Mann fest und stieß ihm das Knie in den Rücken.

»Keinen Laut!« flüsterte er. »Das ist nur eine Sicherheitsübung... wie im Manöver, kapiert? Die Hälfte der Garnison hier weiß Bescheid, die andere nicht. Jetzt werde ich dich über die Straße zerren und dich fesseln und knebeln, aber nur ganz locker, du bist einfach ausgeschieden. Okay?«

Der Wachposten war viel zu erschreckt, um einen Ton herauszubringen; statt dessen machte er seine großen, verstörten Augen schnell auf und zu. Michael konnte ihm nicht vertrauen – besser gesagt, daß der Mann nicht in Panik geriet. Er griff nach der heruntergefallenen Uniformmütze und richtete sich mit dem Soldaten auf, zog ihn in die Höhe, die Hand immer noch auf dem Mund, und hetzte über die Straße auf die Bäume zu. Als er wieder im Schutz der Dunkelheit war, blieb er stehen und drückte den Soldaten zu Boden. Jetzt waren sie weit genug im Sektor vier.

»Ich nehm' jetzt die Hand weg«, sagte Michael, der neben dem jungen Mann kniete. »Wenn du einen Laut von dir gibst, muß ich dich k. o. schlagen, verstanden? Ich will keine Punkte verlieren.«

Der junge Mann nickte, Havelock nahm langsam die Hand weg, bereit, sie beim ersten Laut wieder über seinen Mund zu pressen. Der Posten rieb sich die Wangen und sagte leise: »Mann, du hast mir vielleicht angst gemacht. Was, zum Teufel, spielt sich hier eigentlich ab?«

»Genau das, was ich dir gesagt habe«, antwortete Michael und zog dem Soldaten den Waffengurt herunter und nahm ihm die Uniformjacke weg. »Das ist eine Sicherheitsübung«, fügte er hinzu und griff in die Tasche, um einen der ledernen Schnürsenkel herauszuholen. Er zog dem Posten die Arme nach hinten; fesselte die Hände und zog das Lederband bis zu den Ellbogen hinauf. »Wir werden eindringen.«

»In die Anlage?«

»Richtig.«

»Das schafft ihr nie. Ihr verliert.«

»Die Alarmanlage?«

»Ein Pelikan hat sich neulich am Zaun verbrannt; das Biest hat eine halbe Stunde gebraten. Am nächsten Tag hat's natürlich Hähnchen gegeben.«

»Und was ist drinnen?«

»Was soll da sein?«

»Alarmanlagen.«

»Nur in Georgetown.«

»Was? Was heißt Georgetown?«

»Hey, Mann, ich kenn' die Regeln. Ich brauch' dir bloß meinen Namen, meinen Rang und meine Nummer zu nennen!«

»Das Tor«, sagte Havelock drohend, »wer ist am Tor?«

»Die Wache natürlich, wer denn sonst? Wer rausgeht, kommt auch wieder rein.«

»So, und jetzt erzählst du mir...«

Ein schwacher Lichtschein irritierte Michael, weit entfernt zwischen den Bäumen sah er den Lichtkegel einer Taschenlampe. Der Suchtrupp hatte die Insel gleich umrundet. Für weitere Fragen war jetzt keine Zeit mehr. Er riß dem Soldaten ein Stück von seinem Hemd ab, rollte es zusammen und stopfte es ihm in den Mund. Einen weiteren Lederschnürsenkel wickelte er um den Kopf des jungen Mannes und band ihn hinten fest, damit der Knebel im Mund blieb. Und mit einem dritten Schnürsenkel fesselte er die Füße.

Havelock stand auf, schlüpfte in die Uniformjacke, schnallte sich den Waffengurt um und verstaute seine Strickmütze in der Tasche. Er setzte sich die Dienstkappe auf und zog sie sich tief ins Gesicht. Dann griff er unter seinen durchnäßten Pullover und holte die wasserdichte Taschenlampe hervor. Er schätzte den Weg ab, den er durch die Bäume nehmen mußte, und fing an, schräg nach rechts zu laufen, auf einen Felsvorsprung zu.

Er klammerte sich an den Felsrand, lauschte der Brandung und dem dem kräftigen Wind und wartete, bis der letzte Soldat oben vorbeigegangen war. Im nächsten Augenblick sprang Michael aus seinem Versteck hervor und rannte auf die sich entfernende Gestalt zu. Er packte den Mann am Hals und erstickte jeden Laut, während er ihn zu Boden riß. Dreißig Sekunden später war der bewußtlose Soldat gefesselt, mit einem Knebel im Mund. Havelock richtete sich auf und lief hinter den anderen her.

»Also, Leute«, brüllte eine befehlsgewohnte Stimme. »Schluß jetzt mit der Faulenzerei! Zurück in den Bau!«

»Scheiße, Käpt'n«, rief ein Soldat, »wir hatten schon gedacht, Sie würden 'ne Bootsladung Weiber bringen, und das hier sei so was wie 'ne Schatzsuche.«

»Nenne es lieber einen Geländelauf. Vielleicht schaffst du beim nächstenmal genug Punkte.«

»Der schafft's ja nicht mal beim Flippern!« schrie ein anderer. »Was würd' der schon mit 'nem Weib anfangen?«

Havelock folgte den Lichtstrahlen der Taschenlampen durch die Fichten. Die Straße war jetzt sichtbar, und die Betonfläche spiegelte den grellen Schein der Torscheinwerfer. Die Soldaten überquerten die Straße in einer formlosen Gruppe, Michael drängte sich vor, damit noch Soldaten hinter ihm waren. Als sie das Tor passierten, zählte ein Wachposten die Männer durch.

»Eins, zwei, drei, vier...«

Michael war Nummer acht und hatte den Kopf gesenkt, er rieb sich die Augen und bedeckte dabei sein Gesicht.

»Sieben, acht, neun...«

Er war drinnen. Er nahm die Hände von den Augen und ging mit seiner Gruppe über einen seltsam glatten Belag. Jetzt blickte er auf. Der Atem stockte ihm. Seine Beine waren wie gelähmt. Er konnte sich kaum bewegen, denn er war in einer anderen Zeit, an einem anderen Ort. Die Bilder, die sich seinem Blick darboten, glichen einer fantastischen Szenerie aus einem surrealistischen Film.

Er befand sich nicht in einem Militärkomplex auf einer kleinen Insel vor der Küste von Georgia, die sich Poole's Island nannte – er war in Washington, D. C.

25

Es war wie in einem makabren Traum – eine Stadt en miniature: Da waren von Bäumen gesäumte Straßen, die ebenso abrupt anfingen, wie sie aufhörten. Der matte Schein der Laternen beleuchtete Eingänge von Gebäuden... nein, nur ihre Fassaden. Er kannte sie gut. Da waren die Glastüren des State Department. Und dort drüben das Steinportal der neuen FBI-Zentrale... und auf der anderen Straßenseite, hinter einem winzigen Park mit kleinen weißen Bänken, die braunen Stufen, die zum Haupteingang des Pentagon hinaufführten. Ganz weit links konnte er einen hohen schwarzen, schmiedeeisernen Zaun erkennen, der in der Mitte unterbrochen war, so daß eine Einfahrt, flankiert von zwei glasumschlossenen Wachhäuschen, Platz hatte; er hatte Fotos davon gesehen. Das war der Südeingang zum Weißen Haus!

Und chromblitzende Autos in normaler Größe: ein Taxi, zwei Militärfahrzeuge, zwei riesige Limousinen, alle geparkt – Symbole eines anderen Ortes. Und es gab noch andere Symbole... man konnte sie in der Ferne rechts hinter dem Miniaturpark sehen: Miniaturnachbildungen der Jefferson-Gedenksäule, des Washington-Monuments, beides nicht höher als 1,20 Meter.

Eine bizarre falsche Welt war geschaffen worden, um die reale nachzubilden, die Hunderte von Meilen entfernt war.

Es war mehr, als Havelock in sich aufzunehmen vermochte. Er mußte sich losreißen von den Eindrücken und versuchen, sich selbst zusammenzureimen, was dieser makabre Spektakel zu bedeuten hatte. Und vor allem mußte er Anton Matthias finden.

Die Gruppe begann sich aufzulösen, einige gingen nach links, andere nach rechts. Hinter der falschen Fassade des State Department war eine Rasenfläche, auf der Weiden mit weit herunterhängenden Zweigen standen. Plötzlich war hinter dem Eingangstor ein Fluch zu hören. Michael zuckte zusammen.

»Verdammte Scheiße, wo ist er??«

»Wer, Sergeant?«

»Jackson, Lieutenant! Ist schon wieder verspätet.«

»Diesmal mache ich Meldung, Sergeant. Hier läuft alles viel zu lasch. Ich will endlich Ordnung haben.«

Einige Angehörige des Suchtrupps grinsten, ein paar blickten sich um und lachten. Havelock nutzte den Augenblick, um zu entwischen und die im Dunkeln liegende Rasenfläche hinter der nächsten Ecke zu erreichen.

Er kauerte sich an eine Ziegelmauer und versuchte nachzudenken, zu begreifen, was hier vor sich ging. Er wußte natürlich von dem sowjetischen Trainingszentrum in Nowgorod, das sich ›der Amerikakomplex‹ nannte. In der riesigen Anlage waren alle Gebäude getreu nach amerikanischen Vorbildern entworfen: die Geschäfte und Supermärkte, die Motels und Tankstellen; man bezahlte mit amerikanischer Währung und sprach amerikanisches Englisch, sogar die verschiedenen regionalen Dialekte. Auch von weiteren sowjetischen Experimenten im Ural hatte er gehört, wo man ganze US-Army-Camps gebaut hatte, in denen amerikanische Militärgepflogenheiten und -vorschriften praktiziert wurden, und wo man wiederum nur amerikanisches Englisch sprach. Alles war authentisch, bis auf die winzigste Einzelheit. Und dann gab es die Theorie – nach Havelocks Ansicht mehr als eine Theorie –, daß in verschiedenen Teilen der Vereinigten Staaten Hunderte, ja vielleicht Tausende von *paminjatschiks* lebten. Das waren Männer und Frauen, die man als Säuglinge in die Staaten gebracht und als Söhne und Töchter bei Familien untergebracht hatte, wo sie in völlig amerikanischer Umgebung aufwuchsen. Ihre Mission als Erwachsene aber war es, der Sowjetunion zu dienen. Es hieß – und Rostow hatte es bestätigt –, daß die *paminjatschiks*-Organisation von der *Voennaja* beherrscht würde, deren Angehörige selbst das KGB kaum zu kontrollieren vermochte.

War es wirklich vorstellbar, daß Poole's Island von Absolventen aus Nowgorod und aus dem Ural bevölkert war, deren untere Ränge von *paminjatschiks* besetzt waren und deren höchste Ränge andere *paminjatschiks* innehatten, die machtvolle und einflußreiche Positionen im State Department einnahmen und imstande waren, Anton Matthias zu entführen? Emory Bradford... war *er*...?

Vielleicht war alles auch nichts weiter als ein Gerücht. Männer in Washington arbeiteten mit Männern in Moskau zusammen. Allein diese Tatsache war Wahnsinn genug.

Er würde gar nichts erfahren, wenn er weiterhin im Schatten einer Ziegelmauer kauerte; er mußte sich bewegen, sich weiter umsehen, vor allem aber vermeiden, daß man ihn entdeckte und festnahm. Er richtete sich auf und schob sich an die Ecke des Gebäudes, spähte auf die beleuchteten, von Bäumen gesäumten Straßen hinaus. Drei Offiziere schlenderten durch den Miniaturpark in Richtung auf die Miniaturmonumente in der Ferne, und vier gewöhnliche Soldaten eilten auf eine Baracke zu. Sie stand zurückgesetzt auf einer Rasenfläche zwischen zwei fremdartigen Ziegelbauten, die wie die Untergeschosse eines geschmackvollen Apartmentgebäudes aussahen. Dann kam zu Havelocks Überraschung ein Zivilist aus der Tür des Gebäudes zur Linken. Ein zweiter folgte ihm, er trug einen weißen Kittel und gestikulierte, als spräche er leise, aber mit Nachdruck. Michael fragte sich, ob die Sprache wohl Russisch sein mochte. Die zwei Männer gingen die Straße hinunter und bogen nach rechts zu einer Kreuzung, deren Verkehrsampel freilich nicht funktionierte. Sie bogen noch einmal nach rechts ab und redeten immer noch miteinander. Jetzt schien der Zivilist dem Mann im weißen Kittel zu widersprechen, aber nicht laut; nichts war hier laut, ringsherum war Stille. Was auch immer die Geheimnisse von Poole's Island sein mochten, sie waren hinter einem friedlichen Bild verborgen... das selbst eine Lüge war, von Lügnern geschaffen.

Als die zwei Zivilisten schließlich seinem Bild entschwanden, bemerkte Havelock das kleine Schild, das auf der anderen Straßenseite an einem Pfosten befestigt war. Hatte er es nicht schon einmal gesehen? Natürlich! Jedesmal wenn er mit seinem Wagen oder einem Taxi zu Matthias' Haus in Georgetown gefahren war. Ein blauer Pfeil und davor die Worte CHESAPEAKE AND OHIO CANAL. Das war die malerische Wasserstraße, die das hektische Washington von dem idyllischen Georgetown trennte. In den stillen Straßen wohnten die wohlhabendsten und mächtigsten Männer der Bundeshauptstadt.

Nur in Georgetown sind Alarmanlagen.

Irgendwo in der Straße wohnte Anton Matthias, irgendwo jenseits einer Brücke, in einem Haus, das eine Attrappe war. Mein Gott! Hatten sie etwa sein Haus nachgebaut, um seine Entführung zu proben? Das war durchaus möglich; Antons Wohnsitz wurde auf Befehl des Präsidenten bewacht und war rund um die Uhr durch Alarmanlagen und Posten geschützt. Es war nicht nur möglich, es war die einzige Methode, mit der es hatte gelingen können! Matthias mußte zu Hause entführt worden sein. Man hatte die Alarmanlagen umgangen, seine Wachen abgezogen, auf Befehl des State Department abkommandiert... ein Befehl, den Lügner erteilt hatten. Ein Auftrag war geprobt und ausgeführt worden.

Er trat auf die Straße hinaus und schlenderte sie langsam hinunter.

Schließlich erreichte er den Ziegelbau zu seiner Linken und ging quer über den Rasen zum Bürgersteig. Die Straße war dunkel, über den niedrigen Bäumen waren keine Laternen zu sehen. Er lief schneller, nahm die Wege wahr, die nach rechts abbogen und zu drei Baracken führten. Nur hinter einigen Fenstern brannte Licht. Er vermutete, daß es sich um die Wohnquartiere von Offizieren und einigen Zivilisten handelte – Absolventen von Nowgorod?

Plötzlich endete die Straße. Vor ihm war nur ein ungepflasterter Weg, gesäumt von hohen Büschen. Auch er führte irgendwohin. Havelock beschleunigte seine Schritte. Wenn man ihn aufhielt, wollte er behaupten, er würde joggen... und dann würde er den, der ihn aufhielt, unschädlich machen. So viele Gedanken rasten in diesem Augenblick durch seinen Kopf. Er dachte an Jenna, die fünf Meilen entfernt auf dem Festland von Telefonzelle zu Telefonzelle eilte und einer verwirrten Telefonistin in der *Cons-Op*-Zentrale Sätze vorlas, die Havelock für sie aufgeschrieben hatte.

Ein schwacher Lichtschein. Ganz unten an der Straße. Links. Er fing zu laufen an, und als er näher kam, wußte er, was es war: die Umrisse eines Hauses, der Teil eines Hauses, er hörte nach dem ersten Stock einfach auf, aber das Erdgeschoß und die erste Etage waren unverkennbar. Er hatte recht gehabt. Es war die Fassade von Antons Haus in Georgetown. Er näherte sich dem Ende der ungepflasterten Straße und blieb stehen, wo links die Teerfläche begann, und starrte ungläubig auf das unfertige Haus.

Die Steinstufen waren identisch mit denen, die zu dem Eingang mit der weißen Tür und den Kutschenlampen hinaufführten. Alles stimmte mit dem Original überein, das Hunderte von Meilen entfernt war, selbst die Spitzenvorhänge in den Fenstern. Er konnte sich die Räume drinnen ausmalen und ahnte, daß auch sie die gleiche Einrichtung hatten. Die Lektion von Nowgorod hatte man gut gelernt und ihre Früchte auf eine kleine Insel verpflanzt, die nur Minuten von der Küste der Vereinigten Staaten entfernt war. Was ist geschehen?

»Bleiben Sie stehen, wo Sie sind, Soldat!« Das Kommando kam von hinten. »Was, zum Teufel, haben Sie hier zu suchen?«

Havelock drehte sich herum und bedeckte die Pistole, so gut er konnte, die Frage war eine Einladung für ihn. Ein Posten trat hinter einem Busch hervor, mit einer Waffe in der Hand, aber er trug keine Uniform, sondern Zivilkleidung. »Was ist denn los? Darf man vielleicht nicht mehr spazierengehen?«

»Sie sind nicht spazierengegangen, Sie sind gerannt.«

»Ich jogge, meine Freund. Je davon gehört?«

»Mach' ich jeden Morgen, wenn ich nicht diesen Scheißspätdienst habe. Aber auf der Inselstraße, wo die anderen auch joggen, nicht hier unten. Sie kennen die Vorschriften ganz genau. Keiner darf den Sektor sechs passieren, keiner darf weiter als bis zum Ende der asphaltierten Straße laufen.«

»Jetzt seien Sie nicht so stur«, sagte Havelock.

Plötzlich drang Musik aus dem Haus, erfüllte die Nacht. Er kannte sie gut; das war eines von Matthias' Lieblingsstücken. Händels ›Wassermusik‹. Sein *přitel* war da!

»Jede Nacht ein verdammtes Konzert«, sagte der Mann in Zivil.

»Wieso?«

»Wie, zum Teufel, soll ich das denn wissen? Er geht in den Garten und hört sich das Zeug ein oder zwei Stunden lang an.«

Musik ist zum Denken da, Mikhail. Je besser die Musik, desto besser die Gedanken. Da besteht ein kausaler Zusammenhang, mußt du wissen.

»Nett, daß Sie ihm das erlauben.«

»Warum nicht? Was hat er denn sonst, und wo soll er denn hingehen? Aber Sie werden mächtigen Ärger kriegen, wenn Sie hier nicht sofort verschwinden.« Der Mann steckte seine Waffe ins Halfter zurück, das er unter der Jacke trug. »Sie können von Glück reden, daß ich nicht... He! Warten Sie mal! Sie haben ja eine Waffe!«

Havelock sprang vor, packte den Mann an der Kehle, drückte ihm die Luftröhre zu und warf ihn über sein linkes Bein zu Boden. Er fiel über den Wachmann und rammte dem Mann das Knie gegen die Brust, während er seine Uniformjacke aufriß und das Jagdmesser aus der Scheide zog. »Sie können allerdings nicht von Glück reden!« flüsterte er. »Woher kommst du, *skotina*? Aus Nowgorod, aus dem Ural? Bist du ein *paminjatschiks*?« Michael hielt die Messerspitze auf die Stelle zwischen der Nase und den Lippen des Wachmannes gerichtet. »Ich zerschneide dir das Gesicht, wenn du mir nicht sagst, was ich wissen will. Zuerst einmal, wie viele Männer sind hier oben? Ruhig!« Er lockerte seinen Griff am Hals des Mannes, der Posten hustete.

»Sie... kommen hier nie raus«, würgte er halb erstickt hervor.

Havelock stach leicht zu, bis Blut über die Lippen floß. »Werd' bloß nicht pampig! Ich kann mich an eine ganze Menge erinnern, *ponimaju*. Wie viele Männer?«

»Noch einer.«

»Lügner!«

»Nein! Wir zwei haben bis vier Uhr Dienst. Einer draußen und einer drinnen.«

»Alarmanlagen? Wo sind sie? Was für Alarmanlagen?«

»Lichtschranke. Schulter bis Knie. An der Eingangstür.«

»Das ist alles?«

»Das ist alles, was eingeschaltet ist. Um ihn drinnen festzuhalten.«

»Der Garten?«

»Hat eine Mauer. Ist zu hoch. Um Himmels willen, wo soll er denn hin? Wo wollen Sie denn hingehen?«

»Das werden wir sehen.« Michael zog den Kopf des Mannes am Haar hoch, ließ das Messer fallen und versetzte ihm einen scharfen, harten Schlag hinter das rechte Ohr. Der Mann brach bewußtlos zusammen. Havelock holte zwei Lederriemen heraus und band dem Posten Hände und Füße zusammen. Schließlich knebelte er den Mann mit dem eigenen Taschentuch und knotete das Tuch mit einem der drei übriggebliebenen Schnürsenkel fest. Er zerrte den Bewußtlosen ins Gebüsch und ging auf das Haus zu.

Die ›Wassermusik‹ schwoll an, ging in das Marschthema über, Hörner und Saiteninstrumente mischten sich ineinander, hallten durch das groteske Haus. Havelock stieg den kurzen Abhang hinauf, der an die Eingangsstufen grenzte, bis er nur noch drei Meter von dem ersten Fenster mit den Spitzenvorhängen dahinter entfernt war. Er duckte sich und kroch darauf zu, den Kopf unter dem Sims. Er trat zur Seite, richtete sich auf und schob das Gesicht Zentimeter für Zentimeter ans Fenster. Der Raum war genauso eingerichtet, wie er es in Erinnerung hatte... die abgetretenen Orientteppiche, die schweren, bequemen Armsessel, die Messinglampen... das war Matthias' Vorzimmer, sein ›Salon‹, wie er es nannte, in dem er Besucher begrüßte. Michael hatte viele angenehme Stunden in jenem Raum verbracht und doch in einem anderen.

Michael schlich um das Haus nach hinten, auf eine Wand zu, die er sich ganz genau in Gedanken ausmalen konnte, auch den Garten dahinter... Hunderte von Meilen entfernt. Er mußte an drei Fenstern vorbei. Das zweite Fenster verriet ihm, was er wissen mußte. Drinnen saß ein untersetzter Mann auf einer Couch und rauchte eine Zigarette, die Füße auf einem niedrigen Tischchen, den Blick auf einen Fernseher gerichtet. Das Gerät war laut gestellt, offenbar um die Stereoklänge der Musik zu übertönen.

Havelock rannte auf die Mauer zu. Er beugte die Knie, sprang hoch und griff mit beiden Händen nach der Mauerkrone. Seine Brust schmerzte, während er sich hochzog und sein rechtes Bein über den Mauersims schwang. Er holte Atem, wartete, bis der Schmerz nachließ.

Unter ihm war der gespenstisch beleuchtete Garten, so wie er ihn in Erinnerung hatte. Weiches Licht drang aus dem Haus. Eine einzelne Lampe auf dem Schachtisch zwischen zwei braunen Korbsesseln, weitere Korbmöbel in Weiß und ein Plattenweg, der um die Blumenbeete herumführte.

Da war er, sein geliebter *přítel*. Er saß in einem Sessel am Ende des

Gartens, die Augen geschlossen, und sah Bilder, die die Musik in seinem Geist hervorzauberte. Die unvermeidliche Schildpattbrille saß auf seiner Nase, und das silberne Haar wellte sich über seinem kantigen Schädel.

Havelock schwang lautlos die Beine über die Mauerkrone und ließ sich zu Boden fallen. Er blieb ein paar Augenblicke im Schatten. Die Musik war leiser geworden, man konnte jetzt deutlich den Lärm aus dem Fernseher hören. Der Posten würde drinnen bleiben, das hieß, er würde so lange drinnen bleiben, solange Michael es wollte. Und wenn er dann den bezahlten Revolvermann in seiner Gewalt hätte, würde er ihn entweder benutzen oder ihn töten.

Langsam löste Havelock sich von der Mauer und ging den Gartenweg hinunter, auf Matthias zu.

Ohne Warnung oder irgendein Zeichen schlug der Staatsmann plötzlich die Augen auf. Michael rannte vor, hob beide Hände, um auszudrücken, daß er schweigen solle.

Matthias ignorierte die Geste und erhob seine tiefe Stimme.

»*To je dobré srovnáni*, Mikhail. Schön, daß du vorbeikommst. Ich habe neulich an dich gedacht, an diese Arbeit, die du vor einigen Wochen geschrieben hast. Wie hieß sie doch? ›Die Auswirkungen des Hegelschen Revisionismus‹ oder ein ähnlich unbescheidener, unpassender Titel. Schließlich, mein *darcbák akademik*, ist Hegel selbst sein bester Revisionist, nicht wahr? Der *Revisionist maximus*! Wie gefällt dir das?«

»Anton...?«

Wieder ganz plötzlich und ohne eine Andeutung stand Matthias von seinem Stuhl auf, seine Augen weiteten sich, sein Gesicht verzerrte sich, sein Körper wirkte unsicher. Er begann zurückzuweichen, die Arme vor der Brust verschränkt, und seine Stimme war jetzt ein schreckliches Flüstern.

»Nein! Du kannst nicht... nein, du darfst mir nicht nahekommen! Du verstehst nicht, du kannst es nie verstehen! Geh weg von mir!«

Havelock starrte ihn an; und der Schock war ebenso unerträglich wie die Wahrheit.

Anthony Matthias war geistesgestört.

Drittes
Buch

26

»Hände hoch! An die Mauer und die Beine spreizen! Los!... Bißchen fix! Lehnen Sie sich gegen die Mauer, die Arme ausgestreckt!«

Wie in Trance, die Augen immer noch auf Matthias gerichtet, der wie ein Kind an einem Rosenbusch auf den Knien kauerte, folgte Havelock den Befehlen des Wachpostens. Er nahm nur verschwommene Eindrücke wahr, fühlte sich wie betäubt. Alles schien um ihn zu kreisen. Sein *přítel*, sein Mentor... sein Vater... ...war verrückt! Die äußere Hülle des Mannes, der die Welt mit seiner intellektuellen Brillanz, mit seiner klugen Weitsicht in Erstaunen versetzt hatte, hockte vor den Blumen, sein Kopf zitterte, und die großen, verängstigen Augen hinter den Gläsern seiner Brille waren von grenzenlosem Schrecken erfüllt.

Michael konnte die Schritte des Wachpostens auf den Platten hören und wußte, daß gleich der Schlag kommen würde; doch irgendwie war es ohne Bedeutung. Nichts hatte mehr etwas zu bedeuten.

Ein stechender Schmerz durchzuckte seinen Kopf, dann kam die Dunkelheit.

Er lag auf einem Teppich im Salon, vor seinen Augen kreisten weiße Lichtpunkte, seine durchnäßte, mit Sand gefüllte Hose preßte gegen seine Haut. Er hörte, wie draußen Männer die Treppe hinaufrannten und Befehle brüllten. Als sie ins Haus traten, tastete er nach seinem Jackett, nach seiner Hüfte; man hatte ihm die Pistole weggenommen, aber man hatte ihn nicht durchsucht.

Zwei Männer kamen auf ihn zu, einer in Uniform, ein Major, der andere in Zivil. Den zweiten kannte er; er war aus dem Außenministerium, ein Agent von *Cons Op*, mit dem er schon zusammengearbeitet hatte, in London oder Beirut oder Paris oder... er konnte sich nicht erinnern.

»Das ist er«, sagte der Zivilist. »Bradford meinte, das wäre möglich – er wußte auch nicht, wie –, aber er ist es jedenfalls. Er hat mir die Einzelheiten durchgegeben; Sie betrifft das nicht.«

»Schaffen Sie ihn einfach von hier weg«, erwiderte der Soldat. »Was Sie mit ihm anstellen, ist Ihre Angelegenheit.«

»Hallo, Havelock.« Der Mann von *Cons Op* blickte auf ihn herunter.

Sein Gruß ließ seine Verachtung spüren. »Sie waren ja recht beschäftigt. Muß Spaß gemacht haben, den alten Knaben in New York umzubringen. Was sollte das? Sie wollten sich wohl ein wenig Geld von ihm verschaffen und hier drunten noch einmal? Steh schon auf, du Schwein!«

Michael wälzte sich langsam auf die Knie und richtete sich mühsam auf. »Was ist mit ihm passiert? Was ist passiert?«

»Ich beantworte keine Fragen.«

»Jemand muß doch Antwort geben... um Himmels willen, irgend jemand muß es doch wissen!«

»Damit Sie freie Fahrt haben? Kommt nicht in Frage, du Mistkerl!« Der Zivilist wandte sich zu dem Wachposten, der auf der anderen Seite des Zimmers stand. »Haben Sie ihn durchsucht?«

»Nein, *Sir*. Ich habe ihm nur die Waffe abgenommen. Er trägt eine Taschenlampe am Gürtel und irgendeinen Beutel.«

»Ich helfe Ihnen, Charley«, sagte Havelock, während er seine Uniformjacke beiseite schob und nach der Plastiktasche griff. »Charley stimmt doch, oder? Charley Loring... war es in Beirut?«

»Richtig. Die Hände ruhig halten!«

»Was Sie wollen, steckt da drinnen. Los, nehmen Sie es schon. Es explodiert nicht.«

Der Mann aus dem Außenministerium nickte dem Major zu; der Soldat trat vor und packte Michaels Hände, während Charley den Beutel von seinem Gürtel riß.

»Machen Sie ihn auf«, fuhr Havelock fort. »Das ist mein Geschenk für Sie. Für Sie alle.«

Der *Cons-Op*-Agent zog den Reißverschluß der kleinen Tasche auf und holte die zusammengefalteten Blätter heraus. Während er zu einer Stehlampe ging und zu lesen begann, ließ der Major Michaels Hände wieder los. Loring hielt inne, sah zu Michael hinüber und meinte, zu dem Soldaten gewandt: »Warten Sie draußen, Jamor. Und Sie auch«, fügte er nach einem Blick auf den Wachposten hinzu. »Im anderen Zimmer bitte.«

»Sind Sie sicher?« fragte der Offizier.

»Ganz sicher«, sagte Charley. »Der kommt hier nicht raus, und falls ich Sie brauche, kann ich ja rufen.« Die zwei Männer gingen hinaus, der Soldat durch die Vordertür, der Wachposten ins Nebenzimmer. »Sie sind das mieseste Dreckstück, das mir je begegnet ist«, sagte der Mann aus dem Außenministerium.

»Das ist eine Kopie, Charley.«

»Das sehe ich auch.«

»Rufen Sie die Alarmzentrale von *Cons Op* an. Die haben seit dreiundzwanzig Uhr alle fünfzehn Minuten eine Nachricht bekommen, in

Form einer Frage: ›Billard oder Pool?‹ Die Antwort darauf ist: ›Wir ziehen Pool vor.‹ Sagen Sie denen, sie sollen diese Antwort geben.«

»Und was ist dann?«

»Schalten Sie sich in das nächste Gespräch ein, geben Sie die Antwort, und hören Sie zu.«

»Damit irgendein anderes Miststück mir das hier vorlesen kann.«

»Oh, nein, die andere Person wird nur zwölf Sekunden reden. Damit Sie den Anrufer nicht anpeilen können. Und schlagen Sie sich auch gleich die Spritze aus dem Kopf. Ich bin schon einmal in Therapie gewesen und habe meine Vorkehrungen getroffen. Ich habe keine Ahnung, woher die Anrufe kommen, glauben Sie mir das.«

»Kein Wort nehme ich Ihnen ab, Sie Bastard!«

»Das sollten Sie aber. Wenn Sie es nämlich nicht tun, werden Kopien dieser Blätter an die richtigen Adressen in ganz Europa geschickt. Von Moskau bis Athen, von London bis Prag... von Paris bis Berlin. Telefonieren Sie jetzt.«

Zwanzig Minuten später starrte der Mann aus dem Außenministerium die Wand an, während er Jenna Karras die vereinbarte Antwort gab.

Elf Sekunden später legte er auf und sah zu Havelock hinüber. »Sie sind genau das, was man sich von Ihnen erzählt hat: ein widerwärtiger, ekelhafter Kerl!«

»Und ›nicht zu retten‹?«

»Richtig.«

»Dann trifft das auf Sie auch zu, weil Sie programmiert sind, Charley. Sie sind unbrauchbar, denn Sie haben verlernt, wie man Fragen stellt.«

»Was?«

»Sie haben gerade das Urteil über mich angenommen. Sie kannten mich, meinen Ruf, und trotzdem haben Sie sich nie die Mühe gemacht, sich einmal zu fragen, was dahinterstecken könnte.«

»Ich könnte Sie töten.«

»Und mit den Folgen leben? Tun Sie es besser nicht. Rufen Sie das Weiße Haus an.«

Als er das ohrenbetäubende Knattern des riesigen Helikopter-Rotors hörte, wußte er, daß der Präsident der Vereinigten Staaten auf Poole's Island eingetroffen war. Es war früher Vormittag, und die Sonne brannte auf das Pflaster vor dem offenen Fenster herunter. Er war in einem Zimmer, aber in Wirklichkeit war es eine Zelle, auch wenn das einzige Fenster nicht mit Gitterstäben gesichert war. Er befand sich ein Stockwerk über der Erde, darunter hielten vier Soldaten Wache. Die unheimlichen Fassaden der falschen, vertrauten Bauwerke dahinter wirkten bei Tage um ein Vielfaches makabrer. Es war eine Welt der Lügen und der Täuschung.

Havelock ging zum Bett zurück, das eher eine Pritsche war, und setzte sich. Er dachte an Jenna und an das, was sie jetzt durchzumachen hatte. Über welche verborgenen Kräfte mußte sie verfügen, um die unerträgliche Spannung aushalten zu können und an Matthias... du lieber Gott, was war mit ihm geschehen? Michael durchlebte noch einmal die schreckliche Szene im Garten und versuchte, einen Faden der Vernunft zu finden.

Du darfst mir nicht nahe kommen. Du verstehst nicht. Du kannst das gar nicht verstehen!

Was verstehen? Er hatte keine Ahnung, wie lange er dagesessen und überlegt hatte, als er in seinen Gedanken durch das Knacken der Glasscheibe im Oberteil der Tür unterbrochen wurde. Ein Gesicht erschien, ein Gesicht unter den Goldtressen einer Schirmmütze. Die Tür öffnete sich, und ein breitschultriger Colonel in mittleren Jahren trat ein. Er hielt ein paar Handschellen in der Hand.

»Umdrehen!« befahl er. »Strecken Sie die Arme aus!«

Sekunden später schnappten die Handschellen um seine Handgelenke. »Was ist mit meinen Füßen?« fragte Michael. »Gelten die nicht als Waffen?«

»Ich habe eine viel wirksamere Waffe in der Hand«, sagte der Offizier, »und ich werde Sie keine Sekunde aus den Augen lassen. Eine auffällige Bewegung – und Sie sind ein toter Mann.«

»Ich bin geschmeichelt.«

Der Oberst drehte Havelock herum. »Ich weiß nicht, wer Sie sind und was Sie getan haben; aber vergessen Sie eines nicht, Cowboy, ich bin für diesen Mann verantwortlich. Und ich garantiere Ihnen, daß ich Sie aus diesem Zimmer blase und erst nachher Fragen stelle.«

»Wer ist der Cowboy?«

Der Offizier stieß Michael unsanft gegen die Wand. »Bleiben Sie dort!« befahl er und ging hinaus.

Dreißig Sekunden später öffnete die Tür sich wieder, und Präsident Charles Berquist trat ein. Er hielt die dreizehn Kopien von Havelocks Anklageschrift in der Hand. Der Präsident blieb stehen und sah Michael an. »Das ist ein außergewöhnliches Dokument, Mr. Havelock«, begann er und hob die gelben Blätter.

»Es ist die Wahrheit.«

»Ich glaube Ihnen. Einen großen Teil davon finde ich natürlich widerwärtig, aber auf der anderen Seite sage ich mir, daß ein Mann von Ihrem Schlag nicht ohne weiteres zulassen würde, daß so viele enttarnt werden und sterben. Das Ganze ist eine massive Drohung, die sicherstellen soll, daß Sie gehört werden.«

»Sie täuschen sich«, sagte Michael, der reglos an der Mauer stand. »Man hat mich als ›nicht zu retten‹ klassifiziert. Warum sollten mich diese Leute noch interessieren?«

»Weil Sie ein intelligenter Mann sind und wissen, daß es Erklärungen geben muß.«

»Lügen, meinen Sie wohl.«

»Manches sind Lügen und werden zum Wohle dieses Landes auch Lügen bleiben.«

Havelock hielt inne und musterte das harte Gesicht des Präsidenten, die wachen Augen, die irgendwie die Augen eines Jägers waren. »Sie denken an Matthias?«

»Ja.«

»Wie lange glauben Sie ihn hier vergraben zu können?«

»So lange wie möglich.«

»Er braucht Hilfe.«

»Wir auch. Man mußte ihn aufhalten.«

»Was haben Sie mit ihm gemacht?«

»Das war nur ein Teil, Mr. Havelock. Wir alle machten ihn zum Kaiser, Sie auch. Der menschliche Geist kann aber nur begrenzt Dinge in sich aufnehmen und verarbeiten, besonders wenn man ihn in solche Höhen erhebt, dazu in einer so komplizierten Zeit wie die unsere. Er war gezwungen, in der beständigen Illusion zu leben, einzigartig und allen Menschen überlegen zu sein. Wir haben zuviel von ihm verlangt. Schließlich verlor er den Verstand. Und als er ihn nicht länger unter Kontrolle halten konnte, suchte er diese Kontrolle anderswo. Vielleicht zum Ausgleich, vielleicht um sich zu überzeugen, daß er wirklich der politische Alleskönner war, wie wir behaupteten, obwohl eine Stimme in ihm ihn warnte, daß er das keineswegs war.«

»Was soll das heißen: ›suchte anderswo Kontrolle‹? Wie konnte er das tun?«

»Indem er dieser Nation eine Vielfalt von Verpflichtungen auferlegte, wie es sie in der ganzen Geschichte noch nie gegeben hat. Selbst ich, der Präsident der Vereinigten Staaten, von dem einige sagen, er wäre der mächtigste Mann der Welt, kann nicht so unabhängig agieren, wie er das konnte. Die politischen Körperschaften binden mich, ich hänge von den verdammten Meinungsumfragen ab und werde von den sogenannten Prinzipien einer politischen Ideologie gelenkt. Bei ihm verhielt es sich anders, Mr. Havelock. Wir machten ihn zum Superstar; er war an nichts gebunden, niemandem verantwortlich. Sein Wort war Gesetz, jedes andere Urteil seiner rhetorischen, intellektuellen Brillanz unterlegen. Und seinem Charme, möchte ich hinzufügen.«

»Verallgemeinerungen«, sagte Michael.

»Lügen?« fragte Berquist.

»Ich weiß es nicht. Ich will konkrete Einzelheiten.«

»Die werden Sie von mir bekommen. Und wenn Sie sich anschließend immer noch veranlaßt fühlen, Ihre Drohung wahrzumachen, so
ist das Ihre Sache, nicht meine.«

»Ich bin ›nicht zu retten‹.«

»Ich sagte Ihnen doch, ich habe das hier gelesen. Alles. Der Befehl ist
aufgehoben worden. Sie haben das Wort des Präsidenten der Vereinigten Staaten.«

»Und warum sollte ich Ihrem Wort vertrauen?«

»An Ihrer Stelle würde ich das wahrscheinlich auch nicht. Ich gebe es
Ihnen einfach. Es gibt viele Lügen, und es wird auch weiterhin Lügen
geben, aber das ist keine... ich lasse Ihnen die Handschellen abnehmen.«

Die Szene in dem großen, dunklen, fensterlosen Raum hätte aus einem
unheimlichen Science-fiction-Film stammen können. Ein Dutzend
Fernsehgeräte stand auf einem Wandregal aufgereiht. Unter den Bild-
schirmen war eine riesige Konsole, die von vier Technikern bedient
wurde. Ein paar Ärzte in weißen Kitteln kamen herein und sahen sich
Videobänder an, machten Notizen und unterhielten sich miteinander.
Die komplizierte technische Einrichtung diente dazu, jede Bewegung,
die Anthony Matthias machte, jedes Wort, das er sprach, aufzuzeich-
nen und zu analysieren.

Sein Bild wurde gleichzeitig auf sieben Bildschirme projiziert, und
unter jedem Monitor war eine grüne Digitalanzeige angebracht, auf der
man exakt die Stunde und Minute der Aufnahme ablesen konnte.

»Bevor er morgens aufwacht, bekommt er zwei Injektionen«, sagte
der Präsident, der neben Havelock an einer zweiten, kleineren Konsole
an der hinteren Wand saß. »Die eine soll seine physischen und geistigen Spannungen lockern, die andere bewirkt, daß sein Herzrhythmus
beschleunigt wird, ohne in ihrer Wirkung das erste Medikament zu
stören. Fragen Sie mich nicht nach den medizinischen Fachausdrücken,
die kenne ich nicht, ich weiß nur, wie es funktioniert. Unter Einfluß
dieser beiden Medikamente ist er in der Lage, mit einem gewissen Maß
an Selbstvertrauen zu assoziieren... ist in gewisser Weise ein Abbild
seines früheren Ich.«

»Dann beginnt sein Tag? Sein... simulierter Tag?«

»Richtig. Wenn wir die Monitorschirme von rechts nach links be-
trachten, so fängt das mit Frühstück im Garten an. Man bringt ihm
Geheimdienstberichte und Zeitungen. Auf dem nächsten Bild sehen
Sie, wie er sein Haus verläßt und mit einem Adjutanten, der mit ihm

spricht, seine Treppe hinuntergeht, um die einzelnen Schritte des Problems näher zu analysieren oder eine Situation genauer zu durchleuchten, was auch immer anliegt.« Berquist hielt inne und wies auf den dritten Monitorschirm von rechts. »Dort sitzt er in seiner Limousine. Sein Adjutant spricht immer noch. Er wird eine Weile herumgefahren, und dann zeigt man ihm Orte, die ihm vertraut sind: die Jefferson-Gedenksäule, gewisse Straßen, den Südeingang zum Weißen Haus. Die Reihenfolge ist unwichtig.«

»Aber das ist doch nicht das authentische Bild«, wandte Michael ein, »das sind nur Fragmente!«

»Das erkennt er nicht; er sieht nur den Eindruck. Aber selbst wenn er merken würde, daß es bloß Fragmente sind, wie Sie es nennen, oder Miniaturen der richtigen Gebäude, würde sein Bewußtsein diese Erkenntnis verdrängen, so sagen mir die Ärzte, und statt dessen die Impression für die Realität halten. Ebenso wie er sich geweigert hat, die Verschlechterung seines eigenen Zustands zu akzeptieren, und immer größere Vollmachten verlangte, bis er sie sich schließlich einfach genommen hat. Beachten Sie jetzt den vierten Bildschirm. Er steigt am State Department aus, geht in das Gebäude und sagt seinem Adjutanten etwas. Auf dem fünften Monitor können Sie verfolgen, wie er sein Büro betritt – eine exakte Wiedergabe seines eigenen Büros in Washington – und sofort anfängt, die Telegramme zu überfliegen, sich die Tagestermine anzusehen; auch sie sind identisch mit denen, die damals anstanden. Der sechste Bildschirm zeigt ihn bei einigen Telefongesprächen, denselben Gesprächen, die er vorher geführt hatte. Seine Reaktionen sind oft bedeutungslos, ein Teil seines Bewußtseins lehnt eine Stimme ab oder empfindet eine Antwort nicht als authentisch; aber dann gibt es Augenblicke, wo uns das, was wir erfahren, den Atem nimmt... Er ist jetzt seit fast sechs Wochen hier. Manchmal glauben wir, wir hätten erst an der Oberfläche gekratzt. Wir fangen erst an, das Ausmaß seiner Exzesse zu begreifen.«

»Sie meinen die Dinge, die er getan hat?« fragte Havelock, den die beängstigende Wendung der Ereignisse erstaunte.

Berquist nickte. »Ja, Mr. Havelock. Wenn je in der Geschichte demokratisch gewählter Regierungen ein Minister seine Amtsbefugnisse überschritten hat, dann ist das Anthony Matthias. Im Namen der US-Regierung hat er grenzenlose Versprechungen gemacht und für ihre Einhaltung garantiert. Nehmen Sie als Beispiel nur den heutigen Tag. Wenn Sie das Bild auf dem siebten Monitor verfolgen, werden Sie verstehen, was ich meine. Hören Sie gut zu. Er sitzt an seinem Schreibtisch und erlebt noch einmal eine Situation, die fünf Monate zurückliegt. Damals war einhellig beschlossen worden, die Botschaft in einem neugegründeten afrikanischen Staat zu schließen, als dort die

Machthaber mit Massenhinrichtungen und Todeskommandos ihre politischen Gegner ausschalteten. Das Beispiel ist bezeichnend.«

»Mr. Secretary. Der Präsident und die vereinigten Stabschefs haben sich ebenso wie der Senat gegen jeden Kontakt in dieser Phase ausgesprochen...«
»Dann werden wir es ihnen eben nicht sagen. Vorsintflutliche Reaktionen können nicht der Angelpunkt einer umsichtigen Außenpolitik sein. Ich werde selbst den Kontakt herstellen und einen wohldurchdachten Plan vorlegen.«

Michael war schockiert. »Das hat er gesagt? Das hat er getan?«

»Er durchlebt es jetzt noch einmal«, sagte Berquist. »In ein paar Minuten wird er die Botschaft in Genf anrufen und eine weitere unglaubliche Verpflichtung eingehen. Aber das ist ein weniger auffälliges Beispiel. Sein Verhalten war verdammt gefährlich.«

»Gefährlich?«

»Mit seiner Stimme übertönte er alle anderen, er trat in undenkbare Verhandlungen ein und bereitete Verträge vor, die allen Prinzipien widersprechen, die diese Nation vertritt. Die Verträge hätten einen empörten Kongreß dazu veranlassen können, ein Amtsenthebungsverfahren gegen mich alleine deshalb einzuleiten, weil ich sie auch nur in Erwägung gezogen habe. Aber selbst diese Tatsache – und es *ist* eine Tatsache – ist bedeutungslos. Wir dürfen nicht zulassen, daß die Welt erfährt, was er getan hat. Man würde uns demütigen, ein Riese auf den Knien, der um Vergebung bettelt. Und wenn diese Vergebung nicht käme, würde das Krieg bedeuten. Sehen Sie, er hat alles schriftlich gemacht.«

»Konnte er das denn?«

»Der Verfassung nach, nein. Aber er war der Superstar. Der ungekrönte König der Republik hatte gesprochen, ein Gott sein Wort gegeben. Wer stellt schon Königen oder Göttern Fragen? Die bloße Existenz solcher Dokumente reicht schon für internationale Erpressungen aus. Wenn wir jene Verhandlungen nicht auf unauffällige Weise für ungültig erklären oder sie auf diplomatischem Wege dadurch zunichte machen können, daß wir erklären, wir rechneten mit einer Ablehnung durch den Kongreß, werden diese Verträge der Öffentlichkeit bekannt werden. Und wenn das passiert, dann wird jeder Vertrag, jede Übereinkunft, die wir im letzten Jahrzehnt geschlossen haben – all die delikaten Bündnisse, die wir augenblicklich überall in der Welt unterhalten –, in Frage gestellt werden. Die Außenpolitik dieses Landes wird zusammenbrechen. Man würde uns nie wieder vertrauen. Und wenn eine Nation wie die unsere keine Außenpolitik hat, Mr. Havelock, dann hat sie Krieg.«

Michael lehnte sich über die Konsole und starrte auf den Bildschirm. Schweiß stand ihm auf der Stirn. »So weit ist er gegangen?«

»Noch weiter. Vergessen Sie nicht, er war beinahe sechs Jahre Außenminister, und bevor er sein Amt übernahm, war sein Einfluß bereits in den zwei letzten Administrationen beachtlich. Während seiner zahlreichen Missionen überall in der Welt hat er seine Macht zementiert.«

»Aber dabei hat er doch Gutes getan.«

»Ja, das hat er, und das weiß niemand besser als ich. Ich bin derjenige, der ihn dazu überredet hat, die bloße Beratertätigkeit aufzugeben und selbst einzusteigen. Sehen Sie, ich habe an sein Ego appelliert; alle großen Männer haben ein übersteigertes Selbstwertgefühl. De Gaulle hat recht gehabt: Ein Mann der Vorsehung weiß es vor allen anderen. Was er nicht weiß, ist die Grenze seiner Fähigkeit. Matthias hat die seine weiß Gott nicht gekannt.«

»Sie haben es vor ein paar Minuten gesagt, *Mr. President. Wir* haben ihn zum Gott gemacht. *Wir* haben zu viel von ihm verlangt.«

»Einen Augenblick«, antwortete Berquist, und seine Stimme klang schneidend, seine Augen wirkten durchdringend. »Ich habe damit bildhaft etwas zu erklären versucht. Niemand macht einen Menschen zum Gott, wenn dieser keiner sein will. Matthias aber hat diese göttliche Ernennung sein ganzes Leben lang gesucht! Jahrelang hat er das heilige Wasser gekostet – in seinem Geist hat er darin gebadet... Wissen Sie, wie ihn jemand neulich nannte? ›Ein wichtigtuerischer Sokrates am Potomac‹, und genau das war er: ein Wichtigtuer, Mr. Havelock. Ein hochintelligenter Opportunist. Ein Mann mit außergewöhnlicher Überzeugungskraft, ein brillanter Diplomat. Er konnte großartig sein – niemand weiß das besser als ich –, und ich habe ihn benutzt. Aber trotz alledem, er war ein Wichtigtuer. Er hat nie aufgehört, den allwissenden Anthony Matthias hervorzukehren.«

»Und obwohl Sie das wußten«, sagte Michael, ohne zuzulassen, daß Berquists stechender Blick ihn einschüchterte, »haben Sie ihn weiterhin benutzt. Sie haben ihn genauso zu immer mehr Aktivität getrieben wie er das mit sich selbst getan hat. Sie haben doch an den ›Mann der Vorsehung‹ appelliert, oder nicht?«

Der Präsident senkte den Blick und sah auf die Skalen der Konsole. »Ja«, sagte er mit leiser Stimme, »bis er überfordert wurde. Ich habe nur seine Leistung gesehen, nicht den Menschen, und ich war geblendet. Ich habe nicht erkannt, was wirklich vor sich ging.«

»Jesus!« rief Havelock aus. »Es fällt so schwer, das alles zu glauben!«

»Mit dieser Reaktion habe ich gerechnet«, unterbrach ihn der Präsident, der seine Fassung zurückgewonnen hatte.

»Deshalb habe ich einige Videobänder für Sie vorbereiten lassen.

Setzen Sie sich die Kopfhörer auf. Die Bilder erscheinen auf dem letzten Monitor rechts.«

Der zwölfminütige Film zeigte das Porträt eines Mannes, der Havelock fremd war. In einer Szene schrie er, in der nächsten weinte er. Erst versuchte er, einen Diplomaten am Telefon mit Schmeichelei und Charme zu beeinflussen, dann verdammte er den Mann als Narren und Idioten, sobald das Gespräch beendet war. Und über allem waren die Lügen gebreitet, wo früher einmal nur Wahrheit gewesen war.

»Das nächste«, sagte Berquist und drückte ärgerlich auf den Knopf, »ist die Antwort, die er mir gab, als ich lediglich zu ihm sagte, ich hätte gerne eine Überprüfung unserer Auslandshilfe in San Miguel.«

»Ihre Politik ist klar und unmißverständlich, Mr. President, ein Signal für die Einhaltung der Menschenrechte. Meine Hochachtung, Sir. Wiedersehen... Idiot! Schwachkopf! Man braucht die Innenpolitik eines befreundeten Landes nicht gutzuheißen, man muß nur die geopolitischen Realitäten akzeptieren! Verbinden Sie mich mit General Sandoza. Arrangieren Sie eine sehr private Verabredung mit seinem Botschafter. Die Obristen verstehen, warum wir sie unterstützen!«

»Diesem Dialog folgte eine gemeinsame Resolution des Repräsentantenhauses und des Senats, die ich voll und ganz unterstützte, nämlich die diplomatische Anerkennung...«

»Sie müssen begreifen, Mr. Prime Minister, daß unsere bestehenden Vereinbarungen in Ihrem Teil der Welt uns verbieten, auf ihren Vorschlag einzugehen; aber Sie sollten wissen, daß ich in der Sache mit Ihnen übereinstimme. Ich treffe mich mit dem Präsidenten... nein, nein, ich versichere Ihnen, er wird dafür aufgeschlossen sein... Den Vorsitzenden des Senatsausschusses für Auswärtige Angelegenheiten habe ich bereits überzeugt. Ein Vertrag zwischen unseren beiden Ländern würde einen wünschenswerten Fortschritt darstellen, und sollte er früheren Verträgen zuwiderlaufen... nun, dann ist es auch nicht zu ändern.«

»Das kann ich nicht glauben«, sagte Havelock wie hypnotisiert.

»Ich konnte es auch nicht fassen, aber es stimmt.« Der Präsident drückte einen dritten Knopf. »Wir sind jetzt im Persischen Golf...«

»Sie sprechen natürlich inoffiziell, nicht als Finanzminister Ihres Landes, sondern als Freund, und was Sie suchen, sind zusätzliche Garantien über achthundertfünfzig Millionen für Ihr laufendes Finanzjahr, und über eine Milliarde für das nächste... Im Gegensatz zu dem, was Sie vielleicht glauben, mein Freund, sind das durchaus realistische Zahlen. Ich sage dies *im Vertrauen, aber unsere territorialen Strategien sind nicht das, was sie scheinen. Ich werde ... natürlich auf vertraulicher Basis ... eine Absichtserklärung vorbereiten.«*

»Jetzt sind wir auf dem Balkan, in einem sowjetischen Satellitenstaat, der Moskau loyal ergeben ist und uns an die Kehle will ... Wahnsinn!«

»Mr. Premier, die Einschränkungen der Waffenlieferungen in Ihr Land werden, wenn man sie nicht offiziell ganz aufhebt, einfach übersehen werden. Ich sehe in der Zusammenarbeit mit Ihnen ganz erhebliche Vorteile. ›Geräte‹ können und werden durch die Territorien gewisser nordafrikanischer Regime kanalisiert werden, von denen man annimmt, daß sie im Lager unseres Gegners stehen, aber mit denen ich mich, sagen wir inoffiziell, in letzter Zeit häufig getroffen habe. Ganz vertraulich, eine neue geopolitische Achse ist im Begriff ...«

»Eine neue geopolitische Achse!« erregte sich Berquist. »Selbstmord! Als nächstes Beispiel ein Coup im Jemen.«

»Das Heranwachsen einer großen neuen, unabhängigen Nation, Generalmajor Sirach Bal Shazar, wird, wenn es auch eine Weile dauert, bis sie die Anerkennung findet, die Sie verdienen, die stillschweigende Unterstützung dieser Administration haben. Wir erkennen die Notwendigkeit an, entschlossen, auf subversive Handlungen im Inneren zu reagieren. Sie können versichert sein, daß die finanziellen Mittel, um die Sie bitten, Ihnen zukommen werden. Drei Milliarden, sechshundert Millionen Dollar werden, sobald sie überwiesen sind, der Legislative unserer Regierung zeigen, welches Vertrauen wir in Sie setzen.«

»Und zu guter Letzt«, sagte der Präsident und drückte wieder auf einen Knopf, »der neue Verrückte in Afrika.«

»Um ganz offen und streng vertraulich zu sprechen, Generalmajor Halafi, wir billigen Ihr geplantes Eindringen nördlich der Meerenge. Unsere sogenannten Alliierten dort waren schwach und ineffizient, aber unsere Trennung muß schon angesichts der bestehenden Verträge natürlich stufenweise vollzogen werden. Sie sollen Ihre Waffen haben. Salaam, mein Kampfgefährte.«

Was Michael da eben gesehen und gehört hatte, lähmte ihn völlig. Bündnisse, die nicht im Interesse der Vereinigten Staaten lagen, waren stillschweigend eingegangen oder vorbereitet worden. Verträge waren verhandelt worden, die bestehende Verträge verletzten. Von militärischen Verpflichtungen war da die Rede gewesen, die unmoralisch waren und der nationalen Ehre zuwiderliefen. Das war das Porträt eines Mannes, der jedes politische Augenmaß verloren hatte.

Michael erholte sich langsam von seinem Schock. Plötzlich wurde ihm die Lücke bewußt; sie mußte ausgefüllt und erklärt werden. Havelock nahm den Kopfhörer ab und wandte sich an den Präsidenten. »Costa Brava«, flüsterte er mit heiserer Stimme. »*Warum?* Warum ›nicht zu retten‹?«

»An ersterem war ich beteiligt, aber das letztere habe ich nicht verlangt. Soweit wir das feststellen können, ist es nicht offiziell sanktioniert worden.«

»›Ambiguity‹?«

»Ja, wir wissen nicht, wer er ist. Aber ich sollte Ihnen sagen, daß ich persönlich den Befehl ›nicht zu retten‹ bestätigt habe.«

»Warum?«

»Weil ich einen Aspekt des Eids akzeptiert habe, den Sie unterzeichneten, als Sie in die Dienste Ihrer Regierung traten.«

»Und was für ein Aspekt war das?«

»Ihr Leben für Ihr Land zu opfern, falls es erforderlich ist. Jeder von uns würde das tun, das wissen Sie genausogut wie ich. Ich brauche Sie auch nicht daran zu erinnern, daß unzählige Tausende das getan haben, selbst dann, als die Notwendigkeit höchst zweifelhaft war.«

»Meinen Sie damit, daß die Notwendigkeit für meinen Tod nicht in Frage gestellt war?«

»Als ich den Befehl gab, war sie das nicht.«

»Michael hielt den Atem an. »Und die tschechische Frau? Jenna Karras?«

»Ihren Tod hat man nie gewollt.«

»Doch!«

»Wir nicht.«

»›Ambiguity‹?«

»Anscheinend.«

»Und Sie wissen nicht... o mein Gott! Aber meine Exekution ist sanktioniert. Durch Sie.«

Der Präsident nickte, sein Gesicht wirkte jetzt nicht mehr so hart wie vorher, seine Augen blickten immer noch scharf, aber es waren nicht mehr die Augen eines Jägers.

»Darf der Verurteilte fragen, weshalb?«

»Kommen Sie mit mir«, sagte Berquist und erhob sich von seinem Platz vor der Konsole.

Sie verließen den Monitorraum und traten in einen kurzen weißgetünchten Flur, der von einem hünenhaften Feldwebel bewacht wurde. Er stand sofort stramm, als er den Präsidenten sah; sein Oberster

Befehlshaber nickte und ging auf eine breite schwarze Tür am Ende des Korridors zu. Aber es war gar keine Tür, erkannte Michael. Es war ein Safe; das Handrad für den Mechanismus befand sich in der Mitte, rechts davon eine kleine Sensorplatte. Der Präsident drückte seine rechte Handfläche dagegen. Eine Reihe farbiger Lichter jagte oberhalb der Platte hin und her, bis alle grün und weiß waren. Dann griff er mit der Linken nach dem Rad. Wieder flackerten die Lichter, und am Ende leuchteten drei Lämpchen grün auf.

»Ich bin sicher, Sie verstehen von diesen Dingen hier mehr als ich«, sagte Berquist. »Ich werde also lediglich hinzufügen, daß nur ich den Mechanismus betätigen kann... und eine weitere Person im Falle meines Todes.«

Der Präsident schwang die schwere Safetür zurück, griff nach oben und drückte eine unsichtbare Platte am inneren Rahmen; irgendwo wurden Lichtschranken ausgeschaltet. Wieder nickte er dem Soldaten zu und gab Havelock durch eine Geste zu verstehen, daß er ihm folgen solle. Sie traten ein, der Feldwebel schloß die Stahltür.

Sie befanden sich in einem kahlen, fensterlosen Zimmer, das mit Ventilatoren belüftet wurde. In der Mitte stand ein rechteckiger Konferenztisch mit fünf Stühlen, Notizblöcken, Bleistiften und Aschbecher, ein Reißwolf in der linken Ecke. An der einen Stirnwand war eine große Filmleinwand aufgespannt, während auf der gegenüberliegenden Seite neben einer Reihe kreisförmiger Schalter ein seltsam geformter Projektor zu sehen war.

Ohne ein Wort zu sagen, ging Charles Berquist direkt auf die Schalttafel zu, dämpfte die Deckenbeleuchtung und knipste den Projektor an. Die Leinwand auf der anderen Seite war sofort mit einem Doppelbild gefüllt, ein gerader schwarzer Strich trennte die zwei Fotografien voneinander. Bei jeder handelte es sich um ein Blatt aus zwei separaten Dokumenten, die beide offensichtlich miteinander in Verbindung standen und fast die gleiche Form zeigten. Havelock starrte sie mit wachsendem Schrecken an.

»Das ist der Kern dessen, was wir Parsifal nennen«, sagte der Präsident leise. »Erinnern Sie sich an Wagners letzte Oper?«

»Nicht sehr gut«, erwiderte Havelock, der kaum ein Wort herausbrachte.

»Macht nichts. Wichtig zu wissen ist nur, daß Parsifal jedesmal, wenn er den Speer nahm, der bei der Kreuzigung Christi benutzt worden war, und ihn an eine Wunde hielt, über die Kraft zu heilen verfügte. Im Gegensatz dazu hat, wer auch immer diese Dokumente hier besitzt, die Kraft, Wunden aufzureißen, auf der ganzen Welt.«

»Das... glaube... ich nicht«, flüsterte Havelock.

»Ich wünschte bei Gott, ich brauchte es auch nicht zu glauben«, sagte

Berquist, hob die Hand und deutete auf das linke Blatt. »Dieses Dokument hier verlangt einen Nuklearanschlag gegen die Volksrepublik China, gemeinsam abgestimmt und ausgeführt von den Streitkräften der Vereinigten Staaten von Amerika und der Sowjetunion. Ziel: Vernichtung aller Militäranlagen, Regierungszentren und Kommunikationssysteme und die Zerstörung von sieben Großstädten, von der mandschurischen Grenze bis hinunter zum Chinesischen Meer.« Der Präsident hielt inne und deutete auf das projizierte Bild rechts. »Dieses Dokument verlangt einen fast identischen Schlag gegen die Union der Sozialistischen Sowjetrepubliken, durchgeführt von den vereinten Streitkräften der Vereinigten Staaten und der Volksrepublik China. Die Unterschiede sind geringfügig und wichtig nur für ein paar Millionen Menschen, die in den nuklearen Flammen zu Tode kommen werden. Hier sind fünf Städte genannt, Moskau, Leningrad und Kiew eingeschlossen. Diese Nation hat zwei separate Verträge geschlossen: einen mit der Sowjetunion, den anderen mit der Volksrepublik China. In beiden Fällen haben wir uns verpflichtet, unsere Nuklearwaffen in einem gemeinsamen Schlag mit dem anderen Partner einzusetzen, um den gemeinsamen Feind zu vernichten. Zwei kollidierende Verträge also. Die Welt hat ihren Nuklearkrieg, Mr. Havelock, vorbereitet von Anthony Matthias...«

27

»Aber das ist doch Wahnsinn!« flüsterte Havelock, die Augen wie gebannt auf die Leinwand gerichtet. »Und wir sind Partner von *beiden*? Beide Verträge verpflichten uns zu einem Nuklearschlag – einem ersten Schlag?«

»Auch zu einem zweiten und einem dritten, wenn notwendig. Von Unterseebooten aus, die zuerst die Küsten Chinas, dann die von Rußland umkreisen. Zwei wahnsinnige Verträge, Mr. Havelock, und wir sind tatsächlich in beiden der Partner. Da haben Sie es schriftlich.«

»Mein Gott...« Michael überflog die Zeilen beider Dokumente. »Wenn die jemals bekannt werden, bleibt nichts mehr übrig.«

»Jetzt verstehen Sie«, sagte Berquist, dessen Blick ebenfalls gebannt auf die Leinwand gerichtet war. »Das ist eine unerträgliche Bedrohung, mit der wir leben. Wenn wir den Instruktionen, die man meinem Büro übergeben hat, nicht auf den Buchstaben genau Folge leisten, sehen wir uns einer globalen Katastrophe in des Wortes wahrster Bedeutung gegenüber. Die Bedrohung liegt in folgendem: Der Nuklearpakt mit Rußland wird den Führern der Volksrepublik China gezeigt werden, und unser Vertrag mit China wird Moskau übergeben werden. Jede Seite wird dann wissen, daß man sie betrogen hat – daß die reichste Hure in der ganzen Geschichte sie betrogen hatte. Das ist es, was sie glauben werden, und dann wird die Welt in einem Nuklearkrieg enden. Die letzten Worte, die man hören wird, werden lauten: ›Das ist keine Übung, das ist der Ernstfall!‹ Und das ist die Wahrheit, Mr. Havelock.«

Michael spürte das Zittern in seinen Händen, das Pochen in seinen Schläfen. Etwas, das Berquist gerade gesagt hatte, löste eine plötzliche Unruhe aus, aber er konnte sich nicht konzentrieren, um die Ursache dieser Unruhe zu ergründen. Er konnte nur die beiden Dias auf der Leinwand anstarren. »Hier sind keine Daten genannt«, sagte er.

»Die stehen auf einem separaten Blatt – dies hier sind Absichtserklärungen. In den Monaten April und Mai sind Konferenzen geplant, in denen die präzisen Daten festgelegt werden sollen. Im April mit der Sowjetunion, im Mai mit China. Die Atomschläge sollen binnen fünfundvierzig Tagen nach jeder Konferenz stattfinden.«

»Das ist... das ist unglaublich!« Plötzlich fühlte Havelock wieder die Lähmung, so überwältigt war er. Er starrte Berquist an. »Und damit haben Sie *mich* in Verbindung gebracht? Mit dem hier?«

»Sie hatten Verbindung dazu. Weiß Gott nicht auf eigenes Betreiben, aber auf gefährliche Weise. Wir wissen, wie, wir wissen nur nicht, weshalb. Aber das Wie reichte für die Einstufung ›nicht zu retten‹ aus.«

»Um Himmels willen, wie?«

»Zunächst einmal hat Matthias den Fall gegen Ihre Freundin Jenna Karras aufgebaut.«

»Matthias?«

»Er war es, der Sie entfernen wollte. Aber wir konnten nicht sicher sein. Waren Sie nun draußen, oder wechselten Sie nur die Aufgabe? Von der Regierung der Vereinigten Staaten in das heilige Reich von Matthias dem Großen?«

»Deshalb also hat man mich überall beobachtet.«

»Überall, wohin Sie gingen. Aber Sie haben uns keinen Hinweis geliefert.«

»Und das reichte als Motiv, um mich sozusagen zum Abschuß freizugeben?«

»Ich sagte Ihnen doch, daß ich mit dem ursprünglichen Befehl nichts zu tun hatte.«

»Schön, das war dieser ›Ambiguity‹. Aber dann waren Sie es. Sie haben die Order bestätigt.«

»Später, viel später; als wir erfahren hatten, was er erfahren hatte. Beide Befehle wurden aus demselben Grund gegeben. Sie waren im Begriff, die Manipulation zu verstehen, die Struktur hinter diesen Dokumenten... die Verbindung zwischen Männern in Washington und ihren unbekannten Gegenspielern im KGB. Wir befinden uns in einem Wettlauf gegen die Zeit. Eine Fehlkalkulation Ihrerseits, beispielsweise wenn Sie den Widerspruch in diesem Vertragswerk entdeckten und bekanntgeben würden – und wir haben jeden Grund zu der Annahme, daß diese Verträge, diese Einladungen zum Holocaust, den Führern in Moskau und Peking gezeigt würden.«

»Augenblick!« rief Havelock verwirrt und zornig. »Verdammt! Die sind doch mit Moskau und Peking ausgehandelt!«

Der Präsident der Vereinigten Staaten gab keine Antwort. Er ging zum Tisch und setzte sich auf den nächsten Stuhl. »Nein, das waren sie nicht, Mr. Havelock«, sagte er und sah auf die Leinwand. »Das sind die detaillierten Fantasien eines gleichzeitig brillanten und verrückten Geistes.«

»Du lieber Gott, dann dementieren Sie sie doch! Das hier ist nicht die Wirklichkeit!«

Berquist schüttelte den Kopf. »Lesen Sie doch, was hier steht. Es ist buchstäblich unmöglich, das zu dementieren. Es gibt hier detaillierte Hinweise auf die geheimsten Waffen in unseren Arsenalen: die Stellungen, die Codes für die einzelnen Alarmstufen, die Logistik – Informationen, deren Preisgabe jeden Menschen zum Verräter stempeln würde. Leute, die so etwas verraten, würden ihr Leben im Gefängnis beenden, keiner würde unter dreißig Jahren wegkommen. In Moskau oder Peking würde man jeden, der auch nur entfernt mit diesen Waffendaten in den Dokumenten in Verbindung steht, ohne Anhörung erschießen, auf die bloße Möglichkeit hin, daß der Betreffende, ob nun wissentlich oder unwissentlich, auch nur einen Teil davon ausgeplaudert haben könnte.« Der Präsident hielt inne, drehte den Kopf etwas nach links, ohne dabei den Blick von der Leinwand zu wenden. »Sie müssen begreifen, daß die führenden Persönlichkeiten in Moskau oder Peking, wenn man ihnen die jeweils gegnerischen Dokumente zeigte, nicht den geringsten Zweifel an der Echtheit haben würden. Jede strategische Position, jedes zu zerstörende Gebiet ist präzise beschrieben, nichts ist im unklaren gelassen.«

»Wie präzise?« fragte Michael.

Berquist drehte sich herum. »Jetzt sind Sie zum Kern von Parsifal vorgedrungen, Mr. Havelock. Diese Verträge sind von zwei außergewöhnlichen – und außergewöhnlich gut informierten – Männern ausgehandelt worden, die jede Einzelheit bestimmt haben, jeden Schritt in dem nuklearen Schachspiel. Dem Gewinner gehört das ganze Universum ... das, was davon übrigbleibt.«

»Woher wissen Sie das?«

»Wieder aus den Formulierungen. Es ist das Projekt von zwei Menschen, zwei unterschiedlichen Denkweisen. Man braucht kein Psychiater zu sein, um die verschiedenen Beiträge zu entdecken. Allein konnte Matthias das nicht bewerkstelligt haben; dazu fehlte ihm die nötige Detailinformation. Aber zusammen mit einem anderen – einem Russen, der die chinesischen Stärken und Schwächen genausogut kennt wie er – konnte er es schaffen. Und er hat es geschafft!«

Havelock fixierte den Präsidenten und sagte mit monotoner Stimme: »Parsifal ist also jener andere Mann, nicht wahr? Derjenige, der die Wunden aufreißen könnte... auf der ganzen Welt.«

»Ja. Er hat das Original dieser schriftlichen Vereinbarungen, das einzige andere Exemplar, das noch existiert, behauptet er.«

»Dann war er mit Ihnen in Verbindung«, sagte Michael, und sein Blick wanderte wieder zur Leinwand. »Das hier... haben Sie von ihm, nicht von Anton.«

»Ja. Seine Forderungen waren ursprünglich finanzieller Art. Bei jedem Kontakt forderte er höhere Beträge, bis sie nicht mehr nur unverschämt waren, sondern astronomische Höhen erreicht hatten. Millionen und aber Millionen... weitere Millionen nachher. Wir nahmen an, daß sein Motiv politischer Natur sein mußte. Er verfügte über die nötigen Mittel, um kleinere Regierungen zu kaufen, Revolutionen in der Dritten Welt zu finanzieren, den Terrorismus zu schüren. Wir hielten Dutzende instabiler Länder unter strengster Überwachung, schleusten unsere besten Leute bei ihnen ein und beauftragten sie, jede Änderung zu registrieren. Wir glaubten, wir könnten ihn ausfindig machen, ihn in die Falle locken. Und dann erfuhren wir, daß Parsifal das Geld überhaupt nicht angerührt hatte; für ihn war es nur das Mittel, die Bestätigung, daß wir seine Befehle befolgen würden. Er will der stärksten Nation der Welt seinen Willen diktieren.«

»Er hat diktiert. Das war Ihr erster Fehler.«

»Wir mußten Zeit gewinnen. Das ist immer noch unser Ziel.«

»Um den Preis völliger Vernichtung?«

»In der Hoffnung, eben diese Vernichtung verhindern zu können. Sie verstehen immer noch nicht, Mr. Havelock. Wir können und werden wahrscheinlich auch Anthony Matthias der ganzen Welt als einen Wahnsinnigen präsentieren und damit die Glaubwürdigkeit von zehn Jahren Vertragsarbeit und Verhandlungen zerstören, aber das ist keine Antwort auf die fundamentale Frage, wie, in Gottes Namen, die Information in diesen Verträgen dorthin gelangt ist. Hat man sie einem nachweislich Geistesgestörten gegeben? Und wenn ja, wem sonst hat er sie noch zugänglich gemacht? Liefern wir etwa die innersten Geheimnisse unserer offensiven und defensiven Möglichkeiten willentlich an potentielle Feinde aus? Oder wollen wir ihnen sagen, in welchem Maße wir ihre eigenen Waffensysteme ausspioniert haben? Es gibt Männer in Moskau und Peking, denen ein Blick auf diese Dokumente hier genügen würde, um sofort ihre atomaren Langstreckenraketen abzufeuern. Wissen Sie, weshalb?«

»Ich bin nicht sicher... ich verstehe überhaupt nichts mehr.«

»Da sind Sie in guter Gesellschaft. Lassen Sie es sich von mir erklären. Weil wir vierzig Jahre und unzählige Milliarden Dollar gebraucht haben, um dorthin zu kommen, wo wir heute sind: bei der gegenseitigen Bedrohung durch Atomwaffen. Es gibt weder genug Zeit noch genügend Geld, um noch einmal anzufangen. Der Überlebende – wenn es einen gibt – ist die Nation, die zuerst zuschlägt. In kurzen Worten, Mr. Havelock: Wir könnten in dem verzweifelten Versuch, den globalen nuklearen Holocaust abzuwenden, selbst einen beginnen.«

Michael schluckte, das Blut wich aus seinem Gesicht. »Diese simplifizierende Betrachtungsweise ist längst überholt«, sagte er.

»Wer also ist Parsifal?«

»Das wissen wir nicht. Genausowenig ist uns bekannt, wer ›Ambiguity‹ ist.«

»Sie wissen es nicht?«

»Nur, daß sie miteinander in Verbindung stehen. Das können wir vermuten.«

»Augenblick!«

»Das sagen Sie ständig.«

»Sie haben Matthias! Sie haben doch hundert Therapien zur Verfügung! Benutzen Sie eine. Finden Sie heraus, mit wem er zusammengearbeitet hat.«

»Glauben Sie, wir hätten das nicht versucht? Er hat die Wirklichkeit aus seinem Bewußtsein gelöscht; er hat sich selbst eingeredet, daß er allein mit den Militaristen in Peking und Moskau verhandelt hat. Er kann nicht zulassen, daß es anders ist; seine Fantasien müssen für ihn Realität sein. Sie schützen ihn.«

»Aber Parsifal lebt doch, er ist keine Fantasie! Er hat ein Gesicht, Augen, Gesichtszüge! Irgendeinen Hinweis müßte Anton Ihnen doch geben können!«

»Nichts. Statt dessen beschreibt er uns – übrigens ganz akkurat – bekannte Scharfmacher im Präsidium des Obersten Sowjet und im Zentralkomitee Chinas. Das sind die Leute, die er sieht, wenn die Verträge erwähnt werden... mit oder ohne Chemikalien. Sein Verstand ist ebenso kreativ, wenn es jetzt darum geht, ihn zu schützen, wie es früher der Fall war, als er die Welt belehrte.«

»Dieser Parsifal lebt doch!« schrie Havelock. »Er existiert! Er hält Ihnen die Pistole an die Schläfe!« Michael rannte an den Tisch und schlug mit der geballten Faust darauf. »Ich kann das einfach nicht glauben!«

»Glauben Sie es«, sagte der Präsident, »aber tun Sie das nicht wieder.

Hier ist irgendwo ein elektronisches Gerät installiert, das auffällige Geräusche aufzeichnet, nicht die Gespräche selber. Wenn ich jetzt nicht sofort etwas sage, öffnet sich die Stahlkammer, und Sie könnten Ihr Leben verlieren.«

»O mein Gott!«

»Ich brauche Ihre Stimme nicht. Es wird keine dritte Amtsperiode geben – wenn es überhaupt eine Zukunft gibt –, und außerdem würde ich mich um sie nicht bemühen.«

»Versuchen Sie, komisch zu sein, *Mr. President*?«

»Möglich. In Zeiten wie jetzt und wenn die Umstände es zulassen, daß Sie älter werden, werden Sie vielleicht feststellen, daß allein schon der Versuch guttut.«

Havelock sank in den Sessel am Tischende und hatte kurz ein komisches Gefühl, weil er sich in Berquists Gegenwart gesetzt hatte, ohne von diesem dazu aufgefordert zu sein. »Oh«, sagte er völlig bedeutungslos, dann verhallte seine Stimme.

»Vergessen Sie es«, sagte der Präsident. »Schließlich habe ich Ihnen persönlich ein Erschießungskommando geschickt.«

»Ich verstehe immer noch nicht, weshalb. Sie sagten, ich hätte etwas erkannt, einen Fehler in irgendeiner Struktur. Wenn ich so weitermachte, würde das hier...« – dabei blickte Michael auf die Leinwand – »Moskau oder Peking geliefert werden.«

»Nicht würde – könnte. Wir dürfen nicht das geringste Risiko eingehen, daß Parsifal irgendeine Panikhandlung begeht. Wenn ja, würde er sich ohne Zweifel an Moskau wenden. Ich glaube, Sie kennen den Grund.«

»Er hat engen Kontakt zur sowjetischen Abwehr. Das Beweismaterial gegen Jenna, alles, was in Barcelona geschah: nichts davon hätte er ohne Mithilfe des KGB erreichen können.«

»Das KGB verneint eine solche Zusammenarbeit, das heißt, ein Mann leugnet es offiziell. Nach den *Cons-Op*-Akten und nach den Aussagen eines gewissen Lieutenant Colonel Lawrence Baylor zu urteilen. Ich meine jenen Mann, mit dem Sie sich in Athen getroffen haben.«

»Rostow?«

»Ja. Er wußte nicht, was er leugnete, aber er hat uns praktisch gesagt, wenn es eine Verbindung gäbe, dann sei die nicht sanktioniert gewesen. Wir glauben, daß Rostow sich große Sorgen macht; er hat keine Ahnung, wie berechtigt diese Sorgen sind.«

»Vielleicht doch«, sagte Havelock. »Er will Ihnen sagen, daß das VKR dahinterstecken könnte.«

»Was, zum Teufel, ist das? Ich bin kein Experte auf Ihrem Gebiet.«

»VKR ist die Abkürzung für *Voennaja Kontra Rozvedka*. So nennt sich eine Abteilung des KGB, ein Elitekorps, das jedem Angst macht, der auch nur noch einen Funken Vernunft in sich hat. Ist es das, was ich durchschaut habe?« Michael hielt inne und schüttelte den Kopf. »Nein, das kann es nicht sein. Das war in Paris, nach dem Einsatz am Col des Moulinets. Ein VKR-Beamter aus Barcelona, der Jagd auf mich machte. Als ›nicht zu retten‹ wurde ich in Rom klassifiziert, nicht in Paris.«

»Von ›Ambiguity‹«, sagte Berquist, »nicht von mir.«

»Aber aus demselben Grund. Ihre Worte, *Sir*.«

»Ja.« Der Präsident beugte sich vor. »Es war die Costa Brava, jene Nacht an der Costa Brava.«

In Havelock wallte wieder der Zorn auf. Michael hatte alle Mühe, an sich zu halten. »Was sich da abgespielt hat, war ein Schwindel! Ein Betrug! Man hat mich mißbraucht! Sie wußten davon. Sie sagten, Sie wären beteiligt gewesen!«

»Sie sahen, wie an jenem Strand eine Frau getötet wurde.«

Havelock schoß aus dem Stuhl, seine Hand klammerte sich um die Tischkante. »Ist das wieder ein Versuch, komisch zu sein... *Mr. President*?«

»Ich komme mir nicht im entferntesten amüsant vor. In jener Nacht an der Costa Brava sollte niemand getötet werden.«

»Niemand... Herrgott! Sie haben es doch getan! Sie und Bradford und diese Schweinehunde in Langley, mit denen ich von Madrid aus sprach! Erzählen Sie mir nicht, was an der Costa Brava geschehen ist, ich war selbst dort! Und Sie waren dafür verantwortlich, *Sie alle*!«

»Wir haben es eingeleitet, es in Bewegung gesetzt... aber wir haben es nicht zu Ende geführt. Das ist die Wahrheit, Mr. Havelock.«

Michael wollte aufspringen, zur Leinwand rennen und mit beiden Händen auf die schrecklichen Bilder einhämmern; aber dann fielen ihm Jennas Worte wieder ein: »... nicht eine Operation, sondern zwei.«

»Augenblick«, sagte er.

»Könnten Sie sich nicht mal einen anderen Ausdruck einfallen lassen?«

»Nein, bitte. Sie haben die Operation begonnen, und dann hat jemand, ohne daß Sie es wußten, die Regie übernommen und den Ablauf verändert.«

»Diese Sätze verstehe ich nicht.«

»Sie sind sehr klar. Um es bildhaft auszudrücken: Sie weben einen Teppich, und die Vögel auf dem Muster sind Schwäne. Und plötzlich verwandeln sie sich in Kondore.«

»Jetzt verstehe ich Sie. Genau das ist geschehen.« Berquist lehnte sich in seinem Sessel zurück. »Begreifen Sie jetzt?«

»Ich denke schon. Das ist der Fehler, der ihm zum Verhängnis werden könnte. Parsifal war an der Costa Brava.«

»Oder jemand vom KGB«, verbesserte ihn der Präsident. »Als Sie die

Karras drei Monate später sahen, begannen Sie, die Ereignisse in jener Nacht unter die Lupe zu nehmen. Als Sie entdeckt hatten, was sich tatsächlich an der Costa Brava abgespielt hatte, hätten Sie Parsifal damit alarmieren können. Und so lange diese Möglichkeit bestand, konnten wir die Konsequenzen nicht riskieren.«

»Warum hat mir das niemand gesagt? Warum hat nicht jemand mit mir Verbindung aufgenommen und es mir auseinandergesetzt?«

»Sie waren nicht bereit, zu uns zu kommen. Die Strategen bei *Consular Operations* gaben sich große Mühe, Sie nach Washington zu holen. Sie sind ihnen aus dem Weg gegangen, haben sie abgehängt, so nennt man das, glaube ich, in Ihrem Beruf.«

»Sie hätten es mir sagen können, statt zu versuchen, mich zu töten!«

»Dafür war keine Zeit. Wir konnten auch keine Kuriere schicken, um Sie wenigstens teilweise aufzuklären oder eine Andeutung auf Matthias' Geisteszustand zu machen. Wir wußten nicht, was Sie tun würden, was und wem Sie über jene Nacht erzählen würden. Wenn der Mann, den wir Parsifal nennen, an der Costa Brava war oder jedenfalls an der Strategieänderung beteiligt war und glaubte, seine Rolle in jener Nacht würde bekannt werden, dann hätte ihn das nach unserer Beurteilung – meiner Beurteilung – leicht dazu provozieren können, das Undenkbare zu tun. Das konnten wir nicht zulassen.«

»So viele Fragen...« Michael blinzelte in dem grellen Licht. »So viel, was ich nicht zusammenfügen kann. Der Apatsche, der Palatin-Hügel... Red Ogilvie. War es ein Unfall? War dieser Schuß für mich bestimmt, oder galt er in Wirklichkeit ihm, weil er über etwas Bescheid wußte, das damals geschah? Er erwähnte einen Mann, der in der Chesapaeke Bay an einem Herzanfall gestorben ist.«

»Ogilvies Tod war nicht beabsichtigt. Die Kugel war für Sie bestimmt... aber bei den anderen war es kein Unfall.«

»Welche anderen?«

»Drei weitere Strategen von *Consular Operations* wurden in Washington ermordet.«

Havelock stand fassungslos da. »Meinetwegen?« fragte er schließlich.

»Indirekt. Aber um Sie geht es bei der einen Frage, auf die keiner die Antwort kennt. Warum hat Matthias Ihnen das angetan?«

»Erzählen Sie mir mehr über die drei Strategen, bitte.«

»Sie wußten, wer Parsifals Verbindungsmann beim KGB ist«, sagte der Präsident. »Oder sie hätten es in der nächsten Nacht erfahren, wenn man Sie am Col des Moulinets getötet hätte.«

»Codename ›Ambiguity‹. Er ist hier, nicht wahr?«

»Ja, wir wissen, wo er ist, nicht aber, wer er ist.«

»Wo?«

»Vielleicht werden Sie diese Information bekommen, vielleicht aber auch nicht.«

»Herrgott! Mit allem Respekt, *Mr. President*, ist es Ihnen denn selbst jetzt noch nicht in den Sinn gekommen, mich zu benutzen? Nicht mich zu töten, sondern mich zu benutzen?«

»Warum sollte ich? Könnten Sie mir etwa helfen? Uns helfen?«

»Ich habe sechzehn Jahre draußen im Einsatz verbracht, als Jäger und Gejagter. Ich spreche fünf Sprachen fließend, drei hinreichend und mehr Dialekte, als ich zählen kann. Ich kenne eine Seite von Anthony Matthias besser als irgendein anderer Mensch – ich kenne seine Gefühle! Aber um mehr auf das augenblickliche Thema einzugehen, ich habe mehr Doppelagenten enttarnt als sonst jemand in Europa. Ja, ich glaube, daß ich helfen kann.«

»Dann müssen Sie mir folgende Frage beantworten: Wollen Sie Ihre Drohung wahrmachen und diese dreizehn Seiten...«

»Verbrennen Sie sie«, unterbrach ihn Havelock.

»Es sind Durchschläge«, sagte Berquist.

»Ich werde mit ihr Kontakt aufnehmen. Sie ist ein paar Meilen von hier entfernt in Savannah.«

»Gut. Der Mann, der sich hinter der Codebezeichnung ›Ambiguity‹ tarnt, arbeitet im vierten Stock des Außenministeriums. Er ist einer von fünfunddreißig bis vierzig Männern.«

»So weit haben Sie den Kreis der Verdächtigen schon eingeengt?« fragte Michael und setzte sich.

»Das haben wir Emory Bradford zu verdanken. Er ist ein besserer Mann, als Sie glauben. Er wollte der Karras nie ein Leid zufügen.«

»Dann war er unfähig.«

»Diesem Urteil würde er als allererster zustimmen. Trotzdem, wenn sie seinen Anweisungen gefolgt wäre, hätten Sie möglicherweise die Wahrheit erfahren, und man hätte Sie beide zurückgeholt.«

»Statt dessen wurde ich als ›nicht zu retten‹ eingestuft.«

»Ich will Sie etwas fragen, Mr. Havelock«, sagte der Präsident und lehnte sich in seinem Sessel nach vorn. »Wenn Sie an meiner Stelle gewesen wären und das gewußt hätten, was Sie jetzt wissen, was hätten Sie getan?«

Michael blickte auf die Leinwand. »Das gleiche wie Sie.«

»Danke.« Der Präsident erhob sich. »Übrigens weiß niemand hier auf Poole's Island etwas von diesen Dokumenten. Weder die Ärzte noch die Techniker, noch die Militärs. Es gibt nur noch fünf Menschen außer mir, die darüber informiert sind und über Parsifal. Einer davon ist ein Psychiater in Bethesda, ein Spezialist für halluzinatorische Störungen. Er fliegt einmal die Woche hierher, um mit Matthias zu arbeiten, nur in diesem Raum.«

»Ich verstehe.«

»So, dann wollen wir jetzt diesen Raum verlassen«, sagte Berquist, schaltete den Projektor aus und knipste die Deckenbeleuchtung an. »Man wird veranlassen, daß Sie beide heute nachmittag zum Luftwaffenstützpunkt Andrews geflogen werden. Wir werden für Sie irgendwo auf dem Land einen Platz finden, nicht in Washington. Wir können das Risiko nicht eingehen, daß Sie gesehen werden.«

»Wenn ich Ihnen helfen soll, brauche ich Zugang zu Akten und Archiven. Die kann man nicht aufs Land schaffen, *Mr. President.*«

»Wenn das nicht möglich sein sollte, werden wir Sie unter strengsten Sicherheitsmaßnahmen herholen... Man wird zwei weitere Stühle an diesem Tisch aufstellen. Und Bradford wird Sie sobald wie möglich informieren.«

»Ehe ich hier weggehe, möchte ich mit den Ärzten sprechen. Außerdem würde ich gerne Anton sehen. Aber ich versichere: Es wird kurz sein, nur ein paar Minuten.«

»Ich bezweifle, daß die Ärzte das gestatten werden.«

»Dann befehlen Sie es ihnen. Ich möchte auf Tschechisch mit ihm sprechen, in seiner Muttersprache. Ich muß etwas ergründen, was er zu mir gesagt hat. Er sagte: ›Du verstehst nicht. Du kannst das gar nicht verstehen.‹ Es ist ganz tief in ihm, etwas zwischen ihm und mir. Vielleicht bin ich der einzige, der es hervorholen kann. Es könnte alles sein, der Grund, weshalb er sich so verhalten hat, nicht nur in bezug auf mich, sondern auch auf sich selbst. Irgendwo in meinem Kopf tickt eine Bombe, das wußte ich von Anfang an.«

»Ich werde dafür sorgen, daß die Ärzte Ihnen Auskunft erteilen; aber ich erinnere Sie daran, daß Sie zwölf Tage in einer Klinik verbracht haben und davon insgesamt fünfundachtzig Stunden unter Einfluß von Medikamenten standen. Und trotzdem haben Sie uns nicht helfen können.«

Die drei Ärzte konnten ihm nichts sagen, was er nicht ohnehin schon Berquists Schilderung hatte entnehmen können, und die psychiatrische Terminologie machte das Bild sogar noch unklarer für ihn. Schließlich ergriff der jüngste unter den Analytikern das Wort.

»Sein Bezug zur Wirklichkeit ist in hohem Maße gestört. Er filtert seine Eindrücke und läßt nur die zu, die das stützen, was er sehen und hören will. Sie sind seine Realität.«

»Und man kann diese fatale Entwicklung nicht aufhalten?« fragte Havelock.

»Nein«, sagte ein anderer Psychiater. »Der Degenerationsprozeß seiner Zellstruktur hat bereits begonnen.«

»Er ist zu alt«, sagte der jüngere Mann.

»Ich will ihn sehen. Nur für ein paar Minuten.«

»Wir haben unsere Einwände zu Protokoll gegeben«, sagte der dritte Arzt. »Aber der Präsident ist anderer Meinung. Bitte verstehen Sie, wir arbeiten hier unter praktisch unmöglichen Verhältnissen und behandeln einen Patienten, dessen Zustand sich laufend verschlechtert, wobei es schwer zu sagen ist, wie schnell. Man muß ihn mit Psychopharmaka gleichzeitig sedieren und stimulieren, um überhaupt Resultate zu erzielen. Das ist eine außergewöhnlich heikle Angelegenheit, und ein längeres Trauma könnte uns Tage zurückwerfen. Die Zeit haben wir nicht, Mr. Havelock.«

»Ich werde es ganz kurz machen. Zehn Minuten.«

»Fünf wären besser. Bitte!«

»Gut. Fünf Minuten.«

»Ich bringe Sie hin«, sagte der jüngere Psychiater. »Er ist dort, wo Sie ihn gestern abend sahen: im Garten.«

Draußen auf der Straße wies der Arzt im weißen Kittel Michael zu einem Militärjeep, der hinter dem roten Ziegelbau stand. »Sie fingen dort drinnen an, wütend zu werden«, sagte er. »Das war nicht nötig. Meine beiden Kollegen gehören auf ihrem Gebiet zu den besten Fachleuten, die dieses Land hat, und keiner von ihnen hat übertrieben. Manchmal kommt mir alles hier sehr frustrierend vor.«

»Warum?«

»Die Ergebnisse dauern zu lange. Das machen wir nie wett.«

»Wie?«

»Das, was er getan hat.«

»Ich verstehe. Ganz unfähig sind Sie selbst offensichtlich auch nicht«, sagte Havelock, als sie die von Bäumen gesäumte Straße zu dem Feldweg hinunterfuhren, der zu Matthias' ›Haus‹ führte.

»Ich habe ein paar Arbeiten geschrieben und verstehe auch einiges von Therapie. Aber für meine Kollegen bin ich gerne ihr Assistent.«

»Hier gibt es eine Menge technischer Anlagen, nicht wahr?«

»Geld spielt keine Rolle.«

»Ich komm' einfach nicht darüber hinweg«, rief Michael aus und blickte auf die Fassaden und die Miniaturbauten. »Es ist unglaublich. Die Stadt sieht aus wie das Szenenbild eines gespenstischen Films. Wer, zum Teufel, hat das gebaut und wie hat man die Leute dazu gebracht, Stillschweigen zu wahren? Ganz Süd-Georgia muß doch von Gerüchten wimmeln.«

»Sie sind jetzt ganz woanders, Hunderte von Meilen entfernt und mit einem halben Dutzend anderer Projekte beschäftigt.«

»Was?«

»Sie haben es gerade selbst gesagt«, erklärte der junge Arzt und grinste. »Dieser ganze Komplex ist von einer kanadischen Filmgesellschaft gebaut worden, die in dem Glauben ist, sie sei von einem kostenbewußten Produzenten der Westküste eingestellt worden. Sie fingen vierundzwanzig Stunden, nachdem Soldaten die Umfriedung gebaut hatten, mit dem Szenenbau an.«

»Und was ist mit den Helikoptern, die von Savannah herüberkommen?«

»Die werden auf einen Platz außerhalb der Umfriedung dirigiert. Von dort können sie nichts sehen. Außerdem kommen sie mit Ausnahme des Präsidenten und ein oder zwei anderen alle vom Hauptquartiermeister und bringen Vorräte. Man hat ihnen gesagt, es handle sich hier um ein Zentrum für Meeresforschung, und sie haben keinen Anlaß, etwas anderes zu glauben.«

»Und wer gehört zum Personal?«

»Wir Ärzte, die Handwerker, die Wachen und ein Zug Soldaten mit fünf Offizieren.«

»Was hat man ihnen gesagt?«

»So wenig wie möglich. Abgesehen von uns wissen die Handwerker mehr als alle anderen; man hat sie vorher gründlich durchleuchtet. Die Wachen ebenso, aber das wissen Sie ja wahrscheinlich. Ich nehme an, Sie sind mit denen bekannt.«

»Mit einem jedenfalls.« Der Jeep bog in die staubige, ausgefahrene Straße ein. Hinter ihnen wirbelten Staubwolken auf. »Das mit den Offizieren kapiere ich nicht ganz. Wie können die das geheimhalten?«

»Zunächst einmal dürfen sie nicht weg. Und selbst wenn sie das dürften, würden die sich keine Sorgen um die Offiziere machen. Die kommen alle aus dem Pentagon, und jeder sieht in sich den künftigen Vorsitzenden der Vereinigten Stabschefs. Die würden nie etwas sagen; das ist für sie die Garantie für schnelle Beförderung.«

»Und die einfachen Soldaten? Die müssen doch unter Druck stehen wie ein Dampfkessel.«

»Das ist recht klischeehaft gedacht, finden Sie nicht auch? Junge Burschen wie die haben schon im Dschungel gekämpft.«

»Ich meinte, es müssen hier doch viele Gerüchte kursieren. Wie hält man die denn unter Kontrolle?«

»Zunächst einmal sehen sie gar nicht so besonders viel, wenigstens nichts Wichtiges. Man hat ihnen gesagt, daß Poole's Island eine simulierte Überlebensübung sei, alles streng geheim. Wer die Geheimhaltung bricht, muß zehn Jahre in den Bau. Warum sich also Ärger machen?«

Havelock dachte an Berquists Worte: »Übrigens weiß niemand hier auf Poole's Island etwas von diesen Dokumenten. Weder die Ärzte noch die Techniker...«

Hatte nicht doch jemand die Stahlkammer, jener seltsamen Raum, betreten?

»*Dobré odpoledne, přiteli*«, sagte Michael leise, als er aus dem Haus in den sonnendurchfluteten Garten hinaustrat. Matthias saß in demselben Stuhl am Ende des gewundenen Plattenwegs, wo er am Abend vorher gesessen hatte, im Schatten einer Palme, die vor der Mauer stand. Havelock sprach schnell weiter, mit sanfter Stimme. »Ich weiß, daß du über mich verärgert bist, lieber Freund, und ich möchte diese Schwierigkeit, die es zwischen uns gibt, so schnell wie möglich aus der Welt räumen. Schließlich bist du mein geliebter Lehrer, der einzige Vater, der mir geblieben ist, und es ist nicht recht, wenn zwischen Vätern und Söhnen Zwietracht herrscht.«

Matthias wich im Sessel zurück, duckte sich tiefer in den Schatten der Palme, einzelne Lichtreflexe zogen über sein verängstigtes, verzerrtes Gesicht. Aber dann tauchte in den großen Augen hinter den Brillengläsern ein Nebel auf, die Erinnerung an Worte aus ferner Vergangenheit, vielleicht die Worte eines Vaters in Prag oder die Bitte eines Kindes.

Michael trat näher, die Worte flossen weich über seine Lippen, beschworen die Erinnerung herauf, Erinnerungen an eine andere Zeit, an ein anderes Land.

»Dort sind die Hügel über der Moldau, unsere große Vlatava mit ihren schönen Brücken und der Wenzelplatz im Winter ... der Stribasee im Sommer. Und die Flußtäler der Váh und der Nitra.«

Sie berührten sich, der Schüler hatte dem Lehrer die Hand auf den Arm gelegt. Matthias zitterte, atmete tief, seine Hand hob sich zögernd von seinem Schoß, bedeckte Havelocks Hand.

»Du hast zu mir gesagt, ich würde nicht verstehen. Ich könnte nie verstehen. Das ist nicht so, mein Lehrer ... mein Vater ... ich kann verstehen. Und ich muß verstehen. Es soll nichts zwischen uns sein – nie! Dir verdanke ich alles.«

Der Nebel in Matthias' Augen begann sich zu lichten, die Klarheit kehrte zurück. In jener Klarheit war plötzlich etwas Wildes ... etwas Wahnsinniges.

»Nein, bitte, Anton!« sagte Michael. »Sag mir, was es ist, hilf mir zu verstehen.«

Das hohle Flüstern begann, wie es in der Dunkelheit des Gartens schon einmal begonnen hatte. Nur daß jetzt die Sonne schien und die Sprache eine andere war.

»Die dringlichsten Vereinbarungen auf der Welt sind die letzten Lösungen. Das ist es, was du nie verstehen konntest. Aber du hast sie alle ... alle kommen und gehen sehen, die Politiker dieser Welt. Zu mir kamen sie! Mich haben sie um Hilfe angefleht! Die ganze Welt kam zu mir!« Matthias hielt inne, und dann trat ebenso plötzlich wie in der Nacht zuvor an die Stelle des Flüsterns ein Schrei, der den ganzen

Garten zu erfüllen schien. »Geh weg von mir! Du wirst mich verraten! Uns alle wirst du verraten!«

»Wie kann ich?«

»Weil du es weißt!«

»Ich weiß es nicht!«

»Verräter! Verräter deiner Landsleute! Deines Vaters! Der Welt!«

»Warum tötest du mich dann nicht?« brüllte Michael, der wußte, daß alles vergebens war. »Warum hast du mich nicht töten lassen?«

»Havelock, hören Sie auf!« rief der junge Arzt von der Tür herüber.

»Nicht jetzt!« schrie Michael in Englisch.

»Ja, verdammt!«

»*Já slyším!*« schrie Havelock Matthias ins Gesicht. »Du hättest mich töten können, aber du hast es nicht getan! Warum nicht? Was hat dich daran gehindert?«

»Schluß jetzt, Mister!«

»Lassen Sie mich! Er muß es mir sagen!«

»Ihnen was sagen?«

»*Teď, starý pane.*« Michael packte die Armlehnen von Matthias' Sessel. »Was hat dich abgehalten?«

Jetzt kam wieder das hohle Flüstern. »Du hast die Konferenz verlassen, und wir sahen dich nicht, konnten dich nicht finden. Wir mußten wissen, was du getan hattest, wem du es gesagt hattest.«

Wahnsinn!

»Jetzt ist Schluß, Havelock«, sagte der Psychiater und zerrte ihn vom Stuhl weg. »Worüber haben Sie mit ihm gesprochen? Ich weiß, daß es tschechisch war, aber das ist auch alles. Was hat er Ihnen gesagt? Ich will es wissen, wörtlich!«

Havelock versuchte, den lähmenden Schock abzuschütteln, das Gefühl der ... Sinnlosigkeit. Er sah den Arzt an. »Es würde Ihnen nichts nützen. Er war zurück in seiner Kindheit; es war das sinnlose Geschwätz eines zornigen, verängstigten Kindes. Ich dachte, daß er mir etwas sagen würde. Aber das hat er nicht.«

Der erfahrene Arzt nickte. »Das tut er oft«, sagte der Psychiater, und sein Gesicht entspannte sich. »Das ist ein Degenerationssyndrom, das häufig bei alten Leuten auftritt, die in einem fremden Land geboren sind, besonders wenn man sie in einer fremden Sprache anspricht. Es macht keinen großen Unterschied, ob sie zurechnungsfähig sind oder nicht; sie gehen einfach in die Vergangenheit zurück. Und warum auch nicht? Wenn es ihnen guttut ... Kommen Sie, ich muß Sie hier wegbringen. Drüben wartet ein Helikopter auf Sie.«

»Danke.« Michael ging auf dem Plattenweg zurück und blickte auf Anton Matthias zurück ... Anton Matthias, *přítel*, Mentor, Vater. Er hatte sich wieder in den Sessel geduckt, suchte den Schatten der Palme.

Wahnsinn! Oder war es möglich, daß er, Mikhail Havliček, die Antwort besaß? Kannte er Parsifal?

28

Das Anwesen wurde ›Sterile House Fünf‹ genannt, kurz ›Steril Fünf‹, und lag achtzehn Kilometer südlich von Alexandria auf dem Lande. Früher hatte es einem Pferdezüchter gehört. Dann hatte ein pensioniertes älteres, anscheinend wohlhabendes Ehepaar den Besitz erworben, das beim Kauf als Strohmann für die Regierung der Vereinigten Staaten fungierte. Sie waren insoweit ›Eigentümer‹, als sie beide bis zur Pension im diplomatischen Dienst tätig gewesen waren, als Mitarbeiter verschiedener Botschaften, wo man ihnen auch verschiedene Titel verliehen hatte. Aber in Wirklichkeit waren sie zwei der fähigsten Geheimschriftanalytiker, die die US-Abwehr besaß. Ihre Tarnung war einfach; er war einige Jahrzehnte Anlageberater in Europa gewesen. Das war für die weiter entfernt wohnende, wohlhabende Nachbarschaft in hohem Maße annehmbar und erklärte auch, warum häufiger Limousinen von der Landstraße abzweigten und in die fast einen Kilometer lange Einfahrt einbogen, die zum Haus führte. Wenn dann freilich einmal ein Besucher kam, waren die ›Eigentümer‹ selten zu sehen – es sei denn, dies wäre vorher ausdrücklich arrangiert gewesen –, denn die wohnten im Nordflügel, einem separaten Teil des Hauses mit separatem Eingang.

›Steril Fünf‹ diente Klienten, die der Regierung der Vereinigten Staaten wesentlich mehr zu bieten hatten als die gleichsam schiffbrüchigen Insassen von Mason Falls, Pennsylvania. Im Laufe der Jahre hatte hier eine ganze Reihe hochrangiger Überläufer ausführliche Befragungen über sich ergehen lassen. Wissenschaftler, Diplomaten, Spionageagenten, in Ungnade gefallene Militärs – alle hatten zur einen oder anderen Zeit dort gewohnt. ›Steril Fünf‹ war für jene Leute reserviert, von denen Washington glaubte, daß sie in Krisenzeiten für die unmittelbaren Interessen des Landes wichtig waren. Michael Havelock und Jenna Karras trafen um zwanzig Minuten nach vier in einem neutral lackierten Wagen der Regierung ein. Staatssekretär Emory Bradford, der sich vorher mit dem Präsidenten abgesprochen hatte, erwartete sie bereits.

Die Vorhaltungen waren nur kurz gewesen, die Krise überlagerte alles; es hatte keinen Sinn, Fehler und Inkompetenzen der Vergangenheit noch einmal zu analysieren. In ›Steril Fünf‹ saßen sie im Arbeitszimmer des ›Besitzers‹, einem kleinen Raum, der mit einem Sofa und schweren ledernen Armsesseln möbliert war. Hinter der Couch stand ein massiver Eichentisch, auf dem ein silbernes Tablett mit Gläsern, Eis und verschiedenen alkoholischen Getränken angerichtet war. Havelock machte sich und Jenna einen Drink; Bradford lehnte ab.

»Was haben Sie Miß Karras gesagt?« fragte der Staatssekretär.

»Alles, was ich auf Poole's Island erfahren habe.«

»Ich weiß nicht, was ich sagen soll... was ich denken soll«, sagte Jenna. »Ich glaube, ich empfinde gleichzeitig Bewunderung und Schrecken.«

»Das ist eine gute Kombination«, pflichtete Bradford ihr bei.

»Was ich von Ihnen möchte«, sagte Havelock, während er mit den Drinks um die Couch herumging und sich neben Jenna setzte, »sind sämtliche Informationen, über die Sie verfügen. Die Namen von allen Beteiligten – ganz gleich, wie unwesentlich ihre Rolle auch ist – von Anfang an. Es ist mir gleichgültig, wie lange es dauert; wir können die ganze Nacht hierbleiben. Ich werde zwischendurch Fragen stellen, mir Notizen machen, und wenn Sie fertig sind, gebe ich Ihnen eine Liste mit allem, was ich brauche.«

Es waren kaum vier Minuten vergangen, als Michael ihn das erste Mal unterbrach. »MacKenzie? CIA? Einer der besten Männer, die der CIA hervorgebracht hat.«

»Man hatte mir gesagt, der Beste überhaupt«, sagte Bradford.

»Er hat also die Operation an der Costa Brava geplant.«

»Ja.«

»War er der Mann, der die blutbefleckten Kleider der Toten für die forensische Untersuchung zurückgebracht hat?«

»Ich wollte gerade...«

»Sagen Sie«, unterbrach ihn Havelock, »ist er an einem Schlaganfall... einem Herzinfarkt... in der Chesapeake Bay gestorben?«

»Ja, in seinem Boot.«

»Ist eine Autopsie gemacht worden?«

»Nicht offiziell. Aber auch hier ist die Antwort ja.«

»Was bedeutet das?«

»Bei einem solchen Mann riskiert man keine Spekulationen. Der Arzt war kooperativ und ist gründlich befragt worden; er ist ein hochangesehener Arzt. Die Röntgenaufnahmen sind von ihm und unseren eigenen Leuten untersucht worden, die Diagnose war einhellig: eine starke Aortablutung.« Bradford senkte die Stimme. »Das war das erste, woran wir dachten, als wir von seinem Tod erfuhren. Wir haben nichts außer acht gelassen.«

»Danke«, sagte Havelock und machte sich eine Notiz. »Bitte weiter.«

Jenna stellte ihr Glas auf den Tisch. »War er der Mann, der mit Ihnen in der Halle des Hotels in Barcelona zusammen war?«

»Ja, es war seine Operation.«

»Er war ein zorniger Mann. Er wirkte bedrohlich, nicht besorgt.«

»Er hatte einen bedrohlichen Beruf.«

»Er trat meine Tür ein und hielt eine Waffe in der Hand.«

»Er war beunruhigt, das waren wir beide. Miß Karras, wenn Sie nach unten gegangen oder in ihrem Zimmer geblieben wären...«

»Bitte, fahren Sie fort«, unterbrach ihn Michael.

Der Staatssekretär berichtete weiter. Havelock und Jenna hörten aufmerksam zu und unterbrachen ihn jedesmal, wenn sich irgendeine Frage ergab oder sie das Gefühl hatten, daß ihnen etwas nicht klar war. Nach einer Stunde hatte Emory Bradford erkannt, daß Jenna Karras einen blitzschnellen Verstand besaß. Sie stellte beinahe so viele Fragen wie Michael und ging häufig Details nach, die man bisher überhaupt nicht in Betracht gezogen hatte, bis sich daraus plötzlich neue Überlegungen ergaben.

Bradford kam schließlich auf die Nacht zu sprechen, in der drei Strategen getötet wurden, als der Unbekannte unter dem Decknamen ›Ambiguity‹ das Telefongespräch mit Rom führte und Havelock als ›nicht zu retten‹ klassifizierte. Der Staatssekretär schilderte ausführlich die Überprüfung des gesamten Personals der Abteilung L im vierten Stock. Er war ganz sicher, daß keiner der Mitarbeiter ›Ambiguity‹ sein konnte.

»Weil die Konferenzen und Besprechungen, die sie abhielten, protokolliert waren?«

»Ja. Keiner hat seine Besprechung lange genug verlassen, um Rom über eine Codeleitung zu erreichen.«

»Schließen Sie auch die Möglichkeit aus«, fuhr Jenna fort, »daß dieser ›Ambiguity‹ Helfer hat, die bereit sind, für ihn zu lügen?«

»Darüber will ich gar nicht nachdenken«, sagte Bradford. »Aber ich kann es mir eigentlich nicht vorstellen, denn ich kenne die meisten Leute schon seit Jahren, manche fast zwei Jahrzehnte lang.«

»Trotzdem...«

»Paminjatschiks?« fragte Havelock, die Augen auf Jenna gerichtet.

»Proč ne? To je možné.«

»Nemluv o tom.«

»Vy nemáte pravdu.«

»Worüber reden Sie?« fragte Bradford.

»Wir sind sehr unhöflich«, sagte Jenna. »Entschuldigen Sie. Ich dachte...«

»Sie dachte, es würde sich lohnen, darüber nachzudenken«, unterbrach sie Michael. »Weiter bitte.«

Jenna sah Havelock an und griff nach ihrem Glas.

Der Staatssekretär sprach fast vier Stunden lang, wobei er die Hälfte der Zeit damit verbrachte, Fragen zu beantworten und zahllose Details zu schildern, bis in dem eleganten holzgetäfelten Arbeitszimmer schließlich die Atmosphäre eines Gerichtssaals herrschte. Bradford war der widerwillige feindliche Zeuge, der zwei erbarmungslosen Anklagevertretern gegenüberstand.

»Wie erledigten Sie den Fall Jacob Handelman?«

»Ungelöst. Der Präsident hat mir am Telefon vorgelesen, was Sie geschrieben haben. Unglaublich... das mit dem Handelman, meine ich. Sind Sie sicher, daß Sie sich nicht geirrt haben?«

»Das war seine Pistole, sein Messer. Ich habe mich nicht geirrt.«

»Berquist sagte, Sie müssen einen triftigen Grund gehabt haben, ihn zu töten.«

»Seltsamerweise nein. Ich wollte, daß ihm von da an die Angst im Nacken sitzt, jahrelang. Er ist auf mich losgegangen. Werden Sie die Wahrheit über ihn verlauten lassen?«

»Der Präsident sagt nein. Er meint, die Juden hätten genug durchgemacht; wir sollten es lassen.«

»Wieder eine notwendige Lüge?«

»Nicht notwendig, aber von Mitgefühl diktiert, denke ich.«

»Kohoutek? Diese Farm in Mason Falls?«

»Er wird gerade festgenommen.«

»Seine Klienten?«

»Jeder Fall wird einzeln überprüft, dann werden die Entscheidungen getroffen, dabei wird jede Härte soweit wie möglich vermieden.«

Havelock blätterte in seinem Notizbuch, legte es auf den Tisch und griff nach dem leeren Glas. Er sah Jenna an: Sie schüttelte den Kopf. Er erhob sich, ging um die Couch herum zu dem silbernen Tablett und schenkte sich ein. »Lassen Sie mich versuchen, das bisher Gesagte zusammenzufassen«, begann er. »›Ambiguity‹ sitzt irgendwo im vierten Stock des Außenministeriums, und das wahrscheinlich schon seit Jahren, und schleust alles, was er in die Hände bekommen kann, nach Moskau.« Michael heilt inne und trat ans Fenster; draußen beleuchteten Strahler den gepflegten Park. »Matthias begegnet diesem Parsifal, und sie schaffen gemeinsam diese unglaublichen – nein, nicht unglaublichen –, undenkbaren Verträge.« Havelock wandte sich plötzlich vom Fenster ab und fixierte Bradford mit durchdringendem Blick. »Wie konnte das geschehen? Um Himmels willen, wo waren Sie alle? Sie sahen ihn jeden Tag, sprachen mit ihm, beobachteten ihn. Und Sie haben nicht erkannt, was mit ihm vorging?«

»Wir wußten nie, welche Rolle er spielte«, sagte der Staatssekretär und erwiderte Havelocks starren Blick. Langsam wurde Wut in ihm wach. »Sein Charisma hat viele Facetten, wie ein Diamant, den man bei unterschiedlichem Licht betrachtet! War er gerade der Universitätsdozent Matthias, der ein akademisches Urteil fällt, oder Doktor Matthias an einem Vortragspult, der gerade seine Zuhörer fesselte? Oder war er der gebildete Europäer, der bei einem Glas Sherry, mit Mozartmusik im Hintergrund, seine Jünger mit Erleuchtung erfüllte? Er machte das sehr gut. Und dann war da der Bonvivant, der Liebling von Georgetown und der Ostküste. Mein Gott, was für eine Attraktion für jede Gastgeberin! Und wie großartig er seine Rolle spielte... Er versprühte Charme und Witz und strahlte Kraft und Entschlossenheit aus. Kein Wunder, daß die Frauen auf ihn flogen. Aber als Minister ging er tyrannisch mit seinen Mitarbeitern um, pausenlos fordernd, eigensinnig, eifersüchtig... Er war so imagebewußt, daß er die Zeitungen nach der winzigsten Erwähnung seiner Person absuchte und förmlich anschwoll, wenn er in den Schlagzeilen stand, reagierte aber wütend auf die geringste Kritik. Und weil wir gerade von Kritik sprechen – wissen Sie, was er letztes Jahr tat, als ein Senator es wagte, seine politischen Ziele auf der Genfer Konferenz in Frage zu stellen? Tief beleidigt trat er vor die Fernsehkameras und erklärte mit halberstickter Stimme, den Tränen nahe, er würde von seinem Amt zurücktreten. Herrgott, was für eine Aufregung! Dieser Senator ist heute ein Ausgestoßener, ein Paria!« Bradford hielt inne, schüttelte den Kopf, sein Ausbruch war ihm plötzlich peinlich. Mit normaler Stimme fuhr er fort: »Und dann war da noch ein anderer Anthony Matthias, der brillanteste Außenminister in der Geschichte dieser Nation... Nein, Mr. Havelock, wir kannten ihn nicht.«

»Sie kritisieren jetzt die negativen Eigenschaften eines Mannes«, sagte Michael und ging zum Sofa. »Vielleicht haben Sie keine. Alle anderen haben die auch. Er hatte tatsächlich viele Seiten; aber Ihr eigentliches Problem ist, daß Sie ihn haßten.«

»Nein, Sie haben unrecht.« Bradford schüttelte den Kopf. »Man haßt einen Mann wie Matthias nicht«, fuhr er fort und sah Jenna an. »Man empfindet vielleicht Ehrfurcht oder Angst... oder ist die ganze Zeit wie hypnotisiert, ohne Zweifel, aber man haßt ihn nicht.«

»Kehren wir zu Parsifal zurück«, sagte Havelock und ließ sich auf die Armlehne der Couch nieder. »Wo, glauben Sie, kam er her?«

»Er kam von nirgendwo und verschwand ins Nirgendwo.«

»Nein, er kam von irgendwo. Er traf sich häufig mit Matthias. Bestimmt einige Wochen lang, wahrscheinlich über Monate.«

»Wir haben Matthias' Terminkalender immer wieder überprüft. Ebenso die Aufzeichnungen seiner Telefongespräche, seinen Reiseplan. Wir haben rekonstruiert, mit wem er sich getroffen hat, angefangen bei Diplomaten bis hinunter zu Hotelportiers. Es gab keine auffälligen Wiederholungen. Nichts.«

»Ich will diese Unterlagen alle haben. Können Sie das veranlassen?«

»Es ist bereits veranlaßt.«

»Weiß man etwas über den Zeitraum, in dem die beiden Verträge geschlossen worden sind?«

»Ja, eine Spektralanalyse des Papier ergab, daß die Schrift etwa sechs Monate alt ist, nicht älter.«

»Sehr gut.«

»Das hätten wir auch so vermuten können.«

»Tun Sie mir einen Gefallen«, sagte Michael und setzte sich.

»Was denn?« fragte der Staatssekretär.

»Vermuten Sie nie etwas.« Havelock griff nach seinem Notizbuch, schrieb etwas auf den Block und fügte hinzu: »Parsifal ist Russe. Höchstwahrscheinlich ein Überläufer, der nirgendwo registriert ist.«

»Das haben wir... vermutet. Jemand mit außergewöhnlicher Detailkenntnis über die Waffenkapazitäten der Sowjetunion.«

»Warum sagen Sie das?« fragte Jenna Karras.

»Die Verträge. Sie enthalten präzise Angaben über den offensiven und defensiven Einsatz von Atomwaffen, die von unserer Abwehr bestätigt werden.«

Michael machte sich eine weitere Notiz. »Ebenso wichtig ist, daß Parsifal wußte, wo er ›Ambiguity‹ finden konnte.«

»Oder hat ›Ambiguity‹ ihn gefunden?« überlegte Jenna.

»Das ist unwesentlich«, erwiderte Havelock. »Die Verbindung ist hergestellt, der Maulwurf erreicht Moskau, und das Beweismaterial gegen dich wird geliefert... für mich. Dann reist ›Ambiguity‹ nach Spanien an die Costa Brava und ändert das Szenarium.«

»Ja, ich bin ganz Ihrer Ansicht«, sagte Bradford. »Ich glaube, das war ›Ambiguity‹ am Strand, nicht Parsifal. ›Ambiguity‹ kehrte nach Washington zurück und stellte fest, daß er Parsifal verloren hatte. Man hatte ihn benutzt und weggeworfen. Dieser Eindruck muß die Panik in ihm ausgelöst haben.«

»Weil er Männern im KGB Grund zu der Annahme gegeben hatte, daß aus ihrer Unterstützung etwas Außergewöhnliches resultieren würde?« fragte Havelock.

»Ja, aber dann ist da Rostows Telegramm, und jetzt kommt wieder ein Haken. Er teilt uns darin praktisch mit, daß, wenn es eine Verbindung gab, diese nicht sanktioniert war, ja nicht einmal kontrollierbar.«

»Er hatte recht. Ich habe das Berquist erklärt, und es paßt auch... von Anfang an. Das ist die Antwort auf Athen. Rostow bezog sich auf einen Zweig des KGB, auf die VKR. Die Angehörigen dieser Abteilung sind gierige Wölfe.«

»*Voennaja Kontra Rozvedka*«, sagte Jenna und erklärte damit die Abteilung VKR.

»»Ambiguity‹ ist nicht bloß ein Major oder ein Oberst im KGB. Er gehört selbst dem Wolfrudel an. Das sind die Männer, mit denen wir zu tun haben. Das, Mr. Bradford, ist so ziemlich die schlimmste Nachricht, die Sie hören können. Das KGB mit all seinem Verfolgungswahn ist im Vergleich zu den Fanatikern der *Voennaja* eine stabile Organisation, die nichts anderes tut, als Informationen zu sammeln.«

»Fanatiker, die mit Nuklearwaffen zu tun haben, kann sich die Welt nicht leisten.«

Michael nahm einen Schluck, er spürte die Furcht, die ihn umklammerte. »Wir haben also einen Maulwurf namens ›Ambiguity‹, der mit einem sowjetischen Kollegen zusammenarbeitete, den wir Parsifal genannt haben, Matthias' Konterpart in einem Wahnsinn, der die ganze Welt zu einem Trümmerhaufen verwandeln könnte. Matthias bricht praktisch zusammen, wird auf Poole's Island in Gewahrsam genommen und behandelt. Nun macht Parsifal allein weiter. Aber jetzt wirklich allein, denn den Maulwurf hat er fallengelassen.«

»Sie geben mir also recht«, sagte Bradford.

Havelock blickte von seinem Block auf. »Wenn Sie unrecht hätten, würden wir es wissen. Oder vielleicht auch nicht; vielleicht wären wir dann schon radioaktive Asche ... oder um eine weniger dramatische, wenn auch meiner Ansicht nach kaum weniger tragische Möglichkeit ins Auge zu fassen: Die Sowjetunion würde dieses Land mit dem Segen der westlichen Welt regieren. ›Der Riese ist Amok gelaufen, um Gottes willen, legt ihn an die Kette!‹ würde es heißen. Moskau könnte sogar von unseren eigenen Bürgern ein Vertrauensvotum bekommen. ›Besser tot als rot‹ – an die Reaktion glaube ich nicht.«

»Aber du und ich, wir wissen, was das für ein Leben ist, Mikhail«, unterbrach ihn Jenna. »Würdest du dich dafür aussprechen?«

»Natürlich«, sagte der Staatssekretär und überraschte die zwei anderen leicht, indem er das Wort ergriff. »Sie können durch Ihren Tod doch nichts ändern – es sei denn, Sie sind ein Märtyrer, besonders dann glauben Sie nicht daran, wenn Sie selber das Schlimmste erlebt haben.«

Havelock sah Bradford prüfend an. »Ich glaube, die Geschworenen sind gerade auf Sie zurückgekehrt, Mr. Bradford. Deshalb sind Sie doch in dieser Stadt geblieben, nicht wahr? Sie haben das Schlimmste gesehen.«

»Auf mich kommt es hier nicht an.«

»Für uns war das eine Weile schon so. Es ist gut zu wissen, daß das Terrain jetzt wieder etwas sicherer ist. Nennen Sie mich Havelock oder Michael, aber lassen Sie bitte das Mister weg.«

»Danke. Sagen Sie Emory zu mir oder wie Sie sonst wollen.«

»Ich heiße Jenna, ich bin jetzt hungrig.«

»Die Küche ist komplett ausgestattet, und ein Koch lebt hier auch. Er ist zugleich einer der Wachposten. Wenn wir fertig sind, mache ich Sie bekannt.«

»Nur noch ein paar Minuten.« Havelock riß ein Blatt aus seinem Notizbuch. »Sie sagen, Sie hätten bei jedem einzelnen im vierten Stock überprüft, wo er zur Zeit der Costa-Brava-Operation war.«

»Sogar wiederholt überprüft«, unterbrach ihn Bradford. »Die erste Untersuchung war völlig ergebnislos. Jeder konnte nachweisen, wo er war.«

»Aber wir wissen, daß das bei *einem* nicht stimmen kann«, sagte Michael. »Er war an der Costa Brava gewesen und dann wieder in Washington, und alle glaubten, er wäre die ganze Zeit an Ort und Stelle geblieben.«

»Oh?« Diesmal machte sich der Staatssekretär eine Notiz. Er benutzte dazu die Rückseite eines seiner zahllosen Blätter. »So hatte ich das nicht gesehen. Ich suchte nach einer Abwesenheit, wo die Erklärung dafür vielleicht nicht hieb- und stichfest war. Sie sagen etwas ganz anderes.«

»Ja, allerdings. Suchen Sie nicht nach etwas, was fehlt, suchen Sie nach jemandem, der nicht an der Stelle war, wo er hätte sein sollen.«

»Also Männer im Einsatz.«

»Damit könnte man beginnen«, pflichtete Havelock ihm bei und riß ein zweites Blatt ab. »Vergessen Sie nicht, wir suchen einen Mann, der Zugang zu streng vertraulichen Akten hat. Je prominenter der Mann ist, desto besser funktioniert die Verschleierung. Denken Sie nur an Kissingers Verdauungsstörungen in Tokio, während er in Wirklichkeit in Peking war.«

»Langsam beginne ich Ihre Talente zu begreifen.«

»In Anbetracht der Fehler, die ich gemacht habe«, erwiderte Michael und schrieb etwas auf das Blatt, das er gerade aus seinem Notizblock gerissen hatte, »hätte ich nicht einmal die Qualifikation für einen Job als Hilfspolizist.« Er erhob sich, ging um den Tisch herum, auf Bradford zu und hielt ihm die zwei Blätter hin. »Das ist mein Fragenkatalog. Wollen Sie sich die Liste ansehen, ob es irgendwelche Probleme gibt?«

»Sicher.« Der Staatssekretär nahm die beiden Bogen und lehnte sich in den Sessel zurück. »Übrigens, ich nehme den Drink jetzt, wenn es Ihnen nichts ausmacht. Bourbon on the rocks, bitte.«

»Ich dachte schon, Sie würden nichts mehr trinken.«

Havelock sah zu Jenna hinüber; sie nickte. Er nahm ihr Glas vom Tisch und ging um die Couch herum, während Bradford zu ihm sprach. »Da stehen ein paar Überraschungen«, sagte er und blickte mit gefurchter Stirn auf. »Das Material über Matthias macht keine Schwierigkeiten – seine Verabredungen, seine Aufzeichnungen, die Terminpläne –, aber warum brauchen Sie so ausführliche Informationen über den Arzt in Maryland? Wir waren gründlich, das versichere ich Ihnen.«

»Ich glaube Ihnen ja. Nennen Sie es Eigensinn. Ich kenne einen Arzt in Südfrankreich, er ist ein verdammt guter Chirurg. Aber der dreht völlig durch, wenn er einen Spieltisch sieht; man mußte ihm schon ein paarmal aus finanziellen Schwierigkeiten heraushelfen.«

»Hier liegt keine Parallele vor. Randolph hätte keine Sekunde seines Lebens arbeiten müssen. Seiner Familie gehört das halbe Ostufer.«

»Aber den Leuten, die für ihn arbeiten«, sagte Michael und schenkte ein, »gehört vielleicht nicht einmal ein Segelboot.«

Bradfords Blick fiel wieder auf das Blatt. »Ich verstehe«, sagte er. Seine Stimme klang allerdings eher verwirrt als überzeugt. »Aber die nächste Frage begreife ich nicht, glaube ich. Sie wollen die Namen der Männer im Pentagon, die dem Nuklear-Krisenausschuß angehören.«

»Ich habe irgendwo gelesen, daß es drei sind«, fügte Havelock hinzu. »Sie veranstalten Kriegsspiele, wechseln die Fronten, überprüfen gegenseitig ihre Strategien.« Er reichte Bradford den Bourbon und setzte sich neben Jenna; sie nahm ihr Glas und sah Michael an.

»Sie glauben, Matthias hat sie benutzt?« fragte der Staatssekretär.

»Irgend jemanden mußte er doch benutzen.«

»Zu welchem Zweck? Es gibt nichts, über das er nicht informiert war. Er mußte es wissen; er hat die Verhandlungen geführt.«

»Ich möchte nur gründlich sein.«

Bradford nickte. »Das habe ich schon einmal gehört. Okay.« Er blickte wieder auf sein Papier und las laut vor: »»Liste von Negativmöglichkeiten für die letzten zehn Jahre. Alle überprüfen. Quellen: CIA, *Cons Op*, Heeresabwehr.‹ Was soll das bedeuten?«

»Damit meine ich die Männer und Frauen, die, als Überläufer getarnt, bei uns eingeschleust werden sollten, aber nie herüberkamen.«

»Nun, wenn sie nicht eingeschleust sind...«

»Moskau verschweigt die Namen von solche Personen, die selbst herausgekommen sind«, unterbrach ihn Havelock. »Die Computerüberprüfungen werden ihren gegenwärtigen Status klären.«

Bradford überlegte, nickte dann und las weiter.

Jenna tippte Michael an den Arm; er sah sie an. Sie sprach leise, und ihre Augen musterten ihn dabei fragend. »*Proč ne paminjatschik?*«

»*Ne Ted.*«

»Wie bitte?« Der Staatssekretär blickte auf.

»Nichts«, sagte Havelock. »Sie ist hungrig.«

»Ich bin gleich fertig, dann fahre ich nach Washington zurück und lasse Sie allein; der Rest ist Routine. Die psychiatrischen Berichte über Matthias müssen vom Präsidenten persönlich freigegeben werden. Außerdem muß zusätzliches Sicherheitspersonal hier stationiert werden, aber das läßt sich machen. Ich werde ihn noch heute abend sehen.«

»Warum nehmen Sie mich nicht mit nach Bethesda?«

»Dort liegen die Berichte nicht. Sie sind in der Stahlkammer auf Poole's Island. Ich muß sie selbst holen.«

»Dann sind Sie neben Berquist der einzige, der Zugang zu diesem Raum hat?«

»Ja. Ich werde morgen hinfliegen.« Bradford las weiter und blickte verblüfft auf. »Dieser letzte Punkt... sind Sie da ganz sicher? Was können Sie daraus entnehmen? Wir konnten jedenfalls nichts herauslesen.«

»Es ist trotzdem wichtig für mich.«

»Das könnte sehr schmerzhaft für Sie sein.«

»Was ist es denn?« fragte Jenna.

»Er möchte die Resultate seiner eigenen zwölf Tage unter Therapie«, sagte Bradford.

Bei Kerzenlicht aßen sie in dem eleganten Speisezimmer. Fast fühlten sie sich wie zu Gast bei einem Lord auf dem Lande. Als schweigsamer Butler diente ihnen ein bullig wirkender Mann, der sich gleichzeitig als überraschend fähiger Koch erwies, und die auffällige Ausbuchtung unter seiner weißen Jacke verriet, daß er nicht nur die Kunst des Kochens beherrschte, sondern auch mit einer Pistole umzugehen verstand. Jenna und Michael sahen sich jedesmal an, wenn er nach dem Servieren das Zimmer verließ, und bemühten sich ohne Erfolg, nicht zu lachen. Aber selbst diese kurzen Augenblicke der Heiterkeit konnten den Schatten des Unvorstellbaren nicht verdrängen.

»Du vertraust Bradford«, sagte Jenna beim Kaffee. »Das weiß ich. Ich spüre es, wenn du einem Menschen vertraust.«

»Du hast recht, das tue ich. Er hat ein Gewissen. Einem solchen Mann kann man vertrauen.«

»Warum hast du mich dann gehindert, von dem *paminjatschiks* zu sprechen?«

»Weil er damit nicht zu Rande käme und es ihm auch nicht weiterhilft. Du hast ihn gehört; er ist ein methodischer Mann, der einen Schritt nach dem anderen macht und jeden einzelnen Schritt erschöpfend analysiert. Darin liegt sein Wert. Ich will ihn nicht auf eine weitere Spur lenken. Er soll sich auf die Suche nach dem Maulwurf im vierten Stock des State Department konzentrieren. So lange, bis er die Person findet, die nicht an dem Ort war, wo sie hätte sein sollen.«

»Das hast du sehr gut erklärt.«

»Danke. Übrigens, warum warst du vorhin eigentlich so zurückhaltend? Du bist doch sonst nicht so scheu.«

»Nun, ich würde Bradford nicht gerne Befehle oder Ratschläge erteilen, solange er mich nicht akzeptiert hat. Und wenn ich dazu gezwungen wäre, dann würde ich es in Form von Fragen tun, die zu Vorschlägen führen.«

»Seltsam, daß du das sagst. Du bist doch akzeptiert; das hat er von Berquist gehört. Es gibt keine höhere Autorität.«

»In dem Sinne meine ich es nicht. Bradford fühlt sich in Gegenwart von Frauen unsicher. Ich beneide seine Frau oder seine Freundin nicht. Er ist ein Mann, den irgend etwas quält.«

»Kein Wunder. Schließlich gibt es genug, das ihn quält.«

»Ich rede nicht von der augenblicklichen Situation. Ich glaube, er fühlt sich impotent, und das verletzt die Frauen, mit denen er zusammen ist. Jede normale Frau reagiert so.«

»Ich habe es wohl wieder einmal mit Sigmund Freud zu tun.«

»*Limburský sýr!*« lachte Jenna. »Ich beobachte eben die Menschen, das weißt du doch. Erinnerst du dich an den Juwelier in Triest, den kahlköpfigen Mann, dessen Geschäft ein Briefkasten von MI 6 war? Du sagtest, er sei...«

»Geil. Ich hab' gesagt, daß er mit einem Ständer in der Hose um die Frauen in seinem Geschäft herumstreicht.«

»Und ich hab' gesagt, er sei schwul!«

»Und du hast recht gehabt, denn als du deine Bluse ein paar Zentimeter weit aufgeknöpft hattest, hat der Schweinehund dauernd mich verfolgt.«

Sie lachten. Jenna rückte näher zu ihm und griff nach seiner Hand.

»Es tut gut, wieder zu lachen, Mikhail.«

»Es tut gut, mit dir zu lachen. Ich weiß nicht, wie oft wir das noch können.«

»Wir müssen uns die Zeit dafür nehmen. Ich glaube, das ist sehr wichtig.«

»Ich liebe dich, Jenna!«

»Warum fragen wir dann nicht unseren Butler, wo wir schlafen? Ich möchte dir nahe sein, nicht mit einem Tisch zwischen uns.«

»Mich hältst du also nicht für schwul.«

»Latent, vielleicht. Ich nehme, was ich kriegen kann.«

»Sehr direkt bist du. Wie immer.«

Der bewaffnete Koch kam herein. »Noch eine Tasse Kaffee?« fragte er.

»Nein, danke«, meinte Havelock.

»Einen Brandy?«

»Ich glaube nicht«, sagte Jenna.

»Und wie steht's mit Fernsehen?«

»Wo sind die Schlafräume?«

»Dort oben ist der Empfang ziemlich schlecht.«

»Wir werden's ertragen«, erwiderte Michael.

Ihre Gesichter berührten sich fast, so eng aneinandergeschmiegt waren sie. Still genossen sie eine Weile die wohlige Entspannung. Für ein paar Minuten hatten sie in ekstatischer Wollust alles um sich herum vergessen. Ein weicher Lichtstrahl drang durch die angelehnte Badezimmertür.

»Du hast mir nicht alles erzählt, was mit dir auf Poole's Island geschah, nicht wahr?« sagte Jenna.

»Fast alles«, erwiderte Havelock und starrte zur Decke. »Ich versuche immer noch, mir einen Reim darauf zu machen.«

Jenna nahm den Arm von seiner Brust und richtete sich auf. »Kann ich dir helfen?« fragte sie.

»Ich glaube, niemand kann das. Es ist die Bombe in meinem Kopf.«

»Was, mein Liebling?«

»Ich kenne Parsifal.«

»Wie bitte?«

»Matthias hat gesagt, ich hätte sie alle kommen und gehen gesehen, die ›Verhandler der Welt‹ hat er sie genannt. Aber da war ja nur einer, und ich muß ihn gesehen haben. Ich muß ihn kennen.«

»War das der Grund, weshalb er dich ausschalten wollte?«

»Er hat gesagt, ich könnte es nie verstehen... die absolut tödlichen Verträge wären die einzige Lösung.«

»Und ich war das Opfer.«

»Ja. Er ist krank; das war er schon, als er die Aktion gegen dich befahl. Du solltest sterben und ich am Leben bleiben und beobachtet werden.« Michael atmete tief, dann schüttelte er hilflos den Kopf. »Das ist es, was ich nicht begreifen kann.«

»Meinen Tod?«

»Nein, warum ich nicht getötet werden sollte.«

»Er hat dich selbst in seinem Wahnsinn geliebt.«

»Nicht er – Parsifal. Wenn ich eine Bedrohung darstellte, weshalb hat mich Parsifal dann nicht getötet? Warum blieb es dem Maulwurf überlassen, drei Monate später den Befehl zu geben?«

»Das hat Bradford doch erklärt«, sagte Jenna. »Du hattest mich gesehen; du warst im Begriff, die Ereignisse an der Costa Brava noch einmal aufzurollen, und das hätte dich zu dem Maulwurf führen können.«

»Das erklärt Parsifals Verhalten immer noch nicht. Er hätte mich zigmal beseitigen können, aber er hat es nicht getan. Das ist der entscheidende Punkt. Mit was für einem Menschen haben wir es zu tun?«

»Ganz bestimmt nicht mit einem rational denkenden Mann. Das ist gerade das Erschreckende.«

Das Klingeln war schrill, unerwartet. Michael schoß in die Höhe, aus tiefem Schlaf gerissen. Jenna rollte über das Bett. Seine Hand griff instinktiv nach einer Waffe. Es war das Telefon, und Michael starrte es an, ehe er nach dem Hörer griff. Er sah auf die Uhr, während er sprach. Es war 4.45 Uhr am Morgen.

»Ja?«

»Havelock, hier ist Bradford.«

»Was ist los? Wo sind Sie?«

»In meinem Büro. Ich bin schon seit elf Uhr hier. Übrigens, ich habe meine Leute die ganze Nacht durcharbeiten lassen. Alles, was Sie wollten, wird bis acht Uhr bei Ihnen sein, mit Ausnahme der Akten von Poole's Island. Das dauert noch ein paar Stunden.«

»Und um mir das zu sagen, rufen Sie um diese Zeit an?«

»Natürlich nicht.« Bradford hielt inne. »Ich habe ihn vielleicht gefunden«, fuhr er fort. »Ich habe Ihren Vorschlag befolgt und habe jemanden gesucht, der vielleicht nicht dort war, wo er hätte sein sollen. Das genaue Ergebnis werde ich erst im Laufe des Vormittags erfahren wegen der Verzögerung durch Poole's Island. Wenn der Verdacht stimmt, ist es unglaublich. Seine Akte ist so sauber, wie man sie sich nur wünschen kann; sein Militärdienst...«

»Erzählen Sie jetzt nichts mehr«, unterbrach ihn Michael.

»Ihr Telefon ist genauso abhörsicher wie das Haus.«

»Meines vielleicht. Ihr Apparat vielleicht nicht. Hören Sie mir nur zu.«

»Was ist?«

»Suchen Sie nach einer Marionette. Lebend oder tot.«

»Nach einer was?«

»Jemanden, der nur dazu benutzt wurde, die Abwesenheit des Maulwurfs zu tarnen, eine Marionette eben, deren Drähte zu Ihrem Mann führen. Verstehen Sie das?«

»Ja, ich glaube schon. Doch, ich verstehe. Es paßt zu dem, was ich bereits gefunden habe.«

»Rufen Sie mich an, wenn Sie das Resultat genau wissen. Von einer Telefonzelle aus. Aber unternehmen Sie nichts weiter.« Havelock legte auf und sah Jenna an. »Bradford hat möglicherweise ›Ambiguity‹ gefunden.«

29

Es war ein Morgen, wie ›Steril Fünf‹ ihn noch nie erlebt hatte und wahrscheinlich auch nie wieder erleben würde. Um halb neun hatte Jenna das Kommando über die Küche an sich gerissen und den pistolentragenden Koch zu ihrem Gehilfen degradiert. Er durfte Zutaten abwiegen und mischen, begleitet von ihren billigenden Blicken. Als schließlich der fertige Teig auf dem Blech im Ofen garte, tauchten zwei Wachposten in der Küche auf, angelockt durch den Duft.

»Bitte nennen Sie mich Jenna«, sagte Jenna zu den hungrigen ›Gästen‹, während Havelock an einen Tisch in der Ecke verbannt wurde.

Vornamen wurden ausgetauscht, und bald darauf war eine lebhafte, von häufigem Gelächter unterbrochene Unterhaltung im Gange. Man verglich Heimatorte und beurteilte sie nach der Qualität ihrer Bäckereien. Es war, als hätte noch nie zuvor jemand gewagt, die drückende Atmosphäre in diesem ganz auf Sicherheit abgestimmten Haus zu lockern. Jetzt war sie entspannt; das war hauptsächlich Jenna zu verdanken, der die Männer – alles Profis in einer tödlichen Kunst – sehr zugetan waren. Eigentlich eine zu bescheidene Formulierung für ihre Begeisterung. Sie hatten tatsächlich ihren Spaß, und Spaß war etwas, was es in ›Steril Fünf‹ normalerweise nicht gab. Die Welt würde vielleicht in ein paar Monaten untergehen – und Jenna Karras backte *Koláče*.

Nach dem Verzehr ungeheurer Mengen süßer Semmeln freilich kehrte die sachliche Atmosphäre des sterilen Hauses zurück. Glocken schrillten, und Fernsehmonitore flackerten. Kurz vor zehn Uhr rollte ein gepanzerter Lieferwagen des State Department in die Einfahrt. Man hatte ihn bereits erwartet. Hohe Beamte hatten auf Befehl des Präsidenten die ganze Nacht durchgearbeitet und Akten nach Informationen durchgekämmt, die Havelock gefordert hatte.

Um halb elf Uhr saßen Michael und Jenna wieder in dem prunkvollen Arbeitszimmer und hatten die Unterlagen und Fotografien säuberlich geordnet. Auf dem Schreibtisch vor Michael lagen vier Stapel, zwei auf dem Beistelltisch vor Jenna, die auf dem Sofa Platz genommen hatte. Die frühe Mittagssonne füllte die Fenster, spiegelte sich in dem dicken, kugelsicheren Glas und ließ Lichtflecken über die Wände tanzen. Es herrschte Schweigen, nur das Rascheln von Papier war zu hören.

»Botschafter Addison Brooks und General Malcomb Halyard«, sagte Michael, nachdem er eine Liste überflogen hatte, die die Namen aller enthielten, die – und wäre es auch noch so entfernt – mit dem Parsifal-Mosaik in Verbindung standen, »stehen dem Präsidenten zur Seite, falls er gezwungen sein sollte, Matthias' Zustand bekanntzugeben.«

»In welchem Sinn?« fragte Jenna.

»Nach Anton gehören sie zu den am meisten geachteten Männern im Lande. Berquist wird sie brauchen.«

Jenna unterbrach die Stille. »Du bist hier erwähnt.«

»Wo?«

»Es ist eine Eintragung in einem Terminkalender von Matthias.«

»Wann war das?«

»Vor neun Monaten. Du warst Gast in seinem Haus. Ich glaube, das war damals, als man dich zu dem üblichen Kontrollgespräch kommen ließ. Wir kannten uns noch nicht sehr lange.«

»Lang genug für mich, um so schnell wie möglich nach Prag zurückfliegen zu wollen. Diese Sitzungen waren gewöhnlich reine Zeitvergeudung.«

»Du hast mir einmal gesagt, daß sie durchaus Sinn hatten, daß die Arbeit oft seltsame Auswirkungen auf gewisse Männer hatte und es daher angebracht war, sie periodisch zu überprüfen.«

»Zu denen gehörte ich aber nicht. Außerdem habe ich gesagt, gewöhnlich, aber nicht immer. Es kam vor, daß sie einen... einen Revolverhelden fanden.«

Jenna legte das Blatt zurück. »Mikhail, könntest du nicht damals bei Matthias Parsifal gesehen haben?«

»Vor neun Monaten war Anton noch ganz normal, damals gab es keinen Parsifal.

»Du sagtest, er sei müde gewesen. ›Schrecklich müde‹, hast du damals gesagt. Du machtest dir Sorgen um ihn.«

»Um seine Gesundheit, nicht um seinen Geisteszustand.«

»Trotzdem...«

»Glaubst du denn nicht, daß ich jede Minute ganz genau durchdacht habe?« unterbrach sie Havelock. »Es war in Georgetown, und ich war zwei Tage und zwei Nächte dort, während der ganzen Auswertung. Wir aßen zweimal zusammen zu Abend, beide Male allein.«

»Es sind doch ganz sicher Leute in sein Haus gekommen.«

»Natürlich; die haben ihn nie auch nur eine Minute zur Ruhe kommen lassen, Tag und Nacht nicht.«

»Dann hast du sie gesehen.«

»Ich fürchte, nein. Du müßtest diese alte Burg kennen; der vordere Teil mit lauter kleinen Zimmern ist das reinste Labyrinth. Rechts vom Korridor ist ein Salon, links eine Bibliothek, durch die man gehen muß, um in sein Büro zu kommen. Ich glaube, Anton gefiel das so; er konnte Leute warten lassen, von denen er annahm, daß sie sich nicht begegnen wollten. Antragsteller bewegten sich in Etappen von einem Raum in den anderen. Er begrüßte sie im Salon, dann führte man sie in die Bibliothek und schließlich in sein Allerheiligstes, sein Büro.«

»Und du warst nie in diesen Räumen?«

»Nicht mit jemand anderem zusammen. Wenn er beim Abendessen unterbrochen wurde, blieb ich hinten im Speisesaal. Ich benutzte sogar einen separaten Nebeneingang, wenn ich das Haus betrat oder es verließ; nie den Haupteingang. Das hatten wir so vereinbart.«

»Ja, ich erinnere mich, du solltest nicht mit ihm gesehen werden.«

»Ich würde das anders ausdrücken. Ich hätte es als Ehre empfunden – ich meine das wirklich so, als Ehre –, mit ihm gesehen zu werden. Es war nur besser so... für uns beide.«

»Aber wenn du Parsifal nicht während dieser zwei Tage gesehen hast, wann sonst?«

Michael blickte sie an, er kam sich hilflos vor. »Ich müßte weit zurückgehen, ein halbes Leben lang, aber das ist ja der Wahnsinn. In seiner Fantasie sieht er mich eine Konferenz verlassen; das könnte alles mögliche sein; ein Klassenzimmer, ein Seminar, ein Vortragssaal. Wie viele waren zugegen? Fünfzig, hundert, tausend? Es dauert ziemlich lange, bis man an einer Universität ein Diplom bekommt. Hat Parsifal vielleicht mit mir ein Seminar besucht?«

Jenna lehnte sich vor, und in ihren Augen leuchtete plötzlich das Erkennen auf. »Parsifal hat nicht versucht, dich zu töten, obwohl er viele Gelegenheiten dazu hatte.«

»Genau.«

»Dann könnte er jemand sein, den du schon seit Jahren kennst.«

»Es gibt noch eine andere Möglichkeit. Eines dürfen wir nicht vergessen: Wenn man jemanden tötet, ist das immer mit einem Risiko verbunden, auch dann, wenn man einen anderen für die Tat bezahlt. Vielleicht kann er sich nicht einmal den Funken eines Risikos leisten. Vielleicht sehe ich ihn in einer Menge vor mir und kann ihn nicht erkennen. Aber wenn ich wüßte, wer er ist, wäre auch klar, wo ich ihn finden kann. Ich würde es wissen, aber nicht unbedingt andere, vielleicht sonst überhaupt niemand in unserer Branche.«

»Der Maulwurf könnte dir beides liefern: die Identität und eine Beschreibung.«

»Erfolgreiche Jagd, Mr. Bradford«, sagte Havelock. »Hast du sonst noch etwas?« fragte er und wandte sich dem Material zu, das sich mit dem Arzt aus Maryland befaßte.

»In den Terminkalendern taucht ein Name häufiger auf. Ich weiß nicht, ob ich das richtig verstehe. Warum wird der Shenandoah so oft erwähnt, Mikhail?«

Havelock blickte auf. Irgendwo in seiner Erinnerung war etwas wachgerufen worden.

Emory Bradford bemühte sich, die Augen offen zu halten; seine Lider fielen ihm immer wieder zu. Abgesehen von ein paar kurzen Nickerchen, hatte er fast sechsunddreißig Stunden nicht mehr geschlafen. Aber er mußte wach bleiben; es war schon Nachmittag. Die Videobänder und die Fotografien aus New York würden jeden Augenblick eintreffen, in größter Eile per Kurier von einer hilfsbereiten Fernsehgesellschaft nach Washington befördert, die sich mit einer oberflächlichen Erklärung zufriedengegeben hatte.

Geradezu unglaublich war für Bradford die Vorstellung, daß ausgerechnet Arthur Pierce der Maulwurf sein sollte. Er war der dienstälteste Beamte des State Department, Mitglied der UNO-Delegation, ein Laufbahnbeamter mit einer Dienstakte, die den Neid eines jeden Kollegen herausfordern mußte. Ebenso makellos war vorher seine Militärkarriere verlaufen. Wäre er bei der Armee geblieben, hätte er ohne Zweifel alle Chancen gehabt, einmal zum Kreis der Vereinigten Stabschefs zu zählen. Vor seinem Einsatz in Südostasien hatte Pierce auf der Universität von Michigan seinen Doktortitel mit summa cum laude erworben. Nach fünf freiwillig abgeleisteten Dienstjahren war er zum Major befördert und mit zahllosen Tapferkeitsmedaillen ausgezeichnet worden. Bereits als Jugendlicher bewies der Sohn eines Farmers seine vorbildliche Verantwortungsbereitschaft und Einsatzfreude. Er war Meßdiener in der Kirche, Leiter einer Pfadfindergruppe und Schulsprecher auf der High School. Arthur Pierce war, wie General Halyard es formuliert hatte, so amerikanisch wie Hamburger und das Sternenbanner.

Bei der ersten Überprüfung von Pierce hatte Bradford routinemäßig – zu routinemäßig, denn der Verdacht erschien ihm zu abwegig – auch die Protokolle der vertraulichen Diskussionen innerhalb der US-Delegation überflogen, die während der Operation an der Costa Brava an der Sitzung des Sicherheitsrats in New York teilgenommen hatte. Beim zweitenmal sah er sich die Protokolle, die ein Attaché namens Carpenter verfaßt hatte, besonders gründlich an. Sein Vorgesetzter Pierce, der Mann, der im Rang unmittelbar unter dem Botschafter stand, war häufig erwähnt, seine Vorschläge waren prägnant, intelligent. Und nun stieß Bradford in der Niederschrift der Sitzung vom Donnerstag auf eine merkwürdige Abkürzung: Vortr. F. C.

Es folgte eine eindeutige und ziemlich langwierige Empfehlung von Pierce, die dem Botschafter vorgelegt wurde. Bradford war diese Passage vorher nicht aufgefallen

Die Abkürzung Vortr. F. C. bedeutete: vorgetragen von Franklyn Carpenter. Das hieß ja, daß Pierce nicht persönlich sein Statement abgegeben hatte, sondern sich von Carpenter vertreten ließ. Pierce war also nicht zugegen gewesen!

Bradford hatte daraufhin das Protokoll Zeile für Zeile gelesen und entdeckt, daß Carpenter am Donnerstag und am Freitag Pierces Stuhl eingenommen hatte. Freitag – das war der Anfang des Jahres gewesen; die Operation an der Costa Brava hatte in der Nacht des 4. Januar stattgefunden, an einem Sonntag. Ein Wochenende also.

An dem Mittwoch zuvor hatte der Sicherheitsrat nicht getagt, die Mehrzahl der Delegationen hielten am Silvesterabend diplomatische Empfänge ab. Am Donnerstag, dem ersten Tag des neuen Jahres, hatte der Rat seine Sitzungen wieder aufgenommen und auch am Freitag getagt... aber nicht am Samstag oder Sonntag. Arthur Pierce hätte das Land schon Dienstag verlassen können und fünf Tage Zeit für die Costa Brava gehabt... War er ›Ambiguity‹?«

Bradford hatte Havelock angerufen, der ihm gesagt hatte, wen er jetzt suchen sollte: die Marionette.

Vom Nachtdienst im State Department hatte der Staatssekretär erfahren, daß Franklyn Carpenter vor gut drei Monaten seinen Dienst quittiert hatte. Die Nummer, die er hinterlassen hatte, war unbrauchbar; das Telefon war abgemeldet worden. Daraufhin hatte Bradford der Zentrale den Namen der anderen Person gegeben, die auch während jener Donnerstagssitzung des Sicherheitsrats Mitglied der amerikanischen Delegation gewesen war, ein Attaché im unteren Rang, der ohne Zweifel noch in New York war.

Die Zentrale hatte den Staatssekretär morgens um Viertel nach fünf zurückgerufen und ihn mit dem UNO-Attaché verbunden.

»Hier spricht Staatssekretär Bradford...«

Die erste Reaktion des Mannes war Erstaunen gewesen, in das sich spürbare Angst mischte. Bradford hatte einige Minuten gebraucht, den Mann zu beruhigen und ihn auf jene Tage einzustimmen, die jetzt fast vier Monate zurücklagen.

»Können Sie sich erinnern?«

»Einigermaßen schon, denke ich.«

»Ist Ihnen an jenem Wochenende irgend etwas Ungewöhnliches aufgefallen?«

»Nichts, das mir jetzt in den Sinn kam. Nein, *Sir*.«

»Das amerikanische Sitzungsteam – mich interessieren besonders der Donnerstag und der Freitag – bestand aus dem Botschafter, Arthur Pierce, Ihnen und einem Mann namens Carpenter. Ist das richtig?«

»Ich würde die letzten zwei umdrehen. Damals war ich das rangtiefste Mitglied.«

»Waren Sie alle vier jeden Tag anwesend?«

»Nun... ich denke schon. Es ist schwierig, sich nach vier Monaten an jeden Tag genau zu erinnern. Sie könnten das den Anwesenheitslisten entnehmen.«

»Donnerstag war der Neujahrstag, hilft Ihnen das?«

Ehe der Attaché antwortete, waren ein paar Augenblicke verstrichen. Als er schließlich wieder sprach, schloß Bradford die Augen. »Ja, jetzt erinnere ich mich. Ich war vielleicht eingetragen, aber ich war nicht da. ›Der weiße Blitz‹ hatte... entschuldigen Sie...«

»Ich weiß schon, wen Sie meinen. Was hat Staatssekretär Pierce getan?«

»Er hatte mich nach Washington geschickt, um eine Analyse über die gegenwärtige Lage im Mittleren Osten zu erstellen. Ich habe fast das ganze Wochenende damit verbracht. Und dann, können Sie sich das vorstellen, hat er meine Arbeit überhaupt nicht verwendet. Bis heute nicht.«

»Eine letzte Frage noch«, sagte Bradford, bemüht, die Erregung in seiner Stimme zu unterdrücken. »Wenn die Empfehlungen eines Delegationsmitgliedes dem Botschafter durch einen anderen vorgetragen werden, was genau hat das zu bedeuten?«

»Das ist ganz einfach. Die Seniormitglieder versuchen, gegnerische Anträge vorherzusehen, und entwerfen Strategien, um sie zu blockieren. Im Falle, daß der Betreffende nicht im Saal ist, wenn ein solcher gegnerischer Antrag kommt, liegt dem Botschafter seine Empfehlung vor.«

»Ist das nicht gefährlich? Könnte nicht jemand einfach irgend etwas unter einem offiziellen Titel zusammenschreiben und es einem Mitglied geben?«

»O nein, so funktioniert das nicht. Solche Exposés werden nicht einfach eingeschickt. Man muß schon anwesend sein. Angenommen, der Botschafter findet Gefallen an einem solchen Vorschlag, benutzt ihn und bekommt ein Kontra, mit dem er nicht klarkommt. Dann will er natürlich den für die Strategie verantwortlichen Mann im Sitzungssaal haben.«

»Staatssekretär Pierce hat während der Sitzungen am Donnerstag und Freitag eine ganze Anzahl solcher Exposés, wie Sie sie nennen, vorgebracht.«

»Das ist üblich. Er ist ebensooft außerhalb des Sitzungssaales, wie er drinnen ist. Ich muß wirklich sagen, der Mann ist ein klasse Diplomat. Ich glaube, daß der Mann einiges bewegt – ich meine, er ist sehr eindrucksvoll. Selbst die Sowjets mögen ihn.«

»Ja, das tun sie, Mr. Attaché. Sie mögen ihn sogar so sehr, daß kontroverse Anträge durch vorherige Absprachen vermieden werden könnten«, dachte Bradford bei sich.

»Eine Frage habe ich doch noch.«

»Nur zu, *Sir*.«

»Was ist aus Carpenter geworden?«

»Das wüßte ich auch gern. Ich wollte, ich könnte ihn finden. Ich glaube, er hat einfach resigniert.«

»Was meinen Sie damit?«

»Ich nehme an, Sie wissen es nicht. Seine Frau und seine Kinder sind ein paar Tage vor Weihnachten bei einem Autounfall ums Leben gekommen. Wie würden Sie reagieren, wenn Sie allein vor dem Weihnachtsbaum ständen und die Geschenke ungeöffnet bleiben?«

»Es tut mir leid.«

»Der Mann hat wirklich Mumm beweisen, daß er so bald wieder zurückkam. Natürlich waren wir uns alle einige, daß das vielleicht das Beste für ihn wäre. Mit Leuten zusammen zu sein, die ihn mochten, und nicht allein.«

»Ich nehme an, Staatssekretär Pierce hat sich dieser Meinung auch angeschlossen.«

»Ja, Sir. Er war derjenige, der ihn überredete, wieder zur Arbeit zu kommen.«

»Verstehe.«

»Und dann tauchte er eines Morgens einfach nicht mehr auf. Am nächsten Tag kam ein Telegramm, in dem er seinen Rücktritt erklärte, und zwar mit sofortiger Wirkung.«

»Das war ungewöhnlich, nicht wahr? Genaugenommen auch nicht ganz korrekt, vermute ich.«

»Nach allem, was er durchgemacht hatte, kann ich mir nicht vorstellen, daß jemand ihm mit Formalitäten kommen wollte.«

»Und der Staatssekretär war wiederum einverstanden.«

»Ja, *Sir*. Pierce dachte, Carpenter sei einfach verschwunden. Ich hoffe, es geht ihm gut.«

Er ist tot, Mr. Attaché. Die Marionette ist tot.

Bradford hatte weiter in den Akten geblättert, bis die Sonne aufgegangen war und seine Augen vom vielen Lesen schmerzten. Anschließend hatte er die Anwesenheitsliste für den Tag untersucht, in dessen Nacht der ›Ambiguity‹-Code gestohlen worden war und jemand das ›nicht zu retten‹ nach Rom durchgegeben hatte. Er fand, was er erwartet hatte: Arthur Pierce war nicht in New York, sondern in Washington gewesen, in seinem Büro im vierten Stock... und er war natürlich um kurz nach fünf Uhr nachmittags weggegangen, zu einer Zeit, wo viele andere Mitarbeiter ebenfalls den Dienst beendet hatten. Wie leicht mußte es doch gewesen sein, in der Menge hinauszugehen, die Sicherheitsliste abzuzeichnen und wieder zurückzukehren. Er hätte die ganze Nacht im Büro bleiben und sich am Morgen wieder eintragen können, und keiner hätte etwas bemerkt. Genauso hätte er, Staatssekretär Emory Bradford, es an diesem Morgen handhaben können. Aber – wo war die Verbindung mit Moskau?

Als es acht Uhr war, kündigten ihm die Augen den Dienst; er konnte sich einfach nicht mehr konzentrieren, und so hatte er sich in seinem Sessel zurückgelehnt und geschlafen. Eine halbe Stunde später hatten ihn die Geräusche des beginnenden Arbeitstages vor seiner Bürotür geweckt. Das State Department war zum Leben erwacht. Die Sekretärinnen hatten Kaffee gekocht und Terminpläne getippt, während sie die Ankunft ihrer Vorgesetzten erwarteten. Bradford war aufgestanden und hinausgegangen, um seine Sekretärin, eine Dame in mittleren Jahren, zu begrüßen. Sie war durch sein Erscheinen erschreckt, das hatte er in ihren Augen gelesen. Erst in diesem Augenblick war ihm klargeworden, wie er ausgesehen haben mußte, ohne Krawatte, in Hemdsärmeln, dunkle Ringe um die Augen, das Haar zerwühlt und schwarze Bartstoppeln im Gesicht.

Er hatte um Kaffee gebeten und war zur Herrentoilette gegangen, um sich dort, so gut es ging, wieder herzurichten. Als er dann durch das große Büro lief, spürte er die Blicke, die ihm folgten. ›Wenn sie nur wüßten‹, hatte er bei sich gedacht.

Havelocks Ratschlag folgend, hatte er gegen zehn Uhr eine öffentliche Telefonzelle aufgesucht und veranlaßt, daß die Bänder und Fotografien von New York eingeflogen wurden. Er war versucht, den Präsidenten anzurufen. Aber dann ließ er es bleiben und sprach mit niemandem weiter.

Jetzt saß er wieder in seinem Arbeitszimmer und sah auf die Uhr. Es war zweiundzwanzig Minuten nach zwölf. Jede Stunde landete eine Maschine aus New York; mit welcher kam das Material?

Ein leises Klopfen an seiner Tür riß ihn aus seinen Gedanken. »Herein!«

Es war seine Sekretärin, und sie sah ihn genauso sorgenvoll an wie am frühen Morgen.

»Ich gehe jetzt zum Mittagessen, okay?«

»Schon gut, Liz.«

»Kann ich Ihnen irgend etwas besorgen?«

»Nein, danke.«

Die Frau stand etwas verlegen in der Tür und machte eine kleine Pause, ehe sie fortfuhr: »Fühlen Sie sich nicht wohl, Mr. Bradford?«

»Doch, alles in Ordnung.«

»Kann ich nicht doch etwas für sie tun?«

»Sie können aufhören, sich Sorgen um mich zu machen«, sagte er und bemühte sich zu lächeln; aber es mißlang.

»Bis später.«

Sein Telefon klingelte. Es war der Sicherheitsbeamte in der Lobby; die Sendung aus New York war eingetroffen. »Quittieren Sie und schicken Sie es mir mit einer Wache herauf, bitte.«

Sieben Minuten später legte er das Band in den Videorecorder. Auf dem Bildschirm erschien der Sitzungssaal des Sicherheitsrats der Vereinten Nationen. Ganz unten im Bild leuchtete ein Datum auf: *Dienstag, 30. Dezember, 14.56 Uhr.* Gerade hielt der saudiarabische Botschafter eine Rede. Ein paar Minuten später schwenkte die Kamera ins Plenum und zeigte zuerst die israelische Delegation, dann die ägyptische, gefolgt vom amerikanischen Team. Bradford hielt das Band mit dem Fernschalter an und studierte das Bild. Alle vier Männer waren anwesend: der Botschafter und Arthur Pierce vorn, zwei Männer auf den Plätzen dahinter. Bradford startete das Band wieder und zog die Fernbedienung zu sich heran, um den Knopf für den schnellen Vorlauf zu finden. Er drückte den Knopf, und das Bild verschwamm. Er ließ den Kopf los. Der Saudi stand immer noch am Rednerpult. Gerade wollte er das Band weiterlaufen lassen, als die Kamera mit einem schnellen Schwenk wieder die amerikanische Delegation einfing. Arthur Pierce war verschwunden.

Bradford drückte ein paarmal den Rücklaufknopf, bis er fand, was er suchte. Ein Beamter des State Department verließ während der Rede eines befreundeten Staates nicht einfach seinen Platz. Und da war es. Pierce sah auf die Uhr, während er sich erhob, lehnte sich zuerst zu dem Botschafter hinüber, flüsterte ihm etwas zu und wandte sich dann an den Mann hinter ihm, vermutlich an den Attaché. Der nickte. Die Stimme einer Ansagerin kam aus dem Lautsprecher.

»Wie wir hören, hat die Delegation der Vereinigten Staaten einen Telefonanruf erhalten, wahrscheinlich vom *Secretary of State*, der vielleicht eine Anmerkung zu Ibn Kashanis Ausführungen anbringen möchte.«

Bradford drückte immer wieder den Vorlaufknopf. Die Ansprache war vorbei; viele Delegationen erhoben sich, um zu applaudieren. Arthur Pierce war nicht zu seinem Platz zurückgekehrt.

Donnerstag, 1. Januar, 10.43 Uhr. Die Neujahrsansprache des Präsidenten des Sicherheitsrats. Arthur Pierce war nicht anwesend. Seinen Platz hatte der Mann eingenommen – vermutlich Franklyn Carpenter –, der hinter dem Botschafter gesessen hatte.

Freitag, 2. Januar, 16.10 Uhr. Eine provozierende Rede des russischen Delegierten, die den Gebrauch der Kopfhörer erforderte, um die Übersetzung zu hören. Pierce war nicht anwesend.

Montag, 5. Januar, 11.43 Uhr. Arthur Pierce abwesend.

Montag, 5. Januar, 14.16 Uhr. Arthur Pierce abwesend.

Montag, 5. Januar, 16.45 Uhr. Arthur Pierce in seinem Sessel, kopfschüttelnd, eine Reaktion auf Ausführungen des jemenitischen Botschafters.

Bradford schaltete das Videoband ab und blickte auf den Umschlag mit den Fotografien der Neujahrsempfänge. Eigentlich brauchte er sie nicht mehr; er wußte, daß der Staatssekretär der amerikanischen Delegation auf keinem der Bilder zu sehen sein würde.

Er war an der Costa Brava gewesen.

Ein letzter Punkt mußte noch überprüft werden. Mit Hilfe der Computer würde das weniger als eine Minute dauern. Bradford griff nach dem Telefon und verlangte die Transportabteilung, sprach seine Bitte aus und wartete. Siebenundvierzig Sekunden später kam die Antwort.

»Am Dienstag, dem 30. Dezember, flogen fünf Maschinen von New York nach Madrid: um zehn Uhr, zwölf Uhr, dreizehn Uhr fünfzehn, vierzehn Uhr dreißig und siebzehn Uhr zehn... Am Montag, dem 5. Januar, gab es vier Flüge von Barcelona über Madrid nach New York, beginnend um sieben Uhr dreißig Ortszeit. Ankunft Kennedy Airport planmäßig zwölf Uhr einundzwanzig, neun Uhr fünfzehn...«

»Danke«, unterbrach Bradford. »Ich habe, was ich brauche.«

Pierce war mit der Dienstagsmaschine um 17.10 Uhr nach Madrid geflogen und mit der Montagsmaschine aus Barcelona um 9.15 Uhr zurückgekehrt, was ihm die Möglichkeit gab, um 16.45 Uhr in den Vereinten Nationen präsent zu sein.

Bradford lehnte sich in seinem Sessel herum, atmete tief und starrte durch das große Fenster auf die von Bäumen gesäumten Straßen Washingtons hinunter. Es war Zeit, sich wieder eine Telefonzelle zu suchen und Havelock anzurufen. Er erhob sich und ging um seinen Schreibtisch herum, um sein Jackett und seinen Mantel zu holen, die er über einen Stuhl an der Wand geworfen hatte.

Die Tür öffnete sich, ohne daß vorher ein Klopfen zu hören gewesen wäre.

Der Staatssekretär erstarrte, jeder seiner Muskeln war angespannt. Der Mann, der jetzt die Tür hinter sich schloß und sich gegen den Türrahmen lehnte, war ebenfalls Staatssekretär; eine weiße Strähne durchlief sein dunkles Haar. Es war Pierce. Er stand steif da, der Blick stumpf und kalt; er wirkte müde, und als er sprach, war auch seine Stimme ausdruckslos.

»Sie wirken erschöpft, Emory«, sagte er. »Und Sie sind unerfahren. Erschöpfung und Unerfahrenheit sind eine schlimme Kombination; vereint können sie zu Fehlern führen. Wenn Sie Untergebenen Fragen stellen, sollten Sie nicht vergessen, sie zur Verschwiegenheit zu verpflichten. Dieser junge Mann, der, der an Carpenters Stelle getreten ist, war heute morgen ganz aufgeregt.«

»Sie haben Carpenter getötet!« flüsterte Bradford mit stockender Stimme. »Er hat nicht den Dienst quittiert. Sie haben ihn getötet!«

»Er litt unter großen seelischen Schmerzen.«

»O Gott... seine Frau und seine Kinder, das waren auch Sie!«

»Man muß planen, Umstände herbeiführen, Motive schaffen... Abhängigkeiten. Das können Sie akzeptieren, nicht wahr? Du lieber Gott, früher haben Sie sich auch nichts dabei gedacht. Wie viele haben Sie getötet? Ehe Sie Ihre Wandlung feierten, meine ich? Ich war draußen auf dem Schlachtfeld, Emory. Ich habe gesehen, was Sie getan haben.«

»Aber Sie *waren* dort...«

»Und habe jede Minute gehaßt, die ich dort sein mußte. Das Verheizen unserer Leute hat mich krank gemacht, das Zählen der Toten auf beiden Seiten – und die Lügen. Immer die Lügen, aus Washington und Saigon. Da sind Kinder geschlachtet worden, auf beiden Seiten.«

»Warum *Sie*? Es gibt nichts, was das erklären kann! Warum ausgerechnet *Sie*?«

»Weil ich dafür bestimmt war. Wir stehen auf verschiedenen Seiten, Emory, und ich glaube viel mehr an die meine als Sie an die Ihre. Das ist verständlich. Sie haben gesehen, was sich hier abspielt, und können nichts dagegen tun. Ich aber kann und werde das Ruder herumreißen. Es gibt einen besseren Weg für diese Welt, und wir werden dafür sorgen, daß sie diesen Weg beschreitet.«

»Wie? Indem Sie alles in die Luft sprengen? Indem Sie uns alle in einen Atomkrieg stürzen?«

Pierce stand reglos da, und seine Augen durchbohrten Bradford. »Dann ist es also wahr«, sagte er leise. »Die haben es getan.«

»Sie wußten nicht... o mein Gott!«

»Machen Sie sich keine Vorwürfe, wir waren ganz nahe dran. Man hat uns gesagt – mir gesagt –, daß er im Begriff war, verrückt zu werden und eine Strategie zu entwickeln, die so absurd war, daß die Welt den Vereinigten Staaten nie wieder Vertrauen geschenkt hätte. Wenn wir die nötigen Dokumente in Händen halten würden, dann hätten wir auch die Macht zu diktieren oder zu vernichten. Ihr System würde in jedem Fall erledigt sein, vom Antlitz der Erde weggewischt werden, der Sie und Ihresgleichen Gewalt angetan haben.«

»Sie haben unrecht... Sie irren sich.« Bradfords Stimme war nur noch ein Flüstern. »Große Fehler sind gemacht worden, ja! Ungeheure Fehleinschätzungen, ja!... Aber wir setzen uns mit den Folgen auseinander. Das war nie anders.«

»Nur wenn man euch erwischt. Weil ihr nicht den Mut habt zu verlieren, und ohne diesen Mut könnt ihr auch nicht gewinnen.«

»Sie glauben, daß Unterdrückung die Lösung ist? Sie glauben, wenn Sie Leute zum Schweigen bringen, wird man sie nicht hören?«

»Nicht, wo es darauf ankommt; das ist die praktische Antwort. Sie und Ihresgleichen haben uns nie verstanden. Sie lesen unsere Bücher, aber Sie begreifen ihre Bedeutung nicht, weil Sie bewußt wesentliche Dinge übersehen. Marx hat es längst gesagt, und Lenin hat es bestätigt, aber Sie haben nicht darauf gehört. Unser System befindet sich in dauerndem Wandel, es durchläuft Phasen, bis der Wandel nicht mehr nötig ist. Eines Tages werden alle Menschen frei sein.«

»Das hat man Ihnen doch eingehämmert! Kein Wandel? Die Menschen müssen sich wandeln, ändern. Jeden Tag! Sie müssen sich anpassen, den klimatischen Verhältnissen, den Bedürfnissen anderer Menschen. Man kann aus Menschen nicht Automaten machen; das ist es, was Sie nicht begreifen. *Sie* sind diejenigen, die vor dem Mißlingen Angst haben. Die Argumente anderer lassen Sie nicht zu!«

»Wir diskutierten mit Leuten, die sechzig Jahre der Hoffnung, sechzig Jahre des Fortschritts ungeschehen machen wollen. Unsere großen Gelehrten, die Ärzte, die Ingenieure... die Mehrzahl ihrer Eltern konnte nicht einmal lesen.«

»Also habt ihr es den Kindern beigebracht und die Bücher verbrannt.«

»Ich hatte mehr von Ihnen gehalten.« Pierce trat ein paar Schritte vor. »Sie können ihn nicht finden, nicht wahr? Er hat seine Nuklearpläne geliefert und ist dann in den Untergrund gegangen. Sie wissen nicht, wem er sie gezeigt hat oder an wen er sie verkauft hat. Sie sind in Panik.«

»Sie können ihn auch nicht finden. Sie haben ihn verloren.«

»Aber wir wissen, wer er ist. Wir haben seine Gewohnheiten studiert, seine Bedürfnisse, seine Talente. Er ist wie alle außergewöhnlichen Männer kompliziert, aber berechenbar. Wir werden ihn finden. Wir wissen, wonach wir suchen müssen – Sie nicht.«

»Er hat Sie verlassen, ein Überläufer, nicht wahr?«

»Ein kurzzeitiger Zustand. Er war mit der Bürokratie unzufrieden, mit fantasielosen Vorgesetzten, nicht mit den Zielen des Staates. Als er zu mir kam, hätte ich ihn haben können, aber ich wollte nicht; der Preis war zu hoch. Sehen Sie, er glaubt nämlich an uns, nicht an Sie... ganz bestimmt nicht an Sie. Sein Vater war Leibeigener auf den Ländereien von Fürst Woroschin. Der Fürst ließ ihn hängen, weil er im Winter ein Wildschwein gestohlen hatte, um seine Familie zu ernähren. Sein Sohn wird sich nicht gegen uns stellen.«

»Wer ist ›wir‹? Moskau bestätigt Sie nicht, das haben wir durch die Operation an der Costa Brava erfahren. Das KGB hatte gar nichts mit den Ereignissen zu tun; die waren nicht von den Russen sanktioniert.«

»Wenigstens nicht von jemandem, mit dem Sie zu tun haben. Die Verantwortlichen im KGB sind alt und müde, sie gehen den Weg des geringsten Widerstands. Die haben unser Ziel, unsere Vorsehung aus den Augen verloren, wenn Sie so wollen. Wir nicht.« Pierce blickte auf das Fernsehgerät und den Videorecorder darunter und dann auf das kleine Kästchen auf Bradfords Schreibtisch. »Aha, Videobänder, die man sich ansehen kann, um Auseinandersetzungen zu klären oder Todesfälle zu überprüfen. Sehr gut, Emory.« Der Maulwurf grinste. »Oder um verschwundene Leute ausfindig zu machen. Ja, in den Archivbändern könnten Sie das finden. Dieser schwachsinnige Botschafter könnte Ihnen da nicht weiterhelfen. Er würde in seinen Aufzeichnungen nachsehen und feststellen, daß ich ihm die besten Argumente für seine Sitzungen geliefert hatte, und schwören, daß ich neben ihm gesessen hätte. Vielleicht amüsiert es Sie zu erfahren, daß ich häufig mit meinen wahren Verbündeten in der UNO spreche und sie bitte, es ihm leicht zu machen, ihn ein paar Punkte gewinnen zu lassen. Er war für mich ein Geschenk des Himmels.«

»Das amüsiert mich nicht.«

Pierce ging auf Bradford zu, stellte sich direkt vor ihn. »Havliček ist zurückgekommen, nicht wahr?«

»Wer?«

»Wir ziehen seinen wirklichen Namen vor. Mikhail Havliček, Sohn von Václav, einem Staatsfeind. Er ist so nach einem Großvater aus Rovno auf der anderen Seite der Karpaten benannt worden. Mikhail ist ein russischer Name, kein tschechischer. Andererseits, nein, Sie wissen das wahrscheinlich nicht; die Herkunft interessiert Sie nicht. Unter anderen Umständen könnte er jetzt auf meiner Seite stehen. Er ist ein talentierter Mann; es tut mir leid, daß man ihn so fehlgeleitet hat. Er ist hier, nicht wahr?«

»Ich weiß nicht, wovon Sie sprechen.«

»Ach, kommen Sie schon, Emory. Diese alberne Geschichte in den Zeitungen über den Mord in Morningside Heights. Dieser alte Jude hat etwas gewußt, nicht wahr? Und Havliček hat ihn abgeknallt, als er es erfuhr. Dann haben Sie ihn gedeckt, weil er Sie gefunden hatte und ohne Zweifel auch das Mädchen. Jetzt brauchen Sie ihn; er könnte Sie aufhängen lassen. Sie haben sich mit ihm geeinigt. Sie haben ihm die Wahrheit gesagt, das mußten Sie. Alles führt zur Costa Brava zurück, nicht wahr?«

»*Sie* waren an der Costa Brava!«

»Sicherlich. Wir waren auf dem Wege, einen der mächtigsten Männer in der westlichen Welt völlig zu kompromittieren. Wir wollten sicherstellen, daß es richtig gemacht wurde. Sie hatten nicht den Mumm dazu. Wir schon.«

»Aber Sie wußten nicht, weshalb. Und Sie wissen es immer noch nicht!«

»Darauf kam es nie an, verstehen Sie das denn nicht? Er war im Begriff, den Verstand zu verlieren. Sie mit Ihren ungeheuren Erwartungen trieben ihn in den Wahnsinn; er war ein Riese, der die Arbeit von anderen leistete. Wir brauchten bloß Matthias' Fantasien Nahrung zu liefern, ihm jeden Wunsch zu erfüllen, jeden Argwohn zu bestätigen... seinen Wahnsinn fördern. Weil sein Wahnsinn nämlich dieses Land kompromittierte, es selbst in den Wahnsinn trieb.«

»Aber jetzt geht es nicht mehr darum, Matthias auszuschalten, sondern nur noch um die totale Vernichtung!«

Pierce nickte langsam. »Das Risiko besteht natürlich, aber man darf keine Angst vor dem Scheitern haben.«

»Jetzt sind Sie der Wahnsinnige!«

»Ganz und gar nicht. Sie würden es doch sein, die ausgelöscht werden. Die Weltmeinung, an die Sie so oft und so jämmerlich appellieren, wird dafür sorgen. Im Augenblick kommt es nur darauf an, daß wir den Mann finden, der ganz allein Anton Matthias in den Wahnsinn trieb. Machen Sie sich um Havliček keine Sorgen. Sie waren es, die ihn als ›nicht zu retten‹ klassifizierten, nicht wir.«

»Das waren doch Sie. *Sie!*«

»Damals war es richtig. Jetzt nicht mehr. Jetzt wird er uns helfen. Was ich vorher sagte, war mein voller Ernst; er ist einer der talentiertesten Männer, die Sie je als Agenten eingesetzt haben, ein sehr tüchtiger Jäger. Mit seiner Erfahrung und unserem Wissen wird er den Mann finden, der diese Regierung auf die Knie zwingen wird.«

»Ich habe Leuten gesagt, wer Sie sind!« flüsterte Bradford. »Was Sie sind!«

»Dann wäre man mir am Flughafen gefolgt; aber das war nicht der Fall. Sie haben es niemandem gesagt, weil Sie es bis vor ein paar Minuten nicht wußten. Ich bin eine viel zu wichtige Persönlichkeit, als daß ein Mann wie Sie solche Spekulationen anstellen dürfte. Sie haben zu viele Fehler gemacht, weitere können Sie sich nicht leisten. Diese Stadt mag Sie nicht, Mr. Bradford.«

»Havelock wird Sie töten, sobald er Sie sieht.«

»Ganz sicher würde er das; aber er kennt mich nicht, das ist sein Problem, nicht wahr. Doch wir kennen Havliček. Das ist ein ziemlicher Nachteil für ihn. Wir werden ihn einfach beobachten; das ist alles, was wir tun müssen.«

»Sie werden ihn nie finden!« Bradford versuchte, nach links zu entweichen, aber Pierce blockierte ihn sofort und drückte ihn gegen die Wand.

»Nicht, Emory. Sie sind müde und sehr geschwächt. Ehe Sie die Stimme erheben könnten, wären Sie tot. Und was die Frage angeht, wie wir ihn finden können – wie viele sichere Häuser gibt es denn? ›Steril Eins bis Siebzehn‹? Und wer würde einem Mann wie mir – einem Mann, der mit zahlreichen diplomatischen ›Überläufern‹ zu tun hat –

nicht sagen, in welchem dieser Häuser Havliček sich aufhält? Ich habe schon so manchen beneidenswerten Fang eingebracht... oder was als Fang galt.« Pierce ging ein paar Schritte und stellte sich wieder vor Bradford. »Sagen Sie mir, wo dieses Katastrophendokument ist. Ich nehme an, es handelt sich um eine Fotokopie, und das Original schwebt über Ihrem Kopf, ein nukleares Damoklesschwert an einem sehr dünnen Faden.«

»An einem Ort, wo Sie es nie finden könnten.«

»Das glaube ich«, sagte der *paminjatschik*. »Aber Sie könnten es finden.«

»Keine Chance... ich könnte nicht, und ich würde nicht.«

»Leider glaube ich das auch.«

Ein kurzes, knackendes Geräusch war zu hören, als Pierce plötzlich die rechte Hand vorschnellen ließ, Bradfords nackten Arm packte und ihm die Hand in das Fleisch preßte. Mit der Linken fuhr der Maulwurf gleichzeitig in die Höhe, preßte die Finger über Bradfords Mund und drehte den Körper des Staatssekretärs herum. Innerhalb von Sekunden weiteten sich Bradfords Augen und schlossen sich wieder, als die würgenden Laute aus seiner Kehle verstummten und er zusammenbrach. Pierce zog die Nadel heraus, rannte hinter den Schreibtisch und hob den Bandbehälter auf. Darunter lag ein Blatt mit einem Firmenaufdruck. Er griff nach dem Telefon, drückte den Amtsknopf und wählte.

»FBI, New York Office«, antwortete eine Stimme.

»Die Sicherheitsabteilung, bitte. Agent Abrams.«

»Abrams«, sagte Sekunden später eine männliche Stimme.

»Ihre Reise ist gut verlaufen, hoffe ich.«

»Ein glatter Flug«, war die Antwort. »Bitte.«

»Es gibt da einen Fernsehjournalisten«, fuhr Pierce fort und warf einen Blick auf das Blatt, »einen gewissen R. B. Denning. Er ist bei der Trans American News Division beschäftigt. Er hat dem falschen Mann im Außenministerium Archivmaterial geliefert, einem Mann namens Bradford, dessen Motive mit den Interessen der Regierung der Vereinigten Staaten kollidieren. Bradford hat die Bänder in einem Wutanfall vernichtet, aber wir raten Denning offiziell, zum Nutzen der Nachrichtenredaktion von Trans Am – und natürlich der ganzen Firma – nichts zu sagen. Das State Department hält es für geboten, den peinlichen Zwischenfall mit äußerster Diskretion zu behandeln, et cetera, et cetera.«

»Ich werde mich sofort mit ihm in Verbindung setzen, selbst wenn er schon bei seinem zweiten Martini sein sollte.«

»Sie können hinzufügen, daß das Außenministerium Bedenken haben könnte, in Zukunft mit Trans Am zusammenzuarbeiten, insoweit, als sie Firmenmaterial weitergegeben haben, ohne sich durch die richtigen Kanäle zu überzeugen, woher die Bestellung kam. Aber wenn jedermann zum Nutzen des Landes kooperiert...«

»Alles klar«, unterbrach ihn ein *paminjatschik* in New York. »Ich werde mich darum kümmern.«

Pierce legte auf, ging an das Fernsehgerät und schob es vorsichtig an die Wand. Er würde veranlassen, daß der Videorecorder abgeholt und in ein anderes Büro geschickt wurde.

Es würde keine Spur der Bänder geben und keine Möglichkeit, ihren Ursprung festzustellen.

Es gab keinen langgezogenen, markerschütternden Todesschrei, nur das Geräusch von zersplitterndem Glas war zu hören, als das große Fenster brach und ein menschlicher Körper aus dem sechsten Stock des State Department in die Tiefe fiel.

Emory Bradford!

Diejenigen, die ihn an diesem Morgen gesehen hatten, sagten später, es wäre zu erwarten gewesen, daß es einmal ein solches Ende mit ihm nehmen würde. In einem Augenblick totaler Verzweiflung, in dem Wunsch, es hinter sich zu bringen, nicht länger nachdenken zu müssen.

Der Druck, der auf ihm lastete, war überwältigend geworden. Eigentlich hatte er sich nie von dem erholt, was er Ende der sechziger Jahre erlebt hatte; jeder wußte das. Er war ein Mann, für den einmal die Zeit gekommen war; am Ende aber war er nicht mehr als eine Stimme im zweiten Glied gewesen.

Die Presse druckte es in den Abendausgaben, die Nachrufe waren nicht sehr lang, keinem schien sein Tod nahezugehen.

Staatssekretär Emory Bradford, politisch einst ein Falke und später eine Taube, hatte Selbstmord begangen. Natürlich. Und es gab da kein seltsames Gerät, wie zum Beispiel einen Videorecorder unter seinem Fernseher. Er war in das falsche Büro geliefert worden. Das Gerät wurde zurückgebracht, scheinbar unbenutzt.

30

»Du hättest seinen Tod nicht verhindern können«, sagte Jenna entschieden. Sie stand vor Havelock am Schreibtisch. »Du darfst das State Department nicht betreten. Wenn der Maulwurf dich sähe, würde er dich entweder unauffällig töten und dort bleiben, wo er ist, oder nach Moskau fliehen. Du willst ihn fassen, aber dich zu zeigen, ist sicher nicht der richtige Weg, um ihn zu finden.«

»Mag sein, daß ich es nicht hätte verhindern können, doch immerhin hätte ich bewirken können, daß sein Tod – sein Leben – mehr Sinn gehabt hätte. Er wollte es mir am Telefon sagen, und ich habe ihn davon abgehalten weiterzureden, weil ich befürchtete, sein Telefon werde abgehört.«

»Nach deiner langjährigen Erfahrung konntest du nicht anders handeln. Du hast keinen Grund, dir Vorwürfe zu machen. Ich glaube immer noch, daß es im State Department *paminjatschiks* gibt, die für diesen Mann lügen oder ein Telefon anzapfen würden.«

»Durchaus möglich. Der *paminjatschik* ist der absolute Patriot. Er wird jedesmal wieder einen Treueschwur verlangen, weil er selbst nicht den geringsten Skrupel dabei empfindet, einen zu leisten.«

»Das ist es, wonach du jetzt ausschauen mußt, Mikhail, nach einem Mann mit einer makellosen Akte. Und dieser Mann ist der Maulwurf.«

»Wenn ich herausfinden könnte, worauf Bradford gestern gewartet hat, dann würde ich wahrscheinlich beides haben. Er sagte, er würde das Ergebnis erst am ›späten Vormittag‹ wissen. Das bedeutet, daß er etwas erwartete, das ihm mehr über den Aufenthaltsort eines Mannes verraten würde, den Beweis, daß irgend jemand aus dem vierten Stock nicht dort war, wo er hätte sein sollen. Die Sicherheitsabteilung sagt, Bradford hätte kurz vor halb eins ein Paket erhalten, aber niemand weiß, was es war. Und natürlich war es später dann nicht mehr da.«

»Hatte es keinen Absender? Einen Firmennamen vielleicht?«

»Wenn es so etwas gab, dann hat niemand es bemerkt. Das Paket wurde durch Boten gebracht.«

»Dann mußt du die Firmen überprüfen, die solche Dienste anbieten. Jemand muß sich doch an die Farbe der Uniform erinnern, und damit könnte man die Suche schon einschränken.«

»Jetzt bist du auf dem Holzweg. Es war eine Frau in einem Tweedmantel mit Pelzkragen, und das einzige, woran der Wachmann sich erinnert, ist, daß sie für jemanden, der Pakete abliefert, ziemlich aufgedonnert war.«

»Aufgedonnert?«

»Nun, aus seiner Perspektive bedeutet das wahrscheinlich attraktiv, auffällig gekleidet.«

»Klingt nach einer Sekretärin.«

»Ja, aber wessen Sekretärin? An wen hat Bradford sich gewandt? Was für eine Art von Beweis hat er gesucht?«

»Wie groß war das Paket?«

»Der Wachmann, der es in Empfang nahm, meinte, es sei ein großer, ausgepolsterter Umschlag gewesen, mit einer Ausbuchtung unten und ziemlich dick. Drinnen war Papier und noch etwas.«

»Papier?« sagte Jenna. »Zeitungen vielleicht? Ob er sich wohl an eine Zeitung gewandt hat?«

»Könnte sein. Vielleicht hat er Artikel aus der Zeit vor vier Monaten angefordert, die Ereignisse während jener Woche beschreiben. Oder er könnte sich Daten vom CIA beschafft haben; er hatte Freunde dort. Alles mögliche könnte er überprüft haben: Krankenhäuser, Skihütten, die Buchungsunterlagen für einen Urlaub in der Karibik, Unterschriften auf Speise- und Getränkequittungen.« Havelock lehnte sich im Sessel zurück und faltete die Hände unter dem Kinn. »Unser Mann ist gut, Jenna. Er tarnt sich perfekt.«

»Dann solltest du zu etwas anderem übergehen.«

»Das tue ich auch. Ein Mediziner in Maryland, der angesehenste Arzt von Talbot County.«

»Mikhail?«

»Ja?«

»Vorhin... hast du Berichte über deine eigene Therapie in der Klinik gelesen.«

»Woher weißt du das?«

»Du hast immer wieder kurz die Augen geschlossen. Was da stand, muß sehr hart für dich gewesen sein.«

»Allerdings.«

»Konntest du etwas daraus entnehmen?«

»Nein. Sie haben deine ›Exekution‹ und meine Reaktionen darauf beschrieben.«

»Darf ich die Berichte sehen?«

»Ich wünschte, ich wüßte einen Grund, dich daran zu hindern. Aber das kann ich nicht.«

»Wenn du es nicht willst...«

»Nein. Du warst diejenige, die getötet werden sollte. Ich finde, du mußt es wissen.« Er zog die rechte Schublade auf, holte einen wattierten schwarzgeränderten Umschlag heraus und reichte ihn ihr. »Ich bin nicht stolz darauf«, sagte er. »Und ich werde den Rest meines Lebens damit leben müssen. Ich weiß jetzt, was das bedeutet.«

»Wir werden einander helfen... so lange wir beide leben. Ich habe denen auch geglaubt.«

Sie setzte sich aufs Sofa, schlug die Akte auf und begann zu lesen.

Havelock konnte sich nicht konzentrieren. Er saß starr in seinem Sessel, und die Zeilen, auf die er blickte, verschwammen vor seinen Augen. Während Jenna in den Bericht vertieft war, durchlebte er noch einmal den unerträglichen Schmerz; die Bilder jener schrecklichen Nacht huschten vor seinem geistigen Auge vorbei. Jetzt war sie Zeuge der nackten Gedanken eines Geistes unter chemischer Therapie, *seines* Geistes, seiner tiefsten, innersten Empfindungen.

Die Sätze – die Schreie – erwachten wieder in ihm. Sie hörte sie auch, denn jetzt schloß sie die Augen und hielt den Atem an. Und er bemerkte, wie ein Zittern durch ihre Hände ging; als sie weiterlas... Sie beendete den dritten Aktenordner, und er spürte, wie sie ihn anstarrte. Es war ein Blick, den er nicht erwidern konnte. Die Schreie hallten in seinen Ohren, Donnerschläge unerträglicher Gewalt, unverzeihbarer Fehler.

Geh! Stirb! Verlaß mich schnell! Du hast mir nie gehört. Du warst eine Lüge, ich habe eine Lüge geliebt; aber du warst ein Teil von mir! Warum hast du uns das angetan? Mir? Du warst das einzige, was ich hatte, und jetzt bist du meine ganz persönliche Hölle... Stirb jetzt, geh jetzt!... Nein! Um Himmels willen, laß mich mit dir sterben! Ich will sterben... aber ich werde nicht für dich sterben!... Nur für mich, gegen dich! Nie für dich. Du hast dich mir hingegeben, aber du hast mir eine Hure gegeben... und ich habe an die Hure geglaubt. Eine dreckige Schlampe von einer Hure!... O Gott, jetzt ist sie getroffen! Noch einmal. Geh zu ihr! Um Himmels willen, geh doch zu ihr! Du mußt sie festhalten!... Nein, nicht zu ihr, niemals! Es ist vorbei! Es ist alles vorbei, Vergangenheit, und ich werde nicht länger auf die Lügen hören. O Gott, jetzt kriecht sie, kriecht im Sand wie ein verletztes, blutendes Tier. Sie lebt! Geh zu ihr! Halte sie fest! Lindere doch den letzten Schmerz – mit einer Kugel, wenn es sein muß! Nein!... Jetzt ist sie weg. Keine Bewegung mehr, nur Blut an ihren Händen und in ihrem Haar. Sie ist tot, und ein Teil von mir ist auch tot. Trotzdem, es muß vorüber sein, Vergangenheit... O mein Gott, sie zerren sie weg, zerren das tote Tier weg. Wer? Wer sind sie? Habe ich... Fotos... Akten gesehen? Nicht wichtig. Wissen sie, was sie getan haben? Hat sie es gewußt? Mörderin, Schlampe, Hure!... Meine einzige Liebe, früher einmal. Vergangenheit muß Vergangenheit sein. Ein Killer ist tot... eine Liebe ist tot. Und ein Narr überlebt!

Jenna hatte die Lektüre beendet, legte den letzten Aktenordner vor sich auf den Tisch, den Arm ausgesteckt, die Hand totenblaß. Sie wandte sich zu ihm; sie weinte, Tränen rannen lautlos aus ihren Augen.

»So viel Liebe und so viel Haß. Haß und Selbsthaß. Ich war nicht gezwungen, das durchzumachen, was du durchgemacht hast; vielleicht war es leichter, wenn auch verwirrender, das Opfer zu sein. Aber als an die Stelle der Verwirrung Zorn trat, empfand ich genauso wie du. Ich haßte dich so sehr und verabscheute doch mich selbst für dieses Gefühl. Nie vergaß ich unsere Liebe, von der ich wußte, daß sie einmal dagewesen war. Sie konnte nicht falsch gewesen sein, nicht ganz. Später, auf dem Flugplatz am Col des Moulinets, als ich dachte, du wärst gekommen, um mich endlich zu töten, mit der Gewalttätigkeit, die du jener Frau an dem Pier in Civitavecchia gezeigt hattest, da empfand ich nur Wut gegen dich. Ich sah dein Gesicht durch das Fenster des Flugzeugs. Und – wenn es einen Gott gibt, möge er mir verzeihen – du warst mein Feind. Meine einzige Liebe war mein Feind.«

»Ich erinnere mich«, sagte Michael. »Ich sah deine Augen und versuchte zu schreien, versuchte es dir zu sagen, aber du konntest mich nicht hören. Deine Augen in jener Nacht machten mir mehr angst, als eine Waffe das je getan hat. Diesen Blick werde ich nie vergessen.«

Das Telefon klingelte. Havelock reagierte nicht. Er konnte den Blick nicht von Jenna wenden. Schließlich nahm er den Hörer ab.

»Ja?«

»Havelock?«

»*Mr. President.*«

»Haben Sie die Information über Emory bekommen?« fragte Berquist. In der Stimme des Mannes aus Minnesota klang Trauer und Erschöpfung.

»Nicht das, was ich brauche.«

»Was Sie brauchen, ist ein Verbindungsmann. Ich werde jemanden hier im Weißen Haus auswählen, jemanden mit Autorität, einen Mann, dem ich vertrauen kann. Ich werde ihn über alles informieren müssen, das läßt sich nicht ändern.«

»Nehmen Sie niemanden aus dem Weißen Haus.«

Am anderen Ende der Leitung blieb es eine Weile stumm. »Wegen dem, was Rostow Ihnen in Athen erzählt hat?«

»Möglich. Die Chancen sind gering, aber ich möchte sie nicht gern auf die Probe stellen.«

»Sie haben ihm geglaubt?«

»Mit allem Respekt, *Mr. President*, er war der einzige, der mir die Wahrheit gesagt hat. Von Anfang an.«

»Warum glauben Sie, daß er Ihnen so eine Wahrheit anvertraut hat?«

»Ich weiß es nicht. Andererseits, weshalb hat er *Cons Op* damals dieses Telegramm geschickt? In beiden Fällen war die Information erschreckend genug, um uns alle zur Aufmerksamkeit zu zwingen. Das ist der erste Schritt, wenn man ein Signal sendet.«

»Addison Brooks hat ziemlich genau das gleiche gesagt.«

»Er sprach als Diplomat, und er hatte recht. Die *Voennaja* spricht nicht für Moskau.«

»Ich verstehe. Bradford...« Berquist hielt inne, als wäre ihm plötzlich klar geworden, daß er von einem toten Mann sprach. »Bradford hatte es mir gestern abend erklärt. Sie glauben also wirklich, daß es einen Sowjetagenten im Weißen Haus gibt?«

»Ich bin nicht sicher, aber wahrscheinlich ist es so... oder besser, es war so. Ich glaube nicht, daß Rostow das erwähnt hätte, wenn er nicht Beweise dafür gehabt hätte. Er tastete sich vor, wartete auf Reaktionen.

In diesem Geschäft ist es immer wieder die Wahrheit, die die ehrlichsten Antworten provoziert. Das erfuhr er, als er die Costa Brava erwähnte. In diesem Fall will ich das Risiko nicht eingehen.«

»In Ordnung, aber wie wollen Sie dann vorgehen? Schließlich darf man Sie nicht sehen, wie Sie herumlaufen und Leute verhören.«

»Nein, aber ich kann ihnen Fragen stellen, ohne daß man mich sieht. Ich kann das Telefon benutzen, wenn man es richtig einrichtet. Ich weiß, was ich fragen will und worauf ich achten muß. Nach diesen Gesprächen wird mir klar sein, wen ich sehen möchte, und dann werde ich Kontakte knüpfen... Ich habe Erfahrungen in diesem Geschäft...«

»Das will ich genauer wissen.«

»Geben Sie mir einen Namen, und nennen Sie mich einen Berater des Präsidenten oder so etwas. Es ist nicht ungewöhnlich, daß das Oval Office in gewissen Dingen selbst seine eigenen diskreten Nachforschungen anstellt, oder?«

»Verdammt, nein, dazu habe ich natürlich Leute. Jede Woche gehen dem Weißen Haus Hunderte von Berichten zu. Man muß sie prüfen, Experten befragen, Zahlen bestätigen. Ohne das alles sind verantwortliche Entscheidungen unmöglich. Lincoln standen dafür zwei junge Männer zur Verfügung, die erledigten für ihn alles, setzten sogar seine Briefe auf. Jetzt haben wir Dutzende von Adjutanten und Assistenten und Sekretärinnen von Assistenten, und die schaffen nicht einmal die Hälfte dessen, was anfällt. Aber die Antwort ist ja.«

»Was geschieht, wenn jemand von seinem Assistenten angerufen wird und der Betreffende die Autorität der ihn befragenden Person anzweifelt?«

»Das geschieht häufig, besonders im Pentagon. Dafür gibt es eine einfache Lösung. Man sagt ihm, er solle die Telefonzentrale des Weißen Hauses anrufen und sich mit dem Büro des Assistenten verbinden lassen. Das funktioniert.«

»Das wird funktionieren«, sagte Michael. »Können Sie den Leitungen, die dieser Apparat bereits hat, eine weitere zuschalten, mit der ich in der Telefonliste des Weißen Hauses aufgeführt werde?«

»Nichts leichter als das. Binnen einer Stunde wird Ihr Wunsch erfüllt sein. Welchen Namen möchten Sie benutzen?«

»Den werden Sie bestimmen müssen, *Sir*. Ich könnte sonst einen wählen, den es bereits gibt.«

»Ich rufe Sie zurück.«

»*Mr. President*, ehe Sie auflegen...«

»Ja, was ist denn?«

»Ich brauche noch etwas, eine Bestätigungsverbindung.«

»Das kenne ich allerdings nicht. Was ist das?«

»Falls jemand die Zentrale im Weißen Haus fragt und wissen möchte, was ich genau tue, sollte dort jemand in der Lage sein, es ihm zu erklären.«

Wieder eine Pause in Washington. »Sie hatten damals recht auf Poole's Island«, sagte Berquist nachdenklich. »Die Worte beschreiben genau, was sie bedeuten, nicht wahr? Sie brauchen jemanden, der Sie bestätigt, und zwar in Verbindung mit dem, was Sie angeblich tun oder sind.«

»Das ist richtig, *Sir*.«

»Ich rufe zurück.«

»Darf ich einen Vorschlag machen?« sagte Michael schnell.

»Welchen?«

»Innerhalb der nächsten Tage wird jemand zu diesem anderen Jemand im Weißen Haus gehen und ihn fragen, wo mein Büro ist. Wenn er oder sie das tut, müssen Sie ihn – oder sie – festhalten. Denn wer auch immer es ist, diese Person wird uns dem Maulwurf einen Schritt näherbringen.«

»Wenn das geschieht«, sagte Berquist zornig, »wird der Betreffende, wer immer er auch ist, von einem Farmerssohn aus Minnesota erwürgt werden, ehe Sie Gelegenheit bekommen, mit ihm zu sprechen. Oder mit ihr.«

»Ich bin sicher, daß das nicht Ihr Ernst ist, *Mr. President*.«

»Ich werde auch keine Atomrakete auf Leningrad abfeuern. Ich rufe Sie zurück.«

Havelock legte den Hörer auf und sah zu Jenna hinüber. »Jetzt können wir damit beginnen, die Namen auszusieben. In einer Stunde fangen wir mit den Anrufen an.«

»Ihr Name ist Cross, Robert Cross. Ihr Titel ist Sonderassistent des Präsidenten, und alle Anfragen in bezug auf Ihren Status und Ihre Funktionen sind an Mrs. Howell zu richten; sie ist Beraterin des Weißen Hauses für personelle Angelegenheiten. Sie ist genau informiert, was sie zu tun hat.«

»Was ist mit meinem Büro?«

»Sie haben eines.«

»Was?«

»Sei haben sogar einen Assistenten. Im Sicherheitsbereich von E.O.B. Sie brauchen einen Schlüssel, um dort drüben in den Hauptflur zu kommen. Ihr Assistent hat Anweisung, jeden festzuhalten, der nach Mr. Cross sucht. Er ist Angehöriger der Geheimdienstgruppe, und wenn jemand auftaucht und nach Ihnen fragt, wird er Sie verständigen und die betreffende Person unter Bewachung nach Fairfax bringen. Ich nehme an, das entspricht Ihren Vorstellungen.«

»So ist es. Wie steht es mit den anderen Büros in diesem Bereich? Werden die Leute neugierig sein?«

»Unwahrscheinlich. Im großen und ganzen sind das immer kurzzeitige Aufträge, jeder arbeitet an seinem eigenen Projekt. Neugierde ist unerwünscht. Und wenn jemand neugierig sein sollte, haben Sie ja Ihren Mann.«

»Klingt überzeugend.«

»Finde ich auch. Wo werden Sie anfangen?... Emory hat mir Ihren Fragenkatalog gezeigt und mir versichert, Sie würden alles am Morgen haben. Ist alles eingetroffen?«

»Alles. Bradfords Sekretärin ist als erste an der Reihe, dann der Arzt in Maryland. MacKenzies Tod.«

»Bei ihm waren wir äußerst gründlich«, sagte Berquist. »Unter den gegebenen Umständen konnten wir den CIA einschalten, und diese Leute waren aggressiv. Was suchen Sie?«

»Ich weiß nicht genau. Jemanden, den es nicht mehr gibt, eine Marionette.«

»Ich will gar nicht erst versuchen, Ihrer Überlegung zu folgen.«

»In einem Bereich brauche ich vielleicht Ihre direkte Hilfe. Sie sagten vorhin, das Pentagon würde häufig Schwierigkeiten machen, wenn jemand aus dem Weißen Haus Fragen stellt.«

»Wegen der Uniformen; man trägt hier drüben keine. Ich nehme an, Sie meinen die Mitglieder des Krisenausschusses. Den habe ich auf Ihrer Liste gesehen.«

»Das ist richtig.«

»Die sind recht reizbar. Mit Recht, würde ich sagen.«

»Ich muß mit jedem Mitglied sprechen; das sind fünfzehn ranghohe Offiziere. Könnten Sie den Vorsitzenden verständigen, daß Sie von allen erwarten, daß sie mit Mr. Cross zusammenarbeiten? Es würde helfen, wenn Sie Matthias irgendwie einbeziehen könnten.«

»Also gut«, sagte Berquist langsam. »Ich werde es auf den Großen Mann schieben. Es paßt nicht zu ihm, aber er kann es ja schlecht leugnen. Ich werde veranlassen, daß mein Militäradjutant es übermittelt: Der Außenminister möchte, daß dieser Ausschuß einen detaillierten Bericht für das Oval Office liefert. Ein Aktenvermerk, in dem Unterstützung innerhalb der Geheimhaltungsvorschriften gefordert wird, sollte genügen... die werden natürlich sagen, daß sich das überlappt. Man kann nicht das eine haben, ohne das andere zu verletzen.«

»Dann sagen Sie ihnen, der Schlußbericht sei nur für Ihre Augen bestimmt.«

»Noch etwas?«

»Die psychiatrische Akte über Matthias. Bradford hätte sie mir beschaffen sollen.«

»Ich fliege morgen nach Camp David. Ich werde einen Umweg über Poole's Island machen und sie selbst mitbringen.«

»Eines noch. Diese Mrs. Howell – abgesehen davon, daß sie den Geheimdienst ruft, wenn jemand sich bei ihr nach mir erkundigt – was weiß sie sonst von mir?«

»Nur, daß Sie einen Sonderauftrag für mich erledigen.«

»Können Sie das ändern?«

»In was ändern?«

»Nennen Sie es Routineauftrag, Überprüfung alter Tagesordnungen, damit die Archive des Weißen Hauses in verschiedenen Bereichen komplettiert werden können.«

»Wir haben Leute, die das tun. Im Wesen handelt es sich dabei um eine politische Angelegenheit – warum hat jener Senator sich gegen uns gestellt, und wie hindern wir ihn daran, es wieder zu tun.«

»Ja, zu dem Verein sollten Sie mich stecken.«

»Geht in Ordnung. Viel Glück... Aber Sie werden viel mehr als Glück brauchen. Diese Welt braucht mehr als Glück. Manchmal glaube ich, daß ein Wunder geschehen muß, damit wir noch eine Woche überstehen... Halten Sie mich auf dem laufenden; ich habe Anweisung gegeben, daß man mich immer, wenn Mr. Cross anruft, unterbrechen soll.«

Bradfords Sekretärin, Elizabeth Andrews, war zu Hause, der sensationelle Tod ihres Vorgesetzten hatte ihr einen schweren Schock versetzt. Mehrere Zeitungsreporter hatten sie angerufen, und sie hatte die Ereignisse des Morgens bedrückt, aber klar wiedergegeben, bis eine mehr an Klatsch interessierte Reporterin nach einigen Fragen in bezug auf Bradfords Familienleben eine sexuelle Beziehung angedeutet hatte.

»Sie krankes, dreckiges Miststück«, hatte Elizabeth sie angefaucht und den Telefonhörer auf die Gabel geknallt.

Als Havelock zwanzig Minuten später anrief, verspürte Elizabeth Andrews keinerlei Neigung, die Geschichte noch einmal zu erzählen. Er schlug ihr vor, ihn im Weißen Haus anzurufen, sobald sie sich besser fühlte. Sechs Minuten später klingelte das Telefon in Michaels Arbeitszimmer in Fairfax.

»Es tut mir leid, Mr. Cross. Das war eine sehr anstrengende Zeit. Diese Reporter gingen mir ganz schön auf die Nerven mit ihrer Fragerei.«

»Ich werde mich so kurz wie möglich fassen.«

Sie schilderte den Morgen und begann mit Bradfords plötzlichem, unerwartetem Auftauchen, kurz nachdem sie im Büro eingetroffen war.

»Er sah schrecklich aus. Offensichtlich hatte er die ganze Nacht durchgearbeitet, er war völlig erschöpft. Aber da war noch etwas;

irgend etwas erregte ihn. Ich habe ihn natürlich schon oft so gesehen, aber irgendwie war es gestern anders. Er sprach auch lauter als gewöhnlich.«

»Das könnte die Erschöpfung gewesen sein«, meinte Havelock. »Das ist häufig so. Eine Art Kompensation, wenn man sich schwach fühlt.«

»Vielleicht. Doch ich bezweifle es. Ich weiß, das klingt schrecklich, aber ich habe den Eindruck, er hatte sich entschlossen... Es ist furchtbar, so etwas zu sagen, aber ich glaube fest daran. Es war so, als freute er sich auf den Augenblick, in dem es geschehen würde... Er verließ das Büro kurz vor zehn, sagte, er würde ein paar Minuten weggehen. Ich habe immer dieses schreckliche Bild vor mir, wie er draußen auf der Straße zum Fenster hinaufblickte... und bei sich dachte: ›Ja, das war es.‹«

»Könnte es nicht sein, daß er jemanden aufsuchen wollte?«

»Nein, ich glaube nicht. Ich fragte ihn, ob er in einem anderen Büro sein würde, falls ein Anruf für ihn kommen sollte, und er sagte, nein, er wolle nur etwas Luft schnappen.«

»Weshalb er die ganze Nacht dagewesen war, erwähnte er nicht?«

»Nur, daß er an einem Projekt gearbeitet hatte, mit dem er in Rückstand geraten war. Er war in letzter Zeit viel gereist...«

»Arrangierten Sie seine Reisen?« unterbrach Havelock die Sekretärin.

»Nein, das hat er gewöhnlich selbst getan. Wie Sie ja wahrscheinlich wissen, hatte er oft... jemanden mitgenommen. Er war geschieden, einige Male sogar. Er war eine sehr verschlossene Person, Mr. Cross. Und so unglücklich.«

»Warum sagen Sie das?«

Mrs. Andrews zögerte einen Augenblick und sprach dann mit fester Stimme: »Emory Bradford war ein brillanter Mann, und man hat ihn nicht genügend beachtet. Er war einmal sehr einflußreich in dieser Stadt, bis er dann die Wahrheit sagte – so wie er die Wahrheit sah –, und sobald der Applaus verstummt war, ließen ihn alle links liegen.«

»Sie waren lange mit ihm zusammen.«

»Ja, lange. Ich habe miterlebt, wie das alles geschah.«

»Könnten Sie mir näher schildern, wie das ablief – wie alle ihn schnitten, meine ich.«

»Sicher. Zunächst einmal übersah man ihn konsequent, auch wenn seine Erfahrung hätte nützlich sein können. Dann schrieb er häufig Positionspapiere, korrigierte mächtige Männer und Frauen – Senatoren, Kongreßabgeordnete, Staatssekretäre –, die dumme Fehler bei Interviews oder Pressekonferenzen gemacht hatten. Aber wenn auch nur einer von ihnen je Antwort gegeben oder ihm gedankt hätte, dann hätte ich das bestimmt mitbekommen. Er sah sich immer die frühen Morgensendungen im Fernsehen an, wo die schlimmsten Fehler begangen wurden – so wie er es gestern getan hatte –, und diktierte dann das, was er ›Klarstellung‹ nannte. Sie waren immer sehr zurückhaltend formuliert, nie beleidigend, und tatsächlich wurden auch gewöhnlich ›Klarstellungen‹ veröffentlicht, aber gedankt hat man ihm nie.«

»War der Fernseher gestern früh an?«

»Eine Weile schon... ehe es geschah. Zumindest war das Gerät herausgeholt und stand vor seinem Schreibtisch. Er schob es zurück... ehe es geschah. Bis zum Ende konnte er mit dieser Gewohnheit nicht brechen. Er wollte, daß die Leute besser sein sollten, als sie es waren; er wollte eine bessere Regierung.«

»Lagen irgendwelche Notizen auf seinem Schreibtisch, aus denen Sie entnehmen konnten, wen er im Fernsehen gesehen hat?«

»Nein, nichts. Es war typisch als letzte Geste für ihn, diese Welt ordentlicher zu verlassen als er sie vorgefunden hatte. Ich hatte seinen Schreibtisch nie so ordentlich aufgeräumt gesehen.«

»Ganz sicher nicht.«

»Wie bitte?«

»Nichts. Ich habe Ihnen zugestimmt... Ich weiß, daß Sie beim Mittagessen waren, aber gab es Leute in der Umgebung seines Büros, die vielleicht hätten beobachten können, wie jemand hinein- oder herausging?«

»Die Polizei hat sich danach erkundigt, Mr. Cross. Es gibt immer Leute auf den Gängen; wir haben alle unterschiedliche Essenszeiten, je nachdem, was gerade in welcher Zeitzone geschieht; aber niemand hat etwas Ungewöhnliches bemerkt. Tatsächlich war unsere Abteilung ziemlich vollzählig weg. Wir hatten eine Besprechung mit dem zentralen Schreibdienst um halb zwei, also waren die meisten von uns...«

»Wer hat diese Besprechung einberufen, Mrs. Andrews?«

»Der Vorsitzende für diesen Monat, aber dann sagte er, das hätte er gar nicht, also saßen wir herum und tranken Kaffee.«

»Haben Sie keine schriftliche Ankündigung dieses Gesprächs bekommen?«

»Nein, es wurde nur mündlich durchgegeben; das ist die Regel.«

»Vielen Dank. Sie waren mir eine große Hilfe.«

»Das ist ein so schrecklicher Verlust für uns alle, Mr. Cross.«

»Ich weiß. Auf Wiedersehen.«

Havelock legte auf. »Unser Mann trägt eine perfekte Maske«, sagte er zu Jenna.

»Sie konnte dir also auch nicht helfen.«

»Doch, das konnte sie. Bradford hat auf mich gehört. Er ging auf die Straße hinunter, suchte eine Telefonzelle auf und verlangte das, was er wollte. Die Nummer, die er anrief, ist nicht mehr auffindbar.«

»Und sonst nichts?«

»Doch, etwas vielleicht.« Michael sah zu Jenna hinüber, sein Gesicht war umwölkt, er hatte die Stirn gerunzelt. »Sieh zu, ob du hier eine Zeitung von gestern finden kannst, ja? Ich möchte den Namen jedes höheren Beamten im Außenministerium, der am Morgen im Fernsehen interviewt wurde. Das ist verrückt. Das letzte, womit Bradford sich beschäftigt hat, war eine Fernsehsendung.«

Jenna fand eine Zeitung. Niemand aus dem Außenministerium war an jenem Morgen im Fernsehen gewesen.

31

Talbot County besaß in Dr. Matthew Randolph nicht nur einen Mediziner von hohem Rang, sondern gleichzeitig auch einen außergewöhnlich unangenehmen Menschen. Schon dank seiner Herkunft gehörte er zum reichen Establishment der Ostküste. An Privilegien früh gewöhnt, hatte er die renommiertesten Schulen besucht und verfügte schon in jungen Jahren über unbegrenzte Mittel. Eitel und eigenwillig wie er war, verstand er es, alle und jeden in diesen erlauchten Kreisen gegen sich einzunehmen.

Mit dreißig Jahren, nach einem mit magna cum laude abgelegten Examen an der Johns-Hopkins-Universität und einer Fachausbildung in Pathologie und Chirurgie im Massachusetts General Hospital in New York, gelangte er zu dem Entschluß, daß er seine Talente nicht in einem normalen Krankenhaus zur Entfaltung würde bringen können. Also entschloß er sich, sein eigenes medizinisches Zentrum mit fünfzig Betten zu eröffnen. Das nötige Kapital pumpte er sich zum Teil von Privatleuten, den Rest, zwei Millionen Dollar, steuerte er aus eigenen Beständen bei.

In seiner Privatklinik führte Randolph ein diktatorisches Kommando und sorgte mit einer einfachen Faustregel für florierende Profite: Die Reichen wurden schamlos geschröpft, während er den Armen erst dann finanziell entgegenkam, wenn sie sich der Peinlichkeit unterzogen hatten, unwiderlegbare Beweise ihrer Armut zu liefern und sich einen Vortrag über die Sünden der Trägheit anzuhören. Doch weder arm noch reich störte sich an diesen rüden Methoden, denn der Ruf des Randolph Medical Center wuchs ständig im Laufe der Jahre. Die Laboreinrichtung gehörte zu den modernsten; die großzügig bezahlten Ärzte waren die besten Absolventen der besten medizinischen Fakultäten im Lande; chirurgische und pathologische Spezialisten wurden aus der ganzen Welt eingeflogen; und die Talente der überbezahlten Techniker ebenso wie die des Pflegepersonals gingen weit über den normalen Standard an Krankenhäusern hinaus. Kurz gesagt: Eine Behandlung im Randolph-Center genügte höchsten medizinischen Ansprüchen. Die einzige Möglichkeit, die Versorgung noch zu verbessern, konnte nur darin bestehen – fanden manche –, den kantigen und herrschsüchtigen Matthew Randolph zu entfernen. Und da an einen plötzlichen Herztod bei dem vitalen 68jährigen Klinikchef nicht zu denken war – eher sah es so aus, als würde er leicht die Hundert erreichen –, hätte man ihn schon mit Gewalt aus der Klinik tragen müssen.

Außerdem, wer sonst konnte schon unmittelbar vor einer Operation auf einen Neffen Rockefellers heruntersehen und fragen: »Wieviel ist Ihnen Ihr Leben wert?«

Havelock erfuhr diese Einzelheiten aus den Archiven des CIA, als er den Tod eines Beamten namens Stephen MacKenzie untersuchte, der die Operation an der Costa Brava inszeniert hatte. In Cagnes-sur-Mer hatte Henri Salanne andeutungsweise die Wahrheitsliebe des Arztes angezweifelt, der MacKenzies Totenschein unterzeichnet hatte. Michael war für sich noch weiter gegangen. Er hielt es durchaus für denkbar, daß Laborberichte und Autopsiebefunde manipuliert worden waren.

Nachdem der Präsident auf Röntgenaufnahmen hingewiesen hatte, zog er auch einen Tausch fotografischer Platten in Betracht. Im Licht der Informationen über Randolph und sein Institut war es allerdings schwierig, an diese Möglichkeiten ernsthaft zu glauben. Alles, was mit der offiziellen Todesursache in Verbindung stand, war von Randolph persönlich bearbeitet worden. Zwar war der streitsüchtige Arzt ohne Zweifel voreingenommen und unangenehm, aber wenn es je einen Mann gab, der die Beziehung ›integer‹ verdiente, so war das Matthew Randolph. Das gleiche galt für seine Klinik. Eigentlich gab es keinen Grund für Mißtrauen, doch gerade dieses makellose Bild machte Havelock stutzig.

Der erste Hinweis darauf, daß seine Zweifel berechtigt sein könnten, war die Tatsache, daß Matthew Randolph seinen ersten Anruf nicht erwiderte. In jedem anderen Fall – bei acht Mitgliedern des nuklearen Krisenausschusses etwa – war der Rückruf innerhalb von wenigen Minuten erfolgt. Man ignorierte den Wunsch eines Assistenten des Präsidenten im Weißen Haus nicht einfach.

Dr. Matthew Randolph empfand dieses Bedürfnis offenbar nicht. Und so hatte Havelock ein zweites Mal angerufen, nur um sich anhören zu müssen: »Der Doktor ist heute äußerst stark in Anspruch genommen. Wir sollen Ihnen ausrichten, Mr. Cross, daß er sich, sobald er Zeit hat, melden wird.«

»Hatten Sie ihm erklärt, daß ich im Weißen Haus zu erreichen bin?«

»Ja, *Sir*.« Die Sekretärin hatte eine kurze Pause gemacht, und ihr

Schweigen wirkte peinlich. »Er hat gemeint, ich solle Ihnen sagen, das Medical Center sei auch weiß gestrichen«, fügte sie mit verlegener Stimme hinzu. »Er hat das gesagt, Mr. Cross, nicht ich.«

»Dann sagen Sie Dschingis Khan, daß ich entweder binnen einer Stunde von ihm höre oder er damit rechnen kann, daß ihn ein Sonderkommando des Weißen Hauses abholen und hierherbringen wird.«

Matthew Randolph rief zurück, nach achtundfünfzig Minuten.

»Wer, zum Teufel, sind Sie eigentlich, Cross?«

»Eine ungemein überarbeitete Person, Dr. Randolph.«

»Sie haben mir gedroht! Ich mag Drohungen nicht, egal ob sie aus dem Weißen Haus kommen oder aus einem blauen Haus. Ich hoffe, Sie verstehen, was ich meine.«

»Ich werde Ihre Einstellung dem Präsidenten mitteilen.«

»Tun Sie das. Er ist nicht der Schlimmste, den man sich denken kann, aber ich könnte mir einen Besseren vorstellen.

»Sie würden vielleicht sogar miteinander klarkommen.«

»Das bezweifle ich. Aufrichtige Politiker langweilen mich. Aufrichtigkeit und Politik vertragen sich so wenig wie Hund und Katze. Was wollen Sie von mir? Wenn Sie wollen, daß ich mich öffentlich für irgend etwas ausspreche, dann können Sie mir zunächst einmal von der Regierung einen Zuschuß für meine Forschungsarbeit beschaffen.«

»Ich habe so das Gefühl, daß Präsident Berquist sich für diesen Gedanken erst erwärmen würde, wenn Sie sich offen gegen ihn stellen würden.«

Randolph schien nachzudenken. »Nicht schlecht«, sagte er. »Was wollen Sie? Wir sind hier sehr beschäftigt.«

»Ich möchte Ihnen einige Fragen über einen Mann stellen – einen toten Mann. Er hieß Stephen MacKenzie.«

Wieder machte der Arzt eine Pause, aber diesmal war es ein anderes Schweigen. Und als er zu sprechen begann, tat er das in völlig anderem Ton. Vorher war seine Feindseligkeit echt gewesen, jetzt wirkte sie gezwungen.

»Verdammt, wie oft müssen wir denn noch darüber reden? MacKenzie ist an einem Herzschlag gestorben... an einer massiven Aortablutung, um es genau zu sagen. Ich habe den pathologischen Bericht Ihren Ärzten übergeben. Die haben alles.«

Wieder machte Randolph eine Pause. Michael wartete und lauschte mit geschultem Ohr. Für ihn war das Schweigen des anderen ebenso vielsagend wie seine Worte. Als der Arzt fortfuhr, kamen seine Sätze gehetzt, seine Stimme klang scharf; seine anfängliche Selbstsicherheit schien nachzulassen, und an ihre Stelle trat nur noch Lautstärke. »Wenn Sie irgendwelche Informationen über MacKenzie haben wollen, dann holen Sie sich die von denen. Wir waren uns alle einig; bei der

Diagnose der Todesursache gab es überhaupt keine Zweifel – Aortablutung, ganz einfach. Ich habe wirklich nicht die Zeit, noch einmal darauf einzugehen. Habe ich mich klar genug ausgedrückt?«

»Mehr als Sie ahnen, Dr. Randolph«, sagte Havelock und machte absichtlich eine Pause. Jetzt hörte er den aggressiven Atem eines Mannes, der etwas zu verbergen hatte. »Ich würde mir die Zeit nehmen, wenn ich Sie wäre. Die Akte ist hier nicht abgeschlossen, Doktor, und weil auf uns Druck von außen geübt wird, können wir sie auch nicht schließen ... so gerne wir das täten. Nun bleibt uns nichts anderes übrig, als miteinander zusammenzuarbeiten. Drücke ich mich klar aus?«

»Was soll das heißen: ›Druck von außen‹?« Langsam begann der Arzt wieder zu seiner alten Selbstsicherheit zurückzufinden.

»Drücken wir es einmal so aus: hausinterne Unruhestifter von der Abwehr. Die würden wir gerne zum Schweigen bringen.«

Diesmal war Randolphs Pause nur kurz. »Kommen Sie morgen her«, sagte er. »Seien Sie mittags bei mir.«

Havelock saß auf dem Rücksitz der unauffälligen, gepanzerten Limousine, begleitet von drei Geheimdienstleuten. Während der ganzen Fahrt wurde nur wenig gesprochen; offenbar hatten die zwei Männer vorn und der höfliche, aber schweigsame Agent neben Michael Anweisung, keine direkten Fragen zu stellen.

Das Randolph Medical Center war tatsächlich weiß getüncht. Es war ein Komplex aus drei Gebäuden, die durch überdeckte Gänge miteinander verbunden waren und inmitten einer großzügigen Rasenfläche lagen, die von Wegen und einer leicht gewundenen Zufahrt durchzogen wurde.

»Dr. Randolph ist in seinem Büro, Mr. Cross«, sagte eine uniformierte Schwester am Empfang zu Michael. »Nehmen Sie den ersten Flur rechts; sein Büro ist die letzte Tür ganz am Ende. Ich werde seine Sekretärin verständigen, daß Sie kommen.«

»Danke.«

Während er den weißen Korridor hinunter zu Randolphs Büro ging, überlegte Havelock, welche Möglichkeiten er hatte. Wieviel er dem Arzt sagen würde, hing davon ab, wieviel Randolph bereits über Stephen MacKenzie wußte. Was freilich Havelock in erster Linie beunruhigte, waren die Gründe, die den Arzt zu seinem außergewöhnlichen Verhalten veranlaßt hatten. Der Mann hatte ja so gut wie zugegeben, daß er einige Aspekte von MacKenzies Tod verdreht oder verborgen hatte. Eine Todesursache zu verfälschen oder zweckdienliche Informationen zurückzuhalten, war eine strafbare Handlung. Was hatte der Arzt getan, und warum hatte er es getan? Matthew Randolph auch nur als Mitwirkenden an einer Verschwörung der Abwehr zu betrachten, war absurd.

Eine streng blickende Sekretärin mit blondem Haar, das hinten straff zu einem Knoten gebunden war, erhob sich von ihrem Stuhl. Ihre Stimme paßte keineswegs zu ihrer äußeren Erscheinung. Diese Frau war nicht kalt und geschäftsmäßig, sie hatte nur eine Wand um sich herum errichtet, um sich vor den Winden des Randolph-Orkans zu schützen.

»Er ist heute sehr erregt, Mr. Cross«, warnte sie Michael mit ihrer zerbrechlich klingenden Stimme. »Es wäre besser, wenn Sie gleich zur Sache kämen. Er haßt es, Zeit zu vergeuden.«

»Ich auch«, erwiderte Michael, als die Frau ihn zu einer getäfelten Tür führte. Sie klopfte zweimal und verharrte in starrer Haltung. Die Tür öffnete sich, und ein hochgewachsener, schlanker, eckig wirkender Mann mit einem grauen Haarkranz auf dem markanten Kopf trat heraus. Die Augen hinter den stahlgeränderten Brillengläsern wirkte lebendig und ungeduldig. Dr. Matthew Randolph sah an seiner Sekretärin vorbei und bellte: »Cross?«

»Ja.«

»Sie haben sich acht Minuten verspätet.«

»Ihre Uhr geht vor.«

»Vielleicht. Kommen Sie herein.« Erst jetzt würdigte er seine Sekretärin eines Blickes. »Keine Unterbrechungen«, befal er.

»Ja, Dr. Randolph.«

Der Arzt schloß die Tür, deutete mit einer Kopfbewegung auf den Stuhl vor seinem wuchtigen, mit hundert Dingen übersäten Schreibtisch. »Setzen Sie sich«, sagte er, »aber vorher möchte ich sicher sein, daß Sie kein Tonbandgerät bei sich haben.«

»Mein Wort darauf.«

»Kann man sich darauf verlassen?«

»Wie steht es in der Beziehung mit Ihnen?«

»Sie haben mich angerufen, nicht umgekehrt.«

Havelock schüttelte den Kopf. »Ich habe kein Tonbandgerät bei mir, und zwar aus dem einfachen Grund, daß unser Gespräch für uns viel schädlicher sein könnte als für Sie.«

»Mag sein«, murmelte Randolph und ging hinter seinen Schreibtisch, während Michael sich setzte. »Vielleicht auch nicht. Wir werden sehen.«

»Das ist ein vielversprechender Anfang.«

»Jetzt werden Sie bloß nicht unverschämt, junger Mann.«

»Ich bitte um Entschuldigung, wenn das so klang. Ich habe es ganz ernst gemeint. Wir haben ein Problem, das Sie beheben könnten.«

»Das heißt wohl, daß ich das bisher nicht getan habe.«

»Sagen wir, es sind neue Fragen aufgetreten, die nicht einfach von der Hand gewiesen werden können. Jedenfalls könnten sie peinlich sein, nicht nur im politischen Sinn, sondern auch in gewissen Bereichen der Abwehr. Jemand könnte sogar an die Presse herantreten. Das ist unser Problem.«

»Das ist es, was ich hören will.« Der Arzt nickte, schob sich die Brille nach vorn und musterte seinen Besucher über den stählernen Rand hinweg. »Ihr Problem – schildern Sie es mir.«

Havelock begriff. Randolph wollte ein Schuldgeständnis vom Weißen Haus, ehe er sich selbst irgendeines Fehlers bezichtigte. Michael durfte daher annehmen, daß Randolph sich in bezug auf seine eigene Mitwirkung um so offener äußern würde, je schwerwiegender sein erstes Zugeständnis war.

Mitgefangen, mitgehangen.

Wer würde da schon nach dem Richter rufen?«

»Sind Sie über MacKenzies Tätigkeit informiert?«

»Ich habe Mac und seine Familie über vierzig Jahre gekannt. Seine Eltern waren mit meinen eng befreundet, seine drei Kinder sind hier in der Klinik zur Welt gekommen. Ich selbst habe sie entbunden.«

»Das ist keine Antwort auf meine Frage.«

»Das sollte es aber sein. Ich habe mich die meiste Zeit ihres Lebens um die MacKenzies gekümmert, und das schloß den jungen Steve ebenso ein wie den erwachsenen Steve... soweit man ihn wie einen Erwachsenen leben lassen konnte. Tatsächlich, um mich etwas genauer auszudrücken, habe ich mehr oder weniger alles überprüft, was die Ärzte im Walter Reed Hospital mit ihm angestellt haben. Im großen und ganzen waren sie verdammt gut. Man hat den Narben kaum angesehen, daß vier davon von Schußwunden herrührten.«

»Dann wußten Sie also Bescheid«, sagte Michael und nickte.

»Ich habe ihm geraten auszusteigen. Mein Gott, ich habe ihm das die letzten fünf, sechs Jahre immer wieder gesagt. Die Belastung für ihn war hart, und für Midge, seine Frau, glaube ich, war sie noch schlimmer. Nie wußte sie, ob er wiederkommen würde. Ja, Mr. Cross, ich wußte, was Steve getan hat – keine Einzelheiten zwar, trotzdem war mir klar, daß er keinen gewöhnlichen Schreibtischjob hatte.«

»Komisch«, meinte Havelock leise. »Ich habe bei MacKenzie nie daran gedacht, daß er Frau und Kinder hätte haben können oder in relativ normalen Verhältnissen leben würde.«

»Vielleicht ist das der Grund, weshalb er so gut war. Er wirkte eher wie ein durchschnittlich erfolgreicher Manager, etwa so wie Sie. Aber unter der Haut hatte er ein Fieber, weil solche Schweinehunde wie Sie ihn vergiftet haben.«

Die plötzliche Attacke, mehr noch, die Tatsache, daß sie fast im

Plauderton vorgetragen wurde, ging Havelock unter die Haut. »Sie behaupten da ganz schön massive Sachen«, sagte Michael und musterte das Gesicht des Arztes. »Würden Sie das näher erklären? Nach meinem Wissen hat niemand MacKenzie eine Pistole an den Kopf gesetzt und ihn gezwungen, das zu tun, was er getan hat.«

»Das war gar nicht nötig, und Sie haben verdammt recht, daß ich das erklären möchte. Ich nehme an, Sie haben eine bestimmte Methode, mit der Sie einen Menschen dazu bringen, sich von einem normalen, produktiven, einigermaßen glücklichen Leben abzuwenden und einen Job zu übernehmen, der ihn mitten in der Nacht schweißgebadet aufwachen läßt. Und wenn er schläft, dann schreckt ihn das leiseste Geräusch auf.«

»Sie sind sehr dramatisch.«

»Das ist es doch, was Sie getan haben?«

»Wie?«

»Sie haben ihn mit Spannung und Erregung gefüttert...«

»Jetzt werden Sie melodramatisch.«

»Wissen Sie, wo es für ihn angefangen hat?« fuhr Randolph fort, als hätte Havelock nichts gesagt. »Vor dreizehn, vierzehn Jahren war Mac einer der besten Segler an der Ostküste. Er hatte ein Gespür für jede Drehung des Windes. Wenn er abends bei funkelndem Sternenhimmel mit seinem Boot Kurs auf irgendein Ziel nahm, konnte man Gift darauf nehmen, daß er am Morgen den anvisierten Punkt erreicht hatte. Er war ein großes Talent... Dann kam der Krieg in Vietnam, den er als Marineoffizier miterlebt hat. Nun, die Boys mit ihren Goldlitzen brauchten nicht lange, um herauszufinden, daß sie in ihm einen hervorragenden Mann hatten. Ehe man einen dieser unaussprechlichen Ortsnamen aussprechen konnte, war er schon dabei, Männer und Nachschub an der Küste entlang zu schippern. Er konnte die Landkarten der Gooks lesen und jeden überall hinbringen, wo er wollte.«

»Ich bin nicht sicher, ob ich verstehe.«

»Dann sollten Sie ein wenig nachdenken. Er beförderte Killer und Sabotageteams hinter die feindlichen Linien. Flotten von kleinen Booten standen unter seinem Befehl; er war für sich allein so etwas wie eine geheime Marine. Und dann passierte es.«

»Was?«

»Eines Tages wurde er selber einer von diesen Leuten, transportierte sie nicht bloß.«

»Verstehe.«

»Ich frage mich, ob Sie wirklich verstehen. Damals hatte ihn das Fieber zum ersten Mal gepackt. Männer, die vorher seine Passagiere waren, wurden zu Kampfgenossen. Achtundzwanzig Monate lang machte er das, bis er verwundet und nach Hause geschickt wurde.

Midge wartete auf ihn; sie heirateten, und er ging auf die Universität zurück, um sein Jurastudium abzuschließen... Doch ehe ein Jahr vorüber war, verließ er die Hochschule und begann mit den Leuten in Washington zu reden. Irgendwie vermißte er dieses verrückte... Herrgott, wie nennen Sie das noch?«

»Schon gut«, sagte Havelock ruhig, »ich weiß genau, was Sie meinen.«

Der Arzt sah Michael prüfend an. »Vielleicht wissen Sie das tatsächlich. Vielleicht ist das der Grund, warum Sie hier sind... Wie so viele Männer ist Mac als anderer Mensch aus diesem Krieg zurückgekommen, nicht äußerlich, aber unter der Haut. In ihm war ein Zorn, den ich vorher nie gespürt hatte. Er konnte keine zwanzig Minuten stillsitzen, geschweige denn sich mit juristischen Fachbüchern befassen. Er mußte ständig in Aktion sein.«

»Ja, ich weiß«, unterbrach ihn Michael, ohne es eigentlich zu wollen.

»Und diese Schweinehunde in Washington, Sie und Ihre Kollegen, wußten ganz genau, wofür er empfindlich war. Man mußte ihm Erregung verschaffen, Spannung, ihm den brutalsten Job versprechen. Und ihm die ganze Zeit immer wieder sagen, daß er der absolut Beste war. Das genoß er... und gleichzeitig riß es ihn in Stücke.«

Havelock brachte die Hände zusammen, spürte, wie sie sich ineinander verkrampften. »Was hätten wir... Schweinehunde in Washington... denn tun sollen?« fragte er scheinbar gelassen.

»Das ist eine so dumme Frage, daß sie nur ein solcher Schweinehund stellen kann.«

»Würde es Ihnen etwas ausmachen, die Frage zu beantworten?«

»Ihn ärztlich behandeln! Psychiatrisch!«

»Warum haben Sie das nicht getan? Sie waren sein Arzt.«

»Verdammt, ich habe es versucht! Ich habe sogar versucht, sie aufzuhalten!«

»Wie bitte?«

»Irgendwo in alten Akten gibt es Briefe von mir an den CIA, die einen leidenden Mann beschreiben... verdammt noch mal, eine Diagnose liefern. Immer wenn Mac nach Hause kam, hat er das für ein paar Wochen verdecken können und ist wie ein kleiner Angestellter nach Langley gefahren und wieder zurück. Und dann entwickelte sich bei ihm eine Art Depression, er redete nicht mehr viel, und wenn er redete, hörte er nicht auf das, was man ihm sagte. Und schließlich wurde er unruhig, ungeduldig... seine Gedanken waren die ganze Zeit woanders. Sehen Sie, dann hat er gewartet, auf seinen nächsten Einsatz, wie ein Süchtiger auf die nächste Spritze!«

»Und die haben wir ihm gegeben«, fügte Michael hinzu.

»So ist es. Sie wußten ganz genau, wie lange er es ertragen konnte.

Midge kam dann immer zu mir und erzählte, daß Mac nicht schlafen konnte, mit niemandem sprach. Daraufhin habe ich wieder einen Brief an den CIA geschrieben. Wissen Sie, was ich zur Antwort bekam? Ein unverbindliches ›Danke-für-Ihr-Interesse‹, als hätte ich vorgeschlagen, daß man den Wäschedienst ändert. Midge und die Kinder erlebten die Hölle!«

Michaels Blick wanderte zu der kleinen weißen Wand hinter Randolph.

Wie viele Briefe waren in wieviel ungeöffneten Akten begraben? Wie viele MacKenzies... und Ogilvies... und Havelocks hatten ihr Leben draußen im Einsatz gelassen, waren einen sinnlosen Tod gestorben?

»Tut mir leid«, sagte Havelock. »Mit Ihrer Erlaubnis werde ich dieses Gespräch an einer Stelle erwähnen, wo man es nicht übersehen wird.«

»Bis zu diesem Punkt haben Sie meine Erlaubnis.«

»Bis zu diesem Punkt«, bestätigte Michael.

Der Arzt lehnte sich in seinem Sessel zurück. »Ich habe Ihnen hier kein sehr schönes Bild gezeichnet, aber ich habe meine Gründe. Jetzt reden Sie, und dann werden wir sehen, wo wir stehen.«

»Gut.« Havelock schlug die Beine übereinander und wählte vorsichtig seine Worte. »Wie Ihnen sicher bekannt ist, ist die Arbeit bei der Abwehr in der Regel langweilig. Zur routinemäßigen Aufgabe gehört das Auswerten von Zeitungen und wissenschaftlichen Journalen, überhaupt das Sammeln von Informationen aus einer Vielzahl von Quellen, wobei die Mehrzahl der Informanten vernünftige Leute sind, die ohne weiteres bereit sind, ihr Wissen mitzuteilen, weil sie keinen Grund sehen, es zu verbergen.

Und dann gibt es natürlich andere, die ein Geschäft daraus machen, die Fakten zu verkaufen, die sie selbst gekauft haben; aber sie kaufen billig und bieten teuer an. Diese Leute haben im allgemeinen mit einem anderen Typ von Abwehrbeamten zu tun, mit einem, der darin ausgebildet ist, zwischen Tatsachen und Erfindungen zu unterscheiden; denn die Billigkäufer, die teuer verkaufen, können recht fantasievoll sein.«

Michael hielt inne, er wußte, daß es sehr wichtig war, daß er Randolph genau an der richtigen Stelle und auch zum richtigen Zeitpunkt traf.

»Normalerweise«, fuhr er fort, »ist die Masse der Informationen, die sie liefern, ausreichend, daß Spezialisten daraus ein genaues Bild der Fakten und Ereignisse rekonstruieren können. So wie man die Teile eines Puzzlespiels zusammenfügt.«

Wieder machte Havelock eine Pause. Was Randolph hören wollte – mußte –, erforderte eine stumme Einleitung. Drei Sekunden genügten.

»Und schließlich gibt es eine dritte Kategorie von Informationen. Die sind am schwierigsten zu beschaffen, weil sie Quellen abgepreßt werden müssen. Diese Personen sind im Besitz von Geheimnissen, die sie das Leben kosten können, wenn ihre Vorgesetzten erfahren, daß sie sie preisgegeben haben. Diese Leute erfordern eine völlig andere Art von Abwehrmann, er muß selbst Spezialist sein. Er ist zum Manipulieren ausgebildet und verfügt über die Fähigkeit, Situationen herbeizuführen, in denen der Gegner überzeugt ist, keine andere Wahl zu haben, als eine bestimmte Handlung vorzunehmen und am Ende Geheimnisse preiszugeben. Stephen MacKenzie war jene Art von Spezialist. Er war einer der Besten; niemand brauchte ihn zu überzeugen. Aber bei seinem letzten Einsatz griff jemand ein und veränderte die Situation, die MacKenzie herbeigeführt hatte. Und damit jene ursprüngliche Situation die akzeptierte blieb, hat man ihn getötet.«

Randolph schoß aus seinem Stuhl nach vorn. »Er ist was?«

»Ermordet worden. Wir hätten es verhindern können, wenn wir rechtzeitig die entsprechenden Vorsichtsmaßnahmen ergriffen hätten. Mac, wie Sie ihn nennen, ist nicht auf seinem Segelboot an einem Schlaganfall gestorben – er ist getötet worden. Wir wissen es, aber wir wollten es nicht zugeben... Jetzt begreifen Sie vielleicht, weshalb ich kein Tonbandgerät bei mir versteckt habe. Das Bild, das ich Ihnen gerade skizziert habe, ist häßlicher als das Ihre.«

»Das ist es wirklich... wenn es stimmt. Aber ich fürchte, es stimmt nicht. Wir werden bei der Aortablutung als Todesursache bleiben, weil das zutrifft. *Sie* haben nämlich unrecht, *Sie* haben Mist gebaut.«

»Was soll das heißen?«

»Stephen MacKenzie hat Selbstmord begangen.«

32

»Das ist unmöglich«, rief Havelock und sprang auf. »Sie irren sich!«

»Wirklich? Sind Sie etwa auch Arzt, Mr. Cross?«

»Dazu braucht man nicht Arzt zu sein. Ich kenne Männer wie MacKenzie; ich bin einer von ihnen.«

»Das hatte ich mir schon gedacht. Meine Einschätzung gilt genauso für Sie wie für ihn und Ihresgleichen.«

»Nein, verstehen Sie mich nicht falsch«, sagte Michael rasch und schüttelte den Kopf. »Ich bin der letzte, der nicht zugeben würde, daß es manchmal geradezu zur fixen Idee werden kann, den ganzen Krempel hinzuschmeißen und Schluß zu machen. Nur nicht so, nicht allein auf einem Boot; da stimmt was nicht!«

»Das Ergebnis der pathologischen Untersuchung spricht gegen Sie.

Ich wünschte bei Gott, es wäre nicht so, aber leider bestehen keine Zweifel.«

Havelock konnte sich nicht mehr zurückhalten; er beugte sich über Randolphs Schreibtisch und schrie den Arzt an: »Es gab Beweise gegen eine Frau, die mir sehr nahe steht, und diese Beweise waren von A bis Z eine Lüge!«

»Ich weiß nicht, was das mit MacKenzies Ableben zu tun hat, aber das ändert überhaupt nichts.«

»In diesem Fall schon. Es gibt eine Verbindung.«

»Jetzt fangen Sie an, dummes Zeug zu reden, junger Mann.«

»Hören Sie mir zu. Ich bin kein ›junger Mann‹, und ich bin auch nicht verrückt. Was auch immer Sie gefunden haben – man hat es so arrangiert, daß Sie es fanden.«

»Sie wissen ja nicht einmal, was er war ...«

»Das brauche ich auch nicht. Versuchen Sie doch, mich zu verstehen, Doktor. MacKenzie war ein Manipulator, ausgestattet mit der Vollmacht, Ereignisse herbeizuführen, bei denen Leute getötet werden könnten und gewöhnlich getötet werden. Solche Männer bedrücken häufig schmerzliche Zweifel, ungeheure Schuldgefühle, Gefühle der ... verdammt noch mal, der Sinnlosigkeit! Sicher stellen sich Depressionen ein, sicher haben sie schon einige Male erwogen, sich eine Kugel durch den Kopf zu jagen. Aber doch nicht so! Wenn es eines gibt, was solchen Männern in Fleisch und Blut übergegangen ist, dann ist das effektvolles Handeln. Zum Teufel, mach schon Schluß mit dir, aber wenn schon, dann erreiche etwas damit. Und tu's richtig.«

»Das ist ja geradezu Kindergarten-Psychologie«, meinte Randolph.

»Nennen Sie es, wie Sie wollen, es stimmt jedenfalls. Ich bin kein Arzt, kein Psychiater, und ich werde Sie sicher nicht überzeugen können, aber ich weiß, daß ich recht habe. Also lassen Sie es dabei bewenden. Aber sagen Sie mir, was Sie gefunden haben.«

»Mac hat sich eine Spritze gegeben.«

»Niemals!«

»Tut mir leid. Er hat es übrigens verdammt raffiniert angestellt. Er hat sich Digitoxin gespritzt und dazu viel Alkohol getrunken. Der Alkoholgehalt im Blut hat alles andere überdeckt, aber das Digitoxin hat sein Herz zerrissen.«

»Dann hat die Röntgenaufnahme gestimmt?«

Randolph gab keine Antwort. Statt dessen preßte er die dünnen Lippen zusammen und hantierte an seiner Brille herum. Nach einer Weile sagte er: »Nein.«

»Sie haben also die Aufnahmen vertauscht.«

»Ja.«

»Warum?«

»Um das zu erreichen, was Mac beabsichtigt hatte.«

»Fangen Sie ganz von vorne an.«

Der Arzt beugte sich vor. »Er wußte, was er Midge und den Kindern in all den Jahren zugemutet hatte. Auf diese Weise versuchte er, etwas wieder gutzumachen, Frieden mit sich selbst zu schließen. Midge war am Ende; sie konnte ihn nicht einmal mehr bitten. Schließlich stellte sie ihn vor die Entscheidung, entweder aus seinem Job auszusteigen oder auszuziehen.« Randolph machte eine kurze Pause und schüttelte den Kopf. »Mac wußte, daß er keines von beidem tun konnte, also beschloß er, sich umzubringen.«

»Sie haben etwas ausgelassen.«

»Er hatte eine hohe Lebensversicherung abgeschlossen, bei seiner Arbeit nicht verwunderlich. Die Versicherungsgesellschaft, die keinen blassen Schimmer hatte, wie gefährlich sein Job war, hätte bei Selbstmord keinen Cent gezahlt. Das war der Grund, warum ich als Todesursache einen Herzinfarkt vorgetäuscht habe.«

Havelock starrte den Arzt an, dann drehte er sich um und setzte sich wieder in den Sessel, die Augen weiterhin starr auf Randolph gerichtet. »Selbst wenn Sie recht hätten«, begann er mit müder Stimme, »hätten Sie den CIA informieren können, und dort wäre man auf Ihrer Linie gewesen. Das Allerletzte, was die wollen, ist, daß so etwas in die Zeitung kommt. Statt dessen haben Sie alle getäuscht, wertvolle Zeit vergeudet, und der Schaden, den Sie angerichtet haben, ist unermeßlich.«

»Was, zum Teufel...! Vor zwanzig Minuten haben Sie gesagt, sie wollten von mir hören, wie es war. Gestern am Telefon haben Sie erklärt, Sie wollten nur ein paar Unruhestifter zum Schweigen bringen.«

»Da habe ich gelogen. Genau wie Sie gelogen haben. Aber zumindest wußte ich, was ich tat, Sie nicht... Wenn Sie die Wahrheit gesagt hätten – und selbst nur einem Menschen –, dann hätte man jede Minute an MacKenzies letztem Tag rekonstruiert und vielleicht etwas gefunden, irgendwo eine Verbindung... Niemand hat sich die Mühe gemacht, das Boot zu untersuchen.«

»Sie haben mir anscheinend nicht zugehört!« brüllte der Arzt, und seine Augen funkelten böse, sein Gesicht war gerötet. »Midge MacKenzie hatte ihr letztes Ultimatum gestellt. Er konnte nicht mehr funktionieren! Er ist zerbrochen!«

»Das erklärt den Alkohol, daran habe ich keinen Zweifel.«

»Und als er dann richtig besoffen war, traf er seine letzte Entscheidung. Das paßt doch alles zusammen!«

»Gar nichts paßt zusammen«, erwiderte Michael. »Ich erwarte nicht, daß Sie das akzeptieren. Aber das allerletzte, was ein Mann wie

MacKenzie tun würde, ist, in betrunkenem Zustand eine Entscheidung zu treffen.«

»Gewäsch!«

»Ich möchte Sie etwas fragen. Ich nehme an, daß Sie hin und wieder einen Schluck trinken und auch merken, wenn Sie einen in der Krone haben.«

»Gewiß.«

»Würden Sie operieren, wenn Sie wissen, daß Sie beschwipst sind?«

»Sicher nicht, aber das ist keine Parallele.«

»Doch, das ist eine, Dr. Randolph. Weil Männer wie MacKenzie oder ich – und zwanzig oder dreißig andere, die ich nennen könnte – auch Ärzte oder besser gesagt Chirurgen sind, wenn wir draußen im Einsatz sind. Die meisten Aufträge, die wir erledigen, nennt man sogar ›Operationen‹. Vom ersten Tag unserer Ausbildung an wird uns eingehämmert, daß jeder Reflex, jede Beobachtung, jede Reaktion so exakt und so schnell wie nur möglich sein muß. Darauf sind wir gedrillt.«

»Sie spielen mit Worten...«

»Begreifen Sie denn nicht? MacKenzie hätte sich nie auf diese Weise umgebracht, weil – von allem anderen abgesehen – das Digitoxin vielleicht nicht gewirkt haben könnte. Wenn er tatsächlich Selbstmord begehen wollte, hätte er sich unter keinen Umständen einen Fehler leisten können!«

Es war, als hätten Michaels Worte Matthew Randolph tief geschockt. Seine Augen waren geweitet, die Gesichtsmuskeln angespannt, sein Mund in der Bewegung erstarrt. Als er sprach, kam nur ein Flüstern heraus: »Allmächtiger Gott!« sagte er, und dann verhallte seine Stimme in Schweigen. Doch dann plötzlich erhob er sich aus seinem Sessel und stand wie versteinert da, ein hilfloser alter Mann, der mit einem ungeheuren Fehler kämpfte. »O mein Gott!« fügte er hinzu und nahm die Brille ab.

Havelock beobachtete ihn und fühlte sich gedrängt, es ihm leichter zu machen. »Aus Ihrer Sicht haben Sie richtig gehandelt. Ich an Ihrer Stelle hätte wohl auch so reagiert. Aber es geschah zum falschen Zeitpunkt auf die falsche Weise. Doch lassen Sie uns noch einmal alles gründlich betrachten. Vielleicht finden wir etwas.«

»Halten Sie den Mund!«

Das war das allerletzte, was Michael als Reaktion erwartet hatte. »Was?«

»Ich habe gesagt, Sie sollen den Mund halten!«

»Sie stecken voller Überraschungen.«

»Vielleicht habe ich eine echte Überraschung für Sie.«

»MacKenzie?«

Ohne eine Antwort zu geben, ging Randolph schnell zu einem

Aktenschrank, der an der Wand stand, holte einen Schlüsselbund aus der Tasche, wählte einen Schlüssel aus und rammte ihn buchstäblich in das oberste Schloß. »Hier sind meine Privatkarten verwahrt. Wenn jemand sie lesen würde, könnte das zu einer ganzen Menge zerbrochener Ehen und Testamentsänderungen führen. Mac ist hier auch vertreten.«

»Was ist mit ihm?«

»Nicht mit ihm. Es dreht sich um den Pathologen, der mit mir zusammengearbeitet hat, um die Burschen vom CIA zu überzeugen, daß es ein Infarkt war, klar und eindeutig.«

»Eine Frage«, unterbrach Havelock. »In dem CIA-Bericht steht, alle Untersuchungen seien hier gemacht worden, in Ihrem Labors, von Ihren Leuten. Wie ist zu erklären, warum sie die Leiche nicht nach Bethesda oder ins Walter Reed Hospital geschafft haben?«

Der Arzt drehte sich herum, er hatte die Hände in der offenen Schrankschublade. »Ein Paar recht massive Worte meinerseits genügte. Ich habe denen gesagt, daß Midge MacKenzie mehr Staub aufwirbeln würde, als damals die Schlappe in der kubanischen Schweinebucht verursacht hatte, daß sie wütend auf das ganze Pack wäre und der Ansicht sei, die psychische Belastung hätte den Herzinfarkt verursacht, und das wenigste, was sie tun könnten, wäre, ihn in Frieden zu lassen.«

»Haben sie mit ihr gesprochen?«

»Versucht haben sie es. Sie gab ihnen fünf Minuten, beantwortete ihre Fragen und sagte ihnen, sie sollten sich zum Teufel scheren. Die haben schon kapiert, die wollten keinen Ärger mit ihr.«

»Ich wette, daß sie den nicht wollten.«

»Außerdem«, sagte Randolph und wandte sich wieder den Akten zu, »haben wir hier einen guten Ruf und behandeln einige der wichtigsten Leute im ganzen Land. Wer würde uns Lügner nennen?«

»Darauf haben Sie spekuliert, nicht wahr?«

»Da haben Sie verdammt recht... Da ist die Akte.«

»Was hat Ihr Pathologe denn gefunden, das uns helfen könnte?«

»Es geht nicht um das, was er gefunden hat. Ich sagte ja, um *ihn* geht es. Er war eine Aushilfe.«

»Eine was?« Michael stockte der Atem.

»Sie haben schon richtig gehört«, fuhr Randolph fort und trug den Aktenordner zu seinem Schreibtisch. »Er war eine Aushilfe. Er ist für unseren Mann eingesprungen, der sich eine ›Mono‹ zugezogen hatte.«

»Mononucleosis?«

»Herpesvirus. Verdammt leicht zu übertragen.«

»Jetzt komme ich nicht mehr mit.«

»Dann geben Sie sich eben Mühe«, sagte der Arzt und blätterte in der Akte. »Einige Tage vor Macs Tod holt sich unser Pathologe eine ›Mono‹.

Und dann, vielen Dank, taucht ein hochqualifizierter Mann auf; er steht kurz vor Antritt einer neuen Stelle, hat einen guten Monat Zeit und wohnt bei einer Schwester in Easton. Mein Gott, den habe ich mir natürlich sofort geschnappt.«

»Und?«

»Macs Leiche wird gebracht; er übernimmt die Anfangsuntersuchungen und bittet um ein Gespräch unter vier Augen. Ich werde das nie vergessen. Er fragte mich: ›Wie gut haben Sie diesen MacKenzie gekannt?‹«

Havelock nickte. »Eines führte zum anderen, und das Resultat war schließlich, daß MacKenzies Leiche nicht von einer neutralen Stelle autopsiert werden durfte.«

»Er hatte winzige Spuren von Digitoxin gefunden«, erklärte Randolph.

»Und eine Stichwunde, wobei Lage und Winkel darauf hindeuteten, daß MacKenzie sie sich vermutlich selbst beigebracht hatte«, fügte Havelock hinzu.

»Sie haben's erfaßt.«

»Sicherlich hat er sich auch nach MacKenzies Arbeit erkundigt, nach seinem Geisteszustand, seiner Familie... und irgendwo das Thema Versicherung einfließen lassen.«

»Das hat er. O Gott!«

»Sie brauchen sich nicht gleich die Schlagadern aufzuschneiden, Doktor. Diese Leute machen ihre Hausaufgaben so gründlich wie sonst niemand auf der Welt.«

»Was für Leute?«

»Wenn ich mich nicht irre, nennt man sie *paminjatschiks*.«

»Wie?«

»Schon gut. Sparen Sie sich die Mühe, hier weiterzubohren. Er hat Ihnen keine einzige Lüge gesagt. Das ist seine Tarnung. Er wußte nur einfach alles im voraus. Sie könnten ihm nichts anhaben, ohne sich selbst mit hineinzuziehen und damit Ihre Klinik zu ruinieren. Außerdem werden Sie ihn nicht finden. Und auch diese Schwester in Easton können Sie vergessen. Die hat es mit Sicherheit nie gegeben.«

»Das ist es ja gerade; ich weiß, wo er ist.«

Michael schoß in seinem Stuhl nach vorn. »Was wissen Sie?«

»Sein Name wurde vor einer paar Wochen erwähnt, als ich mich mit dem Vertreter einer Ärztebedarfsfirma unterhielt. In dem Gespräch sagte er mir, daß er sich gern unsere Bestellungen ansehen würde, weil ein Pathologe sich ein Gerät kaufen wollte, das wir hier haben. Ich erinnerte mich natürlich an den Namen, aber nicht an den Wohnort. Das war nämlich nicht das Institut, zu dem er gehen wollte.« Randolph hielt eine Weile inne. »Ich hab' etwas Seltsames getan«, fuhr er fort, »als ob ich ihn nicht ganz akzeptiert hätte, oder vielleicht wollte ich auch nur nicht mehr an das denken, was wir gemeinsam getan hatten . . . doch im Auge behalten wollte ich ihn. Ich sagte meiner Sekretärin nicht – wie ich das gewöhnlich tue –, daß sie seine gegenwärtige Position in unsere Personalakten eintragen sollte. Statt dessen schrieb ich es in Macs Akte. Irgendwo.«

Havelock saß wie benommen auf der Stuhlkante. Im Laufe der Jahre, die er in seiner Schattenwelt verlebt hatte, hatte er gelernt, daß die unglaublichsten Entwicklungen gewöhnlich die plausibelsten Gründe hatten. Seine Stimme war kaum zu hören, als er erklärte: »Ihr Pathologe hat seinen wirklichen Namen benutzt, weil er wußte, daß gerade Sie sich niemals nach ihm erkundigen würden. Umgekehrt hat er Sie mit seinem Namen viel besser am Haken als ohne. Glauben Sie mir, Doktor, über kurz oder lang hätte er Sie als Beute an Land gezogen, bösartig und wirksam wie solche Leute zu arbeiten pflegen.«

»Jetzt habe ich es«, sagte Randolph und blickte auf. »Das könnte er immer noch, wissen Sie. Mich an Land ziehen, meine ich.«

»Das könnte ich auch, aber das werde ich nicht. Es sei denn, Sie würden die Informationen auf jedem Blatt zerstören. Das ist unwahrscheinlich, weil ich Ihnen dazu keine Gelegenheit geben würde. Andererseits wird er nie in Ihre Nähe kommen, weil ich ihm dazu keine Chance lassen werde. Er hat den einen fatalen Fehler gemacht, den er sich in seinem sehr eigenartigen Leben nicht leisten kann. Den Namen, bitte.«

»Colin Shippers, Chefpathologe, Regency Foundation. Das ist ein privates Forschungsinstitut.«

Es ist viel mehr als das, Doktor. Es ist ein Ort, wo man einen paminjatschik finden kann. Der erste konkrete Schritt in Richtung ›Ambiguity‹ und damit in Richtung Parsifal.

»Ich möchte, daß Sie folgendes tun«, sagte Havelock. »Und ich fürchte, Sie werden es tun müssen.«

Es war von entscheidender Wichtigkeit, nicht nur auf Umwegen zu operieren, sondern fast blind. Und es gab auf der ganzen Welt nichts, was Michael schwerer gefallen wäre. Die höchst konzentrierte Überwachung mußte er anderen überlassen, etwas, das Havelock in höchstem Maße zuwider war. Sein Team mußte völlig im dunklen operieren, durfte nur auf Anweisung arbeiten, ohne in die Hintergründe eingeweiht zu sein. Solche Bedingungen trugen immer ihre Risiken in sich; Verantwortung ohne Wissen oder Autorität führte leicht zu Verdruß, und vom Verdruß zur Unvorsichtigkeit war nur ein kleiner Schritt.

Ebensowenig konnten Nachforschungen in bezug auf Lebensgewohnheiten, Freunde, Berufskollegen, häufig aufgesuchte Lokale und dergleichen angestellt werden. Denn wenn es durch MacKenzies Tod zwischen Dr. Colin Shippers und dem Tarnungsmanöver an der Costa Brava eine Verbindung gab – einem Tarnungsmanöver, das nicht aus der Strategie des Weißen Hauses stammte –, dann hatte er auf Befehl des Maulwurfs im State Department die neue Stellung angenommen, jenes Maulwurfs, der ein *paminjatschik*, ein ›Reisender‹, war und sich den Decknamen ›Ambiguity‹ zugelegt hatte. Und ein *paminjatschik* in seiner Position würde einen so heiklen Auftrag wie die Tötung eines CIA-Beamten nie jemandem anvertrauen, der nicht seinesgleichen war. Demzufolge mußten sie von der Annahme ausgehen, daß Shippers selbst ein ›Reisender‹ war und daß allein schon die Andeutung eines Alarms ihn in den Untergrund treiben und damit die Verbindung zu ›Ambiguity‹ abreißen würde.

Personalbüros, Bank- und Kreditreferenzen, selbst FBI-Überprüfungen... all diese Informationsquellen wurden mit scharfem Blick von Leuten überprüft, die freiwillig oder unter Druck handelten. Darunter waren Männer und Frauen, die die Russen eingeschleust hatten, und Verwaltungsangestellte, die erpreßt wurden, die die amerikanischen Sowjetagenten alarmierten, daß jemand sich für sie interessierte. Diese Praxis machte es praktisch unmöglich, den *paminjatschik* in die Falle zu locken; er war amerikanischer Staatsbürger und hatte als solcher Anrecht auf den Schutz der Verfassung. Bis ein Geschworenengericht sich schließlich mit der Anklageerhebung einverstanden erklärt und man dem Angeklagten Gegenstand und Motiv seines mutmaßlichen Verbrechens mitgeteilt hatte, war der ›Reisende‹ schon längst untergetaucht, um Wochen oder Monate später mit einer anderen Identität, einem völlig neuen Lebenslauf und nicht selten dank der Chirurgen in Moskau mit einem neuen Gesicht wieder auf der Bildfläche zu erscheinen.

›Ambiguity‹ war ganz offensichtlich Shippers Vorgesetzter und ohne jeden Zweifel ein respektierter Satellit am KGB-Firmament – aber er hielt seine normalen KGB-Kanäle über die gegenwärtige Krise auf dem laufenden. Nicht nur, daß der Dscherschinski-Platz die Operation an der Costa Brava und all den Wahnsinn, für den sie stand, desavouierte, sondern das Wenige, was sie darüber wußten, alarmierte Männer wie Pjotr Rostow.

Ereignisse hatten stattgefunden, die ohne Unterstützung aus Moskau nicht hätten stattfinden können. In Paris war ein VKR-Beamter von dem Regisseur des Costa-Brava-Schauspiels in die Falle gelockt und verwundet worden, und es gehörte wenig Fantasie dazu, sich auszumalen, daß die Anweisungen, denen der Beamte folgte, so verschleiert waren, daß man nicht zurückverfolgen konnte, wer innerhalb der komplizierten Maschinerie der russischen Abwehr dafür verantwortlich war. Natürlich war Rostow alarmiert; das Schreckgespenst des fanatischen VKR reichte aus, selbst den ergebensten Marxisten Angst einzujagen. Denn der Unbekannte, der sich ›Ambiguity‹ nannte, sandte offensichtlich seinen Kontrolleuren im KGB Routineberichte, während er die brisanten Informationen nur seinem Vorgesetzten in der *Voennaja* anvertraute.

Rostow spürte das, konnte aber nicht den Finger darauf legen, geschweige denn, es ans Tageslicht zerren. Dies war der Grund für sein Angebot an Havelock gewesen. *Er sagt, er sei nicht länger unser Feind, wohl aber andere, die auch seine Feinde sein könnten.*

Wenn Rostow auch nur die leiseste Ahnung hätte, wie fundiert sein Verdacht war, würde er ein Erschießungskommando riskieren, um den Kontakt herzustellen, dachte Michael. Aber Rostow irrte sich; der Russe war und blieb sein Feind. Im Wesen konnte keiner von beiden dem anderen vertrauen, und nicht einmal der Schrecken, den Parsifal verbreitete, konnte das ändern.

»Wie lange, glaubst du, wird Shippers' Reaktion auf sich warten lassen?« fragte Jenna, die mit Havelock in dem kleinen, von der Sonne beschienenen Alkoven neben der Küche saß und frühstückte.

»Das ist schwer zu sagen. Es hängt davon ab, wie überzeugend Randolph sein wird und wie schnell Shippers argwöhnen wird, daß es sich bei der Versicherungsgesellschaft in Wirklichkeit um etwas anderes handeln könnte, etwas, das ihm angst macht. Es könnte heute sein, heute abend noch, morgen ... übermorgen.«

»Ich hätte gedacht, du würdest Randolph dazu veranlassen, ihn zu einer sofortigen Reaktion zu zwingen. Kannst du dir denn die Zeit leisten?«

»Ich kann es mir nicht leisten, ihn zu verlieren; er ist das einzige Bindeglied, das wir haben. Sein Name ist in dem Laborbericht nicht erschienen; das ist ihm nicht schwergefallen, da Randolph sich ja dafür entschieden hatte, den vermeintlichen Selbstmord zu vertuschen. Shippers weiß, daß für ihn nur dann Gefahr besteht, wenn Randolph sich selbst belasten würde, und das würde er niemals tun.«

»Aber alles hängt doch davon ab, möglichst schnell ans Ziel zu kommen«, wandte Jenna ein. »Ich verstehe deine Strategie wirklich nicht.«

Havelock sah sie an, seine Augen blickten fragend, unsicher. »Ich weiß selbst nicht, ob ich sie verstehe. Ich habe immer gewußt, daß man in diesem Geschäft – unserem sogenannten Beruf – die Dinge nur so zum Laufen bringt, indem man wie sein Feind denkt, sich in seine Lage versetzt und dann das tut, wovon man überzeugt ist, daß er es nicht erwartet. Und jetzt verlangt man von mir, in die Haut eines Mannes zu schlüpfen, zu dem ich überhaupt keine Beziehung habe.« Michael nahm einen Schluck aus seiner Kaffeetasse und fuhr fort: »Denk einmal darüber nach. Eine amerikanische Kindheit, Jugend... Freunde an der Schule und auf dem College... Mädchen, mit denen man ausgeht, mit denen man über sich selbst spricht, Leute, die man mag und denen man sich anvertraut. Das sind die Jahre, in denen man Geheimnisse mit anderen teilt; es ist gegen die menschliche Natur, diese Geheimnisse für sich zu behalten... es ist ein Teil des Erwachsenwerdens, sich selbst zu offenbaren. Erkläre mir, wie ein Mann wie er, ein *paminjatschik*, es schafft, das eine Geheimnis zu bewahren, das ganz tief in ihm schlummert und das er nie jemandem offenbaren darf.«

»Ich weiß nicht, aber du hast gerade jemanden beschrieben, den ich sehr gut kenne.«

»Wen?«

»Dich, mein Liebling.«

»Das ist doch verrückt.« Havelock setzte die Tasse ab.

»Wirklich?« Jenna griff über den Tisch, legte kurz die Hand auf die Tasse. »Wie vielen Freunden auf der Schule und im College, wie vielen Mädchen und Leuten, die du wirklich gemocht hast, hast du denn von Mikhail Havliček und Lidice erzählt? Sag es mir!«

»Das war sinnlos. Das war doch Vergangenheit.«

»Ich hätte es nie erfahren, wenn unsere Vorgesetzten nicht auf einer gründlichen Überprüfung unserer Vergangenheit bestanden hätten. Eure Abwehrdienste haben nicht immer die besten Leute in unseren Teil Europas geschickt, und wir haben für diese Fehler bezahlt. Aber als uns die Akte Havliček übergeben wurde, war es ein Mann aus den höchsten Rängen eures State Departments, der die versiegelte Akte brachte und sie wieder mitnahm. Es war offensichtlich, daß deine unmittelbaren Vorgesetzten – unsere normalen Kontakte – von deiner frühen Vergangenheit nichts wußten. Aus irgendeinem Grund hat man sie vor ihnen verborgen gehalten. Warum, Mikhail?«

»Das habe ich dir doch gerade gesagt. Matthias und ich waren uns darüber einig; das war vorbei.«

»Du wolltest also, daß jener Teil deines Lebens verborgen blieb, unsichtbar.«

»Das reicht jetzt.«

»Ich war so oft mit dir zusammen, wenn ältere Leute von jenen Tagen sprachen, und du hast nie etwas gesagt, nie durchblicken lassen, daß du das selbst miterlebt hattest. Wenn du es nämlich getan hättest, dann hätte das zu deinem Geheimnis führen können, zu den Jahren, über die du nicht reden wolltest.«

»Das ist logisch.«

»Wie dieser Shippers bist du dabeigewesen und hieltest dich verborgen.«

»Das ist eine sehr weit hergeholte Parallele.«

»Keineswegs«, beharrte Jenna. »Du kannst nicht einmal die üblichen Erkundigungen über Shippers einziehen, weil er von Informanten gewarnt werden könnte, und dann würde er verschwinden, sein Geheimnis schützen. Du wartest darauf, daß er über Randolphs Anruf nachdenkt und am Ende vielleicht – das hoffst du – sich dafür entscheidet, einmal nachzuprüfen, ob MacKenzies Versicherungsgesellschaft wirklich... wie sagt man da?«

»Letzte Fragen stellt, ehe sie sich zur Auszahlung der Lebensversicherung entschließt. Das ist üblich; die trennen sich verdammt ungern von ihrem Geld.«

»Ja, du glaubst, daß er das tun wird. Und wenn er entdeckt, daß es keine Fragen gibt, wird er unruhig werden. Und dann wird er handeln und mit ›Ambiguity‹ in Verbindung treten. Darauf spekulierst du, nicht wahr?«

»Ja, er wird so handeln, denke ich.«

»Und jede Stunde, die er...« Jenna Karras schüttelte den Kopf, suchte nach Worten.

»Darüber nachdenkt«, ergänzte Havelock, »und sich konzentriert...«

»Ja, sich konzentriert, ist verloren, läßt ihm Zeit, seine Überwacher zu entdecken, die Männer, die dich beunruhigen, weil du sie nicht persönlich kennst und sie nicht über ihre Zielperson informieren kannst.«

»Es gefällt mir nicht, aber das ist nicht das erste Mal, daß so etwas geschieht.«

»Aber kaum unter diesen Umständen, niemals mit solch schrecklichen Konsequenzen, falls etwas schiefläuft. Schnelligkeit ist das erste Gebot, Mikhail.«

»Du versuchst, mir etwas zu sagen, und ich weiß nicht, was es ist.«

»Du hast Angst, daß Shippers gewarnt werden und untertauchen könnte.«

»Panische Angst sogar.«

»Dann solltest du nicht bei ihm ansetzen. Setz bei dem Mann an, der in Randolphs Institut aushalf, als MacKenzie starb, dessen Unterschrift unter dem Autopsiebericht nicht erschien. So wie du in Prag zwei Gesichter hattest, so hat er hier zwei Gesichter. Fange bei dem Gesicht an, das du siehst, weil du keinen Anlaß hast, ihn für einen Mann zu halten, der ein Geheimnis zu verbergen hat.«

Havelock griff nach seiner Tasse, ohne Jenna aus den Augen zu lassen. »Ich sehe ihn einmal nur als Pathologen«, sagte er leise, »ausgehend von der Annahme, daß jemand neben Randolph den Autopsiebefund bestätigt haben muß... Die Versicherungsgesellschaft verlangt eine solche Bestätigung durch einen zweiten Arzt.«

»In meinem Land reichen fünf Unterschriften gerade für ein Dokument aus.«

»Er wird sich natürlich weigern.«

»Kann er das? Er war doch dort.«

»Er wird Randolph sagen, er könne ihn nicht unterstützen, könne sich nicht offen mit der Diagnose Aortablutung einverstanden erklären.«

»Dann glaube ich, sollte der Klinikchef sehr bestimmt auftreten. Wenn das die Position ist, die Shippers offiziell bezieht, warum hat er das dann nicht von Anfang an getan.«

Michael lächelte, er begriff. »Das ist sehr gut. Einen Erpresser mit dem eigenen Material zu erpressen.«

»Warum nicht? Randolph ist eine in Fachkreisen sehr berühmte Persönlichkeit; wer ist dieser Shippers schon, um sich gegen ihn zu stellen?«

»Und wir zwingen ihn ja nur dazu, schnell zu handeln. Zu seinem eigenen Schutz – nicht einmal als ›Reisender‹, sondern als Arzt. Ja, er wird herausfinden müssen, wie ernst es die Versicherungsleute meinen. Ob es sich um eine Routinemaßnahme handelt oder ob sie es wirklich ernst meinen. Und dann stellt er fest, daß gar nichts ist; dann muß er wieder aktiv werden.«

»Was ist für heute geplant?« fragte Jenna.

»Die Primärüberwachung wird Shippers erfassen, wenn er seine Wohnung heute morgen verläßt. Das zweite Team übernimmt dann im Regency-Gebäude.«

»Wie?... Entschuldige, ich habe gestern abend nicht zugehört, als du telefoniert hast. Wie kam dein Mann denn in das Gebäude?«

»Die Regency-Stiftung ist eine Privatfirma, die mit einer ganzen Anzahl geheimer Regierungsaufträge befaßt ist. Das ist offensichtlich der Grund, weshalb Shippers dorthin gegangen ist; etliche dieser Aufträge kommen vom Verteidigungsministerium. Regency war die Firma, die als erste das Projekt des Flächeneinsatzes von Napalm bearbeitet hat... Dort lassen sich häufig Technokraten aus Washington und Personal der Verwaltung blicken und schnüffeln in Papieren herum. Seit heute morgen gibt es zwei weitere von der Sorte.«

»Hoffentlich stellt ihnen niemand Fragen.«

»Und wenn, würde er keine Antwort bekommen; das ist üblich. Außerdem haben sie Plastikkärtchen an den Jackettrevers, die sie ausweisen. Und wenn sich wirklich jemand erkundigt, sind sie gedeckt.« Havelock sah auf die Uhr und erhob sich. »Randolph wird zwischen zehn und halb elf anrufen. Gehen wir. Ich werde mit ihm Verbindung aufnehmen und ihm einen neuen Text geben.«

»Wenn Shippers reagiert«, sagte Jenna und folgte Michael durch den Flur in das getäfelte Arbeitszimmer, »wird er nicht seinen Dienstapparat benutzen.«

»Wir haben drei mobile Einheiten auf den Straßen, alle haben Sprechfunkkontakt untereinander und tragen Armbandkameras, die durch Armbewegung ausgelöst werden. Wenn sie ihr Handwerk gelernt haben, werden sie ihn nicht verlieren.«

»Sie machen dir Sorgen, nicht wahr?«

»Ja, allerdings.« Havelock öffnete die Tür des Arbeitszimmers und ließ Jenna den Vortritt. »Noch mehr Sorgen hätte ich, wenn es da nicht einen gewissen Charley gäbe, der mir auf Poole's Island eine Kugel in den Kopf jagen wollte.«

»Der von *Consular Operations*?«

Michael nickte und trat an den Schreibtisch. »Er wurde gestern nacht eingeflogen; auf meine persönliche Bitte, die ihn nicht gerade in Begeisterung versetzt hat. Aber er ist gut und arbeitet gründlich. Er weiß, daß Shippers in die Matthias-Krise verwickelt ist, das reicht aus, um ihn effektiver zu machen, als er je war. Er hat die Leitung der Operation, und wenn er nicht an seinem mobilen Telefon erstickt, wird er mich ständig auf dem laufenden halten und mich sofort verständigen, wenn irgend etwas passiert.«

Jenna setzte sich auf das Sofa vor dem Kaffeetisch, auf dem Dokumente und Schriftstücke sorgfältig gestapelt waren. Sie nahm sich einen zusammengehefteten maschinengeschriebenen Bericht von dem Stapel zu ihrer Linken und redete weiter, während sie las. »Hast du dich mit der Versicherungsgesellschaft in Verbindung gesetzt?«

»Nein, das Risiko möchte ich nicht eingehen«, erwiderte Havelock und setzte sich an den Schreibtisch. »MacKenzies Police könnte einen Vermerk haben.«

»Da hast du wahrscheinlich recht.«

»Was hast du denn da? Das hast du dir doch schon gestern abend angesehen.«

»Das ist der Bericht vom CIA. Er enthält eine Liste potentieller sowjetischer Überläufer in den letzten fünf Jahren, die untergetaucht sind.«

»Sieh dich nach einem Atomwissenschaftler um oder nach einem Waffenspezialisten.« Havelock blickte auf ein Blatt Papier, auf das ein paar Telefonnummern gekritzelt waren. Er hakte eine davon ab, griff nach dem Telefonhörer und wählte.

»Ein ganz kalter Typ ist das, das kann ich Ihnen sagen«, ereiferte sich Dr. Randolph. »Als ich ihm das Ganze auseinandergesetzt hatte, klappte er zusammen wie eine Muschel, stellte mir ein paar Fragen wie ein Leichenbestatter, der mit dem Familienanwalt verhandelt, und sagte, er würde wieder auf mich zukommen.«

»Wie haben Sie es ihm denn beigebracht, und wie lauteten seine Fragen?« wollte Michael wissen und legte das Blatt mit dem Briefkopf des Pentagon beiseite. Es enthielt die Namen der leitenden Beamten des Nuklearen Krisenausschusses. Einen der Namen hatte er angekreuzt. »Versuchen Sie, das Gespräch so exakt wie möglich wiederzugeben.«

»Ich werde *ganz* exakt sein«, antwortete der Chirurg gereizt.

»Ich meine nur in bezug auf die Worte und Sätze, die er gebraucht hat.«

»Das wird nicht schwierig sein; er war nämlich verdammt wortkarg... Sie hatten schon recht, er sagte, ich hätte nicht das Recht, ihn hineinzuziehen, wir hätten das so vereinbart. Er hätte mir nur seine Erkenntnisse vorgelegt, und es sei einzig und allein meine Verantwortung, nicht seine, wie ich sie abgeändert hätte. Darauf erwiderte ich, ich sei schließlich kein Rechtsanwalt, aber wenn ich mich richtig erinnere, dann sei er ein Mittäter, das ließe sich nicht einfach wegdiskutieren. Und der Teufel solle mich holen, wenn jemand Midge MacKenzie und ihre Kinder um das bringen würde, was ihnen zustand.«

»Sehr gut soweit. Wie hat er darauf reagiert?«

»Überhaupt nicht, also machte ich weiter. Ich sagte ihm, er sei ein verdammter Narr, wenn er sich einbilde, daß er vor vier Monaten hier unsichtbar gewesen sei, und ein noch viel größerer Narr, wenn er glaubte, irgend jemand von den Mitarbeitern hier würde annehmen, daß ich ganz allein mehrere Stunden in einem Pathologielabor mit der Leiche eines Freundes verbringen würde.«

»Sehr gut.«

»Daraufhin hat er mich ganz kühl gefragt, wer genau denn Bescheid wüßte.«

Havelock spürte einen krampfartigen Schmerz in der Brust, das Schemenhafte einer unnötigen Exekution erhob sich vor seinem inneren Auge. »Was haben Sie gesagt? Haben Sie jemanden genannt?«

»Nein, zum Teufel; praktisch alle, habe ich geantwortet.«

Michael entspannte sich. »Sie können sich jederzeit auf unsere Gehaltsliste setzen lassen, Doktor.«

»Sie könnten mich nicht bezahlen, junger Mann.«

»Bitte, fahren Sie fort.«

»Ich habe einen kleinen Rückzieher gemacht und meinte, er würde sich über nichts und wieder nichts aufregen. Ich erklärte ihm, der Mann von der Versicherungsgesellschaft, der bei mir war, hätte gesagt, es sei nur eine Formalität, sie bräuchten eine zweite Unterschrift auf dem Pathologiebericht, ehe sie den Scheck ausstellen könnten. Ich schlug vor, er solle Ben Jackson bei der Talbot-Versicherung anrufen, wenn er Lust hätte, Ben sei ein alter Freund...«

»Einen Namen haben Sie ihm gegeben?«

»Sicher. Ben ist ein alter Freund von mir; er hat Macs Police ausgestellt. Ich hab' mir gedacht, wenn jemand Ben anrufen würde, dann würde er sich bei mir melden und fragen, was eigentlich los sei.«

»Und was hätten Sie dann gesagt?«

»Daß der Betreffende es völlig durcheinandergebracht hätte. Ich sei derjenige, der die zweite Unterschrift haben wollte, für unsere eigenen Akten.«

»Und was hat Shippers darauf erwidert?«

»Bloß ein paar Worte, aber im Tonfall eines eingefrorenen Computers. Ob ich Ben oder dem Mann von der Versicherungsgesellschaft erzählt hätte, wer er sei.«

»Und?«

»Ich habe gesagt, nein, das hätte ich nicht getan. Schließlich hätten wir eine Übereinkunft gehabt, und ich wäre der Ansicht, das Ganze ließe sich am besten auf die stille Tour erledigen. Er sollte einfach herkommen und den verdammten Bericht unterschreiben, ohne ein großes Tamtam zu machen.«

»Und seine Antwort darauf?«

»Wieder verdammt kurz und ausdruckslos.« Randolph hielt inne, und dann setzte er die Worte monoton hintereinander, ahmte damit Shippers nach. »›Haben Sie mir alles gesagt?‹ wollte er wissen. Wie ein Automat hat er geklungen.«

»Und Sie?«

»Ich sagte, natürlich hätte ich das, was denn sonst? Und dann meinte er, er würde zurückrufen. Einfach so. ›Ich rufe Sie zurück.‹ Wieder mit dieser schrecklichen Stimme.«

Havelock atmete tief, sein Blick fiel wieder auf die Namen vor ihm, besonders einem. »Doktor, Sie haben entweder ganz hervorragende Arbeit geleistet, oder ich werde Ihnen den Kopf herunterreißen.«

»Was, zum Teufel, soll das jetzt wieder heißen?«

»Wenn Sie es so gemacht hätten, wie ich es Ihnen geraten habe, und nur die Versicherungsgesellschaft benutzt hätten, ohne irgendeinen Namen zu nennen, dann würde Shippers annehmen, daß MacKenzies Tod von einem Dritten noch einmal untersucht würde, ohne Ihnen gegenüber davon etwas zu erwähnen. Jetzt, wenn er diesen Jackson anruft, wird er wissen, daß Sie lügen.«

»Na und? Das läuft doch auf dasselbe hinaus, oder?«

»Nicht für Sie, Doktor, und wir können Ihren Freund nicht anrufen, das Risiko wäre zu groß. Ich hoffe um Ihretwillen, daß er beim Fischen ist, und das ist mein Ernst. Wenn Sie die Sache weiter kompliziert haben, dann sehe ich Ihren Kopf schon die Straße hinunterrollen.«

»Nun mal ruhig Blut, junger Mann, darüber habe ich schon ein wenig nachgedacht. Es könnten auch ein paar Köpfe die Straße hinunterrollen, in beiden Richtungen, nicht wahr? Sie tauchen hier auf, irgend so ein Knilch aus dem Weißen Haus, und wollen mir weismachen, daß ein hohes Tier in unserer Regierung versuchen würde, den brutalen Mord an einen heldenhaften Veteranen zu vertuschen, einem Angestellten des CIA. Und ich bin ja schließlich bloß ein Arzt, der die Interessen der Witwe und ihrer vaterlosen Waisen schützen will, weil sie mehr gelitten haben, als irgend jemand von ihnen verlangen dürfte ... Wollen Sie sich mit mir anlegen, Sie Dreckskerl?«

»Bitte, rufen Sie an, wenn Sie etwas Neues hören,, Dr. Randolph.«

Charley Loring, jetzt der *Consular Operations* zugeteilt, bisher auf Poole's Island stationiert, rieb sich die Augen und führte die Thermosflasche mit schwarzem Kaffee an die Lippen. Er saß auf dem Vordersitz der grauen Limousine. Der Fahrer war praktisch ein Fremder; das heißt, Loring hatte ihn das erste Mal am vergangenen Abend um 22 Uhr gesehen, als er mit der ganzen Einheit bekannt gemacht worden war, die Havelock aus rund dreißig Dienstakten ausgewählt hatte, die ihm das FBI auf Ersuchen des Justizministeriums vorgelegt hatte. Jetzt war er für die Einheit verantwortlich, wobei alle wußten, daß es ein Observierungsauftrag war, und keiner wußte, welchen Grund der Auftrag hatte – nicht gerade das Klügste, wenn man es mit erfahrenen Gegnern zu tun hatte.

Und trotz Havelocks bescheidener Versuche, ihn aufzumuntern, wußte Charley Loring, daß der ehemalige *Cons-Op*-Mann auch ein wenig Rache an ihm nahm. Der einzige Hinweis, den Havelock ihm gegeben hatte, war, daß dieser Shippers mit Poole's Island in Verbindung stand. Fair war das nicht von Havelock, der hatte auch die Leute in Savannah zum Narren gehalten. Aber wenn er in Washington einen Teil der Fäden für die Matthias-Schau ziehen mußte, dann hatte er mehr Probleme am Hals als sie. Loring würde alles, was in seiner Macht stand, tun, um ihm zu helfen. Es gab Zeiten, wo es unwichtig war, ob man jemanden mochte oder nicht, und die Katastrophe – die Tragödie – von Poole's Island war eine dieser Situationen.

Die Einheit hatte sich um 22 Uhr in ›Steril Elf‹ in Quantico versammelt und war bis vier Uhr morgens aufgeblieben, um sämtliche Einzelheiten abzuklären ... ohne das geringste über die Zielperson zu wissen. Die Männer hatten eine Fotografie bei sich, aber abgesehen von einer unzulänglichen Beschreibung, die Randolph ihnen geliefert hatte, war das so ziemlich alles, und das Foto selbst war auch unzureichend. Es handelte sich um eine Vergrößerung, die in ›Steril Elf‹ aus einem Jahrbuch der Jefferson Medical School aus dem Jahre 1971 hergestellt worden war, das das FBI-Büro in Philadelphia aufgespürt hatte. Den Agenten, die es gefunden hatten, hatte man keinerlei Gründe für ihren Auftrag geliefert, nur daß sie völlige Geheimhaltung wahren mußten. Tatsächlich war es von einem verwirrten Agenten, der es unter seinem Mantel versteckt hatte, aus der Universitätsbücherei gestohlen worden. Die Einheit mußte sich nach der grobkörnigen Vergrößerung einen Mann vorstellen, der wesentlich älter war als das Gesicht auf der Fotografie; und da niemand, mit dem sie sprechen konnten, Shippers seit vier Monaten gesehen hatte, war die Möglichkeit, daß er sich inzwischen einen Bart oder einen Schnurrbart zugelegt hatte, durchaus mit in Betracht zu ziehen. Und sie durften mit niemandem über Dr. Colin Shippers sprechen. Ausdrücklicher Befehl von Havelock.

Nach den ersten Überwachungsschritten konnte man freilich die Möglichkeit eines Bartes außer acht lassen; der wesentliche Unterschied zwischen der Fotografie in dem Jahrbuch und seiner jetzigen Erscheinung bestand in eingefärbten Brillengläsern und einem kräftigeren Körperbau. Die beiden Männer in der Regency Foundation hatten Shippers ausfindig machen können. Der eine befand sich jetzt eine Tür von ihm entfernt im Laborgebäude, wo der Pathologe arbeitete, der andere bewachte sein Büro im Stockwerk darunter. »Das Warten hatte begonnen«, dachte Loring, »aber das Warten worauf?«

Charles Loring hatte alles in seiner Macht Stehende getan, um die Einheit wirksam in Stellung zu bringen, mit dem gehörigen Abstand zwischen den einzelnen Personen, aber in Kontakt, um maximale Deckung sicherzustellen. Die Fahrzeuge standen an Kreuzungen von Einbahnstraßen, sein eigener Wagen parkte weiter unten an der Straße gegenüber dem Forschungszentrum, mit gutem Ausblick auf den Eingang und die Garage daneben, die vom Personal benutzt wurde.

Ein scharfes Summen drang aus der Konsole am Armaturenbrett. Das war das Signal von einem der beiden Posten im Gebäude. Loring griff nach dem Mikrofon, drückte den Schalter nieder und sprach.

»S fünf. Was ist?«

»S drei. Er hat gerade das Labor verlassen, scheint es eilig zu haben.«

»Irgendwelche Hinweise?«

»Ich hab' vor ein paar Minuten ein Telefon klingeln hören. Er ist allein, könnte also gesprochen haben, aber das ist nur meine Vermutung. Ein Gespräch belauschen konnte ich nicht.«

»Schon gut. Bleiben Sie, wo Sie sind und lassen Sie sich nicht blicken.«

Kaum hatte Loring das Mikrofon eingehängt, ertönte ein zweites Signal.

»S fünf.«

»S zwo. Subjekt ist in sein Büro gegangen. Nach seinen Gesten und Bewegungen zu schließen, ist er erregt.«

»Gute Beschreibung; paßt zu oben. Kann sein, daß wir schneller...«

»Halt! Bleiben Sie in der Leitung«, unterbrach ihn S zwo, und ein Rauschen kam über den Lautsprecher. Der Mann hatte sein Funksprechgerät unter sein Jackett geschoben, ohne es abzuschalten. Wenige Sekunden später war seine Stimme wieder da. »Tut mir leid. Subjekt ist wieder herausgekommen, und ich mußte mich umdrehen. Er hat den weißen Mantel ausgezogen und trägt jetzt Straßenkleidung. Derselbe beigefarbene Regenmantel und derselbe weiche Hut. Ich denke, er gehört jetzt Ihnen.«

»Denke ich auch. Ende.«

Loring drehte sich mit dem Mikrofon in der Hand zum Fahrer herum. »Fertigmachen, das Paket kommt jetzt heraus. Wenn ich zu Fuß gehen muß, übernehmen Sie. Ich bleibe in Verbindung.« Er griff unter sein Jackett, und holte das kleine kompakte Walkie-talkie heraus und überprüfte den Ladezustand der Batterie. Dann zog er seinen linken Ärmel zurück, so daß man die flache Miniaturkamera sehen konnte, die unten an seinem Handgelenk befestigt war. Er drehte die Hand und hörte das leise Klicken. Er war bereit. »Ich möchte wissen, wer dieser Shippers ist«, sagte er und blickte zum Eingang der Regency-Stiftung hinüber.

Das Telefon klingelte und riß Havelock aus der konzentrierten Betrachtung seiner Pentagonnotizen. Er nahm ab. »Ja?«

»Cross?«

Michael blinzelte. Er erkannte sofort Randolphs knarrende Stimme. »Ja, Doktor?«

»Vielleicht können wir beide unsere Köpfe behalten. Ben Jackson hat gerade angerufen, ziemlich wütend übrigens.«

»Worum ging's denn?«

»Anscheinend hat ihn dieser Anwalt angerufen und gefragt, weshalb die Schlußzahlung auf MacKenzies Police zurückgehalten würde.«

»Shippers«, sagte Havelock.

»Sie haben's erfaßt, und Ben war wirklich sauer. Die ganze Summe ist nämlich vor etwa acht Wochen an Midges Anwalt überwiesen worden.«

»Warum hat Jackson Sie angerufen und nicht Mrs. MacKenzies Anwalt?«

»Weil Shippers – ich vermute, daß es Shippers war oder irgend jemand, der das für ihn erledigt hat – ziemlich erregt war und sagte, es gäbe da irgendwelche Unklarheiten um eine Unterschrift auf einem ärztlichen Bericht, ob Ben etwas darüber wüßte. Natürlich hat Ben erwidert, daß er nichts wüßte; das Geld sei ausbezahlt worden – sein Büro hätte die Sache bearbeitet, und damit sei der Fall erledigt. Und dann hat er hinzugefügt, er fände es gar nicht nett, wenn sein guter Ruf...«

»Hören Sie mir zu«, unterbrach ihn Havelock. »Ich werd' meinen Kopf nicht verlieren, aber vielleicht wackelt bald Ihr Kopf. Ich möchte, daß Sie in Ihrem Büro bleiben und niemanden empfangen, bis ich Ihnen ein paar Leute geschickt habe. Wenn jemand versucht, Sie zu erreichen, dann soll Ihre Zentrale ihm sagen, daß Sie operieren.«

»Das können Sie vergessen!« herrschte Randolph ihn an. »So ein Leisetreter wie dieser Shippers macht mir keine Angst. Wenn er sich hier blicken läßt, lasse ich ihn von einem der Wärter in eine Gummizelle werfen.«

»Wenn er das tun würde und Sie das schaffen, würde ich Ihnen die Füße küssen, aber es wird nicht Shippers sein. Kann sein, daß er Sie anruft, aber näher kommt Ihnen der nicht, und das wäre das Beste, was Ihnen passieren könnte. Wenn er anruft, sagen Sie, die Notlüge täte Ihnen leid, aber Sie hätten eine Weile darüber nachgedacht und sich einfach Deckung verschaffen wollen.«

»Das würde der nicht glauben.«

»Ich auch nicht, aber Sie können damit Zeit gewinnen. In einer Stunde sind meine Leute bei Ihnen.«

»Ich will sie nicht!«

»Sie haben keine Wahl, Dr. Randolph«, erwiderte Michael und legte auf.

»Glaubst du wirklich, daß Shippers auf ihn losgehen wird?« fragte Jenna, die mit dem CIA-Bericht in der Hand am Fenster stand.

»Er nicht, aber er wird andere zu ihm schicken, nicht gleich um ihn zu töten, aber um ihn zu holen. Damit sie ihn allein haben und ihn so lange unter Druck setzen können, bis sie herausfinden, mit wem er zu tun hat, für wen er lügt.« Havelock griff zum Hörer, ohne dabei den Blick von dem Blatt mit den Telefonnummern zu wenden.

»Andererseits«, meinte Jenna, »hat Shippers, seitdem er weiß, daß Randolph gelogen hat, daß er eingeschaltet war, schneller reagiert, als wir für möglich hielten. Wie weit liegt Lorings letzter Anruf zurück?«

»Über eine Stunde. Shippers hat sich ein Taxi in die Stadt genommen; sie folgen ihm jetzt zu Fuß. Wir sollten bald wieder von ihnen hören.«

Michael wählte, die andere Seite meldete sich nach dem zweiten Klingeln. »Hier ›Steril Fünf‹, Fairfax. Ich bin gestern unter dieser

Codebezeichnung unter Bewachung zum Randolph Medical Center in Talbot County, Maryland, gebracht worden. Würden Sie bitte bestätigen?« Während er wartete, hielt Havelock die Hand über die Sprechmuschel und meinte, zu Jenna gewandt. »Mir ist gerade etwas eingefallen. Wenn wir nur ein wenig Glück haben, können wir aus der Not eine Tugend machen... Das ist richtig. Drei-Mann-Team. Abfahrt elf Uhr. Sind Sie bereit, Instruktionen aufzunehmen? ...Schicken Sie sofort zwei Männer dorthin, Subjekt ist Dr. Matthew Randolph. Er muß beschützt werden, maximaler visueller Kontakt, aber die Sache hat einen Haken. Ich möchte, daß die Männer dort sich unauffällig als Pfleger oder Angestellte tarnen. Ich will das so mit Randolph vereinbaren. Sagen Sie ihnen, sie sollen sich auf den Weg machen und mich in zwanzig Minuten anrufen; sie sollen das Gespräch über Sie leiten.« Wieder hielt Michael inne und sah Jenna an, während der Geheimdienstler seine Liste überprüfte. »Kann sein, daß Randolph uns noch einen Gefallen getan hat, ohne zu wissen, was er dabei für ein Risiko eingegangen ist.«

»Wenn er mitmacht.«

»Er hat keine Wahl.« Am anderen Ende der Leitung war wieder der Geheimdienstmann zu vernehmen. Havelock hörte zu und meinte dann: »Nein, schon gut. Mir sind sogar Männer lieber, die gestern nicht dort waren. Übrigens, der Code wird...« – Michael hielt inne, und seine Gedanken wanderten zum Palatin-Hügel in Rom zurück, zu einem toten Mann – »›Apatsche‹ lauten«, ergänzte er. »Sagen Sie Apatsche, sie sollen mich in zwanzig Minuten anrufen.«

Dr. Matthew Randolphs Proteste verhallten ungehört. ›Mr. Cross‹ bestand darauf, daß seinen Anforderungen Folge geleistet wurde – andernfalls würde er nicht davor zurückschrecken, Anklage wegen Mordes an einem CIA-Beamten namens Stephen MacKenzie zu erheben. Und als Shippers begriff, daß er es mit jemandem zu tun hatte, der seine Drohung notfalls wahrmachen würde, ging er schließlich auf das Manöver ein. Die beiden ›Apatschen‹ würden sich als Kardiologen aus Kalifornien ausgeben und weiße Kittel tragen.

Havelocks Anweisungen waren eindeutig und ließen keinen Platz für Irrtümer. Wer auch immer Matthew Randolph aufsuchen würde – und bestimmt würde jemand kommen –, sollte lebend festgenommen werden.

»Havelock, hier Loring.«

»Wie läuft's?«

»Mein Fahrer hat gesagt, er könne Sie nicht erreichen.«

»Ich habe mit einem jähzornigen Arzt gesprochen, aber in einem Notfall hätte man mich unterbrechen können; das weiß Ihr Mann.«

»Es war kein Notfall und ist auch keiner. Es ist nur höchst seltsam.«
Loring hielt inne.

»Was ist denn, Charley?«

»Das ist es ja. Gar nichts ist. Shippers ist vor Garfinkles Warenhaus aus dem Taxi gesprungen, ist hineingegangen, hat in einer der Telefonzellen im Erdgeschoß telefoniert und läuft jetzt seit fast einer Stunde in der Herrenabteilung im vierten Stock herum. Von dort aus rufe ich auch an; ich kann ihn beobachten.«

»Er wartet auf jemanden.«

»Wenn das stimmt, stellt er es verdammt komisch an.«

»Wieso?«

»Er kauft Kleidung in einer Menge, als wollte er auf eine Weltreise gehen. Probiert dauernd Sachen an und albert mit den Angestellten herum. Ein Vermögen gibt er aus.«

»Das ist ungewöhnlich, aber haben Sie Geduld. Worauf es ankommt, ist, daß er telefoniert hat. Sie machen Ihre Sache gut.«

»Wer, zum Teufel, ist dieser Mann, Havelock?«

Michael überlegte. Loring hatte ein Recht darauf, mehr zu erfahren; dies war der Augenblick, ihn näher an die Wahrheit heranzuführen. Von dem *Cons-Op*-Beamten hing zuviel ab.

»Ein Schläfer, der sich mit einem Mann treffen wird, der ganz Poole's Island zur Explosion bringen könnte. Ich bin froh, daß Sie dort sind, Charley. Wir müssen wissen, wer dieser Mann ist.«

»Das genügt, und vielen Dank auch. Sämtliche Stockwerke und Ausgänge des Kaufhauses werden überwacht, wir sind in Kontakt, und unsere Kameras sind schußbereit... Falls es darauf ankommt, eine Wahl zu treffen, lassen wir Shippers fallen und bleiben seinem Kontaktmann auf den Fersen?«

»Das brauchen Sie vielleicht gar nicht, vielleicht erkennen Sie ihn.«

»Herrgott, aus dem State Department?«

»Richtig. Ich tippe auf einen etwa fünfzigjährigen Mann, der ganz weit oben steht. Wenn Sie ihn erkennen, halten Sie sich so lange im Hintergrund, bis die beiden sich trennen, und dann schnappen Sie sich Shippers und bringen ihn hierher. Aber arbeiten Sie schnell und vorsichtig und überprüfen Sie ihn auf Kapseln.«

»So ein Maulwurf ist Shippers? Herrgott, wie machen die das?«

»Das liegt weit zurück, Charley, sehr weit sogar.«

Das Warten hätte unerträglich sein können, wäre da nicht Havelocks wachsende Faszination für einen Lieutenant Commander Thomas Dekker gewesen: Examensjahrgang '61, ehemaliger Kapitän des Unterseebootes *Starfire*, Mitglied des Nuklearen Krisenausschusses des Pentagon. Decker war ein Lügner ohne sichtlichen Grund zur Lüge.

Michael hatte mit sämtlichen fünfzehn Mitgliedern des Ausschusses gesprochen, einige von ihnen zweimal und ein paar sogar dreimal angerufen, um sich, wie er vorgab, ein klares Bild von den Arbeitsmethoden des Ausschusses zu machen, das er dem Präsidenten in einem Bericht vorlegen sollte. In den meisten Gesprächen hatte er nur sehr vorsichtige Antworten bekommen – und jeder einzelne forderte erwartungsgemäß eine Bestätigung durch die Telefonzentrale des Weißen Hauses. Aber als die Worte dann flossen und die einzelnen Männer erkannt hatten, daß Havelock wußte, wovon er redete, wurden sie konkreter in ihren Äußerungen. Hypothetische Ereignisse wurden mit theoretischen Reaktionen in Verbindung gebracht, und Havelock war weit über den Anlaß seines Gesprächs hinaus beeindruckt. Wenn die Gesetze der Physik bestimmten, daß es für jede Aktion eine Reaktion gleicher Größe gab, so hatte der Ausschuß eine bessere Gleichung entwickelt. Für jeden Atomschlag des Feindes war die Reaktion alles andere als gleich – sie war ihr in erschütterndem Maße überlegen. Selbst Lieutenant Commander Deckers Beitrag war in diesem Sinne beeindruckend. Er stellte klar, daß eine ringförmig aufgefahrene U-Boot-Flotte binnen Minuten sämtliche feindlichen Installationen von Nordatlantik bis zum Schwarzen Meer vernichten konnte. In diesem Punkt log er nicht; wohl aber in einem anderen: Er behauptet, Anthony Matthias nie begegnet zu sein.

Sein Name war in drei verschiedenen Telefonlogbüchern aus Matthias' Büro aufgetaucht, die alle aus dem letzten halben Jahr stammten.

Es war natürlich möglich, daß Deckers Aussage richtig war, daß er Matthias nie begegnet war und nur mit ihm telefoniert hatte. Aber wenn das der Fall war, warum hatte er es dann nicht erwähnt? Ein Mann, dem man die Frage stellt, ob er eine der einflußreichsten Persönlichkeiten der Welt kennt, leugnet das nicht, ohne wenigstens hinzuzufügen: bloß per Telefon. Das war unnatürlich, für einen offensichtlich ehrgeizigen Marineoffizier im Pentagon sogar widersprüchlich. Thomas Decker hatte gelogen. Er kannte Matthias und wollte das aus irgendwelchen obskuren Gründen nicht zugeben.

Es war Zeit für den vierten Anlauf bei Lieutenant Commander Decker.

»Wissen Sie, Mr. Cross, jetzt habe ich Ihnen wirklich alles gesagt, was ich in dieser Angelegenheit mitteilen kann und darf. Sie wissen sicher, daß mir gewisse Einschränkungen auferlegt sind, die nur der Präsident selbst aufheben kann... persönlich und in meiner Gegenwart, darf ich hinzufügen.«

»Das ist mir bewußt, Commander, aber eine meiner Notizen macht mich etwas unsicher. Sie hat vermutlich nichts mit dem zu tun, was wir besprochen haben, aber der Außenminister hat es auch nicht verstanden. Sie erklärten, Sie kennen ihn nicht, wären ihm nie begegnet.«

Decker machte eine Pause, und Havelock hatte das Gefühl, als sei die Luft elektrisch geladen. »So wollte er es«, sagte er leise. »Er hat gesagt, ich müsse es so darstellen.«

»Danke, Commander. Übrigens, Außenminister Matthias hat heute morgen selbst versucht, es genauer zu lokalisieren. Er konnte sich nicht erinnern, wann Sie und er das letzte Mal miteinander gesprochen hatten.«

»Auf seiner Hütte natürlich, irgendwann im August oder September, denke ich.«

»Natürlich. Die Hütte im Shenandoah-Tal.«

»Ja, dort war es. Niemand hat es gewußt. Nur wir beide waren zusammen. Wie ist das möglich, daß er sich nicht erinnert?«

»Vielen Dank, Commander. Wiedersehen.«

Das Schrillen des Telefons ging ihm durch Mark und Knochen. Die Zentrale pflegt so einen Notfall zu signalisieren! Havelock war auf und ab gegangen, hatte nachgedacht; er rannte durchs Zimmer und griff sich den Hörer. Es war Loring.

»Jetzt können Sie mir den Kopf herunterreißen und mir dann die Ohren einzeln abschneiden! Herrgott, tut mir das leid!«

»Sie haben ihn verloren«, sagte Michael, dem in diesem Augenblick zumute war, als wäre er völlig ausgepumpt. Seine Kehle war trocken.

»Jesus! Sie können meine Papiere haben!«

»Beruhigen Sie sich doch, Charley. Was ist passiert?«

»Ich... ich hab' einfach nicht aufgepaßt! Ich hätte aufpassen müssen, aber ich hab' nicht aufgepaßt!«

»Erzählen Sie mir, was geschehen ist«, wiederholte Michael und setzte sich, während Jenna sich vom Sofa erhob und zum Schreibtisch ging.

»Shippers hat die Klamotten bezahlt, die er gekauft hat. Das meiste sollte geliefert werden, bloß zwei Schachteln nicht, die wollte er gleich mitnehmen. Er ging in die Umkleidekabine und kam eine Weile später wieder heraus, genauso angezogen wie vorher, derselbe Regenmantel, derselbe weiche Hut. Die Schachteln trug er in der Hand.«

»Und hielt sie hoch«, unterbrach ihn Havelock müde.

»Natürlich«, pflichtete Loring ihm bei. »Ich folgte ihm zum Lift, blieb ein paar Meter hinter ihm... offen gestanden, jeden einzelnen Kunden in der Herrenabteilung habe ich mir angesehen und gedacht, einer davon könnte vielleicht Ihr Mann sein. Irgend so ein lausiger Dreckskerl, der vielleicht mit Shippers zusammenstieß und sich etwas von ihm geben ließ... Dann schloß sich die Lifttür, und ich hab' den Männern in jedem Stockwerk Bescheid gesagt. Jedes Stockwerk war überwacht, und jeder sollte in der Sekunde, in der Luft sein Stockwerk passiert, nach unten gehen, zum nächsten Mann... Mein ›S neun‹ hat ihn am Ausgang zur Sechsundzwanzigsten Straße übernommen und ist ihm gefolgt, hat uns anderen seine Position über Funk durchgegeben; wir schwärmten mit Wagen und zu Fuß aus.«

»Und wann haben Sie ihn verloren?« fragte Michael.

»An der Ecke zur Sechzehnten, vier Minuten, nachdem ich den Laden verlassen hatte, und ich war der letzte. Shippers winkte sich ein Taxi, warf die Schachteln hinein und nahm vor dem Einsteigen den Hut ab. Es war überhaupt nicht Shippers. Der Mann war zehn, fünfzehn Jahre älter und hatte eine Glatze.«

»Und was hat Ihr ›S neun‹ gemacht?«

»Er hat versucht, das Taxi aufzuhalten, aber er hat es nicht geschafft; es schoß davon. Er rief uns, meldete alles und gab die Nummer und die Beschreibung des Taxis durch. Fünf von uns sind zum Kaufhaus zurückgerannt und haben die Ausgänge gesichert, aber wir wußten alle, daß wir ihn verloren hatten. ›S elf‹ und ›S zwölf‹ kümmerten sich um das Taxi; ich sagte ihnen, sie sollten sich nicht abschütteln lassen. Wenn wir schon das Subjekt verloren hatten, konnten wir uns wenigstens den anderen schnappen... Sie erwischten das Taxi schließlich sechs Straßen weiter westlich, aber ohne Fahrgast. Der Regenmantel, der Hut und die zwei Schachteln lagen auf dem Boden.«

»Und der Fahrer?«

»Er sagte, irgendein Verrückter sei eingestiegen, hätte den Mantel ausgezogen, ihm fünf Dollar gegeben, und wäre bei der nächsten Ampel wieder herausgesprungen. Die Männer bringen die Schachteln mit, um sie nach Fingerabdrücken zu untersuchen.«

»Sie werden keine finden, die das FBI im Computer hat.«

»Es tut mir leid, Havelock, es tut mir wirklich leid. Die ganze Nummer, die Shippers uns da vorgeführt hat, war ein Ablenkungsmanöver. Ausgerechnet jetzt mußte mich mein Instinkt verlassen.«

Michael schüttelte den Kopf. »Er hat Sie nicht verlassen, Charley. Ich bin schuld. Sie haben wenigstens gemerkt, daß ein Bruch in seinem Muster war, und ich habe gesagt, Sie sollten es vergessen. Ich hab' Ihnen gesagt, Sie sollten geduldig sein und sich auf einen Mann konzentrieren, der niemals vorhatte, dort zu erscheinen.«

»Sie brauchen sich jetzt nicht zu entschuldigen«, sagte Loring. »Das würde ich an Ihrer Stelle auch nicht tun.«

»Das wissen Sie nicht. Außerdem brauche ich Sie und Ihren Instinkt, Charley. Es gibt da einen Marineoffizier im Pentagon, einen Lieutenant Commander Thomas Decker. Sehen Sie zu, daß Sie alles über ihn herausfinden können – aber bleiben Sie in Deckung.«

»Ein Schläfer?«

»Nein. Ein Lügner.«

Jenna Karras stützte sich neben Havelock auf den Schreibtisch. Sie blickte über seine Schulter, während er die Namen und die Kurzbiographien der Männer studierte, die sie aus den Berichten des CIA, von *Cons Op* und der Heeresabwehr herausgesucht hatte. Aus 135 potentiellen sowjetischen Überläufern, die weder in den Westen gekommen waren, noch deren gegenwärtiger Aufenthaltsort bekannt war, hatte sie acht ausgewählt.

Michael las die Liste zu Ende, legte sie beiseite und drehte sich langsam zu ihr herum.

»Das war ein scheußlicher Tag. Jetzt ist keine Zeit für Witze.«

»Ich mache keine Witze, Mikhail«, sagte Jenna und richtete sich auf.

»Ich sehe hier keinen einzigen Waffenexperten, keinen hohen Militär, ja, nicht einmal einen Atomwissenschafter. Das sind alles Ärzte... Spezialisten... heute alte Männer, und keiner von ihnen hat auch nur entfernt mir irgendwelchen strategischen Planungen zu tun.«

»Parsifal braucht keine solchen Verbindungen.«

»Dann habe ich mich vielleicht nicht klar ausgedrückt, was in jenen Dokumenten stand. Sie schildern eine Serie nuklearer Maßnahmen: erste und zweite Schläge, Gegenschläge, territoriale Neutralisierung, detaillierte Strategien, die nur von Experten entworfen und verhandelt werden konnten.«

»Matthias hat diese Einzelheiten nicht in seinem Kopf herumgetragen, das hast du doch gesagt.«

»Natürlich nicht, deshalb habe ich es ja auch auf die Männer im Krisenausschuß abgesehen – ganz besonders auf einen. Aber Parsifal hat die Fakten in seinem Gedächtnis gespeichert. Ihm mußten diese Ausarbeitungen zugänglich sein. Sie waren sein Einsatz, das, worum er in diesem wahnsinnigen Spiel gefeilscht hat.«

»Dann fehlt jemand«, beharrte Jenna und ging um den Schreibtisch herum. Plötzlich blieb sie stehen, drehte sich um und sah Havelock an. »Wer hat denn für die Chinesen gesprochen? Wer hat Chinas Position wahrgenommen? Wer hat seine Ausarbeitungen, seine strategischen Einzelheiten geliefert? Nach deiner Theorie muß es einen dritten Verhandler geben.«

»Nein, keineswegs. Die Quellen, die ihnen gemeinsam zur Verfügung stehen, würden ausreichen, um Chinas Strategie überzeugend darzulegen. In Abwehrkreisen weiß man allgemein, daß die Unterlagen in Washington und Mokau über die Arsenale Chinas zusammengenommen einen besseren Widerstand über die nuklearen Möglichkeiten Chinas liefern würden, als man ihn in Peking selbst hat.«

»*Ihnen gemeinsam zur Verfügung stehen*, Mikhail. Warum?«

Havelock studierte Jennas Gesichtsausdruck und begann langsam zu begreifen, was sie zu sagen versuchte.

»Eine Quelle«, sagte er leise. »Warum nicht?«

Das Telefon klingelte, ein durchdringendes Signal der Furcht, und Michael hatte das Gefühl, jemand drückte ihm die Kehle zu. Er griff nach dem Hörer; der Präsident der Vereinigten Staaten war am Apparat, und seine ersten Worte waren das Bedrohlichste, was Havelock je gehört hatte.

»Die Sowjets wissen über Matthias Bescheid. Niemand kann sagen, was sie als nächstes unternehmen werden.«

»Parsifal?« fragte Michael, und ihm war, als müsse er ersticken.

»Die können ihn riechen, und das, was sie riechen, macht sie unruhig. Sie sind der Panik nahe.«

»Wie haben Sie es erfahren?«

»Sie sind an einen unserer höchsten Diplomaten herangetreten und haben ihm gesagt, sie seien darauf vorbereitet, die Sache mit Matthias auffliegen zu lassen. Die einzige Hoffnung, die wir jetzt haben, liegt darin, daß der Mann, den sie kontaktiert haben, einer unserer besten Leute ist. Sie respektieren ihn; er könnte unsere einzige Hoffnung sein, das Ganze im Griff zu behalten. Er wird Bradfords Stelle übernehmen. Er muß über alles informiert werden.«

»Wer ist es?«

»Ein Mann namens Pierce, Arthur Pierce.«

33

Der *paminjatschik* saß in dem unterirdischen Strategieraum des Weißen Hauses, und er Präsident der Vereinigten Staaten und zwei der einflußreichsten Männer der Nation waren damit beschäftigt, ihn zu informieren. Die Konferenz hatte von Charles Berquist Vorrang vor allen anderen Terminen und Verpflichtungen erhalten. Bis jetzt hatte die Sitzung beinahe drei Stunden gedauert, und der ungläubige Staatssekretär aus der UN-Delegation hatte sich zwischendurch immer wieder Notizen gemacht. Seine intelligenten grauen Augen verrieten, daß er sich der drohenden Katastrophe mehr als bewußt war. Doch gleichzeitig vermittelte er mit seinem kühlen Intellekt den Eindruck, daß er absolute Kontrolle über sich hatte und jede Panik vermied.

Die Spannung, die über der Sitzung lastete, war fast körperlich spürbar. Pierces Beziehung zum Präsidenten oder zu Addison Brooks konnte man nicht unbedingt freundschaftlich nennen, aber er war keinem von beiden ein Fremder. Als professioneller Politiker hatte er mit beiden Männern öfter zusammengearbeitet, und an seine profunden Analysen in vergangenen Krisen erinnerten sie sich voller Hochachtung. Was General Malcomb Halyard betraf, so hatte er Major Pierce vor Jahren in Saigon kennengelernt und war von der herausragenden Leistung des freiwilligen Soldaten so beeindruckt gewesen, daß das Pentagon ein wortreiches Telegramm von ihm erhalten hatte, in dem die Empfehlung ausgesprochen wurde, den Major nicht in die Reserve zu übernehmen, sondern ihm die Laufbahn eines Berufsoffiziers anzubieten.

Trotz dieser außergewöhnlich positiven Beurteilungen hatte Pierce sich für den Zivildienst ausgesprochen – wenn auch in der Regierung. Und da das Militärestablishment zu seinem Leidwesen Teil der Regierung war, hatte es sich rasch herumgesprochen, daß ein exeptioneller Mann zur Verfügung stand und eine Tätigkeit suchte, die ihn herausforderte. Jemand sollte sich etwas einfallen lassen, ehe die Kopfjäger der freien Wirtschaft ihn mit lukrativen Posten köderten. Washington brauchte alle echten Talente, derer es habhaft werden konnte.

Seine politische Karriere begann damit, daß ein älterer Beamter im Außenministerium sagte, er habe zufällig an einer Dinnerparty in Alexandria teilgenommen, wo sein Gastgeber, ein Offizier, ihm von Pierce erzählte. Der Beamte fühlte sich natürlich veranlaßt, Pierces Namen bei einer Konferenz zu erwähnen, an der Addison Brooks teilnahm. Das Außenministerium war dauernd auf der Suche nach einem jungen Mann, der seine Fähigkeiten bereits unter Beweis gestellt hatte und gleichzeitig eine Persönlichkeit besaß, die die Befähigung für hohe, verantwortliche Ämter versprach. Arthur Pierce wurde zu einem Interview mit Brooks gerufen, das sich zu einem längeren Lunch mit dem aristokratischen Staatsmann ausdehnte. Das wiederum führte zu dem Angebot, Beamter im State Department zu werden, eine angesichts seiner Personalakte durchaus verständliche Entscheidung.

Der Maulwurf hatte sich eingegraben. Tatsächlich hatte es gar keine Dinnerparty in Alexandria gegeben, keinen Gastgeber, der sich in sehr schmeichelhaften Tönen über einen hervorragenden Soldaten aus Saigon geäußert hatte. Doch das hatte nichts zu besagen; andere redeten über ihn, dessen hatte sich Brooks vergewissert. Als ein Dutzend Firmen im Begriff waren, dem brillanten jungen Mann verlockende Angebote zu machen, holte Addison Brooks ihn umgehend ins State Department.

Die Jahre verstrichen, und die Entscheidung, Arthur Pierce engagiert zu haben, konnte nur ungeteilten Beifall finden. Er war tatsächlich ein besonders talentierter Mann, und seine Fähigkeit, die Strategie sowjetischer Politik zu erkennen und Gegenmaßnahmen zu ergreifen, wurde zusehends größer. Natürlich gab es auch Spezialisten, die die Meldungen von TASS und die verschiedenen russischen Publikationen auswerteten, um die häufig obskuren sowjetischen Positionen zu interpretieren. Pierces große Fähigkeit zeigte sich am Konferenztisch, sei es nun in Helsinki, Wien oder in Genf. Manchmal war sein Instinkt für die taktischen Manöver der Russen geradezu unheimlich; häufig schien es, als wäre er den von Moskau entsandten Sprechern zehn Schritte voraus. Oft bereitete er seine Gegenschläge vor, ehe die sowjetische Position überhaupt erklärt war, und lieferte so der US-Delegation den Vorteil, sofort reagieren zu können. Die Diplomaten der obersten Ränge suchten in zunehmendem Maße seinen Rat, bis das Unvermeidliche geschah; Matthias wurde auf ihn aufmerksam, und es dauerte nicht lange, bis er Arthur Pierce zu einem ranghohen Diplomaten machte.

Der *paminjatschik* war eingetroffen. Als Kleinkind in Rußland ausgewählt, auf geheimen Wegen nach Amerika gebracht und dort aufgewachsen, hatte der ›Reisende‹ sein von Moskau auferlegtes Ziel erreicht.

Und in diesem Augenblick richtete der Präsident der Vereinigten Staaten das Wort an ihn.

»Jetzt kennen Sie das ganze schreckliche Szenarium, Mr. Pierce.« Berquist hielt inne, die Erinnerung schmerzte ihn. »Es ist seltsam, Ihren Namen zu gebrauchen«, fuhr er mit leiser Stimme fort. »Noch vor wenigen Tagen saß jemand mit demselben Titel an diesem Tisch.«

»Ich hoffe, ich kann auch nur einen Bruchteil dessen beitragen, was er getan hat«, sagte Pierce und studierte seine Notizen. »Es ist erschütternd, daß er tot ist. Ich war mit Emory befreundet... er hatte nicht viele Freunde.«

»Das gleiche hat er von sich gesagt«, stellte Addison Brooks fest: »Und über Sie.«

»Über mich?«

»Daß Sie sein Freund wären.«

»Ich bin geschmeichelt.«

»Das wären Sie damals vielleicht nicht gewesen«, sagte General Halyard. »Sie waren einer von achtzehn... neunzehn Leuten, die er überprüfte.«

»In welcher Weise?«

»Er versuchte, jemanden im vierten Stock des State Department ausfindig zu machen, der vielleicht außer Landes war, womöglich an der Costa Brava«, erklärte der Präsident.

»Der Mann, der später den Code ›Ambiguity‹ benutzte?« fragte Pierce und runzelte die Stirn.

»Richtig.«

»Wie kam man auf meinen Namen? Emory hat mir davon nie etwas erzählt, er hat mich nie angerufen.«

»Unter den vorliegenden Umständen konnte er das nicht«, sagte der

Botschafter. »Einige Briefe zwischen Ihnen und Washington in der entsprechenden Zeitspanne waren verlegt worden. Ich brauche Ihnen nicht zu erklären, was für ein Schock das zuerst für ihn war. Nachher hat man die Korrespondenz natürlich gefunden.«

»Diese Ablagefehler sind wirklich lästig«, sagte Pierce und wandte sich wieder seinen Notizen zu, um ein paar Punkte mit seinem vergoldeten Kugelschreiber anzuhaken. »Ich weiß auch nicht, wie man das lösen kann. Die Korrespondenz ist einfach zu umfangreich, und es gibt zu wenig Leute, die auf dieser Ebene für das Material freigegeben sind.« Der Staatssekretär malte einen Kreis um eine Notiz und fügte während des Lesens hinzu: »Andererseits nehme ich lieber den Ärger in Kauf, als das Risiko einzugehen, daß irgendeiner dieser vertraulichen Aktenvermerke nach draußen gelangt.« Er blickte auf und schüttelte ungläubig den Kopf.

»Wieviel von dem, was Sie hier in diesem Raum erfahren haben, wissen nach Ihrer Einschätzung die Sowjets?« Berquists Gesicht wirkte gefaßt, seine Augen blickten gerade, seine Kinnmuskeln zuckten.

»Weniger als das, was ich erfahren habe, und mehr, als wir vielleicht vermuten. Die Russen sind verdammt unberechenbar; sie steigern sich jetzt richtig hinein. Ich kann mir wirklich keine Meinung bilden, bevor ich nicht Gelegenheit habe, diese... unglaublichen Dokumente zu studieren.«

»Diese falschen Dokumente«, widersprach Halyard eindringlich. »Verträge zwischen zwei Wahnsinnigen, das sind sie.«

»Ich bin nicht sicher, ob Moskau oder Peking das glauben würde, General«, sagte Pierce und schüttelte erneut den Kopf. »Einer dieser Wahnsinnigen ist Anthony Matthias, und die Welt ist nicht bereit, ihn für verrückt zu halten.«

»Weil sie es nicht will«, meinte Brooks. »Weil sie Angst davor hat.«

»Das ist richtig, *Sir*«, sagte der Staatssekretär und nickte. »Aber abgesehen von Matthias; diese sogenannten nuklearen Angriffspakete enthalten außergewöhnliche Informationen von außergewöhnlichem Vertraulichkeitsgrad: Standorte, Megatonnage, detaillierte Lieferfähigkeiten, Startcodes... selbst die Abbruchsysteme. Nach allem, was ich hier entnehmen kann, haben die beiden Supermächte und die künftige Supermacht China quasi die Tore ihrer Waffenarsenale geöffnet und jeder, der diese Verträge liest, kann sich ein Bild von den Geheimwaffen in diesen Kammern machen.« Pierce wandte sich dem General zu. »Welche Empfehlung würde denn das Pentagon aussprechen, wenn vom Geheimdienst der schriftliche Beweis für einen chinesisch-sowjetischen Pakt gegen uns geliefert würde, General?«

»Abschuß«, antwortete Halyard ausdruckslos. »Es gäbe keine Alternative.«

»Nur wenn Sie überzeugt wären, daß es sich um ein authentisches Schriftstück handelt«, warf Brooks ein.

»Ich wäre überzeugt, sagte der General. »Und Sie wären das auch. Wer anders als Männer mit Zugang zu solchen Informationen könnte sie denn in den Vertrag aufnehmen? Außerdem sind hier die Zieldaten. Ich wäre verdammt überzeugt.«

»Wenn Sie sagen, daß die Russen unberechenbar sind«, begann Brooks, »bin ich aus ganzem Herzen Ihrer Ansicht, aber wie meinen Sie das in der gegenwärtigen Lage?«

»Sie haben mir einfach Sätze hingeworfen... aus dem Zusammenhang gerissene Sätze, auf die man nicht antworten konnte... und mich dabei beobachtet, als wollten sie sehen, ob ich auf irgend etwas reagiere. Wir sitzen uns ja schon eine Anzahl von Jahren gegenüber, ob es nun in Wien ist oder in Bern oder in New York; da bemerkt man selbst versteckte Reaktionen.«

»Aber zuallererst haben die Sowjets gesagt, sie wüßten, daß Matthias geistesgestört wäre«, sagte Berquist. »Damit haben sie doch eröffnet, nicht wahr?«

»Ja, Sir. Ich glaube, ich habe die exakten Worte bis jetzt noch nicht gebraucht. Ich war im Büro des sowjetischen Botschafters, auf seine Bitte hin – er hatte mich zu sich bestellt, um es genau zu sagen –, gemeinsam mit seinem Senioradjutanten. Offen gestanden, ich dachte, er hätte mich zu sich gebeten, um einen Kompromiß über die panarabische Resolution auszuarbeiten; aber statt dessen begrüßte er mich mit einer Feststellung, die sich nur auf Matthias beziehen konnte: ›Wir haben von einer sehr verläßlichen Gewährsperson erfahren, daß ein Urlaub ausgedehnt worden ist, weil der Geisteszustand des Urlaubers sich in einem Maße verschlechtert hat, daß die Wiederherstellung seiner Gesundheit nicht mehr möglich ist.‹«

»Und wie haben Sie geantwortet?« fragte Brooks. »Die genauen Worte, bitte.«

»›Der russische Drang zur Melancholie und die russische Fantasie sind heute nicht anders als zu Dostojewskis Zeiten.‹ Das waren meine genauen Worte.«

»Provozierend und doch unbekümmert«, sagte Brooks. »Sehr gut.«

»Damit fing das Feuerwerk an. ›Er ist verrückt!‹ schrie der Botschafter. ›Matthias ist verrückt! Er hat verrückte Dinge getan, das unterminiert, was von der Détente noch übrig ist.‹ Und dann fing sein Adjutant auch an und wollte wissen, wo die nächsten Gespräche stattfinden sollten, mit welchen instabilen Regierungen Matthias in Verbindung gestanden hätte und ob diese Regierungen wüßten, daß er geistesgestört sei, oder ob etwa ein Verrückter geheime Mitteilungen aussendet und seinen Geisteszustand vor den Leuten verborgen hält, die er erreichte... Was mir angst macht, *Mr. President*, Mr. Brooks, General Halyard, ist, daß die Sowjets mir genau das beschrieben haben, was Sie mir gerade erzählt haben. Wenn ich richtig verstehe, hat Matthias in den letzten sechs Monaten genau das getan. Er hat sich an Regime gewandt, die nicht stabil sind, an Revolutionsjuntas, mit denen wir uns normalerweise nicht einlassen würden.«

»Und dort stammt natürlich die Information der Sowjets her«, sagte Berquist. »Sie glauben, ein geistesgestörter Matthias würde eine Anzahl seiner wohlbekannten ›geopolitischen Realitäten‹ in die Tat umsetzen. Gegen sie ausnützen.«

»Sie glauben sogar weit mehr als das«, verbesserte Pierce. »Sie glauben, er könnte Atomwaffen an extremistische Regime und Fanatiker geliefert haben – an islamische Gruppen beispielsweise oder an antisowjetische arabische Gruppierungen –, alles Leute, bei denen wir uns einig waren, daß sie nicht beliefert werden. Die reagieren regelrecht paranoid. Die Großmächte können sich allein durch die bloße Präsenz ihrer Waffen gegenseitig abschrecken, aber keiner von uns vermag uns vor einer irrationalen Partisanenjunta zu schützen, die über Nuklearwaffen verfügt. Wenn ich die Russen richtig verstanden habe, ist es diese Sorge, die sie zum letzten Schritt treibt.«

»Aber nicht Parsifal«, sagte Brooks. »Nach Ihrer Ansicht hat der Mann, den wir Parsifal nennen, keinen Kontakt zu Moskau hergestellt, nicht wahr?«

»Ich kann gar nichts ausschließen«, wandte Pierce ein. »Da waren so viele Drohungen, Andeutungen... wie gesagt, es ist undurchsichtig. Sie erwähnen beispielsweise ›nächste Gespräche‹, ›instabile Regierungen‹, ›Nuklearmaterial‹. All das – ich sage es noch einmal – kommt in diesen Verträgen vor, wenn ich richtig verstanden habe. Wenn ich die Dokumente einsehen könnte, wäre ich imstande, Parallelen zu den Originaltexten zu entdecken.« Der Staatssekretär hielt inne. Dann meinte er mit leiser, aber fester Stimme. »Ich halte es für möglich, daß dieser Parsifal Kontakt hergestellt und provozierende Andeutungen geliefert hat, vielleicht sonst nichts weiter. Und ich halte es für dringend notwendig, daß wir das erfahren.«

»Er will uns alle in die Luft jagen«, sagte der Präsident. »Mein Gott, das ist alles, was er will.«

»Je schneller ich nach Poole's Island gelangen kann, *Mr....*« Pierce mußte innehalten.

Das weiße Telefon summte, und ein kleines rotes Lämpchen leuchtete an seinem Sockel auf. Berquist nahm den Hörer ab. »Ja?«

Der Präsident lauschte fast dreißig Sekunden lang und antwortete dann mit einem Nicken. »Ich verstehe. Informieren Sie mich, was geschieht, sobald es geschieht.« Er legte den Hörer auf und wandte sich den anderen zu. »Das war Havelock. Er kommt heute nachmittag nicht.«

»Was geschieht denn?« fragte Halyard.

»Zu viele Dinge, als daß er sein Telefon verlassen könnte.«

»Das tut mir leid«, sagte Arthur Pierce. »Ich hätte ihn gern kennengelernt. Ich glaube, es ist sehr wichtig, daß wir in Verbindung bleiben. Ich kann ihm sagen, was bei den Sowjets vor sich geht, und er kann mich auf dem laufenden halten. Ich muß wissen, wann ich aktiv werden und wann ich mich zurückhalten muß.«

»Sie werden informiert; er hat seine Anweisungen von mir... Sie haben den Pathologen aus den Augen verloren.«

»Verdammt!« fluchte der General.

»Entweder hat er die Überwacher entdeckt oder gewußt, daß etwas schiefgegangen ist, und deshalb beschlossen zu verschwinden.«

»Oder den Befehl zum Verschwinden erhalten«, fügte Brooks hinzu.

»Das ist es eben, was ich nicht begreifen kann«, sagte Berquist und wandte sich dem Staatssekretär zu, der stumm geblieben war. »Die Sowjets haben Ihnen gegenüber keine Andeutung gemacht, daß ihnen bekannt ist, daß Russen in diese verdammte Geschichte verwickelt waren? Sie haben die Costa Brava oder Rostows Telegramm an uns nicht erwähnt?«

»Nein, *Sir*. Das ist vielleicht unser einziger Vorteil. Wir wissen es, aber sie nicht.«

»Rostow weiß es«, beharrte der Präsident.

»Dann hat er zuviel Angst, um etwas zu unternehmen«, erwiderte Pierce. »Das ist bei langjährigen KGB-Leuten häufig der Fall; die wissen nie genau, auf wessen Zehen sie treten. Und wenn er sucht, kommt er nicht weiter.«

»Das klingt ja so, als sprächen wir von zwei verschiedenen Moskaus«, wandte Halyard ein.

»Ich muß Havelock recht geben«, sagte der Maulwurf. »Das tun wir auch. Und bis jenes Moskau, das Matthias' Dokumente in die Hand bekommen will, Erfolg hat, spricht dasjenige, mit dem ich zu tun habe, für den Kreml. Das wäre sonst nicht der Fall. Ein Grund mehr übriges, warum ich unbedingt auf dem laufenden gehalten werden muß. Wenn Havelock auch nur einen Mann erwischt, den wir in Verbindung mit jenem anderen Moskau bringen könnten, dann wäre das ein wichtiger Hebel. Ich könnte ihn gebrauchen.«

»Das hat er uns bereits gesagt«, unterbrach ihn Brooks. »Eine Abteilung der sowjetischen Abwehr, die VKR genannt wird. Rostow hat das praktisch zugegeben.«

Pierce wirkte verwirrt. »Das habe ich nicht gehört.«

»Vielleicht habe ich es übersehen«, sagte Berquist.

»Jedenfalls ist es zu allgemein... das VKR setzt sich aus mehreren Einheiten zusammen. Ich brauche Einzelheiten. Welche Einheit? Welche Direktoren?«

»Die Informationen bekommen Sie vielleicht.«

»Wie bitte, *Sir*?« Pierces goldener Kugelschreiber verharrte über dem Notizblock.

»Das ist eines der Dinge, die Havelock in ›Steril Fünf‹ festhalten.«

»›Steril Fünf‹...«

»Die haben zwar vielleicht diesen Shippers verloren, aber Havelock rechnet damit, daß sein Auftraggeber Männer nach Maryland schicken wird, um herauszufinden, mit wem Matthew Randolph zusammengearbeitet hat. Er hat seine eigenen Leute in die Klinik entsandt, mit dem Befehl, die Betreffenden festzunehmen. Wie ich Ihnen schon sagte, der Arzt hat in bezug auf MacKenzies Tod gelogen, aber aus den falschen Gründen.«

»Ja, ich weiß.« Pierce blickte auf seine Notizen, während er den Kugelschreiber in die Innentasche seines Nadelstreifenjacketts steckte. »Es hilft mir, Dinge aufzuschreiben; ich hatte nicht die Absicht, diese Notizen mitzunehmen.«

»Da bin ich froh«, sagte der Präsident. »Das hätte ich nicht zugelassen... Sie müssen eine Menge überdenken, Mr. Pierce, und Sie haben nicht viel Zeit. Wie beabsichtigen Sie, mit den Sowjets weiterzumachen?«

»Sehr vorsichtig«, erwiderte der Maulwurf. »Mit Ihrer Erlaubnis würde ich vor den Russen gerne einen Teil von dem, was Sie mir gesagt haben, bestätigen.«

»Sie sind nicht bei Trost«, sagte Halyard.

»Bitte, General, nur einen kleinen Teil. Die haben offenbar eine ziemlich genaue Quelle. Das Ganze also zu leugnen, würde sie nur noch argwöhnischer und feindseliger machen. Das können wir uns jetzt nicht leisten. Um die Worte des Präsidenten zu gebrauchen, wir müssen sie so lange wie möglich so ruhig wie möglich halten.«

»Wie glauben Sie, das erreichen zu können?« fragte Berquist und kniff argwöhnisch die Augen zusammen.

»Indem ich zugebe, daß Matthias vor Erschöpfung zusammengebrochen ist. Alles andere sei im Vergleich zur medizinischen Diagnose maßlos übertrieben. Er muß sich einige Wochen ausruhen, das ist alles. Der Rest sind Gerüchte und Klatsch, mit so etwas muß man bei einem Mann wie Matthias rechnen. Vergessen Sie nicht, die erinnern sich an Stalin; das könne die nicht einfach abtun. Als Stalin schließlich tot war, glaubte halb Moskau, daß er geistesgestört sei.«

»Ausgezeichnet!« warf Brooks ein.

»Sie können doch die anderen Quellen nicht einfach abtun«, sagte

Halyard, »diese Indiskretion von instabilen Regierungen... den Revolutionsjuntas, oder wie Sie sie genannt haben. Matthias war doch mit ihnen in Verbindung.«

»Dann müssen sie mir gegenüber deutlicher werden. Ich glaube, ich komme damit schon irgendwie klar. Zumindest müssen sie mit Moskau konferieren und alles genau überprüfen. Jeder einzelne Fall gewinnt für uns Zeit.« Pierce hielt inne und drehte sich zu Berquist herum. »Und Zeit, *Mr. President*, scheint mir jetzt das Wichtigste. Je schneller ich nach New York zurückkehren und um ein Gespräch mit dem sowjetischen Botschafter bitten kann – nein, es fordern, es verlangen kann –, desto größer ist meine Chance, ihnen die Panik zu nehmen. Ich glaube wirklich, daß sie auf mich hören würden. Ich kann nicht garantieren, wie lange, aber eine Weile schon... ein paar Tage, eine Woche.«

»Was uns natürlich zu der naheliegenden Frage bringt«, sagte Brooks, der die schlanken, manikürten Hände unter dem aristokratischen Kinn gefaltet hatte, »warum man gerade mit Ihnen Kontakt aufgenommen hat und nicht mit den direkteren, eher krisenorientierten Kanälen in Washinton.«

»Das hätte ich auch gerne gewußt«, fügte Berquist hinzu. »Für solche Notfälle gibt es ein Telefon, das nie weiter als vier Meter von mir entfernt ist.«

Arthur Pierce zögerte mit der Antwort. Seine Augen wanderten zwischen dem Präsidenten und dem Botschafter hin und her. »Es ist für mich schwierig, darauf zu antworten, ohne arrogant oder übermäßig ehrgeizig zu wirken, und ich glaube, weder das eine noch das andere zu sein.«

»Das akzeptieren wir«, sagte Berquist. »Sagen Sie, was Sie meinen.«

»Bei allem Respekt vor unserem Botschafter in New York – und ich bin da wirklich ehrlich, er ist ungemein sympathisch, das ist schrecklich wichtig in dem Geschäft, und er hatte eine hervorragende Karriere im...«

»Hatte«, unterbrach ihn der Präsident. »Er ist wie ein biegsamer Busch im Wind, aber seine Wurzeln reichen tief. Er ist wegen seiner liebenswürdigen Art dort und wegen der Tatsache, daß er keine Entscheidungen trifft. Auch das akzeptieren wir. Fahren Sie fort.«

»Die Sowjets wissen, daß Sie mich – auf Matthias' Bitte – zum Sprecher des State Department ernannt haben. Um Ihr Sprecher zu sein, *Sir*.«

»Und der Sprecher für Anthony Matthias«, fügte Brooks hinzu. »Was eine sehr enge Beziehung zu unserem Außenminister voraussetzt.«

»Ich hatte das Vergnügen einer solchen Beziehung bis vor ein paar Monaten... Als anscheinend alle Kontakte durch seine Krankheit abgebrochen wurden.«

»Aber *die* glauben, Sie hätten diese engen Kontakte zu Matthias immer noch«, bemerkte Halyard. »Und warum, zum Teufel, auch nicht. Niemand sonst, mit Ausnahme von Matthias, könnte einen direkteren Kontakt zu den Russen haben als Sie.«

»Danke, General. Ich denke, man ist zu mir gekommen, weil sie dachten, ich müßte wissen, ob die Gerüchte über Matthias irgendeine Berechtigung hätten.«

»Und wenn die Sowjets glauben würden, daß Sie lügen, wie würden sie darauf reagieren?«

»Dann würden sie den heißen Draht unbeachtet lassen, *Mr. President*, und der Welt einen Atomkrieg bescheren.«

»Fahren Sie nach New York zurück, und tun Sie, was in Ihrer Macht steht. Ich werde das Notwendige veranlassen, damit Sie nach Poole's Island fliegen können. Studieren Sie diese Verträge, bis Sie den Inhalt Wort für Wort kennen.«

Der *paminjatschik* erhob sich und ließ seine überflüssigen Notizen zurück.

Kaum hatte die Limousine die Tür des Weißen Hauses passiert, lehnte Arthur Pierce sich in seinem Sitz nach vorn und verlangte fast unfreundlich von dem Fahrer, den ihm das State Department zugewiesen hatte: »Fahren Sie mich, so schnell Sie können, zu einer Telefonzelle.«

»Der Apparat im Wagen funktioniert, *Sir*. Er ist in der Kassette vor Ihnen auf dem Boden.« Der Fahrer nahm die rechte Hand vom Steuer und deutete nach hinten auf das Lederfutteral. »Sie brauchen nur an dem Hebel zu ziehen.«

»Ich will dieses Telefon nicht benutzen!«

»Entschuldigen Sie, *Sir*. Ich wollte Ihnen ja nur helfen.«

Der Staatssekretär bemerkte, daß er zu weit gegangen war. »Entschuldigen Sie... Die Vermittlung für diese Funktelefone braucht immer eine Ewigkeit, und ich habe es sehr eilig.«

»Sie haben recht, die Klage habe ich schon öfter gehört.« Der Fahrer trat kurz auf das Gaspedal, nur um Sekunden später wieder zu bremsen. »Hier ist eine Telefonzelle, *Sir*. An der Ecke.«

Pierce stieg aus und ging schnellen Schrittes zu der gläsernen Zelle. Drinnen zog er die Tür hinter sich zu, schob eine Münze in den Schlitz und wählte. »Ihre Reise?« fragte er kurz.

»Angenehmer Flug. Nur zu.«

»Ist die Gruppe nach Maryland abgefahren?«

»Vor etwa fünfzehn Minuten.«

»Sie müssen sie aufhalten!«

»Wie?«

Der *paminjatschik* biß sich auf die Lippe. Seine Leute hatten keine Möglichkeit, sich über Funktelefone zu verständigen. »Gibt es nicht irgendeine Möglichkeit, die Gruppe zu erreichen, sobald sie an ihrem Ziel eintrifft?«

»Nicht so, wie sie ausgerüstet ist«, kam leise die Antwort.

»Schicken Sie sofort eine zweite Gruppe. Polizeifahrzeuge, automatische Waffen, Schalldämpfer. Töten Sie sie, töten Sie sie alle. Niemand darf am Leben bleiben.«

»Sie haben sie doch geschickt!«

»Es ist eine Falle.«

»O Gott... sind Sie sicher?«

»Ich habe gerade das Weiße Haus verlassen.«

Ein leiser, langgezogener Pfiff war die Reaktion am anderen Ende der Leitung. »Dann hat es sich ausbezahlt, nicht wahr?«

»Sie hatten keine Wahl. Noch etwas. Sie müssen Mutter erreichen. Rostow hat Victor im Visier. Stellen Sie fest, was er weiß; wir müssen in Betracht ziehen, ihn zu eliminieren.«

Charley Loring ging die Treppe des Pentagon hinunter und dachte über den Korvettenkapitän Thomas Decker nach. Er war nicht sicher, wonach Havelock Ausschau hielt, aber er war ziemlich überzeugt, daß er ihm den entscheidenden Hinweis nicht liefern konnte – noch nicht, hoffte er. Nachdem er Deckers komplette Dienstakte gelesen hatte, darunter auch etliche Test- und Gesundheitsberichte des Marinekommandos, hatte Charley beschlossen, weitere Informationen über ihn im Pentagon einzuholen. Unter dem Vorwand, daß Decker für einen Posten in einer Botschaft im Gespräch war, einen sehr wichtigen Posten, der Takt und ein beträchtliches Maß an Persönlichkeit forderte, suchte er einige Freunde in der Heeresabwehr auf und sagte, er müsse einige Leute vertraulich interviewen und brauchte ihre Hilfe. Er erinnerte sie daran, daß er ihnen schon mit Gefälligkeiten gedient hatte.

Das wirkte.

Fünf Personen wurden ihm für formlose Einzelgespräche zugeführt, und jeder wurde eingeschärft, daß sie selbst dafür verantwortlich sei, daß die Vertraulichkeit gewahrt blieb. Es handelte sich um drei Marineoffiziere, die mit Decker zusammen auf dem Unterseeboot *Starfire* gedient hatten, eine Sekretärin, die sechs Monate in seinem Büro gearbeitet hatte, und um einen Marineangehörigen, der Mitglied im Nuklearen Krisenausschuß war.

Havelock hatte gesagt, daß Decker ein Lügner sei. Loring fand allerdings keinerlei Beweise für diese Charakterisierung. Er war eher ein Moralist, der ein strenges Regiment geführt hatte. Bei jedem der wöchentlichen interkonfessionellen Gottesdienste, auf deren Abhaltung er beharrte, verlas er die Lektionen. Er hatte den Ruf eines strengen, aber gerechten Vorgesetzten. Stets war er darauf bedacht, alle Seiten eines Problems zu beleuchten, ehe er seine Entscheidung traf, von der er dann auch nicht mehr abwich. Einer seiner Kollegen drückte es so aus, daß man zwar mit irgendeiner Handlungsweise Deckers nicht einverstanden sein konnte, aber stets begriff, warum er sich so und nicht anders verhielt. Mit seinem logischen Verstand, sagte ein anderer, erfasse er die ›Haken und Ösen‹ einer komplizierten Angelegenheit schneller als die meisten anderen. Und doch nutze er nie die Irrtümer anderer aus, um seine eigene Überlegenheit herauszukehren, meinte ein dritter Offizier; er konnte die Fehler anderer mitfühlend akzeptieren, solange er spürte, daß sie ihr Bestes gegeben hatten. Das war nicht die Art eines Lügners, dachte Loring. Lügner stürzten sich auf die Schwächen anderer, noch dazu, wenn sie ihnen praktisch gratis geliefert wurden.

Die Sekretärin freilich beleuchtete eine andere Seite von Thomas Decker, die in seinen Dienstakten und in den Aussagen seiner Kollegen nicht sichtbar geworden war. Der Korvettenkapitän bemühte sich offensichtlich sehr, seine eigenen Vorgesetzten zu unterstützen und ihnen gefällig zu sein.

»Er war immer taktvoll und großzügig«, beschrieb sie ihn, »wenn er die Arbeit anderer Leute beurteilen mußte, selbst wenn man genau wußte, daß er sie in Wirklichkeit sehr kritisch sah. Beispielsweise hat er eine Entscheidung der Vereinigten Stabschefs voll unterstützt, obwohl er mir gegenüber die Ansicht äußerte, daß sie nichts tauge... Wenn Sie von Takt sprechen, nun, der Commander ist so ziemlich der diplomatischste Mensch, den ich je gekannt habe.«

Die letzte Person, mit der Charley Loring sprach, war Major und wie Decker Mitglied im Nuklearen Krisenausschuß. Seine Meinung über den Kollegen fiel krasser aus: »Er kriecht den Leuten ganz schön in den Arsch, aber verdammt gut ist er ja. Takt?... Herrgott, ja, Takt hat er, aber er wird sich nicht gleich die Schlinge um den Hals legen, wenn ihm etwas wirklich Wichtiges mißlingt. Irgendwie schafft er es immer, daß die Sache glatt verläuft.«

Lieutenant Commander Thomas Decker war intelligent und offensichtlich ehrgeizig. Dazu paßte natürlich, daß er seine Vorgesetzten zuvorkommend behandelte – selbst mit unangemessener Schmeichelei –, aber wenn diese Haltung bereits einen gefährlichen Lügner aus ihm machte, dann gab es nur wenige wahrheitsliebende Männer im Pentagon... und anderswo.

Loring hatte inzwischen seinen Wagen auf dem Parkplatz erreicht, machte es sich auf dem Sitz bequem und nahm das Mikrofon aus der

Halterung unter dem Armaturenbrett. Er beugte sich kurz vor und drückte den Sendeknopf, wodurch die Verbindung mit der Zentrale im Weißen Haus hergestellt war.

»Verbinden Sie mich mit ›Steril Fünf‹ bitte«, sagte er. Er würde alle Informationen an Havelock weiterleiten, solange er sie noch frisch im Gedächtnis hatte. Vielleicht halfen sie ihm ja doch weiter.

Die beiden ›Apatschen‹ streiften durch die Gänge des Ärztezentrums, bemüht, immer Sichtkontakt mit Dr. Matthew Randolph zu haben, wohin er auch ging. Keiner der beiden Männer war mit den getroffenen Vorkehrungen zufrieden und hatte das auch ›Steril Fünf‹ wissen lassen. Randolph huschte durch Türen und Gänge, und das alles mit der Behendigkeit eines gehetzten Wiesels. Was den Arzt ursprünglich dazu geführt hatte, mit ihnen zu kooperieren, es war schon lange seiner Widerborstigkeit zum Opfer gefallen. Es schien fast so, als zielte er bewußt darauf ab, die Aufmerksamkeit auf sich zu lenken, als wollte er jemanden, der vielleicht in einem leeren Zimmer oder irgendwo in einer dunklen Ecke auf ihn lauerte, herausfordern, sich zu zeigen. Abgesehen von der grundsätzlichen Schwierigkeit, eine solche Person zu schützen, fanden es die zwei Männer sinnlos gefährlich, daß Randolph sie zwang, sich zu erkennen zu geben. Keiner hatte besondere Freude an der Vorstellung, daß ihn ein Scharfschütze aus größerer Distanz abknallen könnte, während er dem störrischen Klinikchef quer über ein Rasenstück folgte. Eine Verstärkung war deshalb dringend erforderlich. Selbst ein Mann schon, der draußen die Bewachung übernahm, würde den Druck verringern. Wenn man mehr als einen einsetzte, das begriffen sie, würde das den Zweck ihrer Strategie zunichte machen, weil dann die ganze Opération offenkundig war. Aber Unterstützung brauchten sie auf jeden Fall.

›Steril Fünf‹ sagte zu. Der dringende Anruf von ›Apatsche‹ hatte ein früheres Gespräch mit einem der erfahrensten Männer von *Consular Operations* unterbrochen. Er war frei und konnte von einem Helikopter des Pentagon bis auf ein paar Meilen zum Medical Center geflogen werden. Dort würde ihn ein Wagen abholen. In fünfunddreißig bis vierzig Minuten sollte er eintreffen.

»Woher wissen wir, wann er hier ist?«

»Erkundigen Sie sich über das Haustelefon am Empfang. Er wird hereinkommen und fragen, wie man nach... Easton kommt. Dann wird er wegfahren und zu Fuß zurückkehren.«

Die Sonne stand in Höhe der Baumwipfel und tauchte die Landschaft Virginias in weiches, goldenes Licht. Havelock erhob sich müde hinter seinem Schreibtisch.

»Der CIA wird die ganze Nacht graben und alles mit *Cons Op* und G-Zwo durchchecken. Sie haben zwei Fotos gefunden; sechs fehlen noch.«

»Ich hätte gedacht, Fotografien wären in diesen Akten das wichtigste«, sagte Jenna, die an dem silbernen Tablett stand und Michael einen Drink einschenkte. »Man kann doch solche Leute nicht einfach herüberbringen, wenn man nicht einmal genau weiß, wie sie eigentlich aussehen.«

Havelock blieb stehen und sah sie an. »Die Männer, die du ausgewählt hast, wurden nie für so wichtig gehalten. Sie waren von vornherein belanglos.«

»Es waren Spezialisten.«

»Psychiater, Psychologen und ein paar Philosophieprofessoren. Alte Männer, denen man das Privileg eingeräumt hatte, ihre Ansichten kundzutun... teilweise war das ein wenig verletzend, aber nicht gerade welterschütternd für den Kreml.«

Jenna trug das Whiskyglas an seinen Tisch. »Da, das brauchst du jetzt.«

»Danke.« Havelock nahm das Glas und ging langsam zum Fenster. »Ich will Decker herholen«, sagte er. »Er muß herkommen. Am Telefon wird er mir nie etwas sagen. Nicht alles.«

»Dann bist du also überzeugt, daß er dein Mann ist?«

»Keine Frage. Ich müßte bloß begreifen, warum?«

»Loring hat es dir doch gesagt. Er schmeichelt seinen Vorgesetzten, sagt, er sei ihrer Ansicht, selbst wenn das nicht stimmt. Ein solcher Mann würde alles tun, was Matthias von ihm verlangt.«

»Seltsamerweise ist das nur ein Teil des Ganzen«, sagte Michael und schüttelte den Kopf. Dann nippte er an seinem Glas. »Das ist eine Beschreibung, die auf die meisten ehrgeizigen Männer überall zutrifft; Ausnahmen sind selten. Zu selten.«

»Was dann?«

Havelock starrte zum Fenster hinaus. »Er achtete darauf, alles zu rechtfertigen, was er tut«, begann Michael langsam. »Er liest bei Gottesdiensten, die unter seinem Kommando eingeführt wurden, Episteln. Er spielt den weisen Salomon. Hinter dieser gefälligen Fassade muß sich ein Eiferer verstecken. Und nur ein Eiferer in seiner Position würde ein Verbrechen begehen, für das er, wie Berquist sagt, in den meisten Ländern hingerichtet würde und selbst bei uns dreißig Jahre im Gefängnis verbringen müßte... Ich wäre nicht überrascht, wenn Decker das alles getan hat. Wenn es nach mir ginge, sollte man ihn an die Wand stellen und erschießen.«

Die Sonne war hinter den Bäumen versunken, und orangerote Strahlen, die von den Zweigen gefiltert wurden, breiteten sich über den Rasen aus und zuckten über die Alabastermauern des Randolph Medical Center. Charley Loring kauerte am Stamm einer hohen Eiche am anderen Ende des Parkplatzes. Er hatte den Haupteingang und die hintere Notzufahrt deutlich vor Augen und hielt sein Walkie-talkie in der Hand. Ein Ambulanzwagen hatte vor wenigen Minuten das Opfer eines Verkehrsunfalls eingeliefert. Der Verletzte wurde gerade von Dr. Randolph untersucht, und die beiden ›Apatschen‹ hatten im Flur vor dem Untersuchungszimmer Stellung bezogen.

Der *Cons-Op*-Agent sah auf die Uhr. Er befand sich jetzt beinahe eine Dreiviertelstunde auf seinem Posten. Ein Helikopter hatte ihn zu einem privaten Flugplatz am Rande von Denton, acht Minuten von der Klinik entfernt, gebracht, wo bereits ein Wagen auf ihn wartete. Er hatte volles Verständnis für die Besorgnis der beiden Leibwächter. Der Mann, den sie schützen sollten, erschwerte ihnen die Arbeit zwar, aber Charley hätte es anders angepackt. Er hätte gleich zu Anfang klipp und klar gesagt, es wäre ihm völlig egal, ob man ihn umlegte oder nicht; das Hauptanliegen der Aktion wäre es, einen der Leute dingfest zu machen, die es auf ihn abgesehen hatten, das Leben jenes Mannes sei viel wichtiger als das seine. Und Loring hätte irgendwo anständig zu Abend essen können, statt auf einem kalten, nassen Rasen auf Gott weiß was zu warten.

Charley blickte auf, als er das Geräusch hörte. Ein schwarzweißlackierter Streifenwagen fuhr mit ziemlich hohem Tempo auf den hinteren Parkplatz, schlug einen Bogen und bremste plötzlich vor der Notaufnahme. Zwei Polizisten sprangen heraus und rannten auf die Tür zu. Loring hob das Funksprechgerät an die Lippen.

»›Apatsche‹, ein Polizeiwagen ist gerade ziemlich schnell an die Rampe gerast. Zwei Bullen kommen jetzt rein.«

»Wir sehen sie«, war die Antwort. »Wir sagen Ihnen Bescheid.«

Charley blickte wieder zu dem Streifenwagen hinüber, und was er sah, kam ihm seltsam vor. Beide Türen standen offen, etwas, das Polizisten selten taten, sofern sie nicht die Absicht hatten, in der Nähe ihres Fahrzeugs zu bleiben.

Jetzt drangen aus seinem Walkie-talkie knatternde Geräusche und dann die Worte: »Interessant, aber unwesentlich«, sagte ein Mitglied des Apatsche-Teams, den der *Cons-Op*-Agent bisher noch nicht gesehen hatte. »Anscheinend ist bei dem Unfall ein prominentes Mitglied einer Mafiafamilie aus Baltimore schwer verletzt worden. Man hat die Polizisten gerade zur Identifizierung und für ein erstes Verhör hereingelassen.«

»Okay, Ende.« Loring ließ das Funksprechgerät sinken, und seine

Augen wanderten wieder zu dem Streifenwagen hinüber. Plötzlich machte ihn etwas stutzig. Er war auf der Straße zur Klinik an einer Polizeistation vorbeigekommen, nicht einmal fünf Minuten entfernt. Drei oder vier Streifenwagen hatten davor geparkt, aber die waren nicht schwarzweiß lackiert, sondern rotweiß. Und wenn wirklich ein gesuchter Mafioso vor wenigen Minuten nach einem Verkehrsunfall in ein lokales Krankenhaus gebracht worden war, dann würde ganz bestimmt mehr als ein Polizeifahrzeug eingesetzt werden...

»›Apatsche‹! ›Apatsche‹! Kommen!«

»Was ist?«

»Sind die Polizisten noch bei Randolph?«

»Sie sind gerade hineingegangen.«

»Ihnen nach! Schnell!«

»Was?«

»Keine Fragen jetzt, tun Sie, was ich sage! Mit Waffen!«

Charley hatte bereits den halben Parkplatz überquert. So schnell er konnte, rannte Charley zum Eingang der Notaufnahme und schwang sich mit einer Flanke auf die Plattform. Er stieß die breite Metalltür auf und fegte an einer erschreckten Schwester hinter einer verglasten Empfangstür vorbei. Hastig drehte er den Kopf nach allen Seiten und entschied sich für den Korridor von ihm. Dann bog er in den nächsten Quergang nach rechts. Dort war das Untersuchungszimmer, nur drei Meter entfernt.

Die Tür war verschlossen; das gab keinen Sinn. Loring eilte schnell darauf zu, lautlos, machte lange, vorsichtige Schritte, den Rücken gegen die Wand gepreßt. Plötzlich hörte er zwei gedämpfte Geräusche, wie wenn jemand ausspuckt, und dann einen schrecklichen, kehligen Schrei hinter der schweren Stahltür. Jetzt wußte er, daß sein Instinkt ihn nicht getrogen hatte. Er fuhr um den Türstock herum, um der linken Hand freien Zugriff zur Klinke zu lassen, drückte sie herunter, warf sich mit der Schulter gegen das Türblatt.

Die Tür flog auf.

Schüsse fielen, die Kugeln bohrten sich neben ihm in die Wand; sie hatten zu hoch geschossen, die spuckenden Laute kamen aus der Tiefe des Raums. Charley duckte sich und warf sich nach vorn, rollte ab, als er den Boden berührte, und feuerte auf eine blaue Uniform... aber er hatte zu tief gezielt, so daß die Kugeln vom Stahl abprallten. *Beine, Knöchel, Füße, Arme, wenn es sein muß – aber nicht die Brust, nicht den Kopf! Ich will ihn lebend!*

Der zweite Uniformierte warf sich über einen Untersuchungstisch, Loring hatte keine Wahl. Er schoß direkt auf den Angreifer, der eine Pistole in der Hand hielt. Der Killer prallte von dem gepolsterten Tisch ab, fiel zu Boden, die Kehle aufgerissen, tot.

Der andere muß am Leben bleiben! Unbedingt! Der Schrei hallte immer noch durch seinen Kopf, als Charley die Tür zutrat und die hellen Neonröhren an der Decke zerschoß. Nur ein schwaches Notlicht brannte noch.

Drei spuckende Geräusche kamen aus der Dunkelheit, und die Kugeln bohrten sich über ihm in den Verputz. Wieder rollte er sich herum, diesmal nach links, kollidierte mit zwei leblosen Körpern... waren das die ›Apatschen‹? Er konnte es nicht sagen; er wußte nur, daß er den Mann, der noch lebte, nicht entkommen lassen durfte. Und in jenem Raum gab es noch zwei Lebende, sonst nur Blut, zerfetztes Fleisch und Leichen.

Es war ein Massaker gewesen.

Ein Stakkato von Gewehrschüssen knatterte über den Boden, und er spürte die brennende Hitze des Geschosses, das seinen Unterleib durchbohrte; er war getroffen, aber der Schmerz bewirkte etwas Seltsames in ihm: Sein Verstand explodierte vor Wut, aber es war eine kontrollierte Wut. Er hatte schon einmal verloren. Das durfte ihm nicht wieder passieren!

Er sprang nach rechts, krachte gegen eine Krankenliege, so daß sie in die Richtung rollte, aus der die Stakkatosalve gekommen war; er hörte den Aufprall und richtete sich schnell auf, die Pistole mit beiden Händen umklammert, und zielte auf eine andere Hand im Schatten. Er feuerte, als draußen im Flur die Schreie anschwollen.

Ein letztes blieb ihm noch zu tun. Dann würde er diesmal nicht verloren haben.

34

Korvettenkapitän Thomas Decker betrat das Arbeitszimmer von ›Steril Fünf‹; zwei Männer vom Geheimdienst des Weißen Hauses eskortierten ihn. Sein kantiges, muskulöses Gesicht war gefaßt, doch seine Augen spiegelten seine innere Unruhe wider. Die breiten Schultern unter der gutgeschnittenen blauen Uniform verrieten, daß er sich in Form hielt, aber eher zwanghaft und nicht, weil es ihm Spaß machte; sein Körper war starr, und in seinen Bewegungen war wenig Fließendes. Das Gesicht, das Havelock so faszinierte, war eine hartschalige Maske, die im Begriff war zu zerspringen. Decker wirkte wie versteinert, und trotzdem konnte er seine Angst nicht verbergen, sosehr er sich auch bemühte.

Michael wandte sich an die zwei Männer vom Geheimdienst, die auf weitere Anweisungen warteten.

»Vielen Dank, *Gentlemen*. Die Küche ist rechts hinunter, ganz am Ende des Flurs. Der Koch hat bestimmt etwas zu essen für Sie... Bier, Kaffee, was Sie wollen. Ich habe Sie sicher beim Abendessen gestört und weiß nicht, wann wir hier fertig sein werden. Sie können natürlich auch telefonieren, wenn Sie möchten.«

»Danke, *Sir*«, sagte der Mann links von Decker und nickte seinem Begleiter zu. Dann drehten sich beide um und verließen das Zimmer.

»*Mich* haben Sie auch beim Abendessen gestört, und ich erwarte...«

»Halten Sie den Mund, *Commander*«, unterbrach ihn Havelock barsch.

Decker ging verärgert ein paar Schritte auf den Schreibtisch zu, aber der Ärger war zu aufgesetzt, zu gezwungen. Michael merkte, daß er ihn heraufbeschwor, um die Furcht zu verdrängen. Doch seine Stimme war noch fest.

»Ich bin heute abend mit Admiral James verabredet!«

»Er ist informiert worden, daß dringende Angelegenheiten es erforderlich machen, daß Sie hier sind.«

»Das ist unerhört! Ich verlange eine Erklärung!«

»Sie haben Anspruch auf ein Erschießungskommando.« Havelock stand auf, während Decker ihn mit aufgerissenem Mund ansah. »Ich glaube, Sie wissen, weshalb.«

»Sie!« Die Augen des Offiziers weiteten sich; er schluckte, während alle Farbe aus seinem maskenhaften Gesicht wich. »Sie sind es, der mich angerufen hat, mir diese Fragen gestellt hat! Mir gesagt hat... ein sehr bedeutender Mann würde sich nicht erinnern! Es ist eine Lüge!«

»Es ist die Wahrheit«, erwiderte Michael gelassen. »Aber Sie können das nicht verstehen, und das treibt Sie die Wände hoch. Seit ich es Ihnen gesagt habe, haben Sie an nichts anderes gedacht... weil Sie wissen, was Sie getan haben.«

Decker wurde wieder starr, die Augenbrauen hochgeschoben, die Augen umwölkt. »Ich habe Ihnen nichts zu sagen, Mr. Cross. Cross ist doch richtig, oder?«

»Schon gut«, sagte Havelock und nickte. »Aber Sie haben eine ganze Menge zu erzählen, und Sie werden auspacken. Wenn Sie es nämlich nicht tun, werden Sie auf Befehl des Präsidenten in die dunkelste Zelle von Leavenworth wandern. Man wird die Tür verriegeln und den Schlüssel wegwerfen. Ihnen den Prozeß zu machen, wäre für die Sicherheit dieses Landes viel zu gefährlich.«

»Nein... Das können Sie nicht! Ich habe nichts Unrechtes getan! Ich hatte recht, wir hatten recht!«

»Die Vereinigten Stabschefs und wichtige Mitglieder des Repräsentantenhauses und des Senats werden mir zustimmen«, fuhr Michael fort. »Es wird einer der wenigen Fälle sein, wo aus Gründen der nationalen Sicherheit die staatsbürgerlichen Rechte eines einzelnen ignoriert werden.«

Die Maske zersprang, Furcht schlug in Verzweiflung um, und Dekker flüsterte: »Was behauptet man über mich?«

»In Verletzung Ihres Eides als Offizier und der Geheimhaltungsvorschriften, zu denen Sie sich verpflichtet haben, haben Sie Dutzende der brisantesten Dokumente in der Militärgeschichte dieses Landes fotokopiert und die Kopien aus dem Pentagon geschafft.«

»Und wem habe ich sie geliefert? Beantworten Sie mir das?«

»Das ist nicht wichtig.«

»Doch!«

»Sie hatten nicht die Befugnis.«

»Aber jener Mann hatte sie!« Deckers Stimme zitterte, und er bemühte sich verzweifelt, sich wieder in den Griff zu bekommen. »Ich verlange, daß Sie Außenminister Matthias anrufen.«

Havelock entfernte sich von seinem Schreibtisch, auf dem das Telefon stand, eine Bewegung, die dem Marineoffizier nicht entging. Das war der Augenblick, sich ein wenig zurückzuziehen.

»Ich habe meine Anweisungen, *Commander*«, sagte Michael und ließ eine Spur Unsicherheit in der Stimme mitklingen, »vom Präsidenten und einigen seiner engsten Berater. Der Außenminister ist unter keinen Umständen in dieser Angelegenheit zu konsultieren. Ich weiß nicht, warum, aber das sind meine Befehle.«

Decker trat zögernd einen Schritt vor, dann noch einen, und zu der Verzweiflung in seinen gehetzten Augen trat jetzt Eifer. Seine Stimme war kaum mehr als ein Flüstern, aber seine Worte wurden mit der Überzeugung des Eiferers immer lauter. »Der *Präsident*? Seine Ratgeber... Um Gottes willen, begreifen Sie denn nicht? Natürlich wollen sie nicht, daß er informiert wird, weil er recht hat und sie unrecht. Sie haben Angst und er nicht! Glauben Sie etwa auch nur einen Augenblick, daß er nicht wüßte, was geschehen ist, wenn ich verschwinden würde? Er würde den Präsidenten und seine Ratgeber zur Rede stellen und eine Entscheidung erzwingen. Sie sprechen von den Vereinigten Stabschefs... von Mitgliedern des Repräsentantenhauses und des Senats. Es wäre ein leichtes für ihn, sie zusammenzurufen und ihnen zu zeigen, was für eine schwache, ineffiziente, unmoralische Administration das hier in Wirklichkeit ist. Es würde keine Administration mehr geben! Man würde die Leute ihres Amtes entheben und hinauswerfen!«

»Wer würde das tun, *Commander*?«

Decker richtete sich auf und drückte die Schultern nach hinten, wie ein Verurteilter, der wußte, daß die letzte Gerechtigkeit ihm die Begnadigung verschaffen würde. »Das Volk, Mr. Cross. Das Volk erkennt einen Giganten. Sie werden ihm nicht den Rücken kehren, bloß weil ein schmieriger Politiker und seine Berater mit ihren weichen Knien das verlangen. Die Nation wird es nicht zulassen! Die Welt klagt darüber, daß es in den letzten drei Jahrzehnten keine wirklichen Staatsmänner gegeben hat. Nun, wir haben einen großen Führer hervorgebracht, und die Welt weiß es. Und mein Rat an Sie ist, Anthony Matthias ans Telefon zu holen. Sie brauchen nichts zu sagen, ich werde selbst mit ihm reden.«

Havelock stand regungslos da, und in seiner Stimme schwang jetzt mehr als Unsicherheit mit. »Sie glauben, es könnte zu einer Konfrontation kommen? Der Präsident wegen Amtsmißbrauchs angeklagt werden?«

»Sehen Sie sich doch Matthias an. Können Sie dann noch zweifeln? Wo hat es schon in den letzten dreißig Jahren einen Mann wie ihn gegeben?«

Michael ging langsam zum Schreibtisch zurück. Er ließ sich in den Stuhl sinken. »Setzen Sie sich, *Commander*.«

Decker ließ sich auf dem Sessel nieder. »Es sind hier ein paar unfreundliche Worte gefallen, ich meinerseits möchte mich dafür entschuldigen. Aber Sie müssen begreifen, daß wir recht haben.«

»Ich brauche mehr als das«, sagte Havelock. »Wir wissen, daß Sie Kopien von detaillierten Strategieplänen angefertigt haben, die der Nukleare Krisenausschuß entwickelt hat, Dokumente, die jede Einzelheit unserer eigenen Arsenale enthalten, ebenso unsere geheimdienstliche Erkenntnisse über die Sowjets und die Chinesen. Sie haben diese im Laufe einiger Monat Matthias übergeben, aber wir haben nie verstanden, weshalb.«

»Aus dem denkbar einleuchtendsten Grund: weil unsere ganze Militärstrategie darauf basiert, auf Krisen zu reagieren, statt selber zu agieren! Aber wir dürfen unseren Feind nicht in dem Glauben lassen, wir würden nur reagieren. Er muß wissen, daß wir eine offensive Taktik verfolgen, die seine totale Vernichtung garantiert, falls er zu weit gehen sollte. Es wäre fatal, wenn wir uns auf eine rein defensive Strategie beschränken würden, Mr. Cross. Anthony Matthias begreift das, die anderen haben Angst, der Realität ins Auge zu sehen.«

»Und Sie haben ihm dabei geholfen, diesen Plan zu entwickeln?«

»Ich bin stolz darauf, sagen zu können, daß ich meinen Beitrag geleistet habe«, antwortete der Offizier. Seine Worte überschlugen sich beinahe. »Stunde um Stunde haben wir zusammengesessen und jede vorstellbare sowjetische und chinesische Reaktion berücksichtigt.«

»Wann trafen Sie sich?«

»Jeden Sonntag, und das über Wochen.« Deckers Stimme wurde leiser, zu seinem Eifer und seiner Verzweiflung kam jetzt die Vertraulichkeit. »Er hat mir klargemacht, wie geheim unsere Beziehung sein müßte; und deshalb fuhr ich immer in einem Mietwagen zu seiner Hütte in Westvirginia, wo wir uns ganz allein trafen.«

»Im Holzschuppen«, sagte Michael unwillkürlich.

»Sie kennen es also.«

»Ich bin schon dort gewesen.« Havelock schloß kurz die Augen; er kannte den ›Holzschuppen‹ nur zu gut. Dorthin zog sich Anton immer dann zurück, wenn er an den Memoiren arbeitete, wie er es nannte... um seine Gedanken auf Band zu sprechen. »Gibt es noch etwas, *Commander*? Was Sie da schildern, ist sehr eindrucksvoll. Ich höre Ihnen aufmerksam zu.«

»Er ist ein wahrhaft brillanter Mann«, fuhr Decker in schwärmerischem Ton fort. »Die Tiefe seiner Erkenntnisse, sein Blick für die Realität sind wirklich bemerkenswert. Ein Staatsmann wie Anthony Matthias kann diese Nation in glorreiche Zeiten führen, damit wir den Platz in der Welt einnehmen, den Gott uns bestimmt hat. Ja, ich bekenne mich zu dem, was ich getan habe, und ich würde es wieder tun, weil ich ein Patriot bin. Ich liebe dieses Land ebenso, wie ich die Heilige Schrift liebe, und ich würde mein Leben für mein Vaterland opfern, im Wissen, daß ich meine Ehre behalten würde... Es gibt wirklich keine andere Wahl, Mr. Cross. Wir haben recht. Greifen Sie zum Telefonhörer und rufen Sie Matthias an. Sagen Sie ihm, daß ich hier bin. Dann werde ich ihm die Wahrheit sagen. Erbärmliche Männer, die Götzenbilder verehren, sind aus ihren Löchern gekrochen und versuchen, ihn zu vernichten. Er wird sie zerstampfen... mit unserer Hilfe.« Michael lehnte sich in seinem Sessel zurück. Er war müde wie noch nie zuvor. Die Sinnlosigkeit war vollkommen. »Mit unserer Hilfe«, wiederholte er.

»Ja, natürlich.«

Havelock schüttelte langsam den Kopf. »Sie scheinheiliger Dreckskerl!« sagte er.

»Was?«

»Sie haben schon richtig verstanden, Sie selbstgefälliger Hurensohn!« brüllte Michael, und seine Worte hallten wie Donner in dem vertäfelten Zimmer. Dann hielt er inne und schnaufte voller Wut. »Sie wollen, daß ich Matthias anrufe? Wie ich mir wünschte, Ihr verdammtes Gesicht sehen zu können, wenn Sie die Wahrheit erfahren.«

»Wovon reden Sie?«

»Matthias würde nicht wissen, wer Sie sind! Ebensowenig weiß er, wer der Präsident ist, wer die Staatssekretäre sind, mit denen er jeden Tag zusammenarbeitet... Nicht einmal mich erkennt er, mich, der mit ihm seit über zwanzig Jahren befreundet ist und ihm näher stand als irgendein anderer Mensch.«

»Nein... nein, Sie haben unrecht. Nein!«

»Ja, *Commander!* Er ist zerbrochen. Um es genauer zu sagen: Wir haben ihn zerbrochen! Dieser bemerkenswerte, scharfsinnige Geist ist nicht mehr! Matthias hat seinen Verstand verloren. Er konnte es nicht länger ertragen. Und, bei Gott, Sie haben das Ihre dazu beigetragen, indem Sie die wichtigsten militärischen Geheimnisse gestohlen haben. Aus tausend Fakten und hundert Strategien haben Sie die schrecklichste Waffe gemacht, die die Welt je gekannt hat: einen Plan für die globale Vernichtung.«

»Das habe ich nicht getan!«

»Zugegeben, nicht allein, aber Sie haben die Detailinformationen geliefert.«

»Wir haben doch nur diskutiert und mögliche Reaktionen des Gegners analysiert. Der endgültige Plan sollte seine Sache sein. Seine Einsicht, seine Erkenntnisse waren brillant! Es gab nichts, das er nicht begreifen konnte.«

»Er war geistig schon fast nicht mehr zurechnungsfähig. Er wollte Ihnen dieses Bild von sich vermitteln und war immer noch überzeugend genug, um das zu bewirken.«

»Er hat an eine Wahrheit appelliert, an die ich glaube. Wir müssen stark sein!«

»Kein vernünftiger Mensch würde dagegen etwas einzuwenden haben, aber mit Ihrer Strategie der Stärke treiben Sie die Welt in ein Chaos.«

»Wer sind Sie? Was sind Sie?«

»Ein Student der Geschichte, der den falschen Weg gegangen ist. Auf mich kommt es nicht an – aber auf Sie. Alle Details, die Sie Matthias geliefert haben, werden möglicherweise in die Hände der Sowjets gelangen, *Commander,* weil der Außenminister geistesgestört ist.«

Decker erhob sich langsam von seinem Stuhl. »Ich glaube Ihnen nicht«, sagte er.

»Warum bin ich dann hier? Meinen Sie etwa, daß jemand, der auch nur einen Funken Verstand besitzt, so etwas grundlos behaupten würde? Haben Sie überhaupt eine Vorstellung davon, was es für dieses Land bedeutet, zu wissen, daß der hervorragendste Außenpolitiker, den die Vereinigten Staaten je hatten, seinen Verstand verloren hat?«

Decker sah auf Havelock hinunter, bis er den Blick nicht länger ertragen konnte und sich abwandte. »Sie haben mich hereingelegt. Sie haben mich dazu gebracht, Dinge auszusprechen, die ich nie verraten hätte.«

»Das ist meine Aufgabe.«

»Für mich ist alles vorbei. Ich bin erledigt.«

»Vielleicht nicht. In diesem Augenblick, möchte ich annehmen, sind

Sie das geringste Sicherheitsrisiko im ganzen Pentagon. Sie haben sich von einem Geisteskranken verführen lassen, sind ein gebranntes Kind. Den Schmerz werden Sie nie vergessen. Niemand weiß besser als ich, wie überzeugend Matthias sein konnte... Wenn ich jetzt dafür sorge, daß man Sie in Leavenworth einbuchtet, würde das nur unerwünschte Fragen auslösen. Wir wissen nicht, wer unser Gegner ist; vielleicht können Sie helfen.«

Decker drehte sich herum. Sein Gesicht war aschfahl, und jede Spur von Arroganz war verschwunden. »Ich werde tun, was ich kann.«

Michael erhob sich, ging um den Schreibtisch herum und sah den Offizier an. »Zunächst einmal darf nichts von dem, was ich Ihnen gesagt habe, nach außen dringen.«

»Mein Gott, natürlich nicht.«

»Nein, natürlich nicht. Damit würden Sie sich selbst an den Strick liefern.«

Havelock starrte geistesabwesend auf ein Bild an der Wand und sagte: »Ich will noch einmal raten, *Commander*. Es kam die Zeit, wo Matthias Sie nicht mehr sehen wollte, habe ich recht?«

»Ja. Ich habe wiederholt angerufen – nicht im Außenministerium natürlich –, aber er hat meine Anrufe nie erwidert.«

»Nicht im Außenministerium?« fragte Michael und drehte sich herum. »Aber Sie haben doch dort angerufen. So bin ich ja auf Ihren Namen gestoßen.«

»Nur dreimal. Zweimal, um zu berichten, daß Sonntagskonferenzen im Pentagon anberaumt waren, und einmal, um ihm mitzuteilen, daß ich an einem Freitag wegen einer Behandlung ins Krankenhaus mußte und damit rechnete, bis Dienstag oder Mittwoch bleiben zu müssen. Er gab sich sehr besorgt. Bei dieser Gelegenheit sagte er mir auch, ich sollte ihn nie wieder im State Department anrufen.«

»Dann haben Sie die Hütte angerufen?«

»Und sein Haus in Georgetown.«

»Das war später?«

»Ja. Ich habe Abend für Abend angerufen, aber er ging nicht ans Telefon. Versuchen Sie bitte zu verstehen, Mr. Cross; mir war bewußt, was ich getan hatte, daß es etwas Ungeheuerliches war. Bis vor ein paar Minuten habe ich mein Verhalten nie bereut, ich kann nichts an dem ändern, was ich glaube, das sitzt ganz tief in mir. Damals allerdings – vor fünf oder sechs Monaten – war ich verwirrt, vielleicht sogar verängstigt, ich weiß es nicht. Man hatte mich allein gelassen...«

»Das waren Entzugssymptome«, unterbrach ihn Havelock. »Plötzlich war Anthony Matthias Ihnen nicht mehr zugänglich.«

»Ja, das ist es. Ohne daß ich wußte weshalb, war meine Verbindung zu einem großartigen Mann plötzlich abgeschnitten. Ich dachte, ich hätte ihn vielleicht verärgert, oder eine Information, die ich ihm gebracht hatte, wäre lückenhaft gewesen. Anders konnte ich mir seinen Rückzug nicht erklären. Ich wußte nur, daß ich abgeschnitten war.«

»Ich verstehe«, sagte Michael und erinnerte sich ganz deutlich an die Nacht in Cagnes-sur-Mer, als sein *přítel* fünftausend Meilen entfernt nicht ans Telefon kam. »Es überrascht mich, daß Sie keine Aufklärung erzwungen haben, ihn nicht irgendwo, irgendwie gestellt haben.«

»Das war nicht nötig. Ich bekam die Erklärung schließlich.«

»*Was?*«

»Eines Abends, ich hatte wieder einmal vergeblich versucht, ihn zu erreichen, rief mich ein Mann zurück, ein sehr seltsamer Mann...«

Das lange Schrillen des Telefons riß sie aus ihrem konzentrierten Gespräch. Havelock rannte ans Telefon.

»Hier Loring«, sagte eine schwache, angespannte Stimme. »Ich bin verletzt, man hat mich angeschossen.«

»Wo sind Sie?«

»In einem Motel am Highway Drei-Siebzehn, in der Nähe von Harrington. Im ›Pheasant Run Motel‹. Zimmer zwölf.«

»Ich schicke einen Arzt.«

»Einen sehr speziellen Arzt, Havelock. Nehmen Sie den Flugplatz in Denton.«

»Was meinen Sie damit?«

»Ich mußte dort weg. Ich hab’ mir einen Polizeiwagen geschnappt...«

»Einen Polizei...? Warum?«

»Das erzähle ich Ihnen später. Ich brauche einen speziellen Arzt mit einer Tasche voller Spritzen.«

»Um Himmels willen, reden Sie doch, Charley!«

»Ich hab’ einen von diesen Schweinehunden. Ich hab’ ihn nackt auf das Bett gefesselt.«

Von Lorings Anruf alarmiert, führte Michael ein Telefonat nach dem anderen und erteilte Anweisungen, während Decker wie erstarrt auf der anderen Seite des Schreibtisches stand und ihn beobachtete. Der Präsident wurde informiert und ein sehr spezieller Arzt ausfindig gemacht, der per Helikopter nach Maryland fliegen sollte, begleitet von einer Einsatzgruppe des Geheimdienstes. Ein zweiter Helikopter würde auf dem zehn Kilometer entfernten Flugplatz in Quantico auf Michael warten; die Geheimdienstler, die Decker nach ›Steril Fünf‹ eskortiert hatten, würden ihn dorthin bringen. Zuletzt rief Havelock Jenna Karras an, die sich seit Deckers Eintreffen im ersten Stock aufgehalten hatte.

»Ich muß weg. Zu Loring. Er ist verwundet, aber er hat vielleicht einen ›Reisenden‹ geschnappt – frage mich nicht, wie... Und du hast recht gehabt. Eine Quelle. Er ist hier und hat noch mehr zu sagen; bitte komm herunter und nimm seine Aussagen auf. Ich muß weg. Danke.«

Michael stand auf und sagte zu dem verängstigten Marineoffizier: »Gleich erscheint hier eine Frau, und ich befehle Ihnen, *Commander*, ihr alle Fragen vollständig zu beantworten. Ihre Eskorte wird in etwa zwanzig Minuten wieder hier sein. Wenn Sie fertig sind, können Sie gehen – aber nur, wenn sie einverstanden ist. Sobald Sie ihr Haus erreicht haben, dürfen Sie es unter keinen Umständen verlassen. Man wird sie beobachten.«

»Ja, Mr. Cross.«

Havelock nahm sein Jackett von der Stuhllehne und ging zur Tür. Er öffnete sie und drehte sich noch einmal zu Decker herum.

»Übrigens, sie heißt Mrs. Cross.«

Sämtlicher Verkehr wurde umgeleitet, als kurz nacheinander die zwei Helikopter mit knatternden Rotoren auf dem kleinen Privatflugplatz in Denton, Maryland, landeten, die Maschine vom Bethesda Marine Hospital elf Minuten vor dem Hubschrauber aus Quantico. Havelock rannte quer über das Flugfeld zu dem Wagen, den man von Annapolis herübergeschickt hatte. Der Fahrer, ein junger Fähnrich, hatte den Ruf, die Straße am Ostufer der Chesapeake Bay wie seine Hosentasche zu kennen. Weiter war er nicht informiert. Niemand sonst wußte etwas, nicht einmal der Arzt, der Anweisung hatte, zuerst Charley Loring zu versorgen und sich erst nach dem Eintreffen von Havelock um Lorings Gefangenen zu kümmern. Zwei Streifenwagen der Staatspolizei waren zum ›Pheasant Run Motel‹ geschickt worden; sie würden ihre Anweisungen vom Geheimdienst bekommen.

Der Motelkomplex neben dem Highway bestand aus einer Reihe heruntergekommener Holzhütten. Die Wagen der Gäste parkten auf kleinen Kiesplätzen hinter den Häusern, so daß man sie von der Hauptstraße aus nicht sehen konnte. Kein Zufall also, daß Loring sich gerade hier einquartiert hatte. Ein Mann, der Schmerzen hatte und seine Wunden verbarg, ein Mann ohne Gepäck, aber mit einem Gefangenen, den er unauffällig in ein Versteck schaffen wollte, konnte sich schlecht in einem zweistöckigen, hellerleuchteten ›Howard Johnson's Motel‹ eintragen.

Havelock dankte dem Fähnrich und sagte ihm, er solle nach Annapolis zurückkehren, wobei er ihm einschärfte, daß die augenblickliche Situation strengste Geheimhaltung erforderte.

Ein FBI-Beamter mit einer silbernen Plakette in der Hand hielt Michael auf, als der an den Hütten entlangeilte und Nummer 12 suchte.

»Steril Fünf«, sagte Havelock, dem die zwei Wagen von der Staatspolizei auffielen, die links von ihm in der Dunkelheit parkten.

»Diese Richtung«, sagte der Mann und führte Michael zwischen zwei Hütten hindurch zum hinteren Teil des Motelgeländes. »Da ist Nummer zwölf«, sagte der FBI-Mann und wies auf die Tür der kleinen Hütte. »Ich warte hier draußen«, fügte er hinzu.

Havelock versuchte, den Türknopf zu drehen; er war versperrt, also klopfte er.

»Wer ist da?« hallte es von drinnen.

»Steril Fünf«, erwiderte Michael.

Ein untersetzter, rothaariger Mann Mitte Dreißig öffnete die Tür. Er trug kein Jackett und hatte die Ärmel hochgerollt. Seine Augen blickten wachsam. »Havelock?«

»Richtig.«

»Taylor ist mein Name. Kommen Sie rein, wir müssen uns beeilen.«

Michael betrat den verdreckt wirkenden Raum mit der schmutzigen Tapete, und der Arzt schloß die Tür. Auf dem Bett lag ein nackter Mann mit gespreizten Armen und Beinen, die blutigen Hände und Füße an das Bettgestell gefesselt. Eine gestreifte blaue Krawatte war ihm um den Mund gebunden und hinderte ihn am Schreien, seine Augen waren geweitet und zeigten zugleich Wut und Angst.

»Wo ist...?«

Taylor deutete auf das andere Ende des Raumes, wo Charley Loring auf dem Boden lag, den Kopf auf einem Kissen und mit einer Decke bedeckt. Er hatte die Augen nur halb geöffnet. Havelock wollte über den schmutzigen grauen Teppich zu ihm gehen, aber der Arzt hinderte ihn daran.

»Das ist es, worüber wir sprechen müssen. Ich weiß nicht, was hier vorgeht. Ich weiß nur, daß ich die Verantwortung für das Leben dieses Mannes ablehnen muß. Er hätte schon längst operiert werden müssen. Drücke ich mich klar aus?«

»Wir schaffen ihn ins Krankenhaus, sobald es geht, aber nicht jetzt gleich«, sagte Michael und schüttelte den Kopf. »Ich muß ihm Fragen stellen. Er ist der einzige Mensch, der mir die Information liefern kann, die ich brauche. Alle anderen sind tot.«

»Ich mag Sie nicht«, sagte Taylor und zog seine Hand zurück, als ob er etwas Ekelhaftes berührt hätte.

»Sie schätzen mich falsch ein, Doktor. Ich mag *ihn* nämlich. Ich will es so schnell und so leise wie möglich machen... Er würde es auch so wollen, darauf gebe ich Ihnen mein Wort.«

»Ich muß Ihnen wohl glauben. Ich konnte ihn vor zehn Minuten auch nicht überzeugen, sich ins Hospital fahren zu lassen.«

Michael ging zu Loring hinüber, kniete neben ihm nieder und beugte sich über das Gesicht des Verwundeten. »Charley, ich bin's, Havelock. Hören Sie mich?«

Loring öffnete die Augen weiter, seine Lippen zitterte, er mühte sich ab, die Worte zu bilden. Schließlich flüsterte er stockend: »Ja, höre... Sie... gut.«

»Ich werde Ihnen sagen, was ich erfahren habe. Es ist verdammt wenig. Nicken Sie, wenn ich auf der richtigen Spur bin, und schütteln Sie den Kopf, wenn ich mich irre. Okay?« Der *Cons-Op*-Agent nickte, und Michael fuhr fort: »Ich habe mit der Polizei gesprochen. So wie sie es darstellt, hat ein Ambulanzwagen den Schwerverletzten eines Verkehrsunfalls mit seiner Frau eingeliefert, und Randolph, ein weiterer Arzt und eine Schwester waren dabei, ihn zu säubern und zu untersuchen.«

Loring schüttelte den Kopf, aber Havelock fuhr fort: »Lassen Sie mich zu Ende erzählen, dann komme ich darauf zurück. Sie waren noch keine fünf Minuten drinnen, als zwei Polizisten die Notaufnahme stürmten und mit unseren beiden ›Apatschen‹ sprachen. Keiner weiß, was sie geredet haben; man hat sie jedenfalls in den Untersuchungsraum gelassen.« Wieder schüttelte Loring den Kopf. »Ein paar Minuten später rannte ein dritter Mann – ich nehme an, das waren Sie – durch die Tür der Notaufnahme, und dann ging die Schießerei los.«

Loring nickte.

»Die Angestellten hörten Schüsse«, erzählte Havelock weiter, »fünf oder sechs. Die meisten sind nach draußen geflüchtet, andere haben sich in den Korridoren und hinter verschlossenen Türen versteckt. Als die Schießerei aufhörte, sah jemand draußen, wie Sie und einer der Polizisten die Rampe herunterrannten – Sie nach vorn gebeugt mit einer Waffe in der Hand, der Beamte blutete, er hinkte und hielt sich den Arm. Sie zwangen ihn, in den Streifenwagen zu steigen, und fuhren weg. Die Polizei hat versucht herauszufinden, wer der andere Beamte war, aber man hatte den meisten Leichen alle Papiere weggenommen, nicht allen.« Loring schüttelte heftig den Kopf, als Michael ihn an der Schulter berührte. »Ganz ruhig; wir kommen darauf... Ich brauche Ihnen nicht zu sagen, daß sonst alle tot sind. Randolph, der andere Arzt, die Schwester, das Unfallopfer, seine Frau und unsere beiden Männer. Man fand zwei automatische Waffen mit Schalldämpfern; sie sind noch dabei, die Patronen zu zählen. Über das hinaus, was ich Ihnen jetzt geschildert habe, weiß niemand, was geschehen ist... So, und jetzt zu den Punkten, mit denen Sie nicht einverstanden waren.« Havelock kniff die Augen zusammen, versuchte sich zu erinnern.

»Der Verkehrsunfall.«

Loring schüttelte den Kopf. »Kein Unfall«, flüsterte er.

»Warum nicht?«

»Das waren keine Polizisten.«

Michael blickte zu dem nackten Mann hinüber, der ans Bett geschnallt war, und auf die zerknüllte Uniform am Boden. »Natürlich waren das keine echten Bullen gewesen. Und der Streifenwagen war auch eine Tarnung. Das hätte ich wissen müssen; anders hätten sie das nie geschafft.«

Der verwundete Agent nickte, seine Hand kam unter der Decke hervor und winkte Havelock näher zu sich heran. »Der Mann und die Frau... aus dem Ambulanzwagen. Der Unfall. Irgendwelche Papiere?«

»Nein.«

»Und die Polizisten... auch keine Papiere. Richtig?«

»Richtig.«

»Der Unfall«, flüsterte Loring und hielt inne, um Luft zu holen. »Mann verletzt... eine Frau, die nicht von seiner Seite weichen will. Sie kommen herein... ein Zimmer... Arzt, Schwester... Randolph. Sie haben ihn.«

»Woher konnten sie wissen, daß Randolph dort sein würde?«

»Unwichtig. Sonst hätten sie dem Arzt... oder der Schwester... befohlen, ihn zu rufen... sie mit einer Waffe bedroht.«

»Und die Polizisten?«

»Hatten es eilig... rannten wie der Teufel... sind geschickt worden, um alles umzunieten...«

»Wie kommen Sie darauf?«

»Sie ließen die Türen des Streifenwagens offenstehen, liefen komisch... Das wirkte unnatürlich... ›Apatsche‹ sagte... der Verkehrsunfall... ein Bonze von der Mafia... und die Bullen wollten ihn verhören. Wenn er ein Mafioso war, hätten die zehn Fahrzeuge geschickt, nicht eines.« Loring keuchte, hustete, Blut tropfte ihm aus den Mundwinkeln.

»Um Himmels willen«, sagte Taylor zornig, der hinter Havelock stand. »Warum jagen Sie ihm nicht gleich eine Kugel in den Kopf?«

»Warum eigentlich jage ich Ihnen keine Kugel in den Kopf?« Michael beugte sich wieder zu Loring hinunter. »Warum, glauben Sie, Charley, hat man das Killerkommando geschickt?«

»Ich weiß es nicht. Vielleicht hat man mich entdeckt, vielleicht bin ich wieder an allem schuld.«

»Das glaube ich nicht.«

»Seien Sie nicht so verdammt nett, das kann ich nicht ertragen... Wahrscheinlich bin ich tatsächlich wieder schuld. Ich werde alt.«

»Quatsch! Gar nichts haben Sie verpatzt. Sie haben uns einen gebracht, Charley.«

Loring versuchte, die Schultern anzuheben, aber Michael drückte ihn sachte wieder hinunter. »Eines interessiert mich, Havelock. Sie haben heute morgen über Shippers gesagt, er sei vor langer Zeit programmiert worden. Ist etwa dieser Schweinehund dort drüben ein... ›Reisender‹?«

»Ich denke schon.«

»Verdammt... vielleicht bin ich doch noch nicht so senil.«

Michael richtete sich auf und wandte sich dem Arzt zu. »So, Taylor. Jetzt gehört er Ihnen. Schaffen Sie ihn zum Flugplatz, und sorgen Sie dafür, daß man ihn auf schnellstem Wege nach Bethesda bringt... Schnappen Sie sich das Telefon dort hinten und erklären Sie den Herrschaften dort, daß das Weiße Haus Wert darauf legt, daß sich die besten Chirurgen des Krankenhauses bereithalten und auf diesen Mann warten.«

»Ja, *Sir*«, sagte der Arzt sarkastisch. »Sonst noch etwas, *Sir*?«

»O ja, Herr Doktor. Halten Sie Ihre Zaubertasche bereit, Sie werden jetzt gleich an die Arbeit gehen müssen.«

Loring wurde von zwei bereitstehenden Arzthelfern auf einer Bahre hinausgetragen. Taylor erteilte seine Anweisungen, während der verwundete *Cons-Op*-Agent weggebracht wurde.

»Fangen wir jetzt?« wandte Taylor sich schließlich an Havelock.

»Was machen die Wunden?« fragte Michael und blickte auf den mit Heftpflaster beklebten, blutüberströmten rechten Arm und den linken Fuß des nackten Mannes herunter.

»Ihr Freund hat einen Verband angelegt, wo es erforderlich war, und ich habe noch kleinere Verletzungen mit Heftpflaster versorgt; die Blutung hat aufgehört. Außerdem hat der andere verdammt gut gezielt. Die Knochen sind zersplittert, aber abgesehen vom Schmerz ist es nichts Bedrohliches. Ich hab' ihm ein paar Spritzen gegeben, um ihn schmerzfrei zu halten, damit sein Kopf klar wird.«

»Werden die Chemikalien stören?«

»Dann hätte ich ihm die Spritzen nicht gegeben.«

»Dann stechen Sie ihn an, Doktor. Ich kann keine Zeit mehr vergeuden.«

Taylor ging zu seiner großen schwarzen Ledertasche, die offen auf einem Tisch am Fenster stand, holte drei Ampullen und drei Spritzen heraus und trug sie in beiden Händen zurück. Er legte sie am Schenkel des nackten Mannes auf den Bettrand. Der Gefangene hob den Kopf, seine Gesichtszüge waren verzerrt, die Augen glasig. Er war der Hysterie nahe. Plötzlich begann er sich wild in seinen Fesseln zu winden, und aus seiner Kehle drang ein halb ersticktes, tierähnliches Heulen. Dann hielt er inne. Der Schmerz in seinem rechten Arm wurde übermächtig. Er schnappte nach Luft und starrte zur Decke. Dann hörte er plötzlich zu atmen auf, hielt die Luft in den Lungen, und sein Gesicht wurde jeden Augenblick roter, die Augen quollen aus den Höhlen.

»Was zum Teufel...?«

»Aus dem Weg!« schrie Havelock und stieß den Arzt beiseite. Mit geballter Faust schlug er auf den entblößten Brustkorb des Killers. Der gestaute Atem explodierte förmlich aus dem geknebelten Mund des ›Reisenden‹. Seine Augen traten in die Höhlen zurück, seine Haut nahm wieder normale Farbe an.

»Herrgott!« sagte Taylor und sprang vor, um die Ampullen festzuhalten, die sonst zu Boden gefallen wären. »Was war das?«

»Sie haben es hier mit einem für Sie vielleicht völlig neuen Phänomen zu tun, Doktor. Die sind wie Roboter programmiert, töten jeden, den man ihnen zu töten befiehlt... ohne jegliches Gefühl, ohne irgendeine Überlegung.«

»Dann wird er nicht verhandeln. Ich dachte, das würde er vielleicht, wenn er die Spritzen sieht.«

»Niemals. Er würde uns hinhalten, uns jede nur erdenkbare Lüge auftischen, und die haben eine verdammt gute Fantasie. Darin sind sie Meister... Fangen wir an, Doktor.«

»Wie wollen Sie vorgehen? In Stufen oder gleich mit dem Maximum? Das ist der schnellste Weg, aber er ist auch riskant.«

»Was kann schlimmstenfalls passieren?«

»Zusammenhangloses Gerede.«

»Das riskiere ich. Sorgen Sie nur dafür, daß er nicht in irgendein Muster fällt, das vielleicht programmierte Reaktionen auslöst.«

»So funktioniert das nicht ganz. Die erste Reaktion ist, daß die Assoziationen gestört sind. Der Schlüssel besteht darin, bestimmte Worte...«

»Sie sagen alles, was ich hören will, Doktor, und Sie verschwenden Zeit.«

»Glauben Sie?« Mit der Schnelligkeit eines Chirurgen, der eine plötzlich innere Blutung stillt, brach Taylor einer Ampulle den Hals ab, schob die Spritze hinein, zog den Kolben zurück und trieb sie dem ›Reisenden‹ in den Schenkel, ehe der Gefesselte auch nur wußte, was ihm geschah. Der Killer zuckte, zerrte an den Gurten. Er wälzte sich hin und her, und sein ersticktes Brüllen erfüllte den Raum. »Je mehr er um sich schlägt, desto schneller wirkt es«, sagte Taylor und preßte seine Hand gegen den Hals des Mannes, an dem die Venen dick hervortraten. »Nur noch eine Minute.«

Michael sah zu, fasziniert und gleichzeitig abgestoßen. So reagierte er jedesmal, wenn er die Wirkung dieser Chemikalien an einem Menschen beobachtete. Er mußte sich daran erinnern, daß dieser Killer vor weniger als drei Stunden unschuldige Menschen brutal erschossen hatte: zwei Geheimpolizisten, einen jungen Arzt, eine noch jüngere Krankenschwester... und einen Mann namens Randolph, dessen einziges Verbrechen darin bestanden hatte, daß er versucht hatte, schreckliches Unrecht auszugleichen.

Wie sinnlos doch alles war.

»Jetzt ist er gleich soweit«, sagte Taylor, der die glasig wirkenden, halb geschlossenen Augen des Gefangenen studierte. Seine Bewegungen waren jetzt schwächer geworden, wirkten unkoordiniert und waren von leisen, kehligen Lauten begleitet.

»Ihre Arbeit muß Ihnen Spaß machen, Doktor.«

»Ich war schon immer ein neugieriger Junge«, antwortete der rothaarige Mann und entfernte vorsichtig die gestreifte Krawatte von Mund des ›Reisenden‹.

Havelock beugte sich über das Bett, als Taylor zurücktrat. »Kann ich anfangen?« fragte er.

»Reden Sie ruhig. Jetzt ist es Ihr Kreuzworträtsel.«

»Befehle«, begann Michael, mit der Hand am Kopfteil des Bettes, die Lippen ganz dicht an den Ohren des Mannes, die Stimme fest, gleichmäßig, leise. »Befehle, Befehle, Befehle. Keiner von uns darf sich ohne Befehl bewegen! Aber wir müssen sicher sein, dürfen keinen Fehler machen. Wer kann unsere Befehle jetzt klären?«

Der Kopf des Killers bewegte sich hin und her, sein Mund öffnete und schloß sich, aber kein Laut kam hervor.

»Das ist ein Notfall«, fuhr Havelock fort. »Jeder weiß, daß es ein Notfall ist... Wir müssen uns beeilen, beeilen... beeilen.«

»Beeilen. Beeilen.« Jetzt war das Flüstern zu hören, tastend, unsicher.

»Aber wie können wir sicher sein?« fragte Michael. »Wir müssen sicher sein.«

»Der Flug... ein glatter Flug. Wir haben es zweimal gehört. Mehr brauchen wir nicht zu wissen. Der Flug... glatt.«

»Natürlich. Ein glatter Flug. Jetzt ist alles gut. Wir können uns beeilen... Und jetzt wollen wir uns treiben lassen. Entspannen Sie sich. Schlafen Sie.«

»Sehr gut«, sagte der Arzt auf der anderen Seite des schwachbeleuchteten, schäbigen Zimmers. »Sie haben ihn ganz schnell auf der richtigen Spur gehabt. Das war eine Reaktion.«

»Es war nicht schwierig«, erwiderte Havelock und erhob sich vom Bett. »Sein Befehl lautete zu töten – ein gefährlicher Befehl –, also war es wichtig, daß er freigegeben wurde. Sie haben es gerade gehört.«

»Der Code war ›glatter Flug‹. Jetzt sind Sie Ihrem Ziel näher.«

»Und Sie sind kein Amateur, Doktor. Holen Sie mir einen Stuhl, ja?«

Taylor trug einen Stuhl mit gerader Lehne zum Bett. Michael setzte sich, der Stuhl war wackelig, erfüllte aber seinen Zweck. Er beugte sich vor, die Arme auf dem Bettrand, und sprach wieder zu dem gefesselten Mann. »Wir haben einen glatten Flug... einen glatten Flug... einen sehr glatten Flug! Töten Sie Ihren Partner!«

Der Kopf des Mannes fuhr nach rechts herum, seine Augen blinzelten, seine Lippen bewegten sich – Protest ohne ein Geräusch.

»Sie haben gehört, was ich gesagt habe!« schrie Havelock ihn an. »Wir haben einen glatten Flug, also *töten* Sie ihn!«

»Was...? Warum?« Die geflüsterten Worte klangen kehlig.

»Sie sind verheiratete? Sagen Sie, da wir einen glatten Flug haben, sind Sie verheiratet?«

»Ja... ja, verheiratet.«

»Töten Sie Ihre Frau!«

»Warum?«

»Wir sind auf einem glatten Flug! Wie können Sie sich *weigern*?«

»Warum... warum?«

»Töten Sie Ihren Partner! Töten Sie Ihre Frau! Haben Sie Kinder?«

»Nein!« Die Augen des ›Reisenden‹ weiteten sich. »Das können Sie nicht verlangen... niemals.«

»Ich verlange es aber! Ein glatter Flug! Was brauchen Sie mehr?«

»Die Freigabe. Ich verlange Freigabe! Ich... ich muß sie haben!«

»Von wem? Ich habe es Ihnen doch schon gesagt, wir haben einen glatten Flug! Das ist es!«

»Bitte! Ich... Töten Sie mich! Ich bin... verwirrt!«

»Warum? Sie haben meine Befehle gehört, ebenso wie Sie die Befehle für den heutigen Tag gehört haben. Habe ich Ihnen je Befehle gegeben?«

»Nein.«

»Nein? Wer dann?«

»Die Reise... der glatte Flug. Die... Kontrolle.«

»Die Kontrolle?«

»Die Quelle.«

»Die Quellenkontrolle! Ihre Quellenkontrolle. Ich bin Ihre Quellenkontrolle! Töten Sie Ihren Partner! Töten Sie Ihre Frau! Töten Sie die Kinder! Alle Kinder!«

»Ich... Sie können mich nicht bitten. Bitte, bitten Sie mich nicht.«

»Ich bitte Sie nicht, ich verlange es, ich gebe Befehle! Wollen Sie schlafen?«

»Ja.«

»Sie können nicht schlafen!« Michael drehte den Kopf herum und sprach mit leiser, kaum hörbarer Stimme zu Taylor. »Wie lange hält die Dosis?«

»So forsch, wie Sie rangehen, die Hälfte der normalen Zeit. Höchstens noch zehn Minuten.«

»Bereiten Sie die nächste Spritze vor. Ich nehme ihn hoch.«

»Dann geht er in die Luft.«

»Er wird schon wieder herunterkommen.«

»Sie sind der Arzt«, sagte der Arzt.

»Ich bin Ihre Quellenkontrolle!« schrie Havelock und beugte sich über das Gesicht des ›Reisenden‹. »Sie haben niemand anderen, *paminjatschik*! Sie werden tun, was ich sage, und Ihren Partner töten, Ihre Frau, die Kinder...«

»Ahhh...!« Der Schrei war in die Länge gezogen.

»Ich habe erst angefangen...«

Die Minuten dehnten sich, und der gefesselte, narkotisierte Killer trieb immer tiefer in die Hysterie hinein. Sein Körper bäumte sich auf, und sein Gesicht verzerrte sich, sein Bewußtsein war wie ein Labyrinth, wie ein Spiegelsaal des Schreckens, in dem ihm ein Opfer nach dem anderen abgefordert wurde, in dem er Schmerzen litt und aus dem es kein Entrinnen gab.

»Jetzt«, sagte Havelock zu dem Arzt, der neben ihm stand.

Taylor stieß die Nadel der Spritze in den Arm; die Reaktion setzte Sekunden später ein, und die eine Droge beschleunigte die Wirkung der anderen. Die Schreie gingen in tierisches Röcheln über, Speichel floß aus dem Mund des Killers, seine einzige Antwort auf die Gewalt war Gewalt.

»Sie müssen es mir geben!« brüllte Michael, »es mir beweisen! Sonst werden Sie mit allen anderen getötet! Partner, Frau, Kinder... sie alle sterben, wenn Sie es mir nicht beweisen können – jetzt, in diesem Augenblick! Wie lautet der Code für Ihre Quellenkontrolle?«

»›Hammer-Null-Zwo‹! Das wissen Sie doch!«

»Ja, natürlich. Und jetzt sagen Sie mir, wo man mich erreichen kann – und lügen Sie nicht.«

»Ich weiß nicht... ich weiß es nicht! Man ruft mich... Uns alle ruft man an.«

»Wie erreichen Sie mich, wenn Sie Freigabe wollen, wenn Sie eine Information haben, die weitergeleitet werden muß.«

»Dann erzählen wir ihnen... Wir alle tun das.«

»Wem?«

»Orphan. Wir melden es ...Orphan.«

»Orphan?«

»Sechsundneunzig.«

»Orphan sechsundneunzig? Wo ist er? Wo?«

»O...r...p...h...« Der letzte Schrei war erschütternd. Der ›Reisende‹ warf sich mit seiner ganzen Kraft und seinem ganzen Gewicht gegen die Fesseln und zerriß einen Gürtel, jetzt war sein linker Arm frei. Er bäumte sich krampfartig auf und fiel bewußtlos nieder auf das Bett.

»Jetzt ist Schluß«, sagte Taylor und befühlte das Handgelenk des Gefangenen. »Sein Puls geht wie ein Dampfhammer. Er braucht jetzt acht Stunden, bis er wieder einen solchen Stoß verträgt. Tut mir leid ... Doktor.«

»Schon gut, Doktor«, sagte Michael, »es hätte schlimmer kommen können.«

»Sagen Sie«, fragte der rothaarige Arzt, »würde eine Quellenkontrolle ihm einen solchen Befehl erteilen? Seine Frau und seine Kinder zu töten, Menschen, die ihm so nahe stehen?«

»Niemals. Moskau würde das Risiko nicht eingehen. Diese Leute sind wie Roboter, aber in ihren Adern fließt Blut, nicht Öl. Sie werden dauernd überwacht, und wenn das KGB mit ihnen Schluß machen will, schickt man ein Erschießungskommando. Eine normale Familie gehört mit zur Tarnung, das ist zugleich ein zweites Druckmittel. Wenn ein Mann je in Versuchung gerät, dann weiß er, was passieren würde.«

»Sie haben das genauso eingesetzt, nicht wahr? Nur umgekehrt.«

»Ich bin nicht gerade stolz darauf, aber Sie haben recht.«

Michael sah zu, wie Taylor nach dem Telefon auf dem Nachttisch griff, um dem Bethesda-Hospital seine Anweisungen zu erteilen. Das Telefon! Orphan 96! »Augenblick!« schrie Havelock plötzlich.

»Was ist denn?«

»Lassen Sie mich an das Telefon.« Havelock hob den Hörer ab, wählte und sagte dabei laut vor sich hin: »Orphan neun, sechs.«

»Vermittlung«, sagte die Frauenstimme am anderen Ende der Leitung.

»Was?«

»Ist das ein R-Gespräch oder läuft es über Kreditkarte?«

»Kreditkarte.« Michael starrte die Wand an und rief sich seine vom Außenministerium zugeteilte Nummer ins Gedächtnis. Er gab sie der Vermittlung und hörte gleich darauf das Klingeln.

»Guten Abend und vielen Dank, daß Sie das Voyagers Emporium angerufen haben. Wir bieten Gepäck für den anspruchsvollen Globetrotter. Wenn Sie bitte die Bestellnummern der gewünschten Artikel aus unserem Katalog nennen würden, werden Sie mit dem zuständigen Bearbeiter unserer Vierundzwanzig-Stunden-Service verbunden.«

Havelock legte den Hörer auf; er brauchte noch einen weiteren Code. Er würde ihn in einer Klinik finden. Er *mußte* ihn finden ... um ›Ambiguity‹ zu demaskieren.

»Ist etwas?« fragte Taylor verwirrt.

»Das wird von Ihnen abhängen, Doktor. Haben Sie schon mal von Voyagers Emporium gehört? Ich kenne das Versandgeschäft nicht, aber ich habe meine Sachen auch jahrelang in Europa gekauft.«

»Das Voyagers? Sicher, die haben überall im Land Filialen. Das Voyager ist für Gepäck das, was Tiffany für Schmuck ist. Meine Frau hat bei denen eine Flugtasche gekauft, und ich kann Ihnen schwören, als die Rechnung kam, dachte ich, sie hätte aus Versehen einen Wagen bestellt. Die sind wirklich erste Klasse.«

»Und außerdem ist der Laden eine Einsatzzentrale des KGB, und damit werden Sie sich jetzt beschäftigen. Ich möchte, daß Sie mit unserem Globetrotter, den wir hier haben, in die Klinik gehen. Wir brauchen noch ein paar Nummern, nur noch einen Satz.«

Vor der Hütte waren schwere Schritte zu hören und dann ein lautes Klopfen an der Tür.

»Was ist?« fragte Havelock so laut, daß es draußen zu hören war.

»›Steril Fünf‹, Sie werden gesucht. Dringender Anruf über die Polizeifrequenz. Sie sollen sofort zum Flugplatz gebracht werden.«

»Komme schon.« Havelock wandte sich wieder an Taylor. »Veranlassen Sie das Nötige. Bleiben Sie bei ihm. Ich melde mich wieder...«

Michael kletterte in die Kabine des Marine-Helikopters. Über ihm dröhnten die riesigen Rotorblätter. Der Pilot winkte ihn nach vorne.

»Hier ist ein Telefon«, schrie der Pilot. »Wenn Sie die Luke geschlossen haben, ist es leiser.«

Die schwere Metalltür schwang zu und dämpfte den Lärm. Havelock kauerte sich nieder und hielt sich den Telefonhörer ans rechte Ohr, während er die andere Hand an das linke Ohr preßte. Ein paarmal wurde er weiterverbunden, bis schließlich der Präsident der Vereinigten Staaten am Apparat war.

»Sie werden direkt zum Luftwaffenstützpunkt Andrews geflogen, um dort Arthur Pierce zu treffen.«

»Was ist passiert, *Sir*?«

»Er ist mit den Safespezialisten nach Poole's Island unterwegs, möchte aber zuerst mit Ihnen sprechen. Er hat Angst, und ich glaube nicht, daß er ein Mann ist, der leicht Angst bekommt.«

»Die Sowjets?«

»Ja. Er kann nicht sagen, ob sie ihm seine Geschichte abgekauft haben oder nicht. Sie haben ihm schweigend zugehört, gedankt und ihm die Tür gezeigt. Er glaubt, sie hätten in den letzten Stunden etwas Wichtiges erfahren, etwas, worüber sie nicht sprechen wollten, etwas, das alles hochgehen lassen könnte. Er hat sie gewarnt, keine voreiligen Schritte zu unternehmen, ohne vorher auf höchster Ebene Verbindung aufzunehmen.«

»Und was war die Antwort der Russen?«

»›Kümmern Sie sich um sich selbst‹, haben sie gesagt.«

»Die haben etwas. Pierce kennt seinen Feind.«

»Im allerschlimmsten Fall könnten wir gezwungen sein, Matthias vorzuführen... in der Hoffnung, damit einen Raketenabschuß zu verhindern, aber ohne Garantie dafür. Ich brauche Ihnen nicht zu sagen, was das bedeuten wird – wir wären dann eine Regierung von Aussätzigen, denen man nie wieder Vertrauen schenkt. Wenn es uns dann überhaupt noch gibt.«

»Was kann ich tun? Was will Pierce?«

»Alle Informationen, die Sie haben, alles, was Sie erfahren haben. Er versucht, etwas zu finden, irgend etwas, das er als Hebel benutzen kann. Jeder Tag, an dem es ihm gelingt, die Eskalation zu verhindern, ist ein Tag für Sie. Sie machen doch Fortschritte?«

»Ja, wir kennen jetzt die ›Ambiguity‹-Verbindung, wo er sendet und empfängt. Bis morgen vormittag sollten wir erfahren, wie er es macht und wen er dafür einsetzt. Und dann werden wir ihn finden.«

»Dann könnten Sie dicht an Parsifal dran sein.«

»Ich denke, ja.«

»Das will ich nicht hören! Ein klares Ja, sonst nichts.«

»Ja, *Mr. President*.«

»Gott sei Dank. Unterstützen Sie jetzt Pierce, so gut Sie können. Helfen Sie ihm!«

35

Die sich kreuzenden Start- und Landepisten waren von gelben Funklichtern gesäumt. Scheinwerferbalken stachen in die dichte Wolkendecke, während Patrouillenmaschinen in den Nachthimmel aufstiegen oder aus der Finsternis auf das hellerleuchtete Flugfeld herunterstießen. Andrews war eine ausgedehnte, abgeschirmte Militärstadt, und sowohl auf dem Flugplatz als auch ringsum herrschte rege Aktivität. Hier hatte das Oberkommando der US-Air-Force sein Hauptquartier. Der Stützpunkt lag östlich des Potomac und westlich der Chesapeake Bay; seine Aufgabe war die Verteidigung des nordamerikanischen Kontinents.

Der Pilot des Marinehubschraubers wurde über Funk angewiesen, auf einer Rollbahn nördlich des Hauptfeldes niederzugehen. Scheinwerfer erfaßten ihn vierhundert Meter über dem Boden, dann leitete der Pilot die vertikale Landung ein. Unter den Instruktionen, die ihnen über Funk vom Kontrolltower übermittelt wurden, war auch eine Nachricht für Havelock.

Ein Jeep war bereit, um ihn zu einem Runway am südlichen Rand des Stützpunkts zu bringen.

Havelock kletterte aus der Luke und sprang zu Boden. Die feuchte Kühle der Luft wurde von den Rotorblättern noch verstärkt. Er klappte sich den Mantelkragen hoch und schaute sich nach dem Jeep um.

»*Sir! Sir!*« Der Ruf kam von links, hinter dem Heckleitwerk des Helikopters. Es war der Fahrer des Jeeps, der Wagen stand im Schatten und war bei dem blendenden Scheinwerferlicht des Flugplatzes kaum zu erkennen.

Havelock rannte hinüber, während der Sergeant hinter dem Steuer sich anschickte, den Wagen zu verlassen. »Lassen Sie nur«, sagte Michael und stieg ein. »Ich hab' Sie gar nicht gesehen.«

»So lauteten meine Instruktionen«, erklärte der Uniformierte. »Ich sollte mich so wenig wie möglich blicken lassen.«

»Warum?«

»Da müssen Sie den Mann fragen, der die Befehle erteilt hat, *Sir*, ich würde sagen, weil er vorsichtig ist, und da hier niemand einen Namen hat, stelle ich auch keine Fragen.«

Der Jeep schoß nach vorne und bog fünfzig Meter weiter in eine schmale Asphaltstraße, die in einem Kreis um die riesige Anlage verlief, vorbei an beleuchteten Gebäuden und Parkplätzen. Der Wind peitschte durch das offene Fahrzeug und drang durch Michaels Kleidung.

»Meinetwegen kann er sich Rumpelstilzchen nennen«, sagte Havelock, »Hauptsache, dort wo wir hinfahren, ist es wenigstens warm.«

»Tut mir leid«, erwiderte der Sergeant, »meine Anweisung lautet, Sie zu einer Landebahn am Südrand der Anlage zu bringen.«

Havelock verschränkte die Arme, blickte auf die Straße vor ihnen und fragte sich, weshalb der Staatssekretär Pierce innerhalb einer militärischen Anlage so vorsichtig war. Es mußte irgendeinen Grund dafür geben. Nach allem, was er in der Akte des State Department über Arthur Pierce gelesen hatte, in Verbindung mit dem, was er selbst gewußt hatte, war der hohe Beamte ein intelligenter, redegewandter Vertreter der amerikanischen Interessen bei den Vereinten Nationen und in gleichem Maße bei anderen internationalen Konferenzen. Sein tiefes Mißtrauen gegenüber den Sowjets hatte er schon häufig demonstriert. Doch dieses Mißtrauen äußerte sich in schnellem, aggressivem Witz. Die Russen reagierten häufig mit hilfloser Wut, weil sie unfähig waren, ihre Gegenattacken mit gleicher Eleganz und Flexibilität vorzutragen, und nur den massiven Schlagabtausch kannten, mit der Folge, daß sie häufig ausmanövriert wurden. Vielleicht war die beste Empfehlung, die Pierce mitbrachte, die, daß Matthias persönlich ihn gefördert hatte, in einer Zeit, als Anton noch im Vollbesitz seiner geistigen Kräfte war. Das hervorragendste Merkmal dieses Mannes war in Havelocks

Augen seine Selbstdisziplin, die so ziemlich jeder dem Staatssekretär zuschrieb, der eine schriftliche Beurteilung für seine Dienstakte geleistet hatte. Es war bekannt, daß er nie etwas sagte, wenn er nichts zu sagen hatte. Und daraus abgeleitet, dachte Michael, würde er nie etwas tun, wenn es dafür nicht einen triftigen Grund gab. Und er, Pierce, hatte sich dafür entschieden, sich mit ihm auf einem Runway zu treffen. Warum?

Der Fahrer bog nach links in eine Straße, die an einem riesigen Wartungshanger vorbeiführte und dann nach rechts an den Rand einer verlassenen Landebahn. In der Ferne, vom Scheinwerferlicht des Jeeps silhouettenhaft abgezeichnet, konnte man die Gestalt eines Mannes erkennen. Hinter ihm, vielleicht hundertfünfzig Meter entfernt, stand eine kleine Privatmaschine, deren Innen- und Außenbeleuchtung eingeschaltet war.

»Dort ist der Mann«, sagte der Sergeant und verlangsamte das Tempo. »Ich setze Sie hier ab und warte da hinten am Hangar. Schreien Sie einfach, wenn ich Sie holen soll.«

Der Jeep bremste zehn Meter vor Arthur Pierce. Havelock stieg aus und sah, wie der Staatssekretär, ein hochgewachsener, schlanker Mann in einem dunklen Mantel, mit langen, energischen Schritten auf ihn zuging. Michael lief ihm entgegen und bemerkte, daß Pierce den rechten Handschuh auszog.

»Mr. Havelock?« sagte der Diplomat mit ausgestreckter Hand, als der Jeep davonbrauste.

»Herr Staatssekretär?«

»Natürlich sind Sie das«, fuhr Pierce fort. Der Händedruck war fest. »Ich habe Ihr Foto gesehen. Offen gestanden, ich habe alles über Sie gelesen, was ich in die Finger bekommen konnte ... ich denke, ich sollte das hinter mich bringen.«

»Was?«

»Nun, ich habe fast das Gefühl, daß ich ein wenig von Ehrfurcht ergriffen bin. Für einen erwachsenen Mann ist das natürlich eine ziemlich alberne Bemerkung. Aber Ihre Leistungen in einer Welt, von der ich nicht behaupten kann, daß ich sie verstehe, sind sehr eindrucksvoll.« Der Staatssekretär machte eine Pause und lächelte ein wenig verlegen. »Ich kann mir vorstellen, daß die exotische Natur Ihrer Arbeit häufig eine solche Reaktion hervorruft.«

»Ich wünschte, es wäre so; ich komme mir jetzt richtig bedeutend vor. Besonders, wenn man die Fehler bedenkt, die ich gemacht habe ... ganz besonders in den letzten Monaten.«

»Das waren nicht Ihre Fehler.«

»Ich sollte Ihnen auch sagen«, fuhr Michael fort, ohne auf die Äußerung einzugehen, »daß ich auch über Sie eine ganze Menge gelesen habe. Es gibt im Außenministerium nicht viele Leute wie Sie. Anthony Matthias wußte schon, was er tat, als er Sie in die US-Delegation bei der UNO berief.«

»Unsere Beziehung zu Anthony Matthias ist etwas, das wir beide gemeinsam haben, nicht wahr? Ihr Kontakt zu ihm war zwar weit enger, aber auch ich habe das Privileg genossen – ich kann es nicht anders ausdrücken –, ihn so gekannt zu haben, wie ich ihn kannte. Es war die Phase in meinem Leben, in der ich den entscheidenden Sprung nach oben schaffte; er sorgte dafür, daß es so kam.«

»Ich glaube, das empfinden wir beide ganz ähnlich.«

»Als ich die Akten über Sie las, habe ich Sie beneidet; Sie ahnen wahrscheinlich gar nicht, wie sehr. Ich stand ihm nahe, aber ich konnte nie das sein, was Sie für ihn waren. Was müssen jene Jahre doch für eine außergewöhnliche Erfahrung gewesen sein.«

»Ja... das waren sie. Aber jetzt gibt es nichts dergleichen mehr für uns.«

»Ich weiß. Es ist unglaublich, was mit ihm passiert ist.«

»Es stimmt leider; ich habe ihn gesehen.«

»Ob man mich wohl zu ihm lassen wird? Sie wissen ja, daß ich nach Poole's Island unterwegs bin.«

»Tun Sie sich einen Gefallen. Verzichten Sie darauf. Es klingt abgedroschen, aber Sie sollten ihn so in Erinnerung behalten – ganz besonders ihn –, wie er war, nicht wie er jetzt ist.«

»Das bringt uns in die Gegenwart, nicht wahr.« Pierce schüttelte den Kopf. »Es sieht nicht gut aus. Ich glaube nicht, daß ich dem Präsidenten wirklich klarmachen konnte, wie nahe wir am Abgrund stehen.«

»Er hat es verstanden. Er hat mir erzählt, was die Russen Ihnen erwidert haben, als Sie sie warnten. ›Kümmern Sie sich um sich selbst‹, war es das nicht?«

»Ja. Wenn sie so direkt werden, kriege ich das Zittern. Sie schlagen nach Schatten, ein einziger kräftiger Stoß – und wir werden vernichtet. Sie kennen die Sowjets mindestens genausogut wie ich. Was lesen Sie daraus?«

»Dasselbe wie Sie. Understatement liegt denen nicht, sie pflegen dick aufzutragen. Wenn sie sich nicht mehr die Mühe machen zu drohen, drohen sie wirklich. Anstelle von Worten handeln sie dann.«

»Das ist es, war mir Angst einjagt. Wenn sie erst einmal konkrete Beweise haben, nicht nur Andeutungen, daß Matthias mit China einen nuklearen Angriffspakt gegen die UdSSR geschlossen hat, werden sie nicht mehr zögern, den letzten Schritt zu tun.«

Havelock reagierte betroffen. »Sie glauben, daß sie so weit gehen werden?«

»Sie sind kurz davor. Das ist es, was sie so wild macht, diese Pakte, die ein Wahnsinniger ausgehandelt hat... mit anderen Wahnsinnigen.«

»Und jetzt ist die Aufregung abgeklungen. Sie verhalten sich still und weisen Ihnen die Tür. Sie warnen Sie und sagen Ihnen, daß wir uns um uns selbst kümmern sollten. Ich habe auch Angst, Mr. Pierce.«

»Dann wissen Sie, was ich denke?«

»Parsifal.«

»Ja.«

»Berquist hat gesagt, Sie meinten, die Sowjets hätten innerhalb der letzten achtzehn Stunden etwas erfahren. Ist es das?«

»Ich bin nicht sicher«, erwiderte Pierce, »aber irgend etwas ist passiert. Deshalb wollte ich Sie treffen. Sie sind der einzige, der Stunde für Stunde weiß, was geschieht. Was ich suche, ist eine Person oder ein Vorgang, irgend etwas, das ich einsetzen könnte, um sie aufzuhalten, etwas, das ich vor ihnen aufs Tapet bringen könnte, um sie davon abzuhalten, die Wahnsinnigen im Präsidium zu alarmieren.« Pierce zögerte, bevor er weitersprach. »Sie kennen General Halyard?«

»Ich bin ihm nie begegnet. Auch Ambassador Brooks nicht. Ich sollte mich mit beiden nachmittag treffen. Was ist mit ihm?«

»Ich halte ihn für einen der besonnensten Militärs in diesem Lande.«

»Das ist auch meine Ansicht, nachdem ich auch seine Akte gelesen habe. Und?«

»Ich habe ihn heute nachmittag gefragt, wie die Reaktion – seine eigene eingeschlossen – wohl sein würde, wenn unser Geheimdienst erführe, daß die Sowjetunion mit China einen Angriffspakt gegen uns geschlossen habe? Seine Antwort bestand nur in einem Wort: ›Abschuß‹. Wenn er schon so reagiert, wie würden dann erst viel unsicherere Leute sich verhalten?«

Arthur Pierce dramatisierte die Frage nicht, er stellte sie in ganz vernünftigem Ton, und die Eiseskälte, die Michael empfand, war jetzt nur teilweise der feuchtkalten Luft zuzuschreiben. Die Zeit wurde knapp. »Der Präsident hat mir aufgetragen, Ihnen zu helfen«, begann er. »Ich weiß nicht, ob ich das kann, aber ich will mich bemühen. Sie sagen, Sie suchen etwas, um die Sowjets abzulenken; vielleicht habe ich es. Es gibt da eine alte KGB-Operation, die in die dreißiger Jahre zurückreicht; sie nennt sich *Operatsija paminjatschik*...«

»Tut mir leid«, unterbrach ihn der Mann aus dem Außenministerium, »ohne Dolmetscher taugt mein Russisch überhaupt nichts.«

»Das hat nichts zu sagen, es ist nur ein Code. Es handelt sich um eine Strategie, die sich mit kleinen Kindern, sogar mit Säuglingen befaßt, die von Ärzten ausgewählt und hierhergebracht werden. Sie werden bei ganz speziellen Familien untergebracht – getarnte Marxisten – und wachsen als Amerikaner auf, äußerlich in jeder Hinsicht völlig normal.

Aber in all den Jahren werden sie für ihren Infiltrationsauftrag als Erwachsene ausgebildet – programmiert, wenn Sie wollen.«

»Du großer Gott«, sagte Pierce mit leiser Stimme. »Ich würde meinen, daß in einer solchen Strategie ungeheure Risiken liegen. Solchen Leuten muß doch ein außergewöhnlicher Glaube eingeimpft werden.«

»Oh, den Glauben haben sie, das ist der wesentliche Teil ihrer Programmierung. Sie werden auch überwacht, und wenn es zur geringsten Abweichung kommt, werden sie entweder eliminiert oder zurück nach Mütterchen Rußland gebracht, wo sie umerzogen werden, während sie in den amerikanischen Komplexen im Ural und in Nowgorod andere ausbilden ... Bisher ist es uns nie richtig gelungen, diese Art von Subversion zu stoppen. Die wenigen *paminjatschiks*, die uns in die Hände fielen, waren die inkompetentesten und standen so weit unten auf der Leiter, daß sie uns keine neuen Erkenntnisse liefern konten. Aber vielleicht haben wir jetzt Erfolg. Wir haben einen ausgewachsenen *paminjatschik* gefaßt, der einem Killerkommando angehörte. Leute seines Schlags haben Zugang – müssen Zugang haben – zu Genehmigungszentren und Quellenkontrollen, denn die Befehle müssen noch einmal überprüft und die Ermächtigung bestätigt werden.«

»Einen solchen Mann haben Sie? Mein Gott, wo?«

»Er wird gerade nach Bethesda geflogen – er ist verwundet – und wird im Verlauf des heutigen Abends in eine Klinik in Virginia verlegt werden.«

»Sie dürfen ihn nicht verlieren? Ist ein Arzt bei ihm? Ein guter?«

»Er versteht sein Fach, ein Spezialist namens Taylor; er wird bei ihm bleiben.«

»Dann glauben Sie also, daß Sie mir bis morgen früh etwas liefern können, das ich gegenüber den Sowjets anwenden kann? Das könnte das Ablenkungsmanöver sein, das ich brauche. Eine Gegenattacke sozusagen. Ich klage sie an ...«

»Ich kann es Ihnen jetzt schon geben«, unterbrach ihn Havelock, »aber Sie können erst davon Gebrauch machen, wenn ich es Ihnen sage. Allerfrühestens morgen abend. Können Sie die Russen so lange hinhalten?«

»Ich glaube schon. Was ist es denn?«

»Wir haben ihn unter Drogen vor einer Stunde verhört. Ich weiß nicht, wie man an die richtigen Leute herankommt, aber ich kenne die Deckidentität ihres Freigabezentrums, ebenso die Codebezeichnung für die Quellenkontrolle dieses Gebiets – wobei ich annehme, daß dieser Sektor die Operation in Washington einschließt, die wichtigste in den USA.«

Arthur Pierce schüttelte konsterniert den Kopf. »Sie machen mich wirklich fertig«, sagte er, und in seiner leisen Stimme schwang Respekt mit. »Ich habe Ihnen vorhin gesagt, daß ich ein wenig Ehrfurcht empfinde. Nun, das nehme ich jetzt zurück. Ich empfinde eine ganze Menge Ehrfurcht. Der Präsident hat mir vor ein paar Minuten gesagt... er hat nach dem Gespräch mit Ihnen mit mir telefoniert... Sie glaubten, daß Sie ganz nahe an Parsifal herangekommen sind?«

»Wir werden ihm noch näherrücken, wenn uns Taylors Patient in der Klinik mit ein paar Worten in Greifweite des Mannes führt, den wir ›Ambiguity‹ nennen. Und wenn unsere Überlegungen nicht völlig falsch sind – und ich kann mir das einfach nicht vorstellen –, wissen wir, wer Parsifal ist, sobald wir ›Ambiguity‹ haben.«

»Herrgott, wie denn?«

»Matthias hat mir neulich gesagt, daß ich ihn kenne... Ist Ihnen eine Firma bekannt, eine Ladenkette, die sich Voyagers Emporium nennt?«

»Fast mein gesamtes Reisegepäck habe ich dort gekauft. Verdammt teuer sind die.«

»Irgendwo in dieser Firma, in irgendeiner Abteilung ist das KGB-Freigabezentrum. Dort bekommt ›Ambiguity‹ seine Anweisungen, dorthin übermittelt er seine Informationen. Wir wissen also, wo er ist.«

»Ja, an einem Ort, wo man ihn jeden Tag sehen kann«, sagte Pierce und nickte. »Und was ist mit der Codebezeichnung für die Quellenkontrolle?«

»›Hammer-Null-Zwo‹. Uns sagt das nichts, und es kann auch über Nacht von dem Netz geändert werden. Aber die Tatsache, daß wir den Code geknackt haben, muß irgend jemanden im Kreml zum Schwitzen bringen.« Michael hielt inne und fügte hinzu: »Wenn ich Ihnen das Startsignal gebe, können Sie alles einsetzen, was sie brauchen, teilweise oder ganz. Im wesentlichen ist es ein Ablenkungsmanöver, aber ich glaube, ein wirksames. Es wird ein diplomatisches Chaos, eine Telegrammflut zwischen Moskau und New York auslösen. Und uns wird es Zeit verschaffen.«

»Sind Sie sicher?«

»Ich bin sicher, daß wir keine Wahl haben. Wir brauchen Zeit.«

»Ich werde Ihren Anruf abwarten.« Der Staatssekretär sah auf die Uhr und kniff die Augen in dem schwachen Licht zusammen, um die Leuchtziffern lesen zu können. »Ich habe noch ein paar Minuten Zeit, ehe wir abfliegen. Der Safespezialist mußte von Los Alamos eingeflogen werden; er ist gerade mit einem der Männer aus seiner Firma zusammen, die ihm die Zeichnungen gebracht haben... Es gibt so viele Dinge, die ich Sie fragen möchte, so viel, was ich wissen muß.«

»Ich bin so lange hier, wie Sie hier sind; wenn Sie fliegen, fliege ich auch. So hat es mir der Präsident gesagt.«

»Ich mag ihn, ich habe nicht alle Präsidenten gemocht.«

»Weil Sie wissen, daß es ihm völlig egal ist, ob Sie ihn mögen oder nicht... Nicht, solange er im Oval Office ist. So verstehe ich ihn. Ich finde ihn auch sympathisch, obwohl ich genügend Gründe hätte, ihn zu hassen.«

»Costa Brava? Man hat mir alles erzählt.«

»Das ist vorbei. Kümmern wir uns um die Gegenwart. Mit welcher Information kann ich Ihnen noch helfen?«

»Das liegt auf der Hand«, meinte Pierce. »Wenn Parsifal die Sowjets erreicht hat, was kann ich dann sagen... falls man mir Gelegenheit gibt, etwas zu sagen? Wenn er Andeutungen auf China gemacht hat oder auf die Schwachstellen in ihren eigenen Waffensystemen hingewiesen hat, wie kann ich dann erklären, woher er das alles hat? Zu schildern, was mit Matthias geschehen ist, reicht offengestanden nicht, und ich nehme an, das wissen Sie auch.«

»Ja, allerdings.« Havelock versuchte, seine Gedanken zu sammeln, um so klar und präzise wie möglich sprechen zu können. »In diesen sogenannten Vereinbarungen finden Sie tausend Schachzüge in einem dreiseitigen Spiel, wobei wir die Hauptspieler sind. Wir haben viel weitergehende Erkenntnisse über die Anlagen der Russen und Chinesen, als wir je angedeutet haben, und wir haben Strategieausschüsse, die jede vorstellbare Reaktion des Gegners studieren und auswerten, für den Fall, daß irgendein verdammter Narr den Abschußbefehl gibt.«

»Solche Ausschüsse gibt es doch sicher auch in Moskau und Peking.«

»Aber weder Moskau noch Peking hat einen Anthony Matthias in der politischen Spitze, der überall auf der Welt respektiert, ja, geradezu vergöttert wird wie sonst keiner.«

Pierce nickte. »Die Sowjets behandeln ihn wie einen hochgeschätzten Unterhändler, nicht wie einen Gegner. Die Chinesen veranstalten Banketts und begrüßen ihn als einen Visionär.«

»Und als er anfing, geistig wirr zu werden, verfügte er immer noch über genügend Fantasie, um sich das letzte nukleare Schachspiel auszumalen.«

»Aber wie?«

»Er hat einen fanatischen Militaristen gefunden. Es handelt sich um einen Marineoffizier, dessen Kopf voller Overkill-Theorien steckt. Er hat Matthias alle Detailinformationen geliefert. Er hat Kopien sämtlicher Strategien und Gegenstrategien gemacht, die die drei Krisenausschüsse des Pentagon miteinander ausgetauscht haben. Sie enthielten die authentischen Daten. Dann haben Matthias und der Mann, der uns langsam die Kehle zudrückt, Parsifal, aus diesen Fakten das wahnsinnige Vertragswerk entworfen.«

»Ich würde sagen, daß dieser Marineoffizier die nächste Zeit hinter Gittern sitzen wird.«

»Ich weiß nicht, ob uns das viel bringen würde. Jedenfalls bin ich mit ihm noch nicht fertig; er hat noch mehr zu geben.«

»Einen Augenblick«, sagte der Staatssekretär, dessen Augen plötzlich aufleuchteten. »Könnte es nicht sein, daß *er* Parsifal ist?«

»Nein, undenkbar.«

»Warum?«

»Weil er in seiner Verblendung an das glaubte, was er tat. Er ist ein Patriot, er würde nie bereit sein, den Russen auch nur ein Gramm Munition zu liefern. Decker ist echt. Ich bezweifle, daß die Lubjanka ihn brechen könnte.«

»Decker... Sie haben ihn doch in Sicherheit gebracht, oder?«

»Er entkommt uns nicht. Er ist zu Hause und wird bewacht.«

Pierce schüttelte den Kopf und griff in die Tasche. »Das ist alles so verrückt!« sagte er und holte Zigaretten und Feuerzeug heraus. »Mögen Sie eine?« fragte er und hielt Michael die Schachtel hin.

»Nein danke, ich hab' heute bestimmt schon hundert geraucht.«

Der Mann aus dem Außenministerium zündete sich eine Zigarette an; der Rauch, der aus seinem Mund kam, mischte sich mit dem Dampf seines Atems. »Bei der Besprechung heute nachmittag hat Ambassador Brooks etwas erwähnt, das ich nicht begriff. Er sagte, ein Abwehrbeamter des KGB hätte mit Ihnen Kontakt gehabt und Spekulationen über die Gruppe in Moskau angestellt, die an der Costa Brava mit Matthias zusammengearbeitet hätte.«

»Er meinte Parsifal; Matthias ist von ihnen getäuscht worden. Und Rostow – so heißt der Mann – hat keine Spekulationen angestellt. Er wußte es. Es gibt eine Abteilung des KGB, die sich VKR nennt. Gefährliche Fanatiker haben dort das Sagen. Im Vergleich zu ihnen wirken selbst Leute wie Decker wie Pazifisten. Rostow versucht, diese Gruppe auszuschalten, und ich wünsche ihm dazu alles Glück. Es ist verrückt, aber ein entschiedener Feind könnte unsere Hoffnung sein, eine unserer Hoffnungen.«

»Was meinen Sie mit ›ausschalten‹?«

»Namen ausfindig machen, herausfinden, wer was getan hat, und dann dafür sorgen, daß Leute, die noch bei Verstand sind, sich um sie kümmern. Rostow ist gut; vielleicht schafft er es, und wenn ja, wird er es mich irgendwie wissen lassen.«

»Wird er das?«

»Er hat mir bereits einen solchen Kontakt angeboten. Das geschah am Kennedy-Flughafen, als ich von Paris herüberflog.«

In der Ferne war das Aufheulen eines Motors zu hören. Pierce warf die Zigarette weg und zerdrückte sie mit der Schuhspitze. Dann meinte er: »Was, glauben Sie, könnte Ihnen dieser Decker sonst noch geben?«

»Er hat vielleicht mit Parsifal gesprochen, ohne es zu wissen. Oder mit jemandem, der für Parsifal tätig ist. Jedenfalls hat er zu Hause mit ihm telefoniert, und das bedeutet, daß irgendwo in ein paar hunderttausend Aufzeichnungen von Ferngesprächen ein spezielles Gespräch zu finden ist, das zu einer ganz bestimmten Zeit mit einer ganz bestimmten Nummer geführt wurde.«

»Herr Staatssekretär! Herr Staatssekretär!« Die Rufe übertönten das Motorengeräusch des Jeeps und das Quietschen seiner Reifen, als der Wagen nur wenige Meter von ihnen entfernt zum Stillstand kam. »Staatssekretär Pierce?« sagte der Fahrer.

»Wer hat Ihnen meinen Namen gegeben?« fragte Pierce eilig.

»Dringendes Telefongespräch für Sie, *Sir*. Ihr Büro in den Vereinten Nationen, und man müßte Sie unbedingt sprechen.«

»Die Sowjets«, sagte Pierce halblaut zu Havelock, und seine Sorge war offensichtlich. »Bitte warten Sie auf mich.«

Der Staatssekretär schwang sich schnell in den Jeep, nickte dem Fahrer zu und blickte zu den Lichtern des Hangar hinüber. Michael hüllte sich in seinen Mantel, und seine Aufmerksamkeit wandte sich der kleinen Maschine zu, die vielleicht fünfzig Meter von ihm entfernt war. Der linke Motor war angelaufen, der rechte sprang Sekunden später an. Dann begriff Havelock. Er konnte einen weiteren Jeep neben dem Flugzeug erkennen. Der Safespezialist war eingetroffen; der Abflug nach Poole's Island stand unmittelbar bevor.

Arthur Pierce kehrte sechs Minuten später zurück, stieg aus dem offenen Wagen und entließ den Fahrer. »Es waren tatsächlich die Sowjets«, sagte er, während er auf Michael zuging. »Sie wollten ein inoffizielles Zusammentreffen morgen früh; das bedeutet einen Notfall. Ich habe den stellvertretenden Leiter der russischen Delegation erreicht und ihm gesagt, ich hätte infolge ihrer Reaktionen von heute nachmittag selbst eine außerordentliche Konferenz für morgen einberufen. Dann habe ich angedeutet, daß ich vielleicht Informationen für sie haben würde, die... einen Sturm von Telegrammen, sagte ich, zwischen New York, ihrer Botschaft in Washington und Moskau entfachen könnten.« Der Staatssekretär hielt inne, er hörte die warmlaufenden Motoren der Maschine im Hintergrund, der Jeep war inzwischen weit genug entfernt, um sie nicht mehr zu übertönen. »Das ist mein Signal; der Safespezialist ist eingetroffen. Wissen Sie, es wird wenigstens drei Stunden dauern, diesen Safe aufzubekommen. Begleiten Sie mich ein Stück?«

»Sicher. Wie haben die Russen reagiert?«

»Sehr negativ natürlich. Sie kennen mich; sie ahnen, daß ich ein Ablenkungsmanöver plane, um Ihre Worte zu benutzen. Wir sind übereingekommen, uns morgen abend zu treffen.« Pierce blieb stehen und wandte sich zu Havelock. »Geben Sie mir dann um Gottes willen das grüne Licht. Ich werde jedes Argument brauchen, das ich bekommen kann. Darunter auch einen ärztlichen Bericht über Matthias' Zustand... weiß Gott nicht die Psychiatrieakte, die ich Ihnen bringe.«

»Das habe ich vergessen. Der Präsident hätte sie mir gestern geben sollen... heute.«

»Die kriegen Sie von mir.« Pierce setzte sich wieder in Bewegung. »Ich kann sehen, wie es abläuft.«

»Wie was abläuft?«

»Wie die Tage ineinander verschmelzen, Gestern, heute... morgen, wenn es ein Morgen gibt. Eine lange, endlose, schlaflose Nacht.«

»Ja«, sagte Havelock, der das nicht weiter ausmalen wollte.

»Wie viele Wochen haben Sie in einer solchen Folge von Tagen und Nächten gelebt?«

»Mehr als nur ein paar.«

»Jesus!« Das Brüllen der Motoren wurde lauter, als sie sich der Maschine näherten. »Ich glaube, es gibt keinen sichereren Ort als diesen, um zu sprechen«, sagte Pierce und hob die Stimme. »Es gibt kein Gerät, das diesen Lärm wegfiltern könnte.«

»Wollten Sie sich deshalb mit mir auf der Piste treffen?« fragte Michael.

»Wahrscheinlich halten Sie mich für paranoid, aber das ist tatsächlich der Grund. Und selbst wenn wir im Kontrollraum eines US-Stützpunktes wären, würde ich zuerst die Wände überprüfen lassen, ehe ich ein Gespräch wie das eben führen würde. Wahrscheinlich glauben Sie wirklich, daß ich paranoid bin. Schließlich ist das hier Andrews...«

»Ich halte Sie ganz und gar nicht für paranoid«, unterbrach ihn Havelock. »Ich glaube, ich hätte selbst daran denken sollen.«

Der Pilot gab von seinem beleuchteten Fenster aus ein Zeichen, Pierce winkte zurück und nickte.

»Sie sagten vorhin, Sie hätten bezüglich dieses Anrufs bei Decker einen bestimmten Ort im Sinn«, schrie Pierce. »Wo ist das?«

»Irgendwo im Shenandoah-Tal«, brüllte Havelock. »Das ist reine Spekulation, aber dort hat Decker das Material abgeliefert.«

»Ich verstehe.«

Das Motorengeräusch schwoll zu einem machtvollen Brausen an, und der Wind der Propellerblätter fegte Arthur Pierce den Hut vom Kopf. Michael duckte sich, hetzte hinter dem davonwehenden Hut her, schließlich bekam er ihn mit der rechten Hand zu fassen und brachte ihn dem Staatssekretär zurück.

»Vielen Dank!« schrie Pierce.

Havelock starrte auf das Gesicht vor ihm, auf den breiten weißen Streifen, der von der Stirn des Mannes nach hinten durch das wellige, dunkle Haar verlief.

36

Es dauerte eine Stunde und fünfundvierzig Minuten, bis er die Eingangsbeleuchtung für die Zufahrt zu ›Steril Fünf‹ sah. Der Flug von Andrews nach Quantico und die Autofahrt nach Fairfax waren seltsam beunruhigend gewesen, ohne daß er gewußt hätte, weshalb. Es war, als weigerte sich ein Teil seines Bewußtseins zu funktionieren, als gäbe es eine Lücke in seinem Denkprozeß. Aber ein innerer Widerstand blockierte ihn, den Ursachen für dieses unbehagliche Gefühl nachzugehen.

Vielleicht war es die lange, schlaflose Nacht. Er brauchte Schlaf, er brauchte Jenna. Aber für Schlaf war keine Zeit, auch für sie nicht, um so zusammenzusein, wie sie es sich wünschten! Es gab keine Zeit für irgend etwas oder irgend jemanden außer Parsifal. Etwas quälte ihn...

Was war es? Warum war ein Teil von ihm plötzlich wie tot?

Die Militärlimousine hielt vor dem prunkvollen Eingang des Anwesens. Michael stieg aus und dankte dem Fahrer und dem bewaffneten Posten.

In den Moment öffnete sich die Tür, und das Gesicht von Jenna Karras wurde sichtbar.

»Gott sei Dank!« rief sie und umarmte ihn. »Endlich bist du zurück! Dieses Warten war furchtbar! Ich war dabei, den Verstand zu verlieren!«

»Was ist denn?«

»Mikhail, komm mit. Schnell!« Sie griff nach seiner Hand, zog ihn hinein und eilte mit ihm durch die Vorhalle zur Tür des Arbeitszimmers. Sie stand offen. Sie traten ein, und Havelock schloß die Tür. »Du mußt sofort das Bethesda-Krankenhaus anrufen«, fuhr Jenna fort und griff nach einem Notizblatt. »Apparat Sechs-Sieben-Eins. Aber zuerst mußt du erfahren, was geschehen ist.«

»Was...?«

»Der *paminjatschik* ist tot!«

»O Gott!« Michael rannte zu dem Telefon, das Jenna ihm hinhielt. Er wählte hastig, seine Hand zitterte dabei. »Wann?« schrie er. »Wie?«

»Eine Exekution«, erwiderte sie, während er darauf wartete, daß Bethesda sich meldete. »Vor weniger als einer Stunde. Zwei Männer. Sie haben die Wache mit einem Messer erledigt, sich Zutritt zu dem Zimmer verschafft und den ›Reisenden‹ getötet, solange er noch unter dem Einfluß der Betäubungsmittel war. Vier Schüsse in den Kopf. Der Arzt ist außer sich.«

»Sechs-Sieben-Eins! Schnell bitte!«

»Ich konnte es nicht ertragen«, sagte Jenna und berührte sein Gesicht. »Ich dachte, du wärst dort... irgendwo draußen... man würde dich vielleicht sehen. Sie haben mich beruhigt, aber ich wußte nicht, ob ich ihnen glauben durfte.«

»Taylor? Wie ist es geschehen?«

Havelock hörte die Worte, und langsam breitete sich ein betäubender Schmerz in ihm aus. Der Arzt schien noch unter einem Schock zu stehen, so wirr und zusammenhanglos war sein Bericht. Jennas kurze Schilderung war klarer gewesen. Von Taylor war nichts Weiteres zu erfahren. Zwei Killer in den Uniformen von Marineoffizieren waren ins fünfte Stockwerk gekommen, hatten Taylors Patienten gefunden und die Exekution mit profihafter Präzision ausgeführt. Dabei hatten sie einen Marineinfanteristen getötet, der als Wachposten eingeteilt war.

»Jetzt haben wir ›Ambiguity‹ verloren«, sagte Michael und legte auf. »Ich kann nicht begreifen, wie das passieren konnte... Wir hatten maximale Sicherheitsvorkehrungen getroffen, jede Vorsichtsmaßregel!« Er sah Jenna hilflos an. »Vielleicht war alles zu sichtbar«, meinte sie. »Es könnte sein, daß die Vorsichtsmaßnahmen und der Transport Aufmerksamkeit erregt haben.«

Havelock nickte müde und niedergeschlagen. »Ja, natürlich. Wir haben einen Flugplatz einfach beschlagnahmt und den Verkehr umgeleitet.«

»Außerdem sind wir nicht weit von Randolphs Klinik entfernt«, fuhr Jenna fort. »Jemand, der ohnehin schon wachsam war, hätte leicht Argwohn schöpfen können. Ihm muß aufgefallen sein, was ihr vor ihm verbergen wolltet. In diesem Fall hätte eine Tragbahre genügt.«

Michael zog seinen Mantel aus und ließ ihn auf einen Sessel fallen. »Aber das erklärt immer noch nicht, was in der Klinik geschehen ist. Ein Exekutionskommando ist hierhergeschickt worden, um eine Falle auffliegen zu lassen, um einen ihrer eigenen Leute zu töten, um das Risiko zu vermeiden, daß jemand lebend in unsere Hände fällt.«

»*Paminjatschiks*«, sagte Jenna. »Das ist nicht das erste Mal passiert.«

»Aber wie wußten ihre Kontrollen, daß es eine Falle war? Ich habe nur mit der Apatsche-Einheit und mit Loring gesprochen. Mit sonst niemand.« Havelock ging um den Schreibtisch herum und trommelte nervös auf die Tischplatte. »Loring hat mir gesagt, daß man ihn wahrscheinlich entdeckt hätte, daß es seine Schuld wäre, aber das glaube ich nicht. Diese als Streifenwagen getarnte Limousine ist nicht einfach um die Ecke gekommen, sondern von irgendwoher geschickt worden, von jemandem, der über die entsprechenden Vollmachten verfügte und der die gefährlichste Entscheidung getroffen hatte, die er überhaupt treffen konnte. Er kann sie einfach nicht auf einen Mann hin getroffen haben, den er auf einem Parkplatz gesehen hat – einem

Mann übrigens, der viel zu erfahren war, um sich so offensichtlich zu zeigen.«

»Ja, logisch scheint das nicht zu sein«, gab Jenna ihm recht. »Die Kontrolle wußte, daß es eine Falle war, daß das Hauptziel – reden wir doch nicht darum herum, das einzige Ziel – darin bestand, wenigstens einen von ihnen lebend zu bekommen... Verdammt noch mal, wie konnte das passieren?« Michael ging auf die breiten, dunklen Fenster mit dem dicken, kugelsicheren Glas zu. Und dann hörte er die Worte, Jenna Karras sprach sie ganz leise aus.

»Mikhail, du hast mit noch jemandem gesprochen: mit dem Präsidenten.«

»Natürlich, aber...« Er hielt inne und starrte das verzerrte Spiegelbild seines Gesichts im Fenster an, sah aber langsam nicht mehr sein Gesicht, sondern die schemenhaften Umrisse eines anderen. Und dann wurde der nächtliche Nebel, der sich draußen zwischen den Bäumen und über den Rasen verteilt hatte, zu einem anderen Nebel, einem Nebel aus einer anderen Zeit. Plötzlich erfüllte Wellenschlag seine Ohren, donnernd, betäubend, unerträglich. Blitze zuckten auf. Dann kam der scharfe Knall und dann noch einer...

Er war wieder an der Costa Brava!

Und das Gesicht im Spiegel nahm Gestalt an... ganz vage zuerst... dann unverkennbar. Nun sah er die weiße Strähne, die von der Stirn quer durch das dunkle Haar nach hinten verlief.

»Nein... nein!« Er hörte sich schreien; er konnte Jennas Hände an seinem Arm spüren und dann an seinem Gesicht, das doch nicht sein Gesicht war... an seinem Haar und doch nicht an seinem Haar. Aber beides waren die Gesichter von Mördern, das seine und das andere, das er in jener Nacht an der Costa Brava gesehen hatte!

Damals hatte der böige Meereswind eine Fischermütze vom Kopf jenes Mannes geweht. Vor zwei Stunden hatte der Wind des Propeller einen Hut weggefegt. Auf einer Piste... umgeben von Scheinwerferlicht.

Derselbe Mann? War es möglich? Auch nur vorstellbar?

»Mikhail!« Jenna hielt sein Gesicht mit beiden Händen. »Mikhail, was ist? Stimmt etwas nicht?«

»Es ist nicht möglich!« schrie er. »Es kann nicht sein!«

»Was, mein Geliebter? Was kann nicht sein?«

»Jesus! Ich verliere den Verstand!«

»Liebster, hör auf!« rief Jenna und schüttelte ihn.

»Nein... nein, es ist schon gut. Laß mich allein. Laß mich allein.« Er löste sich von ihr und rannte zum Schreibtisch. »Wo ist sie? Wo, zum Teufel, ist sie?«

»Wo ist wer?« fragte Jenna mit ruhiger Stimme.

»Die Akte.«

»Welche Akte?«

»Meine Akte!« Er riß die rechte obere Schublade heraus, wühlte zwischen den Papieren herum, bis er den Aktenordner mit dem schwarzen Rand fand. Er knallte ihn auf den Schreibtisch, klappte ihn auf und blätterte hastig in den Seiten.

»Was hast du denn, Mikhail? Sag es mir doch. Laß mich dir helfen. Was hat das ausgelöst? Was treibt dich dazu, in die Vergangenheit zurückzugehen? Wir waren uns doch einig, daß wir einander nicht quälen wollten!«

»Nicht ich! *Er!*«

»Wer?«

»Ich darf keinen Fehler machen! Auf keinen Fall!« Havelock fand die Seite, die er suchte. Sein Zeigefinger tastete die Zeilen ab, seine Augen starrten gebannt auf die Worte. Er sprach im Flüsterton, ausdruckslos. »Sie töten sie! O mein Gott, er hat sie getötet, und ich kann die Schreie nicht ertragen. Geh zu ihr, halte die Männer auf... nein, nicht ich, auf keinen Fall ich. O Gott, sie zerren sie weg... Sie blutet so, aber sie hat jetzt keine Schmerzen mehr, sie ist tot. O mein Gott, sie ist tot, die Frau, die ich geliebt habe, ist tot! Der Wind ist kräftig, er hat seine Mütze weggeweht... Das Gesicht! Kenne ich das Gesicht? Ein Foto? Eine Akte? Die Akte eines Mörders... nein, das Haar ist es, die weiße Strähne in seinem Haar.« Michael erhob sich und sah Jenna an. Er schwitzte, seine Stimme zitterte. »Eine... weiße... Strähne«, sagte er langsam. »Er könnte es sein!«

Jenna lehnte sich an ihn und hielt ihn an den Schultern fest. »Du mußt dich jetzt zusammenreißen, mein Liebster. Du bist jetzt nicht du selbst, du hast einen Schock. Kannst du mich verstehen?«

»Keine Zeit«, sagte er, schob ihre Hände weg und griff nach dem Telefon. »Ich bin in Ordnung. Du hast recht, ich bin schockiert, aber nur, weil es so unglaublich ist. Unglaublich!« Er wählte, atmete tief und sprach: »Ich möchte mit der Zentrale des Luftwaffenstützpunktes Andrews verbunden werden, und ich möchte, daß Sie dem diensthabenden Offizier Anweisungen erteilen, mir alle gewünschten Informationen zu geben.«

Jenna ging zum Tisch zurück, auf dem die Karaffen mit Whisky und Brandy standen, schenkte ihm einen Brandy ein und brachte ihm das Glas. »Du bist blaß«, sagte sie. »Ich habe dich noch nie so blaß gesehen.«

Havelock wartete, und schließlich hatte er den diensthabenden Offizier, einen Oberst, in der Leitung. »Es kommen dauernd Anrufe aus New York«, sagte der Oberst in Beantwortung seiner Frage.

»Ich spreche von Anrufen in jenen fünf bis zehn Minuten«, antwortete Michael, »die zu einem Wartungshangar am südlichen Rand des Flugfeldes weitergeleitet werden. Es liegt gerade zwei Stunden zurück; jemand muß sich noch erinnern. Fragen Sie jeden, der in der Vermittlung Dienst hatte. Sofort!«

»Herrgott, regen Sie sich doch nicht auf.«

»Beeilen Sie sich gefälligst!«

Die Nachforschung verlief negativ.

»Da war ein Sergeant, der einen Jeep gefahren hat. Er hatte Anweisung, ein Frachtgut mit der Bezeichnung ›Steril Fünf, Marineausrüstung‹ abzuholen. Wissen Sie Bescheid?«

»Ich verstehe Sie. Wie heißt er?«

»Der Fahrer?«

»Ja.«

Der Colonel macht eine Pause, offensichtlich war er beunruhigt, als er antwortete. »Soweit uns bekannt ist, ist der ursprüngliche Fahrer ausgetauscht worden. Ein anderer hat ihn auf mündliche Anweisung ersetzt.«

»Auf wessen Anweisung?«

»Das haben wir nicht geprüft.«

»Wie war der Name des zweiten Fahrers?«

»Das wissen wir nicht.«

»Danke, *Colonel*.«

Paminjatschik!

»Such mir die Akte über Pierce heraus«, sagte Havelock und blickte zu Jenna auf, ohne die Hand vom Telefon zu nehmen.

»Arthur Pierce?« fragte Jenna erstaunt.

»So schnell du kannst.« Michael wählte wieder, während er weitersprach. »Ich darf keinen Fehler machen, ich darf keinen Fehler machen! Nicht hier, nicht jetzt… *Mr. President*? Ich war mit Pierce zusammen und habe versucht, ihm zu helfen… Ja, *Sir*, er ist intelligent, sehr intelligent sogar, und ein hervorragender Mann. Wir möchten gerne einen Punkt geklärt haben; es ist nicht sehr wichtig, aber es würde eine Sache für uns beide klarer machen. Bei der Sitzung heute nachmittag, nachdem ich Sie angerufen hatte, haben Sie da die Apatsche-Operation in Randolphs Klinik erwähnt? …Dann sind alle auf dem laufenden. Vielen Dank, *Mr. President*.« Michael legte den Hörer auf die Gabel, während Jenna ihm einen dunkelbraunen Aktenordner reichte.

»Hier ist Pierces Akte.«

Havelock schlug sie auf und suchte sofort die Stelle, wo die Lebensgewohnheiten von Pierce geschildert waren.

Subjekt trinkt bei gesellschaftlichen Anlässen mäßig, keinerlei Anzeichen von Alkoholmißbrauch. Konsequenter Nichtraucher.

Der Zigarettenrauch, der nur aus dem Mund kam und sich mit dem

Atemdunst mischte – die typische Verhaltensweise eines Nichtrauchers, der den ihm unangenehmen Rauch ausstößt. Kurz darauf der unbekannte Fahrer, der eine dringende Botschaft überbrachte und einen Namen benutzte, den er überhaupt nicht wissen durfte, und damit den Mann verärgerte, den er ansprach. Jede Sequenz war detailliert, abgestimmt worden, jede Reaktion bedacht. Arthur Pierce war nicht am Telefon verlangt worden, er hatte selbst irgend jemanden angerufen. *Paminjatschik!*

Oder war es doch anders? Es durfte keinen Irrtum geben, nicht jetzt. War die Beschuldigung erst einmal ausgesprochen, war es unmöglich, sie zurückzunehmen, und wenn er sie nicht aufrechterhalten konnte, dann würde das Vertrauen auf oberster Ebene leiden, wenn nicht sogar zerstört werden. Und die Leute, auf die es ankam, würden vorsichtig werden.

Wo lag der endgültige Beweis?

In Moskau!

Da ist zuerst das KGB; alles andere folgert daraus. Mag sein, daß ein Mann schließlich in die VKR wechselt, aber zuerst muß er im KGB nach oben gelangt sein. Rostow, Athen.

Er sagt, er sei nicht Ihr Feind... wohl aber andere, die vielleicht auch seine Feinde sind. Ein sowjetischer Agent, Kennedy-Flughafen New York.

»Ich kann es in deinen Augen sehen, Mikhail.« Jenna berührte ihn an der Schulter und sah ihn an. »Rufe den Präsidenten an.«

»Ich muß absolut sicher sein. Pierce hat gesagt, das Öffnen des Safes würde mindestens drei Stunden dauern und weitere zwei, um die Dokumente zu sortieren. Ich habe etwas Zeit. Wenn er ›Ambiguity‹ ist, dann sitzt er in der Falle.«

»Wie kannst du bei einem *paminjatschik* absolut sicher sein?«

»An der Quelle. In Moskau.«

»Denkst du an Rostow?«

»Versuchen kann ich es. Vielleicht ist er ebenso verzweifelt wie ich. Jeder von uns hat es mit Wahnsinnigen zu tun.« Havelock griff nach dem Telefonhörer und wählte die drei Zahlen für die Vermittlung des Weißen Hauses. »Bitte geben Sie mir das russische Konsulat in New York... Nein, ich warte.« Michael deckte die Sprechmuschel mit der Hand zu und sagte zu Jenna: »Schau dir Pierces Akte an. Versuche, etwas zu finden, dem wir nachgehen können, Eltern, wenn sie noch leben.«

»Die Ehefrau«, sagte Jenna.

»Er ist nicht verheiratet.«

»Bequem... dann Freundinnen.«

»Er ist diskret.«

»Natürlich.« Jenna nahm die Akte vom Schreibtisch.

»*Dobri vjetscher*«, sprach Havelock ins Telefon, *»ja khochugovo rit's nachal' nikom okhrany.*« Als eine tiefe, nachdenklich klingende Männerstimme sich meldete, fuhr Michael auf Russisch fort: »Mein Name ist Havelock, und ich muß annehmen, daß ich mit der richtigen Person spreche, die mich mit dem Mann, den ich zu erreichen versuche, in Verbindung bringen kann.«

»Und wer könnte das sein, *Sir*?«

»Leider habe ich seinen Namen nicht bekommen, aber er kennt meinen. Ebenso sicher bin ich, daß Sie ihn kennen.«

»Das hilft mir nicht viel weiter, Mr. Havelock.«

»Das sollte genügen. Der Mann begegnete mir am Kennedy-Flughafen. Wir hatten ein ausführliches Gespräch, das sich auch mit den Mitteln und Wegen befaßte, wie ich ihn wieder erreichen könnte; dazu gehörte eine Zeitspanne von achtundvierzig Stunden und die öffentliche Bibliothek in New York. Wir hatten dann noch eine kurze Diskussion über eine verschwundene Graz-Burja-Pistole, eine ausgezeichnete Waffe, da werden Sie mir sicher zustimmen... Diesen Mann muß ich unbedingt sprechen. Es ist genauso dringend, wie es seine Nachricht für mich war.«

»Vielleicht würde es weiterhelfen, wenn Sie sich an die Nachricht erinnern könnten, *Sir*.«

»Ein Asylangebot von Pjotr Rostow, dem Direktor für externe Strategien beim KGB.«

»Weshalb sprechen Sie eigentlich nicht mir mir?«

»Weil ich Sie nicht kenne.« Michael warf einen Blick auf die Liste mit den Direktnummern, die man ihm zugeteilt hatte; er wiederholte eine davon für den Russen. »Ich werde die nächsten fünf Minuten hier sein.« Er legte auf und nahm einen Schluck Brandy.

»Wird er zurückrufen, was meinst du?« fragte Jenna. Sie saß vor dem Schreibtisch und hielt die Pierce-Akte in der Hand.

»Warum nicht? Er braucht nichts zu sagen, bloß zuzuhören... Ist dort etwas, was wir gebrauchen können?«

»Die Mutter ist 1968 gestorben. Der Vater ist acht Monate später verschwunden und seitdem nie mehr gesehen worden. Er schrieb seinem Sohn in Vietnam, daß es ›ihm keine Freude mache ohne seine Frau weiterzuleben, und er würde sie bei Gott wiedertreffen‹.«

»Natürlich. Aber kein Selbstmord, keine Leiche.«

»Natürlich. Als *paminjatschik* hatte er in Nowgorod zu viele Informationen anzubieten.«

Das Telefon klingelte. Es war das sowjetische Konsulat in New York.

»Sie sind sich darüber im klaren, Mr. Havelock«, begann die Singsang-Stimme in englischer Sprache, die unzweifelhaft dem Sowjetagenten vom Kennedy-Flughafen gehörte, »daß die Nachricht, die Ihnen übermittelt wurde, im Geiste des Mitgefühls angeboten wurde, aus Mitgefühl für das große Unrecht, das Mitglieder Ihrer Regierung verübten, indem sie die Exekution eines Mannes des Friedens verlangten.«

»Ich akzeptiere einen Teil von Rostows Angebot.«

»Ich wußte nicht, daß es aufgeteilt war.«

»Ich gehe davon aus, daß man vorher sprechen kann.«

»Ich denke, das ist vernünftig«, sagte der Russe.

»Na fein. Nehmen Sie jetzt diese Telefonnummer und veranlassen Sie, daß Rostow mich innerhalb der nächsten Stunde anruft.« Michael sah auf die Uhr. »In Moskau ist es jetzt noch nicht ganz sieben Uhr morgens.«

»Ich glaube nicht, daß diese Umstände akzeptabel sind.«

»Das müssen sie sein. Berichten Sie ihm, ich hätte vielleicht den Feind gefunden, *unseren* Feind.«

»Ich denke wirklich nicht...«

»Sie sollen nicht denken. Rufen Sie ihn an. Wenn Sie es nämlich nicht tun, werde ich es selbst versuchen, und das könnte höchst peinlich sein – für Sie, Genosse, nicht für mich. Mir macht es nichts mehr aus. Ich bin der Preis.« Havelock legte den Hörer auf und bemerkte erst jetzt die Schweißtropfen, die ihm auf der Stirn standen.

»Was kann Rostow dir denn schon erzählen?« Jenna erhob sich aus ihrem Sessel und legte die Pierce-Akte auf den Schreibtisch. »Hier steht übrigens nichts, was wir aufgreifen könnten.«

»Natürlich.« Michael wischte sich mit dem Handrücken über die Stirn und lehnte sich, auf die Ellbogen gestützt, nach vorn. »Rostow hat mir in Athen gestanden, eine seiner Quellen für die Costa Brava sei ein Maulwurf, der im Weißen Haus tätig sei. Ich glaubte ihm damals nicht; aber nehmen wir einmal an, er hätte mir die Wahrheit gesagt – eine Wahrheit aus der Vergangenheit –, weil er wußte, daß der Maulwurf draußen und nicht mehr aufzufinden war. Der perfekte *paminjatschik* also.«

Jenna hob die Hand und deutete auf die Akte. »Pierce war dem Nationalen Sicherheitsrat zugeteilt. Er hatte einige Monate lang ein Büro im Weißen Haus.«

»Ja. Und Rostow meinte seine Worte bitterernst; er konnte das nicht verstehen, und was man in diesem Geschäft nicht verstehen kann, ist Anlaß zur Unruhe. Alles, was er über die Operation an der Costa Brava erfahren hatte – was ich ihm bestätigte –, verriet ihm, daß sie unmöglich ohne die Unterstützung von jemandem in Moskau abgelaufen sein konnte. Aber wer hatte seine Hand im Spiel gehabt? Die

Operationen unterstehen eigentlich seiner direkten Kontrolle, aber er hatte nichts damit zu tun gehabt, wußte überhaupt nichts davon. Also prüfte er mich, weil er glaubte, ich könnte ihm etwas sagen und den Maulwurf als Beweis ins Spiel bringen, im Wissen, daß wir beide Informationen eines Maulwurfs für verläßlich hielten und sie akzeptierten. Das war für ihn die Wahrheit – so wie man sie ihm dargestellt hatte. In Wirklichkeit aber war es eine Lüge.«

»Die Lüge eines KGB-Beamten, eines *paminjatschik*, der dem KGB die Gefolgschaftstreue aufgekündigt und sich der *Voennaja* angeschlossen hatte«, fügte Jenna hinzu. »Er läßt seine ehemaligen Vorgesetzten zugunsten seiner neuen im Stich.«

»Und dann macht er sich daran, die Aktion an der Costa Brava zu stören und ändert den geplanten Ablauf – wenn er an der Costa Brava war. Wenn... wenn.«

»Wie willst du bei Rostow vorgehen? Euer Gespräch wird auf Band registriert werden; man wird jedes Wort überwachen.«

»Das wird leicht sein. Schließlich ist er Direktor für externe Strategien. Ich werde ganz auf dem Machtkampf aufbauen: KGB gegen VKR. Er wird schon verstehen.«

»Er wird am Telefon nicht über die *paminjatschik*-Operation reden. Du weißt doch, daß er das nicht kann.«

»Ich werde ihn auch nicht darum bitten. Ich werde den Namen nennen und zuhören. Er wird es mir irgendwie sagen. Wir sind beide alte Hasen... uns genügen Andeutungen, Umschreibungen, um zu wissen, was der andere meint, und unser Schweigen wird nur von Leuten wie uns verstanden. Er will etwas, das ich habe – wenn ich es habe –, so wie ich eine Bestätigung von ihm brauche. Es wird funktionieren. Irgendwie wird er mir mitteilen, ob Arthur Pierce der Maulwurf ist... wenn er überzeugt ist, daß der Maulwurf ihm in den Rücken gefallen ist und sich den Wahnsinnigen angeschlossen hat.«

Jenna trat an den niedrigen Tisch, griff nach einem Notizblock und setzte sich in den ledernen Armsessel. »Möchtest du über Commander Decker sprechen, während du wartest?«

»Herrgott!« Havelocks rechte Hand schoß zum Telefon, während seine linke die Liste mit den Telefonnummern heranzog. Er wählte, während er sprach, und seine Stimme klang gequält: »Ich habe seinen Namen Pierce gegenüber erwähnt. O Gott, ich muß sofort Deckers Eskorte sprechen. Schnell!«

»Marine-Eskorte. Auf Posten.«

Die Worte, die über das Funktelefon kamen, waren klar, und das plötzliche Pochen in Michaels Schläfen begann schwächer zu werden. »Hier ›Steril Fünf‹. Wir haben Grund zu der Annahme, daß es in Ihrem Bereich feindliche Aktivität geben könnte.«

»Keine Anzeichen davon«, kam die Antwort. »Alles ist ruhig, und die Straße ist gut beleuchtet.«

»Ich hätte trotzdem gerne zusätzliches Personal.«

»Wir sind ziemlich knapp mit Leuten, ›Steril Fünf‹. Warum holen wir nicht einheimische Polizisten dazu? Die brauchen auch nicht mehr zu wissen als wir, wir wissen ja auch gar nichts.«

»Können Sie das veranlassen?«

»Sicher. Wir sagen, es wäre etwas Diplomatisches, dann kriegen die Überstunden bezahlt. Übrigens, was befürchten Sie eigentlich?«

»Eine Entführung. Zuerst wird man Sie ausschalten und dann sich Decker greifen.«

»Danke für die Warnung. Wir kümmern uns gleich darum. Ende.«

Havelock lehnte sich in seinem Sessel zurück und starrte zur Decke. »Was hat Commander Decker dir gesagt?«

»Wo hattest du das Verhör beendet? Ich habe ihn dazu gebracht, noch einmal ganz von vorn anzufangen.«

Michael schloß die Augen, erinnerte sich. »Ein Telefonanruf«, sagte er langsam. »Das war später, nach ihren sonntäglichen Zusammentreffen in der Hütte. Er versuchte tagelang, wochenlang, mit Matthias Kontakt aufzunehmen, aber Anton wollte nicht mit ihm sprechen. Und dann hat ihn jemand angerufen... ihm eine Erklärung gegeben. Das war es, er hat gesagt, es sei eine Erklärung gewesen.«

Jenna blätterte in ihren Notizen und hielt bei einer Seite inne. »Ein Mann mit einer seltsamen Stimme, einem eigenartigen Akzent, ›abgehackt und hastig‹ hat Decker die Stimme beschrieben. Ich bat ihn, sich so gründlich wie möglich an jedes Wort zu erinnern, das der Mann sagte. Zum Glück war dieser Anruf für ihn sehr wichtig. Er erinnerte sich fast an alles, glaube ich. Ich habe es niedergeschrieben.«

»Lies es mir vor, bitte.«

Jenna drehte das Blatt um. »Der Mann gab sich als Beamter des Außenministeriums aus und stellte Decker einige Fragen über seine Marinelaufbahn, offenbar um ganz sicher zu gehen, daß es tatsächlich Decker war... Und jetzt fängt es an – ich versuchte es niederzuschreiben, während ich zuhörte... Außenminister Matthias ist Ihnen für alles dankbar, was Sie getan haben, und möchte Sie wissen lassen, daß er Sie in seinen Memoiren lobend erwähnen wird. Aber Sie müssen die Vorschriften verstehen, die nicht durchbrochen werden dürfen. Damit die globale Strategie des Außenministers wirksam wird, muß sie in völliger Geheimhaltung entwickelt werden, das Element der Überraschung ist von überragender Bedeutung. Und niemand innerhalb oder außerhalb der Regierung...« – Jenna hielt inne, »Decker hat das so betont«, fügte sie hinzu – »...innerhalb oder außerhalb der Regierung darf erfahren, daß ein strategischer Plan entwickelt worden ist«. Wieder hielt Jenna inne und blickte auf. »Hier war Decker nicht präzise. Die Gründe des Mannes, Angehörige der Regierung auszuschließen, gingen offenbar auf die Annahme zurück, daß es zu viele Leute gab, denen man nicht vertrauen konnte, die Geheimnisse ausplaudern könnten.«

»Natürlich war er nicht präzise. Er sprach über sich selbst, und das war schmerzhaft.«

»Richtig. Ich bin sicher, daß dieser letzte Teil exakt wiedergegeben war, wahrscheinlich sogar Wort für Wort. Hör zu: ›Der Außenminister möchte Sie davon in Kenntnis setzen, daß man Sie rufen wird, wenn die Zeit gekommen ist, und als leitenden Offizier einsetzt, mit allen Vollmachten. Aber wegen Ihres hervorragenden Rufs im Bereich der nuklearen Taktik darf es nicht einmal Andeutungen irgendwelcher Beziehungen zwischen Ihnen und dem Außenminister geben. Wenn Sie jemals einer fragen sollte, ob Sie Matthias kennen, müssen Sie das verneinen. Das gehört ebenfalls zu den Vereinbarungen.‹« Jenna legte den Notizblock auf den Schoß. »Das ist alles. Deckers Ego fühlte sich geschmeichelt, und in seiner Fantasie war sein Platz in der amerikanischen Geschichte gesichert.«

»Das war auch der Zweck dieser penetranten Lobhudelei«, sagte Havelock und richtete sich im Sessel auf. »Gut, daß du es aufgeschrieben hast. Jetzt kann ich die Sätze noch mal nachlesen, denn der Mann, der diese Worte sprach, ist Parsifal, und irgendwann in der Vergangenheit habe ich jenen Mann schon einmal sprechen hören.«

»Versuch, dich an die Jahre zu erinnern, Mikhail«, sagte Jenna. »Ich werde dir helfen. Nach Deckers Beschreibung ist es ein Russe, der schnell Englisch spricht, mit abgehackten Worten. Wie viele solcher Männer könntest du gekannt haben?«

Havelock erhob sich und ließ sich von Jenna die zwei Seiten geben, die ihre Notizen über das Gespräch mit Thomas Decker enthielten. »Es müssen Männer sein, die ich *kenne* und die Matthias persönlich kennengelernt haben. Schreibe jeden Namen auf, der mir einfällt.

»Warum gehen wir nicht geographisch vor, indem wir Stadt für Stadt abhaken, da kannst du einige ganz schnell abtun und dich auf die anderen konzentrieren.«

»Assoziationen«, fügte er hinzu. »Wir streichen Barcelona und Madrid. Belgrad – ein Lagerschuppen an der Save, der Attaché des russischen Konsulats, Wassili Jankowitsch. Er war mit Anthony in Prag zusammen.«

»Jankowitsch«, wiederholte Jenna und notierte den Namen.

»Und Iljitsch Borin, Gastprofessor an der Universität Belgrad; wir haben einmal zusammen zu Abend gegessen. Er kannte Matthias von Kulturaustausch-Konferenzen.«

»Borin.«

»Sonst niemand in Belgrad. In Prag muß es mindestens ein Dutzend Männer geben. Prag wimmelt von Russen.«

»Ihre Namen. Fang alphabetisch an.«

Die Namen kamen, manche schnell, manche langsam. Jenna schrieb sie alle auf, trieb Michael immer wieder an, zwang ihn, weiter in der Vergangenheit zu schürfen, und ein Name führte zum nächsten.

Krakau. Wien. Paris. London. New York. Washington.

Aus Monaten wurde ein Jahr, zwei, schließlich drei Jahre. Die Liste wuchs, während Havelock seinen spontanen Assoziationen freien Lauf ließ. Und wieder trat ihm der Schweiß auf die Stirn, beschleunigte sich sein Pulsschlag, bis er schließlich erschöpft innehielt.

»Du hast neununddreißig Namen genannt«, sagte Jenna, die zu ihm getreten war und ihm den Nacken massierte. »Setz dich und finde heraus, wer von ihnen Parsifal ist, Mikhail.«

»Mir fällt ein, daß Rostow nicht angerufen hat.«

»Ich weiß.«

»Ich sagte, spätestens in einer Stunde.« Havelock sah auf die Uhr. »Jetzt sind schon eineinhalb Stunden vergangen.«

»Es könnte technische Schwierigkeiten in Moskau geben, das wäre nicht das erste Mal.«

»Nicht für ihn. Er will unseren Kontakt nicht bestätigen.«

»Wie oft hast du schon einen Termin bis zur letzten Minute hinausgeschoben und gewartet, bis derjenige, der deinen Anruf erwartete, völlig verunsichert war.«

»Dazu kennt er meine Akte zu gut.« Michael drehte sich zu ihr. »Ich muß eine Entscheidung treffen. Wenn ich recht habe mit meinem Verdacht, dann dürfen wir nicht zulassen, daß Pierce Poole's Island verläßt. Wenn ich unrecht habe, wird man denken, ich wäre verrückt geworden, hätte den Verstand verloren, und Berquist wird keine andere Wahl haben, als mich zu entfernen.«

»Nicht unbedingt.«

»Natürlich wird es so laufen. Ich sehe Gespenster und vergeude wertvolle Stunden mit meiner Selbsttäuschung. So verhält sich kein Mann, dem man die Befehlsgewalt anvertraut. Mein Gott, Arthur Pierce! Das Wertvollste, was wir besitzen...«

»Nur du weißt, was du tatsächlich gesehen hast.«

»Es war Nacht. Sieh dir doch meine Klinikakte an. Ist das ein vernünftiger Mann, der da redet und denkt? Was hat er wirklich gesehen? ...Ich brauche ein Wort, ein Schweigen von Rostow.«

»Warte, Mikhail«, sagte Jenna und drückte ihn in den Sessel. »Du hast immer noch Zeit. Beschäftige dich mit der Namensliste, mit dem, was der unbekannte Mann am Telefon Decker gegenüber geäußert hat. Vielleicht kommt dir dann die Erkenntnis.«

Auf der Liste standen die Namen von Wissenschaftlern, Soldaten, Anwälten, Ärzten, Attachés, Diplomaten... Überläufern: Allesamt Russen, die irgendwann einmal direkten Kontakt mit Anthony gehabt hatten. Havelock malte sich jeden einzelnen Mann aus, jedes Gesicht, und sein inneres Ohr hörte Dutzende von Stimmen in englischer Sprache reden. Er brachte die Stimmen mit den Gesichtern in Einklang, lauschte auf Phrasen, die schnell gesprochen wurden, auf Worte, die abgehackt wirkten. Es war zum Verrücktwerden, Gesichter und Stimmen mischten sich ineinander, Lippen bewegten sich, und plötzlich war gar nichts mehr zu hören, gleich darauf Schreie. *Der Außenminister wird Sie an wichtigen Stellen häufig lobend erwähnen.* Hatte *er* das gesagt, würde *er* das so ausdrücken? *Man wird Sie rufen...* Wie oft hatte er diese Formulierung gehört! Aber wer gebrauchte sie?

Wer?

Eine Stunde verstrich, dann weitere fünfzig Minuten. Die Frist für Rostows Anruf war längst abgelaufen, und auf Poole's Island mußte Pierce inzwischen Einblick in die Dokumente bekommen haben. Havelock würde eine Entscheidung – *die Entscheidung* – treffen. Nichts war vergessen, nur zugeschüttet, und seine Blicke wanderten immer wieder zu der Uhr auf dem Schreibtisch, während seine gedankliche Suche nach Parsifal eine beängstigende Intensität angenommen hatte.

»Ich kann ihn nicht finden!« rief Michael und schlug mit der Hand auf den Sofatisch. »Er ist hier, die Worte sind hier, aber ich kann ihn nicht finden!«

Das Telefon klingelte. Rostow? Havelock schoß aus dem Sessel hoch und starrte den Apparat an. Wieder schrillte die Glocke; Michael eilte ans Telefon und nahm ab. Jenna beobachtete ihn.

»Ja«, sagte er leise und ordnete seine Gedanken für den Eröffnungszug.

»Hier spricht Ihr Freund vom Kennedy-Flughafen, der Mann, der seine Waffe nicht mehr hat...«

»Wo ist Rostow? Ich habe Ihnen einen Termin gesetzt.«

»Der ist eingehalten worden. Hören Sie jetzt gut zu. Ich rufe von einer Telefonzelle in der Eighth Avenue an und muß die Straße im Auge behalten. Der Anruf kam vor einer halben Stunde. Zum Glück habe ich ihn entgegengenommen. Mein Vorgesetzter war für den Abend verabredet.«

»Worauf wollen Sie hinaus?«

»Rostow ist tot! Er ist um halb zehn Uhr früh nach Moskauer Zeit gefunden worden, nachdem es mit mehreren Anrufen nicht gelang, ihn zu wecken.«

»Wie ist er gestorben?«

»Er hatte vier Kugeln im Kopf.«

»O Gott! Hat man einen Verdacht, wer ihn getötet hat?«

»Man vermutet, die *Voennaja Kontra Rozvedka*, und ich zumindest glaube es. Es hatte in jüngster Zeit viele solcher Gerüchte gegeben, und wenn man sogar einen Mann wie Rostow beseitigen kann... dann bin ich zu alt und rufe besser von einer Telefonzelle aus an. Sie sind hier alle verrückt, aber es ist besser, mit Verrückten zu leben als unter Schakalen, die einem die Kehle aufreißen, wenn ihnen die Art, wie man lacht oder trinkt, nicht gefällt.«

Bei der Besprechung heute nachmittag... etwas, das ich nicht begriff... Ein Abwehrbeamter vom KGB hatte mit Ihnen Kontakt gehabt... Spekulationen über die Gruppe in Moskau... Arthur Pierce, während er auf einer verlassenen Landepiste unbeholfen eine Zigarette rauchte.

Rostow hat keine Spekulationen angestellt. Er wußte Bescheid. Eine Gruppe von Fanatikern in einer Abteilung des KGB, die sich VKR nennt. Die Voennaja... Er versucht, die Gruppe auszuschalten... Ein Killer von der Costa Brava.

Hatte Pierces Anruf mehr umfaßt als den Tod eines *paminjatschik*? Hatte er die Exekution eines Mannes in Moskau verlangt? Rostow war erschossen worden – aber das war der Beweis, den er brauchte. War er schlüssig? Gab es überhaupt etwas, das noch schlüssig war?

»Codewort ›Hammer-Null-Zwo‹« sagte Michael. »Sagt Ihnen das etwas?«

»Möglicherweise ein Teil davon, nicht alles.«

»Was für ein Teil?«

»Der ›Hammer‹. Man hat diesen Code vor Jahren benutzt; ich glaube, man hat ihn inzwischen aufgegeben. Hammarskjöld, Dag Hammarskjöld. Die Vereinten Nationen.«

»Großer Gott!... Null, null... zwo. Eine Null ist ein Kreis... ein Kreis. Ein Rat! Zwei... doppelt, zweimal, *zwei – ter*. Die zweite Stimme in der Delegation! Das ist es!«

»Wie Sie richtig annehmen«, unterbrach ihn der Sowjet, »bleibt mir nichts anderes übrig als überzulaufen.«

»Rufen Sie das New Yorker Büro des FBI an. Gehen Sie dort hin. Ich werde sie informieren.«

»An das FBI werde ich mich auf keinen Fall wenden, das kann ich Ihnen versichern.«

»Dann rufen Sie mich in dreißig Minuten wieder an. Ich muß mich beeilen.«

Havelock drückte einen Knopf an seinem Telefon und unterbrach die Verbindung. Er blickte zu Jenna auf. »Es ist Pierce. ›Hammer-Null-Zwo‹. Ich habe ihn informiert – wir alle haben ihn informiert –, daß Rostow mit der *Voennaja* etwas vorhatte. Er hat Rostow töten lassen.«

»Dann sitzt er in der Falle«, sagte Jenna. »Du hast ihn!«

»Ich habe ihn! Ich habe ›Ambiguity‹, den Mann, der uns am Col des Moulinets den Tod gewünscht hatte... Und wenn ich ihn erst in einer Klinik habe, werde ich ihn zum Mond schießen. Was immer er weiß, werde ich auch wissen.« Michael wählte schnell. »Den Präsidenten bitte, Mr. Cross möchte ihn sprechen.«

»Du mußt ruhig bleiben, Mikhail«, sagte Jenna und trat an den Schreibtisch. »Denke daran, es wird für ihn ein ungeheurer Schock sein, und es ist wichtig, daß er dir glaubt.«

Havelock nickte. »Das ist das Schwierigste daran. Danke. Du hast recht, ich muß ihn langsam mit der Wahrheit vertraut machen... *Mr. President?*«

»Was ist?« fragte Berquist besorgt. »Was ist passiert?«

»Ich habe Ihnen etwas mitzuteilen, *Sir*. Es wird ein paar Minuten dauern, und ich möchte, daß Sie sich das, was ich zu sagen habe, sehr aufmerksam anhören.«

»Warten Sie, ich nehme einen anderen Apparat, im Zimmer nebenan sind Leute... Übrigens, hat Pierce Sie erreicht?«

»Was?«

»Arthur Pierce. Hat er Sie angerufen?«

»Was ist mit Pierce?«

»Er etwa vor einer Stunde angerufen; er brauchte eine weitere Freigabe. Ich habe ihm von Ihrem Anruf bei mir berichtet und ihm erzählt, daß Sie beide wissen wollten, ob ich die Geschichte mit Randolph Medical Center erwähnt hätte – eine gottverdammte Schweinerei war das –, und ich sagte ja, das wäre alles, was wir darüber wüßten.«

»Bitte, *Mr. President*! Noch einmal, was genau waren Ihre Worte?«

»Was ist denn mit Ihnen los?«

»Was hat er zu Ihnen gesagt?«

»Worüber denn?«

»Sagen Sie es mir! Zuerst, was Sie ihm gegenüber geäußert haben!«

»Einen Augenblick mal, Havelock...«

»Beeilen Sie sich! Sie haben keine Zeit, niemand von uns hat Zeit! Was haben Sie gesagt?«

Der Präsident spürte die Eindringlichkeit von Havelocks Worten. Nach kurzem Schweigen antwortete Berquist ganz ruhig. Er verstand zwar die Unruhe seines Untergebenen nicht, war aber bereit, sie zu respektieren. »Ich habe gesagt, Sie hätten mich angerufen und mich ausdrücklich gefragt, ob ich bei der Sitzung heute nachmittag des Randolph Medical Center erwähnt hätte. Das bestätigte ich und berichtete ihm, Sie wären anscheinend erleichtert gewesen, daß alle darüber Bescheid wußten.«

»Was hat *er* gesagt?«

»Er machte auf mich einen verwirrten Eindruck, um ehrlich zu sein.

Ich glaube, er hat ›aha‹ gesagt und mich dann gefragt, ob Sie irgendwelche Gründe für Ihre Frage genannt hätten.«

»Für welche Frage?«

»Bezüglich des Medical... Was ist eigentlich los mit Ihnen?«

»Was haben Sie ihm gesagt?«

»Daß ich verstände, daß Sie beide besorgt wären, obwohl ich nicht genau wüßte, weshalb.«

»Und seine Antwort darauf?«

»Da muß ich überlegen... ja, er fragte, ob Sie mit dem Mann, den Sie in Bethesda haben, irgendwelche Fortschritte gemacht hätten.«

»Nicht vor morgen, und das wußte er.«

»Was?«

»*Mr. President*, ich habe jetzt keine Zeit für Erklärungen, und Sie dürfen auch keine Sekunde verlieren. Hat Pierce sich auf Poole's Island Zugang zu dem Safe, zu jenem Raum verschafft?«

»Ich weiß es nicht.«

»Halten Sie ihn auf. *Er ist der Maulwurf!*«

»Sie sind wahnsinnig!«

»Verdammt, Berquist, Sie können mich erschießen lassen, aber in diesem Augenblick verlange ich das! Er hat Kameras bei sich, von denen Sie nichts wissen! In Ringen, in Manschettenknöpfen, in seiner Uhr! Halten Sie ihn auf! Nehmen Sie ihn fest! Ziehen Sie ihn nackt aus und prüfen Sie ihn auf Zyankalikapseln. Ich kann diesen Befehl nicht erteilen, aber Sie können es! Sie müssen! Sofort.«

»Bleiben Sie am Telefon«, sagte der Präsident der Vereinigten Staaten. »Vielleicht lasse ich Sie wirklich erschießen.«

Havelock erhob sich, um sich zu bewegen. Da waren jetzt wieder die dunklen Nebel, und er mußte ihnen entgegenkommen. Er sah Jenna an, und ihre Augen verrieten, daß sie verstand.

»Ich habe Pierce gefunden und er mich.«

»Er ist in der Falle.«

»Ich hätte ihn an der Costa Brava töten können. Ich wollte ihn töten, aber ich habe nicht auf mich gehört.«

»Quäl dich nicht mit der Vergangenheit. Jetzt hast du ihn.«

Michael ging vom Schreibtisch weg, um die dunklen Nebel abzuschütteln, die ihn verfolgten.

Das Telefon klingelte, er fuhr herum und stürzte sich auf den Apparat. »Ja?«

»Er ist weg. Er hat dem Patrouillenboot Befehl erteilt, ihn nach Savannah zurückzubringen.«

»Hat er den Saferaum betreten?«

»Nein.«

»Dem Himmel sei Dank!«

»Er hat etwas anderes«, sagte der Präsident, so leise, daß Havelock ihn kaum verstehen konnte.

»Was?«

»Die komplette psychiatrische Akte über Matthias. Sie enthält alles.«

37

Polizeiwagen rollten durch die Straßen von Savannah, Streifenfahrzeuge rasten zum Flughafen oder zu Bus- und Bahnstationen. Überall in der Stadt wurden die Büros der Autovermietungen überprüft, und auf den Highways und Landstraßen errichtete man Straßensperren. Die Beschreibung des Mannes wurde über Funk allen Einheiten durchgegeben; und der Einsatzbefehl lautete: »Findet den Mann mit der weißen Strähne im Haar. Wenn Sie ihn sehen, nähern Sie sich ihm nur mit gezogener Waffe. Bei verdächtigen Bewegungen ist von der Schußwaffe Gebrauch zu machen. Todesschuß ausdrücklich genehmigt.«

Die Jagd nach dem Maulwurf war beispiellos, was ihre Intensität und die Zahl der eingesetzten Helfer anbetraf. Polizisten, die dienstfrei hatten, wurden zurückbeordert, und viele von ihnen wurden mit ihren Privatfahrzeugen, die mit magnetischen Dachlampen ausgerüstet waren, auf die finsteren Landstraßen geschickt. Überall mußten sich Fahrzeuginsassen und Passanten ausweisen, und wer auch nur entfernt der Beschreibung des Mannes glich, wurde höflich aufgefordert, die Kopfbedeckung abzunehmen, dann huschten die Lichtbalken von Taschenlampen über Gesicht und Haare und suchten nach hastig und unvollkommen gefärbten weißen Haarsträhnen über der Stirn. Nicht nur Hotels, Motels und Landgasthöfe wurden kontrolliert, auch abgelegene Bauernhäuser nahm man sich vor, weil man in Betracht zog, daß der *paminjatschik* vielleicht ein Kind oder eine Ehefrau als Geisel genommen hatte. Auch Scheunen und Schuppen wurde durchkämmt, nichts blieb dem Zufall überlassen.

Der Morgen kam, und Tausende meldeten sich übermüdet an ihren Einsatzorten, ohne eine heiße Spur von ›Mr. Smith‹ gefunden zu haben. Mit diesem Namen hatte man die Identität von Pierce getarnt und auch kein Foto von ihm den Polizisten ausgehändigt, die verwirrt und verärgert über die ineffektiven Fahndungsmethoden waren. Der Mann mit der weißen Strähne im Haar war durch das Netz geschlüpft. Er konnte inzwischen blond oder kahlköpfig sein, an einem Stock gehen oder eine Polizei- oder Militäruniform tragen, kurz, sein Äußeres total verändert haben.

Die Zeitungen, die in ihren Morgenausgaben Berichte über die auffällige Suchaktion veröffentlicht hatten, riefen abrupt ihre Reporter zurück, nachdem Vertreter der Regierung an die Eigentümer oder Chefredakteure herangetreten waren und um Stillschweigen gebeten hatten. *Spielen Sie es herunter, lassen Sie die Story sterben.* In den Mittagsausgaben wurde die Fahndung nur mehr als Kurzmeldung erwähnt, und in den Abendausgaben war die Aktion bereits vergessen.

Der Telefonanschluß von Voyagers Emporium war seit Mitternacht gestört, und als dann um acht Uhr morgens der Dienst wieder aufgenommen wurde, befanden sich ›Monteure‹ der Telefongesellschaft in der Telefonzentrale, in der jeder eingehende Anruf überwacht und auf Band aufgezeichnet wurde, und sämtliche Bänder unter fünfzehn Sekunden Länge wurden über Telefon nach ›Steril Fünf‹ überspielt. Diese Kürze reduzierte die Zahl der Gespräche.

Internationale Flughäfen wurden von FBI-Agenten überwacht, Männer mit komplizierten Röntgengeräten durchleuchteten Aktentaschen und Handgepäck. Die Suche galt einem Metallbehälter mit einem Kombinationsschloß. Man ging von zwei Annahmen aus: zum einen, daß die Akte nicht dem Frachtraum eines Flugzeugs anvertraut sein würde, und zum zweiten, daß die Akte, um ihre Authentizität zu beweisen, in ihrem ursprünglichen Behälter bleiben würde. Sollten Behälter und Akte getrennt sein, so würde die eine oder andere Form hinreichender Anlaß für eine genauere Überprüfung sein. Bis halb zwölf Uhr mittags waren auf Flughäfen überall im Lande mehr als 2700 Aktenkoffer geöffnet und durchsucht worden.

»Vielen Dank«, sagte Havelock am Telefon. Die ganze Nacht hatte er kein Auge zugemacht. Er sah zu Jenna hinüber, die Kaffee einschenkte. »Die können das nicht verstehen, und ich kann es ihnen nicht erzählen. Pierce würde unter keinen Umständen Orphan-sechsundneunzig anrufen, wenn er nicht glaubte, seine Botschaft mit nur wenigen Worten durchgeben zu können, die er noch dazu schnell sprechen kann. Er weiß, daß ich inzwischen meine Leute eingesetzt habe und jedes Gespräch aufgezeichnet wird.«

»Du hast alles getan, was in deiner Macht steht«, sagte Jenna und trug den Kaffee an den Schreibtisch. »Sämtliche Flughäfen werden überwacht...«

»Nicht seinetwegen«, unterbrach Michael sie. »Er würde es nicht riskieren, und außerdem will er gar nicht weg. Er will dasselbe wie ich: Parsifal finden! Es geht um diese Akte! Eine kleine, einmotorige Maschine, die die mexikanische Grenze überfliegt, oder ein Fischerboot, das sich zwischen Amerika und Kuba mit einem anderen trifft – und schon ist die Akte auf dem Weg nach Moskau, in die Hände der Overkillspezialisten der *Voennaja*. Und es gibt nichts, aber auch gar nichts, was ich dagegen tun kann.«

»Die mexikanische Grenze wird besonders scharf kontrolliert. Das Personal ist verdoppelt worden. Die Piers und Anlegestellen werden sowohl hier als auch im Golf beobachtet, und sämtliche Boote werden gestoppt, bei denen der Bestimmungsort Zweifel erweckt. Darauf hast du bestanden, und der Präsident hat die entsprechenden Befehle erteilt.«

»Die Küste ist lang, und das ist eine Menge Wasser.«

»Ruh dich aus, Mikhail. Wenn du erschöpft bist, kannst du nichts leisten. Leg dich auf die Couch. Ich kann so lange die Anrufe entgegennehmen und dir dann berichten. Ich habe eine Weile geschlafen, du nicht.«

»Wann hast du geschlafen?« fragte Michael und blickte sie zweifelnd an.

»Während du mit deiner Küstenwache gesprochen hast.«

»Sie gehört nicht mir«, sagte Havelock müde und richtete sich auf. »Vielleicht lege ich mich hin... nur für ein paar Minuten.« Er ging um den Schreibtisch herum, blieb an der Ecke stehen und sah sich in dem eleganten Arbeitszimmer um, das jetzt mit losen Blättern, Notizbüchern und Akten übersät war. »Herrgott, wie ich dieses Zimmer hasse!« sagte er und ließ sich auf der Couch nieder.

Das Telefon klingelte, und Michael lauerte darauf, daß es weiter klingeln würde, das Signal eines Notfalls. Das Klingeln hörte auf und fing dann wieder an. Havelock nahm einen Schluck Kaffee, während Jenna abhob und sich mit ruhiger Stimme meldete.

»Hier ›Steril Fünf‹... Wer spricht?« Sie lauschte, hielt dann die Hand über die Sprechmuschel und blickte zu Michael hinüber. »Es ist das State Department, New York City, Sicherheitsabteilung. Dein Mann vom sowjetischen Konsulat ist bei ihnen.«

Havelock erhob sich etwas unsicher, brauchte einen Augenblick, um sein Gleichgewicht wiederzufinden. »Ich muß mit ihm sprechen«, sagte er und trat an den Schreibtisch. »Ich hatte ihn schon vor Stunden dort erwartet.« Michael nahm Jenna den Hörer ab und meldete sich. »Geben Sie mir den Kandidaten bitte.« Der Russe kam an den Apparat. »Wo, zum Teufel, haben Sie gesteckt?«

»Offensichtlich empfindet man es hier drüben als Zumutung, außerhalb der Geschäftszeit überzulaufen«, begann der Russe mit matt klingender Stimme. »Ich bin hier um vier Uhr heute früh an der Federal Plaza eingetroffen und mußte mir dann von einem der Nachtwächter sagen lassen, er könne nichts tun, solange das Büro nicht geöffnet sei. Ich erklärte ihm meine etwas prekäre Lage, worauf dieser nette, hohlköpfige Idiot eine Tasse Kaffee spendieren wollte. In einem öffentlichen Imbißraum... Als ich mir schließlich selbst Zugang zu dem Gebäude verschafft hatte – Ihre Sicherheitsvorkehrungen sind lächerlich –, wartete ich in einem finsteren, zugigen Korridor bis neun Uhr, bis Ihre Leute eintrafen. Ich gab mich dann zu erkennen, und diese Schwachköpfe wollten die Polizei rufen! Sie wollten mich verhaften, wegen Einbruchs und möglicher Beschädigung von Regierungseigentum!«

»Schon gut, jetzt sind Sie jedenfalls dort...«

»Ich bin noch nicht fertig«, schrie ihn der andere an. »Seit diesem verheißungsvollen Anfang habe ich unzählige Formulare ausgefüllt – nebenbei gesagt, mit russischen Kinderliedern – und wiederholt Ihre Nummer genannt und verlangt, daß man mich mit Ihnen sprechen läßt. Was haben Ihre Leute bloß? Gibt es da Vorschriften für Ferngespräche?«

»Jetzt sind wir ja in Verbindung.«

»Ich bin noch immer nicht fertig!... Die letzte Stunde habe ich allein in einem Zimmer gesessen, das so offensichtlich mit einer Abhöranlage ausgerüstet war, daß ich versucht war, die Hose runterzulassen und in eines der Mikrofone zu furzen. Und soeben hat man mir weitere Formulare zum Ausfüllen gegeben, darunter auch eines, das sich mit meinen Hobbys befaßt. Wollen Sie mich vielleicht in ein Sommerlager schicken?«

Michael lächelte. »Nur an einen Ort, wo Sie sicher sind«, sagte er. »Wir sind Narren, vergessen Sie das nicht. Keine Schakale. Sie haben die richtige Wahl getroffen.«

Der Russe seufzte hörbar. »Was rege ich mich auf? Die *fruktovije golovi* im Dscherschinski sind nicht besser; warum soll ich das nicht eingestehen? Sie sind noch schlimmer. Ihr Albert Einstein wäre schon auf dem Weg nach Sibirien und müßte in einem Gulag Maultiere ziehen. Was für einen Sinn hat das Ganze überhaupt?«

»Sehr wenig«, sagte Havelock leise. »Es kommt nur darauf an zu überleben. Das gilt für uns alle.«

»Dem stimme ich zu.«

»Das hat Rostow auch.«

»Ich erinnere mich an die Worte, die er Ihnen telegrafiert hat: ›Sie sind nicht länger mein Feind, wohl aber andere, die auch meine Feinde sein könnten!‹ Das sind drohende Worte, Havelock.«

»Die *Voennaja*.« Michael hielt inne.

»Wahnsinnige!« kam mit kehliger Stimme die Antwort. »Die sind in ihrem Geist mit dem Dritten Reich verbunden.«

»Wie sind sie hier organisiert?«

»Wer weiß das schon? Die haben ihre eigenen Rekrutierungsmethoden. Sie stehen mit zu vielen in Verbindung, die man nicht sehen kann.«

»Die *paminjatschiks*? Die kann man nicht sehen.«

»Aber man kann natürlich Spekulationen anstellen... die auf Gerüchten aufbauen. Gerüchte gibt es immer, nicht wahr? Man könnte sagen, daß diese Spekulationen mich dazu veranlaßt haben, das Lager zu wechseln.« Der Russe machte eine Pause. »Man wird mich doch als einen wertvollen Überläufer behandeln, oder?«

»Man wird Sie wie einen Schatz bewachen. Was für Spekulationen meinen Sie?«

»In den letzten Monaten haben bestimmte Leute uns verlassen, sie sind unerwartet in Pension gegangen und haben ihre wohlverdiente Datscha aufgesucht oder sind plötzlich krank geworden... oder verschwunden. Man hat es nicht auf so plumpe Weise angestellt wie bei Rostow, aber da war vielleicht keine Zeit mehr, ihn auf geschicktere Weise zu beseitigen. Dennoch scheinen all diese Leute etwas gemeinsam zu haben: Sie wurden im allgemeinen als Realisten eingestuft, die Lösungen suchten und Konfrontationen aus dem Wege gingen. Pjotr Rostow war geradezu ein Symbol dieser Gruppe; eigentlich war er sogar auf gewisse Weise so etwas wie ihr Sprecher. Damit wir uns nicht falsch verstehen, Sie waren sein Feind, er lehnte Ihr System ab – ein System, das zuviel für wenige und zuwenig für die Masse bietet –, aber er begriff, daß es einen Punkt gibt, wo selbst Feinde aufhören müssen, Druck aufeinander auszuüben. Wir wußten schließlich, daß die Zeit für uns arbeitete.«

»Wollen Sie damit ausdrücken, daß die Leute, die an die Stelle von Rostow und seinen Gesinnungsgenossen traten, anders denken?«

»So lautet das Gerücht.«

»Die *Voennaja*?«

»Das ist die Spekulation, und wenn sie erst einmal die Machtzentren des KGB übernommen haben, ist der Schritt in die Kremlspitze nicht mehr weit. Das darf nicht geschehen. Wenn doch...« Der Russe sprach den Satz nicht zu Ende.

»Dann folgt das Nichts?« meinte Havelock.

»So beurteile ich es. Sehen Sie, die glauben, sie könnten Sie fertigmachen, zuerst an einem Ort und dann an einem anderen.«

»Das ist nichts Neues.«

»Mit taktischen Atomwaffen.«

»Das ist allerdings neu.«

»Das ist Wahnsinn!« sagte der Mann vom KGB. »Sie werden reagieren müssen, die Welt wird es verlangen.«

»Wie können wir die VKR aufhalten?«

»Indem Sie ihnen wenig oder gar keine Munition liefern.«

»Was verstehen Sie unter Munition?«

»Die Kenntnis von provozierenden Handlungen Ihrer Seite, damit könnten Sie die müden, alten Männer im Präsidium unter Druck setzen. Das ist genauso wie bei Ihnen; Sie haben auch Ihre Handlanger. Generäle mit Orden auf der Brust und aufgeregte Obristen, die sich mit

Senatoren und Kongreßmännern zusammentun und Katastrophenmeldungen in die Welt posaunen, wenn Sie nicht zuerst zuschlagen. Es ist nicht immer so, daß die klügsten Männer die Oberhand behalten. Tatsächlich sind Sie in dem Punkt besser dran als wir; Ihre Kontrollen sind besser.«

»Hoffentlich«, sagte Michael und mußte kurz an Männer wie Korvettenkapitän Thomas Decker denken. »Sie sagen, die *Voennaja* hätte Ihre Ränge infiltriert, das KGB.«

»Spekulation.«

»Wenn es stimmt, so bedeutet das, daß zumindest einige von denen in der Botschaft oder im Konsulat in New York herumlaufen könnten.«

»Ich bin nicht einmal in bezug auf meinen eigenen Vorgesetzten sicher.«

»Und ein *paminjatschik* von draußen würde sie kennen, könnte mit ihnen Verbindung aufnehmen, eine Lieferung übergeben.«

»Was für eine Lieferung?«

Havelock hielt inne und versuchte, das Pochen in seinen Schläfen zum Schweigen zu bringen. »Angenommen, ich würde Ihnen jetzt erzählen, daß Munition von eben der Art, wie Sie sie beschreiben, gestern nacht von einem Maulwurf gestohlen wurde. Er war so gut getarnt, daß er Zugang zu Informationen hatte, die nur auf Präsidentenorder zugänglich sind. Er ist verschwunden.«

»Und ist bereit, seinen Tarnposten zu verlassen?«

»Man hat ihn entdeckt. Sie haben Ihren Beitrag dazu geleistet. Sie haben mir von Rostows Tod und dem VKR berichtet. Er gehört zur *Voennaja*. Er ist ein Feind.«

»Dann sollten Sie sich nach plötzlichen Abreisen von Diplomaten der unteren Ränge umsehen, nach einem Verbindungsoffizier etwa. Wenn es einen VKR-Rekruten gibt, wird er zu diesem Kreis gehören. Halten Sie ihn auf, wenn Sie können, stoppen Sie das Flugzeug, wenn es sein muß. Behaupten Sie, es ginge um einen Diebstahl oder, wenn es sein muß, sogar um Spionage. Lassen Sie nicht zu, daß die Munition nach Moskau gelangt.«

»Und wenn es bereits zu spät ist?«

»Was kann ich Ihnen sagen, ohne zu wissen, worum es sich handelt.«

»Das Schlimmste.«

»Können Sie es leugnen?«

»Nein. Teilweise ist es falsch – das ist der schlimmste Teil –, aber man wird es als Wahrheit akzeptieren... zumindest werden die Generäle mit den Ordensstreifen es akzeptieren.«

Der Russe schwieg eine Weile und erwiderte schließlich mit leiser Stimme: »Sie müssen die anderen sprechen, die viel höher stehen, viel klüger sind. Wir haben hier beim Umgang mit solchen Dingen eine Faustregel. Man muß sich an einflußreiche Männer in der Partei wenden, die zwischen fünfzig und siebzig sind und die ›Operation Barbarossa‹ und Stalingrad überlebt haben. Diese Leute haben in der Regel ein gutes Gedächtnis; sie würden Ihnen vielleicht helfen. Ich fürchte, ich kann es nicht.«

»Sie haben mir bereits geholfen. Wir wissen jetzt, worauf wir in der Botschaft, und im Konsulat achten müssen. Man wird Sie zum Verhör hierherbringen, das ist Ihnen klar?«

»Natürlich... Havelock, verhindern Sie die Lieferung nach Moskau. Sie kennen die *Voennaja* nicht.«

»Ich fürchte, ich kenne sie«, sagte Michael. »Und ich habe Angst«, fügte er hinzu und legte auf.

Die nächsten drei Stunden gab es keinen Schlaf für ihn. Mit Kaffee, Aspirin und kalten Kompressen hielt er sich wach und betäubte den bohrenden Schmerz in seinem Kopf. Jede Abteilung, die Informationen über die sowjetische Botschaft oder das Konsulat in New York hatte, wurde kontaktiert und erhielt die Anweisung, alles zu liefern, was ›Steril Fünf‹ verlangte. Die Flugpläne der Aeroflot, der LOT Airlines und sämtlicher anderer Linien des Ostblocks wurden studiert und ihre Passagierlisten nach Namen von Diplomaten abgesucht. An beiden Gebäuden in Washington und New York wurden zusätzliche Kameras angebracht, und jede Person, die das Areal verließ, wurde überwacht, wobei die entsprechenden Einheiten Anweisungen hatten, ihre Beobachtungsprojekte auch auf die Gefahr der eigenen Entdeckung nicht aus den Augen zu lassen. Alles war darauf abgestimmt, Kontakte zu verhindern, die Lieferung nach Moskau zu unterbinden, und nichts könnte dies wirksamer herbeiführen als ein VKR-Agent, der wußte, daß er den Flüchtling ans Messer liefern würde, wenn er ein Treffen einhielt, oder Pierce, der erkannte, daß man ihn fangen könnte, wenn er ein solches Treffen arrangierte.

Entlang der mexikanischen Grenze flogen Dutzende von Hubschraubern, verfolgten Privatmaschinen, prüften jeden Funkspruch. Vor den Küsten von Florida, Georgia und Carolina jagten Düsenjäger im Tiefflug über das Wasser.

Es war Viertel vor vier, als Havelock wieder erschöpft auf die Couch sank. »Bis jetzt steht noch alles«, sagte er, »es sei denn, wir haben irgend etwas übersehen. Ich muß mir die Namen noch einmal ansehen. Parsifal steht auf der Liste, und ich muß ihn finden. Berquist sagt, wir haben nur noch diese Nacht Zeit, er kann das Risiko nicht mehr eingehen. Die Welt kann das Risiko nicht eingehen.«

»Aber Pierce hat den Saferaum doch nie betreten«, entgegnete Jenna. »Er hat die Verträge nie gesehen.«

»Sie sind aber in allen Einzelheiten in der psychiatrischen Akte über Matthias enthalten... in ihrem ganzen Wahnsinn. In mancher Hinsicht ist das sogar noch schlimmer. Ein Mann, den die Ärzte für geisteskrank erklären, verantwortet die Außenpolitik des mächtigsten Landes der Erde. Berquist hat gesagt, daß wir Aussätzige sein werden, wenn wir überhaupt überleben.«

Das Telefon klingelte. Michael vergrub sein Gesicht in den Kissen.

»Ja, vielen Dank«, sagte Jenna, die abgehoben hatte.

»Was ist?« fragte Havelock und schlug die Augen wieder auf.

»Das CIA hat fünf weitere Fotografien ausfindig gemacht. Jetzt fehlt nur noch eine, und sie sind ganz sicher, daß der Betreffende tot ist. Andere können natürlich auch tot sein.«

»Fotografien? Wovon, von wem?«

»Die verdienstvollen Männer auf meiner Liste.«

»Oh?« Michael drehte sich herum. »Verdienstvolle Männer«, flüsterte er. »Warum?«

»Du mußt jetzt schlafen, Mikhail. So nützt du weder dir noch sonst jemandem.« Jenna trat an die Couch und kniete neben ihm nieder. Sie drückte ihre Lippen sacht gegen seine Wangen.

Jenna Karras saß am Schreibtisch, und jedesmal, wenn das Telefon zu klingeln begann, stürzte sie sich förmlich darauf, wie eine blonde Katze, die ihre Jungen vor fremdem Zugriff beschützt. Die Anrufe kamen von überall, Berichte von Männern, die Befehle ausführten, deren Sinn sie nicht begriffen. Bis jetzt stand die Verteidigungsmauer noch, die sie vor dem Chaos schützte.

Das attraktive Paar in Reithosen, Stiefeln und roten Blazerjacken galoppierte über das Feld. Ihre Pferde hatten die Nüstern gebläht, und ihre langen Beine trommelten auf die harte Erde. In der Ferne, rechts von ihnen, war ein Staketenzaun zu sehen, der die Grenze des benachbarten Anwesens markierte. Und dahinter ein weiteres Feld, das in eine Mauer aus hohen Ahornbäumen und Eichen überging. Der Mann wies auf den Zaun, lachte und nickte. Die Frau gab sich zuerst überrascht und zierte sich, dann riß sie ihr Pferd plötzlich nach rechts und trieb es an, preschte vor ihrem Begleiter einher, hoch im Sattel aufgerichtet, und raste auf den Zaun zu. Sie segelte darüber hinweg, der Mann nur wenige Meter hinter ihr, dann ritten sie schnell auf den Waldrand zu, wo beide ihre Pferde zügelten.

»Verdammt«, rief die Frau. »Ich habe mir an der Wade einen Muskel gezerrt.«

»Steig ab und bewege dich. Du darfst nicht sitzenbleiben.«

Die Frau schwang sich aus dem Sattel, der Mann griff nach den

Zügeln und glitt selber vom Pferd. Seine Begleiterin ging im Kreis herum, sie hinkte und fluchte bei jedem Schritt.

»Du großer Gott, wo sind wir?« fragte sie.

»Ich glaube, das Land hier gehört den Heffernans. Was macht dein Bein?«

»Tut scheußlich weh.«

»Du kannst damit nicht weiterreiten.«

»Ich kann kaum auftreten, du Esel.«

»Reg dich nicht auf. Komm schon, suchen wir ein Telefon.«

Der Mann und die Frau gingen auf die Bäume zu, wobei der Mann beide Pferde führte. »Hier binde ich sie an«, sagte er und deutete auf einen dünneren Baumstamm. »Ich hol sie später. Die laufen nicht weg.«

»Dann kannst du mir helfen. Das Bein schmerzt gemein.«

Als die Pferde angebunden waren und grasten, setzten die Reiter ihren Weg fort. Jetzt konnten sie zwischen den Bäumen die Umrisse der breiten Zufahrt erkennen, die in einem Bogen um den Vordereingang des großen Hauses verlief. Sie sahen auch die Gestalt eines Mannes, der plötzlich aus dem Nichts aufzutauchen schien. Er trug einen Gabardinemantel und hatte beide Hände in den Taschen. Als er ihnen gegenüberstand, sagte er: »Kann ich Ihnen behilflich sein? Das ist Privatbesitz.«

»Ich bin sicher, daß wir alle Privatbesitz haben«, erwiderte der Reiter und stützte die Verletzte. »Meine Frau hat sich bei unserem letzten Sprung einen Muskel gezerrt und kann nicht weiterreiten.«

»Was?«

»Unsere Pferde sind dort hinten angebunden. Wir sind die Strecke einmal abgeritten um uns auf den kommenden Samstag vorzubereiten, und ich fürchte, wir haben einen Sturz gebaut, wie man so sagt. Bringen Sie uns bitte zu einem Telefon.«

»Nun, ich ... ich ...«

»Das ist doch das Gutshaus von Heffernans, nicht wahr?« fragte der Ehemann.

»Ja, aber weder Mr. noch Mrs. Heffernan sind hier, *Sir*. Wir haben Anweisung, niemand hineinzulassen.«

»Scheiße!« explodierte die Frau. »Jetzt stellen Sie sich doch nicht so an! Mein Bein tut weh, Sie Esel! Jemand muß mich zum Club bringen.«

»Einer der Männer wird Sie gerne fahren, *Madam*.«

»Mein Chauffeur kann mich ebensogut abholen, verdammt! Wirklich, wer sind denn diese Heffernans? Sind das Mitglieder, Liebling?«

»Ich glaube nicht, Buff. Schau, der Mann hat seine Anweisungen; die sind zwar lächerlich, aber es ist nicht seine Schuld. Geh du nur mit ihm, dann bringe ich die Pferde zurück.«

»Hoffentlich versuchen sie nicht, Mitglied zu werden«, sagte die Frau, während die beiden Männer sie in der Einfahrt zu einem Wagen führten.

Der Mann ging durch den Wald zu den Pferden zurück, band sie los und führte sie über das Feld, wo er die Gatterstangen herunterließ und sie ins hohe Gras trieb. Dann legte er das Gatter wieder auf, stieg auf seinen Braunen und trottete mit dem Pferd der Frau im Schlepptau in südlicher Richtung über den Kurs, den sie am Samstag reiten würden.

Er griff unter den Sattel, zog ein Funksprechgerät heraus und drückte einen Schalter.

»Da sind zwei Wagen«, sagte er ins Mikrofon, »ein schwarzer Lincoln, Zulassungsnummer 740 MRL, und ein dunkelgrüner Buick, Zulassung 137 GMJ. Das ganze Anwesen ist von Wachen umstellt, und es gibt keine Hinterausgänge. Das Glas ist so dick, daß man eine Kanone bräuchte, um sie wegzublasen. Und wir sind von Infrarotgeräten entdeckt worden.«

»Verstanden«, kam die Antwort über den winzigen Lautsprecher. »Wir interessieren uns in erster Linie für die Fahrzeuge. Übrigens, ich kann den Buick jetzt sehen.«

Der Mann, an dessen breitem Ledergürtel verschiedene Sägen hingen, saß hoch oben in der großen Fichte, die dicht neben der Straße stand. Er hatte seinen Sicherheitsgurt um den Baumstamm geschlungen und an einer Art Geschirr befestigt, das seinen Oberkörper umschloß.

Jetzt schob er das Walkie-talkie ins Futteral zurück und hielt sich das Prismenglas an die Augen, um die Limousine zu verfolgen, die aus der von Bäumen gesäumten Einfahrt kam.

Er hatte freie Sicht ringsum. Kein Fahrzeug konnte das Grundstück von ›Steril Fünf‹ erreichen oder verlassen, ohne von ihm gesehen zu werden – selbst nachts, denn er hatte auch ein Infrarotglas bei sich.

Der Mann pfiff; die Tür des Lieferwagens weit unter ihm öffnete sich. An der Seitenwand des Fahrzeugs stand in breiten Lettern BAUMPFLEGE. Ein zweiter Mann stieg aus dem Transporter und blickte zum Wipfel der Fichte hinauf.

»Fahren Sie weg«, sagte der Mann oben im Baum, gerade laut genug, um gehört zu werden. »Lösen Sie mich in zwei Stunden ab.«

Der Fahrer des Lieferwagens fuhr eineinhalb Meilen in nördlicher Richtung bis zur ersten Kreuzung. Zu seiner Rechten war eine Tankstelle, das Tor der Reparaturwerkstätte stand offen, drinnen hing mit der Kühlerhaube nach vorn ein Wagen auf der hydraulischen Hebebühne. Der Fahrer schaltete das Fernlicht ein und aus. Im selben Augenblick leuchteten in der Garage die Scheinwerfer des Wagens für einen

Moment auf. Der Besitzer der Tankstelle glaubte, er würde – streng vertraulich natürlich – der Rauschgiftabteilung der Staatspolizei behilflich sein. Das war das wenigste, was man als Staatsbürger tun konnte.

Der Fahrer bog nach rechts und dann gleich wieder nach links, wendete auf der Straße und nahm Kurs Richtung Süden. Drei Minuten später passierte er die Fichte, auf der sein Kollege lauerte. Unter anderen Umständen hätte er kurz gehupt, aber das konnte er jetzt nicht. Es durfte kein Geräusch geben, nichts Auffälliges, das die Aufmerksamkeit auf diesen Abschnitt der Straße lenkte. Statt dessen beschleunigte er das Tempo und erreichte in fünfzig Sekunden eine andere Kreuzung, die erste südlich von ›Steril Fünf‹.

Gegenüber, auf der linken Straßenseite, war ein kleiner Landgasthof mit glatten, weißen Säulen, die ein breites Vordach über dem Eingang stützten. Hinter dem Gasthof war ein asphaltierter Parkplatz angelegt, auf dem etwa ein Dutzend Wagen aufgereiht waren. Mit Ausnahme von einem, dem vierten von hinten; das verdreckte Auto stand so, daß der Fahrer die Kreuzung im Auge behalten und schnell die Ausfahrt erreichen konnte.

Wieder ließ der Mann am Steuer die Scheinwerfer aufblitzen, worauf der ungepflegte Wagen – ausgerüstet mit einer Maschine, die schneller war als alle anderen auf dem Parkplatz – das vereinbarte Lichtsignal gab. ›Steril Fünf‹ war von allen Seiten gesichert.

Arthur Pierce musterte sein Gesicht im Spiegel des heruntergekommenen Motels am Rande von Falls Church, Virgina. Er war zufrieden mit dem, was er sah. Der graue Haarkranz, der seinen rasierten Kopf umgab, paßte zu der randlosen Brille und dem schäbigen braunen Pullover über dem schmutzigen weißen Hemd mit dem ausgefransten Kragen. Er war der Inbegriff des Versagers, dessen schwache Talente ihn sicher, wenn auch mit Mühe, über dem Niveau völliger Armut hielten. Er wagte nichts, weil es sinnlos war. Warum auch sich die Mühe machen? Niemand hielt solche Männer auf; sie waren nur belanglos.

Pierce wandte sich vom Spiegel ab und trat an den Schreibtisch, auf dem er eine Landkarte ausgebreitet hatte. Rechts beschwerte der graue Metallbehälter die Karte, der das Emblem der Vereinigten Staaten trug und an der Seite ein eingebautes Kombinationsschloß hatte. Der Kasten enthielt ein Dokument, das brisanter war als irgendein anderes in der Geschichte der letzten fünfzig Jahre: das psychiatrische Gutachten über einen Staatsmann, den die Welt verehrte. Dieser herausragende Politiker, so die einhellige Diagnose der Ärzte, war geisteskrank. Und das schon zu einer Zeit, als er noch aktiv die Außenpolitik des mächtigsten Landes der Erde verantwortete. Und die Nation, die diesen grotesken, unerträglichen Zustand duldete, durfte nicht länger die Führungsrolle behaupten, die sie sich anmaßte. Ein Wahnsinniger hatte nicht nur seine eigene Regierung verraten, sondern die ganze Welt, hatte gelogen, getäuscht, Bündnisse mit Feinden geschlossen und Pläne gegen jene ausgearbeitet, die alle für Freunde hielten.

Der Inhalt des stahlgrauen Behälters war eine unglaubliche Waffe, aber um mit vernichtender Wirkung eingesetzt werden zu können, mußte sie in die richtigen Hände in Moskau gelangen. Die richtige Adresse waren nicht die laschen, kompromißbereiten Feiglinge im KGB, sondern die Männer mit Weitblick und mit der Kraft und dem Willen, schnell zu handeln und den korrupten, unfähigen Riesen in die Knie zu zwingen. Für Arthur Pierce gab es keine Zweifel, wer in Moskau mit der Matthias-Akte richtig umzugehen wußte: die *Voennaja*.

Er durfte nicht riskieren, daß es anders kam, und einige Telefonanrufe hatten ihn überzeugt, daß es gefährlich war, die wenigen Kanäle zu benutzen, denen er vertrauen konnte. Wie erwartet, standen Botschafts- und Konsulatsangehörige unter strenger Überwachung, alle internationalen Flüge wurden überprüft, sämtliche Gepäckstücke durchleuchtet.

Er würde die Dokumente selbst außer Landes bringen, zu denen auch die Verträge gehörten, die aufeinanderfolgende Nuklearschläge gegen die Sowjetunion und die Volksrepublik China verlangten. Diese Verträge, die der amerikanische Außenminister unterzeichnet hatte, die nuklearen Fantasien eines geistesgestörten Genies, das mit einem der brillantesten Köpfe zusammengearbeitet hatte, die Rußland je hervorgebracht hatte.

Wo war der brillante Kopf, der das alles möglich gemacht hatte? Wo war Parsifal? Wo war Alexei Kaljasin?

Mit diesen Gedanken wandte Pierce sich wieder der Landkarte zu. Havelock hatte ihm gesagt, der Mann, den sie Parsifal nannten, befände sich irgendwo im Gebiet von Shenondoah, vermutlich nicht allzuweit von Matthias' Berghütte entfernt. Welche Distanz genau war damit gemeint? Das Shenandoah-Tal war mehr als hundertfünfzig Kilometer lang und über dreißig Kilometer breit, es reichte von Allegheny bis zu den Blue Ridge Mountains. Wo in diesem Gebiet hatte Parsifal seinen Stützpunkt?

Pierce beugte sich über die Landkarte. Sein Zeigefinger wanderte von einer Linie zur nächsten. Der Bogen, der Halbkreis, der das Shenandoah-Tal von ›Steril Fünf‹ aus umschloß, war abgedeckt, Männer und Fahrzeuge hatten Stellung bezogen. Überall warteten Leute auf die Nachricht, daß ein bestimmter Wagen sich ihrem Standort zu einer bestimmten Zeit näherte und auf ein bestimmtes Ziel zusteuerte.

Arthur Pierce, als Nikolai Petrowitsch Maljekow in dem kleinen Ort

Ramenskoje in der Union der Sozialistischen Sowjetrepubliken geboren, dachte plötzlich über jene Bestimmung und die Jahre nach, die ihn zu seiner jetzigen Rolle geführt hatten. Er hatte nie gezweifelt, nie vergessen, wer er war oder weshalb man ihm die Chance gegeben hatte, einer Sache zu dienen, die so bedeutungsvoll und notwendig für eine Welt war, in der einige wenige die Massen tyrannisierten, in der Millionen und Abermillionen am Rande der Verzweiflung oder in hoffnungsloser Armut dahinvegetierten, während die kapitalistischen Ausbeuter ihre Armeen in ferne Länder schickten, um dort unschuldige Frauen und Kinder mit Napalmbomben zu töten. Dies waren nicht die vordergründigen, provozierenden Schlüsse banaler Propagandisten, das war die Wahrheit. Er hatte es selbst gesehen – angefangen bei brennenden Dörfern in Südostasien bis zu den Zentren der politischen Macht, wo Heuchler und Inkompetente regierten. Sein ganzer Haß galt den korrupten, habgierigen Lügnern, die das Volk, dem sie verantwortlich waren, hinters Licht führten und ihre Macht mißbrauchten, indem sie in die eigenen Taschen wirtschafteten... Es gab einen besseren Weg. Es gab echte Hingabe. Es gab die *Voennaja*.

Er war dreizehn Jahre alt gewesen, als das liebevolle Paar, das er ›Mutter‹ und ›Vater‹ nannte, ihm seine wahre Herkunft erklärte. Daß seine leiblichen Eltern Tausende von Meilen entfernt lebten. Sie hätten ihn dem Staat gegeben, um damit für die künftigen Generationen eine bessere Welt schaffen zu helfen. Und als seine ›Mutter‹ und sein ›Vater‹ ihm von seinem Mutterland erzählten, begannen so viele Dinge in Pierces Gedächtnis Gestalt anzunehmen und plötzlich einen Sinn zu bekommen: all die Gespräche – nicht nur mit seiner ›Mutter‹ und seinem ›Vater‹, sondern mit Dutzenden von Besuchern, die so häufig ihre Farm besuchten –, Gespräche, die von Leid und Unterdrückung handelten und von einer despotischen Regierungsform, an deren Stelle einst eine Regierung treten werde, die dem ganzen Volk diente.

In den frühen Jahren waren verschiedene Leute gekommen und hatten ihm Spiele mitgebracht, Rätsel, die er lösen mußte, Übungsstükke, die er lesen sollte... Tests, die seine Fähigkeiten prüften. Und eines Tages, als er dreizehn war, kam man zu dem Schluß, daß er ein ungewöhnlich begabter Junge war; und an jenem Tag erfuhr er seinen wahren Namen. Er war sofort bereit, sich der großen Sache anzuschließen.

Es würde nicht leicht sein, hatten seine ›Mutter‹ und sein ›Vater‹ gesagt, aber er solle stets daran denken, wenn der Druck, der auf ihm lastete, überwältigend zu werden drohte, daß sie stets für ihn da waren. Und wenn ihnen etwas zustoßen sollte, würden andere an ihre Stelle treten, um ihm zu helfen, ihn zu lenken, im Wissen, daß wieder andere sie beobachteten. Er sollte in allen Dinge der Beste sein; er sollte ein mustergültiger Amerikaner sein – freundlich, großzügig, fair; er sollte seine Talente einsetzen, um so weit wie möglich aufzusteigen. Dabei sollte er aber nie vergessen, wer und was er war, und auch die Sache nicht, die ihm die Chance gegeben hatte mitzuhelfen, die Welt besser zu machen, als sie war.

Nach jenem bedeutungsvollen Tag waren die Dinge gar nicht so schwierig, wie seine ›Eltern‹ es prophezeit hatten. Während seiner Jahre auf der High School und später auf dem College stachelte ihn das Geheimnis, das er hütete, zu besonderem Ehrgeiz an. Jedes Stipendium, das er einheimste, diente ihm als Beweis seiner Überlegenheit. Und zu seiner Genugtuung stellte er fest, daß es ihm keine Mühe bereitete, beliebt zu sein. Und doch gab es auch Phasen der Selbstverleugnung, die ihn an seine Pflichten erinnerte. Er hatte viel Freunde, aber keine tiefgehende Beziehungen. Männer mochten ihn und akzeptierten die Distanz, die er stets wahrte. Sein Verhalten schrieben sie gewöhnlich dem Umstand zu, daß es ihm wichtiger war, Karriere zu machen, als gesellschaftlich erfolgreich zu sein. Frauen benutzte er nur, um seinen sexuellen Trieb zu befriedigen, und ging keine engeren Bindungen ein.

Während seiner Assistentenzeit in Michigan kontaktierte ihn Moskau und eröffnete ihm, daß sein neues Leben jetzt beginnen sollte. Das Treffen war nicht ohne Reiz; Kontaktperson war der Personalleiter einer großen konservativen Firma. Er sollte in die Armee eintreten und würde dort gewisse Chancen vorfinden, die seinen Aufstieg fördern würden. Und dann würde er weiter aufsteigen und weiter und Kontakte mit zivilen und militärischen Behörden knüpfen. Nach einer angemessenen Militärzeit sollte er nach Washington gehen, wo dafür gesorgt sein würde, daß seine Leistungen und Talente bekannt würden. Die Firmen würden sich darum reißen, ihn einzustellen, aber die Regierung würde ihnen zuvorkommen. Er sollte das betreffende Angebot akzeptieren.

Vor seinem Eintritt in die Armee hatten seine ›Eltern‹ auf der Farm eine Abschiedsparty gegeben und alle seine Freunde eingeladen, darunter auch die meisten Angehörigen seiner alten Pfadfindergruppe. Und es war eine Abschiedsparty in doppeltem Sinne. Sein ›Vater‹ und seine ›Mutter‹ sagten ihm am Ende des Abends, daß sie ihn nie wiedersehen würden. Sie waren alt geworden und hatten ihren Auftrag erfüllt. Nun brauchte man ihre Talente anderswo. Er begriff: die Sache war alles.

»All die Jahre«, dachte Arthur Pierce und musterte vor dem Spiegel des Hotelzimmers seinen grauen Haarkranz und den ausgefransten Kragen, »waren die Opfer wert gewesen.« Das würde sich in den nächsten paar Stunden beweisen.

Das Warten hatte angefangen, er mußte nur Geduld haben, dann würde ihm der Platz in der Geschichte sicher sein.

Michael schlug die Augen auf. Ein dunkelbraunes Meer umgab ihn, überall war Feuchtigkeit. Er drehte sich zur Seite und hob den Kopf und wurde sich plötzlich bewußt, daß da keine Sonne war, daß eine Lampe den Raum erleuchtete und daß sein Gesicht mit Schweiß bedeckt war.
»Wie spät ist es?« fragte er und richtete sich auf der Couch auf.

»Zehn nach sieben«, sagte Jenna am Schreibtisch. »Du hast etwas mehr als drei Stunden geschlafen. Wie fühlst du dich?«

»Ich weiß nicht. Wie weggetreten. Was gibt es?«

»Nicht sehr viel. Wußtest du, daß die Lichter in diesen Knöpfen kurz vorher aufleuchten, ehe das Telefon klingelt?«

»Wer hat angerufen?«

»Sehr verwirrte Männer, die berichteten, daß sie nichts zu berichten hätten. Einige fragten, wie lange sie das, was sie als ›Aufklärung‹ bezeichneten, aufrechterhalten sollten. Ich habe gesagt, bis sie gegenteilige Befehle bekämen.«

»Gut so.«

»Die Fotos sind eingetroffen.«

»Was...? Oh, deine Liste.«

»Sie liegen auf dem Kaffeetisch. Sieh sie dir an.«

Havelock richtete den Blick auf die fünf Porträtaufnahmen, die in einer Reihe lagen. Er rieb sich die Augen, wischte sich den Schweiß vom Haaransatz und versuchte, sich zu konzentrieren. Er begann mit dem Gesicht ganz links; es sagte ihm nichts. Dann das nächste...

»Der vierte. Wer ist das?«

Jenna blickte auf ein Blatt Papier, das vor ihr lag. »Das ist ein sehr altes Bild, es ist 1948 aufgenommen. Das einzige, das sie finden konnten. Es ist über dreißig Jahre alt.«

»Wer ist es?«

»Ein Mann namens Kaljasin. Alexei Kaljasin. Erkennst du ihn?«

Jenna erhob sich.

»Ja... nein. Ich weiß nicht.«

»Es ist ein altes Foto, Mikhail. Sieh es dir genau an: die Augen, das Kinn, die Mundform. Wo? Wer?«

»Ich weiß nicht. Die Erinnerung ist da... und doch nicht da. Was hat er getan?«

»Er war klinischer Therapeut«, sagte Jenna. Sie las von ihrem Blatt ab. »Er hat wichtige Studien verfaßt, die sich mit den Auswirkungen extremer Kampfbelastung beschäftigten und wie die Psyche auf lange Streßperioden reagiert. Das KGB hat seine Expertise genutzt; er wurde das, was ihr hier einen Strategen nennt, aber mit einem Unterschied. Er hat Informationen ausgefiltert, die Leute im Außendienst dem KGB zuschickten, hat nach auffälligen Abweichungen Ausschau gehalten, die einen Doppelagenten verraten oder zeigen, daß ein Mann nicht länger imstande ist, seinen Posten auszufüllen.«

»Einer von den Typen, die das Offensichtliche übersehen.«

»Ich verstehe nicht.«

»Die Revolverhelden finden die nie.«

»Ich weiß immer noch nicht, wovon du sprichst.«

»Ich kenne ihn nicht. Es ist ein Gesicht wie viele andere.«

»Aber etwas an ihm macht dich stutzig.«

»Vielleicht, ich bin nicht sicher.«

»Sieh dir das Foto weiter an. Konzentriere dich.«

»Ist noch Kaffee da?«

»Das habe ich vergessen«, sagte Jenna und ging um den Schreibtisch herum. »Die erste Regel beim Aufwachen lautet Kaffee, schwarz und stark. Du bist ein Tscheche, Mikhail.«

Sie trat an den Tisch hinter der Couch, wo ein freundlicher Wachmann den silbernen Topf angeschlossen hatte.

»Die erste Regel«, wiederholte Havelock plötzlich beunruhigt. »Die erste Regel?«

»Was?«

»Wo sind deine Notizen über das Decker-Telefonat?«

»Die hattest du.«

»Wo sind sie?«

»Auf dem Tisch.«

»Wo?«

»Unter dem letzten Foto. Ganz rechts.«

Machen Sie sich einen Drink. Sie kennen ja die Regeln hier.

Michael griff nach den zwei Notizbuchblättern, starrte sie an, schob sie hin und her.

»Oh, mein Gott! Die Regeln, die gottverdammten Regeln!«

Havelock stand auf und ging taumelnd zu dem Schreibtisch. Seine Beine waren noch unsicher.

»Was ist denn?« fragte Jenna erschreckt, die Tasse in der Hand.

»Decker!« schrie Michael. »Wo sind die Notizen über Decker?«

»Dort. Links. Der Block.«

Havelock blätterte, seine Hand zitterte, seine Augen sahen und sahen doch nicht, suchten die Worte. Jetzt fand er sie.

»Ein eigenartiger Akzent«, flüsterte er, »ein eigenartiger Akzent, aber was für ein Akzent?« Er griff nach dem Telefon, war kaum imstande, seinen Finger unter Kontrolle zu halten, als er wählte. »Geben Sie mir *Commander* Decker, Sie haben seine Nummer.«

»Mikhail, reiß dich zusammen.«

»Schweig!« Das langgezogene Summen verkündete ihm, daß das Telefon am anderen Ende der Leitung klingelte. Das Warten war unerträglich.

»Hallo?« sagte unsicher eine Frauenstimme.

»*Commander* Decker, bitte.«

»Es . . . es tut mir schrecklich leid, er ist nicht da.«

»Für mich ist er da! Hier spricht Mr. Cross. Holen Sie ihn an den Apparat.«

Zwanzig Sekunden verstrichen, und Michael glaubte, sein Kopf müsse explodieren.

»Was ist, Mr. Cross?«

»Sie sagten ein ›eigenartiger Akzent‹. Was haben Sie damit gemeint?«

»Wie bitte?«

»Der Anrufer, der behauptete, er spräche für Matthias! Als Sie sagten, er hätte einen eigenartigen Akzent, meinten Sie da einen ausländischen?«

»Nein, ganz und gar nicht. Es war eine ziemlich hohe Stimme, sie klang sehr britisch. Aber es war kein Brite.«

»Gute Nacht, *Commander*«, sagte Michael und legte auf.

Kommen Sie, die Gläser sind leer. Holen Sie mir auch gleich einen Drink, wenn Sie schon dabei sind. Das gehört auch zu den Regeln, wissen Sie es noch?

Havelock griff wieder nach dem Telefon und zog die Liste mit den Telefonnummern zu sich. Er wählte, das Warten bereitete ihm fast Vergnügen. Es war nur kurz. Er brauchte Zeit, um sich anzupassen. Poole's Island!

»Hier ist Mr. Cross. Die Sicherheitsabteilung, bitte.«

Ein Summen war zu hören, dann meldete sich eine Stimme: »Checkpoint«, sagte der diensthabende Offizier.

»Hier ist Cross. Präsidentenbefehl, Priorität Null. Bitte bestätigen.«

»Zählen Sie«, sagte die Stimme.

»Eins, zwei, drei, vier fünf, sechs . . .«

»Okay. Stimmuster paßt. Was ist, Mr. Cross?«

»Wer war der Offizier, der vor etwa sechs Wochen wegen eines dringenden Vorkommnisses Urlaub nahm?«

Das Schweigen dauerte endlos, und als die Antwort kam, klang sie beiläufig, die klare Aussage eines gut informierten Mannes.

»Ihre Information ist falsch, Mr. Cross. Es hat keinerlei Gesuche für Sonderurlaub gegeben, weder im Offizierskorps noch sonstwo. Niemand hat die Insel verlassen.«

»Danke.«

Alexander der Große . . . Raymond Alexander!

Fox Hollow!

38

»*Er* ist es«, sagte Michael und lehnte sich über den Schreibtisch, während er den Telefonhörer in der Hand behielt. »*Raymond Alexander* ist Parsifal.«

»Alexander?« Jenna starrte Havelock an, schüttelte den Kopf.

»So *muß* es sein! Das geht auch aus den Worten hervor... *die Regeln*. Immer Regeln; sein ganzes Leben ist eine Folge von Regeln, die keiner brechen darf. Der eigenartige Akzent war nicht ausländisch, war *nicht* russisch. So hat man in den dreißiger Jahren in Harvard gesprochen, mit der auffälligen Betonung, die Alexander an sich hat! In tausend Vortragssälen hat er so gesprochen, in Hunderten von Debatten. Das ist Alexander!«

»So wie du ihn beschrieben hast«, sagte Jenna ruhig, aber mit fester Stimme, »gibt es da für mich einen ungeheuren Widerspruch, den du, glaube ich, nicht aufklären kannst. Bist du wirklich bereit, ihn zu beschuldigen, er hätte die Identität eines sowjetischen Maulwurfs gekannt, und nichts dagegen unternommen. Eines Mannes in der unmittelbaren Umgebung des Außenministers?«

»Nein, ich kann den Widerspruch nicht erklären, aber er, und er wird es auch tun. Er hat mich nach Poole's Island geschickt und mir eine Story von einem Offizier aufgetischt, der Sonderurlaub hatte und dem das Geheimnis vor seiner Frau entglitten war. Eine solche Person gab es nicht; niemand auf der Insel hat Sonderurlaub genommen.«

»Vielleicht wollte er damit jemand anderen schützen.«

»Warum dann so eine komplizierte Lüge? Warum hat er sich nicht einfach geweigert, etwas zu sagen? Nein, er wollte, daß ich es glaube, hat mir mein Wort abgenommen, daß ich ihn als Quelle nicht verraten würde... wohl wissend, daß er mir vertrauen konnte, daß ich ihn schützen würde!«

»Aber zu welchem Zweck?« sagte Jenna und trat vor den Schreibtisch. »Warum hat er es dir überhaupt gesagt? Damit du getötet werden solltest?«

»Darauf soll er Antwort geben.« Havelock griff nach dem Hörer und drückte den Knopf für die Hausleitung. »Ich will einen Wagen und einen Leibwächter, der mir folgen soll. Es ist etwa eine Stunde Fahrt von hier. Sofort!« Er legte den Hörer auf, sah das Telefon einen Augenblick lang an und schüttelte den Kopf. »Nein«, sagte er.

»Der Präsident?« fragte Jenna.

»Ich werde ihn nicht anrufen, noch nicht. In seinem Zustand würde er ein Bataillon Soldaten schicken. So erfahren wir die Wahrheit nicht. Wenn man ihn auf diese Weise in die Enge treibt, könnte Alexander sich eine Kugel in den Kopf jagen.«

»Wenn du recht hast – was kannst du dann noch erfahren?«

»Das *Warum*!« sagte Michael wütend, während er die oberste Schublade aufzog und die Llama herausnahm. »Und das *Wie*.«

»Ich begleite dich.«

»Nein.«

»Ja! Diesmal hast du nicht das Recht, mich zurückzuhalten.«

»Mag sein, aber du kommst nicht mit. Dieser widerliche Kerl hat alles für deinen Tod arrangiert.«

»Ich muß wissen, warum.«

»Ich werde es dir sagen.« Michael ging um den Schreibtisch herum.

»Und wenn du es nicht kannst?« schrie Jenna und versperrte ihm den Weg. »Ja, Michael, schau mich an! Angenommen, du kehrst nicht zurück – du weißt, daß das möglich ist –, willst du mir endgültig meinen Verstand rauben?«

»Wir sind bei ihm gewesen. Es gibt dort keinen Alarm, keine Hunde, keine Wachen. Außerdem erwartet er mich nicht. Ich werde zurückkommen. Mit ihm!... Was, zum Teufel, meinst du mit deiner Bemerkung?«

»Ich habe dich einmal verloren... Ich habe dich geliebt und dich verloren! Meinst du denn, ich könnte auch nur die Vorstellung ertragen, dich wieder zu verlieren und nie zu wissen, warum? Wieviel willst du denn noch von mir?«

»Ich will, daß du lebst.«

»Ich kann nicht, ich werde nicht ohne dich leben. Halte mich nicht davon ab, mir dir zu fahren. Das ist nicht fair, Mikhail.«

»Mir ist verdammt egal, ob es fair ist!« Er griff nach ihr, zog sie zu sich. »Nur du bist für mich wichtig. Ich weiß, was du durchlitten hast, was *ich* dir angetan habe. Ich will dich hier haben, wo ich weiß, daß du in Sicherheit bist. Ich darf dich nicht in Gefahr bringen, verstehst du denn nicht?«

»Weil du mich liebst?«

»Weil ich dich sosehr liebe.«

»Dann mußt du mich auch respektieren!« schrie Jenna und warf den Kopf zurück. »Verdammt, Michael, nimm mich ernst.«

Havelock blickte sie an, sah den Zorn und die Bitte in ihren Augen. *So viel gutzumachen.* »Komm«, sagte er, »holen wir unsere Mäntel.«

Jenna nickte, drehte sich um, ging zu dem niedrigen Tischchen und hob die Fotografien auf, auch das eine, das auf dem Boden lag. »Alles klar«, sagte sie.

»Warum?« fragte Michael und deutete auf die Bilder.

»Warum nicht?« antwortete sie.

Der Mann, der sich im Gipfel der hohen Fichte verborgen hatte, trieb seine Steigeisen tiefer in den Stamm und rückte sich sein Brustgeschirr zurecht, um den Druck der Riemen etwas zu lindern. Plötzlich sah er in der Ferne Scheinwerferlicht aus der von Bäumen gesäumten Zufahrt von ›Steril Fünf‹ hervorstechen! Er führte mit der rechten Hand das Infrarotglas an die Augen, während er mit der Linken das Funksprechgerät aus seinem Futteral holte. Er hob es an die Lippen und drückte den Schalter.

»Es geht los«, sagte er. »Aufpassen. Bestätigen.«

»Norden bereit«, kam die erste Antwort dumpf, doch deutlich aus seinem Gerät.

»Süden ebenfalls«, erwiderte eine Stimme. Es war der Buick; der Mann im Baum stellte das Glas schärfer ein und konnte jetzt die Person hinter der Windschutzscheibe deutlich erkennen.

»Das ist unser Mann und die Frau«, sagte er. »Sie biegen nach Norden. Norden, Sie sind dran.«

»Wir sind bereit.«

»Süden, fahren Sie jetzt los und übernehmen Sie Alternativposition.«

»Verstanden, Norden, halten Sie uns auf dem laufenden. Sagen Sie Bescheid, wenn Sie abgelöst werden wollen.«

»Wird gemacht.«

»Halt! Jetzt kommt ein zweiter Wagen ... Es ist der Lincoln. Zwei Bundesbeamte vorne; hinten sitzt sonst niemand.«

»Das ist eine Eskorte«, sagte einer der beiden Männer in dem Fahrzeug, das zwei Kilometer weiter nördlich stand. »Wir warten, bis das Auto vorbei ist.«

»Lassen Sie ihm genügend Raum«, befahl der Mann im Baumwipfel. »Das sind neugierige Leute.«

»Keine Sorge.«

Der Buick erreichte die Kreuzung und bog nach links, der Lincoln Continental folgte ihm mit einigen hundert Metern Abstand, ein wachsamer Koloß, der seine Jungen beschützte. Beide Fahrzeuge schlugen westlichen Kurs ein. In der abgedunkelten Reparaturwerkstätte der Tankstelle begleitete ein zischendes Geräusch das Heruntersinken des hydraulischen Wagenhebers; der Motor der Limousine lief bereits auf Touren.

Der Fahrer hielt sein Funkgerät an den Mund: »Süden, die haben Route B eingeschlagen. Fahren Sie auf der Parallelstraße nach Westen, und übernehmen Sie uns nach sechs Meilen.«

»Verstanden«, kam die Antwort.

»Beeilen Sie sich«, sagte Norden. »Sie kommen.«

Der weiße Zaun, der Alexanders Besitz umgab, glänzte im Licht ihrer Scheinwerfer. Sekunden später konnte man links die Strahler sehen, die an den hohen, schlanken Bäumen befestigt waren und das weitläufige Areal und das massive Haus erhellten. In der kreisförmigen Einfahrt standen keine Wagen, und nur hinter wenigen Fenstern brannte Licht. Das hatte Havelock gehofft. Er verlangsamte seine Fahrt und zog das Mikrofon unter dem Armaturenbrett hervor.

»Eskorte, das wär's«, sagte er. »Bleiben Sie oben an der Straße. Es ist kein Besuch da, und ich möchte, daß der Mann glaubt, wir seien allein.«

»Und wenn Sie uns brauchen?«

»Das werde ich nicht.«

»Das genügt nicht. Tut mir leid, *Sir*.«

»Na gut, Sie werden mich hören. Ich bin nicht schüchtern; ich werde ein paar Schüsse abgeben.«

»Das ist gut genug, solange wir unten beim Haus sind.«

»Ich möchte Sie aber oben an der Straße haben.«

»Ich muß noch mal sagen, tut mir leid. Wir lassen das Auto hier stehen, gehen zu Fuß hinunter und halten uns vor dem Haus auf.«

Michael zuckte die Achseln und hängte das Mikrofon wieder ein; es hatte keinen Sinn zu streiten. Er schaltete die Scheinwerfer ab und bog in die Einfahrt, ließ den Motor auf niedriger Tourenzahl laufen und den Buick bis auf zehn Meter zum Eingang heranrollen. Dann kam der Wagen zum Stillstand. »Fertig?« fragte er und sah Jenna an.

»Ja.« Sie schob die Fotografien unter ihren Mantel. »Fertig«, sagte sie.

Sie stiegen aus, schlossen beide leise die Türen und gingen die breiten Stufen zu der mächtigen Einfahrt hinauf. Havelock läutete. Und wieder war das Warten unerträglich. Schließlich öffnete sich die Tür, und die uniformierte Haushälterin stand vor ihnen, sie wirkte verblüfft.

»Guten Abend, Sie sind Enid, nicht wahr?«

»Ja, *Sir*. Guten Abend, *Sir*. Ich wußte nicht, daß Mr. Alexander Gäste erwartet.«

»Wir sind alte Freunde«, sagte Michael, die Hand an Jennas Arm, und beide traten ein. »Einladungen sind nicht erforderlich. Das gehört zu den Regeln.«

»Die habe ich noch nie gehört.«

»Sie ist ziemlich neu. Ist Mr. Alexander da, wo er um diese Stunde gewöhnlich ist? In seiner Bibliothek?«

»Ja, *Sir*. Ich werde ihm sagen, daß Sie hier sind. Ihr Name bitte?«

Plötzlich war ein hohlklingendes Echo zu hören, das die große Eingangshalle erfüllte. »Das wird nicht nötig sein, Enid.« Es war die abgehackte, hohe Stimme von Raymond Alexander, die aus einem unsichtbaren Lautsprecher schallte. »Ich habe Mr. Havelock bereits erwartet.«

Michaels Blick huschte über die Wände, und seine Hand hielt Jennas Arm fester umklammert. »Ist das auch wieder eine Regel, Raymond? Um sicher zu sein, daß der Gast auch der ist, der er zu sein behauptet?«

»Sie ist ziemlich neu«, erwiderte die Stimme.

Havelock ging mit Jenna durch das elegante Wohnzimmer, das mit Antiquitäten aus allen Teilen der Welt angefüllt war, bis er die handgeschnitzte Tür der Bibliothek erreichte. Er schob sie nach links, neben den Türrahmen; sie verstand. Dann griff er unter sein Jackett nach der Llama, hielt sie in Hüfthöhe und drehte den schweren Bronzeknopf mit der Linken. Er drückte die Tür auf, die Waffe schußbereit.

»Ist das wirklich notwendig, Michael?«

Havelock trat langsam ins Zimmer. Schnell gewöhnten sich seine Augen an die indirekte, schattenhafte Beleuchtung der Bibliothek. Das Licht kam von zwei Lampen; die eine stand auf dem großen Schreibtisch am anderen Ende des Raumes, die andere, eine Stehlampe, strahlte auf den voluminösen, weichen Ledersessel herab und beschien das volle, dichte Haar Raymond Alexanders. Der alte Journalist saß regungslos da, ein Brandyglas in den aufgedunsenen, blaßweißen Händen, und trug eine dunkelrote Samtjacke.

»Kommen Sie herein«, sagte er, nahm die rechte Hand vom Glas und griff nach einer kleinen Box auf dem Tischchen, das neben dem Sessel stand. Er drückte einen Knopf, und irgendwo über ihm, an der Wand über der Tür, verblaßte der schwache Schein eines Fernsehmonitors. »Miß Karras ist eine schöne Frau. Mein Kompliment... Kommen Sie herein, meine Liebe.«

Jenna trat näher und stellte sich neben Michael. »Sie sind ein Monster«, sagte sie ganz ruhig.

»Noch viel schlimmer.«

»Sie wollten uns beide töten«, fuhr sie fort. »Warum?«

»Nicht ihn, nein, nicht... Mikhail.« Alexander hob sein Glas und trank. »Ihr Leben – oder Ihr Tod – standen nie zur Debatte, so oder so. Wir hatten das nicht zu bestimmen.«

»Dafür könnte ich Sie töten«, sagte Havelock.

»Ich wiederhole: Wir hatten darüber nicht zu bestimmen. Offengestanden, wir dachten, man würde Miß Karras zurückziehen, nach Prag bringen... am Ende freigeben. Begreifen Sie denn nicht, Mikhail, sie war nicht wichtig. Nur Sie waren wichtig; Sie waren der einzige, auf den es ankam. Sie mußten weg, und wir wußten, daß die das nie zulassen würden, Sie waren zu wertvoll. Sie mußten selbst darauf bestehen, den Dienst zu quittieren. Ihr Ekel mußte so unerträglich werden, daß Ihnen kein anderer Weg blieb. Es hat gewirkt; Sie gingen. Das war notwendig.«

»Weil ich Sie kannte«, entgegnete Havelock, »den Mann, der es fertigbrachte, einen kranken Freund zum Wahnsinn zu treiben. Ich kannte den Mann, der Anthony Matthias das angetan hatte: Parsifal.«

»Parsifal? Was für eine feine Ironie. Nur, daß dieser Bursche keine Wunden heilt, sondern sie aufreißt. Überall.«

»Deshalb haben Sie doch das alles getan, nicht wahr? *Ich* wußte, wer Sie sind.«

Alexander schüttelte den Kopf, seine grünen Augen schlossen sich kurz unter seinen dichten, buschigen Brauen. »Ich war auch nicht wichtig. Anton hat darauf bestanden; Sie wurden für ihn zu einer fixen Idee. Sie waren das, was von seiner zerstörten Integrität, seinem Gewissen übriggeblieben war.«

»Aber sie wußten, wie Sie es anpacken mußten. Sie kannten einen sowjetischen Doppelagenten, der so weit oben in der Regierungshierarchie stand, daß man ihn zum Außenminister hätte machen können, ihn dazu gemacht hätte, wenn er nicht an jenem Strand an der Costa Brava gewesen wäre. Sie wußten, wo er war, Sie kannten seinen Namen. Sie sind mit ihm in Verbindung getreten.«

»Wir hatten mit der Costa Brava nichts zu tun! Ich erfuhr erst davon, als ich mich nach Ihnen erkundigte. Wir konnten es nicht begreifen, waren schockiert.«

»Nicht Matthias. Er war weit über den Punkt hinaus, wo er noch geschockt regieren konnte.«

»Das kam, als wir wußten, daß alles außer Kontrolle war.«

»Nicht wir! Sie!«

Wieder erstarrte der alte Journalist in seiner Bewegung, und seine Hände hatten das Glas fest umspannt. Seine Augen bohrten sich in die von Michael. Schließlich antwortete er: »Ja, ich wußte es.«

»Also schickten Sie mich nach Poole's Island und erwarteten, daß ich dort getötet wurde. Und als Toter hätte meine Schuld festgestanden.«

»Nein!« Alexander schüttelte heftig den Kopf. »Ich hatte nie geglaubt, daß man Sie dort hingehen lassen würde.«

»Diese höchst überzeugende Geschichte von der Frau eines Soldaten, der Sie zufällig begegnet sind, war nichts als Lüge. Es hat keinen Sonderurlaub gegeben; niemand hat diese Insel verlassen. Aber ich habe Ihnen geglaubt, Ihnen mein Wort gegeben, den Informanten zu schützen, Sie zu schützen. Ich habe niemandem etwas davon gesagt, nicht einmal Bradford.«

»Ja, ja, ich wollte Sie überzeugen, aber nicht auf diese Weise. Ich wollte, daß Sie Ihre üblichen Kanäle benutzen, sie konfrontieren, sie dazu zwingen, die Wahrheit zu sagen... und sobald Sie die Wahrheit erfahren hätten, die *ganze* Wahrheit, hätte es sein können, daß Sie begriffen, daß Sie verstanden... Ich dachte, Sie könnten es vielleicht aufhalten... ohne mich.«

»Wie denn? Um Gottes willen, wie?«

»Ich glaube, ich weiß es, Mikhail«, sagte Jenna und berührte Havelocks Arm. »Er meinte ›wir‹, nicht ›ich‹. Dieser Mann ist nicht Parsifal. Sein Helfer vielleicht, aber nicht Parsifal.«

»Ist das wahr?« fragte Havelock.

»Machen Sie Miß Karras und sich einen Drink, Michael. Sie kennen die Regeln, ich muß Ihnen eine Geschichte erzählen.«

»Keine Drinks. Ihre Regeln gelten nicht mehr.«

»Dann setzen Sie sich wenigstens, und stecken Sie die Waffe weg. Sie haben hier nichts zu befürchten. Nicht von mir. Nicht mehr.«

Havelock warf Jenna einen Blick zu, er nickte und ging mit ihr zu den beiden Sesseln, die Alexander gegenüberstanden. Sie setzten sich. Jenna holte die Fotografien aus der Tasche und legte sie neben sich. Michael steckte die Waffe in die Tasche. »Fangen Sie an«, sagte er barsch.

»Vor einer Anzahl von Jahren«, begann der Journalist und starrte dabei sein Glas an, »haben Anton und ich ein Verbrechen begangen. So, wie wir dieses Verbrechen sahen, war es ein viel ernsthafteres Verbrechen, als eine mögliche Strafe vielleicht angedeutet hätte, und die Strafe wäre äußerst schwer gewesen. Man hatte uns genarrt... besser gesagt, getäuscht, und noch besser, betrogen. Aber die Tatsache, daß ausgerechnet uns das widerfahren konnte – uns, zwei intellektuellen Pragmatikern –, war für uns unerträglich. Trotzdem war es so.« Alexander leerte sein Glas und stellte es neben seinem Sessel auf den Tisch. Er faltete seine aufgedunsenen Hände und fuhr fort: »Ob es nun wegen meiner Freundschaft mit Matthias geschah oder vielleicht wegen der Bedeutung, die ich möglicherweise in dieser Stadt einmal hatte, jedenfalls rief mich ein Mann aus Toronto an und sagte, er hätte sich einen falschen Paß besorgt und würde mit dem Flugzeug nach Washington kommen. Er war ein Sowjetbürger, ein gebildeter Mann, Anfang der Sechzig, ein Beamter von ziemlich hohem Rang im Kreml. Er hatte die Absicht, zum Westen überzulaufen, und fragte mich, ob ich einen Kontakt zu Anthony Matthias herstellen könnte.« Der Journalist hielt inne und beugte sich vor. Er hatte die Hände wieder voneinander gelöst und hielt sich an der Seitenlehne fest. »Sehen Sie, in jener Zeit war allgemein bekannt, daß Anton im Begriff war, außergewöhnliche Aufgaben zu übernehmen; sein Einfluß wuchs mit jedem Artikel, den er schrieb, mit jeder Reise nach Washington. Ich arrangierte ein Zusammentreffen; es fand in diesem Raum statt.« Alexander lehnte sich zurück, blickte vor sich auf den Boden. »Jener Mann hatte bemerkenswerte Erkenntnisse anzubieten, ein weitreichendes Wissen über die innenpolitischen Verhältnisse in der Sowjetunion. Einen Monat später arbeitete Matthias im State Department, drei Jahre darauf war er

Sonderberater des Präsidenten und nach weiteren zwei Jahren Außenminister. Der Mann aus Rußland, der über Toronto gereist war, war immer noch im Außenministerium tätig. Seine Talente wurden bereits damals so hoch eingeschätzt, daß man ihm die Verantwortung für sämtliche Informationen und Berichte über den Ostblock übertragen und ihm damit Zugang zu streng vertraulichem Material eingeräumt hatte.«

»Wann haben Sie das herausgefunden?« fragte Havelock.

Der Journalist blickte auf. »Vor vier Jahren«, sagte er leise. »Wieder in diesem Zimmer. Der Überläufer bat darum, uns beide sprechen zu dürfen, und sagte, das, was er uns mitzuteilen hätte, sei so brisant, daß es keinen Aufschub duldete. Er saß, wo Miß Karras jetzt sitzt, und sagte uns die Wahrheit. Er war ein sowjetischer Agent und hatte die ganze Zeit höchst geheimes Material nach Moskau geschleust, und das über die letzten sechs Jahre. Aber etwas war geschehen, und er konnte in seiner Rolle nicht länger funktionieren. Er kam sich alt und ausgepumpt vor. Der Druck, der auf ihm lastete, war für ihn unerträglich geworden. Er wollte verschwinden.«

»Und nachdem Sie und Anton – die intellektuellen Pragmatiker – für diese sechs Jahre Spionage verantwortlich waren, hatte er Sie genau an dem Punkt, wo er Sie haben wollte«, ergänzte Michael mit scharfer Stimme. »Auf die großen Männer sollte ja bloß kein Makel fallen.«

»Das hatte natürlich damit zu tun, aber es gab doch eine gewisse Berechtigung dafür, das zu verhindern. Anthony Matthias stand im Zenit seines Einflusses, er war dabei, die Krisenherde der Erde zu entschärfen und den Weltfrieden sicherer zu machen, als er vor ihm war. Wenn diese Schlappe aufgedeckt worden wäre, hätte das eine politische Katastrophe zur Folge. Es hätte ihn vernichtet... ihn und das Gute, das er tat. Ich selbst habe ihn eindringlich in diesem Sinne beeinflußt.«

»Ich bin sicher, daß Sie nicht lange brauchten, um ihn zu überzeugen«, sagte Havelock.

»Länger vielleicht, als Sie glauben«, erwiderte Alexander, und in seiner Stimme klang eine Andeutung von Ärger mit. »Sie scheinen vergessen zu haben, was er war.«

»Vielleicht wußte ich es nie richtig.«

»Was war weiter mit dem russischen Spion?« wollte Jenna wissen.

Der Blick des Journalisten ruhte kurz auf ihr, ehe er weitersprach. »Jener Mann hatte einen Befehl erhalten, den er nicht erfüllen konnte – auch nicht wollte. Man hatte ihm gesagt, er solle auf eine Folge schockierender Ostblockberichte vorbereitet sein und sie so fassen, daß Anton sich gezwungen sehen würde, eine Seeblockade Kubas und einen roten Alarm zu fordern.«

»Angriff mit atomaren Waffen?«

»Ja, Miß Karras. Eine Wiederholung der Raketenkrise von zweiundsechzig, nur um das Tausendfache provozierender. Diese erschreckenden Berichte sollten fotografisches ›Beweismaterial‹ bestätigen, gefälschte Bilder mit Raketenstellungen auf Kuba. Der erste Brückenkopf eines bevorstehenden Angriffs.«

»Zu welchem Zweck?«

»Eine geopolitische Falle«, sagte Michael. »Wenn er sie betritt, ist er erledigt.«

»Genau«, nickte Alexander. »Anton führt die volle Militärmacht der Vereinigten Staaten an den Rand des Krieges, und plötzlich werden Kubas Grenzen geöffnet, man lädt Inspektionsgruppen aus der ganzen Welt ein, damit sie sich selbst überzeugen können. Man findet nichts, und Anthony Matthias wird gedemütigt, als hysterischer Kriegstreiber beschimpft – das einzige, was er nie war –, und all seine brillanten Verhandlungserfolge sind zunichte gemacht.«

»Aber dieser Sowjetagent«, sagte Jenna, »der sechs Jahre lang Geheimnisse nach Moskau geliefert hat, dieser Mann hat sich geweigert. Hat er Gründe angegeben?«

»Recht überzeugende, dachte ich. Er sagte, Anthony Matthias sei zu wertvoll, als daß man ihn Hitzköpfen in Moskau opfern dürfe.«

»Die *Voennaja*«, sagte Havelock.

»Als die schockierenden Berichte aus Rußland kamen, wurden sie ignoriert. Die Krise fand nicht statt.«

»Hätte Matthias die Berichte für authentisch gehalten, wenn er nichts gewußt hätte?« fragte Michael.

»Jemand hätte ihn dazu gezwungen. Gewissenhafte Männer und Frauen in der Abteilung wären unruhig geworden, wären vielleicht an jemanden wie mich herangetreten... wenn man ihnen nicht im voraus gesagt hätte, was sie zu erwarten hätten, worin die Strategie bestünde. Anton bat den sowjetischen Botschafter zu einem Gespräch zu sich. Männer in Moskau wurden ausgetauscht.«

»Sie sind wiedergekommen«, sagte Havelock.

Der Journalist blinzelte; er begriff nicht und gab auch nicht vor zu begreifen. »Der Mann«, fuhr er fort, »der uns getäuscht hatte, der aber zuletzt nicht bereit war, eine innere Stimme in sich zu verraten, verschwand. Anton machte es möglich. Man gab ihm eine neue Identität, ein neues Leben, unerreichbar für diejenigen, die ihn hätten töten lassen.«

»Auch er ist zurückgekehrt«, sagte Michael.

»Er ist in Wirklichkeit nie weggegangen. Aber ja, Sie haben recht, er kam zurück. Vor etwas mehr als einem Jahr tauchte er hier auf, ohne vorher anzurufen, ohne Warnung, und sagte, er hätte mit mir zu reden, aber nicht in diesem Hause; er war nicht bereit, hier zu sprechen, und ich war damit sehr einverstanden. Ich erinnerte mich noch zu gut an jene Nacht, als er uns erzählte, was wir getan hatten. Es war später Nachmittag, als wir den Gratweg über der Schlucht gingen; der eine zutiefst verängstigt, der andere seltsam eindringlich... auf eine stille Art wie besessen.« Alexander hielt inne. »Ich hätte gern noch etwas Brandy; das ist alles nicht leicht für mich.«

»Interessiert mich nicht.«

»Wo ist die Flasche?« fragte Jenna und griff nach dem Glas.

»Die Bar«, sagte der alte Mann und blickte zu ihr auf. »Dort drüben an der Wand.«

»Weiter«, sagte Havelock ungeduldig. »Sie kann Sie hören.«

»Ich habe das ernst gemeint. Ich brauche den Brandy...«

Jenna kam zurück. »Hier, bitte«, sagte sie und reichte Alexander sein Glas.

Havelock bemerkte jetzt zum erstenmal, daß Raymonds Hand zitterte. Deshalb hielt er das Glas mit beiden Händen umklammert, um das Zittern zu unterdrücken.

Alexander nahm einen Schluck und sah Jenna wieder an. »Danke«, sagte er.

Sie nickte. »Bitte fahren Sie fort.«

»Ja, natürlich... Wir gingen also auf dem Gratweg. Und plötzlich blieb er stehen und sagte zu mir: ›Sie müssen tun, worum ich Sie bitte, denn wir haben eine Chance, wie die Welt sie nie wieder haben wird.‹ Ich erwiderte, daß es nicht meine Gewohnheit sei, solchen Bitten nachzukommen, ohne genau zu wissen, was man von mir verlangt. Er sagte, es handle sich nicht um eine Bitte, sondern um eine Forderung, und wenn ich mich weigerte, würde er die Rolle, die Matthias und ich bei seinen Spionageaktivitäten gespielt hatten, offenbaren. Er würde uns beide denunzieren, uns vernichten. Das war es, was ich am meisten fürchtete... für uns beide, mehr für Anton als für mich, natürlich. Aber auch für mich, ich kann es nicht anders sagen.«

»Was wollte er denn von Ihnen?« fragte Havelock.

»In meinen Artikeln sollte ich über den Niedergang und schließlich den Zusammenbruch eines Mannes berichten, der über solche Macht verfügte, daß er die Welt in den Wahnsinn stürzen konnte, der vor ihm lag. Die Botschaft an die Menschheit war eine ernüchternde: ›Es darf nicht zugelassen werden, daß so etwas wieder geschieht. Kein Mensch darf solche Höhen der Macht erklimmen.‹«

»Wir machten ihn zum Gott«, sagte Michael, der sich an Berquists Worte erinnerte.

»Gut formuliert.« Der Journalist nickte. »Ich wünschte, ich hätte das geschrieben.«

»Dieser Mann, dieser Russe«, sagte Jenna, »hat er Ihnen an jenem Nachmittag erzählt, was mit Matthias geschah?«

»Ja. Er hatte ihn gesehen, war mit ihm zusammengewesen, kannte diese Symptome. Plötzliche Ausbrüche, gefolgt von Tränen, dauernde Selbstrechtfertigung, falsche Bescheidenheit, die nur dazu diente, seine Leistungen hervorzuheben... wachsender Argwohn gegenüber jedem in seiner Umgebung und doch in der Öffentlichkeit stets die Fassade des Normalen. Dann kamen die Gedächtnislücken, die Fehler vertuschen sollten. Und wenn man ihn dann bedrängte, wußte er sich nicht anders zu helfen, als anderen die Schuld für diese Fehler aufzubürden. Ich erlebte alles, schrieb alles nieder. Jede Woche fuhr ich nach Shenandoah...«

»An Sonntagen?« unterbrach Havelock.

»Ja, an Sonntagen.«

»Decker?«

»O ja, *Commander* Decker. Bis dahin, müssen Sie wissen, hatte der Mann, den Sie Parsifal nennen, den in Auflösung begriffenen Anton nämlich davon überzeugt, daß seine politischen Visionen am Ende ihre Rechtfertigung in totaler Stärke finden würden. Den ›Meisterplan‹ nannten sie es... Und sie fanden den Mann, der ihnen die Detailinformationen liefern konnte, die sie brauchten.«

»Für das Schachspiel ohnegleichen«, sagte Michael.

»Ja. Decker benützte die Nebenstraße und traf sich mit Matthias in der Hütte, die Anton immer aufsuchte, wenn er allein sein wollte.«

»Der Holzschuppen«, fügte Havelock hinzu. »Ein Tonbandsystem mit einem akustischen Schalter.«

»Es hat nie versagt«, sagte Alexander, und seine Stimme war kaum lauter als ein Flüstern. »Niemals. Selbst später, als Matthias und... Parsifal ihr wahnsinniges Spiel spielten. Ein Spiel, das um so erschreckender war, weil Matthias einer der Akteure war. Anton wurde zum kriegerischen Staatsmann, ein brillanter Verhandler, der den Mann, den sie Parsifal nannten, gar nicht sah, sondern andere russische Generäle und Wissenschaftler, die überhaupt gar nicht anwesend waren, ebenso chinesische Armeekommandanten und Kommissare. In jenen Augenblicken *sah* er sie, waren sie *anwesend*. Und jedesmal, wenn er es hinter sich hatte, war sein Zustand wieder ein klein wenig verschlimmert, seine Augen ein wenig glasiger. Dann wirkte er wie ein Mann nach einem Rauschgifttrip; und die Symptome verstärkten sich von Mal zu Mal. Aber er konnte immer noch in beiden Welten funktionieren.«

»Wann kam ich dann aufs Tapet?« fragte Havelock. »Warum gerade ich?«

»Sie waren die ganze Zeit dabei. Fotos von Ihnen standen auf seinem

Schreibtisch, seinem Sekretär... im Holzschuppen. Ein Album zeigte Sie und ihn auf einer Campingfahrt durch den Westen Kanadas.«

»Das hatte ich vergessen«, sagte Michael. »Das liegt so weit zurück. Ich war damals noch auf der Universität, und Anton war mein Mentor.«

»Viel mehr als das. Sie waren der Sohn, den er nie hatte. Sie sprachen in seiner Muttersprache zu ihm, erinnerten ihn an einen anderen Ort, eine andere Zeit.« Alexander hob den Kopf, bohrte seinen Blick in Havelocks Augen. »Und mehr als das: Sie waren der Sohn, der nicht glauben wollte, daß seine Visionen, die Lösungen, die er für die Welt erdacht hatte, die richtigen waren. Er konnte Sie nicht überzeugen. Ihre Stimme sagte ihm immer wieder, daß er unrecht hatte, und das konnte er nicht ertragen. Wie er überhaupt auf Kritik besonders empfindlich reagierte.«

»Er wußte, daß ich ihm gegenüber immer ehrlich war.«

»Seine Augen wanderten immer wieder zu Ihrem Bild, und dann sah er Sie plötzlich und sprach mit Ihnen. Ihre Einwände, Ihr Zorn quälten ihn. In Wirklichkeit hatte er Angst vor Ihnen... Und dann unterbrach er seine Arbeit.«

»Also mußte ich außer Reichweite gebracht werden.«

»An einen Ort, wo Ihr Urteil keine Bedeutung mehr hatte. Sie gehörten zu seiner alltäglichen Realität. Das fing an, ihn zu verzehren. Er konnte Ihre Störungen nicht mehr ertragen; Sie mußten gehen.«

»Und Parsifal wußte, wie das zu bewerkstelligen war«, sagte Michael bitter. »Er kannte den Maulwurf im Ministerium. Er trat an ihn heran und sagte ihm, was er tun sollte.«

»Damit hatte ich nichts zu tun. Ich wußte, daß es geschah, aber nicht, wie... Sie hatten mit Anton über Miß Karras gesprochen, über die Zuneigung, die Sie zu ihr empfingen. Und daß Sie nach langen Jahren inneren Kampfes – in denen Sie immer wieder in Ihre Kindheit zurückgekehrt waren – bereit waren auszusteigen. Mit ihr. Es war sehr wichtig für Sie, diese Welt zu verlassen und in eine andere, lebenswertere einzutreten. Ihre Entscheidung war getroffen.«

»Und Sie dachten, ich würde das ohne Jenna tun? Warum?«

»Weil Parsifal in solchen Dingen Erfahrung hatte«, sagte Jenna und griff nach den Fotos. Sie wählte eines davon aus und reichte es Michael. »Ein Klinikpsychologe, Mitarbeiter des KGB. Ein Mann namens Alexei Kaljasin... das Gesicht, das dir bekannt vorkam.«

»Ich kenne ihn nicht«, schrie Havelock und sprang aus seinem Sessel. »Wer ist er?« fragte er, während er sich bedrohlich über Raymond Alexander beugte.

»Verlangen Sie nicht von mir, daß ich den Namen nenne«, flüsterte der Journalist, schüttelte dabei den Kopf und zog sich in seinen Sessel zurück. »Fragen Sie mich nicht. Ich darf da nicht hineingezogen werden.«

»Verdammt noch mal, das sind Sie doch schon!« brüllte Michael und warf Alexander das Foto auf den Schoß. »Augenblick!« Michael sah Jenna an, ging ein paar Schritte auf sie zu. »Er war ein Überläufer. Vergiß einmal, daß man ihn als Überläufer getarnt hat, er war ein Überläufer. Er mußte in der Liste stehen!«

»Alle Hinweise auf die Flucht von Alexei Kaljasin sind gelöscht, alle Akten entfernt worden«, sagte Alexander leise, »da ist einfach ein Mann mit einem anderen Namen verschwunden.«

»Natürlich. Um jede Möglichkeit auszuschalten, daß ein Makel auf die großen Männer fiel.« Havelock trat auf Alexanders Stuhl zu; er beugte sich vor, packte die Revers der roten Samtjacke und zerrte den Journalisten in die Höhe. »Wer ist er? Heraus mit der Sprache!«

»Sehen Sie sich das Foto doch an.« Alexander zitterte. Er blickte wie gebannt auf das Bild. »Schauen Sie es an. Nehmen Sie den größten Teil seines Haares weg. Fügen Sie ein paar Falten im Gesicht hinzu, um die Augen... einen kleinen weißen Bart mit grauen Flecken.«

Michael starrte das Foto an. »Zelienski... Leon Zelienski!«

»Ich war sicher, daß Sie das erkennen würden. *Ohne* mich. Das Schachspiel... der beste Schachspieler, den Anton kannte.«

»Er ist kein Russe, er ist Pole! Ein pensionierter Geschichtsprofessor aus Berkley... der vor Jahren von der Universität Warschau rübergekommen ist.«

»Eine neue Identität, ein neues Leben, gefälschte Papiere. Er lebte an einer Landstraße höchstens zwei Meilen von Matthias entfernt. Anton wußte immer, wo er war.«

Havelock fuhr sich mit beiden Händen an die Schläfen und versuchte, den bohrenden Schmerz zu bannen, der seinen Kopf zu zerplatzen drohte. »Sie... Sie und Zelienski. Zwei geistesgestörte alte Männer! Wissen Sie eigentlich, was Sie getan haben?«

»Es ist außer Kontrolle. Alles ist außer Kontrolle.«

»Sie hatten es nie unter Kontrolle! Sie haben in dem Augenblick verloren, als Zelienski an den Maulwurf herantrat. Wir alle haben verloren! Konnten Sie denn nicht begreifen, was geschah? Glaubten Sie etwa, das Ganze würde mit einer heißen Story für Sie enden? Konnten Sie ihn nicht aufhalten? Sie wußten, daß Matthias auf Poole's Island war... *woher* wußten Sie das?«

»Von einem der Ärzte; er hatte Angst.«

»Dann wußten Sie, daß er krank war! Wie konnten Sie die Dinge weiterlaufen lassen?«

»Sie haben es gerade gesagt. Ich konnte ihn nicht aufhalten. Er hörte nicht mehr auf mich – er hört auch jetzt nicht auf mich. Ich kann ihn nicht aufhalten! Er ist jetzt ebenso verrückt wie Anton. Er hat einen Jesus-Komplex – sein Licht ist das einzige, nur sein Weg führt zum Heil.«

»Und Sie haben Ihren heiligen Namen dafür hergegeben, damit er mit seinem Komplex leben konnte. Was zum Teufel sind Sie eigentlich für ein Mensch?«

»Lassen Sie mich noch etwas sagen, Michael. Zelienski hatte mich in der Hand. Er hat mir gedroht, wenn ich an irgend jemanden heranträte, würde ein Telefongespräch, das er täglich von verschiedenen Telefonzellen aus führte, nicht stattfinden. Worauf jene sogenannten Nuklearverträge – unterzeichnet von Anthony Matthias – ihren Weg nach Moskau und Peking nehmen würden.«

Havelock blickte in die grünen Augen des Journalisten, sah die aufgedunsenen Hände, die sich an den Armlehnen des Sessels festklammerten. »Nein, Raymond, das ist nur ein Teil des Ganzen. Sie konnten es nicht ertragen, daß man nachwies, daß Sie unrecht hatten. Sie sind wie Anton. Die Wahrheit um Ihre eigenen Fehler macht Ihnen angst. Der Mythos der Makellosigkeit muß um jeden Preis aufrechterhalten werden.«

»Schauen Sie mich doch an!« schrie Alexander plötzlich und zitterte am ganzen Körper. »Ich habe jetzt damit fast ein Jahr gelebt! Was hätten Sie an meiner Stelle getan?«

»Ich weiß es nicht, so wahr mir Gott helfe. Ich kann nur hoffen, daß ich es besser gemacht hätte als Sie... aber ich weiß es nicht. Schenken Sie sich ein großes Glas Brandy ein, Raymond. Halten Sie Ihren Mythos aufrecht; reden Sie sich nur immer wieder ein, daß Sie unfehlbar sind, vielleicht hilft es. Vielleicht macht es auch keinen Unterschied mehr. Treten Sie mit einem Grinsen auf Ihrem eitlen selbstgerechten Gesicht ab... aber treten Sie ab.« Michael wandte sich zu Jenna. »Gehen wir«, sagte er. »Wir haben eine lange Fahrt vor uns.«

»Süden an Norden, bitte kommen.«

»Hier Norden. Was ist?«

»Rufen Sie Victor an. Es gibt Bewegung. Unsere Leute sind schnell herausgekommen und haben mit der Eskorte gesprochen; sie waren auf dem Grundstück. Beide Wagen sind vor wenigen Augenblicken hier mit Vollgas weggerast, mit Kurs nach Westen.«

»Verlieren Sie sie nicht.«

»Keine Chance. Die Eskorte hat den Lincoln oben auf der Straße verlassen, und wir haben ein Peilgerät unter dem Kofferraum befestigt. Nicht einmal ein Erdbeben könnte es abschütteln. Wir können sie noch in zwanzig Meilen Entfernung orten. Wir haben sie.«

39

Der Nachthimmel war seltsam geteilt: hinter ihnen klares Mondlicht, vor ihnen, in der Ferne, dunkle Wolken, die den Himmel überzogen. Die beiden Limousinen rasten über die Landstraßen. Die Männer im Lincoln hatten die Aufgabe, sie zu schützen, ohne die näheren Umstände zu verstehen, während Havelock und Jenna Karras nur zu gut verstanden und Angst hatten.

»Jetzt können wir uns nicht an Regeln orientieren«, sagte Michael.

»Er ist zur Veränderung fähig, das ist alles, was wir wirklich von ihm wissen. Er ist mit einem bestimmten Ziel hierhergeschickt worden und ist zur anderen Seite übergelaufen.«

»Oder ist er gestolpert? Alexander sagte, Zelienski... Kaljasin... hätte ihnen gesagt, er fühlte sich alt und ausgepumpt, der Streß wäre ihm zu groß. Vielleicht hat er einfach nur aufgegeben und sich eine Zuflucht gesucht.«

»Bis er eine andere Aufgabe fand und sich ganz anderen Belastungen aussetzte«, sagte Jenna. »Einem Druck, der für einen Mann seines Alters aufmunternd wirkt, kann ich mir vorstellen. Er ist über siebzig, nicht wahr?«

»Ja, ungefähr.«

»Denk einmal nach. Das Ende kommt vielleicht noch lange nicht, aber es ist immerhin in Sicht. Und während du dich dem Ende näherst, stellst du plötzlich fest, daß du eine außergewöhnliche Lösung entdeckt hast, von der du glaubst, daß die Welt sie dringend braucht, diese Lektion. Was tust du?«

Havelock sah sie an. »Das ist es ja, was mir solche Angst macht. Wie kann ich ihn dazu bringen, daß er einen Schritt macht?«

»Ich wollte, ich wüßte darauf eine Antwort.« Jenna blickte zur Windschutzscheibe und sah die Wassertropfen, die sich auf dem Glas bildeten. »Wir fahren in den Regen hinein«, sagte sie.

»Es sei denn, es gäbe eine andere Lösung«, überlegte Michael weiter und schaltete die Scheibenwischer ein. »Wenn man eine Lektion gegen eine andere austauschen könnte.«

»Was?«

»Ich bin nicht sicher, ich weiß es nicht.« Havelock griff nach dem Mikrofon, zog es zu sich heran. »Eskorte, sind Sie da?«

»Etwa hundert Meter hinter Ihnen, ›Steril Fünf‹.«

»Werden Sie langsamer, und halten Sie mindestens eineinhalb Meilen Abstand. Wir kommen jetzt in das Gebiet, und für eine Menge Leute sind Sie deutlich als Regierungsfahrzeug zu erkennen. Ich will nicht, daß man eine Verbindung zwischen uns herstellt oder irgend jemand auch nur neugierig wird. Wenn der Mann, mit dem ich den Kontakt herstellen will, auch nur den leisesten Verdacht bekommt, will ich lieber gar nicht erst an die Folgen denken.«

»Der Abstand gefällt uns nicht«, sagte die Eskorte.

»Tut mir leid, aber das ist ein Befehl. Bleiben Sie außer Sichtweite. Sie kennen das Ziel; nehmen Sie die Bergstraße, die ich Ihnen beschrieben habe. Fahren Sie etwa eine halbe Meile hinauf. Dort werden wir sein.«

»Würde es Ihnen etwas ausmachen, den Befehl zu wiederholen, *Sir*?«

Das tat Michael. »Ist das klar?«

»Ja, ›Steril Fünf‹. Jetzt haben wir es auf Band.«

Der schmutzbedeckte Wagen fuhr in den Regenschauer hinein. Staub und Schlamm lösten sich in dem Wolkenbruch auf. Die Scheibenwischer huschten über die Windschutzscheibe. Der Fahrer bog in eine lange Kurve, als das rote Signallicht an dem Radioverstärker plötzlich zu glühen anfing.

»Wir sind auf einer anderen Frequenz«, sagte der Mann auf dem Beifahrersitz und griff nach dem Mikrofon. »Ja?« sagte er.

»Süden?«

»Wir sind hier.«

»Victor. Ich nähere mich Warrenton auf der Sechsundsechzig. Wo sind Sie?«

Der Mann mit dem Mikrofon studierte die Landkarte, die er auf dem Schoß hielt, richtete den Strahl einer dünnen Taschenlampe darauf. »Nördlich auf der Siebzehn, Richtung Marshall. Sie können ihn in Warrenton übernehmen.«

»Zustand?«

»Normal. Wir vermuten, daß sie, sobald sie Marshall erreicht haben, entweder nördlich auf der Siebzehn weiterfahren oder auf der Front Royal Road nach Westen. Die Kurven werden jetzt haarig; wir kommen in die Berge.«

»Wir haben dort oben Leute, die beide Routen überwachen. Ich möchte wissen, welche Straße sie nehmen und welchen Abstand ›Steril Fünf‹ und seine Eskorte voneinander halten. Benutzen Sie diesen Kanal. Ich sollte Sie in zehn bis fünfzehn Minuten eingeholt haben.« Der blonde Mann, der vor dem ›Blue Rigde Diner‹ in der braunen Limousine saß, hielt das Mikrofon in der Hand und beobachtete die Straße. Jetzt drückte er den Knopf nieder und sprach: »Die nehmen die Front Royal Road«, sagte er, als der Buick im Regen vorbeihuschte. »Sind pünktlich und in großer Eile.«

»Wie weit dahinter ist der Lincoln?« fragte die Stimme aus dem Lautsprecher.

»Bis jetzt noch nicht zu sehen.«

»Sind Sie sicher?«

»Keine Scheinwerfer, und jemand, der blöd genug ist, in diesem Wetter hier heraufzufahren, riskiert nicht, daß er vom Weg abkommt.«

»Das ist nicht normal. Ich melde mich gleich wieder.«

»Wie Sie meinen.«

Der blonde Mann ließ das Mikrofon sinken und griff nach den Zigaretten, die neben ihm auf dem Sitz lagen. Er schüttelte eine aus dem Päckchen, führte sie an die Lippen und ließ sein Gasfeuerzeug schnappen. Dreißig Sekunden verstrichen, und der Lincoln Continental war immer noch nicht aufgetaucht. Nach einer Minute das gleiche Bild.

»Front Royal, wo sind Sie?« fragte die Stimme aus dem Lautsprecher.

»Hier, ich warte.«

»Die Eskorte, ist sie schon vorbeigefahren?«

»Nee. Sonst hätte ich Sie angerufen, Kumpel... Warten Sie mal. Bleiben Sie am Mikrofon. Jetzt haben wir sie vielleicht.« Ein Lichtbalken schob sich aus der Kurve, und Sekunden später brauste der langgestreckte Lincoln im Regen an ihm vorbei. »Jetzt ist er gerade durchgekommen, alter Freund. Ich fahr' jetzt.« Der blonde Mann richtete sich auf, ließ den Motor an, legte den Gang ein und lenkte seinen Wagen auf die Straße.

»Ich bin gleich wieder da«, sagte die Stimme.

»Das sagen Sie die ganze Zeit«, meinte der Blonde, drückte das Gaspedal nieder und blickte aufmerksam auf die regennasse Straße hinaus. In der Ferne sah er die roten Hecklampen des Lincoln.

»Front Royal?« kam die Stimme aus dem Lautsprecher.

»Hier bin ich, Freundchen.«

»Gehen Sie auf tausendsiebenhundertzwanzig Megahertz für zusätzliche Instruktionen.«

»Schalte um.« Der blonde Mann griff nach unten und drückte den Metallknopf; auf dem schmalen, waagerechten Streifen über der Skala des Funkgeräts flammte die Digitalanzeige auf. »Front Royal in Position«, sagte er.

»Hier spricht der Mann, den Sie nicht kennen, Front Royal.«

»Nett, Ihre Bekanntschaft zu machen, Kumpel.«

»Wieviel zahlt man Ihnen für heute nacht?« fragte die neue Stimme.

»Da Sie der Mann sind, den ich nicht kenne, denke ich, müßten Sie das wissen.«

»Wie gut sind Sie?«

»Sehr gut. Wieviel lassen Sie springen?«

»Sie sind bezahlt worden.«

»Nicht für das, was Sie jetzt wollen.«

»Sie sind sehr aufmerksam.«

»Danke für das Kompliment.«

»Dieser dicke Brummer dort vorne, er weiß doch, wo der Kleine hinfährt, meinen Sie nicht auch?«

»Doch, das denke ich schon. Die halten ziemlich Abstand.«

»Glauben Sie, Sie könnten sich dazwischenschieben?«

»Läßt sich machen. Was dann?«

»Eine Prämie.«

»Wofür?«

»Der Kleine wird irgendwo halten. Sobald er das getan hat, möchte ich, daß die dicke Limousine verschwindet.«

»Sie sprechen von einer ziemlich fetten Prämie, *Mister*. Der Wagen ist ein Lincoln.«

»Eine sechsstellige Summe«, sagte die Stimme. »Seien Sie ein rücksichtsloser Fahrer. Sehr rücksichtslos und sehr genau.«

»Gemacht, Freundchen.«

Arthur Pierce blickte durch das Fenster und den Regen, als er den alten Wagen, vier Meilen unterhalb der Front Royal Road, passierte. Er nahm das Mikrofon und sprach über die Frequenz 1720:

»*All right*, Süden. Hier ist die Gebrauchsanweisung. Sie bleiben bei mir, alle anderen sind entlassen. Danken Sie allen für ihre Zeit und ihre Mühe. Sagen Sie ihnen, wir würden uns wieder melden.«

»Was ist mit Norden? Die sind unterwegs.«

»Ich möchte, daß sie mit dem Marinekontingent zurückkommen. Das gehört jetzt ihnen; die können wechseln. Über kurz oder lang... heute abend, morgen, am übernächsten Tag... werden sie ihn herauslassen. Dann ist Ihr Job beendet.«

Havelock hielt den Wagen an und kurbelte die Scheibe herunter, spähte durch den Regen zu der Tafel hinüber, die an den Baum genagelt war.

SENECA'S NOTCH
SACKGASSE

Er hatte Leon Zelienski zweimal nach Hause gebracht, einmal nachmittags, als der Wagen des alten Mannes nicht anspringen wollte, und dann, einige Jahre später, in einer Nacht wie dieser hier, als Matthias Angst gehabt hatte, Leon könnte mit seinem Auto im Schlamm steckenbleiben. Zelienski war nicht steckengeblieben, wohl aber Michael; es war ein langer, feuchter Marsch zu Antons Haus gewesen, er erinnerte sich gut an die Straßen. Damals hatte er Leon Zelienski heimgebracht; jetzt suchte er Alexei Kaljasin-Parsifal.

»Jetzt geht's los«, sagte Havelock und bog in die aus den Felsen gehauene Straße, die nur noch wenige Überreste einer früheren Teerschicht trug. »Wenn wir uns in der Mitte halten, sollten wir es schaffen.«

»Dann halte dich in der Mitte«, sagte Jenna.

Sie schlingerten und rutschten die schmale Straße hinauf, von pechschwarzer Dunkelheit umgeben. Die Reifen drehten immer wieder durch und ließen lose Steinbrocken gegen die Kotflügel prasseln. Die unsanfte Fahrt trug nicht gerade dazu bei, ihre Nerven zu beruhigen. Michael war gegenüber Raymond Alexander hart gewesen und hatte gewußt, daß das richtig war, aber nur teilweise. Er begann, den anderen Aspekt der tiefen Angst des Journalisten zu verstehen, eine Angst, die ihn an den Rand der Hysterie trieb. Zelienskis Drohung war klar und erschreckend: Sollte Alexander den Russen verraten oder irgend etwas gegen ihn unternehmen, würde er das Signal geben, und die Nuklearverträge wären auf dem Weg nach Moskau und Peking.

Man konnte keine Chemikalien einsetzen, um Zelienski zu zwingen, die Nummer, die er jeden Tag von einer anderen Telefonzelle aus anrief, bekanntzugeben; das war bei einem Mann seines Alters zu riskant. Eine zu starke Dosis, und sein Herz würde versagen. Und dann war die Nummer für immer verloren. Nur Worte konnten helfen. Aber wie redete man mit einem Menschen, der die Welt mit einem ›Meisterplan‹ für ihre Vernichtung retten wollte? Für einen solchen Mann gab es keine Vernunft, nichts als seine eigene, verzerrte Vision.

Das kleine Haus tauchte jetzt rechts über ihnen auf, nicht viel größer als eine Hütte und aus massivem Stein gebaut. Man erreichte es über eine steil ansteigende, ungeteerte Zufahrt, die unter einem überdeckten Abstellplatz endete, auf dem ein unauffälliger Wagen parkte. Aus einem Erkerfenster in der Mitte der Fassade leuchtete ein einzelnes Licht.

Havelock schaltete die Scheinwerfer ab. »Hier hat alles angefangen«, sagte er zu Jenna. »Im Kopf des Mannes dort oben. Alles! Angefangen bei der Costa Brava über Poole's Island, von Col de Moulinets nach ›Steril Fünf‹; hier fing es an… Gehen wir.«

Sie stiegen aus dem Wagen und gingen durch den Regen die weiche, schlammige Zufahrtsstraße hinauf. Jetzt erreichten sie den gedeckten Abstellplatz; unter dem Vordach war eine Tür. Havelock warf Jenna einen kurzen Blick zu, bevor er klopfte.

Augenblicke später öffnete sich die Tür, und ein schmächtiger, gebeugter alter Mann mit wenigen Haarsträhnen auf dem Kopf und einem kleinen weißen, graugefleckten Bart trat heraus. Als er Havelock anstarrte, weiteten sich seine Augen, und sein Mund öffnete sich.

»Mikhail«, flüsterte er mit zitternden Lippen.

»Hallo, Leon. Ich bringe Ihnen schöne Grüße von Anton.«

554

Als der blonde Mann die Tafel gesehen hatte und wußte, daß die Zufahrtsstraße als Sackgasse endete, manövrierte er mit ausgeschalteten Scheinwerfern die braune Limousine etwa hundert Meter über die rutschige Straße nach unten und hielt schließlich mit laufendem Motor am äußersten rechten Straßenrand. Er schaltete die Scheinwerfer wieder ein und holte aus seinem Jackett eine großkalibrige Pistole mit Schalldämpfer heraus. Er begriff die Instruktionen von Mister ›Namenlos‹; sie waren logisch. Der Lincoln mußte jetzt jeden Augenblick auftauchen.

Da war er! Zweihundert Meter entfernt, an der Einmündung der Straße, die vom Highway abzweigte. Der blonde Mann löste die Handbremse und begann das Steuer hin und her zu drehen, rollte von einem Straßenrand zum anderen. Der Lincoln verlangsamte das Tempo und hielt sich so weit rechts wie möglich. Der Blonde beschleunigte wieder, riß das Steuer noch heftiger herum, während die Hupe der schweren Limousine durch den strömenden Regen hallte. Als er sich auf neun Meter genähert hatte, drückte der blonde Mann plötzlich das Gaspedal bis zum Boden durch, lenkte sein Fahrzeug nach rechts und riß es dann hart nach links herum.

Der Aufprall kam, mit dem Kühlergrill der Limousine rammte er die linke hintere Tür des Lincoln, sein Wagen schleuderte, kollidierte über die ganze Fahrzeuglänge, so daß die Fahrertür blockiert war.

»Verdammt noch mal, ihr Idioten!« schrie der blonde Mann durch das offene Fenster mit lallender Stimme, und sein Kopf schwankte dabei vor und zurück. »Verdammte Scheiße, ich blute!«

Auf der anderen Seite der Straße taumelten die zwei Männer aus ihrer Limousine. Als sie in das Licht seiner Scheinwerfer traten, lehnte sich der blonde Mann aus dem Fenster und feuerte zweimal.

»Soll ich Sie Leon oder Alexei nennen?«

»Ich kann Ihnen einfach nicht glauben!« rief der alte Russe, der vor dem Feuer saß und seine Augen auf Havelock geheftet hatte. »Er war doch unheilbar krank, ohne jede Hoffnung auf Besserung.«

»Nur wenige Leute haben einen Geist und einen Willen wie Anton. Niemand kann sagen, ob er je wieder ganz gesund sein wird, aber er hat sich sehr erholt. Die Medikamente haben ihm sehr geholfen und die Elektrotherapie auch; er nimmt jetzt seine Umwelt wieder wahr ... und ist von dem erschüttert, was er getan hat.« Havelock hatte sich Zelienski-Kaljasin gegenüber auf einen hochlehnigen Stuhl gesetzt. Jenna blieb an der Tür stehen, die in die kleine Küche führte.

»Das hat es noch nie gegeben!«

»Es hat auch noch nie einen Mann wie Matthias gegeben. Er hat nach mir verlangt, und er hat mir alles gesagt. Nur mir.«

»Poole's Island?«

»Dort wird er behandelt. Soll ich Leon oder Alexei sagen?«

Kaljasin schüttelte den Kopf. »Nicht Leon, niemals Leon. Immer Alexei.«

»Sie hatten gute Jahre als Leon Zelienski.«

»Erzwungenes Asyl, Mikhail. Ich bin Russe, sonst nichts.«

»Sie sind zu uns gekommen... Alexei.«

»Ich bin vor anderen geflohen, vor Männern, die die Seele meiner Heimat korrumpieren wollten, die die Grenzen unserer Überzeugung überschritten, die ohne Not willkürlich töteten und Macht um ihrer selbst willen suchten. Ich glaube an unser System, Mikhail, nicht an das Ihre. Aber diese Männer taten das nicht; sie hätten Worte in Waffen verwandelt, und dann hätte keiner mehr beweisen können, wer recht hatte. Wir wären alle vernichtet gewesen.«

»Schakale«, sagte Havelock und wiederholte das Wort, das er erst vor Stunden gehört hatte, »Fanatiker, die der Vision vom Dritten Reich nachhängen.«

»Das reicht jetzt.«

»Die *Voennaja*!«

Kaljasins Kopf fuhr in die Höhe. »Das habe ich Matthias nie erzählt.«

»Ich habe es ihm auch nicht gesagt. Ich war sechzehn Jahre draußen im Einsatz. Glauben Sie, ich kenne die VKR nicht?«

»Die VKR spricht nicht für Rußland, nicht für unser Rußland... Anton und ich pflegten bis in die frühen Morgenstunden miteinander zu diskutieren. Er konnte das nicht verstehen; er kam aus einer Welt des Wohlstands. Hier drüben wird das keiner von Ihnen je begreifen, nur die Schwarzen vielleicht... Wir hatten nichts, und man hatte uns gesagt, daß wir auch nichts zu erwarten hätten, nicht in dieser Welt. Bücher, Schulen, Lesen und Schreiben lernen – das war das Privileg einer kleinen Minderheit. Man hat uns wie Vieh behandelt. Mein Vater ist von einem Fürsten Woroschin gehängt worden, weil er ein Stück Wild gestohlen hatte! Alles das hat sich geändert, seitdem das Volk die Macht innehat.« Ein seltsames Lächeln spielte jetzt um Kaljasins dünne Lippen. »Man nennt uns Kommunisten atheistisch. Was wollen Sie denn? Wir wußten, wie es unter der heiligen Kirche war! Ein Gott, der mit ewigem Feuer droht, wenn man sich gegen eine lebende Hölle erhebt, ist für neun Zehntel der Menschheit kein Gott. Man kann und sollte ihn ersetzen, ihn wegen Unfähigkeit und parteiischen Verhaltens entlassen.«

»Das ist ein Argument, das man wohl schwerlich nur auf das vorrevolutionäre Rußland anwenden kann«, sagte Michael.

»Sicher nicht, aber es ist symptomatisch. Eines Tages werden Sie und Ihresgleichen die Verlierer sein. Nicht in diesem Jahrzehnt oder im

nächsten – vielleicht noch viele, viele Jahre nicht, aber verlieren werden
Sie. Zu viele Menschen hungern und sterben.«

»Wenn sich das als wahr erweist, dann verdienen wir, daß wir
unterliegen. Ich glaube aber nicht, daß es so ist.« Michael lehnte sich
vor, stützte die Ellbogen auf die Knie und sah dem alten Mann in die
Augen. »Wollen Sie mir sagen, daß man Ihnen Asyl gewährt hat und
Sie keine Gegenleistung dafür erbracht haben?«

»Nicht soweit es um die Geheimnisse meines Landes geht, und
Anton hat mich auch nie ein zweitesmal gefragt. Ich denke, daß er
meine Arbeit – die Arbeit, die Sie auch taten, ehe Sie ausstiegen – im
wesentlichen für ziemlich sinnlos hielt. Unsere Entscheidungen be-
wirkten nur sehr wenig; das, was wir leisteten, war für die Männer ganz
oben an der Spitze nicht wichtig. Aber ein Geschenk habe ich ihnen
gegeben, das uns beiden diente und der Welt auch. Ich habe Anthony
Matthias vor der kubanischen Falle bewahrt, die ihn den Ministerpo-
sten gekostet hätte. Ich habe es getan, weil ich an ihn glaubte und nicht
an die Wahnsinnigen, die für eine Weile in meiner Regierung so viel
Einfluß hatten.«

»Ja, das hat er mir gesagt. Es wäre sein Untergang gewesen. Auf
dieser Basis – wegen Ihres Glaubens an ihn – hat er mich auch gebeten,
Sie zu besuchen. Das muß aufhören, Leon... entschuldigen Sie, Alexei.
Er weiß, weshalb Sie das alles getan haben, aber es muß aufhören.«

Kaljasins Blick wanderte zu Jenna hinüber. »Wo ist der Haß in Ihren
Augen, junge Frau? Er muß doch da sein.«

»Ich will Sie nicht belügen, ich spüre ihn, aber gleichzeitig versuche
ich zu verstehen.«

»Es mußte getan werden; es gab keinen anderen Weg. Anton mußte
von dem Schemen befreit werden, der Mikhail für ihn war. Er mußte
wissen, daß er weit weg von der Regierung war, mit anderen Interessen
befaßt, anderen Dingen nachging. Er hatte solche Angst, sein... sein
Sohn... könnte von seiner Arbeit hören und kommen, um ihn davon
abzubringen.« Kaljasin wandte sich wiederum an Havelock. »Er schaffte es einfach nicht, Sie aus seinen Gedanken zu verdrängen.«

»Billigte er das, was Sie taten?« fragte Michael.

»Er ignorierte es, glaube ich, und ein Teil seiner Person ekelte sich
über sich selbst. Seine Kräfte verließen ihn damals schon rapide.«

»Er hat Sie nie gefragt, wie Sie an Männer in Moskau herantraten, die
das liefern sollten, was Sie brauchten?«

»Niemals. Bedenken Sie, die Welt, in der Sie und ich lebten, war für
ihn sehr unwichtig. Und dann wurde alles ein Chaos...«

»Geriet außer Kontrolle?«, fragte Jenna.

»Ja, junge Frau. Die Dinge, die wir hörten, waren so unglaublich, so
schrecklich. Eine Frau, die an einem Strand getötet worden war...«

»Was haben Sie denn erwartet?« fragte Havelock, der sich nur mühsam beherrschen konnte. Zwei, drei geistesgestörte alte Männer.

»Nicht das. Wir waren keine Mörder. Anton hatte Anweisung gegeben, daß man Miß Karras nach Prag zurückschicken und ihre Kontakte überwachen sollte. Am Ende hätte man ihre Unschuld beweisen können.«

»Und diese Befehle sind abgefangen und verändert worden.«

»An dem Punkt konnte er bereits nichts mehr tun. Sie waren verschwunden, und er wurde schließlich völlig verrückt.«

»Verschwunden? Ich verschwunden?«

»Das hatte man ihm gesagt. Daraufhin brach er zusammen, verlor völlig den Verstand. Er dachte, er hätte Sie auch getötet. Das war der Schock, der ihm schließlich den Rest gab.«

»Woher wissen Sie das?« bedrängte ihn Michael.

Kaljasin zögerte, seine wäßrigen Augen blinzelten. »Da war noch jemand, ein Arzt. Er hat es herausgefunden.«

»Raymond Alexander«, sagte Havelock.

»Ja.«

»Sie erwähnten ihn, als ich Sie aus Europa anrief.«

»Ich hatte Angst. Ich dachte, Sie würden vielleicht mit jemandem sprechen, der ihn in Antons Haus gesehen hatte; er war sehr oft dort. Ich wollte Ihnen einen vollkommen akzeptablen Grund für seine Versuche liefern, Sie von ihm fernzuhalten.«

»Warum?«

»Weil aus Alexander dem Großen Alexander der Kranke geworden war. Sie waren nicht hier, Sie wissen das nicht. Er schreibt nur noch ganz selten. Er trinkt sehr viel, weil er die Anspannung nicht ertragen kann. Man konnte es mit dem Tod seiner Frau erklären.«

»Matthias hat mir gesagt, Sie hätten auch eine Frau gehabt«, sagte Michael, dessen feinem Ohr eine Nuance in Kaljasins Stimme aufgefallen war. »In Kalifornien. Sie ist gestorben, und er hat Sie dazu überredet, hierher ins Shenandoah-Tal zu kommen.«

»Ich hatte eine Frau, Mikhail. In Moskau. Sie ist von den Soldaten Stalins getötet worden, an dessen Vernichtung ich mitgeholfen habe. Stalin kam aus den Reihen der *Voennaja*.«

»Es tut mir leid.«

Irgendwo in dem kleinen Haus war ein kurzes Klappern zu hören, lauter als das Trommeln des Regens draußen. Jenna blickte Havelock an.

»Das ist nichts«, sagte Kaljasin. »Da ist ein Stück Holz, ein Keil, ich schiebe ihn in windigen Nächten unter diese alte Tür.« Der alte Mann lehnte sich in seinen Sessel zurück und stützte sein Kinn auf die dünnen Hände mit den hervortretenden Venen. »Sie müssen ganz deutlich mit mir sprechen, Mikhail, und mir Zeit zum Nachdenken lassen. Deshalb habe ich Ihnen vor ein paar Augenblicken nicht geantwortet.«

»In bezug auf Anton?«

»Ja. Weiß er wirklich, weshalb ich das alles getan habe? Warum ich ihn mit Suggestion so weit getrieben habe, bis er mit Männern debattierte, die gar nicht anwesend waren? Versteht er das wirklich?«

»Ja, das versteht er«, erwiderte Havelock, der das Gefühl hatte, ein tonnenschweres Gewicht laste auf seinem Nacken. Er war dicht vor dem Ziel, aber ein einziges falsches Wort würde diesen Parsifal zum Schweigen bringen. Alexander hatte doch recht gehabt; Kaljasin hatte einen Jesus-Komplex. Hinter den sanftklingenden Worten des alten Russen stand eine felsenfeste Überzeugung. Er wußte, daß er recht hatte. »Kein einzelner Mann«, sagte Michael, »sollte jemals wieder solche Macht bekommen. Er bittet Sie, fleht Sie an, mir jene unglaublichen Verträge zu geben, die Sie beide geschaffen haben, und alle Kopien, die es davon gibt. Lassen Sie mich die Dokumente verbrennen.«

»Er versteht also, aber genügt das? Verstehen es die anderen auch? Haben sie daraus gelernt?«

»Wer?«

»Die Männer, die solche Macht verleihen, nur um dann herauszufinden, daß ihre Helden auch Sterbliche sind, die an ihrer Selbstüberschätzung und den Forderungen, die man an sie stellt, zerbrechen.«

»Diese Männer sind zutiefst verängstigt und verschreckt. Was wollen Sie noch mehr?«

»Ich will, daß sie wissen, was sie getan haben, daß ihnen bewußt wird, wie diese Welt von einem einzigen brillanten Geist in Brand gesteckt werden kann, wenn er diesem unerträglichen Druck ausgesetzt ist. Wahnsinn ist ansteckend, er hört bei einem zerbrochenen Heiligen nicht auf.«

»Das verstehen sie. Und besonders der eine Mann, den die meisten Leute für den mächtigsten Mann der Erde halten. Er hat mir gesagt, sie hätten einen Kaiser geschaffen, einen Gott, und sie hätten nicht das Recht, das eine oder andere zu tun. Sie haben ihn zu hoch erhoben; das hat ihn geblendet.«

»Und Ikarus fiel ins Messer«, sagte Kaljasin. »Berquist ist ein anständiger Mann. Auch er hat einen unmöglichen Job, aber er erledigt ihn besser als die meisten.«

»Es gibt niemanden, den ich jetzt lieber dort sehen würde.«

»Ich neige dazu, Ihnen recht zu geben.«

»Sie bringen ihn um«, sagte Havelock. »Lassen Sie ihn laufen. Die Lektion ist erteilt worden, er wird sie nicht vergessen.«

Kaljasin blickte in die glühenden Kohlen im Kamin. »Siebenundzwanzig Seiten hat jeder Vertrag. Ich habe sie selbst auf der Maschine getippt, in der Form, in der Bismarck die Verträge von Schleswig-Holstein verfaßte. Das hat großen Eindruck auf Anton gemacht... Geld hat mich nie interessiert, das wissen sie doch nicht wahr?«

»Das wissen sie. Er weiß es.«

»Mir ging es nur um die Lektion.«

»Ja.«

Der alte Mann wandte sich wieder Michael zu. »Es gibt keine Kopien. Nur die eine, die ich Präsident Berquist sandte. In einem Umschlag des State Department, aus dem Büro von Matthias, mit dem Stempel ›Geheim‹. Und natürlich dem Zusatz, daß der Inhalt nur für seine Augen bestimmt war.«

Havelocks Muskel spannten sich. Er erinnerte sich ganz deutlich an Raymond Alexanders Behauptung, daß Kaljasin ihn in der Klemme gehabt hatte, daß die Dokumente, wenn ein bestimmter Telefonanruf ausblieb, nach Moskau und Peking gesandt würden. Das deutete auf vier Kopien, nicht auf zwei. »Sonst sind weiter keine Kopien gemacht worden, Alexei?«

»Nein.«

»Ich würde meinen«, bemerkte Jenna unerwartet und trat zögernd nach vorn, auf den gebrechlichen alten Russen zu, »daß Raymond Alexander auf einer Kopie bestanden hätte. Das ist doch der Kern seiner Schriften.«

»Das ist der Kern seiner Furcht, junge Frau. Ich halte ihn unter Kontrolle, indem ich ihm sage, wenn er irgend jemandem etwas verrät, würden Kopien an Ihre Feinde geschickt werden. Das war nie meine Absicht. Im Gegenteil. Nichts lag mir ferner als das. Das würde genau die Katastrophe herbeiführen, um deren Vermeidung ich bete.«

»Bete, Alexei?«

»Nicht zu einem kirchlichen Gott, wie Sie ihn kennen, Mikhail. Zu einem kollektiven Gewissen. Nicht zu einer heiligen Kirche mit einem Allmächtigen voller Vorurteile.«

»Darf ich die Dokumente haben?«

Kaljasin nickte. »Ja«, sagte er und zog das Wort in die Länge. »Wir werden sie gemeinsam verbrennen.«

»Warum?«

»Sie kennen den Grund; wir hatten beide den gleichen Beruf. Die Männer, die es Politikern wie Matthias erlauben, so hoch zu steigen, daß sie von der Sonne geblendet werden, werden nie erfahren, ob ein alter Mann gelogen hat. Ich habe sie schon früher getäuscht, nun täusche ich sie wieder? Gibt es nicht doch noch andere Kopien?«

»Stimmt das?«

»Nein, aber das werden sie nicht wissen.« Kaljasin richtete sich mit

Mühe in seinem Sessel auf; er erhob sich und atmete tief. »Kommen Sie mit, Mikhail. Sie sind im Wald vergraben. Ich komme jeden Nachmittag daran vorbei; die Stelle ist dreiundsiebzig Schritte von einem Hartriegelbaum entfernt, dem einzigen auf dem Friedhof von Seneca. Kommen Sie, bringen wir es hinter uns. Wir werden im Regen graben und schrecklich naß werden. Vielleicht könnte Miß Karras einen Tee kochen. Und dazu ein paar Gläser Wodka... mit Büffelgras. Und dann werden wir das Beweismaterial verbrennen.«

Plötzlich flog die Tür zur Küche in einem lauten Donnerschlag auf, und ein breitschultriger Mann mit einem dünnen grauen Haarkranz um den kahlgeschorenen Kopf stand mit einer Pistole in der Hand da.

»Die belügen Sie, Alexei. Keine Bewegung, Havelock!« Arthur Pierce packte Jenna am Ellbogen, zerrte sie zu sich, schlang den linken Arm um ihren Hals und drückte ihr die Waffe gegen den Kopf. »Ich zähle jetzt bis fünf«, sagte er zu Michael. »Bis dahin werde Sie Ihre Pistole mit zwei Fingern herausgezogen und auf den Boden geworfen haben, oder Sie werden zusehen, wie der Kopf dieser Frau gegen die Wand geblasen wird. Eins, zwei, drei...«

Havelock knöpfte sein Jackett auf, zog mit drei Fingern die Llama aus dem Halfter und ließ sie zu Boden fallen.

»Schieben Sie sie mit dem Fuß herüber«, schrie der *paminjatschik*.

Michael gehorchte. »Ich weiß nicht, wie Sie hergekommen sind, aber Sie können nicht mehr heraus«, sagte er ruhig.

»Wirklich?« Pierce ließ Jenna los und schob sie gegen den erstaunten alten Russen. »Dann sollte ich Ihnen sagen, daß Ihre Eskorte von einem undankbaren Wachposten erledigt worden ist. *Sie* können nicht hinaus.«

»Andere wissen, wo wir sind.«

»Das bezweifle ich. Wenn das zuträfe, würde dort draußen eine Armee das Haus umzingeln. O nein, Sie sind allein hineingegangen...«

»*Sie?*« schrie Kaljasin und zitteret am ganzen Körper. »Sie sind es wirklich!«

»Freut mich, daß Sie mit dabeisind, Alexei. Sie lassen nach in Ihren alten Tagen, Sie bemerken nicht mehr, wenn man Ihnen Lügen auftischt.«

»Was für Lügen? Wie haben Sie mich gefunden?«

»Indem ich einem hartnäckigen Mann folgte. Sprechen wir über die Lügen.«

»Was für Lügen?«

»Daß Matthias sich erholt hat. Das ist die größte Lüge von allen. In meinem Wagen ist ein Metallbehälter, dessen Inhalt auf der ganzen Welt eine interessante Lektüre abgeben wird. Er zeigt Anthony Matthias als das, was er wirklich ist: ein Wahnsinniger, gewalttätig und paranoid, der keinen Bezug mehr zur Realität hat. Er wird von Wahnvorstellungen verfolgt, man kann ihn programmieren wie einen Roboter. Sein Zustand verschlimmert sich immer mehr!«

»Das kann nicht wahr sein!« Kaljasin sah Michael an. »Die Dinge, die er mir gesagt hat... nur Anton kann sie wissen, sich an sie erinnern.«

»Wieder eine Lüge. Ihr so überzeugend wirkender Freund vergaß zu erwähnen, daß er gerade aus einem kleinen Dorf Fox Hollow herübergefahren ist, wo ein bekannter Kommentator wohnt: ein gewisser Raymond Alexander. Ich werde ihn besuchen. Er fehlt noch in unserer Sammlung.«

»Mikhail? Warum? Warum haben Sie mich belogen?«

»Ich mußte. Ich hatte Angst, Sie würden sonst nicht auf mich hören... Und weil ich glaube, daß der Anton, den wir beide einmal kannten, es so gewollt hätte.«

»Wieder eine Lüge«, sagte Pierce und bückte sich vorsichtig, die Waffe ausgestreckt, um die Llama vom Boden aufzuheben und sie sich in den Gürtel zu stecken. »Sie wollen nur diese Verträge, damit die Geschäfte wie gewöhnlich weiterlaufen können. Damit Ihre Nuklearausschüsse weiter neue Methoden entwickeln können, um die Gottlosen aus der Welt zu bomben. So nennen sie uns, Alexei, gottlos! Vielleicht werden sie *Commander* Decker zum nächsten Außenminister machen. Ehrgeizige Eiferer sind heute sehr gefragt.«

»Das könnte niemals geschehen, und das wissen Sie auch, *paminjatschik*.«

Pierce sah Havelock prüfend an. »Ja, ich bin ein *paminjatschik*. Wie haben Sie es angestellt? Wie haben Sie mich gefunden?«

»Das werden Sie nie erfahren. Auch nicht, wie tief wir die *paminjatschik*-Aktion penetriert haben. Das stimmt. Penetriert.«

Der ›Reisende‹ starrte Michael an. »Ich glaube Ihnen nicht.«

»Das hat nichts zu sagen.«

»Es macht keinen Unterschied. Wir werden die Dokumente haben. Alle Optionen werden in unserer Hand sein, und Ihnen bleibt nichts. Außer brennenden Städten, wenn Sie eine falsche Entscheidung treffen. Die Welt wird Sie und Ihresgleichen nicht länger tolerieren.« Pierce stach mit seiner Pistole ein Loch in die Luft. »Gehen wir, Sie alle. Sie werden die Verträge jetzt für mich ausgraben, Havelock. ›Dreiundsiebzig Schritte bis zu einem Hartriegelbaum.‹«

»Zum Friedhof führen ein Dutzend Wege«, sagte Michael schnell. »Sie wissen nicht, welcher.«

»Alexei wird es mir zeigen. Wenn es wirklich darauf ankommt, entscheidet er sich für uns, nicht für Sie. Niemals. Er wird es mir sagen.«

»Tun Sie es nicht, Kaljasin.«

»Sie haben mich belogen, Mikhail. Wenn es wirklich ultimative Waffen geben muß – selbst auf dem Papier –, dann dürfen die nicht Ihnen gehören.«

»Ich habe Ihnen gesagt, weshalb ich gelogen habe. Aber es gibt noch einen weiteren Grund. Sie sind zu uns gekommen, nicht weil Sie an uns glaubten, sondern weil Sie nicht an *sie* glauben konnten. Sie sind zurückgekommen. Er war der Mann an der Costa Brava – er hat an der Costa Brava getötet.«

»Ich führte das durch, was Sie nur spielten«, fügte Pierce mit kaltem Lächeln hinzu. »Nur dafür reichte Ihr Mumm. Es mußte *getan*, nicht gespielt werden.«

»Nein, das mußte es nicht. Aber wenn Sie die Wahl haben, töten Sie. Sie haben den Mann getötet, der die Operation vorbereitet hat, eine Operation, die überhaupt keinen Toten erforderte.«

»Ich habe genau das getan, was Sie auch getan hätten, nur viel raffinierter. Sein Tod mußte glaubwürdig sein. MacKenzie war der einzige, der die Ereignisse jener Nacht hätte aufdecken können, der sein Personal kannte.«

»Auch getötet.«

»Unvermeidlich.«

»Und Bradford? Auch unvermeidlich?«

»Natürlich. Er hatte mich entdeckt.«

»Sehen Sie das Muster, Kaljasin?« schrie Havelock, ohne Pierce aus den Augen zu lassen. »Töten, töten, töten!... Erinnern Sie sich an Rostow, Alexei?«

»Ja, ich erinnere mich an ihn.«

»Er war mein Feind, aber er war ein anständiger Mann. Ihn haben sie auch getötet, erst vor Stunden. Sie sind wieder da, und sie marschieren.«

»Wer?« fragte der alte Russe stockend.

»Die *Voennaja*. Die Wahnsinnigen des VKR!«

»Nicht wahnsinnig«, sagte Pierce mit fester Stimme. »Diese Männer sind ihrer Sache ergeben, die werden die Prinzipien der Sowjetunion nicht kompromittieren, nur um zuzusehen, wie Sie Ihre scheinheiligen Lügen verbreiten und die Welt gegen uns aufhetzen... Unsere Zeit ist gekommen, Alexei. Sie werden auf unserer Seite stehen.«

Kaljasin blinzelte, und seine wäßrigen Augen starrten Arthur Pierce an.

Dann schüttelte er langsam den Kopf, und seine Worte waren nur ein Flüstern. »Nein... nein, ich werde nie zu euch gehören.«

»Was?«

»Sie sprechen nicht für Rußland«, sagte der alte Mann, und seine

Stimme wurde lauter, schwoll an, bis sie den Raum füllte. »Sie töten zu leicht. Sie haben jemanden getötet, der mir sehr teuer war. Ihre Worte klingen gemessen und überlegt, und in dem, was Sie sagen, liegt auch Wahres... aber nicht in dem, was Sie tun oder wie Sie es tun! Ihr seid Tiere!« Ohne auch nur die geringste Warnung warf sich Kaljasin auf Pierce, und seine hageren Hände griffen nach der Waffe. »Mikhail, laufen Sie weg! Laufen Sie weg, Mikhail!« Ein halb ersticktes Brüllen war zu hören, als die Waffe am Bauch des alten Mannes explodierte. Aber er ließ sie immer noch nicht los. »Lauf...« Das Flüstern war wie ein Schrei, ein letzter Befehl.

Havelock stieß Jenna zur offenen Küchentür. Gerade wollte er sich auf Pierce stürzen, als er sah, daß der sterbende Kaljasin die Waffe immer noch umklammerte, aber langsam löste sich die blutige Pistole, und in einem weiteren Augenblick würde der *paminjatschik* auf ihn zielen, auf seinen Kopf.

Er rannte in die Küche und zog die Tür hinter sich zu. Er stieß mit Jenna zusammen, die zwei Küchenmesser in der Hand hielt. Sie liefen nach draußen, und Michael schnappte sich das kürzere Messer.

»Der Wald!« schrie Havelock unter dem Vordach. »Kaljasin kann ihn nicht halten. Schnell! Lauf du nach rechts, ich nehme die linke Seite!« rief er, während sie im strömenden Regen durch das nasse Gras rannten. »Wir treffen uns nach ein paar hundert Metern am Waldrand!«

»Wo ist der Weg? Welcher ist es?«

»Ich weiß es nicht.«

»Er wird danach suchen!«

»Klar.«

Fünf Schüsse peitschten, aber nicht aus *einer* Waffe; es waren zwei. Sie trennten sich, und Michael rannte im Zickzack auf die Finsternis der Bäume zu seiner Linken zu, drehte sich schnell um, um nach hinten zu sehen. Drei Männer verfolgten sie. Pierce rief zwei anderen, die den schlammigen Weg heraufgerannt waren, Befehle zu. Jetzt kamen sie unter dem Vordach heraus, verteilten sich. Sie hatten Taschenlampen und hielten die Pistolen bereit.

Michael hatte jetzt das Ende der grasbedeckten Fläche erreicht und suchte zwischen den Bäumen Deckung. Er zog den Mantel aus, die Augen auf die Wiese gerichtet, auf den Lichtkegel der mittleren Taschenlampe. Er war völlig durchnäßt und mit Schlamm und feuchten Blättern bedeckt. Die Grenze zwischen dem Wald und der Wiese war seine Kampflinie, und der Regen prasselte laut genug, um seine Bewegungen zu übertönen. Der Mann würde schnell näherkommen, und dann würden ihn der Wald und seine eigene Vorsicht aufhalten.

Als der Lichtkegel näherkam, schob sich Havelock zentimeterweise auf den letzten Busch zu; dort wartete er, geduckt. Der Mann wurde langsamer, ließ seine Lampe kreisen. Dann drang er schnell in den Wald ein, und der Scheinwerferstrahl wanderte auf und ab, während er sich mit dem Arm einen Weg durch das dichte Buschwerk bahnte.

Michael rollte sich ins Gras hinaus, richtete sich auf und rannte los; er war unmittelbar hinter dem ›Reisenden‹. Jetzt sprang er, das Messer in der Hand, den Arm ausgestreckt. Als er zustieß, bohrte sich die Klinge in den Rücken des Killers, und Havelocks linke Hand schoß am Hals des Mannes vorbei und preßte sich auf seinen Mund. Beide fielen zu Boden, und Michael stach mit dem Messer zu, bis keine Bewegung mehr unter ihm war. Er riß den Kopf des Killers in die Höhe, während er der leblosen Hand die Waffe entwand; *es war nicht Pierce.*

Er stürzte sich auf die Taschenlampe und knipste sie aus.

Jenna rannte in die finstere, schmale Gasse, die jemand aus dem Gebüsch geschnitten hatte. »War das der Weg zum Friedhof von Seneca?« fragte sie sich, »dreiundsiebzig Schritte bis zu einem Hartriegelbaum.« Dann war es ihre Verantwortung, daß niemand mehr hier durchkam. Sie blickte hinter sich; der Lichtkegel der Taschenlampe bewegte sich nach rechts, entfernte sich von dem Weg. Sie stieß einen kurzen Schrei aus, laut genug, daß man ihn durch den strömenden Regen hören konnte. Der Lichtkegel verharrte kurz, ehe er nach links wanderte und die Einmündung des Weges erfaßte. Der Mann rannte darauf zu.

Jenna warf sich in das dichte Astwerk und duckte sich, die lange Messerklinge ausgestreckt, von ihren Knien nach oben weisend. Der Lichtkegel kam näher, die Gestalt dahinter konzentrierte sich ganz auf den Weg.

Drei Meter, zwei... einer. Jetzt!

Jenna hechtete aus ihrem Versteck, das Messer auf den Körper gerichtet, der direkt hinter dem Licht war. Ein Blutstrom schoß ihr entgegen, als die lange Schneide sich in das Fleisch bohrte, die Gestalt aufspießte, die in die Klinge hineingerannt war.

Der Mann schrie, und sein schrecklicher Schrei erfüllte den Wald und übertönte das Prasseln des Regens.

Jenna lag neben dem Toten, rang nach Luft, rieb sich die blutüberströmte Hand in dem weichen Schlamm. Dann griff sie nach der Taschenlampe und knipste sie aus. Ein Würgen schnürte ihr die Kehle zu, sie kroch zum Wegrand und übergab sich.

Als Havelock bemerkte, daß ein Mann den Schrei ausgestoßen hatte, atmete er auf. Jenna hatte es geschafft, sie hatte den Mann erledigt, der Befehl gehabt hatte, sie zu töten. Und jener Mann war nicht Pierce. Das wußte er. Er hatte die Positionen unter dem Vordach gesehen. Pierce war ganz links gewesen, der Tür am nächsten, und als die Jagd begann, hatte sich an ihrer Aufstellung nichts geändert.

Arthur Pierce war irgendwo zwischen der Wiese und der Straße hinter Kaljasins Haus, irgendwo in einem regennassen Wald. Und der Regen fiel immer noch, tropfte überall aus dem unvollkommenen Dach, das die Bäume mit ihrem Blattwerk bildeten.

Wo war der letzte Scheinwerferbalken? Er war nicht da – natürlich war er nicht da. Licht war ein Ziel, und Pierce war nicht dumm. Sie waren jetzt zwei Raubtiere, die sich in der Finsternis beschlichen. Aber einer hatte den Vorteil auf seiner Seite, Michael wußte das instinktiv.

Er spürte es ganz stark.

Die Wälder waren für Mikhail Havliček wie ein Freund gewesen. Er fürchtete die nasse Dunkelheit nicht, denn sie hatte ihn zu oft gerettet, ihn vor uniformierten Jägern geschützt, die ihn wegen seines Vaters erschossen hätten.

Er kroch schnell durchs Unterholz und versuchte, Geräusche wahrzunehmen, die nicht der Regen und die ächzenden Äste und Zweige über ihm verursachten. Er schlug einen halben Bogen um das Gebiet und stellte fest, daß es keine Wege gab, keine Lücken im Wald, die zum Friedhof von Seneca führten.

Weiter schlängelte er sich durch das Unterholz, benutzte die Baumstämme wie Zinnen, richtete sich immer wieder auf, und seine in der Kindheit geschärften Ohren registrierten Geräusche, die andere nicht hören konnten.

Plötzlich nahm er ein schmatzendes Geräusch wahr, als würde ein Fuß oder ein Knie in den Schlamm gepreßt werden und sich wieder lösen.

Licht war ein Ziel...

Er kroch weiter, fünf, sechs, zehn Meter weit, wußte, was er suchte, wonach er tastete – einen dünnen Stamm.

Er fand einen jungen Schößling – kräftig, elastisch, höchstens eineinhalb Meter hoch, die Wurzeln tief in der Erde.

Havelock griff in seinen Gürtel und zog die Taschenlampe heraus, die er dem toten ›Reisenden‹ abgenommen hatte. Er legte sie auf den Boden und zog sein Hemd aus, breitete es vor sich aus und legte die Taschenlampe in die Mitte.

Dreißig Sekunden später war die Lampe fest verknotet und in das Hemd eingehüllt, wobei noch genügend Stoff übrigblieb, um es festzubinden. Er kniete neben dem kleinen Baum nieder und knotete die Taschenlampe seitlich an den dünnen Stamm. Jetzt zog er den Stamm zu sich heran und ließ ihn wieder los, prüfte seine Elastizität. Licht war ein Ziel.

Er knipste die Lampe an und zog den Stamm zum letztenmal nach hinten, rannte nach rechts in den Wald. Er duckte sich hinter einen dicken Baumstamm und wartete, sah dem Lichtstrahl zu, wie er gespenstisch im Regen über dem Boden hin und her wanderte. Er machte die Waffe des ›Reisenden‹ schußbereit, drückte sie gegen die Borke des Baums.

Jetzt nahm sein Gehör wieder die schmutzigen Laute wahr, Schritte, die sich durch den Regen näherten. Jetzt trat die Gestalt hervor, ragte zwischen den Zweigen auf.

Pierce kauerte sich nieder, um dem Lichtstrahl auszuweichen, und feuerte das Magazin leer. Die ohrenbetäubenden Explosionen hallten durch den regennassen Wald.

»Sie haben verloren«, sagte Michael und drückte ab. Der Killer von der Costa Brava wurde herumgerissen, taumelte nach hinten, schrie auf. Havelock schoß ein zweites Mal, der Mann von der *Voennaja* fiel regungslos zu Boden, stumm, tot. »Sie haben den Wald nicht gekannt«, sagte Michael. »Ich habe ihn durch Menschen wie Sie kennengelernt.«

»Jenna! Jenna!« schrie er und rannte zwischen den Bäumen hindurch auf die freie Wiese. »Es ist vorbei!«

»Mikhail? Mikhail?«

Er sah, wie sie in der Ferne durch den peitschenden Regen taumelte. Sie beschleunigte ihren Schritt, fing an zu laufen an. Er stürmte auf sie zu, wollte, daß nichts mehr sie trennte.

Dann hielten sie sich fest umklammert, und die Welt um sie hörte für ein paar kurze Augenblicke auf zu existieren. Den kalten Regen auf seiner bloßen Haut spürte er nicht mehr. Ihre Gesichter berührten sich.

»Gab es andere Wege zu dem Versteck?« fragte sie atemlos.

»Nein.«

»Dann hab' ich es gefunden. Komm, Mikhail! Schnell!«

Sie standen in Kaljasins Haus, die Leiche des alten Mannes war mit einer Decke bedeckt, sein gemartertes Gesicht barmherzig verborgen.

Havelock ging ans Telefon. »Es ist Zeit«, sagte er und wählte.

»Was ist geschehen?« fragte der Präsident der Vereinigten Staaten mit gespannter Stimme. »Ich habe die ganze Nacht versucht, Sie zu erreichen!«

»Es ist vorbei«, sagte Michael. »Parsifal ist tot! Wir haben die Dokumente. Ich werde einen Bericht schreiben und darin Ihnen alles mitteilen, was Sie meiner Meinung nach wissen müssen.«

Dem Schweigen folgten geflüsterte Worte. »Ich weiß, daß Sie nicht lügen würden.«

»Doch, das würde ich, aber nicht, was das hier betrifft.«

»Was muß ich denn Ihrer Ansicht nach wissen?« fragte Berquist, der langsam seine Stimme wiederfand.

»Nun, ich werde nichts weglassen, das für Sie wesentlich ist, für den unmöglichen Job, den Sie haben.«

»Wo sind Sie? Ich werde eine Armee zu Ihnen schicken, bloß um diese Dokumente hierher zu bekommen.«

»Nein, *Mr. President*. Wir müssen noch einmal Station machen. Aber ehe wir hier wegfahren, werde ich die Akten verbrennen. Es gibt nur eine Kopie davon. Die psychiatrische Akte auch.«

»Sie haben...?«

»Das wird in dem Bericht stehen... Es gibt einen praktischen Grund dafür, warum ich so handeln werde. Ich weiß nicht, was dort ist – ich glaube es zu wissen, aber ich bin nicht sicher. Es hat hier angefangen, und es wird auch hier enden.«

»Ich verstehe.« Berquist machte eine Pause. »Ich kann Sie nicht umstimmen und auch nicht hindern.«

»Das ist wahr.«

»Gut, dann will ich es auch gar nicht erst versuchen. Ich habe mir immer eingebildet, daß ich Menschen beurteilen kann. Dazu muß man in der Lage sein, um dieses Amt auszuüben... Was kann eine dankbare Nation, ein sehr dankbarer Präsident für Sie tun?«

»Mich allein lassen, *Sir*. Uns allein lassen.«

»Havelock?«

»Ja?«

»Wie kann ich sicher sein, daß Sie die Verträge verbrennen?«

»Parsifal wollte nicht, daß Sie sicher sind. Sehen Sie, er wollte, daß es nie wieder geschieht. Daß es keine politischen Superstars wie Matthias mehr gibt. Er wollte, daß Sie nie ganz sicher sein können.«

»Darüber werde ich nachdenken müssen, nicht wahr?«

»Das wäre eine gute Idee.«

»Matthias ist heute abend gestorben. Das ist es, weshalb ich Sie sprechen wollte.«

»Er ist schon vor langer Zeit gestorben, *Mr. President*.«

Epilog

Herbst in New Hampshire. Einmal überzogen arktische Winde das Land mit eisiger Kälte, dann wieder erwachte die Natur zu pulsierendem Leben und leuchtete in tausend herbstlichen Farben, denn die Sonne weigerte sich hartnäckig, dem langsam näherrückenden Winter nachzugeben.

Havelock legte den Telefonhörer auf. Er saß auf der verglasten Veranda, die er, weil Jenna es unbedingt so wollte, zu seinem Arbeitszimmer gemacht hatte...

Sie hatte ihn vor längerer Zeit beobachtet, als er durch die Wohnzimmertür des alten Hauses gegangen und stehengeblieben war, fasziniert von dem Anblick der Landschaft. Ein Schreibtisch, Bücherregale an der Wand und zusammengewürfelte, bequeme Möbel hatten aus dem kahlen, leeren Raum eine seltsame, luftige Behausung gemacht, geschützt von durchsichtigen Wänden, die die Sicht auf die Felder und den Wald nicht störten, der ihm soviel bedeutete. Das hatte sie verstanden, und dafür liebte er sie. Was er von seinem Platz aus sehen konnte, war nicht nur das hohe Gras und die dichtbelaubten Bäume in der Ferne, sondern eine im stetigen Wandel begriffene Landschaft – seine Zuflucht.

Und auch die angstvollen Erinnerungen waren da, wallten plötzlich in ihm auf, rückten bedrohlich nahe, bis er sich bewegen mußte, um sie zu unterdrücken.

Und tief in seinem Inneren wütete ein Fieber, weil Ihr Schweine ihn vergiftet hattet. Ihr habt ihn mit... Raserei gefüttert. Und er hat es gebraucht, wie ein Süchtiger seinen Schuß. Dr. Matthew Randolph, ein Toter, der von einem anderen Toten sprach... und so vielen anderen.

Sie hatten darüber gesprochen, Jenna und er, über sein Fieber, das ihn gelegentlich packte, und sie war der einzige Arzt, den er brauchte. Bei langen Spaziergängen mit ihr mußte er plötzlich losrennen, bis er schweißnaß war und sein Puls raste. Aber dann verging das Fieber immer wieder, und die Waffen schwiegen.

»Mikhail?« Der vergnügte Ruf war begleitet vom Öffnen und Schließen der Tür hinter dem Wohnzimmer.

Jenna trat in die sonnendurchflutete Veranda, das Licht fing sich in ihrem langen blonden Haar, das ihr unter einer dunklen Wollmütze über die Schultern fiel. Sie hatte ihre Tweedjacke zugeknöpft, um die herbstliche Kühle draußen abzuhalten. Sie ließ eine Segeltuchtasche zu Boden sinken, ging zu ihm und küßte ihn leicht auf die Lippen. »Da sind die Bücher, die du haben wolltest. Hat jemand angerufen?« fragte sie und zog die Jacke aus.

»Ja. Berquist.«

Jenna erstarrte. »Seitdem du ihm deinen Bericht geschickt hast, hat er nicht mehr versucht, dich zu erreichen.«

»Er hat meine Bitte respektiert. Ich habe ihm gesagt, daß er uns allein lassen soll.«

»Warum ruft er dich dann jetzt an? Was will er?«

»Gar nichts. Er wollte nur, daß ich auf dem laufenden bin.«

»Worüber?«

»Loring ist durchgekommen, aber er wird nie wieder im Außendienst eingesetzt werden können.«

»Das freut mich. Beides.«

»Hoffentlich wird er damit fertig.«

»Bestimmt. Die werden ihn zum Strategen machen.«

»Das habe ich auch vorgeschlagen.«

»Das dachte ich mir.« Jenna ging zu ihrer Tasche zurück und nahm die Bücher heraus. »Ich habe mit Harry Lewis Kaffee getrunken. Ich glaube, langsam sammelt er seinen ganzen Mut, um es dir zu sagen.«

»›Birchtree‹?« Michael lächelte. »Das wird etwas, das er seinen Enkelkindern erzählen kann. Professor Harry Lewis, Geheimagent, mit Codenamen.«

»Ich glaube nicht, daß er so schrecklich stolz darauf ist.«

»Warum nicht? Er hat nichts Unrechtes getan, und er hat es besser gemacht als die meisten. Außerdem hat er mir einen Job verschafft, der mir sehr gefällt ... Laden wir doch Harry und seine Frau zum Abendessen ein, und wenn das Telefon klingelt – glaub mir, es wird klingeln –, dann werde ich sagen, jemand möchte ›Birchtree‹ sprechen.«

»Du bist unmöglich«, sagte Jenna und lachte. Havelocks Lächeln erstarrte. »Ich bin nervös«, sagte er.

»Das war der Anruf.«

»Ich werde so verdammt ... unruhig.« Er sah sie an.

»Machen wir einen Spaziergang.«

Sie stiegen die steilen Hügel ein paar Meilen westlich von ihrem Haus hinauf, und das hohe Gras bog sich unter dem Wind. Die Erde war hart, von der Sonne ausgedörrt, und der Himmel von leuchtendem Blau, mit weißen Wolkentupfen darauf. Unter ihnen, im Norden, schlängelte sich ein plätschernder Bach durch die Wiesen.

»In Prag haben wir einmal Picknick gemacht«, sagte Michael und blickte hinunter. »Erinnerst du dich? Damals floß die Moldau unter uns.«

»Wir werden hier Picknick machen«, antwortete Jenna und sah ihn an. »Gekühlter Wein, Salat ... diese schrecklichen Sandwiches, die du so magst.«

»Mit Schinken, Käse, Sellerie, Zwiebeln und Senf.«

»Ja«, sagte sie und lächelte.

»Wenn ich berühmt wäre, würde man das Sandwich nach mir benennen. Es würde seinen Siegeszug über das Land antreten und auf jeder Speisenkarte stehen.«

»Dann halte dich besser nur im Hintergrund, Liebling.«

Er erwiderte ihr Lächeln, und dann verblaßte es. »Du bist stärker als ich, Jenna.«

»Wenn du das glauben willst, schön, aber es stimmt nicht.«

»Sie kommt immer wieder... die Rastlosigkeit.«

»Das sind deine Depressionen, Mikhail. Sie werden immer seltener, das wissen wir beide.«

»Trotzdem kommt die Unruhe immer wieder, und dann gibst du mir Halt. Umgekehrt brauchst du meinen Beistand nicht.«

»Doch, mehr als du denkst.«

»Aber nicht auf diese Weise.«

»Ich habe auch bei weitem nicht so viel durchgemacht wie du. Und dann ist da noch etwas. Es war immer deine Verantwortung, nicht meine. Jede Entscheidung, die du treffen mußtest, kostete dich ein Stück von dir. Ich hingegen konnte mich verstecken... hinter dir. Ich hätte nie das tun können, was du getan hast. Dazu hätte mir ganz einfach die Kraft gefehlt.«

»Das ist nicht wahr!«

»Dann eben das Stehvermögen. Und das *ist* wahr. All die Monate, in denen ich auf der Flucht war, mußte ich immer wieder anhalten, bleiben, wo ich war, und nichts tun, an nichts denken. Ich konnte einfach nicht mehr. Du hast dich immer weiter getrieben, dich nie aufgegeben, weder als Kind noch als Mann.«

»Ein Kind«, sagte Havelock und blickte auf den Bach unter ihnen. »Ein kleiner Junge, ich sehe ihn, ich fühle ihn, aber ich kenne ihn nicht wirklich. Doch ich erinnere mich an ihn. Wenn er schrecklichen Hunger hatte oder müde war oder Angst hatte einzuschlafen, dann kletterte er bei Tagesanbruch auf einen Baum und sah sich nach feindlichen Streifen um. Wenn er keine entdeckte, kletterte er wieder hinunter und rannte so schnell er konnte durch die Felder, schneller und schneller... nach einer Weile fühlte er sich wieder wohl, irgendwie... zuversichtlich. Und dann fand er in irgendeiner Schlucht, einen Graben oder eine verlassene Scheune, und der Schlaf stellte sich ein.«

Jenna berührte seinen Arm, sah ihn aufmerksam an, und langsam überzog ein Lächeln ihr Gesicht. »Dann laufe doch *jetzt*, Mikhail. Lauf den Hügel hinunter und warte unten auf mich. Los schon, du Faulpelz! Los!«

Er rannte, und seine Beine flogen durch die Luft, seine Füße trommelten auf die Erde. Der Wind peitschte sein Gesicht, kühlte die Haut.

Rasch erreichte er den Fuß des Hügels, und seine Brust dehnte sich mit jedem Atemzug. Das Fieber verging und würde bald ganz verschwinden.

Er blickte zu Jenna hinauf, sah die Sonne hinter ihr und den blauen Himmel. Und dann schrie er: »Komm schon, du Faulpelz. Ich will mit dir um die Wette zum Haus laufen. *Unserem* Haus!«

»Ich werd' dir im letzten Augenblick ein Bein stellen!« rief ihm Jenna zu, die schnell den Hügel herunterkam. »Du weißt, daß ich das kann.«

»Es wird dir nichts nützen!« Michael holte einen glänzenden Gegenstand aus der Tasche. »Ich hab' den Schlüssel für die Tür! *Unsere* Tür!«

»Dummerchen!« sagte Jenna und fing an zu rennen. »Du hast nicht abgesperrt! Wir haben sie nie abgesperrt!«

Jetzt war sie bei ihm, und sie hielten sich in den Armen.

»Das brauchen wir nicht«, sagte er, »jetzt nicht mehr.«

Der
Holcroft-Vertrag

Für Michael und Laura –
ein reizendes, talentiertes,
wunderbares Paar

Prolog

MÄRZ 1945

Der Rumpf des Unterseeboots war an den riesigen Pollern vertäut; sein scharf geschnittener Bug stach in das Dämmerlicht der Nordsee hinein.

Der Stützpunkt befand sich auf der Insel Scharhörn in der Deutschen Bucht, ein paar Kilometer vom Festland und der Elbemündung entfernt. Es handelte sich um eine Bunkerstation, die die alliierte Abwehr nie entdeckt hatte und die aus Sicherheitsgründen auch nur wenigen im Oberkommando des Heeres bekannt war. Die Marodeure der Meere kamen und gingen im Schutz der Nacht, tauchten wenige hundert Meter vor der Hafenanlage auf und verschwanden dort auch wieder.

Doch für dieses Boot war dieser Krieg vorbei. Aber es hatte einen Auftrag, der leicht zum nächsten Krieg führen konnte.

Zwei Männer standen im Turm. Einer trug die Uniform eines deutschen Marineoffiziers, der andere, ein hünenhafter Zivilist, hatte den Kragen seines langen, dunklen Mantels hochgeklappt, um sich vor den eisigen Nordseestürmen zu schützen, doch hatte er keinen Hut, als wollte er dem Nordseewind die Stirn bieten. Beide blickten auf die lange Reihe von Passagieren hinunter, die sich langsam auf die Laufplanke zu bewegten. Jedesmal, wenn ein Passagier die Planke erreichte, wurde ein Name auf einer Liste abgehakt, und dann wurde er oder sie an Bord des U-Boots geführt – oder getragen.

Einige wenige gingen selbst, aber das waren die Ausnahmen. Sie waren die Ältesten, etliche hatten bereits den zwölften oder dreizehnten Geburtstag hinter sich. Der Rest waren Kinder: Säuglinge in den Armen streng blickender Militärschwestern, die an der Planke ihre Schützlinge Marineärzten übergaben; Vorschulkinder und solche in den ersten Schuljahren, und alle trugen sie die gleichen Reisetaschen und hielten sich an den Händen und sahen unsicher an dem sonderbaren schwarzen Schiff empor, das in den nächsten Wochen ihr Zuhause sein sollte.

»Unglaublich«, sagte der Offizier. »Einfach unglaublich.«

»Das ist der Anfang«, erwiderte der Mann im Mantel, und seine scharf geschnittenen, strengen Züge blieben unbewegt. »Man hört es von überall. Aus den Häfen, von Gebirgspässen, den noch verbliebenen Flugplätzen im ganzen Reich. Zu Tausenden ziehen sie hinaus. In jeden Teil der Welt. Und die Leute warten auf sie. Überall.«

»Eine außerordentliche Leistung«, sagte der Offizier und schüttelte beeindruckt den Kopf.

»Das ist nur ein Teil unseres Plans. Die ganze Operation ist außerordentlich.«

»Ihr Hiersein ist mir eine Ehre.«

»Ich wollte dabei sein. Dies ist der letzte Transport.« Der hünenhafte Zivilist blickte auf den Kai hinunter. »Das Dritte Reich liegt im Sterben. Die da werden seine Wiedergeburt sein. Die da sind das *Vierte* Reich. Frei von Mittelmäßigkeit und Korruption. Die da sind die *Sonnenkinder*. Auf der ganzen Welt.«

»Die Kinder . . .«

»Die Kinder der Verdammten«, fiel ihm der hochgewachsene Mann ins Wort. »Sie sind die Kinder der Verdammten. So wie Millionen das sein werden. Aber die da sind auserwählt. Und sie werden überall sein.«

1

»*Attention! Le train de sept heures à destination de Zurich partira du quai numéro douze.*«

Der hünenhafte Amerikaner im dunkelblauen Regenmantel blickte in die mächtige Kuppel des Genfer Bahnhofs und versuchte, die verborgenen Lautsprecher ausfindig zu machen. Sein kantiges, scharf geschnittenes Gesicht wirkte verwirrt; die Ansage war französisch, in einer Sprache, die er kaum beherrschte und schlecht verstand. Trotzdem hörte er den Namen *Zurich* heraus; das war sein Stichwort. Er wischte sich die hellbraune Haarsträhne, die ihm mit irritierender Regelmäßigkeit ins Gesicht fiel, aus der Stirn und ging in Richtung Nordausgang.

Es wimmelte hier von Menschen. Von allen Seiten strebten sie an dem Amerikaner vorbei, eilten zu den Bahnsteigen. Niemand schien auf die schroff klingenden Ankündigungen zu achten, die in metallischer Monotonie durch das Bahnhofsgebäude hallten. Die Reisenden wußten alle, wohin sie zu gehen hatten. Die Woche war zu Ende; in den Bergen war Schnee gefallen, und die Luft draußen war kalt und würzig. Jeder hatte seine Ziele und eilige Verabredungen; Zeitverschwendung konnte sich keiner leisten. Alle hatten es eilig.

Der Amerikaner ging ebenfalls mit schnellen Schritten, denn auch er war verabredet. Er hatte schon vor der Ansage gewußt, daß der Zug nach Zürich von Gleis zwölf abfahren würde. Dem Plan entsprechend sollte er auf dem Bahnsteig sieben Waggons von hinten abzählen und in den siebten Wagen durch die erste Tür einsteigen. Drinnen sollte er an vier Abteilen vorbei und an die fünfte Türe zweimal klopfen. Wenn alles in Ordnung war, würde ein Direktor der Grande Banque de Genève ihn zum Eintreten auffordern und damit den Höhepunkt von zwölf Wochen der Vorbereitung signalisieren. Vorbereitungen, zu denen verschlüsselte Telegramme gehörten und Überseegespräche, die über Telefone liefen, bei denen sich der Schweizer Bankier davon überzeugt hatte, daß sie nicht abgehört wurden. Das Ganze war unter strengster Geheimhaltung abgelaufen.

Er wußte nicht, was der Direktor der Grande Banque de Genève ihm zu sagen hatte, glaubte aber immerhin zu wissen, weshalb man so strenge Vorsichtsmaßnahmen für notwendig hielt. Der Name des Amerikaners war Noel Holcroft, aber das war nicht der Name, mit dem er geboren war. Er war im Sommer 1939 in Berlin zur Welt gekommen, und der Name im Geburtsregister lautete Clausen. Sein Vater war Heinrich Clausen, einer der Baumeister des Dritten Reiches, der Zauberkünstler der Finanzen, der die verschiedensten Wirtschaftskreise in jenes Bündnis führte, das Adolf Hitler schließlich die Macht gewinnen ließ.

Dafür verlor Heinrich Clausen eine Frau. Althene Clausen war nicht nur Amerikanerin; sie war auch unbeirrbar in ihren Überzeugungen und hatte ihre eigenen Wertmaßstäbe. Ihr war bald klargeworden, daß die Nationalsozialisten weder Ethos noch Moral hatten; sie waren ein Haufen Paranoiker, angeführt von einem Verrückten und unterstützt von Finanziers, die sich einzig und allein für ihre Profite interessierten.

Althene Clausen stellte ihren Mann an einem warmen Augustnachmittag zur Rede: Du mußt dich von denen trennen, hatte sie verlangt, du mußt dich gegen die Paranoiker und den Verrückten stellen, ehe es zu spät ist. Der Mann hatte ihr ungläubig zugehört, hatte gelacht und das Ganze als das närrische Geschwätz einer jungen Mutter abgetan. Vielleicht auch als Voreingenommenheit einer Frau, die in einem schwachen, nicht mehr glaubwürdigen System aufgewachsen war, dessen Vertreter aber bald im Gleichschritt mit der neuen Ordnung marschieren oder unter ihrem Stiefel zermalmt werden würden.

In jener Nacht hatte die junge Mutter ihr Kind und einige wenige Habseligkeiten genommen und eines der letzten Flugzeuge nach London bestiegen: die erste Etappe ihrer Reise zurück nach New York. Eine Woche später brach der Blitzkrieg gegen Polen aus, und das Tausendjährige Reich hatte seine eigene Reise begonnen, eine Reise, die vom ersten Schuß an über zweitausend Tage dauern sollte.

Holcroft betrat den langen Bahnsteig. *Vier, fünf, sechs, sieben . . .* Unter dem ersten Fenster des siebten Wagens, links von der offenen Tür, war ein kleiner blauer Kreis aufflackert – das Zeichen für noch größeren Komfort als ihn die erste Klasse bot: größere Abteile für Konferenzen oder auch für verstohlene Rendezvous. Hier war man garantiert ungestört; sobald der Zug sich in Bewegung setzte, wurden die Türen rechts und links des Ganges von Bahnpolizisten bewacht.

Holcroft stieg ein. Er ging an den ersten vier Türen vorbei zur fünften. Er klopfte zweimal.

»Herr Holcroft?« Die Stimme hinter der Holzverkleidung war fest und ruhig, und obwohl die Worte als Frage gedacht waren, klang die Stimme keineswegs fragend. Sie traf eine Feststellung.

»Herr Manfredi?« fragte Noel als Antwort und war sich plötzlich bewußt, daß ein Auge ihn durch den winzigen Spion in der Tür beobachtete. Es war beunruhigend und zugleich grotesk. Er lächelte und fragte sich, ob Herr Manfredi wohl wie der finstere Conrad Veidt in einem jener englischen Filme aus den dreißiger Jahren aussah.

Im Schloß klickte es zweimal, dann wurde ein Riegel zurückgeschoben. Die Tür schwang auf, und das Bild von Conrad Veidt verschwand. Ernst Manfredi war untersetzt und rundlich, Mitte bis Ende Sechzig. Er war völlig kahl und hatte ein angenehmes, sanft wirkendes Gesicht; aber die großen blauen Augen, noch vergrößert von den Gläsern seiner Goldrandbrille, blickten kalt. Sie waren von ganz hellem Blau und kühl wie Eis.

»Kommen Sie herein, Herr Holcroft«, sagte Manfredi und lächelte. Dann veränderte sich sein Ausdruck abrupt. Das Lächeln verschwand. »Verzeihen Sie. Ich sollte *Mister* Holcroft sagen. Das *Herr* ist Ihnen vielleicht unangenehm. Ich bitte um Vergebung.«

»Nicht nötig«, erwiderte Noel und betrat das luxuriöse Abteil. Es war mit einem Tisch und zwei Sesseln ausgestattet. Die Wände waren mit Holz getäfelt, und dunkelrote Samtvorhänge verdeckten die Fenster und dämpften die Geräusche der draußen Vorbeieilenden. Auf dem Tisch stand eine kleine Lampe mit einem Fransenschirm.

»Wir haben bis zur Abfahrt fünfundzwanzig Minuten Zeit«, sagte der Bankier. »Das sollte reichen. Und keine Sorge – man wird uns rechtzeitig verständigen. Der Zug wird nicht abfahren, solange Sie nicht ausgestiegen sind. Sie brauchen nicht nach Zürich zu reisen.«

»Ich bin nie dort gewesen.«

»Ich glaube, daß es dabei nicht bleibt«, sagte der Bankier rätselhaft und bedeutete Holcroft, ihm gegenüber am Tisch Platz zu nehmen.

»Damit würde ich an Ihrer Stelle nicht rechnen.« Noel setzte sich und knöpfte seinen Regenmantel auf, zog ihn aber nicht aus.

»Es tut mir leid, das war anmaßend von mir.« Manfredi nahm Platz und lehnte sich im Sessel zurück. »Ich muß noch einmal um Entschuldigung bitten. Aber ich muß Ihren Paß sehen. Und Ihren Führerschein. Und überhaupt alle Dokumente, die Ihre besonderen Kennzeichen, Impfungen und dergleichen belegen.«

Holcroft verspürte eine Aufwallung von Ärger. Ganz abgesehen davon, daß das alles lästig war, mißfiel ihm die herablassende Art des Bankiers. »Und weshalb? Sie wissen, wer ich bin. Sonst hätten Sie die Tür nicht geöffnet. Sie haben wahrscheinlich mehr Fotografien von mir und mehr Informationen über mich als das State Department.«

»Haben Sie Nachsicht mit einem alten Mann, Sir«, sagte der Bankier und zuckte die Schultern, als wolle er damit Abbitte tun. »Sie werden es bald verstehen.«

Noel griff widerstrebend in die Jackentasche und holte die Brieftasche heraus, in der sein Paß, das Impfzeugnis, der Internationale Führerschein und zwei Briefe der Architektenkammer steckten, die seine Qualifikation als Architekt auswiesen. Er reichte Manfredi die Brieftasche. »Da haben Sie alles. Bedienen Sie sich.«

Mit scheinbar noch größerem Widerstreben klappte der Bankier die Brieftasche auf. »Ich komme mir vor wie ein Schnüffler, aber ich denke...«

»Das sollten Sie«, unterbrach ihn Holcroft. »Ich habe nicht um dieses Zusammentreffen gebeten. Offen gestanden, kommt es für mich sogar zu einer sehr ungelegenen Zeit. Ich möchte so schnell wie möglich nach New York zurück.«

»Ja. Ja, ich verstehe«, sagte der Schweizer ruhig und überflog dabei die Papiere. »Sagen Sie, was war Ihr erster Auftrag als Architekt, den Sie außerhalb der Vereinigten Staaten übernommen haben?«

Noel unterdrückte ein Gefühl der Gereiztheit. Er war schon so weit gegangen; es hatte wenig Sinn, sich jetzt zu sperren. »Mexiko«, erwiderte er. »Für die Alvarez-Hotelkette. Im Norden von Puerto Vallarta.«

»Und der zweite?«

»Costa Rica. Ein Regierungsauftrag. Ein Postgebäude. Das war 1973.«

»Wie hoch war das Bruttoeinkommen Ihres Büros in New York im letzten Jahr? Ohne Abzüge.«

»Das geht Sie einen Dreck an.«

»Ich kann Ihnen versichern, daß wir es wissen.«

Holcroft schüttelte zornig resigniert den Kopf. »Hundertdreiundsiebzigtausend und ein paar Zerquetschte.«

»In Anbetracht der Büromiete, der Gehälter, der Einrichtung und Ihrer Kosten ist das keine besonders eindrucksvolle Zahl, oder?« fragte Manfredi, der immer noch auf die Papiere in seiner Hand blickte.

»Das Büro gehört mir allein, und ich hab' nur wenige Mitarbeiter. Ich hab' keine Partner, keine Frau, keine großen Kredite. Es könnte schlimmer sein.«

»Es könnte besser sein«, sagte der Bankier und blickte zu Holcroft auf. »Besonders für jemanden, der so talentiert ist.«

»Es könnte besser sein.«

»Ja, das dachte ich auch«, meinte der Schweizer und steckte die Papiere in die Brieftasche zurück und reichte sie Noel. Dann beugte er sich vor. »Wissen Sie, wer Ihr Vater war?«

»Ich weiß, wer mein Vater *ist*. Richard Holcroft, Wohnort New York, der Ehemann meiner Mutter. Er ist sehr lebendig.«

»Und pensioniert«, fügte Manfredi hinzu. »Ein Bankkollege, aber nicht gerade ein Bankier nach Schweizer Art.«

»Man hat ihn respektiert. Man respektiert ihn *noch*.«

»Wegen des Vermögens seiner Familie oder wegen seiner beruflichen Fähigkeiten?«

»Wegen beidem, würde ich sagen. Ich liebe ihn. Wenn Sie ihm gegenüber Vorbehalte haben, dann behalten Sie sie für sich.«

»Sie sind sehr loyal; das ist eine Eigenschaft, die ich bewundere. Holcroft war da, als Ihre Mutter – übrigens eine außergewöhnliche Frau – einen Menschen brauchte. Aber um Holcroft geht es nicht. Ich meinte Ihren leiblichen Vater.«

»Natürlich.«

»Vor dreißig Jahren hat Heinrich Clausen gewisse Vorkehrungen getroffen. Er reiste häufig zwischen Berlin, Zürich und Genf hin und her, unter Umgehung der offiziellen Überprüfungen selbstverständlich. Ein Schriftstück wurde aufgesetzt, gegen das wir als...« – Manfredi hielt inne und lächelte – »...als voreingenommene Neutrale keine Einwände vorbringen konnten. Dem Schriftstück ist ein Brief beigefügt, den Clausen im April 1945 geschrieben hat. Er ist an Sie adressiert. An seinen Sohn.« Der Bankier griff nach einem dicken Umschlag, der auf dem Tisch lag.

»Einen Augenblick«, sagte Noel. »Betrafen diese gewissen Vorkehrungen Geld?«

»Ja.«

»Daran bin ich nicht interessiert. Übergeben Sie es gemeinnützigen Institutionen. Er war es der Allgemeinheit schuldig.«

»Wenn Sie den Betrag hören, denken Sie vielleicht anders.«

»Wieviel ist es?«

»Siebenhundertundachtzig Millionen Dollar.«

2

Holcroft starrte den Bankier ungläubig an; alles Blut war ihm aus dem Gesicht gewichen. Draußen mischten sich die Geräusche des weitläufigen Bahnhofs zu einer Kakophonie von gedämpften Akkorden, die kaum die dicken Wände des Waggons durchdrangen.

»Versuchen Sie erst gar nicht, das alles auf einmal in sich aufzunehmen«, sagte Manfredi und legte den Brief beiseite. »Es gibt da gewisse Bedingungen, von denen übrigens keine unzumutbar ist. Zumindest keine, die uns bekannt ist.«

»Bedingungen...?« Holcroft wußte, daß er kaum zu hören war; er gab sich Mühe, seine Stimme wiederzufinden. »Was für Bedingungen?«

»Die sind ganz klar und deutlich aufgeführt. Diese riesigen Beträge sollen zum Nutzen der Menschen überall verwendet werden. Und dann gibt es da natürlich auch gewisse Vorteile für Sie persönlich.«

»Was soll das heißen, keine der Bedingungen sei unzumutbar, die Ihnen ›bekannt‹ ist?«

Die vergrößerten Augen des Bankiers blinzelten hinter seinen Brillengläsern; er wandte kurz den Blick ab, und sein Gesichtsausdruck wirkte einen Moment lang gequält. Dann griff er in seine braunlederne Aktentasche auf dem Tisch und entnahm ihr einen langen, dünnen Umschlag mit seltsamen Zeichen auf der Rückseite: eine Reihe von vier Kreisen – dort, wo das Kuvert zugeklebt war, schienen vier dunkle Münzen befestigt zu sein. Manfredi hielt den Umschlag über den Tisch, unter die Lampe. Die dunklen Kreise waren keine Münzen, sondern Siegel. Alle waren intakt.

»Gemäß den Instruktionen, die man uns vor dreißig Jahren erteilt hat, sollte dieser Umschlag – im Gegensatz zum Brief Ihres Vaters, den ich hier habe – nicht von den Direktoren in Genf geöffnet werden. Er hat nichts zu tun mit dem Schriftstück, das wir aufgesetzt haben, und Clausen hat nach unserem besten Wissen keine Ahnung davon gehabt. Was er Ihnen in seinem Brief sagt, dürfte das bestätigen. Der Umschlag ist uns wenige Stunden, nachdem der Kurier den Brief Ihres Vaters gebracht hatte, übergeben worden. Und dieser Brief sollte eigentlich unsere letzte Nachricht aus Berlin sein.«

»Was ist in dem Umschlag?«

»Das wissen wir nicht. Sein Inhalt soll von einigen Männern verfaßt worden sein, die von den Aktivitäten Ihres Herrn Vaters wußten. Männer, die mit Leib und Seele an seine Sache glaubten und die in ihm in mannigfacher Hinsicht einen Märtyrer Deutschlands sahen. Wir hatten Anweisung, Ihnen den Umschlag mit unverletzten Siegeln zu übergeben. Sie sollten ihn vor dem Brief Ihres Vaters öffnen.« Manfredi reichte den Umschlag herüber. Auf der Vorderseite war ein Vermerk in deutscher Schrift. »Sie müssen hier unten unterschreiben, daß Sie den Umschlag in unversehrtem Zustand erhalten haben.«

Noel nahm den Umschlag entgegen und las die Worte, die er nicht verstand.

DIESER BRIEF IST MIR MIT UNVERSEHRTEN SIEGELN ÜBERGEBEN WORDEN. WIEDERAUFBAU ODER TOD.

»Was heißt das?«

»Daß Sie sich davon überzeugt haben, daß die Siegel nicht erbrochen worden sind.«

»Wie kann ich da sicher sein?«

»Junger Mann, Sie sprechen mit einem Direktor der Grande Banque de Genève.« Der Schweizer sprach, ohne die Stimme zu heben, aber die Zurechtweisung war deutlich. »Sie haben mein Wort. Und, davon abgesehen, welchen Unterschied macht es eigentlich?«

Keinen, überlegte Holcroft. Aber der springende Punkt beschäftigte ihn doch. »Wenn ich unterschrieben habe, was machen Sie dann mit dem Umschlag?«

Manfredi schwieg einige Augenblicke, als überlege er, ob er antworten solle. Dann nahm er die Brille ab, holte ein seidenes Taschentuch aus der Brusttasche und reinigte die Gläser. Schließlich sagte er: »Es handelt sich hier um einen vertraulichen Vorgang...«

»Wenn ich jetzt unterschreibe«, unterbrach Noel, »ist das auch ein vertraulicher Vorgang.«

»Lassen Sie mich ausreden.« Der Bankier setzte sich die Brille wieder auf. »Ich wollte gerade sagen, daß es sich um eine vertrauliche Sache handelt, die unmöglich noch von Belang sein kann. Nicht nach so vielen Jahren. Der Umschlag soll an ein Schließfach in Sesimbra in Portugal geschickt werden. Das liegt südlich von Lissabon am Kap Espichel.«

»Warum ist die Sache jetzt nicht mehr von Belang?«

»Das Schließfach existiert nicht mehr. Der Umschlag wird zunächst in die Abteilung für unzustellbare Briefe gebracht und schließlich wieder an uns zurückgeschickt werden.«

»Da sind Sie sicher?«

»Das glaube ich, ja.«

Noel griff in die Tasche nach seiner Füllfeder und drehte den Umschlag, um sich die Siegel noch einmal anzusehen. Sie waren in der Tat unversehrt; und, dachte Holcroft, welchen Unterschied machte es tatsächlich? Er legte den Umschlag vor sich und unterschrieb.

Manfredi hob die Hand. »Seien Sie versichert: nichts, was sich in diesem Umschlag befindet, kann etwas ändern an unserer Einstellung zu dem Schriftstück, das La Grande Banque de Genève aufgesetzt hat. Man hat uns weder konsultiert, noch über den Inhalt informiert.«

»Und doch scheinen Sie sich Sorgen zu machen. Ich dachte, es mache keinen Unterschied. Es sei doch so lange her.«

»Fanatiker beunruhigen mich immer, Mr. Holcroft. Da spielen die Umstände im einzelnen keine Rolle. Das ist die natürliche Vorsicht des Bankiers.«

Noel begann die Siegel aufzubrechen; der Siegellack hatte sich im Lauf der Jahre verhärtet, und er brauchte eine Weile, bis die Siegel in Stücken abfielen. Er riß den Umschlag auf, nahm das eine Blatt heraus, das er enthielt, und faltete es auseinander.

Die Jahre hatten das Papier brüchig gemacht, und das ursprüngliche Weiß war zu einem fahlen, bräunlichen Gelb verfärbt.

Das Blatt war in englischer Sprache und mit Blockbuchstaben beschrieben. Die Tinte war verblaßt, aber noch lesbar. Holcroft sah unten auf die Seite und suchte eine Unterschrift. Doch da war keine. Er begann zu lesen.

Es war eine makabre Botschaft, vor dreißig Jahren aus der Verzweiflung geboren. Es war so, als hätten fassungslose Männer in einem abgedunkelten Raum gesessen und Schatten an der Wand studiert, um daraus Zeichen für die Zukunft zu lesen, Zeichen, die einem Mann und einem Leben galten, die sich noch nicht geformt hatten.

Von diesem Augenblick an soll der Sohn von Heinrich Clausen nicht aus den Augen gelassen werden. Es ist damit zu rechnen, dass einige vom Genfer Unternehmen erfahren und versuchen werden, ihn zu stoppen, und deren Lebensziel es sein wird, ihn zu töten und damit den Traum zu zerstören, der von dem Riesen erdacht wurde, der sein Vater war.

Dies darf nicht geschehen, denn man hat uns betrogen – uns alle – und die Welt muss erfahren, was wir wirklich waren, denn das, als was die Betrüger uns darstellen, waren die Bilder von Verrätern, nicht wir. Und ganz besonders nicht Heinrich Clausen.

Wir sind die Überlebenden der Wolfsschanze. Wir wünschen, dass unsere Namen reingewaschen werden, wünschen, dass uns die Ehre zurückgegeben werde, die man uns gestohlen hat. Deshalb werden die Männer der Wolfsschanze den Sohn so lange beschützen, bis der Sohn den Traum des Vaters erfüllt und uns unsere Ehre zurückgibt. Sollte aber der Sohn den Traum begraben, den Vater verraten und uns unsere Ehre vorenthalten, wird er kein Leben mehr haben. Er wird Zeuge werden der Angst derer, die er liebt, der Familie, der Kinder, der Freunde. Niemand wird verschont werden.

Niemand darf sich einmischen. Gib uns unsere Ehre. Das ist unser Recht, und wir fordern es.

Noel schob den Stuhl zurück und stand auf. »Was, zum Teufel, soll das?«

»Ich habe keine Ahnung«, erwiderte Manfredi leise. Seine Stimme blieb ruhig dabei, aber seine großen, kalten blauen Augen ließen erkennen, wie unruhig er war. »Ich sagte Ihnen doch, man hat uns nie in Kenntnis gesetzt...«

»Nun, dann *holen* Sie sich diese Kenntnis!« schrie Holcroft. »Da, lesen Sie! Wer *waren* diese Clowns? Verrückte, reif für ein *Irrenhaus*?«

Der Bankier las. Dann antwortete er, ohne aufzublicken. »Die Vettern von Verrückten. Männer, die die Hoffnung verloren hatten.«

»Was heißt *Wolfsschanze*? Was bedeutet das?«

»Das war der Name von Hitlers Hauptquartier in Ostpreußen, Schauplatz des Attentats vom 20. Juli 1944. Stauffenberg, Kluge, Höpner und viele andere Offiziere waren in die Verschwörung verwickelt. Man hat sie viehisch an Fleischerhaken aufgehängt. Rommel mußte Selbstmord begehen.«

Holcroft starrte das Papier an, das Manfredi noch immer in der Hand hatte. »Sie meinen, das da ist vor dreißig Jahren geschrieben worden, von solchen Leuten?«

Der Bankier nickte. Seine Augen hatten sich vor Erstaunen verengt. »Ja, aber das ist nicht die Sprache, die man von ihnen hätte erwarten können. Dies ist nichts anderes als eine Drohung; unvernünftig. Jene Männer waren nicht unvernünftig. Andererseits, die Zeit damals war ohne Sinn und Verstand. Anständige Männer, tapfere Männer wurden an den Rand des Wahnsinns getrieben. Sie durchlebten eine Hölle, die sich heute keiner von uns ausmalen kann.«

»Anständige Männer?« fragte Noel ungläubig.

»Haben Sie eine Ahnung, was es bedeutete, zu den Verschwörern zu gehören? Dem Attentat folgte ein Blutbad. Tausende wurden umgebracht, und die meisten hatten mit dieser Verschwörung gar nichts zu tun. Das war auch eine Endlösung, ein Vorwand, um in ganz Deutschland jede Kritik zum Schweigen zu bringen. Was als ein Akt begonnen hatte, die Welt von einem Verrückten zu befreien, endete im Massensterben. Die Überlebenden in der Wolfsschanze sahen das mit an.«

»Diese Überlebenden«, erwiderte Holcroft, »haben dem Wahnsinnigen lange Zeit Gefolgschaft geleistet.«

»Sie müssen das begreifen. Und Sie werden es auch. Das waren verzweifelte Menschen, Gefangene ohne Ausweg. Für sie brach eine Welt zusammen. Die Welt, an deren Erschaffung sie mitgeholfen hatten, erwies sich als eine ganz andere Welt als die ihrer Visionen. Schrecken, von denen sie sich nie hätten träumen lassen, kamen ans Tageslicht, und doch konnten sie sich nicht von der Verantwortung dafür lossagen. Sie waren erschüttert von dem, was sie sahen, konnten aber die Rolle nicht verleugnen, die sie gespielt hatten.«

»Die Nazis, die es gut meinten«, sagte Noel. »Von denen habe ich gehört. Eine Spezies, die sich nirgends einordnen läßt.«

»Man müßte ziemlich weit in der Geschichte zurückgehen, zu den Wirtschaftskatastrophen, dem Versailler Vertrag, dem Pakt von Locarno, den Übergriffen der Bolschewiken – zu einem Dutzend verschiedenster Ursachen –, um das zu verstehen.«

»Ich verstehe das, was ich gerade gelesen habe«, sagte Holcroft. »Ihre armen, mißverstandenen Nazis zögerten keinen Augenblick, jemanden zu bedrohen, den sie überhaupt nicht kannten! ›...wird er kein Leben mehr haben... Niemand wird verschont werden... Familie, Kinder, Freunde.< Das alles klingt nach Mord. Kommen Sie mir bloß nicht mit Killern, die es gut meinen.«

»Das sind die Worte alter, kranker, verzweifelter Menschen. Heute haben sie keine Bedeutung mehr. Das war ihre Art, die eigene Angst auszudrücken, Vergebung zu suchen. Jetzt sind sie nicht mehr. Lassen Sie sie in Frieden. Lesen Sie den Brief Ihres Vaters...«

»Er ist *nicht* mein Vater!« unterbrach Noel.

»Lesen Sie Heinrich Clausens Brief. Dann wird Ihnen vieles klarer sein. Lesen Sie ihn. Wir haben noch einiges zu besprechen, und die Zeit ist knapp.«

Ein Mann in einem braunen Tweedmantel und mit einem dunklen Tirolerhut stand gegenüber Wagen sieben an einer Säule. Auf den ersten Blick war in seinem leicht zu vergessenden Gesicht nichts, das ihn von der Menge unterschied, einzig vielleicht seine dichten Augenbrauen, in denen sich schwarzes und hellgraues Haar wie Pfeffer und Salz mischte.

Wenn man aber genauer hinsah, konnte man die derben, wenn auch nicht groben Züge eines sehr entschlossenen Menschen erkennen. Trotz der Windstöße, die immer wieder über den Bahnsteig fegten, blieben seine Augen unbewegt und blinzelten nicht. Er konzentrierte sich völlig auf Wagen sieben.

Durch diese Tür würde der Amerikaner herauskommen, dachte der Mann an der Säule, und dann wäre er ein ganz anderer Mensch als jener, der hineingegangen war. In den letzten paar Minuten war sein Leben auf eine Art verändert worden, wie sie nur wenige Menschen je erleben. Und doch war dies erst der Anfang; die Reise, die anzutreten er im Begriffe war, ging über alles hinaus, was sich die heutige Welt auch nur im entferntesten vorstellen konnte. Und deshalb war es wichtig, seine erste Reaktion zu beobachten. Mehr als wichtig. Lebensnotwendig.

»*Attention! Le train des sept heures...*«

Das war jetzt die letzte Ansage, die über die Lautsprecher kam. Gleichzeitig rollte auf dem Nebengleis ein Zug aus Lausanne ein. In wenigen Augenblicken würde der ganze Bahnsteig von Touristen wimmeln, die für das Wochenende nach Genf strebten, so wie die Leute aus den Midlands in den Charing-Cross-Bahnhof strömten, um sich ein paar interessante Tage in London zu machen, dachte der Mann an der Säule.

Jetzt hielt der Zug aus Lausanne. Aus den Türen quoll ein Menschenstrom und überschwemmte den Bahnsteig.

Plötzlich war die Gestalt des großen Amerikaners im Vorraum von

Wagen sieben zu sehen. Ein Gepäckträger, der die Koffer eines Reisenden trug, versperrte ihm an der Tür den Weg. Unter normalen Umständen hätte das vielleicht einen Wortwechsel ausgelöst. Aber die Umstände waren für Holcroft nicht normal. Er ließ keinerlei Ärger erkennen; sein Gesicht war gefaßt, reagierte nicht auf die Umgebung, die seine Augen zwar wahrnahmen, die ihn aber nicht zu betreffen schien. Es war, als wäre er von der Gegenwart völlig losgelöst; ein tiefes Erstaunen hielt ihn in Bann. Das zeigte auch die Art und Weise, wie er den dicken Umschlag an sich drückte, wie die Hand sich um seinen Rand bog, wie seine Finger sich mit solcher Gewalt in das Papier preßten, daß sie eine Faust bildeten.

Dieses Schriftstück, vor einem Menschenleben verfaßt, war die Ursache seiner Betroffenheit. Es war das Wunder, auf das *sie* gewartet hatten, für das sie gelebt hatten – der Mann an der Säule und jene, die ihm vorangegangen waren. Mehr als dreißig Jahre der Erwartung. Jetzt war es endlich ans Licht des Tages gekommen!

Die Reise hatte begonnen.

Holcroft reihte sich in den Strom aus Menschenleibern ein, der sich auf den Aufgang zu bewegte. Obwohl er von allen Seiten angerempelt wurde, nahm er die Masse überhaupt nicht zur Kenntnis, und seine Augen blickten geistesabwesend nach vorn. Ins Leere.

Plötzlich erschrak der Mann an der Säule. Jahre der Ausbildung hatten ihn gelehrt, nach dem Unerwarteten Ausschau zu halten, dem winzigen Bruch im normalen Ablauf der Dinge. Und diesen Bruch sah er jetzt. Zwei Männer, deren Gesichter ganz anders waren als die rings um sie, freudlos, ohne Neugierde oder Erwartung, nur von feindseliger Absicht erfüllt.

Sie drängten sich hintereinander durch die Menge. Ihre Augen waren auf den Amerikaner gerichtet; sie waren hinter ihm her! Der Mann vorn hatte die rechte Hand in der Tasche. Der Mann dahinter verbarg seine linke Hand an seiner Brust unter dem aufgeknöpften Mantel. Die unsichtbaren Hände umklammerten Waffen! Davon war der Mann an der Säule überzeugt.

Er löste sich mit einem Satz von dem Betonpfeiler und warf sich in die Menge. Es galt jetzt, keine Sekunde zu verlieren. Die beiden Männer rückten Holcroft näher. Sie hatten es auf den Umschlag abgesehen! Das war die einzige Erklärung ihrer Zielstrebigkeit. Und das bedeutete, daß die Nachricht von dem Wunder irgendwo durchgesickert war! Das Schriftstück in jenem Umschlag hatte einen unschätzbaren Wert. Im Vergleich damit war das Leben des Amerikaners von solcher Belanglosigkeit, daß die beiden keinen Gedanken daran verschwenden würden, dieses auszulöschen. Die Männer, die Holcroft immer näherkamen, würden ihn, ohne zu *denken*, um des Umschlags willen töten, so als entfernten sie ein lästiges Insekt von einem Goldbarren. Und *das* war gedankenlos! Was sie nicht wußten, war, daß das Wunder ohne den Sohn Heinrich Clausens nicht geschehen würde!

Sie waren jetzt nur noch wenige Meter von ihm entfernt! Der Mann mit den schwarzweiß gesprenkelten Augenbrauen stürzte sich wie ein wildes Tier durch den Strom der Touristen. Er stieß mit Leuten und Gepäck zusammen, fegte alles und jeden beiseite. Als er den Killer, dessen Hand immer noch unterm Mantel verborgen war, erreichte, schob er die Hand in die Tasche. Er griff nach seiner Pistole und brüllte:

»Du suchst Clausens Sohn! Das Genfer Dokument!«

Der Killer hatte bereits die Hälfte des Aufgangs hinter sich, nur noch wenige Meter trennten ihn von dem Amerikaner. Er hörte die Worte, die ein Fremder ihm zubrüllte, und fuhr herum, die Augen vor Schrecken geweitet.

Der Menschenstrom schob sich schnell in Richtung Bahnsteigsperre, floß um die zwei offensichtlichen Feinde herum. Angreifer und Beschützer standen jetzt wie in einer Miniaturarena, standen sich gegenüber. Der Beschützer betätigte den Abzug der Waffe in seiner Tasche, drückte dann noch einmal ab. Die spuckenden Laute waren kaum zu hören, als das Tuch des Mantels zerriß. Zwei Kugeln bohrten sich in den Körper des Mannes, der Holcroft hatte angreifen wollen, eine in den Unterleib und die andere in den Hals. Die erste ließ den Mann sich zusammenkrümmen, die zweite riß seinen Kopf zurück, fetzte seine Kehle auf.

Das Blut schoß mit solcher Gewalt aus der Halswunde, daß es die Gesichter der Menschen um ihn besudelte wie auch ihre Kleider und Koffer. Es spritzte auf den Boden, bildete Pfützen und Rinnsale zwischen ihren Schuhen. Schreckensschreie erfüllten die Luft.

Der Beschützer spürte, wie eine Hand ihn an der Schulter packte, sich in sein Fleisch bohrte. Er fuhr herum; der zweite Angreifer bedrohte ihn jetzt, aber er hielt keine Pistole in der Hand: die Klinge eines Jagdmessers zuckte auf ihn zu.

Ein Amateur, dachte der Beschützer, während seine Reaktionen – Instinkte, in Jahren der Ausbildung entwickelt – automatisch abliefen. Blitzschnell trat er zur Seite – wie ein Stierkämpfer, der den Hörnern ausweicht – und umklammerte mit der linken Hand das Handgelenk des Angreifers, riß die Rechte aus der Tasche und packte die Finger, die sich um den Messergriff krampften. Er bog das Handgelenk nach unten, quetschte die Finger wie im Schraubstock fest, daß die Haut aufplatzte, und drückte die Klinge nach innen. Er stieß sie dem Mann in das weiche Fleisch seines Unterleibs und zog den scharfen Stahl schräg nach oben gegen den Brustkasten, trennte die Herzarterien ab. Das Gesicht des Mannes verzerrte sich; ein schrecklicher Schrei hob an und wurde vom Tod erstickt.

Der Höllenlärm steigerte sich zum Chaos. Das viele Blut überall scheuchte die Menschen in Hysterie auseinander. Der Beschützer wußte genau, was zu tun war. Er warf wie in Panik die Hände hoch, wie außer sich über den Anblick von Blut auf seinen Kleidern, und mischte sich unter die hysterische Menge, die wie eine Herde erschreckter Schafe nach allen Seiten davonstob.

Er rannte den Aufgang hinauf, an dem Amerikaner vorbei, dessen Leben er gerade gerettet hatte.

Holcroft hörte die Schreie. Sie durchdrangen die betäubenden Nebel, von denen er sich eingehüllt fühlte: Dunstwolken, die um ihn herumwirbelten, sich wie Schleier vor seine Augen legten und ihm das Denken unmöglich machten.

Er versuchte, zum Zentrum des Schreckens vorzudringen, aber die hysterische Menge hinderte ihn daran. Er wurde den Aufgang hinaufgeschoben und gegen eine Betonmauer gedrückt, die als Geländer diente. Er hielt sich daran fest und blickte zurück, konnte sich aber kein Bild davon machen, was passiert war. Er sah, wie ein Mann dort unten sich nach hinten bog, sah das Blut aus seiner Kehle hervorschießen, sah, wie ein zweiter Mann vorwärts stürzte, den Mund vor Schmerz verzerrt, und dann konnte Noel nichts mehr erkennen, weil die Flut der Leiber ihn weiter nach oben spülte.

Ein Mann rannte an ihm vorbei, rempelte ihn an der Schulter an. Holcroft drehte sich herum und fing gerade noch einen verschreckten Blick unter einem Paar dichter, schwarzweiß gesprenkelter Brauen auf.

Eine Gewalttat hatte sich ereignet. Aus einem versuchten Raub war mehr geworden, Körperverletzung, vielleicht sogar Totschlag. Das friedliche Genf war ebensowenig gegen Gewalt gefeit wie die wilden Straßen des nächtlichen New York oder die armseligen Gassen von Marrakesch.

Aber Noel konnte sich nicht mit solchen Gedanken aufhalten. Er durfte sich da nicht hineinziehen lassen. Für ihn galt es jetzt, andere Dinge zu bedenken. Die Nebel der Benommenheit kehrten zurück. Und durch die Nebel begriff er vage, daß sein Leben nie wieder so wie zuvor sein würde.

Er umfaßte den Umschlag fester und ließ sich von der schreienden Masse mitreißen, der Bahnsteigsperre entgegen.

3

Die riesige Düsenmaschine überflog die Kap-Breton-Insel und kippte dann leicht nach links ab, wechselte auf die neue Höhe und Flugroute. Der Kurs ging jetzt nach Südwesten, auf Halifax und Boston zu und dann nach New York.

Holcroft hatte die meiste Zeit in der Lounge über dem Passagierraum verbracht, in einem Sessel für sich in der rechten hinteren Ecke, wo sein schwarzer Aktenkoffer an der Wand lehnte. Es war dort leichter, sich zu konzentrieren, und dort war es auch unwahrscheinlich, daß der Blick eines Mitreisenden auf die Papiere fiel, die er las und immer wieder las.

Er hatte mit dem Brief von Heinrich Clausen angefangen, diesem unglaublichen Dokument. Die Information, die der Brief enthielt, war so alarmierend, daß Manfredi ihm gegenüber den Wunsch des gesamten Direktoriums der Grande Banque zum Ausdruck gebracht hatte, er solle vernichtet werden. Er enthüllte nämlich pauschal die Herkunft der Millionen, die vor drei Jahrzehnten in Genf angelegt worden waren. Obwohl die meisten Mittelsmänner juristisch nicht mehr belangt werden konnten – Diebe und Mörder, die den Staatsschatz einer Regierung stahlen, die selbst von Dieben und Mördern geleitet wurde –, gab es doch noch einige, die dem Zugriff der Behörden keineswegs entzogen waren. Während des ganzen Krieges hatte Deutschland geplündert, innerhalb und außerhalb seiner Grenzen.

Innerhalb der Grenzen hatte man konfisziert; die Besiegten außerhalb unbarmherzig bestohlen. Wenn diese Räubereien jetzt ans Licht gezerrt wurden, konnte der Internationale Gerichtshof in Den Haag die Mittel auf Jahre hinaus einfrieren, während endlose Prozesse geführt wurden.

»Vernichten Sie den Brief«, hatte Manfredi in Genf gesagt. »Er sollte Ihnen nur die Gründe seines Handelns begreiflich machen. Die Kenntnis seiner Methoden bringt Ihnen überhaupt nichts. Aber es gibt Leute, die möglicherweise versuchen, Ihnen in die Quere zu kommen. Schließlich geht es hier um Hunderte von Millionen.«

Noel las den Brief jetzt vielleicht zum zwanzigstenmal. Jedesmal versuchte er, sich dabei ein Bild von dem Mann zu machen, der ihn geschrieben hatte. Sein leiblicher Vater. Er hatte keine Ahnung, wie Heinrich Clausen ausgesehen hatte; seine Mutter hatte sämtliche Fotografien vernichtet, alle Briefe und Aufzeichnungen, jeglichen Hinweis auf den Mann, den sie mit ihrem ganzen Wesen haßte.

Berlin, 20. April 1945

MEIN SOHN
Ich schreibe diese Zeilen, während an allen Fronten die Armeen des

590

Reiches zusammenbrechen. Berlin wird bald fallen, eine Stadt, in der überall das Feuer lodert und der Tod wütet. So sei es. Ich will keinen Augenblick auf das verschwenden, was war oder was hätte sein können. Ich will nicht reden von korrumpierten Ideen und dem Triumph des Bösen über das Gute infolge des Verrats moralisch bankrotter Führer. Vorwürfe, die in der Hölle geboren werden, sind verdächtig, und nur zu leicht schreibt man sie dem Teufel zu.

Statt dessen sollen meine Taten für mich sprechen. Vielleicht findest Du in ihnen einen Rest von Stolz. Darum bete ich.

Wir müssen für Wiedergutmachung sorgen, davon bin ich jetzt fest überzeugt. Ebenso wie meine zwei liebsten Freunde, die in dem beigefügten Schriftstück genannt werden. Wiedergutmachung für unser Vernichtungswerk, für so ruchlose Taten, daß die Welt sie nie vergessen wird. Und nie verzeihen. Wir haben das, was wir inzwischen getan haben, getan, um wenigstens teilweise Vergebung zu finden.

Vor fünf Jahren hat Deine Mutter eine Entscheidung getroffen, die ich nicht begreifen konnte, so blind war ich damals der Bewegung und der neuen Ordnung ergeben. Vor zwei Wintern – im Februar 1943 – erwiesen sich die Worte, die sie im Zorn sprach und die ich hochmütig als Lügen abtat, die jene ihr eingeflößt hatten, die das Vaterland verachteten, erwiesen sich jene Worte als wahr. Man hatte uns getäuscht, uns, die wir in den höchsten Kreisen der Finanz und der Politik tätig waren. Seit zwei Jahren schon ist es klar, daß Deutschland besiegt werden wird. Wir redeten uns ein, es werde anders kommen, aber in unserem Herzen wußten wir, daß es so war. Andere wußten es auch. Das Schreckliche trat ans Licht, die Täuschung wurde immer deutlicher.

Vor fünfundzwanzig Monaten ersann ich einen Plan und sicherte mir die Hilfe meiner lieben Freunde im Finanzministerium. Sie unterstützten mich bereitwillig. Unser Ziel war es, riesige Geldbeträge in die neutrale Schweiz umzulenken, Mittel, die eines Tages dazu eingesetzt werden konnten, jenen Tausenden und Abertausenden Hilfe und Unterstützung zuteil werden zu lassen, deren Leben durch gemeine Verbrechen zerstört worden waren, die Tiere im Namen Deutschlands begangen hatten, Tiere, die nichts von deutscher Ehre wußten.

Jetzt wissen wir um die Lager. Ihre Namen werden wie Fanale des Bösen in die Geschichte eingehen. Belsen, Dachau, Auschwitz.

Wir haben von den Massenexekutionen gehört, von den hilflosen Männern, Frauen und Kindern, die man vor Gräben stellte, die sie mit eigenen Händen hatten graben müssen, und die dann hingeschlachtet wurden.

Wir haben von den Öfen gehört – o Gott im Himmel –, Öfen für menschliches Fleisch! Von den Duschen, aus denen nicht reinigendes

Wasser, sondern tödliches Gas sprühte. Von schrecklichen, obszönen Experimenten, die Wahnsinnige an menschlichen Wesen bei vollem Bewußtsein durchführten, Wahnsinnige, die sich einer Medizin verschrieben hatten, wie sie Menschen unbekannt ist. Unser Herz blutet bei dieser Vorstellung und unsere Augen drohen zu bersten, aber unsere Tränen können nichts bewirken. Doch unser Geist ist nicht so hilflos. Wir können Pläne machen.

Wir müssen für Wiedergutmachung sorgen.

Leben können wir nicht wiederherstellen. Wir können das nicht zurückbringen, was so brutal, so bösartig genommen wurde. Aber wir können all jene suchen, die überlebten, und die Kinder jener, ob sie nun überlebten oder hingeschlachtet worden sind, und können dann tun, was wir können. Auf der ganzen Welt muß man sie suchen und ihnen zeigen, daß wir nicht vergessen haben. Wir empfinden tiefe Scham und wollen helfen. Auf jede nur mögliche Weise. Zu diesem Zweck haben wir das getan, was wir getan haben. Ich glaube keinen Augenblick lang, daß unser Handeln uns von unseren Sünden reinwaschen kann, von jenen Verbrechen, an denen wir, ohne es zu wissen, beteiligt waren. Und doch tun wir, was wir können – ich tue, was ich kann –, jeden Augenblick von der Einsicht Deiner Mutter geplagt. Warum, o ewiger Gott, warum habe ich nicht auf jene große, gute Frau gehört?

Doch zurück zu unserem Plan.

Unter Zugrundelegung des amerikanischen Dollars als Währungsparität war ein Betrag von zehn Millionen monatlich unser Ziel, eine Zahl, die überhöht erscheinen mag, es aber nicht ist, bedenkt man, welch ungeheuere Kapitalmengen im Krieg durch das Labyrinth des Finanzministeriums flossen. Wir haben unser Ziel übertroffen.

Durch das Finanzministerium beschafften wir unsere Mittel aus Hunderten von Quellen im Reich und außerhalb des Reiches, überall eben innerhalb der sich stets ausweitenden Grenzen Deutschlands. Steuergelder wurden in andere Kanäle gelenkt, riesige Ausgaben seitens des Reichsministeriums für Bewaffnung und Munition für nicht existente Kaufverträge getätigt, Löhnung für Soldaten wurde umgeleitet, und Gelder, die in die besetzten Gebiete geschickt wurden, verschwanden einfach, gingen verloren. Gelder von enteigneten Anwesen und aus den großen Vermögen, den Fabriken und den Privatgesellschaften fanden ihren Weg nicht in den Wirtschaftskreislauf des Reiches, sondern wanderten auf unsere Konten. Erlöse aus den Verkäufen von Kunstgegenständen aus Dutzenden von Museen überall in den besetzten Gebieten wurden unserer Sache zugeführt. Es war ein meisterhafter Plan, der auch meisterhaft durchgeführt wurde. Alles Risiko, das wir auf uns nahmen, all das Schreckliche, das wir fürchteten – und das täglich –, war belanglos im Vergleich zu unserem unerschütterlichen Glauben: wir müssen für Wiedergutmachung sorgen.

Und doch darf kein Plan als erfolgreich bezeichnet werden, solange sein Ziel nicht endgültig erreicht ist. Eine militärische Strategie, die zur Einnahme eines Hafens führt, der dann einen Tag darauf einer Invasion über See zum Opfer fällt, ist überhaupt keine Strategie. Man muß alle nur möglichen Angriffspunkte bedenken, alle Störmöglichkeiten, die die eigene Strategie scheitern lassen könnten. Man muß die Veränderungen, die die Zeit mit sich bringen wird, vorhersehen, so gründlich und so sorgfältig dies möglich ist, und muß das bis dahin erreichte Ziel schützen. Im Grunde genommen muß man die Zeit dazu *benutzen*, seine Strategie zu sichern. Wir haben uns vermittels der in dem beigefügten Dokument näher geschilderten Umstände darum bemüht.

Möge der allmächtige Gott es erlauben, daß wir den Opfern oder den sie Überlebenden früher helfen können, als unsere Vorherschau verspricht, aber dies zu tun, hieße die Aufmerksamkeit auf die Summen lenken, die wir uns angeeignet haben. Und dann könnte *alles* verloren sein. Ein Menschenalter muß vergehen, damit unsere Strategie Erfolg haben kann. Selbst dann ist es noch riskant, aber die Zeit wird das Risiko bis dahin gemindert haben.

Die Luftschutzsirenen heulen ihr ewiges Lied. Weil ich gerade von Zeit spreche, davon bleibt jetzt nur noch sehr wenig. Denn ich und meine zwei Kollegen, wir warten nur noch auf die Bestätigung, daß dieser Brief Zürich über einen Kurier im Untergrund erreicht hat. Nach Erhalt dieser Nachricht haben wir unsere eigene Vereinbarung. Unseren Pakt mit dem Tod von eigener Hand.

Erhöre mein Gebet. Hilf uns Buße tun. Wir müssen für Wiedergutmachung sorgen.

Dies ist unser Vertrag, mein Sohn. Mein einziger Sohn, den ich nie gekannt habe, dem ich aber so viel Leid gebracht habe. Befolge jetzt meinen Wunsch, respektiere ihn, denn was ich von Dir verlange, ist etwas Ehrenwertes.

Dein Vater
HEINRICH CLAUSEN

Holcroft legte den Brief mit der Schrift nach unten auf den Tisch und blickte zum Fenster hinaus in den blauen Himmel über den Wolken. In weiter Ferne waren die Kondensstreifen eines anderen Flugzeugs zu erkennen; er folgte mit den Augen dem Streifen, bis er den winzigen silbernen Schimmer sehen konnte, der das andere Flugzeug war.

Er dachte über den Brief nach. Erneut. Die Worte klangen sentimental, es waren Worte aus einer anderen Zeit, melodramatische Formulierungen. Das schwächte den Brief nicht ab, keineswegs, es verlieh ihm eher eine gewisse Überzeugungskraft. Clausens Redlichkeit stand außer Zweifel; seine Empfindungen waren echt.

Was die Zeilen jedoch nur teilweise vermittelten, war die Brillanz des Planes selbst. Brillant in seiner Einfachheit, außergewöhnlich in seinem Ausnützen der Zeit und der Gesetze der Bankwelt, um gleichzeitig die Durchführung des Plans und den Schutz der Beute sicherzustellen. Denn die drei Männer begriffen, daß Summen Geldes von der Größenordnung, wie sie sie gestohlen hatten, nicht einfach in einem See versenkt oder in einem Panzerschrank vergraben werden konnten. Die Hunderte von Millionen mußten auf dem Finanzmarkt existieren, mußten frei sein von der Gefahr irgendwelcher Währungsänderungen oder von Maklern, die fallende Papiere verkaufen mußten.

Also galt es, das Geld in harter Währung zu deponieren, und die Verantwortung für seine Sicherheit mußte einer der am höchsten geschätzten Institutionen der Welt übertragen werden.

La Grande Banque de Genève. Eine solche Institution würde nicht – konnte einfach nicht – zulassen, daß die Liquidität gefährdet wurde. Sie war gleichsam ein Fels im wogenden Meer der internationalen Wirtschaft. Alle Bedingungen ihres Vertrages mit den Depositären würden auf den Buchstaben genau befolgt werden. Alles mußte in den Augen der Schweizer Gesetze streng legal sein. Geheim – wie es in diesem Gewerbe üblich war –, aber in bezug auf existierende Vorschriften niet- und nagelfest, und damit auch zeitgemäß. Die Zielsetzung des Vertrages – des Dokuments – durfte nicht in Gefahr geraten, mußte getreulich erfüllt werden.

Korruption oder Mißbrauch waren auszuschließen. Dreißig Jahre... *fünfzig* Jahre ... in der Zeitrechnung der Finanzwelt war das in der Tat eine sehr kurze Spanne.

Noel beugte sich vor und öffnete seinen Aktenkoffer. Er schob den Brief hinein und holte das Dokument der Grande Banque de Genève heraus. Es befand sich in einer Ledermappe, geborgen wie ein Letzter Wille, ein Testament – was es schließlich auch war – und noch einiges mehr. Er löste die Lasche, so daß er den Deckel aufklappen konnte und die erste Seite des Dokuments vor sich hatte.

Sein ›Vertrag‹, überlegte Holcroft.

Er überflog die Worte und Paragraphen, die ihm jetzt so vertraut waren, legte die Seiten dabei um und konzentrierte sich auf das Wesentliche.

Clausens zwei Kollegen bei dem riesigen Diebstahl hießen Erich Kessler und Wilhelm von Tiebolt. Die Namen waren wichtig, weniger um die zwei Männer selbst zu identifizieren, als vielmehr darum, das älteste Kind eines jeden ausfindig zu machen und mit ihm Kontakt aufzunehmen. Das war die erste Bedingung des Schriftstücks. Obwohl der einstweilen eingetragene Besitzer des Nummernkontos ein gewisser Noel C. Holcroft, amerikanischer Staatsbürger, war, durften Mittel nur nach Unterschrift aller drei ältesten Kinder herausgegeben werden. Und auch dann nur, wenn jedes Kind die Direktoren der Grande Banque davon überzeugte, daß er oder sie die Bedingungen und Ziele akzeptierte, die die Väter des Vertrags für die Zuweisung der Gelder getroffen hatten.

Wenn hingegen diese Abkömmlinge die Schweizer Direktoren nicht zufriedenstellten oder von ihnen für geschäftsunfähig gehalten wurden, sollten ihre Brüder und Schwestern unter die Lupe genommen und beurteilt werden. Kam man bezüglich *aller* Kinder zu dem Schluß, sie seien der Verantwortung nicht gewachsen, dann würden die Millionen noch ein Menschenalter liegenbleiben, und danach würden die Testamentsvollstrecker und die jetzt noch ungeborenen leiblichen Nachkommen der beiden Familien weitere versiegelte Instruktionen öffnen. Holcroft lief es eisig über den Rücken: *noch ein Menschenalter.*

DER LEGITIME SOHN VON HEINRICH CLAUSEN IST JETZT ALS NOEL HOLCROFT BEKANNT, EIN KIND, DAS BEI SEINER MUTTER UND EINEM STIEFVATER IN AMERIKA LEBT. GENAU ZU DEM ZEITPUNKT, DEN DIE DIREKTOREN VON LA GRANDE BANQUE DE GENÈVE GEWÄHLT HABEN – NICHT WENIGER ALS DREISSIG JAHRE UND NICHT MEHR ALS FÜNFUNDDREISSIG – IST MIT BESAGTEM LEGITIMEN SOHN VON HEINRICH CLAUSEN VERBINDUNG AUFZUNEHMEN UND IHM SEINE VERANTWORTUNG ZU ERKLÄREN. ER SEINERSEITS MUSS SEINE MITERBEN UND DAS KONTO GEMÄSS DEN FESTGELEGTEN BEDINGUNGEN AKTIVIEREN. ER SOLL AUCH DER MITTELSMANN SEIN, DURCH DEN DIE GELDER AN DIE OPFER DES MASSENSTERBENS AUSGEGEBEN WERDEN SOLLEN. SIE UND IHRE FAMILIEN UND ALLE ÜBERLEBENDEN NACHKOMMEN...

Die drei Männer begründeten, weshalb sie Clausens Sohn als Vermittler ausgewählt hatten. Das Kind gehörte jetzt einer wohlhabenden Familie von gesellschaftlichem Rang an... einer *amerikanischen* Familie, die über jedem Verdacht stand. Alle Hinweise auf die erste Ehe seiner Mutter und ihre Flucht aus Deutschland waren von dem ihr ergebenen Richard Holcroft vertuscht worden. Man wußte, daß in diesem Sinne in London für einen männlichen Säugling namens Clausen unter dem Datum vom 17. Februar 1942 ein Totenschein ausgestellt worden war und dann anschließend in New York City eine Geburtsurkunde für das männliche Kind Holcroft. Die folgenden Jahre würden das Ihre dazu

tun, die Ereignisse immer mehr verblassen zu lassen undschließlich
ganz auszulöschen. Der männliche Säugling Clausen würde eines
Tages der Mann Holcroft *werden*, ohne sichtbare Beziehung zu seinem
Ursprung. Und doch konnte man diesen Ursprung nicht leugnen, und
deshalb war er die perfekte Wahl. Er erfüllte sowohl die Voraussetzungen als auch die Zielsetzungen des Dokuments.

Eine internationale Agentur sollte in Zürich eingerichtet werden und
als Zentrale für die Verteilung der Mittel dienen. Die Herkunft der
Mittel sollte für immer geheim bleiben. Sollte es sich als notwendig
erweisen, daß jemand als Sprecher auftrat, so sollte diese Aufgabe
Holcroft zufallen, denn die anderen durften nie namentlich erwähnt
werden. Niemals. Sie waren die Kinder von Nazis, und wenn das
ruchbar wurde, so würde dies unzweifelhaft zu Forderungen führen,
das Konto zu überprüfen und die verschiedenen Quellen, aus denen es
gespeist worden war, bekanntzugeben. Und wenn es dazu kam, wenn
auch nur Andeutungen auf die Herkunft der Gelder nach außen drangen, würde man sich an vergessene Konfiskationen und Räubereien
erinnern. Die internationalen Gerichte würden von einer Flut von
Prozessen überschwemmt werden.

Aber wenn der Sprecher ein Mann ohne den Makel des Nazis war,
gab es keinen Anlaß zur Unruhe, keine Untersuchungen, keine Forderungen, in der Vergangenheit herumzuwühlen oder gar Prozesse anzu-
strengen. Er würde im Einklang mit den anderen handeln, und jeder
besäße in allen Entscheidungen eine Stimme, aber er allein wäre sichtbar. Die Kinder von Erich Kessler und Wilhelm von Tiebolt sollten
anonym bleiben.

Noel fragte sich, was für Menschen Kesslers und von Tiebolts Kinder
wohl sein mochten. Er würde es bald erfahren.

Die Bedingungen am Ende des Dokuments waren nicht weniger
erstaunlich als alles Vorangegangene. Alle Gelder sollten binnen *sechs
Monaten* nach Freigabe des Kontos zugeteilt werden. Diese Auflage
würde den vollen Einsatz aller drei Nachkommen erfordern, und genau
das war es auch, was die Depositäre forderten: vollen Einsatz für die
Sache. Das aber war ein Eingriff in die Lebensläufe der Ausführenden
und würde Opfer verlangen. Dieser Einsatz mußte bezahlt werden.
Deshalb sollte am Ende der sechs Monate und nach der erfolgreichen
Zuteilung der Mittel an die Opfer des Naziregimes die Zürcher Agentur
ihre letzte Aufgabe erfüllen und an jeden der drei Nachkommen die
Summe von zwei Millionen Dollar auszahlen.

Sechs Monate. Zwei Millionen Dollar.

Zwei Millionen.

Noel überlegte, was das persönlich und beruflich für ihn bedeutete.
Das hieß Freiheit. Manfredi hatte in Genf gesagt, er sei talentiert. Er *war*

talentiert, aber sein Talent ging häufig im Endprodukt unter. Er hatte Aufträge annehmen müssen, die er lieber abgelehnt hätte, hatte in seiner Arbeit Kompromisse eingehen müssen, wo der Architekt in ihm anders gehandelt hätte; und umgekehrt war er gezwungen gewesen, Aufträge, an denen ihm gelegen war, aus finanziellen Gründen abzulehnen. Er war im Begriff, zum Zyniker zu werden.

Nichts war von Dauer; die Amortisation ging Hand in Hand mit Wertminderung. Niemand wußte das besser als ein Architekt, der einmal ein Gewissen gehabt hatte. Vielleicht würde er sein Gewissen wiederfinden. Wenn er frei war. Mit den zwei Millionen.

Holcroft staunte über den Weg seiner Gedanken. Er hatte seine Entscheidung getroffen, was er eigentlich erst nach gründlicher Überlegung vorgehabt hatte. Alles hatte er bedenken wollen. Und doch wollte er jetzt ein abhanden gekommenes Gewissen mit Geld zurückhaben, das von sich weisen zu können er überzeugt gewesen war.

Was für Menschen waren sie, die ältesten Kinder von Erich Kessler und Wilhelm von Tiebolt? Das eine war eine Frau; das andere ein Mann, ein Wissenschaftler. Aber abgesehen von diesen Unterschieden in Geschlecht und Beruf: sie waren Teil von etwas gewesen, das er nie gekannt hatte. Sie waren dabeigewesen, hatten es gesehen. Keiner von beiden war zu jung gewesen, um sich nicht daran zu erinnern. Beide hatten sie in jener fremdartigen, dämonischen Welt des Dritten Reiches gelebt. Da gab es so viele Fragen, die er ihnen würde stellen müssen.

Fragen?

Er hatte seine Entscheidung getroffen. Er hatte Manfredi gesagt, er brauche Zeit – mindestens ein paar Tage –, ehe er sich entscheiden konnte.

»Haben Sie denn wirklich eine Wahl?« hatte ihn der Schweizer Bankier gefragt.

»Selbstverständlich habe ich die«, hatte Noel geantwortet. »Ich stehe nicht zum Verkauf, gleichgültig, wie die Umstände auch liegen. Und Drohungen, die vor dreißig Jahren von Verrückten ausgestoßen wurden, machen mir keine Angst.«

»Das sollen sie auch nicht. Sprechen Sie mit Ihrer Mutter darüber.«

»*Was?*« Holcroft staunte. »Sie haben doch gesagt...«

»Völlige Geheimhaltung? Ja, aber Ihre Mutter ist die einzige Ausnahme.«

»Warum? Ich hätte geglaubt, sie wäre die Letzte...«

»Sie ist die Erste. Und die Einzige. Sie wird schweigen.«

Manfredi hatte recht gehabt. Wenn er sich für ein Ja entschied, mußte er die Arbeiten seines Büros auf eine Weile unterbrechen und herumreisen, um Verbindung mit den Nachkommen Kesslers und von Tiebolts aufzunehmen. Das würde die Neugierde seiner Mutter wecken; und sie war nicht die Frau, ihre Neugierde zu unterdrücken. Sie würde Erkundigungen einziehen, und wenn sie zufällig – auch wenn die Wahrscheinlichkeit gering war – auf Informationen über die Millionen in Genf und Heinrich Clausens Rolle in dem gigantischen Diebstahl stieß, würde sie sehr heftig reagieren. Ihre Erinnerung an die paranoiden Verbrecher des Dritten Reiches waren ihrem Bewußtsein unauslöschbar eingeprägt. Wenn sie mit irgendwelchen Verlautbarungen an die Öffentlichkeit trat, würden die internationalen Gerichte die Gelder auf Jahre blockieren.

»Und wenn sie sich nicht überzeugen läßt?«

»Sie müssen sich eben Mühe geben. Der Brief ist überzeugend. Und wenn es nötig sein sollte, schalten wir uns ein. Jedenfalls ist es besser, wenn wir ihre Haltung von Anfang an kennen.«

Was für eine Haltung mochte das sein? Althene war alles andere als die typische Mutter, zumindest nach seiner eigenen Vorstellung von Müttern. Er hatte schon sehr früh im Leben erkannt, daß Althene anders war. Sie paßte nicht in das Schema einer wohlhabenden New Yorker Matrone. Die Äußerlichkeiten waren alle vorhanden oder waren es gewesen: die Pferde, die Boote, die Weekends in Aspen und in den Hamptons; aber es fehlte ihr das krampfhafte Bemühen, von immer mehr Leuten akzeptiert zu werden und gesellschaftliche Macht auszuüben.

Sie hatte das alles schon hinter sich. Sie hatte in den turbulenten dreißiger Jahren in Europa gelebt, eine junge, sorglose Amerikanerin, deren Familie nach der Depression noch etwas übrig hatte und sich fern ihrer weniger glücklichen Landsleute wohler fühlte. Sie hatten den englischen Hof ebenso wie die Emigranten-Salons in Paris gekannt... und die schneidigen jungen Erben Deutschlands. Und aus jenen Jahren, die von Liebe, Erschöpfung, Abscheu und Wut geprägt waren, stammte ihre heitere Gelassenheit.

Althene war ein ganz besonderer Mensch, Freundin ebenso wie Mutter, wobei ihre Freundschaft nicht der dauernden Beteuerung bedurfte. Tatsächlich, dachte Holcroft, war sie ihm mehr Freundin als Mutter, eine Rolle, in der sie sich nie ganz wohl fühlte.

»Ich habe zu viele Fehler gemacht, mein Lieber«, hatte sie einmal lachend zu ihm gesagt, »um eine Autorität zu übernehmen, die nur auf Biologie beruht.«

Jetzt würde er sie bitten, sich dem Andenken eines Mannes zu stellen, den zu vergessen sie sich während eines großen Teils ihres Lebens alle Mühe gegeben hatte. Würde sie Angst davor haben? Das war unwahrscheinlich. Würde sie an den Zielen des Dokumentes zweifeln, das Ernst Manfredi ihm gegeben hatte? Doch wie konnte sie das, wenn sie den Brief von Heinrich Clausen gelesen hatte? Woran auch immer sie sich erinnerte, seine Mutter war eine intelligente, einsichtige Frau. Alle Menschen konnten sich ändern, konnten Gewissensbisse bekommen. Das würde sie akzeptieren müssen, wie widerwärtig ihr das auch in diesem speziellen Fall sein mochte. Das Weekend hatte begonnen, morgen war Sonntag. Seine Mutter und sein Stiefvater verbrachten die Wochenenden in ihrem Landhaus in Bedford Hills. Er würde gleich morgen hinfahren und das notwendige Gespräch führen.

Und am Montag würde er die ersten Schritte tun auf einer Reise, die ihn wieder in die Schweiz zurückführte. Zu einer bis jetzt unbekannten Agentur in Zürich. Am Montag begänne die Jagd.

Noel rief sich den letzten Teil seines Gesprächs mit Manfredi ins Gedächtnis zurück.

»Die Kesslers hatten zwei Söhne. Der älteste, Erich – der nach dem Vater benannt wurde –, ist Professor für Geschichte an der Universität in Berlin. Der jüngere Bruder, Hans, ist Arzt in München. Nach allem, was wir wissen, genießen beide in ihrer Umgebung einen ausgezeichneten Ruf. Sie stehen sich sehr nahe. Wenn Erich von der Sache erfährt, besteht er vielleicht darauf, daß sein Bruder auch mit ins Vertrauen gezogen wird.«

»Ist das erlaubt?«

»In dem Dokument steht nichts, was es verbietet. Aber die Vergütung bleibt dieselbe, und jede Familie hat in allen Entscheidungen nur eine Stimme.«

»Was ist mit den von Tiebolts?«

»Das ist eine andere Geschichte, fürchte ich. Die könnten für Sie problematisch sein. Die Mutter und zwei Kinder flohen nach dem Krieg nach Rio de Janeiro. Vor fünf oder sechs Jahren sind sie verschwunden. Buchstäblich. Die Polizei verfügt über keinerlei Informationen. Keine Adresse, keine Geschäftsverbindungen und keine Eintragungen in irgendeiner größeren Stadt. Und das ist ungewöhnlich; die Mutter war eine Zeitlang recht erfolgreich. Niemand scheint zu wissen, was geschehen ist, oder wenn es jemand weiß, ist er nicht bereit, es zu sagen.«

»Sie sagten zwei Kinder. Wer sind sie?«

»Tatsächlich gibt es drei Kinder. Das jüngste, eine Tochter, Helden, ist nach dem Krieg in Brasilien geboren, offensichtlich in den letzten Tagen des Reiches gezeugt. Das älteste ist ebenfalls eine Tochter, Gretchen. Das mittlere Kind ist Johann, der Sohn.«

»Sie sagen, sie seien verschwunden?«

»Vielleicht ist das zu dramatisch formuliert. Wir sind Bankiers, keine Detektive. Unsere Nachforschungen waren nicht allzu gründlich. Und Brasilien ist ein großes Land. *Ihre* Nachforschungen müssen gründlich sein. Die Nachkommen beider Männer müssen gefunden und gründlich überprüft werden. Das ist die erste Bedingung in dem Dokument; wenn die nicht erfüllt wird, wird das Konto nicht freigegeben.«

Holcroft schloß die Ledermappe mit dem Dokument und schob sie in seinen Aktenkoffer. Dabei berührte seine Hand das Blatt mit dem Text in Blockschrift, den die Überlebenden der Wolfsschanze vor dreißig Jahren verfaßt hatten. Manfredi hatte recht. Es waren kranke, alte Männer, die versuchten, ihre letzte, verzweifelte Rolle in einem Drama der Zukunft zu spielen, die sie kaum verstanden. Wenn sie sie verstanden hätten, dann hätten sie an den ›Sohn Heinrich Clausens‹ appelliert, nicht ihn bedroht. Die Drohung war das Rätselhafte. Warum die Drohung? Zu welchem Zweck? Aber auch hier mochte Manfredi recht haben. Das seltsame Papier hatte heute keine Bedeutung mehr. Es galt, andere Dinge zu überlegen.

Holcroft fing den Blick der Stewardeß auf, die an einem Tisch mit zwei Männern plauderte, und bedeutete ihr mit einer Handbewegung, daß er noch einen Scotch wolle. Sie lächelte freundlich, nickte und gab zu verstehen, daß sein Drink gleich komme. Er wandte sich wieder seinen Gedanken zu.

Die unvermeidlichen Zweifel drängten an die Oberfläche. War er bereit, praktisch ein Jahr seines Lebens einem Projekt zu widmen, das so ungeheuerlich war, daß er sich zuerst vergewissern mußte, ob er das Zeug dazu hatte, ehe er daran denken konnte, die Kinder Kesslers und von Tiebolts zu überprüfen – falls er die letzteren überhaupt fand. Manfredis Worte hallten in seinem Ohr. *Haben Sie denn wirklich eine Wahl?* Diese Frage ließ sich ebenso mit Ja wie mit Nein beantworten. Die zwei Millionen, die Freiheit für ihn bedeuteten, stellten eine Versuchung dar, der schwer zu widerstehen war, aber er würde das schaffen. Er war unzufrieden, ohne Zweifel, aber beruflich liefen die Dinge gut. Allmählich verbreitete sich sein Ruf. Immer mehr Auftraggeber anerkannten seine Fähigkeiten und erzählten möglichen neuen Auftraggebern von ihm. Was geschähe, wenn er plötzlich aufhörte? Welche Wirkung hätte es, wenn er sich Knall auf Fall von einem Dutzend Projekten zurückzog, um die er sich beworben hatte? Auch das waren Fragen, die es gründlich zu überlegen galt; er war kein Mensch, der nur ans Geld dachte.

Und doch begriff Noel, während seine Gedanken schweiften, wie nutzlos diese Gedanken waren. Verglichen mit seinem ›Vertrag‹ waren diese Fragen belanglos. Ganz gleich, wie seine persönlichen Lebensumstände sein mochten, die Verteilung von Millionen an die Überlebenden einer Unmenschlichkeit, wie sie die Geschichte bisher nicht gekannt hatte, war seit langem überfällig; das war eine Verpflichtung, die man nicht so einfach von sich schieben konnte. Eine Stimme hatte über die

Jahre hinweg nach ihm gerufen, die Stimme eines Mannes, den sein Gewissen folterte und der der Vater war, den er nie gekannt hatte. Aus Gründen, die er sich selbst nicht erklären konnte, konnte er sich dieser Stimme nicht verschließen; er konnte den gequälten Mann nicht einfach im Stich lassen. Er würde morgen früh nach Bedford Hills fahren und mit seiner Mutter sprechen.

Holcroft blickte sich nach der Stewardeß mit seinem Drink um. Sie stand an der schwach beleuchteten Theke, die in der Lounge der B-747 als Bar diente. Die beiden Männer vom Tisch hatten sich zu ihr gestellt, und bei ihnen war noch ein dritter. Weiter hinten saß ein vierter Mann still in einem Sessel und las Zeitung. Die zwei Männer, mit denen sich die Stewardeß vorhin unterhalten hatte, waren schon ziemlich hinüber, während der dritte, um mitzuhalten, so tat, als wäre er weniger nüchtern, als er tatsächlich war. Die Stewardeß sah Noels Blick und hob in gespielter Verzweiflung die Brauen. Sie hatte seinen Scotch eingeschenkt, aber einer der Betrunkenen hatte das Glas verschüttet; sie wischte gerade mit einem Lappen auf. Plötzlich taumelte der Begleiter der Betrunkenen gegen einen Sessel, war offenbar aus dem Gleichgewicht geraten. Die Stewardeß eilte um die Theke herum, um dem gestürzten Passagier behilflich zu sein. Einer der Saufkumpane lachte und hielt sich selbst am nächsten Sessel fest; der andere griff sich einen Drink von der Bar. Der vierte Mann blickte verstimmt auf und raschelte mißbilligend mit seiner Zeitung. Noel schaute aus dem Fenster, er wollte mit all dem nichts zu tun haben.

Ein paar Minuten später erschien die Stewardeß an seinem Platz. »Es tut mir leid, Mr. Holcroft. Manche können's eben nicht lassen – ganz besonders auf der Atlantikstrecke, hab' ich den Eindruck. Das war doch Scotch on the Rocks, nicht wahr?«

»Ja, danke.« Noel nahm das Glas von dem attraktiven Mädchen entgegen und fing ihren Blick auf. Er schien sagen zu wollen: *Danke, Sie netter Mensch, daß Sie sich nicht so aufdringlich wie diese langweiligen Säufer benehmen.* Unter anderen Umständen hätte er sie vielleicht in ein Gespräch verwickelt, aber jetzt beschäftigte ihn Wichtigeres. In Gedanken war er dabei, eine Liste der Dinge aufzustellen, die er am Montag in Angriff nehmen mußte. Sein Büro zu schließen war, was das Personal anging, nicht schwierig; er hatte nur einen kleinen Stab. Eine Sekretärin und zwei Zeichner, die er leicht bei Freunden unterbringen konnte. Wahrscheinlich für ein höheres Gehalt. Aber warum, ja warum, sollte er Holcroft Incorporated, New York, gerade jetzt dichtmachen, wo man seine Pläne doch für Projekte in Betracht zog, bei denen er seinen Stab vielleicht verdreifachen und sein Einkommen vervierfachen konnte? Die Erklärung dafür mußte sowohl vernünftig sein als auch jeder Überprüfung standhalten.

Unvermittelt sprang ein Passagier auf der anderen Seite von seinem Sitz auf, und seiner Kehle entrang sich ein heiserer, wilder Schmerzensschrei. Er bog den Rücken wie im Krampf zurück, so, als bekäme er keine Luft, griff sich zuerst an den Leib und dann an die Brust. Er stürzte gegen den Ständer mit den Zeitschriften und Flugplänen und krümmte sich mit aufgerissenen Augen. Die Adern an seinem Hals traten purpurrot hervor. Er taumelte vorwärts und fiel zu Boden. Es war der dritte Mann, der sich zu den zwei Betrunkenen an der Bar und der Stewardeß gesellt hatte.

Die nächsten Augenblicke waren chaotisch. Die Stewardeß eilte zu dem Gestürzten, untersuchte ihn flüchtig und tat dann, was die Vorschriften ihrer Gesellschaft von ihr verlangten. Sie instruierte die drei anderen Passagiere in der Kabine, ihre Plätze nicht zu verlassen, schob dem Mann ein Kissen unter den Kopf und ging zu der Sprechanlage an der Wand hinter der Theke. Wenige Sekunden darauf rannte ein Steward über die Wendeltreppe herauf, während der Flugkapitän der British Airways aus dem Cockpit kam. Sie wechselten mit der Stewardeß ein paar schnelle Worte. Deren Kollege eilte zur Treppe und kam wenige Augenblicke später mit einem Schreibbrett zurück, auf dem mit einer Klammer ein Block befestigt war. Offensichtlich handelte es sich um die Passagierliste.

Der Kapitän wandte sich jetzt an die Fluggäste in der Lounge. »Würden Sie bitte alle auf Ihre Plätze unten zurückkehren. An Bord ist ein Arzt. Man ruft ihn jetzt. Vielen Dank.«

Als Holcroft die Wendeltreppe hinunterging, zwängte sich eine Stewardeß mit einer Decke an ihm vorbei. Dann hörte er, wie der Kapitän über die Sprechanlage eine Anweisung erteilte. »Funkspruch an Kennedy Airport. Stellen Sie einen Notarztwagen bereit. Männlicher Passagier. Name Thornton. Vermutlich Herzanfall.«

Der Arzt kniete neben der reglosen Gestalt, die hinten in der Lounge auf dem Sessel ausgestreckt lag, und bat um eine Taschenlampe. Ein Kopilot rannte ins Cockpit und brachte eine. Der Arzt rollte die Augenlider des Mannes namens Thornton zurück, drehte sich dann herum und winkte dem Kapitän. Der Kapitän beugte sich zu ihm hinunter, denn der Arzt sprach mit leiser Stimme.

»Er ist tot. Ohne Hilfsmittel und ohne eine Gewebs- und Blutanalyse ist es schwer, die Todesursache festzustellen, aber ich glaube nicht, daß dieser Mann einen Herzanfall hatte. Ich glaube, man hat ihn vergiftet. Ich würde auf Strychnin tippen.«

Im Büro des Zollinspektors herrschte plötzlich Stille. Hinter dem Schreibtisch des Inspektors saß ein Beamter der Mordkommission der

Polizeiabteilung bei der New Yorker Flughafenbehörde, vor sich ein Brett mit einer Klammer, auf dem ein Block der British Airways befestigt war. Der Zollinspektor stand verlegen daneben. Auf zwei Stühlen an der Wand saßen der Kapitän der B-747 und die Stewardeß, die die Lounge der ersten Klasse betreut hatte. An der Tür stand ein Polizist in Uniform. Der Kriminalbeamte starrte den Zollinspektor ungläubig an.

»Wollen Sie im Ernst sagen, daß zwei Leute dieses Flugzeug verlassen haben, durch die abgesperrten Gänge in den abgesperrten, bewachten Zollbereich gegangen und dann einfach *verschwunden* sind?«

»Ich habe keine Erklärung dafür«, sagte der Inspektor und schüttelte niedergeschlagen den Kopf. »Das ist noch nie passiert.«

Der Kriminalbeamte wandte sich an die Stewardeß. »Und Sie sind überzeugt, daß die Männer betrunken waren, Miß?«

»Jetzt bin ich mir nicht mehr so sicher«, erwiderte das Mädchen. »Ich habe darüber nachgedacht. Die haben eine ganze *Menge* getrunken, das weiß ich; das können sie nicht vorgetäuscht haben. Schließlich habe ich sie bedient. Sie kamen mir ziemlich beschickert vor. Harmlos, aber beschickert.«

»Könnte es sein, daß sie ihre Drinks irgendwie weggegossen haben? Ohne sie zu trinken?«

»Wohin denn?« fragte die Stewardeß.

»In Aschenbecher oder Sitzpolster. Was ist denn auf dem Boden?«

»Teppichbelag«, antwortete der Pilot.

Jetzt wandte sich der Kriminalbeamte an den Polizisten bei der Tür. »Nehmen Sie über Funk mit der Gerichtsmedizinischen Abteilung Verbindung auf. Die sollen den Teppich, die Sitzpolster und die Aschenbecher überprüfen. Die linke Hälfte vorne. Feuchtigkeit genügt schon. Sagen Sie mir Bescheid.«

»Yes, Sir.« Der Polizist ging hinaus und schloß die Tür hinter sich.

»Jeder reagiert auf Alkohol anders«, meinte der Kapitän.

»Aber nicht bei den Mengen, die die junge Dame geschildert hat«, sagte der Kriminalbeamte.

»Aber warum ist das denn so wichtig?« fragte der Kapitän. »Das sind doch ganz offensichtlich nicht die Männer, die Sie suchen. Sie sind verschwunden, wie Sie es formuliert haben. Natürlich hat das einige Planung erfordert.«

»Alles ist wichtig«, erklärte der Beamte. »Man kann die Methoden mit denen der früheren Straftaten vergleichen. Wir interessieren uns für alles. Für verrückte Leute. Für Reiche, verrückte Leute, die um die Welt jetten und sich ihren Nervenkitzel suchen. Für jede Art von Macken, die Leute ausflippen oder abheben lassen – ob mit Alkohol oder mit Drogen, das macht keinen Unterschied. Soweit wir das feststellen können, haben die zwei fraglichen Männer diesen Thornton

nicht einmal gekannt; Ihre Stewardeß hier sagt, sie hätten sich vorgestellt. Warum haben sie ihn getötet? Und, wenn wir einmal als Tatsache
unterstellen, daß sie die Täter sind, weshalb so brutal? Es *war* Strychnin,
Captain, und Sie können es mir glauben, das ist eine verdammt
unangenehme Art abzukratzen.«

Das Telefon klingelte. Der Zollinspektor hob ab, hörte kurz hin und
reichte den Hörer dann dem Kriminalbeamten. »Das State Department.
Für Sie.«

»Hallo? Hier Lieutenant Miles, New Yorker Flughafenpolizei. Haben
Sie die Information, um die ich gebeten habe?«

»Ja, aber sie wird Ihnen nicht gefallen...«

»Augenblick«, unterbrach Miles. Die Tür war aufgegangen, und der
uniformierte Polizist war wieder hereingekommen. »Was haben Sie?«
fragte ihn Miles.

»Die Sitzpolster und der Teppichboden auf der linken Seite sind
naß.«

»Dann waren die stocknüchtern«, sagte der Lieutenant mit monotoner Stimme. Er nickte und wandte sich wieder dem Telefon zu. »Fahren
Sie fort, bitte. Was wird mir nicht gefallen?«

»Die fraglichen Pässe sind vor mehr als vier Jahren für ungültig
erklärt worden. Sie gehörten zwei Männern aus Flint in Michigan.
Nachbarn; sie haben für dieselbe Firma in Detroit gearbeitet. Im Juni
1973 machten sie miteinander eine Geschäftsreise nach Europa und
sind nie zurückgekehrt.«

»Weshalb hat man die Pässe für ungültig erklärt?«

»Sie sind aus ihren Hotelzimmern verschwunden. Drei Tage später
hat man ihre Leichen im Fluß gefunden. Man hatte die beiden erschossen.«

»*Heiland*! In was für einem Fluß? Wo?«

»In der Isar. Sie waren in München, in Deutschland.«

Nacheinander geleitete man die aufgebrachten Passagiere von Flug
Nummer 591 in einen abgeschlossenen Raum. Ihre Namen und Adressen und Telefonnummern wurden von einem Vertreter von British
Airways mit der Passagierliste der B-747 verglichen. Neben dem Vertreter der Fluggesellschaft stand ein Angehöriger der Polizei, der sich auf
einem Duplikat der Liste ebenfalls Notizen machte. Die Überprüfung
nahm beinahe vier Stunden in Anspruch.

Anschließend schickte man die Fluggäste zur Gepäckausgabe, wo sie
ihr inzwischen abgefertigtes Gepäck entgegennahmen; danach stand
ihrem Gang ins Freie nichts mehr im Wege. Ein Reisender freilich
machte keine Anstalten, die Gepäckausgabe zu verlassen. Dieser
Mann, der kein Gepäck trug, sondern nur einen Regenmantel über den

Arm gelegt hatte, ging geradewegs auf eine Tür zu, die in dicken, mit Schablone aufgemalten Lettern die Aufschrift trug:

U.S. Customs, Control Center
Authorized Personnel Only

Er zeigte einen Ausweis und trat ein.

Ein grauhaariger Mann in der Uniform eines höheren Zollbeamten stand am Fenster und rauchte eine Zigarette. Als er die Tür hörte, drehte er sich um. »Ich habe auf Sie gewartet«, sagte er. »Ich konnte nichts unternehmen, solange Sie da drin waren.«

»Ich hatte den Ausweis bereitgehalten für den Fall, daß Sie nicht hier gewesen wären«, erwiderte der Passagier und steckte den Ausweis wieder ein.

»Behalten Sie ihn, vielleicht brauchen Sie ihn noch; hier wimmelt es von Polizei. Was wollen Sie jetzt tun?«

»Ich will zu dem Flugzeug hinaus.«

»Sie glauben, die sind dort?«

»Ja. Irgendwo. Das ist die einzige Erklärung.«

Die zwei Männer verließen den Raum und gingen schnell durch die Gepäckausgabe, vorbei an den vielen Laufbändern, bis sie eine Stahltür mit der Aufschrift KEIN ZUTRITT erreichten. Der Zollbeamte zog einen Schlüssel heraus, sperrte auf und ging vor dem jüngeren Mann mit dem Regenmantel durch die Tür. Sie befanden sich jetzt in einem langen, mit Kunststoffplatten verkleideten Tunnel, der auf das Flugfeld hinausführte. Vierzig Sekunden später kamen sie wieder an eine Stahltür, die von zwei Männern bewacht wurde, einem Mitarbeiter der US-Zollbehörde und einem von der Flughafenpolizei. Ersterer erkannte den grauhaarigen Beamten.

»Hallo, Captain. Scheußlicher Abend, wie?«

»Das hat erst angefangen, fürchte ich«, sagte der Beamte. »Vielleicht werden wir doch noch hineingezogen.« Er sah den Polizisten an. »Dieser Mann ist von der Bundesbehörde«, fuhr er fort und deutete mit einer Kopfbewegung auf seinen Begleiter. »Ich bringe ihn zu der Fünfeinundneunziger raus. Vielleicht ist Rauschgift im Spiel.«

Der Polizist schien verwirrt. Offenbar hatte er Anweisung, niemanden durch die Tür zu lassen. Jetzt schaltete sich der Mann vom Zoll ein.

»Hey, jetzt machen Sie kein Theater. Dieser Mann hier ist der oberste Zollbeamte vom ganzen Kennedy-Flughafen.«

Der Polizist zuckte die Achseln und öffnete die Tür.

Aus dem schwarzen Nachthimmel draußen fiel gleichmäßiger Regen, den die Wolken von der Jamaica-Bay hereintrugen. Der Mann, der mit dem Zollbeamten gekommen war, zog seinen Regenmantel an.

Seine Bewegungen waren schnell; in der Hand unter dem Mantel war eine Waffe verborgen. Jetzt steckte sie in seinem Gürtel, die Knöpfe seines Jacketts waren offen.

Die B-747 glitzerte im Licht der Scheinwerfer, der Regen strömte an ihrem Rumpf herunter. Es wimmelte hier von Polizei und Bodenpersonal, die sich durch die schwarzen und orangeroten Gummimäntel voneinander unterschieden.

»Ich halte Ihnen den Rücken frei gegenüber der Polizei«, sagte der Zollbeamte und wies auf die Stahltreppe, die von einem Lastwagen zu einer Tür im Rumpf der Maschine führte. »Gute Jagd.«

Der Mann im Regenmantel nickte, ohne richtig zuzuhören. Seine Augen suchten die Umgebung ab. Der B-747 galt sein ganzes Interesse; im Umkreis von dreißig Metern waren Pfosten aufgestellt, die mit Seilen verbunden waren, dazwischen standen Polizisten. Der Mann im Regenmantel befand sich innerhalb dieser Umfriedung; er konnte sich frei bewegen. Er bog nach rechts ab und ging zum hinteren Teil des Flugzeuges. Er nickte den Polizisten zu, zeigte gelegentlich solchen, die ihn mit fragenden Blicken musterten, seinen Ausweis, indem er sein Lederetui kurz aufklappte. Er spähte durch den Regen und musterte die Gesichter der Männer, die das Flugzeug betraten und verließen. Als er drei Viertel des Weges um die Maschine zurückgelegt hatte, hörte er den zornigen Ruf eines Angehörigen des Bodenpersonals.

»Paß doch auf, du *Blödmann!* Du mußt die Winde sichern!«

Das galt einem andern vom Bodenpersonal, der auf der Plattform eines Tanklastwagens stand. Dieser Mann trug keinen Regenumhang; sein weißer Overall war völlig durchnäßt. Der Fahrer des Tanklasters war auch im Overall und ebenfalls ohne Regenschutz.

Das war es, dachte der Mann im Regenmantel. Die Killer hatten Overalls unter ihren Anzügen getragen. Aber daß es regnen könnte, hatten sie nicht mit ins Kalkül gezogen. Abgesehen von diesem Fehler war ihre Flucht brillant geplant gewesen.

Der Mann ging auf den Tanklastwagen zu, die Hand an der Waffe, die er unter dem Regenmantel verborgen hielt. Durch den Regen starrte er die Gestalt auf dem Fahrersitz hinter dem Fenster des Tanklasters an; der zweite Mann war rechts über ihm auf der Plattform und wandte sich jetzt ab. Das Gesicht hinter dem Fenster erwiderte ungläubig seinen Blick und duckte sich sofort zur rechten Seite. Aber der Mann im Regenmantel war zu schnell. Er riß die Tür auf, zog seinen Revolver und feuerte. Der Schalldämpfer verschluckte die Detonation fast ganz. Der Mann auf dem Fahrersitz fiel gegen das Armaturenbrett, Blut strömte aus seiner Stirn.

Als der Mann auf der Plattform den Lärm unter sich hörte, fuhr er herum und sah nach unten.

»*Sie! In der Lounge!* Mit der Zeitung!«

»Einsteigen«, befahl der Mann im Regenmantel, und seine Worte hallten klar und deutlich durch den strömenden Regen. Die Tür des Tanklasters verbarg seine Pistole.

Die Gestalt auf der Plattform zögerte. Der Mann mit der Waffe sah sich um. Die Polizisten ringsum waren damit beschäftigt, sich wegen des strömenden Regens leid zu tun und wurden außerdem von den Scheinwerfern geblendet. Keiner beobachtete die tödliche Szene, die sich dicht vor ihnen abspielte. Der Mann im Regenmantel griff nach oben, packte den überlebenden Killer an seinem Overall und riß ihn gegen die offene Tür des Tanklasters.

»Sie haben versagt. Heinrich Clausens Sohn lebt immer noch«, sagte er ruhig. Dann feuerte er einen zweiten Schuß ab. Der Killer fiel auf den Sitz zurück.

Der Mann im Regenmantel schloß die Tür und schob die Waffe in den Gürtel zurück. Dann schlenderte er davon, ging unter dem Leitwerk durch auf die mit Seilen abgespannte Gasse zu, die zum Tunnel führte. Er konnte den Zollbeamten jetzt aus der Tür der B-747 herauskommen sehen, er kletterte schnell die Treppe herunter. Er wartete auf ihn, dann gingen sie gemeinsam auf die Tunneltür zu.

»Was war?« fragte der Beamte.

»Ich hatte eine bessere Jagd als die beiden. Die Frage ist jetzt, was unternehmen wir wegen Holcroft?«

»Das ist nicht unsere Angelegenheit. Das ist Sache des Tinamu. Wir müssen den Tinamu informieren.«

Der Mann im Regenmantel lächelte, aber er wußte, daß man sein Lächeln in dem Wolkenbruch nicht sehen konnte.

4

Holcroft stieg vor seinem Apartment in der Dreiundsiebzigsten Straße East aus dem Taxi. Er war erschöpft. Das tragische Geschehen an Bord des Flugzeugs hatte die Belastung der letzten drei Tage noch verstärkt. Der arme Teufel, der den Herzanfall erlitten hatte, tat ihm leid. Das änderte aber nichts an seiner Wut auf die Flughafenpolizei. Die hatte den Zwischenfall behandelt, als ob er eine Staatsaffäre wäre. Du lieber Gott! Wie Gefangene festgehalten! Und das fast vier Stunden lang! Und sämtliche Passagiere der Ersten Klasse mußten die Polizei die nächsten zwei Monate über ihren jeweiligen Aufenthaltsort unterrichten.

Der Pförtner begrüßte ihn. »Diesmal war die Reise aber kurz, Mr. Holcroft. Aber Sie haben eine Menge Post. O ja, und eine Mitteilung.«

»Eine Mitteilung?«

»Ja, Sir«, sagte der Mann und reichte ihm eine Geschäftskarte. »Dieser Herr war gestern da und hat sich nach Ihnen erkundigt. Er war ziemlich außer sich, verstehen Sie?«

»Nicht ganz.« Noel nahm die Karte und las: PETER BALDWIN, ESQ.; der Name sagte ihm nichts. WELLINGTON SECURITY SYSTEMS, LTD. THE STRAND, 411. Darunter war eine Telefonnummer angegeben. Holcroft hatte von der Firma noch nie gehört. Er drehte die Karte um; auf der Rückseite stand mit Bleistift: ST. REGIS HOTEL, ZIMMER 411.

»Er hat darauf bestanden, daß ich Ihr Apartment anrufe, für den Fall, daß ich Sie beim Zurückkommen nicht gesehen hätte. Ich sagte ihm, das sei verrückt.«

»Er hätte mich selbst anrufen können«, sagte Noel und ging auf den Lift zu. »Ich stehe im Telefonbuch.«

»Er hat gesagt, das habe er versucht, aber Ihr Telefon habe nicht funktioniert.« Die Lifttür schloß sich bei den letzten Worten des Mannes. Als die Kabine ins vierte Stockwerk hinaufglitt, las Holcroft den Namen noch einmal. Peter Baldwin, Esq. Wer war das? Und seit wann funktionierte sein Telefon nicht mehr?

Er öffnete seine Wohnungstür und griff nach dem Lichtschalter an der Wand. Zwei Tischlampen leuchteten gleichzeitig auf; Noel ließ den Koffer fallen und starrte ungläubig auf das Bild, das sich ihm bot.

Nichts war so, wie es vor drei Tagen gewesen war! *Nichts*. Jedes Möbelstück, jeder Stuhl, jeder Tisch, jede Vase und jeder Aschenbecher befand sich an einer anderen Stelle. Seine Couch hatte mitten im Raum gestanden; jetzt stand sie in der rechten Ecke. Jede Skizze und jedes Gemälde an den Wänden war umgehängt worden, keines war an seinem alten Platz! Die Stereoanlage stand nicht mehr im Regal; sie war ordentlich auf einem Tisch aufgebaut. Seine Bar war von der Rückwand des Wohnzimmers links neben die Tür gerückt. Sein Reißbrett, gewöhnlich am Fenster, stand jetzt meterweit weg, und sein Arbeitshocker irgendwo anders – weiß Gott wo. Es war das seltsamste Gefühl, das er je gehabt hatte. Alles vertraut und doch wie ein Traum. Eine verzerrte Wirklichkeit. Er stand noch immer unter der Tür. Bilder von dem Raum, wie er einmal gewesen war, tauchten vor ihm auf, aber das, was er jetzt sah, schob sich davor.

»Was ist da *passiert*?« Er hörte seine eigenen Worte, brauchte aber eine Weile, bis er begriff, daß er sie gesprochen hatte.

Er rannte zur Couch; das Telefon stand immer dicht bei der Couch auf einem Tischchen neben der rechten Armlehne. Aber die Couch war verstellt worden. Er blickte sich um. Wo war das Tischchen? Es war nicht mehr da; dort, wo das Tischchen hätte sein sollen, stand jetzt ein

Sessel. *Wo* war das Telefon? Wo war das Tischchen? Wo, zum Teufel, war das Telefon?

Er entdeckte es am Fenster. Dort, am Wohnzimmerfenster, war jetzt sein Küchentisch. Auf ihm stand das Telefon. Am großen Fenster mit dem Blick auf das Apartmenthaus auf der anderen Seite der Grünanlage. Man hatte die Telefonleitung unter dem Teppichboden hervorgeholt und den Apparat am Fenster installiert. Welcher Verrückte hatte den Spannteppich abgelöst und die Telefonleitung verlegt?

Er rannte hinüber, nahm den Hörer ab und drückte den Knopf, der die Verbindung mit der Zentrale in der Eingangshalle herstellte. Er drückte den Knopf ein paarmal; niemand meldete sich. Dann ließ er den Finger darauf, und schließlich hörte er die gehetzte Stimme von Jack, dem Pförtner.

»Ja, bin schon da. Hier ist die Lobby...«

»Jack, hier Mr. Holcroft. Wer war während meiner Abwesenheit in meiner Wohnung?«

»Wer war wo, Sir?«

»In meiner *Wohnung*!«

»Hat man Sie beraubt, Mr. Holcroft?«

»Das weiß ich noch nicht. Ich weiß nur, daß nichts mehr an seinem Platz ist. Wer war hier?«

»Niemand. Ich meine, *ich* weiß von niemand. Und die anderen haben auch nichts gesagt. Ich werde um vier Uhr früh von Ed abgelöst, und der hat mittags Schluß. Dann ist Louie dran.«

»Können Sie sie anrufen?«

»Die Polizei kann ich anrufen!«

Das Wort ließ ihn zusammenzucken. ›Polizei‹ war gleichbedeutend mit Fragen – *Wo sind Sie gewesen? Mit wem haben Sie sich getroffen?* Noel war sich nicht sicher, daß er irgendwelche Antworten geben wollte.

»Nein, rufen Sie nicht die Polizei. Noch nicht. Solange ich nicht festgestellt habe, ob etwas fehlt. Vielleicht hat jemand geglaubt, das sei ein guter Witz. Ich rufe Sie wieder an.«

»Ich spreche inzwischen mit den anderen.«

Holcroft legte auf. Er setzte sich auf den breiten Fenstersims und sah sich prüfend im Zimmer um.

Alles war verändert. Kein einziges Möbelstück stand da, wo es gewesen war!

Er hielt noch immer die Visitenkarte in der linken Hand: PETER BALDWIN, ESQ.

›...er war ziemlich außer sich, verstehen Sie?... Er hat darauf bestanden, daß ich Ihr Apartment anrufe... Ihr Telefon habe nicht funktioniert...‹

ST. REGIS HOTEL, ZIMMER 411.

Noel nahm den Hörer ab und wählte. Er kannte die Nummer; er aß häufig im King-Cole-Grill zu Mittag.

»Ja? Hier Baldwin.« Eine britische Stimme, irgendwie abgehackt klingend.

»Hier spricht Noel Holcroft, Mr. Baldwin. Sie wollten mich sprechen.«

»Gott sei Dank! Wo sind Sie?«

»Zu Hause. In meiner Wohnung. Ich bin gerade zurückgekommen.«

»Zurück? Von wo?«

»Ich glaube nicht, daß Sie das etwas angeht.«

»Du lieber Himmel, ich habe fünftausend Kilometer hinter mich gebracht, um mich mit Ihnen zu treffen! Es ist ungeheuer wichtig. Also, wo *waren* Sie?«

Der Atem des Engländers war durch die Leitung zu hören; irgendwie schien die Eindringlichkeit des Mannes auf Furcht zu deuten. »Es ist für mich sehr schmeichelhaft, daß Sie wegen mir so weit gereist sind, aber das gibt Ihnen trotzdem nicht das Recht, mir persönliche Fragen zu stellen...«

»Und *ob* ich das Recht habe!« unterbrach ihn Baldwin. »Ich habe zwanzig Jahre bei MI-6 verbracht, und wir haben eine ganze Menge zu besprechen! Sie haben keine Ahnung, worauf Sie sich hier einlassen. Niemand weiß das, nur ich.«

»Sie haben was? *Wir* haben was?«

»Lassen Sie es mich einmal so ausdrücken. Vergessen Sie Genf. Vergessen Sie es, Mr. Holcroft, bis wir miteinander gesprochen haben!«

»Genf...?« Das Wort war wie ein Schlag in den Magen. Woher wußte dieser Engländer etwas von Genf? Wie *konnte* er etwas wissen?

Vor dem Fenster flackerte ein Licht; jemand in einem Apartment auf der anderen Seite des Hofes hatte sich eine Zigarette angezündet. Trotz seiner Erregung zog das Holcrofts Blick an.

»Da ist jemand an der Tür«, sagte Baldwin. »Bleiben Sie am Apparat. Ich wimmle ihn ab, und dann sprechen wir weiter.«

Noel hörte, wie Baldwin den Hörer hinlegte, dann das Geräusch einer sich öffnenden Tür und unverständliche Stimmen. Auf der anderen Seite des Hofes wurde wieder ein Streichholz angerissen und beleuchtete das lange blonde Haar einer Frau hinter dem durchsichtigen Store.

Holcroft merkte, daß es im Hörer still geworden war; er hörte jetzt keine Stimmen mehr. Die Zeit verstrich; der Engländer kam nicht zurück.

»Baldwin? Baldwin, sind Sie da? *Baldwin!*«

Zum drittenmal flammte im Fenster ein Streichholz auf. Noel starrte hinüber, ohne zu wissen, warum. Er konnte das Glühen der Zigarette im Mund der blonden Frau sehen. Und dann sah er, was sie in der anderen Hand hielt, es zeichnete sich hinter dem durchsichtigen Store ab. Ein Telefon. Sie hielt einen Telefonhörer am Ohr und blickte zu seinem Fenster herüber – sah, dessen war er sicher, ihn an.

»*Baldwin?* Wo, zum Teufel, *sind* Sie?«

Ein Klicken. Jetzt war die Leitung tot.

»*Baldwin!*«

Die Frau am Fenster ließ den Hörer langsam sinken, hielt einen Augenblick inne und ging dann weg; er konnte sie nicht mehr sehen.

Holcroft starrte zu dem Fenster hinüber und blickte dann auf den Telefonhörer in seiner Hand. Er wartete, bis er eine Amtsleitung bekam, und wählte erneut die Nummer des St. Regis.

»Es tut mir leid, Sir, aber das Telefon in Zimmer 411 scheint nicht in Ordnung zu sein. Wir schicken gleich jemanden hinauf. Würden Sie mir Ihre Nummer geben, dann sagen wir Mr. Baldwin Bescheid.«

Ihr Telefon habe nicht funktioniert...

Hier geschah etwas, was Noel nicht begriff. Ihm war nun klar, daß er der Vermittlung im St. Regis weder seinen Namen noch seine Telefonnummer geben würde. Er legte auf und sah wieder zu dem Fenster auf der anderen Seite des Hofes hinüber. Jetzt brannte dort kein Licht mehr. Das Fenster war dunkel; er konnte nur noch das Weiß des Vorhangs sehen.

Er stieß sich vom Fenstersims ab und ging ziellos im Zimmer umher, um vertraute Gegenstände an den falschen Stellen. Er wußte nicht recht, was er tun sollte; wahrscheinlich sollte er nachsehen, ob etwas fehlte. Das schien nicht der Fall zu sein, aber das war so schnell natürlich schwer zu sagen.

Das Telefon summte: dem Ton nach die Verbindung mit der Zentrale in der Eingangshalle.

Er nahm ab.

»Jack, Mr. Holcroft. Ich habe gerade mit Ed und Louie gesprochen. Von denen hat keiner einen in Ihre Wohnung gehen sehen. Und das sind ehrliche Burschen. Die würden auch selber keine Dummheiten machen. Keiner von uns würde das.«

»Danke, Jack. Ich glaube Ihnen.«

»Soll ich jetzt die Polizei anrufen?«

»Nein.« Noel versuchte, gleichgültig zu klingen. »Ich habe das Gefühl, da wollte mir jemand vom Büro einen Streich spielen. Von denen haben ein paar die Schlüssel.«

»Ich hab' aber niemanden gesehen. Und Ed auch nicht, und –«

»Schon gut, Jack«, unterbrach ihn Holcroft. »Vergessen Sie's. Am Abend vor meiner Abreise hatten wir eine Party. Ein oder zwei sind dageblieben.« Etwas anderes fiel Noel im Augenblick nicht ein.

Plötzlich wurde ihm bewußt, daß er noch gar nicht in sein Schlafzimmer gesehen hatte. Er ging hin und machte Licht.

Er hatte es erwartet, aber trotzdem war es ein Schock. Jetzt war die Desorientierung vollkommen.

Auch hier war jedes Möbelstück an einen anderen Platz gestellt worden. Das Bett fiel ihm als erstes auf; es war seltsam beängstigend. Es stand mitten im Zimmer, isoliert, ohne irgendwo die Wand zu berühren. Seine Kommode stand vor einem Fenster, sein kleiner Schreibsekretär einsam und verloren vor der sonst völlig freien rechten Wand. So wie es ihm vor Minuten im Wohnzimmer ergangen war, flackerten jetzt die Bilder seines Schlafzimmers, wie es vor drei Tagen ausgesehen hatte, vor ihm auf und wurden von der Fremdheit dessen verdrängt, was er jetzt vor Augen hatte.

Dann sah er es und hielt unwillkürlich den Atem an. Von der Decke hing sein zweites Telefon herunter, mit schwarzem Klebeband zusammengeklebt, die Zuleitung schlängelte sich die Wand hinauf und über die Decke bis zu dem Haken, an dem der Apparat hing.

Es drehte sich langsam.

Der Schmerz wanderte jetzt von seinem Magen empor in seine Brust; seine Augen hingen wie gebannt an dem Bild, an dem Apparat, der sich langsam in der Luft drehte. Er fürchtete sich davor, den Blick auf etwas anderes zu richten, wußte aber, daß er es mußte; er mußte das begreifen.

Und als er es schließlich tat, setzte sein Atem wieder ein. Das Telefon hing vor der Badezimmertür, und die Tür stand offen. Er sah, wie sich die Vorhänge im Fenster neben dem Waschbecken blähten. Der gleichmäßig hereinwehende kalte Wind versetzte das Telefon in Bewegung.

Er ging schnell ins Bad, um das Fenster zu schließen. Als er gerade im Begriff war, die Vorhänge zuzuziehen, sah er draußen ein kurzes Aufleuchten; ein Streichholz war in einem anderen Fenster, drüben, jenseits der Grünanlage, angerissen worden, und die Flamme erschreckte ihn in der Dunkelheit. Er blickte hinaus.

Da war die Frau wieder! Die blonde Frau, und wieder zeichnete sich ihr Oberkörper als Silhouette hinter einem durchsichtigen Vorhang ab. Er starrte die Gestalt an wie von ihr hypnotisiert.

Wie vor einigen Minuten drehte sie sich um und ging weg. Jetzt war sie nicht mehr zu sehen. Und das schwache Licht im Fenster ging aus.

Was geschah da? Was bedeutete es? Da wurden Dinge in Szene gesetzt, um ihm Angst zu machen. Aber von wem und zu welchem Zweck?

Und was war aus Peter Baldwin, Esq., geworden, dem Mann mit der eindringlichen Stimme und dem Befehl, Genf zu vergessen? War Baldwin auch ein Teil von dem Schrecken – oder sein Opfer?

Opfer... *Opfer?* Seltsam, daß ihm das Wort in den Sinn gekommen war, dachte er. Warum sollte es Opfer geben? Und was meinte Baldwin, als er sagte, er habe ›zwanzig Jahre bei MI-6‹ verbracht?

MI-6? Eine Abteilung des britischen Geheimdienstes. Wenn er sich recht erinnerte, war MI-5 die Abteilung, die sich mit Angelegenheiten des Inneren befaßte; 6 war für Probleme außerhalb des Landes zuständig. Sozusagen die britische CIA.

Großer Gott! Wußten die Briten von dem Genfer Dokument? War der britische Geheimdienst über den gigantischen Diebstahl vor dreißig Jahren informiert? Es schien so... aber das war es nicht, was Peter Baldwin angedeutet hatte.

Sie haben keine Ahnung, was Sie hier tun. Niemand weiß das, nur ich.

Und dann herrschte Schweigen, und die Leitung war tot.

Holcroft verließ das Badezimmer und blieb unter dem von der Decke hängenden Telefon stehen. Jetzt bewegte es sich kaum mehr, war aber noch nicht ganz zum Stillstand gekommen. Es war ein häßlicher Anblick, und das viele schwarze Klebeband, das den Apparat zusammenhielt, ließ das Ganze makaber erscheinen. So, als wäre das Telefon mumifiziert worden, um nie wieder benutzt zu werden.

Er ging weiter, auf die Schlafzimmertür zu, und blieb dann instinktiv stehen und drehte sich um. Etwas war ihm aufgefallen, was er vorher nicht bemerkt hatte. Die mittlere Schublade des kleinen Schreibsekretärs stand offen. Er sah genauer hin. In der Schublade lag ein Blatt Papier.

Der Atem stockte ihm, als er auf das Blatt sah.

Das konnte nicht *sein*, das war *verrückt*. Das Papier war gelblich braun. Vom *Alter*. Es war genau wie das Blatt, das dreißig Jahre lang in einem Safe in Genf aufbewahrt worden war. Wie der Drohbrief, den Fanatiker geschrieben hatten, die einen Märtyrer namens Heinrich Clausen verehrten. Es war dieselbe Schrift; die seltsamen Blockbuchstaben, dieselbe ausgebleichte, aber immer noch lesbare Tinte.

Und das, was lesbar war, war erstaunlich. Denn es war vor mehr als dreißig Jahren geschrieben worden.

NOELCLAUSEN-HOLCROFT
NICHTS IST SO, WIE ES FÜR SIE WAR.
NICHTS KANN JEMALS WIEDER SO SEIN...

Ehe er weiterlas, berührte Noel das Blatt an der Kante. Es zerbröckelte bei seiner Berührung.

O Gott! Es *war* vor dreißig Jahren geschrieben worden!

Und diese Tatsache machte den Rest der Botschaft beängstigend.

Die Vergangenheit diente der Vorbereitung, die Zukunft ist der Erinnerung an einen Mann und seinen Traum geweiht. Er hat kühn und scharfsinnig gehandelt in einer wahnsinnig gewordenen Welt. Nichts darf der Erfüllung jenes Traumes im Wege stehen.

Wir sind die Überlebenden der Wolfsschanze. Jene von uns, die noch am Leben sind, werden Leib und Leben dem Schutz des Traumes dieses Mannes widmen. Er wird erfüllt werden, denn er ist alles, was noch bleibt. Ein Akt der Barmherzigkeit. Der der Welt zeigen wird, dass man uns betrogen hat, dass wir nicht so waren, wie die Welt geglaubt hat.

Wir, die Männer der Wolfsschanze, wussten, was die Besten von uns waren, so wie Heinrich Clausen es wusste.

Jetzt obliegt es Ihnen, Noel Clausen-Holcroft, das zu Ende zu führen, was Ihr Vater begann. Sie sind der Weg.

Ihr Vater hat es so gewünscht.

Viele werden versuchen, Sie zu stoppen und den Traum zu vernichten, aber die Männer der Wolfsschanze leben noch. Sie haben unser Wort – alle, die Ihnen in die Quere kommen, werden selbst gestoppt werden.

Und jene, die Ihnen im Wege stehen, die versuchen, Sie von dem abzubringen, was Sie tun müssen, die versuchen, Sie mit Lügen zu täuschen, werden ausgelöscht werden.

So wie es mit Ihnen und den Ihren geschehen wird, sollten Sie zögern oder versagen.

Dies ist unser Schwur für Sie.

Noel riß das Papier aus der Schublade; es zerfiel in seiner Hand. Er ließ die Stücke zu Boden fallen.

»Diese verdammten Irren!« Er stieß die Schublade zu und rannte aus dem Schlafzimmer. Wo war das Telefon? Wo, zum Teufel, war das verdammte Telefon? Am Fenster – am Küchentisch stand es, vor dem Scheißfenster!

»Diese Irren!« schrie er noch einmal, zu niemand Bestimmtem. Aber in Wirklichkeit doch; der Schrei galt einem Mann in Genf, der sich in einem Zug nach Zürich befunden hatte. Vor dreißig Jahren mochten Irre dieses Blatt voll Unsinn geschrieben haben, aber jetzt, dreißig Jahre später, hatten andere Irre es zugestellt. Sie waren in sein Heim eingebrochen, in sein Privatleben, hatten berührt, was ihm gehörte... und weiß Gott, was sie sonst noch alles getan hatten, und er dachte dabei an Peter Baldwin, Esq., einen Mann, der Tausende von Kilometern gereist war, um sich mit ihm zu treffen und mit ihm zu sprechen. Und dann auf einmal Stille, ein Klicken, eine tote Telefonleitung.

Er sah auf die Uhr. Es war beinahe ein Uhr früh. Wie spät war es jetzt in Zürich? Sechs? Sieben? Die Banken in der Schweiz öffneten um acht. La Grande Banque de Genève hatte eine Zweigstelle in Zürich; dort würde Manfredi sein. Das Fenster. Er stand vor dem Fenster, wo er noch vor wenigen Minuten gestanden hatte, als er darauf wartete, daß Baldwin wieder ans Telefon zurückkam. Das *Fenster*. Auf der anderen Seite der Grünanlage, im gegenüberliegenden Apartment. Das dreimalige Aufflammen eines Streichholzes... die blonde Frau im Fenster!

Holcroft schob die Hand in die Tasche, um sich zu vergewissern, daß er seine Schlüssel hatte. Er hatte sie. Er rannte zur Tür, riß sie auf, spurtete zum Lift und drückte den Knopf. Die Anzeigetafel zeigte, daß sich die Kabine im neunten Stockwerk befand; der Pfeil bewegte sich nicht.

Verdammt!

Er rannte zur Treppe und hetzte hinunter, nahm zwei Stufen auf einmal. Er erreichte das Erdgeschoß und stürmte in die Eingangshalle hinaus.

»*Heiland*, Mr. Holcroft!« Jack starrte ihn an. »Sie haben mir aber einen Schrecken eingejagt!«

»Kennen Sie den Pförtner im Haus da drüben?« schrie Noel.

»In welchem?«

»*Herrgott! In dem da!*« Holcroft deutete nach rechts.

»Aber klar.«

»Kommen Sie mit!«

»Hey, langsam, Mr. Holcroft. Ich kann hier nicht weg.«

»Es dauert nur einen Augenblick. Sie kriegen zwanzig Dollar.«

»Nur einen Augenblick...«

Der Pförtner im Haus vis-à-vis begrüßte sie und begriff schnell, daß er genaue Informationen geben sollte.

»Es tut mir leid, Sir, aber in dieser Wohnung ist niemand. Sie steht schon beinahe drei Wochen leer. Aber sie ist leider vermietet; die neuen Mieter kommen in...«

»Da ist *schon* jemand!« sagte Noel, um Beherrschung bemüht. »Eine blonde Frau. Ich *muß* herausfinden, wer sie ist.«

»Eine blonde Frau? So mittelgroß, sieht recht gut aus, raucht ziemlich viel?«

»Ja, das ist sie! Wer ist das?«

»Leben Sie schon lange hier, Mister?«

»Was?«

»Ich meine, ob Sie Ihre Wohnung schon lange haben?«

»Was hat das denn damit zu tun?«

»Ich denke, Sie könnten vielleicht getrunken haben...«

»Was, zum Teufel, reden Sie da denn? Wer *ist* diese Frau?«

»Nicht *ist*, Mister. *War*. Die blonde Frau, von der Sie da sprechen, war Mrs. Palatyne. Sie ist letzten Monat gestorben.«

Noel saß auf dem Sessel vor dem Fenster und starrte über den Hof. Jemand versuchte, ihn in den Wahnsinn zu treiben. Aber warum? Das Ganze gab keinen Sinn! Fanatiker, Irre aus der Vergangenheit, von vor dreißig Jahren, hatten drei Jahrzehnte übersprungen und führten dreißig Jahre später den Befehl über jüngere, unbekannte Truppen. Noch einmal, *warum?*

Er hatte das St. Regis angerufen. Das Telefon auf Zimmer 411 funktionierte, war aber dauernd besetzt. Und eine Frau, die er ganz deutlich gesehen hatte, existierte nicht. Aber sie existierte! Und sie war in das Ganze verwickelt; das *wußte* er.

Er stand auf, ging an die umgestellte Bar und goß sich einen Drink ein. Er sah auf die Uhr; es war ein Uhr fünfzig. Er würde noch zehn Minuten warten müssen, bis die Überseevermittlung ihn zurückrief; die Bank war um zwei Uhr morgens nach New Yorker Zeit zu erreichen. Er trug sein Glas ans Fenster. Dabei kam er an seinem Radio vorbei. Es stand natürlich nicht da, wo es gewöhnlich stand, deshalb fiel es ihm auf. Geistesabwesend schaltete er das Gerät ein. Er mochte Musik; sie beruhigte ihn.

Aber was er hörte, war Sprache, nicht Musik. Eine dieser Stationen, die vierundzwanzig Stunden lang Nachrichten sendeten. Die Skala war verstellt, er hätte es sich denken können. *Nichts ist so, wie es für Sie war...*

Etwas, was im Radio gesagt wurde, erregte seine Aufmerksamkeit. Er drehte sich schnell im Sessel herum, wobei ein Teil seines Drinks auf seine Hose spritzte.

»...Polizei hat die Hoteleingänge abgeriegelt. Unser Reporter Richard Dunlop ist am Tatort und ist mit uns verbunden. Sprechen Sie, Richard. Was haben Sie erfahren?«

Ein Knattern ertönte, und dann die Stimme eines erregten Reporters.

»Der Mann hieß Peter Baldwin, John. Er war Engländer. Gestern eingetroffen, jedenfalls hat er sich gestern im St. Regis eingetragen. Die Polizei hat sich mit den Fluggesellschaften in Verbindung gesetzt, um weitere Einzelheiten zu erfahren. Soweit bis jetzt festgestellt wurde, war er in Ferien hier. Auf der Anmeldekarte des Hotels ist wenigstens keine Firma vermerkt.«

»Wann hat man die Leiche entdeckt?«

»Etwa vor einer halben Stunde. Ein Mann von der Hausverwaltung war in sein Zimmer gegangen, um das Telefon zu überprüfen. Er fand Mr. Baldwin auf seinem Bett ausgestreckt. Die Gerüchte, die hier herumschwirren, sind ziemlich wild, und man weiß nicht, was man glauben soll, aber die brutale Mordmethode spielt in allen die Hauptrolle. Baldwin soll erdrosselt worden sein. Mit einer Drahtschlinge. Ein Zimmermädchen vom dritten Stock hat wie am Spieß geschrien, daß das Zimmer über und über mit Blut —«

»War es ein Raubmord?« unterbrach der Sprecher im Interesse des guten Geschmacks.

»Das ist noch unklar. Die Polizei schweigt sich aus. Wie es heißt, warten sie, daß jemand vom britischen Konsulat kommt.«

»Vielen Dank, Richard Dunlop. Wir bleiben in Verbindung... Das war Richard Dunlop im St.-Regis-Hotel, an der Fünfundfünfzigsten Straße in Manhattan. Um es kurz zusammenzufassen, ein brutaler Mord hat sich heute morgen in einem der besten Hotels von New York ereignet. Ein Engländer namens Peter Baldwin...«

Holcroft schoß in die Höhe, taumelte zum Radio hinüber und schaltete ab. Dann stand er da und atmete schwer. Er wollte sich selbst nicht eingestehen, was er da gerade gehört hatte. So etwas hatte er nie für möglich gehalten; es war einfach nicht möglich. Aber es war *doch* möglich. Es war die Wirklichkeit, es war geschehen. Es war der Tod. Die Irren von vor dreißig Jahren waren keine Karikaturen, keine Figuren aus irgendeinem Melodrama. Sie waren brutale Killer.

Peter Baldwin, Esq., hatte ihn aufgefordert, Genf zu vergessen. Baldwin hatte den Traum gestört, den Vertrag... und jetzt war er tot, brutal mit einer Drahtschlinge erdrosselt.

Noel ging schwerfällig zu dem Sessel zurück und setzte sich. Er hob das Glas an die Lippen und nahm einige lange Schlucke von dem Whisky; aber der Scotch hatte keine beruhigende Wirkung. Das Pochen in seiner Brust wurde nur noch heftiger.

Das Aufflammen eines Streichholzes! Auf der anderen Seite der Grünfläche im Fenster! Da war sie! Im schwachen Licht hinter dem durchsichtigen Store zeichnete sich die Silhouette der blonden Frau ab. Sie starrte herüber, starrte *ihn* an! Er stand auf, fühlte sich hypnotisch zum Fenster gezogen, bis sein Gesicht nur noch wenige Zentimeter von der Scheibe entfernt war. Die Frau nickte; sie *nickte* langsam! Sie teilte ihm etwas mit. Sie teilte ihm mit, daß das, was er wahrnahm, Wirklichkeit war...! *Die blonde Frau, von der Sie da sprechen, war Mrs. Palatyne. Sie ist letzten Monat gestorben.*

In einem Fenster auf der anderen Seite in der Dunkelheit stand die Silhouette einer toten Frau und sandte ihm eine schreckliche Nachricht. Herrgott, er war im Begriff, *wahnsinnig* zu werden!

Das Telefon klingelte; das Schrillen erschreckte ihn. Er stürzte an den Apparat; er wollte nicht, daß es noch einmal klingelte.

»Mr. Holcroft, hier ist die Überseevermittlung. Ich habe Ihr Gespräch mit Zürich...«

Noel lauschte ungläubig der würdigen, mit einem Akzent behafteten Stimme aus der Schweiz. Der Mann am anderen Ende war der Leiter der Zürcher Filiale der Grand Banque de Genève. Ein *Directeur*, sagte er zweimal, um seine Stellung zu betonen.

»Wir empfinden tiefe Trauer, Mr. Holcroft. Wir wußten, daß die Gesundheit von Herrn Manfredi angegriffen war, hatten aber keine Ahnung, daß seine Krankheit schon so weit fortgeschritten war.«

»Wovon sprechen Sie? Was ist geschehen?«

»Eine tödliche Krankheit wirkt auf jeden Menschen anders. Unser Kollege war ein vitaler Mann, ein energischer Mann, und wenn solche Männer nicht mehr in gewohnter Weise arbeiten können, führt das oft zu Verzweiflung und starken Depressionen.«

»Was ist *geschehen?*«

»Es war Selbstmord, Mr. Holcroft. Herr Manfredi konnte seine Behinderung nicht ertragen.«

»*Selbstmord?*«

»Es hat keinen Sinn, etwas anderes als die Wahrheit zu sagen. Er hat sich aus seinem Hotelfenster gestürzt. Es ging barmherzig schnell. Um zehn Uhr wird La Grand Banque die geschäftlichen Aktivitäten für eine Trauerminute unterbrechen.«

»O mein *Gott*...«

»Aber«, fuhr die Stimme in Zürich fort, »alle Konten, mit denen Herr Manfredi persönlich befaßt war, werden in ähnlich fähige Hände übergeben. Wir sind überzeugt –«

Noel legte den Hörer auf und schnitt dem Mann damit das Wort ab. *Konten... in ähnlich fähige Hände übergeben.* Geschäftsgang wie üblich; ein Mann war tot, aber die Geschäfte der Schweizer Finanz durften nicht unterbrochen werden. Tot – *ermordet* war er worden.

Ernst Manfredi hatte sich nicht aus seinem Hotelzimmerfenster in Zürich gestürzt. Man hatte ihn *hinausgeworfen.* Die Männer der Wolfsschanze hatten ihn ermordet.

Um Gottes willen, *warum?* Und dann erinnerte sich Holcroft. Manfredi hatte die Männer der Wolfsschanze als belanglos abgetan. Er hatte gesagt, ihre makabren Drohungen seien ohne Bedeutung, die Angst kranker, alter Männer, die Vergebung suchten. Das war Manfredis Irrtum gewesen. Ohne Zweifel hatte er seinen Kollegen, den anderen Direktoren der Grande Banque, von dem seltsamen Brief erzählt, der mit unversehrten Siegeln ihm übermittelt worden war. Vielleicht hatte er in ihrer Gegenwart über die Männer der Wolfsschanze gelacht.

Das Streichholz! Das Flämmchen! Auf der anderen Seite des Hofes nickte die Frau am Fenster! Wieder – so als könnte sie seine Gedanken lesen – bestätigte sie die Wahrheit. Eine tote Frau sagte ihm, daß er recht hatte!

Sie wandte sich ab und ging weg; das Licht im Fenster verlosch.

»Kommen Sie zurück! Kommen Sie *zurück*!« schrie Holcroft, die Hände an der Fensterscheibe. »Wer *sind* Sie?«

Das Telefon unter ihm summte. Noel starrte es an, als wäre es etwas Schreckliches und an diesem Platz Ungehöriges – es war beides. Zitternd nahm er den Hörer ab.

»Mr. Holcroft, ich bin's, Jack. Ich *glaube*, ich weiß jetzt vielleicht, was in Ihrer Wohnung passiert ist. Ich meine, ich habe zuerst nicht daran gedacht, aber vor ein paar Minuten kam's mir irgendwie.«

»Was war es denn?«

»Vor zwei Tagen sind zwei Männer dagewesen. Schlosser. Mr. Silverstein in Ihrem Stockwerk hat sein Schloß wechseln lassen. Louie hat mir davon erzählt, damit ich auch Bescheid wüßte. Und dann fing ich an nachzudenken. Weshalb kamen die nachts? Ich meine, das kostet doch schließlich Überstunden und alles das – weshalb kamen die denn nicht am Tag? Und deshalb hab' ich Louie gerade zu Hause angerufen. Er sagte, die Schlosser seien *gestern* gekommen. Wer, zum Teufel, waren also diese anderen Typen?«

»Ist Ihnen irgend etwas an denen aufgefallen? Können Sie sich erinnern?«

»Und ob ich mich erinnern kann. Ganz besonders an den einen. Den könnte ich Ihnen aus jeder Menschenmenge herauspicken! Er hatte – «

Ein scharfer Knall tönte durch die Leitung.

Ein *Schuß*!

Dann ein Krachen. Das Telefon in der Eingangshalle war heruntergefallen!

Noel warf den Hörer auf die Gabel und stürmte zur Tür, riß sie mit solcher Gewalt auf, daß sie gegen eine gerahmte Skizze an der Wand krachte und das Glas zersplitterte. Für den Lift blieb jetzt keine Zeit. Er jagte die Treppen hinunter, ohne nachzudenken, er fürchtete sich vor dem Denken, konzentrierte sich nur auf Geschwindigkeit und Gleichgewicht und hoffte, auf den Stufen nicht auszugleiten. Jetzt hatte er das Erdgeschoß erreicht und rannte durch die Tür in die Halle.

Seine Augen weiteten sich vor Schrecken. Das Schlimmste war geschehen. Jack, der Pförtner, lag rücklings über dem Stuhl, und aus seinem Hals floß Blut. Man hatte ihn in die Kehle geschossen.

Er hatte gestört. Er war im Begriff gewesen, einen der Männer der Wolfsschanze zu identifizieren, und dafür war er umgebracht worden.

Baldwin, Manfredi ... ein unschuldiger Pförtner. Tot.

... alle, die Ihnen in die Quere kommen, werden selbst gestoppt ... und jene, die Ihnen im Wege stehen, die versuchen, Sie von dem abzubringen, was Sie tun müssen, die versuchen, Sie mit Lügen zu täuschen, werden ausgelöscht werden.

... So wie es mit Ihnen und den Ihren geschehen wird, sollten Sie zögern oder versagen.

Manfredi hatte ihn gefragt, ob er wirklich eine Wahl habe. Jetzt hatte er keine mehr. Er war vom Tod umgeben.

5

Althene Holcroft saß in ihrem Arbeitszimmer am Schreibtisch und starrte den Brief in ihrer Hand an. Ihre ausgeprägten Züge – die hohen Backenknochen, die Adlernase, die weit auseinanderliegenden Augen unter den gewölbten Brauen – waren ebenso straff, ebenso starr wie ihre Sitzhaltung. Ihre schmalen Lippen waren zusammengepreßt; ihr Atem ging gleichmäßig, aber jeder Atemzug war zu kontrolliert, zu tief, um normal zu sein. Sie las Heinrich Clausens Brief wie eine Statistik, die allem widersprach, was man bislang für unwiderlegbar gehalten hatte.

Auf der anderen Seite des Zimmers stand Noel an einem Fenster, das auf eine leicht gewellte Rasenfläche und Gärten hinter dem Haus in Bedford Hills hinausging. Einige der Sträucher waren mit Rupfen abgedeckt; es lag Kälte in der Luft, und der morgendliche Frost hatte hie und da hellgraue Flecken ins grüne Gras gelegt.

Holcroft wandte sich um und sah seine Mutter an, gab sich Mühe, seine Furcht zu verbergen, das Zittern zu unterdrücken, das ihn immer wieder überkam, wenn er an die letzte Nacht dachte. Er durfte nicht zulassen, daß seine Mutter den Schrecken sah, den er fühlte. Er fragte sich, welche Gedanken ihr jetzt durch den Kopf gehen mochten, was für Erinnerungen die mit blauer Tinte geschriebenen Worte jetzt in ihr auslösten, Worte eines Mannes, den sie einmal geliebt und dann verachtet hatte. Was auch immer sie dachte, es bliebe so lange ihr ganz persönliches Eigentum, bis sie sich zum Reden entschloß. Althene teilte nur das mit, was sie mitteilen wollte.

Sie schien seinen Blick zu spüren und hob die Augen den seinen entgegen, aber nur kurz. Dann wandte sich ihr Blick wieder dem Brief zu, wobei sie eine Locke ihres grauen Haares zurückschob. Noel schlenderte auf den Schreibtisch zu, musterte die Bücherschränke und die Fotografien an der Wand. Der Raum spiegelte das Wesen seiner Besitzerin wider, dachte er. Graziös, ja elegant, und doch war da auch eine alles durchdringende Ausstrahlung von Aktivität. Die Fotos zeigten Männer und Frauen, die zu Pferde jagten, oder auf Segelbooten in rauhem Wetter, auf Skiern in den Bergen. Es war nicht zu leugnen: in diesem sehr femininen Zimmer war zugleich ein maskuliner Hauch zu verspüren. Es war das Arbeitszimmer seiner Mutter, ihr Allerheiligstes, in das sie sich zurückzog, wenn sie allein sein, wenn sie nachdenken wollte. Aber ebensogut hätte es einem Mann gehören können.

Er setzte sich in den Ledersessel vor ihrem Schreibtisch und zündete sich mit einem goldenen Kolibri eine Zigarette an, dem Abschiedsgeschenk einer jungen Dame, die vor einem Monat aus seinem Apartment ausgezogen war. Wieder zitterte seine Hand. Er hielt das Feuerzeug, so fest er konnte.

»Das ist eine schreckliche Angewohnheit«, sagte Althene, ohne den Blick vom Brief zu heben. »Ich dachte, du wolltest das Rauchen aufgeben.«

»Habe ich auch. Einige Male.«

»Das hat Mark Twain gesagt. Sei wenigstens originell.«

Holcroft setzte sich anders in dem Sessel zurecht, er fühlte sich verlegen. »Du hast den Brief jetzt einige Male gelesen. Was denkst du?«

»Ich weiß nicht, was ich denken soll«, sagte Althene und legte den Brief vor sich auf den Tisch. »Er ist von ihm; das ist seine Handschrift, seine Art, sich auszudrücken. Arrogant, selbst wenn er bereut.«

»Du bist also auch der Ansicht, daß das Reue ist?«

»Äußerlich jedenfalls. Ich würde gerne viel mehr wissen. Ich habe einige Fragen zu dieser außergewöhnlichen finanziellen Unternehmung. Das übersteigt alles Vorstellbare.«

»Fragen führen zu anderen Fragen, Mutter. Die Männer in Genf wollen das nicht.«

»Ist es wichtig, was die wollen? So, wie ich dich verstanden habe, wenn du auch darum herumredest, verlangen die, daß du mindestens sechs Monate deines Lebens opferst, wahrscheinlich sehr viel mehr.«

Wieder war Noel verlegen. Er hatte beschlossen, ihr das Dokument der Grande Banque nicht zu zeigen. Wenn sie hartnäckig darauf bestand, es zu sehen, konnte er es immer noch herausholen. Wenn nicht, dann war das besser so; je weniger sie wußte, desto besser. Er mußte sie vor den Männern der Wolfsschanze schützen. Er zweifelte nicht im geringsten daran, daß Althene sich störend einschalten würde.

»Ich halte mit nichts Wesentlichem hinter dem Berg«, sagte er.

»Das behaupte ich ja nicht. Ich habe nur gesagt, daß du um die Sache herumredest. Du beziehst dich auf einen Mann in Genf, dessen Rang und Namen du nicht nennen willst, du sprichst von Bedingungen, die du nur zur Hälfte verrätst, von den ältesten Kindern von zwei Familien, deren Namen du verschweigst. Du läßt eine ganze Menge aus.«

»In deinem Interesse.«

»Das klingt sehr von oben herab und angesichts dieses Briefes geradezu beleidigend.«

»Das sollte es nicht, glaub mir.« Holcroft beugte sich vor. »Niemand möchte, daß dieses Bankkonto auch nur im entferntesten mit dir in Verbindung gebracht wird. Du hast diesen Brief gelesen, du weißt, um was es geht. Um Tausende und Abertausende von Menschen, um Hunderte Millionen Dollar. Kein Mensch kann voraussehen, wer *dich* für verantwortlich halten könnte. Du warst die Frau, die ihm die Wahrheit gesagt hat. Du hast ihn verlassen, weil er sich weigerte, diese Wahrheit zu akzeptieren. Als er schließlich begriff, daß das, was du sagtest, die Wahrheit *war*, hat er getan, was er getan hat. Vielleicht sind immer noch Männer am Leben, die dich dafür töten würden. Ich werde nicht zulassen, daß du in eine solche Situation gebracht wirst.«

»Ich verstehe.« Althene zog die zwei Worte in die Länge und wiederholte sie dann noch einmal, während sie sich von ihrem Stuhl erhob und langsam durch das Zimmer zu dem Erkerfenster ging. »Bist du sicher, daß das die Sorge der Männer in Genf ist?«

»Sie – er – haben das durchblicken lassen, ja.«

»Ich nehme an, das war nicht ihre einzige Sorge.«

»Nein.«

»Soll ich nachdenken, was sie noch beunruhigt haben könnte?«

Noel erstarrte. Nicht, daß er die Intelligenz seiner Mutter unterschätzt hätte – das tat er ganz gewiß nicht –, aber es ärgerte ihn jedesmal, wenn sie ihre Gedanken in Worte kleidete, ehe er selbst Gelegenheit gehabt hatte, sie auszusprechen.

»Ich nehme an, das liegt auf der Hand«, sagte er.

»So?« Althene wandte sich vom Fenster ab und sah ihn an.

»Es steht ja da. Wenn an die Öffentlichkeit käme, woher dieses Konto stammt, gäbe es juristische Probleme. Vor den internationalen Gerichten würden Ansprüche angemeldet werden.«

»Ja.« Seine Mutter sah weg. »Das liegt auf der Hand. Aber es erstaunt mich, daß man dir erlaubt hat, mir überhaupt etwas zu sagen.«

Noel lehnte sich unruhig in seinem Sessel zurück. »Warum? Willst du wirklich etwas unternehmen?«

»Die Versuchung ist groß«, antwortete sie und sah immer noch zum Fenster hinaus. »Ich glaube nicht, daß man je den Wunsch verliert, zurückzuschlagen, sich an jemandem zu rächen, der einem sehr weh getan hat. Selbst wenn einem das dazu verholfen hat, sein Leben zu verbessern. Das war bei dem meinen – bei dem unseren – weiß Gott der Fall. Von einer Hölle zu einem Glück, wie ich es nie mehr zu erhoffen gewagt hätte.«

»Dad?« fragte Noel.

Althene drehte sich herum. »Ja. Er hat mehr riskiert, als du je begreifen wirst, um uns zu schützen. Ich war eine Närrin gewesen, und er hat diese Närrin aufgenommen – und das Kind der Närrin. Er hat uns mehr als nur Liebe gegeben; er hat uns auch unser Leben wiedergeschenkt. Und dafür hat er nur Liebe von uns erwartet.«

»Die hast du ihm gegeben.«

»Und ich werde sie ihm geben, bis ich sterbe. Richard Holcroft ist der Mann, von dem ich einmal glaubte, daß Clausen es wäre. Ich hatte unrecht, so schrecklich unrecht... Die Tatsache, daß Heinrich seit vielen Jahren tot ist, scheint nichts auszumachen; der Abscheu, den ich empfinde, ist immer noch da. Ich will zurückschlagen.«

Noel achtete darauf, daß seine Stimme ruhig blieb. Er mußte seine Mutter von ihren Gedanken abbringen; die Überlebenden der Wolfsschanze würden sie sonst nicht am Leben lassen. »Du würdest dich an dem Mann rächen, an den du dich erinnerst, nicht an dem Mann, der diesen Brief geschrieben hat. Vielleicht war das, was du ursprünglich in ihm gesehen hast, wirklich da. Am Ende ist es in ihn zurückgekehrt.«

»Das wäre tröstlich, nicht wahr?«

»Ich glaube, daß es so ist. Der Mann, der diesen Brief geschrieben hat, hat nicht gelogen. Er hat gelitten.«

»Das hat er verdient; er hat so viel Leid verursacht; er war der rücksichtsloseste Mensch, den ich je gekannt habe. Aber äußerlich wirkte er völlig anders, beseelt von einer großen Sache. Aber – o *Gott* – als was hat sich diese Sache dann erwiesen!«

»Er hat sich verändert, Mutter«, unterbrach Holcroft. »Du hast seine Veränderung mit bewirkt. Am Ende seines Lebens wollte er nur mithelfen, das wieder gutzumachen, was er getan hatte. Er spricht es aus: ›*Wir müssen für Wiedergutmachung sorgen.*‹ Bedenke doch, was er unternommen hat – was sie alle drei unternommen haben –, um das möglich zu machen.«

»Ich kann das alles nicht so einfach abtun, das weiß ich. Ebensowenig, wie ich seine Worte abtun kann. Ich höre ihn förmlich sprechen, aber da spricht ein sehr junger Mann. Ein junger, zielbewußter Mann, an dessen Seite ein sehr junges, wildes Mädchen ist.« Althene hielt inne; dann sprach sie weiter, ganz eindringlich jetzt. »Warum hast du mir den Brief gezeigt? Warum hast du das alles zurückgebracht?«

»Weil ich mich entschieden habe, zu tun, was man von mir verlangt. Das bedeutet, daß ich das Büro schließen muß, daß ich viel reise und am Ende einige Monate in der Schweiz arbeite. Der Mann in Genf hatte recht – du hättest das alles nicht einfach so geschluckt, ohne mir eine Menge Fragen zu stellen. Er hatte Angst, du könntest das Gras wachsen hören und dann unbedacht handeln.«

»Auf *deine* Kosten?« fragte Althene.

»Ich denke schon. Er hielt es für möglich. Er sagte, deine Erinnerungen seien stark. ›Unauslöschbar eingeprägt‹, waren seine Worte.«

»Unauslöschbar«, nickte Althene.

»Er sagte, es gebe keinen legalen Weg; es sei besser, mit dem Geld so zu verfahren, wie es geplant war. Um Wiedergutmachung zu leisten.«

»Vielleicht hat er recht. Wenn das Ganze überhaupt möglich ist. Überfällig ist es, weiß Gott. Was Heinrich auch angerührt hat, es ist nie etwas Gutes dabei herausgekommen.« Althene machte eine Pause, und ihr Gesicht wirkte plötzlich angespannt. »Du warst die einzige Ausnahme. Vielleicht ist dies die zweite.«

Noel erhob sich und ging zu seiner Mutter. Er nahm sie bei den Schultern und zog sie an sich. »Der Mann in Genf hat gesagt, du seist unglaublich. Und das bist du.«

Althene trat zurück. »Das hat er gesagt? ›Unglaublich‹?«

»Ja.«

»Ernst Manfredi«, flüsterte sie.

»Du *kennst* ihn?« fragte Holcroft.

»Das ist ein Name, der viele Jahre zurückreicht. Er lebt also noch.«

Noel gab darauf keine Antwort. »Wie kommst du darauf, daß er es war?«

»Ein Sommernachmittag in Berlin. Er war dort. Er half uns dabei, das Land zu verlassen. Dir und mir. Er brachte uns in das Flugzeug, gab mir Geld. Du lieber Gott…« Althene löste sich aus den Armen ihres Sohnes und ging auf ihren Schreibtisch zu. »Damals hat er mich ›unglaublich‹ genannt, an jenem Nachmittag. Er sagte, sie würden Jagd auf mich machen, mich finden. Uns finden. Er sagte, er werde alles tun, was in seiner Macht stehe. Er sagte mir, was ich tun sollte, was ich sagen sollte. Ein nicht besonders eindrucksvoller kleiner Schweizer Bankier war an jenem Nachmittag ein Riese. Mein Gott, nach all den Jahren…«

Noel betrachtete seine Mutter, sein Staunen war jetzt vollkommen. »Weshalb hat er nichts davon gesagt? Weshalb hat er es mir denn nicht *gesagt*?«

Althene drehte sich zu ihrem Sohn herum, starrte aber durch ihn hindurch. »Ich glaube, er wollte, daß ich es selbst herausfinde. Auf diese Weise. Er war nicht der Mann, der eine alte Schuld ohne Ansehen der Person eintreibt.« Sie seufzte. »Ich will nicht so tun, als wären die Fragen damit zum Schweigen gebracht. Ich verspreche gar nichts. Wenn ich mich dazu entschließe, etwas zu unternehmen, werde ich dich rechtzeitig warnen. Aber für den Augenblick werde ich mich nicht einschalten.«

»Das ist ziemlich vage, findest du nicht?«

»Mehr kann ich dir nicht versprechen. Jene Erinnerungen sind tatsächlich unauslöschbar eingeprägt.«

»Aber im Augenblick willst du nichts tun?«

»Darauf hast du mein Wort. Ich gebe es nicht leichthin, und ich werde es nicht leichthin zurücknehmen.«

»Wann wäre das der Fall?«

»Wenn du verschwinden würdest, zum Beispiel.«

»Ich bleibe mit dir in Verbindung.«

Althene Holcroft blickte ihrem Sohn nach, wie er das Zimmer verließ. Ihr Gesicht – noch vor wenigen Augenblicken so angespannt, so starr – wirkte jetzt gelöst. Ihre schmalen Lippen formten ein Lächeln, ihre Augen waren nachdenklich, strahlten stille Befriedigung und Kraft aus.

Sie griff nach dem Telefon und drückte den Knopf.

»Überseevermittlung, bitte. Ich möchte ein Gespräch mit Genf.«

Er brauchte einen beruflich einleuchtenden Grund, um Holcroft Incorporated zu schließen. Es durfte nicht dazu kommen, daß ernsthaft Fragen gestellt wurden. Die Überlebenden der Wolfsschanze waren Killer, die Fragen leicht als Störung empfanden. Er mußte legal verschwinden... Aber das war nicht so einfach. Dazu brauchte es plausible Gründe, die wenigstens den Anschein von Legalität erweckten.

Den *Anschein* von Legalität.

Sam Buonoventura.

Sam war unverdächtig. Er gehörte zu den besten Bauingenieuren in der Branche. Aber Sam war der Sonne so lange gefolgt, bis sie sein Hirn verbrannt hatte. Er war fünfzig und der geborene Absahner, der mal am City College in der Bronx studiert hatte und es jetzt vorzog, in wärmerem Klima schnell ans große Geld zu kommen.

Eine kurze Dienstzeit beim Ingenieurcorps der Army hatte Buonoventura davon überzeugt, daß es jenseits der Grenzen der Vereinigten Staaten eine bessere, einträglichere Welt gab, besonders südlich der Keys. Man brauchte bloß gut zu sein – gut in einem Job, der Teil eines größeren Jobs war, in den viel Geld investiert wurde. Und der Bauboom der fünfziger und sechziger Jahre in Lateinamerika und in der Karibik war wie für Sam geschaffen, von dem Firmen und Regierungen bald die Überzeugung gewannen, daß er der Mann war, der alles im Griff hatte.

Hatte Sam sich erst einmal einen Überblick über die Baupläne, die verfügbaren Arbeitskräfte und Gelder verschafft und seinen Auftraggebern den Termin genannt, an dem ein Hotel oder ein Flughafen oder ein Damm stünden, irrte er sich selten um mehr als vier Prozent. Er war ein Traum von einem Architekten: er betrachtete sich nicht als Künstler, sondern als Manager.

Noel hatte bei zwei Auslandsaufträgen mit Buonoventura zusammengearbeitet, das erstemal in Costa Rica, wo Holcroft, wenn Sam nicht gewesen wäre, sein Leben verloren hätte. Der Ingenieur hatte darauf bestanden, daß der gepflegte, höfliche Architekt aus den vornehmeren Vierteln von Manhattan lernte, mit einem Revolver umzugehen, nicht nur mit einer Jagdflinte von Abercrombie & Fitch. Sie bauten ein Postamt irgendwo im Hinterland, und das war weiß Gott eine andere Umgebung als die Cocktailbars im Plaza und im Waldorf und auch weit ab von San José. Der Architekt hatte die Schießübungen am Wochenende als lächerlich empfunden, aber die Höflichkeit verlangte, daß er gute Miene zum bösen Spiel machte. Die Höflichkeit und Buonoventuras dröhnende Stimme.

Am Ende der folgenden Woche freilich war ihm der Architekt höchst dankbar dafür. Aus den Bergen waren Diebe aufgetaucht, um von der Baustelle Sprengstoff zu stehlen. Zwei Männer brachen nachts in Noels Hütte ein, während er schlief. Als sie merkten, daß dort kein Sprengstoff zu holen war, rannte einer hinaus und rief seinem Komplizen zu:

»*Matemos el gringo!*«

Aber der *gringo* verstand die Sprache. Er griff nach seinem Revolver – dem Revolver, den Sam Buonoventura ihm beschafft hatte – und schoß den Mann, der ihn töten wollte, nieder.

Sam sagte dazu nur: »Wär' das in Sizilien passiert, könnt ich jetzt für den Rest deines Lebens deinen Schutzengel spielen.«

Noel erreichte Buonoventura über eine Schiffahrtsgesellschaft in Miami. Er war gerade in den Niederländischen Antillen, in Willemstad auf der Insel Curaçao.

»Wie, zum Teufel, geht's dir denn, Noley?« schrie Sam über das Telefon. »Herrgott, das muß jetzt schon vier oder fünf Jahre her sein! Was macht die Kunst? Kannst du noch schießen?«

»Das hab' ich seit den *colinas* nicht mehr müssen, und so bleibt es auch, hoffentlich. Wie steht's bei dir?«

»Die Knaben hier unten haben 'ne Masse Geld zu verpulvern, also bin ich mit von der Partie. Brauchst du Arbeit?«

»Nein. Eine Gefälligkeit.«

»Nämlich?«

»Ich muß aus privaten Gründen ein paar Monate von hier verschwinden. Ich brauch einen plausibel klingenden Grund, daß ich nicht in New York bin, nicht erreichbar. Einen Grund, über den die Leute sich nicht den Kopf zerbrechen. Ich hab' da eine Idee, Sam, und ich hab' mich gefragt, ob du mir helfen könntest, damit es klappt.«

»Wenn wir beide dasselbe meinen, dann ganz sicher.«

Sie meinten beide dasselbe. Es war nicht ungewöhnlich, daß bei Riesenprojekten an entlegenen Orten beratende Architekten eingestellt wurden, deren Namen nicht auf den Plänen oder Blaupausen erschienen, aber deren Erfahrung man brauchte. Diese Praxis beschränkte sich normalerweise auf jene Gegenden, wo aus Rücksicht auf den Lokalpatriotismus Einheimische angestellt werden mußten. Das Problem dabei war natürlich, daß nur allzu häufig die ortsansässigen Leute nicht über genügend Ausbildung und Erfahrung verfügten. Die Geldgeber schlossen alle Risiken aus, indem sie tüchtige Fachleute kommen ließen, die die Arbeit der Ortsansässigen überwachten und korrigierten und so dafür sorgten, daß die Projekte klappten.

»Hast du irgendwelche Vorschläge?« wollte Noel wissen.

»Teufel, ja. Du kannst dir ein halbes Dutzend unterentwickelte Länder aussuchen. Afrika, Südamerika, auch einige Inseln hier in den Antillen und den Grenadinen. Die Multis fallen wie Spinnen darüber her, aber die Eingeborenen sind immer noch so empfindlich. Die Beraterjobs werden unter der Decke gehandelt, und keiner spricht drüber – viel Schmiere, wenn du verstehst, was ich meine.«

»Ich will keinen Job, Sam. Ich brauch nur Tarnung. Irgendeinen Ort, den ich angeben kann. Und den Namen von einem, der mich, wenn nötig, deckt.«

»Warum nicht ich? Ich werd' den größten Teil des Jahres hier festhängen. Vielleicht noch länger. Und wenn das Hotel fertig ist, muß ich zwei Marinas und einen ausgewachsenen Yachtclub auf die Beine stellen. Ich stehe zur Verfügung, Noley.«

»Das habe ich gehofft.«

»Das hab' ich mir gedacht. Ich geb' dir die Einzelheiten durch, und du sagst mir Bescheid, wo ich dich erreichen kann, falls irgendeiner deiner Freunde aus der besseren Gesellschaft eine Cocktailparty für dich veranstalten möchte.«

Holcroft brachte seine beiden Zeichner und die Sekretärin bis Mittwoch in anderen Stellen unter. Wie er vermutet hatte, war das nicht schwierig – es waren gute Leute. Dann führte er vierzehn Telefongespräche mit Projektleitern in Firmen, wo seine Pläne an Ausschreibungen beteiligt waren, und erfuhr zu seiner Überraschung, daß er in acht Fällen die Nase vorn hatte. Wenn er mit allen acht durchgekommen wäre, dann hätten die Honorare dafür mehr ausgemacht, als er in den letzten fünf Jahren verdient hatte.

Aber doch nicht zwei Millionen Dollar; das war ihm bewußt. Und wenn es ihm nicht bewußt gewesen wäre, dann jedenfalls den Überlebenden der Wolfsschanze.

Der Telefonauftragsdienst bekam genaue Anweisungen. Holcroft Incorporated stand im Augenblick für Architekturprojekte nicht zur Verfügung. Das Büro hatte ein Überseeprojekt von beträchtlicher Größe übernommen. Der Anrufende solle Namen und Telefonnummer hinterlassen...

Für diejenigen, die weitere Informationen haben wollten, wurde unter dem Namen Samuel Buonoventura Limited ein Postfach in Curaçao auf den Niederländischen Antillen eingetragen. Und den wenigen Leuten, die dann noch auf einer Telefonnummer bestanden, sollte die von Sam genannt werden.

Noel hatte mit Buonoventura verabredet, daß er ihn einmal die Woche anrief; mit dem Auftragsdienst wollte er es genauso halten.

Am Freitag morgen hatte er ein etwas ungutes Gefühl wegen seiner Entscheidung. Er entfernte sich jetzt aus einem Garten, den er bestellt hatte, und betrat einen fremden Wald.

Nichts ist so, wie es für Sie war. Nichts kann jemals wieder so sein.

Wenn er nun die Kinder von Tiebolts nicht fand? Angenommen, sie waren tot und ihre sterblichen Überreste lagen irgendwo auf einem brasilianischen Friedhof begraben? Sie waren vor fünf Jahren in Rio de Janeiro verschwunden; was ließ ihn eigentlich glauben, er könne sie wieder wieder erscheinen lassen? Und wenn er das nicht konnte, würden die Überlebenden der Wolfsschanze dann zuschlagen? Er hatte Angst. Aber Angst allein war es nicht, dachte Holcroft, als er zur Ecke Dreiundsiebzigste Straße und Dritte Avenue ging. Es gab Mittel und Wege, um mit Furcht zurechtzukommen. Er konnte das Genfer Dokument den Behörden übergeben, dem State Department, und ihnen sagen, was er von Peter Baldwin und Ernst Manfredi und einem Pförtner namens Jack wußte. Er könnte den gigantischen Raub anzeigen, der vor dreißig Jahren verübt worden war, und dankbare Tausende auf der ganzen Welt würden dafür sorgen, daß er beschützt wurde.

Das wäre das Vernünftigste; aber irgendwie waren Vernunft und Selbstschutz nicht wichtig. Nicht jetzt. Es gab einen Mann, der vor dreißig Jahren die Hölle durchgemacht hatte. Und dieser Mann war der Grund seines Tuns.

Er winkte einem Taxi, und dabei kam ihm ein seltsamer Gedanke, von dem er wußte, daß er aus den tiefsten Tiefen seiner Seele kam. Das ›andere‹ war es, das ihn in den fremden Wald trieb.

Er nahm da eine Schuld auf sich, die gar nicht die seine war. Er nahm die Sünden Heinrich Clausens auf sich.

Wir müssen für Wiedergutmachung sorgen.

»Fünfte Avenue, Nummer Dreiundsechzig, bitte«, sagte er zu dem Fahrer, als er ins Taxi stieg. Das war die Adresse des brasilianischen Konsulats.

Die Jagd hatte begonnen.

6

»Damit ich Sie nicht falsch verstehe, Mr. Holcroft«, sagte der betagte
Attaché und lehnte sich in seinem Sessel zurück. »Sie sagen, Sie
wünschen eine Familie ausfindig zu machen, deren Namen Sie nicht
nennen möchten. Sie sagen, diese Familie sei irgendwann in den
vierziger Jahren nach Brasilien eingewandert und nach neuesten Informationen vor einigen Jahren verschwunden. Ist das richtig?«

Noel sah den etwas verwirrten Ausdruck im Gesicht des Attachés
und begriff. Vielleicht war das ein närrisches Spiel, aber Holcroft kannte
kein anderes, das er hätte spielen können. Er würde den Namen der
von Tiebolts nicht nennen, so lange er Brasilien nicht betreten hatte; er
würde niemandem die Gelegenheit geben, eine Suche noch mehr zu
komplizieren, die von Anfang an ein einziger Hindernislauf für ihn
war. Er lächelte freundlich.

»Das habe ich nicht gesagt. Ich habe gefragt, wie man eine solche
Familie finden könnte. Ich habe nicht gesagt, daß ich derjenige bin, der
sie sucht.«

»Dann ist das eine hypothetische Frage? Sind Sie Journalist?«

Holcroft dachte über die Frage des Diplomaten nach. Wie einfach es
doch jetzt wäre, ja zu sagen; was für eine bequeme Erklärung für die
Fragen, die *er* später stellen würde. Andererseits würde er in ein paar
Tagen nach Rio de Janeiro fliegen. Vorher mußten Einreiseformulare
ausgefüllt werden, vielleicht brauchte er sogar ein Visum, das wußte er
nicht. Wenn er jetzt eine falsche Antwort gab, konnte diese später
durchaus zu einem Problem werden.

»Nein, ich bin Architekt.«

Die Augen des Attachés verrieten seine Überraschung. »Dann werden Sie natürlich Brasilia besuchen. Eine Meisterleistung.«

»Das möcht ich sehr gerne.«

»Sie sprechen portugiesisch?«

»Ein bißchen spanisch. Ich habe schon in Mexiko gearbeitet. Und in
Costa Rica.«

»Wir kommen von unserem Thema ab«, sagte der Attaché und
beugte sich vor. »Ich habe Sie gefragt, ob Sie Journalist seien, und Sie
haben gezögert. Sie waren versucht, mit ja zu antworten, weil das
bequem gewesen wäre. Offen gestanden, das verrät mir, daß Sie
tatsächlich derjenige sind, der diese verschwundene Familie sucht.
Warum wollen Sie mir jetzt nicht auch den Rest erzählen?«

Wenn er während seiner Suche in den fremden Dschungeln mit
Lügen arbeiten wollte, dachte Noel, dann tat er gut daran, sich zu-
allererst seine unwichtigen Antworten zurechtzulegen. Lektion eins:
Gute Vorbereitung.

»Viel gibt es da nicht zu erzählen«, sagte er verlegen. »Ich unternehme eine Reise in Ihr Land und habe einem Freund versprochen, mich nach diesen Leuten umzusehen, die er früher mal kennengelernt hat.« Das war eine Abwandlung der Wahrheit, und keine schlechte, dachte Holcroft. Vielleicht konnte er sie deshalb so überzeugend vorbringen. Lektion zwei: Man muß Lügen immer auf einer Teilwahrheit aufbauen.

»Aber Ihr... *Freund* hat versucht, sie ausfindig zu machen, und es nicht geschafft.«

»Er hat es aus der Ferne versucht. Das ist nicht dasselbe.«

»Ja, das ist es sicher nicht. Und weil Ihr Freund befürchtet, daß es – sagen wir mal – Komplikationen geben könnte, deshalb ziehen Sie es also vor, die Familie nicht namentlich zu nennen.«

»Richtig.«

»Nein, nicht richtig. Es wäre für jeden x-beliebigen Anwalt nichts leichter, als sich mit einer Suchaufforderung an die entsprechenden Stellen in Rio de Janeiro zu wenden. Das geschieht die ganze Zeit. Ihr Freund aber möchte, weil die Familie, die er sucht, nirgends aufzufinden ist, daß *Sie* sich auf ihre Spur setzen.« Der Attaché lächelte und zuckte die Achseln, als hätte er gerade das kleine Einmaleins aufgesagt.

Noel musterte den Brasilianer mit wachsender Gereiztheit. Lektion drei: Laß dich nicht durch beiläufig vorgebrachte, vordergründige Schlüsse in eine Falle locken. »Wissen Sie was?« sagte er. »Sie sind ein recht widerwärtiger Bursche.«

»Tut mir leid, daß Sie das so sehen«, erwiderte der Attaché aufrichtig. »Ich möchte Ihnen gerne helfen. Das ist meine Aufgabe hier. Ich habe einen Grund, weshalb ich so zu Ihnen gesprochen habe. Sie sind weiß Gott nicht der erste Mann und werden auch nicht der letzte sein, der sich nach Leuten umsieht, die ›irgendwann in den vierziger Jahren‹ in mein Land gegangen sind. Ich bin sicher, daß ich das nicht näher zu erklären brauche. Die überwiegende Mehrzahl jener Leute waren Deutsche, wobei viele beträchtliche Geldsummen nach Brasilien brachten, die von Bürgern neutraler Länder überwiesen wurden. Was ich hier zum Ausdruck bringen möchte, ist ganz einfach: Seien Sie vorsichtig. Solche Leute wie die, von denen Sie sprechen, verschwinden nicht ohne Grund.«

»Was meinen Sie damit?«

»Die müssen verschwinden, Mr. Holcroft. *Mußten*. Abgesehen von den Nürnberger Prozessen und den Israelis, die sie jagten, verfügten viele über Mittel – in manchen Fällen sogar über Vermögen –, die von den besiegten Völkern, ihren Behörden und Regierungsstellen gestohlen waren. Man hätte diese Mittel zurückfordern können.«

Noels Bauchmuskeln spannten sich. Es *gab* also eine Verbindung. Und sei sie noch so verquer. Die von Tiebolts waren in einen Diebstahl verwickelt, der so gigantisch und so kompliziert war, daß man ihn sich kaum vorstellen konnte. Aber das konnte nicht der Grund ihres Verschwindens sein. Lektion vier: Du mußt auf unerwartete Zufälle vorbereitet sein, und seien sie noch so unwahrscheinlich; du mußt bereit sein, Reaktionen zu verbergen.

»Ich glaube nicht, daß die Familie in so etwas verwickelt sein könnte«, sagte er.

»Aber Sie sind sich, natürlich, nicht ganz sicher.«

»Ich möchte schon sagen, daß ich sicher bin. Und im Augenblick will ich nur wissen, wie ich es anstellen muß, sie zu finden – oder herauszufinden, was ihnen passiert ist.«

»Ich habe von Anwälten gesprochen.«

»Keine Anwälte. Ich bin Architekt, wie ich Ihnen schon sagte. Rechtsanwälte sind die natürlichen Feinde meines Berufsstandes; die nehmen uns die meiste Zeit weg.« Holcroft lächelte. »Was auch immer ein Anwalt tun kann, kann ich selbst viel schneller. Ich spreche Spanisch. Ich werde mit Portugiesisch auch zurechtkommen.«

»Aha.« Der Attaché schien zu überlegen und griff nach einer Schachtel mit Zigarillos, die auf seinem Schreibtisch stand. Er klappte sie auf und hielt sie Holcroft hin, der den Kopf schüttelte. »Wirklich nicht? Das sind Havannas.«

»Wirklich nicht. Außerdem habe ich es eilig.«

»Ja, ich weiß.« Der Attaché ließ ein silbernes Tischfeuerzeug aufschnappen und inhalierte dann tief. Die Spitze des Zigarillos glühte auf. »Ich kann Sie also nicht überreden, mir den Namen dieser Familie zu sagen?«

»Herrgott...« Holcroft stand auf. Jetzt reichte es ihm. Er würde andere Quellen finden müssen.

»Bitte«, sagte der Brasilianer, »bitte, setzen Sie sich. Nur noch einen oder zwei Augenblicke. Ich verspreche Ihnen, Sie vergeuden Ihre Zeit nicht.«

Noel sah das Drängen in den Augen des Attachés. Er setzte sich. »Was denn?«

»*La comunidad alemana.* Ich benutze die spanische Sprache, die Sie ja verstehen.«

»Die deutsche Gemeinschaft? Es gibt in Rio eine deutsche Kolonie – meinen Sie das?«

»Ja, aber das ist nicht nur geographisch gemeint. Es gibt einen Vorortbezirk – den deutschen *barrio*, wenn Sie so wollen, aber den meine ich nicht. Ich meine vielmehr das, was wir *la otra cara de los alemanes* nennen. Verstehen Sie das?«

»Das ›andere Gesicht‹... das unter der Maske.«

»Genau. ›Das Eigentliche‹, könnte man sagen. Das, was sie zu dem macht, was sie sind; was sie dazu veranlaßt, das zu tun, was sie tun. Es ist wichtig, daß Sie das verstehen.«

»Das tue ich, glaub ich. Ich glaube, Sie haben es mir klargemacht. Die meisten waren Nazis, die den Entnazifizierungsverfahren entgingen und Geld ins Land brachten, das nicht ihnen gehörte. Menschen, die sich versteckten und unter falschem Namen lebten. Es ist nur natürlich, daß solche Leute zusammenhalten.«

»Allerdings«, sagte der Brasilianer. »Aber man sollte eigentlich erwarten, daß sie sich nach so vielen Jahren besser dem Land assimiliert hätten.«

»Warum? Sie arbeiten hier in New York. Gehen Sie doch hinunter in die untere East Side oder in die Mulberry Street oder hinauf in die Bronx. Dort gibt es Enklaven mit Italienern, Polen, Juden. Die sind seit Jahrzehnten da. Sie sprechen hier von fünfundzwanzig, dreißig Jahren. Das ist doch noch gar nichts.«

»Natürlich gibt es da Parallelen. Aber glauben Sie mir, es ist nicht dasselbe. Die Leute hier in New York, von denen Sie sprechen, scharen sich ganz offen zusammen; sie tragen ihre Herkunft unverhüllt zur Schau. In Brasilien ist das nicht so. Die deutsche Gemeinschaft gibt vor, assimiliert zu sein, ist es aber nicht. Im geschäftlichen Bereich ja, aber sonst kaum. Ein Gefühl der Furcht und des Zorns beherrscht sie. Zu viele von ihnen sind schon zu lange gejagt worden; Tausende verstecken ihr Ich Tag für Tag vor jedem außer vor sich selbst. Sie haben ihre eigene Hierarchie. Drei oder vier Familien geben den Ton an; ihre riesigen Vermögen beeinflussen das ganze Land.« Wieder machte der Attaché eine Pause. »Beginnen Sie zu begreifen, was ich sagte? Der Generalkonsul würde so etwas nicht sagen; meine Regierung ließe das nicht zu. Aber ich stehe ganz unten auf der Leiter. Ich kann meine Meinung sagen. Verstehen Sie jetzt?«

Noel war verwirrt. »Offen gestanden, nein. Nichts von dem, was Sie gesagt haben, überrascht mich. In den Nürnberger Prozessen nannte man das ›Verbrechen gegen die Menschlichkeit‹. Das führt zu Schuldgefühlen, und Schuldgefühle erzeugen Furcht. Es ist ganz natürlich, daß solche Leute in einem Land, das nicht das ihre ist, dazu neigen, beieinander zu bleiben.«

»Schuldgefühle erzeugen in der Tat Furcht. Und Furcht wiederum erzeugt Argwohn. Und am Ende erzeugt Argwohn Gewalt. Das ist es, was Sie begreifen müssen. Ein Fremder, der nach Rio kommt und Deutsche sucht, die verschwunden sind, begibt sich auf eine gefährliche Suche. *La otra cara de los alemanes.* Die schützen sich gegenseitig.« Der Attaché griff nach seinem Zigarillo. »Nennen Sie uns den Namen, Mr. Holcroft. Lassen Sie *uns* nach diesen Leuten suchen.«

Noel beobachtete den Brasilianer, wie er den Rauch seiner teuren

Havanna inhalierte. Er wußte nicht recht, weshalb, aber plötzlich empfand er ein Gefühl der Unruhe. *Laß dich nicht durch beiläufig vorgebrachte, vordergründige Schlüsse in eine Falle locken* . . . »Das kann ich nicht. Ich glaube, Sie übertreiben, und Sie sind ganz offensichtlich nicht bereit, mir zu helfen.« Er stand auf.

»Nun gut«, sagte der Brasilianer. »Ich will Ihnen sagen, wozu Sie mich nicht brauchen. Wenn Sie nach Rio kommen, dann gehen Sie zur Einwanderungsbehörde. Wenn Sie die Namen und die ungefähren Daten haben, kann man Ihnen dort vielleicht behilflich sein.«

»Vielen Dank«, sagte Noel und wandte sich zur Tür.

Der Brasilianer trat schnell aus dem Büro in einen großen Vorraum, der als Empfang diente. Ein junger Mann erhob sich aus einem Lehnsessel, als er seinen Vorgesetzten sah.

»Sie können jetzt wieder in Ihr Büro, Juan.«

»Danke, Exzellenz.«

Der Ältere ging an der Empfangssekretärin vorbei zu einer Doppeltür. Auf dem linken Türblatt war das Wappen der Repúbblica Federal do Brasil angebracht, auf der rechten eine Tafel mit goldenen Lettern: OFÍCIO DO CÔNSUL GENERAL.

Der Generalkonsul betrat durch die Flügeltür einen kleineren Vorraum, das Büro seiner Sekretärin. Er ging auf seine eigene Bürotür zu und sagte zu der jungen Frau: »Verbinden Sie mich mit der Botschaft. Den Botschafter selbst, bitte. Wenn er nicht da ist, treiben Sie ihn auf. Sagen Sie ihm, es handle sich um eine vertrauliche Angelegenheit; er weiß dann schon, ob er sprechen kann oder nicht.«

Der oberste Diplomat Brasiliens in der wichtigsten Stadt der Vereinigten Staaten schloß die Tür, ging zu seinem Schreibtisch und setzte sich. Er griff nach ein paar zusammengehefteten Papieren. Die ersten Seiten waren Fotokopien von Zeitungsberichten, Darstellungen des Mordes auf dem Flug 591 der British Airways von London nach New York und der darauffolgenden Entdeckung der zwei Morde auf dem Flughafengelände. Die zwei letzten Seiten waren Kopien der Passagierliste der Maschine. Der Diplomat überflog die Namen: HOLCROFT NOEL, DEP. GENEVA. BA ›577.O.LON. BA‹ 591. X. NYC. Er starrte die Information an, als wäre er irgendwie erleichtert, sie noch vorzufinden.

Sein Telefon summte. Er hob ab. »Ja?«

»Der Botschafter ist am Apparat, Sir.«

»Danke.« Der Generalkonsul hörte ein Echo, Hinweis darauf, daß der Zerhacker eingeschaltet war. »Herr Botschafter?«

»Ja, Geraldo. Was ist denn so dringend und vertraulich?«

»Vor ein paar Minuten war hier ein Mann, der mich fragte, wie er es anstellen müsse, eine Familie in Rio ausfindig zu machen, die er auf herkömmliche Weise nicht hatte ermitteln können. Er heißt Holcroft. Noel Holcroft, ein Architekt aus New York City.«

»Das sagt mir nichts«, meinte der Botschafter. »Sollte es das?«

»Nur wenn Sie in letzter Zeit die Passagierliste der British Airways von London gelesen haben. Vom letzten Samstag.«

»Flug Fünf-neun-eins?« Der Botschafter sprach nun mit scharfer Stimme.

»Ja. Holcroft ist am Samstag morgen von Genf abgeflogen und in Heathrow in die Fünf-neun-eins umgestiegen.«

»Und jetzt möchte er die Leute in Rio ausfindig machen? Was für Leute?«

»Das wollte er nicht sagen. Ich war der ›Attaché‹ für ihn.«

»Natürlich. Sagen Sie mir alles. Ich schicke ein Telegramm nach London. Halten Sie es für möglich –«Der Botschafter machte eine Pause.

»Ja«, sagte der Generalkonsul mit leiser Stimme. »Ich halte es für sehr möglich, daß er die von Tiebolts sucht.«

»Sagen Sie mir alles«, wiederholte der Mann in Washington. »Die Briten glauben, diese Morde seien das Werk des Tinamu.«

Noel sah sich in der Lounge der Braniff 747 um. Er hatte das Gefühl, das alles schon einmal erlebt zu haben. Die Farben waren greller, die Uniformen der Stewardessen modischer geschnitten. Aber sonst schien das Flugzeug identisch mit dem der British Airways, Flug 591. Der Unterschied lag nur in der Einstellung der Leute. Dies war die Rio-Route, sorglose Ferien, die schon im Flug begannen und dann an den Stränden der Goldküste weitergingen.

Für ihn freilich würden dies keine Ferien werden, dachte Holcroft, alles andere als Ferien. Der einzige Höhepunkt, der ihn erwartete, war eine Entdeckung: wo sich die Familie von Tiebolt aufhielt oder daß sie sich in Luft aufgelöst hatte.

Sie flogen jetzt schon über fünf Stunden. Er hatte sich durch ein langweiliges Essen gepickt, einen noch langweiligeren Film verschlafen und schließlich beschlossen, nach oben zu gehen.

Er hatte es zuerst hinausgeschoben, die Bar in der Lounge aufzusuchen. Die Erinnerung an das Geschehen vor einer Woche belastete ihn noch. Das Unglaubliche war vor seinen Augen geschehen. Ein Mann war ermordet worden, keine zwei Schritte von dort, wo er saß. Er hätte sich vorbeugen und die zuckende Gestalt *berühren* können. Der Tod war nur wenige Zentimeter von ihm entfernt gewesen, kein natürlicher Tod, ein chemischer Tod – Mord.

Strychnin. Ein farbloses, kristallines Alkaloid, das unerträgliche Krämpfe erzeugte. Warum war es geschehen? Wer war verantwortlich und aus welchem Grund? Die Berichte in den Zeitungen hatten viele Einzelheiten geliefert, und es gab mehrere Theorien.

Zwei Männer waren in der Bar von Flug 591 aus London in unmittelbarer Nähe des Opfers gewesen. Jeder von ihnen hätte dem Opfer das Gift ins Glas praktizieren können; man nahm an, daß es einer der beiden getan hatte. Aber weshalb? Laut Flughafenpolizei gab es keinerlei Beweise dafür, daß die zwei Männer Thornton gekannt hatten. Und diese – die mutmaßlichen Mörder – wurden ihrerseits vor einem Tanklaster erschossen aufgefunden. Sie waren aus dem Flugzeug verschwunden, aus dem abgeriegelten Zollgebiet, aus dem Untersuchungsraum. Und waren selbst ermordet worden. Warum? Von wem?

Niemand wußte darauf die Antwort. Nur Fragen gab es. Und dann hörten selbst die Fragen auf. Die Story verschwand aus den Zeitungen und Nachrichtensendungen ebenso plötzlich, wie sie dort aufgetaucht war, so als hätte jemand das angeordnet. Wiederum: weshalb? Und wieder: Wer war dafür verantwortlich?

»Das war doch Scotch on the Rocks, nicht wahr, Mr. Holcroft?«

Das Gefühl, das alles schon einmal erlebt zu haben, war jetzt vollkommen. Die Worte waren dieselben, aber jemand anders hatte sie gesprochen. Die Stewardeß, die sich über ihn beugte und das Glas auf den runden kunststoffbezogenen Tisch stellte, war attraktiv – so wie die Stewardeß auf Flug 591, und der Ausdruck in ihren Augen war ebenso direkt. Die Worte, selbst die Aussprache seines Namens, klangen ähnlich, nur mit etwas anderem Akzent. Alles ähnelte sich *zu sehr*. Oder war sein Bewußtsein – seine Augen, seine Ohren, seine Sinne – durch die Erinnerung an das, was vor sieben Tagen geschehen war, vorprogrammiert?

Er dankte der Stewardeß und hatte beinahe Angst, sie anzusehen, dachte, er werde jeden Augenblick einen Schrei neben sich hören und Zeuge werden, wie ein Mann in unerträglicher Pein aus seinem Sitz gegen den Zeitschriftenständer fiel und zusammenbrach.

Dann bemerkte Noel etwas anderes, und das beunruhigte ihn noch mehr. Er saß auf demselben Sitz wie während jener schrecklichen Augenblicke auf Flug 591. In einem Raum, der dem vor einer Woche glich. Daran war eigentlich nichts Ungewöhnliches; er saß gern in der Lounge. Aber jetzt kam es ihm makaber vor. Dieselbe Umgebung, und auch die Beleuchtung war nicht anders als neulich.

Das war doch Scotch on the Rocks, nicht wahr, Mr. Holcroft?

Eine ausgestreckte Hand, ein hübsches Gesicht, ein Glas.

Bilder, Geräusche.

Geräusche. Heiseres, trunkenes Lachen. Ein Mann, der zuviel Alkohol intus hatte, der sein Gleichgewicht verlor und rücklings über den Sessel fiel. Sein Begleiter, der sich vor Lachen über den Anblick seines bezechten Freundes krümmte. Ein Dritter – der Mann, der nur noch Augenblicke zu leben hatte –, der sich zu auffällig bemühte, an ihrem Vergnügen teilzuhaben. Bemüht, es ihnen gleichzutun, mit ihnen mitzuhalten. Eine attraktive Stewardeß, die Whisky ausschenkte, lächelte, die Bar abwischte, auf der nur noch ein Drink stand, weil einer verschüttet worden war, und die dann um die Theke herumrannte, um dem betrunkenen Fluggast behilflich zu sein. Der dritte Mann, verlegen vielleicht, immer noch vom Wunsch beseelt, dazuzugehören, streckte die Hand...

Ein *Glas. Das Glas.* Das einzige, das noch auf der Bar verblieben war. Der dritte Mann hatte nach jenem Glas gegriffen.

Es war Scotch on the Rocks. Der Drink für den Passagier, der am anderen Ende der Lounge vor dem kleinen, kunststoffüberzogenen Tischchen saß. *O mein Gott!* dachte Holcroft, während die Bilder in rasender Eile vor seinem geistigen Auge vorüberflogen. Der Drink auf der Bar – der Drink, den ein Fremder namens Thornton genommen hatte – war für *ihn* bestimmt gewesen!

Das Strychnin war für *ihn* bestimmt gewesen. Für *ihn* waren jene qualvollen Krämpfe, war jene furchtbare Agonie bestimmt! *Ihm* war der schreckliche Tod zugedacht gewesen!

Er blickte auf das Glas hinab, das vor ihm auf dem Tisch stand. Seine Finger hielten es.

Das war doch Scotch on the Rocks, nicht wahr?

Er schob das Glas beiseite. Plötzlich konnte er nicht länger an diesem Tisch sitzen, nicht mehr länger in der Lounge bleiben. Er mußte hier weg, mußte die Bilder aus seinem Bewußtsein verdrängen. Sie waren zu klar, zu lebhaft.

Er stand auf und ging schnell, etwas unsicher auf die Treppe zu. Das trunkene Gelächter schwoll auf und ab, mischte sich in einen unaufhörlichen Schrei der Qual, das Kreischen des plötzlichen Todes. Niemand anders konnte die Geräusche hören, aber seinen Kopf erfüllten sie, drohten ihn zu zersprengen.

Er taumelte die Wendeltreppe hinunter. Das Licht unten war schwach; einige Reisende lasen im Licht der winzigen Spotlights über ihren Sesseln, aber die meisten schliefen.

Noel war verwirrt. Das Hämmern in seinen Ohren wollte nicht aufhören, die Bilder wollten nicht verblassen. Er verspürte den Drang, sich zu übergeben, die Furcht herauszuwürgen, die sich in seinem Magen festgekrallt hatte. Wo war die Toilette? In der Galley... hinter der Galley? Hinter dem Vorhang, dort war sie. Oder nicht? Er schob den Vorhang auseinander.

Plötzlich wurde sein Blick nach rechts abgelenkt, zum vordersten Sitz der zweiten Kabine der 747. Ein Mann hatte sich im Schlaf bewegt.

Ein kräftig gebauter Mann, dessen Gesicht er schon einmal gesehen hatte. Er erinnerte sich nicht daran, wo das gewesen war, aber er war sich sicher! Ein von Panik verzerrtes Gesicht, das ganz dicht an ihm vorbeiraste. Was war an diesem Gesicht Besonderes? Etwas, das sich ihm eingeprägt hatte. Was *war* es?

Die *Augenbrauen*! Dichte Augenbrauen. Wirres, drahtiges Haar, in einer seltsamen Mischung aus Schwarz und Weiß. Pfeffer-und-Salz-Augenbrauen; wo war das gewesen? Warum löste der Anblick jener eigenartigen Brauen in ihm undeutliche Erinnerungen an einen anderen Gewaltakt aus? Wo war das nur gewesen? Er konnte sich nicht erinnern, und weil er das nicht konnte, spürte er, wie ihm das Blut in den Kopf schoß. Das Dröhnen wurde lauter; seine Schläfen pochten.

Plötzlich wachte der Mann mit den dichten Augenbrauen auf, er mußte gespürt haben, daß er angestarrt wurde. Ihre Augen tauchten ineinander; das Erkennen war zweifelsfrei.

Und dieses Wiedererkennen hatte mit Gewalt zu tun. Aber *was* war geschehen? *Wann? Wo?*

Holcroft nickte verlegen, er konnte nicht denken. Der Schmerz, der in seinen Eingeweiden wühlte, war wie ein Messer; die Geräusche, die seinen Schädel erfüllten, waren jetzt wie das Rollen von Donner. Einen Augenblick lang vergaß er, wo er war; dann erinnerte er sich wieder, und jetzt stellten sich auch die Bilder wieder ein. Der Anblick und die Geräusche eines Mordes, dem – wäre nicht ein Zufall dazwischengekommen – sein Leben zum Opfer gefallen wäre.

Er mußte zu seinem Sitz zurück. Er mußte sich in den Griff bekommen und mit dem Schmerz und dem Donner und dem wilden Pochen in seiner Brust fertig werden. Er drehte sich um und ging schnell an der Galley vorbei, den Mittelgang vor zu seinem Sitz.

Er setzte sich im Halbdunkel, dankbar, daß neben ihm niemand saß. Er preßte den Kopf gegen die Kopfstütze und schloß die Augen, versuchte, sich ganz darauf zu konzentrieren, den schrecklichen Anblick eines verzerrten Gesichts aus seinem Bewußtsein zu verdrängen, eines Gesichts, das die letzten paar Sekunden seines Lebens hinausschrie. Aber er konnte es nicht. Jenes Gesicht wurde *sein* Gesicht.

Dann verschwammen die Züge, so als schmelze das Fleisch, nur um sich sofort neu zu formen. Das Gesicht, das sich jetzt vor sein inneres Auge schob, war eines, das er erkannte. Ein seltsames, kantiges Gesicht, das ihm teilweise vertraut vorkam, aber nicht als Ganzes.

Unwillkürlich zuckte er zusammen. Er hatte jenes Gesicht noch nie gesehen, aber plötzlich kannte er es. Instinktiv. Es war das Gesicht von Heinrich Clausen. Ein Mann, der vor dreißig Jahren Schreckliches durchgemacht hatte. Der unbekannte Vater, mit dem er einen Vertrag hatte.

Holcroft schlug die Augen auf. Der Schweiß war ihm übers Gesicht gelaufen, brannte in seinen Augen. Es gab da noch eine Wahrheit, und er war nicht sicher, daß er sie erkennen wollte. Die zwei Männer, die versucht hatten, ihn mit Strychnin zu töten, waren selbst ermordet worden. Sie hatten sich eingemischt.

Die Männer der Wolfsschanze waren an Bord jenes Flugzeugs gewesen.

7

Der Angestellte an der Rezeption des Pôrto-Alegre-Hotel zog Holcrofts Reservierung aus dem Karteikasten. An der Karte war hinten ein kleiner gelber Umschlag angeheftet. Der Angestellte riß ihn ab und reichte ihn Noel.

»Das ist heute abend kurz nach sieben für Sie angekommen, Senhor.«

Holcroft kannte niemanden in Rio de Janeiro und hatte niemandem in New York gesagt, wohin er reiste. Er machte den Umschlag auf und holte die Nachricht heraus. Sie stammte von Sam Buonoventura. Er solle so schnell wie möglich zurückrufen, gleichgültig, wie spät es sei.

Holcroft sah auf die Uhr; es war beinahe Mitternacht. Er trug sich ein und sagte dann, so beiläufig er konnte, wobei er an Sam dachte: »Ich muß mit Curaçao sprechen. Macht das um diese Zeit irgendwelche Schwierigkeiten?«

Der Angestellte schien über die Frage leicht verstimmt. »Bei unseren *telefonistas* ganz bestimmt nicht, Senhor. Für Curaçao kann ich nicht garantieren.«

Aber wo auch immer die Schwierigkeiten liegen mochten, es dauerte dennoch bis ein Uhr fünfzehn, bis er Buonoventuras rauhe Stimme hören konnte.

»Ich glaube, du steckst in der Scheiße, Noley.«

»Ja, das glaube ich auch. Worum geht's denn im speziellen?«

»Dein Auftragsdienst hat meine Nummer einem Bullen in New York gegeben, einem Lieutenant Miles; einem Kriminaler. Er war auf neunzig. Er hat gesagt, du müßtest die Polizei verständigen, wenn du die Stadt verläßt, ganz zu schweigen von einem Verlassen des Landes.«

Herrgott, das hatte er vergessen! Und jetzt begriff er, wie wichtig diese Anweisungen waren. Das Strychnin war für ihn bestimmt gewesen! War die Polizei zu demselben Schluß gelangt?

»Was hast du ihm gesagt, Sam?«

»Ich bin auch hochgegangen. Die einzige Methode, um mit Bullen klarzukommen, wenn die pampig werden. Ich hab' ihm verklart, du seist auf den Inseln, wegen Vermessungsarbeiten für eine Anlage, an der Washington interessiert sei. Ein Stück weiter im Norden, wir sind nicht weit von der Kanalzone entfernt; das könnte alles mögliche bedeuten. Niemand spricht darüber.«

»Hat er das geschluckt?«

»Schwer zu sagen. Er möchte, daß du ihn anrufst. Jedenfalls habe ich dir etwas Zeit verschafft. Ich hab' gesagt, daß du dich am Nachmittag per Funk gemeldet hast, und daß ich nicht damit rechne, in den nächsten drei oder vier Tagen wieder von dir zu hören, und von mir aus könne ich keinen Kontakt herstellen. Da fing er zu brüllen an wie ein angestochener Bulle.«

»Aber abgekauft hat er es dir?«

»Was blieb ihm denn anderes übrig? Der hält uns hier unten sowieso alle für blöd, und ich hab' ihm nicht widersprochen. Er hat mir zwei Nummern für dich gegeben. Hast du etwas zu schreiben?«

»Schieß los.«

Holcroft schrieb sich die Nummern auf – ein Dienstapparat bei der Flughafenpolizei und Miles' Privatanschluß –, dankte Buonoventura und sagte, er melde sich nächste Woche wieder.

Während des endlosen Wartens auf die Verbindung mit Curaçao hatte Noel ausgepackt. Jetzt saß er in einem Rattansessel vor dem Fenster und blickte auf den nachtweißen Strand und das dunkle Wasser dahinter hinaus, in dem sich der helle Halbmond spiegelte. Drunten, an jenem abgeschiedenen Stück Straße, das an die Strandpromenade grenzte, wanden sich die schwarzweißen parallelen Linien der Copacabana, der Goldenen Küste von Guanabara. Die Szene hatte etwas Leeres an sich, und das rührte keineswegs daher, daß der Strand verlassen war. Das Ganze war zu perfekt, zu hübsch. Er hätte das nie so entworfen; diesem Bild fehlte das Wesen hinter dem Schein. Er starrte auf die Fensterscheiben. Für ihn gab es jetzt nichts zu tun, nur nachdenken und ausruhen und hoffen, daß er würde schlafen können. In der letzten Woche hatte er Schlafschwierigkeiten gehabt; jetzt würde das noch schlimmer sein. Weil er jetzt wußte, was er vorher nicht gewußt hatte. Jemand hatte versucht, ihn zu töten.

Dieses Wissen erzeugte in ihm ein seltsames Gefühl. Er konnte nicht glauben, daß es jemanden gab, der seinen Tod wollte. Und doch mußte jemand diese Entscheidung getroffen, den Befehl gegeben haben. Warum? Was hatte er getan? War es wegen Genf? Seinem Vertrag?

Wir haben es hier mit Millionen zu tun. Das waren nicht nur die Worte des toten Manfredi; sie galten auch ihm als Warnung. Das war die einzig mögliche Erklärung. Die Sache war durchgesickert, und niemand konnte sagen, wie weit sie sich herumgesprochen hatte, wer von ihr aufgestört war, wer jetzt außer sich geriet. Ebensowenig kannte man die Person oder die Personen, die zu verhindern trachteten, daß das Genfer Konto freigegeben wurde, und es von internationalen Gerichten blockieren lassen wollten.

Manfredi hatte recht gehabt. Es gab nur einen ehrenhaften Weg für ihn: den Auftrag der drei außergewöhnlichen Männer auszuführen, den Wunsch jenes Dokuments zu erfüllen, das aus der Verwüstung der Welt durch ein Ungeheuer geboren war. *Wir müssen für Wiedergutmachung sorgen.* Das war das Credo von Heinrich Clausen. Es *war* ehrenhaft; es *war* richtig. So irregeleitet sie gewesen waren, das hatten die Männer der Wolfsschanze verstanden.

Noel goß sich einen Drink ein, ging zum Bett hinüber und setzte sich auf die Kante, starrte das Telefon an. Daneben waren die zwei Nummern auf einem Hotelblock, die Nummern, die Sam Buonoventura ihm gegeben hatte. Sie stellten seine Verbindung zu Lieutenant Miles, Polizeiabteilung der Flughafenbehörde, dar. Aber Holcroft brachte es nicht fertig, jetzt anzurufen. Er hatte die Jagd begonnen; er hatte den ersten Schritt auf seiner Suche nach der Familie Wilhelm von Tiebolts getan. Schritt, zum Teufel! Es war ein riesiger Sprung von viertausend Luftmeilen; er würde jetzt nicht kehrtmachen.

Es gab so viel zu tun. Noel fragte sich, ob er imstande war, es zu tun, imstande, sich seinen Weg durch den dichten Urwald zu bahnen.

Er spürte, wie seine Augenlider schwer wurden. Der Schlaf übermannte ihn, und er war dankbar dafür. Er stellte das Glas weg und streifte die Schuhe ab, kümmerte sich nicht um den Rest seiner Kleider. Er ließ sich aufs Bett fallen und starrte ein paar Sekunden zur weißen Decke empor. Er fühlte sich so allein und wußte doch, daß er das nicht war. Da gab es einen Mann in der Vergangenheit, dreißig Jahre zurück, der schreckliche Qualen litt und ihm zurief. Über diesen Mann dachte er nach, bis der Schlaf sein Bewußtsein auslöschte.

Holcroft folgte dem Dolmetscher in den schwach beleuchteten, fensterlosen Raum. Ihr Gespräch war kurz gewesen; Noel hatte ganz präzise Fragen gestellt. Der Name lautete von Tiebolt; bei der Familie handelte es sich um deutsche Staatsbürger. Eine Mutter und zwei Kinder – eine Tochter und ein Sohn – waren um den 15. Juni 1945 in Brasilien eingewandert. Ein drittes Kind, wieder eine Tochter, war einige Monate später zur Welt gekommen, vermutlich in Rio de Janeiro. Es mußte doch *irgendwelche* Vermerke in den Akten geben. Selbst wenn sie einen falschen Namen benutzt hatten, brauchte man doch bloß die fraglichen Wochen zu überprüfen – zwei oder drei Wochen vor und nach dem vermutlichen Datum – und würde dann ohne Zweifel auf eine schwangere Frau stoßen, die mit zwei Kindern eingereist war. Sofern dabei mehr als eine Frau in Frage kam, war es sein Problem, die richtige ausfindig zu machen. Aber ein Name wäre doch das mindeste, was ans Licht kommen mußte.

Nein, es handle sich nicht um eine offizielle Anfrage. Es gab keine Strafanzeige, es ging auch nicht um Rache für Verbrechen, die dreißig Jahre zurücklagen. Im Gegenteil, es handle sich um eine ›wohlmeinende‹ Suche.

Noel wußte, daß man eine Erklärung von ihm verlangen würde, und erinnerte sich an eine der Lektionen, die er in dem Konsulat in New York gelernt hatte. *Man muß Lügen immer auf einer Teilwahrheit aufbauen.* Die Familie von Tiebolt hatte Verwandte in den Vereinigten Staaten, lautete die Lüge. Leute, die in den zwanziger und dreißiger Jahren nach Amerika eingewandert waren. Die meisten waren inzwischen gestorben, und es ging um ein großes Vermögen. Die Beamten des *Ministério do Imigração* würden ihm doch sicherlich bei der Suche nach den Erben behilflich sein. Es war durchaus möglich, daß die von Tiebolts sich erkenntlich zeigen würden. Und er als der Mittelsmann werde gern dafür sorgen, daß sie von der Unterstützung erfuhren, die ihm hier zuteil geworden war.

Akten wurden gewälzt, Hunderte von Fotokopien aus einer anderen Zeit hervorgeholt. Verblaßte, angestaubte Kopien von Dokumenten, von denen viele offenkundig gefälscht waren, erworben in Bern und Zürich und Lissabon. Pässe.

Aber es gab keine Unterlagen, die Hinweise auf die von Tiebolts enthielten, keine Beschreibung einer schwangeren Frau mit zwei Kindern, die im Juni oder Juli 1945 in Rio eingereist war. Zumindest keine, die der Frau Wilhelm von Tiebolts ähnelte. Es gab schwangere Frauen, selbst schwangere Frauen mit Kindern, aber keine mit Kindern, die die von Tiebolts hätten sein können. Nach Manfredi war die Tochter, Gretchen, zwölf oder dreizehn Jahre alt, der Sohn, Johann, zehn. Alle Frauen, die in jenen Wochen nach Brasilien eingereist waren, kamen entweder in Begleitung ihres Ehemannes oder eines als Ehemann Ausgegebenen. Und wo Kinder dabei waren, war keines – *kein einziges* – älter als sieben Jahre.

Holcroft kam das nicht nur ungewöhnlich, sondern unmöglich vor. Er starrte die Blätter mit der verblaßten Tinte an, die oft unleserlichen Eintragungen, die jetzt dreißig Jahre zurücklagen.

Irgend etwas stimmte hier nicht; sein Architektenblick war nicht zufrieden. Er hatte das Gefühl, Bauzeichnungen vor sich zu haben, die winzige Änderungen aufwiesen – so geschickt radiert und ausgebessert, daß der Gesamteindruck nicht beeinträchtigt wurde. Ausradiert und ausgebessert. *Chemisch* ausradiert und dann nachgebessert. Das war es, was ihn störte! Die Geburtsdaten! Seite für Seite mit sorgfältig veränderten Ziffern! Aus einer 3 wurde eine 8, aus einer 1 eine 9, aus einer 2 eine 0. Immer so, daß der Schwung erhalten blieb, eine Linie nachgezogen oder eine 0 hinzugefügt werden konnte. Seite für Seite hatte man in den Akten des Juni und des Juli 1945 die Geburtsdaten aller nach Brasilien eingereisten Kinder so geändert, daß keines vor 1938 geboren war!

Das Ganze war ein mühsames, aber wohldurchdachtes Verfahren. Entscheidend war, die Suche gleich am Anfang im Keim zu ersticken, und dies auf eine Art und Weise zu bewirken, die keinerlei Verdacht erweckte. Kleine Ziffern, die sorgsam – wenn auch hastig – von Einwanderungsbeamten vor über dreißig Jahren eingetragen waren. Protokolliert aus Dokumenten, von denen die meisten inzwischen schon lange vernichtet worden sein dürften, weil sie falsch waren. Es gab keine Möglichkeit mehr, die Richtigkeit zu bestätigen oder zu leugnen. Das hatten die Länge der Zeit und eine Verschwörung unmöglich gemacht. Natürlich gab es niemanden, der den von Tiebolts glich! Mein Gott, was für ein Täuschungsmanöver!

Noel holte sein Feuerzeug heraus; die Flamme sollte Licht auf ein Blatt werfen, wo sein Auge ihm winzige Änderungen verraten hatte.

»Senhor! Das ist verboten!« Der Dolmetscher sprach in seiner Erregung mit lauter Stimme. »Diese alten Blätter fangen leicht Feuer. Wir dürfen das nicht riskieren.«

Holcroft begriff. Das erklärte das unzulängliche Licht und die fensterlose Kammer. »Ich glaube Ihnen, daß Sie das nicht dürfen«, sagte er und klappte sein Feuerzeug zu. »Und ich nehme an, man darf diese Akten auch nicht aus diesem Raum herausholen?«

»Nein, Senhor.«

»Und es gibt natürlich auch keine zusätzlichen Lampen, und Sie haben auch keine Taschenlampe. Stimmt das?«

»Senhor«, unterbrach der Dolmetscher, dessen Stimme jetzt höflich, ja beinahe unterwürfig klang. »Wir haben beinahe drei Stunden mit Ihnen verbracht. Wir haben uns große Mühe gegeben, Sie zu unterstützen. Aber, wie Sie sicher wissen, haben wir auch noch andere Aufgaben. Wenn Sie also fertig sind...«

»Dafür haben Sie ja bereits gesorgt, ehe ich anfing«, unterbrach ihn Holcroft. »Ja, ich bin fertig. Hier.«

Er trat in das helle Licht der Nachmittagssonne hinaus und versuchte, sich einen Reim auf alles das zu machen, was er bisher erlebt hatte. Die weiche Seebrise liebkoste sein Gesicht, milderte seinen Ärger, seine Verstimmung. Er schlenderte auf den weißen Planken dahin, von denen aus man auf den makellosen Sandstrand der Guanabarabucht hinausblicken konnte. Hie und da blieb er stehen und lehnte sich an das

Geländer, sah den größeren Kindern bei ihren Spielen zu. Die Beautiful People, damit beschäftigt, sich zu sonnen und andere zu beeindrucken. Grazie und Arroganz in einer Welt des Scheins. Überall war Geld, verkörpert in diesen goldenen, von Sonnenöl glänzenden Leibern, die zu vollkommen geformt, zu hübsch waren, zu makellos. Auch jetzt also: Wo war das Wesen hinter dem Schein? Irgendwie fehlte es an diesem Nachmittag an der Copacabana.

Er kam an dem Strandstück vorbei, das vor seinem Hotel lag, und blickte zu den Fenstern auf, versuchte, sein Zimmer auszumachen. Einen Augenblick lang dachte er, er hätte es gefunden, begriff aber dann, daß er sich getäuscht hatte. Er konnte zwei Gestalten hinter dem Glas sehen.

Er ging ans Geländer zurück und zündete sich eine Zigarette an. Sein Feuerzeug ließ ihn noch einmal an die dreißig Jahre alten Akten denken, die man so sorgsam gefälscht hatte. Hatte man sie nur seinetwegen abgeändert? Oder hatten sich im Lauf der Jahre schon andere für die von Tiebolts interessiert? Doch wie auch die Antwort darauf lauten mochte, er mußte einen neuen Ansatz finden. Oder neue Ansätze?

La comunidad alemana. Holcroft erinnerte sich der Worte des Attachés in New York. Er erinnerte sich daran, wie der Mann gesagt hatte, es gebe drei oder vier Familien, die tonangebend in der deutschen Kolonie waren. Daraus folgerte, daß solche Leute auch die bestgehüteten Geheimnisse kennen mußten. *Tausende verstecken ihr Ich ... Ein Fremder, der nach Rio kommt und Deutsche sucht, die verschwunden sind, begibt sich auf eine gefährliche Suche ...* ›la otra cara de los alemanes‹. *Die schützen sich gegenseitig.*

Es gab eine Möglichkeit, die Gefahr auszuschalten, dachte Noel. Sie steckte in der Erklärung, die er dem Dolmetscher der Einwanderungsbehörde gegeben hatte. Er reiste viel, es war daher plausibel, daß irgendwo jemand an ihn herangetreten war, weil er nach Brasilien flog, und ihn gebeten hatte, die von Tiebolts aufzuspüren. Es mußte jemand sein, der sich von Berufs wegen mit derlei Erkundigungen befaßte, ein Rechtsanwalt oder ein Bankier. Jemand, dessen persönlicher Ruf untadelig war. Ohne gründlich darüber nachzudenken, wußte Holcroft, daß, für wen auch immer er sich zuletzt entschied, dieser Mann die Schlüsselrolle bei seiner Erklärung spielen würde.

Ein Kandidat kam ihm in den Sinn, wobei ihm das Risiko klar war und auch die Ironie, die darin lag. Richard Holcroft, der einzige Vater, den er je gekannt hatte. Aktienmakler, Bankier, Marineoffizier ... Vater. Der Mann, der einer wilden jungen Mutter und ihrem Kind eine Chance gegeben hatte, wieder zu leben. Ohne Furcht, ohne Makel.

Noel sah auf die Uhr. Es war zehn Minuten nach fünf – nach drei Uhr in New York. Früher Nachmittag an einem Montag. Er glaubte nicht an

Omen, aber er war gerade auf eines gestoßen. Jeden Montagnachmittag begab Richard Holcroft sich in den New York Athletic Club, wo alte Freunde locker Squash spielten und sich dann an dicken Eichentischen in der Bar zusammensetzten und in Erinnerungen schwelgten. Noel konnte ihn ausrufen lassen, allein mit ihm sprechen – ihn um Hilfe bitten. Hilfe, die ihm vertraulich zu leisten war, denn Vertraulichkeit war Voraussetzung seiner Tarnung und seines Schutzes. Jemand, *irgend jemand* war an Richard Holcroft herangetreten und hatte ihn gebeten, eine Familie namens von Tiebolt in Brasilien ausfindig zu machen. Da sein Sohn nach Rio reiste, hatte er, ganz naheliegend, seinen Sohn gebeten, Nachforschungen anzustellen. Es handelte sich um eine vertrauliche Angelegenheit, über die nicht gesprochen werden sollte. Niemand konnte Neugierige mit größerer Autorität abweisen als Dick Holcroft.

Aber Althene sollte es nicht erfahren. Das war das Schwierigste daran. Dick betete sie förmlich an; es gab keine Geheimnisse zwischen ihnen. Aber sein Vater – verdammt, sein *Stief*vater – würde ihn nicht abweisen, wenn hinter seiner Bitte echte Not stand. Das hatte er noch nie getan.

Er ging über den spiegelnden Marmorboden der Hotelhalle auf die Aufzüge zu, ohne seine Umgebung zu beachten, konzentrierte sich ganz auf das, was er seinem Stiefvater sagen wollte. Deshalb erschrak er, als ein korpulenter amerikanischer Tourist ihn an der Schulter antippte.

»Wollen die was von Ihnen?« Der Mann wies zum Empfang.

Der Angestellte dort sah zu Noel herüber. Er hielt einen der gelben Umschläge für Mitteilungen in der Hand und gab sie jetzt einem Pagen, der sich in Bewegung setzte.

Der Name auf dem Zettel war Noel unbekannt. CARARRA. Darunter stand eine Telefonnummer, sonst nichts. Holcroft stutzte. Daß keine Bitte um Rückruf vermerkt war, schien ihm ungewöhnlich; zumindest für Südamerika. Senhor Cararra konnte sich noch einmal melden; er mußte jetzt New York anrufen. Er brauchte eine zusätzliche Rückendeckung.

Und doch warf Holcroft im Zimmer noch einmal einen Blick auf den Namen: CARARRA. Seine Neugier erwachte. Wer war dieser Cararra, daß er erwartete, man werde nur auf seinen Namen hin zurückrufen, von dem er doch wußte, daß er Holcroft nichts sagte? Nach südamerikanischen Gepflogenheiten war das so unhöflich, daß es schon fast beleidigend war. Das Gespräch mit seinem Stiefvater konnte noch die paar Minuten warten, während er das feststellte. Er wählte die angegebene Nummer.

Cararra war kein Mann, sondern eine Frau, und nach ihrer tiefen, angespannt klingenden Stimme zu urteilen eine Frau, die Angst hatte. Ihr Englisch war passabel, aber nicht gut. Doch das machte nichts. Was sie mitzuteilen hatte, war ebenso eindeutig wie die Furcht, die sie ausstrahlte.

»Ich kann jetzt nicht sprechen, Senhor. Rufen Sie diese Nummer nicht wieder an. Es ist nicht notwendig.«

»Sie haben sie der Vermittlung genannt. Was haben Sie von mir erwartet?«

»Das war ein... *Jêrro*.«

»*Yerro?* Fehler?«

»Ja. Ich werde Sie anrufen. *Wir* werden anrufen.«

»Worum geht es? Wer sind Sie?«

»*Mas tarde!*« Die Stimme ging in ein heiseres Flüstern über und war dann, nach einem Klicken in der Leitung, weg.

Mas tarde... mas tarde. Später. Die Frau wollte ihn wieder anrufen. Holcroft verspürte plötzlich ein Gefühl der Leere in seinem Magen, das ihn so überfiel wie das abrupte Abreißen des verängstigten Flüsterns. Er konnte sich nicht erinnern, jemals eine so von Angst erfüllte Frauenstimme gehört zu haben.

Sein erster Gedanke war, daß sie irgendwie mit den verschwundenen von Tiebolts in Verbindung stehen müsse. Aber wie? Und wie, um alles in der Welt, konnte sie von *ihm* erfahren haben? Wieder überfiel ihn das Gefühl der Furcht... und das Bild des schrecklichen, vom Todeskampf verzerrten Gesichtes im Flugzeug, in dreißigtausend Fuß Höhe. Man beobachtete ihn; Fremde spionierten ihm nach.

Das Freizeichen aus dem Telefon riß ihn aus seinen Gedanken; er hatte vergessen aufzulegen. Er drückte den Knopf und meldete das Gespräch nach New York an. Er brauchte diesen Schutz schnell; das wußte er jetzt. Er stand am Fenster und starrte auf den Strand hinaus, wartete darauf, daß die Vermittlung ihn zurückrief. Auf der Straße unten blitzte etwas auf. Die Chromleiste eines vorbeifahrenden Wagens hatte einen Sonnenstrahl aufgefangen und ihn nach oben reflektiert. Der Wagen war an dem Teil des mit Planken belegten Weges vorübergefahren, wo er noch vor wenigen Minuten gestanden und abwesend zu den Hotelfenstern hinaufgeblickt hatte, in dem Versuch, sein Zimmer auszumachen.

Die *Fenster*... Der Blickwinkel. Noel trat näher an die Scheiben heran und vergegenwärtigte sich die Diagonale zwischen der Stelle unten an der Straße – wo er gestanden hatte – und seinem augenblicklichen Standpunkt. Er hatte das geübte Auge eines Architekten, und Winkel täuschten ihn nicht. Außerdem lagen die Fenster hier ziemlich weit auseinander, wie es sich angesichts der Zimmergrößen für ein erstklassiges Hotel an der Copacabana gehörte. Er hatte zu *diesem* Fenster heraufgeblickt und geglaubt, es sei nicht sein Zimmer, weil er hinter den Scheiben Bewegungen gesehen hatte, aber es *war* sein Zimmer. Und da *waren* Leute gewesen.

Er ging an den Kleiderschrank und sah sich seine Kleider an. Er hatte, was Einzelheiten anging, ebensoviel Vertrauen zu seinem Erinnerungsvermögen, wie er seinem Auge vertraute, wenn es galt, Winkel richtig einzuschätzen. Er stellte sich den Kleiderschrank vor, das Bild, das er ihm geboten hatte, als er sich am Morgen umgekleidet hatte. Er war in dem Anzug eingeschlafen, den er auf dem Flug von New York getragen hatte. Seine beige Hose hatte ganz rechts außen gehangen, fast an der Schrankwand. Das war eine Angewohnheit: Hosen rechts, Jackett links. Die Hose hing immer noch rechts, aber nicht an der Wand. Sie war ein paar Zentimeter zur Mitte gerückt. Sein dunkelblauer Blazer hing in der Mitte, nicht auf der linken Seite.

Man hatte seine Kleider durchsucht.

Er ging ans Bett, auf dem sein offener Aktenkoffer stand. Wenn er reiste, war dieser Aktenkoffer sein Büro; er kannte jeden Millimeter, jedes Fach, die Lage eines jeden einzelnen Gegenstandes in den Schlaufen. Er brauchte nicht lange hinzusehen.

Sein Aktenkoffer war ebenfalls durchsucht worden.

Das Telefon klingelte schrill. Er nahm den Hörer ab und hörte die Stimme der Zentrale des Athletic Clubs, wußte aber, daß er jetzt nicht Richard Holcroft verlangen durfte; er durfte ihn hier nicht hineinziehen. Die Dinge waren plötzlich viel komplizierter geworden. Er mußte zuerst nachdenken.

»New York Athletic Club. Hello? Hello?... Hello. Vermittlung Rio? Da meldet sich niemand, Rio. Hello? New York Athletic Club...«

Noel legte den Hörer auf. Er war im Begriff gewesen, eine *Dummheit* zu begehen. Man hatte sein Zimmer durchsucht! Aus seinem Bedürfnis heraus, sich in Rio Deckung zu verschaffen, war er im Begriff gewesen, jemanden direkt zu dem einen Menschen hinzulenken, der seiner Mutter am nächsten stand.

Und dann begriff er, daß das nicht umsonst gewesen war. Vielmehr hatte er wieder eine Lektion gelernt. *Du mußt die Lüge logisch ausgestalten, sie dann noch einmal überprüfen und das, was an ihr am glaubwürdigsten ist, benutzen.* Wenn er für einen Mann wie Richard Holcroft einen Grund erfinden konnte, den Namen desjenigen geheimhalten zu wollen, der die von Tiebolts suchte, dann mußte er auch den Mann selbst erfinden können.

Noels Atem ging schwer. Beinahe hätte er einen schrecklichen Fehler gemacht, aber es dämmerte ihm jetzt, was er in dem fremden Dschungel suchen mußte. Die Wege waren von Fallen gesäumt; er mußte also auf der Hut sein und sich mit großer Vorsicht bewegen. Einen Fehler wie den, den er beinahe gerade begangen hätte, konnte er sich nicht leisten. Er war nahe daran gewesen, das Leben des Mannes aufs Spiel zu setzen, der sein Vater war, für einen anderen Vater, den er nie gekannt hatte.

Was er auch angerührt hat, es ist nie etwas Gutes dabei herausgekommen. Die Worte seiner Mutter, die ebenso wie die Worte Manfredis als Warnung gedacht waren. Aber seine Mutter hatte – im Gegensatz zu Manfredi – unrecht. Heinrich Clausen war ebenso ein Opfer wie ein Bösewicht seiner Zeit. Der von Seelenqualen erfüllte Brief, den er geschrieben hatte, während Berlin unterging, bestätigte das. Und was er getan hatte, bestätigte es auch. Irgendwie würde sein Sohn es beweisen.

La comunidad alemana. Drei, vier Familien in der deutschen Kolonie, die Leute, die unwiderrufliche Entscheidungen trafen. Einer von ihnen würde ihn weiterbringen. Und er wußte genau, wo er nach ihm suchen mußte.

Der alte, kräftig gebaute Mann mit den ausgeprägten Backenpartien und dem kurz gestutzten, stahlgrauen Haar blickte vom riesigen Eßtisch auf und musterte den Eindringling. Er aß allein, es war weder für Familienangehörige noch für Gäste gedeckt. Das wirkte seltsam, denn als der Eindringling die Tür öffnete, konnte man die Stimmen anderer Leute hören; es gab Familie und Gäste in dem großen Haus, aber sie waren nicht bei Tisch.

»Wir haben weitere Informationen über Clausens Sohn, Herr Graff«, sagte der Eindringling und ging auf den Stuhl des alten Mannes zu. »Über das Gespräch mit Curaçao sind Sie bereits informiert. Heute nachmittag gab es noch zwei Gespräche. Ein Anruf bei der Frau, Cararra, und der zweite ging an einen Club in New York.«

»Die Cararras werden gute Arbeit leisten«, sagte Graff, und seine Hand mit der Gabel verhielt in ihrer Bewegung. Das aufgedunsene Fleisch um seine Augen legte sich in Falten. »Was ist das für ein Club in New York?«

»Er nennt sich The New York Athletic Club. Es ist –«

»Ich weiß. Wohlhabende Mitglieder. Wen hat er angerufen?«

»Er hat nur den Club verlangt, keine Person. Unsere Leute in New York bemühen sich darum, es herauszufinden.«

Der alte Mann legte die Gabel hin. Seine Stimme klang beleidigend. »Unsere Leute in New York sind langsam, und du bist das auch.«

»Wie bitte?«

»Man wird ohne Zweifel unter den Mitgliedern den Namen Holcroft finden. Wenn das so ist, hat Clausens Sohn sein Wort gebrochen; er hat Holcroft über Genf informiert. Das ist gefährlich. Richard Holcroft ist ein alter Mann, aber ein Schwächling ist er keineswegs. Wir haben immer schon gewußt, daß er, wenn er lange genug lebte, uns im Weg sein könnte.« Graff drehte seinen mächtigen Schädel und musterte den Eindringling. »Der Umschlag ist in Sesimbra eingetroffen; dafür gibt es keine Entschuldigung. Die Ereignisse neulich abends mußten dem Sohn klar sein. Schick ein Telegramm an den Tinamu. Ich vertraue seinem Kollegen in New York nicht. Verwende den Adlercode und sag ihm, was ich glaube. Unsere Leute in New York werden eine andere Aufgabe bekommen. Sie müssen einen alten Mann aus dem Verkehr ziehen, der sonst lästig werden könnte. Richard Holcroft muß erledigt werden. Der Tinamu wird es fordern.«

8

Noel wußte, was er suchte: eine Buchhandlung, die mehr war als nur ein Ort, wo man Bücher kaufte. In jeder Großstadt, in der es Touristen gab, war immer auch wenigstens ein größeres Geschäft, das sich um die Lesewünsche einer bestimmten Nationalität bemühte. In diesem Falle war es *A Livraria Alemão*: die deutsche Buchhandlung. An der Rezeption seines Hotels hatte man ihm gesagt, daß es dort die neuesten deutschen Zeitschriften gab, und die Lufthansa täglich Zeitungen einflog. Das war die Information, die Holcroft brauchte. Ein solches Geschäft hatte feste Kunden; dort würde man die einflußreichen deutschen Familien in Rio kennen. Wenn er nur ein oder zwei Namen bekommen konnte... Dort wollte er beginnen.

Der Laden war keine zehn Minuten vom Hotel entfernt. »Ich bin amerikanischer Architekt«, sagte er zu dem Verkäufer, der vor einer hohen Bücherwand auf einer Leiter stand und sich im obersten Regalfach zu schaffen machte. »Ich bin hier, um mich über den bayerischen Einfluß in der Architektur großer Privatanwesen zu informieren. Haben Sie darüber Material?«

»Ich wußte gar nicht, daß das ein Thema ist«, erwiderte der Mann in fließendem Englisch. »Es gibt hier einige Bauten im alpenländischen Stil, Chalets sozusagen, aber ich würde das nicht bayerisch nennen.«

Lektion sechs, oder war es Lektion sieben? Selbst wenn die Lüge auf einer Teilwahrheit beruht, mußt du sicher sein, daß die Person, der gegenüber du sie benutzt, weniger weiß als du.

»Alpenländisch, schweizerisch, bayerisch. Das ist doch weitgehend dasselbe.«

»Wirklich? Ich dachte immer, da seien beträchtliche Unterschiede.« *Lektion acht oder neun. Disputiere nicht. Behalte das Ziel im Auge.*

»Hören Sie, ich will Ihnen nichts vormachen. Ein reiches Ehepaar in New York hat mir die Reise hierher bezahlt, damit ich ihnen Skizzen mitbringe. Die waren letzten Sommer in Rio. Sie sind hier viel herumgekommen und haben ein paar großartige Häuser gesehen. Mir haben sie sie als bayerisch beschrieben.«

»Die liegen bestimmt im Nordwesten. Dort draußen gibt es ein paar außergewöhnlich schöne Häuser. Das Anwesen der Eisenstats zum Beispiel, aber das sind, glaube ich, Juden. Ob Sie es glauben oder nicht, da sind maurische Elemente hineingearbeitet. Und dann ist da natürlich die Villa Graff. Die ist wirklich eindrucksvoll. Eigentlich ja kein Wunder, denke ich. Graff ist mehrfacher Millionär.«

»Graff?«

»Maurice Graff. Er ist Importeur, aber das sind die ja alle, oder?«

»Wer?«

»Ach kommen Sie, seien Sie doch nicht naiv. Wenn der nicht General oder sonst ein Oberbonze im Oberkommando war, dann pisse ich Portwein.«

»Sie sind Engländer.«

»Ich bin Engländer.«

»Aber Sie arbeiten in einer deutschen Buchhandlung.«

»*Ich spreche gut Deutsch.*«

»Haben die keinen Deutschen gefunden?«

»Ich kann mir vorstellen, daß es gewisse Vorteile hat, jemanden wie mich einzustellen«, sagte der Brite hintergründig.

Noel gab sich überrascht. »Wirklich?«

»Ja«, antwortete der Verkäufer und stieg auf der Leiter eine Sprosse nach oben. »Niemand stellt mir Fragen.«

Der Verkäufer blickte dem Amerikaner nach, als der den Laden verließ, und kletterte dann die Leiter hinunter und schob sie mit der Hand an dem Regal entlang. Es war eine Geste der Befriedigung, eines kleinen Triumphs. Er bog so schwungvoll in die nächste Regalreihe ein, daß er einen Kunden anrempelte, der sich dort einen Band über Goethe ansah.

»*Verzeihung*«, sagte der Verkäufer halbblaut, nicht sehr zerknirscht.

»*Schwesterchen*«, sagte der Mann mit den dicken, schwarzweiß gesprenkelten Augenbrauen.

Diese Anspielung auf seinen Mangel an Männlichkeit ließ den Verkäufer herumfahren. »Sie!«

»Die Freunde von Tinamu sind nie weit«, erwiderte der Mann.

»Sie sind ihm gefolgt?«

»Er hat mich nie bemerkt. Rufen Sie an.«

Der Engländer ging in das kleine Büro am hinteren Ende des Ladens. Er nahm den Hörer ab und wählte. Ein Angestellter des mächtigsten Mannes von Rio meldete sich.

»Wohnung von Senhor Graff. Guten Tag.«

»Unser Mann im Hotel hat sich eine reichliche Belohnung verdient«, sagte der Verkäufer. »Er hatte recht. Ich bestehe darauf, mit Herrn Graff persönlich zu sprechen. Ich habe genau das getan, was vereinbart war, und ich habe es ausgezeichnet getan. Ohne Zweifel wird er anrufen. Und jetzt bitte Herrn Graff.«

»Ich werde Ihre Nachricht weitergeben, Schmetterling«, sagte der Mann.

»Sie werden nichts dergleichen tun! Ich habe noch andere Nachrichten, die nur ich ihm geben werde.«

»Worum geht es? Ich brauche Ihnen wohl nicht zu sagen, daß er ein vielbeschäftigter Mann ist.«

»Sagen wir so: es betrifft einen meiner Landsleute. Drücke ich mich klar aus?«

»Wir wissen, daß er in Rio ist; er hat bereits Verbindung aufgenommen. Sie müssen sich schon etwas besseres einfallen lassen.«

»Er ist noch hier. Im Geschäft. Vielleicht wartet er darauf, mit mir zu sprechen.«

Der Mann sprach zu jemanden, der in der Nähe stehen mußte. Man konnte deutlich hören, was er sagte. »Das ist der Schauspieler, mein Herr. Er besteht darauf, mit Ihnen zu sprechen. Alles ist in der letzten Stunde nach Plan abgelaufen, aber es scheint eine Komplikation gegeben zu haben. Sein Landsmann ist in der Buchhandlung.«

Der Telefonhörer wurde weitergereicht. »Was ist denn?« fragte Maurice Graff.

»Ich wollte Ihnen mitteilen, daß alles wie erwartet abgelaufen ist...«

»Ja, ja, das habe ich schon gehört«, unterbrach Graff. »Sie leisten ausgezeichnete Arbeit. Aber was ist jetzt mit diesem Engländer?«

»Er ist dem Amerikaner gefolgt. Er war höchstens drei Meter von ihm entfernt. Er ist immer noch hier, und ich nehme an, er wird wollen, daß ich ihm sage, was hier vor sich geht. Soll ich das?«

»Nein«, erwiderte Graff. »Wir sind durchaus in der Lage, allein zurechtzukommen. Sagen Sie ihm, wir fürchteten, daß man ihn erkennt; daß wir vorschlagen, er soll sich nicht sehen lassen. Sagen Sie ihm, daß ich seine Methode nicht billige. Sie können ihm sagen, das hätten Sie von mir persönlich gehört.«

»*Danke*, Herr Graff! Es wird mir ein Vergnügn sein.«

Graff reichte das Telefon seinem Assistenten. »Der Tinamu darf das nicht zulassen«, sagte er. »Jetzt fängt es wieder an.«

»Was fängt wieder an?«

»Alles fängt von neuem an«, fuhr der alte Mann fort. »Die Einmischung, die Überwachungen, alles miteinander. Die Herrschaft wird geteilt, und jeder ist verdächtig.«

»Ich verstehe nicht.«

»Natürlich nicht. Du warst ja nicht dort.« Graff lehnte sich in seinem Sessel zurück. »Schick ein zweites Telegramm an den Tinamu. Sag ihm, wir bestehen darauf, daß er seinen Wolf ins Mitttelmeergebiet zurückruft. Er geht zuviel Risiko ein. Dagegen verwahren wir uns und lehnen unter den gegebenen Umständen die Verantwortung ab.«

Es bedurfte einiger Anrufe und dauerte vierundzwanzig Stunden, dann kam schließlich die Mitteilung, daß Graff bereit sei, ihn zu empfangen, kurz nach zwei am nächsten Nachmittag. Holcroft mietete sich im Hotel einen Wagen und verließ die Stadt in nordwestlicher Richtung. Er hielt häufig an und studierte die Touristenkarte, die ihm die Autovermietung zur Verfügung gestellt hatte. Schließlich fand er die Adresse und bog durch das schmiedeeiserne Tor in die Auffahrt, die zu dem Haus auf der Hügelkuppe führte.

Sie mündete in einen großen Parkplatz aus weißem Beton, der von grünen Büschen umgeben war und von dem zu beiden Seiten mit Natursteinplatten belegte Wege durch Obsthaine nach hinten führten.

Der Verkäufer in der Buchhandlung hatte recht gehabt. Das Anwesen war eindrucksvoll. Der Blick war großartig: die flache Anlage im Vordergrund, die Berge dahinter und weit im Osten das dunstige Blau des Atlantik. Das Haus hatte zwei Stockwerke, an denen Balkone umliefen, und ein Portal mit zwei wuchtigen Türflügeln aus geöltem Mahagoni in mächtigen schmiedeeisernen Angeln. Die Gesamtwirkung war alpenländisch, so, als hätte man aus mehreren Schweizer Chalets ein einziges gemacht und es auf einen Berg in den Tropen gesetzt.

Noel parkte seinen Wagen rechts von der Eingangstreppe und stieg aus. Noch zwei Autos standen auf dem Parkplatz – ein weißer Mercedes und ein roter Maserati. Die Familie Graff hielt auf sich. Holcroft nahm seinen Aktenkoffer und die Kamera und ging die Marmorstufen hinauf.

»Es schmeichelt mir, daß man unsere bescheidenen architektonischen Bemühungen anerkennt«, sagte Graff. »Wahrscheinlich ist es ganz natürlich, daß Menschen, die man verpflanzt hat, in ihrer neuen Umgebung ein Stück Heimat haben wollen. Meine Familie stammt aus dem Schwarzwald... das sind Erinnerungen, die man nicht so leicht ablegt.«

»Ich bin Ihnen wirklich sehr dankbar, daß Sie sich Zeit für mich genommen haben, Sir.« Noel legte die fünf hastig hingeworfenen Skizzen in seinen Aktenkoffer und klappte ihn zu. »Damit spreche ich natürlich auch im Namen meines Klienten.«

»Haben Sie alles, was Sie brauchen?«

»Eine Rolle Film und fünf Skizzen sind mehr, als ich mir erhofft hatte. Übrigens, der Herr, der mich herumgeführt hat, wird Ihnen sagen, daß die Fotos sich auf Details beschränken.«

»Ich verstehe nicht.«

»Ich möchte nicht, daß Sie meinen, ich hätte Bilder von Ihrem Privatbesitz aufgenommen.«

Maurice Graff lachte leise. »Mein Haus ist gut beschützt und behütet, Mr. Holcroft. Außerdem ist es mir nie in den Sinn gekommen, Sie könnten es aus unehrlichen Gründen besichtigen wollen. Setzen Sie sich doch bitte.«

»Danke.« Noel setzte sich dem alten Mann gegenüber. »Heutzutage kann man es niemandem verübeln, wenn er argwöhnisch ist.«

»Nun, ich will Ihnen nichts vormachen. Ich habe das Pôrto-Allegre-Hotel angerufen, um mich zu vergewissern, daß Sie dort auch eingetragen sind. Das waren Sie. Ein Mr. Holcroft aus New York, dessen Reservierung von einem seriösen Reisebüro gebucht war, wo man Sie offensichtlich kennt. Ihre Kreditkarten sind computergeprüft. Sie sind mit einem gültigen Paß nach Brasilien eingereist. Was brauchte ich mehr? In unserem technisierten Zeitalter dürfte es schwerfallen, sich als jemand andern auszugeben, meinen Sie nicht auch?«

»Ja, ich denke schon«, erwiderte Noel und überlegte, ob dies vielleicht der Augenblick wäre, auf den wirklichen Zweck seines Besuches zu kommen. Er wollte gerade damit anfangen, aber Graff sprach weiter, als gelte es, eine peinliche Pause zu füllen.

»Wie lange bleiben Sie in Rio?« fragte er.

»Nur noch ein paar Tage. Ich habe den Namen Ihres Architekten und werde mich natürlich mit ihm verabreden, sobald er für mich Zeit hat.«

»Ich lasse meinen Sekretär bei ihm anrufen; das ist kein Problem. Ich habe keine Ahnung, wie das Ganze finanziell zu regeln ist – ob es überhaupt einer finanziellen Regelung bedarf –, aber ich bin ganz sicher, daß er Ihnen Kopien der Pläne gibt, wenn das von Nutzen für Sie ist.«

Noel lächelte, der Architekt in ihm meldete sich zu Wort. »Es geht hier nur um Anregungen im Detail, Mr. Graff. Ihn aufzusuchen, ist in erster Linie eine Sache der Höflichkeit. Ich könnte ihn fragen, wo er gewisse Materialien gekauft oder wie er bestimmte statische Probleme gelöst hat, aber das wäre auch schon alles. Ich habe nicht die Absicht, ihn um die Pläne zu bitten, und ich glaube, wenn ich das täte, würde er mit seiner Zustimmung zögern.«

»Er würde *nicht* zögern«, sagte Graff, und seine ganze Haltung spiegelte seine militärische Vergangenheit.

... wenn der nicht General oder sonst ein Oberbonze im Oberkommando war, dann pisse ich Portwein ...

»Es ist nicht wichtig, Sir. Ich habe, was ich wollte.«

»Ich verstehe.« Graff verlagerte sein Gewicht in dem Sessel. Es war die Bewegung eines müden, alten Mannes am Ende eines langen Nachmittags. Aber seine Augen waren nicht müde. Sie wirkten auffallend wach. »Ein einstündiges Gespräch würde also genügen.«

»Absolut.«

»Ich werde es arrangieren.«

»Sie sind sehr liebenswürdig.«

»Dann können Sie nach New York zurückkehren.«

»Ja.« Das war der Augenblick, um die von Tiebolts zu erwähnen. Jetzt. »Da ist noch etwas, was ich während meines Aufenthaltes in Rio erledigen sollte. Es ist nicht sehr wichtig, aber ich habe mich bereit erklärt, es zu versuchen. Ich weiß nicht recht, wo ich anfangen soll, wahrscheinlich bei der Polizei.«

»Das klingt ja geheimnisvoll. Ein Verbrechen?«

»Ganz im Gegenteil. Ich meine, bei der Abteilung der Polizeibehörden, die mir bei der Suche nach gewissen Leuten behilflich sein könnte. Sie stehen nicht im Telefonbuch. Ich habe mich auch nach Nummern erkundigt, die nicht im Telefonbuch aufgeführt sind, aber sie haben keine.«

»Sind Sie sicher, daß die Leute, die Sie suchen, in Rio sind?«

»Das waren sie, als man zuletzt von ihnen hörte. Und wie man mir sagt, ist in den zwei anderen Großstädten Brasiliens auch nachgefragt worden, mit Hilfe der Telefongesellschaften.«

»Sie machen mich neugierig, Mr. Holcroft. Ist es so wichtig, daß man diese Leute findet? Was haben sie denn getan? Aber Sie sagten ja, daß es nicht um ein Verbrechen geht.«

»Ja. Ich weiß sehr wenig. Einer meiner Freunde in New York, ein Rechtsanwalt, wußte, daß ich hierher reise, und hat mich gebeten, mein möglichstes zu tun, um diese Familie ausfindig zu machen. Anscheinend haben ihr Verwandte etwas Geld hinterlassen.«

»Eine Erbschaft?«

»Ja.«

»Dann müßte doch ein Anwalt hier in Rio...«

»Mein Freund hat an einige Anwaltskanzleien hier etwas geschickt, das er ›Suchaufforderung‹ nannte«, sagte Noel und erinnerte sich an die Worte des Attachés in New York. »Es gab keine befriedigende Antwort.«

»Wie hat er das erklärt?«

»Gar nicht. Er war nur ärgerlich. Wahrscheinlich war es nicht genug Geld, daß es sich für die drei Anwälte gelohnt hätte, sich ins Zeug zu legen.«

»Drei Anwälte?«

»Ja«, erwiderte Noel und staunte über sich selbst. Er füllte die Lücke instinktiv, ohne nachzudenken. »Da ist der Anwalt in Chicago – oder St. Louis –, die Kanzlei meines Freundes in New York und die hier in Rio. Ich glaube nicht, daß eine Außenstehenden gegenüber vertraulich zu behandelnde Sache auch zwischen Rechtsanwälten vertraulich ist. Vielleicht lohnte es nicht, die Gebühr in drei Teile zu teilen.«

»Aber Ihr Freund ist ein gewissenhafter Mann.« Graffs Augenbrauen hoben sich wohlwollend. Wirklich wohlwollend? dachte Holcroft.

»So würde ich das gerne sehen.«

»Vielleicht kann ich behilflich sein. Ich habe Freunde.«

Holcroft schüttelte den Kopf. »Das könnte ich nicht von Ihnen verlangen. Sie habe heute nachmittag schon genug für mich getan. Wie gesagt, es ist nicht so wichtig.«

»Natürlich«, sagte Graff und zuckte die Achseln. »Ich will mich nicht in vertrauliche Dinge einmischen.« Der Deutsche blickte zum Fenster hinüber und kniff die Augen zusammen. Die Sonne begann hinter dem Bergmassiv im Westen zu versinken. Orangerotes Licht strömte durch das Glas und ließ das dunkle Holz des Arbeitszimmers in einem warmen Glanz erstrahlen.

»Der Name der Familie lautet von Tiebolt«, sagte Noel und musterte das Gesicht des alten Mannes. Aber was auch immer er erwartet hatte, nichts hätte ihn auf das vorbereiten können, was er jetzt sah.

Die Augen des alten Mannes öffneten sich plötzlich weit, und ihr Blick war von Abscheu erfüllt. »Sie sind ein *Schwein*«, sagte der Deutsche, und seine Stimme war dabei so leise, daß man sie kaum hören konnte. »Das Ganze war ein Trick, ein raffinierter Trick, um sich in mein Haus einzuschleichen! Zu mir zu kommen!«

»Sie irren, Mr. Graff. Sie können meinen Klienten in New York anrufen...«

»*Schwein...!*« schrie der alte Mann. »Die von Tiebolts! Diese *Verräter*! Dieses widerliche Pack! Diese Feiglinge! Wie können Sie es *wagen*!«

Noel starrte den anderen wie gebannt und hilflos an. Graffs Gesicht war vor Wut verfärbt, die Adern an seinem Hals traten hervor, seine Augen glühten, und seine Hände zitterten, versuchten sich an der Armlehne festzuklammern.

»Ich verstehe nicht«, sagte Holcroft und stand auf.

»Sie verstehen schon... Sie *Abschaum*! Sie suchen die von Tiebolts! Sie wollen sie wieder ins Leben rufen!«

»Sind sie *tot*?«

»Beim Allmächtigen, wenn sie es nur *wären*!«

»Mr. Graff, hören Sie mir zu. Wenn Sie etwas wissen –«

»Verlassen Sie mein Haus!« Der alte Mann stemmte sich aus seinem Stuhl hoch und schrie in Richtung auf die geschlossene Tür seines Arbeitszimmers: »Werner! Komm her!«

Graffs Assistent stürzte ins Zimmer. »Herr? Was ist –«

»Schaff diesen Betrüger weg! Er soll mein Haus verlassen!«

Der Assistent sah Holcroft an. »Hier lang. *Schnell!*«

Noel griff nach seinem Aktenkoffer und ging eilig auf die Tür zu. Dort drehte er sich um und warf einen letzten Blick auf den wütenden Graff. Der alte Deutsche stand wie eine monströse, groteske Gliederpuppe da, die ein Zittern schüttelte.

»Hinaus! Sie sind *widerwärtig*!«

Das war Noel zuviel. Nicht er war es, der widerwärtig war; es war diese arrogante Gestalt vor ihm, dieses aufgedunsene Bild des Luxus und der Brutalität. Dieses Monstrum, das vor dreißig Jahren einen Mann verraten und dann vernichtet hatte, einen Mann in tiefer Seelenqual ... und Tausende wie ihn. Dieser *Nazi*.

»Sie haben kein Recht, mich zu beschimpfen.«

»Wir werden schon sehen, wer welches Recht hat. *Hinaus!*«

»Ich gehe, General, oder was, zum Teufel, sonst Sie sind. Ich kann gar nicht schnell genug hier verschwinden, weil ich jetzt begreife. Sie können mich nicht von der letzten Leiche unterscheiden, die ihr Schweine verbrannt habt. Aber ich brauche bloß einen Namen zu erwähnen, und schon können Sie es nicht mehr ertragen. Sie sind außer sich, weil Sie wissen – und weil ich weiß –, daß von Tiebolt Sie vor dreißig Jahren durchschaut hat. Als die Leichenstapel zu hoch wurden. Er hat erkannt, was Sie *wirklich* waren.«

»Wir haben vor niemandem verborgen, was wir waren! Das hat die ganze Welt gewußt. Von unserer Seite gab es keine Täuschung.«

Holcroft schluckte unwillkürlich. Bei allem aufwallenden Zorn mußte er dem Mann Genugtuung verschaffen, der ihn aus dem Grab um Hilfe gebeten hatte, er mußte zurückschlagen nach dieser Verkörperung einstiger Macht und Verderbnis, die ihm einen Vater gestohlen hatte. Er konnte einfach nicht anders.

»Damit Sie das ganz klar sehen«, sagte Noel, »ich werde die von Tiebolts finden, und Sie werden mich nicht daran hindern. Glauben Sie ja nicht, daß Sie das können. Glauben Sie ja nicht, daß Sie wissen, mit wem Sie es zu tun haben, das wissen Sie nämlich nicht. Aber ich weiß, mit wem *ich* es zu tun habe. Sie tragen Ihr Eisernes Kreuz ein bißchen zu auffällig.«

Graff hatte sich jetzt wieder in der Hand. »Finden Sie nur die von Tiebolts. Wir werden dort sein!«

»Ich werde sie finden. Und wenn ihnen dann etwas zustößt, weiß ich, wer daran die Schuld trägt. Ich werde Sie als das brandmarken, was

Sie sind. Sitzen Sie nur hier in Ihrer Burg und bellen Sie Ihre Befehle. Sie tun ja immer noch so, als hätten Sie etwas zu sagen. Sie waren schon vor Jahren erledigt – ehe der Krieg um war –, und Männer wie von Tiebolt wußten das. Die haben es begriffen, nur Sie nicht. Sie werden es nie begreifen.«

»*Hinaus!*«

Eine Wache stürmte ins Zimmer; Hände packten Noel von hinten. Ein Arm schoß über seine rechte Schulter und über seine Brust herunter. Er wurde einen Augenblick lang in die Höhe gerissen und rückwärts aus dem Raum gezerrt. Er schwang seinen Aktenkoffer und spürte, wie er gegen den mächtigen Körper des Mannes prallte, der ihn durch die Tür zerrte. Er trieb dem unsichtbaren Angreifer den linken Ellbogen in den Leib und trat zu, spürte, wie sein Absatz gegen das Schienbein des Mannes prallte. Die Reaktion kam sofort; der Mann stieß einen Schrei aus, und der Griff, mit dem er Noel umfaßt hielt, lockerte sich einen Augenblick. Das genügte.

Holcrofts linke Hand schoß in die Höhe, packte den ausgestreckten Arm am Ärmelstoff und zog ihn mit ganzer Kraft vorwärts. Er beugte sich nach rechts, und seine rechte Schulter stieß gegen den Brustkasten hinter ihm. Der Angreifer stolperte. Noel rammte ihm die Schulter ein zweites Mal in die Brust und schleuderte den Mann gegen einen antiken Sessel an der Wand. Unter dem aufprallenden Gewicht des Mannes brach das Möbelstück zusammen. Der Leibwächter war wie betäubt, seine geweiteten Augen blinzelten glasig.

Holcroft blickte auf den Mann hinunter. Der Kerl war kräftig gebaut, aber das Bedrohlichste an ihm war seine Größe. In dem Punkt ähnelte er dem alten Graff. Ein Fleischberg unter einem enganliegenden Jackett.

Durch die offene Tür konnte Holcroft sehen, wie Graff nach dem Telefon auf seinem Schreibtisch griff. Der Assistent, den er Werner genannt hatte, machte einen vorsichtigen Schritt auf Noel zu.

»*Nicht*«, sagte Holcroft. Er ging durch die Eingangshalle auf das Portal zu. Auf der anderen Seite des Foyers standen einige Männer und Frauen unter einer Galerie. Niemand machte eine Bewegung auf ihn zu; kein Laut war von ihnen zu hören. Untertanengeist, dachte Noel, und war mit dieser Erkenntnis nicht unzufrieden. Diese Kreaturen warteten auf Befehle.

»Tun Sie, was ich angeordnet habe«, sagte Graff in die Sprechmuschel des Telefons. Seine Stimme war ruhig und ließ durch nichts die Wut erkennen, die er noch vor Minuten gezeigt hatte. Jetzt war er der General, der einem aufmerksamen Untergebenen Befehle erteilte. »Warten Sie, bis er halb den Hügel hinunter ist, und legen Sie dann den Torschalter um. Es ist wichtig, daß der Amerikaner glaubt, er sei entkommen.« Der alte Deutsche legte auf und wandte sich seinem Assistenten zu. »Ist die Wache verletzt?«

»Nur etwas benommen, mein Herr. Er ist schon wieder auf den Beinen. Der Rest gibt sich schnell.«

»Holcroft ist zornig«, sinnierte Graff. »Er ist jetzt in Hochstimmung, ganz von seinem Ziel erfüllt. Das ist gut. Jetzt muß man ihm Angst machen, muß ihn so weit bringen, daß er über das Unerwartete zittert, über die ganze Brutalität des Augenblicks. Sag dem Wachmann, er soll fünf Minuten warten und dann die Verfolgung aufnehmen. Er muß seine Sache gut machen.«

»Er hat seine Befehle; er ist ein hervorragender Schütze.«

»Gut.« Der ehemalige General ging langsam ans Fenster und blickte in die letzten Strahlen der Sonne hinaus. »Weiche Worte, die Worte einer Geliebten... und dann scharfe, hysterische Rüffel. Die Umarmung – und das Messer. Eines muß so schnell dem anderen folgen, bis Holcroft nicht mehr weiß, woran er ist, bis er nicht länger zwischen Verbündetem und Feind unterscheiden kann und nur noch weiß, daß er weiterdrängen muß. Und wenn er schließlich zusammenbricht, werden wir zur Stelle sein, und er wird uns gehören.«

<h1 style="text-align:center">9</h1>

Noel warf den mächtigen Türflügel hinter sich ins Schloß und ging die Marmorstufen zum Wagen hinunter. Er riß das Automobil im Rückwärtsgang herum, so daß die Motorhaube auf die abschüssige Zufahrt wies, trat das Gaspedal durch und jagte auf den Ausgang zu.

Verschiedenes schoß ihm durch den Kopf. Zuallererst, daß die Nachmittagssonne jetzt hinter den Bergen im Westen versunken war, so daß der Boden teilweise im Schatten lag. Es begann zu dämmern; er brauchte also seine Scheinwerfer. Und dann begann ihm klarzuwerden, daß Graffs Reaktion auf die von Tiebolts zweierlei bedeuten mußte: die von Tiebolts lebten, und sie stellten eine Bedrohung dar. Aber eine Bedrohung wofür? Für wen? Und wo waren sie?

Das dritte, was ihn bewegte, war eher ein Gefühl als ein klarer Gedanke. Es war seine Reaktion auf die physische Auseinandersetzung, die er hinter sich hatte. Während seines ganzen Lebens hatte er seine Größe und seine Körperkraft als selbstverständlich hingenommen. Weil er groß und durchtrainiert war, verspürte er nie das Bedürfnis einer physischen Herausforderung, höchstens im Wettbewerb mit sich selbst, indem er seine Tennisform verbesserte oder eine Skiabfahrt bewältigte. Das hatte zur Folge, daß er jeglicher körperlichen Auseinandersetzung aus dem Wege ging; so etwas schien ihm unnötig.

Aus dieser Grundeinstellung heraus hatte er gelacht, als sein Stiefvater darauf bestanden hatte, daß er gemeinsam mit ihm im Club Stunden in Selbstverteidigung nehmen sollte. Die Stadt war dabei, sich in einen Dschungel zu verwandeln; Holcrofts Sohn würde lernen, sich selbst zu beschützen.

Er nahm den Kurs und vergaß prompt alles, was er gelernt hatte, als er vorbei war. Wenn er tatsächlich überhaupt etwas in sich aufgenommen hatte, dann war das unbewußt geschehen.

Und er *hatte* etwas aufgenommen, überlegte Noel, mit sich zufrieden. Er erinnerte sich an den glasigen Blick in den Augen des Wachmannes.

Der letzte Gedanke, der ihm durch den Kopf ging, als er in den abschüssigen Weg einbog, war ebenfalls vage. Irgend etwas stimmte nicht am Vordersitz seines Wagens. Die Turbulenz der letzten Minuten hatte seinen gewöhnlich scharfen Blick für solche Dinge getrübt. Aber irgend etwas an der karierten Stoffbespannung des Sitzes hatte ihn gestört...

Jäher Lärm schreckte ihn auf: das Bellen von Hunden. Plötzlich warfen sich von beiden Seiten die drohenden Fratzen riesiger, langhaariger schwarzer Schäferhunde gegen die Wagenfenster. Die dunklen Augen glänzten vor Haß und Enttäuschung, und die geifernden Mäuler gingen auf und zu und gaben die schrillen, bösen Geräusche von Tieren von sich, die ihr Opfer erreicht hatten, aber nicht imstande waren, ihre Zähne in sein Fleisch zu schlagen. Es war ein ganzes Rudel Hunde – fünf, sechs, sieben –, und sie waren jetzt an sämtlichen Fenstern, und ihre Krallen scharrten am Glas. Eines der Tiere sprang auf die Motorhaube und fletschte vor der Windschutzscheibe die Zähne.

Hinter dem Hund, unten am Hügel, sah Holcroft, wie das riesige Tor anfing, sich zu bewegen, wobei sich die Bewegung im Licht seiner näherkommenden Scheinwerfer beschleunigte. Das Tor schloß sich! Er trat das Gaspedal bis zum Boden durch und packte das Steuer, bis seine Arme schmerzten, und fuhr mit Höchstgeschwindigkeit, daß der Wagen im Ausbrechen an den Steinpfeilern vorbeischleuderte und das stählerne Tor nur um Zentimeter verfehlte. Der Hund auf der Motorhaube flog nach rechts davon und heulte auf.

Das Rudel am Hügel hatte sich in dem schnell dunkler werdenden Zwielicht hinter dem Tor versammelt. Die Erklärung mußte darin liegen, daß eine Hochfrequenzpfeife – für das menschliche Ohr unhörbar – sie zum Anhalten veranlaßt hatte. Schwitzend hielt Noel das Gaspedal durchgedrückt und raste die Straße hinunter.

Jetzt erreichte er eine Weggabelung. Mußte er nach rechts oder links?

Er konnte sich nicht erinnern und griff mechanisch nach der Landkarte, die er neben sich auf den Sitz gelegt hatte.

Das war es, was ihn gestört hatte! Die Landkarte war nicht mehr da. Er bog nach links und griff unter den Sitz, um nachzusehen, ob die Karte auf den Boden gefallen war. Doch auch dort war sie nicht. Man hatte sie ihm aus dem Wagen genommen!

Er erreichte eine Kreuzung. Sie war ihm nicht vertraut; oder wenn sie es war, dann verhüllte die Dunkelheit jedes vertraute Merkmal. Er bog instinktiv nach rechts, wußte, daß er jetzt nicht anhalten durfte. Er hielt die hohe Geschwindigkeit und sah sich nach Hinweisen um, die er vielleicht auf der Herfahrt aus Rio entdeckt hatte. Aber inzwischen war es völlig dunkel geworden, und so sah er nichts, woran er sich erinnern konnte. Die Straße beschrieb einen weiten Bogen nach rechts, dann kam eine steile Gefällstrecke. Er erinnerte sich an keine solche Kurve, an keinen solchen Hügel. Er hatte die Orientierung verloren.

Die Gefällstrecke war zu Ende, jetzt hatte er ein etwa hundert Meter langes ebenes Straßenstück vor sich. Zu seiner Linken war eine Aussichtsplatte mit Parkfläche, die durch eine bis zur Klippe reichende brusthohe Mauer abgeschlossen war. Entlang der Mauer standen eine Anzahl Münzteleskope. Holcroft bog ein und hielt an. Es standen keine weiteren Fahrzeuge da, aber vielleicht konnte er sich orientieren, wenn er sich hier umsah. Er stieg aus und ging zur Mauer.

Weit unten waren in der Ferne die Lichter der Stadt zu erkennen. Zwischen der Klippe und den Lichtern aber herrschte nur Dunkelheit... nein, nicht völlige Dunkelheit; da wand sich ein Lichtfaden zwischendurch. Eine Straße? Noel stand neben einem der Teleskope. Er schob eine Münze ein und spähte durch das Okular, stellte das Gerät auf den sich windenden Lichtfaden ein, den er für eine Straße hielt.

Und das war es auch. Die Lichter standen weit auseinander; es waren Straßenlampen, sehr fahrerfreundlich, aber an einem Pfad, der quer durch die brasilianischen Wälder führte, völlig deplaziert. Wenn er den Anfang jener Straße erreichen konnte...

Das Teleskop ließ sich nicht weiter nach rechts bewegen. Zum Henker! Wo fing die Straße an? Das mußte...

Hinter sich hörte er das Geräusch eines Motors den Hügel heraufkommen. Dem Himmel sei Dank! Er würde den Wagen anhalten, und wenn er sich dazu mitten in die Straße stellen mußte. Er rannte von der Mauer weg, über die betonierte Parkfläche auf den Asphalt zu.

Als er den Straßenrand erreichte, erstarrte er in seiner Bewegung. Der Wagen, der jetzt über den letzten Straßenbuckel hochschoß, war ein weißer Mercedes. Der gleiche Wagen, der blitzend in der Nachmittagssonne auf einem anderen Hügel gestanden hatte. Graffs Wagen.

Mit kreischenden Reifen kam er ruckartig zum Stillstand. Die Tür öffnete sich, und ein Mann stieg aus. Im reflektierenden Licht der Scheinwerfer konnte er ihn erkennen: Graffs Leibwächter!

Er griff in seinen Gürtel. Holcroft stand wie gelähmt da. Der Mann hob eine Waffe, zielte auf ihn. Es war unglaublich! Das konnte einfach nicht sein!

Der erste Schuß dröhnte wie Donnerhall; er erschütterte das Schweigen wie ein plötzlicher Erdstoß. Ein zweiter folgte. Einen Meter vor Noel explodierte das Straßenpflaster; Steinchen und Staub wirbelten hoch. So überrumpelt, so fassungslos er war, sagte ihm sein Instinkt, daß er wegrennen, sich in Sicherheit bringen mußte. Er würde hier sterben! Umgebracht an einer verlassenen Aussichtsplatte über Rio de Janeiro! Das war Wahnsinn!

Seine Beine zitterten; er zwang sich, auf seinen Mietwagen zuzurennen. Seine Füße *schmerzten*; das war das seltsamste Gefühl, das er je empfunden hatte. Zwei weitere Schüsse peitschten durch die Nacht; wieder explodierten Teer und Beton.

Er erreichte seinen Wagen und ließ sich dahinterfallen, um Deckung zu finden. Jetzt griff er nach der Türklinke.

Wieder ein Schuß, diesmal lauter. Und fast gleichzeitig mit der Detonation war noch eine andere Art von Explosion zu hören; das Hinterfenster seines Wagens war zersprungen.

Er hatte keine andere Wahl! Holcroft riß die Tür auf und sprang hinein. In Panik drehte er den Zündschlüssel. Der Motor heulte auf; sein Fuß preßte das Gaspedal gegen den Boden. Er legte den Gang ein, und der Wagen schoß mit einem Satz davon, hinein in die Dunkelheit. Er riß das Steuer herum; um Haaresbreite entging er der Mauer. Automatisch schaltete er die Scheinwerfer ein. Undeutlich nahm er die bergab führende Straße wahr, hielt verzweifelt darauf zu.

Die Straße schien nur aus Kurven zu bestehen. Er nahm sie mit hoher Geschwindigkeit, rutschte immer wieder zur Seite weg, schaffte es kaum, den Wagen unter Kontrolle zu halten, so schmerzten seine Arme. Seine Hände waren naß vom Schweiß und glitten immer wieder vom Lenkrad ab. Jede Sekunde glaubte er, irgendwo aufzuprallen, nur ein paar Augenblicke noch, und er würde in einer letzten Explosion den Tod finden.

Später konnte er sich nicht mehr erinnern, wie lange das dauerte und wie er die sich dahinschlängelnde Straße mit den Straßenlaternen gefunden hatte, aber da war sie plötzlich, glatt asphaltiert: die Straße zur Stadt. Sie führte nach links, mitten durch hohe Bäume und dichtes Buschwerk, die wie die Wände einer Schlucht um ihn aufragten.

Zwei Fahrzeuge kamen ihm entgegen; am liebsten hätte er vor Erleichterung aufgeschrien, als er sie sah. Er näherte sich den Ausläufern der Stadt. Jetzt befand er sich in den Vororten. Die Straßenlaternen standen hier dichter beieinander, und plötzlich waren überall Wagen, die in Seitenstraßen einbogen, ihm den Weg versperrten oder ihn überholten. Er hätte nie gedacht, daß er einmal so dankbar wäre, Verkehr um sich zu sehen.

Er erreichte eine Ampel; sie stand auf Rot. Wieder war er dankbar – dafür, daß sie da war, und für die kurze Rast, die sie ihm gönnte. Er griff in seine Hemdtasche, um die Zigaretten herauszuholen. *Herrgott*, wie er sich jetzt nach einer Zigarette sehnte.

Ein Wagen rollte links an ihn heran. Ungläubig starrte er hinüber. Der Beifahrer – ein Mann, den er noch nie gesehen hatte – hatte seine Scheibe heruntergekurbelt und hob jetzt eine Pistole. Die Mündung umgab ein perforierter Zylinder – ein Schalldämpfer. Der unbekannte Mann zielte auf ihn!

Holcroft zuckte zurück, zog den Kopf ein, riß am Schalthebel, preßte das Gaspedal durch. Er hörte das schreckliche spuckende Geräusch und das Splittern von Glas hinter sich.

Der Mietwagen sprang mit einem Satz in die Kreuzung hinein. Ein wildes Hupkonzert ertönte. Im letzten Augenblick wich Noel einem Zusammenstoß aus.

Die Zigarette war ihm aus dem Mund gefallen, hatte ein Loch in den Sitzbezug gebrannt.

Er raste in die Stadt hinein.

Das Telefon lag feucht und schweißglänzend in Noels Hand. »Hören Sie mir den überhaupt zu?« schrie er.

»Mr. Holcroft, beruhigen Sie sich, *bitte*.« Die Stimme des Attachés in der amerikanischen Botschaft klang ungläubig. »Wir tun alles, was wir können. Ich habe jetzt die wichtigsten Fakten, und wir werden der Sache so schnell wie möglich nachgehen. Aber es ist nach sieben Uhr; es wird schwierig sein, um diese Zeit irgendwelche Leute zu erreichen.«

»*Schwierig*, Leute zu erreichen? Vielleicht haben Sie mich nicht verstanden. Man hätte mich beinahe umgebracht! Sehen Sie sich den Wagen doch an! Die Fenster sind herausgeschossen!«

»Wir schicken einen Mann in Ihr Hotel, der den Wagen sicherstellt«, sagte der Attaché, ohne seinen Tonfall zu ändern.

»Ich habe die Schlüssel. Er soll in mein Zimmer kommen und sie holen.«

»Ja, abgemacht. Bleiben Sie, wo Sie sind, wir rufen zurück.«

Der Attaché legte auf. *Herrgott*! Der Mann klang, als hätte er gerade von einem lästigen Verwandten gehört und wollte nun schleunigst sein Telefonat beenden, um zu Abend essen zu können!

Noels Angst ging über jegliche Furcht hinaus, die er bisher gekannt hatte. Sie hielt ihn gepackt, erfüllte ihn mit Panik und machte ihm das

Atmen schwer. Und trotzdem vollzog sich – trotz dieser krankmachenden, alles durchdringenden Furcht – etwas an ihm, das er nicht begriff. Tief in ihm glomm ein Fünkchen Zorn, und er spürte, wie dieser Zorn wuchs. Er wollte nicht, daß er wuchs; er hatte Angst davor, aber er konnte nichts dagegen tun. Männer hatten ihn angegriffen, er wollte zurückschlagen.

Auch nach Graff hatte er zurückschlagen wollen. Er hatte ihn beim richtigen Namen nennen wollen: Monstrum, Lügner... *Nazi.*

Das Telefon klingelte. Er fuhr herum, als hätte er ein Alarmsignal gehört, das einen weiteren Angriff anmeldete. Er packte mit der linken Hand sein rechtes Handgelenk, um das Zittern zu beherrschen, und ging schnell zu dem niedrigen Tisch neben dem Bett, auf dem der Apparat stand.

»Senhor Holcroft?«

Das war nicht der Mann aus der Botschaft. Der Akzent war südamerikanisch.

»Was ist denn?«

»Ich muß Sie sprechen. Es ist sehr wichtig, daß ich Sie sofort sprechen kann.«

»Wer sind Sie?«

»Mein Name ist Cararra. Ich bin in Ihrer Hotelhalle.«

»*Cararra?* Eine Frau namens Cararra hat mich gestern angerufen.«

»Meine Schwester. Wir sind jetzt zusammen. Wir beide müssen Sie jetzt sprechen. Dürfen wir in Ihr Zimmer kommen?«

»*Nein!* Ich will niemanden sehen!« Das Peitschen der Schüsse, die Explosionen von Beton und Glas – sie waren noch zu scharf in sein Bewußtsein eingegraben. Er würde nicht noch einmal eine Zielscheibe abgeben.

»Senhor. Sie *müssen!*«

»*Nein!* Lassen Sie mich in Ruhe, oder ich rufe die Polizei.«

»Die kann Ihnen nicht helfen. Nur wir. Wir möchten Ihnen helfen. Sie suchen Informationen über die von Tiebolts. Wir haben Informationen.«

Noels Atem stockte. Sein Blick wanderte zur Sprechmuschel. Das war eine Falle. Der Mann am anderen Ende der Leitung versuchte, ihn in die Falle zu locken. Aber weshalb kündigte er dann die Falle an?

»Wer hat Sie geschickt? Wer hat Ihnen gesagt, daß Sie mich anrufen sollen? War es Graff?«

»Maurice Graff spricht nicht mit Leuten wie uns. Meine Schwester und ich sind ihm widerwärtig, nicht einmal wert, daß er uns verachtet.«

Sie sind widerwärtig! Graff verachtete den größten Teil der Welt, dachte Holcroft. Er atmete wieder und versuchte, ruhig zu sprechen.

»Ich habe Sie gefragt, wer Sie zu mir geschickt hat. Woher wissen Sie denn, daß ich mich für die von Tiebolts interessiere?«

»Wir haben Freunde in der Einwanderungsbehörde. Kleine Angestellte, keine wichtigen Leute. Aber die hören zu, sie beobachten. Das werden Sie verstehen, wenn wir sprechen.« Plötzlich beschleunigten sich die Worte des Brasilianers; sein Akzent verstärkte sich, das konnte nicht einstudiert sein.

»*Bitte*, Senhor. Sie müssen uns empfangen. Wir haben Informationen, Informationen, die Sie haben müssen. Wir wollen Ihnen helfen. Indem wir Ihnen helfen, helfen wir uns selbst.«

Noels Gedanken rasten fieberhaft. Die Halle des Pôrto Allegre war stets überfüllt, und in der alten Weisheit, daß die Menge einen Schutz bot, lag eine gewisse Wahrheit. Wenn Cararra und seine Schwester wirklich etwas über die von Tiebolts wußten, mußte er sie sehen. Aber nicht allein, nicht in seinem Zimmer. Er antwortete ganz langsam.

»Stellen Sie sich an die Rezeption, wenigstens drei Meter davor, beide Hände aus den Taschen. Ihre Schwester soll sich links von Ihnen hinstellen und die rechte Hand auf Ihren Arm legen. Ich komme gleich hinunter, aber nicht mit dem Lift. Und Sie werden mich nicht zuerst sehen. Ich werde Sie sehen.«

Er legte auf und staunte über sich selbst. Er begann, seine Lektionen zu lernen. Für Geheimdienstleute waren dies ohne Zweifel Grundregeln, aber für ihn waren sie neu. Cararra würde nicht die Hand an einer Waffe haben, die er in der Tasche hielt. Seine Schwester – oder wer auch sonst sie sein mochte – würde nicht in die Handtasche greifen können, ohne daß er das bemerkte. Sie würden auf das Treppenhaus achten und nicht auf den Lift, den er natürlich benutzen würde. Und er würde sie gleich erkennen.

Er verließ die Liftkabine in einer Gruppe von Touristen. Einen Augenblick lang hielt er sich in ihrer Mitte, als gehörte er dazu, und sah sich den Mann und die Frau an der Rezeption an. So wie er es verlangt hatte, hatte Cararra seine Hände an den Seiten, und seine Schwester hielt sich mit der rechten Hand am Arm ihres Bruders fest, als hätte sie Angst, von ihm losgerissen zu werden. Und er *war* ihr Bruder; ihre Gesichtszüge wiesen eine deutliche Ähnlichkeit auf. Cararra war vielleicht Anfang der Dreißig, seine Schwester einige Jahre jünger. Beide dunkel – Haut, Haare, Augen. Sie sahen nicht besonders eindrucksvoll aus; sie waren ordentlich, aber billig gekleidet. Zwischen den Pelzen und Abendkleidern der Hotelgäste wirkten sie deplaziert und waren sich dessen auch bewußt, blickten verlegen und irgendwie verängstigt.

Harmlos, dachte Holcroft. Und dann wurde ihm klar, daß er damit ein vorschnelles Urteil fällte.

Sie saßen in einer der hinteren Nischen der schwach beleuchteten Bar, die Cararras auf der einen Tischseite und Noel auf der anderen. Ehe sie hineingegangen waren, hatte Holcroft sich daran erinnert, daß die Botschaft ihn zurückrufen wollte. Er sagte am Empfang Bescheid, man solle ihm das Gespräch in die Bar legen. Aber nur, wenn die Botschaft anrief – sonst niemanden.

»Sagen Sie mir zuerst, wie Sie erfahren haben, daß ich die von Tiebolts suche«, sagte Noel, als ihre Getränke vor ihnen standen.

»Das habe ich Ihnen doch gesagt. Ein Angestellter bei der Einwanderung. Man hat am letzten Freitag diskret in den Abteilungen verbreitet, daß ein Amerikaner kommen und sich nach einer deutschen Familie namens Tiebolt erkundigen werde. Derjenige, an den er sich wenden würde, sollte einen anderen anrufen, einen Mann von der *polícia do administração*. Das ist die Geheimpolizei.«

»Das weiß ich schon. Er hat sich als ›Dolmetscher‹ bezeichnet. Ich möchte wissen, warum man es *Ihnen* gesagt hat.«

»Die von Tiebolts waren Freunde von uns. Sehr gute Freunde.«

»Wo sind sie?«

Cararra wechselte einen kurzen Blick mit seiner Schwester. Dann sagte das Mädchen:

»Warum suchen Sie sie?«

»Das habe ich bei der Einwanderungsbehörde doch gesagt. Verwandte in den Vereinigten Staaten haben ihnen Geld hinterlassen.«

Bruder und Schwester sahen einander wieder an, und wieder war es die Schwester, die sprach. »Ist es ein großer Betrag?«

»Ich weiß nicht«, erwiderte Holcroft. »Das ist eine vertrauliche Angelegenheit. Ich bin nur ein Mittelsmann.«

»Ein was?« Das war wieder der Bruder.

»*Un tercero*«, antwortete Noel und sah die Frau an. »Warum waren Sie gestern am Telefon so verängstigt? Sie haben mir Ihre Nummer hinterlassen, und als ich zurückrief, haben Sie gesagt, das hätte ich nicht tun sollen. Warum?«

»Ich habe einen ... einen Fehler gemacht. Mein Bruder hat gesagt, es sei ein schlimmer Fehler. Mein Name, die Telefonnummer – es war falsch, sie zu hinterlassen.«

»Es würde die Deutschen ärgern«, erklärte Cararra. »Wenn sie Sie beobachtet haben, wenn sie ihre Mitteilungen abfangen, würden sie sehen, daß wir Sie angerufen haben. Das wäre für uns gefährlich.«

»Wenn sie mich beobachten, wissen sie, daß sie hier sind.«

»Wir haben darüber gesprochen«, fuhr die Frau fort. »Wir haben unsere Entscheidung getroffen – wir müssen das Risiko auf uns nehmen.«

»Welches Risiko?«

»Die Deutschen verachten uns. Unter anderem sind wir portugiesische Juden«, sagte Cararra.

»Selbst jetzt denken die noch so?«

»Natürlich tun sie das. Ich habe gesagt, daß wir den von Tiebolts nahestehen. Vielleicht sollte ich das erklären. Johann war mein liebster Freund; er und meine Schwester wollten heiraten. Die Deutschen haben das nicht zugelassen.«

»Wer könnte Sie daran hindern?«

»Eine ganze Reihe Männer. Mit einer Kugel in Johanns Kopf.«

»Mein Gott, das ist doch verrückt!« Aber es war nicht verrückt, und das wußte Holcroft. Er selbst war eine Zielscheibe gewesen, oben in den Bergen; die Schüsse hallten ihm immer noch in den Ohren.

»Für gewisse Deutsche wäre eine solche Ehe die letzte Beleidigung«, sagte Cararra. »Es gibt Leute, für die sind die von Tiebolts Verräter an Deutschland. Diese Leute führen immer noch Krieg, jetzt, drei Jahrzehnte danach. Man hat den von Tiebolts hier in Brasilien großes Unrecht zugefügt. Sie verdienen alles, was man für sie tun kann. Man hat ihnen das Leben schwergemacht – wegen Dingen, die schon vor Jahren hätten vergessen sein sollen.«

»Und Sie haben sich überlegt, daß ich etwas für sie tun könnte? Wie sind Sie darauf gekommen?«

»Weil mächtige Männer versucht haben, Sie zu stoppen; die Deutschen haben hier großen Einfluß. Deshalb müssen Sie auch ein mächtiger Mann sein; einer, den die Graffs in Brasilien von den Tiebolts fernhalten wollen. Für uns bedeutete das, daß Sie unseren Freunden nicht schaden wollen, und wenn Sie ihnen nicht schaden wollten, so mußten Ihre Absichten gut sein. Ein mächtiger Amerikaner, der ihnen helfen könnte.«

»Sie sagen, die ›Graffs in Brasilien‹. Das ist Maurice Graff, nicht wahr? Wer ist das? Was ist er?«

»Der Schlimmste der Nazis. Er hätte in Nürnberg gehängt werden sollen.«

»Kennen Sie Graff?« fragte die Frau, und ihre Augen musterten Holcroft.

»Ich bin zu ihm hinausgefahren. Ich habe einen Klienten in New York als Vorwand gebraucht und gesagt, daß ich mir für ihn Graffs Haus ansehen solle. Ich bin Architekt. Und dann habe ich die von Tiebolts erwähnt, und Graff wurde wütend. Er begann zu schreien und forderte mich auf, sein Haus zu verlassen. Und als ich den Hügel hinunterfuhr, hetzte er ein Rudel Hunde auf meinen Wagen. Später verfolgte mich Graffs Leibwächter. Er versuchte, mich umzubringen. Später im Verkehr passierte dasselbe noch einmal. Ein anderer Mann schoß aus einem Wagenfenster auf mich.«

»Mutter Gottes!« Cararras Mund öffnete sich vor Schreck.

»Wir sollten uns nicht mit ihm sehen lassen«, sagte die Frau und packte den Arm ihres Bruders. Dann hielt sie in ihrer Bewegung inne und studierte Noels Gesicht. »Wenn er die Wahrheit sagt.«

Holcroft verstand. Wenn er irgend etwas von den Cararras erfahren wollte, so galt es, sie zu überzeugen, daß er genau der war, der er zu sein behauptete. »Ich spreche die Wahrheit. Ich habe die amerikanische Botschaft verständigt. Die schicken jemanden her, um meinen Wagen als Beweisstück sicherzustellen.«

Die Cararras sahen einander an, und dann wandten sich beide Holcroft zu. Was er gesagt hatte, war der Beweis, den sie brauchten; das stand in ihren Augen zu lesen. »Wir glauben Ihnen«, sagte die Schwester. »Wir müssen uns beeilen.«

»Die von Tiebolts leben?«

»Ja«, sagte der Bruder. »Die Nazis meinen, sie wären irgendwo in den Bergen im Süden, bei den Siedlungen von Santa Catarina. Das sind alte deutsche Niederlassungen; die von Tiebolts könnten den Namen wechseln und leicht untertauchen.«

»Aber dort sind sie nicht.«

»Nein...« Cararra schien zu zögern, er wirkte unsicher.

»Sagen Sie mir, wo sie sind«, drängte Noel.

»Ist das, was Sie ihnen bringen, etwas Gutes?« fragte das Mädchen.

»Viel besser als alles, was Sie sich vorstellen können«, antwortete Holcroft. »Bitte, *sagen* Sie es mir.«

Wieder wechselten Bruder und Schwester Blicke. Dann fiel ihre Entscheidung. Cararra sprach. »Sie sind in England. Wie Sie wissen, ist die Mutter tot...«

»Das wußte ich nicht«, sagte Noel. »Ich weiß gar nichts.«

»Sie leben dort unter dem Namen Tennyson. Johann ist als John Tennyson bekannt; er ist Journalist bei einer Zeitung – dem *Guardian*. Er spricht mehrere Sprachen und berichtet aus den europäischen Hauptstädten. Gretchen, die Älteste, ist mit einem britischen Marineoffizier verheiratet. Wir wissen nicht, wo sie lebt, aber der Name ihres Mannes ist Beaumont; er ist Commander in der Royal Navy. Von Helden, der jüngsten Tochter, wissen wir nichts. Sie hielt sich immer etwas abseits, sie ist ziemlich eigenwillig.«

»Helden? Ein eigenartiger Name.«

»Er paßt zu ihr«, sagte Cararras Schwester leise.

»Es heißt, ihr Geburtsschein sei von einem Arzt ausgefüllt worden, der nicht deutsch sprach, der die Mutter nicht verstand. Nach Senhora von Tiebolt hat sie den Namen des Kindes als ›Helga‹ angegeben, aber das Krankenhauspersonal hatte es eilig. Sie schrieben ›Helden‹ hin. Damals fand man sich damit ab. Der Name ist ihr geblieben.«

»Tennyson, Beaumont...« Holcroft wiederholte die Namen. »England? Wie haben sie es geschafft, Brasilien zu verlassen und nach England zu gelangen, ohne daß Graff es erfuhr? Sie sagen, die Deutschen hätten Einfluß. Sie haben Pässe gebraucht, jemand muß die Überfahrt arrangiert haben. Wie haben sie das gemacht?«

»Johann... John ... er ist ein bemerkenswerter Mann, ein sehr talentierter Mann.«

»*A homen talentoso*«, fügte seine Schwester hinzu, und ihre angespannt wirkenden Züge wurden dabei weich. »Ich liebe ihn sehr. Nach fünf Jahren lieben wir einander immer noch.«

»Wann haben Sie von ihm gehört? Von ihnen?«

»Hie und da«, sagte Cararra. »Besucher aus England treten mit uns in Verbindung. Aber nie etwas Schriftliches.«

Noel starrte diesen von Furcht gequälten Mann an. »In was für einer Welt leben Sie?« fragte er ungläubig.

»In der auch Sie Ihr Leben verlieren können«, antwortete Cararra.

Das stimmte, dachte Noel, und er hatte das Gefühl, sein Magen krampfe sich dabei zusammen. Ein Krieg, der vor dreißig Jahren zu Ende gegangen war, wurde immer noch von denen weitergeführt, die ihn verloren hatten. Das mußte ein Ende haben.

»Mr. Holcroft?« Das klang fragend; der Fremde, der am Tisch stand, war nicht sicher, daß er den richtigen Mann gefunden hatte.

»Ja, ich bin Holcroft«, sagte Noel vorsichtig.

»Anderson, von der amerikanischen Botschaft, Sir. Kann ich Sie sprechen?«

Die Cararras erhoben sich gleichzeitig vom Tisch und verließen die Nische. Der Mann von der Botschaft trat zurück, als Cararra auf Holcroft zuging.

Cararra flüsterte: »*Adeus, senhor.*«

»*Adeus*«, flüsterte auch die Frau und berührte Noel am Arm.

Ohne den Mann von der Botschaft anzusehen, verließen Bruder und Schwester schnell die Bar.

Holcroft setzte sich neben Anderson in den Wagen der Botschaft. Sie hatten kaum eine Stunde Zeit, um den Flughafen zu erreichen; falls die Fahrt länger dauerte, würde er den Avianca-Flug nach Lissabon verpassen, wo er Anschluß an eine Maschine der British Airways nach London hatte.

Anderson hatte sich – widerstrebend und etwas geziert – bereit erklärt, ihn zu fahren.

»Wenn Sie aus Rio verschwinden«, hatte Anderson gemeint, »dann will ich fahren wie ein geölter Blitz und zahle die Geschwindigkeitsüberschreitungen von meinen Spesen. Sie sind eine Plage.«

Noel schnitt eine Grimasse. »Sie glauben mir kein Wort von dem, was ich gesagt habe, wie?«

»Verdammt noch mal, Holcroft, muß ich es Ihnen noch einmal sagen? Da steht kein Wagen vor dem Hotel; da ist keine zerschossene Scheibe. Es gibt nicht einmal Hinweise darauf, daß Sie überhaupt einen Wagen gemietet haben!«

»Ich war doch dort! Ich habe einen gemietet! Ich war bei Graff!«

»*Angerufen* haben Sie ihn. Sie haben ihn *nicht besucht*. Noch einmal, er sagt, er habe einen Anruf von Ihnen bekommen – angeblich, weil Sie sich sein Haus ansehen wollten –, aber dann seien Sie nicht erschienen.«

»Das ist eine Lüge! Ich war dort! Nachdem ich weggefahren war, versuchten zwei Männer, mich umzubringen. Einen von ihnen habe ich ... zum Teufel, ich habe mit ihm *gekämpft* ... in seinem Haus.«

»Sie sind besoffen, Mann.«

»Ein Scheiß-Nazi ist Graff! Nach dreißig Jahren ist er *immer* noch ein Nazi, und ihr behandelt ihn, als wäre er ein Staatsmann.«

»Sie haben verdammt recht«, sagte Anderson. »Graff ist etwas ganz Besonderes. Er wird beschützt.«

»Damit würde ich nicht auch noch prahlen.«

»Sie haben das alles ganz verkehrt mitgekriegt, Holcroft. Graff war im Juli 1944 an einem ganz bestimmten Ort in Deutschland, der sich Wolfsschanze nannte. Er ist einer der Männer, die versucht haben, Hitler zu töten.«

10

Diesmal gab es kein grelles Sonnenlicht vor seinem Hotelzimmerfenster; keine goldenen, eingeölten Leiber von schon älteren Kindern, die im weißen Sand der Copacabana spielten. Die Straßen von London waren vom Nieselregen gesprenkelt, und zwischen den Häusern und durch die Gassen fegte der Wind. Fußgänger rannten von Türnischen zu Busschlangen, U-Bahn-Stationen, Pubs. Es war eine jener Stunden in London, in denen die Engländer das Gefühl hatten, der Tretmühle der täglichen Plackerei zu entrinnen; sich einen Lebensunterhalt zu verdienen hieß noch nicht leben. Nach Noels Erfahrung gab es keine andere Stadt auf der ganzen Welt, die dem Ende des Arbeitstags so viel Vergnügen abgewann. Ein Fluidum der Erleichterung und Freude herrschte auf den Straßen, trotz des Regens und des Winds.

Er wandte sich vom Fenster ab und trat vor die Kommode, auf der seine silberne Reiseflasche stand. Der Flug nach London hatte beinahe fünfzehn Stunden gedauert. Und jetzt, wo er da war, wußte er nicht recht, wie er weitermachen sollte. Er hatte versucht, im Flugzeug nachzudenken, aber die Ereignisse in Rio hatten ihn förmlich benommen gemacht, und was er dort erfahren hatte, war so widersprüchlich, daß er sich wie in einem Labyrinth verloren vorkam. Der fremde Dschungel, in dem er sich befand, war zu dicht. Und er hatte seinen Weg gerade erst begonnen.

Graff ein Überlebender der Wolfsschanze? Einer der *Männer der Wolfsschanze?* Es war nicht möglich. Die Männer der Wolfsschanze waren dem Genfer Vertrag verpflichtet, der Erfüllung von Heinrich Clausens Traum, und die von Tiebolts waren Teil jenes Traums. Graff wollte die von Tiebolts vernichten, so wie er den Tod von Heinrich Clausens Sohn auf einem verlassenen Parkplatz oberhalb von Rio und später aus einem Wagenfenster in einer nächtlichen Straße angeordnet hatte. Er gehörte nicht zur Wolfsschanze. Das konnte er einfach nicht.

Die Cararras. Über sie war er sich ebenfalls nicht im klaren. Was, um Himmels willen, hinderte sie daran, Brasilien zu verlassen? Es war ja nicht so, daß ihnen die Flughäfen oder die Piers der Ozeandampfer verschlossen gewesen wären. Er glaubte, was sie gesagt hatten, aber es gab zu viele elementare Fragen, die noch nach Antwort verlangten. Und so sehr er sich auch bemühte, den Gedanken zu unterdrücken, an den Cararras war doch irgend etwas Unechtes. Aber was?

Noel schenkte sich einen Drink ein und griff nach dem Telefon. Er hatte einen Namen und einen Arbeitsplatz: John Tennyson; *The Guardian.* Zeitungsredaktionen schlossen nicht, wenn der Tag zu Ende war. In wenigen Augenblicken würde er wissen, ob das, was die Cararras ihm gesagt hatten, stimmte. Wenn es einen John Tennyson gab, der für den *Guardian* schrieb, dann war Johann von Tiebolt gefunden.

Und dann bestand nach dem Genfer Dokument der nächste Schritt darin, daß John Tennyson ihn zu seiner Schwester Gretchen Beaumont führte, Frau von Commander Beaumont in der Royal Navy. Sie war die Person, die er aufsuchen mußte; sie war das älteste überlebende Kind von Wilhelm von Tiebolt. Der Schlüssel.

»Tut mir schrecklich leid, Mr. Holcroft«, sagte die höfliche Stimme am Telefon der Nachrichtenredaktion des *Guardian,* »aber wir dürfen leider die Adressen oder Telefonnummern unserer Journalisten nicht bekanntgeben.«

»Aber John Tennyson ist doch für Sie tätig.« Das war keine Frage; der Mann hatte bereits erklärt, daß Tennyson sich nicht in der Londoner Redaktion aufhielt. Holcroft wollte nur eine konkrete Bestätigung.

»Mr. Tennyson ist einer unserer Mitarbeiter auf dem Kontinent.«

»Wie kann ich ihm eine Nachricht zukommen lassen? Sofort. Es ist dringend.«

Der Mann in der Redaktion schien zu zögern. »Das wäre, glaube ich, schwierig. Mr. Tennyson ist sehr viel unterwegs.«

»Kommen Sie schon, ich kann jetzt hinuntergehen, mir Ihre Zeitung kaufen und nachsehen, von wo er zur Zeit berichtet.«

»Ja, natürlich. Nur daß Mr. Tennyson seine Artikel nicht mit Namen zeichnet. Nicht die täglichen Berichte, nur größere Arbeiten...«

»Wie treten *Sie* denn mit ihm in Verbindung, wenn Sie ihn brauchen?« unterbrach ihn Holcroft, der überzeugt war, daß der Mann sich nur spreizte.

Wieder ein Zögern, dann ein Räuspern. *Warum?* »Nun... es gibt da eine Nachrichtenzentrale. Es könnte einige Tage dauern.«

»So lange kann ich nicht warten. Ich muß ihn sofort erreichen.« Das darauffolgende Schweigen war zum Wahnsinnigwerden. Der Mann im *Guardian* hatte nicht die Absicht, ihm einen Weg anzubieten. Noel versuchte es mit einem anderen Trick. »Hören Sie, ich sollte das wahrscheinlich nicht sagen... es ist eine vertrauliche Angelegenheit... aber Mr. Tennyson und sein Familie haben eine Erbschaft gemacht.«

»Mir war nicht bewußt, daß er verheiratet ist.«

»Ich meine *seine* Familie. Er und seine beiden Schwestern. Kennen Sie sie? Wissen Sie, ob die Schwestern in London leben?«

»Ich weiß über Mr. Tennysons Privatleben gar nichts, Sir. Ich empfehle Ihnen, sich mit einem Anwalt ins Benehmen zu setzen.«

Und dann legte er einfach auf.

Verwirrt ließ Holcroft den Hörer auf die Gabel fallen. Warum wollte man ihm nicht weiterhelfen? Er hatte sich mit Namen gemeldet, die Adresse seines Hotels genannt, und einige Augenblicke lang schien der Mann im *Guardian* ihm auch zuzuhören, als überlegte er sich eine hilfreiche Antwort. Aber dann war nichts gekommen. Und plötzlich hatte der Mann das Gespräch beendet. Es war alles sehr seltsam.

Das Telefon klingelte. Das verwirrte ihn noch mehr. Niemand wußte, daß er sich in diesem Hotel befand. Auf dem Einreiseformular, das er im Flugzeug ausgefüllt hatte, hatte er absichtlich das Dorchester als seine Londoner Adresse angegeben, nicht das Belgravia Arms, wo er wohnte. Er wollte nicht, daß irgend jemand – besonders nicht jemand aus Rio de Janeiro – seinen Aufenthaltsort ausfindig machen konnte. Er nahm den Hörer ab und versuchte, seine Magenschmerzen zu verdrängen, während er sich meldete.

»Mr. Holcroft, hier ist der Empfang. Wir haben gerade erfahren, daß Ihr Obstkorb nicht rechtzeitig geliefert worden ist. Es tut uns schrecklich leid. Werden Sie noch eine Weile in Ihrem Zimmer sein?«

Du liebe Güte, dachte Noel, da lagen Millionen und Abermillionen Dollar in Genf auf Abruf bereit, und der Mann am Empfang machte sich Sorgen wegen eines Körbchens mit Obst. »Ja, ich bin hier.«

»Sehr wohl, Sir. Der Steward wird in Kürze kommen.«

Holcroft legte den Hörer auf, und seine Magenschmerzen begannen nachzulassen. Sein Blick fiel auf die Telefonbücher im unteren Regal seines Nachttisches. Er nahm sich eines davon und schlug es beim Buchstaben T auf.

Es gab etwa fünfzehn Tennysons, keinen John, aber drei J. Damit würde er anfangen. Er nahm den Hörer ab und wählte.

»Hello, John?«

Der Mann, der sich am anderen Ende meldete, hieß Julian.

Die anderen zwei J waren Frauen. Dann gab es eine Helen Tennyson, keine Helen. Er wählte die Nummer. Eine Automatenstimme sagte ihm, daß der Anschluß abgemeldet sei.

Er nahm sich das Telefonbuch mit dem Buchstaben B vor. Es gab sechs Beaumonts in London, bei keinem stand irgendein Rang oder ein Hinweis auf die Royal Navy. Aber er hatte nichts zu verlieren; er nahm den Hörer wieder ab und fing zu wählen an.

Ehe er das vierte Gespräch beendet hatte, klopfte es an der Tür; sein Obstkorb war eingetroffen. Er fluchte über die Unterbrechung, legte auf und ging zur Tür, griff in die Tasche, um nach Kleingeld zu suchen.

Zwei Männer standen draußen, keiner in Steward-Uniform, beide in Mänteln, jeder mit einem Hut in der Hand.

Der größere der beiden war um die fünfzig, mit glatt nach hinten gekämmtem grauem Haar über einem verwitterten Gesicht; der jüngere war etwa so alt wie Noel, mit klaren blauen Augen, lockigem rötlichem Haar und einer kleinen Narbe an der Stirn.

»Ja?«

»Mr. Holcroft?«

»Ja.«

»Noel Holcroft, Bürger der Vereinigten Staaten, Paß Nr. F-zwo-null-vier-sieben-acht –«

»Ich bin Noel Holcroft. Meine Paßnummer weiß ich nicht auswendig.«

»Dürfen wir bitte eintreten?«

»Wer sind Sie?«

Beide Männer hielten schwarze Lederetuis in der Hand; sie klappten sie jetzt unauffällig auf. »Militärischer Abwehrdienst, Abteilung fünf«, sagte der Ältere.

»Weshalb wollen Sie mich sprechen?«

»Dienstliche Angelegenheit, Sir. Dürfen wir eintreten?«

Noel nickte unsicher, und gleichzeitig stellten sich die Magenschmerzen wieder ein. Peter Baldwin, der Mann, der ihm empfohlen hatte, Genf zu vergessen, war ein Mitarbeiter von MI-6 gewesen. Und Baldwin war von den Männern der Wolfsschanze umgebracht worden, weil er ihnen in die Quere gekommen war. Kannten diese zwei britischen Agenten die Wahrheit über Baldwin?

Wußten Sie, daß Baldwin ihn *angerufen* hatte? *O Gott*, man konnte über Hotelvermittlungen Telefonnummern erfahren! Sie *mußten* es wissen... Und dann erinnerte sich Holcroft: Baldwin hatte ihn *nicht* angerufen; Noel hatte von seinem Apartment aus *ihn* angerufen.

Sie haben keine Ahnung, worauf Sie sich hier einlassen. Niemand weiß das, nur ich.

Wenn man Baldwin glauben durfte, hatte er niemandem etwas gesagt. Aber wenn dem so war, wo lag dann die Verbindung? Weshalb interessierte sich der britische Geheimdienst für einen Amerikaner namens Noel Holcroft? Und woher wußten die, wo er zu finden war? *Woher?*

Die zwei Engländer traten ein. Der jüngere, rothaarige Mann ging schnell zur Badezimmertür, sah hinein, drehte sich dann um und ging ans Fenster. Sein älterer Kollege stand am Schreibtisch, und sein Blick musterte die Wände, den Boden und den offenen Kleiderschrank.

»So, jetzt sind Sie hereingekommen«, sagte Noel. »Was ist nun?«

»Der Tinamu, Mr. Holcroft«, sagte der Grauhaarige.

»Der was?«

»Ich wiederhole. Der Tinamu.«

»Was, zum Teufel, ist das?«

»Laut Lexikon ist der Tinamu ein am Boden lebender Vogel, dessen Schutzfärbung es sehr schwierig macht, ihn von seiner Umgebung zu unterscheiden; er fliegt nur kurze Strecken, gelangt aber auf diese Weise schnell von einem Ort an den andern.«

»Das ist sehr lehrreich, aber ich habe nicht die leiseste Ahnung, wovon Sie reden.«

»Wir glauben, daß Sie das schon wissen«, sagte der Jüngere am Fenster.

»Sie irren. Ich habe nie von einem solchen Vogel gehört und wüßte auch nicht, weshalb ich das sollte. Sie beziehen sich damit offensichtlich auf irgend etwas anderes, aber ich begreife nicht, worauf.«

»Offensichtlich«, unterbrach der Agent am Schreibtisch, »beziehen wir uns nicht auf einen Vogel. Der Tinamu ist ein Mann; aber der Name paßt recht gut.«

»Mir sagt er nichts. Sollte er das?«

»Darf ich Ihnen einen Rat geben?« Das klang scharf und entschieden.

»Sicher. Ich werde ihn wahrscheinlich ohnehin nicht verstehen.«

»Sie täten besser daran, mit uns zusammenzuarbeiten. Es ist möglich, daß Sie ein Werkzeug der Gegenseite sind, aber das bezweifeln wir, offen gestanden. Aber wenn Sie uns jetzt helfen, sind wir bereit, das zu vergessen. Ich glaube, das ist äußerst fair.«

»Ich hatte recht«, sagte Holcroft, »ich verstehe Sie nicht.«

»Dann lassen Sie mich ein paar Einzelheiten aufklären, dann werden Sie vielleicht verstehen. Sie haben Nachforschungen über John Tennyson angestellt, geboren als Johann von Tiebolt, vor ungefähr sechs Jahren in das Vereinigte Königreich eingewandert. Im Augenblick ist er als Auslandskorrespondent für den *Guardian* tätig.«

»Der Mann in der Redaktion des *Guardian*«, unterbrach Noel. »Er hat Sie angerufen – oder jemanden anrufen lassen. Deshalb hat er mich hingehalten, deshalb redete er so langatmig und hat dann so unvermittelt aufgelegt. Und dieses verdammte Obst; das sollte sicherstellen, daß ich nicht wegging. Was *soll* das alles?«

»Dürfen wir fragen, weshalb Sie versuchen, John Tennyson zu finden?«

»Nein.«

»Sie haben erwähnt – hier und in Rio de Janeiro –, daß es um einen Geldbetrag geht...«

»*Rio*...! Großer Gott!«

»Daß Sie ein ›Mittelsmann‹ sind«, fuhr der Engländer fort. »Das war Ihre eigene Formulierung.«

»Die Angelegenheit ist vertraulich.«

»Wir glauben, daß es eine internationale Angelegenheit ist.«

»Und warum?«

»Weil Sie versuchen, einen Geldbetrag zu überbringen. Nach den üblichen Gepflogenheiten handelt es sich um Dreiviertel des vollen Betrages.«

»Wofür?«

»Für einen politischen Mord.«

»*Mord?*«

»Ja. In den Datenbänken der halben zivilisierten Welt gibt es eine einzige Beschreibung für den Tinamu: ›Meuchelmörder‹. ›Meistermeuchelmörder‹, um es genau zu sagen. Wir haben allen Grund zu der Annahme, daß Johann von Tiebolt, alias John Tennyson, der Tinamu ist.«

Noel war wie vom Blitz getroffen. Seine Gedanken rasten im Kreis. Ein Meuchelmörder! Mein Gott! War es das, was Peter Baldwin versucht hatte, ihm mitzuteilen? Daß einer der Erben von Genf ein Meuchelmörder war?

Niemand weiß das, nur ich. Baldwins Worte.

Wenn das zutraf, durfte er auf keinen Fall den wahren Grund preisgeben, weshalb er John Tennyson finden wollte. Genf würde Schlagzeilen machen; das riesige Konto würde eingefroren, die internationalen Gerichte fielen darüber her. Sein Vertrag wäre zunichte. Er durfte nicht zulassen, daß das geschah; das wußte er jetzt.

Aber ebenso wichtig war, daß seine Gründe für die Suche nach Tennyson über jeden Verdacht erhaben waren und ohne eine Beziehung zu dem Tinamu.

Der Tinamu! Ein Meuchelmörder! Das war die schlimmste Nachricht, die es geben konnte. Wenn in dem, was MI-5 glaubte, auch nur ein Funken Wahrheit war, würden die Bankiers in Genf alle Verhandlungen abbrechen, die Safes schließen und die nächste Generation abwarten. Und doch wäre jede Entscheidung, den Vertrag auf Eis zu legen, nur ein Täuschungsmanöver. Wenn Tennyson wirklich dieser Tinamu *war*, dann konnte man ihn entlarven, fassen, ihn von jeder Verbindung mit Genf abschneiden, und der Vertrag bliebe unangetastet. Wiedergutmachung *würde* geleistet werden. Nach den Bedingungen des Dokuments war die ältere *Schwester* der Schlüssel; sie war das älteste überlebende Kind – nicht der Bruder.

Ein Meuchelmörder! O Gott!

Aber eines nach dem anderen.

Holcroft wußte, daß er die Überzeugung der beiden Männer in seinem Zimmer erschüttern mußte. Er ging leicht schwankend zu einem Stuhl, setzte sich und beugte sich vor.

»Hören Sie«, sagte er, und seine Stimme klang schwach, verhehlte seine Überraschung nicht. »Ich habe Ihnen die Wahrheit gesagt. Ich weiß nichts über irgendeinen Tinamu oder einen Meuchelmörder. Meine Geschäfte laufen mit der *Familie* von Tiebolt, nicht einem bestimmten Mitglied der Familie. Ich habe versucht, Tennyson zu finden, weil man mir gesagt hatte, daß er von Tiebolt sei und für den *Guardian* arbeite. Das ist alles.«

»Wenn das so ist«, sagte der rothaarige Mann, »dann können Sie uns vielleicht erklären, welcher Art Ihre Geschäfte sind.«

Man muß die Lüge auf einer Teilwahrheit aufbauen. »Ich werde Ihnen sagen, was ich kann, aber das ist nicht sehr viel. Einiges davon habe ich mir aus dem, was ich in Rio erfahren habe, selbst zusammengestückelt. Es *ist* vertraulich, und es geht tatsächlich um Geld.« Noel atmete tief und griff nach seinen Zigaretten. »Auf die von Tiebolts wartet eine Erbschaft – fragen Sie mich nicht, von wem, weil ich es nicht weiß und der Anwalt es mir nicht sagen will.«

»Wie heißt dieser Anwalt?« fragte der Grauhaarige.

»Ich müßte seine Erlaubnis einholen, um Ihnen das zu sagen«, antwortete Holcroft und zündete sich eine Zigarette an und fragte sich dabei, wen in New York er von einer Telefonzelle in London aus anrufen könnte.

»Vielleicht werden wir Sie auffordern, das zu tun«, sagte der ältere Agent. »Fahren Sie bitte fort.«

»Ich habe in Rio herausgefunden, daß die von Tiebolts von der dort ansässigen deutschen Gemeinschaft verachtet wurden. Ich habe die Idee – und mehr ist es nicht, nur eine Idee –, daß sie sich irgendwann einmal in Opposition zu den Nazis in Deutschland begeben haben, und daß jemand, vielleicht ein gegen die Nazis eingestellter Deutscher, ihnen das Geld hinterlassen hat.«

»In Amerika?« fragte der Rothaarige.

Noel witterte die Falle und war darauf vorbereitet. *Sei konsequent.* »Offensichtlich hat der Betreffende schon lange Zeit dort gewohnt. Wenn er oder sie nach dem Krieg in die USA kam, könnte das möglicherweise darauf deuten, daß sie eine reine Weste hatten. Andererseits könnten es Verwandte sein, die vor Jahren in die Staaten kamen. Ich weiß es wirklich nicht.«

»Weshalb hat man Sie als Mittelsmann ausgewählt? Sie sind kein Anwalt.«

»Nein, aber der Anwalt ist ein Freund von mir«, antwortete Holcroft. »Er weiß, daß ich viel reise, wußte, daß ich für einen Klienten nach Brasilien fahre... ich bin Architekt. Er hat mich gebeten, mich umzusehen, mir ein paar Namen gegeben, darunter auch Leute in der Einwanderungsbehörde von Rio.«

Paß auf, daß es einfach bleibt; vermeide Komplikationen.

»Da hat er viel von Ihnen verlangt, nicht wahr?«

Die Zweifel des rothaarigen Agenten waren deutlich aus seiner Frage herauszuhören.

»Eigentlich nicht. Er hat mir auch schon Gefälligkeiten erwiesen; da kann auch ich ihm einmal einen Gefallen tun.« Noel sog an seiner Zigarette. »Das ist verrückt. Es hat so einfach angefangen... Nun, es ist einfach verrückt.«

»Man hat Ihnen gesagt, daß Johann von Tiebolt jetzt John Tennyson heißt und daß er in London arbeite oder dort zumindest aufzuspüren sei«, sagte der Ältere. Er hatte die Hände in den Manteltaschen und blickte auf Noel herunter. »Also haben Sie aus reiner Gefälligkeit beschlossen, von Brasilien nach London zu fliegen. Um ihn zu finden. Als *Gefälligkeit*... Ja, Mr. Holcroft, ich würde sagen, daß *das* verrückt ist.«

Noel blickte zu dem grauhaarigen Mann auf. Er erinnerte sich an Sam Buonoventuras Worte: *Ich bin auch hochgegangen. Die einzige Methode, um mit Bullen klarzukommen, wenn die pampig werden.*

»Jetzt einmal langsam! Ich bin nicht für die von Tiebolts eigens von Rio nach London gereist. Ich bin nach Amsterdam unterwegs. Wenn sie sich bei meinem Büro in New York erkundigen, werden Sie feststellen, daß ich zur Zeit in Curaçao tätig bin. Damit Sie es wissen, das ist holländisch, und ich habe in Amsterdam Planungsgespräche zu führen.«

Der Blick in den Augen des Älteren schien etwas von seiner Härte zu verlieren. »Aha«, sagte er leise. »Möglicherweise haben wir die falschen Schlüsse gezogen. Aber Sie werden uns wahrscheinlich recht geben, daß uns die Fakten, so wie sie sich darstellten, zu diesen Schlüssen geführt haben. Vielleicht müssen wir uns jetzt bei Ihnen entschuldigen.«

Noel unterdrückte, mit sich selbst zufrieden, ein Lächeln. Er hatte so gehandelt, wie er es gelernt hatte, hatte die Lüge vorsichtig vorgebracht.

»Schon gut«, antwortete er. »Aber jetzt bin ich neugierig geworden. Dieser Tinamu. Woher wissen Sie, daß es von Tiebolt ist?«

»Wir sind nicht sicher«, antwortete der grauhaarige Agent. »Wir hatten gehofft, Sie würden uns diese Sicherheit liefern. Ich glaube, wir hatten unrecht.«

»Sicher hatten Sie das. Aber warum Tennyson? Ich denke, ich sollte das dem Anwalt in New York sagen…«

»Nein«, unterbrach der Agent. »Tun Sie das nicht. Sie dürfen das mit niemandem bereden.«

»Dafür ist es ein wenig spät, nicht wahr?« sagte Holcroft spekulierend. »Die ›Angelegenheit‹ ist bereits beredet worden. Ich habe Ihnen gegenüber keinerlei Verpflichtungen, wohl aber gegenüber diesem Anwalt. Er ist ein Freund von mir.«

Die MI-5-Männer sahen einander an, und ihr Blickwechsel ließ ihre Besorgnis erkennen.

»Ich glaube«, meinte der Ältere, »daß Sie jetzt eine viel größere Verantwortung tragen, die über die Verpflichtung Ihrem Freund gegenüber hinausgeht. Eine, die von Ihrer eigenen Regierung erhärtet werden kann. Die Ermittlungen dulden keinerlei Risiko. Der Tinamu ist ein internationaler Killer. Unter seinen Opfern sind einige der hervorragendsten Männer der Welt.«

»Und Sie meinen, daß es Tennyson ist?«

»Wir verfügen nur über Indizienbeweise, aber die sind sehr, sehr stark.«

»Aber nicht schlüssig.«

»Nicht schlüssig.«

»Vor ein paar Minuten klangen Sie noch sehr überzeugt.«

»Vor ein paar Minuten haben wir versucht, Ihnen eine Falle zu stellen. Das ist nur eine Verhörtaktik.«

»Eine verdammt widerwärtige.«

»Aber auch verdammt wirksam«, sagte der Rothaarige mit der Narbe auf der Stirn.

»Worin bestehen denn die Indizien gegen Tennyson?«

»Werden Sie schweigen?« sagte der ältere Agent. »Wenn Sie wollen, kann ich auch veranlassen, daß die höchsten Stellen in Ihrem Land Sie dazu verpflichten.«

Holcroft zögerte einen Augenblick. »Also gut, ich werde nicht in New York anrufen; ich werde nichts sagen. Aber ich will Informationen.«

»Wir feilschen nicht.« Der jüngere Mann sprach mit unfreundlicher Stimme, aber ein Blick seines Kollegen bremste ihn.

»Es geht hier auch nicht um Feilschen«, sagte Noel. »Ich sagte, ich wolle mit einem Mitglied der Familie in Verbindung treten, und ich glaube, das sollte ich auch. Wo kann ich Kontakt mit Tennysons Schwestern aufnehmen? Die eine ist mit einem Navy-Commander namens Beaumont verheiratet. Der Anwalt in New York weiß das; wenn ich es nicht tue, wird er versuchen, sie zu erreichen. Also kann das ebensogut ich tun.«

»Viel besser, wenn Sie es tun«, pflichtete der Grauhaarige ihm bei. »Wir sind überzeugt, daß keine der beiden Frauen von den Aktivitäten ihres Bruders weiß. Soweit wir das herausfinden konnten, haben sich die Geschwister einander entfremdet. Wie tief das geht, wissen wir nicht, aber es hat wenig oder gar keine Beziehungen zwischen ihnen gegeben. Offen gestanden, daß Sie hier aufgetaucht sind, ist eine Komplikation, auf die wir gerne verzichtet hätten. Wir wollen nicht, daß irgendwo Alarm geschlagen wird. Wir wollen die Situation im Griff behalten.«

»Es wird gar nichts passieren«, sagte Noel. »Ich werde meine Nachricht übermitteln und dann meinen Geschäften nachgehen.«

»Nach Amsterdam?«

»Nach Amsterdam.«

»Ja, natürlich. Die ältere Schwester ist mit Commander Anthony Beaumont verheiratet; sie ist seine zweite Frau. Sie leben in der Nähe von Portsmouth, ein paar Meilen nördlich von dem Marinestützpunkt, in einem Vorort, der sich Portsea nennt. Er steht im Telefonbuch. Das jüngere Mädchen ist kürzlich nach Paris übersiedelt. Sie arbeitet als Übersetzerin im Gallimard-Verlag, aber sie lebt nicht unter der Adresse, die sie dort angegeben hat. Wir wissen nicht, wo sie wohnt.«

Holcroft stand auf und ging zwischen den beiden Männern durch zu seinem Schreibtisch. Er nahm den Kugelschreiber mit dem Werbeaufdruck des Hotels und ein Blatt Briefpapier.

»Anthony Beaumont ... Portsmouth ... Wie schreibt man ›Gallimard‹?«

Der rothaarige Agent sagte es ihm.

Noel legte den Stift beiseite. »Ich telefoniere morgen und schicke dann eine kurze Nachricht nach New York«, sagte er und fragte sich dabei, wie lange er wohl mit dem Wagen nach Portsmouth brauchte.

»Ich werde dem Anwalt sagen, daß ich die Schwestern erreicht und den Bruder nicht gefunden hätte. Ist das so richtig?«

»Wir könnten Sie nicht dazu überreden, die ganze Angelegenheit bleiben zu lassen?«

»Nein. Ich müßte dem Anwalt sagen, warum ich das getan habe, und das wollen Sie ja nicht.«

»Also gut. Dann ist es so wohl das beste.«

»Und jetzt sagen Sie mir, weshalb Sie glauben, daß John Tennyson dieser Tinamu ist. Das sind Sie mir schuldig.«

Der ältere Mann schien zu überlegen. »Vielleicht sind wir das wirklich«, sagte er. »Ich betone nur noch einmal den geheimen Charakter dieser Information.«

»Wem könnte ich denn etwas weitersagen? Ich bin nicht in Ihrem Gewerbe tätig.«

»Nun ja«, sagte der Grauhaarige. »Sie haben recht. Wir sind Ihnen das schuldig. Aber Sie sollten auch wissen, daß wir solche Informationen nicht leichtfertig aus der Hand geben. Werten Sie es als Beweis für unser Verständnis.«

Holcrofts Muskeln strafften sich; es war nicht schwierig, pampig zu werden. »Ich kann mir auch nicht vorstellen, daß Sie dauernd andern die Tür einrennen und sie beschuldigen, Meuchelmörder zu bezahlen. Wenn wir in New York wären, würde ich Sie vor Gericht schleppen. Sie sind mir wirklich eine Antwort schuldig.«

»Gut. Ein Muster hat sich abgezeichnet. Eines, das zuerst zu offenkundig war, um eine nähere Untersuchung zu rechtfertigen, bis wir den Mann dann unter die Lupe genommen haben. Tennyson ist jahrelang regelmäßig immer dort aufgetaucht, wo Meuchelmorde stattgefunden haben. Es war geradezu unheimlich. Er hat diese Vorgänge tatsächlich dem *Guardian* gemeldet und seine Berichte vom jeweiligen Schauplatz des Verbrechens aus durchgegeben. Vor einem Jahr beispielsweise berichtete er über den Mord an diesem Amerikaner in Beirut, dem Mann von der Botschaft, der natürlich zum CIA gehörte. Drei Tage vorher war er noch in Brüssel gewesen und danach plötzlich in Teheran. Wir begannen ihn zu studieren, und was wir in Erfahrung brachten, war erstaunlich. Wir glauben, daß er der Tinamu ist. Er ist in seinem Fach brillant und wahrscheinlich völlig verrückt.«

»Was haben Sie herausgefunden?«

»Nun, über seinen Vater wissen Sie ja zunächst einmal Bescheid. Er war einer der alten Kämpfer, ein Schlächter der schlimmsten Sorte...«

»Sind Sie da sicher?« Noel stellte die Frage schnell. »Ich meine, das kann man doch nicht notwendigerweise folgern...«

»Nein, wahrscheinlich nicht«, sagte der grauhaarige Agent. »Aber was man folgern kann, ist zumindest ungewöhnlich. Tennyson ist von krankhaftem Ehrgeiz besessen, ein Streber. Er hat in Brasilien zwei Universitätsdiplome erworben, und das in einem Alter, in dem sich die meisten Studenten gerade erst immatrikulieren. Er beherrscht fünf Sprachen, spricht sie fließend. Er war ein äußerst erfolgreicher Geschäftsmann in Südamerika und hat ein beträchtliches Vermögen gescheffelt. Und dann begnügt er sich plötzlich mit dem Job eines Zeitungskorrespondenten.«

»Menschen ändern sich, Interessen auch. Ich muß sagen, das ist bis jetzt sehr schwach.«

»Die Umstände seiner Anstellung verstärken aber unseren Verdacht«, sagte der Ältere. »Niemand im *Guardian* kann sich erinnern, wann und wie er eingestellt wurde. Sein Name tauchte einfach eines Tages auf den Gehaltslisten auf, die die Computer fabrizierten, eine Woche bevor sein erster Bericht aus Antwerpen einging. Niemand hatte vorher von ihm gehört.«

»Jemand muß ihn doch eingestellt haben.«

»Ja. Aber der Mann, dessen Unterschrift auf der Notiz über das Einstellungsgespräch und in den Personalakten erschien, ist einem höchst ungewöhnlichen Unglück zum Opfer gefallen, bei dem fünf Menschen in der U-Bahn ihr Leben verloren.«

»Eine Londoner U-Bahn…« Holcroft dachte nach. »Ich erinnere mich, daß ich davon gelesen habe.«

»Ein Fehler des Fahrers, hieß es damals. Aber das ist nicht sehr wahrscheinlich«, fügte der Rothaarige hinzu. »Der Mann hatte achtzehn Jahre Erfahrung. Wir sind inzwischen der Meinung, das war Mord. Der Tinamu.«

»Aber ganz sicher sind Sie nicht«, sagte Holcroft. »Jedem kann ein Fehler unterlaufen. Gab es da noch andere… Zufälle? In bezug auf die Orte, wo die Morde stattfanden?«

»Beirut habe ich erwähnt. Dann war da noch Paris. Eine Bombe detonierte unter dem Wagen des französischen Arbeitsministers in der Rue du Bac und hat ihn auf der Stelle getötet. Tennyson war da in Paris, am Tag zuvor war er noch in Frankfurt. Vor sieben Monaten, während der Unruhen in Madrid, wurde ein hoher Beamter vom Fenster eines Regierungsgebäudes aus erschossen. Tennyson war in Madrid; er war nur wenige Stunden vorher mit dem Flugzeug aus Lissabon eingetroffen. Und das sind keine Einzelfälle.«

»Haben Sie ihn je vorgeladen und verhört?«

»Zweimal. Natürlich nicht als Verdächtigen, sondern als Experten für den Schauplatz des Verbrechens. Tennyson ist die Arroganz in Person. Er behauptet, er habe sich mit allen politischen Unruheherden befaßt und habe es immer im Gefühl, wo Gewalttaten zu gewärtigen seien. Er hat die Frechheit besessen, uns zu schulmeistern: wir sollten lernen, solche Taten vorherzusehen, um uns nicht so oft von den Ereignissen überraschen zu lassen.«

»Könnte es nicht sein, daß er die Wahrheit sagt?«

»Wenn Sie das als Beleidigung gemeint haben, dann sind wir jetzt quitt.«

»Ich wollte damit sagen: Wenn Sie ihm schon außergewöhnliche Talente bescheinigen, müssen Sie auch mit dieser Möglichkeit rechnen. Wo ist Tennyson jetzt?«

»Er ist vor vier Tagen in Bahrain verschwunden. Unsere Leute halten von Singapur bis Athen nach ihm Ausschau.«

Die zwei MI-5-Männer betraten die leere Liftkabine. Der rothaarige Agent wandte sich seinem Kollegen zu.

»Was hältst du von ihm?« fragte er.

»Ich weiß nicht«, antwortete der andere leise. »Der hat jetzt genug erfahren, um loszupreschen; vielleicht kommen wir ihm dabei auf die Sprünge. Er ist viel zu sehr Amateur, als daß er zum V-Mann taugt. Auftraggeber für einen Mord müßten verrückt sein, das Geld via Holcroft zu schicken. Der Tinamu würde es zurückweisen, wenn sie das täten.«

»Aber er hat gelogen.«

»Natürlich. Und recht schwach.«

»Dann ist er tatsächlich ein Werkzeug der Gegenseite?«

»Höchst wahrscheinlich. Aber ein Werkzeug wofür?«

11

Im Autoverleih, wo er den Wagen gemietet hatte, hatte man ihm gesagt, Portsmouth sei etwa siebzig Meilen von London entfernt, die Straßen gut beschildert und der Verkehr wahrscheinlich nicht stark. Es war fünf Minuten nach sechs. Er könnte vor neun Uhr in Portsea sein, dachte Noel, wenn er sich anstelle des Abendessens mit einem Sandwich begnügte.

Er hatte ursprünglich vorgehabt, bis zum Morgen zu warten, aber ein Telefongespräch, das er führte, um die Richtigkeit der MI-5-Information zu überprüfen, ließ ihn diese Entscheidung umstoßen. Er erreichte Gretchen Beaumont, und was sie ihm sagte, veranlaßte ihn, sofort zu handeln.

Ihr Mann, der Commander, tat augenblicklich im Mittelmeer Dienst; sie selbst würde morgen mittag einen ›Winterurlaub‹ im Süden Frankreichs antreten, wo sie und der Commander gemeinsam das Wochenende verbringen wollten. Wenn Mr. Holcroft sie in Familienangelegenheiten sprechen wolle, so müsse das noch heute abend sein.

Er sagte, er komme so rasch wie möglich, und dachte, während er auflegte, daß sie eine der seltsamsten Stimmen hatte, die ihm je zu Ohren gekommen waren. Nicht wegen der eigenartigen Mischung von Deutsch und Portugiesisch in ihrem Akzent, die erklärlich war; vielmehr lag es an der schwebenden, zögernden Art ihrer Sprache. Zögernd oder ausdruckslos – das war schwer zu sagen. Die Frau des Commanders stellte im übrigen klar – wenn auch etwas stockend –, daß sich trotz des vertraulichen Charakters der zu besprechenden Angelegenheit ein Marineadjutant im Nebenzimmer aufhalten werde. Ihre Bedenklichkeit ließ in ihm das Bild einer verwöhnten Hausfrau im kritischen Alter entstehen, die sich vielleicht zuviel auf ihr gutes Aussehen zugute hielt.

Fünfzig Meilen südlich von London wurde ihm klar, daß er schneller vorwärtskam, als er angenommen hatte. Der Verkehr war schwach, und auf dem Wegweiser, der sich im Licht seiner Scheinwerfer spiegelte, hatte er gelesen: PORTSEA – 15 M.

Es war gerade zehn nach acht. Er konnte langsamer fahren und versuchen, seine Gedanken zu ordnen. Die Wegbeschreibung, die Gretchen Beaumont ihm gegeben hatte, war eindeutig gewesen; er hätte keine Schwierigkeiten, ihr Haus zu finden.

Für eine so ausdruckslos klingende Frau hatte sie sich bei der Beschreibung des Wegs überraschend bestimmt ausgedrückt. Das paßte so gar nicht zu ihrer Art zu sprechen, es war gewesen, als stießen plötzlich Zacken und Kanten durch Nebelschleier.

Er konnte sich keinen Reim darauf machen. Er, ein ihr Fremder, hatte sie mit seinem Anruf überfallen und von einer äußerst wichtigen Angelegenheit gesprochen, die er am Telefon nicht näher erklären konnte – nur im persönlichen Gespräch.

Und wie *würde* er sie erklären? Wie konnte er der Frau eines britischen Marineoffiziers klarmachen, daß sie der Schlüssel war, der Schlüssel zu einem Safe, der siebenhundertachtzig Millionen Dollar enthielt?

Nervosität überkam ihn; so würde er nicht überzeugend wirken. Und das war das Allerwichtigste; er durfte weder besorgt noch unsicher noch unnatürlich wirken. Und dann kam ihm in den Sinn, daß er ihr einfach die Wahrheit sagen könnte – so wie Heinrich Clausen die Wahrheit sah. Das war der beste Hebel, der ihm zur Verfügung stand; nichts würde überzeugender sein.

O Gott! Bitte gib, daß sie versteht!

Er bog, wie sie ihm gesagt hatte, links von der Hauptstraße ab, dann noch einmal links und fuhr danach die angegebenen eineinhalb Meilen durch die friedliche, von Bäumen gesäumte Vorstadtszenerie. Er fand das Haus leicht, parkte davor und stieg aus dem Wagen.

Er öffnete das Tor und ging die Einfahrt hinauf zur Tür. Es gab keine Glocke; statt dessen einen Messingklopfer, den er vorsichtig betätigte. Das Haus war einfach angelegt. Breite Fenster im Wohnzimmer, kleine in dem daneben, auf der Schlafzimmerseite; die Fassade aus alten Ziegeln über einem Fundament aus Stein – solid, für die Dauer gebaut, ganz sicher nicht auffällig und wahrscheinlich nicht teuer. Er selbst hatte solche Häuser entworfen, gewöhnlich an der Küste, für Ehepaare, die noch nicht sicher wußten, ob sie sich ein Haus leisten konnten. Das ideale Heim für einen Berufssoldaten mit dem Budget eines Berufssoldaten. Ordentlich, adrett und praktisch.

Gretchen Beaumont machte ihm selbst auf. Welches Bild auch immer er sich nach dem Telefonanruf von ihr gemacht hatte, es zerstob, als er sie sah. Ihr Anblick riß ihn um wie ein Schlag in den Magen. Er hatte noch nie eine so schöne Frau gesehen. Daß sie eine Frau war, war dabei fast zweitrangig. Sie war wie eine Statue, das Ideal eines Bildhauers, immer wieder in Ton verfeinert, ehe der Meißel am Stein angesetzt wurde. Sie war mittelgroß, mit langem blondem Haar, das ein feinknochiges, perfekt proportioniertes Gesicht einrahmte. Zu perfekt, zu statuenhaft... zu kalt. Und doch milderten die großen, weiten Augen diese Kälte etwas; sie waren hellblau und musterten ihn jetzt fragend, weder freundlich noch unfreundlich.

»Mr. Holcroft?« fragte sie mit jener hallenden, traumartigen Stimme, die Zeugnis von Deutschland und Brasilien ablegte.

»Ja, Mrs. Beaumont. Vielen Dank, daß Sie mich empfangen. Ich bitte um Entschuldigung für die Störung.«

»Bitte, kommen Sie herein.«

Sie trat zur Seite, um ihn einzulassen. Unter der Tür hatte er sich auf ihr Gesicht konzentriert, auf die außergewöhnliche Schönheit, der die Jahre keinen Abbruch taten; jetzt war es unmöglich, ihren Körper nicht wahrzunehmen, den ihr durchscheinendes Kleid noch betonte. Auch der Körper war außergewöhnlich, aber auf ganz andere Art als das Gesicht. Da war keine Kälte, nur Hitze. Das durchsichtige Kleid klebte förmlich an ihrer Haut, es war nicht zu übersehen, daß sie keinen Büstenhalter trug, und der weit ausgeschlagene Kragen, der bis zur Mitte ihrer großen Brüste aufgeknöpft war, unterstrich das noch. In dem schwellenden Fleisch konnte er deutlich ihre Brustwarzen sehen, die sich gegen den weichen Stoff preßten, als wäre sie erregt.

Als sie sich bewegte, gingen die langsamen, fließenden Bewegungen ihrer Schenkel und ihres Beckens in den Rhythmus eines sinnlichen Tanzes über. Sie schritt nicht, sie glitt – ein außergewöhnlicher

Körper, der danach schrie, daß man ihn betrachtete, als Vorspiel, bevor man in ihn eindrang und ihn befriedigte.

Und doch war das Gesicht kalt und die Augen fern; fragend, aber fern. Und Noel war verwirrt.

»Sie hatten eine lange Reise«, sagte sie und wies auf eine Couch an der Wand. »Bitte, setzen Sie sich. Darf ich Ihnen einen Drink anbieten?«

»Das wäre sehr nett.«

»Was hätten Sie gerne?« Sie blieb vor ihm stehen, versperrte ihm einen Augenblick lang den kurzen Weg zu der Couch, und ihre hellblauen Augen ließen die seinen nicht los. Ihre Brüste zeichneten sich deutlich – so nahe – unter dem durchsichtigen Stoff ab. Ihre Brustwarzen zeigten nach oben, hoben sich bei jedem Atemzug; wieder in jenem unverkennbaren Rhythmus eines erotischen Tanzes.

»Scotch, wenn Sie welchen haben«,, sagte er.

»In England ist das Whisky, nicht wahr?« fragte sie und ging auf die Bar an der Wand zu.

»Ja, Whisky«, sagte er, sank in die weichen Kissen der Couch und versuchte, sich auf Gretchens Gesicht zu konzentrieren. Es fiel ihm schwer, und er wußte, daß sie sich bemühte, es ihm schwerzumachen. Die Frau des Commanders brauchte keine sexuelle Reaktion zu provozieren; sie hätte sich nicht so anzuziehen brauchen. Aber sie hatte sich so angezogen und provozierte ihn. Warum?

Sie brachte seinen Whisky. Er griff danach und berührte dabei ihre Hand und registrierte, daß sie sie nicht zurückzog, sondern kurz seine gekrümmten Finger mit den ihren drückte. Dann tat sie etwas sehr Seltsames; sie setzte sich auf ein ledernes Fußkissen, das unmittelbar vor ihm lag, und blickte zu ihm auf.

»Halten Sie nicht mit?« fragte er.

»Ich trinke nicht.«

»Dann sollte ich vielleicht auch nicht trinken.«

Sie lachte kehlig. »Ich habe keinerlei moralischen Einwände. Das würde zur Frau eines Offiziers auch nicht passen. Ich bin einfach nicht imstande zu trinken oder zu rauchen. Beides steigt mir sofort in den Kopf.«

Er sah sie über den Rand des Glases an. Sie blickte ihn unergründlich an, ohne zu blinzeln, fest und doch fern; er wünschte plötzlich, sie möchte wegsehen.

»Sie sagten am Telefon, daß einer der Adjutanten Ihres Mannes im Nebenzimmer wäre. Möchten Sie uns bekannt machen?«

»Er konnte nicht kommen.«

»Oh? Das tut mir leid.«

»Wirklich?«

Es war verrückt! Sie benahm sich wie eine Frau von Welt, die ihre gesellschaftliche Stellung vergessen hatte, oder wie eine teure Hure, die die Brieftasche eines neuen Kunden abschätzt. Sie beugte sich auf dem Sitzkissen vor und zupfte ein imaginäres Stäubchen von dem Läufer zu seinen Füßen weg. Die Geste war albern, und die Wirkung zu offensichtlich. Ihr Kleid öffnete sich oben und legte ihre Brüste frei. Es mußte ihr bewußt sein, was sie tat. Er mußte reagieren; sie erwartete es. Aber er würde nicht so reagieren, wie sie das meinte. Ein Vater hatte nach ihm gerufen; nichts durfte da stören. Nicht einmal eine unwahrscheinliche Hure.

Eine unwahrscheinliche Hure, die der Schlüssel zu Genf war.

»Mrs. Beaumont«, sagte er und stellte sein Glas umständlich auf das kleine Tischchen neben der Couch. »Sie sind eine sehr liebenswürdige Frau, und nichts täte ich lieber, als stundenlang hier sitzen und ein paar Drinks nehmen. Aber wir müssen reden. Ich habe darum gebeten, Sie aufsuchen zu dürfen, weil ich außergewöhnliche Nachrichten für Sie habe. Es betrifft uns beide.«

»*Uns* beide?« sagte Gretchen und hob dabei das Fürwort hervor. »Um alles in der Welt, reden Sie, Mr. Holcroft. Ich bin Ihnen noch nie begegnet; ich kenne Sie nicht. Wie kann diese Nachricht uns beide betreffen?«

»Unsere Väter kannten einander vor vielen Jahren.«

Als das Wort ›Väter‹ fiel, straffte sich die Haltung der Frau. »Ich habe keinen Vater.«

»Doch, den hatten Sie, und ich auch«, sagte er. »In Deutschland, vor über dreißig Jahren. Ihr Name ist von Tiebolt. Sie sind das älteste Kind von Wilhelm von Tiebolt.«

Gretchen atmete tief und wandte den Blick ab. »Ich glaube nicht, daß ich Ihnen noch länger zuhören möchte.«

»Ich weiß, wie Ihnen zumute ist«, erwiderte Noel. »Ich habe selbst genauso reagiert. Aber Sie haben unrecht. *Ich* hatte unrecht.«

»Unrecht?« fragte sie und wischte das lange blonde Haar weg, das ihr bei der schnellen Kopfbewegung über die Wange gefallen war. »Sie sind anmaßend. Vielleicht haben Sie nicht so gelebt, wie wir gelebt haben. Bitte, sagen Sie mir nicht, ich hätte unrecht. Dazu haben Sie keinen Anlaß.«

»Erlauben Sie mir nur, daß ich Ihnen sage, was ich erfahren habe. Wenn ich fertig bin, können Sie Ihre eigene Entscheidung treffen. Das Wichtige ist, daß Sie es wissen. Und natürlich Ihre Unterstützung.«

»Unterstützung wessen? Daß ich *was* weiß?«

Noel fühlte sich seltsam bewegt, als wäre das, was er jetzt sagen würde, die wichtigste Aussage seines Lebens. Bei einem normalen Menschen würde die Wahrheit genügen, aber Gretchen Beaumont war kein normaler Mensch; ihre Narben lagen sichtbar zutage. Es würde mehr als die Wahrheit erfordern; es erforderte ungeheures Überzeugungsvermögen.

»Vor zwei Wochen flog ich nach Genf, um mich mit einem Bankier namens Manfredi zu treffen.«

Er schilderte ihr alles, ließ nichts aus, nur die Männer der Wolfsschanze. Er schilderte es ihr in einfachen, aber beredten Worten, hörte die Überzeugung in der eigenen Stimme, spürte die tiefe Verpflichtung, die aus ihm sprach, den aufwühlenden Schmerz in seiner Brust.

Er nannte ihr die Zahlen: siebenhundertundachtzig Millionen für die Überlebenden des Massenmords und die Nachkommen jener Überlebenden, die noch Not litten. Überall. Zwei Millionen für jedes der überlebenden ältesten Kinder der drei Männer. Sechs Monate – möglicherweise länger – gemeinsamen Einsatzes.

Schließlich erzählte er ihr von dem gemeinsamen Freitod der drei Väter, nachdem jede Einzelheit in Genf geregelt und besiegelt war.

Als er geendet hatte, spürte er, wie ihm der Schweiß über die Stirne rann. »Jetzt liegt es bei uns«, sagte er. »Und bei einem Mann in Berlin – Kesslers Sohn. Wir drei müssen das zu Ende führen, was sie begonnen haben.«

»Es klingt so unglaublich«, sagte sie leise. »Aber ich kann wirklich nicht erkennen, weshalb das mich betreffen sollte.«

Ihre Ruhe, ihr völliger Gleichmut verblüfften ihn. Sie hatte ihm fast eine halbe Stunde lang schweigend zugehört, hatte sich Enthüllungen angehört, die für sie erschütternd waren, und doch zeigte sie keinerlei Reaktion. *Nichts.* »Haben Sie denn kein Wort von dem, was ich sagte, verstanden?«

»Ich verstehe, daß Sie sehr erregt sind«, sagte Gretchen Beaumont mit ihrer weichen, hallenden Stimme. »Aber ich bin den größten Teil meines Lebens ziemlich außer mir gewesen, Mr. Holcroft. Daran war Wilhelm von Tiebolt schuld. Jetzt ist er für mich gestorben.«

»Das *wußte* er, verstehen Sie denn nicht? Er hat versucht, das gutzumachen.«

»Mit Geld?«

»Mit mehr als Geld.«

Gretchen beugte sich vor, und ihre Hand berührte langsam seine Stirn. Mit ausgestreckten Fingern wischte sie ihm die Schweißtropfen weg. Noel blieb unbewegt sitzen, war nicht imstande, seine Augen aus ihrem Blick zu lösen.

»Wußten Sie, daß ich Commander Beaumonts zweite Frau bin?«

»Ja, das habe ich gehört.«

»Die Scheidung war für ihn eine harte Zeit. Und für mich natürlich auch, aber mehr für ihn. Doch für ihn ist es vorübergegangen; für mich wird es nicht vorübergehen.«

»Wie meinen Sie das?«

»Ich bin der Eindringling. Die Ausländerin. Jemand, der eine Ehe kaputtgemacht hat. Er hat seine Arbeit; er fährt hinaus auf See. Ich lebe unter denen, die das nicht tun. Das Leben der Frau eines Marineoffiziers ist schon unter normalen Umständen einsam. Aber wenn man sich ausgestoßen fühlt, kann es ganz besonders schwierig werden.«

»Sie müssen aber doch gewußt haben, daß so etwas geschehen könnte.«

»Natürlich.«

»Aber, wenn Ihnen das klar war…?« Er ließ die Frage in der Schwebe.

»Warum ich dann Commander Beaumont geheiratet habe? Wollten Sie das fragen?«

Er wollte *überhaupt nichts* fragen! Er interessierte sich nicht für die Intimitäten in Gretchen Beaumonts Leben. Genf war das einzige, was für ihn wichtig war; der Vertrag. Er brauchte ihre Unterstützung.

»Ich nehme an, Ihre Gründe lagen im Gefühlsbereich; dort liegen sie meistens, wenn Leute heiraten. Was ich sagen wollte, ist, daß Sie rechtzeitig hätten vorbauen können. Sie könnten weiter weg vom Marinestützpunkt leben, einen anderen Bekanntenkreis haben.« Er wurde weitschweifig, hilflos, und Verzweiflung stieg in ihm hoch. Er wollte und mußte ihre erbitternde Einigelung aufbrechen.

»Hinter meiner Frage steht mehr. Warum habe ich Beaumont geheiratet?« Wieder schwebte ihre Stimme; sie erhob sich still in die Luft. »Sie haben recht; es hat mit Gefühlen zu tun. Es sitzt ganz tief.«

Wieder berührte sie seine Stirn, und wieder öffnete sich ihr Kleid, als sie sich vorbeugte, und wieder lagen ihre üppigen Brüste frei. Noel war müde, erregt und zornig. Er *mußte* ihr klarmachen, daß ihre privaten Sorgen, verglichen mit der Genfer Mission belanglos waren! Und um das zu tun, mußte er sie dazu bringen, daß sie ihn mochte; und doch durfte er sie nicht berühren.

»Natürlich sitzt es ganz tief«, sagte er. »Sie lieben ihn.«

»Ich verabscheue ihn.«

Ihre Hand war jetzt wenige Zentimeter von seinem Gesicht entfernt, ihre Finger undeutlich aus seinen Augenwinkeln sichtbar, undeutlich, weil ihre Blicke ineinander ruhten; er wagte nicht, seine Augen abzuwenden. Und er wagte nicht, sie zu berühren.

»Weshalb haben Sie ihn dann geheiratet? Weshalb bleiben Sie bei ihm?«

»Ich habe es Ihnen doch schon gesagt. Das sitzt ganz tief. Commander Beaumont hat ein bißchen Geld; er ist ein hochangesehener Offizier im Dienste seiner Regierung, ein langweiliger, uninteressanter Mann, der auf einem Schiff mehr zu Hause ist als sonstwo. Aus alldem läßt sich eine stille, sehr sichere Nische im Leben machen. Ich habe mich so bequem wie möglich darin eingerichtet.«

Das war der Hebel! Der Genfer Vertrag lieferte ihn ihm. »Zwei Millionen würden es Ihnen erlauben, sich einen noch viel besseren Schutz aufzubauen.«

»Vielleicht. Aber dazu müßte ich meine Nische hier verlassen, ich müßte hinausgehen —«

»Nur eine Weile.«

»Und was wäre dann?« fuhr sie fort, als hätte er sie nicht unterbrochen. »Draußen? Wo ich ja oder nein sagen müßte. Ich will nicht darüber nachdenken; das wäre so schwierig. Wissen Sie, Mr. Holcroft, ich war die meiste Zeit meines Lebens unglücklich, aber ich will kein Mitleid.«

Es war zum aus der Haut fahren! Am liebsten hätte er sie geohrfeigt. »Ich möchte gerne auf die Situation in Genf zurückkommen«, sagte er. Sie setzte sich auf dem Sitzpolster zurecht und schlug die Beine übereinander. Das durchsichtige Kleid schob sich über ihre Knie, legte das weiche Fleisch ihrer Schenkel frei. Die Pose war verführerisch, ihre Worte waren es nicht.

»Aber das tue ich doch«, sagte sie. »Vielleicht ungeschickt, aber ich versuche mich Ihnen verständlich zu machen. Als Kind hat man mich aus Berlin herausgeholt. Ich war immer auf der Flucht, bis meine Mutter, mein Bruder und ich eine Zuflucht in Brasilien fanden, die sich dann als Hölle für uns erwies. In den letzten Jahren habe ich mich durchs Leben treiben lassen. Ich bin immer nur Außenreizen gefolgt – Instinkten, Gelegenheiten, Männern –, aber ich bin ihnen gefolgt. Ich habe nicht geführt. Ich habe so wenig Entscheidungen wie möglich getroffen.«

»Ich verstehe nicht.«

»Wenn Sie etwas haben, das meine Familie betrifft, werden Sie mit meinem Bruder sprechen müssen. Er trifft die Entscheidungen. Er hat uns aus Südamerika hinausgebracht, nachdem meine Mutter gestorben war. Er ist der von Tiebolt, an den Sie sich wenden müssen.«

Noel unterdrückte den Drang, sie anzubrüllen. Langsam atmete er aus, und ein Gefühl der Müdigkeit und der Enttäuschung überkam ihn. Johann von Tiebolt war das Mitglied der Familie, das er meiden mußte, aber er konnte Gretchen Beaumont nicht sagen, weshalb. »Wo ist er?« fragte er trotzdem.

»Ich weiß nicht. Er arbeitet für den *Guardian* in Europa.«

»Wo in Europa?«

»Noch einmal, ich weiß es nicht. Er reist viel herum.«

»Ich habe gehört, er sei zuletzt in Bahrain gesehen worden.«

»Dann wissen Sie mehr als ich.«

»Sie haben eine Schwester.«

»Helden. In Paris. Irgendwo.«

Alle Kinder werden unter die Lupe genommen... Entscheidungen getroffen.

Johann war überprüft worden, und man hatte eine Entscheidung getroffen – zu Recht oder Unrecht –, die ihn disqualifizierte, ihn von Genf ausschloß. Er würde Aufmerksamkeit auf sich ziehen, die sie sich nicht leisten konnten. Und diese seltsame schöne Frau auf dem Sitzkissen – selbst wenn sie das anders empfände – würde von Genf als untauglich zurückgewiesen werden. So einfach war das.

Paris. Helden von Tiebolt.

Abwesend griff Noel nach seinen Zigaretten, seine Gedanken beschäftigten sich jetzt mit einer unbekannten Frau, die als Übersetzerin in einem Verlag in Paris tätig war. Die Bewegung vor sich nahm er nur vage wahr, so stark konzentrierte er sich. Dann wurde ihm seine Umgebung wieder bewußt, und er starrte Gretchen Beaumont an.

Die Frau des Commanders hatte sich erhoben und knöpfte jetzt ihr Kleid bis zur Hüfte auf. Langsam schob sie die Seide auseinander. Ihre Brüste waren jetzt frei; sie sprangen ihm entgegen, die Brustwarzen steil aufgerichtet. Sie hob mit beiden Händen ihren Rock, schob ihn über die Schenkel. Er fing den Duft auf, der von ihr ausging – ein zartes Parfüm mit einer Sinnlichkeit, die ebenso provozierend war wie der Anblick ihres nackten Fleisches. Sie setzte sich neben ihn, hatte das Kleid jetzt über der Hüfte, zitterte am ganzen Körper. Sie stöhnte und griff nach seinem Hals, zog sein Gesicht zu sich herab, seine Lippen auf den ihren. Ihr Mund öffnete sich, als sie seinen Mund aufnahm; sie saugte, atmete schnell, und ihr warmer Atem mischte sich mit den Säften, die aus ihrer Kehle emporstiegen. Sie legte die Hand auf seine Hose und griff nach seinem Penis... hart, weich, hart. *Härter.* Plötzlich verlor sie alle Beherrschung; ihr Stöhnen wurde fieberhaft. Sie drückte sich gegen ihn. Überall.

Ihre geöffneten Lippen glitten von seinem Mund und sie flüsterte: »Morgen reise ich ans Mittelmeer. Zu einem Mann, den ich verabscheue. Sag nichts. Gib mir nur diese Nacht. *Diese Nacht!*«

Sie glitt zur Seite, ihr Mund glänzte, und ihre Augen waren so groß, daß sie wie besessen wirkten. Langsam richtete sie sich über ihm auf, und ihre weiße Haut war überall. Dann verebbte das Zittern. Sie ließ ihr nacktes Bein über das seine gleiten und erhob sich, zog sein Gesicht an ihre Hüfte und griff nach seiner Hand. Er stand auf, umarmte sie. Sie hielt seine Hand in der ihren; gemeinsam gingen sie auf die Schlafzimmertür zu. Und er hörte sie wieder mit jener gespenstisch ausdruckslosen hallenden Stimme sprechen.

»Johann hat gesagt, daß eines Tages ein Mann kommt und von

einer seltsamen Abmachung spricht. Dann soll ich nett zu ihm sein und mir alles merken, was er sagt.«

12

Holcroft erwachte verstört und wußte ein paar Sekunden lang nicht, wo er sich befand; dann erinnerte er sich. Gretchen Beaumont hatte ihn mit ungeheuerlichen Worten ins Schlafzimmer geführt. Er hatte versucht, herauszubekommen, was ihr Bruder sonst noch gesagt hatte. Aber ihr Zustand war nicht danach. Wie eine Rasende, völlig vom Sex besessen, konnte sie sich jetzt auf nichts anderes konzentrieren.

Besinnungslos hatten sie sich geliebt, sie als die Dominierende. Sie hatte sich auf dem Bett gewunden, unter ihm, über ihm, neben ihm. Unersättlich war sie gewesen; nichts konnte sie befriedigen. Einmal hatte sie aufgeschrien, hatte die Beine um seine Hüften geklammert, die Finger in seine Schultern gebohrt, und das lange, nachdem er noch zu irgendeiner Reaktion fähig gewesen war. Und dann hatte die Erschöpfung ihn übermannt. Er war in tiefen, aber unruhigen Schlaf gefallen.

Jetzt war er wach und wußte nicht, was seinen Schlaf unterbrochen hatte. Da war ein Geräusch gewesen, nicht laut, aber scharf und durchdringend. Er wußte nicht, was es bedeutete oder woher es kam.

Plötzlich merkte er, daß er allein im Bett war. Er hob den Kopf. Das Zimmer war dunkel, die Tür geschlossen, unten war ein schmaler Lichtstreifen zu erkennen.

»Gretchen...?« Keine Antwort; er war allein im Zimmer.

Er warf die Decke von sich und stieg aus dem Bett, hatte Mühe, auf den geschwächten Beinen das Gleichgewicht zu halten, fühlte sich ausgepumpt, verwirrt. Er taumelte zur Tür, riß sie auf. Dahinter, in dem kleinen Wohnzimmer, war nur eine Tischlampe eingeschaltet.

Da war das Geräusch wieder! Ein metallischer Laut, der durch das Haus hallte, aber nicht aus dem Haus kam. Er rannte ans Fenster und spähte durchs Glas. Im Lichtkegel der Straßenlampe konnte er die Gestalt eines Mannes erkennen, der an der Motorhaube seines Mietwagens stand, eine Taschenlampe in der Hand.

Ehe er wußte, was vorging, hörte er draußen von irgendwo anders eine halb unterdrückte Stimme, und dann schoß der Lichtkegel zum Fenster herauf. Zu ihm. Instinktiv hob er die Hand, um die Augen zu schützen.

Das Licht ging aus, und er sah den Mann auf einen Wagen zurennen, der schräg gegenüber auf der Straße parkte. Den Wagen hatte er nicht bemerkt, er hatte sich so vollkommen auf seinen eigenen und den unbekannten Mann mit der Taschenlampe konzentriert. Jetzt versuchte er, Näheres an jenem Wagen zu erkennen; da war eine Gestalt auf dem Vordersitz. Er konnte nichts weiter ausmachen, nur die Umrisse von Kopf und Schultern. Der laufende Mann erreichte die Tür an der Straßenseite und schob sich hinter das Steuer. Der Motor brüllte auf; der Wagen machte einen Satz, wurde auf der Straße um hundertachtzig Grad herumgerissen.

Im Lichtschein der Straßenlampe erwischte Noel einen Blick auf die Person neben dem Fahrer. Sekundenlang war ihr Gesicht keine zwanzig Meter von ihm entfernt, raste vorbei.

Es war Gretchen Beaumont. Ihre Augen starrten geradeaus durch die Windschutzscheibe, und sie nickte mit dem Kopf, als redete sie schnell.

In den Nachbarhäusern gingen ein paar Lichter an. Das Aufbrüllen des Motors und das Kreischen der Reifen hatten die friedliche Straße in Portsea aufgestört. Gesichter tauchten hinter den Fenstern auf, spähten hinaus.

Holcroft trat ins Zimmer zurück. Er war nackt und konnte sich ausmalen, was es brächte, wenn man ihn mitten in der Nacht nackt in Commander Beaumonts Wohnzimmer sah, während Commander Beaumont abwesend war. Vor allem, was es ihm brächte.

Wohin war sie gefahren? Was machte sie? Was war das für ein Geräusch, das er gehört hatte?

Es war keine Zeit, über all das nachzudenken; er mußte das Haus verlassen. Er rannte ins Schlafzimmer zurück, paßte seine Augen der schwachen Beleuchtung an und versuchte, einen Lichtschalter oder eine Lampe zu finden. Er erinnerte sich, daß Gretchen im Fieber ihrer Liebesraserei die Lampe über dem Bett heruntergerissen hatte. Er kniete nieder, tastete herum. Da lag sie, der Lampenschirm hatte die Glühbirne geschützt. Er knipste sie an. Licht füllte den Raum, erzeugte langgezogene Schatten und Flecken von Dunkelheit, aber er konnte jetzt seine Hose über der Lehne eines Armsessels sehen, seine Socken und die Unterwäsche neben dem Bett.

Er stand auf und zog sich hastig an. Wo war sein Jackett? Er sah sich um, erinnerte sich undeutlich, daß Gretchen es ihm heruntergestreift und es neben der Tür hatte fallen lassen. Ja, da lag es. Er ging quer durch den Raum darauf zu und warf dabei einen kurzen Blick auf sein Abbild in dem großen Spiegel über dem Sekretär.

Er erstarrte, und sein Blick fühlte sich unwiderstehlich von einer Fotografie in einem silbernen Rahmen angezogen, der auf dem Sekretär stand. Das Foto zeigte einen Mann in Marineuniform.

Das *Gesicht*. Er hatte es schon einmal gesehen. Vor ein paar Wochen, vielleicht vor Tagen erst. Er war nicht sicher, woher er es kannte, aber er kannte es. Er ging zum Sekretär und sah sich das Foto genauer an.

Es waren die Augenbrauen! Sie waren merkwürdig, stachen hervor wie ein Ding für sich... wie ein bizarrer Sims aus einer nichtssagenden Tapete. Die Brauen waren dicht, ein Gewirr von schwarzem und weißem Haar... Pfeffer und Salz. Augen, die sich plötzlich öffneten, die ihn anstarrten. Und jetzt erinnerte er sich!

An seinen Flug nach Rio! Und noch an etwas anderes. Das Gesicht im Flugzeug nach Brasilien hatte eine Erinnerung beschworen – die Erinnerung an Gewalt. Aber das einzige, was vor ihm auftauchte, war eine verschwommene, rennende Gestalt.

Noel drehte den silbernen Rahmen um und mühte sich, das Rückteil abzunehmen. Dann bekam er ihn endlich auf und nahm das Foto heraus. Er sah winzige Eindrücke in der glatten Oberfläche; er drehte das Bild um. Da war Schrift. Er hob das Blatt hoch, so daß das Licht darauf fiel, und einen Augenblick stockte sein Atem. Es waren Worte in deutscher Sprache: WIEDERAUFBAU ODER TOD.

Ebenso wie das Gesicht auf dem Bild, hatte er auch diese Worte schon einmal vor sich gesehen! Sie hatten für ihn keine Bedeutung; es waren deutsche Worte, die ihm nichts sagten... aber er hatte sie schon einmal gesehen!

Verwirrt faltete er die Fotografie zusammen und stopfte sie sich in die Hosentasche. Er öffnete die Tür eines Kleiderschranks, schob den silbernen Rahmen zwischen zusammengelegte Wäsche, nahm sein Jackett und ging ins Wohnzimmer. Er wußte, daß er das Haus auf schnellstem Weg verlassen sollte, aber der Mann auf dem Foto ließ ihn nicht los. Er mußte etwas über ihn herausbekommen.

Vom Wohnzimmer aus gingen zwei Türen. Die eine stand offen und führte in die Küche. Die andere war geschlossen. Er öffnete sie und betrat das Arbeitszimmer des Commanders. Er schaltete das Licht ein; da waren überall Fotografien von Schiffen und Männern, waren Urkunden und Orden und Ehrenzeichen. Commander Beaumont war ein Karriereoffizier wie aus dem Bilderbuch. Eine schmerzliche Scheidung und eine etwas fragwürdige zweite Ehe mochten unangenehme persönliche Probleme für ihn geschaffen haben, aber die Royal Navy hatte das offensichtlich keineswegs berührt. Die letzte Urkunde war erst sechs Wochen alt: eine Belobigung für besondere Führungsqualitäten während eines Einsatzes auf Küstenstreife vor den Balearen bei orkangepeitschter See.

Ein flüchtiger Blick auf die Papiere, die auf dem Schreibtisch und in den Schubladen lagen, brachte Noel keine neuen Erkenntnisse. Zwei Sparbücher zeigten vierstellige Konten, beide unter dreitausend Pfund; ein Brief vom Anwalt seiner ehemaligen Frau enthielt Forderungen bezüglich des Besitzes in Schottland; dann gab es noch verschiedene Kopien von Logbüchern und Segelplänen.

Holcroft wäre gern eine Weile hier geblieben und hätte sich noch gründlicher nach Spuren des fremden Mannes mit den seltsamen Augenbrauen umgesehen, aber er wußte, daß er das nicht wagen konnte. Er hatte sein Schicksal ohnehin schon herausgefordert. Er mußte jetzt hier weg.

Er verließ das Haus und blickte auf die andere Straßenseite zu den Fenstern hinauf, hinter denen noch vor wenigen Minuten Lichter und neugierige Gesichter zu sehen gewesen waren. Aber jetzt brannte nirgends mehr Licht, gab es da keine Gesichter mehr. Der Schlaf war wieder in Portsea eingekehrt. Eilig ging er den Weg hinunter, öffnete das Tor und ärgerte sich, daß die Angeln quietschten. Er schloß die Tür seines Mietwagens auf und klemmte sich hinters Steuer. Dann drehte er den Schlüssel im Zündschloß.

Nichts. Er drehte ihn ein zweites Mal. Und wieder und wieder. Nichts!

Er zog den Hebel für die Motorhaube, rannte nach vorn und riß sie hoch. Der Lärm, den er machte, war ihm egal; er fürchtete etwas viel Schlimmeres. Selbst wenn die Batterie des Mietwagens leer wäre, müßte es noch ein schwaches Klicken im Zündschloß geben. Das Licht der Straßenlampe fiel auf den freigelegten Motor und zeigte ihm, was er befürchtet hatte.

Die Drähte waren abgeschnitten, mit der Präzision eines Chirurgen durchgetrennt. Er würde sie nicht einfach zusammenspleißen und den Wagen wieder anlassen können; man würde ihn abschleppen müssen.

Wer auch immer der Täter war, er wußte, daß ein Amerikaner hier in fremder Umgebung mitten in der Nacht nicht wegkäme. Wenn es in diesem abgelegenen Vorort überhaupt Taxis gab, so standen sie um diese Zeit schwerlich zur Verfügung. Es war nach drei Uhr. Wer seinen Wagen bewegungsunfähig gemacht hatte, wollte, daß er blieb, wo er war; daraus folgte, daß bald andere hier auftauchen würden. Er mußte fliehen. Mußte so weit weg wie möglich, und das schnell... mußte die Fernstraße erreichen... sich nach Norden mitnehmen lassen, nichts wie diese Gegend verlassen.

Er klappte die Motorhaube zu. Das scharfe, metallische Geräusch hallte über die Straße. Er war dankbar dafür, daß dieses Geräusch jetzt nicht das erstemal ertönte.

Er ging die Straße hinauf, auf die abgeschaltete Verkehrsampel zu, überquerte die Straße, ging jetzt schneller, fing zu laufen an. Er versuchte, ein gleichmäßiges Tempo einzuhalten. Bis zur Hauptstraße waren es eineinhalb Meilen. Er schwitzte und spürte wieder heftige Magenschmerzen.

Er sah die Lichter, ehe er das Dröhnen des Motors hörte. Vor ihm, direkt vor ihm auf der geraden Straße, kamen grelle Scheinwerfer aus der Finsternis, rückten so schnell näher, daß das Auto mit ungewöhnlich hoher Geschwindigkeit fahren mußte.

Noel erspähte zu seiner Rechten eine Öffnung, eine Lücke in einer hüfthohen Hecke, den Eingang zu einem Garten. Er stürzte sich hinein und rollte sich unter das Strauchwerk, fragte sich, ob man ihn gesehen hatte. Plötzlich war es für ihn sehr wichtig, nicht mit Gretchen Beaumont in Verbindung gebracht zu werden. Sie war ein Rätsel, das er aus seinem Leben verdrängen mußte, eine unglückliche, hochgradig erotische... schöne Frau. Aber auch eine Bedrohung für Genf, so wie ihr Bruder das war.

Der näherkommende Wagen raste vorbei. Man hatte ihn nicht gesehen. Und dann trat das Quietschen von Reifen an die Stelle des Motorgeräuschs. Holcroft kroch halbwegs durch die Lücke in der Hecke, wandte den Blick nach links, versuchte, sich draußen auf der Straße zu orientieren.

Der Wagen war unmittelbar vor dem Haus der Beaumonts zum Halten gekommen. Zwei Männer sprangen heraus und rannten den Weg hinauf. Noel konnte das Quietschen der Torangeln hören. Es hatte keinen Sinn, zu bleiben, wo er war; dies war der Augenblick, um weiterzurennen. Jetzt hörte er, wie hundert Meter entfernt der Türklopfer betätigt wurde.

Er schob sich auf Händen und Knien nach rechts den Gehsteig entlang, vorbei an einer Ligusterhecke, bis er die Schattenzone zwischen den Straßenlampen erreicht hatte. Er richtete sich auf und rannte.

Geradeaus, die dunkle, von Bäumen gesäumte Straße hinauf, einen Block nach dem anderen, eine Ecke nach der anderen, die ganze Zeit hoffend, daß er die erste Abbiegung zur Hauptstraße erkannte, wenn er sie erreichte. Er verfluchte seine Raucherei, als sein Atem stockender kam und schmerzte und sich in Keuchen verwandelte; Schweiß strömte ihm übers Gesicht, und das Pochen in seiner Brust wurde schier unerträglich. Das schnelle Klappern seiner Schritte auf dem Pflaster machte ihm angst. Das waren die Geräusche eines Menschen, der von Panik erfüllt durch die Nacht rannte, und der von Panik erfüllte Mensch war er.

Schritte. *Rennende* Schritte. Es waren die seinen. Aber nicht *nur* die seinen! Hinter ihm, gleichmäßig, schwer, näherrückend. Da rannte jemand hinter ihm her! Jemand, der ihn schweigend verfolgte, nicht seinen Namen rief, nicht verlangte, daß er stehenbleiben solle...! Oder täuschte ihn sein Gehör? Das Hämmern in seiner Brust vibrierte durch seinen ganzen Körper; waren es seine eigenen Schritte, die in seinen Ohren hallten? Er wagte nicht, sich umzudrehen, *durfte* sich nicht umdrehen. Er rannte zu schnell – ins Licht, in den Schatten.

Wieder erreichte er das Ende eines Häuserblocks, wieder war da eine Ecke, und er bog nach rechts, wußte, daß das noch nicht die Abzweigung zur Hauptstraße war, aber immerhin würde sich jetzt zeigen, ob da jemand hinter ihm her war. Er rannte in die Straße hinein.

Ja, da *waren* die Schritte, es war ein anderer Rhythmus, nicht der seine, näher und näher jetzt, der Abstand zwischen ihnen wurde immer kürzer. Er konnte es nicht länger ertragen; und er konnte nicht schneller rennen. Er drehte sich in der Hüfte herum, versuchte, über die Schulter zu blicken.

Da war es; *er* war da. Die Gestalt eines Mannes, eine Silhouette im Licht der Straßenlaterne an der Ecke. Ein untersetzter Mann, der schweigend rannte, nur noch Meter entfernt war und den Abstand verkürzte.

Mit schmerzenden Beinen hämmerte Noel in einem letzten Spurt die Füße gegen die Straße. Wieder bog er ab. Seine Panik war jetzt vollkommen.

Und dann versagten ihm die Beine den Dienst, gerieten in dem Chaos und Schrecken der Jagd durcheinander. Er stolperte und stürzte auf die Straße, und sein Gesicht schrammte über den Asphalt, seine ausgestreckten Hände fühlten sich eisig an und brannten dann plötzlich. Er wälzte sich auf den Rücken, hob instinktiv die Füße, um den Angreifer abzuwehren – die stumme rennende Gestalt, die aus der Dunkelheit heranschoß und plötzlich über ihm war.

Alles verschwamm ineinander; nur die Umrisse von Armen und Beinen, die sich in der Finsternis abzeichneten, drangen in seine vom Schweiß verklebten Augen. Und dann preßte ihn etwas gegen den Boden. Ein ungeheures Gewicht drückte auf seinen Brustkasten. Ein Arm – wie eine schwere Eisenstange – lag quer über seiner Kehle, erstickte jeden Laut.

Das letzte, was er sah, war eine hoch erhobene Hand, eine dunkle Klaue vor dem Nachthimmel, eine gekrümmte Hand, die einen Gegenstand hielt. Und dann war da nichts mehr. Nur ein ungeheurer Abgrund, der vom Wind erfüllt war. Er stürzte den unsichtbaren Tiefen der Finsternis entgegen.

Als erstes verspürte er die Kälte. Sie ließ ihn schaudern. Und dann die Feuchtigkeit; sie war überall. Er schlug die Augen auf und nahm verzerrte Bilder von Gras und Erde wahr. Er lag mitten in feuchtem Gras auf der kalten Erde. Er wälzte sich zur Seite und stellte dankbar fest, daß er den Nachthimmel sah; zu seiner Linken war es heller, zu seiner Rechten dunkler.

Sein Kopf tat weh. Sein Gesicht brannte; seine Hände schmerzten. Langsam richtete er sich auf und blickte sich um. Er befand sich auf einem Feld, einem langen, ebenen Streifen, einer Wiese, wie es schien, einer Viehweide vielleicht. Undeutlich konnte er die Umrisse eines Drahtzauns erkennen – Stacheldraht zwischen dicken Pfosten, die zehn oder zwanzig Meter auseinanderstanden. Es *war* eine Weide.

Er roch billigen Whisky oder sauer gewordenen Wein. Der widerliche Geruch stieg ihm aus seinen Kleidern in die Nase, sie waren durchtränkt davon, sein Hemd triefend naß. Seine *Kleider*... seine Brieftasche, sein Geld! Er erhob sich schwerfällig und überprüfte seine Taschen; seine beiden Hände brannten, als sie mit dem feuchten Stoff in Berührung kamen.

Seine Brieftasche, die mit einer Klammer zusammengehaltenen Geldscheine, seine Uhr – alles war noch da. Er war nicht beraubt worden, nur bewußtlos geschlagen und aus der Gegend weggeschafft, in der die Beaumonts lebten. Es war verrückt!

Er betastete seinen Schädel. Eine Beule hatte sich gebildet, aber die Haut war nicht aufgeplatzt. Man hatte ihn mit einem gepolsterten Totschläger oder einem Rohr niedergeschlagen. Er machte probeweise ein paar ungeschickte Schritte. Er konnte sich bewegen, und das war alles, worauf es ankam. Und er konnte jetzt deutlicher sehen; bald wäre es Morgen.

Auf der anderen Seite des Zaunes war eine leichte Erhebung auszumachen, eine Art Kamm, der nach beiden Seiten reichte, soweit sein Blick drang. Und entlang dieses Kammes sah er die Lichter der Hauptstraße. Er setzte sich über das Feld in Bewegung auf den Zaun und den Kamm und die Straße zu. Er hoffte, daß er einen Fahrer überreden konnte, ihn mitzunehmen. Als er über den Zaun kletterte, fiel ihm plötzlich etwas ein. Er überprüfte noch einmal seine Taschen.

Die Fotografie war verschwunden!

Ein Milchwagen hielt an, und er stieg hinein und sah, wie das Lächeln des Fahrers plötzlich verflog, als der Gestank die Kabine erfüllte. Noel versuchte es auf die leichte Tour – ein harmloser Amerikaner, der in Portsmouth ins Schlepptau von ein paar britischen Matrosen geraten war –, aber der Fahrer fand daran nichts belustigend. Holcroft stieg in der ersten Ortschaft aus.

Es war ein typisch englisches Dorf, und die Tudorarchitektur des Platzes wurde durch die Vielzahl von Lieferwagen vor der einzigen Gaststätte der Ortschaft beeinträchtigt.

»Da drinnen ist ein Telefon«, sagte der Milchmann. »Und ein Klo. Würde Ihnen nicht schaden, wenn Sie sich waschen.«

Noel trat in die Gaststube voller Lastwagenfahrer, und der Geruch von heißem Kaffee munterte ihn auf. Die Welt ging weiter. Waren wurden ausgeliefert und die kleinen Bequemlichkeiten eines Lokals so früh am Morgen als selbstverständlich empfunden. Er fand den Waschraum und gab sich Mühe, die Spuren der Nacht zu verwischen. Dann setzte er sich in eine Nische neben dem Telefon an der Wand und trank schwarzen Kaffee, während er wartete, bis ein zorniger Fernfahrer eine Auseinandersetzung mit einem offenbar noch zornigeren Einsatzleiter am anderen Ende der Leitung zu Ende gebracht hatte. Nach ihm ging Noel ans Telefon, mit Gretchen Beaumonts Telefonnummer in der Hand. Er mußte herausfinden, was geschehen war, mußte versuchen, mit ihr vernünftig zu reden, falls sie wirklich zurückgekommen war. Er wählte.

»Bei Beaumont.« Eine männliche Stimme.

»Mrs. Beaumont, bitte.«

»Darf ich fragen, wer spricht?«

»Ein Freund des Commanders. Wie ich höre, fährt Mrs. Beaumont heute zu ihm. Ich möchte, daß sie ihm eine Nachricht übermittelt.«

»Wer spricht bitte?«

Noel legte auf. Er wußte nicht, wer sich gemeldet hatte; er wußte nur, daß er Hilfe brauchte. Professionelle Hilfe. Möglicherweise war es gefährlich für Genf, diese Hilfe zu suchen, aber es war notwendig. Er würde vorsichtig sein – sehr vorsichtig – und herausfinden, was er konnte.

Er suchte seine Taschen nach der Karte ab, die ihm im Belgravia Arms der Mann von MI-5 gegeben hatte. Auf ihr stand nur ein Name – Harold Payton-Jones – und eine Londoner Telefonnummer. Die Uhr an der Wand zeigte zehn Minuten vor sieben; Noel war gespannt, ob sich jemand melden würde. Er wählte.

»Ja?«

»Hier ist Holcroft.«

»O ja, wir haben uns schon gefragt, ob Sie anrufen würden.«

Noel erkannte die Stimme. Es war der grauhaarige Agent aus dem Hotel. »Wovon sprechen Sie?« fragte Noel.

»Sie hatten eine schwere Nacht«, meinte die Stimme.

»Sie haben meinen Anruf *erwartet*! Sie waren dort. Sie haben alles gesehen!«

Payton-Jones antwortete darauf nicht direkt. »Der Mietwagen steht in einer Garage in Aldershot. Er sollte bis Mittag repariert sein. Den Namen können Sie sich leicht merken; er lautet Boot's. Boot's Garage, Aldershot. Die Reparatur wird nichts kosten. Keine Rechnung, keine Quittung.«

»Augenblick! Was, zum Teufel, soll das? Sie haben mich verfolgen lassen! Dazu hatten Sie kein Recht.«

»Ich würde sagen, es war verdammt gut, daß wir das getan haben.«

»Sie waren in diesem Wagen um drei Uhr heute früh! Sie sind in Beaumonts Haus gegangen!«

»Das waren leider nicht wir.« Der Mann von MI-5 machte eine kurze Pause. »Sie haben sich die nicht besonders genau angesehen, oder?«

»Nein. Was waren das für Leute?«

»Das wüßten wir auch gern. Unser Mann ist erst gegen fünf gekommen.«

»Wer ist hinter mir hergerannt? Wer hat mir eins über den Schädel gegeben und mich auf diesem beschissenen Feld liegenlassen?«

Wieder machte der Agent eine Pause. »Darüber wissen wir überhaupt nichts. Wir wissen nur, daß Sie das Haus verlassen hatten. Offensichtlich in großer Eile und ohne Ihren Wagen.«

»Das war eine abgekartete Sache! Und ich war der Köder!«

»Richtig. Ich würde Ihnen empfehlen, vorsichtiger zu sein. Es ist sowohl geschmacklos als auch gefährlich, sich mit der Frau eines Commanders der Royal Navy einzulassen, solange ihr Mann auf hoher See ist.«

»Quatsch! Der Commander ist ebensowenig auf hoher See wie ich. Er war vor kaum zwei Wochen in einer Maschine nach Rio. Ich habe ihn gesehen! Er hat etwas mit den von Tiebolts zu tun.«

»Ganz gewiß«, erwiderte Payton-Jones, »er hat die älteste Tochter geheiratet. Aber das mit dem Flug nach Rio ist lächerlich. Er war die letzten drei Monate im Mittelmeer.«

»Nein! Ich habe ihn *gesehen*! Hören Sie mir zu. In dem Schlafzimmer stand eine Fotografie. Die habe ich mitgenommen. Das war er! Und noch etwas, hinten auf der Fotografie stand etwas geschrieben. In Deutsch.«

»Und was war das?«

»Ich weiß nicht. Ich spreche nicht deutsch. Aber es ist doch verdammt ungewöhnlich, finden Sie nicht?« Holcroft hielt inne. Er hatte nicht vorgehabt, so weit zu gehen. In seinem Zorn hatte er die Kontrolle über sich verloren. *Scheiße!*

»Was ist daran ungewöhnlich?« fragte der Agent. »Deutsch ist die Muttersprache von Mrs. Beaumont; ihre Familie hat es jahrelang gesprochen. Irgendeine Widmung für ihren Mann oder von ihm? Das ist doch nicht ungewöhnlich.«

»Ja, Sie haben wahrscheinlich recht«, sagte Noel, um von dem Thema loszukommen. Dann wurde ihm klar, daß er sich zu schnell zurückgezogen hatte. Der Mann von MI-5 war argwöhnisch; das spürte Noel bei seinen nächsten Worten.

»Aber, weil Sie es schon erwähnen, vielleicht sollten Sie uns die Fotografie bringen.«

»Das kann ich nicht. Ich habe sie nicht.«

»Ich dachte, Sie hätten sie mitgenommen?«

»Ich habe sie jetzt nicht. Ich ... ich habe sie einfach nicht.«

»Wo sind Sie, Holcroft? Ich glaube, Sie sollten vorbeikommen und mit uns sprechen.«

Ohne die Entscheidung bewußt zu treffen, drückte Noel die Gabel herunter und schnitt damit die Verbindung ab. Die Tat ging dem Gedanken voraus, aber als es geschehen war, begriff er, weshalb er es getan hatte. Er konnte sich nicht mit MI-5 verbünden, er konnte überhaupt keine Beziehungen stärker werden lassen. Im Gegenteil, er mußte sich, soweit das möglich war, vom britischen Geheimdienst distanzieren. Es durfte überhaupt keine Verbindung geben. MI-5 war ihm *gefolgt*. Nachdem sie ihm versprochen hatten, ihn allein zu lassen, hatten sie ihr Wort gebrochen.

Die Überlebenden der Wolfsschanze hatten es ganz klar zum Ausdruck gebracht: *Es ist damit zu rechnen, daß einige vom Genfer Unternehmen erfahren und versuchen werden, ihn zu stoppen ... ihn zu töten.*

Holcroft bezweifelte, daß die Briten ihn töten würden, aber immerhin versuchten sie, ihn zu stoppen. Wenn ihnen das gelang, so war das ebensogut, wie wenn sie ihn töteten. Aber die Männer der Wolfsschanze zögerten nicht. *Peter Baldwin, Esq. Ernst Manfredi. Jack.* Alle tot.

Die Männer der Wolfsschanze würden ihn umbringen, wenn er versagte. Und das war die schreckliche Ironie des Ganzen. Er *wollte* nicht versagen, weshalb konnten sie das nicht begreifen? Vielleicht noch mehr als die Überlebenden der Wolfsschanze wollte er Heinrich Clausens Traum erfüllt sehen.

Er dachte an Gretchen Beaumont, die ihren Instinkten, Gelegenheiten und Männern folgte, und an ihren Bruder, den arroganten, brillanten Journalisten, den man verdächtigte, ein Meuchelmörder zu sein. Keiner von beiden würde für Genf auch nur im entferntesten akzeptabel sein.

Blieb noch ein Kind. Helden von Tiebolt – jetzt Helden Tennyson –, augenblicklich in Paris wohnhaft. Adresse unbekannt. Aber er hatte einen Namen. ›Gallimard‹.

Paris.

Er mußte nach Paris. Er mußte MI-5 entkommen.

13

In London gab es einen Bühnenarchitekten, der kurze Zeit als Innenarchitekt in wohlhabenden Kreisen auf beiden Seiten des Atlantik in Mode gewesen war. Noel argwöhnte, daß man Willie Ellis häufiger wegen seiner Persönlichkeit und seiner Talente als Plauderer einstellte als wegen besonderer Fähigkeiten als Innenarchitekt. Er hatte viermal mit Willie zusammengearbeitet und sich jedesmal geschworen, es nie wieder zu tun, aber jedesmal zugleich wissend, daß er es wahrscheinlich doch wieder tun würde. In Wahrheit empfand Noel nämlich ungemeine Zuneigung zu Willie. Der verrückte Engländer verkörperte mehr als Eleganz und Raffinement. Unter dieser Fassade fand man in stillen Momenten einen denkenden, talentierten Theatermann, der mehr über die Geschichte der Bühnenarchitektur wußte als irgend jemand, den Holcroft kannte. Er konnte faszinierend sein.

Wenn er nicht unerträglich war.

Sie waren über die Jahre in Verbindung geblieben, und jedesmal, wenn Noel in London war, nahm er sich auch Zeit für Willie. Er hatte geglaubt, daß er diesmal keine Zeit für ihn haben würde, aber das hatte sich jetzt geändert. Er brauchte Willie. Er erfragte bei der Auskunft in London die Nummer und wählte.

»Noel, mein Freund, du bist von Sinnen! Um diese Zeit schlafen doch alle, außer ein paar wild gewordenen Vögeln und den Leuten von der Straßenreinigung.«

»Ich bin in Schwierigkeiten, Willie. Ich brauche Hilfe.«

Ellis kannte die kleine Ortschaft, aus der Holcroft anrief, und versprach, sofort hinzukommen, wobei er schätzte, daß die Fahrt etwa eine Stunde dauerte. Er verspätete sich um dreißig Minuten und verfluchte die Idioten, die die Straßen unsicher machten. Noel stieg zu ihm in den Wagen, nahm Willies ausgestreckte Hand und zugleich seine charakteristischen Beschimpfungen hin.

»Du siehst ja zum Kotzen aus und stinkst wie ein Barmädchen unter der Achsel. Laß das Fenster offen und sag mir, was zum Teufel mit dir passiert ist.«

Holcroft hielt seine Erklärung knapp und einfach, nannte keine Namen und verschleierte die Fakten. »Ich muß nach Paris, und es gibt Leute, die mich daran hindern wollen. Ich kann dir nicht viel mehr darüber sagen, höchstens noch, daß ich nichts Unrechtes getan habe. Nichts, was gegen die Gesetze verstößt.«

»Ersteres ist immer relativ, nicht wahr? Und das zweite hängt gewöhnlich von der Auslegung ab und einem guten Anwalt. Soll ich annehmen, daß es um ein reizendes Mädchen und einen wütenden Ehemann geht?«

»Einverstanden.«

»Dann bleibe ich aus dem Schneider. Was hindert dich denn daran, die nächste Maschine nach Paris zu nehmen?«

»Meine Kleider, mein Gepäck und mein Paß liegen in meinem Hotel in London. Wenn ich hinfahre, um sie mir zu holen, werden mich die Leute finden, die mich aufhalten wollen.«

»So wie du aussiehst, meinen's die ziemlich ernst, nicht wahr?«

»Ja. So könnte man sagen, Willie.«

»Das Hotel ist kein Problem«, sagte Ellis. »Ich hol' deine Sachen und bezahl' die Rechnung. Du bist ein auf Abwege geratener Ami, den ich in Soho aufgelesen habe. Und meine Geschmacksverirrungen gehen schließlich nur mich was an.«

»Es könnte Schwierigkeiten mit der Rezeption geben.«

»Ich kann mir nicht vorstellen, weshalb. Mein Geld ist ›Münze des Reiches‹, und du gibst mir einen Zettel mit; die können ja die Unterschriften vergleichen. Wir sind bei weitem nicht so paranoid wie unsere Vettern auf der anderen Seite des großen Teichs.«

»Hoffentlich hast du recht, aber ich kann mir vorstellen, daß die Leute, die mich finden wollen, bereits an die Angestellten herangetreten sind. Möglicherweise bestehen sie darauf, zu erfahren, wo ich bin, ehe sie dir meine Sachen geben.«

»Dann werde ich es ihnen sagen«, meinte Willie und lächelte. »Ich hinterlasse eine Nachsendeadresse und eine Telefonnummer, wo man deine Anwesenheit bestätigen kann.«

»Was?«

»Überlaß das nur mir. Übrigens, im Handschuhfach ist etwas Kölnisch. Nimm es, um Himmels willen.«

Ellis veranlaßte, daß die whiskydurchtränkten Kleider von einem Reinigungsunternehmen abgeholt und am Nachmittag wieder zurückgebracht wurden, und verließ dann die Wohnung in Chelsea, um zum Belgravia Arms zu fahren.

Holcroft duschte, rasierte sich, legte die schmutzigen Kleider in einen Korb vor die Tür und rief den Autoverleih an. Wenn er selbst den Wagen in Aldershot abholte, so vermutete er, würde er dort MI-5 antreffen, und wenn er wegfuhr, wären die Briten dicht hinter ihm.

Die Leute beim Autoverleih waren nicht erfreut, aber Holcroft ließ ihnen keine Wahl. Wenn sie den Wagen zurückhaben wollten, würden sie ihn selbst abholen müssen. Es tat Noel leid, aber etwas Wichtiges war dazwischengekommen; man solle die Rechnung an sein Büro in New York schicken.

Er mußte England auf so unauffälligem Wege wie möglich verlassen. Ohne Zweifel ließ MI-5 die Flughäfen und die Kanalfähren überwachen. Vielleicht ging es mit einem in letzter Minute gekauften Ticket für eine überfüllte Maschine nach Paris. Mit etwas Glück würde er den Flughafen Orly erreichen, ehe MI-5 wußte, daß er England verlassen hatte. Es gab eine Unzahl von Maschinen nach Paris, und die Zollformalitäten wurden ziemlich lasch gehandhabt. Er könnte auch zwei Tickets kaufen – eines für Amsterdam, eines nach Paris –, durch den KLM-Ausgang gehen, dann unter einem Vorwand noch einmal umkehren und zur Abflughalle für Paris rennen, wo Willie sein Gepäck bereithalten konnte.

Was *dachte* er da? Listen, Tricks, Täuschungsmanöver. Er war ein Verbrecher ohne Verbrechen, ein Mann, der die Wahrheit nicht sagen durfte, weil sie so viel zerstören konnte. Er begann zu schwitzen, und seine Magenschmerzen stellten sich wieder ein. Er fühlte sich elend und durcheinander. Er legte sich in Willies Morgenrock auf dessen Couch und schloß die Augen. Das Bild von schmelzendem Fleisch drängte sich ihm wieder auf. Dann trat das Gesicht hervor; er hörte deutlich den Schrei und schlief ein, mit dem klagenden Laut in den Ohren.

Plötzlich erwachte er, weil er spürte, daß jemand über ihm war, auf ihn herunterblickte. Erschreckt fuhr er hoch und seufzte dann erleichtert, als er Willie neben der Couch stehen sah.

»Jetzt hast du dich etwas ausgeruht, und das merkt man. Du siehst besser aus und riechst auch, weiß Gott, besser.«

»Hast du meine Sachen?«

»Ja, aber du hast recht gehabt. Die waren ganz wild drauf zu erfahren, wo du steckst. Als ich die Rechnung bezahlte, kam der Manager raus und benahm sich so, wie man sich beim Theater Scotland Yard vorstellt. Ich habe ihn inzwischen aber beschwichtigt, wenn auch mit der Telefonnummer schockiert, unter der du augenblicklich stationär zu erreichen bist.«

»Stationär?«

»Ja. Ich fürchte, daß sich dein Ruf dadurch nicht gerade bessert. Die Nummer ist von einem Krankenhaus in Knightsbridge, das von der Gesundheitsbehörde nicht anerkannt ist. Es ist auf Geschlechtskrankheiten spezialisiert. Ich kenn' dort einen Arzt recht gut.«

»Du bist unmöglich«, sagte Noel und stand auf. »Wo sind meine Sachen?«

»Im Gästezimmer. Ich dachte, du ziehst dich vielleicht gern um.«

»Danke.« Holcroft ging auf die Tür zu.

»Kennst du einen Mann namens Buonoventura?« fragte Ellis.

Noel blieb stehen, er hatte Sam von Lissabon aus ein Telegramm geschickt: BELGRAVIA ARMS, LONDON. »Ja, hat er angerufen?«

»Einige Male. Ziemlich aufgeregt, offenbar. Die Vermittlung im Hotel hat gesagt, der Anruf sei aus Curaçao gekommen.«

»Ich weiß Bescheid«, sagte Holcroft. »Ich muß ihn sofort zurückrufen. Ich lasse das Gespräch über meine Kreditkarte verrechnen.«

Fünf Minuten vergingen, bis er Sams heisere Stimme hörte, und weniger als fünf Sekunden, bis ihm klar war, daß es nicht fair wäre, den Bauingenieur zu weiteren Lügen aufzufordern.

»Miles meint es jetzt ernst, Noley. Er hat gesagt, er beschafft sich jetzt eine gerichtliche Anordnung für deine Rückkehr nach New York. Er wird sie den Machern hier unten zustellen lassen, weil er denkt, daß es Amerikaner sind. Er weiß, daß die dich nicht zur Rückkehr zwingen können, aber er sagt, die werden dann wissen, daß du gesucht wirst. Das ist ein wenig unangenehm, Noley, weil du auf keiner Lohnliste stehst.«

»Hat er Gründe genannt?«

»Nur, daß du seiner Meinung nach etwas weißt, was die wissen wollen.«

Wenn er es nach Paris schaffte, dachte Noel, wollte er auch dort für Buonoventura erreichbar sein, ihn aber nicht mit einer Adresse belasten. »Hör zu, Sam. Ich fliege noch heute nach Paris. An den Champs-Elysées gibt es in der Nähe der Avenue George Cinq ein Büro von American Express. Schick mir dorthin ein Telegramm, wenn was los ist.«

»Was soll ich Miles sagen, wenn er wieder anruft? Ich hab' keine Lust, mir von dem den Arsch aufreißen zu lassen.«

»Sag ihm, du habest mich erreicht und mir gesagt, daß er mich sucht. Sag ihm, ich hätte gesagt, ich würde mit ihm Verbindung aufnehmen, sobald es geht. Sonst weißt du nichts.« Noel hielt inne. »Außerdem kannst du ihm sagen, ich hätte nach Europa gemußt. Halt von dir aus die Klappe, aber wenn er nicht lockerläßt, dann kannst du ihm das mit dem American-Express-Büro ja sagen. Ich kann mir meine Mitteilungen telefonisch abrufen.«

»Da ist noch etwas«, sagte Sam verlegen. »Deine Mutter hat auch angerufen. Ich bin mir ziemlich mies vorgekommen, als ich auch sie angelogen hab'; deine Mutter solltest du nicht belügen, Noley.«

Holcroft lächelte. Der Italiener in Sam war nicht totzukriegen. »Wann hat sie angerufen?«

»Vorgestern abend. Sie klingt wie eine richtige Lady. Ich hab' ihr gesagt, daß ich erwarte, gestern von dir zu hören; und dann hab' ich versucht, dich zu erreichen.«

»Ich ruf sie an, wenn ich in Paris bin«, sagte Noel. »Noch etwas?«

»Reicht das noch nicht?«

»Doch. Ich melde mich in ein paar Tagen, und inzwischen bin ich ja telegrafisch zu erreichen.«

»Yeah, aber wenn deine Mutter anruft, sag' ich es ihr auch.«

»Geht klar. Und danke, Sam. Ich werd' dir das nicht vergessen.« Er legte auf und stellte fest, daß Willie Ellis in die Küche gegangen war und dort das Radio eingeschaltet hatte. Eine der liebenswerten Eigenschaften von Willie war, daß er ein Gentleman war. Noel blieb eine Weile am Telefon sitzen und versuchte, Ordnung in seine Gedanken zu bekommen. Der Anruf seiner Mutter überraschte ihn nicht. Er hatte seit jenem Sonntagmorgen in Bedford Hills nicht mehr mit ihr gesprochen, und das war beinahe zwei Wochen her.

Mit Miles war das etwas anderes. Holcroft sah in dem Kripomann keine Person vor sich; er hatte kein Gesicht und keine Stimme, aber Miles hatte bestimmte Schlüsse gezogen; dessen war er sicher. Und diese Schlüsse stellten eine Verbindung her zwischen ihm und drei gewaltsamen Todesfällen, die was mit dem Flug 591 der British Airways von London nach New York zu tun hatten. Miles ließ nicht locker; blieb er hartnäckig, könnte daraus ein Problem entstehen, von dem Noel nicht sicher wußte, ob er ihm gewachsen wäre. Miles konnte die internationalen Polizeibehörden einschalten. Und wenn er das tat, dann lenkte das die Aufmerksamkeit auf die Aktivitäten eines Bürgers der Vereinigten Staaten, der sich einer Morduntersuchung entzog.

In Genf würde man darauf allergisch reagieren; das wäre das Ende des Vertrags. Miles mußte hingehalten werden. Aber *wie?*

Sein fremder Dschungel war von Fallen gesäumt; jeder Schutzinstinkt, den er besaß, riet ihm umzukehren. Genf brauchte einen Mann, der unendlich viel schlauer und erfahrener war als er. Und doch konnte er nicht umkehren. Die Überlebenden der Wolfsschanze würden es nicht zulassen. Und tief in seinem Bewußtsein war ihm klar, daß er es auch gar nicht wollte. Da war ein Gesicht, das immer wieder aus der Dunkelheit auftauchte. Er mußte seinen Vater finden und dabei der Welt einen Mann zeigen, der Seelenqualen gelitten hatte und tapfer und weitsichtig genug gewesen war, zu wissen, daß Wiedergutmachung geleistet werden mußte. Und fähig genug, diese Überzeugung mit Leben zu erfüllen.

Noel ging zur Küchentür. Ellis stand an der Spüle und wusch Teetassen.

»Ich hol' mir meine Kleider in ein paar Wochen ab, Willie. Fahren wir zum Flughafen.«

Ellis drehte sich um und sah Noel an. »Ich kann dir Zeit sparen«, sagte er und griff nach einem Porzellankrug auf dem Regal. »Du wirst französisches Geld brauchen, bis du umtauschen kannst. Ich habe hier was im Krug, für meine Reisen alle zwei Monate zu den Fleischtöpfen. Nimm dir, was du brauchst.«

»Danke.« Holcroft nahm das Gefäß entgegen und sah dabei Willies Arme unter den hochgerollten Ärmeln. Es waren die kräftigsten und muskulösesten Arme, die er je gesehen hatte. Noel schoß es durch den Kopf, daß Willie spielend einen Menschen in Stücke reißen könnte.

Der Wahnsinn fing in Heathrow an und ging in Orly weiter.

In London kaufte er sich ein Ticket für den KLM-Flug nach Amsterdam, wobei er von der Theorie ausging, daß MI-5 die ihnen zugespielte Geschichte überprüft und für plausibel befunden hatte. Wahrscheinlich war das der Fall, denn er sah, wie ihm ein verdutzter Mann in einem Regenmantel mit den Blicken folgte, als er vom KLM-Gate zurück zur Air France rannte. Dort erwartete ihn Willie mit einem Ticket für die überfüllte Maschine nach Paris.

Die Einreiseformalitäten in Orly waren oberflächlich, aber die Schlange war lang. Während er wartete, hatte Noel Zeit, das Gedränge im Zollbereich und hinter den Pendeltüren zu beobachten, die in das Hauptgebäude führten. Hinter den Türen konnte er zwei Männer sehen, die etwas an sich hatten, das seine Aufmerksamkeit erregte. Vielleicht waren es ihre ernsten Gesichter, der freudlose Ausdruck, der nicht an einen Ort paßte, wo Menschen einander begrüßten. Sie unterhielten sich leise mit unbewegten Köpfen, während sie die Passagiere musterten, die durch den Zoll gingen. Einer hielt ein Stück Papier in der Hand; es war klein, glänzte. Eine Fotografie? Ja. Eine Fotografie von *ihm*.

Das waren nicht die Männer der Wolfsschanze. Die Männer der Wolfsschanze kannten ihn vom Sehen, und die Männer der Wolfsschanze blieben unsichtbar. MI-5 hatte Verbindung mit seinen Agenten in Paris aufgenommen. Sie warteten auf ihn.

»Monsieur.« Der Zollbeamte drückte routinemäßig seinen Stempel in Holcrofts Paß. Noel griff nach seinem Gepäck und ging auf den Ausgang zu, verspürte die Panik eines Mannes, der im Begriff war, in eine Falle zu gehen, der er nicht ausweichen konnte.

Als die Türen sich öffneten, sah er, daß die zwei Männer sich abwandten, um von ihm nicht bemerkt zu werden. Sie würden ihn nicht ansprechen; sie würden ihm... *folgen*.

Der Gedanke daran machte ihm jähe Kopfschmerzen. Das alles war ihm so fremd, alles so peinigend und unklar, und er wußte nicht, wie er vorgehen sollte. Nur eins war ihm klar: er mußte von Punkt A nach Punkt B gehen und dann wieder nach A, und er mußte irgendwo bei B seine Verfolger abschütteln.

Vor sich in der überfüllten Halle sah er eine Tafel: LIGNES AÉRIENNES INTÉRIEURES.

Die Fluglinien innerhalb Frankreichs pendelten mit herrlicher Unregelmäßigkeit durchs ganze Land. Die Städte waren in drei Reihen aufgelistet: ROUEN, LE HAVRE, CAEN... ORLÉANS, LE MANS, TOURS... DIJON, LYON, MARSEILLE.

Noel ging schnell an den beiden Männern vorbei, so, als nähme er nichts in seiner Umgebung wahr.

Er eilte zu dem Intérieur-Schalter. Vor ihm standen vier Leute.

Dann war er an der Reihe. Er erkundigte sich nach Flügen in den Süden. In den Mittelmeerraum. Nach Marseille. Er wollte einige Abflugzeiten.

Es gab einen Flug, der in einem Bogen nach Südwesten flog und in fünf Städten zwischen Orly und dem Mittelmeer landete, sagte die Angestellte. Die Städte waren Le Mans, Nantes, Bordeaux, Toulouse und Marseille.

Le Mans. Die Flugdauer bis Le Mans betrug vierzig Minuten; mit einem Wagen schätzte er die Fahrzeit auf drei, dreieinhalb Stunden. Es war jetzt zwanzig Minuten vor vier.

»Den nehme ich«, sagte Noel. »Da bin ich gerade zur richtigen Zeit in Marseille.«

»Pardon, Monsieur, aber es gibt Flüge mit weniger Zwischenlandungen.«

»Man holt mich am Flughafen ab. Es bringt mir nichts, wenn ich zu früh komme.«

»Wie Sie wünschen, Monsieur. Ich schau nach, ob noch ein Platz frei ist. Die Maschine startet in zwölf Minuten.«

Fünf Minuten später stand Holcroft am Abflug, die *Herald Tribune* vor sich aufgeschlagen. Er blickte über die Zeitung hinweg. Einer der zwei ernst blickenden Briten sprach mit der jungen Dame, die ihm sein Ticket verkauft hatte.

Fünfzehn Minuten später befand sich die Maschine in der Luft. Noel ging zweimal den Mittelgang zur Toilette zurück und musterte die Passagiere in der Kabine.

Keiner der beiden Männer war an Bord, und auch sonst schien sich niemand für ihn zu interessieren.

In Le Mans wartete er, bis die aussteigenden Passagiere das Flugzeug verlassen hatten. Er zählte; es waren sieben. Dann kamen die Zusteiger an Bord.

Er riß seinen Koffer aus dem Gepäckfach, ging mit schnellen Schritten zum Ausgang und die Metalltreppe hinunter aufs Flugfeld. Im Flughafengebäude blieb er am Fenster stehen.

Niemand kam aus der Maschine; niemand folgte ihm.

Seine Uhr zeigte siebzehn Minuten vor fünf. Er überlegte, ob noch Zeit war, Helden von Tiebolt anzurufen. Wieder hatte er das Wesentliche von dem, was er brauchte – einen Namen und einen Arbeitsplatz. Er ging zum nächsten Telefon und dankte im stillen Willie für die Franc-Noten und die Münzen.

In seinem primitiven Französisch sagte er der Vermittlung: »*S'il vous plaît, le numéro de Gallimard à Paris...*«

Sie war da. Mademoiselle Tennyson hatte kein Telefon am Schreibtisch, aber wenn er einen Augenblick warten wolle, werde jemand sie an den Apparat holen. Die Frau in der Zentrale von Gallimard sprach besser Englisch als die meisten Texaner.

Helden von Tiebolts Stimme wies dieselbe seltsame Mischung von portugiesischem und deutschem Tonfall wie die ihrer Schwester auf, aber bei weitem nicht so ausgeprägt. Auch eine Andeutung des traumartigen Halls war da, an den sich Noel so deutlich in Gretchens Redeweise erinnerte, aber nicht das eigenartige Stocken. Helden von Tiebolt – Mademoiselle Tennyson – wußte, was sie sagen wollte, und sagte es.

»Warum sollte ich mich mit Ihnen treffen? Ich kenne Sie nicht, Mr. Holcroft.«

»Es ist sehr dringend. Bitte, glauben Sie mir.«

»In meinem Leben hat es schon viel zuviel Dinge gegeben, die dringend waren. Ich bin dieser Dinge ziemlich überdrüssig.«

»Aber so etwas hat es noch nicht gegeben.«

»Wie haben Sie mich gefunden?«

»Leute... Leute, die Sie nicht kennen, in England, sagten mir, wo Sie arbeiten, aber auch, daß Sie nicht unter der Adresse leben, die Sie im Verlag angegeben haben. Also mußte ich Sie dort anrufen.«

»Die sind so interessiert an mir, daß sie Nachforschungen nach meiner Wohnung anstellten?«

»Ja. Das gehört auch zu dem, was ich Ihnen sagen muß.«

»Warum interessieren die sich so für mich?«

»Das sage ich Ihnen, wenn ich Sie sehe. Ich *muß* es Ihnen sagen.«

»Sagen Sie es mir jetzt.«

»Nicht am Telefon.«

Eine kleine Pause trat ein. Als die junge Frau dann wieder sprach, kamen ihre Worte abgehackt, präzise... und verängstigt. »Weshalb genau wollen Sie mich sprechen? Was kann es so Dringendes zwischen Ihnen und mir geben?«

»Es betrifft Ihre Familie. Unsere *beiden* Familien. Ich habe mich mit Ihrer Schwester getroffen. Ich habe versucht, Ihren Bruder ausfindig zu machen –«

»Ich habe seit über einem Jahr weder mit meiner Schwester noch mit meinem Bruder gesprochen«, unterbrach Helden Tennyson. »Ich kann Ihnen nicht helfen.«

»Das, worüber wir sprechen müssen, reicht über *dreißig* Jahre zurück.«

»Nein!«

»Es geht um Geld, sehr viel Geld.«

»Ich habe, was ich brauche. Meine Bedürfnisse sind –«

»Nicht nur für *Sie*«, drängte Noel und schnitt ihr das Wort ab. »Für Tausende. Überall.«

Wieder eine Pause. Als sie diesmal weitersprach, war ihre Stimme weich. »Geht es um Ereignisse . . . um Leute . . . reicht das bis zum Krieg zurück?«

»Ja.« Hatte er es endlich geschafft, ihr Interesse zu wecken?

»Wir werden uns treffen«, sagte Helden.

»Können wir es so einrichten, daß wir . . . daß wir –« Er wußte nicht, wie er es formulieren sollte, ohne ihr Angst zu machen.

»Daß diejenigen, die uns beobachten, uns nicht sehen? Ja.«

»Wie?«

»Ich habe schon einige Erfahrung. Tun Sie genau, was ich sage. Wo sind Sie jetzt?«

»Am Flughafen von Le Mans. Ich werde einen Wagen mieten und nach Paris fahren. In zwei oder drei Stunden müßte ich das schaffen.«

»Stellen Sie den Wagen in einer Garage ab und nehmen Sie ein Taxi zum Montmartre. Zur Kirche Sacré-Cœur. Gehen Sie drinnen zur Kapelle von Ludwig dem Neunten. Zünden Sie eine Kerze an und stecken Sie sie in einen Kerzenhalter. Dann überlegen Sie es sich anders und wählen einen anderen Kerzenhalter aus. Ein Mann wird auf Sie zukommen und Sie hinausführen, zu einem Tisch in einem der Straßencafés. Dort bekommen Sie weitere Instruktionen.«

»*So* kompliziert brauchen wir es doch nicht zu machen. Können wir uns nicht in einer Bar treffen? Oder einem Restaurant?«

»Das geschieht nicht zu Ihrem Schutz, Mr. Holcroft, sondern zu meinem. Wenn Sie nicht der sind, den Sie andeuten, wenn Sie nicht *allein* sind, werde ich mich nicht mit Ihnen treffen. Dann verlasse ich noch heute nacht Paris, und Sie werden mich nie finden.«

14

Der Prunk von Sacré-Cœur ragte wie ein steingewordenes Lied in den nächtlichen Himmel. Hinter den großen Bronzetüren öffnete sich ein riesiges Halbdunkel, auf dessen Wänden flackernde Kerzen eine Symphonie der Schatten spielten.

Aus der Nähe des Altars drangen die Klänge eines *Te Deum* zu ihm. Ein Chor von Mönchen, wahrscheinlich Besucher, sang den Ambrosianischen Lobgesang, leise und feierlich.

Noel betrat den schwach beleuchteten Chorumgang mit den Kapellen der Könige. Langsam paßten sich seine Augen den tanzenden Schatten an, während er an den Balustraden entlangging, die die Eingänge zu den kleinen Nischen flankierten. Die vereinzelt aufgestellten Kerzen spendeten gerade soviel Licht, daß er die Inschrift entziffern konnte: LOUIS IX. Ludwig der Fromme, Ludwig der Gerechte, Sohn Aquitaniens, Herrscher Frankreichs, Gebieter der Christenheit.

Fromm... gerecht... Gebieter.

Versuchte Helden von Tiebolt ihm damit etwas zu sagen?

Er steckte eine Münze in den Opferstock, entnahm dem Behälter eine dünne, spitz zulaufende Kerze und hielt sie an die Flamme einer anderen. Den Anweisungen folgend, steckte er sie in einen Halter, nahm sie Sekunden später wieder heraus und befestigte sie in einem anderen, der ein paar Reihen entfernt war.

Eine Hand berührte seinen Arm, Finger griffen nach seinem Ellbogen, und eine Stimme aus den Schatten hinter ihm flüsterte ihm ins Ohr.

»Drehen Sie sich langsam um, Monsieur. Lassen Sie die Hände an der Seite.«

Holcroft tat, was man ihm sagte. Der Mann war kaum größer als einen Meter fünfundsechzig, höchstens einssiebzig, und hatte eine hohe Stirn und dünnes, dunkles Haar. Er war Anfang der Dreißig, schätzte Noel, und von angenehmem Äußeren, mit einem bleichen, zart wirkenden Gesicht. Wenn es an ihm etwas besonders Auffälliges gab, so war es seine Kleidung; das schwache Licht konnte die Tatsache nicht verbergen, daß sie teuer war.

Der Mann strahlte eine gepflegte Vornehmheit aus, die der dezente Duft nach Eau de Cologne noch verstärkte. Aber sein Handeln war weder vornehm noch zart. Ehe Noel wußte, wie ihm geschah, stießen die Hände des Mannes gegen seine Brust, starke Finger tasteten ihn ab, fuhren zu seinem Gürtel und über seine Hosentaschen.

»Stillhalten, hab' ich gesagt!« flüsterte der Mann.

Im Kerzenlicht neben der Kapelle von Ludwig IX. wurde Noel in Sacré-Cœur nach Waffen durchsucht.

»Folgen Sie mir«, sagte der Mann. »Ich gehe jetzt die Straße zum Platz hinauf, bleiben Sie ein gutes Stück hinter mir. Ich setze mich zu zwei Freunden an einen Tisch vor einem der Straßencafés, wahrscheinlich dem Bohème. Gehen Sie um den Platz herum, lassen Sie sich Zeit, schauen Sie sich die Arbeiten der Künstler an; Sie haben keine Eile. Dann kommen Sie an den Tisch und setzen sich zu uns. Begrüßen Sie uns so, als ob wir vertraute *Gesichter* wären, nicht unbedingt *Freunde*. Verstehen Sie?«

»Ich verstehe.«

Wenn dies der Weg war, Helden von Tiebolt zu erreichen, sollte es ihm recht sein. Noel hielt sich unauffällig hinter dem Mann, es war nicht schwer, dem modisch geschnittenen Mantel zwischen weniger eleganten Kleidern der Touristen zu folgen.

Auf dem überfüllten Platz blieb der Mann einen Augenblick stehen, zündete sich eine Zigarette an und ging dann quer über die Straße auf einen Tisch zu, der hinter einem Blumenkasten und ein paar Sträuchern stand. Wie er es vorhergesagt hatte, saßen an dem Tisch noch zwei Leute: ein Mann in einem ausgefransten Parka und eine Frau in einem schwarzen Regenmantel mit einem weißen Tuch um den Hals. Das Tuch bildete einen scharfen Kontrast zu ihrem glatten Haar, das ebenso dunkel wie der schwarze Regenmantel war. Sie trug eine Schildpattbrille, die wie ein Fremdkörper wirkte in ihrem bleichen Gesicht ohne Make-up. Noel fragte sich, ob diese einfach aussehende Frau Helden von Tiebolt sein mochte. Wenn sie es war, dann hatte sie wenig Ähnlichkeit mit ihrer Schwester.

Er schlenderte um den Platz herum, täuschte Interesse an den künstlerischen Gegenständen vor, die überall feilgeboten wurden. Da gab es Leinwände mit kühnen Farbklecksen und kräftigen, nicht zu Ende gedachten Linien; Kohlezeichnungen von Kindern mit riesigen Augen. Unechte Stimmung und Schnelligkeit und Künstlichkeit. Es gab hier wenig Wertvolles, aber darauf kam es auch nicht an. Dies war der Touristenmarkt, der Basar, wo das Exzentrische vorherrschte.

Nichts hatte sich auf dem Montmartre verändert, dachte Holcroft, als er die letzte Biegung hinter sich brachte und das Café wieder vor sich sah.

Er ging an dem Blumenkasten vorbei und nickte den zwei Männern und der Frau am Tisch zu. Sie erwiderten sein Nicken; er trat durch den Eingang und setzte sich auf den freien Stuhl bei den ›vertrauten Gesichtern, nicht unbedingt Freunden‹ neben die dunkelhaarige Frau mit der Schildpattbrille.

»Ich bin Noel Holcroft«, sagte er zu niemand Bestimmten.

»Das wissen wir«, antwortete der Mann in dem Parka und blickte auf die Menge hinaus, die den Platz bevölkerte.

Noel wandte sich der Frau zu. »Sind Sie Helden von – ? Entschuldigen Sie, Helen Tennyson?«

»Nein, ich habe sie noch nie gesehen«, erwiderte die dunkelhaarige Frau und sah den Mann im Parka eindringlich an. »Aber ich werde Sie zu ihr bringen.«

Der Mann in dem teuren Mantel wandte sich Holcroft zu. »Sind Sie allein?«

»Natürlich. Können wir anfangen? Helden … Tennyson … sagte, ich würde hier weitere Instruktionen erhalten. Ich würde sie gerne sehen, eine Weile mit ihr sprechen und mir dann ein Hotel suchen. Ich habe in den letzten paar Tagen nur wenig geschlafen.« Er schickte sich an aufzustehen.

»Setzen Sie sich!« Die Frau sprach mit scharfer Stimme.

Er setzte sich, mehr aus Neugierde denn als Reaktion auf den Befehl.

Und dann hatte er plötzlich das Gefühl, daß diese drei Leute ihn gar nicht prüften; sie hatten Angst. Der elegant gekleidete Mann biß sich auf den Knöchel seines Zeigefingers, starrte in die Mitte des Platzes, wo er irgend etwas zu sehen schien. Sein Begleiter in dem Parka hatte seinem Freund die Hand auf den Arm gelegt, und sein Blick war in die gleiche Richtung gewandert. Sie sahen jemanden, jemanden, der sie offenbar zutiefst beunruhigte.

Holcroft versuchte, ihren Blicken zu folgen, versuchte, zwischen den Gestalten hindurchzublicken, die die Straße vor dem Café bevölkerten. Sein Atem stockte. Auf der anderen Straßenseite standen die zwei Männer, von denen er geglaubt hatte, er wäre ihnen durch seinen Flug nach Le Mans entwischt. Das war unerklärlich! Niemand war ihm aus dem Flugzeug gefolgt.

»Das sind *sie*«, sagte er.

Der elegant gekleidete Mann drehte schnell den Kopf; der Mann im Parka war langsamer, sein Ausdruck wirkte ungläubig; die dunkelhaarige Frau musterte ihn aufmerksam.

»Wer?« fragte sie.

»Diese zwei Männer dort drüben, am Restauranteingang. Der eine trägt einen hellen Mantel, der andere hat einen Regenmantel über dem Arm.«

»Wer sind sie?«

»Sie waren heute nachmittag in Orly; sie haben auf mich gewartet. Ich bin nach Le Mans geflogen, um sie abzuschütteln. Ich bin beinahe sicher, daß es britische Agenten sind. Aber woher wußten sie, daß ich *hier* bin? Sie waren nicht im Flugzeug. Niemand ist mir gefolgt. Das könnte ich *beschwören*!«

Die drei tauschten Blicke aus; sie glaubten ihm, und Holcroft wußte, weshalb. Er hatte die zwei Engländer selbst aus der Menge herausgepickt, hatte die Information freiwillig geliefert, ehe man ihn damit konfrontierte.

»Wenn es Engländer sind, was wollen die von Ihnen?« fragte der Mann im Parka.

»Das ist etwas, was nur Helden von Tiebolt und mich angeht.«

»Aber Sie glauben, es *sind* Engländer?«

»Ja.«

»Ich hoffe, Sie haben recht.«

Der Mann im Mantel beugte sich vor. »Was soll das heißen, Sie sind nach Le Mans geflogen? Was ist passiert?«

»Ich dachte, ich könnte sie abschütteln. Ich war überzeugt, daß es mir *gelungen* war. Ich habe mir ein Ticket nach Marseille gekauft und dann einen Flug mit Zwischenlandungen ausgesucht. Die erste war in Le Mans, und dort bin ich ausgestiegen. Ich sah, wie die beiden das

Mädchen am Schalter in Orly *befragten*. Ich habe ihr kein Wort von Le Mans gesagt!«

»Regen Sie sich nicht auf«, sagte der Mann im Parka. »Das macht nur auf uns aufmerksam.«

»Wenn Sie glauben, daß die mich noch nicht entdeckt haben, dann sind Sie verrückt. Aber wie haben die das *gemacht*?«

»Das ist nicht schwierig«, sagte die Frau.

»Sie haben einen Wagen gemietet?« fragte der elegant gekleidete Mann.

»Selbstverständlich. Ich mußte doch nach Paris zurück.«

»Im Flughafen?«

»Natürlich.«

»Und natürlich haben Sie auch eine Landkarte verlangt. Oder zumindest eine Wegbeschreibung, und dabei ohne Zweifel Paris erwähnt. Ich meine, Sie haben sich nicht für die Straßen nach Marseille interessiert.«

»Natürlich nicht. Aber nach Paris fahren doch eine Menge Leute.«

»Eben nicht, nicht von einem Flughafen aus, von dem es Flüge nach Paris gibt. Und dann auch noch unter Ihrem Namen. Ich glaube nicht, daß Sie falsche Papiere haben.«

Holcroft begann zu begreifen. »Die haben nachgefragt.«

»Ein Telefonanruf genügt, und dann ist es nur noch eine Frage von Minuten«, sagte der Mann im Parka. »Und noch schneller geht es, wenn man gemeldet hat, daß Sie das Flugzeug in Le Mans verlassen haben.«

»Die würden sich nie die Chance entgehen lassen, einen leeren Platz neu zu verkaufen«, fügte der Mann in dem eleganten Mantel hinzu. »Verstehen Sie jetzt? Es gibt gar nicht so viele Verleihfirmen, die auf Flughäfen Autos vermieten. Die haben denen dann die Marke, die Farbe, die Zulassungsnummer genannt. Der Rest ist einfach.«

»Warum einfach? In ganz Paris *einen* Wagen zu finden?«

»Nicht *in* Paris, Monsieur. Auf der Straße nach Paris. Es gibt nur eine Hauptstraße, und ein Ausländer benutzt die garantiert. Man hat Sie bereits außerhalb von Paris erwischt und von dort an überwacht, Monsieur.«

In Noels Staunen mischte sich ein Gefühl der Niedergeschlagenheit. Seine Ungeschicklichkeit war zu offenkundig. »Es tut mir leid. Es tut mir wirklich leid.«

»Sie haben das denen ja nicht absichtlich so leichtgemacht«, sagte der elegante Mann und beobachtete immer noch die Engländer, die jetzt am vordersten Tisch des Restaurants auf dem Platz saßen. Er tippte den Mann im Parka am Arm an. »Die haben sich gesetzt.«

»Ich sehe es.«

»Was sollen wir tun?« fragte Holcroft.

»Tun Sie genau, was wir Ihnen sagen«, antwortete die dunkelhaarige Frau.

»*Jetzt*«, sagte der Mann in dem teuren Mantel.

»Stehen Sie auf!« befahl die Frau. »Gehen Sie mit mir auf die Straße hinaus und biegen Sie nach rechts. Schnell!« Verwirrt erhob sich Holcroft und verließ das Café, die Frau führte ihn am Arm.

»Nach rechts«, wiederholte sie.

Er wandte sich nach rechts.

»Schneller!« sagte sie.

Hinter sich hörte er das Klirren von Glas, und dann zornige Rufe. Er drehte sich um, blickte zurück. Die zwei Engländer hatten ihren Tisch verlassen und waren mit einem Kellner zusammengestoßen. Alle drei waren mit Wein bespritzt.

»Biegen Sie noch einmal nach rechts«, befahl die Frau. »In die Tür da!«

Er tat, was sie ihn hieß, schob sich an den Menschen im Eingang eines Cafés vorbei. Drinnen blieb die Frau mit ihm stehen. Er drehte sich um und betrachtete die Szene draußen auf dem Platz.

Die Engländer versuchten, sich von dem wütenden Kellner zu lösen. Der Mann im Mantel warf Geld auf den Tisch. Sein Begleiter war schon weiter; er stand unter dem Eingangsbogen und blickte verzweifelt in die Richtung, die Holcroft und die Frau eingeschlagen hatten.

Noel hörte Rufe; er starrte ungläubig auf die Gestalt, von der die Rufe kamen. Fünf, sechs Meter von den Agenten stand da eine dunkelhaarige Frau in einem glänzenden, schwarzen Regenmantel mit einer dicken Schildpattbrille und einem weißen Tuch um den Hals und stritt sich so laut mit jemandem herum, daß sie die Aufmerksamkeit aller auf sich zog. Auch die der Engländer.

Dann hörte sie plötzlich zu schreien auf und rannte die überfüllte Straße hoch, auf das Südende des Montmartre zu. Die britischen Agenten setzten zur Verfolgung an, aber eine Anzahl junger Leute in Jeans, die die Engländer absichtlich aufzuhalten schienen, kamen dazwischen. Ein wütendes Geschrei erhob sich, dann konnte er die schrillen Pfeifen der *gendarmes* hören.

Ein schreckliches Durcheinander erfüllte den Montmartre.

»Kommen Sie! *Jetzt*!« Die dunkelhaarige Frau – die an seiner Seite – packte Noel am Arm und schob ihn wieder auf die Straße hinaus. »Nach links!« befahl sie und stieß ihn durch die Menge. »Dorthin zurück, wo wir waren.«

Sie näherten sich dem Tisch hinter dem Blumenkasten. Nur der Mann in dem teuren Mantel war zurückgeblieben; er stand auf, als sie näherkamen.

»Vielleicht sind da noch andere«, sagte er. »Das wissen wir nicht. Schnell!«

Holcroft und die Frau liefen weiter. Sie erreichten eine schmale Seitenstraße; sie war zu beiden Seiten von kleinen Läden gesäumt, deren schwach beleuchtete Schaufenster das einzige Licht lieferten.

»Hier entlang!« sagte die Frau, die inzwischen Noels Hand ergriffen hatte und neben ihm rannte. »Der Wagen steht rechts. Der erste an der Ecke!«

Es war ein Citroën; ein starker, aber nicht auffälliger Wagen. Die Karosserie war verschmutzt, Schlamm überzog die Räder, auf den Scheiben klebte eine Staubschicht.

»Steigen Sie vorn ein! Fahren Sie!« befal die Frau und reichte ihm den Schlüssel. »Ich setze mich nach hinten.«

Holcroft stieg ein und versuchte sich zurechtzufinden. Er ließ den Motor an. Unter seinen Vibrationen erzitterte das Chassis. Der Wagen hatte den Motor eines schwereren Modells, was für ein leichteres Fahrzeug enorme Geschwindigkeit garantierte.

»Fahren Sie den Hügel hinunter!« sagte die Frau hinter ihm. »Ich sage Ihnen, wo Sie abbiegen müssen.«

Die nächsten fünfundvierzig Minuten waren eine einzige Serie von schnellen Spurts und jähen Richtungsänderungen. Die Frau erteilte ihre Anweisungen immer erst in letzter Sekunde und zwang Noel dadurch, das Steuer wild herumzureißen. Im Augenblick schossen sie im Norden der Stadt so schnell aus einer kurvenreichen Einfahrt in eine Ausfallstraße, daß der Citroën zur Seite rutschte und von dem Grasstreifen abprallte, der die Mittelspur bildete. Holcroft hielt das Steuer mit ganzer Kraft, brachte zuerst den Wagen wieder auf geraden Kurs und schlängelte sich dann zwischen zwei beinahe parallel fahrenden Wagen vor ihm hindurch.

»Schneller!« schrie die dunkelhaarige Frau auf dem Rücksitz. »Können Sie nicht *schneller* fahren?«

»Herrgott! Wir fahren doch schon hundertfünfzig!«

»Sehen Sie in den Rückspiegel! Ich achte auf die Seitenstraßen! Und fahren Sie *schneller!*«

Zehn Minuten jagten sie schweigend dahin, das Windgeräusch und das gleichmäßige hohe Summen der Reifen drohten ihn verrückt zu machen. *Alles* drohte ihn verrückt zu machen, dachte Noel, als er den Blick kurz von der Windschutzscheibe wandte und zuerst in den Rückspiegel und dann in den Seitenspiegel blickte, der mit Schmutz verkrustet war. Was *taten* sie da? Sie hatten Paris hinter sich gelassen; vor wem flohen sie denn *jetzt*? Doch blieb ihm keine Zeit nachzudenken; die Frau schrie gerade wieder:

»Die nächste Ausfahrt; das ist sie!«

Er konnte gerade noch abbremsen und den Wagen in die Ausfahrt steuern. An dem Stoppschild kam er quietschend zum Stehen.

»Weiter! Nach links!«

Die Sekundenbruchteile des Stillstands waren die einzige Pause in dem Wahnsinn. Jetzt fing es wieder an: das Höllentempo auf den verlassenen Landstraßen, die plötzlichen Abbiegungen, die Befehle, die ihm ins Ohr gebellt wurden.

Das Mondlicht, das vorher Sacré-Cœur hatte erglänzen lassen, ließ jetzt karges Weideland erkennen. Scheunen und Silos flogen als Silhouetten vorbei; kleine Häuser mit schindelgedeckten Dächern tauchten auf und verschwanden wieder.

»Jetzt in die Straße da!« schrie die Frau.

Eine nicht asphaltierte Landstraße bog von der Teerfläche ab, über die sie dahinrasten; die Bäume hätten sie verborgen, wenn man nicht gewußt hätte, wo und wann sie kommen mußte. Noel verlangsamte die Fahrt und bog ein. Der ganze Wagen erzitterte, aber die Stimme hinter ihm duldete kein vorsichtiges Fahren.

»Schnell! Wir müssen über den Hügel hinweg, damit man unsere Scheinwerfer nicht sieht!«

Der Hügel war steil und die Straße gerade so breit wie ein Wagen. Holcroft trat das Gaspedal durch; der Citroën taumelte die ausgefahrene Straße hinauf. Jetzt hatten sie die Hügelkuppe erreicht. Noel umklammerte das Steuerrad mit aller Kraft, um die Herrschaft über den schlingernden Wagen zu behalten. Dann ging es schnell wieder abwärts; die Straße beschrieb einen Bogen nach links und wurde jetzt flacher. Sie befanden sich wieder auf ebenem Grund.

»Jetzt ist es höchstens noch ein halber Kilometer«, sagte die Frau.

Holcroft war ausgepumpt, seine Handflächen schweißnaß. Er und die Frau befanden sich an dem einsamsten, dunkelsten Ort, den er sich vorstellen konnte. In dichtem Wald, auf einer Straße, die auf keiner Landkarte verzeichnet war.

Dann sah er es. Ein schindelgedecktes Häuschen auf einer kleinen Lichtung. Drinnen brannte schwaches Licht.

»Halten Sie hier«, kam der Befehl, aber diesmal nicht mehr mit der schroffen Stimme, die ihm beinahe eine Stunde lang Befehle zugerufen hatte.

Noel brachte den Wagen unmittelbar vor dem Weg zum Stehen, der zum Haus führte. Er atmete ein paarmal tief durch und wischte sich den Schweiß vom Gesicht, schloß kurz die Augen und wünschte, der Schmerz ließe seinen Schädel los.

»Bitte, drehen Sie sich um, Mr. Holcroft«, sagte die Frau, diesmal ganz ruhig.

Und dann starrte er im Halbdunkel die Frau auf dem Rücksitz an.

Das glänzend schwarze Haar und die dick geränderte Brille waren verschwunden. Das weiße Halstuch war immer noch da, aber jetzt war es zum Teil von langem blondem Haar bedeckt, das ihr über die Schultern fiel und ein Gesicht einrahmte – ein sehr schönes Gesicht –, das er schon einmal gesehen hatte. Nicht *dieses* Gesicht, aber eines, das ihm glich; zarte, liebevoll in Ton modellierte Züge, ehe der Meißel am Stein angesetzt wurde. Dieses Gesicht war nicht kalt, und seine Augen blickten nicht wie aus weiter Ferne. Dieses Gesicht war verletzbar, das Gesicht einer Frau, die zu Gefühlen fähig war. Sie sprach leise und erwiderte seinen starrenden Blick im Halbdunkel.

»Ich bin Helden von Tiebolt, und ich habe eine Pistole in der Hand. So, was wollen Sie jetzt von mir?«

15

Er blickte nach unten und sah einen schwachen Lichtreflex am Pistolenlauf. Die Waffe war auf seinen Kopf gerichtet, die Mündung nur wenige Zentimeter entfernt. Ihr Finger lag am Abzug.

»Als erstes will ich«, sagte er, »daß Sie dieses Ding da wegnehmen.«

»Ich fürchte, das wird nicht gehen.«

»Sie sind der letzte Mensch auf der Welt, von dem ich wünschen könnte, daß ihm etwas zustößt. Sie haben von mir nichts zu befürchten.«

»Das klingt sehr beruhigend, aber es ist nicht das erstemal, daß ich so etwas höre. Solche Worte sind nicht immer wahr.«

»Bei mir schon.« Er sah ihr in die Augen, hielt ihren Blick fest. Die Spannung in ihren Zügen lockerte sich. »Wo sind wir?« fragte Noel. »War diese Verrücktheit notwendig? Dieser Aufruhr auf dem Montmartre und dann wie die Wilden im Land herumzurasen. Wovor fliehen Sie?«

»Dasselbe könnte ich Sie fragen. Sie sind ebenfalls auf der Flucht. Sie sind nach Le Mans geflogen.«

»Ich wollte einigen Leuten aus dem Weg gehen. Aber ich habe keine Angst vor ihnen.«

»Ich gehe auch Leuten aus dem Weg, und ich *habe* Angst vor ihnen.«

»Wem gehen Sie aus dem Weg?« Unwillkürlich drängte sich das Schreckgespenst des Tinamu in Noels Gedanken; er versuchte, es von sich zu schieben.

»Das werden Sie erfahren oder auch nicht, je nachdem, was Sie mir zu sagen haben.«

»Einverstanden. Im Augenblick sind Sie der wichtigste Mensch in meinem Leben. Das kann sich ändern, wenn ich Ihren Bruder kennenlerne, aber im Augenblick sind Sie es.«

»Ich kann mir nicht vorstellen, warum. Wir sind uns noch nie begegnet. Sie haben gesagt, Sie wollten mich in einer Angelegenheit sprechen, die bis zum Krieg zurückreicht.«

»›Auf Ihren Vater zurückreicht‹ wäre korrekter.«

»Ich habe meinen Vater nie gesehen.«

»Ich auch nicht.«

Er sagte ihr, was er ihrer Schwester gesagt hatte, erwähnte aber die Männer der Wolfsschanze nicht; sie war auch so schon genügend verängstigt. Und er hörte seine Worte wieder so, als wären sie ein Echo der letzten Nacht in Portsea. Es *war* erst letzte Nacht gewesen, und die Frau, mit der er jetzt sprach, war wie die Frau gestern – aber nur dem Aussehen nach. Gretchen Beaumont hatte ihn schweigend angehört. Helden tat das nicht. Sie unterbrach ihn ruhig, mehrmals, stellte Fragen, die er selbst hätte stellen sollen.

»Hat Ihnen dieser Manfredi Beweise für seine Identität vorgelegt?«

»Das brauchte er nicht; er hatte die Papiere der Bank. Sie waren echt.«

»Wie heißen die Direktoren?«

»Die Direktoren?«

»Der Grande Banque de Genève. Die Hüter dieses außergewöhnlichen Dokuments.«

»Das weiß ich nicht.«

»Das sollte man Ihnen sagen.«

»Ich werde fragen.«

»Wer wird sich um die juristische Seite dieser Agentur in Zürich kümmern?«

»Die Anwälte der Bank, nehme ich an.«

»Das nehmen Sie an?«

»Ist das so wichtig?«

»Es geht um sechs Monate Ihres Lebens. Da würde ich schon meinen, daß es wichtig ist.«

»*Unseres* Lebens.«

»Wir werden sehen. Ich bin nicht das älteste Kind von Wilhelm von Tiebolt.«

»Ich habe Ihnen doch schon von Le Mans aus gesagt«, meinte Holcroft, »daß ich Ihre Schwester bereits aufgesucht habe.«

»Und?« fragte Helden.

»Ich denke, das wissen Sie? Sie ist nicht dazu fähig. Die Direktoren in Genf werden sie nicht akzeptieren.«

»Dann gibt es noch meinen Bruder Johann. Er ist dem Alter nach der Nächste.«

»Das weiß ich. Ich möchte über ihn sprechen.«

»Nicht jetzt. Später.«

»Wie meinen Sie das?«

»Ich habe Ihnen schon am Telefon gesagt, daß es in meinem Leben viel zuviel Dringendes gegeben hat. Und viel zuviel Lügen. Auf diesem Gebiet bin ich Expertin; ich erkenne einen Lügner, wenn ich seine Worte höre. Sie lügen nicht.«

»Vielen Dank.« Noel war erleichtert; sie hatten jetzt immerhin eine Basis, um zu *reden*. Das war sein erster konkreter Schritt. Trotz allem sonst fühlte er sich in gewisser Weise erleichtert. Sie ließ die Waffe sinken.

»Jetzt müssen wir hineingehen. Da ist ein Mann, der Sie sprechen möchte.«

Für Holcroft war das wie eine kalte Dusche. Er durfte das, was er über Genf wußte, niemandem anvertrauen, der nicht der Familie von Tiebolt angehörte. »Nein«, sagte er und schüttelte den Kopf. »Ich spreche mit niemandem. Was ich mit Ihnen besprochen habe, bleibt unter uns. Keiner sonst erfährt davon.«

»Geben Sie ihm eine Chance. Er muß wissen, daß Sie mir keinen Schaden zufügen wollen. Oder anderen. Er muß überzeugt werden, daß Sie nicht zu etwas anderem gehören.«

»Zu was?«

»Das wird er Ihnen erklären.«

»Er wird mir Fragen stellen.«

»Sagen Sie nur, was Sie sagen wollen.«

»Nein! Sie verstehen nicht. Ich darf *nichts* über Genf sagen, und Sie dürfen das auch nicht. Ich habe doch versucht, Ihnen das zu erklären –«

Er hielt inne. Helden hob die Pistole. »Ich habe noch immer die Waffe in der Hand. Steigen Sie aus.«

Er ging den kurzen Weg zur Haustür voraus. Abgesehen von dem schwachen Licht, das durch die Fenster drang, war es dunkel. Die Bäume der Umgebung ließen das Mondlicht kaum durch, und die spärlichen Strahlen, die durch das Blattwerk fielen, schienen sich in der Luft aufzulösen.

Noel spürte, wie ihre Hand um seine Hüfte griff, spürte den Lauf der Pistole im Kreuz.

»Hier ist ein Schlüssel. Öffnen Sie die Tür. Er kann sich nicht gut bewegen.«

Drinnen war der kleine Raum ganz so, wie man ihn in einem solchen Haus auf dem Land in Frankreich erwarten durfte, mit einer Ausnahme: Zwei Wände waren voller Bücher. Alles war so einfach, daß es beinahe primitiv wirkte – klobiges Mobiliar, ohne erkennbare Feinheiten, ein schwerer, altmodischer Schreibtisch, ein paar nicht eingeschaltete Lampen mit einfachen Schirmen, ein Holzboden und dicke, verputzte Wände. Die Bücher paßten irgendwie nicht dazu.

In einer Ecke des Zimmers saß ein ausgemergelter Mann in einem Rollstuhl. Er befand sich zwischen einer Stehlampe und einem kleinen Tisch; das Licht fiel ihm über die linke Schulter, er hielt ein Buch im Schoß. Sein Haar war weiß und dünn und sorgfältig über seinen Schädel gekämmt. Holcroft schätzte ihn auf etliches über siebzig. Trotz seines abgemagerten Aussehens konnte man an seinem Gesicht die Kraft ablesen, die in ihm steckte, und die Augen hinter den silbergeränderten Brillengläsern blickten aufmerksam. Er trug eine bis oben zugeknöpfte Strickjacke und Cordhosen.

»Guten Abend, Herr Oberst«, sagte Helden. »Hoffentlich haben wir Sie nicht zu lange warten lassen.«

»Guten Abend, Helden«, erwiderte der alte Mann und legte das Buch weg. »Sie sind da und offensichtlich unversehrt. Das ist alles, worauf es ankommt.«

Noel sah wie hypnotisiert zu, wie sich die hagere Gestalt auf die Armlehnen des Rollstuhls stützte und langsam erhob. Er war groß, einsfünfundachtzig oder so. Er fuhr fort, mit unverkennbar deutschem und von aristokratischer Herkunft geprägtem Akzent zu sprechen.

»Sie sind der junge Mann, der Miß Tennyson angerufen hat«, sagte er und stellte damit keineswegs eine Frage. »Man kennt mich einfach als *Oberst* – Colonel ist das wohl in Ihrer Sprache –, was nicht mein Rang war, aber leider muß es dabei bleiben.«

»Das ist Noel Holcroft. Er ist Amerikaner, und er ist der Mann.« Helden trat einen Schritt zur Seite, so daß der alte Mann die Pistole sehen konnte, die sie in der Hand hielt. »Er ist gegen seinen Willen hier. Er wollte nicht mit Ihnen sprechen.«

»Guten Abend, Mr. Holcroft«, nickte der Oberst, ohne ihm die Hand zu reichen. »Darf ich fragen, weshalb Sie zögern, mit einem alten Mann zu reden?«

»Ich weiß nicht, wer Sie sind«, erwiderte Noel, so ruhig er konnte. »Außerdem sind die Angelegenheiten, die ich mit Miß ... Tennyson ... besprochen habe, vertraulicher Natur.«

»Ist sie auch der Ansicht?«

»Fragen Sie sie.« Holcroft hielt den Atem an. In wenigen Sekunden würde er wissen, wie überzeugend er gewesen war.

»Ja«, sagte Helden, »wenn sie wahr sind. Ich *glaube*, daß sie wahr sind.«

»Ich verstehe. Aber Sie müssen überzeugt sein, und ich bin der Advocatus diaboli ohne Aktenkenntnis.« Der alte Mann ließ sich in den Rollstuhl zurücksinken.

»Was soll das heißen?« fragte Noel.

»Sie wollen über diese vertraulichen Angelegenheiten nicht sprechen, und doch muß ich Ihnen Fragen stellen, deren Beantwortung vielleicht unsere Befürchtungen zerstreuen könnte. Sehen Sie, Mr. Holcroft, Sie haben keinen Anlaß, sich vor mir zu fürchten. Im Gegenteil. Es könnte sein, daß wir sehr viel von Ihnen zu befürchten haben.«

»Warum? Ich kenne Sie nicht; Sie kennen mich nicht. Was immer es auch ist, in das Sie verwickelt sind, es hat nichts mit mir zu tun.«

»Davon müssen wir *alle* überzeugt werden«, sagte der alte Mann. »Sie haben am Telefon Helden gegenüber von Dringlichkeit gesprochen, von viel Geld, von Dingen, die mehr als dreißig Jahre zurückreichen.«

»Ich bedaure, daß sie Ihnen das gesagt hat«, unterbrach Noel. »Selbst das ist zuviel.«

»Sonst hat sie sehr wenig gesagt«, fuhr der Oberst fort. »Nur daß Sie ihre Schwester besucht haben und daß Sie sich für ihren Bruder interessieren.«

»Ich kann nur wiederholen: die Angelegenheit ist vertraulich.«

»Und schließlich«, sagte der alte Mann, als hätte Holcroft nichts gesagt, »daß Sie sich heimlich mit ihr treffen wollten. Zumindest haben Sie das angedeutet.«

»Aus Gründen, die mich betreffen«, sagte Noel. »Die gehen Sie nichts an.«

»Wirklich nicht?«

»Nein.«

»Dann lassen Sie mich kurz zusammenfassen.« Der Oberst drückte die gespreizten Finger gegeneinander und sah Holcroft an. »Die Angelegenheit ist dringlich, es geht um viel Geld, um Dinge, die drei Jahrzehnte zurückreichen. Interesse an den Nachkommen eines wichtigen Mitglieds der obersten Führung des Dritten Reiches, und – das ist vielleicht das Wichtigste – ein geheimes Zusammentreffen. Deutet das nicht alles auf etwas Bestimmtes hin?«

Noel sträubte sich dagegen, in Spekulationen hineingezogen zu werden. »Ich habe keine Ahnung, worauf das in Ihren Augen hindeutet.«

»Dann will ich deutlicher werden. Auf eine Falle.«

»Eine Falle?«

»Wer sind Sie, Mr. Holcroft? Ein Sympathisant von ODESSA? Oder ein Kämpfer der RACHE vielleicht?«

»Der ODESSA? ... oder... wie sagten Sie?« fragte Holcroft.

»Der RACHE«, erwiderte der alte Mann scharf und sprach das Holcroft fremde Wort noch einmal mit ausgeprägter Betonung aus.

Noel erwiderte den durchdringenden Blick des Krüppels. »Ich weiß nicht, wovon Sie reden. Ich kenne dieses Wort nicht.«

Der Oberst sah zu Helden hinüber und wandte den Blick dann wieder Holcroft zu. »Sie haben von beidem noch nie gehört?«

»Von der ODESSA habe ich gehört. Über die … die ›RACHE‹ noch kein Wort.«

»Werber und Mörder. Noch immer werben beide Kämpfer für ihre Sache an. Und beide morden noch. ODESSA und die RACHE, die Verfolger von Kindern.«

»Verfolger von Kindern?« Noel schüttelte den Kopf. »Sie müssen sich deutlicher ausdrücken. Ich habe nämlich nicht die leiseste Ahnung, wovon Sie reden.«

Wieder sah der alte Mann Helden an. Es war Holcroft ein Rätsel, was da unausgesprochen zwischen den beiden hin und her ging, aber schon wandte der Oberst sich wieder ihm zu, und seine harten Augen bohrten sich in die seinen, als studierten sie einen geübten Lügner und warteten auf Anzeichen der Täuschung – oder des Erkennens. »Ich will deutlich werden«, sagte er. »Sind Sie einer von jenen Rächern, die die Kinder von Nazis suchen? Die sie verfolgen, wo immer sie sind, und sie aus Rache töten – für Verbrechen, die sie nie begangen haben –, um so an Unschuldigen *Exempel* zu statuieren? *Oder* die sie zwingen, sich ihnen anzuschließen, indem sie sie mit Dokumenten bedrohen, in denen ihre Eltern als Ungeheuer dargestellt werden, und indem sie ihnen versprechen, daß sie sie als die Nachkommen von Psychopathen und Mördern entlarven werden, falls sie sich weigern sollten, sich anwerben zu lassen – und so vernichten sie ihr Leben um des Wahnsinns ihrer Sache willen? Dies sind die Leute, die die Kinder suchen, Mr. Holcroft. Sind Sie einer von denen?«

Noel schloß erleichtert die Augen. »Ich kann Ihnen gar nicht sagen, wie unrecht Sie haben. Ich bin nicht bereit, Ihnen mehr als das zu sagen, aber Sie haben so unrecht, daß es geradezu unglaublich ist.«

»Wir müssen sicher sein.«

»Das können Sie. Ich habe nichts mit solchen Dingen zu tun. Von so etwas habe ich noch nie gehört. Leute, die das tun, sind krank.«

»Ja, sie sind krank«, gab der Oberst ihm recht. »Verstehen Sie mich nicht falsch. Die Wiesenthals dieser Welt suchen die wahren Ungeheuer, die Verbrecher, die ihrer Strafe entgangen sind und immer noch über die Nürnberger Prozesse lachen, und gegen sie haben wir nichts einzuwenden; das ist ein anderer Krieg. Aber die Verfolgung der Kinder muß aufhören.«

Noel wandte sich Helden zu. »Ist es das, wovor Sie auf der Flucht sind? Sind sie nach all den langen Jahren immer noch hinter Ihnen her?«

Der alte Mann gab ihm darauf die Antwort. »Jeden Tag finden Gewalttaten statt, überall.«

»Warum weiß dann niemand davon?« fragte Holcroft. »Warum gibt es darüber keine Berichte in den Zeitungen? Weshalb vertuscht man das alles?«

»Würde sich denn jemand wirklich dafür interessieren?« fragte der Oberst. »Für die Kinder von Nazis?«

»Um Himmels willen, das waren doch *Kinder*.« Wieder sah Noel Helden an. »War das, was ich heute abend gesehen habe, so etwas? Müssen Sie einander *schützen*? Ist das so weit verbreitet?«

»Man nennt uns die ›Kinder der Hölle‹«, sagte die Tochter von Tiebolts leise. »Verdammt für das, was wir sind, und verdammt für das, was wir nicht sind.«

»Das *verstehe* ich einfach nicht«, sagte Holcroft.

»Es ist unwesentlich, ob Sie das verstehen.« Langsam erhob sich der alte Soldat wieder. Noel dachte, daß er offenbar versuchte, sich noch einmal zu seiner imponierenden Größe aufzurichten. »Es ist nur wichtig, uns zu überzeugen, daß Sie keiner der beiden Gruppen angehören. Sind Sie zufrieden, Helden?«

»Ja.«

»Sonst gibt es nichts, von dem Sie meinen, daß ich es wissen sollte?«

Die Frau schüttelte den Kopf. »Ich bin zufrieden«, wiederholte sie.

»Dann bin ich es auch.« Der Oberst streckte Noel die Hand hin. »Danke, daß Sie gekommen sind. Helden wird Ihnen erklären, daß meine Existenz nicht allgemein bekannt ist; und das soll auch so bleiben. Wir wüßten es zu schätzen, wenn Sie das, was Sie hier gehört haben, für sich behalten würden.«

Holcroft griff nach der Hand und staunte über den festen Druck des alten Mannes. »Wenn Sie mir dasselbe versprechen.«

»Sie haben mein Wort.«

»Dann haben Sie auch das meine«, sagte Noel.

Sie fuhren schweigend durch die Nacht, und die Scheinwerfer ihres Wagens bohrten sich in die Finsternis. Holcroft saß hinterm Steuer, Helden neben ihm auf dem Beifahrersitz; sie wies ihm mit knappen Kopfbewegungen den Weg, zeigte ihm immer wieder, wo er abbiegen mußte. Diesmal gab es keine schroffen Kommandos, die in letzter Sekunde herausgebellt wurden. Helden schien von den Ereignissen der Nacht ebenso erschöpft wie er. Aber die Nacht war noch nicht um; sie mußten reden.

»War das alles notwendig?« fragte er. »War es so wichtig, daß er mich sehen mußte?«

»Unbedingt. Er mußte überzeugt werden, daß Sie nicht zur ODESSA gehörten. Oder zur RACHE.«

»Können Sie mir nicht noch mehr darüber sagen? Er hat so geredet, als müßte ich das alles wissen, aber ich weiß es wirklich nicht. Eigentlich habe ich ihn gar nicht richtig verstanden.«

»Das sind zwei extremistische Organisationen, die sich aufs heftigste bekämpfen. Beide fanatisch, und beide hinter uns her.«

»Uns?«

»Den Kindern der führenden Männer in der Partei. Wo immer wir auch sind; wohin auch immer das Schicksal uns verschlagen hat.«

»Warum?«

»Die ODESSA bemüht sich darum, die Nazipartei wieder ins Leben zu rufen. Die Anhänger der ODESSA sind überall.«

»Im Ernst? Wirklich?«

»Absolut im Ernst. Die Anwerbemethoden der ODESSA reichen von Erpressung bis zu körperlicher Gewalt. Es sind Gangster.«

»Und diese . . . ›RACHE‹?«

»Das ist ein deutsches Wort und bedeutet soviel wie ›Vergeltung‹. Ursprünglich war das eine Gemeinschaft, die von den Überlebenden der Konzentrationslager gegründet wurde. Sie haben die Sadisten und die Mörder gejagt, jene Tausende, die nie vor Gericht gebracht wurden.«

»Dann ist es eine jüdische Organisation?«

»Der RACHE gehören Juden an, ja, aber heute sind sie in der Minderheit. Die Israelis haben ihre eigenen Gruppen gebildet und waren von Tel Aviv und Haifa aus tätig. Die RACHE ist überwiegend kommunistisch; viele glauben sogar, daß der KGB sie übernommen hat. Andere meinen, daß sich auch Revolutionäre aus der Dritten Welt eingeschlichen haben. Die ›Vergeltung‹, von der sie ursprünglich sprachen, hat sich in etwas ganz anderes verwandelt. Die RACHE ist ein Zufluchtsort für Terroristen.«

»Aber weshalb sind sie hinter *Ihnen* her?«

Helden sah ihn im schwachen Licht, das im Wageninneren herrschte, an. »Um uns anzuwerben. Natürlich gibt es auch unter uns eine gewisse Zahl von Revolutionären. Die fühlen sich von der RACHE angezogen; sie stellt für sie genau das Gegenteil von dem dar, wovor sie fliehen. Für die meisten von uns freilich ist sie auch nicht besser als die Nazipartei in ihrer schlimmsten Zeit. Und gegen diejenigen von uns, die sich nicht anwerben lassen, setzt die RACHE die härtesten Mittel ein. Wir sind für sie Sündenböcke, Faschisten, die sie vernichten wollen. Sie benutzen unsere Namen – häufig unsere Leichen –, um der Welt zu zeigen, daß es immer noch Nazis gibt. In dem Punkt sind sie der ODESSA sehr ähnlich; häufig lautet die Alternative wirklich nur ›anwerben oder töten‹.«

»Das ist *verrückt*«, sagte Noel.

»*Verrückt*«, nickte Helden. »Aber sehr real. Wir sagen nichts; wir legen keinen Wert darauf, Aufmerksamkeit auf uns zu lenken. Außerdem, wer würde sich denn dafür interessieren? Wir sind Nazikinder.«

»Die ODESSA, die RACHE... Niemand, den ich kenne, weiß etwas darüber.«

»Niemand, den Sie kennen, hat Anlaß dazu.«

»Wer ist der Oberst?«

»Ein großer Mann, der den Rest seines Lebens im verborgenen verbringen muß, weil er ein Gewissen hatte.«

»Was soll das heißen?«

»Er gehörte dem Oberkommando des Heeres an und hat all die Schrecken miterlebt. Er wußte, daß es keinen Sinn hatte, sich dagegenzustellen; andere hatten das getan und sind umgebracht worden. So blieb er und benutzte seinen Rang, um immer wieder Befehle zu widerrufen und so viele Leben zu retten.«

»Daran ist nichts Unehrenhaftes.«

»Er hat es auf die einzige Weise getan, die ihm möglich war. Still und leise, innerhalb der Bürokratie, der Befehlskanäle, ohne aufzufallen. Als es vorbei war, haben ihn die Alliierten wegen seiner Position im Reich verurteilt; er hat achtzehn Jahre im Gefängnis verbracht. Als das, was er getan hatte, schließlich bekannt wurde, haben ihn Tausende von Deutschen verachtet. Sie bezeichneten ihn als Verräter. Ein paar, die vom deutschen Wehrmachtsführungsstab übrigblieben, haben einen Preis auf seinen Kopf ausgesetzt.«

Noel, der sich an Heldens Worte erinnerte, sagte: »Verdammt für das, was er war, und verdammt für das, was er nicht war.«

»Ja«, antwortete sie und wies plötzlich auf eine Abzweigung, die sie beinahe übersehen hätte.

»Auf seine ganz persönliche Art«, sagte Noel und drehte das Steuer herum, »ist der Oberst wie die drei Männer, die das Genfer Dokument geschrieben haben. Ist Ihnen das nicht auch in den Sinn gekommen?«

»Doch, das ist es.«

»Die Versuchung muß groß gewesen sein, es ihm zu sagen.«

»Eigentlich nicht. Sie hatten mich doch darum gebeten, das nicht zu tun.«

Er sah sie an; sie blickte geradeaus, durch die Windschutzscheibe. Ihr Gesicht war müde und wirkte angespannt, ihre Haut war bleich und betonte damit die dunklen Ringe unter ihren Augen. Sie wirkte einsam und allein, auf eine Art, daß man sich nicht so einfach aufdrängen durfte. Aber die Nacht war noch nicht vorbei. Sie hatten sich vieles zu sagen; sie mußten Entscheidungen treffen.

Und Noel begann zu glauben, daß dieses jüngste Kind des Wilhelm von Tiebolt dasjenige war, auf das die Wahl fiele, die Familie von Tiebolt in Genf zu vertreten.

»Können wir irgendwohin fahren, wo es ruhig ist? Ich glaube, uns beiden täte ein Schluck zu trinken gut.«

»Sechs oder acht Kilometer von hier ist ein kleines Gasthaus. Es liegt abseits; niemand wird uns sehen.«

Als sie von der Straße abbogen, sah Noel in den Rückspiegel. Scheinwerfer leuchteten im Glas. Es war eine seltsame Abfahrt von der Hauptstraße nach Paris, seltsam, weil er keine Wegweiser gesehen hatte. Die Tatsache, daß jemand hinter ihnen um diese Zeit gerade diese Ausfahrt nahm, beunruhigte ihn. Holcroft wollte Helden gerade darauf aufmerksam machen, als etwas sehr Merkwürdiges geschah.

Die Lichter im Rückspiegel erloschen. Sie waren einfach nicht mehr da.

Der Gasthof war früher einmal ein Bauernhaus gewesen; ein Teil des Weidelandes war jetzt ein kiesbedeckter Parkplatz, den ein Bretterzaun eingrenzte. Von der Theke führte ein Türbogen in die kleine Gaststube. Zwei Paare saßen dort; ganz offensichtlich Leute aus Paris, und ebenso offensichtlich Leute, die hier ein diskretes Abendessen in einer Begleitung einnahmen, die sie in Paris nicht zum Essen führen konnten. Sie blickten den Ankömmlingen entgegen, und in den Blicken war kein Willkommen. Am anderen Ende des Raums war ein offener Kamin, in dem Holzscheite loderten. Es war ein guter Platz, um zu reden.

Man führte sie an einen Tisch links vom Feuer. Sie bestellten Cognac.

»Hier ist es nett«, sagte Noel, der gleichzeitig die Wärme des Feuers und des Alkohols spürte. »Wie haben Sie das gefunden?«

»Es liegt auf dem Weg zum Oberst. Meine Freunde und ich machen oft hier Station, um uns zu besprechen.«

»Macht es Ihnen etwas aus, wenn ich Fragen stelle?«

»Nur zu.«

»Wann haben Sie England verlassen?«

»Vor etwa drei Monaten. Als die Stelle ausgeschrieben wurde.«

»Waren Sie die Helen Tennyson im Londoner Telefonbuch?«

»Ja. Im Englischen scheint der Name ›Helden‹ eine Erklärung zu verlangen, und ich war es leid geworden, diese Erklärung jedesmal wieder abzugeben. In Paris ist das nicht so. Die Franzosen interessieren sich nicht so für Namen.«

»Aber Sie nennen sich nicht ›von Tiebolt‹.« Holcroft bemerkte ein unwilliges Zucken in ihren Augen.

»Nein.«

»Warum ›Tennyson‹?«

»Das liegt doch auf der Hand. ›Von Tiebolt‹ ist sehr deutsch. Als wir Brasilien verließen und nach England zogen, schien das ein vernünftiger Wechsel.«

»Einfach ein Wechsel? Sonst nichts?«

»Nein.« Helden nippte an ihrem Cognac und blickte ins Feuer. »Sonst nichts.«

Noel sah sie an; ihr Tonfall verriet die Lüge. Sie war keine gute Lügnerin. Sie verbarg etwas vor ihm, aber sie jetzt darauf anzusprechen, würde sie nur provozieren. Also ließ er ihr die Lüge hingehen. »Was wissen Sie über Ihren Vater?«

Sie wandte sich ihm wieder zu. »Sehr wenig. Meine Mutter hat ihn geliebt, und nach dem, was sie mir erzählt hat, war er ein viel besserer Mensch, als man aus seinen Jahren im Dritten Reich schließen könnte. Und jetzt haben Sie das ja bestätigt, oder? Am Ende war er ein im höchsten Grade moralischer Mensch.«

»Erzählen Sie mir von Ihrer Mutter.«

»Sie war ein Überlebenstyp. Sie ist mit ein paar Schmuckstücken, zwei Kindern und einem ungeborenen Baby im Leib aus Deutschland geflohen. Sie hatte keinerlei Ausbildung, keinen Beruf, keine besonderen Fähigkeiten. Aber sie konnte arbeiten, und sie war... überzeugend. Sie arbeitete als Verkäuferin in Kleidergeschäften, ging auf ihre Kunden ein, machte aus ihrem Blick für Mode – den hatte sie – die Grundlage eines eigenen Geschäfts. Einiger Geschäfte sogar. Unser Haus in Rio de Janeiro war recht aufwendig.«

»Ihre Schwester sagte mir, es sei... ein Zufluchtsort gewesen, aus dem eine Art Hölle geworden war.«

»Meine Schwester neigt zu melodramatischen Formulierungen. So schlimm war es nicht. Wenn man auf uns herabblickte, dann hatte das gewisse Gründe.«

»Was für welche?«

»Meine Mutter war ungemein attraktiv...«

»Das sind ihre Töchter auch«, unterbrach Noel.

»Mag sein«, sagte Helden fast beiläufig. »Mir war das nie wichtig. Ich brauchte das nie – meine Attraktivität einsetzen, meine ich, falls ich über so was verfüge. Aber meine Mutter hat es getan.«

»In Rio?«

»Ja. Sie wurde von einigen Männern ausgehalten... *Wir* wurden ausgehalten, um es genau zu sagen. Es gab ihretwegen Scheidungen, aber sie wollte die jeweiligen Männer nicht heiraten. Sie zerstörte Ehen und beschaffte sich auf die Weise Geld und geschäftliche Vorteile. Als sie starb, waren wir recht wohlhabend. Die deutsche Kolonie freilich hat sie als eine Art Paria betrachtet. Und ebenso ihre Kinder.«

»Das klingt ja faszinierend«, sagte Holcroft und lächelte. »Wie ist sie gestorben?«

»Sie ist ermordet worden. Nachts beim Autofahren durch den Kopf geschossen.«

Sein Lächeln erlosch. Bilder drängten sich ihm auf: ein verlassener Aussichtspunkt, hoch über Rio; das Peitschen von Schüssen und die Explosionen im Zement; das Splittern von Glas... *Glas*. Das Rückfenster eines Wagens, von einem lautlosen Schuß aus einem Schalldämpfer zertrümmert; eine schwere schwarze Pistole, die auf seinen Kopf gerichtet war...

Und dann erinnerte er sich an die Worte, die er in einer Bar gehört hatte. Worte, die Holcroft für lächerlich gehalten hatte, für das Produkt unsinniger Furcht.

Die Cararras, Bruder und Schwester. Die Schwester, liebste Freundin und Verlobte von Johann von Tiebolt.

Er und meine Schwester wollten heiraten. Die Deutschen haben das nicht zugelassen.

Wer könnte sie daran hindern?

Eine ganze Reihe Männer. Mit einer Kugel in Johanns Kopf.

Die Cararras. Liebe Freunde, die als Fürsprecher für die geächteten von Tiebolts aufgetreten waren. Plötzlich kam Noel in den Sinn, daß Helden vielleicht kooperativer sein würde, wenn sie wüßte, wie die Cararras ihm geholfen hatten. Die Cararras hatten ihr Leben riskiert, um ihn zu den von Tiebolts zu schicken. Soviel Vertrauen würde sie dazu verpflichten, ihm ihrerseits Vertrauen entgegenzubringen.

»Ich glaube, ich sollte Ihnen das sagen«, meinte er. »In Rio sind die Cararras an mich herangetreten. Sie haben mir gesagt, wo ich nach Ihnen suchen müßte. Sie waren es, die mir sagten, daß Ihr neuer Name Tennyson sei.«

»Wer?«

»Ihre Freunde, die Cararras. Die Verlobte Ihres Bruders.«

»Die Cararras? In Rio de Janeiro?«

»Ja.«

»Den Namen habe ich nie gehört. Ich kenne keine Cararras.«

16

Sein Plan zerplatzte wie eine Seifenblase – nein, wie eine Bombe. Plötzlich war der alte Argwohn wieder in Helden erwacht, und sie hatte Angst, noch irgend etwas über ihre Familie zu sagen.

Wer waren die Cararras?

Warum hatten sie ihm die Unwahrheit gesagt?

Wer hatte sie zu ihm geschickt? Ihr Bruder hatte keine Verlobte, auch keinen besten Freund, an den sie sich erinnern konnte.

Noel gab nicht vor, etwas zu verstehen; er konnte nur Spekulationen anstellen, und dies so aufrichtig wie möglich. Niemand sonst war aufgetaucht. Aus Gründen, die nur sie kannten, hatten die Cararras eine Beziehung erfunden, die überhaupt nicht existierte; trotzdem gab es einfach keinen Sinn, sie Feinde der von Tiebolts zu nennen. Sie waren an ihn herangetreten, um den beiden Schwestern und dem Bruder zu *helfen*, die aus Brasilien vertrieben worden waren. Es gab Leute in Rio – ein mächtiger Mann namens Graff war einer davon –, denen es viel Geld wert wäre, die von Tiebolts aufzuspüren. Aber die Cararras, die viel zu gewinnen und sehr wenig zu verlieren hatten, hatten Graff nichts gesagt.

»Sie wollten helfen«, sagte Noel. »Darin haben sie nicht gelogen. Sie sagten, man habe Sie verfolgt; sie wollten Ihnen helfen.«

»Das ist möglich«, sagte Helden. »Rio ist voll von Leuten, die den Krieg nicht vergessen haben, ihn immer noch führen, immer noch auf die Jagd machen, die sie Verräter nennen. Man kann nie sicher sein, wer Freund und wer Feind ist. Nicht bei den Deutschen.«

»Kannten Sie Maurice Graff?«

»Ich wußte natürlich, wer er ist. Jeder hat das gewußt. Aber begegnet bin ich ihm nie.«

»Ich schon«, sagte Noel. »*Er* hat die von Tiebolts als Verräter bezeichnet.«

»Das kann ich mir vorstellen. Wir waren Ausgestoßene, Parias, aber nicht im nationalistischen Sinne.«

»In welchem Sinne dann?«

Die junge Frau wich seinem Blick aus, hob das Cognacglas an die Lippen. »Da waren andere Dinge.«

»Ihre Mutter?«

»Ja«, antwortete Helden. »Meine Mutter. Ich sagte Ihnen ja, die deutsche Kolonie hat sie verachtet.«

Wieder hatte Holcroft das Gefühl, daß sie ihm nur einen Teil der Wahrheit sagte. Aber darauf wollte er jetzt nicht eingehen. Wenn es ihm gelang, ihr Vertrauen zu gewinnen, würde sie es ihm später sagen. Sie *mußte* es ihm sagen; was auch immer sie ihm jetzt verschwieg, war wichtig und würde einen Einfluß auf die Geschehnisse in Genf haben.

»Sie sagten, Ihre Mutter habe Ehen zerstört«, sagte er. »Ihre Schwester hat fast dieselben Worte für sich selbst gebraucht. Sie hat gesagt, daß die Offiziere und ihre Frauen in Portsmouth sie schneiden.«

»Wenn Sie da nach Ähnlichkeiten suchen, will ich Ihnen das nicht ausreden. Meine Schwester ist um einiges älter als ich. Sie stand meiner Mutter näher, sah, wie sie sich entwickelte, sah die Vorteile, die meine Mutter aus ihrem Benehmen zog. Und, bei Gott, ihr waren solche Dinge wichtig. Sie hatte die Schrecken im Berlin der Nachkriegszeit selbst miterlebt. Mit dreizehn Jahren hat sie mit Soldaten geschlafen, um dafür etwas zu essen zu bekommen. Mit amerikanischen Soldaten, Mr. Holcroft.«

Mehr brauchte er über Gretchen Beaumont nicht zu wissen. Jetzt hatte das Bild sich gerundet. Eine Hure, aus welchen Gründen auch immer, und das im Alter von dreizehn Jahren. Eine Hure – aus welchen anderen Gründen auch immer – mit über fünfundvierzig. Die Direktoren der Bank in Genf würden sie wegen moralischer Labilität von den Geschäften ausschließen.

Aber Noel wußte, daß es dafür noch triftigere Gründe gab. Der Mann, von dem Gretchen Beaumont sagte, daß sie ihn verabscheute, mit dem sie aber lebte. Ein Mann mit eigenartigen dichten Augenbrauen, der ihm nach Brasilien gefolgt war.

»Was ist mit ihrem Mann?«

»Ich kenne ihn kaum.«

Wieder wich sie seinem Blick aus, sah ins Feuer. Sie hatte Angst; irgend etwas verbarg sie. Was sie sagte, klang zu einstudiert, zu lässig. Was sie auch vor ihm verbarg, es hatte etwas mit Beaumont zu tun. Es brachte gar nichts, dem Thema noch länger auszuweichen. Die Wahrhaftigkeit zwischen ihnen mußte gegenseitig sein; je schneller sie das begriff, desto besser war es für sie beide.

»Wissen Sie etwas über ihn? Wo er herkommt? Was er bei der Navy tut?«

»Nein, nichts. Er ist Commander auf einem Schiff; das ist alles, was ich weiß.«

»Ich glaube, er ist mehr, und ich glaube, Sie wissen das. Bitte, belügen Sie mich nicht.«

Zuerst blitzte Zorn in ihren Augen auf, dann legte er sich ebenso schnell wieder. »Sie sagen da etwas sehr Seltsames. Weshalb sollte ich Sie belügen?«

»Ich wollte, ich wüßte das. Sie sagen, Sie kennen ihn kaum, und doch scheinen Sie schreckliche Angst zu haben. *Bitte.*«

»Worauf wollen Sie hinaus?«

»Wenn Sie etwas wissen, dann sagen Sie es mir. Wenn Sie von dem Dokument in Genf gehört haben, dann sagen Sie mir, was Sie gehört haben.«

»Ich weiß nichts. Ich habe nichts gehört.«

»Ich habe Beaumont vor zwei Wochen im Flugzeug von New York nach Rio gesehen. Er ist mir gefolgt.«

Er konnte in Heldens Augen die Furcht lesen. »Ich glaube, Sie irren«, sagte sie.

»Ich irre nicht. Ich habe seine Fotografie im Haus Ihrer Schwester gesehen. In seinem Haus. Es war der Mann. Ich habe diese Fotografie gestohlen, und dann hat man sie mir gestohlen. Nachdem jemand mich deswegen bewußtlos geschlagen hatte.«

»Großer Gott... wegen seiner *Fotografie* hat man Sie niedergeschlagen?«

»Sonst fehlte nichts. Weder meine Brieftasche noch mein Geld noch meine Uhr. Nur sein Bild. Hinten stand etwas darauf.«

»Was denn?«

»Ich weiß nicht. Es war in Deutsch, und ich kann nicht deutsch.«

»Erinnern Sie sich an irgendein Wort?«

»Eines, glaube ich. Das letzte Wort. T-O-D. *Tod.*«

»›*Ohne dich sterbe ich.*‹ Könnte es das sein?«

»Ich weiß nicht. Was heißt das?«

Sie sagte es ihm. »Meine Schwester würde so etwas schreiben. Ich sagte Ihnen ja, sie ist etwas melodramatisch.« Jetzt log sie wieder; das wußte er.

»Eine Widmung also?«

»Ja.«

»Das haben die Engländer auch gesagt, und ich habe es ihnen nicht geglaubt. Beaumont war im selben Flugzeug wie ich. Man hat mir das Bild weggenommen, weil irgendeine Nachricht darauf stand. Um Himmels willen, was geht hier vor?«

»Ich weiß nicht!«

»Aber *etwas* wissen Sie.« Noel versuchte, sich zurückzuhalten. Sie sprachen leise, flüsterten fast, aber ihre Auseinandersetzung drang doch an die anderen Tische. Holcroft griff über den Tisch und legte die Hand auf die ihre. »Ich frage Sie noch einmal. Sie wissen etwas. Sagen Sie es mir.«

Er konnte ein leichtes Zittern ihrer Hand spüren. »Was ich weiß, ist so verwirrend, daß es keinen Sinn gibt. Es ist eigentlich mehr das, was ich fühle, als das, was ich weiß.« Sie entzog ihm die Hand. »Vor einigen Jahren war Anthony Beaumont Marineattaché in Rio de Janeiro. Ich kannte ihn nicht gut, erinnere mich aber, daß er ziemlich oft in unser Haus kam. Er war damals verheiratet, interessierte sich aber für meine Schwester; zum Zeitvertreib, würden Sie vielleicht sagen. Meine Mutter hat das gefördert. Er war ein Marineoffizier mit hohem Rang; man konnte Gefälligkeiten von ihm erlangen. Aber meine Schwester stritt sich heftig mit meiner Mutter. Sie verachtete Beaumont und wollte nichts mit ihm zu tun haben. Und doch zogen wir nur wenige Jahre später nach England, und sie hat ihn geheiratet. Ich habe das nie begriffen.«

Noel beugte sich erleichtert vor. »Das ist vielleicht gar nicht so schwierig zu verstehen, wie Sie glauben. Sie hat mir gesagt, daß sie ihn wegen der Sicherheit geheiratet hat, die er ihr geben konnte.«

»Und Sie haben ihr geglaubt?«

»Ihr Verhalten schien mir das zu bestätigen, was sie sagte.«

»Dann kann ich nicht glauben, daß Sie meiner Schwester begegnet sind.«

»Sie sehen sich sehr ähnlich: Sie sind beide schön.«

»Jetzt bin ich mit Fragen an der Reihe. Bei dieser Schönheit – glauben Sie da wirklich, daß Sie sich mit dem Gehalt eines Marineoffiziers und dem eingeschränkten Leben der Frau eines Marineoffiziers zufriedengeben würde? Ich kann das nicht. Ich habe es nie geglaubt.«

»Was meinen Sie dann?«

»Ich glaube, daß man sie gezwungen hat, Anthony Beaumont zu heiraten.«

Noel lehnte sich im Stuhl zurück. Wenn sie recht hatte, dann lag die Verbindung in Rio de Janeiro, bei ihrer Mutter vielleicht. Bei dem Mord an ihrer Mutter.

»Wie konnte Beaumont sie zwingen, ihn zu heiraten? Weshalb?«

»Beide Fragen habe auch ich mir hundertmal gestellt.«

»Haben Sie sie gefragt?«

»Sie lehnt es ab, mit mir zu sprechen.«

»Was geschah mit Ihrer Mutter in Rio?«

»Ich sagte es schon: sie hat Männer um ihres Geldes willen manipuliert. Die Deutschen verachteten sie, bezeichneten sie als unmoralisch. Und im Rückblick ist es schwer, dem zu widersprechen.«

»Ist sie deshalb erschossen worden?«

»Das nehme ich an. Niemand weiß es genau; man hat den Mörder nie gefunden.«

»Aber es könnte die Antwort auf die erste Frage sein, nicht wahr? Ist es nicht möglich, daß Beaumont etwas so Schwerwiegendes über Ihre Mutter wußte, daß er Ihre Schwester damit erpressen konnte?«

»Gibt es denn etwas, das so schwerwiegend sein könnte? Selbst wenn man alles, was über meine Mutter gesagt wurde, als die Wahrheit akzeptiert – weshalb sollte das irgendeine Auswirkung auf Gretchen haben?«

»Das hinge davon ab, was es war.«

»Aber ich kann mir das nicht vorstellen. Sie ist jetzt in England. Sie ist ihr eigener Herr, Tausende von Kilometern von Rio entfernt. Weshalb sollte sie so etwas betreffen?«

»Ich habe keine Ahnung.« Und dann erinnerte sich Noel. »Sie haben die Worte ›Kinder der Hölle‹ gebraucht. ›Verdammt für das, was sie waren, und verdammt für das, was sie nicht waren.‹ Könnte das nicht auch für Ihre Schwester gelten?«

»Beaumont interessierte sich nicht für solche Dinge. Das ist eine völlig andere Angelegenheit.«

»Ist es das? Das wissen Sie doch nicht. Ihre Meinung ist, daß er sie gezwungen hat, ihn zu heiraten. Wenn es nicht so etwas ist, was denn dann?«

Helden wandte den Blick ab, diesmal tief in Gedanken, nicht weil sie log. »Etwas, das viel weniger lang zurückliegt.«

»Das Dokument in Genf?« fragte er. Manfredis Warnung klang ihm in den Ohren, das Gespenst der Wolfsschanze drängte sich ihm auf.

»Wie hat Gretchen reagiert, als Sie ihr von Genf berichtet haben?« fragte Helden.

»Als ob es nicht wichtig wäre.«

»Nun...?«

»Das könnte ein Ablenkungsmanöver gewesen sein. Sie gab sich zu lässig – so wie Sie zu lässig waren, als ich vor ein paar Minuten Beaumont erwähnte. Es könnte sein, daß sie es erwartet und sich darauf vorbereitet hatte.«

»Jetzt raten Sie.«

Das war der Augenblick, dachte Noel. Es würde in ihren Augen geschrieben stehen – der Rest der Wahrheit, von dem sie nicht sprechen wollte. Lief es auf Johann von Tiebolt hinaus?

»Ich würde es nicht raten nennen. Ihre Schwester sagte, ihr Bruder habe zu ihr gesagt, daß ›eines Tages ein Mann kommt und von einer seltsamen Abmachung spricht‹. Das waren ihre Worte.«

Wonach er auch suchte – nach einem Flackern des Erkennens, einem Blinzeln der Furcht –, es war nicht da. Da war etwas, aber nichts, worauf er sich einen Reim machen konnte. Sie sah ihn an, als versuchte sie selbst, das Gehörte zu begreifen. Und doch war in ihrem Blick eine tiefe Unschuld, und das war es, was *er* nicht begreifen konnte.

»›Eines Tages kommt ein Mann.‹ Das gibt keinen Sinn«, sagte sie.

»Erzählen Sie mir von Ihrem Bruder.«

Sie sagte einige Augenblicke lang nichts. Ihr Blick schweifte zu dem roten Tischtuch ab; ihre Lippen öffneten sich erstaunt. Dann sagte sie, als erwachte sie soeben aus einem Trancezustand: »Johann? Was gibt es da zu sagen?«

»Ihre Schwester erzählte, er habe Sie alle drei aus Brasilien hinausgeschafft. War das schwierig?«

»Es gab Probleme. Wir hatten keine Pässe, und es gab Männer, die uns daran hindern wollten, uns welche zu beschaffen.«

»Sie waren Einwanderer. Zumindest waren das Ihre Mutter, Ihr Bruder und Ihre Schwester. Sie mußten doch Papiere haben.«

»Die Papiere, die es damals gab, wurden, sobald sie ihren Zweck erfüllt hatten, verbrannt.«

»Wer wollte Sie daran hindern, Brasilien zu verlassen?«

»Männer, die Johann vor Gericht bringen wollten.«

»Weswegen?«

»Nach Mutters Tod nahm Johann ihre geschäftlichen Interessen wahr. Sie hat zu ihren Lebzeiten nie zugelassen, daß er viel tat. Viele Leute hielten ihn für rücksichtslos, ja skrupellos. Man warf ihm vor, er habe Bücher gefälscht, Steuern hinterzogen. Ich glaube nicht, daß daran etwas Wahres war; er war einfach schneller und intelligenter als die anderen.«

»Ich verstehe«, sagte Noel und erinnerte sich an die Formulierung von MI-5: ›von krankhaftem Ehrgeiz besessen, ein Streber‹. »Wie hat er es geschafft, sich den Gerichten zu entziehen und Sie aus dem Land zu bringen?«

»Mit Geld. Und nächtlichen Zusammenkünften an ungewöhnlichen Orten, mit Männern, deren Namen er nie genannt hat. Eines Morgens kam er nach Hause und sagte Gretchen und mir, wir sollten packen – für eine eintägige Reise. Wir fuhren zum Flughafen und wurden mit einem kleinen Flugzeug nach Recife gebracht, wo uns ein Mann erwartete. Wir erhielten Pässe, die auf den Namen Tennyson ausgestellt waren. Und ehe Gretchen und ich wußten, wie uns geschah, saßen wir in einem Flugzeug nach London.«

Holcroft beobachtete sie. Nicht die leiseste Andeutung einer Lüge. »Um dort unter dem Namen Tennyson ein neues Leben zu beginnen«, sagte er.

»Ja. Völlig neu. Wir haben alles hinter uns gelassen.« Sie lächelte. »Und ohne damit Zeit zu verlieren.«

»Ein bemerkenswerter Mann. Warum sind Sie nicht mit ihm in Verbindung geblieben? *Sie* hassen ihn ja offensichtlich nicht.«

Helden runzelte die Stirn, als wüßte sie selbst nicht recht, wie sie antworten sollte. »Ihn hassen? Nein. Ich mag ihn vielleicht nicht, aber ich hasse ihn auch nicht. Wie die meisten brillanten Menschen meint er, er müsse alles in die Hand nehmen. Er wollte mein Leben für mich führen. Das konnte ich nicht akzeptieren.«

»Warum ist er Journalist geworden? Nach allem, was ich über ihn gehört habe, hätte er doch das Zeug dazu, ein Presseimperium aufzubauen.«

»Das wird er auch wahrscheinlich eines Tages, wenn er das will. Wie ich Johann kenne, hat er gedacht, es bringe ihm einen Namen ein, wenn er für eine große Zeitung schreibt. Besonders in der Politik, wo er sehr gut ist. Und damit hatte er recht.«

»Wirklich?«

»Sicher. Nach ein oder zwei Jahren hielt man ihn für einen der besten Korrespondenten in Europa.«

Jetzt, dachte Noel. MI-5 bedeutete ihm nichts. Genf war alles. Er beugte sich vor.

»Man hält ihn auch noch für etwas anderes... Auf dem Montmartre sagte ich, ich würde Ihnen sagen – und *nur* Ihnen, weshalb die Briten mich verhört haben. Es ist wegen Ihres Bruders. Sie meinen, ich versuchte aus Gründen, die nichts mit Genf zu tun haben, mit ihm Verbindung aufzunehmen.«

»Aus was für Gründen?«

Holcrofts Augen ließen die ihren nicht los. »Haben Sie je von einem Mann gehört, den man den Tinamu nennt?«

»Den Meuchelmörder? Sicher. Wer hat das nicht?«

In ihren Augen war nichts. Nichts außer vager Verwirrung. »Ich zum Beispiel«, sagte Noel. »Ich habe von bezahlten Mördern gehört und von Mordverschwörungen, aber von Tinamu habe ich nie gehört.«

»Sie sind Amerikaner. Seine Taten werden von der europäischen Presse mehr ausgeschlachtet als von der Ihren. Aber was hat er mit meinem Bruder zu tun?«

»Der britische Geheimdienst meint, er könnte der Tinamu *sein*.«

Heldens Gesichtsausdruck erstarrte vor Schreck. Ihr Staunen war so vollkommen, daß ihre Augen plötzlich leblos wirkten, so ausdruckslos wie die eines Blinden. Ihre Lippen zitterten, und sie versuchte zu sprechen, konnte aber keine Worte finden. Schließlich kamen sie, fast unhörbar: »Das kann nicht Ihr *Ernst* sein.«

»Ich versichere Ihnen, daß es das ist. Und, was viel wichtiger ist, die Briten meinen es ernst.«

»Das ist doch unerhört. Wie können sie denn zu einem solchen Schluß kommen?«

Noel wiederholte die wichtigsten Punkte, die MI-5 ihm dargelegt hatte.

»Mein Gott«, sagte Helden. »Er bereist ganz Europa und den Nahen Osten! Natürlich könnten die Engländer sich bei seiner Redaktion erkundigen. *Er* wählt doch die Orte nicht aus, an die man ihn schickt. Das ist lächerlich!«

»Journalisten, die interessante Berichte schreiben, Berichte, die die Auflagen steigern, haben weitgehend freie Hand, wenn es um ihre Einsatzorte geht. Das ist bei Ihrem Bruder der Fall. Es ist tatsächlich so, als hätte er gewußt, daß er sich den Namen machen würde, von dem Sie sprachen; als hätte er gewußt, daß man ihm in wenigen kurzen Jahren die Freiheit gewähren würde, die er braucht.«

»Das glauben Sie doch selber nicht.«

»Ich weiß nicht, was ich glauben soll«, sagte Holcroft. »Ich weiß nur, daß Ihr Bruder die Situation in Genf gefährden könnte. Die bloße Tatsache, daß MI-5 ihn verdächtigt, könnte schon ausreichen, um den Bankiers Angst zu machen. Sie wollen nicht, daß man ein Auge auf sie hat, soweit es um das Clausen-Konto geht.«

»Aber das ist nicht gerechtfertigt!«

»Sind Sie sicher?«

Heldens Augen blickten zornig. »Ja, ich bin sicher. Johann mag alles mögliche sein, aber ein Mörder ist er nicht. Jetzt fängt die Gemeinheit wieder an. Man jagt das Kind eines Nazi.«

Noel erinnerte sich an das, was der MI-5-Mann gesagt hatte: *Über seinen Vater wissen Sie ja zunächst einmal Bescheid...* War es möglich, daß Helden recht hatte? Rührte der Verdacht von MI-5 aus Erinnerungen und Feindseligkeiten, die dreißig Jahre zurückreichten, zu einem brutalen Feind? *Tennyson ist die Arroganz in Person...* Das war möglich.

»Ist Johann politisch engagiert?«

»Sehr, aber nicht im üblichen Sinne. Er ist keiner bestimmten Ideologie verpflichtet. Statt dessen betrachtet er sie alle sehr kritisch. Er greift ihre Schwächen an und wird besonders böse, wenn er auf Heuchelei stößt. Deshalb können ihn viele Leute in Regierungskreisen nicht leiden. Aber er ist kein Meuchelmörder!«

Wenn Helden recht hatte, dachte Noel, dann könnte Johann von Tiebolt für Genf sehr nützlich sein. Oder, um es genauer zu sagen, für die Agentur, die in Zürich etabliert werden sollte. Ein mehrsprachiger Journalist, auf dessen Urteil man hörte, der in finanziellen Dingen erfahren war, könnte sich als hervorragend qualifiziert erweisen, in der ganzen Welt Millionen zu verteilen.

Wenn es gelang, den Schatten des Tinamu von Johann von Tiebolt zu lösen, dann gab es keinen Grund, daß die Direktoren der Grande Banque de Genève je vom Interesse des MI-5 für John Tennyson erfuhren. Das zweite Kind Wilhelm von Tiebolts wäre für die Bankiers sofort akzeptabel. Möglich, daß Johann nicht der allersympathischste Mensch war, aber schließlich ging es Genf ja auch nicht um einen Sympathiewettbewerb. Er könnte außerordentlich nützlich sein. Zuerst mußte unbedingt der Schatten des Tinamu verscheucht, mußte der Argwohn des britischen Geheimdienstes zerstreut werden. Holcroft lächelte. *Eines Tages kommt ein Mann und spricht von einer seltsamen Abmachung...* Johann von Tiebolt – John Tennyson – wartete auf ihn!

»Was ist denn so komisch?« fragte Helden, die ihn beobachtet hatte.

»Ich muß ihn kennenlernen«, antwortete Noel, ohne auf die Frage einzugehen. »Können Sie das arrangieren?«

»Ich denke schon. Es wird aber ein paar Tage dauern. Ich weiß nicht, wo er ist. Was werden Sie ihm sagen?«

»Die Wahrheit; vielleicht revanchiert er sich. Ich habe so ein Gefühl, daß er über Genf informiert ist.«

»Er hat mir einmal eine Telefonnummer gegeben für den Fall, daß ich ihn je brauchen würde. Ich habe die Nummer nie benutzt.«

»Benutzen Sie sie jetzt. Bitte.«

Sie nickte. Noel begriff, daß es Fragen gab, die noch nicht beantwortet waren. Besonders Fragen, die einen Mann namens Beaumont betrafen, und ein Ereignis in Rio de Janeiro, über das Helden nicht sprechen wollte. Ein Ereignis, das in Verbindung zu dem Marineoffizier mit den dichten, schwarzweiß gesprenkelten Augenbrauen stand. Es war möglich, daß Helden nichts über diese Verbindung wußte.

Vielleicht wußte John Tennyson etwas. Jedenfalls wußte er viel mehr als er seinen Schwestern sagte.

»Versteht Ihr Bruder sich mit Beaumont?« fragte Holcroft.

»Er verachtet ihn. Er hat es abgelehnt, an Gretchens Hochzeit teilzunehmen.«

Was war der Grund? fragte sich Noel. Wer war die rätselhafte Person, die sich Anthony Beaumont nannte?

17

Vor dem kleinen Gasthof, im äußersten Winkel des Parkplatzes, stand eine dunkle Limousine im Schatten einer hohen Eiche. Auf den Vordersitzen saßen zwei Männer, von denen einer britische Marineuniform trug, der andere einen anthrazitgrauen Straßenanzug. Sein schwarzer Mantel stand offen und ließ unter dem aufgeknöpften Jackett ein braunes Lederhalfter erkennen.

Der Marineoffizier saß am Steuer. Seine plump wirkenden Züge waren angespannt. Hie und da hoben sich seine schwarzweiß gesprenkelten Augenbrauen kaum merkbar, als litte er unter Gesichtszucken.

Der Mann neben ihm war Ende der Dreißig. Er war schlank, aber nicht dünn; eher drahtig, wie man es durch Selbstdisziplin und Training wird. Die Breite seiner Schultern, der muskulöse Nacken und die Wölbung seines Brustkastens, der sein maßgeschneidertes Hemd spannte, verrieten einen Menschen, der auf Körperbeherrschung und Kraft getrimmt war. Jeder seiner Gesichtszüge war fein geschnitten, und jeder Zug paßte sich in das Ganze ein. Die Wirkung, die von ihm ausging, war auffällig, aber auch kalt, so als wäre das Gesicht aus Granit gemeißelt. Die Augen waren hellblau, ihr Blick gerade und interesselos; die Augen eines selbstbewußten Lebewesens, das schnell reagierte und dessen Reaktionen unvorhersehbar waren. Den gemeißelten Kopf bedeckte eine schimmernde Krone aus blondem Haar, die das Licht der fernen Parkplatzbeleuchtung widerspiegelte; über einem solchen Gesicht wirkte dieses Haar wie gelbliches Eis. Der Name des Mannes war Johann von Tiebolt, in den letzten fünf Jahren als ›John Tennyson‹ bekannt.

»Bist du zufrieden?« fragte der Marineoffizier, offensichtlich nicht frei von Furcht. »Da ist niemand.«

»Da *war* jemand«, erwiderte der Blonde. »Angesichts unserer Vorsichtsmaßnahmen seit dem Zwischenfall auf dem Montmartre ist es durchaus nicht überraschend, daß hier jetzt niemand ist. Helden und die anderen Kinder sind sehr tüchtig.«

»Sie fliehen vor Idioten«, sagte Beaumont. »Die RACHE wimmelt von marxistischen Untermenschen.«

»Wenn die Zeit gekommen ist, wird die RACHE ihren Zweck erfüllen. Unseren Zweck. Aber mir geht es hier nicht um die RACHE. Ich möchte wissen, wer versucht hat, ihn zu töten.« Tennyson drehte sich herum, und seine kalten Augen funkelten. Er schlug mit der Hand auf das lederbezogene Armaturenbrett. »Wer hat versucht, *Clausens Sohn zu töten?*«

»Ich schwör dir, ich hab' dir alles gesagt, was wir wissen! Alles, was wir erfahren haben. Das war *kein* Fehler von uns.«

»Es war ein Fehler, weil es beinahe dazu gekommen wäre«, erwiderte Tennyson wieder mit ruhiger Stimme.

»Es war Manfredi; es *muß* Manfredi gewesen sein«, fuhr Beaumont fort. »Das ist die einzige Erklärung, Johann...«

»Ich heiße John. Vergiß das nicht.«

»Tut mir leid. Das *ist* die einzige Erklärung. Wir wissen nicht, was Manfredi Holcroft in diesem Zug in Genf gesagt hat. Möglicherweise hat er versucht, ihn zu überreden, einfach wegzugehen. Und als Holcroft sich weigerte, schickte er die Anweisung hinaus, ihn umzulegen. In dem Bahnhof ist ihnen das meinetwegen mißlungen. Ich glaube, das solltest du nicht vergessen.«

»Du wirst schon dafür sorgen, daß ich es nicht vergesse«, unterbrach Tennyson. »Vielleicht hast du recht. Er hatte vor, die Agentur in Zürich zu lenken; dazu durfte es nicht kommen. Und so wurde die Entfernung von Aktiva im Gesamtwert von siebenhundertachtzig Millionen Dollar zum Alptraum.«

»So wie die Aussicht auf zwei Millionen für Holcroft vielleicht eine unwiderstehliche Versuchung darstellt.«

»Zwei Millionen, die er nur im Geiste besitzen wird. Aber sein Tod wird von *unserer* Hand erfolgen, von sonst niemandem.«

»Manfredi handelte auf eigene Faust, glaub mir das. Seine Vollstrecker haben jetzt niemanden mehr, der ihnen Befehle erteilt. Seit dem Hotelzimmer in Zürich hat es keine weiteren Versuche mehr gegeben.«

»Das ist eine Aussage, die Holcroft nicht akzeptieren kann... Da sind sie.« Tennyson beugte sich vor. Durch die Windschutzscheibe konnte er Noel und Helden aus der Tür kommen sehen. »Treffen sich die Kinder des Obersten häufig hier?«

»Ja«, antwortete Beaumont. »Das hab ich' von einem ODESSA-Agenten erfahren, der ihnen eines Nachts gefolgt ist.«

Der Blonde stieß ein leises Lachen aus, das wie ein Husten klang; seine Worte kamen schneidend. »ODESSA! Witzfiguren, die in Bierkellern das heulende Elend kriegen, wenn sie zuviel getrunken haben! Zum Lachen sind die.«

»Aber hartnäckig.«

»Sie werden ebenfalls nützlich sein«, sagte Tennyson und beobachtete Noel und Helden dabei, wie sie in den Wagen stiegen. »Sie werden so wie vorher die gemeinsten Fußsoldaten sein. Kanonenfutter für den Feind. Leute, die man als erste sieht und als erste opfert. Die perfekte Tarnung für wichtigere Angelegenheiten.«

Jetzt dröhnte der Motor des Citroën auf. Holcroft lenkte den Wagen rückwärts aus dem Parkplatz und fuhr dann auf die Landstraße hinaus.

Beaumont drehte den Zündschlüssel um. »Ich halte mich ein gutes Stück dahinter. Er wird mich nicht entdecken.«

»Nein, laß nur«, sagte Tennyson. »Mir reicht das. Bring mich zum Flughafen. Hast du das Nötige veranlaßt?«

»Ja. Man wird dich mit einer Mirage nach Athen fliegen. Die Griechen bringen dich nach Bahrain zurück. Du wirst die ganze Strecke in Militärmaschinen zurücklegen. Mit dem Status eines UN-Kuriers und der Immunität des Sicherheitsrates. Der Pilot der Mirage hat deine Papiere.«

»Gut gemacht, Tony.«

Der Marineoffizier lächelte, das Kompliment machte ihn stolz. Er drückte auf den Gashebel, und die Limousine schoß aus dem Parkplatz hinaus in die Finsternis der Landstraße.

»Was wirst du in Bahrain tun?«

»Meine Anwesenheit dokumentieren, indem ich einen Bericht über Verhandlungen im Ölgeschäft schreibe. Ein Prinz von Bahrain ist sehr hilfsbereit gewesen. Er hatte keine Wahl. Er hat einen Vertrag mit dem Tinamu geschlossen. Der arme Mann lebt in beständiger Angst, es könnte herauskommen.«

»Du bist ein Teufelskerl.«

»Und du mit Hingabe bei der Sache. Das warst du immer.«

»Was kommt nach Bahrain?«

Der Blonde lehnte sich im Sitz zurück und schloß die Augen. »Zurück nach Athen und dann weiter nach Berlin.«

»Berlin?«

»Ja. Die Dinge entwickeln sich gut. Holcroft wird als nächstes dorthin reisen. Kessler erwartet ihn.«

Aus dem Lautsprecher im Armaturenbrett war plötzlich ein Störgeräusch zu vernehmen. Dann kam viermal kurz hintereinander ein hohes Summen. Tennyson schlug die Augen auf; die vier Summtöne wiederholten sich.

»An der Straße sind Telefonzellen. Bring mich zu einer. Schnell!«

Der Engländer trat das Gaspedal bis zum Anschlag durch; die Limousine raste über die Straße, erreichte binnen weniger Sekunden hundertdreißig Stundenkilometer. Jetzt kamen sie an eine Kreuzung. »Wenn ich mich nicht irre, ist hier eine Tankstelle.«

»Beeil dich!«

»Ich bin sogar sicher«, sagte Beaumont, und da war sie auch schon neben der dunklen Straße. In den Fenstern brannte kein Licht. »Verdammt, die ist geschlossen!«

»Was hast du denn erwartet?« fragte Tennyson.

»Das Telefon ist drinnen...«

»Aber es *gibt* ein Telefon?«

»Ja...«

»Halt an.«

Beaumont gehorchte. Tennyson stieg aus und ging zur Tür der Tankstelle. Er zog die Pistole und schlug mit dem Kolben die Scheibe ein.

Ein Hund sprang ihn an, bellend und knurrend, die Zähne gebleckt, schnappend. Es war ein altes Tier von unbestimmbarer Rasse, hier mehr um des Effektes als um des eigentlichen Schutzes willen untergebracht. Tennyson griff in die Tasche, zog einen perforierten Zylinder heraus und steckte ihn auf den Lauf seiner Pistole. Er hob die Waffe und feuerte durch die zerschlagene Scheibe auf den Kopf des Hundes. Das Tier fiel zurück. Tennyson schlug das restliche Glas über dem Türknopf ein. Er öffnete die Tür, wartete, bis seine Augen sich an das schwache Licht gewöhnt hatten, und stieg dann über den Tierkadaver hinweg zum Telefon. Er gab der Vermittlung eine Nummer in Paris, die ihn mit einem Mann verbinden würde, der seinerseits seinen Anruf an ein Telefon in England weitergeben würde.

Zwanzig Sekunden später hörte er die atemlos hallende Stimme. »Tut mir leid, daß ich dich stören muß, Johann, aber hier ist etwas schiefgegangen.«

»Was ist denn?«

»Ein Foto ist verschwunden. Ich bin sehr beunruhigt.«

»Was für ein Foto?«

»Ein Bild von Tony.«

»Wer hat es genommen?«

»Der Amerikaner.«

»Das bedeutet, daß er ihn erkannt hat. Graff hatte recht. Man kann deinem lieben Ehemann nicht vertrauen. Seine Begeisterung übersteigt seine Vorsicht. Ich frage mich, wo Holcroft ihn gesehen hat?«

»Im Flugzeug vielleicht. Oder der Portier hat ihn beschrieben. Es spielt auch keine Rolle. Leg ihn um.«

»Ja, natürlich.« Der Blonde hielt inne. Dann fragte er: »Hast du die Sparbücher?«

»Ja.«

»Zahle zehntausend Pfund ein. Die Überweisung soll über Prag laufen.«

»KGB? Sehr gut, Johann.«

»Die Briten werden einen Mann an die Gegenseite verlieren. Diplomaten werden miteinander diskutieren, sich gegenseitig Vorwürfe machen, und jeder wird den anderen der Heuchelei bezichtigen.«

»*Sehr* gut.«

»Ich bin nächste Woche in Berlin. Dort kannst du mich erreichen.«

»So bald Berlin?«

»Ja, Kessler wartet. *Wiederaufbau oder Tod.*«

»*Oder der Tod*, mein Bruder.«

Tennyson legte auf und starrte in dem schwachen Licht auf das tote Tier, das vor ihm auf dem Boden lag. Er empfand für den Kadaver nicht mehr als für den Mann, der im Wagen auf ihn wartete. Er brauchte seine Gefühle für Wichtigeres als für Tiere und Versager – gleichgültig, wie ergeben sie auch sein mochten.

Beaumont war ein Narr, ein Urteil, das in einer Akte stand, die vor Jahren von Schottland nach Brasilien geschickt worden war. Aber er hatte die Energie eines Narren und auch das Gefühl, ein Tausendsassa zu sein, wie es für Narren so typisch ist. Er war tatsächlich ein hervorragender Marineoffizier gewesen. Dieser Sohn eines Sturmbannführers war auf der Karriereleiter der Königlichen Marine Ihrer Majestät zu einem Punkt aufgestiegen, wo man ihm wichtige Verantwortung übertrug. Zu viel für seinen Intellekt; es war nötig, diesen Intellekt zu lenken und zu leiten. Ihre Pläne hatten einmal vorgesehen, daß Beaumont zu gegebener Zeit zu einem Machtfaktor in der Admiralität werden sollte, ein Experte, den das Foreign Office konsultieren würde. Es wäre eine optimale Situation gewesen; man hätte ihnen dann durch Beaumonts Vermittlung außerordentliche Vorteile verschaffen können. Er war ein *Sonnenkind* geblieben; man gestattete ihm zu leben.

Aber jetzt nicht mehr. Durch den Diebstahl einer Fotografie war Beaumont erledigt, denn dieser Diebstahl barg die Gefahr einer gründlichen Untersuchung. Und es durfte keine Untersuchung geben, gar keine; sie standen einander zu nahe, und es gab noch zu viel zu tun. Wenn Holcroft die Fotografie den falschen Leuten in der Schweiz gab, ihnen von Beaumonts Anwesenheit in New York oder Rio erzählte, dann könnte dies dazu führen, daß die Militärbehörden alarmiert wurden. Warum interessierte sich dieser hervorragende Offizier so für das Genfer Dokument? Zu dieser Frage durfte es nicht kommen. Dieser Sohn eines Sturmbannführers mußte entfernt werden. Eigentlich war es schade. Man würde den Commander vermissen; er war manchmal sehr wertvoll gewesen.

Gretchen kannte diesen Wert. Gretchen war Beaumonts Lehrerin... sein Intellekt gewesen. Sie war ungemein stolz auf ihr Werk, und jetzt verlangte sie Beaumonts Tod. Also gut. Sie würden einen anderen finden, der seinen Platz einnehmen konnte.

Es gab sie überall, dachte Johann von Tiebolt, als er zur Tür ging. Überall. Die *Sonnenkinder*. Die Kinder der Sonne, niemals mit den Verdammten zu verwechseln. Die Verdammten waren Abschaum und hatten keinerlei Rechte.

Die *Sonnenkinder*. Überall. In allen Ländern, allen Regierungen, in den Armeen und der Marine, in der Industrie und den Gewerkschaften, an der Spitze von Geheimdiensten und der Polizei. Und alle warteten still. Herangewachsene Kinder der neuen Ordnung. *Tausende*. Hinausgeschickt per Schiff und Flugzeug und Unterseeboot. An alle Enden der zivilisierten Welt. So *weit* über dem Durchschnitt stehend – was ihre Fortschritte überall Tag für Tag bestätigten. Sie waren der lebende Beweis für die Überlegenheit der nordischen Rasse. Sie waren von reinster Zucht. Und der Reinste von allen, der Hervorragendste von allen war der Tinamu.

Von Tiebolt öffnete die Tür und trat ins Freie. Beaumont hatte den Wagen fünfzig Meter weiterrollen lassen und die Scheinwerfer ausgeschaltet. Der Commander arbeitete immer streng nach Vorschrift. Seine Ausbildung trat in allem, was er tat, deutlich zutage – nur dann nicht, wenn seine Begeisterung stärker war als seine Vorsicht. Und jetzt würde ihn diese Begeisterung das Leben kosten.

Tennyson ging langsam auf den Wagen zu. Etwas abwesend dachte er darüber nach, wie alles für Anthony Beaumont angefangen hatte. Der Sohn des Sturmbannführers war zu einer Familie in Schottland geschickt worden; mehr hatte Tennyson nie erfragt. Man hatte ihm von Beaumonts Hartnäckigkeit berichtet, seiner Zähigkeit, seiner Zielbewußtheit, aber nicht, wie man ihn aus Deutschland hinausgebracht hatte. Es war nicht notwendig, das zu wissen. Es waren Tausende gewesen; und alle Akten waren vernichtet.

Tausende. Nach genetischen Gesichtspunkten ausgewählt, man hatte die Eltern studiert, und das, was über die Familie zu erfahren war, über einige Generationen zurückverfolgt, um sicherzugehen, daß es keine organischen oder psychologischen Schwächen gab. Nur die Allerreinsten wurden hinausgeschickt, und überall beobachtete man diese Kinder sorgfältig, lenkte, schulte und indoktrinierte sie, sagte ihnen aber nichts, bis sie herangewachsen waren. Und selbst dann nicht allen.

Diejenigen, die sich ihres Geburtsrechts nicht würdig erwiesen, die Schwächen zeigten oder von denen herauskam, daß sie umgedreht waren, erfuhren es nie, wurden einfach ausgesondert.

Aber jene, die dann übrigblieben, waren die wahren Erben des Dritten Reiches. Sie befanden sich überall in Vertrauensstellungen, besetzten in Behörden wichtige Posten. Warteten... warteten auf das Signal aus der Schweiz, bereit, die Millionen sofort einzusetzen.

Millionen, die mit Bedacht und politisch wohlüberlegt verteilt werden würden. Eine Nation nach der anderen würde sich anschließen, von innen heraus durch die *Sonnenkinder* geformt, denen außergewöhnliche Summen zur Verfügung stünden, mit denen sie ihren Einfluß verstärken könnten. Zehn Millionen hier, vierzig Millionen dort, hundert Millionen, wo es notwendig war.

In der freien Welt würden Wahlen gekauft werden, und die Wähler würden bald überhaupt keine Wahl mehr haben, höchstens noch Echos daraus. Das war nichts Neues; erfolgreiche Experimente hatten bereits stattgefunden. Chile hatte nicht einmal siebenundzwanzig Millionen gekostet, Panama knapp sechs. In Amerika waren Sitze im Senat und Kongreß für ein paar Hunderttausend zu haben. Aber wenn dann das Signal aus der Schweiz käme, würden die Millionen mit wissenschaftlicher Akribie verteilt, würde man die Demographie einsetzen. Bis die ganze westliche Welt von den herangewachsenen Kindern des Reiches geführt würde. Den *Sonnenkindern*.

Als nächstes war der Ostblock an der Reihe. Und die Sowjetunion und ihre Satelliten würden unter den Verlockungen ihrer immer stärker werdenden Bourgeoisie zusammenbrechen. Wenn das Signal kam, würden Versprechungen gemacht werden, und dann würden die Volkskollektive überall plötzlich erkennen, daß es einen besseren Weg gab. Weil dann plötzlich außergewöhnliche Mittel zur Verfügung stünden; eine bloße Umpolung des beschränkten Untertanenverstands könnte die wirtschaftliche Misere beenden.

Und dann würde das Vierte Reich geboren werden und sich nicht auf die Grenzen von ein oder zwei Ländern beschränken, sondern sich über die ganze Welt ausbreiten. Die Kinder der Sonne würden die rechtmäßigen Herren des Globus sein. *Die Sonnenkinder.*

Mochten ruhig einige sagen, das alles sei lächerlich, unvorstellbar. Das war es nicht; es vollzog sich bereits. Überall.

Dennoch wurden Fehler gemacht, dachte Tennyson, als er sich dem Wagen näherte. Sie waren unvermeidbar, und ebenso unvermeidbar war die Tatsache, daß sie korrigiert werden mußten. Beaumont war ein Fehler. Tennyson schob die Pistole ins Halfter zurück; sie würde dort nicht lange bleiben.

Er ging um den Wagen herum auf die Fahrerseite; das Fenster war heruntergekurbelt, der Commander sah sich besorgt um. »Was war denn? Stimmt etwas nicht?«

»Nichts, das sich nicht beheben läßt. Rutsch hinüber, ich fahre jetzt. Du kannst mir den Weg weisen.«

»Wohin?«

»Die haben gesagt, irgendwo in der Umgebung sei ein See, acht oder zehn Kilometer von hier. Die Verständigung war schlecht; eine schlechte Verbindung.«

»Der einzige See in der Nähe ist östlich von Saint-Gratien. Das sind eher zwölf bis fünfzehn Kilometer.«

»Der muß es dann sein. Gibt es dort Wälder?«

»Reichlich.«

»Dann ist er es«, sagte Tennyson und stieg in den Wagen, während Beaumont hinüberrutschte. »Ich kenne die Scheinwerfercodes. Du sagst, wohin ich fahren soll; ich konzentriere mich auf die Lampen.«

»Das klingt seltsam.«

»Nicht seltsam. Kompliziert. Vielleicht erwarten die uns am Weg. Ich weiß, worauf ich achten muß. Schnell jetzt. Welche Richtung fahren wir?«

»Dreh zunächst einmal um. Zurück zu dieser schrecklichen Straße. Dann nach links.«

»Ausgezeichnet.« Tennyson ließ den Motor an.

»Was *ist* denn?« fragte Beaumont. »Es muß ja etwas ziemlich Schlimmes sein. Ich habe bis jetzt erst einmal ein Viermal-lang-Signal gehört, und *das* war unser Mann in Entebbe.«

»Er war nicht unser Mann, Tony. Er war unsere Marionette.«

»Ja, natürlich. Der Terrorist von der RACHE. Trotzdem war er unsere *Verbindung,* wenn du weißt, was ich meine.«

»Ja, ich weiß. Hier abbiegen? Links?«

»Ja. Aber *sag* es mir doch! Was, zum Teufel, geht denn vor?«

Tennyson hatte jetzt das Wendemanöver beendet und beschleunigte. »Es könnte tatsächlich dich betreffen. Wir sind nicht sicher, aber die Möglichkeit besteht.«

»Mich?«

»Ja. Hat Holcroft dich je zu Gesicht bekommen? Dich mehr als einmal gesehen? Bemerkt, daß du ihm gefolgt bist?«

»Mich *entdeckt*? Niemals! Niemals, niemals, *niemals*! Ich *schwöre*!«

»In Genf? Denk nach.«

»Ganz sicher nicht.«

»In New York?«

»Ich bin ihm nie näher als eine Meile gekommen! Unmöglich!«

»Auf dem Flug nach Rio?«

Beaumont überlegte. »Nein... er kam durch den Vorhang. Er war ziemlich betrunken, denke ich. Aber er hat nicht auf mich geachtet. Überhaupt nicht. Ich habe ihn gesehen, aber er mich nicht.«

Das war es, dachte Tennyson. Dieses ergebene Kind des Reiches glaubte, was es glauben mußte. Es hatte keinen Sinn, weiter über die Angelegenheit mit ihm zu sprechen.

»Dann ist alles ein Irrtum, Tony. Eine vergeudete halbe Stunde. Ich habe mit deiner Frau gesprochen, meiner lieben Schwester. Sie sagte, du seist viel zu vorsichtig, als daß so etwas passiert sein könnte.«

»Da hatte sie recht. Sie hat *immer* recht, wie du sehr wohl weißt. Ein bemerkenswertes Mädchen. Du kannst denken, was du willst, aber unsere Ehe war nicht nur eine Vernunftehe.«

»Das weiß ich, Tony. Das macht mich sehr glücklich.«

»Die nächste Querstraße rechts. Die führt nach Norden, zum See.«

Im Wald war es kalt, und noch kälter am Wasser. Sie parkten am Ende einer nicht asphaltierten Straße und gingen den schmalen Weg zum See hinauf. Tennyson trug eine Taschenlampe, die er aus dem Handschuhfach des Wagens genommen hatte, Beaumont einen Handspaten; sie hatten beschlossen, ein kleines Feuer in einer Grube zu machen, um nicht zu frieren.

»Bleiben wir so lange hier?« fragte Beaumont.

»Schon möglich. Es gibt einige Dinge zu besprechen, und ich lege Wert auf deinen Rat. Ist das das Ostufer des Sees?«

»O ja. Ein guter Treffpunkt. Um diese Jahreszeit ist hier niemand.«

»Wann erwartet man dich wieder auf deinem Schiff?«

»Ich hab' dir doch gesagt: Ich verbringe das Wochenende mit Gretchen.«

»Also Montag?«

»Oder Dienstag. Mein Erster Offizier ist ein feiner Kerl. Er nimmt einfach an, daß ich dienstlich unterwegs bin. Der stellt nie Fragen, wenn ich mich ein oder zwei Tage verspäte.«

»Warum sollte er auch? Er ist einer von uns.«

»Ja, aber die Streifenpläne müssen natürlich eingehalten werden. Die dürfen nicht durcheinandergeraten.«

»Natürlich nicht. Grab hier, Tony. Wir wollen das Feuer nicht zu nahe am Wasser haben. Ich geh zurück und achte auf Signale.«

»Gut.«

»Mach das Loch ziemlich tief. Man soll die Flammen auf keinen Fall sehen.«

»Geht klar.«

Feuer und Wasser. Erde. Verbrannte Kleider, verkohltes Fleisch, zerschlagene Zahnprothesen. John Tennyson ging den Weg zurück und wartete. Einige Minuten später zog er die Pistole aus dem Halfter und holte ein langes Jagdmesser aus der Manteltasche. Es würde eine ziemliche Schweinerei geben, aber das war nicht zu vermeiden. Das Messer war ebenso wie der Spaten im Kofferraum des Wagens gewesen. Werkzeuge für den äußersten Notfall, die stets zur Hand waren.

Ein Fehler war aufgedeckt worden. Der Tinamu würde dafür sorgen, daß der Fehler behoben wurde.

18

Holcroft nahm einen Schluck Kaffee und blickte in den kalten, hellen Pariser Morgen hinaus. Es war der zweite Morgen, seit er Helden kennengelernt hatte, und sie war ihrem Ziel, ihren Bruder zu erreichen, nicht näher gekommen.

»Er wird mich anrufen; ich weiß, daß er das tun wird«, hatte sie vor wenigen Minuten am Telefon gesagt.

»Was meinen Sie, wenn ich eine Weile ausgehe?« hatte er gefragt.

»Keine Sorge. Ich erreiche Sie schon.«

Keine Sorge. Seltsam, daß sie das sagte, in Anbetracht dessen, wo er war und wie er dort hingekommen war – wie *sie* dort hingekommen waren.

Der Wahnsinn war weitergegangen. Sie hatten den Landgasthof verlassen und waren zum Montmartre zurückgefahren, wo ein Mann aus einem finsteren Eingang gekommen war und sie von dem Citroën befreit hatte; dann waren sie durch die überfüllten Straßen geschlendert, vorbei an zwei Straßencafés, wo man ihnen zunickte und damit bedeutete, daß sie zu Noels Mietwagen zurückkehren könnten.

Vom Montmartre aus hatte sie ihm den Weg quer durch Paris gewiesen, über die Seine zu einem Hotel in Saint-Germain-des-Prés; er hatte sich eingetragen und im voraus für die Nacht bezahlt. Das war ein Ablenkungsmanöver; er suchte sein Zimmer nicht auf. Statt dessen waren sie weitergefahren zu einem Hotel in der Rue Chevalle, wo ihm die Aufschrift einer Reklametafel für Limonade den Namen für die Eintragung in die Meldeliste geliefert hatte: N. Fresca.

Sie hatte ihn im Empfangsraum des Hotels verlassen und gesagt, daß sie anrufe, sobald sie Nachricht von ihrem Bruder habe.

»Erklären Sie mir etwas«, hatte er gesagt. »Warum tun wir das alles? Welchen Unterschied macht es, wo ich absteige, oder ob ich nun meinen eigenen Namen gebrauche oder einen anderen?«

»Man hat Sie in meiner Gesellschaft gesehen.«

Helden. Ein seltsamer Name, eine seltsame Frau. Eine eigenartige Mischung aus Verletzlichkeit und Kraft. Sie lehnte sich dagegen auf, aus dem Schmerz, den sie im Laufe der Jahre erlitten hatte, Selbstmitleid werden zu lassen. Sie stellte sich ihrer Vergangenheit, begriff, daß die Kinder von Nazis von der ODESSA und der RACHE gejagt wurden und sie damit leben mußten: verdammt für das, was sie waren, und verdammt für das, was sie nicht waren.

Genf konnte diesen Kindern helfen; *würde* ihnen helfen. Noel hatte das für sich ins reine gebracht. Es fiel ihm leicht, sich mit ihnen zu identifizieren. Wäre da nicht der Mut einer außergewöhnlichen Mutter gewesen, hätte er einer von ihnen sein können.

Aber da waren andere Dinge, die ihn viel unmittelbarer betrafen. Fragen, die eine Auswirkung auf die Genfer Unternehmung hatten. Wer war der rätselhafte Anthony Beaumont? Welche Ziele verfolgte er? Was war den von Tiebolts wirklich in Brasilien widerfahren? Wieviel wußte Johann von Tiebolt über den Vertrag?

Wenn es jemanden gab, der darauf die Antworten wußte, so war es Johann... John Tennyson.

Holcroft ging ans Fenster zurück; ein paar Tauben flogen über ein Dach in der Nähe, schwärmten im Morgenwind aus. Die von Tiebolts. Vor drei Wochen war ihm der Name noch unbekannt gewesen, aber jetzt war sein Leben unlösbar mit dem ihren verknüpft.

Helden. Seltsamer Name, seltsames Mädchen. Voller Widersprüche und Schwierigkeiten. Er war noch nie einem Menschen wie ihr begegnet. Es war, als stammte sie aus einer anderen Zeit, von einem anderen Land, und kämpfte gegen das Vermächtnis eines Krieges an, der bereits im Dunkel der Geschichte versunken war.

Die RACHE. Die ODESSA... *Wolfsschanze*. Alles Fanatiker. Widersacher in einem Blutbad, das heute keine Bedeutung mehr hatte. Das war vorbei, seit dreißig Jahren schon. Es war Geschichte, Vergangenheit, abgetan.

Die Tauben senkten sich wieder herunter, und in ihrem Massenangriff auf das Dach sah Noel plötzlich etwas – begriff er etwas –, das er vorher nicht erkannt hatte. Schon in jener Nacht war es dagewesen – seit seinem Zusammentreffen mit dem Oberst –, und er hatte es nicht erkannt.

Es war *nicht* vorbei. Der Krieg selbst war wiederbelebt worden. Von Genf!

Viele werden versuchen, Sie zu stoppen, Sie mit Lügen zu täuschen, Sie zu töten...

Die ODESSA. Die RACHE. *Das* waren die Feinde von Genf! Fanatiker und Terroristen, die alles tun würden, um den Vertrag zunichte zu machen. Alle anderen hätten das Geheimnis des Kontos dadurch an die Öffentlichkeit gezerrt, daß sie die internationalen Gerichte anriefen; aber weder die ODESSA noch die RACHE konnten das tun. Helden hatte unrecht – zumindest teilweise unrecht. Jegliche Interessen beider an den Kindern der Parteiführer mußten hinter dem Ziel zurücktreten, gegen Genf zu kämpfen! *Ihn* zu stoppen. Sie hatten von dem Konto in der Schweiz erfahren – irgendwie, irgendwo – und waren fest entschlossen, dieses Konto zu blockieren. Wenn der Erfolg davon abhing, daß er getötet wurde, so war dies keine Entscheidung von Bedeutung; er stand zur Disposition.

Das erklärte das Strychnin im Flugzeug – ein schrecklicher Tod, der ihm bestimmt gewesen war. Die Terrortaktiken der RACHE. Es erklärte die Ereignisse in Rio – Schüsse auf einem verlassenen Aussichtspunkt und ein zersplittertes Wagenfenster im nächtlichen Verkehr. Maurice Graff und die psychopathischen Anhänger des brasilianischen Zweigs der ODESSA. Sie wußten – sie *alle* wußten – von Genf!

Und dann waren sie auch über die von Tiebolts informiert. Das würde erklären, was in Brasilien geschehen war. Es ging nie um die *Mutter*; es ging um Johann von Tiebolt. Er war auf der Flucht vor Graffs ODESSA; der Bruder als Beschützer, der das, was von der Familie übriggeblieben war, rettete, der sich und seine zwei Schwestern aus Rio hinausschmuggelte.

Um zu überleben und den Vertrag in Genf zu erfüllen.

Eines Tages kommt ein Mann und spricht von einer seltsamen Abmachung... Und in jener ›seltsamen Abmachung‹ lagen das Geld und die Macht, die ODESSA und die RACHE – zu vernichten. Denn ohne Zweifel waren das wesentliche Ziele des Vertrages.

Noel begriff jetzt. Er und John Tennyson und ein Mann namens Kessler in Berlin hätten die Genfer Unternehmung in der Hand; sie würden die Agentur in Zürich leiten. Sie würden die ODESSA, wo immer sie war, vernichten; sie würden die RACHE auslöschen. Zu der Wiedergutmachung, die zu leisten war, gehörte auch, daß die Fanatiker zum Schweigen gebracht wurden.

Es drängte ihn, Helden anzurufen, ihr zu sagen, daß sie bald nicht mehr zu fliehen brauche – sie *alle* würden aufhören können zu fliehen, aufhören, sich zu verstecken, aufhören, in Angst zu leben. Es drängte ihn, ihr das zu sagen. Und es drängte ihn, sie wiederzusehen.

Aber er hatte ihr sein Wort gegeben, sie nicht bei Gallimard anzurufen, unter keinen Umständen den Versuch zu machen, sie zu erreichen. Es war zum Wahnsinnigwerden; *sie* war zum Wahnsinnigwerden, und doch durfte er sein Wort nicht brechen.

Das Telefon. Er mußte das Büro von American Express an den Champs-Elysées anrufen. Er hatte Sam Buonoventura gesagt, daß er sich dort nach Mitteilungen erkundigen werde.

Es war ganz einfach, sich telefonisch Mitteilungen durchgeben zu lassen; er hatte das auch schon früher getan. Niemand brauchte zu wissen, wo er sich aufhielt. Er stellte die Kaffeetasse weg und ging ans

Telefon, erinnerte sich plötzlich, daß er noch ein zweites Gespräch führen mußte. Mit seiner Mutter. Es war noch zu früh, sie jetzt in New York anzurufen; er würde das später tun.

»Tut mir leid, Monsieur«, sagte der Angestellte im Büro von American Express. »Sie müssen persönlich für die Telegramme quittieren. Es tut mir sehr leid.«

Telegramme! Noel legte den Hörer auf. Er war verärgert, aber nicht zornig. Es würde ihm guttun, das Hotelzimmer zu verlassen, das würde seine Gedanken von dem erwarteten Anruf Heldens ablenken.

Er ging die Rue Chevalle hinunter, und ein kalter Wind pfiff ihm ins Gesicht. Ein Taxi brachte ihn über den Fluß auf die Champs-Elysées. Die Luft und das warme Sonnenlicht wirkten belebend auf ihn; er kurbelte das Fenster herunter. Zum erstenmal seit Tagen fühlte er sich zuversichtlich; er wußte jetzt, wohin ihn sein Weg führte. Genf war nähergerückt. Die verschwommenen Umrisse, die Freund und Feind trennten, waren deutlicher geworden.

Was immer ihn im Büro von American Express erwartete, schien ihm belanglos. Es gab nichts in New York oder London, mit dem er nicht zu Rande kommen würde. Seine Hauptsorge galt jetzt Paris. Er und John Tennyson würden sich treffen, würden miteinander sprechen und Pläne machen, und der erste dieser Pläne wäre, nach Berlin zu reisen und dort Erich Kessler aufzusuchen. Sie wußten, wer ihre Feinde waren; es kam nur darauf an, diesen Feinden zu entwischen. Heldens Freunde würden ihnen behilflich sein können.

Als er aus dem Taxi stieg, blickte er auf die getönten Fenster des American-Express-Büros, und plötzlich kam ihm etwas in den Sinn. War es eine Falle, als man sich geweigert hatte, ihm die Mitteilungen am Telefon vorzulesen? Ein Mittel, das ihn zwingen sollte, sich zu zeigen? Wenn ja, war das ein Winkelzug des britischen Geheimdienstes. Noel lächelte. Er wußte genau, was er zu sagen hatte, wenn die Briten ihn festnahmen: John Tennyson war ebensowenig ein Meuchelmörder, wie er einer war, und hatte wahrscheinlich eine viel weißere Weste als eine ganze Anzahl Angehöriger von MI-5.

Vielleicht würde er sogar einen Schritt weitergehen und vorschlagen, daß die Royal Navy sich einen ihrer höchstdekorierten Offiziere etwas näher ansah. Es gab eine ganze Menge Indizien, die darauf deuteten, daß Commander Anthony Beaumont ein Mitglied der ODESSA war, den ein Mann namens Graff in Brasilien angeworben hatte.

Er hatte das Gefühl, in einen Abgrund zu stürzen, immer tiefer, unfähig, Atem zu holen. Sein Magen war eine einzige Leere, und glühender Schmerz schoß durch seine Brust. Kummer und Schrecken hielten ihn gepackt. Und Zorn. Das Telegramm lautete:

DEIN VATER VOR VIER TAGEN GESTORBEN STOP KANN DICH NICHT ERREICHEN STOP BITTE RUFE BEDFORD HILLS AN STOP

MUTTER

Da war noch ein zweites Telegramm von Lieutenant David Miles, New York, Polizeiabteilung der Flughafenbehörde:

DER KÜRZLICH ERFOLGTE TOD VON RICHARD HOLCROFT ERFORDERT DRINGEND DASS SIE SOFORT MIT MIR VERBINDUNG AUFNEHMEN STOP EMPFEHLE DRINGEND DASS SIE MIT MIR SPRECHEN, EHE SIE SONST JEMANDEN KONTAKTEN

Da waren dieselben zwei Telefonnummern, die Buonoventura ihm nach Rio durchgegeben hatte, und sechs – *sechs* – Erkundigungen, die mit Tag und Stunde registriert waren, seit das Telegramm im American-Express-Büro eingetroffen war. Miles hatte zweimal täglich nachgefragt, ob seine Mitteilung ihren Empfänger erreicht hatte.

Noel ging die Champs-Elysées hinauf, versuchte, seine Gedanken zu sammeln, versuchte, seinen Kummer unter Kontrolle zu bringen.

Der einzige Vater, den er je gekannt hatte. ›Dad‹... ›mein *Vater*‹, Richard Holcroft. Worte, die er stets voll Zuneigung, voll Liebe, voll unbeschwerter Heiterkeit ausgesprochen hatte, denn Richard Holcroft war ein Mann mit vielen liebenswerten Eigenschaften, nicht zuletzt der Fähigkeit, über sich selbst lachen zu können. Er hatte seinem Sohn – Stiefsohn – nein, *verdammt*, seinem *Sohn*! – mit Ratschlägen geholfen, sich aber nie eingemischt, nur wenn es gar nicht anders ging.

O Gott, er war *tot*!

Was den stechenden Schmerz verursachte – ein Schmerz, den er als Teil des Schreckens und des Zorns begriff –, war in Miles' Telegramm enthalten. War er irgendwie für den Tod Richard Holcrofts verantwortlich? *O Gott!* Gab es eine Beziehung zwischen seinem Tod und einem Röhrchen mit Strychnin, das jemand dreißigtausend Fuß über dem Atlantik in einen Drink gegossen hatte? Hing er irgendwie mit dem Gespinst von *Genf* zusammen?

Hatte er, irgendwie, den Vater, den er sein ganzes Leben lang kannte, für einen anderen Vater geopfert, für einen, den er nie gekannt hatte?

Er erreichte die Kreuzung Avenue George V. Auf der anderen Seite der von dichtem Verkehr erfüllten Straße sah er eine Tafel über Markisen, die sich über das ganze Café erstreckten: FOUQUET'S. Es war ihm nur zu vertraut. Zu seiner Linken war das Hotel George V. Vor einem Jahr hatte er kurz dort gewohnt, ein Geldprotz aus dem Hotelgewerbe hatte seinen Aufenthalt bezahlt. Der Mann hatte die Wahnvorstellung gehabt, die sich später auch als solche erwies, das Äußere des berühmten Baus in Kansas City nachzuempfinden.

Holcroft hatte sich damals mit dem stellvertretenden Direktor angefreundet. Wenn der Mann noch dort war, ließe er ihn vielleicht telefonieren. Wenn man die Anrufe tatsächlich zum George V. zurückverfolgte, wäre es nicht schwer, das herauszubekommen. Und noch viel einfacher, irreführende Informationen über seinen Aufenthaltsort zu hinterlassen.

Vorausschauen.

»Aber natürlich, mit größtem Vergnügen, Noel. Ich freue mich so, Sie wiederzusehen. Ich bin traurig, daß Sie nicht bei uns abgestiegen sind, aber bei unseren Preisen kann ich es Ihnen nicht verübeln. Hier, benutzen Sie mein Büro.«

»Ich nehme die Anrufe natürlich auf meine Kreditkarte.«

»Ich mache mir keine Sorgen, mein Freund. Später vielleicht einen *apéritif?*«

»Das wäre schön«, sagte Noel.

Es war zehn Uhr fünfundvierzig nach Pariser Zeit. Viertel vor sechs in New York. Wenn Miles seinen Anruf so dringend erwartete, wie sein Telegramm besagte, würde das nichts ausmachen. Er nahm den Hörer ab und meldete das Gespräch an.

Noel blickte noch einmal auf Miles' Telegramm.

Der kürzlich erfolgte Tod von Richard Holcroft erfordert dringend dass Sie sofort mit mir Verbindung
Aufnehmen Stop Empfehle dringend dass Sie
mit mir sprechen ehe Sie sonst jemanden kontakten...

Die Empfehlung klang drohend; das ›sonst jemanden‹ konnte nur seine Mutter angehen.

Er legte das Papier auf den Schreibtisch zurück und griff in die Tasche nach Althenes Telegramm.

Dein Vater vor vier Tagen...Kann dich
nicht erreichen...

Die Gefühle der Niedergeschlagenheit, daß er nicht bei ihr gewesen war, bedrängten ihn kaum weniger als seine Schuld- und Angstgefühle, wenn er die Möglichkeit in Betracht zog, daß er für diesen Tod verantwortlich war. Möglichkeit? Er *wußte* es; er fühlte es.

Er fragte sich – von Schmerz erfüllt –, ob Miles Althene erreicht hatte. Und wenn ja, was er zu ihr gesagt hatte?

Das Telefon klingelte. »Spricht dort Noel Holcroft?«

»Ja. Es tut mir leid, daß Sie Schwierigkeiten hatten, mich zu erreichen...«

»Damit will ich mich gar nicht aufhalten«, unterbrach ihn Miles. »Ich will Ihnen nur sagen, daß Sie einige Bundesgesetze verletzt haben.«

»Augenblick«, unterbrach ihn Noel zornig. »Worin besteht meine Schuld? Sie haben mich gefunden, ich verstecke mich nicht.«

»Eine ganze Woche lang habe ich versucht, Sie ausfindig zu machen – daß ich Sie jetzt erst finde, kann ich nur als eine eklatante Mißachtung der Justiz bezeichnen. Sie sollten New York nicht verlassen, ohne uns zu verständigen.«

»Da gab es wichtige persönliche Angelegenheiten. Ich habe eine Nachricht hinterlassen. Sie können mir nichts anhängen.«

»Dann versuchen wir's doch mal mit ›Behinderung der Ermittlungen‹.«

»Was?«

»Sie befanden sich in der Lounge dieser Sieben-vier-sieben der British Airways, und Sie und ich wissen, was geschehen ist. Oder sollte ich sagen, was *nicht* geschehen ist?«

»Wovon reden Sie?«

»Dieser Drink war für Sie bestimmt, nicht für Thornton.«

Holcroft hatte gewußt, daß das kommen würde, aber das änderte nichts an dem Schock. Trotzdem protestierte er: »So etwas Verrücktes habe ich noch nie gehört.«

»Ach, kommen Sie! Sie sind ein intelligenter, aufrechter Bürger aus einer intelligenten, aufrechten Familie, aber Ihr Verhalten in den letzten fünf Tagen war dumm und alles andere als astrein.«

»Sie beleidigen mich, aber ohne dabei etwas zu sagen. Sie erwähnen in Ihrem Telegramm –«

»Darauf kommen wir gleich«, unterbrach ihn der Lieutenant. »Ich möchte, daß Sie sich darüber im klaren sind, auf wessen Seite Sie stehen. Sehen Sie, ich möchte nämlich, daß Sie uns unterstützen und sich nicht gegen uns stellen.«

»Weiter.«

»Wir haben Ihre Spur nach Rio verfolgt. Wir haben mit –«

»Sie haben *was*?« Hatte Sam ihn verpfiffen?

»Das war nicht schwierig. Übrigens, Ihr Freund Buonoventura weiß nichts davon. Er hat versucht, Sie zu decken, aber das reichte nicht. Er sagte, Sie befänden sich auf einem Boot und seien von Curaçao aus in See gestochen. Aber die niederländischen Einwanderungsbehörden hatten keine Unterlagen über Sie. Wir beschafften uns eine Liste der

Überseetelefonnummern, die er angerufen hatte, und sahen uns bei den Fluggesellschaften um. Sie waren mit Braniff aus New York abgeflogen und wohnten im Pôrto-Allegre-Hotel in Rio.«

Amateure waren eben Fachleuten nicht gewachsen. »Sam sagte, Sie hätten ein paarmal angerufen.«

»Habe ich auch«, gab Miles zu. »Sie verließen Rio, und wir wollten herausfinden, wohin Sie gingen; wir wußten, daß er mit Ihnen Verbindung aufnehmen würde. Haben Sie nicht in dem Hotel in London meine Nachricht bekommen?«

»Nein.«

»Ich will es Ihnen glauben. Solche Mitteilungen gehen manchmal verloren.«

Aber diese Mitteilung war nicht verlorengegangen, dachte Noel. Sie war von den Männern der Wolfsschanze gestohlen worden. »Ich weiß jetzt, wo ich stehe. Zur Sache.«

»*Ganz* wissen Sie es noch nicht«, antwortete Miles. »Wir haben mit der Botschaft in Rio gesprochen, mit einem Mann namens Anderson. Er sagte, Sie hätten ihm da eine tolle Geschichte erzählt. Man habe Sie in eine Falle gelockt, gejagt, auf Sie geschossen. Er sagte, er habe Ihnen kein Wort geglaubt, Sie für einen Unruhestifter gehalten und sei daher froh gewesen, daß er Sie aus Brasilien habe abschieben können.«

»Ich weiß. Er hat mich zum Flughafen gefahren.«

»Wollen Sie mir darüber etwas sagen?« fragte Miles.

Noel starrte die Wand an. Wie leicht es jetzt doch wäre, sich von der Last zu befreien, offiziellen Schutz zu suchen. Der gesichtslose Lieutenant Miles war ein Symbol der Staatsgewalt. Aber er war das falsche Symbol am falschen Ort und zur falschen Zeit. »Nein. Sie können da nichts tun. Das ist alles gelöst.«

»Wirklich?«

»Ja.«

Eine Weile schwiegen beide. »Also gut, Mr. Holcroft. Ich hoffe, Sie überlegen es sich noch anders. Ich glaube nämlich, daß ich Ihnen helfen kann. Ich glaube, Sie *brauchen* Hilfe.« Miles hielt inne. »Ich fordere Sie jetzt in aller Form auf, nach New York zurückzukehren. Sie gelten als Hauptzeuge in einem Mordfall und werden für wichtige Vernehmungen benötigt.«

»Tut mir leid. Nicht jetzt.«

»Ich habe nicht mit Ihrer Zustimmung gerechnet. Lassen Sie es mich informell versuchen. Es betrifft Ihren Vater.«

Jetzt kam die schreckliche Nachricht, und ihm blieb keine andere Wahl. »Man hat ihn umgebracht, nicht wahr?« fragte er ganz leise.

»Das will ich nicht gehört haben. Sehen Sie, wenn ich es gehört hätte, müßte ich zu meinem Vorgesetzten und es melden. Ich müßte ihm mitteilen, daß Sie das ohne jeden Anlaß gesagt haben. Sie haben einen Schluß gezogen, der unmöglich auf irgend etwas basieren kann, das ich Ihnen gegenüber erwähnt habe. Ich müßte beantragen, daß Sie sofort vernommen werden.«

»Hören Sie doch auf, Miles! Ihr Telegramm war nicht so raffiniert! ›Der kürzlich erfolgte Tod‹ et cetera; ›empfehle dringend‹ et cetera! Was, zum Teufel, soll ich denn da denken?«

Wieder gab es auf der New Yorker Seite eine Pause. »Okay. Schachmatt. Sie haben gewonnen.«

»Man *hat* ihn also ermordet?«

»Das nehmen wir an.«

»Was haben Sie meiner Mutter gegenüber geäußert?«

»Nichts. Das liegt nicht in meinem Zuständigkeitsbereich. Sie kennt nicht einmal meinen Namen. Und das beantwortet meine nächste Frage. Sie haben bis jetzt noch nicht mit ihr gesprochen.«

»Nein. Sagen Sie mir, was geschehen ist.«

»Ihr Vater ist in einen höchst ungewöhnlichen Unfall geraten, anders kann ich das nicht ausdrücken. Er starb eine Stunde später im Krankenhaus an den Folgen seiner Verletzungen.«

»Was war das für ein Unfall?«

»Ein alter Mann aus der Bronx hat in der Nähe des Plaza-Hotels die Kontrolle über seinen Wagen verloren. Der Wagen brach aus, fuhr über den Randstein und in eine Gruppe Menschen auf dem Gehsteig. Drei waren sofort tot. Ihr Vater wurde gegen die Mauer geschleudert; genauer: eingequetscht, fast zerdrückt.«

»Damit wollen Sie sagen, daß der Wagen auf ihn zielte!«

»Nun – es war natürlich ein heilloses Durcheinander.«

»Was *wollen* Sie damit sagen?«

Miles zögerte. »Ja, der Wagen hat auf ihn gezielt.«

»Wer saß am Steuer?«

»Ein zweiundsiebzigjähriger pensionierter Buchprüfer mit einem Herzschrittmacher und einem Führerschein, der schon vor einigen Jahren abgelaufen war. Der Schrittmacher fiel bei dem Unfall aus; der Mann starb auf dem Weg ins Krankenhaus.«

»Welche Verbindung bestand zwischen ihm und meinem Vater?«

»Bis jetzt gibt es darauf noch keine eindeutige Antwort. Aber ich habe da eine Theorie. Wollen Sie sie hören?«

»Selbstverständlich!«

»Werden Sie nach New York zurückkommen?«

»Setzen Sie mich nicht unter Druck. Was ist das für eine Theorie?«

»Ich glaube, jemand hat den alten Knaben angeworben. Ich glaube, es war noch jemand in dem Wagen, wahrscheinlich auf dem Rücksitz, der ihm eine Pistole an den Kopf hielt. In dem Durcheinander zerdrückte er den Schrittmacher und entkam. Ich glaube, es handelte sich um eine Exekution, die so hingedreht wurde, daß sie wie ein Unfall aussah, bei dem nicht nur die Zielperson getötet wurde.«

Noel hielt den Atem an. Es hatte da noch so einen seltsamen ›Unfall‹ gegeben. Ein Wagen der Untergrundbahn in London war außer Kontrolle geraten und hatte fünf Menschen getötet. Und unter den Getöteten befand sich der einzige Mann, der ein Licht auf John Tennysons Einstellung beim *Guardian* hätte werfen können.

Kaltblütiger Mord war das…

Die Vorstellung, daß es eine Verbindung geben könnte, war beängstigend. »Gehen Sie damit nicht zu weit, Miles?« fragte Holcroft.

»Ich sage doch, daß es eine Theorie ist, aber völlig in der Luft hängt die nicht. Als ich den Namen Holcroft auf dem Unfallbericht las, habe ich nachgebohrt. Der alte Mann aus der Bronx hat eine interessante Vorgeschichte. Er kam siebenundvierzig ins Land, allem Anschein nach ein jüdischer Emigrant ohne einen Penny in der Tasche, ein Opfer von Dachau. Nur daß er in Wirklichkeit keineswegs so arm war, wie man aus einem halben Dutzend Sparbüchern erkennen kann – und seine Wohnung ist eine Festung. Außerdem hat er seit seiner Einwanderung dreizehn Reisen nach Deutschland unternommen.«

Noel brach jetzt der Schweiß aus. »Was wollen Sie damit sagen?«

»Ich glaube nicht, daß dieser alte Knabe Dachau je aus der Nähe gesehen hat. Oder, wenn doch, dann als Mitglied der Lagerleitung. In seinem Wohnhaus kannte ihn so gut wie keiner, niemand hat ihn je in einer Synagoge gesehen. Ich glaube, daß er ein Nazi war.«

Holcroft schluckte. »Wo sehen Sie da die Verbindung mit meinem Vater?«

»Über Sie. Ich weiß noch nicht genau wie, aber jedenfalls führt die Verbindung über Sie.«

»Über mich?« Noel spürte, wie sein Herz klopfte.

»Ja. In Rio haben Sie Anderson gesagt, daß ein gewisser Graff ein Nazi sei und versucht habe, Sie umzubringen. Anderson sagte, beide Behauptungen seien verrückt, aber ich sage das nicht. Ich glaube Ihnen.«

»Ich war einfach wütend. Ich *wollte* das eine nicht mit dem andern verbinden. Das war ein Mißverständnis…« Noel suchte verzweifelt nach den richtigen Worten. »Graff leidet unter Verfolgungswahn, er ist ein hitziger Deutscher, also habe ich ihn einen Nazi genannt, das ist alles. Er dachte, ich würde Skizzen anfertigen, Bilder von seinem Anwesen…«

»Ich sagte, daß ich Ihnen *glaube*, Holcroft«, unterbrach ihn Miles. »Und dafür habe ich meine Gründe.«

»Was für Gründe denn?« Noel wußte, daß er kaum zu hören war;

plötzlich hatte er Angst. Der Tod seines Vaters war eine Warnung. Die RACHE. Die ODESSA. Doch wer es auch war, es war noch eine andere Warnung. Seine Mutter brauchte Schutz!

Miles redete weiter, aber Holcroft faßte die Worte des Lieutenants nicht auf; seine Gedanken stoben in panischem Schrecken durcheinander. Er mußte Miles aufhalten! Unter gar keinen Umständen durfte er an Genf herankommen!

»Diese Männer im Flugzeug, die versucht haben, Sie zu töten, waren Deutsche«, erklärte Miles. »Sie benutzten die Pässe von zwei Amerikanern, die vor fünf Jahren in München ermordet worden sind. Aber es waren Deutsche; man erkennt das an den zahnärztlichen Arbeiten. Man hat sie auf dem Kennedy Airport erschossen; ihre Leichen sind in einem Treibstofflaster gefunden worden. Die Kugeln, mit denen sie getötet wurden, kamen aus einer deutschen Heckler & Koch-Neun-Millimeter-Pistole. Der Schalldämpfer ist in München hergestellt. Und jetzt raten Sie mal, wo dieser kleine, alte Mann hinreiste, wenn er nach Deutschland ging – zumindest auf den sechs Reisen, die wir überprüfen konnten.«

»Nach München«, flüstere Noel.

»Ganz richtig. München. Wo alles anfing und immer noch läuft. Da gibt es eine Gruppe von Nazis, die dreißig Jahre nach diesem gottverdammten Krieg immer noch gegeneinander kämpfen, und Sie stehen genau dazwischen. Ich möchte wissen, *warum?*«

Noel fühlte sich ausgepumpt, Erschöpfung und Furcht hielten ihn gepackt. »Lassen Sie die Finger davon. Sie können da nichts tun.«

»Aber *verhindern* könnte ich vielleicht etwas! Nämlich einen weiteren Mord!«

»Verstehen Sie denn nicht?« sagte Holcroft, und seine Stimme war von Schmerz erfüllt. »Ich kann das sagen, weil er mein Vater war. In New York ist nichts zu lösen. Nur hier drüben liegt die Lösung. Lassen Sie mir Zeit, Miles. Um Gottes willen, geben Sie mir *Zeit.* Ich melde mich wieder bei Ihnen.«

»Wie lange?«

»Einen Monat.«

»Zu viel. Die Hälfte. Sie haben zwei Wochen.«

»Miles, *bitte....*«

Es klickte in der Leitung, die Verbindung war in New York getrennt worden.

Zwei Wochen. O Gott, das war unmöglich!

Aber es *mußte* möglich sein. In zwei Wochen mußte er in der Lage sein, Miles daran zu hindern weiterzusuchen. Mit den Mitteln, die ihm in Genf zur Verfügung standen, wäre er dazu imstande. Man würde auf eine philanthropische Agentur mit Mitteln im Wert von siebenhundertundachtzig Millionen Dollar hören – ganz still würde man auf sie hören und vertraulich. Sobald das Konto frei war, konnte man die nötigen Vorkehrungen treffen, zu Übereinkünften gelangen, Unterstützung entgegennehmen und anderen zuteil werden lassen. Die ODESSA würde entlarvt, die RACHE vernichtet werden.

All das würde *nur* dann geschehen, wenn sich drei akzeptable Nachkommen der Bank in Genf stellten. Es *würde* geschehen. Noel war davon überzeugt, aber bis dahin mußte er seine Mutter beschützen. Er mußte Althene erreichen und sie davon überzeugen, daß sie die nächsten paar Wochen verschwinden mußte.

Was würde er ihr sagen können? Gehorchen würde sie ihm niemals. Niemals würde sie auf ihn hören, wenn sie auch nur einen Augenblick lang glaubte, daß ihr Mann ermordet worden war. Was, in Gottes Namen, konnte er ihr *sagen*?

»*Allo? Allo monsieur?*« Die Stimme des Mannes aus der Vermittlung. »Ihr Gespräch mit New York –«

Holcroft legte so schnell auf, daß die Glocke des Apparats anschlug. Er durfte nicht mit seiner Mutter sprechen. Nicht jetzt. In ein oder zwei Stunden vielleicht, nicht jetzt. Er mußte nachdenken. Es gab so viel zu bedenken. So viel zu tun.

Er war dabei, den Verstand zu verlieren.

19

»Der wird verrückt«, sagte der Blonde am Hellinikon-Flughafen in Athen ins Telefon. »Inzwischen hat er es bestimmt gehört. Die Belastung wird ihn zerreißen; er wird nicht wissen, was er tun soll. Sag unserem Mann in Paris, er soll sich die nächsten vierundzwanzig Stunden in seiner Nähe halten. Er darf nicht nach Amerika zurückkehren.«

»Das wird er nicht«, sagte Gretchen Beaumont, Tausende von Kilometern entfernt.

»Ich wäre da nicht so sicher. Die psychischen Belastungen bauen sich genau richtig auf; unsere Zielperson befindet sich in einem höchst labilen Geisteszustand. Aber man kann ihn lenken. Er erwartet mich; er sieht in mir jetzt die Antwort auf so viele Dinge, aber die Schlinge muß noch enger gezogen werden. Ich möchte, daß er zuerst nach Berlin geht. Auf ein oder zwei Tage. Zu Kessler.«

»Sollen wir seine Mutter einsetzen? Wir könnten dafür sorgen, daß sie auf die Idee kommt.«

»Nein. Sie darf unter keinen Umständen hineingezogen werden. Das wäre viel zu gefährlich.«

»Wie willst du ihm dann die Reise nach Berlin nahelegen?« fragte Gretchen Beaumont in England.

»Gar nicht«, antwortete John Tennyson in Athen. »Ich bringe unsere Schwester dazu, daß sie ihn auf diesen Schluß hinlenkt. Sie versucht natürlich zur Zeit, mich zu erreichen.«

»Paß auf bei ihr, Johann.«

»Keine Sorge.«

Grußlos hängte Tennyson ein.

Holcroft ging am Ufer der Seine entlang, ohne den beißend kalten Wind wahrzunehmen, der vom Fluß heraufwehte. Vor einer Stunde war er noch voll Zuversicht gewesen, jetzt kam er sich verloren vor. Er wußte nur, daß er in Bewegung bleiben, einen klaren Kopf bekommen und Entscheidungen treffen mußte.

Und dann galt es, einige Dinge neu zu überdenken. Vor einer Stunde noch war der eine Mann, auf den er geglaubt hatte zählen zu dürfen, Heldens Bruder gewesen. Jetzt zweifelte er daran. Ein außer Kontrolle geratener Wagen auf einer Straße in New York, der das Leben des einzigen Vaters dahinraffte, den er je gekannt hatte – da war zu viel Ähnlichkeit mit einem nie aufgeklärten Unfall in einer Londoner Untergrundbahn.

Der Mann ist einem höchst ungewöhnlichen Unglück zum Opfer gefallen, bei dem fünf Menschen ihr Leben verloren. MI-5.

Eine Exekution... ein Unfall, bei dem nicht nur die Zielperson getötet wurde. David Miles. NYPD.

Plötzlich war ein Zusammentreffen mit Tennyson *nicht* mehr die Antwort auf alles; der Schatten des Tinamu war wieder aufgetaucht.

Eines Tages kommt ein Mann und spricht von einer seltsamen Abmachung. Tennyson erwartete ihn, aber vielleicht erwartete er ihn aus den falschen Gründen. Vielleicht hatte er ihren Vertrag bereits um einen höheren Preis verkauft.

Wenn er das getan hatte, dann war er ebenso sicher für Richard Holcrofts Tod verantwortlich, als ob sein Fuß auf dem Gaspedal gestanden, als ob seine Hände das Steuer gehalten hätten. Wenn das der Fall sein sollte, würde Tennyson ihr Zusammentreffen nicht überleben. Der Sohn würde für den Vater töten; das war er Richard Holcroft schuldig.

Noel blieb stehen und legte beide Hände auf den Betonsims der Ufermauer. Er staunte über sich selbst... über seine Gedanken. Er projizierte sich tatsächlich in die Rolle eines Mörders hinein! Sein Vertrag forderte einen Preis, der schrecklicher war als alles, was er bisher in Betracht gezogen hatte.

Er würde Tennyson mit den Tatsachen konfrontieren, so wie man sie ihm gegeben hatte. Er würde den Sohn von Wilhelm von Tiebolt aufmerksam beobachten. Wahrheit oder Lüge: er würde das aus Tennysons Worten, aus seinen Augen lesen können. Holcroft hoffte zu Gott, daß er das Richtige erkannte.

Ein Schritt nach dem anderen. In sein Denken begann Klarheit einzuziehen. Jede Bewegung mußte sorgfältig überlegt werden; aber diese Vorsicht durfte ihn nicht langsam machen.

Das Wichtigste zuerst: ganz im Vordergrund stand die unwiderlegbare Tatsache, daß er nicht länger imstande war, sich frei und unbewacht zu bewegen. Die allertödlichste Warnung, die man sich vorstellen konnte, war an ihn ergangen: man hatte jemanden getötet, den er liebte. Diese Warnung erfüllte ihn mit Furcht und Wut. Die Furcht würde ihn vorsichtig machen, die Wut ihm ein gewisses Maß an Wagemut und Beherztheit verschaffen. Das *mußte* sie; er verließ sich darauf.

Und dann seine Mutter. Was konnte er sagen, das sie, ohne Argwohn zu schöpfen, akzeptierte? Sie mußte ihm unbedingt glauben. Wenn sie auch nur einen Augenblick annahm, der Tod ihres Mannes sei das Werk von Männern, die das Dritte Reich hervorgebracht hatte, würde sie aufschreien vor Wut. Und ihr erster Schrei wäre zugleich auch ihr letzter. Was konnte er ihr sagen, das plausibel klang?

Er ging wieder weiter, schlenderte geistesabwesend dahin. So kam es, daß er mit einem kleinwüchsigen Mann zusammenstieß, der in entgegengesetzter Richtung seines Weges ging.

»Entschuldigen Sie. *Pardon, monsieur*«, sagte Noel.

Der Franzose hatte in eine Zeitung gesehen; er zuckte die Achseln und lächelte angenehm. *»Je vous en prie.«*

Noel blieb stehen. Der Franzose erinnerte ihn an jemanden. Das runde, freundliche Gesicht, die Brille. Ernst Manfredi.

Seine Mutter hatte Respekt für Manfredi empfunden, stand immer noch tief in der Schuld des Schweizer Bankiers. Vielleicht konnte er durch Vermittlung Ernst Manfredis zu Althene sprechen, eine Erklärung erfinden, die der Bankier ihm gegeben hatte. Weshalb nicht? Niemand könnte die Worte widerlegen; Manfredi war tot.

Manfredi war es, der sich um seine alte Freundin Althene *Clausen* gesorgt hatte, *er* hatte Angst um sie gehabt. Er hatte befürchtet, der Name Clausen könnte in den kommenden Wochen, während das außergewöhnliche Konto in Genf freigegeben wurde, wieder auftauchen, es könnte Leute geben, die sich an eine selbstbewußte junge Frau erinnerten, die ihren Mann angewidert verlassen hatte und deren Worte das auslösende Moment für Heinrich Clausens Wandel gewesen waren. Ein Wandel, der zum Raub von Hunderten von Millionen geführt hatte. Schlummernde Feindseligkeit könne geweckt werden, man könne versuchen, Rache an der Frau zu üben.

Manfredis Furcht mußte sie respektieren. Der alte Bankier wußte mehr als sie beide, und wenn er es für richtig gehalten hatte, daß sie eine Weile verschwand, bis die Wogen sich geglättet hatten, so sollte sie seinen Rat annehmen. Ein kranker, alter Mann, am Ende seines Lebens, zog keine leichtfertigen Schlüsse.

Die Erklärung war plausibel; sie paßte zu ihrem Gespräch vor drei Wochen in Bedford Hills. Seine Mutter würde das erkennen. Sie würde auf die ›Worte‹ Ernst Manfredis hören.

Noel blickte instinktiv über die Schulter, um zu sehen, ob jemand ihm folgte. Das war inzwischen eine Gewohnheit geworden. Die Furcht machte ihn vorsichtig, die Wut verlieh ihm Kräfte. Es drängte ihn jetzt einen Feind zu sehen. Er begann, sich an einen fremdartigen Dschungel zu gewöhnen.

Er beschloß, zum George V. zurückzukehren. Er hatte es voll Panik und Verwirrung verlassen, war dem stellvertretenden Direktor aus dem Weg gegangen, brauchte die kalte Luft der Straßen, um einen klaren Kopf zu bekommen. Jetzt würde er auf den gemeinsamen Aperitif zurückkommen und darum bitten, noch ein Überseegespräch führen zu dürfen. Mit seiner Mutter.

Er ging jetzt schneller, blieb zweimal abrupt stehen, drehte sich schnell um. War da jemand?

Möglich war es. Ein dunkelgrüner Fiat hatte eine Straße weiter hinten seine Fahrt verlangsamt. *Gut.*

Rasch überquerte er die Fahrbahn, betrat ein Straßencafé durch den Vordereingang und kam Sekunden später durch einen Ausgang wieder heraus, der auf die Avenue George V. führte. Er ging die Straße hinauf, blieb an einem Kiosk stehen, um sich eine Zeitung zu kaufen.

Er konnte den grünen Fiat in der Nähe des Cafés um die Ecke rasen sehen. Er bremste ruckartig. Der Fahrer parkte am Randstein und zog den Kopf ein. *Gut.* Plötzlich war es Noel klar, was er nach dem Aperitif und dem Telefonat mit Althene tun würde.

Er würde Helden aufsuchen. Er brauchte eine Waffe.

Johann von Tiebolt starrte den Hörer des Telefons im Flughafen von Athen an, den Mund vor Schrecken halb geöffnet.

»*Was hast du gesagt?*« fragte er.

»Es stimmt, Johann«, sagte Helden in Paris. »Der britische Geheimdienst meint, du könntest der Tinamu sein.«

»Wie *außergewöhnlich.*« Der verblüffte blonde Mann zog das Wort in die Länge. »Und unerhört!«

»Das habe ich zu Holcroft auch gesagt. Ich hab' ihm erklärt, daß die dich wegen dem, was du schreibst, jagen ... und weil du der bist, der du bist. Die *wir* sind.«

»Ja, das kann ich mir denken.« Von Tiebolt konnte sich nicht auf die

Worte seiner Schwester konzentrieren; seine Hand krampfte sich um den Hörer. Irgendwo war ein Fehler gemacht worden; es galt, sofort Schritte zu unternehmen, um diesen zu korrigieren. Was hatte MI-5 zu *ihm* geführt? Er hatte doch jede Spur verwischt! Aber er konnte natürlich jederzeit den Tinamu liefern; das war seine letzter Schachzug. Niemandem vertraute man mehr als dem Verdächtigen, der selbst den gejagten Mörder lieferte. Dies war die raffinierteste Nummer seines Repertoires. Vielleicht würde er sie früher einsetzen müssen, als er geglaubt hatte.

»Johann, bist du noch da?«

»Ja, entschuldige.«

»Du mußt dich sobald wie möglich mit Holcroft treffen.«

»Natürlich. Ich werde in vier oder fünf Tagen in Paris sein...«

»Nicht früher?« unterbrach Helden. »Er drängt darauf.«

»Das ist ganz unmöglich.«

»Ich habe dir noch so viel zu sagen...« Sie berichtete ihm von dem Konto in Genf, von der Agentur in Zürich, die Hunderte von Millionen verteilen würde, von dem amerikanischen Sohn des Heinrich Clausen; von Erich Kessler in Berlin; von den Cararras in Rio. Schließlich wiederholte sie stockend die Worte ihrer Schwester. *Eines Tages kommt ein Mann und spricht von einer seltsamen Abmachung.* »Hast du das gesagt?« fragte sie ihren Bruder.

»Ja. Da ist vieles, was man dir nie gesagt hat. Ich wußte nicht, wann oder wie es geschehen würde, nur daß es eines Tages geschehen würde. Mit Gretchen habe ich früher darüber gesprochen. Dieser Holcroft hat sie neulich aufgesucht. Ich fürchte, sie konnte ihm nicht sehr weiterhelfen. Uns ist eine Pflicht auferlegt, die so tief geht und so viele Dinge in Bewegung setzen wird, wie nichts in der Geschichte der letzten Jahrzehnte. Es gilt Wiedergutmachung zu leisten.«

»Das hat Holcroft auch gesagt«, unterbrach Helden.

»Sicher hat er das.«

»Er hat Angst. Er versucht, es nicht zu zeigen, aber er hat Angst.«

»Das sollte er auch. Das ist eine ungeheure Verantwortung, die er trägt. Ich muß erfahren, was er weiß, um ihm helfen zu können.«

»Dann komm jetzt nach Paris.«

»Das kann ich nicht. Erst in ein paar Tagen.«

»Ich mache mir Sorgen. Wenn Noel das ist, was er sagt, und ich habe keinen Anlaß, daran zu zweifeln –«

»›Noel‹?« fragte der Bruder leicht überrascht.

»Ich mag ihn, Johann.«

»Weiter.«

»Wenn er derjenige ist, der euch drei zu den Direktoren der Grande Banque bringen soll, dann läuft in Genf ohne ihn nichts.«

»Und?«

»Andere wissen das auch. Ich glaube, sie wissen über das Konto in der Schweiz Bescheid. Schreckliche Dinge sind geschehen. Sie haben versucht, ihn zu stoppen.«

»Wer?«

»Ich nehme an, die RACHE. Oder die ODESSA.«

»Das bezweifle ich«, sagte John Tennyson. »Keine der beiden Organisationen ist fähig, etwas so Außergewöhnliches geheimzuhalten. Das kannst du einem alten Journalisten glauben.«

»Die RACHE mordet, und ebenso die ODESSA. Jemand hat versucht, Noel zu töten.«

Tennyson lächelte bei sich; da war ein Fehler gemacht worden, aber in den wesentlichen Zügen lief das Spiel nach Plan. Holcroft wurde von allen Seiten bedrängt. Wenn sich dann alles in Genf zuspitzte, wäre er erschöpft, und man könnte ihn nach Wunsch bearbeiten. »Dann ist er jetzt bestimmt sehr vorsichtig. Du mußt ihm beibringen, was du weißt, Helden. Die Tricks, die wir alle voneinander gelernt haben.«

»Er hat schon einige mitbekommen«, sagte das Mädchen, und in ihrer Stimme klang ein weiches, mitfühlendes Lächeln mit. »Er haßt es, sie einzusetzen.«

»Besser das, als tot.« Der blonde Mann machte eine Pause. Der Übergang mußte beiläufig kommen, unauffällig. »Gretchen hat ein Foto erwähnt, ein Bild von Beaumont. Sie meint, daß Holcroft es mitgenommen hat.«

»Das hat er. Er ist überzeugt, daß er Beaumont in dem Flugzeug von New York nach Rio gesehen hat. Er meint, er habe ihn verfolgt.«

Es *war* also das Flugzeug, dachte Tennyson. Der Amerikaner beobachtete seine Umgebung besser, als Beaumont hatte glauben wollen. Beaumonts Verschwinden würde man in ein paar Tagen erklären können, aber das Foto, das sich in Holcrofts Besitz befand, würde sich nicht so leicht erklären lassen, falls er es in der Schweiz den falschen Leuten zeigte. Der übereifrige Commander hatte eine zu auffällige Spur hinterlassen, die von Rio zur Admiralität führte. Sie mußten das Foto wiederhaben. »Ich weiß nicht, was ich dazu sagen soll. Ich habe Beaumont nie gemocht. Ich habe ihm nie vertraut. Aber er war doch monatelang im Mittelmeer. Ich kann mir einfach nicht vorstellen, wie er es fertiggebracht haben soll, sein Schiff zu verlassen und in einem Flugzeug aufzutauchen, das von New York nach Rio fliegt. Holcroft muß sich irren.« Wieder machte Tennyson eine Pause. »Aber ich meine, daß Noel das Foto mitbringen sollte, wenn wir uns treffen. Er sollte es nicht mit sich herumtragen. Und er sollte auch nicht über Beaumont reden. Sag ihm das. Das könnte Leute zu Gretchen lenken. Zu uns. Ja, ich glaube, es wäre eine gute Idee, wenn er das Foto mitbrächte.«

»Das kann er nicht. Man hat es ihm gestohlen.«

Der blonde Mann erstarrte. Das war *unmöglich*. Keiner von *ihnen* hatte das Foto genommen! Keines von den *Sonnenkindern*. Er wäre der erste gewesen, der das erfahren hätte. Jemand *anders*? Er senkte seine Stimme. »Was meinst du damit: ›Man hat es ihm gestohlen‹?«

»Genau das, was ich sage. Man hat ihn verfolgt, niedergeschlagen und ihm das Bild abgenommen. Sonst nichts. Nur das Foto.«

»Was für ein Mann?«

»Das wußte er nicht. Es war Nacht; er konnte nichts sehen. Als er erwachte, lag er auf einem Feld, Meilen von Portsmouth entfernt.«

»In Portsmouth hat man ihn überfallen?«

»Etwa eine Meile von Gretchens Haus, wenn ich ihn recht verstanden habe.«

Da stimmte etwas nicht. Etwas Schreckliches. »Bist du sicher, daß Holcroft nicht gelogen hat?«

»Weshalb sollte er lügen?«

»Was *genau* hat er dir gesagt?«

»Daß ihn ein Mann in einem schwarzen Sweater verfolgt hat. Der Mann hat ihn mit einem stumpfen Gegenstand niedergeschlagen und ihm, als er bewußtlos war, das Foto aus der Tasche geholt. Bloß das Foto. Weder sein Geld noch sonst etwas.«

»Ich verstehe.« Aber in Wirklichkeit verstand er nicht! Und das, was er nicht verstand, beunruhigte ihn. Aber er durfte Helden seine Befürchtungen nicht merken lassen. Er mußte wie immer den Eindruck vermitteln, als hätte er die Dinge völlig im Griff. Und doch mußte er diese unverständliche Störung von unbekannter Seite aufspüren. »Helden, ich möchte, daß du etwas tust. Für uns alle. Meinst du, du könntest es einrichten, daß du einen Tag freibekommst?«

»Ich denke schon. Warum?«

»Ich glaube, wir sollten herauszufinden versuchen, wer sich da so eingehend für Holcroft interessiert. Vielleicht könntest du einen Ausflug vorschlagen aufs Land, nach Fontainebleau oder Barbizon.«

»Aber warum?«

»Ich habe einen Freund in Paris, der gelegentlich etwas für mich erledigt. Ich werde ihn bitten, euch nachzufahren, sehr diskret natürlich. Vielleicht erfahren wir dann, wer diese Fahrt sonst noch mitmacht.«

»Das könnte doch auch einer von unseren Leuten machen.«

»Nein, das wäre nicht gut. Du solltest deine Freunde nicht hineinziehen. Der Oberst sollte damit nichts zu tun haben.«

»Also gut. Wir werden gegen zehn Uhr morgens abfahren. Von seinem Hotel. Das Douzaine Heures, Rue Chevalle. Woran werde ich den Mann erkennen?«

»Gar nicht. Er wird sich in der Nähe des Hotels bereithalten. Sag Holcroft nichts, das würde ihn unnötig aufregen.«

»Rufst du mich an, wenn du nach Paris kommst?«

»Sofort nach meiner Ankunft, Schwesterchen.«

Tennyson legte auf. Ehe er die Maschine nach Berlin bestieg, galt es noch ein letztes Gespräch zu führen. Jetzt nicht mehr mit Gretchen; mit der wollte er nicht sprechen. Wenn sich das, was Beaumont getan hatte, als so katastrophal erwies, wie es jetzt schien, wenn er in seiner Unüberlegtheit die Pläne der Wolfsschanze aufs Spiel gesetzt hatte, dann wäre es nötig, alle Fäden abzuschneiden, die zu ihm und über ihn nach Genf führten. Das war keine leichte Entscheidung. Er liebte Gretchen so, wie nur wenige Männer auf der Welt eine Schwester lieben; auf eine Art, die die Welt mißbilligte, weil die Welt so etwas nicht begriff. Sie erfüllte seine Bedürfnisse, stillte seinen Hunger, so daß es nie irgendwelche äußeren Komplikationen gab. Sein Bewußtsein war auf diese Weise frei und konnte sich auf die außergewöhnliche Mission konzentrieren, die das Leben ihm auferlegt hatte. Aber vielleicht würde auch das ein Ende haben müssen. Gretchen, seine Schwester, seine Geliebte, müßte vielleicht sterben.

Holcroft lauschte auf Althenes letzte Worte, war verblüfft über ihren Gleichmut, erstaunt, daß es so leicht gewesen war. Die Beerdigung hatte gestern stattgefunden.

»Tu, was du mußt, Noel. Ein guter Mensch ist umsonst gestorben, auf unsinnige Art, und das ist das Widerwärtige. Aber es ist vorbei; es gibt nichts, was du oder ich tun könnten.«

»Da ist etwas, was du für mich tun kannst.«

»Nämlich was?«

Er erzählte ihr von Manfredis Tod – so wie der Schweizer glaubte, daß es geschehen war. Ein alter Mann, von Schmerzen gepeinigt, der ein schnelles Ende einem langen Siechtum mit endlosem Leiden vorzog. »Das Letzte, was er in seiner Eigenschaft als Bankier tat, war, daß er sich mit mir in Genf traf.«

Althene schwieg einen Augenblick lang, dachte über einen Freund nach, der ihr einmal viel bedeutet hatte. »Das paßte zu ihm, daß er einen Vertrag erfüllte, der so wichtig war wie der, den er dir übermittelt hat. Das hätte er niemals anderen überlassen.«

»Da war noch etwas; es betraf dich. Er sagte, du würdest es verstehen.« Holcroft hielt den Telefonhörer fest in der Hand und redete so überzeugend er konnte. Er sprach von Manfredis ›Sorge‹ in bezug auf jene Leute, die sich vielleicht an eine eigensinnige Frau erinnern könnten. Eine Frau, von der viele glaubten, daß sie die Schuld an dem Sinneswandel Heinrich Clausens trug und an seiner Entscheidung, das

Reich zu verraten. Er erklärte, es sei durchaus möglich, daß es noch Fanatiker gab, die vielleicht immer noch auf Rache sannen. Manfredis alte Freundin Althene Clausen solle nicht das Risiko eingehen, zur Zielscheibe zu werden; sie solle eine Weile untertauchen, sich an einen Ort begeben, wo niemand sie finden konnte, falls Clausens Name ins Gespräch kam. »Kannst du das verstehen, Mutter?«

»Ja«, antwortete Althene. »Weil er das schon einmal zu mir gesagt hat, vor vielen, vielen Jahren. An einem warmen Nachmittag in Berlin. Damals hat er auch gesagt, daß die uns suchen würden. Er hatte recht; jetzt hat er auch recht. Die Welt ist voll von Wahnsinnigen.«

»Wohin wirst du gehen?«

»Das weiß ich noch nicht. Vielleicht mache ich eine Reise. Der Zeitpunkt dafür ist recht gut, nicht wahr? Die Leute sind so fürsorglich und verständnisvoll, wenn jemand gestorben ist.«

»Mir wäre es lieber, wenn du irgendwohin fährst, wo man dich nicht sieht. Nur auf ein paar Wochen.«

»Es ist nicht schwer zu verschwinden. Darin habe ich gewisse Erfahrung. Ich war zwei Jahre lang unterwegs, damals, als wir beide Berlin verlassen hatten. Bis Pearl Harbor, um es genau zu sagen. Man mußte damals schrecklich aufpassen. Der SD bekam seine Anweisungen direkt vom Auswärtigen Amt.«

»Das habe ich nicht gewußt«, sagte Holcroft bewegt.

»Da ist noch mehr – aber lassen wir das. Richard hat all dem ein Ende gemacht. Er hat uns eine Heimat gegeben, und wir brauchten uns nicht mehr zu verbergen. Ich werde es dich wissen lassen, wo ich bin.«

»Wie?«

Seine Mutter überlegte. »Dein Freund in Curaçao. Mr. Buonoventura. Er war richtig ehrerbietig. Ich werde ihn informieren.«

Holcroft lächelte. »Ausgezeichnet. Ich rufe Sam dann an.«

»Ich habe dir nie von dieser Zeit erzählt, ehe Richard in unser Leben trat. Das muß ich wirklich einmal tun; vielleicht interessiert es dich.«

»Sehr würde es mich interessieren. Manfredi hatte recht, du bist unglaublich.«

»Nein, Lieber. Nur ein Überlebenstyp.«

Dann verabschiedeten sie sich schnell, wie üblich; sie waren Freunde. Noel verließ das Büro des stellvertretenden Direktors. Er ging quer durch die Halle des George V. auf die Bar zu, wo sein Freund mit Aperitifs auf ihn wartete, und entschloß sich dann plötzlich zu einem kurzen Umweg. Er trat an das breite Fenster links vom Eingang und spähte zwischen den Falten der roten Samtgardinen hinaus. Der grüne Fiat stand immer noch an der Straße.

Noel setzte seinen Weg durch die Halle fort und ging auf die Bar zu. Er würde eine Viertelstunde in angenehmem Gespräch mit dem stellvertretenden Direktor verbringen und im Verlauf dieses Gespräches einige sehr detaillierte, wenn auch falsche Informationen vermitteln und um ein paar Gefälligkeiten bitten.

Und dann war da noch Helden. Wenn sie ihn nicht bis fünf anrief, würde er versuchen, sie bei Gallimard zu erreichen. Er mußte sie treffen; er brauchte eine Waffe.

»Vier oder fünf *Tage*?« erregte sich Holcroft am Telefon. »Ich will nicht vier oder fünf Tage warten. Ich kann mich überall mit ihm treffen! Ich habe nicht soviel Zeit zu vergeuden.«

»Er hat gesagt, daß er vorher nicht nach Paris kommen kann. Er hat vorgeschlagen, daß du inzwischen nach Berlin fliegst. Das würde dich nur einen Tag kosten.«

»Er wußte über Kessler Bescheid?«

»Vielleicht nicht namentlich, aber über Berlin.«

»Wo war er?«

»Am Flughafen in Athen.«

Noel erinnerte sich. *Er ist vor vier Tagen in Bahrain verschwunden. Unsere Leute halten von Singapur bis Athen nach ihm Ausschau:* der britische Geheimdienst würde bald auf John Tennyson stoßen, wenn das nicht bereits der Fall gewesen war. »Was hat er denn über die Engländer gesagt?«

»Er war wütend, so wie ich das erwartet hatte. Es würde mich nicht wundern, wenn er jetzt einen Artikel schreibt, der das Foreign Office in Verlegenheit bringt. Er war regelrecht auf hundert.«

»Ich hoffe, daß er das bleiben läßt. Das Allerletzte, was wir uns jetzt wünschen können, ist ein Zeitungsartikel. Können Sie ihn zurückrufen? Kann *ich* ihn anrufen? Er könnte heute hierherfliegen. Ich könnte ihn in Orly abholen.«

»Ich fürchte, das geht nicht. Er wartete auf ein Flugzeug. Es gibt nur eine Telefonnummer in Brüssel; dort ruft er sich seine Mitteilungen ab. Es hat beinahe zwei Tage gedauert, bis er die meine bekam.«

»Verdammte Scheiße!«

»Sie sind überreizt.«

»Ich bin in Eile.«

»Noel...«, begann Helden stockend. »Ich habe morgen frei. Könnten wir uns treffen? Vielleicht einen kleinen Ausflug machen? Ich würde mich gern mit Ihnen unterhalten.«

Holcroft war verblüfft. Er hatte *sie* treffen wollen. »Weshalb bis morgen warten? Essen wir doch zusammen zu Abend.«

»Das geht nicht. Heute abend ist eine Besprechung. Ich bin morgen früh um zehn Uhr in Ihrem Hotel. Nachmittags können Sie nach Berlin fliegen.«

»Treffen Sie sich mit Ihren Freunden?«

»Ja.«

»Helden, Sie müssen etwas für mich tun. Ich hatte nie gedacht, daß ich je so etwas von jemandem erbitten würde, aber... ich will eine Pistole haben. Ich weiß nicht, wie ich es anstellen soll, mir eine zu beschaffen, wie die Gesetze sind, meine ich.«

»Ich verstehe. Ich bringe sie Ihnen. Bis morgen.«

»Ja, bis morgen.« Holcroft legte auf und sah zu seinem offenen Aktenkoffer hinüber, der auf dem Hotelsessel stand. Er konnte den Umschlag des Genfer Dokuments sehen. Es erinnerte ihn an die Drohung der Männer der Wolfsschanze. *Nichts ist so, wie es für Sie war....* Er wußte jetzt, wie vollkommen wahr das war. Er hatte sich in Costa Rica eine Pistole ausgeliehen. Er hatte einen Mann getötet, der im Begriff gewesen war, ihn zu töten, und wollte nie mehr eine Waffe in seiner Hand halten, solange er lebte, nicht mehr. Auch das hatte sich geändert. Alles hatte sich geändert, weil ein Mann, den er nie gekannt hatte, aus dem Grab nach ihm gerufen hatte.

20

»Mögen Sie Bergforellen?« fragte Helden, während sie ihm die Pistole reichte. Sie saßen in seinem gemieteten Wagen.

»Ist mir recht«, sagte er und lachte.

»Was ist denn so komisch?«

»Ich weiß nicht. Sie reichen mir da eine Pistole, und das ist ganz bestimmt nicht das Allernormalste, was man tun kann, und fragen mich gleichzeitig, was ich gerne zum Mittagessen möchte.«

»Das eine hat nichts mit dem anderen zu tun. Es wäre vielleicht eine gute Idee, wenn Sie ein paar Stunden nicht an Ihre Probleme dächten.«

»Ich habe gemeint, daß Sie über diese Probleme mit mir reden wollten.«

»Das will ich auch. Aber außerdem wollte ich Sie besser kennenlernen. Als wir neulich abends zusammenwaren, haben Sie alle Fragen gestellt.«

»Ehe ich diese Fragen stellte, waren Sie ja mit Herumkommandieren beschäftigt.«

Helden lachte. »Das tut mir wirklich leid. Das war recht hektisch, nicht wahr?«

»Verrückt war es. Sie haben ein nettes Lachen. Ich wußte gar nicht, daß Sie lachen können.«

»Das tue ich häufig. Wenigstens zweimal im Monat. Pünktlich wie eine Uhr.«

Holcroft sah sie an. »Das hätte ich nicht sagen sollen. Ich kann mir nicht vorstellen, daß Sie viel zum Lachen finden.«

Sie erwiderte seinen Blick und lächelte dabei. »Mehr als Sie glauben, vielleicht. Und ich bin nicht beleidigt. Sicher halten Sie mich für sehr ernst.«

»Nun, das, worüber wir neulich abends gesprochen haben, war ja auch nicht gerade besonders lustig.«

»Nein, das war es nicht.« Helden drehte sich zu ihm herum, sie hatte beide Hände um ihre Knie unter dem weißen Faltenrock gelegt. Sie hatte jetzt etwas lausbubenhaft Verspieltes an sich, das Noel bisher nicht aufgefallen war. Ihre Worte verstärkten das. »Denken Sie jemals an sie?« fragte sie.

»An wen?«

»An jene Väter, die Sie und ich nie gekannt haben. Was sie getan haben, war so unglaublich, eine so mutige Tat.«

»Nicht nur eine Tat, Hunderte... Tausende von Taten. Und jede anders, jede kompliziert, und das ging Monate so. Drei Jahre der Manipulationen.«

»Sie müssen in beständiger Angst gelebt haben.«

»Ganz bestimmt.«

»Was mag sie dazu getrieben haben?«

»Das, was...« Noel hielt inne, ohne zu wissen weshalb. »Das, was Heinrich Clausen in seinem Brief an mich geschrieben hat. Sie waren erschüttert, mehr als wir uns vorstellen können, als sie erfuhren, was in den Lagern vor sich ging. Auschwitz, Bergen-Belsen – das muß sie wie ein Schlag getroffen haben. Uns kommt es heute noch unvorstellbar vor. Aber vergessen Sie nicht, daß das dreiundvierzig war. Damals herrschte eine Verschwörung des Schweigens.«

Helden berührte seinen Arm; nur ganz kurz, aber fest. »Sie nennen ihn Heinrich Clausen. Sie können nicht ›Vater‹ sagen, oder?«

»Ich *hatte* einen Vater.« Noel hielt inne. Dies war nicht der Augenblick, ausführlich über Richard Holcroft zu sprechen. Er mußte sich zurückhalten. »Er ist tot. Man hat ihn vor fünf Tagen in New York umgebracht.«

»O *Gott*...« Helden starrte ihn an; er konnte die Tiefe ihrer Betroffenheit spüren. »Umgebracht? Wegen Genf?« fragte sie.

»Das weiß ich nicht.«

»Aber Sie vermuten es.«

»Ja.« Seine Hände krampften sich um das Steuer, und er schwieg. Um ihn herum begann sich ein Panzer zu bilden, und das war etwas Schreckliches.

»Es tut mir leid, Noel. Ich weiß nicht, was ich sonst sagen soll. Ich täte so gern irgend etwas, um Sie zu trösten, aber ich weiß nicht, was.«

Er sah sie an, ihr liebliches Gesicht und die klaren braunen Augen, in denen das Mitgefühl zu lesen stand. »Bei all den Problemen, die Sie haben, ist es schon genug, daß Sie das sagen. Sie sind nett, Helden. Mir sind noch nicht viele Menschen wie Sie begegnet.«

»Ich könnte dasselbe sagen... nett.«

»Jetzt haben wir es beide gesagt. Wie ist das jetzt mit dieser Forelle? Wenn wir schon ein paar Stunden wegfahren wollen, könnten Sie mir doch sagen, wohin es geht?«

»Nach Barbizon. Dort gibt es mitten in der Stadt ein reizendes Restaurant. Sind Sie schon einmal in Barbizon gewesen?«

»Ein paarmal«, sagte Noel, und dann fiel sein Blick plötzlich auf den kleinen rechteckigen Spiegel neben dem Fenster.

Hinter ihnen fuhr ein dunkelgrüner Fiat. Er hatte keine Ahnung, ob es derselbe Wagen war, der gestern an der Avenue George V. auf ihn gewartet hatte, aber er wollte sich darüber Klarheit verschaffen – ohne Helden zu erschrecken. Er wurde langsamer, der Fiat überholte nicht. Statt dessen reihte er sich in die rechte Fahrbahn ein und ließ einen anderen Wagen vor, so daß dieser zwischen ihnen fuhr.

»Stimmt etwas nicht?« fragte Helden.

Holcroft gab Gas. Der Wagen machte einen leichten Ruck. »Nein, schon gut. Ich hatte gestern mit dieser verdammten Kiste Ärger. Der Vergaser müßte eingestellt werden, glaube ich. Hin und wieder stockt die Benzinzufuhr; wenn man dann kräftig Gas gibt, läuft der Motor wieder rund.«

»Das klingt ja sehr fachmännisch.«

»Ich bin ein ganz guter Mechaniker. Wenn man das nicht ist, darf man in Mexiko und weiter südlich keinen Job annehmen.« Er trat aufs Gaspedal, und der Wagen schoß davon.

Jetzt konnte er den grünen Fiat im Rückspiegel sehen. Er bog nach links, überholte den Wagen, der sich zwischen sie geschoben hatte, und reihte sich dann wieder hinter ihnen in der rechten Fahrspur ein. Die Frage war beantwortet. Man verfolgte sie.

Seine Furcht machte ihn vorsichtig. Wer auch in dem Fiat saß – es gab da eine indirekte Verbindung mit Richard Holcroft, da war er ganz sicher. Und er würde diesen Mann in eine Falle locken.

»So. Jetzt ist alles in Ordnung«, sagte er zu Helden. »Jetzt funktioniert der Vergaser wieder. Mittagessen in Barbizon klingt verflucht gut. Wollen sehen, ob ich den Weg noch kenne.«

Das tat er nicht. Absichtlich. Er nahm einige falsche Abzweigungen und tarnte seine Fehler mit viel Gelächter und behauptete, die ganze französische Provinz habe sich verändert. Mit der Zeit wurde ein albernes Spiel mit einem todernsten Ziel daraus. Er mußte das Gesicht des Mannes in dem Fiat sehen. In Paris war das Gesicht hinter einer Windschutzscheibe und einer Wolke aus Zigarettenrauch verborgen gewesen; aber er mußte es sehen, um es später auch in einer Menschenmenge wiederzuerkennen.

Aber der Fahrer des Fiat war kein Amateur. Wenn ihn Noels ziellose Manöver und sein häufiger Geschwindigkeitswechsel verwirrten, so ließ er sich davon nichts anmerken, hielt sich in diskreter Distanz hinter ihnen, ohne dabei zuzulassen, daß der Abstand knapp wurde. Auf einer schmalen Straße südlich von Corbeil-Essonnes stand ein Wagen mit einer Panne; das war ein guter Vorwand, um anzuhalten. Holcroft erkundigte sich, ob er helfen könne; der Fahrer des Fiat hatte keine Wahl; er fuhr schnell an den zwei haltenden Wagen vorbei. Noel blickte auf. Der Mann hatte helle Gesichtsfarbe, und sein Haar war von hellem Braun; und da war noch etwas: Flecken oder Pockennarben an der Wange des Mannes.

Er würde dieses Gesicht wiedererkennen; das war wichtig für ihn.

Der Fahrer des defekten Wagens dankte Holcroft und erklärte, daß schon Hilfe unterwegs sei.

Noel nickte und fuhr wieder an. Er war gespannt, ob er den grünen Fiat bald sehen würde. Und wenn ja – würde er in einer Nebenstraße auf ihn warten oder einfach aus dem Nichts hervorkommen und im Rückspiegel auftauchen?

»Das war sehr nett«, sagte Helden.

»Wir häßlichen Amerikaner tun hin und wieder etwas Nettes. Ich fahre jetzt zur Hauptstraße zurück.«

Falls der grüne Fiat in einer Seitenstraße gewartet hatte, so sah er das jedenfalls nicht. Er war einfach da, tauchte auf der Hauptstraße im Rückspiegel auf. Sie nahmen die Ausfahrt Seine-et-Marne und fuhren nach Barbizon hinein. Der Fiat blieb weit hinter ihnen, aber er war da.

Die Stimmung bei ihrem Mittagessen war seltsam gemischt aus Behagen und Verlegenheit; flüchtige Annäherungen und unvermittelte Scheu; ungezwungene Gespräche, die jäh stockten und abrissen. Ihr Zusammensein, ihre körperliche Nähe aber erfüllten sie mit Wohlgefühl. Holcroft dachte, daß sie das sicher ebenso empfand wie er.

Das Gefühl, einander nahe zu sein, verstärkte Helden, offensichtlich ohne sich dabei etwas zu denken, indem sie ihn wiederholt berührte. Plötzlich lag ihre Hand für Augenblicke auf seinem Ärmel oder auf seiner Hand. Sie tat das, um etwas zu betonen, was sie sagte, oder weil sie eine Frage stellte, aber jedenfalls berührte sie ihn, als wäre das die natürlichste Sache der Welt. Und für ihn war es ganz natürlich, ihre Berührung anzunehmen und zu erwidern.

»Ihr Bruder hat nicht über Beaumont gesprochen?« fragte er.

»Doch, das hat er. Er war sehr verärgert. Alles, was Beaumont betrifft, ärgert ihn. Aber daß Sie ihn im Flugzeug gesehen haben, das glaubt er nicht. Er meint, da hätten Sie sich geirrt. Er wollte, daß Sie das Foto mitbringen. Ich sagte, daß Sie es nicht mehr haben. Er war richtiggehend wütend.«

»Wegen des Fotos?«

»Ja. Er sagte, das könne gefährlich sein. Das könne ›Leute‹, sagte er, zu Gretchen führen. Zu Ihnen. Nach Genf.«

»Ich glaube, die Antwort ist viel einfacher. Die Royal Navy ist auch nicht anders als jede andere militärische Organisation. Ihre Offiziere beschützen einander.«

»Meine nicht gerade wählerische Schwester, meinen Sie?«

Holcroft nickte; er wollte wirklich nicht über Gretchen Beaumont sprechen, schon gar nicht mit Helden. »So etwas Ähnliches.«

Sie berührte seine Finger. »Es ist schon gut, Noel. Ich will nicht den Richter spielen, wenn es um meine Schwester geht.« Dann zog sie verlegen die Hand zurück. »Ich meine, ich habe nicht das Recht... Nein, das meine ich auch nicht. Ich meine, was Sie angeht, habe ich nicht das Recht...«

»Ich glaube, wir wissen beide, was Sie meinen«, unterbrach Holcroft und legte seine Hand auf die ihre. »Sie können sich dieses Recht nehmen. Ich glaube, ich mag das.«

»Jetzt komm ich mir richtig albern vor.«

»Meinetwegen? Das ist das Allerletzte, was ich möchte.« Er zog die Hand zurück und folgte ihrem Blick zum Fenster hinaus. Sie blickte auf den kleinen, von einem Mäuerchen umgebenen Teich auf der Terrasse, aber seine Aufmerksamkeit wanderte weiter. Sein Blick erfaßte ein paar Touristengruppen, die vor dem Restaurant durch die Straßen von Barbizon schlenderten. Der Mann mit dem hellbraunen Haar und dem Pockengesicht stand reglos auf der anderen Straßenseite. Er hatte eine Zigarette im Mund und hielt eine Broschüre in der Hand. Aber er sah die Broschüre nicht an. Er blickte zum Restauranteingang herüber.

Jetzt war es Zeit, etwas zu unternehmen, dachte Noel. Sein Zorn war neu entfacht; er wollte diesen Mann haben.

»Ich habe eine Idee«, sagte er, so beiläufig er konnte. »An der Tür habe ich ein Plakat gesehen, auf dem – in meinem Schuljungenfranzösisch – glaube ich, *Fête d'hiver* stand. Irgendwas mit Montereau-sowieso. Ist das nicht eine Art Volksfest?«

»Das *fête*, nicht das Dorf. Montereau liegt zehn oder zwölf Kilometer südlich von hier, glaube ich.«

»Was ist es, das Fest, meine ich?«

»*Fêtes d'hiver*? Die sind hier ziemlich verbreitet und werden meistens

von den Kirchengemeinden veranstaltet. Normalerweise stehen sie in
Verbindung mit dem Tag eines bestimmten Heiligen. Das ist so etwas
wie ein Flohmarkt.«

»Fahren wir hin.«

»Wirklich?«

»Warum nicht? Das könnte doch nett sein. Ich kaufe Ihnen ein
Geschenk.«

Helden sah ihn schelmisch an. »Na gut«, sagte sie.

Das helle Licht der Nachmittagssonne wurde grell von den Außenspie-
geln reflektiert, so daß Holcroft die Augen zusammenkneifen und
immer wieder blinzeln mußte, um nicht geblendet zu werden. Hier und
da tauchte der dunkelgrüne Fiat auf. Er war weit hinter ihnen, aber nie
sehr lang außer Sichtweite.

Er parkte den Wagen hinter der Kirche, die das Zentrum der kleinen
Ortschaft bildete. Er ging mit Helden um das Pfarrhaus herum und
mischte sich unter die Menschen davor.

Der Dorfplatz war typisch französisch. Mit kopfsteingepflasterten
Straßen, die wie unregelmäßige Speichen von einem nicht ganz perfekten Rad wirkten, mit alten Häusern und sich hindurchschlängelnden
Gassen überall. Verkaufsstände mit mehr oder weniger ausgebleichten
und zerschlissenen Markisen waren ohne erkennbare Ordnung aufgebaut, und ihre Tische waren überhäuft mit kunstgewerblichem Kram,
Kleidern und Lebensmitteln aller Art. Diese *fête* diente nicht dem
Fremdenverkehr. Ausländer gehörten in die Frühlings- und Sommermonate.

Der Mann mit dem pockennarbigen Gesicht stand vor einer Verkaufsbude mitten auf dem Platz. Er aß ein Stück Gebäck, und seine
Augen huschten immer wieder zu Holcroft herüber. Der Mann wußte
nicht, daß man ihn entdeckt hatte; dessen war Noel sicher. Er gab sich
viel zu beiläufig, war zu sehr mit Essen beschäftigt. Er hatte den Mann,
den er beobachten sollte, im Auge, alles war gut. Holcroft wandte sich
zu Helden, die neben ihm ging.

»Jetzt habe ich das Geschenk gesehen, das ich Ihnen kaufen will!«
rief er.

»Seien Sie nicht albern...«

»Warten Sie hier! Ich bin gleich wieder da.«

»Ich warte dort drüben« – sie deutete nach rechts – »bei dem
Zinngeschirr.«

»Fein. Bis gleich.«

Noel bahnte sich den Weg durch die Menge. Wenn er sich schnell
genug bewegte und sich immer wieder duckte, könnte er den Rand der
Menschenmenge erreichen, ohne daß der hellhaarige Mann ihn sah.

Und sobald er einmal die kopfsteingepflasterte Gasse jenseits des Gewühls erreicht hatte, konnte er sich von hinten bis auf ein paar Meter an den Gebäckstand heranarbeiten.

Er kam zu der Gasse; der Mann hatte ihn nicht gesehen. Er hatte sich noch ein Stück Kuchen gekauft und aß es jetzt geistesabwesend, reckte sich hoch und spähte angestrengt über die Köpfe der Menge. Dann schien er sich plötzlich wieder zu entspannen. Offenbar hatte er Helden entdeckt. Wahrscheinlich war er überzeugt, daß ihr Begleiter, solange er sie sah, nicht weit weg war.

Noel tat so, als hätte er sich den Knöchel verstaucht, und humpelte um die Menge herum, wobei sein Mißgeschick ihm einen Vorwand lieferte, sich vor Schmerzen verkrümmt zu bewegen. Jetzt konnte der Mann ihn unmöglich sehen.

Noel hatte die Rückseite des Gebäckstandes erreicht, war höchstens noch zehn Meter von ihm entfernt. Er beobachtete den Mann scharf. Er hatte etwas Primitives an sich, wie er reglos so dastand und aß und sich hin und wieder streckte, um sich zu vergewissern, daß diejenigen, die er beobachtete, ihm nicht aus den Augen gerieten. Holcroft kam es vor, als beobachtete er ein Raubtier. Er konnte seine Augen nicht sehen, aber er wußte, daß sie kalt und wachsam sein mußten. Die Vorstellung versetzte ihn in Zorn, und durch seinen Kopf schossen Bilder eines solchen Mannes, der hinter einem Fahrer saß, dem Fahrer vielleicht eine Pistole an den Kopf hielt und darauf wartete, daß Richard Holcroft auf einem Trottoir in New York erschien. Der Gedanke an solches eiskaltes, tödliches Vorgehen machte ihn rasend.

Noel stürzte sich in die Menge, seine rechte Hand hielt die Pistole in der Tasche umfaßt, die Linke hatte er vor sich ausgestreckt, die Finger starr. Wenn Noel ihn berührte, wäre das eine Berührung, die der hellhaarige Mann nicht mehr vergäße.

Plötzlich war sein Weg versperrt. *Versperrt!* Während er die Schultern eines Mannes und einer Frau vor sich auseinanderschob, verstellte ihm eine dritte Gestalt den Weg, drängte sich vor ihn, das Gesicht abgewandt. Man hielt ihn ganz bewußt auf!

»Aus dem Weg! Verdammt, loslassen!«

Er konnte erkennen, daß seine Rufe oder sein Englisch, vielleicht auch beides, den hellhaarigen Mann erschreckten, der nur wenige Meter von ihm entfernt war und jetzt herumfuhr, sein Kuchenstück fallenließ. Seine Augen flackerten wild, sein Gesicht war gerötet. Wieder fuhr er herum und bahnte sich seinen Weg durch die Menge, weg von Noel.

»Aus dem –« Holcroft konnte es spüren, ehe er es sah. Etwas hatte sein Jackett aufgeschlitzt, das Futter über der linken Tasche zerrissen. Er blickte nach unten, ungläubig. Ein Messer hatte da zugestoßen;

wenn er sich nicht weggedreht hätte, dann hätte es sich in seine Seite gebohrt.

Er packte das Gelenk der Hand, die das Messer hielt, stieß es weg, hatte Angst loszulassen, rammte dem Mann mit dem Messer die Schulter in die Brust. Sein Gesicht hielt der Mann immer noch verborgen.

Wer war er? Aber jetzt war keine Zeit, darüber nachzudenken oder sich zu wundern; er mußte dieses schreckliche Messer loswerden!

Noel schrie. Er beugte sich vor, hielt das Handgelenk seines Feindes mit beiden Händen, während die Messerklinge nach oben stach, sein ganzer Körper zuckte, stieß gegen die, die ihn umgaben. Er riß an der Faust mit der Messerklinge und schmetterte sie dann mit seinem ganzen Gewicht nach unten, stürzte dabei auf die Straße. Das Messer fiel herunter, klirrte aufs Pflaster.

Etwas krachte gegen seinen Hals. Plötzlich benommen, wußte er doch, was es war; man hatte mit einem Eisenrohr nach ihm geschlagen. Erschreckt und verwirrt lag er zusammengekrümmt da, aber er durfte nicht unten bleiben! Sein Instinkt trieb ihn in die Höhe, die Angst veranlaßte ihn, stehenzubleiben, auf einen Angriff zu warten, ihn abzuwehren. Und der Zorn ließ ihn nach den Angreifern Ausschau halten.

Sie waren verschwunden. Der Körper, der zu dem unsichtbaren Gesicht gehörte, war verschwunden. Das Messer auf dem Boden war verschwunden! Rings um ihn schoben sich die Menschen zurück, starrten ihn an, als wäre er von Sinnen.

Mein Gott! dachte er in plötzlicher Erkenntnis. Wenn sie ihn töten wollten, würden sie auch Helden töten! Wenn der Mann mit dem pockennarbigen Gesicht von Killern geschützt war und diese Killer wußten, daß er ihren Schützling entdeckt hatte, nahmen sie sicher an, daß Helden ihn ebenfalls entdeckt hatte. Sie würden auf sie losgehen! Sie würden *sie* töten, weil sie Teil seiner Falle war!

Er drängte sich durch den Kreis der Neugierigen, wich hundert Armen und Händen aus und rannte in die Richtung, die sie ihm erst vor Minuten gezeigt hatte. Ein Verkaufsstand mit Krügen oder Tellern oder... mit *Zinn*. Das war es! Ein Zinnverkäufer. Wo war er?

Er war da, aber sie war nicht da. Sie war nirgends zu sehen. Er rannte auf den Verkaufsstand zu und schrie:

»Eine Frau! Hier war eine blonde Frau!«

»Pardon? *Je ne parle pas* —«

»*Une femme... Aux cheveux blonds. Elle a été ici!*«

Der Verkäufer zuckte die Achseln und fuhr fort, eine kleine Schale zu polieren.

»*Où est elle?*« schrie Holcroft.

»*Vous êtes fou! Fou!*« schrie der Mann. »*Voleur! Gendarmes!*«

»*Non! S'il vous plaît! Une femme aux –*«

»*Ah*«, unterbrach ihn der Verkäufer. »*Une blonde. Dans ce sens.*« Er wies nach links.

Holcroft stieß sich von der Verkaufsbude ab und rannte wieder in die Menge hinein. Er zerrte an Mänteln und Jacken und bahnte sich seinen Weg. O Gott, er hatte sie *umgebracht*! Seine Augen suchten überall, spähten in jede Lücke, musterten jedes Augenpaar, jeden Haarschopf. Sie war nirgends.

»*Helden!*«

Plötzlich schmetterte eine Faust gegen seine linke Niere, und ein Arm schoß über seine Schulter, legte sich um seinen Hals, quetschte ihm die Luft aus der Kehle. Er knallte dem Angreifer, der jetzt hinter ihm war, den rechten Ellbogen in den Leib, während der versuchte, ihn rückwärts durch die Menge zu zerren. Nach Luft japsend, stieß er den linken Ellbogen in die harte, sich windende Gestalt, die ihn festhielt, dann wieder seinen rechten Ellbogen. Er hatte den Mann am Brustkasten erwischt; der Würgegriff um seinen Hals lockerte sich einen Augenblick, und der Augenblick genügte. Er wirbelte nach links, und seine Finger gruben sich in den Arm, der seinen Hals umspannte, zogen ihn herunter, warfen den Angreifer über seine Hüfte. Beide fielen sie zu Boden.

Noel sah das Gesicht! Unter der wirren Mähne aus rotem Haar sah er die kleine Narbe an der Stirn und darunter die zornigen blauen Augen. Der Mann war der jüngere der beiden MI-5-Agenten, die ihn im Hotel in London ausgefragt hatten. Noels Wut war jetzt auf dem Siedepunkt; der Wahnsinn, der einem schrecklichen Irrtum entsprang, nahm umgehend seinen Lauf. Der britische Geheimdienst hatte sich eingemischt, und es war gut möglich, daß diese Einmischung Helden das Leben gekostet hatte.

Aber *warum*? Warum hier, in einem obskuren französischen Dorf? Er kannte die Antwort nicht. Er wußte nur, daß dieser Mann, dessen Hals er jetzt umklammert hielt, sein Feind war, für ihn ebenso gefährlich wie die RACHE oder die ODESSA.

»*Aufstehen!*« Holcroft arbeitete sich hoch und zerrte an dem Mann. Sein Fehler war, daß er den Agenten einen Augenblick losließ. Und da schmetterte ohne Warnung ein lähmender Fausthieb in seine Magengrube. Seine Blicke verschwammen, und ein paar Sekunden war ihm nur bewußt, daß er gewaltsam quer durch ein Meer erstaunter Gesichter gezerrt wurde. Plötzlich schleuderte man ihn gegen eine Hauswand. Er konnte *hören*, wie sein Kopf dagegenkrachte.

»Sie verdammter Narr! Wie, zum Teufel, stellen Sie sich hier an? Das hätte Sie da drüben um ein Haar das Leben gekostet.« Der Mann von

MI-5 schrie nicht, aber es machte keinen Unterschied, so eindringlich war seine Stimme. Noel konnte jetzt wieder sehen; der Agent hielt ihn fest. Wieder preßte sich der Arm des Mannes über seine Kehle.

»Dreckskerl!« Er brachte die Worte kaum im Flüsterton hervor. »*Sie* haben doch versucht, mich zu töten...«

»Sie gehörten in ein Irrenhaus gesteckt, Holcroft! Der Tinamu würde sie nicht einmal *berühren*. Ich muß Sie hier herausholen.«

»Der Tinamu? Hier?«

»Weg hier!«

»*Nein!* Wo ist Helden?«

»Ganz bestimmt nicht bei uns! Glauben Sie, wir sind verrückt?«

Noel starrte den Mann an; er sprach die Wahrheit. Das alles war verrückt. »Dann hat jemand sie mitgenommen! Sie ist weg!«

»Wenn sie weg ist, ist sie freiwillig mitgegangen«, sagte der Agent. »Wir haben versucht, Sie zu warnen. Lassen Sie die Finger von dieser Sache!«

»Nein, Sie irren sich! Da war ein Mann – mit Pockennarben im Gesicht...«

»Der Fiat?«

»Ja! Der. Er hat uns verfolgt. Ich wollte ihn mir schnappen, und da haben seine Leute mich erwischt. Sie versuchten, mich zu töten.«

»Kommen Sie mit«, befahl der Agent, packte Holcrofts Arm und zerrte ihn weiter.

Sie erreichten eine enge, finstere Gasse. Kein Sonnenstrahl drang durch, alles lag im Schatten. Die Gasse war von Mülltonnen gesäumt. Hinter der dritten Mülltonne rechts konnte Noel ein Paar Beine sehen. Der Rest der Gestalt war von der Tonne verdeckt.

Der Agent stieß Noel in die Gasse hinein, vier oder fünf Schritte genügten, daß er den oberen Teil des Körpers sehen konnte.

Auf den ersten Blick schien der Mann mit dem pockennarbigen Gesicht betrunken zu sein. Er hielt mit beiden Händen eine Flasche Rotwein umfaßt; etwas von dem Wein war auf seine Hose getropft. Aber es war ein anderes Rot als der Fleck, der sich über seine Brust ausgebreitet hatte.

Der Mann war erschossen worden.

»Da haben Sie Ihren Killer«, sagte der Agent. »Wollen Sie uns jetzt zuhören? Fahren Sie nach New York zurück. Sagen Sie uns, was Sie wissen, und lassen Sie die Finger von dieser Geschichte.«

Noels Gedanken rasten wirr im Kreise, Nebel der Verwirrung hüllten ihn ein. Da lag gewaltsamer Tod in der Luft, Tod in New York, Tod in Rio, Tod hier in einem kleinen französischen Dorf. Die RACHE, die ODESSA, die Überlebenden der Wolfsschanze...

Nichts ist so, wie es für Sie war...

Er wandte sich dem MI-5-Mann zu, und seine Stimme war nur noch ein Flüstern. »Verstehen Sie denn nicht? Ich *kann nicht*...«

Am Ende der Gasse entstand plötzlich ein Tumult. Zwei Gestalten rannten vorbei, wobei eine die andere schob. Befehle waren zu hören – kehlig, hart, man konnte die Worte nicht verstehen, aber ihr Sinn war klar. Hilferufe wurden von dem Klatschen von Fleisch auf Fleisch übertönt, bösartigen Schlägen, und dann waren die undeutlichen Gestalten weg, aber Holcroft hörte den Schrei.

»Noel! *Noel*...!«

Das war Helden! Plötzlich funktionierte Holcrofts Verstand wieder, und er wußte, was er zu tun hatte. Mit aller Kraft trieb er dem Agenten die Schulter in die Seite, so daß er über die Mülltonne stolperte, die die Leiche des pockennarbigen Mannes verdeckte.

Er rannte aus der Gasse hinaus.

21

Die Schreie hielten an, aber er konnte nicht sagen, aus welcher Entfernung sie kamen, so laut war das muntere Treiben der Menge auf dem Dorfplatz. Akkordeonmusik und schrille Kornettklänge waren zu hören, und hier und dort drehten sich junge Paare im ländlichen Tanz und verschafften sich im Wirbel ihres Übermuts dafür den Platz. Das *fête d'hiver* war jetzt wirklich ein Volksfest.

»*Noel! Noel*...«

Das kam dort hinten aus der Gasse – von dort her hallten die Schreie! Holcroft rannte wie wild los und riß fast ein Liebespaar um, das sich an eine Mauer gelehnt umarmte. *Dort.*

»*Noel!*«

Er befand sich jetzt in einer Nebenstraße zwischen dreistöckigen Häusern. Er rannte die Straße hinunter, hörte wieder den Schrei, aber keine Worte, keinen Namen, nur einen Schrei, den ein dumpf klatschender Schlag abriß, der wieder einen Schmerzensruf auslöste.

O Gott, er mußte sie finden –

Eine *Tür*! Eine Tür stand halb offen; das war der Eingang zum vierten Haus zu seiner Rechten. Von dort war der Schrei gekommen!

Er rannte darauf zu und erinnerte sich an die Pistole in seiner Tasche. Er zog sie heraus. Während er sie unbeholfen in der Hand hielt, fiel ihm ein, daß er die Waffe bis jetzt überhaupt noch nicht richtig angesehen hatte. Das tat er jetzt, und einen Augenblick lang war er verblüfft und starrte sie an.

Er verstand wenig von Pistolen, aber diese hier kannte er. Es war eine Budischowsky-TP-70-Selbstladepistole, dasselbe Modell, das Sam Buonoventura ihm in Costa Rica besorgt hatte. Der Zufall verlieh ihm keineswegs Zuversicht, vielmehr machte er ihm übel. Das war nicht seine Welt.

Er überprüfte die Sicherung und zog die Tür auf, darauf bedacht, daß man ihn von innen nicht sehen konnte. Drinnen war ein langer, schmaler, schwach beleuchteter Gang zu erkennen. An der linken Wand, in einem Abstand von knapp vier Metern, waren zwei Türen. Vermutlich gab es auf der rechten Seite ebenfalls zwei Türen; aber von seinem Standpunkt aus waren sie nicht zu sehen.

Er stürmte mit erhobener Waffe hinein. Da waren die zwei Türen in der rechten Wand. Vier Türen insgesamt. Hinter einer von ihnen wurde Helden gefangengehalten. Aber hinter welcher? Er ging zur ersten Tür links und legte sein Ohr dagegen.

Ein kratzendes Geräusch war zu hören, unregelmäßig, ihm nicht vertraut. Er hatte keine Ahnung, was es war. Stoff, Tuch... das Zerreißen von Stoff? Er legte die Hand auf die Türklinke und drückte sie nieder; die Tür schwang nach innen, und er öffnete sie, hielt die Waffe schußbereit.

In dem dunklen Raum kniete eine alte Frau auf dem Boden und schrubbte ihn. Er sah ihr Profil, ihre hageren Züge waren eingefallen, und ihr Arm arbeitete in Kreisen auf dem weichen Holz. Sie war so alt, daß sie ihn weder sah noch hörte. Er schloß die Tür.

An die Tür zur Rechten war ein schwarzes Band genagelt. Jemand war hinter dieser Tür gestorben; die Familie trauerte. Ein Tod hinter dieser Tür. Der Gedanke zerrte an seinen Nerven; er lauschte mit angehaltenem Atem...

Das war es! Ein Handgemenge. Schwerer Atem, dumpfe Bewegungen; hinter dieser Tür herrschte Verzweiflung. Helden war hinter dieser Tür!

Noel trat zurück, die Waffe wieder im Anschlag, den rechten Fuß angehoben. Er atmete tief durch und trat dann mit dem Fuß, so als wäre er eine Ramme, in das Holz links von der Türklinke. Die Wucht des Aufpralls ließ die Tür nach innen krachen.

Drinnen lagen auf einem schmutzigen Bett zwei nackte Halbwüchsige, ein dunkelhaariger Junge über einem dicken, blonden Mädchen. Das Mädchen hatte die Beine gespreizt und reckte sie zur Decke, und der Junge lag dazwischen, beide Hände an ihren Brüsten. Auf das Krachen und beim Anblick des Fremden schrie das Mädchen. Der Junge wälzte sich von ihr herunter, wälzte sich auf dem Boden. Der Mund stand ihm im Schreck offen.

Das Krachen! Das Krachen war ein Alarm. Holcroft rannte in den Korridor und hetzte auf die nächste Tür zur Linken los. Jetzt war für nichts anderes Zeit als dafür, Helden zu finden. Er warf sich mit der Schulter gegen die Tür, drückte ungeschickt mit der linken Hand die Klinke nieder, während die Rechte die Waffe umfaßt hielt. Doch es hätte keiner Gewalt bedurft. Die Tür gab nach.

Noel stand unter dem Türrahmen und schämte sich einen Augenblick lang. An der Wand neben dem Fenster war ein blinder Mann zu sehen. Es war ein alter Mann, und er zitterte jetzt wegen der unsichtbaren, unbekannten Gewalt, die in die finstere Abgeschiedenheit seiner Welt eingedrungen war.

»*Nom de Dieu . . .*«, flüsterte er und hielt sich die Hände vors Gesicht.

Aus dem Korridor waren jetzt hastige Schritte zu hören, Schritte, die lauter wurden – die Geräusche eines Mannes, der es nicht nur eilig hatte, sondern den die Verzweiflung trieb, Leder, das gegen Holz klatschte. Holcroft fuhr herum und konnte gerade noch die Gestalt des MI-5-Agenten an sich vorbeirennen sehen. Irgendwo draußen splitterte Glas.

Noel taumelte aus dem Zimmer des Blinden und blickte nach links, woher das Splittern gekommen war; dort strömte die Sonne durch eine offene Tür am Ende des Korridors. Man hatte die Glasfüllung schwarz übermalt; er hatte sie in dem schwachen Licht nicht gesehen.

Woher wußte der Agent, daß dort eine Tür war? Weshalb hatte er sie eingetreten und war hinausgerannt? Glaubte der MI-5-Mann, daß *er* dort hinausgerannt war? Nein, der Agent würde ihm das nicht zutrauen; er war ein Amateur, ein Verrückter. Nein, der Mann von MI-5 mußte hinter jemand anders her sein.

Und dieser Jemand konnte nur Helden sein! Aber Helden befand sich hinter der Tür, die gegenüber dem Zimmer des blinden Mannes war; das war der einzige Raum, der noch übrigblieb. Dort mußte sie sein. Der Agent irrte!

Holcroft trat die Tür vor sich ein; das Schloß zerbrach, die Tür schwang auf, er rannte hinein.

Der Raum war leer, hatte schon lange Zeit leergestanden. Überall lagen dicke Schichten Staub . . . und es gab keine Fußabdrücke. Diesen Raum hatte seit Wochen niemand betreten.

Der MI-5-Mann hatte recht gehabt. Der Amateur hatte etwas nicht gewußt, was der Fachmann erkannt hatte.

Noel stürmte aus dem leeren Zimmer, den dunklen Korridor hinunter, durch die Tür mit den eingetretenen Scheiben, hinaus in einen Hof. Links führte ein massives Holztor auf die Straße zurück. Es stand offen, und Holcroft rannte durch. Er konnte vom Dorfplatz her die Geräusche des Volksfestes hören. Weit unten an der verlassenen Straße zu seiner Rechten hörte er einen Schrei, der wieder ebenso abriß wie vorhin. Er jagte auf den Schrei zu, in Heldens Richtung, konnte aber niemanden sehen.

»Zurück!« Der Befehl kam aus einer Türnische.

Ein Schuß peitschte. Über ihm spritzten Steinbrocken aus der Mauer, und das Übelkeit erregende Pfeifen einer abprallenden Kugel drang in sein Bewußtsein.

Noel warf sich zu Boden, auf das harte, unregelmäßige Kopfsteinpflaster. Als er sich abstützte, berührte sein Finger den Abzug seiner Waffe. Sie entlud sich, die Explosion dröhnte dicht neben seinem Gesicht. In seiner Panik rollte er sich zur Seite, auf die Türnische zu. Hände packten ihn, zerrten ihn in den Schatten hinein. Der Mann vom britischen Geheimdienst, der junge Mann mit der Narbe an der Stirn, riß ihn zurück, auf die Mauer zu.

»Noch einmal! Sie sind ein hirnverbrannter Narr! Ich sollte sie selbst umlegen und denen die Mühe sparen.« Der Agent kauerte an der Mauer und schob jetzt sein Gesicht vorsichtig an den Rand vor.

»Ich *glaube* Ihnen nicht«, sagte Noel. »Gar nichts glaube ich mehr. Wo ist sie?«

»Dieser Sauhund hält sie auf der anderen Straßenseite fest, vielleicht zwanzig Meter weiter vorn. Ich schätze, er hat ein Funkgerät und hat Verbindung mit einem Wagen aufgenommen.«

»Die werden sie *töten*!«

»Nein, das werden sie jetzt nicht. Ich weiß nicht warum, aber das ist es ganz bestimmt nicht, was die vorhaben. Vielleicht weil sie seine Schwester ist.«

»Hören Sie doch damit auf! Das stimmt nicht, das ist verrückt! Ich habe es ihr gesagt; sie hat mit ihm telefoniert. Er ist ebensowenig dieser Tinamu, wie Sie es sind. Und er ist wütend wie sonst was. Er wird wahrscheinlich jetzt was für seine Zeitung schreiben, und dann sehen Sie und das Foreign Office und Ihre ganze dämliche Regierung ganz schön blöd aus!«

Der MI-5-Agent starrte Holcroft an. Sein Blick war wie der eines Mannes, der das wirre Verhalten eines Psychopathen studiert, ein Blick, in dem sich Neugierde, Ekel und Staunen mischten. »Er tut *was*? *Sie* haben was?«

»Das haben Sie doch gehört.«

»Mein *Gott*... wer Sie auch sind, das alles geht doch Sie nichts an. Sie haben doch überhaupt nichts damit zu tun.«

»Das habe ich Ihnen in London schon gesagt«, erwiderte Noel und richtete sich mühsam auf, versuchte, wieder Atem zu schöpfen. »Haben Sie denn geglaubt, daß ich lüge?«

»Wir wußten, daß Sie lügen; wir kannten nur den Grund nicht. Wir dachten, daß Männer, die an von Tiebolt heranwollen, Sie benutzten.«

»Wofür?«

»Um einen Kontakt herzustellen, bei dem sich keine Seite zu zeigen braucht. Die Deckung war nicht übel; Geld in Amerika, das der Familie vererbt wurde.«

»Aber *wofür*?«

»Später! Sie wollen das Mädchen, und ich will den Sauhund, der sie festhält.« Der Agent deutete mit einer Handbewegung auf die Pistole, die Noel immer noch festhielt. »Können Sie damit umgehen?«

»Ich mußte einmal eine Waffe benutzen. Ein Fachmann bin ich keiner.«

»Das brauchen Sie auch nicht; Sie werden ein genügend großes Ziel haben. Wenn ich recht habe, haben die einen Wagen, der hier in der Gegend herumfährt.«

»Haben Sie keinen?«

»Nein, ich bin allein. Und jetzt hören Sie zu. Wenn ein Wagen kommt, dann muß er anhalten. Und in dem Augenblick renne ich zu der Tür auf der anderen Seite hinüber. Dabei geben Sie mir Feuerschutz, indem Sie direkt auf den Wagen schießen. Zielen Sie auf die Windschutzscheibe. Sehen Sie zu, daß Sie die Reifen oder den Kühler treffen. Mir ist egal was, aber versuchen Sie jedenfalls, die Windschutzscheibe zu treffen. Ballern Sie richtig drauflos; machen Sie den verdammten Wagen bewegungsunfähig, wenn das geht, und beten Sie zu Gott, daß die Hiesigen sich da raushalten und sich um ihr Scheißfest dort hinten kümmern.«

»Und wenn sie das nicht tun, wenn jemand —«

»Dann versuchen Sie, den nicht zu treffen, Sie Esel!« unterbrach ihn der Engländer. »Und halten Sie auf die rechte Wagenseite. *Ihre* rechte Wagenseite. Zeigen Sie sich so wenig wie möglich.«

»Die *rechte* Wagenseite?«

»Ja, außer Sie wollen das Mädchen treffen, und das wäre mir, ehrlich gestanden, auch scheißegal. Aber *ihn* will ich haben. Falls ich mich irre, gilt das alles freilich nicht, und wir müssen uns etwas anderes einfallen lassen.«

Das Gesicht des Agenten preßte sich gegen die Steinmauer. Er schob sich langsam vorwärts, spähte die Straße hinunter. Solchen Männern gehörte der fremde Dschungel, nicht Architekten mit guten Absichten.

»Sie haben sich in diesem alten Haus da nicht geirrt«, sagte Noel. »Sie haben gewußt, daß es noch einen Ausgang gab.«

»Einen zweiten Ausgang, ja. Keiner, der auch nur einen Schuß Pulver wert ist, würde sonst freiwillig da hineingehen.«

Wieder hatte der Profi recht. Noel konnte das Quietschen von Reifen hören; ein Automobil schoß um eine ihm unsichtbare Kurve und kam schnell näher. Der Agent stand auf und gab Noel durch Gesten zu verstehen, daß er ihm folgen solle. Jetzt blickte er um den Türstock herum, den Arm vor der Brust, die Pistole in der Hand.

Wieder quietschten Reifen; das Automobil kam zum Stehen. Der Agent sprang mit einem Satz hinaus, rief Noel – »*Jetzt*« – zu und feuerte seine Waffe zweimal ab und rannte über die Straße.

Es war ein Alptraum, der nur wenige Sekunden dauerte, den aber das Klirren von Glas und die gehetzten Bewegungen ungeheuer wirklich machten. Und er, Noel, *tat* das tatsächlich. Er konnte die Pistole vor sich sehen, am Ende *seines* Arms, in *seiner* Hand. Er konnte die Vibrationen spüren, die jedesmal durch seinen Körper huschten, wenn er den Abzug betätigte. *Die rechte Seite des Wagens. Ihre rechte Seite. Außer* – Er gab sich verzweifelt Mühe, sorgfältig zu zielen. Erstaunt sah er, wie die Windschutzscheibe zersprang; er hörte Kugeln, die in die Tür schlugen; er hörte die Schreie eines menschlichen Wesens... und dann sah er jenes menschliche Wesen aus der Tür auf das Kopfsteinpflaster fallen. Es war der Fahrer; er hatte die Arme vor sich ausgestreckt; Blut strömte aus seinem Kopf, und er bewegte sich nicht.

Auf der anderen Straßenseite kam der MI-5-Mann jetzt aus einer Türnische; geduckt, die Pistole im Anschlag. Dann hörte er den Befehl:

»Lassen Sie sie frei! Sie kommen nicht davon!«

»*Nie und nimmer!*«

»Dann eben nicht! Mir ist das scheißegal...! Ducken Sie sich nach rechts, Miß! *Jetzt!*«

Zwei Explosionen, eine unmittelbar nach der andern; der Schrei einer Frau hallte durch die Straße. Noels Gedanken drehten durch. Er rannte über das Pflaster, hatte Angst davor nachzudenken, Angst, das zu sehen, was er vielleicht sehen würde, das zu finden, was er keinesfalls finden wollte, Angst um seine Zurechnungsfähigkeit.

Helden lag auf den Knien, sie zitterte, ihr Atem war eine einzige Folge unkontrollierter schluchzender Laute. Sie starrte den toten Mann an, der reglos auf dem Pflaster lag. Aber sie *lebte*; das war alles, was für ihn wichtig war. Noel ließ sich neben ihr niederfallen, zog ihren zitternden Kopf an seine Brust.

»Ihn... *Ihn*«, flüsterte Helden und schob Noel von sich. »Schnell.«

»Was?« Noel folgte ihrem Blick.

Der MI-5-Agent versuchte zu kriechen; sein Mund öffnete und schloß sich; er versuchte zu sprechen, aber kein Laut kam heraus. Und über die Vorderseite seines Hemds breitete sich ein immer größer werdender roter Fleck aus.

Eine kleine Menschenmenge hatte sich am Eingang des Platzes versammelt. Drei oder vier Männer traten zögernd vor.

»Kümmern Sie sich um ihn«, sagte Helden. »Schnell.«

Sie war zum Denken fähig und er nicht; sie war imstande, eine

Entscheidung zu treffen, und er war wie gelähmt. »Was tun wir jetzt? Wo gehen wir hin?« war alles, was er sagen konnte, und dabei war er nicht einmal sicher, ob das seine Worte waren.

»Die Straßen und Gassen da gehen alle ineinander über. Wir müssen ihn wegschaffen.«

»*Warum?*«

Heldens Augen bohrten sich in die seinen. »Er hat mir das Leben gerettet. Und das Ihre. *Schnell!*«

Er konnte nur tun, was sie befahl; er war nicht imstande, selbst zu denken. Er richtete sich auf und sprang auf den Agenten zu, beugte sich über ihn, so daß ihre Gesichter nur noch eine Handbreit voneinander entfernt waren. Er sah die zornigen blauen Augen, die in ihren Höhlen schwammen, den Mund, der sich abmühte, etwas zu sagen, und dazu auch nicht imstande war.

Der Mann war im Begriff zu sterben.

Noel hob den Agenten auf die Füße; der Engländer konnte nicht stehen. Und so hob er ihn hoch und staunte über seine eigene Kraft. Er drehte sich um und sah Helden auf den Wagen am Randstein zutorkeln; der Motor lief immer noch. Noel schleppte den Agenten zu dem von Kugeln durchlöcherten Wagen.

»Ich fahre«, sagte Helden. »Legen Sie ihn auf den Rücksitz.«

»Die Windschutzscheibe! Sie können doch nichts sehen!«

»Sie können ihn nicht mehr weiter tragen!«

Die nächsten Minuten waren für Holcroft ebenso unwirklich wie der Anblick der Pistole, die er immer noch in der Hand hielt. Helden jagte den Wagen beim Wenden über den Randstein und bog dann in die Straßenmitte. Noel, der neben ihr saß, erkannte trotz seiner Panik etwas. Er erkannte es ganz ruhig, fast leidenschaftslos: er war dabei, sich an diese schreckliche neue Welt anzupassen. Sein Widerstand begann nachzulassen, und die Tatsache, daß er gehandelt hatte, bestätigte das; er war *nicht* weggerannt. Leute hatten versucht, ihn zu töten. Sie hatten versucht, das Mädchen zu töten. Vielleicht reichte das.

»Können Sie die Kirche finden?« fragte er und wunderte sich jetzt über die Selbstverständlichkeit, mit der er das sagte.

Sie sah ihn kurz an. »Warum?«

»Wir könnten diesen Wagen selbst dann nicht fahren, wenn Sie was sehen könnten. Wir müssen den unseren finden.« Er wies durch das zersprungene Glas der Windschutzscheibe; aus der Motorhaube quoll Dampf. »Der Kühler hat ein Loch. Fahren Sie zur Kirche.«

Sie fand sie, mehr ihrem Instinkt als logischen Überlegungen folgend, lenkte den Wagen durch die engen Straßen und Gassen, welche die vom Dorfplatz ausgehenden unregelmäßigen Speichen miteinander verbanden. Die letzten paar Straßen waren beängstigend. Leute rannten neben dem Wagen her, schrien erregt. Ein paar Augenblicke lang glaubte Noel, daß das an der zersplitterten Scheibe lag, meinte, das sei es, was die Aufmerksamkeit der Dorfbewohner auf sie zog; aber das war es nicht. Gestalten rannten an ihnen vorbei, auf die Mitte des Dorfplatzes zu. Die Nachricht hatte sich verbreitet.

Des gens assassinés! La tuerie!

Helden riß den Wagen herum und bog in die Straße ein, die am Pfarrhaus vorbeiführte, auf den Parkplatz zu. Sie bog ein und lenkte das Wagenwrack neben ihren Mietwagen. Holcroft sah auf den Rücksitz. Der MI-5-Mann lehnte kraftlos in der Ecke, aber er atmete noch, seine Augen waren auf Noel gerichtet. Er machte eine Handbewegung, als wollte er Noel näher zu sich heranholen.

»Wir wechseln jetzt den Wagen«, sagte Holcroft. »Wir bringen Sie zu einem Arzt.«

»Hören... Sie mir zuerst zu, Sie Esel«, flüsterte der Engländer. Seine Augen wanderten zu Helden hinüber. »Sagen Sie es ihm.«

»Hören Sie ihn an, Noel«, sagte sie.

»Was denn?«

»Payton-Jones – haben Sie die Nummer?«

Holcroft erinnerte sich. Auf der Karte, die ihm der grauhaarige Geheimdienstagent in London gegeben hatte, hatte der Name Harold Payton-Jones gestanden. Er nickte. »Ja.«

»Rufen Sie ihn an...« Der MI-5-Mann hustete. »Sagen Sie ihm, was geschehen ist... Alles.«

»Das können Sie ihm doch selbst sagen«, sagte Noel.

»Idiot. Sagen Sie Payton-Jones, daß es eine Komplikation gegeben hat, von der wir nichts wissen. Der Mann, von dem wir glaubten, daß der Tinamu ihn geschickt hat, von Tiebolts Mann...«

»Mein Bruder ist *nicht* der Tinamu«, rief Helden.

Der Agent sah sie durch halb geschlossene Lider an. »Vielleicht haben Sie recht, Miß. Vorher hätte ich das nicht geglaubt, aber vielleicht haben Sie wirklich recht. Ich weiß nur, daß der Mann, der Ihnen im Fiat folgte, für von Tiebolt arbeitet.«

»Er ist uns gefolgt, um uns zu beschützen! Um herauszufinden, wer hinter Noel her ist.«

Holcroft fuhr auf dem Sitz herum und starrte Helden an. »Sie haben das gewußt.«

»Ja«, antwortete sie. »Unser Mittagessen heute war Johanns Idee.«

»Vielen Dank.«

»*Bitte*. Sie verstehen diese Dinge nicht. Wohl aber mein Bruder. Und ich.«

»Helden, ich habe versucht, diesen Mann in eine Falle zu locken! Man hat ihn umgebracht!«

»Was? O mein *Gott*...«

»Das ist die Komplikation«, flüsterte der Agent, zu Noel gewandt. »Wenn von Tiebolt nicht der Tinamu ist, was ist er dann? Warum hat man seinen Mann erschossen? Diese zwei Männer, weshalb haben sie versucht, *Sie* in ihre Gewalt zu bringen? Und *Sie* zu töten? Wer waren diese Männer? Dieser Wagen... Gehen Sie der Spur nach.« Der Engländer stöhnte; Noel wollte sich über die Lehne nach hinten beugen, aber der Agent winkte ihn weg. »Hören Sie mir zu. Stellen Sie fest, wer diese Männer waren, wem dieser Wagen gehört. Die sind die Komplikation.«

Der MI-5-Mann war jetzt kaum noch imstande, seine Augen aufzuhalten; sein Flüstern war nur noch mit Mühe zu hören. Es war offensichtlich, daß er nur noch wenige Augenblicke zu leben hatte. Noel beugte sich über den Sitz.

»Könnte es sein, daß diese Komplikation etwas mit einem Mann namens Peter Baldwin zu tun hat?«

Es war, als hätte ein elektrischer Schlag den Sterbenden getroffen, seine Augenlider sprangen auf; die Pupillen darunter kehrten auf kurze Zeit aus dem Reich des Todes zurück. »*Baldwin*...?« Das Flüstern hallte nach, es klang gespenstisch.

»Er hat mich in New York angerufen«, sagte Holcroft. »Er hat mir gesagt, ich solle das nicht tun, was ich tue, solle mich heraushalten. Er sagte, er wisse Dinge, die sonst niemand weiß. Eine Stunde später hat man ihn umgebracht.«

»Dann hat er die *Wahrheit* gesagt! Baldwin hat die Wahrheit gesagt!« Die Lippen des Agenten begannen zu zittern; ein dünner Blutfaden sickerte aus seinem Mundwinkel. »Wir haben ihm nie geglaubt; wir sind mit ihm nicht ins Geschäft gekommen; wir waren sicher, daß er *log*...«

»Inwiefern?«

Der MI-5-Mann starrte Noel an; dann wanderte sein Blick mühsam zu Helden hinüber. »Dafür reicht die Zeit nicht...« Er quälte sich zum Erbarmen, wieder Holcroft anzusehen. »Sie sind sauber. Das müssen Sie sein... sonst hätten Sie das nicht gesagt, was Sie gerade gesagt haben. Ich werde Ihnen vertrauen, Ihnen beiden. Sehen Sie zu, daß Sie Payton-Jones erreichen... so schnell es geht. Sagen Sie ihm, er soll sich die Baldwin-Akte holen. Code Wolfsschanze... Es ist die Wolfsschanze.« Der Kopf des Agenten fiel nach vorn. Er war tot.

22

Sie jagten auf der Pariser Schnellstraße nach Norden, während die Sonne des späten Nachmittags die Landschaft in orangefarbenes und kaltgelbes Licht tauchte. Die Wintersonne war überall gleich: sie war eine Konstante. Und dafür war Holcroft dankbar.

Code Wolfsschanze. Es ist die Wolfsschanze.

Peter Baldwin hatte von Genf gewußt. Er hatte versucht, es MI-5 zu sagen, aber die Zweifler im britischen Geheimdienst hatten ihm nicht geglaubt.

Wir sind mit ihm nicht ins Geschäft gekommen!

Was hatte er gewollt? Was war das für ein Geschäft? Wer *war* Peter Baldwin?

Wer war von Tiebolt... Tennyson?

Wenn von Tiebolt nicht der Tinamu ist, was ist er dann? Warum hat man seinen Mann erschossen? Weshalb haben die versucht, Sie in ihre Gewalt zu bringen? Und Sie zu töten?

Warum?

Aber wenigstens eine Frage war erledigt: John Tennyson war *nicht* der Tinamu. Was immer der Sohn Wilhelm von Tiebolts sonst sein mochte – und es war durchaus möglich, daß er für Genf gefährlich war –, der Meuchelmörder war er nicht. Aber wer war er dann? Was hatte er getan, um in die Gesellschaft von Mördern zu geraten? Warum gab es Männer, die ihn jagten – und damit auch seine Schwester?

Diese Fragen hinderten Noel daran, sich mit den Ereignissen der letzten Stunden zu befassen. Er konnte jetzt nicht darüber nachdenken, er wäre explodiert, wenn er es getan hätte. Drei Männer tot – und einer von seiner Hand. Von Schüssen in einer Seitenstraße einer abgelegenen französischen Ortschaft niedergestreckt, während eines Volksfestes. Wahnsinn.

»Was meinen Sie, daß ›Wolfsschanze‹ bedeutet?« fragte Helden.

»Ich weiß, was es bedeutet«, sagte er.

Sie drehte sich überrascht zu ihm herum.

Er sagte es ihr – alles, was er über die Überlebenden der Wolfsschanze wußte. Es brachte nichts, jetzt die Tatsachen vor ihr zu verbergen. Als er geendet hatte, blieb sie stumm. Er fragte sich, ob er sie zu weit getrieben hatte. In einen Konflikt vielleicht, mit dem sie nichts zu tun haben wollte. Erst vor ein paar Tagen hatte sie zu ihm gesagt, sie würde, wenn er ihren Instruktionen nicht folgte, wenn er nicht derjenige war, der er zu sein behauptete, Paris verlassen, und er fände sie dann nie. Würde sie das jetzt tun? War die Drohung der Wolfsschanze jene letzte Bürde, die sie nicht auf sich nehmen konnte?

»Haben Sie Angst?« fragte er.

»Das ist eine törichte Frage.«

»Ich glaube, Sie wissen, was ich meine.«

»Ja.« Sie lehnte den Kopf im Sitz zurück. »Sie wollen wissen, ob ich jetzt weglaufe.«

»Ja, ich denke, das ist es. Werden Sie?«

Sie gab ein paar Augenblicke lang keine Antwort, und er bedrängte sie auch nicht. Als sie dann sprach, hallte Traurigkeit in ihrer Stimme nach – wie bei ihrer Schwester, und doch so völlig anders. »Ich kann ebensowenig weglaufen, wie Sie das können. Ganz abgesehen von Pflichtgefühl und Furcht, es hätte einfach keinen Sinn, oder? Die würden uns finden. Und uns töten.«

»Reichlich pessimistisch.«

»Nur realistisch. Außerdem bin ich es müde, immer wegzulaufen. Ich habe keine Kraft mehr dazu. Die RACHE, die ODESSA, und jetzt die Wolfsschanze. Drei Jäger, die sich gegenseitig beschleichen und uns auch. Das muß ein Ende haben. Darin hat der Oberst recht.«

»Ich bin gestern nachmittag zum gleichen Schluß gelangt. Mir wurde plötzlich klar, daß ich, wenn meine Mutter nicht wäre, mit Ihnen wegliefe.«

»Heinrich Clausens Sohn«, sagte Helden nachdenklich.

»Und noch der Sohn eines anderen.« Er erwiderte ihren Blick. »Sind wir einer Meinung? Wir nehmen mit diesem Payton-Jones keine Verbindung auf?«

»Wir sind einer Meinung.«

»MI-5 sucht uns. Sie haben keine Wahl. Sie hatten einen Mann auf uns angesetzt. Sie werden erfahren, daß man ihn getötet hat. Man wird uns Fragen stellen.«

»Die wir nicht beantworten können. Man hat uns verfolgt; nicht umgekehrt.«

»Ich frage mich, wer sie waren? Die zwei Männer«, sagte er.

»Die RACHE, würde ich meinen. Das ist ihr Stil.«

»Oder die ODESSA.«

»Möglich. Aber das Deutsch, das der eine sprach, der mich in seiner Gewalt hatte, klang seltsam. Ein Dialekt, der mir fremd war. Er war kein Münchner, und ganz sicher kein Berliner. Es klang ganz eigenartig.«

»Wie meinen Sie das?«

»Seine Sprache klang sehr kehlig, aber dennoch weich, wenn Sie sich das vorstellen können.«

»Nicht recht. Dann meinen Sie, daß die Männer von der RACHE waren?«

»Ist das wichtig? Wir müssen uns vor beiden schützen. Es hat sich nichts geändert. Für mich wenigstens nicht.« Sie griff herüber und berührte seinen Arm. »Aber Ihretwegen tut es mir leid.«

»Warum?«

»Weil Sie jetzt mit uns auf der Flucht sind. Sie sind jetzt eines der Kinder – der Kinder der Verdammten. Und Sie sind nicht ausgebildet worden.«

»Mir scheint, ich mache gerade einen Schnellkurs durch.«

Sie zog ihre Hand zurück. »Sie sollten nach Berlin.«

»Ich weiß. Wir müssen uns beeilen. Ich muß Kessler erreichen und dazu bringen, daß er sich uns anschließt; er ist der letzte, der –« Holcroft hielt inne »– der Nachkommen.«

Sie lächelte über das Wort, ein trauriges Lächeln. »Da sind Sie, und da ist mein Bruder; beide gut informiert, beide zum Handeln bereit. Kessler muß auch dazu gebracht werden … Es geht um Zürich. Und die Lösung des Ganzen bedeutet so viel.«

Noel sah zu ihr hinüber. Es gehörte nicht viel dazu, ihre Gedanken zu lesen. Zürich bedeutete unvorstellbare Mittel; ohne Zweifel würde man einen Teil dieser Mittel dazu verwenden, die Fanatiker der ODESSA und der RACHE zu zügeln, wenn nicht zu eliminieren. Holcroft wußte, daß sie wußte, daß er selbst das Schreckliche miterlebt hatte; sie brauchte es nur zu sagen, und ein Drittel des Stimmrechts gehörte ihr. Ihr Bruder würde einverstanden sein.

»Wir werden dafür sorgen, daß es klappt«, sagte er. »Sie können bald aufhören, wegzulaufen. Wir alle können das.«

Sie musterte ihn nachdenklich. Dann rutschte sie auf ihrem Sitz näher an ihn heran und schob ihre Hand unter seinen Arm und hielt ihn fest. Sie legte den Kopf auf seine Schulter, ihr langes, blondes Haar fiel über sein Jackett.

»Ich habe Sie gerufen, und Sie sind gekommen«, sagte sie mit ihrer seltsam schwebenden Stimme. »Beinahe wären wir heute nachmittag gestorben. Ein Mann hat sein Leben für uns geopfert.«

»Das gehörte zu seinem Beruf«, erwiderte Noel. »Unser Leben war für ihn vielleicht nur nebenbei wichtig. Er war hinter Informationen her, hinter einem Mann, von dem er glaubte, er könne sie ihm liefern.«

»Ich weiß. Ich habe schon oft solche Männer getroffen, Männer seines Berufs. Aber immerhin war er anständig; das sind viele nicht. Sie opfern zu leicht im Namen der Professionalität andere Menschen.«

»Was meinen Sie damit?«

»Sie sind nicht ausgebildet; Sie hätten alles getan, was er Ihnen sagte. Er hätte Sie als Köder benutzen können, damit Sie das Feuer auf sich ziehen. Es wäre einfacher für ihn gewesen, wenn er es so eingerichtet hätte, daß Sie die Kugeln abbekommen und dann ich. Ich war nicht wichtig für ihn. Er hätte in dem Durcheinander sein eigenes Leben retten und sich seinen Mann holen können. Aber er hat uns gerettet.«

»Wohin gehen wir in Paris?«

»Nicht Paris«, sagte Helden. »Argenteuil. Es gibt dort ein kleines Hotel am Fluß. Es ist reizend.«

Noel nahm die linke Hand vom Steuer und legte sie auf ihr Haar auf seinem Jackett. »Sie sind reizend«, sagte er.

»Ich habe Angst. Ich muß die Angst loswerden.«

»Argenteuil?« wiederholte er. »Ein kleines Hotel in Argenteuil. Für jemand, der erst ein paar Monate in Frankreich lebt, scheinen Sie ja eine Menge Orte zu kennen.«

»Man muß wissen, wo einem keine Fragen gestellt werden. Man wird schnell belehrt, man lernt schnell. Nehmen Sie die Ausfahrt Billancourt. Bitte schnell.«

Ihr Zimmer wies auf die Seine hinaus. Es hatte einen kleinen Balkon direkt über dem Fluß. Sie standen ein paar Minuten lang in der Nachtluft. Er hatte den Arm um sie gelegt, und beide schauten sie in die dunklen Wellen hinunter. Keiner von ihnen sagte etwas, beide genossen sie die Berührung.

Es klopfte an der Tür. Helden zuckte zusammen; er lächelte und beruhigte sie.

»Ganz ruhig. Während Sie sich frischgemacht haben, habe ich eine Flasche Cognac bestellt.«

Sie erwiderte sein Lächeln, und jetzt ging ihr Atem wieder ruhig. »Das sollten Sie wirklich mir überlassen. Ihr Französisch ist ganz unmöglich.«

»Ich kann ›Remy Martin‹ sagen«, meinte er und ließ sie los. »Wo ich zur Schule ging, war das das erste, was wir lernten.« Er ging hinein, auf die Tür zu.

Holcroft nahm dem Kellner das Tablett ab und stand einen Augenblick da und sah Helden an. Sie hatte die Türflügel zum Balkon geschlossen und starrte jetzt durch die Scheiben zum Nachthimmel hinauf. Sie war eine zurückhaltende Frau, eine einsame Frau, und jetzt sehnte sie sich nach seiner Nähe. Das verstand er.

Er wünschte, er hätte auch andere Dinge verstanden. Sie war schön; das war die schlichte Wahrheit und bedurfte keiner weiteren Ausschmückung. Sie mußte das selbst wissen. Sie war hochintelligent, wiederum eine Eigenschaft, die offensichtlich war. Und jenseits dieser Intelligenz war sie mit den Wegen ihrer Schattenwelt vertraut. Sie war durch die Schule des Lebens gegangen, und das in einem weiteren Sinne als die meisten, in einem grenzüberschreitenden Sinn sozusagen; sie bewegte sich schnell und entschlossen. Bestimmt hatte sie dutzendmal Sex eingesetzt, um sich einen Vorteil zu verschaffen, aber er argwöhnte, daß das in kalter Berechnung geschehen war: Kauf auf eigenes Risiko mit nichts als einem Körper, der feilgeboten wurde.

Sie wandte sich zu ihm um; ihre Augen leuchteten in einem weichen Glanz, ihr Ausdruck war warm und doch irgendwie fern, beobachtend.

»Sie sehen aus wie ein ungeduldiger *maître d'hôtel*, der darauf wartet, mich an meinen Tisch zu geleiten.«

»Wenn Sie mir bitte folgen wollen, Mademoiselle«, sagte Noel und trug das Tablett zu der kleinen Kommode auf der anderen Seite des Zimmers und stellte es ab. »Hätten die Dame gerne einen Tisch am Wasser?« Er rückte einen kleinen Sessel zur Balkontür und trat vor sie, lächelte und verbeugte sich. »Wenn die Dame bitte Platz nehmen wollen, dann lasse ich den Cognac bringen und veranlasse, daß das Feuerwerk beginnt. Die Fackelträger auf den Booten haben nur auf Sie gewartet.«

»Aber wo werden Sie sitzen, mein attraktiver *garçon?*«

»Zu Ihren Füßen, gnädige Frau.« Er beugte sich über sie und küßte sie, hielt sie an den Schultern und fragte sich, ob sie sich ihm entziehen oder ihn wegstoßen würde.

Aber auf das, was geschah, war er nicht vorbereitet. Ihre Lippen waren weich und feucht und öffneten sich jetzt, als wären sie geschwollen, bogen sich ihm entgegen, luden ihn ein. Ihre beiden Hände umfingen sein Gesicht, und ihre Finger liebkosten zärtlich seine Wangen, seine Lider, seine Schläfen. Und ihre Lippen bewegten sich dabei immer noch, kreisten, sogen ihn in sich hinein. Sie standen dicht beieinander, und er konnte ihre Brüste fühlen, die sich gegen sein Hemd drückten, ihre Beine an den seinen, den Druck, der von ihnen ausging, die Kraft, die die seine erprobte, ihn erregte.

Und dann geschah etwas Seltsames. Sie begann zu zittern, ihre Finger krochen um seinen Hals und gruben sich in sein Fleisch, hielten ihn mit aller Kraft fest, als fürchtete sie, er könne sich ihr entziehen. Er konnte das Schluchzen hören, das aus ihrer Kehle drang, die Zuckungen spüren, die sie durchliefen. Er legte die Hände auf ihre Hüfte, zog ganz langsam das Gesicht zurück und zwang sie, ihn anzusehen.

Sie weinte. Einen Augenblick lang starrte sie ihn an; Schmerz stand in ihren Augen, ein Leid, das so tief ging, daß Noel das Gefühl hatte, er wäre ein Eindringling, der hier eine Qual betrachtete, die ganz allein die ihre war.

»Was ist denn? Was ist los?«

»Mach, daß die Furcht weggeht«, flüsterte sie klagend. Sie griff nach den Knöpfen ihrer Bluse und knöpfte sie auf, legte ihre schwellenden Brüste frei. »Ich darf nicht allein sein. Bitte mach, daß sie weggeht.«

Er zog sie an sich, hielt ihren Kopf an seine Brust gedrückt, und ihr Haar unter seinem Gesicht war weich und lieblich, so weich und so lieblich wie sie.

»Du bist nicht allein, Helden. Genausowenig wie ich.«

Sie lagen nackt unter den Laken, und er hatte den Arm um sie, und ihr Kopf lag an seiner Brust. Mit der anderen Hand hob er immer wieder ihre langen blonden Haarsträhnen und ließ sie über ihr Gesicht fallen.

»Wenn du das tust, kann ich nichts sehen«, sagte sie und lachte.

»Du siehst aus wie ein Schäferhund.«

»Bist du mein Schäfer?«

»Einen Stab habe ich.«

»Das ist ja schrecklich. Du hast ein schmutziges Mundwerk.« Sie tippte ihm mit dem Zeigefinger gegen die Lippen. Er schnappte sich den Finger mit den Zähnen und knurrte. »Du kannst mir nicht Angst machen«, flüsterte sie und hob ihr Gesicht über das seine und drückte seine Zunge verspielt zurück. »Du bist ein feiger Löwe. Du brüllst, aber du beißt nicht.«

Er nahm ihre Hand. »Feiger Löwe? *Das zauberhafte Land?*«

»Natürlich«, antwortete sie, »den Film hab' ich heiß und innig geliebt. Ich hab' ihn mir in Rio zigmal angesehen. Dort fing ich an, Englisch zu lernen. Ich hätte so gerne auch Dorothy geheißen. Mein kleines Hündchen habe ich Toto getauft.«

»Es fällt mir schwer, dich mir als kleines Mädchen vorzustellen.«

»Aber das war ich einmal, weißt du. Ich bin nicht einfach als volle Blüte aufgetaucht...« Sie hielt inne und lachte. Sie hatte sich jetzt hochgestemmt, und ihre Brüste waren vor seinem Gesicht. Seine Hand griff instinktiv nach ihrer linken Brustwarze. Sie stöhnte und legte die Hand auf die seine, hielt sie fest, während sie sich wieder heruntersinken ließ, auf seine Brust. »Jedenfalls *war* ich ein kleines Mädchen. Es hat Zeiten gegeben, wo ich sehr glücklich war.«

»Wann denn?«

»Wenn ich allein war. Ich hatte immer mein eigenes Zimmer; dafür hat Mutter gesorgt. Es war immer hinten am Haus oder in der Wohnung; oder, wenn wir in einem Hotel waren, dann war es separat, nicht bei meinem Bruder und bei meiner Schwester. Mutter sagte, ich sei die Jüngste und solle nicht von ihnen gestört werden.«

»Ich kann mir vorstellen, daß das manchmal sehr einsam war...«

»O *nein*! Weil ich *niemals* allein war. Ich hatte immer meine Freunde im Sinn, und die saßen auf Stühlen und auf meinem Bett, und wir haben uns unterhalten. Stundenlang haben wir geredet, einander unsere Geheimnisse erzählt.«

»Und was war mit der Schule? Hattest du nicht auch Freunde aus Fleisch und Blut?«

Helden schwieg eine Weile. »Ein paar, nicht viele. Wenn ich zurückblicke, kann ich es den andern nicht verübeln. Wir waren alle Kinder, wir taten, was unsere Eltern uns sagten. Diejenigen von uns, die noch Eltern hatten.«

»Was haben die Eltern ihnen denn gesagt?«

»Daß ich eine von Tiebolt sei. Das kleine Mädchen mit dem albernen Vornamen. Meine Mutter war... nun, eben meine Mutter. Ich glaube, die dachten, daß dieser Makel ansteckend sei.«

Vielleicht hatte man ihr tatsächlich ein Schandmal eingebrannt, dachte Noel, aber nicht wegen ihrer Mutter. Maurice Graffs ODESSA hatte Wichtigeres im Auge. Millionen und Abermillionen, die man aus ihrem geliebten Reich hinausgeschleust hatte, damit Verräter wie von Tiebolt sie einsetzen konnten, um Sühne zu leisten.

»Als du dann größer warst, ist es besser geworden, nicht wahr?«

»Besser? Sicher. Man paßt sich an, man reift, man versteht Einstellungen und Handlungen, die man als Kind nicht verstanden hat.«

»Mehr Freunde?«

»Engere Freunde vielleicht, aber nicht unbedingt mehr. Ich konnte mich schlecht unter die Leute mischen. Ich war daran gewöhnt, allein zu sein; ich begriff, weshalb man mich nicht zu Partys und Dinners einlud. Zumindest nicht in die sogenannten respektablen Häuser. Die Jahre beeinträchtigten die gesellschaftlichen Aktivitäten meiner Mutter – wollen wir sagen –, aber nicht ihre geschäftlichen Interessen. Sie war ein Hai; wir wurden von unseresgleichen gemieden. Und der Rest von Rio hat die Deutschen ohnehin nie richtig akzeptiert, nicht in jenen Jahren.«

»Warum nicht? Der Krieg war doch vorbei.«

»Aber nicht die Ärgernisse. Die Deutschen erregten damals vielerlei Ärgernis. Illegale Gelder, Kriegsverbrecher, israelische Spürhunde... jahrelang ging das so.«

»Du bist eine so schöne Frau, es fällt schwer, sich vorzustellen, daß du... daß du ganz für dich sein solltest.«

Helden richtete sich auf und sah ihn an. Sie lächelte und schob mit der rechten Hand ihr Haar zurück, hielt es an ihren Hals. »Ich sah damals sehr streng aus, Darling. Glattes Haar, zu einem Knoten gebunden, eine riesige Brille, und Kleider, die immer eine Nummer zu groß waren. Du hättest kein zweites Mal hingesehen... Glaubst du mir nicht?«

»Daran habe ich jetzt nicht gedacht.«

»Woran dann?«

»Du hast mich gerade ›Darling‹ genannt.«

Sie hielt seinen Blick fest. »Ja, das habe ich, nicht wahr? Mir kam das ganz normal vor. Stört es dich?«

Er griff nach ihr, das war seine Antwort.

Sie lehnte sich im Sessel zurück; ihr Unterkleid diente ihr als Negligé. Sie nippte an dem Cognac. Noel saß neben ihr auf dem Boden, und bei ihm ersetzten Slip und ein offenes Hemd den Morgenmantel. Sie hielten sich an den Händen und sahen den Lichtern der Boote zu, die auf dem Fluß schimmerten.

Er wandte den Kopf und sah sie an. »Fühlst du dich jetzt besser?«

»Viel besser, Darling. Du bist ein sehr zärtlicher Mann. So wie dich habe ich nicht viele gekannt.«

»Erspare sie mir.«

»Oh, das meine ich nicht. Zu deiner Information, in der Organisation des Herrn Oberst nennt man mich ›Fräulein Eiszapfen‹.«

»Was bedeutet das?«

Sie erklärte es ihm. »Und im Verlag sind alle überzeugt, daß ich lesbisch bin.«

»Die mußt du mir schicken.«

»Das würde ich lieber nicht.«

»Ich werde denen sagen, daß du es mit Peitschen und Fahrradketten treibst. Die sadistische Tour, weißt du. Dann rennen die davon, wenn sie dich zu Gesicht bekommen.«

»Das ist süß von dir.« Sie küßte ihn. »Du bist warm und zärtlich, und du lachst leicht. Ich mag dich schrecklich gern, Noel Holcroft, und ich bin gar nicht sicher, daß das so gut ist.«

»Warum?«

»Weil wir uns Lebewohl sagen werden und ich dann an dich denken werde.«

Noel griff nach oben und hielt die Hand, die immer noch sein Gesicht berührte; plötzlich war er beunruhigt. »Wir haben uns gerade erst begrüßt. Weshalb Lebewohl?«

»Es gibt Dinge, die du tun mußt, und Dinge, die ich tun muß.«

»Wir haben beide Zürich.«

»*Du* hast Zürich. Ich habe mein Leben in Paris.«

»Beides schließt sich nicht aus.«

»Das weißt du nicht, Darling. Du weißt gar nichts über mich. Nicht, wo ich lebe, noch wie ich lebe.«

»Ich weiß nur von einem kleinen Mädchen, das ein Zimmer für sich allein hatte und sich zigmal das *Zauberhafte Land* angesehen hat.«

»Dann denk so lieb an sie wie sie an dich. Immer.«

Holcroft nahm ihre Hand von seinem Gesicht. »Was, zum Teufel, willst du damit sagen? Vielen Dank für einen netten Abend, und jetzt leb wohl?«

»Nein, Darling. Nicht so. Nicht jetzt.«

»Was meinst du *dann*?«

»Ich weiß es selber nicht. Vielleicht denke ich bloß laut... Wir haben Tage, Wochen, wenn du willst.«

»Ich will sie.«

»Aber versprich mir, daß du nie versuchst, ausfindig zu machen, wo ich wohne, daß du nie versuchst, mich zu erreichen. Ich werde dich finden.«

»Du bist verheiratet!«

Helden lachte. »Nein.«

»Dann lebst du mit jemandem zusammen.«

»Ja, aber nicht so, wie du denkst.«

Noel musterte sie scharf. »Was soll ich jetzt dazu sagen?«

»Sag, daß du es versprichst.«

»Laß mich dich verstehen. Außer deinem Arbeitsplatz gibt es keinen Ort, wo ich dich erreichen kann. Ich darf nicht wissen, wo du wohnst, und auch nicht, wie man dich sonst erreicht?«

»Ich geb dir die Nummer einer Freundin. Wenn es wirklich ganz dringend ist, kann sie mich verständigen.«

»Ich dachte, ich sei ein Freund.«

»Das bist du. Aber in anderer Art. Bitte, sei nicht ärgerlich. Es ist zu deinem eigenen Schutz.«

Holcroft erinnerte sich, wie es vor drei Tagen gewesen war. Inmitten ihrer eigenen Ängste hatte sich Helden um ihn Sorgen gemacht, Sorgen, die falschen Leute hätten ihn geschickt haben können. »Im Wagen hast du gesagt, Zürich sei die Lösung für so vieles. Ist es auch für dich die Antwort? Könnte Zürich das ändern? Die Art, wie du lebst, meine ich?«

Sie zögerte. »Das ist möglich. Es gibt so viel zu tun...«

»Und wir haben so wenig Zeit«, führte Holcroft ihren Gedanken zu Ende. Er berührte sie an der Wange, zwang sie, ihn anzusehen. »Aber ehe das Geld freigegeben wird, ist da eine Bank in Genf und bestimmte Bedingungen, die erfüllt werden müssen.«

»Ich verstehe. Du hast sie mir erklärt, und ich bin sicher, daß Johann es weiß.«

»Ich nicht. Er hat sich einer ganzen Menge Spekulationen ausgesetzt. Die könnten ihn leicht wegtippen.«

»Die könnten was?«

»Ihn disqualifizieren. Den Männern in Genf angst machen; sie dazu veranlassen, die Safes zu schließen. Wir kommen gleich auf ihn. Ich möchte erst über Beaumont sprechen. Ich glaube, ich weiß, was er ist, aber ich brauche deine Hilfe, um mich zu vergewissern.«

»Wie kann ich dir helfen?«

»Als Beaumont in Rio war, hatte er da irgendeine Verbindung zu Maurice Graff?«

»Ich habe keine Ahnung.«

»Können wir das rausfinden? Gibt es Leute in Rio, die es wissen könnten?«

»Nicht daß ich wüßte.«

»Verdammt, wir müssen es herausbekommen. Wir müssen alles über ihn erfahren, was möglich ist.«

Helden furchte die Stirn. »Das wird schwierig sein.«

»Warum?«

»Vor drei Jahren, als Gretchen sagte, sie werde Beaumont heiraten, war ich schockiert; das habe ich dir gesagt. Ich arbeitete damals in einer kleinen Auskunftei am Leicester Square – du weißt schon, eines dieser schrecklichen Büros, denen man fünf Pfund schickt und die einem dann sämtliche Informationen, die man will, über eine bestimmte Sache zukommen lassen, oder über eine Person. Sie sind oberflächlich, aber sie verstehen sich darauf, Quellen anzuzapfen.« Helden machte eine Pause.

»Du hast Nachforschungen über Beaumont angestellt?« fragte Noel.

»Ich habe es versucht. Ich wußte eigentlich nicht, wonach ich suchte, aber ich habe es versucht. Ich nahm mir seine Universitätsakten vor, und beschaffte mir alle verfügbaren Informationen über seine Karriere bei der Marine. Alles war voll von Belobigungen und Empfehlungen, Preisen und Beförderungen. Ich kann dir nicht sagen, warum – nur, ich hatte das sichere Gefühl, daß irgend etwas nicht stimmte. Ich ging noch weiter zurück, um mich über seine Familie in Schottland zu informieren.«

»Was stimmte denn nicht?«

»Nun, nach den Marineakten waren seine Eltern ganz gewöhnliche Leute. Ich gewann den Eindruck, daß sie ziemlich arm waren. Eigentümer eines Gemüseladens oder eines Blumengeschäfts in einer Stadt namens Dunheath, südlich von Aberdeen, an der Nordsee. Aber als er dann auf der Universität war – Cambridge übrigens – war er ein ganz normaler Student.«

»Normal...? Was hätte er denn sein sollen?«

»Ein Stipendium hätte er haben sollen, hätte ich geglaubt. Die Bedürftigkeit bestand, und er war auch qualifiziert, und doch hat er sich nicht um ein Stipendium beworben. Mir kam das eigenartig vor.«

»Also hast du dich um die Familie in Schottland gekümmert. Was hast du erfahren?«

»Das ist es ja gerade. Praktisch nichts. Es war, als wäre sie einfach verschwunden. Es gab keine Adresse, rein gar nichts mehr. Ich habe beim Standesamt und bei der Post angefragt – an so etwas Naheliegendes denken die meisten Leute nur immer nicht. Die Beaumonts waren allem Anschein nach eine englische Familie, die einfach eines Tages, kurz nach dem Krieg, in Schottland auftauchte, ein paar Jahre dort blieb, und dann wieder verschwand.«

»Könnte es nicht sein, daß sie gestorben sind?«

»Nicht nach den Akten. Die Marine sorgt immer dafür, daß sie auf dem letzten Stand sind, falls es zu einer Verwundung oder einem Todesfall kommt. Dort waren sie immer noch als in Dunheath wohnhaft eingetragen. Aber sie waren weggezogen. Und bei der Post hatten sie auch nichts hinterlassen.«

Holcroft runzelte die Stirn. »Das klingt verrückt.«

»Da ist noch etwas.« Helden saß jetzt aufrecht im Sessel. »Bei Gretchens Hochzeit war auch ein Offizier von Beaumonts Schiff. Der Mann war ein oder zwei Jahre jünger als Beaumont und offensichtlich sein Untergebener. Aber da war eine Beziehung zwischen ihnen, die über Freundschaft hinausging, über das normale Verhalten von Offizieren untereinander.«

»Was meinst du mit ›Beziehung‹?«

»Es war, als dächten sie immer genau dasselbe. Der eine fing einen Satz an, und der andere führte ihn zu Ende. Der eine drehte sich in eine bestimmte Richtung, und der andere machte eine Bemerkung über das, was der eine ansah. Weißt du, was ich meine? Hast du noch nie solche Leute gesehen? Solche Männer?«

»Sicher. Brüder, die sich sehr nahestehen. Oder Liebespaare. Und häufig auch Leute beim Militär, die lange Zeit zusammen Dienst getan haben. Was hast du unternommen?«

»Ich habe Nachforschungen über diesen Mann angestellt. Ich zapfte dieselben Quellen an, schickte dieselben Anfragen los wie bei Beaumont. Was zurückkam, war außergewöhnlich. Alles war ganz ähnlich; nur die Namen waren verschieden. Ihre akademischen und militärischen Akten waren fast identisch, in jeder Hinsicht hervorragend. Sie kamen beide aus obskuren Kleinstädten, Söhne von Eltern aus kleinen Verhältnissen, ganz bestimmt nicht wohlhabend. Und doch war jeder von ihnen auf eine große Universität gegangen, ohne finanzielle Hilfe in Anspruch zu nehmen. Und beide waren Offizier geworden, ohne daß es früher irgendwelche Anzeichen gegeben hatte, daß sie auf eine militärische Laufbahn losgingen.«

»Wie steht es mit der Familie von Beaumonts Freund? Hast du die ausfindig gemacht?«

»Nein. Es hieß, sie lebten in einer Bergwerksstadt in Wales, aber das stimmte nicht. Sie waren seit Jahren nicht mehr dort, und niemand wußte was über sie.»

Was Helden in Erfahrung gebracht hatte, stand im Einklang mit Noels Theorie, daß Anthony Beaumont ein ODESSA-Agent war. Jetzt war es wichtig, Beaumont – und irgendwelche ›Kollegen‹ – auszuschalten. Es mußte sichergestellt werden, daß sie dem Genfer Unternehmen nicht mehr gefährlich wurden. Vielleicht hatten er und Helden unrecht, und sie sollten an Payton-Jones herantreten und das Problem Beaumont ihm überlassen. Aber es gab da auch noch anderes zu erwägen, etwa die Gefahr, daß der britische Geheimdienst die Akte Peter Baldwin noch einmal in Angriff nahm und sich um den Code Wolfsschanze kümmerte.

»Was du mir erzählt hast, paßt zu dem, was ich mir überlegt habe«, sagte Noel. »Sehen wir uns nun noch einmal deinen Bruder an. Ich habe da eine Idee, was in Rio geschehen ist. Willst du jetzt darüber reden?«

Heldens Augen weiteten sich. »Ich weiß nicht, was du meinst.«

»Dein Bruder hat in Rio etwas erfahren, nicht wahr? Er hat etwas über Graff und die brasilianische ODESSA herausgebracht. Deshalb hat man ihn gejagt, deshalb mußte er das Land verlassen. Es war gar nicht wegen deiner Mutter und auch nicht wegen der Geschäfte deines Bruders. Es ging um Graff und die ODESSA.«

Helden atmete langsam aus. »Davon hab' ich nie was gehört, glaub mir.«

»Was war es dann? Du mußt es mir sagen, Helden.«

Ihre Augen flehten ihn an. »Bitte, Noel. Ich schulde dir so viel; zwing mich nicht, meine Schuld so zu bezahlen. Was Johann in Rio passierte, hat nichts mit dir zu tun und auch mit Genf nicht.«

»Das weißt du nicht. Und *ich* weiß es auch nicht. Ich weiß nur, daß du es mir sagen mußt. Ich muß vorbereitet sein. Es gibt so viel, was ich nicht begreife.« Er griff nach ihrer Hand. »Hör mir zu. Heute nachmittag bin ich in das Zimmer eines Blinden eingebrochen. Ich habe die Tür eingetreten; es war ein schreckliches Geräusch, plötzlich und laut. Er war ein alter Mann, und er konnte mich ja nicht sehen. Er konnte die Furcht in meinen Augen nicht sehen. Seine Hände zitterten, und er flüsterte ein Gebet in französischer Sprache. Einen Augenblick lang wollte ich auf den Mann zugehen und seine Hände halten und ihm sagen, daß ich wußte, wie er empfand. Siehst du, *er* hat die Furcht in meinen Augen *nicht* gesehen. Ich habe Angst, Helden. Ich bin nicht der Mensch, der einfach Türen eintritt und Pistolen abfeuert und auf sich schießen läßt. Ich kann nicht kehrtmachen, aber ich fürchte mich. Also mußt du mir helfen.«

»Das will ich doch, das weißt du.«

»Dann mußt du mir sagen, was in Rio geschah. Was ist mit deinem Bruder passiert?«

»Es ist einfach nicht wichtig«, sagte sie.

»*Alles* ist wichtig.« Noel stand auf und ging zu dem Stuhl, über den er sein Jackett geworfen hatte. Er zeigte Helden das aufgeschlitzte Futter. »Schau dir das an. Heute nachmittag ist jemand mit einem Messer auf mich losgegangen. Ich weiß nicht, wie es mit dir ist, aber mir ist so etwas noch nie passiert; es ist einfach etwas, worüber ich nichts weiß. Es jagt mir panische Angst ein... und es bringt mich in Rage. Und vor fünf

Tagen ist der Mann, mit dem ich aufgewachsen bin – der einzige Mann, den ich je Vater genannt habe –, auf einem Trottoir in New York von einem ›außer Kontrolle geratenen Wagen‹ getötet worden, einem Wagen, der auf ihn *zielte* und ihn gegen eine Hauswand quetschte! Sein Tod war eine Warnung. Für *mich*! Also reden wir nicht so von der RACHE oder der ODESSA oder den Männern der Wolfsschanze. Ich fange an, alles über diese elenden Schweinehunde zu lernen, und ich möchte, daß jeder einzelne von ihnen aus dem Weg geschafft wird! Mit dem Geld in Zürich können wir das tun. Ohne dieses Geld wird niemand auf uns hören. So ist die Welt nun einmal eingerichtet. Leute, die siebenhundertachtzig Millionen Dollar besitzen, wimmelt man nicht ab. Man *hört* auf sie.« Holcroft ließ das Jackett zu Boden fallen. »Und der einzige Weg nach Zürich führt über die Bank in Genf. Und nach Genf kommen wir nur, wenn wir unseren Kopf gebrauchen. Es gibt wirklich niemanden, der auf unserer Seite steht; es gibt nur uns. Die von Tiebolts, die Kesslers... und einen Clausen. Also, was war in Rio los?«

Helden sah zuerst das zerrissene Jackett und dann wieder Noel an.

»Johann hat jemanden umgebracht.«

»Wen?«

»Ich weiß nicht – ich weiß es wirklich nicht. Aber es war jemand Wichtiges.«

23

Holcroft hörte ihr zu, achtete darauf, ob da irgendein falscher Klang war. Aber da war keiner. Sie sagte ihm, was sie wußte, und das war nicht sehr viel.

»Etwa sechs Wochen, ehe wir Brasilien verließen«, erzählte Helden, »fuhr ich eines Abends nach einem Seminar in der Universität nach Hause; wir lebten damals auf dem Land. Vor dem Haus stand eine dunkle Limousine, also parkte ich dahinter. Als ich auf die Terrasse zuging, hörte ich von drinnen Geschrei. Es war ein schrecklicher Streit, und ich hatte keine Ahnung, wer es war; ich erkannte die Stimme nicht. Er schrie immer wieder ›Killer‹, ›Mörder‹, ›du warst es‹... Lauter solche Sachen. Ich rannte hinein und sah Johann im Flur vor dem Mann stehen. Er sah mich und sagte zu dem Mann, er solle still sein. Der Mann versuchte, Johann zu schlagen, aber mein Bruder ist sehr kräftig; er hielt die Arme des andern fest und schob ihn zur Tür hinaus. Das Letzte, was der Mann schrie, war, daß andere ebenfalls Bescheid wüßten. Daß sie dafür sorgen würden, daß man Johann als Mörder aufknüpfte, und wenn es nicht dazu kam, würden sie ihn selbst hinrichten. Auf der

Treppe kam er zu Fall, dabei schrie er immer noch, und dann rannte er zum Wagen, und Johann lief hinter ihm her. Er sagte irgend etwas zu ihm durchs Fenster; und da spuckte der Mann meinem Bruder ins Gesicht und fuhr weg.«

»Hast du deinen Bruder danach befragt?«

»Natürlich. Aber Johann wollte nicht darüber reden. Er sagte bloß, der Mann sei verrückt. Er habe bei einem Geschäft sehr viel Geld verloren und sei dabei verrückt geworden.«

»Du hast ihm nicht geglaubt?«

»Ich wollte schon, aber dann fingen die Besprechungen an. Johann war dauernd weg, manchmal tagelang; er benahm sich ganz ungewöhnlich. Und dann, nur Wochen später, flogen wir mit einem neuen Namen nach Recife, in ein neues Land. Der Ermordete mußte sehr reich gewesen sein.«

»Du hast keine Ahnung, wer der Mann war, den du damals in eurem Haus gesehen hast?«

»Nein. Ich hatte ihn schon einmal gesehen, aber ich konnte mich nicht erinnern, wo, und Johann sagte es mir nicht. Er befahl mir, die Angelegenheit nie wieder zu erwähnen. Es gebe Dinge, von denen ich nichts wissen solle.«

»Und du hast das akzeptiert?«

»Ja. Du mußt versuchen, das zu verstehen. Wir waren die Kinder von Nazis, und wir wußten, was das bedeutete. Es war oft am besten, wenn man keine Fragen stellte.«

»Aber du mußtest doch wissen, was vor sich ging.«

»Oh, du darfst das nicht falsch sehen«, sagte Helden. »Man hat uns beigebracht, den Israelis zu entschlüpfen; sie hätten uns sonst ausquetschen können. Wir lernten auch, wie man Werber der ODESSA und Verrückte von der RACHE erkennt; wie man flieht, wie man hundert verschiedene Tricks einsetzt, um sie abzuschütteln.«

Noel schüttelte erstaunt den Kopf. »Richtiges Überlebenstraining für kleine Kinder. Verrückt.«

»Das ist ein Wort, das du vor drei Wochen hättest gebrauchen können«, sagte sie und griff nach seiner Hand. »Aber nicht jetzt, nicht nach dem, was heute geschehen ist.«

»Was meinst du damit?«

»Im Wagen habe ich gesagt, daß du mir leid tust, weil du keine Ausbildung in so was hast.«

»Und ich sagte, die bekomme ich meiner Meinung nach sehr schnell.«

»Aber so wenig und so spät. Johann hat gesagt, ich solle dir alles beibringen, was ich kann. Ich möchte, daß du mir zuhörst, Noel. Versuche, dir alles zu merken, was ich dir sage.«

»Was?« Holcroft spürte die Kraft, mit der sie ihn festhielt, und sah die Sorge in ihren Augen.

»Du gehst nach Berlin. Ich möchte, daß du zurückkommst.«

Damit fing sie an. Manchmal gab es Augenblicke, wo Noel dachte, er werde jetzt gleich lächeln – oder, noch schlimmer, lachen –, aber die Intensität, die von ihr ausging, hielt ihn zurück; sie war todernst. An diesem Nachmittag waren drei Menschen getötet worden. Er und Helden hätten leicht das vierte und fünfte Opfer sein können. Also hörte er zu und versuchte, sich zu merken, was sie ihm sagte. Alles.

»Für falsche Papiere ist keine Zeit, das dauert Tage. Du hast Geld; buche zwei Plätze nebeneinander in der Maschine. Laß nicht zu, daß sich jemand neben dich setzt; laß dich nicht einengen. Und dann darfst du nichts essen oder trinken, was du nicht selbst mitgebracht hast.«

Seine Gedanken eilten zurück zu einer 747 der British Airways und einem Fläschchen mit Strychnin. »Das ist ein Vorschlag, den ich ganz bestimmt beherzige.«

»Sei dir nie zu sicher. Man bestellt oft, ohne sich was zu denken, eine Tasse Kaffee oder ein Glas Wasser. Tu es nicht.«

»Bestimmt nicht. Und was hat zu geschehen, wenn ich nach Berlin komme?«

»Das gilt für jede Stadt«, verbesserte sie ihn. »Such dir ein kleines Hotel in einem überfüllten Viertel, wo es Prostitution und Rauschgift gibt. In solchen Gegenden wird man am Empfang nie nach Papieren gefragt. Ich kenne jemanden, der uns ein Hotel in Berlin sagen kann...«

Und die Worte strömten aus ihr heraus und beschrieben Taktiken, schilderten Methoden und sagten ihm, wie er seine eigenen Variationen erfinden sollte...

Er sollte falsche Namen gebrauchen, täglich das Zimmer wechseln, das Hotel zweimal die Woche. Seine Anrufe sollte er nur von Telefonzellen aus führen, niemals vom Hotelzimmer, nie aus einer Wohnung. Er sollte genügend Kleidung bei sich haben, um sie dreimal wechseln zu können, auch Hüte und Mützen und verschiedenerlei Brillen. Seine Schuhe sollten alle Gummisohlen haben; die eigneten sich am besten dazu, möglichst leise zu laufen, schnell stehenzubleiben und wieder loszurennen. Wenn man ihm Fragen stellte, sollte er seine Lügen bestimmt, aber nicht arrogant vorbringen, und nie laut werden. Zorn erweckte Feindseligkeit, und Feindseligkeit bedeutete weitere Fragen. Wenn er von einem Flughafen zum nächsten flog, sollte er seine Pistole zerlegen, den Lauf an einer anderen Stelle aufbewahren als den Kolben und den Schlagbolzen entfernen. Damit stellte man die Zollbeamten in Europa gewöhnlich zufrieden: nicht funktionsfähige Waffen interessierten sie nicht, nur Schmuggelgut. Aber wenn sie Einwände erhoben, sollte er ruhig zulassen, daß sie die Waffe konfiszierten; er konnte immer wieder eine andere kaufen. Wenn sie die Waffe durchließen, sollte er sie sofort wieder zusammensetzen; in der Toilettenkabine.

Die Straße... Er wußte ein wenig über Straßen und Menschenmengen, und das sagte er Helden. Man konnte nie genug wissen, antwortete sie, und sagte, er solle so dicht wie möglich am Randstein gehen, jederzeit bereit sein, auf die Straße hinauszurennen, mitten in den Verkehr hinein, wenn sich irgendwelche Anzeichen von Überwachung oder feindseligem Verhalten zeigten.

»Du darfst nie vergessen«, sagte sie, »du bist der Amateur, und sie sind die Profis. Davon mußt du ausgehen; du mußt aus deiner Schwäche einen Vorteil machen. Der Amateur tut das Unerwartete, nicht weil er geschickt oder erfahren ist, sondern weil er es nicht besser weiß. Tu das Unerwartete schnell und auffällig, als ob du verwirrt wärst. Dann bleib stehen und warte. Eine Konfrontation ist häufig das allerletzte, was die Leute wollen, die dich beschatten. Aber wenn sie es wollen, dann ist es besser, wenn du das weißt. Dann mußt du schießen. Du solltest einen Schalldämpfer haben. Wir werden dir morgen einen besorgen. Ich weiß, wo.«

Er drehte sich benommen herum, konnte nicht reden. Sie sah das Staunen in seinen Augen. »Es tut mir leid«, sagte sie und beugte sich vor, lächelte betrübt und küßte ihn.

Sie redeten fast die ganze Nacht, die Lehrerin und der Schüler, Geliebte und Geliebter. Helden war wie besessen; sie erfand eine Situation nach der anderen und verlangte von ihm, er solle ihr sagen, was er unter den angenommenen Umständen täte.

»Du bist in einem Zug, gehst durch den schmalen Gang und hast wichtige Papiere bei dir. Ein Mann kommt aus der entgegengesetzten Richtung auf dich zu. Du kennst ihn; er ist der Feind. Es sind Leute hinter dir, du kannst nicht zurück, was tust du?«

»Will der Mann – der Feind – mir etwas tun?«

»Das weißt du nicht. Was tust du? Schnell!«

»Ich gehe weiter, denke ich. Aufmerksam, auf der Hut, mit dem Schlimmsten rechnend.«

»Nein, Liebster! Die Papiere! Du mußt sie schützen! Du stolperst, fällst auf den Boden!«

»Warum?«

»Damit ziehst du die Aufmerksamkeit auf dich. Die Leute werden dir beim Aufstehen behilflich sein. In dieser Situation wird der Feind nicht handeln. Du schaffst dir dein eigenes Ablenkungsmanöver.«

»Mit *mir selbst*«, sagte Noel und begriff.

»Genau.«

So ging es weiter und immer weiter, bis Lehrerin und Schüler erschöpft waren. Sie liebten sich still und hielten einander in der Behaglichkeit ihrer Wärme umfaßt, und die Welt rings um sie war etwas weit Entferntes. Schließlich schlief Helden ein. Ihr Kopf lag auf seiner Brust, und ihr Haar bedeckte sein Gesicht.

Er lag eine Weile wach, den Arm um ihre Schultern gelegt, und fragte sich, wie ein Mädchen, das sich am *Zauberhaften Land* ergötzt hatte, zu einer so geschickten Spezialistin in den Künsten der Täuschung und der Flucht hatte werden können. Sie kam aus einer anderen Welt, und er war mit erschreckendem Tempo in jene Welt hineingeraten.

Als sie erwachten, war es schon zu spät, als daß Helden noch hätte zur Arbeit gehen können.

»Das ist ganz gut so«, sagte sie und griff nach dem Telefon. »Wir müssen noch einkaufen. Meine Abteilungsleiterin wird nichts gegen einen zweiten Tag Krankheit haben. Ich glaube, sie ist in mich verliebt.«

»Ich glaube, das bin ich auch«, sagte Noel, und seine Finger strichen zärtlich über ihren Hals. »Wo wohnst du?«

Sie sah ihn an und lächelte, während sie der Rezeption die Nummer gab. Dann hielt sie die Hand über die Sprechmuschel. »Du wirst mir keine wichtigen Informationen entlocken, indem du an meine animalischen Instinkte appellierst. Ich bin ausgebildet, vergiß das nicht.« Wieder lächelte sie.

Es war zum Verrücktwerden. »Im Ernst. Wo *wohnst* du?«

Das Lächeln verschwand von ihrem Gesicht. »Das kann ich dir nicht sagen.« Sie nahm die Hand vom Telefon und redete schnell in französischer Sprache auf die Vermittlung von Gallimard ein.

Eine Stunde später fuhren sie nach Paris und machten kurz bei seinem Hotel halt und fuhren dann weiter in ein Viertel mit Altkleiderläden an jeder Ecke.

Wieder übernahm die Lehrerin ihre Rolle; sie wählte seine Kleidung mit geübtem Blick. Das, was sie für den Schüler auswählte, war unauffällig, würde aus einer Menge schwer herauszufinden sein.

Zu seinem Regenmantel kamen noch ein Dufflecoat und ein brauner Paletot. Dazu ein verbeulter Hut, eine Baskenmütze und eine schwarze Kappe mit hochklappbarem Schirm. Alles ziemlich abgetragen. Aber nicht die Schuhe, die waren neu. Ein Paar mit dicken Kreppsohlen und ein zweites, weniger zwangloses Paar, dessen Ledersohlen sie weiter unten in der Straße mit Gummi beschichten ließen.

Die Schuhmacherei war vier Straßen von einem schäbigen Laden entfernt. Helden ging allein hinein. Zehn Minuten später kam sie mit einem perforierten Zylinder heraus, einem Schalldämpfer für seine Pistole.

Er wurde mit Uniformen und den geeigneten Waffen ausgestattet.

Man kleidete ihn ein und schickte ihn ins Feld – nach der kürzesten Ausbildungszeit, die man sich vorstellen konnte. Er hatte den Feind gesehen. Lebend und bei der Verfolgung... und dann tot in den Straßen und Gassen eines Dorfes, das sich Montereau-faut-Yonne nannte. Wo war der Feind jetzt?

Helden war ziemlich sicher, daß sie ihn auf eine Weile abgeschüttelt hatten. Sie dachte, der Feind könnte ihn vielleicht am Flughafen wieder entdecken, aber sobald er in Berlin war, konnte er ihn auch wieder abschütteln.

Das *mußte* er. Sie wollte ihn zurückhaben. Sie würde auf ihn warten.

An einem kleinen Café machten sie halt, um zu Mittag zu essen. Helden führte noch ein Telefongespräch und kam mit dem Namen eines Berliner Hotels an den Tisch zurück, eines Hotels im *Nuttenviertel* – sie erklärte ihm das deutsche Wort –, in jenem Teil der Stadt, wo die wichtigste Ware Sex hieß, in allen seinen Varianten.

Sie hielt seine Hand, ihr Gesicht war ganz nahe bei dem seinen. In wenigen Minuten würde er allein auf die Straße hinausgehen und sich ein Taxi zum Flughafen Orly rufen.

»Sei vorsichtig, Liebster!«

»Ganz bestimmt.«

»Denk an die Sachen, die ich dir gesagt habe. Die helfen dir vielleicht.«

»Ich werde daran denken.«

»Das Allerschwerste ist, das alles als die Wirklichkeit zu begreifen. Du wirst dich immer wieder fragen, warum gerade ich? Warum das alles? Denk nicht darüber nach, nimm es einfach hin.«

Nichts ist so, wie es für Sie war, nichts kann jemals wieder so sein.

»Ich habe es hingenommen. Ich habe auch dich gefunden.«

Sie wandte den Blick ab und sah ihn dann wieder an. »Wenn du nach Berlin kommst, mußt du dir in der Nähe des Hotels eine Hure mitnehmen, das ist eine gute Tarnung. Behalte sie bei dir, bis du mit Kessler Kontakt aufgenommen hast.«

Die 707 der Air France senkte sich auf den Flughafen Tegel hinunter. Noel saß auf der rechten Seite der Maschine, im dritten Sitz am Mittelgang, der Platz neben ihm war frei.

Du hast Geld; buche zwei Plätze nebeneinander... Laß nicht zu, daß sich jemand neben dich setzt; laß dich nicht einengen.

Die Methoden des Überlebens, dargeboten von jemandem, der überlebt hatte, dachte Holcroft. Und dann erinnerte er sich daran, daß seine Mutter sich auch als Überlebenstyp bezeichnet hatte. Althene hatte den Ausdruck mit einem gewissen Stolz gebraucht; er erinnerte sich an ihre Stimme aus sechstausend Kilometer Entfernung.

Sie hatte gesagt, sie werde eine Reise machen. Das war ihre Art, auf ein paar Wochen zu verschwinden, ihre Methode des Sichverbergens, eine Methode, die sie vor mehr als dreißig Jahren gelernt hatte. Herrgott, sie war wirklich unglaublich! Noel überlegte, wohin sie wohl ginge, was sie täte. Er würde Sam Buonoventura in Curaçao anrufen, in ein paar Tagen. Vielleicht hatte Sam bis dahin von ihr gehört.

Die Zollabwicklung in Tegel lief schnell ab. Holcroft ging in die Abfertigungshalle, fand die Herrentoilette und setzte seine Pistole wieder zusammen.

Wie abgesprochen, nahm er sich ein Taxi zum Zoo. Im Wagen öffnete er den Koffer und holte den abgewetzten braunen Mantel und den zerdrückten Hut heraus. Der Wagen hielt an; er zahlte, stieg aus und ging in den Park, wich Spaziergängern aus, bis er eine leere Bank fand. Er musterte die Menschen in seiner Nähe; niemand blieb stehen oder zögerte. Schnell stand er auf und strebte auf einen Ausgang zu. Nicht weit davon war ein Taxistand; er schloß sich einer Schlange an und sah sich unauffällig um, ob er wohl den Feind sehen konnte. Es war jetzt schwierig, jemanden zu erkennen; die Nachmittagsschatten wurden immer länger. Dann war er an der Reihe. Er gab dem Fahrer die Namen zweier sich kreuzender Straßen an. Die Stelle lag drei Straßen nördlich und vier Straßen westlich des Hotels. Der Fahrer grinste.

»Möchten Sie ein wenig Spaß haben? Ich habe da ein paar Freundinnen, Herr Amerikaner. Keine Gefahr, daß Sie sich irgendwie anstecken.« Sein Englisch war trotz des starken Akzents einwandfrei zu verstehen.

»Sie haben mich falsch eingestuft. Ich bin mit soziologischen Studien beschäftigt.«

»Wie bitte?«

»Ich treffe mich mit meiner Frau.«

Danach fuhren sie schweigend durch die Straßen von Berlin. Jedesmal, wenn sie um eine Ecke bogen, sah sich Noel um, ob ihnen ein anderer Wagen folgte. Das taten einige, aber keiner besonders lang. Er erinnerte sich an das, was Helden gesagt hatte: *Sie setzen oft Funkgeräte ein. Etwas so Einfaches wie ein Mantelwechsel oder ein Hut, den man plötzlich trägt, kann sie von der Spur abbringen. Diejenigen, die ihre Instruktionen bekommen, halten Ausschau nach einem Mann mit einem Jackett und ohne Hut, aber er ist nicht da.*

Gab es da unsichtbare Männer, die nach einem bestimmten Taxi und einem bestimmten Passagier Ausschau hielten, der bestimmte Kleidung trug? Das würde er nie wissen, er wußte nur, daß ihm im Augenblick niemand zu folgen schien.

Während der etwa zwanzig Minuten, die sie bis zu seinem Fahrtziel brauchten, war die Nacht hereingebrochen. Die Straßen waren jetzt von bunten Neonlichtern und aufreizenden Plakaten gesäumt. Schlanke blonde Knaben lebten in Koexistenz mit Huren in geschlitzten Röcken und tief ausgeschnittenen Blusen. Auch eine Art von Karneval, dachte Holcroft, als er die drei Straßen hinunterging, auf die Ecke zu, wo er nach links abbiegen würde.

Er sah die Prostituierte in einer Türnische, wie sie gerade Lippenstift auftrug. Sie war in jenem undefinierbaren Alter, das Huren und schicke Vorstadthausfrauen so hartnäckig vorzutäuschen versuchen – irgendwo zwischen fünfunddreißig und achtundvierzig – in ihrem Fall kein sehr geglückter Versuch. Ihr Haar war nachtschwarz und rahmte ein blasses Gesicht ein; ihre Augen lagen tief in den Höhlen. Hinter ihr, im nächsten Häuserblock, konnte er das Vordach seines schäbigen Hotels sehen. An seiner Neonschrift war ein Buchstabe ausgefallen.

Er ging auf sie zu und wußte nicht recht, was er sagen sollte. Die ihm fehlenden deutschen Sprachkenntnisse waren nicht das einzige Hindernis. Er hatte einfach noch nie eine Hure auf der Straße aufgegabelt.

Er räusperte sich. »Guten Abend, Fräulein. Sprechen Sie Englisch?«

Die Frau erwiderte seinen Blick, zuerst kühl, taxierte seinen Tuchmantel. Dann senkte sich ihr Blick auf den Koffer, den er in der rechten Hand trug, und den Attachékoffer in der Linken. Sie öffnete die Lippen und lächelte; ihre Zähne waren gelb. »Ja, mein amerikanischer Freund. Ich spreche gut. Mit mir kannst du viel Spaß haben.«

»Das möchte ich gerne. Wieviel?«

»Vierzig Deutsche Mark.«

»Ich würde sagen, die Verhandlungen sind abgeschlossen. Kommen Sie mit?« Holcroft holte die Klammer mit den Banknoten aus der Tasche, zählte fünf Scheine ab und reichte sie der Frau. »Fünfzig Deutsche Mark. Gehen wir in das Hotel dort unten an der Straße.«

»Wohin?«

Noel deutete auf das Hotel im nächsten Block. »Dort«, sagte er.

»Gut«, sagte die Frau und griff nach seinem Arm.

Das Zimmer war wie jedes Zimmer in einem billigen Hotel in einer großen Stadt. Das Beste an diesem hier war die nackte Glühbirne an der Decke. Sie leuchtete so schwach, daß man das wurmstichige, schmutzige Mobiliar nur undeutlich sehen konnte.

»Halbe Stunde«, verkündete die Hure. Sie zog den Mantel aus und legte ihn über einen Sessel. »Du hast eine halbe Stunde. Ich bin das, was ihr Amerikaner einen Businessman nennt. Meine Zeit ist Geld.«

»Aber natürlich«, sagte Holcroft. »Sie können sich ausruhen oder etwas lesen. Wir gehen in fünfzehn oder zwanzig Minuten wieder weg. Sie bleiben bei mir und helfen mir ein Telefongespräch führen.« Er klappte den Aktenkoffer auf und fand das Blatt mit den Notizen über

Erich Kessler. An der Wand stand ein Stuhl; er setzte sich und fing im schwachen Licht zu lesen an.

»Ein Telefongespräch?« sagte die Frau. »Du zahlst fünfzig Mark, und ich muß dir nur mit dem Telefon helfen?«

»Richtig.«

»Das ist... *verrückt!*«

»Ich spreche nicht deutsch. Ich habe vielleicht Schwierigkeiten, die Person zu erreichen, die ich anrufen muß.«

»Weshalb warten wir dann hier? An der Ecke ist ein Telefon.«

»Nur den Schein zu wahren.«

Die Frau lächelte. »Dann bin ich deine *Deckung.*«

»Was?« Er verstand das deutsche Wort nicht.

»Wenn du mich aufs Zimmer nimmst, stellt niemand Fragen.«

»Das würde ich nicht sagen«, erwiderte Noel etwas verlegen.

»Mich geht das nichts an, mein Herr.« Sie ging auf seinen Stuhl zu. »Aber, wo wir schon hier sind... wir könnten doch ein wenig Spaß haben? Schließlich hast du bezahlt. Ich bin nicht so schlecht. Ich hab' einmal besser ausgesehen, aber ich bin nicht schlecht.«

Holcroft erwiderte ihr Lächeln. »Sie sind gar nicht schlecht. Aber nein, danke. Ich hab' eine Menge, worüber ich nachdenken muß.«

»Dann tu deine Arbeit«, sagte die Hure.

Noel las, was Ernst Manfredi ihm vor einem ganzen Leben in Genf gegeben hatte.

Erich Kessler, Professor für Geschichte, Freie Universität Berlin, Dahlem. Spricht fließend englisch. Kontakte: Universitätstelefon 731426. Wohnung 824114. Bruder heißt Hans, Arzt, lebt in München...

Dem schloß sich ein kurzer Abriß von Kesslers akademischer Laufbahn an, die Titel, die er sich erworben hatte, und die Ehrungen, die ihm zuteil geworden waren. In überwältigender Fülle. Der Professor war ein gebildeter Mann, und gebildete Menschen waren oft Skeptiker. Wie würde Kessler wohl auf den Anruf eines unbekannten Amerikaners reagieren, der nach Berlin gereist war, ohne vorher mit ihm in Verbindung zu treten, und der ihn jetzt in einer Angelegenheit sprechen wollte, die er am Telefon nicht näher schildern wollte?

Es war fast halb sieben, Zeit, die Antwort darauf zu erfahren, und Zeit, sich umzukleiden. Er stand auf, ging an seinen Koffer und holte den Dufflecoat und die Schildmütze heraus. »Gehen wir«, sagte Noel.

Die Prostituierte stand neben der Telefonzelle, während Holcroft wählte. Er wollte sie in der Nähe haben, falls jemand anders als Kessler sich meldete, jemand, der nicht englisch sprach.

Die Leitung war besetzt. Rings um sich konnte er deutsche Laute hören – lebhafte Gespräche von Leuten, die an der Telefonzelle vorbeikamen.

Er dachte nach. Wenn seine Mutter nicht Althene gewesen wäre, wäre er dann jetzt einer von diesen Menschen vor der gläsernen Zelle? Nicht gerade hier natürlich, aber irgendwo in Berlin oder Bremerhaven oder München? Noel Clausen. Deutscher.

Wie sein Leben dann wohl verlaufen wäre? Es war ein unheimliches Gefühl. Faszinierend, abstoßend ... und hartnäckig. So als wäre er in der Zeit zurückgereist, durch die einzelnen Schichten seines persönlichen Lebens, und hätte dort eine Abzweigung von einer in Nebel gehüllten Straße gefunden, die er hätte einschlagen können – ehe er sich dann doch anders entschieden hatte. Und jetzt betrachtete er diese Gabelung aus neue; wohin hätte sie ihn geführt?

Helden? Hätte er sie in jenem anderen Leben gekannt? Jetzt kannte er sie. Und er wußte, daß er sobald wie möglich zu ihr zurück wollte. Er wollte sie wiedersehen, sie wieder ganz nahe bei sich haben, und ihr sagen, daß ... *alles* ... gut werden würde. Er wollte sehen, wie sie lachte, und ein Leben mit ihr führen, in dem es nicht fürs Überleben wichtig war, dreimal die Kleider wechseln zu können und eine Waffe mit einem Schalldämpfer bei sich zu tragen. Wo die RACHE und die ODESSA nicht mehr seinen gesunden Menschenverstand malträtierten und ihn auf Schritt und Tritt bedrohten.

Am Telefon meldete sich ein Mann, seine Stimme war tief und weich.

»Mr. Kessler? Doktor Kessler?«

»Ich kuriere keine Krankheiten, Sir«, kam die Antwort in englischer Sprache. »Der Titel ist korrekt, wenn auch mißverständlich. Was kann ich für Sie tun?«

»Mein Name ist Holcroft. Noel Holcroft. Ich komme aus New York. Ich bin Architekt.«

»Holcroft? Ich habe etliche amerikanische Freunde, und natürlich Leute von den verschiedensten Universitäten, mit denen ich korrespondiere, aber der Name ist mir unbekannt.«

»Ganz richtig, Sie kennen mich nicht. Aber ich bin nach Berlin gekommen, um mich mit Ihnen zu treffen. In einer vertraulichen Angelegenheit, die uns beide betrifft.«

»Vertraulich?«

»Sagen wir ... eine Familienangelegenheit.«

»Hans? Ist Hans etwas passiert?«

»Nein ...«

»Sonst habe ich keine Familie, Mr. Holcroft.«

»Die Sache reicht in die Vergangenheit zurück. Ich kann leider am

Telefon nicht mehr sagen. Bitte, haben Sie Vertrauen zu mir, es ist dringend. Wäre es Ihnen möglich, sich heute abend mit mir zu treffen?«

»Heute abend?« Kessler hielt inne. »Sind Sie heute in Berlin eingetroffen?«

»Am späten Nachmittag.«

»Und Sie wollen mich heute abend sprechen... Das muß wirklich eine dringende Angelegenheit sein. Ich habe heute abend noch etwa eine Stunde in meinem Dienstzimmer zu tun. Wäre Ihnen neun Uhr recht?«

»Ja«, sagte Noel erleichtert. »Sehr recht. Wo Sie wollen.«

»Ich würde Sie zu mir einladen, aber ich habe leider Gäste. Da gibt es ein Lokal am Kurfürstendamm. Es ist oft überfüllt, aber im hinteren Teil gibt es ruhige Nischen, der Geschäftsführer kennt mich.«

»Das klingt ausgezeichnet.«

Kessler nannte ihm den Namen und die Adresse. »Fragen Sie nach meinem Tisch.«

»Das werde ich. Und vielen Dank.«

»Keine Ursache. Aber ich muß Sie warnen: ich sage dem Geschäftsführer immer, das Essen sei ausgezeichnet. In Wirklichkeit ist es das nicht. Aber er ist ein so netter Mensch und gut zu den Studenten. Bis neun Uhr.«

»Ich werde dort sein. Und nochmals vielen Dank.« Holcroft legte den Hörer auf die Gabel, von einer jähen Aufwallung von Selbstvertrauen erfüllt. Wenn der Mann zu der Stimme paßte, die er gerade gehört hatte, war Erich Kessler intelligent, humorvoll, ungemein liebenswürdig. Was für eine Erleichterung!

Noel verließ die Zelle und lächelte der Frau zu. »Danke«, sagte er und drückte ihr noch einen Zehnmarkschein in die Hand.

»Auf Wiedersehen.« Die Prostituierte drehte sich um und ging davon. Einen Augenblick schaute Holcroft ihr nach, aber dann richtete sich seine Aufmerksamkeit plötzlich auf einen Mann in einer schwarzen Lederjacke, der auf halbem Weg zur nächsten Straße vor einer Buchhandlung stand, sich aber sichtlich nicht für die pornographischen Werke interessierte, die im Fenster ausgestellt waren. Vielmehr starrte er Noel gerade an. Als ihre Blicke sich begegneten, wandte der Mann sich ab.

War er einer der Feinde? Ein Fanatiker der RACHE? Ein Irrer von der ODESSA? Oder vielleicht jemand, den die Wolfsschanze auf ihn angesetzt hatte? Er mußte es herausfinden.

Eine Konfrontation ist häufig das allerletzte, was die Leute wollen, die dich beschatten. Aber wenn sie es wollen, dann ist es besser, wenn du das weißt...

Heldens Worte. Er würde versuchen, sich an die Tricks zu erinnern, die er gelernt hatte; er würde sie jetzt anwenden. Er spürte die Ausbuchtung unter seiner Achsel; Waffe samt Schalldämpfer waren da. Er klappte seinen Mützenschirm herunter, umfaßte den Griff seines Aktenkoffers fester und entfernte sich von dem Mann in der schwarzen Lederjacke.

Er eilte die Straße hinunter, hielt sich dicht am Randstein, darauf vorbereitet, in den Verkehrsstrom hinauszurennen. Als er die Ecke erreichte, bog er nach rechts, mischte sich schnell in eine Gruppe von Neugierigen, die zwei lebensgroßen Plastikpuppen dabei zusahen, wie sie auf einem schwarzen Bärenfell den Geschlechtsakt vollzogen. Holcroft wurde angerempelt, sein Aktenkoffer gegen sein Bein gepreßt und dann weggestoßen, als hätte sich jemand an den scharfen Kanten wehgetan. Weggestoßen – weggenommen. Man konnte ihm den Aktenkoffer wegnehmen, und dann würden diejenigen, die sie nie zu Gesicht bekommen sollten, die Papiere lesen, die sich in ihm befanden. Er hatte natürlich auch daran gedacht; er hatte Heinrich Clausens Brief und die wichtigeren Teile der Genfer Dokumente nicht bei sich. Keine Zahlen, keine Quellen, nur den Briefkopf der Bank und die Namen – sinnlos für einen gewöhnlichen Dieb, aber etwas ganz anderes für einen außergewöhnlichen.

Helden hatte ihn davor gewarnt, selbst noch diese Papiere bei sich zu tragen, aber er hatte zu bedenken gegeben, daß der unbekannte Erich Kessler ihn für einen Verrückten halten könnte, und dann brauchte er wenigstens Fragmente, um seine unglaubliche Geschichte zu untermauern.

Aber wenn man ihn jetzt tatsächlich verfolgte, dann mußte er den Koffer an einem Ort hinterlassen, wo er nicht gestohlen werden konnte. Wo? Ganz sicher nicht im Hotel. Ein Schließfach in einem Bahnhof? Kam nicht in Frage, zu solchen Schließfächern konnten sich auch andere Zugang verschaffen; für einen erfahrenen Dieb geradezu ein Kinderspiel.

Außerdem brauchte er diese Papiere – diese Fragmente – für Erich Kessler. Kessler. Das *Lokal. Der Geschäftsführer kennt mich. Fragen Sie nach meinem Tisch.*

Die Gaststätte am Kurfürstendamm. Wenn er jetzt dorthin ging, schlug er zwei Fliegen mit einer Klappe. Unterwegs konnte er sich überzeugen, ob man ihm tatsächlich folgte; und dann konnte er entweder dort bleiben oder dem Geschäftsführer seinen Koffer übergeben.

Er trat auf die Straße hinaus, sah sich nach einem leeren Taxi um, blickte um sich, ob der Beschatter noch da war – ein Mann in einer schwarzen Lederjacke. Da war ein Taxi... etwa einen halben Block entfernt. Er ging schnell darauf zu. Als er einstieg, drehte er sich um. Er sah den Mann in der schwarzen Lederjacke. Jetzt saß er auf einem kleinen Motorrad und schob es mit dem Fuß am Randstein entlang. Auf der Straße waren noch mehr Motorräder, die sich zwischen den Autos durchwanden.

Der Mann in der schwarzen Lederjacke hielt an, wandte sich ab und tat so, als spräche er mit jemandem auf dem Trottoir. Aber er machte es zu auffällig, und niemand reagierte auf seine Worte.

Noel stieg ins Taxi und gab dem Fahrer Namen und Adresse des Lokals an. Sie setzten sich in Bewegung.

Der Mann in der schwarzen Lederjacke folgte ihnen. Noel beobachtete ihn durchs Rückfenster. Wie der Mann in dem grünen Fiat in Paris, war der Berliner ein Experte. Er hielt sich einige Wagenlängen hinter dem Taxi und bog gelegentlich zur Seite, um sich zu überzeugen, daß sein Suchobjekt noch da war.

Es war sinnlos, ihn weiter zu beobachten. Holcroft lehnte sich in seinen Sitz zurück und versuchte, sich seinen nächsten Schritt zurechtzulegen.

Eine Konfrontation ist häufig das allerletzte, was die Leute wollen, die dich beschatten. Aber wenn sie es wollen, dann ist es besser, wenn du das weißt.

Wollte er es wissen? War er auf eine Konfrontation vorbereitet? Es war nicht leicht, sich darauf eine Antwort zu geben. Er war nicht der Mensch, der leichtfertig seinen Mut auf die Probe stellen wollte. Aber im Vordergrund seines Bewußtseins stand das Bild von Richard Holcroft, der auf einem Trottoir in New York von einem Wagen zerquetscht wurde.

Furcht sorgte für Vorsicht; Zorn sorgte für Stärke. Es gab nur eine einzige Antwort für ihn. Er wollte den Mann in der schwarzen Lederjacke haben. Und er würde ihn bekommen.

24

Er bezahlte, stieg aus dem Taxi und vergewisserte sich, daß der Mann auf dem Motorrad, der weiter hinten angehalten hatte, ihn sehen konnte.

Noel schlenderte quer über die Straße zu dem Lokal und ging hinein. Ein paar Stufen führten in den Speisesaal ein halbes Stockwerk tiefer. Der große Raum war halbvoll, Rauchschwaden hingen unter der hohen Decke, und würziger Bierdunst schlug ihm entgegen. Aus dem Lautsprecher hallte Volksmusik. Zwischen schweren, massiven Tischen führten mehrere Gänge durch den Saal. Er sah die Nischen, von denen Kessler gesprochen hatte, an der Rückwand und an den Seiten; mit Tischen, die von Bänken mit hohen Rückenlehnen flankiert waren. Vor den Nischen hingen rotkarierte Vorhänge an Messingstangen. Man konnte so die Nischen von ihrer Umgebung abschirmen, aber wenn die Vorhänge offenstanden, konnte man von den Nischen aus die hereinkommenden Gäste oben an der Treppe beobachten.

Holcroft ging die Treppe hinunter zu einem kleinen Pult und sprach den massigen Mann dahinter an. »Entschuldigen Sie, sprechen Sie englisch?«

Der Mann blickte von seinem Buch mit den Tischreservierungen auf. »Gibt es denn in Berlin einen Gastwirt, der nicht englisch spricht, Sir?«

Noel lächelte. »Gut. Ich suche den Geschäftsführer.«

»Den haben Sie schon gefunden. Was kann ich für Sie tun? Wollen Sie einen Tisch?«

»Ich glaube, man hat schon einen reserviert. Auf den Namen Kessler.«

»Ah ja.« Der Mann nickte. »Er hat vor einer Viertelstunde angerufen. Aber der Tisch ist für neun Uhr bestellt. Jetzt ist's erst –«

»Ich weiß«, unterbrach ihn Holcroft. »Ich bin zu früh dran. Wissen Sie, ich will Sie nur um einen Gefallen bitten.«

Er zeigte ihm den Aktenkoffer. »Ich habe für Professor Kessler einige Urkunden mitgebracht, die ihm meine Universität in Amerika leihweise überläßt. Ich muß mich vorher noch mit ein paar Leuten treffen und dachte, ich könnte das vielleicht hierlassen.«

»Natürlich«, sagte der Geschäftsführer und streckte die Hand nach dem Koffer aus.

»Die Papiere da drin sind sehr wertvoll. Nicht in finanzieller, aber in wissenschaftlicher Hinsicht.«

»Ich werde sie in meinem Büro einschließen.«

»Vielen Dank.«

»Bitte schön. Ihren Namen bitte, Sir?«

»Holcroft.«

»Danke, Mr. Holcroft. Ihr Tisch wird um neun Uhr bereit sein.« Der Geschäftsführer nickte, drehte sich um und trug den Aktenkoffer zu einer geschlossenen Tür unter der Treppe.

Noel stand einen Augenblick da und überlegte, was als nächstes zu tun war. Seit er das Lokal betreten hatte, war niemand mehr gekommen. Das bedeutete, daß der Mann in der Lederjacke draußen war und auf ihn wartete. Jetzt war die Zeit gekommen, den Köder in die Falle zu legen, Zeit, diesen Mann zu schnappen.

Er ging wieder nach oben, und dann kam ihm plötzlich ein Gedanke, der Übelkeit in ihm erzeugte. Er hatte gerade das Allerdümmste getan, was er sich überhaupt vorstellen konnte! Er hatte den Mann in der schwarzen Lederjacke direkt zu dem Punkt geführt, wo er seinen Kontakt mit Erich Kessler herstellen würde. Und um diesen ungeheuren Fehler noch schlimmer zu machen, hatte er dem Geschäftsführer seinen richtigen Namen genannt.

Kessler und *Holcroft*. *Holcroft* und *Kessler*. Sie waren aneinandergeknüpft. Er hatte den noch unbekannten Dritten aus dem Genfer Vertrag preisgegeben! Ihn ebensoklar und deutlich preisgegeben, als wenn er eine Zeitungsanzeige aufgegeben hätte. Jetzt gab es keine Frage mehr, ob er imstande war, die Falle aufzustellen. Er *mußte* es tun! Er mußte den Mann in der schwarzen Lederjacke ausschalten.

Er stieß die Tür auf und trat hinaus. Der Kurfürstendamm war hell erleuchtet. Die Luft war kalt, und der Mond am Himmel hatte einen Hof. Er setzte sich nach rechts in Bewegung, die Hände in den Manteltaschen, um sie vor der Kälte zu schützen. Er kam an dem Motorrad vorbei, das am Randstein abgestellt war, und ging weiter. Vor sich, vielleicht drei Häuserblocks entfernt, auf der linken Seite des Kurfürstendamms, konnte er die Umrisse der riesigen Kaiser-Wilhelm-Gedächtniskirche sehen. Der ausgebombte Turm, der nie wiederaufgebaut werden sollte, war von Scheinwerfern angestrahlt. Berlins Erinnerung an Hitlers Drittes Reich. Er würde die Kirche als Orientierungshilfe benutzen.

Er ging weiter, den Gehweg hinunter, langsamer als die meisten Passanten um ihn herum. Häufig blieb er vor Schaufenstern stehen und sah in regelmäßigen Abständen auf die Uhr, in der Hoffnung, damit den Eindruck zu vermitteln, es komme ihm auf die Minuten an und er richte sein Tempo darauf aus, zu einem bestimmten Zeitpunkt an einem bestimmten Ort zu sein.

Unmittelbar gegenüber der Kaiser-Wilhelm-Gedächtniskirche blieb er eine Weile am Randstein im Schein der Straßenbeleuchtung stehen. Er blickte nach links. In dreißig Meter Entfernung drehte sich der Mann in der schwarzen Lederjacke um, wandte Holcroft den Rücken, beobachtete den Verkehrsstrom.

Er war da; das war alles, worauf es ankam.

Noel setzte sich wieder in Bewegung, seine Schritte wurden jetzt schneller. Er erreichte die nächste Ecke. Die Straße vor ihm zweigte vom Kurfürstendamm ab und war zu beiden Seiten von Geschäften gesäumt. Die Trottoirs waren hier noch belebter, und die Passanten schienen es weniger eilig zu haben als auf dem Kurfürstendamm.

Er wartete, bis der Verkehrsstrom zum Stocken kam, und überquerte dann die Straße. Dann bog er nach rechts, hielt sich dicht am Randstein und bahnte sich mit vielen Entschuldigungen seinen Weg durch die Passanten. Er erreichte das Ende des Häuserblocks, überquerte die Straße und verlangsamte seine Schritte wieder. Er blieb stehen, so wie er am Kurfürstendamm stehengeblieben war, um sich die Schaufenster anzusehen, und blickte dann wieder auf die Uhr.

Den Mann in der Lederjacke sah er zweimal.

Noel hatte jetzt den dritten Häuserblock erreicht. Höchstens fünfzehn Meter weiter war eine schmale Gasse, eine Durchfahrt zu einer vielleicht hundert Meter entfernten Parallelstraße. Die Gasse war finster, die Hauseingänge rechts und links lagen im Schatten. Kein sehr einladender Weg zu dieser Abendstunde.

Aber genau die richtige Falle für den Mann, der ihm folgte.

Er ging weiter die Straße hinunter, an dem unbeleuchteten Streifen aus Beton und Ziegelmauer vorbei, auf die nächste Ecke zu, wobei er sein Tempo mit jedem Schritt beschleunigte, während Heldens Worte in seinen Ohren widerhallten.

Der Amateur tut das Unerwartete, nicht weil er geschickt oder erfahren ist, sondern weil er es nicht besser weiß. Tu das Unerwartete schnell und auffällig, als ob du verwirrt wärst . . .

Er erreichte das Ende des Häuserblocks und blieb abrupt im Lichtkegel einer Straßenlampe stehen. Er sah sich um, als wäre er erschrocken, drehte sich um wie ein Mann, der unschlüssig ist, aber weiß, daß er eine Entscheidung treffen muß. Er blickte zurück auf die Seitengasse und fing plötzlich an zu laufen, stieß mit Fußgängern zusammen, rannte in die Gasse hinein – wie ein von Panik erfüllter Mensch.

Er rannte, bis die Dunkelheit fast absolut war, bis er etwa die Mitte der Gasse erreicht hatte, ganz in Schatten gehüllt, mit dem einzigen Licht an den beiden Mündungen der Gasse. Da war eine Art Lieferanteneingang – eine breite Metalltür. Er stürzte auf sie zu, zwängte sich in die Ecke, drückte den Rücken gegen Stahl und Stein. Er schob die Hand in die Jackentasche und umfaßte den Griff seiner Pistole. Der Schalldämpfer war nicht angebracht, aber das war nicht nötig. Er hatte nicht die geringste Absicht, die Waffe abzufeuern. Sie sollte als sichtbare Drohung dienen, und zunächst nicht einmal als das.

Er brauchte nicht lange zu warten. Er konnte rennende Schritte hören, und während er sie hörte, dachte er, daß auch die Feinde die Vorzüge von gummibesohlten Schuhen zu schätzen wußten.

Der Mann rannte vorbei, dann, als ahnte er einen Trick, verlangsamte er seinen Lauf und sah sich in den Schatten um. Noel trat aus seiner verborgenen Ecke hervor, die Hand in der Jackentasche.

»Ich habe auf Sie gewartet. Bleiben Sie stehen, wo Sie sind.« Er sprach eindringlich, erschrak vor seinen eigenen Worten. »Ich habe eine Waffe in der Hand. Ich *will* sie nicht gebrauchen, aber wenn Sie versuchen wegzulaufen, tu ich es.«

»Vor zwei Tagen in Frankreich haben Sie nicht gezögert«, sagte der Mann mit ausgeprägtem Akzent. Seine Ruhe war entnervend. »Warum sollte ich glauben, daß Sie jetzt anders handeln? Sie sind ein Schwein. Sie können mich töten, aber irgendwann kriegen wir Sie.«

»Wer sind Sie?«

»Ist das wichtig? Sie sollen nur wissen, daß wir Sie kriegen werden.«

»Sie kommen von der RACHE, nicht wahr?«

Trotz der Dunkelheit konnte Noel im Gesicht des Mannes einen Ausdruck der Verachtung erkennen. »Die RACHE?« sagte er. »Terroristen ohne Ziel, Revolutionäre, die keiner in seinem Lager will. Schlächter. Ich habe nichts mit der RACHE zu tun!«

»Also die ODESSA.«

»Das würde Ihnen gefallen, oder?«

»Was meinen Sie?«

»Sie werden die ODESSA benutzen, wenn die Zeit gekommen ist. Man kann ihr so viel in die Schuhe schieben. Sie können so leicht in ihrem Namen töten. Ich nehme an, die Ironie an dem Ganzen ist, daß wir die ODESSA ebenso schnell erledigen könnten, wie Sie das könnten. Aber Sie sind diejenigen, die wir haben wollen; wir kennen den Unterschied zwischen Clowns und Ungeheuern. Glauben Sie mir, wir werden Sie stoppen.«

»Das gibt doch keinen Sinn! Sie gehören nicht zur Wolfsschanze. Unmöglich!«

Der Mann senkte die Stimme. »Aber wir sind doch alle Teil der Wolfsschanze, oder nicht? Auf die eine oder andere Art«, sagte er, und seine Augen blickten herausfordernd. »Ich sage es noch einmal. Sie können mich töten. Aber dann wird ein anderer an meine Stelle treten. Und wenn Sie ihn töten, dann wieder einer an die seine. Wir *werden* Sie stoppen. Schießen Sie also, Herr Clausen. Oder sollte ich sagen, Sohn von Gruppenführer Heinrich Clausen?«

»Wovon, zum Teufel, reden Sie denn? Ich will Sie nicht erschießen. Ich will überhaupt niemanden töten!«

»In Frankreich haben Sie getötet.«

»Wenn ich dort einen Menschen getötet habe, dann, weil er versucht hat, mich zu töten.«

»Aber natürlich, Herr Clausen.«

»Hören Sie auf, mich so zu nennen.«

»Warum? Das ist doch Ihr Name, oder?«

»Nein! Mein Name ist Holcroft.«

»Natürlich«, sagte der Mann. »Das war Teil des Plans. Der angesehene Amerikaner, ohne erkennbare Bindungen an seine Vergangenheit. Und wenn denen jemand nachginge, dann wäre es zu spät.«

»Wofür zu spät? Wer *sind* Sie? Wer hat Sie geschickt?«

»Das können Sie nicht aus mir herauspressen. Wir sind nicht Teil Ihres Planes.«

Holcroft zog die Pistole und trat näher. »Was für ein Plan?« fragte er, in der Hoffnung, etwas zu erfahren. *Irgend etwas.*

»Genf.«

»Was ist mit Genf? Das ist eine Stadt in der Schweiz.«

»Wir wissen alles, und es ist Schluß. Sie werden die Adler nicht aufhalten. Nicht dieses Mal. Wir werden *Sie* stoppen!«

»*Adler?* Was für Adler? Wer ist ›wir‹?«

»Niemals! Drücken Sie doch ab. Ich werde es Ihnen nicht sagen. Sie werden uns nicht aufspüren.«

Noel schwitzte, obwohl die Winternacht kalt war. Nichts, was dieser Feind sagte, gab einen Sinn. Möglicherweise war ein ungeheurer Fehler gemacht worden. Der Mann vor ihm war bereit zu sterben, aber er war kein Fanatiker, dafür lauerte hinter seinen Augen zu viel Intelligenz. »Sie gehören nicht zur RACHE, nicht zur ODESSA. Warum, zum Teufel, wollen Sie sich also gegen Genf stellen? Wolfsschanze will das nicht, das müssen Sie wissen!«

»Nicht *Ihre* Wolfsschanze. Aber wir können dieses Vermögen sehr nutzbringend einsetzen.«

»Nein! Wenn Sie dazwischenfunken, gibt es gar nichts. Sie werden das Geld nie bekommen.«

»Wir beide wissen, daß das nicht so zu sein braucht.«

»Da irren Sie! Dann wandert das Geld wieder für dreißig Jahre unter die Erde.«

Der unbekannte Feind richtete sich in der Dunkelheit auf. »Das ist das Unangenehme daran, nicht wahr? Sie haben das sehr gut ausgedrückt. ›Wieder unter die Erde.‹ Aber, wenn Sie gestatten, dann wird es keine verbrannte Erde geben.«

»Was wird es nicht geben?«

»Keine verbrannte Erde.« Der Mann trat zurück. »Wir haben genug geredet. Sie hatten Ihre Chance; Sie haben sie immer noch. Sie können mich töten, aber das wird Ihnen nichts nützen. Wir haben das Foto. Wir beginnen zu begreifen.«

»Das *Foto?* In Portsmouth? *Sie?*«

»Ein höchst angesehener Commander in der Royal Navy. Es war aufschlußreich, daß Sie das Foto genommen haben.«

»Tod und Teufel! Wer *sind* Sie?«

»Einer, der Sie bekämpft, Sie, Sohn des Heinrich Clausen.«

»Ich hab' Ihnen doch gesagt —«

»Ich weiß«, sagte der Deutsche. »Ich sollte das nicht sagen. Tatsächlich werde ich nichts mehr sagen. Ich werde mich jetzt umdrehen und diese Gasse verlassen. Schießen Sie, wenn Sie müssen. Ich bin darauf vorbereitet. Wir alle sind vorbereitet.«

Der Mann drehte sich langsam um und ging.

»Halt!« schrie Noel und rannte hinter dem Deutschen her.

Dann packte er ihn mit der linken Hand an der Schulter.

Der Mann wirbelte herum. »Wir haben uns nichts mehr zu sagen.«

»Doch, das haben wir! Wir werden die ganze Nacht hierbleiben, wenn es sein muß! Sie werden mir sagen, wer Sie sind und woher Sie kommen und was, zum Teufel, Sie über Genf und Beaumont —«

Weiter kam er nicht. Die Hand des Mannes schoß vorwärts, und seine Finger packten Noels rechtes Handgelenk, drehten es nach innen und unten, während er sein rechtes Knie Holcroft in den Unterleib trieb. Noel krümmte sich vor Schmerz zusammen, ließ aber die Waffe nicht los. Er stieß dem Mann die Schulter in den Leib, versuchte, ihn wegzuschieben, während sich gleichzeitig der Schmerz von seinen Hoden ausbreitete, seinen Magen und seine Brust erfaßte. Jetzt schmetterte der Mann seine Faust auf Holcrofts Schädel herunter, die Erschütterung des Schlags fuhr ihm bis in die Rippen und die Wirbelsäule. Aber er ließ die Waffe nicht los! Der Mann durfte die Waffe nicht bekommen! Noel packte sie, als handelte es sich um den letzten stählernen Handgriff an einem Rettungsboot. Er richtete sich taumelnd auf, setzte seine letzten Kraftreserven ein und entriß dem Mann die Pistole.

Eine Explosion peitschte; ihr Echo hallte durch die Gasse. Der Arm des Mannes fiel herunter, und er taumelte nach rückwärts, hielt sich die Schulter. Er war verwundet, aber er brach nicht zusammen. Statt dessen stützte er sich gegen die Wand und stieß keuchend hervor:

»Wir werden Sie stoppen. Und wir werden es auf unsere Art tun. Genf gehört uns!«

Mit diesen Worten stieß er sich ab und hetzte die Gasse hinunter, wobei er sich immer wieder an der Wand abstützte. Holcroft drehte sich um; an der Mündung der Gasse, ganz hinten, von wo er gekommen war, hatten sich Menschen angesammelt. Er konnte Polizeipfeifen hören und die Lichtbalken von Scheinwerfern erkennen. Die Berliner Polizei trat in Aktion.

Er war gefangen.

Aber er durfte sich nicht fangen lassen! Da war Kessler, da war Genf. Es durfte jetzt nicht dazu kommen, daß man ihn aufhielt.

Heldens Worte fielen ihm ein. *Lügen verstimmt vorbringen ... selbstbewußt ... deine eigenen Variationen erfinden.*

Noel schob die Pistole in die Tasche und ging auf die näherrückenden Taschenlampen zu und auf die zwei Uniformierten dahinter.

»Ich bin Amerikaner!« schrie er mit verängstigter Stimme. »Spricht jemand englisch?«

Ein Mann aus der Menge rief: »Ich! Was ist passiert?«

»Ich bin hier durchgegangen, und jemand hat versucht, mich zu berauben! Er hatte eine Pistole, aber das wußte ich nicht! Ich hab' ihn angestoßen, und da ist sie losgegangen...«

Der Berliner übersetzte schnell für die Polizeibeamten.

»Wo ist er hin?« fragte der Mann.

»Ich glaube, er ist immer noch da. In einem der Eingänge. Ich muß mich setzen...«

Der Berliner berührte Holcroft an der Schulter. »Kommen Sie.« Er führte Noel durch die Menschenmenge auf die Straße zu.

Die Polizisten riefen etwas Unverständliches in die dunkle Gasse hinein. Keine Antwort; der unbekannte Feind war entkommen. Die uniformierten Männer gingen vorsichtig weiter.

»Vielen Dank«, sagte Noel. »Ich würde nur gerne etwas verschnaufen, mich beruhigen. Verstehen Sie?«

»Ja. Ein schreckliches Erlebnis.«

»Ich glaube, die haben ihn«, fügte Holcroft plötzlich hinzu und blickte zurück auf die Polizisten und die Menschenmenge. Der Berliner drehte sich um. Noel trat vom Randstein auf die Straße. Er setzte sich in Bewegung, langsam zuerst, bis er eine Lücke im Verkehrsstrom fand und auf die andere Straßenseite hinüber konnte. Dort machte er kehrt und lief, so schnell er konnte, zum Kurfürstendamm.

Er hatte es geschafft, dachte Holcroft, als er ohne Hut und Mantel auf einer verlassenen Bank in Sichtweite der Gedächtniskirche saß und vor Kälte zitterte. Er hatte seine Lektionen gelernt und sie genutzt; er hatte seine eigenen Variationen erfunden und war der Falle entkommen, die er dem anderen gestellt hatte, die dann aber beinahe über ihm selbst zugeschnappt wäre. Darüber hinaus hatte er den Mann in der schwarzen Lederjacke ausgeschaltet. Man würde ihn festhalten, und sei es nur, um einen Arzt zu holen.

Jedenfalls hatte er erfahren, daß Helden unrecht hatte. Und der tote Manfredi – der die Namen nicht mehr nennen würde – hatte unrecht gehabt. Es waren nicht Mitglieder der ODESSA und auch nicht der RACHE, die als die mächtigsten Feinde Genfs zu gelten hatten. Es war eine andere Gruppe, eine, die um ein Vielfaches mehr wußte und gefährlicher war. Eine geheimnisvolle Organisation, in deren Reihen es Männer gab, die ruhig sterben würden, Männer mit Intelligenz hinter ihren Augen, Männer, deren Worte Sinn und Inhalt hatten.

Das Rennen nach Genf wurde jetzt gegen drei gewalttätige Mächte gelaufen, die den Vertrag zunichte machen wollten, aber eine dieser Mächte war wesentlich raffinierter als die zwei anderen. Der Mann in der schwarzen Lederjacke hatte von der RACHE und der ODESSA so geringschätzig gesprochen, daß seine Worte weder dem Neid noch der Furcht entspringen konnten. Er hatte sie einfach als unfähige Schlächter und Clowns abgetan, mit denen er nichts zu tun haben wollte. Weil er nämlich einer völlig anderen Organisation angehörte, einer, die weit überlegen war.

Holcroft sah auf die Uhr. Er saß jetzt bald eine Stunde in der Kälte. Sein Unterleib schmerzte immer noch, und sein Schädel drohte zu bersten. Ein paar Straßen weiter unten hatte er den Dufflecoat und die schwarze Schirmmütze in eine Mülltonne gestopft. Sie wären zu leicht zu entdecken gewesen, falls die Berliner Polizei ihn etwa suchte.

Inzwischen war es Zeit geworden für seine Verabredung mit Kessler; von der Polizei war weit und breit nichts zu sehen, überhaupt schien sich niemand für ihn zu interessieren. Die kalte Luft hatte seine Schmerzen nicht gerade gelindert, ihm aber immerhin zu einem klaren Kopf verholfen. Und solange das nicht der Fall gewesen war, hatte er nicht gewagt, sich zu bewegen. Jetzt konnte er das tun; das mußte er sogar. Es war beinahe neun Uhr, Zeit, sich mit Erich Kessler zu treffen. Dem dritten Schlüssel für Genf.

25

Die Gaststätte war jetzt überfüllt, so wie er das erwartet hatte, die Rauchschwaden dichter, die Musik lauter. Der Geschäftsführer begrüßte ihn freundlich, aber seine Augen verrieten seine Gedanken. Etwas war in der letzten Stunde mit diesem Amerikaner geschehen. Noel war verlegen; ob das Kratzer in seinem Gesicht waren, oder Schmutzspuren?

»Ich würde mich gerne waschen. Ich bin gestürzt.«

»Natürlich. Dort drüben, Sir.« Der Geschäftsführer wies zur Herrentoilette. »Professor Kessler ist schon da. Er erwartet Sie. Ich habe ihm Ihren Aktenkoffer gegeben.«

»Nochmals vielen Dank«, sagte Holcroft und ging auf die Toilettentür zu.

Er sah sich im Spiegel an. Da waren keine Flecken, kein Schmutz, kein Blut. Aber da war etwas in seinen Augen, ein Blick, wie man ihn mit Schmerz in Verbindung bringt, mit Schock und Erschöpfung. Und Angst. Das war es, was der Geschäftsführer gesehen hatte.

Er ließ Wasser ins Becken laufen, bis es lauwarm war, wusch sich das Gesicht, kämmte sich und wünschte, er könnte diesen Blick aus seinen Augen verdrängen. Dann ging er zu dem Geschäftsführer zurück, der ihn zu einer Nische im hinteren Teil führte, abseits von der Betriebsamkeit des Saales. Der rotkarierte Vorhang war vorgezogen.

»Herr Professor?«

Der Vorhang wurde beiseite geschoben, so daß Noel jetzt einen Mann Mitte der Vierzig, von beträchtlicher Leibesfülle und mit einem vollen Gesicht sehen konnte, das ein kurzer Bart und dichtes braunes, glatt nach hinten gekämmtes Haar säumten. Es war ein freundliches Gesicht, und die tiefliegenden Augen wirkten lebendig, erwartungsvoll, ja vergnügt.

»Mister Holcroft?«

»Doktor Kessler?«

»Setzen Sie sich, setzen Sie sich.« Kessler wollte sich erheben, während er dem Amerikaner die Hand hinstreckte, aber sein Bauch stieß gegen die Tischplatte und vereitelte die Absicht. Er lachte und sah den Geschäftsführer an. »Nächste Woche! Ja, Rudi! Unsere Diät!«

»Ach, natürlich, Herr Professor.«

»Das ist mein neuer Freund aus Amerika. Mr. Holcroft.«

»Ja, wir haben uns schon bekannt gemacht.«

»Ja, freilich. Sie haben mir ja seinen Aktenkoffer gegeben.«

Kessler tippte auf Noels Diplomatenkoffer, der neben ihm auf dem Sitz stand. »Ich nehme Scotch. Halten Sie mit, Mr. Holcroft?«

»Einverstanden. Bloß Eis.«

Der Geschäftsführer nickte und ging. Noel ließ sich im Stuhl nach hinten sinken. Von Kessler ging eine müde Wärme aus; Ausdruck der Toleranz eines Gebildeten, der beständig kleineren Geistern ausgesetzt, aber zu freundlich war, Vergleiche anzustellen. Holcroft kannte einige Männer seiner Art. Darunter auch die besten Lehrer, die er gehabt hatte. Er fühlte sich in der Gesellschaft Erich Kesslers wohl; das war ein guter Anfang.

»Vielen Dank, daß Sie sich mit mir verabredet haben. Ich habe Ihnen viel zu sagen.«

»Verschnaufen Sie erst«, sagte Kessler. »Trinken Sie einen Schluck. Beruhigen Sie sich.«

»Was?«

»Sie haben was hinter sich. Das steht Ihnen im Gesicht geschrieben.«

»Sieht man das so deutlich?«

»Ich würde sagen, daß Sie verstört sind, Mr. Holcroft.«

»Sagen Sie Noel. Bitte. Wir sollten einander näher kennenlernen.«

»Das wird sicher nett. Ich heiße Erich. Draußen ist es kühl. Zu kalt, um ohne Mantel zu gehen. Und doch sind Sie offensichtlich ohne einen Mantel gekommen. Hier ist keine Garderobe.«

»Ich *trug* einen. Ich mußte ihn loswerden. Das werde ich Ihnen erklären.«

»Das brauchen Sie nicht.«

»Ich fürchte doch. Ich wünschte, es wäre nicht so, aber das ist ein Teil meiner Geschichte.«

»Aha. Ah, hier ist Ihr Scotch.«

Ein Kellner stellte das Glas ab, trat dann zurück und zog den rotkarierten Vorhang vor die Nische.

»Wie gesagt, das gehört zu der Geschichte.« Noel trank.

»Lassen Sie sich Zeit. Es eilt nicht.«

»Sie sagten, Sie hätten Gäste im Haus.«

»*Einen* Gast. Einen Freund meines Bruders aus München. Ein reizender Mensch, aber er redet zuviel. Das ist eine Eigenschaft, die bei Ärzten nicht ungewöhnlich ist. Sie haben mich heute abend gerettet.«

»Wird Ihre Frau nicht verstimmt sein?«

»Ich bin nicht verheiratet. Das war ich einmal, aber ich fürchte, das Universitätsleben hat sie zu sehr eingeengt.«

»Das tut mir leid.«

»Ihr nicht. Sie hat einen Akrobaten geheiratet. Können Sie sich das vorstellen? Aus akademischen Gefilden in die erhabenen Höhen des Trapezes. Wir sind immer noch gute Freunde.«

»Ich glaube, daß es recht schwierig sein muß, zu Ihnen nicht freundlich zu sein.«

»Oh, in den Hörsälen gelte ich als schrecklich. Ein wahrer Löwe.«

»Der zwar brüllt, aber nicht beißt«, sagte Noel.

»Wie bitte?«

»Nichts. Ich habe mich nur an ein Gespräch gestern abend erinnert.«

»Fühlen Sie sich jetzt besser?«

»Das ist komisch.«

»Was?«

»Das habe *ich* gestern abend jemanden gefragt.«

Kessler lächelte. »Ihr Gesicht wirkt auf einmal ganz gelockert. Wollen Sie jetzt vielleicht etwas essen?«

»Noch nicht. Ich würde gerne anfangen; es gibt vieles, was ich Ihnen erzählen muß. Sie werden eine Menge Fragen haben.«

»Dann werde ich gut zuhören. Oh, das habe ich vergessen. Ihre Tasche.« Der Deutsche griff neben sich und stellte den Aktenkoffer auf den Tisch.

Holcroft sperrte ihn auf, öffnete ihn aber nicht. »Da sind Papiere, die Sie wahrscheinlich studieren wollen. Sie sind nicht vollständig, aber sie können als Bestätigung für einiges dienen, was ich Ihnen sagen will.«

»Bestätigung? Ist das, was Sie mir erzählen müssen, so schwer zu akzeptieren?«

»Vielleicht«, sagte Noel. Dieser freundliche Gelehrte tat ihm leid. Die friedliche Welt, in der er lebte, würde zusammenbrechen. »Was ich Ihnen jetzt sage, wird möglicherweise einen Einschnitt in Ihr Leben bedeuten, so wie es für das meine einer war. Ich glaube nicht, daß sich das vermeiden läßt. Zumindest ich konnte es nicht vermeiden, weil ich es nicht fertiggebracht habe, einfach davonzulaufen. Zum Teil aus egoistischen Gründen; es geht um einen beträchtlichen Geldbetrag, der mir persönlich zufallen wird – genau wie Ihnen auch. Aber es gibt noch andere Faktoren, die viel wichtiger sind als Sie oder ich. Ich weiß, daß das so ist, denn wenn es nicht so wäre, dann wäre ich inzwischen bereits weggelaufen. Aber ich werde nicht weglaufen. Ich werde das tun, worum man mich gebeten hat, weil es *richtig* ist. Und weil es Leute gibt, die mich stoppen wollen, und die ich hasse. Sie haben jemanden umgebracht, den ich sehr geliebt habe. Sie haben versucht, sich gegenseitig umzubringen.« Holcroft hielt plötzlich inne; er hatte gar nicht so weit gehen wollen. Die Angst und der Zorn vermengten sich. Er hatte die Beherrschung verloren; er redete zuviel. »Es tut mir leid. Ich könnte in all das eine Menge Dinge hineinlesen, die gar nicht hineingehören. Es ist nicht meine Absicht, Ihnen angst zu machen.«

Kessler legte Noel die Hand auf den Arm. »Es geht nicht darum, ob Sie mir angst machen. Sie sind überarbeitet und erschöpft, mein Freund. Offenbar sind Ihnen schreckliche Dinge widerfahren.«

Holcroft nippte ein paarmal an seinem Whisky und versuchte, den Schmerz in seinem Unterleib und an seinem Hals zu betäuben. »Ich will nicht lügen. Es ist tatsächlich so. Aber ich wollte nicht so anfangen. Das war nicht besonders klug.«

Kessler zog seine Hand zurück. »Lassen Sie mich etwas sagen. Ich kenne Sie jetzt kaum fünf Minuten, und ich glaube nicht, daß es darauf ankommt, klug zu sein. Sie sind ganz offensichtlich ein hochintelligenter Mensch. Und auch ein sehr ehrlicher – und Sie standen unter starkem Druck. Warum fangen Sie nicht einfach ganz vorne an, ohne sich darüber Gedanken zu machen, wie es auf mich wirkt?«

»Okay.« Holcroft legte die Arme auf den Tisch, hielt das Whiskyglas mit beiden Händen umfaßt. »Dann lassen Sie mich mit der Frage beginnen, ob Sie je die Namen von Tiebolt und ... Clausen gehört haben.«

Kessler starrte Noel einen Augenblick lang an. »Ja«, sagte er. »Das alles ist viele Jahre her – ich war damals noch ein Kind –, aber ich habe die Namen natürlich gehört. Clausen und von Tiebolt. Das waren Freunde meines Vaters. Ich war damals zehn oder zwölf Jahre alt. Sie kamen häufig in unser Haus, wenn ich mich richtig erinnere, gegen Kriegsende. An Clausen erinnere ich mich deutlich; das glaube ich wenigstens. Er war ein Hüne mit starker Ausstrahlung.«

»Erzählen Sie mir von ihm.«

»Da gibt es nicht viel, woran ich mich erinnern kann.«

»Alles, was Sie wissen. *Bitte.*«

»Ich weiß nicht, wie ich es formulieren soll. Clausen hat jeden Raum, in dem er sich befand, einfach beherrscht. Er brauchte sich dazu gar keine Mühe zu geben. Wenn er sprach, hörten alle auf ihn, und doch kann ich mich nicht erinnern, daß er je die Stimme gehoben hätte. Er schien ein freundlicher Mensch zu sein, der sich Gedanken um andere machte, aber ein Mensch mit ungewöhnlich starkem Willen. Einmal dachte ich – und vergessen Sie nicht, das waren die Gedanken eines Kindes –, daß er ein Mensch war, der mit viel Leid gelebt hatte.«

Die Stimme eines Mannes, den sein Gewissen folterte.

»Mit was für Leid?«

»Ich habe keine Ahnung; das war nur der Eindruck eines Kindes. Sie hätten seine Augen sehen müssen, um das zu verstehen. Gleichgültig, wen er ansah, jung oder alt, wichtig oder nicht, er stellte sich rückhaltlos auf diesen Menschen ein. Ich erinnere mich deutlich daran; das war in jenen Tagen nicht alltäglich. In gewisser Weise kann ich mir von Clausen ein deutlicheres Bild machen als von meinem eigenen Vater, und ganz sicher mehr als von seinem Freund von Tiebolt. Weshalb interessieren Sie sich für Clausen?«

»Er war mein Vater.«

Kessler machte erstaunt den Mund auf. »Sie?« flüsterte er. »Clausens *Sohn*?«

Noel nickte. »Mein leiblicher Vater, nicht der Vater, den ich kannte.«

»Dann war Ihre Mutter...« Kessler hielt inne.

»Althene Clausen. Haben Sie je jemand von ihr sprechen hören?«

»Nie wurde ihr Name genannt, und nie in Clausens Gegenwart. Niemals. Man sprach im Flüsterton von ihr. Die Frau, die den großen Mann verlassen hatte, die Amerikanerin, die Feindin, die aus dem Vaterland geflohen ist mit ihrem – Sie! Sie waren das Kind, das sie ihm weggenommen hat!«

»Das sie *mit*genommen hat, vor ihm bewahrt hat, wie sie das ausdrückt.«

»Lebt sie noch?«

»Und wie.«

»Das ist alles so unglaublich.« Kessler schüttelte den Kopf. »Nach all den Jahren, ein Mann, an den ich mich so lebhaft erinnere. Er war außergewöhnlich.«

»Alle waren sie außergewöhnlich.«

»Wer?«

»Alle drei. Clausen, von Tiebolt und Kessler. Sagen Sie, wissen Sie, wie Ihr Vater gestorben ist?«

»Er hat Selbstmord begangen. Das war damals nicht ungewöhnlich. Als das Reich zusammenbrach, haben sich viele Menschen umgebracht. Für die meisten war das so leichter.«

»Für manche war es die einzige Möglichkeit.«

»Nürnberg?«

»Nein. Genf. Um Genf zu schützen.«

»Ich verstehe Sie nicht.«

»Sie werden mich gleich verstehen«. Holcroft klappte seinen Aktenkoffer auf und nahm die Blätter heraus, die er zusammengeheftet hatte, und gab sie Kessler. »Es gibt eine Bank in Genf mit einem Konto, das nur auf übereinstimmenden Wunsch von drei Leuten für bestimmte Zwecke freigegeben werden kann...«

So, wie er das schon zweimal getan hatte, schilderte Noel den ungeheuren Diebstahl, der vor mehr als dreißig Jahren stattgefunden hatte. Aber Kessler schilderte er alles. Im Gegensatz zu seinem Gespräch mit Gretchen war da nichts, was er zurückhielt, und er erzählte seine Geschichte auch nicht in Stufen, so wie er es bei Helden getan hatte. Er ließ nichts aus.

»...Gelder wurden aus den besetzten Gebieten abgezogen, aus dem Verkauf von Kunstgegenständen und der Plünderung von Museen. Soldgelder der Wehrmacht flossen in andere Kanäle, Millionen wurden dem Ministerium für Bewaffnung und Munition gestohlen und dem – ich kann mich an den Namen nicht erinnern, das steht in dem Brief –, aber jedenfalls von der Industrie. Alles wurde in der Schweiz bei einer Bank deponiert, in Genf, mit Hilfe eines Mannes namens Manfredi.«

»Manfredi? Der Name kommt mir bekannt vor.«

»Das überrascht mich nicht«, sagte Holcroft. »Obwohl ich mir nicht vorstellen kann, daß man ihn sehr häufig erwähnt hat. Wo haben Sie den Namen gehört?«

»Ich weiß nicht. Das war nach dem Krieg, denke ich.«

»Von Ihrer Mutter?«

»Ich glaube nicht. Sie ist im Juli fünfundvierzig gestorben und war die meiste Zeit im Krankenhaus. Von jemand anders... Ich weiß nicht.«

»Wo haben Sie denn gelebt, wo Ihre Mutter und Ihr Vater doch tot waren?«

»Mein Bruder und ich zogen zu unserem Onkel, dem Bruder meiner Mutter. Das war ein Glück für uns. Er war ein älterer Mann und hatte für die Nazis nie viel übrig. Die Besatzungsmächte waren ihm wohlgesinnt. Aber fahren Sie doch bitte fort.«

Das tat Noel. Er berichtete von der genauen Eignungsprüfung, die Direktoren der Grande Banque de Genève forderten, was ihn auf das Thema Gretchen Beaumont brachte. Er erzählte Kessler von der geheimen Auswanderung der von Tiebolts nach Rio, von der Geburt Heldens, dem Tod ihrer Mutter und ihrer schließlichen Flucht aus Brasilien.

»Sie nahmen den Namen Tennyson an und leben jetzt seit fünf Jahren in England. Johann von Tiebolt ist als John Tennyson bekannt. Er ist Reporter für den *Guardian*. Gretchen hat einen Mann namens Beaumont geheiratet, und Helden ist vor einigen Monaten nach Paris gezogen. Den Bruder habe ich noch nicht kennengelernt, aber ich habe mich mit Helden... angefreundet. Sie ist ein bemerkenswertes Mädchen.«

»Ist sie der ›Jemand‹, mit dem Sie gestern abend zusammen waren?«

»Ja«, erwiderte Holcroft. »Ich will Ihnen von ihr erzählen, was sie durchgemacht hat, was sie jetzt durchmacht. Sie und Tausende wie sie sind Teil der Geschichte.«

»Ich glaube, davon weiß ich«, sagte Kessler. »Die *Verfluchten Kinder*.«

»Die was?«

»Die *Verfluchten Kinder*.« Er hatte die deutschen Worte gebraucht und erklärte sie jetzt Holcroft. »Es bedeutet so viel wie verdammt.«

»Die Kinder der Verdammten«, sagte Noel. »So hat sie gesagt.«

»Das ist ein Begriff, den sie sich selbst gewählt haben. Tausende junger Leute – jetzt nicht mehr so jung –, die aus dem Land flohen, weil sie selbst überzeugt waren, daß sie nicht mit der Schuld Nazideutschlands leben konnten. Sie lehnten alles Deutsche ab, suchten sich eine neue Identität, eine neue Art zu leben. Sie haben eine gewisse Ähnlichkeit mit jenen Scharen junger Amerikaner, die die Vereinigten Staaten verlassen und sich in Kanada und Schweden niedergelassen haben, um gegen die Vietnampolitik zu protestieren. Diese Gruppen bilden Subkulturen, aber niemand ist wirklich imstande, seine Wurzeln zu verleugnen. Es *sind* Deutsche, so wie die anderen Amerikaner sind. Sie wandern in Rudeln und kleben aneinander, beziehen ihre Stärke aus eben der Vergangenheit, die sie von sich gewiesen haben. Diese Schuldgefühle sind eine schwere Last. Können Sie das begreifen?«

»Eigentlich nicht«, sagte Holcroft. »Aber ich bin auch nicht so gebaut. Ich werde keine Schuld auf mich nehmen, die nicht die meine ist.«

Kessler sah Noel in die Augen. »Ich behaupte, daß Sie eben das getan haben. Sie sagen, Sie würden nicht vor diesem Ihrem Vertrag weglaufen, und doch sind Ihnen schreckliche Dinge widerfahren.«

Holcroft dachte über die Worte des Wissenschaftlers nach.

»Darin liegt vielleicht eine gewisse Wahrheit, aber die Umstände sind anders. Ich habe nichts *verlassen*. Ich glaube, man hat mich ausgewählt.«

»Also nicht Teil der Verdammten«, sagte Kessler, »sondern Teil der Auserwählten?«

»Jedenfalls privilegiert.«

Der Wissenschaftler nickte. »Dafür gibt es auch ein Wort. Vielleicht haben Sie schon davon gehört. *Sonnenkinder*.«

»Sonnenkinder?« Noel runzelte die Stirn. »Wenn ich mich recht entsinne, dann war das in einem von diesen Kursen, in denen ich nicht gerade der Größte war. Anthropologie vielleicht.«

»Oder Philosophie«, schlug Kessler vor. »Das ist ein philosophischer Begriff, den Thomas J. Perry entwickelt hat, im England der zwanziger

Jahre, und vor ihm Bachofen in der Schweiz und seine Schüler in München. Wobei die Theorie die ist, daß die Sonnenkinder – die Kinder der Sonne – die ganze Zeit mit uns zusammen waren. Sie sind es, die die Geschichte formen, die Begabtesten unter uns, die Herrscher ganzer Epochen ... die Privilegierten.«

Holcroft nickte. »Jetzt erinnere ich mich. Dieses Privileg hat sie zerstört. Sie sind moralisch entartet oder so etwas. Inzestiös, glaube ich.«

»Das ist nur eine Theorie«, sagte Kessler. »Wir schweifen schon wieder ab; man kann sich gut mit Ihnen unterhalten. Sie sprachen von dieser Tochter von Tiebolts, und daß das Leben schwer für sie sei.«

»Für sie alle. Und mehr als schwer. Es ist verrückt. Sie sind die ganze Zeit auf der Flucht. Sie müssen wie Flüchtlinge leben.«

»Leichte Beute für Fanatiker«, pflichtete Erich ihm bei.

»Wie die ODESSA und die RACHE?«

»Ja. Solche Organisationen können in Deutschland selbst nicht tätig werden; man duldet sie nicht. Also operieren sie in anderen Ländern, wohin unzufriedene Emigranten, wie die Verfluchten Kinder, gezogen sind. Sie wollen nur überleben und sich ihre Kraft dafür bewahren, daß sie eines Tages eine Chance bekommen, nach Deutschland zurückzukehren.«

»Zurückzukehren?«

Kessler hob die Hand. »Gebe Gott, daß das nie geschieht, aber das können sie nicht akzeptieren. Die RACHE wollte einmal, daß die Bonner Regierung zu einem Handlanger der Komintern werden sollte, aber selbst Moskau hat sie abgewiesen, und so sind sie heute nichts anderes mehr als Terroristen. Die ODESSA wollte immer das Nazitum wieder zum Leben erwecken. Man verachtet sie in Deutschland.«

»Aber sie machen immer noch Jagd auf die Kinder«, sagte Noel. »Helden hat den Satz gebraucht ›Verdammt für das, was sie waren, und verdammt für das, was sie nicht waren.‹ «

»Eine gute Definition.«

»Man sollte etwas gegen sie tun. Ein Teil jenes Geldes in Genf sollte dazu benutzt werden, die ODESSA und die RACHE zu zerschlagen.«

»Da kann ich Ihnen nicht widersprechen.«

»Es freut mich, das zu hören«, sagte Holcroft. »Sprechen wir wieder von Genf.«

»Ja, bitte.«

Noel hatte die Ziele des Vertrages dargelegt und die Bedingungen definiert, die von den Erben gefordert wurden. Jetzt war die Zeit gekommen, sich auf das zu konzentrieren, was *ihm* widerfahren war.

Er begann mit dem Mord im Flugzeug, dem Schrecklichen in New York, dem völlig veränderten Apartment, dem Brief von den Männern der Wolfsschanze, dem Telefonanruf von Peter Baldwin und den brutalen Morden danach. Er sprach von dem Flug nach Rio und einem Mann mit dichten Augenbrauen. Anthony Beaumont, Agent der ODESSA. Er berichtete von den gefälschten Akten in Rios Einwanderungsbüro und dem seltsamen Zusammentreffen mit Maurice Graff. Er schilderte das Auftauchen von MI-5 in London mit der erstaunlichen Nachricht, daß die britische Abwehr der Meinung war, Johann von Tiebolt sei der Meuchelmörder, den sie den Tinamu nannten.

»Den *Tinamu?*« unterbrach ihn Kessler verblüfft mit gerötetem Gesicht. Das war das erste Mal, daß er Holcrofts Bericht unterbrach.

»Ja. Wissen Sie etwas über ihn?«

»Nur das, was ich in Zeitungen gelesen habe.«

»Anscheinend glauben manche Leute, daß er an Dutzenden von Meuchelmorden die Schuld trägt.«

»Und die Briten glauben, es handle sich um Johann von Tiebolt?«

»Womit sie unrecht haben«, sagte Noel. »Ich bin sicher, daß sie das inzwischen auch wissen. Gestern nachmittag ist etwas geschehen, was das beweist. Sie werden es verstehen, wenn ich darauf komme.«

»Weiter.«

Er ging kurz auf den Abend mit Gretchen und das Foto Anthony Beaumonts ein. Dann kam er zu Helden und dem Oberst und schließlich zum Tod Richard Holcrofts. Er berichtete von den Telefongesprächen zwischen ihm und einem Kriminalbeamten namens Miles in New York und von den Gesprächen mit seiner Mutter.

Er berichtete von dem grünen Fiat, der ihnen nach Barbizon gefolgt war, und von dem Mann mit dem pockennarbigen Gesicht.

Dann kam der Wahnsinn der *fête d'hiver*. Er hatte versucht, den Mann in dem Fiat in eine Falle zu locken, und war dabei selbst beinahe zu Tode gekommen.

»Ich sagte vorhin, daß die Briten in bezug auf Tennyson unrecht hätten«, sagte Noel.

»Tennyson? Oh, der Name, den von Tiebolt angenommen hat.«

»Richtig. MI-5 war überzeugt, alles, was in Montereau geschah, einschließlich der Verfolgung durch den Mann mit dem Pockengesicht, sei das Werk des Tinamu. Aber jener Mann ist getötet worden. Er *arbeitete* für von Tiebolt; das wußten *die*. Helden hat es sogar bestätigt.«

»Und«, unterbrach ihn Kessler, »der Tinamu würde niemals seinen eigenen Mann töten.«

»Genau.«

»Dann wird der Agent das seinem Vorgesetzten sagen.«

»Das kann er nicht«, unterbrach ihn Noel. »Er wurde erschossen, als er Helden das Leben rettete. Aber man wird Identifikationen durchführen; die Briten werden es sich zusammenreimen.«

»Werden die Briten den toten Agenten finden?«

»Sie werden davon erfahren. Das müssen sie. Die Polizei war überall. Man wird seine Leiche finden.«

»Kann man eine Verbindung zu Ihnen herstellen?«

»Möglich. Wir haben auf dem Platz gekämpft; die Leute werden sich erinnern. Aber, um es so zu formulieren, wie Helden es sagte: man hat uns verfolgt, nicht umgekehrt; es gibt keinen Grund anzunehmen, daß wir irgend etwas wissen.«

»Sie klingen unsicher.«

»Ehe der Agent starb, habe ich Baldwins Namen erwähnt, um zu sehen, ob ich etwas erfahren würde. Er reagierte, als hätte ich eine Pistole vor seinem Gesicht abgefeuert. Er flehte Helden und mich an, mit einem Mann namens Payton-Jones in Verbindung zu treten. Wir sollten ihm alles sagen, was geschehen sei, ihm sagen, er solle feststellen, wer uns angegriffen habe, wer von Tiebolts Mann getötet habe und – das Allerwichtigste – wir sollten MI-5 sagen, seiner Meinung nach stehe alles mit Peter Baldwin in Verbindung.«

»Mit Baldwin? Er war von MI-6, sagten Sie?«

»Ja. Er war vor einiger Zeit mit Informationen über die Überlebenden der Wolfsschanze zu ihnen gekommen.«

»Wolfsschanze?« Kessler wiederholte den Namen mit leiser Stimme. »Das war der Brief, den Manfredi Ihnen in Genf gegeben hat, der, der vor mehr als dreißig Jahren geschrieben wurde.«

»Richtig. Der Agent sagte, wir sollten Payton-Jones auffordern, er solle sich Baldwins Akte ansehen. ›Code Wolfsschanze.‹ Das war seine Formulierung.«

»Als Baldwin Sie in New York anrief, hat er da die Wolfsschanze erwähnt?« fragte Kessler.

»Nein. Er sagte nur, ich solle Genf vergessen, er wisse Dinge, die sonst niemand wisse. Und dann ging er an die Tür und kam nicht mehr zurück.«

Kesslers Augen blickten jetzt kalt. »Also hatte Baldwin von dem Genfer Handel mit der Wolfsschanze erfahren.«

»Wieviel er erfahren hat, wissen wir nicht. Es könnte sehr wenig sein, nur Gerüchte.«

»Aber schon Gerüchte verbieten es Ihnen, MI-5 aufzusuchen. Selbst die Warnung, daß Beaumont der ODESSA angehört, könnte Sie teuer zu stehen kommen. Die Briten würden Sie und das Mädchen eingehend verhören. Es gibt da tausend Methoden, und die Briten sind Experten. Baldwins Name könnte fallen, und dann würden sie sich seine Akte ansehen. Dieses Risiko dürfen Sie nicht eingehen.«

»Zu demselben Schluß bin ich auch gelangt«, sagte Holcroft beeindruckt.

»Vielleicht gibt es einen anderen Weg, Ihnen Beaumont vom Hals zu schaffen.«

»Wie?«

»Man verabscheut hier in Deutschland die ODESSA. Wenn man die richtigen Leute verständigt, könnte das dazu führen, daß man ihn eliminiert. Sie würden nicht selbst an die Briten heranzutreten brauchen, brauchten nicht das Risiko einzugehen, daß Baldwins Name ans Licht kommt.«

»Ließe sich das arrangieren?«

»Ohne Frage. Wenn Beaumont wirklich ein ODESSA-Agent ist, würde eine kurze Mitteilung der Bonner Regierung an das Foreign Office ausreichen. Ich kenne genügend Leute, die eine solche Mitteilung absenden könnten.«

Erleichterung überkam Holcroft. Ein weiteres Hindernis würde ihm aus dem Weg geräumt werden. »Ich bin froh, daß wir uns begegnet sind... daß Sie Sie sind und nicht jemand anders.«

»Seien Sie nicht vorschnell in Ihrem Urteil. Sie wollen meine Antwort. Ob ich mich Ihnen anschließen werde? Offen gestanden, ich –«

»Ich will Ihre Antwort noch nicht«, unterbrach Noel. »Sie waren fair zu mir, und ich muß fair zu Ihnen sein. Ich bin noch nicht am Ende. Da war noch das, was heute abend geschah.«

»Heute abend?« Kessler war beunruhigt, ungeduldig.

»Ja. Die letzten paar Stunden, um es genau zu sagen.«

»Was ist denn... heute abend... passiert?«

Noel beugte sich vor. »Wir wissen über die RACHE und die ODESSA Bescheid. Wir sind nicht sicher, wieviel *sie* über Genf wissen, aber wir sind ganz sicher, was sie tun würden, wenn sie genug wüßten. Wir wissen von den Männern der Wolfsschanze. Wer auch immer sie sind, sie sind verrückt – nicht besser als die anderen –, aber auf ihre eigene, seltsame Art stehen sie auf unserer Seite – sie wollen, daß Genf gelingt. Aber da ist noch jemand. Jemand – etwas – viel mächtiger als die anderen. Das habe ich heute abend herausgefunden.«

»Was wollen Sie damit sagen?« Kesslers Tonfall hatte sich nicht verändert.

»Ein Mann ist mir von meinem Hotel gefolgt. Er hatte ein Motorrad und verfolgte mein Taxi durch ganz Berlin.«

»Ein Mann auf einem Motorrad?«

»Ja, und ich habe ihn wie ein verdammter Narr hierher geführt. Dann wurde mir klar, wie dumm das war, und ich wußte, daß ich ihn ausschalten mußte. Das habe ich geschafft, aber ich wollte nicht, daß es so geschah, wie es dann geschehen ist. Er gehörte nicht zur RACHE und auch nicht zur ODESSA. Er haßte sie beide, nannte sie Schlächter und Clowns...«

»Er hat sie...« Kessler verstummte einen Augenblick. Dann fuhr er fort und gewann seine Fassung wenigstens zum Teil zurück. »Schildern Sie mir alles, was geschehen ist, alles, was gesagt wurde.«

»Haben Sie irgendwelche Ideen?«

»Nein... ganz und gar nicht. Es interessiert mich nur.«

Holcroft fiel es nicht schwer, sich an alles zu erinnern. Die Jagd, die Falle, der Wortwechsel, der Schuß. Als er geendet hatte, bat ihn Kessler, die Worte zu wiederholen, die er und der Mann in der schwarzen Lederjacke zueinander gesagt hatten. Dann bat er Noel, sie noch einmal zu wiederholen. Und schließlich ein drittes Mal.

»Wer war das?« Holcroft wußte, daß Kessler ihm jetzt in Gedanken voraus war. »Was *sind* das für Leute?«

»Da gibt es verschiedene Möglichkeiten«, sagte der Deutsche, »aber es handelt sich offensichtlich um Nazis. Neonazis, um exakt zu sein. Abkömmlinge der Partei, eine Splitterfraktion, die die ODESSA haßt. Das gibt es.«

»Aber wie können sie von Genf erfahren haben?«

»Millionen, die aus den besetzten Gebieten gestohlen worden waren, aus Wehrmachtsbeständen, aus dem Ministerium für Bewaffnung, alle auf Schweizer Konten. So umfangreiche Manipulationen waren nicht völlig geheimzuhalten.«

Etwas an dem, was Kessler gerade gesagt hatte, beunruhigte Holcroft, aber er konnte den Finger nicht darauf legen. »Aber was würde es ihnen denn nützen? Die kommen doch nicht an das Geld heran. Sie könnten es lediglich auf Jahre hinweg gerichtlich einfrieren. Welchen Nutzen würde ihnen das bringen?«

»Sie verstehen die Gedankengänge hartgesottener Nazis nicht. Keiner von Ihnen hat das je verstanden. Für einen Nazi kommt es nicht nur darauf an, welchen Nutzen er aus etwas ziehen kann. Für ihn ist es ebenso wichtig, daß *andere* keinen Nutzen haben. Das war das Destruktive an den Nazis.«

Vor der Nische erhob sich plötzlich Lärm, ein Schlag, danach einige krachende Laute, der Schrei einer Frau, dann weitere Schreie.

Der Vorhang vor der Nische wurde weggerissen. Plötzlich ragte die Gestalt eines Mannes vor ihnen auf und stürzte vorwärts, fiel über den Tisch, die Augen geweitet und starr, und aus Mund und Hals strömte ihm Blut. Sein Gesicht war verzerrt, sein Körper wurde von Krämpfen geschüttelt, und seine Hände krallten sich in die Tischplatte, hielten sich zwischen Holcroft und Kessler fest. Er flüsterte, wobei er nach Luft rang: »*Wolfsschanze! Soldaten der Wolfsschanze!*«

Er hob den Kopf und setzte zu einem Schrei an. Der Atem wurde aus ihm herausgepreßt, und dann krachte sein Kopf auf die Tischplatte herunter. Der Mann in der schwarzen Lederjacke war tot.

26

Die nächsten Augenblicke waren für Noel ebenso verwirrend, wie sie für alle chaotisch waren. Die Rufe und Schreie wurden lauter; Panik erfaßte die Gäste. Der blutbesudelte Mann war vom Tisch geglitten und lag jetzt ausgestreckt auf dem Boden.

»Rudi! *Rudi!*«

»Herr Kessler! Kommen Sie mit!«

»Schnell!« schrie Erich.

»Was?«

»Hier entlang, mein Freund. Man darf Sie hier nicht sehen.«

»Aber das ist der Mann!«

»Sagen Sie *nichts*, Noel! Bitte, nehmen Sie meinen Arm.«

»Was? Wo...?«

»Ihre Tasche! Die Papiere!«

Holcroft schnappte nach den Papieren und schob sie in den Koffer. Er spürte, wie er in die Menschentraube hineingezogen wurde, die sich rings um sie gebildet hatte. Er wußte nicht, wohin man ihn brachte, aber es war schon genug, daß es weg ging von dem Toten in der schwarzen Lederjacke. Er folgte blind.

Kessler zerrte ihn durch die Menge. Vor Kessler war der Geschäftsführer, der ihnen einen Weg bahnte zu einer Tür links unter der Treppe. Der Geschäftsführer schloß auf und schob die zwei Männer und sich durch die Tür. Er knallte sie zu und wandte sich zu Kessler um.

»Ich weiß nicht, was ich sagen soll, Gentlemen! Es ist schrecklich. Eine Messerstecherei unter Betrunkenen.«

»Ja, ja, Rudi. Und wir danken Ihnen«, erwiderte Kessler.

»Natürlich. Ein Mann in Ihrer Position darf da nicht hineingezogen werden.«

»Sie sind sehr aufmerksam. Gibt es von hier einen Weg nach draußen?«

»Ja. Meinen Privateingang. Hier.«

Der Eingang führte in eine Seitengasse. »Kommen Sie«, sagte Kessler. »Mein Wagen steht auf der Straße.«

Sie eilten durch die schmale Gasse zum Kurfürstendamm, bogen nach links. Rechts von ihnen hatte sich eine aufgeregte Menge vor der Gaststätte versammelt. Ein Stück weiter unten sah Noel einen Polizisten die Straße herauf rennen.

»Schnell«, sagte Kessler. Sein Wagen war ein älterer Mercedes; sie stiegen ein. Kessler ließ den Motor an und legte, ohne zu warten, den Gang ein und jagte in westlicher Richtung davon.

»Dieser Mann... in der Lederjacke... er war es, der mich verfolgt hat«, flüsterte Holcroft.

»Das habe ich angenommen«, antwortete Kessler. »Er hat den Weg zurück also doch gefunden.«

»Mein *Gott*«, rief Noel. »Was habe ich *getan*?«

»Sie haben diesen Mann nicht getötet, wenn Sie das meinen.«

Holcroft starrte Kessler an. »Was?«

»Sie haben ihn nicht umgebracht.«

»Die Waffe ist doch losgegangen. Ich hab' ihn getroffen.«

»Daran zweifle ich ja nicht. Aber die Kugel hat ihn nicht getötet.«

»Was *dann*?«

»Sie haben offenbar seinen Hals nicht gesehen. Man hat ihn erdrosselt.«

»Baldwin in New York!«

»Wolfsschanze in Berlin«, antwortete Kessler. »Sein Tod war auf den Bruchteil einer Sekunde genau berechnet. Jemand im Lokal hat ihn dicht an unsere Nische herangebracht und den Lärm und die vielen Menschen als Tarnung für den Mord benutzt.«

»Jesus! Dann war...« Noel konnte nicht zu Ende sprechen; die Angst machte ihm übel. Fast hätte er sich übergeben.

»Wer es auch war«, sprach Kessler den Satz für ihn zu Ende, »er weiß jetzt, daß ich auch zu Genf gehöre. Damit haben Sie Ihre Antwort; denn ich habe keine Wahl. Ich mache mit.«

»Das tut mir leid«, sagte Holcroft. »Ich wollte, daß Sie eine Wahl haben.«

»Das weiß ich, und dafür danke ich Ihnen. Aber auf einer Bedingung muß ich bestehen.«

»Nämlich?«

»Mein Bruder Hans in München muß auch Teil des Vertrages werden.«

Noel erinnerte sich an Manfredis Worte; in der Hinsicht waren ihm keine Einschränkungen auferlegt. Die einzige Bedingung war, daß jede Familie nur eine Stimme besaß. »Daran hindert ihn nichts, wenn er will.«

»Er wird wollen. Wir stehen uns sehr nahe. Sie werden ihn mögen. Er ist ein sehr guter Doktor.«

»Ich würde sagen, daß Sie beide sehr gute Doktoren sind.«

»Er heilt. Ich halte nur Vorträge... Außerdem fahre ich hier ziemlich ziellos herum. Ich würde Sie in mein Haus bitten, aber unter den gegebenen Umständen tue ich das besser nicht.«

»Ich habe schon genug Unheil angerichtet. Aber Sie sollen sobald wie möglich nach Hause zurück.«

»Warum?«

»Wenn wir Glück haben, wird niemand der Polizei Ihren Namen nennen, und dann ist es gleichgültig. Aber wenn es jemand tut – ein

Kellner, oder jemand, der Sie kennt –, dann können Sie sagen, daß Sie schon im Aufbruch waren, als es passierte.«

Kessler schüttelte den Kopf. »Ich lasse die Dinge gewöhnlich auf mich zukommen. So was wäre mir nicht eingefallen.«

»Vor drei Wochen wäre ich auch noch nicht darauf gekommen. Lassen Sie mich beim nächsten Taxistand heraus, dann fahre ich zu meinem Hotel und hole meinen Koffer.«

»Unsinn. Ich fahre Sie hin.«

»Wir sollten uns nicht mehr miteinander sehen lassen. Damit fordern wir Komplikationen geradezu heraus.«

»Ich muß lernen, auf Sie zu hören. Wann sehen wir uns dann wieder?«

»Ich rufe Sie aus Paris an. Ich treffe mich in ein oder zwei Tagen mit von Tiebolt. Dann müssen wir drei nach Genf. Uns bleibt nur noch sehr wenig Zeit.«

»Und dieser Polizist in New York? Miles?«

»Das werde ich Ihnen erklären, wenn wir uns wiedersehen. Unter anderem. Dort an der Ecke ist ein Taxi.«

»Was wollen Sie jetzt tun? Ich glaube nicht, daß es um diese Zeit Flüge gibt.«

»Dann werde ich im Flughafen warten. Ich möchte nicht in einem Hotelzimmer isoliert sein.« Kessler hielt an; Holcroft griff nach der Tür. »Vielen Dank, Erich. Und es tut mir leid.«

»Das braucht es nicht, mein Freund Noel. Rufen Sie mich an.«

Der blonde Mann saß steif in Kesslers Bibliothek hinter dem Schreibtisch. Seine Augen blickten wild, und seine Stimme wirkte beim Sprechen angespannt und eindringlich.

»Berichte noch einmal. Jedes Wort! Ohne etwas wegzulassen.«

»Was *soll* das denn?« erwiderte Kessler von der anderen Seite des Zimmers. »Wir sind jetzt zehnmal alles durchgegangen. Ich habe mich an alles erinnert.«

»Dann werden wir es noch zehnmal durchgehen«, schrie Johann von Tiebolt. »Dreißigmal, vierzigmal! Wer *war* er? Wo kam er her? Wer waren die zwei Männer in Montereau? Die hängen zusammen; wo sind alle drei hergekommen?«

»Wir *wissen* es nicht«, sagte der Gelehrte. »Das ist nicht festzustellen.«

»Doch, das ist es! Begreifst du denn nicht? Die Antwort steckt in dem, was dieser Mann in der Gasse zu Holcroft gesagt hat. Ich habe die Worte schon einmal gehört. Da steckt das Geheimnis!«

»Himmelherrgott, du hast den Burschen doch gehabt.« Kessler sprach mit fester Stimme. »Wenn du von *ihm* nichts erfahren hast, wie kannst du da glauben, wir könnten aus irgend etwas, das mir Holcroft gesagt hat, etwas erfahren? Du hättest ihn durch die Mangel drehen müssen.«

»Das war bei dem sinnlos.«

»Also hast du ihm eine Drahtschlinge um den Hals gelegt und ihn dem Amerikaner hingeworfen. Wahnsinn!«

»Nicht Wahnsinn«, sagte Tennyson. »Konsequenz. Holcroft muß davon überzeugt sein, daß die Wolfsschanze überall ist. Bedrängend, bedrohlich, beschützend ... Kehren wir zu dem Gespräch in der Gasse zurück. Nach Holcroft hatte der Mann keine Angst davor zu sterben. Was war es? ›... Ich bin darauf vorbereitet. Wir alle sind vorbereitet. Wir werden Sie stoppen. Genf gehört uns. Sie können mich töten. Aber dann wird ein anderer an meine Stelle treten. Und wenn sie ihn töten, dann tritt wieder einer an die seine.‹ Die Worte eines Fanatikers. Aber er war kein Fanatiker; das habe ich selbst gemerkt. Er war kein ODESSA-Agent, kein RACHE-Revolutionär. Er war etwas anderes. Darin hatte Holcroft recht. Etwas *anderes*.«

»Wir stecken in einer Sackgasse.«

»Nicht ganz. Ich habe einen Mann in Paris veranlaßt, die Identitäten der Leichen zu überprüfen, die in Montereau gefunden wurden.«

»La Sûreté?«

»Ja. Er ist der beste, den es gibt.« Tennyson seufzte. »Das alles ist so unglaublich. Nach dreißig Jahren erfolgen die ersten offenen Schritte, und binnen zwei Wochen tauchen Menschen aus dem Nichts auf, als hätten sie neben uns drei Jahrzehnte lang gewartet. Und doch treten sie nicht an die Öffentlichkeit. Warum nicht? Das ist es, womit ich nicht fertig werde. *Warum nicht?*«

»Das hat der Mann in der Gasse ja zu Holcroft gesagt. ›Wir können dieses Vermögen sehr nutzbringend einsetzen.‹ Das können sie nicht, wenn sie preisgeben, woher das Geld kommt.«

»Ich glaube nicht, daß es so einfach ist. Wenn es allein um das Geld ginge, würde sie nichts daran hindern, zu uns zu kommen – zu den Direktoren der Bank, heißt das –, um aus einer Position der Stärke zu verhandeln. Von den fast achthundert Millionen könnten sie, von ihrem Standpunkt aus betrachtet, zwei Drittel fordern. Sie würden das nicht lange überleben, aber das wissen sie nicht. Nein, Erich, es geht nicht nur um das Geld. Wir müssen nach etwas anderem Ausschau halten.«

»Wir müssen uns die andere Sauerei ansehen!« schrie Kessler. »Wer auch immer dieser Mann heute nacht war, wer auch immer die zwei Männer in Montereau waren, gemessen an unserer Hauptsorge sind sie zweitrangig! Sieh den Dingen doch ins Auge, Johann! Die Briten wissen, daß du der Tinamu bist! Das darfst du nicht länger verdrängen. Sie wissen, daß du der Tinamu bist!«

»Da muß ich dich korrigieren. Sie *vermuten*, daß ich es bin; sie wissen es nicht. Und wie Holcroft so richtig sagte, sie werden bald davon überzeugt sein, daß sie sich irren, wenn sie das nicht bereits geschnallt haben. Tatsächlich ist das eine sehr vorteilhafte Position für uns.«

»Du bist verrückt!« schrie Kessler. »Du wirst *alles* gefährden!«

»Im Gegenteil«, sagte Tennyson ruhig. »Ich werde alles sichern. Gibt es denn einen besseren Verbündeten als MI-5? Wir haben ja schon Leute im britischen Geheimdienst, aber niemanden, der so weit oben steht wie Payton-Jones.«

»Wovon, um Gottes willen, redest du denn jetzt?« Kessler war der Schweiß ausgebrochen; an seinem Hals traten die Adern hervor.

»Setz dich, Erich.«

»Nein!«

»Du sollst dich setzen!«

Kessler setzte sich. »Ich lasse das nicht zu, Johann.«

»Du brauchst gar nichts zuzulassen, bloß zuzuhören.«

Tennyson beugte sich vor. »Laß uns für ein paar Augenblicke die Rollen tauschen; laß mich der Professor sein.«

»Du sollst mich nicht bedrängen. Wir kommen nicht mit Leuten klar, die sich einmischen wollen, ohne sich zu zeigen. Die haben etwas zu verbergen. Aber *damit* kommen wir nicht klar. Wenn man dich beseitigt, was bleibt dann noch?«

»Höchst schmeichelhaft, aber du darfst nicht so denken. Wenn mir etwas zustoßen sollte, dann gibt es Listen, Namen von unseren Leuten überall. Man kann unter ihnen einen Mann finden; das Vierte Reich wird in jedem Fall einen Führer haben. Aber mir *wird* nichts zustoßen. Der Tinamu ist mein Schild, mein Schutz. Wenn man ihn schnappt, werde ich nicht nur frei von Verdacht sein, ich bin dann auch eine geachtete Persönlichkeit.«

»Du mußt den Verstand verloren haben! Du *bist* der Tinamu.«

Tennyson lehnte sich zurück. Er lächelte. »Wir wollen unseren Meuchelmörder einmal näher untersuchen, ja? Vor zehn Jahren hast du auch zugegeben, daß er meine beste Schöpfung sei. Ich glaube, du hast damals gesagt, der Tinamu könne sich einmal als unsere wichtigste Waffe erweisen.«

»In der *Theorie*. Nur in der Theorie. Das war eine akademische Meinung; das habe ich auch gesagt!«

»Das ist richtig, du suchst oft in deinem Elfenbeinturm Zuflucht, und so sollte es auch sein. Aber weißt du, du hattest recht. Wenn man einmal wirklich gründlich darüber nachdenkt, dann können uns all die Millionen in der Schweiz nur dann nützen, wenn wir sie auch einsetzen können. Überall gibt es Gesetze; man muß sie umgehen. Es ist nicht so einfach, wie es früher einmal war, wo man einen Reichstag kaufen konnte, oder einen Block von Sitzen im Parlament; oder eine Wahl in Amerika. Aber für uns ist es bei weitem nicht so schwierig, wie es für andere wäre; das war deine Ansicht vor zehn Jahren, und das gilt heute in noch viel höherem Maße. Wir sind in der Lage, außergewöhnliche Forderungen an die einflußreichsten Männer jeder Regierung von Bedeutung heranzutragen. Schließlich haben sie den Tinamu dafür *bezahlt*, daß er ihre Widersacher beseitigt. Von Washington bis Paris oder Kairo; von Athen bis Beirut und von London bis Warschau, ja selbst in Moskau. Der Tinamu ist unwiderstehlich. Er ist *unsere* Atombombe.«

»Und er kann auch *uns* mit seinem radioaktiven Niederschlag erledigen!«

»Das könnte er«, pflichtete Tennyson ihm bei, »aber das wird er nicht. Erich, vor Jahren haben wir einander gelobt, wir wollten keine Geheimnisse voreinander haben. Und dieses Gelöbnis habe ich in allen Angelegenheiten gehalten, nur in einer Sache nicht. Das war, wie man so sagt, eine geheime Kommandosache.«

»Was hast du getan?« fragte Kessler.

»Ich habe uns jene wichtigste Waffe gegeben, von der du vor zehn Jahren gesprochen hast.«

»Und wie?«

»Du hast dich da gerade sehr deutlich ausgedrückt. Du hast deine Stimme erhoben und gesagt, *ich* sei der Tinamu.«

»Der bist du doch!«

»Nein, der bin ich nicht.«

»Was?«

»Ich bin nur eine Hälfte des Tinamu. Sicher, die bessere Hälfte, aber immerhin nur die Hälfte. Ich habe jahrelang einen anderen ausgebildet; er ist mein Ersatzmann an der Front. Er ist mit allen Wassern gewaschen, ein wahrer Teufelskerl; nach dem echten Tinamu ist er der Beste, den es auf der Welt gibt.«

Der Gelehrte starrte den blonden Mann erstaunt, ja fast ehrfürchtig an. »Ist er einer von uns? Ein *Sonnenkind*?«

»Natürlich nicht! Er ist ein bezahlter Killer; er hat nichts im Sinn außer seinem extravaganten Lebensstil, in dem die ungewöhnlichen Summen, die er einnimmt, ihm die Garantie bieten, daß er sich jedes Bedürfnis und jede Neigung leisten kann. Er weiß auch, daß er vielleicht eines Tages den Preis für dieses Leben wird bezahlen müssen, und das akzeptiert er. Er ist ein Profi.«

Kessler sank in den Sessel zurück und lockerte sich den Kragen. »Ich muß sagen, du hörst nie auf, mich zu erstaunen.«

»Ich bin noch nicht fertig«, entgegnete Tennyson. »In London geht demnächst ein wichtiges Ereignis über die Bühne: eine Versammlung von Staatsoberhäuptern. Das ist die ideale Gelegenheit. Man wird den Tinamu schnappen.«

»Man wird was?«

»Du hast richtig gehört.« von Tiebolt lächelte. »Man wird den Tinamu schnappen, mit einer Waffe in der Hand, und das ausgefallene Kaliber und die Spuren im Lauf werden auf drei vorangegangene Morde deuten. Der Mann, der ihn fast sechs Jahre lang verfolgt hat, wird ihn stellen und töten. Ein Mann, der, um sich selbst zu schützen, nicht wünscht, daß man seinen Namen erwähnt. Ein Mann, der die Geheimdienste seines Gastlandes informieren wird. John Tennyson, Europakorrespondent des *Guardian*.«

»Mein *Gott*«, flüsterte Kessler. »Wie willst du das anstellen?«

»Selbst du darfst das nicht wissen. Aber der Gewinn wird fast so gewaltig sein wie die Gelder in Genf. Es wird bekannt werden, daß der Tinamu ein Tagebuch geführt hat. Man hat es nicht gefunden und muß daher annehmen, daß jemand es gestohlen hat. Und wir werden dieser Jemand sein. Und so wird der Tinamu uns selbst im Tode noch nützlich sein.«

Kessler schüttelte erstaunt den Kopf. »Du denkst in abenteuerlichen Bahnen; das ist dein eigentliches Talent.«

»Unter anderen Talenten«, sagte der blonde Mann ungerührt. »Und unser neu eingegangenes Bündnis mit MI-5 könnte sich als hilfreich erweisen. Mag sein, daß andere Geheimdienste moderner sind, aber besser ist keiner.« Tennyson schlug mit der flachen Hand auf die Armlehne seines Sessels. »So. Jetzt wollen wir uns wieder unserem unbekannten Feind zuwenden. Seine Identität steckt in seinen Worten, dort in der Gasse. Da bin ich sicher.«

»Aber das hat uns doch nichts gebracht.«

»Wir haben erst angefangen.« Der blonde Mann griff nach Bleistift und Papier. »Jetzt noch einmal von vorn. Wir werden alles niederschreiben, was er gesagt hat, alles, woran du dich erinnern kannst.«

Der andere seufzte. »Von Anfang an«, wiederholte er. »Also gut. Nach Holcroft bezogen sich die ersten Worte des Mannes auf die Geschehnisse in Frankreich, auf die Tatsache, daß Holcroft nicht gezögert hatte, dort zu schießen.«

Kessler fuhr fort. Und Tennyson hörte zu und unterbrach den anderen immer wieder und verlangte, daß Worte und Sätze wiederholt wurden. Er schrieb fieberhaft. Vierzig Minuten verstrichen.

»Jetzt kann ich nicht mehr«, sagte Kessler. »Es gibt nichts mehr, was ich dir sagen könnte.«

»Noch einmal die *Adler*«, konterte der blonde Mann fast unfreundlich. »Du mußt die Worte genauso wiederholen, wie Holcroft sie brachte.«

»Adler?...›Sie werden die Adler nicht aufhalten. Nicht dieses Mal.‹
Ob er damit die Luftwaffe gemeint hat?«

»Unwahrscheinlich.« Tennyson blickte auf Papiere. Er tippte mit
dem Finger auf etwas, das er geschrieben hatte. »Hier. ›Ihre Wolfsschanze‹. *Ihre* Wolfsschanze... das heißt also unsere, nicht ihre.«

»Wovon sprichst du?« sagte Kessler. »Wir *sind* die Wolfsschanze, die
Männer der Wolfsschanze sind *Sonnenkinder*!«

Tennyson ging nicht auf die Unterbrechung ein. »Von Stauffenberg,
Olbricht, von Falkenhausen und Höpner. Rommel hat sie ›die wahren
Adler Deutschlands‹ genannt. Sie waren die Verschwörer, die Männer,
die den Führer töten wollten. *Das* sind die Adler, auf die er sich bezog.
Ihre Wolfsschanze, nicht die unsere.«

»Wohin führt uns das? Mein Gott, Johann, ich bin erschöpft. Ich
kann einfach nicht mehr!«

Tennyson hatte ein Dutzend Blätter beschrieben. Jetzt schob er sie
auseinander, unterstrich Worte, ganze Sätze. »Mag sein, daß du schon
genug gesagt hast«, antwortete er. »Es ist hier... in diesem Abschnitt.
Er hat die Worte ›Schlächter und Clowns‹ gebraucht und dann ›sie
werden die Adler nicht aufhalten‹. Und nur Sekunden später sagte ihm
Holcroft, daß es Bedingungen gab... ›Dann wandert das Geld wieder
für dreißig Jahre unter die Erde.‹ Der Mann wiederholte die Worte
›wieder unter die Erde‹ und sagte, daß dies das Unangenehme daran
sei. Aber dann fügte er hinzu, daß es ›keine verbrannte Erde‹ gäbe.
›Verbrannte Erde‹... ›Es wird keine *verbrannte Erde* geben.‹«

Der Oberkörper des blonden Mannes straffte sich. Er lehnte sich im
Sessel zurück, und seine scharfen Gesichtszüge spiegelten das ange-
strengte Nachdenken, während seine kalten Augen starr auf das Papier
blickten. »Das kann nicht sein... nach all den Jahren. Unternehmen
Barbarossa! Die ›verbrannte Erde‹ des Unternehmens Barbarossa! O
mein Gott, die ›Abwehr‹. Es ist die ›Abwehr‹!«

»Wovon redest du?« sagte Kessler. »›Barbarossa‹ war Hitlers erste
Offensive gegen die Sowjetunion, ein großartiger Sieg.«

»Er hat es einen Sieg genannt. Die Generale nannten es bald eine
Katastrophe. ›Wir haben die wertlose verbrannte Erde von Barbarossa
gegen das Blut unserer besten Armeen eingetauscht‹, sagten sie. Damals wurde der Widerstandsgeist der ›Abwehr‹ geboren.«

»Was war das?«

»Ein Geheimdienst mit militärischen Verbänden für Kommandoun-
ternehmen und zur Sabotageabwehr. Die meisten von ihnen waren
keine Freunde der Partei; sie arbeiteten einzig und allein für sich selbst.
Hitler verabscheuten sie; die Schutzstaffel nannten sie ›SS-Pack‹. Sie
nannten sie ›Schlächter und Clowns‹. Sie standen über dem Krieg, über
der Partei. Sie arbeiteten nur für Deutschland, *ihr* Deutschland.«

»Sag, was du meinst, Johann!« schrie Kessler.

»Die ›Abwehr‹ ist noch am Leben. Sie ist der Feind. Unser Feind in Genf. Er wird vor nichts zurückschrecken, um das Vierte Reich im Keim zu ersticken.«

27

Noel wartete auf der Brücke und sah den Lichtern von Paris zu, die wie Reihen winziger Kerzen flackerten. Er hatte Helden bei Gallimard erreicht; sie war einverstanden gewesen, sich mit ihm nach der Arbeit auf dem Pont Neuf zu treffen. Er hatte sie zu überreden versucht, zu dem Hotel in Argenteuil zu fahren, aber sie hatte sein Angebot abgelehnt.

»Du hast mir Tage versprochen, Wochen, wenn ich das wünsche«, sagte er.

»Das habe ich uns beiden versprochen, Darling, und die werden wir auch haben. Aber nicht in Argenteuil. Ich werde dir das erklären, wenn wir uns sehen.«

Es war kurz nach fünf. Die Winternacht kam schnell in Paris, und der kühle Wind, der vom Fluß heraufwehte, ließ ihn frösteln. Er klappte den Kragen seines aus zweiter Hand gekauften Mantels hoch. Wieder sah er auf die Uhr; die Zeiger hatten sich nicht bewegt. Wie hätten sie das auch sollen? Wo doch nicht mehr als zehn Sekunden verstrichen waren.

Er fühlte sich wie ein junger Mann, der im Mondlicht auf ein Mädchen wartete, das er an einem Sommerabend im Country Club kennengelernt hatte, und dann lächelte er, fühlte sich verlegen, weil er sich seine Unruhe nicht eingestehen wollte. Dies war keine warme Sommernacht, und er stand nicht im Mondlicht. Er stand auf einer Brücke in Paris, und die Luft war kalt, und er trug einen Mantel aus zweiter Hand und hatte eine Pistole in der Tasche.

Er sah sie die Brücke betreten. Sie trug den schwarzen Regenmantel und hatte ihr blondes Haar mit einem dunkelroten Tuch bedeckt, das ihr Gesicht einrahmte. Ihr Schritt war gleichmäßig, weder schnell, noch schlendernd; sie war eine einsame Frau, die von der Arbeit nach Hause ging. Abgesehen von ihren auffallend schönen Zügen – die sich aus der Ferne nur andeutungsweise erkennen ließen –, glich sie tausenden anderer Frauen in Paris, die am frühen Abend nach Hause gingen.

Sie sah ihn. Er setzte sich in Bewegung, aber sie hob die Hand, das war ein Signal für ihn stehenzubleiben. Er achtete nicht darauf, wollte schnell bei ihr sein, die Arme ausgestreckt. Sie ging in diese hinein, und sie umarmten sich, und er fühlte die wohlige Wärme, die davon ausging, daß sie wieder zusammen waren. Sie legte den Kopf zurück und sah ihn an und tat zuerst so, als wolle sie streng sein, aber ihre Augen lächelten.

»Du darfst nie auf einer Brücke laufen«, sagte sie. »Ein Mann, der über eine Brücke läuft, fällt auf. Man schlendert über das Wasser; man rennt nicht.«

»Du hast mir gefehlt. Das ist mir egal.«

»Das mußt du lernen. Wie war es in Berlin?«

Er legte ihr den Arm um die Schulter, und sie gingen in Richtung Quai Saint-Bernard am linken Seine-Ufer entlang. »Ich habe dir eine Menge zu erzählen, einiges davon gut, einiges nicht so gut. Aber wenn es ein Fortschritt ist, etwas zu erfahren, dann glaube ich, haben wir ein paar Riesenschritte hinter uns. Hast du was von deinem Bruder gehört?«

»Ja. Heute nachmittag. Er hat eine Stunde nach dir angerufen. Seine Pläne haben sich geändert; er kann morgen in Paris sein.«

»Das ist die beste Nachricht, die du mir bringen konntest. Zumindest glaube ich das. Ich sage es dir morgen. Habe ich dir gefehlt?«

»Noel, du bist verrückt. Du bist gestern nachmittag abgereist. Ich hatte kaum Zeit, nach Hause zu kommen, zu baden, einmal richtig zu schlafen und zur Arbeit zu gehen.«

»Du bist nach Hause gegangen? In dein Apartment?«

»Nein, ich –« Sie hielt inne und blickte zu ihm auf, lächelte. »Sehr gut, Noel Holcroft, neuer Rekrut. Beiläufig verhören.«

»Mir ist nicht beiläufig zumute.«

»Du hast mir versprochen, diese Frage nicht zu stellen.«

»So eindeutig nicht. Ich habe dich gefragt, ob du verheiratet seist, oder mit jemandem lebst – und ich habe auf die erste Frage eine Verneinung und auf die zweite eine recht nichtssagende Antwort bekommen –, aber ich habe nie versprochen, daß ich nicht versuchen werde, irgendwie herauszufinden, wo du wohnst.«

»Du hast es aber angedeutet, Darling. Eines Tages werde ich es dir sagen, und dann wirst du sehen, wie dumm du bist.«

»Sag es mir jetzt. Ich bin verliebt. Ich will wissen, wo die Frau, die ich liebe, wohnt.«

Das Lächeln verschwand einen Augenblick von ihren Lippen, dann kehrte es wieder zurück, und sie blickte zu ihm auf. »Du bist wie ein kleiner Junge, der ein neues Wort übt. Du kennst mich nicht gut genug, um mich zu lieben; das habe ich dir gesagt.«

»Das habe ich vergessen. In Wirklichkeit magst du Frauen.«

»Einige meiner besten Freunde sind Frauen.«

»Aber du würdest keine heiraten.«

»Ich will niemanden heiraten.«

»Gut. Das ist dann nicht so kompliziert. Du brauchst nur für die nächsten zehn Jahre zu mir zu ziehen, und wir können uns ja beiderseits die Option offenlassen.«

»Du sagst so nette Dinge zu mir.«

Sie blieben an einer Straßenkreuzung stehen. Er drehte Helden zu sich herum, hatte die Hände auf ihren beiden Armen. »Die sage ich, weil mir danach zumute ist.«

»Ich glaube dir«, sagte sie und sah ihn eigenartig an, und ihre Augen blickten teils fragend, teils verängstigt.

Er sah die Angst; das störte ihn, und so lächelte er.

»Liebst du mich ein bißchen?«

Sie brachte das Lächeln nicht zuwege. »Ich glaube, daß ich dich mehr als ein bißchen liebe. Du bist ein Problem, das ich nicht wollte. Ich bin nicht sicher, daß ich damit fertig werde.«

»Das ist ja noch besser.« Er lachte und griff nach ihrer Hand, um mit ihr über die Straße zu gehen. »Es ist nett zu wissen, daß du nicht auf alles eine Antwort hast.«

»Hast du das denn geglaubt?«

»Ich dachte, du würdest das meinen.«

»Tue ich nicht.«

Das Restaurant war nur halb voll. Helden bat um einen Tisch im Hintergrund, wo man sie vom Eingang aus nicht sehen konnte. Der Besitzer nickte. Es war ihm anzusehen, daß er nicht ganz ergründen konnte, weshalb diese *belle femme* mit einem so ärmlich gekleideten Begleiter in sein Etablissement kam. Was er dachte, stand ihm in den Augen geschrieben: die Dinge standen in diesen Tagen schlecht für die Mädchen von Paris, in diesen Nächten.

»Er scheint mich zu mißbilligen«, sagte Holcroft.

»Noch ist nicht alles verloren. Du bist in seiner Wertschätzung gestiegen, als du teuren Whisky bestellt hast. Er hat gegrinst, hast du das nicht gesehen?«

»Er hat mein Jackett gemustert. Das stammt aus besserem Hause als der Mantel.«

Helden lachte. »Der Sinn dieses Mantels war auch nicht, deinen modischen Geschmack zu unterstreichen. Hast du ihn in Berlin benutzt?«

»Ja. Ich hab' ihn angehabt, als ich eine Hure aufgabelte. Bist du eifersüchtig?«

»Nicht auf jemanden, der ein Angebot eines so schlecht gekleideten Mannes annimmt.«

»Sie war der Inbegriff von Schönheit.«

»Glück für dich. Wahrscheinlich war sie eine Agentin von ODESSA, und du hast dir ein Andenken von ihr zugezogen, ganz planmäßig. Du solltest besser einen Arzt aufsuchen, ehe du wieder zu mir kommst.«

Noel griff nach ihrer Hand. Alle Heiterkeit war aus seiner Stimme verflogen, als er sagte: »Die ODESSA braucht uns nicht zu beunruhigen. Die RACHE auch nicht. Das gehört zu den Dingen, die ich in Berlin erfahren habe. Es ist zweifelhaft, ob jemand von denen überhaupt über Genf Bescheid weiß.«

Helden war verblüfft. »Aber was ist mit Beaumont? Du hast gesagt, er gehöre zur ODESSA, er sei dir nach Rio gefolgt.«

»Das glaube ich immer noch, und er ist mir auch gefolgt, aber nicht wegen Genf. Es hängt mit Graff zusammen. Irgendwie hat er herausgefunden, daß ich Johann von Tiebolt suche. *Deshalb* ist er mir gefolgt. Nicht wegen Genf. Morgen, wenn ich mit deinem Bruder spreche, werde ich mehr wissen. Außerdem wird Beaumont in ein paar Tagen keine Rolle mehr spielen. Kessler wird dafür sorgen. Er hat gesagt, er ruft jemand in Bonn an, von der Regierung.«

»So einfach ist das?«

»Jedenfalls nicht schwierig. Die leiseste Anspielung auf ODESSA, besonders in Militärkreisen, löst sofort eine Unmenge von Anfragen aus. Man wird Beaumont aus dem Verkehr ziehen.«

»Wenn es nicht die ODESSA oder die RACHE ist, wer ist es dann?«

»Das ist ein Teil von dem, was ich dir erzählen muß. Ich mußte den Dufflecoat und die Mütze loswerden.«

»Oh?« Sein plötzlicher Themawechsel verwirrte Helden.

Er erzählte es ihr, spielte aber die Auseinandersetzung in der dunklen Gasse herunter. Dann schilderte er das Gespräch mit Kessler und erkannte, als er zum Ende kam, daß er den Mord an dem unbekannten Mann in der Lederjacke nicht auslassen durfte. Er würde das morgen ihrem Bruder sagen; es jetzt Helden vorzuenthalten, hätte wenig Sinn. Als er geendet hatte, schauderte sie und preßte die Finger in die Handfläche.

»Wie *schrecklich*. Hatte Kessler eine Ahnung, wer der Mann war, woher er kam?«

»Nein. Wir haben alles, was er sagte, ein halbes dutzendmal von allen Seiten analysiert und versucht, uns einen Reim darauf zu machen. Aber so viel war da gar nicht. Nach Kesslers Ansicht gehörte er einer Gruppe von Neonazis an – Abkömmlingen der Partei, hat Kessler sie genannt. Eine Splittergruppe, die mit der ODESSA verfeindet ist.«

»Wie können die von dem Konto in Genf erfahren haben?«

»Das habe ich Kessler auch gefragt. Er sagte, die Manipulationen, deren es bedurfte, um das Geld aus Deutschland herauszuschaffen, könnten unmöglich so geheim geblieben sein, wie wir annehmen; er meinte, jemand hätte irgendwie davon erfahren.«

»Aber die Geheimhaltung ist doch die *Grundlage* von Genf. Ohne die bricht alles zusammen.«

»Das ist eine Frage des Ausmaßes. Wann ist ein Geheimnis ein Geheimnis? Wo hört die vertrauliche Information auf und wo fängt das Geheimdokument an? Eine Handvoll Leute hat etwas über Genf erfahren und will uns daran hindern, das Geld zu bekommen und es so einzusetzen, wie es vorgesehen war. Sie wollen es für sich selbst, also werden sie es nicht an die große Glocke hängen.«

»Aber wenn sie schon so viel erfahren haben, dann wissen sie auch, daß sie nicht herankönnen.«

»Nicht unbedingt.«

»Dann sollte man es ihnen sagen!«

»Das habe ich dem Mann in der Gasse gesagt. Ich konnte ihn nicht überzeugen. Und selbst wenn es mir gelungen wäre, würde das jetzt keinen Unterschied machen.«

»Aber begreifst du denn nicht? Jemand muß an diese Leute herantreten – wer auch immer sie sind – und sie davon überzeugen, daß es ihnen nichts einbringt, wenn sie dich und meinen Bruder und Erich Kessler stoppen.«

Holcroft trank einen Schluck. »Ich bin nicht sicher, daß wir das tun sollen. Kessler hat etwas gesagt, das mich beunruhigte. Und es beunruhigt mich immer noch. Er sagte, wir – und unter ›wir‹ verstand er, glaube ich, all diejenigen von uns, die das Thema nicht so gründlich studiert haben – wir hätten die echten Nazis nie begriffen. Vom Standpunkt der Nazis aus sei es nicht nur eine Frage, welchen Nutzen sie selbst daraus ziehen könnten; für die Nazis sei es ebenso wichtig, daß andere *keinen* Nutzen haben. Kessler hat es ihr ›destruktives Wesen‹ genannt.«

Helden runzelte wieder die Stirn. »Also werden sie, sobald sie es erfahren haben, Jagd auf euch machen. Sie werden euch alle drei töten, weil es ohne euch kein Genf geben kann.«

»Wenigstens eine Generation lang. Das reicht als Motiv. Das Geld bleibt auf weitere dreißig Jahre im Safe.«

Heldens Hand fuhr an ihren Mund. »Augenblick; da ist etwas Schreckliches, etwas, das nicht stimmt. Sie haben versucht, dich zu töten. *Dich.* Von Anfang an... *dich.*«

Holcroft schüttelte den Kopf. »Das wissen wir nicht bestimmt –«

»Nicht *bestimmt?*« unterbrach ihn Helden. »Mein Gott, was willst du denn noch mehr? Du hast mir dein Jackett gezeigt. Und dann das Strychnin im Flugzeug, die Schüsse in Rio. Was willst du denn noch?«

»Ich will wissen, wer wirklich hinter all dem steckt. Deshalb muß ich mit deinem Bruder sprechen.«

»Was kann dir Johann denn sagen?«

»Wen er in Rio getötet hat.« Helden wollte Einwände erheben; aber er nahm ihre Hand. »Laß mich das erklären. Ich glaube, wir stehen da – *ich* stehe da ... zwischen zwei Auseinandersetzungen, die nichts miteinander zu tun haben. Was deinem Bruder in Rio zugestoßen ist, hat überhaupt nichts mit Genf zu tun. Und in dem Punkt habe ich einen Fehler gemacht. Ich habe alles mit Genf in Verbindung gebracht. Und das war falsch; das ist ein völlig separater Vorgang.«

»Ich habe doch versucht, dir das klarzumachen«, sagte Helden.

»Ich habe es nicht begriffen. Aber dann mußt du auch bedenken, daß bis vor wenigen Wochen noch niemand auf mich geschossen oder versucht hat, mich zu vergiften oder mir ein Messer in den Leib zu rennen. Solche Dinge bringen einen durcheinander, hindern einen am klaren Denken. Mir geht es wenigstens so.«

»Johann ist ein Mensch mit vielen Interessen, Noel«, sagte sie. »Er kann sehr charmant sein, sehr nett, aber er kann auch schweigsam sein. Das ist ein Teil seiner Persönlichkeit. Er hat ein seltsames Leben gelebt. Manchmal wirkt er so unstet auf mich. Er hetzt von einem Ort zum nächsten, von einer Sache zur anderen, macht alles, was er tut, mit Elan und hinterläßt überall seine Spuren, ohne jemals zu wollen, daß man ihn daran erkennt.«

»›Er ist hier, er ist dort, er ist überall.‹ Das klingt ja gerade wie eine Gestalt aus einem der klassischen Abenteuerromane. Mir fallen da Geschichten wie *Das scharlachrote Siegel* ein.«

»Genau. Es kann durchaus sein, daß Johann dir nicht sagt, was in Rio geschehen ist.«

»Das muß er. Ich muß es wissen.«

»Da es nichts mit Genf zu tun hat, ist er da vielleicht anderer Ansicht.«

»Dann werde ich versuchen, ihn zu überzeugen. Wir *müssen* herausfinden, wie gefährdet er ist.«

»Nehmen wir einmal an, er sei wirklich gefährdet. Was geschieht dann weiter?«

»Das würde ihn für Genf disqualifizieren. Wir wissen, daß er jemanden getötet hat. Du selbst hast gehört, wie ein Mann – ein wohlhabender, einflußreicher Mann, dachtest du – sagte, er wünsche, dein Bruder werde wegen Mordes gehenkt. *Ich* weiß, daß er sich mit Graff angelegt hat, und das bedeutet: mit der ODESSA. Er mußte fliehen. Er hat dich und deine Schwester mitgenommen, aber geflohen ist er, um *sein* Leben zu retten. Er ist in eine Menge Schwierigkeiten verwickelt; Leute sind hinter ihm her, und die Vermutung liegt doch nicht fern, daß man ihn erpressen könnte. Und das könnte Genf ins Wanken bringen; alles zunichte machen.«

»Müssen die Bankiers es erfahren?« fragte Helden.

Noel berührte ihre Wange, zwang sie, ihn anzusehen. »Ich müßte es ihnen sagen. Es geht hier um siebenhundertundachtzig Millionen Dollar; um drei Männer, die etwas Außergewöhnliches getan haben. Das war ihre geschichtliche Tat; das glaube ich wirklich. Wenn dein Bruder das gefährdet oder auch nur zum Anlaß würde, daß man das Geld mißbraucht, dann ist es vielleicht besser, daß diese Millionen verwahrt bleiben für die nächste Generation. Aber es braucht nicht so zu sein. Nach dem Vertrag bist du diejenige, die den Willen von Tiebolts erfüllen soll.«

Helden sah ihn an. Er las die Entschlossenheit in ihren Augen. »Das kann ich nicht akzeptieren, Noel. Es muß Johann sein. Nicht nur, weil er viel besser qualifiziert ist als ich, sondern auch, weil er es verdient. Das darf ich ihm nicht wegnehmen.«

»Und ich darf es ihm nicht geben, wenn er den Vertrag gefährden könnte. Aber lassen wir das, bis ich mit ihm gesprochen habe.«

Sie sah ihn musternd an; er wurde verlegen. Jetzt nahm sie seine Hand von ihrer Wange und hielt sie fest. »Die Pflichterfüllung geht dir über alles, nicht wahr?«

»Nicht unbedingt. Ich bin nur zornig. Mich widert die Korruption in den höchsten Kreisen der Finanz an. In meinem Land hat es davon eine ganze Menge gegeben.«

»›In den höchsten Kreisen der Finanz‹?«

»Das ist eine Formulierung, die mein Vater in seinem Brief an mich gebraucht hat.«

»Das ist seltsam«, sagte Helden.

»Was ist seltsam?«

»Du hast ihn immer Clausen genannt, oder Heinrich Clausen. Förmlich und sehr distanziert.«

Holcroft nickte, ihre Bemerkung traf zu. »Das ist komisch, denn ich weiß jetzt auch nicht mehr über ihn als vorher. Aber man hat ihn mir beschrieben. Wie er aussah, wie er redete, wie die Leute auf ihn hörten und wie er auf sie wirkte.«

»Dann weißt du mehr über ihn.«

»Genaugenommen nicht. Nur Eindrücke. Noch dazu die Eindrücke eines Kindes. Aber in gewissem Maße glaube ich, daß ich ihn gefunden habe.«

»Wann haben dir deine Eltern von ihm erzählt?«

»Nicht meine Eltern, nicht mein... Stiefvater, nur Althene. Das war ein paar Wochen nach meinem fünfundzwanzigsten Geburtstag. Ich arbeitete damals schon in meinem Beruf.«

»Deinem Beruf?«

»Ich bin Architekt, erinnerst du dich nicht mehr? Ich hab' es fast selbst schon vergessen.«

»Deine Mutter hat gewartet, bis du fünfundzwanzig warst, ehe sie es dir sagte?«

»Sie hatte recht. Ich glaube nicht, daß ich es früher hätte verarbeiten können. Du lieber Gott. Noel Holcroft, amerikanischer Musterknabe. Hot dogs und Pommes frites, das Shea-Stadium und das Baseballteam der Mets, das College; und Freunde, deren Väter als Soldaten im großen Krieg waren und ihn, jeder auf seine eigene Art, gewannen. Und da sagt man diesem Burschen, daß sein richtiger Vater einer von diesen harten, glatten Sadisten ist, die sie in den Kriegsfilmen gezeigt haben. Herrgott, das hätte der Junge doch nicht ertragen.«

»Warum hat sie es dir dann überhaupt gesagt?«

»Weil ja immerhin die Möglichkeit bestand, daß ich es einmal sonstwie erfahre. Das wollte sie nicht. Sie glaubte nicht, daß es dazu käme. Sie und Dick hatten die Spuren verwischt und meine Geburtsurkunde vernichtet. Aber es gab noch eine Geburtsurkunde. In Berlin. ›Clausen, männliches Kind. Mutter – Althene. Vater – Heinrich.‹ Und es gab Leute, die wußten, daß sie ihn verlassen hatte, daß sie Deutschland verlassen hatte. Sie wollte, daß ich darauf vorbereitet wäre, wenn es je herauskäme, wenn irgend jemand aus irgendeinem Grund sich je erinnerte und versuchte, mit diesem Wissen etwas anzufangen. Vorbereitet darauf übrigens, es abzuleugnen. Zu sagen, daß es da ein anderes Kind gegeben habe – das im Haus nie erwähnt wurde –, das noch im Säuglingsalter in England gestorben war.«

»Und das heißt, daß es noch eine Urkunde gab. Einen Totenschein.«

»Ja. Irgendwo in London zu den Akten gelegt.«

Helden lehnte sich zurück. »Dann sind wir beide einander doch nicht so unähnlich. Unser Leben ist voll von falschen Papieren. Was für ein Luxus es doch sein muß, nicht so zu leben.«

»Mir bedeuten Papiere nicht viel. Ich habe nie jemand wegen seiner Papiere eingestellt und nie jemand gefeuert, weil jemand anders mir welche zuspielte.« Noel leerte sein Glas. »Ich stelle die Fragen selbst. Und deinem Bruder werde ich morgen ein paar sehr unangenehme Fragen stellen müssen. Hoffentlich hat er darauf die Antworten, die ich hören will.«

»Das hoffe ich auch.«

Er lehnte sich zu ihr hinüber, so daß ihre Schultern sich berührten. »Liebst du mich ein bißchen?«

»Mehr als nur ein bißchen.«

»Bleib heut nacht bei mir.«

»Das habe ich vor. In deinem Hotel?«

»Nicht in der Rue Chevall. Dieser Mr. Fresca, den wir neulich abends erfunden haben, ist in ein besseres Quartier gezogen. Weißt du, ich habe nämlich auch ein paar Freunde in Paris. Einer ist stellvertretender Direktor im George Cinq.«

»Wie extravagant.«

»Aber zulässig. Du bist eine ganz besondere Frau, und wir wissen nicht, was passieren wird, ab morgen, meine ich. Übrigens, weshalb konnten wir nicht nach Argenteuil fahren? Das wolltest du mir noch erklären.«

»Man hat uns dort gesehen.«

»Was? Wer?«

»Ein Mann hat uns gesehen – dich, genaugenommen. Wir kennen seinen Namen nicht, aber wir wissen, daß er von der Interpol kam. Wir haben dort jemanden. Die Pariser Polizei hat deine Beschreibung ausgegeben. Und man sucht dich von New York aus. Ein Polizeibeamter namens Miles.«

28

John Tennyson verließ die überfüllte Ankunftshalle des Flughafens von Heathrow und ging auf eine schwarze Jaguar-Limousine zu, die am Randstein auf ihn wartete. Der Fahrer rauchte eine Zigarette und las in einem Buch. Als er den blonden Mann auf sich zukommen sah, stieg er aus.

»Good afternoon, Mr. Tennyson«, sagte der Mann mit dem kehligen Akzent eines Walisers.

»Warten Sie schon lange?« fragte Tennyson ohne besonderes Interesse.

»Nicht sehr«, antwortete der Fahrer und nahm Tennysons Aktenkoffer und seine Reisetasche entgegen. »Ich nehme an, Sie wollen fahren.«

»Ja, ich lasse Sie irgendwo unterwegs aussteigen, wo Sie ein Taxi finden können.«

»Ich kann mir hier eines besorgen.«

»Nein, ich möchte ein paar Minuten mit Ihnen sprechen.«

Tennyson setzte sich hinters Steuer; der Waliser öffnete die hintere Tür und legte das Gepäck auf den Rücksitz. Binnen kurzem hatten sie den Flughafen hinter sich gelassen und rollten auf der Straße nach London.

»Hatten Sie eine gute Reise?« fragte der Waliser.

»Sehr viel zu tun.«

»Ich habe Ihren Artikel über Bahrain gelesen. Höchst amüsant.«

»Bahrain ist amüsant. Die indischen Ladenbesitzer sind die einzigen Wirtschaftsfachleute auf den Inseln.«

»Aber Sie waren nett zu den Scheichs.«

»Die waren nett zu mir. Was gibt es Neues aus dem Mittelmeerraum? Sind Sie mit Ihrem Bruder auf Beaumonts Schiff in Verbindung geblieben?«

»Die ganze Zeit. Wir benutzen ein Funktelefon von Cap Camarat aus. Alles läuft nach Plan. Auf den Piers ging das Gerücht, der Commander sei mit einer Frau von Saint-Tropez aus mit einem kleinen Boot hinausgefahren. Und seit achtundvierzig Stunden hat man weder von dem Boot noch von den beiden gehört, und draußen auf See herrschte unruhiges Wetter. Mein Bruder wird den Vorgang morgen zur Meldung bringen. Er wird natürlich das Kommando übernehmen.«

»Natürlich. Dann läuft alles gut. Man wird Beaumont für tot erklären. Ein Unfall bei schlechtem Wetter. Niemand wird Fragen stellen.«

»Sie wollen mir nicht sagen, was tatsächlich passiert ist?«

»Nicht mit Einzelheiten; was Sie nicht wissen, kann Ihnen nicht gefährlich werden. Aber im wesentlichen läuft es darauf hinaus, daß Beaumont sich übernommen hat. Er ist von den falschen Leuten an den falschen Orten gesehen worden. Das hat zu Spekulationen geführt, daß unser hervorragender Offizier tatsächlich Verbindungen zur ODESSA hatte.«

Der Gesichtsausdruck des Walisers ließ seinen Zorn erkennen. »Das ist gefährlich. Der verdammte Narr.«

»Da ist etwas, was ich Ihnen sagen muß«, sagte Tennyson. »Es ist fast soweit.«

Der Mann aus Wales war beeindruckt. »Dann ist es geschehen?«

»Binnen zwei Wochen, möchte ich meinen.«

»Ich kann es einfach nicht glauben!«

»Warum?« fragte Tennyson. »Alles läuft planmäßig. Zeit, die Telegramme abzuschicken. Überallhin.«

»Überallhin«, wiederholte der Mann.

»Der Code lautet ›Wolfsschanze‹.«

»Wolfsschanze? ... O Gott; es ist soweit!«

»Ja. Stellen Sie eine endgültige Liste mit den Distriktsführern zusammen, natürlich nur in einem Exemplar. Nehmen Sie sich sämtliche Mikrofilmakten vor – Land für Land, Stadt für Stadt, jede politische Verbindung – und verwahren Sie sie in einer Stahlkassette. Bringen Sie mir die Kassette persönlich, die Kassette mit der Liste der Herrenmenschen, und zwar heute in einer Woche. Am Mittwoch. Wir treffen uns auf der Straße vor meiner Wohnung in Kensington. Acht Uhr abends.«

»Heute in einer Woche, Mittwoch, acht Uhr. Mit der Kassette.«

»Und mit der Liste der Führer.«

»Natürlich.« Der Mann aus Wales biß sich auf die Fingerknöchel. »Jetzt ist es wirklich soweit«, flüsterte er.

»Es gibt noch ein kleines Problem, aber damit werden wir fertig.«

»Kann ich helfen? Ich tue alles.«

»Das weiß ich, Ian. Sie sind einer der Besten. Ich sage es Ihnen nächste Woche.«

»*Alles.*«

»Natürlich.« Tennyson bremste den Jaguar vor einer Ausfahrt ab. »Ich würde Sie nach London fahren, aber ich muß nach Margate. Es ist äußerst wichtig, daß ich schnell dorthin komme.«

»Machen Sie sich meinetwegen keine Gedanken. Sie müssen jetzt ganz anderes im Kopf haben!« Ian musterte Tennysons Gesicht, die scharfen Züge voller Kraft und Verheißung. »Dabei sein; privilegiert, von Anfang an alles mitzuerleben. Die Wiedergeburt. Dafür würde ich jedes Opfer bringen.«

Der blonde Mann lächelte. »Danke«, sagte er.

»Lassen Sie mich irgendwo raus. Ich finde schon ein Taxi… Ich wußte gar nicht, daß wir Leute in Margate haben.«

»Wir haben überall Leute«, sagte Tennyson und hielt an.

Tennyson raste die vertraute Straße nach Portsea hinunter. Er würde Gretchens Haus vor acht Uhr erreichen, und so sollte es sein; sie erwartete ihn um neun. So konnte er sich vergewissern, daß sie keinen Besuch hatte, keine freundlichen männlichen Nachbarn, die vielleicht auf einen Drink vorbeigekommen waren.

Der blonde Mann lächelte. Selbst Mitte der Vierzig zog seine Schwester noch Männer an, wie die sprichwörtliche Flamme die Motten; nur daß Gretchen ihren Sex einzig auf Befehl einsetzte, und dann wie eine tödliche Waffe mit allem Vorbedacht.

Tennyson bereitete das, was er tun mußte, keine Freude, aber er wußte, daß er keine Wahl hatte. Es galt, alle Fäden, die nach Genf führten, abzuschneiden, und seine Schwester war ein solcher Faden, so wie Anthony Beaumont einer gewesen war. Gretchen wußte einfach zu viel; die Feinde der Wolfsschanze konnten sie durch die Mangel drehen – und würden das auch.

Dreierlei war der Abwehr unbekannt: der Zeitplan, die Methoden zur Verteilung der Millionen, die Namenslisten. Gretchen kannte den Zeitplan; sie war mit den Verteilungsmethoden vertraut, und da die Methoden mit den Empfängern überall auf der Welt zusammenhingen, kannte sie auch die Namenslisten nur zu gut.

Seine Schwester mußte sterben.

So wie der Mann aus Wales das Opfer bringen mußte, von dem er so edelmütig gesprochen hatte. Sobald er die Kassette und die Liste der

Herrenmenschen übergeben hatte, hätte der Mann aus Wales seine Schuldigkeit getan. Er wäre dann nur noch im Weg; denn mit Ausnahme der Söhne von Erich Kessler und von Wilhelm von Tiebolt würde kein Lebender mehr die Namenslisten zu Gesicht bekommen. Tausende Namen in jedem Land, die wahren Erben der Wolfsschanze, die vollkommene Rasse, die *Sonnenkinder*.

PORTSEA – 15 M

Der blonde Mann trat das Gaspedal durch; der Jaguar schoß dahin.

»Dann ist es endlich soweit«, sagte Gretchen Beaumont, die neben Tennyson auf der weichen Ledercouch saß. Ihre Hand liebkoste sein Gesicht, und ihre Finger strichen über seine Lippen und erregten ihn, wie sie ihn stets, seit sie Kinder gewesen waren, hatte erregen können. »Und du bist so schön. Es gibt keinen anderen Mann wie dich; es wird nie einen geben.«

Sie beugte sich vor, und ihre aufgeknöpfte Bluse legte ihre Brüste frei, lud zu Liebkosungen ein. Ihr Mund preßte sich auf den seinen, und sie stöhnte in jener kehligen Art, die ihn so wild machte.

Diesmal durfte er nicht schwach werden. Aber wenn er doch schwach werden sollte, dann wäre es nichts als der letzte Akt eines geheimen Rituals, das ihn nie belastet und ihm zugleich andere Bindungen erspart hatte . . . seit seiner Kindheit. Er hielt ihre Schultern fest und schob sie auf die Couch zurück.

»Es ist soweit«, sagte er. »Ich muß, so lange meine Gedanken noch klar sind, alles erfahren, was geschehen ist. Wir haben eine Menge Zeit. Ich werde gegen sechs Uhr früh nach Heathrow fahren und dort die erste Maschine nach Paris nehmen. Aber jetzt – ist da irgend etwas, was du vergessen hast, mir über den Amerikaner zu sagen? Bist du sicher, daß er nie eine Verbindung zwischen dir und New York hergestellt hat?«

»Keinen Augenblick. Es war bekannt, daß die Frau, die gegenüber seiner Wohnung gelebt hatte, heftig rauchte. Ich rauche nicht, und ich habe dafür gesorgt, daß ihm das auffiel, als er hier war. Außerdem machte ich ihm klar, daß ich seit Wochen nirgendwo gewesen bin. Wenn er daran gezweifelt hätte, dann hätte ich das auch beweisen können.«

»Also hatte er, als er ging, keine Ahnung, daß die höchst erotische ungetreue Ehefrau, mit der er im Bett lag, die Frau in New York war.«

»Natürlich nicht. Und er ging auch nicht einfach weg«, sagte Gretchen und lachte. »Er floh. Verwirrt und in Panik und überzeugt davon, daß ich nicht richtig ticke – so wie wir es geplant hatten –, womit die

Wahl für Genf automatisch auf dich fiel.« Sie hörte auf zu lachen. »Außerdem ist er mit Tonys Foto abgehauen, was wir nicht einkalkuliert hatten. Du wirst es zurückbekommen, nehme ich an.«

Tennyson nickte. »Ja.«

»Was wirst du ihm sagen?«

»Holcroft vermutet, daß Beaumont ein ODESSA-Agent war; daß ich mit Graff Ärger bekommen hatte und aus Brasilien fliehen mußte, um nicht erschossen zu werden. Das hat er Kessler gesagt. Aber er ist sich keineswegs sicher, was in Rio geschah, nur daß ich jemanden umgebracht habe; und das beunruhigt ihn.« Tennyson lächelte. »Ich werde auf seinen Vermutungen aufbauen. Ich werde mir irgend etwas Verblüffendes einfallen lassen, etwas, das ihn schockiert und überzeugt, daß ich heiliger als Johannes der Täufer bin. Und ich werde natürlich dankbar dafür sein, daß unser Partner uns den schrecklichen Beaumont aus dem Wege geräumt hat.«

Gretchen nahm seine Hand und preßte sie zwischen ihre Beine, rieb ihre Strümpfe an ihr auf und ab.

»Du bist nicht nur schön, du bist brillant.«

»Und dann drehe ich den Spieß um und gebe ihm das Gefühl, jetzt müsse *er* mich davon überzeugen, daß er Genf würdig sei. Er wird es sein, der seinen Anteil an dem Vertrag rechtfertigen muß. Es ist psychologisch äußerst wichtig, daß er in diese Lage gebracht wird. Seine Abhängigkeit von mir muß wachsen.«

Gretchen preßte seine Hand zwischen ihren Beinen fest und hielt sein Handgelenk – ein schneller, ungemein erotischer Griff.

»Du kannst mich mit Worten erregen, aber das weißt du, nicht wahr?«

»Gleich, meine Liebe... meine einzige Liebe. Wir müssen noch reden.« Tennyson grub die Finger in das Bein seiner Schwester. Sie stöhnte. »Natürlich weiß ich, wenn ich mit Helden gesprochen habe, besser, was genau ich sagen muß.«

»Du siehst sie also, ehe du dich mit Holcroft triffst?«

»Ja. Ich ruf sie an und sag ihr, daß ich sie sofort sprechen müsse. Zum ersten Mal in ihrem Leben wird sie an mir Selbstzweifel erleben, das verzweifelte Bedürfnis, davon überzeugt zu werden, daß das, was ich tue, richtig ist.«

»Wiederum brillant.« Sie zog seine Hand zwischen ihren Beinen heraus und legte sie unter ihre Brust. »Läuft unser kleines Schwesterchen immer noch mit dem ganzen Treibgut herum? Den selbsternannten *Verfluchten Kindern* mit ihren Bärten und den ungepflegten Zähnen?«

»Natürlich. Sie lebt von dem Gefühl, daß man sie braucht. Das war immer ihre Schwäche.«

»Sie ist auch nicht im Reich geboren.«

Tennyson lachte spöttisch. »Um dieses Bedürfnis zu befriedigen, ist sie sogar zu so was wie 'nem Kindermädchen geworden. Sie lebt im Hause des Obersten und sorgt für den Krüppel. Sie wechselt jeden Abend zweimal den Wagen, um nicht die Mörder der RACHE und der ODESSA zu ihm zu führen.«

»Von denen die eine oder andere Gruppe sie eines Tages umbringen dürfte«, sinnierte Gretchen. »Darüber müssen wir nachdenken. Bald nachdem die Bank das Konto freigegeben hat, wird sie sterben müssen. Sie ist nicht dumm, Johann. Ein weiterer Mord, den man der RACHE anlasten wird. Oder der ODESSA.«

»Das ist mir auch schon durch den Kopf gegangen ... Weil wir gerade von Mord sprechen: hat Holcroft, als er hier war, Peter Baldwin erwähnt?«

»Mit keinem Wort. Ich habe auch nicht damit gerechnet, nicht, wenn ich meine Rolle richtig gespielt habe. Ich war einfach eine labile, frustrierte Ehefrau. Er wollte mir keine Angst machen; und er wollte mir auch keine Informationen geben, die für Genf gefährlich wären.«

Tennyson nickte; sie hatten das alles richtig vorausberechnet. »Wie hat er reagiert, als du von mir gesprochen hast?«

»Ich habe ihm sehr wenig Zeit zum Reagieren gelassen«, sagte Gretchen. »Ich sagte ihm einfach, daß du für die von Tiebolts sprechen wirst. Warum hat Baldwin versucht, ihn in New York aufzuhalten? Weißt du das?«

»Ich habe es mir zusammengereimt. Baldwin arbeitete von Prag aus, ein MI-6er, von dem viele sagten, daß seine Loyalität immer dem galt, der ihm das höchste Angebot machte. Er hat jedem Informationen verkauft, bis seine eigenen Leute mißtrauisch wurden. Sie haben ihn gefeuert, aber keine Anklage gegen ihn erhoben, weil sie ihrer Sache nicht sicher waren; er hatte in der Vergangenheit als Doppelagent gearbeitet und benutzte das als Tarnung. Er schwor, daß er dabei sei, ein Doppelagentennetz aufzubauen. Außerdem kannte er den Namen jedes einzelnen britischen Kontaktmannes in Mitteleuropa und hat seinen Vorgesetzten offensichtlich damit gedroht, er würde, falls ihm etwas zustoßen sollte, dafür sorgen, daß diese Namen bekannt würden. Er beharrte auf seiner Unschuld und sagte, man bestrafe ihn dafür, daß er seine Arbeit so gut tue.«

»Was hat das mit Holcroft zu tun?«

»Um das zu verstehen, mußt du Baldwin so sehen, wie er war. Er war gut; seine Quellen waren die besten, die es gab. Außerdem war er auf Kurierarbeit spezialisiert; ihm entging nichts. Als er in Prag war, hörte er Gerüchte, daß in Genf ein großes Vermögen verwahrt würde. Nazibeute. Das Gerücht war nicht ungewöhnlich, solche Geschichten sind seit dem Fall von Berlin im Umlauf. Das einzig Besondere an diesem Gerücht war, daß Clausens Name erwähnt wurde. Wieder nicht gerade verblüffend. Clausen war das Finanzgenie des Reichs. Aber Baldwin hat alles bis in die letzte Einzelheit überprüft; so arbeitete er immer.«

»Er hat in den Kurierarchiven nachgesehen«, unterbrach Gretchen.

»Ja, wobei er sich auf das Finanzministerium konzentrierte. Hunderte von Reisen hatten stattgefunden, wobei Manfredi in zig Fällen der Anlaufpartner war. Sobald er einmal Manfredis Namen hatte, war der Rest eine reine Geduldsfrage – und eine Frage von geschickt innerhalb der Bank verteilter Gelder. Seine Chance kam, als er hörte, daß Manfredi mit einem bislang unbekannten Amerikaner namens Holcroft ein Zusammentreffen arrangierte. *Warum?* Er studierte Holcroft und fand die Mutter.«

»Sie war die Schlüsselfigur in Manfredis Plan«, unterbrach ihn Gretchen erneut.

»Von Anfang an«, nickte Tennyson. »Er überzeugte Clausen, daß sie Deutschland verlassen mußte. Sie hatte eigenes Geld und verkehrte in wohlhabenden Kreisen. Es war klar, daß sie uns in Amerika viel Nutzen bringen konnte. Clausen brachte sie dazu, daß sie das schließlich akzeptierte, aber im wesentlichen war sie ein Geschöpf Manfredis.«

»Unter der wohlwollenden Maske dieses Zwerges«, sagte Gretchen, »steckte ein Machiavelli.«

»Ohne seine freundliche Unschuld wäre er damit kaum durchgekommen. Aber Machiavelli ist nicht die richtige Parallele. Manfredi ging es einzig und allein ums Geld; das war die einzige Macht, die er sich wünschte. Er wollte die Agentur in Zürich in die Hand bekommen; deshalb haben wir ihn getötet.«

»Wieviel hat Baldwin herausgebracht?«

»Genau werden wir das nie wissen. Auf jeden Fall sollte das seine Rechtfertigung gegenüber dem britischen Geheimdienst sein. Siehst du, er war gar kein Doppelagent. Er war genau das, was er zu sein behauptete: der tüchtige Mann von MI-6 in Prag.«

»Und ist er an Manfredi herangekommen?«

»O ja. Sonst hätte er von dem Treffen in Genf nichts gewußt. Er ist nur etwas zu spät gekommen, das ist alles.« Der blonde Mann lächelte. »Ich kann mir die Begegnung der beiden gut vorstellen; zwei Profis, die einander umkreisen; der eine darauf erpicht, Informationen ans Licht zu ziehen, der andere ebenso erpicht, sie um jeden Preis für sich zu behalten, denn die Situation, das mußte ihm klar sein, konnte zu einer Katastrophe führen. Es müssen dann wohl gewisse Vereinbarungen getroffen worden sein, und Manfredi hat, was ganz typisch für ihn ist, sein Wort gebrochen, das Zusammentreffen mit Holcroft etwas vorgezogen und uns dann auf Baldwin angesetzt. Er hat alles bedacht. Wenn man deinen Mann dabei ertappen würde, wie er Peter Baldwin tötet, würde es keine Verbindung zu Ernst Manfredi geben. Er war ein Mann, den man respektierte. Er hätte es schaffen können.«

»Aber nicht gegen Johann von Tiebolt«, sagte Gretchen und drückte seine Hand unter ihrer Brust fest und schob sie nach oben. »Übrigens, ich habe von Graff aus Rio wieder eine Code-Mitteilung bekommen. Er ist schon wieder verärgert. Er sagt, man halte ihn nicht auf dem laufenden.«

»Der wird allmählich auch immer seniler. Auch er hat seinen Zweck erfüllt. Das Alter macht ihn unvorsichtig; der hätte gerade jetzt besser keine Nachrichten nach England geschickt. Ich fürchte, der Augenblick für *unsere Freunde* in Brasilien ist da.«

»Du willst ihn erledigen lassen?«

»Morgen früh. Noch ein Arm der gehaßten ODESSA amputiert. Er hat mich zu gut ausgebildet.« Tennyson beugte sich vor, wobei seine Hand die Brust seiner Schwester umfaßte. »Ich glaube, jetzt sind wir mit Reden fertig. Mit dir zu sprechen macht meine Gedanken frei, jedesmal wieder. Ich wüßte nicht, was ich sonst noch sagen oder was ich dich fragen sollte.«

»Dann stell lieber deine Forderungen. Es ist schon so lange her, es muß dich doch einfach zerreißen. Ich werde mich um dich kümmern, so wie ich das immer getan habe.«

»Seit wir Kinder waren«, sagte Tennyson, und sein Mund preßte sich auf den ihren, während ihre Hand nach seiner Hose griff. Sie zitterten beide.

Gretchen lag nackt neben ihm. Ihr Atem ging regelmäßig, ihr Körper war ausgepumpt und befriedigt. Der blonde Mann hob die Hand und sah auf das Leuchtzifferblatt seiner Uhr. Es war halb drei Uhr früh. Zeit, das Schreckliche zu tun, das der Vertrag der Wolfsschanze von ihm forderte. Alle Spuren, die nach Genf führten, mußten getilgt werden.

Er griff über die Bettkante nach seinen Schuhen. Er hob einen auf, spürte in der Dunkelheit mit den Fingern den Absatz. In seiner Mitte war eine kleine Metallscheibe. Er drückte sie nieder, drehte sie nach links, bis eine Feder aufschnappte. Er legte die Scheibe auf den Nachttisch und drehte den Schuh dann zur Seite und holte eine fünfundzwanzig Zentimeter lange, in einer winzigen Röhre verborgene Stahlnadel heraus, die vom Absatz durch die Sohle führte. Die Nadel war flexibel, aber unzerbrechlich. Wenn man sie richtig zwischen der vierten und fünften Rippe einschob, konnte man mit ihr das Herz durchbohren, wobei eine so winzige Spur zurückblieb, daß man sie selbst bei einer Autopsie kaum entdecken konnte.

Er hielt die Nadel vorsichtig zwischen Daumen und Zeigefinger der rechten Hand und griff mit der linken nach seiner Schwester. Er berührte ihre rechte Brust und dann ihre nackte Schulter. Sie schlug die Augen auf. »Du bist unersättlich«, flüsterte sie und lächelte.

»Nur mit dir.« Er zog sie an sich, bis ihr Fleisch sich berührte. »Du bist meine einzige Liebe«, sagte er, und sein rechter Arm glitt hinter sie und schwebte ein paar Zentimeter über ihrer Wirbelsäule. Dann drehte er sein Handgelenk nach innen; die Nadel war jetzt bereit. Er stieß zu.

Die Landstraßen und Feldwege waren verwirrend, aber Tennyson hatte sich die Route gut eingeprägt. Er kannte den Weg zu der versteckten Hütte, wo der geheimnisvolle Oberst hauste, jener Verräter am Reich. Selbst der Titel ›Oberst‹ war eine Ironie. Der Verräter war kein Oberst, er war Generalstabsoffizier des Heeres gewesen, General Klaus Falkenheim, einstmals an entscheidender Stelle im Oberkommando der Wehrmacht. Seine Kollegen und selbst der Führer hatten ihn mit Lorbeeren überhäuft. Und die ganze Zeit hatte in jener glänzenden hohlen Schale nur ein Schakal gelebt.

Herrgott, wie Johann von Tiebolt doch den verkommenen Lügner haßte, der sich Oberst nannte! Aber John Tennyson würde diesen Abscheu nicht zeigen. Im Gegenteil, Tennyson würde dem alten Mann schmeicheln, Ehrfurcht und Respekt vorspielen. Denn wenn es einen sicheren Weg gab, die unbedingte Unterstützung seiner jüngeren Schwester zu bekommen, so war das Hochachtung, ja Unterwürfigkeit dem Oberst gegenüber.

Er hatte Helden bei Gallimard angerufen und ihr gesagt, er müsse sie in ihrer Wohnung sprechen. Ja, er wußte, daß sie in dem kleinen Haus des Obersten lebte, und er wußte auch, wo dieses Haus war.

»Ich bin jetzt Zeitungsreporter. Ich wäre kein guter Vertreter meines Berufes, wenn ich nicht meine Quellen hätte.«

Sie war verblüfft gewesen. Er bestand darauf, sie am frühen Morgen zu treffen, vor dem für nachmittags angesetzten Treffen mit Holcroft. Er würde sich *nicht* mit dem Amerikaner treffen, sofern sie sich nicht bereit erklärte, ihn vorher zu sehen. Vielleicht könnte der Herr Oberst mithelfen, die Situation zu klären. Vielleicht wäre der alte Herr in der Lage, seine jähen Befürchtungen zu zerstreuen.

Er erreichte den Feldweg, der durch das hochgewachsene Gras in das kleine Wäldchen führte, das den Oberst vor neugierigen Augen schützte. Drei Minuten später hielt er vor dem Weg zur Hütte an. Die Tür öffnete sich; Helden kam heraus, um ihn zu begrüßen. Wie reizend sie aussah, wie sehr sie doch Gretchen glich.

Sie tauschten eine geschwisterliche Umarmung, beide drängte es, das Gespräch mit dem Oberst bald zu beginnen. Heldens Augen ließen ihre Verblüffung erkennen. Sie führte ihn in das kleine, spartanisch ausgestattete Haus. Der Oberst stand am offenen Kamin. Helden machte die beiden Männer miteinander bekannt.

»Dies ist ein Augenblick, den ich mein ganzes Leben lang nicht vergessen werde«, sagte Tennyson. »Sie haben sich die Dankbarkeit der Deutschen auf der ganzen Welt verdient. Wenn ich Ihnen je zu Diensten sein kann, dann sagen Sie es Helden. Ich werde tun, was auch immer Sie verlangen.«

»Sie sind zu freundlich, Herr von Tiebolt«, erwiderte der alte Mann. »Aber nach dem, was Ihre Schwester mir gesagt hat, sind Sie es, der etwas von mir haben möchte. Und ich kann mir nicht vorstellen, was das ist. Wie kann ich Ihnen helfen?«

»Mein Problem ist der Amerikaner. Dieser Holcroft.«

»Was ist mit ihm?« fragte Helden.

»Vor dreißig Jahren ist etwas Großartiges getan worden, drei außergewöhnliche Männer haben eine unglaubliche Tat vollbracht, um Wiedergutmachung für all das Leid zu leisten, das Schlächter und Verrückte der Welt angetan haben. Infolge von Umständen, die zu dem Zeitpunkt richtig erschienen, wählte man sich Holcroft als Schlüsselperson in der Verteilung von Millionen in der ganzen Welt aus. Man hat mich jetzt aufgefordert, mich mit ihm zu treffen, mit ihm zusammenzuarbeiten ...« Tennyson hielt inne, als fehlten ihm die Worte.

»Und?« Der Oberst trat einen Schritt vor.

»Ich vertraue ihm nicht«, sagte der blonde Mann. »Er hat sich mit Nazis getroffen. Mit Männern, die uns töten würden, Helden. Mit Männern wie Maurice Graff in Brasilien.«

»Was sagst du da?«

»Daß Holcroft ein Nazi ist!«

Heldens Gesicht war vom Schock gezeichnet, und in ihren Augen mischten sich Zorn und Unglauben. »Das ist absurd! Johann, das ist verrückt!«

»Ist es das? Das glaube ich nicht.«

Noel wartete, bis Helden zur Arbeit gegangen war, ehe er das Telefongespräch mit Miles in New York anmeldete. Sie hatten eine Nacht voll Liebe und Zärtlichkeit miteinander verbracht. Er mußte sie überzeugen, daß sie beieinander bleiben sollten, es gab kein vorbestimmtes Ende für ihr Zusammensein. Er war einfach nicht bereit, ein Ende zu akzeptieren.

Das Telefon klingelte. »Ja, Vermittlung, hier ist Mr. Fresca, der Lieutenant Miles sprechen möchte.«

»Ich dachte mir schon, daß Sie das sein müßten«, sagte der Mann, dessen Stimme für Noel kein Gesicht hatte, das zu ihr paßte. »Hat Interpol Sie erreicht?«

»Mich *erreicht*? Es gibt Männer, die mich verfolgen, wenn Sie das meinen. Ich glaube, man nennt das einen ›Schatten‹. Haben Sie das veranlaßt?«

»Richtig!«

»Sie haben mir zwei Wochen gegeben! Und was, zum Teufel, tun Sie?«

»Ich versuche, Sie zu finden. Ich versuche, Ihnen Informationen zukommen zu lassen, von denen ich glaube, daß Sie sie haben sollten. Sie betreffen Ihre Frau Mutter.«

Noel erschrak zutiefst. »Was ist mit meiner Mutter?«

»Sie ist verschwunden.« Miles hielt inne. »Eines muß man ihr lassen; sie ist verdammt clever. Sie hat das sehr professionell angestellt. Sie war auf dem Weg nach Mexiko. Aber ehe jemand ›Althene Holcroft‹ sagen konnte, war sie eine kleine alte Dame, unterwegs nach Lissabon mit einem neuen Namen und einem neuen Paß, den ihr freundlicherweise Händler in Tulancingo verschafft haben. Unglücklicherweise sind diese Tricks inzwischen veraltet. Wir kennen sie alle.«

»Vielleicht war sie der Ansicht, Sie würden sie belästigen«, sagte Noel ohne viel Überzeugung. »Vielleicht wollte sie einfach weg von Ihnen.«

»Sie wird nicht belästigt. Aber was auch ihre Gründe sein mögen, es wäre gut, wenn sie wüßte, daß diese Pläne noch jemand kennt. Jemand, der es sehr ernst meint.«

»Was wollen Sie damit sagen?«

»Sie ist von einem Mann verfolgt worden, den wir in einer Kartei finden konnten. Seine Papiere waren ebenso gefälscht wie die ihren. Wir haben ihn im Flughafen von Mexiko City festnehmen lassen. Bevor jemand ihn verhören konnte, hatte er sich eine Zyankalikapsel in den Mund gesteckt.«

29

Als Treffpunkt verabredeten sie eine leerstehende Wohnung auf dem Montmartre, im obersten Stockwerk eines alten Hauses, dessen Besitzer, ein Künstler, sich gerade in Italien aufhielt. Helden telefonierte und gab Noel die Adresse und den Zeitpunkt durch. Sie würde dort sein, um ihn mit ihrem Bruder bekannt zu machen, würde aber nicht bleiben.

Noel stieg die Treppe hinauf und klopfte an der Tür. Er hörte eilige Schritte; die Tür öffnete sich; Helden stand in dem engen Vorraum. »Hello, Darling«, sagte sie.

»Hello«, antwortete er etwas verlegen, während sich ihre Lippen berührten, und sein Blick wanderte an ihr vorbei.

»Johann ist auf der Terrasse«, sagte sie und lachte. »Ein Kuß ist in jedem Fall erlaubt. Ich habe ihm gesagt ... wie gern ich dich mag.«

»War das notwendig?«

»Seltsamerweise, ja. Ich bin froh, daß ich es gesagt habe. Ich hatte ein gutes Gefühl dabei.« Sie schloß die Tür und hielt seinen Arm fest. »Ich kann das nicht erklären«, sagte sie. »Ich habe meinen Bruder über ein Jahr nicht mehr gesehen. Aber er hat sich verändert. Die Sache in Genf beschäftigt ihn sehr; er wird alles tun, damit sie ein Erfolg wird. Ich habe ihn nie so ... oh, ich weiß nicht ... so nachdenklich gesehen.«

»Ich habe da noch ein paar Fragen, Helden.«

»Die hat er auch. Was dich angeht.«

»Wirklich?«

»Heute morgen war es schon beinah so weit, daß er sich gar nicht mit dir treffen wollte. Er hatte kein Vertrauen zu dir. Er meinte, jemand habe dich dafür bezahlt, Genf zu verraten.«

»*Mich?*«

»Denk einmal darüber nach. Er hat von Leuten in Rio erfahren, daß du dich mit Maurice Graff getroffen hast. Von Graff bist du direkt nach London gereist, zu Anthony Beaumont. Du hattest recht, was Beaumont betrifft: er ist ein Mann von ODESSA.« Helden hielt kurz inne. »Er sagte, du ... habest die Nacht mit Gretchen verbracht, seist mit ihr ins Bett gegangen.«

»Moment mal«, unterbrach Noel.

»Nein, Darling, es ist nicht wichtig. Ich sagte dir doch, ich kenne meine Schwester. Aber hinter all dem gibt es ein Schema, siehst du das nicht? Für die Leute von ODESSA sind Frauen nur eine Bequemlichkeit. Du warst ein Freund von ODESSA; du hattest eine lange, anstrengende Reise. Es war völlig natürlich, daß man deine Bedürfnisse befriedigte.«

»Das ist barbarisch!«

»So hat Johann es gesehen.«

»Da hat er unrecht.«

»Das weiß er jetzt. Zumindest glaube ich, daß er es weiß. Ich habe ihm erzählt, was dir alles widerfahren ist – was uns widerfahren ist – und wie du beinahe ums Leben gekommen wärst. Er war verblüfft. Vielleicht gibt es immer noch Fragen, die er dir stellen möchte, aber ich glaube, er ist jetzt überzeugt.«

Holcroft schüttelte verwirrt den Kopf. *Nichts ist so, wie es für Sie war ... nichts kann jemals wieder so sein.* Nicht nur, daß nichts mehr so war, es war nicht einmal mehr so, wie es *nicht* zu sein schien. Es gab keine gerade Linie von Punkt A zu Punkt B.

»Bringen wir es hinter uns«, sagte er. »Können wir uns später sehen?«

»Natürlich.«

»Gehst du jetzt zurück in deinen Verlag?«

»Ich war noch gar nicht dort.«

»Ach ja. Du warst mit deinem Bruder zusammen. Du hast gesagt, daß du zur Arbeit gehst, aber in Wirklichkeit warst du bei ihm.«

»Das war eine Notlüge.«

»Alle Lügen sind Notlügen, was?«

»Bitte, Noel. Soll ich dich nachher hier abholen? Sagen wir in zwei Stunden?«

Holcroft überlegte. Er war immer noch damit beschäftigt, die bestürzenden Nachrichten zu verarbeiten, die er von Miles erfahren hatte. Er hatte versucht, Sam Buonoventura in Curaçao zu erreichen, aber Sam war unterwegs gewesen. »Du könntest mir einen Gefallen tun«, sagte er zu Helden. »Ich habe dir von Buonoventura in der Karibik erzählt. Ich habe versucht, ihn vom Hotel aus anzurufen; aber er hat noch nicht zurückgerufen. Wenn du Zeit hast, könntest du dort warten, für den Fall, daß er anruft. Ich würde dich nicht darum bitten, wenn es nicht sehr wichtig wäre. Es ist etwas passiert; ich erzähl es dir später. Kannst du das machen?«

»Sicher. Was soll ich ihm sagen?«

»Er soll ein paar Stunden in der Nähe seines Telefons bleiben. Oder dir eine Nummer nennen, wo ich ihn erreichen kann. Zwischen sechs und acht nach Pariser Zeit. Sag ihm, es sei wichtig.« Noel griff in die Tasche. »Da ist der Schlüssel. Und vergiß nicht, mein Name ist Fresca.«

Helden nahm den Schlüssel und griff dann nach seinem Arm, um ihn ins Atelier zu führen. »Und du vergiß nicht, daß mein Bruder Tennyson heißt. John Tennyson.«

Holcroft sah Tennyson durch die dicken Bleiglasfenster, die den Blick auf die Terrasse freigaben. Er trug einen dunklen Nadelstreifenanzug, keinen Mantel oder Hut. Er stand da, die Hände auf das Geländer gestützt, und blickte auf die Dächer von Paris hinaus. Er war groß und schlank, ein fast zu vollkommener Körper; der Körper eines Athleten. Jetzt drehte er sich halb nach rechts, so daß man sein Gesicht sehen konnte. So ein Gesicht war Noel noch nie vor Augen gekommen. Es wirkte wie das Werk eines Künstlers: mit Zügen, die zu sehr idealisiert waren, als daß sie tatsächlich aus Fleisch und Blut hätten sein können. Und weil das Gesicht völlig makellos war, war es kalt. Es war ein aus Marmor gemeißeltes Gesicht mit glänzendem hellblonden Haar darüber, perfekt geschnitten und gekämmt, zu dem Marmor passend.

Dann sah ihn von Tiebolt-Tennyson durch das Fenster; ihre Augen begegneten sich, und das Bild aus Marmor wurde lebendig. Die Augen des blonden Mannes blickten hellwach und durchdringend. Er stieß sich vom Geländer ab und ging federnd auf die Terrassentür zu.

Er trat ein und streckte Holcroft die Hand hin. »Ich bin der Sohn von Wilhelm von Tiebolt.«

»Ich bin... Noel Holcroft. Mein... Vater war Heinrich Clausen.«

»Ich weiß. Helden hat mir viel von Ihnen erzählt. Sie haben eine Menge durchgemacht.«

»Das haben wir beide«, nickte Holcroft. »Ich meine, Ihre Schwester und ich. Aber wie ich höre, haben Sie auch das Ihre hinter sich.«

»Ja, das ist unglücklicherweise unser Vermächtnis.« Tennyson lächelte. »Es ist nicht gerade erhebend, sich so zu treffen, nicht wahr?«

»Ich habe mich schon wohler gefühlt.«

»Mich hättet ihr wirklich nicht gebraucht«, warf Helden ein. »Ihr wart beide durchaus imstande, euch miteinander bekannt zu machen. Ich gehe jetzt.«

»Das brauchst du nicht«, sagte Tennyson. »Was wir einander zu sagen haben, betrifft, glaube ich, auch dich.«

»Da bin ich nicht so sicher. Im Augenblick jedenfalls nicht. Außerdem habe ich etwas zu erledigen«, antwortete Helden. Sie ging auf den Vorraum zu. »Ich glaube, es ist schrecklich wichtig – für eine ganze Menge Leute –, daß ihr einander vertraut. Hoffentlich könnt ihr das.« Sie öffnete die Tür und ging hinaus.

Ein paar Augenblicke lang sprach keiner der beiden Männer; jeder blickte auf die Stelle, wo Helden gerade noch gestanden hatte.

»Sie ist etwas ganz Besonderes«, sagte Tennyson. »Ich liebe sie sehr.«

Noel drehte den Kopf herum. »Ich auch.«

Tennyson nahm den Blick und die Worte zur Kenntnis. »Hoffentlich bedeutet das für Sie keine Komplikation.«

»Nein, das nicht, aber für sie ist es vielleicht eine.«

»Ich verstehe.« Tennyson ging ans Fenster und blickte hinaus. »Ich sehe mich nicht in der Lage, Ihnen meinen Segen zu geben – Helden und ich leben jeder sein eigenes Leben –, und selbst wenn ich es könnte, bin ich nicht sicher, daß ich es tun würde.«

»Danke für Ihre Offenheit.«

Der blonde Mann wandte sich ihm zu. »Ja, ich bin offen. Ich kenne Sie nicht. Ich weiß nur, was Helden mir über Sie gesagt hat und was ich selbst erfahren habe. Was sie mir sagt, ist im Grunde das, was Sie ihr gesagt haben, natürlich durch ihre Gefühle gefärbt. Was ich erfahren habe, ist nicht so eindeutig. Es paßt auch nicht ganz zu dem ziemlich enthusiastischen Bild, das sich meine Schwester von Ihnen gemacht hat.«

»Wir haben beide Fragen. Wollen Sie anfangen?«

»Das ist eigentlich nicht so wichtig, oder? Ich habe nur sehr wenige Fragen, und die sind sehr direkt.« Plötzlich klang Tennysons Stimme fast unfreundlich. »Was hatten Sie mit Maurice Graff zu schaffen?«

»Ich dachte, das hätte Helden Ihnen gesagt.«

»Ja, aber eben das, was Sie *ihr* gesagt haben. Jetzt sagen Sie es *mir*. Ich bin ein wenig erfahrener als meine Schwester. Ich akzeptiere Dinge nicht einfach deshalb, weil Sie sie sagen. Ich habe im Laufe der Jahre gelernt, so etwas nicht zu tun. Weshalb haben Sie Graff aufgesucht?«

»Ich habe Sie gesucht.«

»*Mich?*«

»Nicht speziell Sie. Die von Tiebolts. Informationen über irgendeinen von Ihnen.«

»Weshalb Graff?«

»Man hatte mir seinen Namen genannt.«

»Wer?«

»Ich erinnere mich nicht...«

»Sie *erinnern* sich nicht...? Unter den Tausenden und Abertausenden Namen in Rio de Janeiro ist es *zufälligerweise* der von Maurice Graff, den man Ihnen nebenbei nennt.«

»Aber so war es.«

»Das ist lächerlich.«

»Augenblick.« Noel versuchte, die Folge von Ereignissen zu rekonstruieren, die ihn zu Graff geführt hatte. »Es fing in New York an...«

»*Was* fing an? Graff war in New York?«

»Nein, das Konsulat. Ich war auf dem brasilianischen Konsulat und habe dort mit einem Attaché gesprochen. Ich wollte herausfinden, wie ich es anstellen müßte, eine Familie ausfindig zu machen, die in den vierziger Jahren nach Brasilien eingewandert war. Der Attaché zog aus dem, was ich sagte, den Schluß, daß ich Deutsche suchte. Er hielt mir einen Vortrag über... nun, es gibt dafür einen spanischen Ausdruck. *La otra cara de los alemanes.* Das heißt, die andere Seite der Deutschen; was hinter ihnen steckt.«

»Das ist mir klar. Weiter.«

»Er sagte mir, daß es eine starke, eng miteinander verbundene deutsche Kolonie in Rio gebe, die von ein paar mächtigen Männern geführt werde. Er warnte mich davor, nach einer verschwundenen deutschen Familie zu suchen; er sagte, das könne gefährlich sein. Vielleicht hat er übertrieben, weil ich ihm Ihren Namen nicht nennen wollte.«

»Gott sei Dank haben Sie das nicht getan.«

»Als ich nach Rio kam, konnte ich nichts herausfinden. Selbst die Einwanderungsakten waren geändert worden.«

»Was eine ganze Menge Leute viel gekostet hat«, sagte Tennyson bitter. »Das war unser einziger Schutz.«

»Ich kam nicht weiter. Dann erinnerte ich mich daran, daß der Attaché gesagt hatte, die deutsche Kolonie werde von ein paar mächtigen Männern geleitet. Ich suchte eine deutsche Buchhandlung auf und erkundigte mich bei einem Angestellten nach bestimmten Häusern. Nach großen Villen mit viel Land. Ich nannte sie ›bayrisch‹, aber er wußte, was ich meinte. Ich bin Architekt und dachte mir –«

»Ich verstehe.« Tennyson nickte. »Große deutsche Anwesen, die einflußreichsten Angehörigen der deutschen Kolonie.«

»Richtig. Der Angestellte hat mir ein paar Namen genannt. Einer davon war jüdisch, der andere war Graff. Er sagte, Graffs Anwesen gehöre zu den eindrucksvollsten von ganz Brasilien.«

»Allerdings.«

»Und das ist alles. Auf die Weise kam ich zu Graff.«

Tennyson stand reglos da, und sein Gesichtsausdruck ließ nicht erkennen, was in ihm vorging. »Das klingt plausibel.«

»Es freut mich, daß Sie so denken«, sagte Noel.

»Ich sagte, das klinge plausibel; ich habe nicht gesagt, daß ich Ihnen glaube.«

»Ich habe keinen Grund, Sie zu belügen.«

»Selbst wenn Sie den hätten, bin ich nicht sicher, daß Sie das Talent dazu haben. Ich verstehe mich darauf, Lügner zu durchschauen.«

Noel staunte über diese Aussage. »Das ist praktisch dasselbe, was Helden mir an dem Abend sagte, an dem ich sie kennenlernte.«

»Ich habe sie gut ausgebildet. Lügen ist eine Fertigkeit; man muß sie entwickeln. Sie haben da keine Chance.«

»Was, zum Teufel, wollen Sie damit sagen?«

»Ich meine, daß Sie ein sehr überzeugender Amateur sind. Sie haben Ihre Geschichte gut ausgebaut, aber sie ist nicht hinreichend professionell. Der Grundpfeiler fehlt. Als Architekt verstehen Sie das sicher.«

»Der Teufel soll mich holen, wenn ich das verstehe. Sagen Sie es mir.«

»Mit dem größten Vergnügen. Als Sie Brasilien verließen, kannten Sie den Namen von Tiebolt. Sie treffen in England ein und befinden sich binnen zwölf Stunden in einem Vorort von Portsmouth und sind mit meiner Schwester zusammen, *schlafen* mit meiner Schwester. Sie haben nicht einmal den Namen Tennyson gekannt. Wie hätten Sie da etwas von Beaumont wissen können?«

»Aber ich *kannte* den Namen Tennyson.«

»*Wieso*? Wie haben Sie den bekommen?«

»Das habe ich Helden gesagt. Diese Cararras, Bruder und Schwester, haben mich im Hotel aufgesucht.«

»O ja. Cararra. Ein in Brasilien recht geläufiger Name. Hat dieser Name Ihnen etwas gesagt?«

»Natürlich nicht.«

»Also tauchen diese Cararras aus dem Nichts auf und behaupten, sie seien gute alte Freunde von uns. Aber wie Helden Ihnen ja gesagt hat, wir haben nie von ihnen gehört. Kommen Sie, Mr. Holcroft, da müssen Sie sich schon etwas Besseres einfallen lassen.« Tennysons Stimme wurde lauter. »Graff hat Ihnen Beaumonts Namen gegeben, nicht wahr? ODESSA an ODESSA.«

»Nein! Graff wußte gar nichts. Er glaubt, Sie hielten sich immer noch irgendwo in Brasilien versteckt.«

»Das hat er gesagt?«

»Gesagt nicht, aber angedeutet. Die Cararras haben es bestätigt. Sie erwähnten irgendwelche Siedlungen im Süden – ›Catarinas‹ oder so ähnlich. Eine Bergregion, die von Deutschen erschlossen wurde.«

»Sie haben Ihre Hausaufgaben gut gemacht. Die Santa Catarinas sind deutsche Siedlungen. Aber jetzt sind wir schon wieder bei diesen geheimnisvollen Cararras.«

Noel erinnerte sich ganz deutlich an die Angst in den Gesichtern der beiden jungen Leute in Rio. »Für Sie sind sie vielleicht geheimnisvoll, aber nicht für mich. Sie haben entweder ein lausiges Gedächtnis oder Sie sind ein lausiger Freund. Die beiden sagten, daß sie Helden kaum kennen, Sie dagegen sehr gut. Die haben verdammt viel riskiert, als sie zu mir kamen. Portugiesische Juden, die –«

»*Portugiesische*...« unterbrach Tennyson plötzlich erschreckt. »O mein Gott! Und sie haben den Namen Cararra benutzt... Beschreiben Sie sie mir!«

Das tat Holcroft. Als er fertig war, sagte Tennyson im Flüsterton: »Aus der Vergangenheit... aus der Vergangenheit, Mr. Holcroft. Es paßt alles zusammen. Daß sie den Namen Cararra gebraucht haben, portugiesische Juden. Santa Catarina... Sie sind nach Rio zurückgekehrt.«

»Wer ist zurückgekehrt?«

»Die Montealegres – so heißen sie nämlich wirklich. Vor zehn, zwölf Jahren... Was sie Ihnen gesagt haben, war Tarnung, Sie sollten sie unter keinen Umständen verraten können.«

»Was war vor zwölf Jahren?«

»Die Einzelheiten sind unwichtig. Wir mußten sie jedenfalls aus Rio hinausschaffen, also schickten wir sie in die Catarinas. Ihre Eltern haben den Israelis geholfen; dafür hat man sie getötet. Auf die zwei Kinder wurde Jagd gemacht; die hätte man ebenfalls erschossen. Man mußte sie in den Süden bringen.«

»Dann gibt es in den Catarinas Leute, die über Sie Bescheid wissen?«

»Ja, einige wenige. Unsere Operationsbasis war in Santa Catarina. Rio war zu gefährlich.«

»Was für Operationen? Wer ist ›wir‹?«

»Diejenigen von uns in Brasilien, die gegen die ODESSA gekämpft haben.« Tennyson schüttelte den Kopf. »Ich muß mich bei Ihnen entschuldigen. Helden hatte recht. Ich war Ihnen gegenüber ungerecht. Sie haben die Wahrheit gesagt.«

Noel hatte das Gefühl, eine Rechtfertigung erfahren zu haben, obwohl er eine solche gar nicht gesucht hatte. Er empfand Verlegenheit dabei, einen Mann zu befragen, der gegen die ODESSA gekämpft hatte, der Kinder ebenso sicher vor dem Tode bewahrt hatte, als hätte er sie aus Auschwitz oder Belsen entführt; einen Mann, der die Frau, die er liebte, in der Kunst des Überlebens ausgebildet hatte. Aber da *waren* Fragen, wichtige Fragen; er mußte sie stellen, es war jetzt nicht die Zeit, sie zu vergessen.

»Jetzt bin ich an der Reihe«, sagte Noel. »Sie sind sehr schnell und wissen von Dingen, von denen ich nie gehört habe. Aber eigentlich haben Sie bis jetzt nicht besonders viel gesagt.«

»Wenn eine Ihrer Fragen den Tinamu betrifft«, meinte Tennyson, »dann tut es mir leid, aber ich werde Ihnen keine Antwort geben. Und ich werde nicht einmal darüber sprechen.«

Holcroft sah den anderen erstaunt an. »Sie werden *was* nicht?«

»Sie haben ganz richtig gehört. Der Tinamu ist ein Thema, über das ich nicht spreche. Das geht Sie nichts an.«

»Ich denke doch! Lassen Sie es mich einmal so ausdrücken: Wenn Sie nicht bereit sind, über den Tinamu zu sprechen, dann haben wir *überhaupt nichts* zu besprechen.«

Jetzt war Tennyson verblüfft. »Damit ist es Ihnen ernst, nicht wahr?«

»Absolut.«

»Dann versuchen Sie, mich zu verstehen. Nichts darf jetzt dem Zufall überlassen werden. Wir müssen die Gefahr ausschließen – und sei sie noch so gering –, daß vielleicht gegenüber den falschen Leuten ein falsches Wort fällt. Wenn ich mich nicht irre, und ich glaube nicht, daß ich das tue, dann werden Sie Ihre Antwort in ein paar Tagen bekommen.«

»Das reicht nicht!«

»Dann will ich noch einen Schritt weitergehen. Der Tinamu ist in Brasilien ausgebildet worden. Von der ODESSA. Ich habe ihn so gründlich studiert, wie je ein Mensch auf dieser Welt studiert worden ist. Sechs Jahre habe ich ihn gejagt.«

Noel brauchte ein paar Sekunden, um seine Stimme wiederzufinden.

»Sie haben ihn... sechs Jahre...?«

»Ja. Für den Tinamu ist wieder die Zeit zum Zuschlagen gekommen; es wird wieder einen Meuchelmord geben. Deshalb haben die Briten Fühlung mit Ihnen aufgenommen; die wissen das ebenfalls.«

»Weshalb arbeiten Sie dann nicht mit ihnen zusammen? Wenn Sie wüßten, was die denken!«

»Ich weiß, was jemand Ihnen einzureden versucht hat. Deshalb kann ich nicht mit ihnen zusammenarbeiten. Der Tinamu hat überall seine Verbindungen; sie kennen ihn nicht, aber er benutzt sie.«

»Sie sagten, ein paar Tage.«

»Wenn ich mich irre, werde ich Ihnen alles sagen. Und dann gehe ich sogar gemeinsam mit Ihnen zu den Briten.«

»Für ein paar Tage... okay. Dann lassen wir den Tinamu – für ein paar Tage.«

»Was immer ich Ihnen sonst sagen kann, werde ich Ihnen sagen. Ich habe nichts zu verbergen.«

»Sie kannten Beaumont in Rio, wußten, daß er der ODESSA angehörte. Sie haben mir sogar vorgeworfen, ich hätte mir seinen Namen von Graff beschafft. Und doch hat er trotz alledem Ihre Schwester geheiratet. ODESSA zu ODESSA? Sind Sie auch einer von denen?«

Tennyson zuckte mit keiner Wimper. »Eine Frage der Prioritäten. Um es einfach auszudrücken – das alles war geplant. Meine Schwester Gretchen ist nicht mehr die Frau, die sie einmal war, aber den Haß, den sie für die Nazis empfindet, hat sie nie verloren. Sie hat ein größeres Opfer als irgendeiner von uns gebracht. Durch sie kennen wir jede Bewegung Beaumonts.«

»Aber er weiß, daß Sie von Tiebolt sind? Weshalb sagt er es Graff nicht?«

»Fragen Sie ihn doch, wenn Sie mögen. Vielleicht sagt er es Ihnen.«

»*Sie* sollen es mir sagen.«

»Er hat Angst«, erwiderte Tennyson. »Beaumont ist ein Schwein. Selbst in den Dingen, die ihm wichtig sind, ist er unsauber. Er arbeitet immer weniger für die ODESSA, und das nur dann, wenn sie ihn bedrohen.«

»Ich verstehe nicht.«

»Gretchen hat ihre eigenen... wollen wir sagen: Überzeugungskünste? – Sie haben sie ja kennengelernt. Außerdem ist da noch eine ziemlich stattliche Summe von Schwarzgeld, das auf Beaumonts Konto gewandert ist. Und von alledem abgesehen fürchtet er, wir könnten ihn auffliegen lassen – Graff auf der einen Seite... und ich auf der anderen. Er ist für uns beide nützlich, mir in höherem Maße als Graff selbstverständlich. Er steht im Schachmatt.«

»Wenn Sie jede seiner Bewegungen kannten, mußten Sie wissen, daß er sich in jenem Flugzeug nach Rio befand. Sie mußten wissen, daß er mich verfolgte.«

»Wie konnte ich? Ich kannte ja *Sie* nicht.«

»Er war dort. Also hatte ihn jemand geschickt!«

»Als Helden mir das sagte, hab' ich herauszufinden versucht, wer dieser Jemand war. Ich erfuhr nicht viel, aber es reichte aus, mich zu beunruhigen. Nach meiner Ansicht ist eine dritte Gruppe an unser schachmattes Schwein herangetreten. Jemand, der seine ODESSA-Verbindung ausgegraben hatte und ihn benutzte – so wie Graff ihn benutzte. Und wie ich.«

»Wer?«

»Ich gäbe einiges darum, wenn ich das wüßte! Man hat ihm Sonderurlaub von seinem Schiff im Mittelmeer gegeben. Er fuhr nach Genf.«

»Genf?« Noels Erinnerung raste zurück zu einem kurzen Augenblick, einem Augenblick mit schnellen Bewegungen, dahinhastenden Menschen, Schreien... auf einem Bahnsteig. Auf einem *Bahnsteig*. Ein Kampf hatte sich entwickelt. Ein Mann hatte sich zurückgebeugt mit Blut auf dem Hemd, ein anderer war hinter einem dritten hergerannt. Ein von Panik erfüllter Mann war an ihm vorbeigejagt, die Augen von Furcht geweitet, Augen unter... dichten Augenbrauen aus schwarzem und weißem Haar. »Das war es«, sagte Holcroft. »Beaumont war in Genf.«

»Das sagte ich Ihnen doch gerade.«

»Dort habe ich ihn gesehen! Ich konnte mich bisher nicht erinnern, wo das war. Er ist mir aus Genf gefolgt.«

»Ich fürchte, ich verstehe nicht, wovon Sie reden.«

»Wo ist Beaumont jetzt?« wollte Holcroft wissen.

»Wieder an Bord seines Schiffes. Gretchen ist vor einigen Tagen abgereist, um sich mit ihm zu treffen. In Saint-Tropez, glaube ich.«

Morgen reise ich ans Mittelmeer. Zu einem Mann, den ich verabscheue... Alles ergab jetzt viel mehr Sinn. Vielleicht war Tennyson nicht der einzige Mann im Raum, der in seinen Überlegungen unfair gewesen war.

»Wir müssen herausfinden, wer Beaumont auf meine Spur gesetzt hat«, sagte Noel und sah dabei in Gedanken den Mann in der schwarzen Lederjacke. Tennyson hatte recht; die Schlüsse, die sie beide zogen, waren dieselben. Da gab es noch jemanden...

»Einverstanden«, sagte der blonde Mann. »Machen wir gemeinsame Sache?«

Die Versuchung für Holcroft war stark. Aber er war noch nicht fertig. Später durfte es keine unbeantworteten Fragen geben. Nicht, sobald einmal die Übereinkunft zwischen ihnen getroffen war.

»Vielleicht«, antwortete er. »Da sind noch zwei andere Dinge, nach denen ich Sie fragen möchte. Und ich warne Sie, ich will die Antwort jetzt, nicht ›in ein paar Tagen‹.«

»Einverstanden.«

»Sie haben in Rio jemanden getötet.«

Tennysons Augen verengten sich. »Das hat Helden Ihnen gesagt.«

»Ich muß es wissen; sie hat das verstanden. Es gibt da in Genf Bedingungen, die keine Überraschungen zulassen. Wenn Sie erpreßbar sind, darf ich Sie nicht akzeptieren.«

Tennyson nickte. »Ich verstehe.«

»Wer war es? Wen haben Sie getötet?«

»Sie beurteilen meine Zurückhaltung falsch«, antwortete der blonde Mann. »Mich hält gar nichts davon ab, Ihnen zu sagen, wer es war. Ich überlege mir nur, wie Sie das, was ich sage, überprüfen können. Es gibt hier keine Erpressung. Aber wie kann ich Sie überzeugen?«

»Fangen wir vielleicht mit einem Namen an.«

»Manuel Cararra.«

»Cararra...«

»Ja. Deshalb haben die beiden jungen Leute diesen Namen benutzt. Sie wußten, ich würde die politische Verbindung erkennen. Cararra war eine führende Persönlichkeit in der Abgeordnetenkammer, einer der mächtigsten Männer im Lande. Aber seine Loyalität galt nicht Brasilien; sie galt Graff, der ODESSA. Ich habe ihn vor sieben Jahren getötet, und ich würde ihn jederzeit wieder töten.«

Noel studierte Tennysons Gesicht. »Wer wußte davon?«

»Ein paar alte Männer. Nur einer davon lebt noch. Wenn Sie wollen, sage ich Ihnen seinen Namen. Er würde nie etwas über die Tat sagen.«

»Warum nicht?«

»Andersrum wird ein Stiefel draus, wie man sagt. Ehe ich Rio de Janeiro verließ, habe ich mich mit ihm getroffen. Die Drohung, die ich aussprach, war ganz eindeutig. Wenn sie mich je verfolgten, würde ich das, was ich über Cararra wußte, an die Öffentlichkeit bringen. Dann wäre es vorbei mit dem lange in Ehren gehaltenen Bild eines konservativen Märtyrers. Das wäre ein vernichtender Schlag für die Sache der Konservativen in Brasilien.«

»Ich will den Namen haben.«

»Ich schreibe ihn Ihnen auf.« Tennyson tat es. »Ich bin sicher, daß Sie ihn telefonisch erreichen können. Es dürfte nicht schwierig sein. Wenn Sie meinen Namen in Verbindung mit dem Cararras erwähnen, dann sollte das genügen.«

»Vielleicht tue ich es.«

»Unbedingt«, sagte Tennyson. »Er wird das, was ich Ihnen gesagt habe, bestätigen.«

Die beiden Männer sahen einander an. Zwischen ihnen lag höchstens ein Meter. »Da war ein Unfall in der Untergrundbahn in London«, fuhr Noel fort. »Einige Leute kamen ums Leben, darunter auch ein Mann, der für den *Guardian* tätig war. Er war es, dessen Unterschrift auf Ihren Einstellungspapieren steht. Der Mann, der das Einstellungsgespräch mit Ihnen geführt hat, der einzige, der uns Näheres darüber hätte sagen können, wie oder weshalb man Sie eingestellt hat.«

Tennysons Augen blickten plötzlich wieder kalt. »Das war ein schrecklicher Schock. Ich werde nie darüber hinwegkommen. Wie lautet Ihre Frage?«

»Da war noch ein Unfall. In New York. Erst vor wenigen Tagen. Auch dabei sind etliche unschuldige Menschen ums Leben gekommen, aber einem davon galt die Tat. Jemandem, den ich sehr geliebt habe.«

»Noch einmal! Was wollen Sie *wissen*, Holcroft?«

»Da liegt doch eine gewisse Ähnlichkeit vor, würden Sie das nicht auch sagen? MI-5 weiß nichts über den Unfall in New York, hat aber sehr klare Vorstellungen über den in London. Wenn man die beiden Unfälle miteinander in Verbindung bringt, gelangt man zu einem sehr beunruhigenden Schluß. Was wissen Sie über diesen Unfall vor fünf Jahren in London?«

Tennysons Körper war irgendwie starr geworden. »Seien Sie vorsichtig«, sagte er. »Diese Briten gehen zu weit. Was wollen sie von mir? Wie weit gehen sie eigentlich, um mich in Mißkredit zu bringen?«

»Versuchen Sie nicht, mir etwas vorzumachen!« sagte Noel. »Was ist damals in der Untergrundbahn passiert?«

»Ich war *dabei*!« Der blonde Mann griff sich an den Kragen, riß wütend an seinem Hemd, riß es sich halb von der Brust und legte dabei eine Narbe frei, die ihm vom Halsansatz bis zur Brust reichte. »Ich weiß nicht, was da in New York war, aber das, was ich vor fünf Jahren in Charing Cross erlebt habe, wird mich den Rest meines Lebens nicht loslassen! Da, sehen Sie; es vergeht kein Tag, an dem ich nicht daran erinnert werde. Siebenundvierzig Stiche, vom Hals bis zum Thorax. Ein paar Augenblicke lang dachte ich – vor fünf Jahren in London –, der Kopf wäre mir halb abgeschnitten worden. Und dieser Mann, von dem Sie hier so rätselhaft sprechen, war der beste Freund, den ich in ganz England hatte! Er hat uns geholfen, Brasilien zu verlassen. Wenn jemand ihn umgebracht hat, dann haben die auch versucht, mich umzubringen! Ich war mit ihm zusammen.«

»Das hab' ich nicht gewußt... Die Briten haben davon nichts gesagt. Sie wußten nicht, daß Sie dabei waren.«

»Dann schlage ich vor, daß jemand Nachforschungen anstellt. Es gibt doch Aufzeichnungen in den Krankenhäusern. Es sollte nicht schwierig sein, meine Akte zu finden.« Tennyson schüttelte angewidert den Kopf. »Es tut mir leid, ich sollte Ihnen gegenüber nicht zornig werden. Schließlich sind das die Briten; die versuchen alles.«

»Möglicherweise wußten sie es wirklich nicht.«

»Wahrscheinlich. Man mußte Hunderte von Leuten aus diesem Zug herausholen. In jener Nacht wurden ein Dutzend Kliniken in London mit den Opfern gefüllt; niemand hat besonders auf Namen geachtet. Aber eigentlich sollte man annehmen, daß sie den meinen gefunden hätten. Ich war ein paar Tage im Krankenhaus.« Tennyson hielt plötzlich inne. »Sie sagten, jemand, den Sie geliebt haben, sei erst vor ein paar Tagen in New York getötet worden? Was ist passiert?«

Noel erzählte, wie Richard Holcroft auf der Straße ums Leben gekommen war, und schilderte ihm die Theorie, die David Miles dazu aufgestellt hatte. Es hatte keinen Sinn, etwas vor diesem Mann zu verbergen, den er so gründlich falsch eingeschätzt hatte.

Und während er erzählte, ergab sich von selbst der Schluß, den sie beide gezogen hatten.

Nach meiner Ansicht ist eine dritte Gruppe an unser schachmattes Schwein herangetreten.

Wer?

Ich gäbe einiges darum, wenn ich das wüßte...

Jemand anders.

Ein Mann in einer schwarzen Lederjacke. Trotzig, herausfordernd, in einer dunklen Seitengasse in Berlin. Bereit zu sterben... er hatte ihn aufgefordert, ihn doch zu erschießen, sich geweigert, darüber Auskunft zu geben, wer er war oder woher er kam. Jemand oder etwas, das mächtiger war, mehr wußte als die RACHE *oder die* ODESSA.

Jemand anders.

Noel sagte Tennyson alles, war erleichtert, daß er es sagen konnte. Und die Art und Weise, wie der blonde Mann ihm zuhörte, steigerte seine Erleichterung noch. Seine grau gesprenkelten Augen ließen Holcrofts Gesicht nie los; sie waren wie an ihm festgeschmiedet, wirkten völlig von ihm absorbiert. Als er fertig war, fühlte sich Noel erschöpft. »Das ist alles, was ich weiß.«

Tennyson nickte. »Endlich sind wir uns begegnet, nicht wahr? Wir mußten beide sagen, was uns beschäftigte. Wir glaubten beide, der andere sei der Feind, und wir haben beide unrecht gehabt. Jetzt gibt es Arbeit für uns.«

»Seit wann wußten Sie über Genf Bescheid?« fragte Holcroft. »Gretchen sagte mir, Sie hätten gesagt, eines Tages werde ein Mann kommen und von einer seltsamen Abmachung sprechen.«

»Seit meiner Kindheit. Meine Mutter erzählte mir von einem riesigen Vermögen, mit dem Wiedergutmachung geleistet werden sollte für die schrecklichen Verbrechen, die im Namen Deutschlands, aber nicht von wahren Deutschen begangen worden waren. Aber nur diese eine Tatsache, keine Einzelheiten.«

»Dann kennen Sie Erich Kessler nicht.«

»Ich erinnere mich an den Namen, aber nur ganz vage. Ich war damals sehr jung.«

»Sie werden ihn mögen.«

»So wie Sie ihn schildern, bin ich da ganz sicher. Sie sagen, er will seinen Bruder mit nach Genf bringen. Ist das erlaubt?«

»Ja. Ich habe ihm gesagt, daß ich ihn in Berlin anrufe und alles Nähere mit ihm verabrede.«

»Wollen Sie damit nicht bis morgen oder übermorgen warten? Und ihn von Saint-Tropez aus anrufen?«

»Beaumont?«

»Beaumont«, sagte Tennyson, und seine Mundstellung verriet Entschlossenheit. »Ich glaube, wir sollten uns mit unserem schachmatten Schwein treffen. Er hat uns einiges zu sagen. Im einzelnen: Wer war sein letzter Auftraggeber? Wer hat ihn auf den Genfer Bahnhof geschickt? Wer hat ihn dafür bezahlt – oder dazu erpreßt –, Ihnen nach New York und anschließend nach Rio zu folgen? Wenn wir das herausfinden, wissen wir, woher Ihr Mann in der schwarzen Lederjacke kam.«

Jemand anders.

Noel sah auf die Uhr. Es war beinahe sechs; er und Tennyson hatten über zwei Stunden miteinander gesprochen. Und doch gab es noch viel zu sagen. »Wollen Sie mit Ihrer Schwester und mir zu Abend essen?« fragte er.

Tennyson lächelte. »Nein, mein Freund. Wir reden auf unserer Reise nach Süden. Ich habe noch ein paar Telefongespräche zu führen und muß meinen Bericht abliefern. Ich darf nicht vergessen, daß ich Journalist bin. Wo wohnen Sie?«

»Im George Cinq. Unter dem Namen Fresca.«

»Ich rufe Sie am späteren Abend an.« Tennyson streckte ihm die Hand hin. »Bis morgen.«

»Bis morgen.«

»Übrigens, falls Ihnen mein brüderlicher Segen etwas bedeutet, Sie haben ihn.«

Johann von Tiebolt stand in der kühlen Abendluft am Geländer der Terrasse. Unter sich, auf der Straße, konnte er Holcroft das Haus verlassen und in östlicher Richtung weggehen sehen.

Es war alles so einfach gewesen. Er hatte die Instrumentierung seiner Lügensymphonie gründlich durchdacht und arrangiert, und die empörte Überzeugung hatte seinen Vortrag ebenso glaubwürdig gemacht wie plötzlich dazwischengestreute Enthüllungen. Ein alter Mann in Rio würde informiert werden; er wußte dann, was er zu sagen hatte. Eine Krankenakte würde in ein Londoner Krankenhaus eingeschmuggelt werden, eine Akte, deren Daten und Informationen zu einem tragischen Unfall auf der Untergrundstation von Charing Cross vor fünf Jahren paßten. Und wenn alles planmäßig ablief, dann würden die Abendzeitungen Nachrichten über eine weitere Tragödie enthalten. Ein Marineoffizier und seine Frau waren mit einem kleinen Motorboot vor der Côte d'Azur verschwunden.

Von Tiebolt lächelte. Alles lief so, wie es vor dreißig Jahren vorhergesehen worden war. Selbst die ›Abwehr‹ konnte sie jetzt nicht mehr aufhalten. Ein paar Tage noch, und die ›Abwehr‹ wäre entmannt.

Die Zeit für den Tinamu war gekommen.

30

Noel eilte durch die Halle des George V. Er hatte es eilig, auf sein Zimmer zu kommen, zu Helden. Genf war ihm jetzt nähergerückt; und wenn sie Anthony Beaumont in Saint-Tropez sahen und die Wahrheit aus ihm herauszwangen, wäre es noch näher.

Außerdem war er gespannt darauf zu erfahren, ob Buonoventura zurückgerufen hatte. Seine Mutter hatte versprochen, Sam ihre Pläne wissen zu lassen. Alles, was Miles in New York wußte, war, daß Althene Mexiko City verlassen hatte und nach Lissabon geflogen war. Weshalb Lissabon? Und wer war ihr gefolgt?

Das Bild des Mannes in der schwarzen Lederjacke drängte sich Holcroft wieder auf. Der ruhige, stete Blick seiner Augen, das Hinnehmen des Todes... *Sie können mich töten, aber dann wird ein anderer an meine Stelle treten, und wenn Sie ihn töten, dann wieder einer an die seine.*

Die Aufzugkabine war leer, die Fahrt nach oben dauerte nur kurze Zeit. Die Tür öffnete sich; Noel stockte der Atem, als er den Mann sah, der im Korridor vor ihm stand. Es war eines der *Verfluchten Kinder* vom Montmartre, der Mann, der ihn in Sacré-Cœur vor den Kerzen durchsucht hatte.

»Guten Abend, Monsieur.«

»Was machen Sie hier? Ist bei Helden alles in Ordnung?«

»Sie kann Ihre Fragen selbst beantworten.«

»Das können Sie auch.« Holcroft packte den Mann am Arm und drehte ihn mit Gewalt herum, auf die Tür seines Zimmers zu.

»Nehmen Sie Ihre Hände weg!«

»Wenn sie mir sagt, daß ich Sie loslassen soll, lasse ich Sie los.

Kommen Sie.« Noel stieß den Mann den Korridor hinunter bis zur Tür und klopfte.

Es dauerte nur Sekunden, bis sie sich öffnete. Helden sah die beiden verblüfft an. Sie hielt eine zusammengefaltete Zeitung in der Hand; in ihren Augen stand etwas, das ihr Staunen überdeckte: Trauer.

»Was ist denn?« fragte sie.

»Das wollte ich auch wissen, aber er wollte es mir nicht sagen.« Holcroft stieß den Mann durch die Tür.

»Noel, *bitte*. Er ist einer von uns.«

»Ich will wissen, weshalb er hier ist.«

»Ich habe ihn gerufen; er mußte wissen, wo ich bin. Er sagte, er müsse mich auch sehen. Er hat mir leider eine schreckliche Nachricht überbracht.«

»Was?«

»Lesen Sie die Zeitungen«, sagte der Mann. »Es sind französische und englische da.«

Holcroft nahm eine Ausgabe der *Herald Tribune* vom Tisch.

»Seite zwei«, sagte der Mann. »Oben links.«

Noel blätterte um und strich die Zeitung glatt. Er las, und ein Gefühl des Zorns... und der Furcht... erfaßte ihn.

MARINEOFFIZIER SAMT EHEFRAU IM MITTELMEER VERSCHOLLEN

St. Tropez – Commander Anthony Beaumont, Kapitän des Aufklärungs-Schiffes *Argo*, hochdekorierter Offizier von Ihrer Majestät Royal Navy, und seine Frau, die sich ihm für das Wochenende hier angeschlossen hatte, sind möglicherweise ertrunken, als ihr kleines Boot vor der Felsenküste einige Meilen südlich von hier in einer kräftigen Bö kenterte. Zwei tieffliegende Suchflugzeuge der Küstenwache haben ein gekentertes Boot gesichtet, auf das die Beschreibung paßt. Von dem Commander und seiner Frau hat man seit über achtundvierzig Stunden nichts mehr gehört, worauf der stellvertretende Kommandant der *Argo*, Lt. Morgan Llewellen, die Suche eingeleitet hat. Die Admiralität schließt aus den Vorkommnissen, daß Commander und Mrs. Beaumont bei dem tragischen Unfall ums Leben gekommen sind. Das Ehepaar hatte keine Kinder.

»O *Gott*«, flüsterte Holcroft. »Hat es dir dein Bruder gesagt?«

»Das mit Gretchen?« fragte Helden. »Sie hat so viel gelitten, so viel gegeben. Deshalb wollte sie mich nicht sehen und auch nicht mit mir sprechen. Sie wollte, daß ich nie erfahre, was sie tat, weshalb sie ihn geheiratet hat. Sie hatte Angst, ich könne die Wahrheit ahnen.«

»Wenn das, was Sie *sagen*, der Wahrheit entspricht«, sagte der gutgekleidete Mann, »daß nämlich Beaumont der ODESSA angehörte, dann glauben wir diesem Zeitungsbericht keinen Augenblick.«

»Er meint deinen Freund in Berlin«, unterbrach Helden. »Ich hab' ihm gesagt, daß du einen Freund in Berlin hast, der versprochen hatte, deine Vermutungen nach London weiterzuleiten.«

Noel begriff. Damit gab sie ihm zu verstehen, daß sie nichts über Genf erwähnt hatte. Noel wandte sich dem Mann zu. »Was ist Ihrer Meinung nach geschehen?«

»Wenn die Briten in den oberen Rängen der Navy einen ODESSA-Agenten entdeckt haben, besonders einen, der ein Schiff der Küstenstreife befehligt – ein Euphemismus für ein Spionageschiff –, würde das bedeuten, daß man sie wieder übertölpelt hatte. Es gibt Grenzen für das, was sie ertragen können; da gäbe es keine langen Nachforschungen, sondern eine schnelle Exekution.«

»Das ist ja ein ziemlich happiger Vorwurf, den Sie da erheben«, sagte Holcroft.

»Es ist auch eine happige Situation.«

»Die würden eine unschuldige Frau umbringen?«

»Ohne mit der Wimper zu zucken – nur aufgrund der Möglichkeit, daß sie nicht unschuldig sein könnte. Die Nachricht wäre jedenfalls klar. Das Netz von ODESSA hätte seine Warnung.«

Noel wandte sich angewidert ab und legte den Arm um Helden. »Es tut mir leid«, sagte er. »Ich glaube, ich weiß, wie dir zumute sein muß, und ich wünschte, ich könnte irgend etwas für dich tun. Aber außer, daß ich deinen Bruder verständige, ist da, glaube ich, nicht viel.«

Helden drehte sich um und sah ihn mit suchenden Augen an. »Ihr vertraut einander?«

»Ja. Wir werden zusammenarbeiten.«

»Dann ist jetzt nicht die Zeit zu trauern, oder? Ich bleibe heute nacht hier«, sagte sie zu dem gutgekleideten Mann. »Geht das? Kann man mich bewachen?«

»Natürlich«, sagte der Mann. »Ich werde es veranlassen.«

»Danke. Sie sind ein guter Freund.«

Er lächelte. »Ich glaube nicht, daß Mr. Holcroft derselben Meinung ist. Aber Mr. Holcroft hat natürlich auch noch eine ganze Menge zu lernen.« Der Mann nickte und ging zur Tür; dort blieb er mit der Hand auf der Klinke stehen und drehte sich zu Noel um. »Ich bitte um Nachsicht, wenn Ihnen das geheimnisvoll vorkommt. Doch seien Sie tolerant, Monsieur. Das, was zwischen Ihnen und Helden ist, scheint mir auch geheimnisvoll, aber ich stelle keine Fragen. Ich vertraue. Aber falls sich herausstellen sollte, daß dieses Vertrauen unberechtigt war, werden wir Sie töten. Sie sollten das wissen.«

Der Mann ging. Noel machte einen Schritt hinter ihm her, aber Helden berührte ihn am Arm. »Bitte, Darling. Er hat ebenfalls noch eine Menge zu lernen, und wir dürfen es ihm nicht sagen. Er *ist* ein Freund.«

»Er ist ein unerträglicher Mistkerl.« Holcroft stockte. »Es tut mir leid. Du hast schon genug um die Ohren; du brauchst jetzt keine Dummheiten von mir.«

»Ein Mann hat dein Leben bedroht.«

»Jemand hat das deiner Schwester genommen. So wie die Dinge liegen, habe ich mich wirklich dumm benommen.«

»Wir haben keine Zeit für solche Gedanken. Dein Freund Buonoventura hat zurückgerufen. Ich habe die Nummern aufgeschrieben, unter denen du ihn erreichen kannst. Der Zettel liegt neben dem Telefon.«

Noel ging an den Nachttisch und nahm das Blatt. »Dein Bruder und ich wollten morgen nach Saint-Tropez fahren. Wir wollten Beaumont zwingen, uns zu sagen, was er wußte. Diese Nachricht wird ihn erschüttern. In doppelter Hinsicht.«

»Du hast gesagt, daß du ihn anrufen willst. Ich glaube, es ist besser, wenn ich das übernehme. Er und Gretchen standen einander sehr nahe. In jungen Jahren waren die beiden unzertrennlich. Wo ist er?«

»Keine Ahnung; er hat nichts gesagt. Er wollte mich aber im Laufe des Abends noch einmal anrufen. Das hab' ich gemeint.« Holcroft nahm den Hörer ab und gab der Vermittlung die Nummer Buonoventuras.

»Ich werde mit Johann sprechen, wenn er anruft«, sagte Helden und ging ans Fenster.

Der Fernsprechverkehr über den Atlantik war ziemlich spärlich; die Verbindung mit Curaçao dauerte kaum eine Minute.

»Du bist mir einer, Noley! Ich bin froh, daß ich deine Telefonrechnung nicht zu bezahlen brauche. Du kommst richtig in der Welt rum; das muß man dir lassen.«

»Nicht, daß es besonderen Spaß macht, Sam, glaub mir das. Hat meine Mutter dich angerufen?«

»Ja. Sie hat gesagt, ich solle dir ausrichten, sie werde sich in etwa einer Woche in Genf mit dir treffen. Du sollst im Hôtel d'Accord wohnen, aber niemandem etwas sagen.«

»Genf? Sie fährt nach Genf? Warum, zum Teufel, hat sie das Land verlassen?«

»Sie hat gesagt, es sei etwas sehr Wichtiges geschehen. Du sollst den Mund halten und nichts unternehmen, solange du sie nicht gesehen hast. Sie war sehr erregt.«

»Ich muß sie erreichen. Hat sie dir eine Telefonnummer genannt – eine Adresse –?«

»Nichts dergleichen, Kumpel. Sie hatte nicht viel Zeit zum Reden, und die Verbindung war ziemlich lausig. Sie hat von irgendwo aus Mexiko angerufen. Ob mir wohl jemand sagen würde, was hier gespielt wird?«

Holcroft schüttelte den Kopf, als ob Buonoventura im Zimmer gewesen wäre. »Tut mir leid, Sam. Vielleicht später einmal. Ich stehe in deiner Schuld.«

»Das tust du, glaube ich, wirklich. Wir werden das einmal auswürfeln müssen. Paß gut auf dich auf. Du hast eine wirklich nette Mutter. Sei gut zu ihr.«

Holcroft legte auf. Es war gut, einen Freund wie Buonoventura zu haben. So wie der gutgekleidete Mann Helden ein Freund war, dachte er. Er fragte sich, was sie gemeint hatte, als sie von dem Mann wissen wollte, ob sie bewacht werden könne. Wovor bewacht? Und von wem?

»Meine Mutter ist unterwegs nach Genf«, sagte er.

Helden drehte sich um. »Das hab' ich gehört. Es hat geklungen, als wärst du verärgert.«

»Das bin ich auch. Ein Mann ist ihr nach Mexiko gefolgt. Miles ließ ihn am Flughafen festnehmen; er hat eine Zyankalikapsel geschluckt, ehe man feststellen konnte, wer er war oder woher er kam.«

»»Sie können mich töten. Aber dann wird ein anderer an meine Stelle treten. Und wenn Sie ihn töten, dann wieder einer an die seine.‹ Waren das nicht die Worte?«

»Ja, ich habe beim Herauffahren daran gedacht.«

»Weiß es Johann?«

»Ich habe ihm alles gesagt.«

»Was denkt er?«

»Er weiß nicht, was er denken soll. Beaumont war der Schlüssel zu allem. Ich weiß nicht, wohin wir jetzt gehen sollen, außer nach Genf, in der Hoffnung, daß niemand uns aufhält.«

Helden kam auf ihn zu. »Du mußt mir etwas sagen. Was können die denn – wer sie auch sein mögen – wirklich tun? Sobald ihr drei euch der Bank in Genf präsentiert, ihr alle drei in Übereinkunft, und alles vernünftige Männer, ist es doch vorbei. Was können die dann tun?«

»Das hast du selbst gestern abend gesagt.«

»Was?«

»Sie können uns töten.«

Das Telefon klingelte. Holcroft nahm ab. »Ja?«

»Hier John Tennyson.« Die Stimme klang angespannt.

»Ihre Schwester möchte Sie sprechen«, sagte Holcroft.

»Gleich«, antwortete Tennyson. »Wir müssen zuerst sprechen. Weiß sie Bescheid?«

»Ja. Sie offensichtlich auch.«

»Meine Zeitung hat mich angerufen und mich informiert. Der Chef vom Dienst wußte, wie nahe Gretchen und ich einander standen. Schrecklich.«

»Ich wünschte, es gäbe etwas, was ich sagen kann.«

»Ich konnte Ihnen auch nicht helfen, als Sie mir das von Ihrem Stiefvater erzählten. Mit diesen Dingen muß man ganz allein fertig werden. Helden versteht das.«

»Dann glauben Sie die Geschichte, die in der Zeitung steht, nicht? Das mit dem Boot und dem Sturm?«

»Daß sie in einem Boot hinausgefahren und nicht wieder zurückgekommen sind? Doch, das glaube ich. Daß er für den Unfall verantwortlich war? Selbstverständlich nicht. Das ist ganz unsinnig. Beaumont war ein ausgezeichneter Seemann. Der konnte einen Sturm aus zwanzig Meilen Entfernung riechen. Wenn der mit einem kleinen Boot draußen gewesen wäre, dann wäre er damit auch zurückgekommen, ehe der Sturm losbrach.«

»Wer dann?«

»Kommen Sie, mein Freund, wir kennen die Antwort beide. Jener andere, der ihn angeheuert hat, hat ihn auch getötet. Die haben ihn dazu gebracht, Ihnen nach Rio zu folgen. Sie haben ihn entdeckt; damit war er wertlos geworden.« Tennyson machte eine Pause. »Es war gerade, als hätten sie gewußt, daß wir nach Saint-Tropez fahren wollten. Das Unverzeihliche ist, daß sie Gretchen auch getötet haben, um den Schein zu wahren.«

»Es tut mir leid. *Herrgott*, ich habe das Gefühl, dafür verantwortlich zu sein.«

»Sie hatten keinerlei Kontrolle darüber.«

»Können es die Briten gewesen sein?« fragte Holcroft. »Ich habe Kessler über Beaumont informiert. Er hat gesagt, er werde sich da einschalten. In Bonn, damit die London verständigen. Vielleicht war es zu happig, einen ODESSA-Agenten als Befehlshaber eines ihrer Aufklärungsschiffe zu haben.«

»Die Versuchung mag durchaus dagewesen sein, aber niemand, der dazu auch die Macht hat, würde so was veranlassen. Die Engländer würden ihn aus dem Verkehr ziehen und ihn durch die Mangel drehen, um alles aus ihm herauszuholen, aber sie würden ihn nicht umbringen. Sie *hatten* ihn. Er und Gretchen sind von jemandem getötet worden, dem das, was er wußte, hätte schaden können, nicht von jemandem, der einen Nutzen daraus ziehen konnte.«

Tennysons Argumentation war überzeugend. »Sie haben recht. Die Briten hätten nichts davon gehabt. Sie hätten ihn eingebuchtet.«

»Genau. Und dann ist da noch ein weiterer Faktor, ein moralischer. Ich glaube, MI-6 wimmelt von Egoisten, aber ich glaube nicht, daß sie

Leute töten, nur um sich Peinlichkeiten zu ersparen. Das liegt denen nicht. Aber sie scheuen keine Mühe, ihren Ruf zu wahren. Oder ihn neu zu beleben. Und ich bete darum, daß ich in dem Punkt recht habe.«

»Was meinen Sie damit?«

»Ich fliege heute abend nach London. Morgen früh werde ich Verbindung mit Payton-Jones bei MI-5 aufnehmen. Ich habe ihm ein Tauschgeschäft anzubieten, von dem ich glaube, daß es ihm recht schwerfallen wird, es abzulehnen. Es könnte sein, daß ich ihm einen Vogel aus dem Untergrund liefern kann, der von einem Ort zum anderen flitzt und dessen Gefieder sich der Umgebung anpaßt.«

Holcroft war ebenso überrascht wie verwirrt. »Ich dachte, Sie hätten gesagt, Sie könnten nicht mit denen arbeiten.«

»*Ihm* biete ich das an. Nur Payton-Jones, sonst niemand. Das muß er mir zusichern, sonst kommen wir nicht weiter.«

»Und Sie glauben, daß er darauf eingeht?«

»Er hat wirklich keine Wahl. Der Vogel aus dem Untergrund ist für MI zu einer fixen Idee geworden.«

»Gut. Nehmen wir an, sie tun das. Was bekommen Sie dann dafür?«

»Zugang zu Geheimmaterial. Die Briten haben Tausende von Geheimakten. Sie befassen sich mit den letzten Jahren des Krieges und waren für eine Menge Leute recht peinlich. Aber irgendwo in diesen Akten liegt unsere Antwort. Ein Mann, eine Gruppe von Männern, eine Schar Fanatiker – ich weiß nicht, wer oder was – muß da sein. Irgend jemand, der vor dreißig Jahren eine Verbindung zum Finanzministerium oder zu unseren Vätern hatte; jemand, dem sie vertrauten, dem sie die Verantwortung gaben. Es könnte sogar eine Loch-Torridon-Infiltration sein.«

»Eine was?«

»Loch Torridon. Das war eine Spionage- und Sabotage-Operation, die die Briten zwischen einundvierzig und vierundvierzig laufen hatten. Hunderte deutscher und italienischer Emigranten wurden nach Deutschland und Italien in die Fabriken, die Eisenbahnverwaltungen und in die Regierungsämter eingeschleust. Es ist allgemein bekannt, daß es Loch-Torridon-Personal im Finanzministerium gab. Die Antwort ist in den Archiven zu finden.«

»Aus Tausenden von Akten wollen Sie eine Person herausfinden? Selbst wenn es sie gibt, würde das möglicherweise Monate dauern.«

»Nein, das würde es nicht. Ich weiß genau, wonach ich suchen muß; Leute, die vielleicht mit unseren Vätern in Verbindung standen.«

Tennyson sprach so schnell und so selbstsicher, daß es Noel schwerfiel, ihm zu folgen. »Weshalb sind Sie so überzeugt, daß die Information, die Sie suchen, überhaupt dort zu finden ist?«

»Weil es einfach so sein muß. Sie haben mir das heute nachmittag klargemacht. Der Mann, der Sie in New York angerufen hat, der, der umgebracht wurde –«

»Peter Baldwin?«

»Ja. MI-6. Er wußte über Genf Bescheid. Wir beginnen mit ihm; er ist jetzt der Schlüssel für uns.«

»Dann holen Sie sich doch die Akte mit dem Zeichen ›Wolfsschanze‹«, sagte Holcroft, »›Code Wolfsschanze‹. Das könnte es sein!«

Tennyson gab nicht gleich Antwort. Entweder überlegte er, oder er war verblüfft. »Wo haben Sie das gehört?« fragte er schließlich. »Sie haben das noch nicht erwähnt. Helden auch nicht.«

»Dann haben wir es beide vergessen«, meinte Holcroft.

»Wir sollten vorsichtig sein«, sagte Tennyson. »Wenn der Name ›Wolfsschanze‹ in Verbindung zu Genf steht, müssen wir *äußerst* vorsichtig sein. Die Briten dürfen nichts von Genf erfahren. Das wäre eine Katastrophe.«

»Richtig. Aber welchen Grund könnten Sie denn Payton-Jones dafür nennen, daß Sie Zugang zu den Archiven wollen?«

»Einen Teil der Wahrheit«, antwortete Tennyson. »Ich will Gretchens Mörder.«

»Und dafür sind Sie bereit, den... Vogel aus dem Untergrund aufzugeben, hinter dem Sie seit sechs Jahren herjagen?«

»Dafür und für Genf. Aus ganzem Herzen.«

Noel empfand beinahe Rührung. »Soll ich mit Payton-Jones sprechen?«

»*Nein!*« schrie Tennyson. Dann senkte er seine Stimme wieder. »Ich meine, das wäre viel zu gefährlich. Haben Sie Vertrauen zu mir. Bitte tun Sie das, worum ich Sie bitte. Sie und Helden müssen aus dem Spiel bleiben. Völlig. Bis ich Verbindung mit Ihnen aufnehme, darf Helden nicht wieder zur Arbeit gehen. Sie muß bei Ihnen bleiben, und Sie beide müssen unsichtbar bleiben.«

Holcroft sah zu Helden hinüber. »Ich weiß nicht, ob sie damit einverstanden sein wird.«

»Ich werde sie überzeugen. Lassen Sie mich mit ihr sprechen. Wir beide sind mit unserem Gespräch fertig.«

»Sie rufen mich wieder an?«

»In ein paar Tagen. Wenn Sie die Hotels wechseln, hinterlassen Sie bitte, wo man Mr. Fresca erreichen kann. Helden hat die Nummer meines Auftragsdienstes. Lassen Sie mich jetzt mit ihr sprechen. Wir sind sehr verschieden, aber trotzdem brauchen wir einander jetzt vielleicht so wie nie zuvor. Und... Noel?«

»Ja?«

»Seien Sie nett zu ihr. Lieben Sie sie. Sie braucht Sie auch.«

Holcroft stand auf und reichte Helden das Telefon. »Bruder...«

31

Code Wolfsschanze!

In dem kleinen, abgelegenen Büro, das er in Paris benutzte, schlug Tiebolt-Tennyson mit der Faust auf den Tisch.

Code Wolfsschanze. Peter Baldwin hatte die geheiligte Formel von Ernst Manfredi erhalten! Der Bankier hatte ein gefährliches, aber geniales Spiel gespielt. Er wußte, daß Baldwin ein toter Mann war, wenn er dieses Stichwort benutzte. Aber mehr hätte Manfredi dem Engländer nie gegeben, das hatte nicht im Interesse des Bankiers gelegen. Trotzdem, Baldwin war einer der besten Denker gewesen, die er kannte. Hatte er sich vielleicht mehr zusammengereimt, als Manfredi für möglich gehalten hatte? Wieviel hatte er wirklich erfahren? Was stand in Baldwins Akte bei MI-5?

Aber war das überhaupt noch wichtig? Die Briten hatten alles, was Baldwin ihnen vorgetragen hatte, abgetan. Ein einziger Aktendeckel unter vielen Tausenden – als Hirngespinst begraben in den Archiven.

Code Wolfsschanze. Für diejenigen, die nichts wußten, bedeutete das nichts. Und die paar hundert, die informiert waren – jene Distriktsführer in jedem Lande –, wußten nur, daß es ein Signal war. Sie sollten sich bereit machen; bald würden ihnen ungeheure Geldmittel zufließen, die sie im Dienst ihrer Sache einsetzen mußten.

Die Sonnenkinder. Auf der ganzen Welt, bereit, sich zu erheben und ihr Geburtsrecht zu beanspruchen.

Das konnte nicht in Baldwins Akte stehen, das war unmöglich. Aber man konnte sich derer bedienen, die die Akten besaßen. Die Briten wollten nichts so sehr wie den Tinamu. Wenn MI-5 ihn gefangennahm, dann würde das die Überlegenheit Englands auf dem Gebiet der Abwehroperationen wiederherstellen – eine Überlegenheit, die in Jahren der Ungeschicklichkeit und der Überläufer verlorengegangen war.

MI-5 würde der Tinamu präsentiert werden, und dieses Geschenk bedeutete eine Verpflichtung gegenüber dem Gebenden. Das war die herrliche Ironie daran. Der verhaßte britische Geheimdienst, jenes lautlose, schlangenartige Monstrum, das dem Dritten Reich so viel Schaden zugefügt hatte, würde mithelfen, das Vierte Reich zu schaffen.

Weil man MI-5 sagen würde, daß die ›Abwehr‹ Teil einer außergewöhnlichen Verschwörung war. Die Briten würden dem Mann Glauben schenken, der ihnen das sagte; schließlich lieferte ihnen dieser Mann den Tinamu.

Tennyson schlenderte durch die Londoner Büros des *Guardian*. Er nahm die Komplimente seiner Kollegen und ihrer Mitarbeiter entgegen. Wie stets, gab er sich auch diesmal äußerst bescheiden.

Er sah sich die Frauen beiläufig an. Die Sekretärinnen und die Empfangsdamen luden diesen schönsten aller Männer ein, sie zur Kenntnis zu nehmen, luden ihn tatsächlich ein, sich zu nehmen, was immer er sich wünschte. Es kam ihm in den Sinn, daß er sich eine dieser Frauen würde auswählen müssen. Sein geliebtes Gretchen war nicht mehr, das hieß aber nicht, daß er seinen Appetit verloren hatte. Ja, dachte Tennyson, während er auf die Tür des Chefredakteurs zuging, er würde sich eine Frau wählen müssen. Die Erregung stieg, die Spannung der Wolfsschanze wuchs mit jeder Stunde; er würde sexuelle Befriedigung brauchen. Gretchen hatte das verstanden.

»John, schön Sie zu sehen«, sagte der Chefredakteur und erhob sich hinter seinem Schreibtisch und streckte ihm die Hand entgegen. »Wir drucken den Bonner Artikel morgen. Gut gemacht.«

Tennyson nahm im Besuchersessel Platz. »Da hat sich etwas zusammengebraut«, sagte er. »Wenn meine Gewährsleute mich richtig informiert haben, und das haben sie bestimmt, wird es zu einem Mordversuch kommen – zu Mordversuchen –, die eine Weltkrise auslösen könnten.«

»Du lieber Himmel. Haben Sie darüber geschrieben?«

»Nein, wir dürfen nicht darüber schreiben. Ich glaube nicht, daß irgendeine verantwortungsbewußte Zeitung das darf.«

Der Redakteur beugte sich vor. »Um was geht es, John?«

»Nächste Woche ist ein Wirtschaftsgipfel, am Dienstag…«

»Natürlich. Hier in London. Die führenden Männer des Ostens und des Westens.«

»Genau. Osten und Westen. Sie kommen aus Moskau und Washington, Peking und Paris. Die mächtigsten Männer der Welt.« Tennyson machte eine Pause.

»Und?«

»Zwei sollen ermordet werden.«

»Was?«

»Zwei sollen getötet werden; welche zwei, ist belanglos, solange sie den beiden verschiedenen Lagern angehören; der Präsident der Vereinigten Staaten und der Parteivorsitzende der Volksrepublik China, oder der Premierminister des Vereinigten Königreichs und der Generalsekretär der Sowjetunion.«

»Unmöglich! Bei den Sicherheitsvorkehrungen, die bei solchen Gipfeltreffen üblich sind.«

»Es gibt keine absolute Sicherheit. Es wird Menschenmengen geben, Bankette. Wo gibt es schon eine absolute Garantie?«

»Die muß sein!«

»Nicht gegen den Tinamu.«

»Den *Tinamu*?«

»Er hat das höchste Honorar erhalten, das je bezahlt worden ist.«

»Du großer Gott, *von wem*?«

»Von einer Organisation, die man als die ›Abwehr‹ kennt.«

Harold Payton-Jones starrte Tennyson an. Sie saßen in einem schwachbeleuchteten Zimmer, in dem nur ein Tisch und die zwei Stühle standen, auf denen sie saßen. MI-5 hatte den Treffpunkt ausgewählt; er befand sich in einer aufgelassenen Pension im Osten Londons.

»Ich wiederhole«, sagte der grauhaarige Agent mit gemessener Stimme. »Sie erwarten im Ernst von mir, daß ich Ihnen das alles abnehme, bloß weil Sie sich dafür verbürgen? Lächerlich!«

»Was anderes bleibt mir nicht«, antwortete Tennyson. »Alles, was ich Ihnen gesagt habe, entspricht der Wahrheit. Wir haben keine Zeit, länger gegeneinander zu kämpfen. Jede einzelne Stunde ist ungeheuer wichtig.«

»Und ich bin nicht bereit, mich von einem Journalisten hinters Licht führen zu lassen, der vielleicht mehr als nur ein Korrespondent ist! Sie sind sehr clever. Und möglicherweise ein unerhörter Lügner.«

»Mein Gott, weshalb wäre ich dann *hier*? Hören Sie mir zu! Ich sage es zum letztenmal: der Tinamu ist von ODESSA ausgebildet worden. In den Hügeln von Rio de Janeiro! Ich habe mein ganzes Leben gegen die ODESSA gekämpft; das finden Sie in meinen Akten, wenn jemand sich die Mühe machen will, sie gründlich durchzusehen. Die ODESSA hat uns aus Brasilien verdrängt und von allem abgeschnitten, was wir uns dort aufgebaut haben. Ich will den Tinamu haben!«

Payton-Jones musterte den blonden Mann. Die Auseinandersetzung war heftig gewesen und dauerte jetzt schon fast eine halbe Stunde. Der Agent hatte Tennyson einem Kreuzfeuer von Fragen ausgesetzt, ihn immer wieder mit Beleidigungen herausgefordert. Das war eine Technik, die MI-5 häufig einsetzte und die sich gut dafür eignete, Wahrheit und Lüge voneinander zu trennen. Es war offensichtlich, daß der Engländer jetzt zufrieden war. Seine Stimme wurde leiser.

»Also gut, Mr. Tennyson. Wir können aufhören, uns zu streiten. Ich habe das Gefühl, daß wir uns bei Ihnen entschuldigen sollten.«

»Das gilt für uns beide. Ich wußte nur, daß ich allein besser würde arbeiten können. Ich mußte so viele Masken tragen. Wenn man mich je mit einem Angehörigen Ihres Dienstes gesehen hätte, wäre ich erledigt gewesen. Ich hätte mir dann meine Pläne an den Hut stecken können.«

»Dann tun mir die Anlässe leid, wo wir Sie zu uns geholt haben.«

»Das waren immer gefährliche Augenblicke für mich. Ich konnte spüren, wie mir der Tinamu entglitt.«

»Noch haben wir ihn nicht gefaßt.«

»Aber jetzt ist es nur noch eine Frage von Tagen. Wir werden Erfolg haben, wenn wir bei jeder unserer Entscheidungen mit äußerster Umsicht vorgehen, in allen Straßen, auf denen sich die Delegationen bewegen – an jedem Versammlungsort, bei jeder Veranstaltung, jedem Bankett. Diesmal haben wir einen Vorteil, den es früher nie gegeben hat. Wir wissen, daß er da ist.«

»Und Sie sind sich Ihrer Gewährsleute völlig sicher?«

»Wie noch nie. Dieser Mann in der Gaststätte in Berlin war der Kurier. Jeder Kurier zum Tinamu ist bisher getötet worden. Seine letzten Worte waren: ›London... nächste Woche... der Gipfel... von jeder Seite einer... Ein Mann mit einer tätowierten Rose auf dem Handrücken... Abwehr.‹ «

Payton-Jones nickte. »Wir werden in Berlin Erkundigungen einziehen.«

»Ich bezweifle, daß Sie da was herausfinden. Aus dem Wenigen, was ich über die ›Abwehr‹ weiß, war sie in allen ihren Aktionen absolut ausgebufft.«

»Aber sachlich«, sagte Payton-Jones. »Ihre Informationen waren stets korrekt. Und sie hat niemanden geschont. Die Anklagevertreter in Nürnberg wurden die ganze Zeit von der ›Abwehr‹ mit Material versorgt.«

»Immerhin«, sagte Tennyson, »haben die Ankläger doch wohl nur das erhalten, was die ›Abwehr‹ ihnen geben wollte. Wir wissen nicht, was die zurückgehalten haben.«

Wieder nickte der Brite. »Natürlich. Wir werden das nie mit Bestimmtheit wissen. Die Frage jetzt ist nur, warum? Wo liegt das Motiv?«

»Wenn Sie mich fragen«, erwiderte der blonde Mann, »...ein paar alte Männer an der Schwelle des Todes, die ihre letzte Rache nehmen. Das Dritte Reich hatte zwei Feinde seiner Ideologie, die sich trotz ihrer Gegensätzlichkeiten verbündet haben: die Kommunisten und die Demokraten. Jetzt streiten sich die beiden um die Vorherrschaft. Gibt es denn eine bessere Rache, als wenn ein Lager das andere des Meuchelmords bezichtigt? Wenn die einen die anderen vernichten?«

»Wenn wir das feststellen und beweisen könnten«, unterbrach ihn Payton-Jones, »könnte das das Motiv hinter einer ganzen Reihe von Morden während der letzten Jahre sein.«

»Wie beweist man so was denn zweifelsfrei?« fragte Tennyson. »Hatte der britische Geheimdienst je eine direkte Verbindung zur ›Abwehr‹?«

»O ja. Wir haben darauf bestanden, daß man uns Namen lieferte – die natürlich in unseren Tresoren sichergestellt wurden. Wir konnten nicht blind aufgrund bloßer Informationen handeln.«

»Leben heute noch welche?«

»Möglich. Es ist Jahre her, seit zum letztenmal jemand die ›Abwehr‹ erwähnt hat. Ich sehe natürlich nach.«

»Werden Sie mir die Namen geben?«

Der Mann von MI-5 lehnte sich im Sessel zurück. »Ist das eine der Bedingungen, von denen Sie sprachen, Mr. Tennyson?«

»Ja, aber ich habe auch eindeutig erklärt, daß ich unter den gegebenen Umständen nicht darauf bestehen würde.«

»Das täte kein vernünftiger Mensch. Aber wenn wir den Tinamu fassen, ist Ihnen die Dankbarkeit der wichtigsten Regierungen der Welt sicher; die Namen sind da eine Kleinigkeit. Wenn wir sie haben, bekommen Sie sie auch. Haben Sie sonst noch Wünsche? Vielleicht hätte ich doch einen Schreibblock mitbringen müssen?«

»Nicht viele«, antwortete Tennyson und überhörte die Spitze, »und die werden Sie vielleicht überraschen. Aus Dankbarkeit gegenüber meinen Arbeitgebern hätte ich gern einen exklusiven fünfstündigen Vorsprung für den *Guardian*.«

»Den sollen Sie haben«, sagte Payton-Jones. »Was sonst noch?«

»Weil MI-5 an verschiedene Leute herangetreten ist und ihnen gegenüber angedeutet hat, daß bezüglich meiner Person Nachforschungen laufen, hätte ich gern ein Schriftstück vom britischen Geheimdienst, in dem klargestellt wird, daß nicht nur meine persönliche Akte ohne Makel ist, sondern daß ich auch einen aktiven Beitrag zu Ihren Bemühungen geleistet habe, die – sagen wir – ›internationale Stabilität‹ zu bewahren.«

»Völlig unnötig«, sagte der Engländer. »Wenn der Tinamu infolge der uns von Ihnen übermittelten Informationen gefaßt werden sollte, werden die Regierungen überall Sie mit den höchsten Ehrungen überschütten. Ein Schriftstück von uns wäre da überflüssig. Sie werden es nicht brauchen.«

»Da irren Sie«, sagte Tennyson. »Meine vorletzte Bedingung ist nämlich, daß mein Name nicht erwähnt werden darf.«

»Nicht erwähnt –« Payton-Jones war sichtlich verblüfft. »Das paßt doch gar nicht zu Ihnen, oder?«

»Bitte, verwechseln Sie meine beruflichen Bemühungen nicht mit meinem Privatleben. Ich suche keine Anerkennung. Die von Tiebolts haben eine Schuld abzutragen. Betrachten Sie dies hier als einen Teil des Ausgleichs unserer Schuld.«

Einen Augenblick lang schwieg der Mann von MI-5.

»Ich *habe* Sie falsch eingeschätzt. Ich bitte noch einmal um Entschuldigung. Selbstverständlich sollen Sie Ihr Schriftstück haben.«

»Offen gestanden, es gibt noch einen Grund für mich, anonym zu bleiben. Mir ist klar, daß die Royal Navy und die französischen Behörden sich damit abgefunden haben, daß meine Schwester und ihr Mann durch einen Unfall ums Leben gekommen sind. Und damit haben sie ja vielleicht auch recht. Aber Sie werden mir wahrscheinlich zustimmen, daß der Zeitpunkt doch sehr unglücklich war. Mir ist noch eine Schwester geblieben; sie und ich sind die letzten von Tiebolt. Wenn ihr etwas zustieße, würde ich mir das nie verzeihen.«

»Ich verstehe.«

»Ich würde Ihnen gern jegliche Unterstützung meinerseits anbieten. Ich glaube, ich weiß mehr als irgendein anderer Mensch auf der Welt über den Tinamu. Ich habe ihn jahrelang studiert. Jedes Attentat, jede Bewegung, vor und nach der Tat. Ich glaube, ich kann Ihnen helfen. Ich wäre gern ein Mitglied Ihres Teams.«

»Ich wäre ein Narr, wenn ich dieses Angebot ablehnte. Und Ihre letzte Forderung?«

»Darauf kommen wir gleich.« Tennyson stand auf. »Was Sie beim Tinamu wissen müssen, ist, daß seine Strategie in der dauernden Variation besteht, der Improvisation. Er hat nicht eine Taktik, sondern zehn oder zwölf – von denen jede bis ins letzte durchdacht und eingeübt ist, um sie dem Augenblick anzupassen.«

»Ich bin nicht sicher, daß ich Sie verstanden habe.«

»Lassen Sie mich erklären. Dieser Mord in Madrid, vor sieben Monaten, während der Unruhen – erinnern Sie sich?«

»Selbstverständlich. Der Schuß aus einem Fenster im dritten Stock.«

»Richtig. Aus einem Regierungsgebäude in einem Regierungsviertel, wo die Demonstrationen kontrolliert stattfinden sollten. Einem *Regierungs*gebäude. Das hat mich nachdenklich gemacht. Wie, wenn die Polizei plötzlich doch aufmerksamer gewesen wäre, die Sicherheitsvorkehrungen gründlicher, wenn man die Leute sorgfältiger auf Waffen durchsucht hätte? Angenommen, er hätte sich *keinen* Zugang zu jenem Fenster verschaffen können? Bei diesem Fenster handelte es sich übrigens um den idealen Punkt, das Opfer vor das Zielfernrohr seines Gewehrs zu bekommen, aber angenommen, in jenem Zimmer wären Leute gewesen?«

»Dann hätte er einen anderen Ort aufgesucht.«

»Natürlich. Aber so gut er auch die Waffe verborgen hätte – ob sie nun Teil einer Krücke war oder ob er sie sich ans Bein geschnallt oder in Einzelteilen in seine Kleidung eingenäht hatte –, es wäre schwierig gewesen. Er mußte sich schnell bewegen; das richtige Timing war wichtig; so lange dauerte diese Demonstration schließlich nicht. Der Tinamu mußte mehr als einen Ort ausgewählt, mußte sich mehrere Möglichkeiten geschaffen haben. Und so war es auch.«

»Woher wissen Sie das?« fragte der Mann von MI-5 fasziniert.

»Ich habe zwei Tage in Madrid verbracht, mir jedes Gebäude, jedes

Fenster und jedes Dach in der Umgebung dieses Platzes angesehen. Ich habe vier intakte Waffen gefunden, und noch drei Räume, in denen man Dielen gelockert oder Fensterrahmen präpariert hatte. Auch da mußten Gewehre versteckt gewesen sein! Und außerdem habe ich noch zwei Pfund Plastiksprengstoff in einer Mülltonne entdeckt. Fünfzehn Meter vom Zentrum der Demonstration entfernt. Acht Stellen, von denen aus er hätte töten können, Alternativen, die ihm zur Wahl standen, und jede einzelne ganz exakt auf einen bestimmten Augenblick während eines vorgegebenen Zeitablaufs abgestimmt.«

Payton-Jones lehnte sich vor, stützte die Hände auf den Tisch. »Das kompliziert die Dinge. Üblicherweise konzentrieren sich die Schutzmaßnahmen auf einen einzelnen Punkt. Welche Möglichkeit aus einem halben Hundert hat die größte Wahrscheinlichkeit? Man nimmt an, daß der Mörder sich an einem Punkt versteckt. Die Strategie, die Sie hier beschreiben, eröffnet eine weitere Dimension: völlige Mobilität. Kein einzelnes ausgewähltes Versteck, sondern mehrere, für die verschiedenen möglichen Augenblicke der Tat.«

»Innerhalb einer vorgegebenen Zeitspanne«, fügte der blonde Mann hinzu. »Aber, wie gesagt, wir haben einen Vorteil auf unserer Seite. Wir wissen, daß er hier ist. Und dann gibt es noch einen zweiten Vorteil, und den sollten wir sofort ausnutzen.« Tennyson hielt inne.

»Nämlich?«

»Dazu muß ich sagen: Wir sollten diesen Vorteil nur dann nutzen, wenn wir uns darüber einig sind, daß es fast so wichtig ist, den Tinamu zu fangen, wie es wichtig ist, die Sicherheit seiner ausgewählten Opfer zu garantieren.«

Der Engländer runzelte die Stirn. »Es ist recht gefährlich, das so auszudrücken. Es darf für jene Männer keine Risiken geben – weder kalkulierte noch andere. Nicht auf britischem Boden.«

»Hören Sie mich bitte bis zu Ende an. Er hat schon früher politische Führer getötet, Argwohn geschürt und Mißstimmungen zwischen Regierungen erzeugt. Und dann haben immer wieder die kühleren Köpfe die Oberhand behalten und dafür gesorgt, daß die Verstimmungen sich legten. Aber wir müssen den Tinamu auch zur Strecke bringen, weil die Gefahr besteht, daß die kühlen Köpfe einmal nicht schnell genug sind. Ich glaube, diesmal können wir es schaffen, wenn alle zustimmen.«

»Wozu zustimmen?«

»Die schon veröffentlichten Zeitpläne einzuhalten. Holen Sie die Leiter der Delegationen zusammen; sagen Sie ihnen, was Sie wissen. Sagen Sie ihnen, daß außergewöhnliche Vorsichtsmaßnahmen getroffen werden, aber daß die Chance besteht, endlich den Tinamu zu fassen, wenn die Pläne so bleiben, wie sie jetzt stehen.« Tennyson hielt inne und beugte sich vor, stützte sich auf die Tischkante. »Ich glaube, wenn Sie ehrlich sind, wird Ihnen keiner widersprechen. Schließlich ist das auch nicht viel mehr, als was die politischen Führer jeden Tag riskieren.«

Die Falten auf der Stirn des MI-5-Mannes hatten sich geglättet. »Und keiner läßt sich gerne einen Feigling nennen. So, und worin besteht nun der zweite Vorteil?«

»Die Strategie des Tinamu erfordert es, daß er an einer Reihe von Orten Waffen verbirgt. Damit muß er Tage, vielleicht sogar Wochen vor der geplanten Tat beginnen. Ohne Zweifel hat er hier bereits angefangen. Ich schlage vor, daß wir in aller Stille eine sehr gründliche Suchoperation starten und alle Orte unter die Lupe nehmen, die aus dem veröffentlichten Konferenzprogramm zu entnehmen sind.«

Payton-Jones legte die Hände zusammen, es war eine Geste der Zustimmung. »Selbstverständlich. Wir brauchen nur eine der Waffen zu finden, dann haben wir nicht nur den Ort, sondern auch den Zeitpunkt.«

»Völlig richtig. Wir wissen dann, daß der Mord innerhalb einer bestimmten Zahl von Minuten während eines ganz bestimmten Anlasses an einem bestimmten Punkt versucht werden wird.« Wieder machte der blonde Mann eine Pause. »Ich würde mich gern an dieser Suche beteiligen. Ich weiß, wonach ich Ausschau halten muß, und, was vielleicht noch wichtiger ist, wo ich nicht nachzusehen brauche.«

»Wir sind Ihnen für Ihr Angebot dankbar, Sir«, sagte der Engländer. »MI-5 ist Ihnen dankbar. Sollen wir schon heute abend beginnen?«

»Lassen wir ihm noch einen weiteren Tag Zeit, seine Waffen unterzubringen, das steigert unsere Chance, etwas zu finden. Außerdem brauche ich harmlose Dienstkleidung und ein Schriftstück, das mich als ›Gebäudeinspektor‹ oder so etwas Ähnliches ausweist.«

»Sehr gut«, sagte Payton-Jones. »Ich muß Ihnen gestehen, daß wir ein Foto von Ihnen in den Akten haben; das können wir für dieses Ausweispapier benutzen. Ich nehme an, Sie tragen Größe achtundvierzig, Taille achtzig oder zweiundachtzig.«

»Nicht übel. Wie ein Maßanzug wird ja eine Beamtenuniform nicht sitzen müssen.«

»Richtig. Wir erledigen das morgen beides.« Payton-Jones stand auf. »Sie sagten, Sie hätten noch eine Forderung.«

»Ja. Seit ich Brasilien verlassen habe, besitze ich keine Waffe mehr. Ich weiß ja nicht, ob das zulässig ist, aber ich hätte jetzt gern eine. Nur für die Dauer des Gipfeltreffens selbstverständlich.«

»Ich werde veranlassen, daß Sie eine bekommen.«

»Dazu würden Sie meine Unterschrift brauchen, nicht wahr?«

»Ja.«

»Entschuldigen Sie, aber was ich vorher sagte, ist mir wirklich ernst. Ebenso, wie ich nicht möchte, daß man mir für das, was ich Ihnen gebracht habe, Dank abstattet, wäre es mir auch nicht recht, wenn man meinen Namen in irgendeiner Beziehung mit MI-5 in Verbindung brächte. Ich möchte nicht, daß jemand etwas von meinem Beitrag erfährt. Mein Name auf der Karteikarte eines Waffenmagazins könnte einen Neugierigen auf die Wahrheit hinlenken, jemand vielleicht, der mit der ›Abwehr‹ in Verbindung steht.«

»Ich verstehe.« Der Engländer knöpfte sein Jackett auf und griff in seine Innentasche. »Das ist ganz und gar gegen die Regeln, aber das sind die Umstände ja schließlich auch.« Er zog einen kleinen, kurzläufigen Revolver heraus und reichte ihn Tennyson. »Da, nehmen Sie den da. Ich werde eintragen, daß er in Reparatur ist, und mir so lange einen anderen besorgen.«

»Danke«, sagte der blonde Mann und hielt die Waffe, als wäre sie ein Gegenstand, mit dem er nicht vertraut war.

Tennyson betrat eine überfüllte Gaststätte am Soho Square. Er sah sich in dem verräucherten Lokal um und entdeckte, was er suchte: eine Hand, die ein Mann an einem Tisch in der Ecke hob. Der Mann trug wie immer einen braunen, eigens für ihn gefertigten Regenmantel. Er sah so aus, wie Regenmäntel immer aussehen; der Unterschied bestand in den zusätzlichen Taschen und Riemen, die häufig verschiedene Pistolen, Schalldämpfer und Explosivstoffe enthielten. Der Tinamu hatte ihn ausgebildet, so gut ausgebildet, daß er häufig für den Meuchelmörder einsprang, wenn der Tinamu selbst keine Zeit hatte.

Seinen letzten Auftrag hatte er am Kennedy-Flughafen erledigt, in einer regnerischen Nacht, als ein Polizeikordon den Zugang zu einer British Airway 747 abgesperrt hatte. Er hatte seine Opfer in einem Treibstoffwagen gefunden und hatte seinen Auftrag erledigt.

John Tennyson trug sein Glas an den Tisch und setzte sich neben den Mann im braunen Regenmantel. Der Tisch war rund und klein; die Stühle standen so dicht beieinander, daß beide Männer ganz leise sprechen konnten.

»Alles untergebracht?« fragte der blonde Mann.

»Ja«, erwiderte sein Gegenüber. »Die Wagenkolonne bewegt sich in westlicher Richtung auf dem Strand, um den Trafalgar Square herum, durch die Admiralty Arch zur Mall auf den Palast zu. Es gibt sieben Punkte.«

»In welcher Reihenfolge?«

»Von Osten nach Westen beginnen wir am Strand Palace Hotel, gegenüber dem Savoy Court. Zweites Stockwerk, Zimmer zweihundertsechs. In die Matratze des Bettes am Fenster ist ein automatisches

Repetiergewehr mit Zielfernrohr eingenäht. Eine Ecke weiter westlich, an der Ostseite im dritten Stock, die Herrentoilette einer Buchprüfungsgesellschaft. Die Waffe ist in der Decke über den Fliesen, links von der Neonbeleuchtung. Auf der anderen Straßenseite, wieder im dritten Stock – im Erdgeschoß ist ein Spielsalon – ein Schreibbüro. Karabiner und Zielfernrohr sind an der Unterseite eines Kopierers befestigt. Weiter in Richtung Trafalgar...«

Der Mann im braunen Regenmantel schilderte die weiteren Verstecke. Sie befanden sich alle im Umkreis einer halben Meile zwischen dem Savoy Court und dem Admiralty Arch.

»Ausgezeichnet gewählt«, sagte Tennyson und schob das von ihm unberührte Glas Bier beiseite. »Sie wissen ganz genau, was Sie tun müssen.«

»Ja; ich könnte nur nicht sagen, daß ich alles verstehe.«

»Das ist doch auch nicht nötig, oder?« fragte der blonde Mann.

»Natürlich nicht; aber ich denke an Sie. Wenn Sie irgendwo aufgehalten werden, könnte ich es erledigen. Von jedem der Orte aus. Warum weisen Sie mir nicht einen zu?«

»Selbst Sie sind dafür nicht gut genug. Hier darf nicht das geringste danebengehen. Eine einzige Kugel, die ihr Ziel verfehlt, könnte zur Katastrophe führen.«

»Darf ich Sie vielleicht daran erinnern, daß ich von dem besten Mann ausgebildet wurde, den es gibt.«

Tennyson lächelte. »Sie haben recht. Also gut. Tun Sie, was ich Ihnen gesagt habe, und begeben Sie sich an einen achten Punkt. Wählen Sie einen Raum in dem Regierungsgebäude hinter dem Admiralty Arch und nennen Sie ihn mir. Geht das?«

»Kinderspiel«, erwiderte der Mann und hob sein Glas an die Lippen. Tennyson konnte auf seinem rechten Handrücken die tätowierte rote Rose erkennen.

»Darf ich einen Vorschlag machen?« fragte John Tennyson.

»Selbstverständlich, was denn?«

»Tragen Sie Handschuhe«, sagte der Tinamu.

32

Der blonde Mann öffnete die Tür und tastete nach dem Lichtschalter; in dem Hotelzimmer mit der Nummer 206 flammten zwei Tischlampen auf. Er winkte seinem Begleiter zu, ihm zu folgen.

»Keine Sorge«, sagte Tennyson. »Selbst falls das Zimmer beobachtet werden sollte – die Vorhänge sind vorgezogen, und dies ist die Zeit, zu der die Zimmermädchen die Betten für den Abend aufdecken. Hier drüben.«

Payton-Jones sah zu, wie Tennyson einen kleinen Metalldetektor aus der Manteltasche holte. Er drückte den Knopf und hielt das Gerät über das Bett. Das leise Summen verstärkte sich; die Nadel sprang auf der Skala nach rechts. Er schlug behutsam die Decke zurück und zog die Laken heraus. »Da, Sie können es spüren«, sagte er und drückte mit den Fingern in die Matratze.

»Interessant«, sagte Payton-Jones. »Und das Zimmer ist auf zehn Tage gemietet?«

»Telegrafisch, mit einer Überweisung aus Paris. Auf den Namen Le Fèvre, ein Pseudonym ohne besondere Bedeutung. Hier ist niemand gewesen.«

»Aber etwas anderes ist hier«, meinte Payton-Jones und nahm die Hände vom Bett.

»Den Karabiner kann ich ertasten«, sagte Tennyson, »aber was ist da noch?«

»Ein Zielfernrohr«, antwortete der Engländer. »Wir lassen alles so, wie es ist, und stellen im Korridor Leute auf.«

»Der nächste Punkt ist etwas weiter unten an der Straße, in der Herrentoilette einer Buchprüfungsfirma im dritten Stock. Der Karabiner ist an der Decke neben einer Neonbeleuchtung unter den Deckenfliesen aufgehängt.«

»Gehen wir hin«, sagte Payton-Jones.

Eine Stunde und fünfundvierzig Minuten später befanden sich die zwei Männer auf dem Dach eines Gebäudes am Trafalgar Square. Beide knieten an der niedrigen Mauer, die das Flachdach umgab. Unter ihnen lag die Route, die der Wagenzug auf seinem Weg durch den Admiralty Arch in die Mall einschlagen würde.

»Nachdem der Tinamu hier eine Waffe versteckt hat«, sagte Tennyson, ohne die Hand von der leichten Ausbuchtung wegzunehmen, die die Dachpappe dicht neben dem Mäuerchen aufwies, »nehme ich an, daß er Polizeiuniform tragen wird.«

»Ich verstehe«, sagte Payton-Jones. »Ein Polizist auf einem Dach, wo wir einen Mann stationiert haben, würde niemanden beunruhigen.«

»Genau. Er könnte Ihren Mann töten und seine Stelle einnehmen.«

»Aber dann isoliert er sich doch. Er hat keinen Ausweg.«

»Ich bin nicht sicher, daß der Tinamu einen braucht, im konventionellen Sinn, meine ich. Ein Seil in eine Seitengasse, unten eine hysterische Menge, die Treppenhäuser verstopft, großes Durcheinander. Er ist schon unter weniger dramatischen Umständen entkommen. Vergessen Sie nicht, der kann sich in mehr Personen verwandeln als ein

Telefonbuch Namen hat. Ich bin überzeugt, daß er in Madrid einer der Leute war, die am Tatort Verdächtige verhört haben.«

»Wir werden hier oben zwei Männer postieren, aber einen von ihnen versteckt. Und vier Scharfschützen auf den gegenüberliegenden Dächern.« Payton-Jones kroch von der Mauer zurück; der blonde Mann folgte ihm. »Sie haben hervorragende Arbeit geleistet, Tennyson«, sagte der MI-5-Agent. »Sie haben in gut sechsunddreißig Stunden fünf Stellen entdeckt. Sind Sie sicher, daß das alle sind?«

»Bis jetzt noch nicht. Aber ich bin sicher, daß wir die Parameter festgestellt haben. Vom Savoy Court bis zum Ende des Trafalgar – irgendwo in diesem Bereich wird er zuschlagen. Sobald der Wagenzug durch den Bogen ist und auf der Mall, können wir aufatmen. Bis dahin bin ich noch nicht beruhigt. Sind die Delegationen informiert worden?«

»Ja. Jeder Staatschef wird mit einem kugelsicheren Panzerschutz ausgestattet, an Brust, Unterleib und Beinen. Außerdem bekommen sie kugelsichere Hüte. Der Präsident der Vereinigten Staaten hat es natürlich abgelehnt, einen Hut zu tragen, und der Russe will, daß das Schutzmaterial in seinen Pelz eingearbeitet wird. Aber davon abgesehen, klappt alles. Das Risiko ist minimal.«

Tennyson sah Payton-Jones an. »Glauben Sie das wirklich?«

»Ja. Warum?«

»Weil ich glaube, daß Sie unrecht haben. Der Tinamu ist mehr als bloß ein Scharfschütze. Der schießt so schnell, daß er einen Shilling auf fünfhundert Meter in der Luft zum Tanzen brächte. Eine Handbreit unter einer Hutkrempe ist für ihn kein Problem. Der würde sich die Augen aufs Korn nehmen und sie auch nicht verfehlen.«

Der Engländer sah kurz zu Tennyson hinüber. »Ich sagte minimal, nicht null. Wenn es zu irgendwelchen Anzeichen einer Störung kommt, wird jeder Staatschef Körperdeckung durch seine Leibwächter bekommen. Sie haben bis jetzt fünf Punkte gefunden; nehmen wir an, es gäbe weitere fünf. Wenn Sie die anderen nicht finden, haben wir seinen Wirkungsgrad um fünfzig Prozent reduziert, und die Chance ist gar nicht schlecht – wenigstens fünfzig Prozent –, daß er an einem dieser Punkte erscheint. Die Chancen stehen ganz entschieden gegen den Tinamu. Wir werden ihn fassen. Wir *müssen*.«

»Ihn festzunehmen bedeutet Ihnen sehr viel, nicht wahr?«

»Ebensoviel wie Ihnen, Mr. Tennyson. Mehr als irgendeine andere einzelne Aufgabe in über dreißig Jahren meines Dienstes.«

Der blonde Mann nickte. »Ich verstehe. Ich schulde diesem Lande sehr viel, und ich werde alles in meiner Macht Stehende tun, um hier zu helfen. Aber ich werde auch sehr erleichtert sein, wenn dieser Wagenzug den Admiralty Arch erreicht hat.«

Bis drei Uhr Dienstag früh hatte Tennyson zwei weitere Waffen ›entdeckt‹. Insgesamt waren es jetzt sieben, und sie bildeten eine gerade Linie den Strand hinunter, vom Savoy Court bis zu dem Dach an der Ecke von Whitehall und Trafalgar. Jeder Punkt wurde von mindestens fünf Agenten bewacht, die sich auf Korridoren und auf Dächern versteckt hielten, Karabiner und Revolver schußbereit, bereit, auf jeden zu schießen, der auch nur in die Nähe der verborgenen Waffen kam.

Trotzdem war Tennyson noch nicht zufrieden. »Irgend etwas stimmt hier nicht«, wiederholte er Payton-Jones gegenüber immer wieder. »Ich weiß nicht, was es ist, aber irgend etwas stimmt nicht.«

»Sie sind überarbeitet«, sagte der Agent in der Suite im Savoy, die ihre Operationsbasis war. »Sie haben vorzügliche Arbeit geleistet. Jetzt sind sie nervös.«

»Nicht vorzüglich genug. *Irgend etwas* paßt nicht zusammen, und ich komme einfach nicht dahinter, was es ist!«

»Beruhigen Sie sich. Sehen Sie sich das an, worauf Sie gekommen sind: sieben Waffen. Aller Wahrscheinlichkeit nach sind das alle. Er muß sich in die Nähe eines dieser Verstecke begeben, wird zu erkennen geben, daß er von ihrer Existenz weiß. Er gehört uns. Entspannen Sie sich. Wir haben Dutzende von Männern dort draußen.«

»Trotzdem stimmt etwas nicht.«

Die Menschenmengen säumten den Strand, vom Randstein bis zu den Ladenfassaden waren die Bürgersteige mit Menschen vollgepfropft. Zu beiden Seiten der Straße standen mit dicken Kabeln verbundene Metallpfeiler, vor denen die Londoner Polizei sich aufgereiht hatte. Die Augen der Männer huschten beständig nach allen Richtungen. Sie hielten ihre Gummiknüppel bereit.

Hinter den Polizisten hatten sich mindestens hundert Agenten des britischen Geheimdienstes unter die Menge gemischt, teilweise Männer, die man von ihren Überseeposten eingeflogen hatte. Sie waren Experten, auf denen Payton-Jones bestanden hatte, die Versicherung, die er gegen den Meisterschützen brauchte, der auf fünfhundert Meter Entfernung eine Shillingmünze in der Luft tanzen lassen konnte. Sie hatten untereinander Verbindung über Miniaturfunkgeräte, die auf einer stör- und abhörsicheren Frequenz arbeiteten.

In der Einsatzzentrale im Savoy herrschte höchste Spannung. Computerbildschirme zeigten jeden Meter des Terrains; jeder Häuserblock, jede Seitengasse war mit graphischen Symbolen markiert. Die Bildschirme waren mit den Funkgeräten draußen gekoppelt; sie waren als winzige, bewegliche Punkte zu erkennen, die aufleuchteten, wenn man einen Knopf drückte. Der Zeitpunkt war nah. Die Wagenkolonne hatte sich bereits in Bewegung gesetzt.

»Ich gehe jetzt hinaus«, sagte Tennyson und zog das kleine Funkgerät aus der Tasche. »Ich schalte den grünen Pfeil auf Empfang, das ist doch richtig?«

»Ja, aber senden Sie keine Mitteilungen, sofern Sie nicht glauben, sie seien wirklich wichtig«, sagte Payton-Jones. »Sobald die Wagenkolonne die Waterloo Bridge erreicht, sind Fünf-Sekunden-Intervalle alle fünfzig Meter festgelegt – von Notfällen abgesehen, natürlich. Halten Sie die Sendekanäle frei.«

Ein Agent, der vor einer Computerkonsole saß, sagte mit lauter Stimme: »Annäherung auf hundertfünfzig Meter an Waterloo, Sir. Geschwindigkeit gleichbleibend zwölf Stundenkilometer.«

Der blonde Mann eilte aus dem Raum. Der Augenblick war gekommen, die Schritte einzuleiten, die die ›Abwehr‹ ein für allemal vernichten und den Wolfsschanzenvertrag sichern würden.

Er trat ins Freie und sah auf die Uhr. Binnen dreißig Sekunden würde der Mann im braunen Regenmantel an dem Fenster im ersten Stock des Strand Palace Hotel erscheinen. Er hatte Zimmer einhundertsechs, unmittelbar unter dem Raum mit der Waffe in der Matratze. Dies war der erste Schritt.

Tennyson sah sich nach einem von Payton-Jones' Spezialisten um. Sie waren nicht schwer auszumachen; sie trugen die gleichen kleinen Funkgeräte wie er. Er ging auf einen Agenten zu, der sich Mühe gab, seine Position vor einem Schaufenster gegen die unruhige Menge zu verteidigen, und mit dem er bewußt schon einige Male gesprochen hatte; er hatte sich mit einigen von ihnen unterhalten, um ihnen vertraut zu werden.

»Hello. Wie läuft's denn?«

»Wie bitte? Oh, Sie sind das, Sir.« Der Agent beobachtete die Leute in seinem Umkreis. Er hatte jetzt keine Zeit für beiläufige Gespräche.

In der Nähe der Waterloo Bridge erhob sich Lärm. Die Wagenkolonne kam heran. Die Menschen drängten sich gegen den Randstein vor, winkten mit Fähnchen. Die zwei Reihen Polizei draußen auf der Straße, jenseits der Absperrung, schlossen ihre Reihen, als erwarteten sie einen Massenansturm.

»Dort drüben!« schrie Tennyson und packte den Agenten am Arm. »*Dort* oben!«

»Was? *Wo*?«

»Das Fenster dort! Grade war es noch zu!«

Sie konnten den Mann im braunen Regenmantel nicht deutlich sehen, aber es war offenkundig, daß dort im Schatten jemand war.

Der Agent hob sein Funkgerät. »Verdächtige Beobachtung. Sektor eins, Strand Palace Hotel, erstes Obergeschoß, drittes Fenster von Südecke.«

Ehe die Antwort kam, war ein Knacken zu hören. »Das ist unter zwo-null-sechs. Sofortige Sicherheitsprüfung.« Der Mann im Fenster verschwand.

»Er ist weg«, sagte der Agent schnell.

Fünf Sekunden später kam eine andere Stimme über das Gerät. »Niemand hier. Zimmer leer.«

»Bedaure«, sagte der blonde Mann, ließ den Agenten stehen und arbeitete sich in südlicher Richtung durch die Menge. Wieder sah er auf die Uhr: noch zwanzig Sekunden. Er ging auf einen anderen mit einem Funkgerät zu und zeigte ihm sein eigenes, um sich auszuweisen.

»Ich bin einer von Ihnen«, sagte er und mußte dazu die Stimme heben, um sich Gehör zu verschaffen. »Alles in Ordnung?«

Der Agent sah ihn an. »Was?« Er sah Tennysons Funkgerät. »O ja, Sie waren heute morgen mit bei der Einsatzbesprechung. Alles in Ordnung, Sir.«

»Die *Tür* da!« Tennyson legte dem Agenten die Hand auf die Schulter. »Auf der anderen Seite. Die offene Tür. Sie können das Treppenhaus über der Menge sehen. Diese *Tür*.«

»Was ist damit? Der Mann auf der Treppe? Der da läuft?«

»Ja! Es ist derselbe Mann!«

»Wer? Wovon reden Sie?«

»In dem Hotelzimmer. Vor ein paar Augenblicken. Es ist derselbe Mann; das *weiß* ich! Er hatte eine Aktentasche.«

Der Agent sprach in sein Gerät. »Sicherheitsprüfung erbeten. Sektor vier, Westflanke. Türnische neben Juweliergeschäft. Mann mit Aktentasche. Geht Treppe hinauf.«

»Veranlaßt«, kam die Antwort.

Auf der anderen Seite des Strand konnte Tennyson zwei Männer durch die offene Tür und die dunklen Treppen hinaufrennen sehen. Er blickte nach links; der Mann im braunen Regenmantel verließ soeben das Juweliergeschäft und mischte sich in die Menge. Im Oberstock gab es eine Tür, die normalerweise versperrt war – so wie sie jetzt versperrt war –, die beide Gebäude miteinander verband.

Eine Stimme kam über Funk. »Niemand mit einer Aktentasche im ersten bis fünften Stock. Dach überprüfen.«

»Nicht nötig«, befahl eine andere Stimme. »Wir sind hier oben, und da ist niemand.«

Tennyson zuckte nachsichtheischend die Achseln und ging weiter. Er würde noch dreimal einen Alarm auslösen, während der Wagenzug gemächlich den Strand hinunterrollte. Der letzte Alarm würde dazu führen, daß das Fahrzeug an der Spitze anhielt und Freigabe anforderte, ehe es den Weg zum Trafalgar Square fortsetzte. Er selbst würde diesen letzten Alarm auslösen – und dann würde das Chaos ausbrechen.

Die beiden ersten Alarmmeldungen erfolgten im Abstand von drei Minuten. Der Mann im braunen Regenmantel führte seinen Plan präzise und exakt aus. Während er sich geschickt den Weg zum Trafalgar Square bahnte, wurde er kein einziges Mal von einem Angehörigen des Geheimdienstes aufgehalten. Er hatte sich zwei Kameras und einen Belichtungsmesser umgehängt und spielte perfekt die Rolle des Touristen, der sich Mühe gab, die besten Aussichtspunkte zu finden, von denen aus er diesen historischen Augenblick auf den Film bannen konnte.

Alarm eins. Ein Arm wurde gepackt; ein Arm mit einer Hand, die ein Funkgerät hielt.

»Hier, das Gerüst! Dort oben!«

»*Wo?*«

Die ganze Fassade eines Gebäudes gegenüber dem Charing-Cross-Bahnhof wurde renoviert. Leute waren an den Gerüsten nach oben geklettert; jetzt jubelten und pfiffen sie, als die internationale Wagenkolonne auftauchte.

»Dort oben rechts. Er ist hinter den Verschlag gelaufen!«

»*Wer*, Sir?«

»Der Mann im Hotel, der auf der Treppe! Die Aktentasche!«

»Sicherheitsüberprüfung. Sektor sieben. Mann auf Baugerüst. Mit Aktentasche.«

Störgeräusche. Dann ein Stimmengewirr.

»Wir sind *überall* auf den Gerüsten, Kumpel.«

»Keiner hier mit einer Aktentasche!«

»Jede Menge Kameras. Aber keine Aktentaschen oder irgendwelches Gepäck.«

»Der Verschlag in der zweiten Etage.«

»Der Mann hat einen neuen Film eingelegt, Kumpel. Er klettert jetzt wieder hinunter. Kein Vogel.«

»Tut mir leid.«

»Da haben Sie uns aber einen Schrecken eingejagt, Sir.«

»Entschuldigen Sie bitte.«

Alarm zwei. Tennyson zeigte einem Polizisten seinen provisorischen MI-5-Ausweis und rannte über die Kreuzung in den überfüllten Trafalgar Square hinein.

»Die Löwen! Mein *Gott*, die Löwen!«

Der Agent – einer der Männer, mit denen Tennyson während der Einsatzbesprechung am Morgen geredet hatte – starrte den Sockel des Nelson-Denkmals an. Dutzende von Zuschauern hockten auf den Löwen, die das hochragende Symbol von Nelsons Sieg bei Trafalgar umgaben.

»Was, Sir?«

»Da ist er wieder! Der Mann auf dem Gerüst!«

»Ich habe den Bericht gerade gehört«, sagte der Agent. »Wo ist er?«

»Hinter dem Löwen dort rechts. Das ist keine Aktentasche, es ist eine große Ledertasche, zu groß für eine Kamera! *Sehen* Sie das denn nicht? Die Tasche ist für eine Kamera zu groß!«

Der Agent zögerte nicht; schon hatte er das Funkgerät vor den Lippen. »Sicherheitsprüfung. Sektor neun. Nördlicher Löwe. Mann mit großer Ledertasche.«

Wieder das Knattern von Störungen; Stimmen überlagerten sich.

»Mann mit zwei Kameras, die größere steht neben ihm auf dem Boden...«

»Mann überprüft Belichtungsmesser ... entspricht ... sehe keine Gefahr; kein Vogel.«

»Mann steigt hinunter, stellt Kamera ein. Kein Vogel.«

Der MI-5-Agent sah Tennyson an und wandte den Blick dann wieder ab, ließ seine Augen über die Menge schweifen.

Der Augenblick war da. Der letzte Alarm, der Anfang vom Ende der ›Abwehr‹.

»Sie *irren* sich!« schrie Tennyson wütend. »Sie *alle* irren sich! Jeder von Ihnen irrt sich!«

»Was?«

Der blonde Mann rannte, so schnell er konnte, arbeitete sich quer über den überfüllten Platz zum Randstein, das Funkgerät am Ohr. Er konnte erregte Stimmen hören, die sich mit seinem Ausbruch befaßten.

»*Der ist völlig verrückt!*«

»*Er sagt, wir irren uns.*«

»*Worin?*«

»*Keine Ahnung.*«

»*Er ist weggerannt.*«

»*Wohin?*«

»*Ich kann ihn nicht sehen.*«

Tennyson erreichte den schmiedeeisernen Zaun, der das Denkmal umgab. Er konnte seinen Kollegen – den Tinamu-Lehrling – über die Straße jagen sehen, auf den Bogen zu. Der Mann im Regenmantel hielt ein kleines schwarzes Plastiketui in der Hand. Der Ausweis in dem Etui war eine exakte Kopie von dem in Tennysons Tasche, nur daß die Fotografie eine andere war.

Jetzt!

Der blonde Mann drückte den Knopf und schrie ins Funkgerät. »Das ist er! Das weiß ich!«

»*Wer ist das?*«

»*Antworten.*«

»*Das kommt aus Sektor zehn.*«

»Jetzt verstehe ich! Jetzt ist mir klar, was da nicht gestimmt hat.«

»*Sind Sie das, Tennyson?*« Die Stimme von Payton-Jones.

»Ja!«

»*Wo sind Sie?*«

»Das ist es! Jetzt begreife ich es.«

»*Was begreifen Sie? Tennyson sind Sie das? Was ist denn! Antworten Sie!*«

»Jetzt ist alles klar! Ich verstehe jetzt, welchen Fehler wir gemacht haben! Es wird nicht zu dem Zeitpunkt passieren, den wir angenommen haben – und *wo* wir damit gerechnet haben.«

»*Wovon sprechen Sie? Wo sind Sie?*«

»Wir haben uns geirrt; verstehen Sie denn nicht? Die Waffen. Die sieben Verstecke. Die *sollten* wir finden! Das war es, was nicht gestimmt hat!«

»*Was? ... Drücken Sie den roten Knopf, Tennyson. Alle Kanäle freimachen... Was hat nicht gestimmt?*«

»Wie er die Waffen versteckt hat. Das war nicht gut genug. Wir haben sie zu leicht gefunden.«

»*Großer Gott, was wollen Sie damit sagen?*«

»Das weiß ich noch nicht genau«, erwiderte Tennyson, der auf eine Öffnung im Zaun zuging. »Ich weiß nur, daß wir diese Waffen finden sollten. Das geht aus der Reihenfolge hervor!«

»*Welcher Reihenfolge? Drücken Sie den roten Knopf. Wo sind Sie?*«

»*Irgendwo zwischen Sektor zehn und neun*«, drängte sich eine andere Stimme dazwischen. »*Westflanke. Auf dem Trafalgar Square.*«

»Die Reihenfolge von einer Waffe zur nächsten«, schrie Tennyson. »Von Osten nach Westen gehend! Wir haken jede Stelle ab, sobald sie passiert ist. Das sollten wir nicht! Das sind offene Limousinen!«

»*Was soll das heißen?*«

»Halten Sie die Kolonne an! Bei allem, was heilig ist, halten Sie sie an!«

»*Wagenkolonne anhalten!... Der Befehl ist weitergegeben. So, wo sind Sie?*«

Der blonde Mann duckte sich; zwei MI-5-Männer gingen wenige Schritte von ihm entfernt vorbei. »Ich glaube, ich habe ihn entdeckt! Der Mann auf dem Gerüst! In dem Türeingang. Im Hotelfenster. Er ist es! Jetzt dreht er sich um; jetzt rennt er!«

»*Beschreiben Sie ihn. Mann Gottes, beschreiben Sie ihn!*«

»Er trägt ein Jackett. Ein braunkariertes Jackett.«

»*Alle Mann Achtung. Mann in braunkarierter Jacke festnehmen. Läuft in nördlicher Richtung vorbei an Sektor neun, acht und sieben. Westflanke.*«

»Es muß eine andere Waffe sein! Eine Waffe, die wir nicht gefunden haben. Er wird von hinten schießen! Entfernung bedeutet ihm nichts.

Er würde aus tausend Meter Entfernung ein Genick treffen! Die Wagenkolonne soll weiterfahren! Schnell!«

»*Fahrzeug eins, weiterfahren. Kofferräume aller Wagen besetzen. Zielpersonen vor Feuer von hinten schützen.*«

»Er ist stehengeblieben!«

»*Tennyson, wo sind Sie? Geben Sie Ihren Standort an.*«

»*Immer noch zwischen Sektor neun und zehn, Sir*«, drängte sich eine Stimme dazwischen.

»Er trägt das Jackett jetzt nicht mehr, aber es ist derselbe Mann! Er rennt über den Strand!«

»*Wo?*«

»*In Sektor acht überquert niemand die Straße.*«

»*Sektor neun?*«

»*Niemand, Sir.*«

»Hinter der Wagenkolonne!«

»*Hier Sektor fünf. Die Polizei hat die Absperrung gelockert...*«

»*Wieder abdichten. Räumen Sie die Straße. Tennyson, was trägt er? Beschreiben Sie ihn.*«

Der blonde Mann blieb stumm; er ging zwanzig Meter über den Platz und führte dann das Gerät wieder an die Lippen. »Jetzt trägt er einen braunen Regenmantel. Er bewegt sich wieder zurück zum Trafalgar Square.«

»*Sektor acht, Sir. Sendung in Sektor acht.*«

Tennyson schaltete das Funkgerät ab, schob es in die Tasche und rannte zu dem Eisenzaun zurück. Die Wagenkolonne hatte jetzt Charing Cross erreicht und war vielleicht vierhundert Meter entfernt. Das Timing war perfekt. Das Timing des Tinamu war stets perfekt.

Der Mann im braunen Regenmantel bezog in einem leeren Büro des Regierungsgebäudes hinter dem Admiralty-Park Stellung, einem Raum, den er sich mit der gefälschten MI-5-Ausweiskarte reserviert hatte. Die Karte war ein Freibrief; niemand widersetzte sich ihr, nicht heute. Die Schußlinie von diesem Zimmer auf die Wagenkolonne war nicht einfach, aber für jemanden, den der Tinamu ausgebildet hatte, war auch das kein Problem.

Tennyson sprang über den Eisenzaun und rannte schräg über den Trafalgar Square auf den Admiralty Arch zu. Zwei Polizeibeamte hielten ihn auf, die Gummiknüppel erhoben; die Wagenkolonne war dreihundert Meter entfernt.

»Katastrophenfall«, schrie der blonde Mann und zeigte seinen Ausweis. »Schalten Sie auf MI-5-Frequenz. Savoy-Zentrale! Ich muß zum Regierungsgebäude!«

Die Polizeibeamten waren verwirrt. »Tut mir leid, Sir. Wir haben keine Funkgeräte.«

»Dann beschaffen Sie sich welche!« schrie Tennyson und rannte weiter. Am Admiralty Arch schaltete er sein Gerät ein. »Die Mall! Wenn die Kolonne durch den Bogen ist, alle Fahrzeuge halten lassen. Er steckt in den Bäumen!«

»Tennyson, wo sind Sie?«

»Sektor zwölf, Sir. Er ist in Sektor zwölf. Ostflanke.«

»Geben Sie seine Anordnungen weiter. Schnell!«

Tennyson schaltete das Gerät ab, schob es ein und zwängte sich weiter durch die Menge. Jetzt hatte er die Mall erreicht und bog nach links, lief quer über den Gehweg auf den ersten Eingang des Regierungsgebäudes zu. Zwei uniformierte Wachen hielten ihn auf; wieder zeigte er den MI-5-Ausweis.

»O ja, Sir«, sagte der Posten zu seiner Linken. »Ihr Team ist im ersten Stock. Ich weiß nicht, in welchem Büro.«

»Ich schon«, sagte der blonde Mann und lief weiter zur Treppe. Die Beifallsrufe vom Trafalgar Square wurden lauter. Die Wagenkolonne näherte sich dem Admiralty Arch.

Er nahm drei Stufen auf einmal, stieß die Korridortür im ersten Stock auf, blieb im Gang stehen, um die Waffe aus der Tasche zu ziehen und sie sich in den Gürtel zu stecken. Dann hastete er zur zweiten Tür links. Er wußte, daß sie abgesperrt war. Aber sie jetzt einfach einzutreten, hieß sich eine Kugel durch den Kopf einhandeln.

»Ich bin's. Von Tiebolt!« rief er. »Bleib beim Fenster!«

»Herein!« kam die Antwort.

Tennyson zog die Schulter an und warf sich gegen die Tür; sie flog auf. Der Mann im Regenmantel kauerte mit einem langläufigen Karabiner in der Hand am Fenster. Er trug fleischfarbene Handschuhe.

»Johann?«

»Die haben *alles* gefunden«, sagte der blonde Mann. »Jede Waffe, jedes Versteck!«

»Unmöglich!« schrie der Mann im Regenmantel. »Ein oder zwei vielleicht, nicht alle!«

»Alle miteinander«, sagte Tennyson und kniete hinter dem Mann am Fenster nieder. Der erste Wagen des Begleitschutzes hatte jetzt den Admiralty Arch passiert; binnen Sekunden würden sie die erste Limousine sehen. Die Jubelrufe der Menschenmassen zu beiden Seiten der Mall schwollen an.

»Gib mir das Gewehr!« sagte Tennyson. »Zielfernrohr eingestellt?«

»Natürlich«, sagte der Mann und reichte Tennyson die Waffe.

Der schob die linke Hand durch den Riemen, straffte ihn, hob den Karabiner dann an die Schulter und blickte durchs Zielfernrohr. Die erste Limousine schob sich in den hellgrünen Kreis, er hatte jetzt den Premierminister von Großbritannien im Fadenkreuz. Tennyson bewegte die Waffe ein Stück; jetzt hatte er das lächelnde Gesicht des Präsidenten der Vereinigten Staaten im Visier, das Fadenkreuz teilte die linke Schläfe des Amerikaners. Tennyson schob die Waffe vor und zurück. Es war für ihn wichtig zu wissen, daß er mit zweimal abdrücken beide eliminieren konnte.

Langsam schob sich eine dritte Limousine in den grünen Kreis. Der Parteivorsitzende der Volksrepublik China war jetzt im Visier, und das Fadenkreuz ruhte auf einer Stelle knapp unter dem Schild seiner Bauernkappe. Ein leichter Druck nur, und der Schädel des Mannes würde in Stücke fliegen.

»Worauf *warten* Sie?« fragte der Lehrling des Tinamu.

»Ich treffe meine Entscheidung«, antwortete Tennyson. »Zeit ist relativ. Halbe Sekunden werden zu halben Stunden.«

Jetzt war die vierte Limousine eingetroffen, und der Generalsekretär der Kommunistischen Partei der Sowjetunion befand sich in dem tödlichen grünen Kreis.

Die Übung war vorbei. Er hatte sie in Gedanken durchgespielt. Der Übergang zwischen Wunsch und Wirklichkeit war unbedeutend. Es wäre so einfach gewesen, den Abzug zu betätigen.

Aber dies war nicht der richtige Weg, um die ›Abwehr‹ zu vernichten. Das Töten käme später; es würde in einigen Wochen beginnen und dann einige Wochen andauern. Es war Teil eines Vertrages der Wolfsschanze, ein wichtiger Teil. So viele von den Führern würden sterben. Aber nicht jetzt, nicht an diesem Nachmittag.

Die Wagenkolonne hielt an. Payton-Jones hatte Tennysons Anweisungen weitergeleitet. Keine Limousine rollte in die Mall. Dutzende von Agenten schwärmten über die Rasenfläche aus. Sie hatten ihre Waffen gezogen, hielten sie aber unauffällig, während sie durch die Büsche liefen und die Bäume absuchten.

Tennyson hielt den Karabiner mit der linken Hand, der Lederriemen war straff vom Lauf bis zu seiner Schulter gespannt. Er zog den Finger aus dem Abzug und ließ die rechte Hand zur Hüfte sinken, holte den Revolver aus dem Gürtel.

»*Jetzt*, Johann! Die haben angehalten«, flüsterte sein Lehrling. »Jetzt, sonst setzen sich die wieder in Bewegung, dann verlieren Sie sie!«

»Ja, jetzt«, sagte Tennyson leise und drehte sich zu dem Mann herum, der neben ihm kauerte. »Und ich verliere nichts.«

Er feuerte die Waffe ab, und die Explosion hallte durch das leere Büro. Der Mann wurde von den Füßen gerissen, Blut spritzte aus seiner Stirn. Dann fiel er zu Boden, und seine Augen erstarrten in grenzenlosem Staunen.

Es war zweifelhaft, ob man den Schuß bei dem draußen herrschenden Lärm hatte hören können, aber eigentlich war das nicht wichtig. Binnen Sekunden würde es Gewehrfeuer geben, das keiner überhören konnte. Tennyson sprang auf, ließ den Karabiner sinken und holte ein zusammengefaltetes Blatt Papier aus der Tasche. Er kniete neben dem Toten nieder und schob das Papier in den blutigen, leblosen Mund, stieß es ihm so weit er konnte in den Hals.

Dann schob er die Waffe wieder über den Arm ihres Besitzers und zerrte die Leiche ans Fenster. Er wischte den Karabiner mit seinem Taschentuch ab und zwang die toten Finger um den Abzug, riß dabei den rechten Handschuh auf, so daß die Tätowierung sichtbar wurde.

Jetzt.

Er holte das Funkgerät heraus und beugte sich aus dem Fenster. »Ich glaube, ich habe ihn entdeckt! Es ist dasselbe wie in Madrid! Das ist es! Madrid!«

»*Madrid? Tennyson, wo —*«

»Sektor dreizehn, Sir. Ostflanke.«

»*Dreizehn? Deutlicher. Madrid?*«

Tennyson stieß sich vom Fenstersims ab und sah sich in dem verlassenen Büro um. Jetzt würde es nur noch Sekunden dauern, bis bei Payton-Jones der Groschen fiel.

Tennyson legte das Funkgerät auf den Boden und kniete neben dem Toten nieder. Er schob den leblosen Arm mit der Waffe ins offene Fenster. Gleichzeitig lauschte er auf die erregten Stimmen, die über Funk zu ihm drangen.

»*Sektor dreizehn. Ostflanke. Hinter dem Arch links, in Südrichtung.*«

»*Alle Agenten auf Sektor dreizehn konzentrieren. Ostflanke. Sammeln.*«

»*Kommen, Sir. Sektor —*«

»*Madrid! ...Das Regierungsgebäude. Es ist der Regierungsbau.*«

Jetzt.

Der blonde Mann riß viermal an dem toten Finger, feuerte wahllos in die Menge, die die Wagenkolonne umgab. Er konnte die Schreie hören, die Körper fallen sehen.

»*Weiter. Alle Fahrzeuge weiterfahren. Alarmstufe eins. Weg hier.*«

Die Motoren der Limousinen brüllten auf, die Wagen setzten sich ruckartig in Bewegung. Das Schrillen von Sirenen erfüllte den Saint James' Park.

Tennyson ließ den toten Mann zu Boden fallen und sprang zur Tür, den Revolver in der Hand. Er drückte einige Male ab, bis das Magazin leer war. Der Körper des Toten zuckte bei jedem neuen Treffer zusammen. Die Stimmen am Funkgerät waren jetzt nicht mehr voneinander zu unterscheiden. Er konnte im Korridor das Geräusch schneller Schritte hören.

Johann von Tiebolt ging zur Wand und sank zu Boden, das Gesicht von Erschöpfung gezeichnet. Sein Auftritt war zu Ende. Der Tinamu war gefaßt.

Vom Tinamu.

33

Ihr letztes Zusammentreffen war siebenundzwanzigeinhalb Stunden nach dem Tod des unbekannten Mannes, von dem man vermutete, daß er der Tinamu war.

Seit dem ersten Bericht von den ungeheuerlichen Ereignissen – die zunächst vom *Guardian* gemeldet und anschließend von Downing Street bestätigt worden waren – hatte die Nachricht die Welt erschüttert. Und der britische Geheimdienst, der es strikt ablehnte, irgendwelche Kommentare abzugeben, sondern sich lediglich bereitfand, einer nicht näher bezeichneten Person, deren Namen sie nicht preisgeben wollte, ihren Dank abzustatten, gewann einen Teil seiner Reputation zurück, die er in vielen Jahren der Ungeschicklichkeit verloren hatte.

Payton-Jones holte zwei Umschläge aus der Tasche und reichte sie Tennyson. »Mir scheint das als Gegenleistung so unzureichend. Die britische Regierung steht in einem Maße in Ihrer Schuld –«

»Ich habe dabei keinen Augenblick an Geld gedacht«, sagte Tennyson und nahm die Umschläge entgegen. »Mir genügt, daß der Tinamu nicht mehr ist. Ich nehme an, einer dieser Briefe ist der von MI-5, und der andere Umschlag enthält die Namen aus der ›Abwehr‹-Akte?«

»Das stimmt.«

»Und mein Name ist aus den Berichten über diese Aktion getilgt worden?«

»Er ist dort nie erschienen. In den Berichten werden Sie als ›Alpha‹ bezeichnet. Der Brief, von dem eine Kopie in den Akten bleibt, bestätigt, daß Ihre Unterlagen makellos sind.«

»Und was ist mit denen, die meinen Namen über Funk gehört haben?«

»Die würden sich gemäß den Vorschriften über Amtsgeheimnisse strafbar machen, wenn sie den Namen preisgeben. Nicht daß es einen großen Unterschied machte; sie haben nur den Namen ›Tennyson‹ gehört. Es gibt bestimmt ein Dutzend Tennysons im britischen Geheimdienst, und man kann jeden einzelnen von ihnen hier einschleusen, falls sich das als notwendig erweisen sollte.«

»Dann, würde ich sagen, ist unser Geschäft abgewickelt.«

»Ich denke auch. Was werden Sie jetzt tun?«

»Tun? Meine Arbeit natürlich. Ich bin Reporter. Aber vielleicht mache ich ein paar Tage Urlaub. Ich muß mich leider um die Angelegenheiten meiner älteren Schwester kümmern. Und danach möchte ich mich eine Weile erholen. In der Schweiz vielleicht. Ich laufe gern Ski.«

»Da wäre die Jahreszeit richtig.«

»Ja.« Tennyson machte eine Pause. »Hoffentlich ist es nicht notwendig, mich noch länger überwachen zu lassen.«

»Natürlich nicht. Nur wenn Sie es wünschen.«

»Es wünschen?«

»Zu Ihrem Schutz.« Payton-Jones gab Tennyson die Fotokopie eines Zettels. »Der Tinamu war bis zum Ende ein Profi; er versuchte das hier beiseite zu schaffen, versuchte es zu schlucken. Und Sie hatten recht. Es ist die ›Abwehr‹.«

Tennyson nahm die Kopie entgegen. Die Worte waren undeutlich, aber lesbar.

ABW. 1360.78 K. AU 23°. 22°.

»Was bedeutet das?« fragte er.

»Eigentlich ist es sehr einfach«, erwiderte der Agent. »›ABW‹ bedeutet offensichtlich ›Abwehr‹. Die Zahl 1360.78 bezeichnet Kilogramm. ›Au‹ ist das chemische Zeichen für Gold. Das ›23° 22°‹ halten wir für die geographischen Koordinaten von Johannesburg. Der Tinamu ist von Johannesburg für seine gestrige Arbeit in Gold bezahlt worden. Mit rund drei Millionen sechshunderttausend Pfund Sterling oder über sieben Millionen amerikanische Dollar.«

»Erschreckend die Vorstellung, daß die ›Abwehr‹ über so viel Geld verfügt.«

»Noch viel erschreckender, wenn man bedenkt, wie es eingesetzt wurde.«

»Sie werden doch die Information nicht freigeben? Oder den Zettel?«

»Besser nicht. Aber uns ist klar, daß wir nicht das Recht haben, Sie – ausgerechnet Sie – daran zu hindern, darüber zu schreiben. Sie haben in Ihrem Bericht im *Guardian* auf eine unbekannte Gruppe von Männern hingewiesen, die möglicherweise für den Attentatsversuch verantwortlich war.«

»Ich habe Spekulationen über diese Möglichkeit angestellt«, verbesserte ihn Tennyson. »Weil es sich um die übliche Vorgehensweise des Tinamu handelte. Er war ein bezahlter Meuchelmörder, kein Rächer. Haben Sie etwas über den Mann selbst in Erfahrung gebracht?«

»Buchstäblich nichts. Das einzige, was er bei sich trug, war eine ausgezeichnete Fälschung eines MI-5-Ausweises. Seine Fingerabdrücke sind nirgendwo registriert, von Washington bis Moskau nicht. Sein Anzug war von der Stange; wir bezweifeln, daß es sich um englische Ware handelt. Seine Unterwäsche zeigt keinerlei Wäschemarken, und sein Regenmantel, dessen Herkunft wir zu einem Geschäft in der Old Bond Street zurückverfolgen konnten, war bar bezahlt.«

»Aber er ist doch ständig gereist. Er muß Papiere gehabt haben.«

»Wir wissen nicht, wo wir die suchen sollten. Wir kennen nicht einmal seine Nationalität. Die Labors haben rund um die Uhr gearbeitet, um etwas ausfindig zu machen: Zahnbehandlung, Hinweise auf chirurgische Behandlung, unveränderliche Kennzeichen, die ein Computer irgendwo überprüfen könnte, *irgend etwas*. Bis zur Stunde ohne jedes Ergebnis.«

»Dann war es vielleicht gar nicht der Tinamu. Unser einziger Beweis ist die Tätowierung auf seinem Handrücken und ein ähnliches Kaliber der Waffen. Ist das genug?«

»Für den Augenblick schon; Sie können das morgen in Ihrer Story berichten. Die Ballistiktests sind unwiderlegbar. Zwei von den versteckten Karabinern, die wir entdeckt haben, und der, den er bei sich trug, entsprechen drei Gewehren, die bei früheren Meuchelmorden benutzt wurden.«

Tennyson nickte. »Das beruhigt ein wenig, nicht wahr?«

»Ganz sicher.« Payton-Jones wies auf die Kopie des Zettels. »Und wie lautet Ihre Antwort?«

»Wozu? Zu dem Zettel?«

»Der ›Abwehr‹. Sie haben uns auf sie gebracht, jetzt ist das bestätigt. Eine außergewöhnliche Story. Sie haben sie ans Licht gefördert und haben das Recht, sie zu drucken.«

»Aber Sie wollen nicht, daß ich das tue.«

»Wir können Sie nicht daran hindern.«

»Andererseits«, sagte der blonde Mann, »gibt es nichts, was Sie daran hindern könnte, meinen Namen in Ihren Berichten zu erwähnen, und das ist etwas, was *ich* nicht möchte.«

Der MI-5-Mann räusperte sich. »Nun, da gibt es eigentlich doch etwas. Ich habe Ihnen mein Wort gegeben, Mr. Tennyson. Ich möchte meinen, daß mein Wort gilt.«

»Ganz sicher tut es das, aber ebenso sicher bin ich, daß Sie das, falls die Situation es erfordern sollte, noch einmal überdenken würden. Und wenn Sie das nicht täten, dann jemand anders.«

»Unwahrscheinlich. Sie haben nur mit mir verhandelt; so war es vereinbart.«

»Also bleibt ›Alpha‹ anonym. Er hat keine Identität.«

»Richtig. Und das ist auch in den Bereichen, in denen ich zu tun habe, nicht ungewöhnlich. Ich habe mein ganzes Leben im Geheimdienst verbracht. Man zieht mein Wort nicht in Zweifel, wenn ich es einmal gebe.«

»Ich verstehe.« Tennyson richtete sich auf. »Weshalb wollen Sie nicht, daß man die ›Abwehr‹ identifiziert?«

»Ich will Zeit. Ein oder zwei Monate. Zeit, um mich näher heranzuarbeiten, ohne die Leute zu alarmieren.«

»Glauben Sie, daß Sie das schaffen?« Tennyson wies auf den einen der Umschläge auf dem Tisch. »Helfen diese Namen dabei?«

»Da bin ich nicht sicher. Ich habe gerade erst angefangen. Die Liste enthält nur acht Namen, und wir sind nicht einmal sicher, daß diese Männer alle noch am Leben sind. Es war noch keine Zeit, das zu überprüfen.«

»*Jemand* lebt doch. Jemand, der sehr reich und mächtig ist.«

»Offensichtlich.«

»Also tritt an die Stelle des Drangs, den Tinamu zu fassen, jetzt die fixe Idee mit der ›Abwehr‹.«

»Logischerweise, würde ich sagen«, nickte Payton-Jones. »Und vielleicht sollte ich noch hinzufügen, daß es noch einen Grund gibt – sehr professioneller, aber zum Teil auch persönlicher Natur. Ich bin überzeugt, daß die ›Abwehr‹ einen jungen Mann getötet hat, den ich ausgebildet habe.«

»Wer war das?«

»Mein Assistent. Ich habe noch nie einen so loyalen Menschen wie ihn kennengelernt. Man fand seine Leiche in einem kleinen Dorf namens Montereau, etwa hundert Kilometer südlich von Paris. Er ging ursprünglich nach Frankreich, um Holcroft aufzuspüren, stellte dann aber fest, daß er mit Holcroft in eine Sackgasse geraten war.«

»Was, glauben Sie, ist geschehen?«

»Ich *weiß*, was geschehen ist. Er war hinter dem Tinamu her. Als Holcroft bewies, daß er nur das war, was er zu sein behauptete – ein Mann, der Sie wegen einer geringfügigen Erbschaft suchte –«

»Sehr geringfügig«, unterbrach Tennyson.

»... ging unser junger Mann in den Untergrund. Er war ein ausgezeichneter Profi; er machte Fortschritte. Und, was noch wichtiger war, er stellte eine Verbindung her. Er *muß* eine Verbindung hergestellt haben. Der Tinamu, die ›Abwehr‹ ... Paris. Alles paßt zusammen.«

»Inwiefern paßt es zusammen?«

»Auf dieser Liste steht ein Name. Ein Mann, der in der Nähe von Paris lebt – wir wissen nicht genau, wo –, der General im deutschen Oberkommando war. Klaus Falkenheim. Aber er war noch mehr als das. Wir glauben, daß er einer der wichtigsten Drahtzieher der ›Abwehr‹ war, eines ihrer ersten Mitglieder. Man kennt ihn als den ›Herrn Oberst‹.«

John Tennyson stand wie erstarrt neben dem Sessel. »Sie haben mein Wort«, sagte er. »Ich werde nichts schreiben.«

Holcroft beugte sich auf der Couch vor; er hielt eine Zeitung in der Hand. Die Überschrift ging über die ganze Seite. Sie sagte alles.

MEUCHELMÖRDER IN DER FALLE – IN LONDON GETÖTET

Fast alle Artikel auf der ersten Seite befaßten sich mit dem dramatischen Geschehen, das schließlich zum Tode des Tinamu geführt hatte. Es gab da Berichte, die fünfzehn Jahre in die Vergangenheit zurückgingen und den Tinamu mit den beiden Kennedys und Martin Luther King ebenso in Verbindung brachten wie mit Oswald und Ruby; dann Spekulationen aus jüngerer Zeit über Morde in Madrid und Beirut, Paris und Lissabon, Prag und sogar Moskau.

Der Unbekannte mit der tätowierten Rose auf dem Handrücken wurde sofort zur Legende.

»Mein Gott, er hat es geschafft«, sagte Noel.

»Und doch ist sein Name nirgends erwähnt«, meinte Helden. »Es paßt ganz und gar nicht zu Johann, sich bei etwas so Außergewöhnlichem nicht feiern zu lassen.«

»Du hast gesagt, er habe sich verändert, Genf habe auf ihn gewirkt. Das glaube ich. Der Mensch, mit dem ich sprach, war nicht an sich selbst interessiert. Ich sagte ihm, daß die Bank in Genf keine Komplikationen wolle. Die Direktoren würden nach Dingen Ausschau halten, die einen von uns disqualifizieren könnten, Dinge, die dazu führen könnten, daß das Geld in ein kompromittierendes Licht geriet. Ein Mann, der sich selbst in eine gefährliche Situation gebracht hat, der mit der Art von Leuten zu tun hatte, mit denen dein Bruder beim Aufspüren des Tinamu zusammenarbeitete, könnte den Bankiers eine Heidenangst einjagen.«

»Aber du und mein Bruder, ihr sagt beide, daß es jemanden gibt, der viel mächtiger ist als die RACHE oder die ODESSA *oder* Wolfsschanze – der versucht, euch zu stoppen. Wie glaubt ihr denn, daß die Männer in Genf das schlucken?«

»Wir werden ihnen nur das Allernötigste sagen«, meinte Holcroft. »Oder auch gar nichts, wenn dein Bruder und ich herausfinden, wer es ist.«

»Glaubt ihr, ihr könnt das?«

»Vielleicht. Johann glaubt es jedenfalls, und er hat in solchen Dingen, weiß Gott, mehr Erfahrung als ich. Das Ganze ist verrückt – ein regelrechter Ausleseprozeß. Zuerst sind wir überzeugt, daß es die eine Gruppe ist, dann eine andere, und am Ende stellt sich heraus, daß es keine von beiden ist.«

»Du meinst die ODESSA und die RACHE«

»Ja. Die haben wir inzwischen eliminiert. Jetzt suchen wir etwas anderes. Wir brauchen einen Namen, eine Identität.«

»Und was werdet ihr tun, wenn ihr die habt?«

»Ich weiß nicht«, sagte Holcroft. »Hoffentlich wird dein Bruder es mir sagen. Ich weiß nur, daß wir, was auch immer wir tun, es schnell tun müssen. Miles wird sich in ein paar Tagen auf mich stürzen. Er wird mich öffentlich mit Morden vom Kennedy Airport bis zum Plaza Hotel in Verbindung bringen. Er wird meine Auslieferung beantragen, und die wird er bekommen. Wenn es dazu kommt, ist Genf erledigt, und ich bin das praktisch auch.«

»Wenn sie dich finden«, sagte Helden. »Wir haben da Mittel und Wege ...«

Noel starrte sie an. »Nein«, antwortete er. »Ich habe keine Lust, mit drei Garnituren Kleidern zum Wechseln und Schuhen mit Gummisohlen und Pistolen mit Schalldämpfern zu leben. Ich möchte, daß du Teil meines Lebens bist, aber ich will nicht Teil des deinen sein.«

»Möglicherweise hast du keine Wahl.«

Das Telefon schrillte, Holcroft nahm ab.

»Good afternoon, Mr. Fresca.« Es war Tennyson.

»Können Sie sprechen?« fragte Noel.

»Ja. Dieses Telefon ist sauber, und ich bezweifle, daß sich die Vermittlung des George Cinq für jeden Anruf aus London interessiert. Trotzdem, wir sollten vorsichtig sein.«

»Ich verstehe. Meine Gratulation. Sie haben getan, was Sie gesagt haben, das Sie tun würden.«

»Ich hatte Hilfe.«

»Sie haben mit den Briten gemeinsame Sache gemacht?«

»Ja. Sie hatten recht. Ich hätte das schon lange tun sollen. Die waren großartig.«

»Das höre ich gern. Es ist gut zu wissen, daß wir Freunde haben.«

»Mehr als das. Wir haben den Feind von Genf identifiziert.«

»Was?«

»Wir haben die Namen. Jetzt können wir gegen sie vorgehen. Wir müssen gegen sie vorgehen; dieses Morden muß aufhören.«

»Wie ...?«

»Das erkläre ich Ihnen dann persönlich. Ihr Freund Kessler war der Wahrheit sehr nahe.«

»Eine Splittergruppe der ODESSA?«

»Seien Sie vorsichtig«, unterbrach Tennyson. »Wir wollen sagen, eine Gruppe müder, alter Männer mit zu viel Geld und einem Rachebedürfnis, das bis zum Kriegsende zurückreicht.«

»Was tun wir?«

»Vielleicht sehr wenig. Möglicherweise tun es die Briten für uns.«

»Wissen die über Genf Bescheid?«

»Nein. Aber sie begreifen, wenn sie jemandem verpflichtet sind.«

»Das ist mehr, als wir verlangen können.«

»Nicht mehr, als wir verdienen«, sagte Tennyson. »Wenn ich so sagen darf.«

»Natürlich. Diese... alten Männer. Die waren für *alles* verantwortlich? Auch für New York?«

»Ja.«

»Dann bin ich wieder sauber.«

»Das werden Sie in Kürze sein.«

»Gott sei Dank!« Noel sah zu Helden und lächelte. »Was wollen Sie jetzt, daß ich tue?«

»Wir haben Mittwoch. Seien Sie Freitag abend in Genf. Dort treffen wir uns. Ich nehme die Abendmaschine aus Heathrow und werde gegen halb zwölf dort sein, spätestens bis Mitternacht. Rufen Sie Kessler in Berlin an und sagen Sie ihm, er soll zu uns kommen.«

»Warum nicht heute oder morgen?«

»Ich habe noch einiges zu erledigen. Das wird uns helfen. Vereinbaren Sie Freitag. Haben Sie ein Hotel?«

»Ja. Das d'Accord. Meine Mutter fliegt nach Genf. Sie hat mir ausrichten lassen, ich solle dort wohnen.«

In der Leitung aus London herrschte Schweigen. Schließlich sprach Tennyson wieder, aber seine Stimme war nur ein Flüstern. »Was haben Sie gesagt?«

»Meine Mutter fliegt nach Genf.«

»Wir unterhalten uns später«, sagte Heldens Bruder so leise, daß man ihn kaum hören konnte. »Ich muß jetzt gehen.«

Tennyson stellte das Telefon auf das kleine Tischchen in seiner Wohnung in Kensington zurück. So wie das immer bei ihm war, verabscheute er den Apparat, wenn er ihm unerwartete Nachrichten gebracht hatte. Nachrichten in diesem Fall, die ebenso gefährlich wie das Auftauchen der ›Abwehr‹ sein konnten.

Welcher Wahnsinn hatte Althene Clausen dazu veranlaßt, nach Genf zu fliegen? Im Plan war das nicht vorgesehen gewesen – so wie sie den Plan begriff. Glaubte die alte Frau wirklich, sie könne in die Schweiz reisen, ohne Argwohn zu erwecken, insbesondere *jetzt*? Ob die Jahre sie unvorsichtig gemacht hatten? In dem Fall würde sie freilich nicht lange genug leben, um ihre Indiskretion zu bedauern. Andererseits war es möglich, daß ihre Loyalität geteilt war – so wie sie diese Loyalität begriff. Dann würde man sie an ihre Prioritäten erinnern, ehe sie von einem Leben Abschied nahm, in dem sie so vielen Böses zugefügt hatte.

Nun gut. Er hatte seine eigenen Prioritäten. Der Vertrag der Wolfsschanze war dabei, erfüllt zu werden. Alles hing jetzt von der Wahl des richtigen Zeitpunkts ab.

Zuerst die Listen. Es gab zwei, und sie waren der Schlüssel zur Wolfsschanze. Die eine war elf Seiten lang und enthielt die Namen von rund sechzehnhundert Männern und Frauen – mächtigen Männern und Frauen in jedem Land der Welt. Sie waren die Elite der *Sonnenkinder*, die Führer, die auf das Signal aus Genf warteten, darauf warteten, die Millionen in Empfang zu nehmen, die ihnen Einfluß kaufen, Wahlen beeinflussen, Politik machen würden. Dies war die wichtigste Liste. Und aus ihr würden die Konturen des Vierten Reiches hervorgehen.

Aber Konturen erforderten Substanz, Tiefe. Führer brauchten Gefolgsleute. Diese kämen aus der anderen Liste, die auf hundert Filmspulen aufgezeichnet war. Die Liste der Herrenmenschen. Mikrokarteien über ihre Leute in jedem Teil der Erde. Tausende und Abertausende waren es inzwischen, gezeugt und angeworben von den Kindern, die man per Schiff, Flugzeug und Unterseeboot aus dem Reich hinausgeschickt hatte.

Operation *Sonnenkinder*.

Die Listen, die Namen. Nur eine Kopie, die nie vervielfältigt werden durfte und die ebenso scharf bewacht wurde wie je ein heiliger Gral. Jahrelang waren sie von Maurice Graff in Brasilien aufbewahrt und jeweils auf den neuesten Stand gebracht worden, und dann, an seinem fünfundzwanzigsten Geburtstag, wurden sie Johann von Tiebolt übergeben. Die Zeremonie war ein Zeichen für den Übergang der Macht; der auserwählte neue, absolute Führer hatte alle Erwartungen übertroffen.

John Tennyson hatte die Listen nach England gebracht, wissend, daß es zwingend geboten war, für sie einen Aufbewahrungsort zu finden, der sicherer war als jede Bank und jeder Möglichkeit einer Überprüfung entzogen. Er hatte diesen geheimen Ort in einer entlegenen Bergwerksstadt in Wales gefunden, bei einem *Sonnenkind*, das bereitwillig sein Leben gegeben hätte, um die wertvollen Dokumente zu schützen.

Ian Llewellen, Bruder von Morgan, stellvertretender Kommandant von Beaumonts *Argo*.

Inzwischen war es fast Zeit, daß der Waliser eintraf. Nachdem er seine Lieferung getätigt hatte, würde das treu ergebene *Sonnenkind* das Opfer bringen, zu dem er sich erst vor wenigen Tagen verpflichtet hatte, als sie die Straße von Heathrow nach London fuhren. Sein Tod war unerläßlich; niemand durfte von jenen Listen wissen, jene Namen kennen. Und nach seinem Opfer hätten nur noch zwei Männer auf der ganzen Welt den Schlüssel zur Wolfsschanze. Der eine ein stiller Geschichtsprofessor in Berlin, der andere ein Mann, den der britische Geheimdienst schätzte wie keinen anderen – über jeden Verdacht erhaben.

›Abwehr‹. Der nächste Punkt.

Tennyson starrte das Blatt Papier neben dem Telefon an; seit einigen Stunden lag es nun schon da. Noch eine Liste – Lichtjahre weit entfernt von den *Sonnenkindern* –: Payton-Jones hatte sie ihm gegeben. Die ›Abwehr‹.

Acht Namen, acht Männer. Und was die Briten in zwei Tagen nicht erfahren hatten, hatte er in weniger als zwei Stunden herausgebracht. Fünf von diesen Männern waren tot. Drei lebten, und einer von ihnen wartete in einem Sanatorium bei Stuttgart auf den Tod. Blieben zwei: der Verräter Klaus Falkenheim, bekannt als ›Herr Oberst‹, und ein ehemaliger Diplomat, heute dreiundachtzig Jahre alt, namens Werner Gerhardt, der in der Schweiz in einem Dorf am See von Neuchâtel ein ruhiges Leben führte.

Aber alte Männer pflegten nicht in Flugzeugen über den Atlantik zu reisen und Strychnin in Whisky zu praktizieren. Sie schlugen einen Mann nicht um eines Fotos willen bewußtlos. Sie schossen auch nicht in einem französischen Dorf mit Pistolen auf jenen Mann oder überfielen ihn in Berlin.

Die ›Abwehr‹ hatte jüngere, äußerst fähige Nachwuchskräfte ausgebildet. Sie so geschult, daß sie sich unbedingtem Gehorsam verpflichtet fühlten... so wie alle Jünger der Wolfsschanze.

›Abwehr‹! Falkenheim, Gerhardt. Seit wann waren sie über die Wolfsschanze informiert?

Morgen würde er es erfahren. Er würde in der Frühe eine Maschine nach Paris nehmen und Falkenheim aufsuchen, den verhaßten Herrn Oberst. Den Meisterschauspieler, den Meisterverräter. Den Verräter des Reiches.

Morgen würde er Falkenheim aufsuchen, und ihn durch die Mangel drehen. Und dann würde er ihn töten.

Draußen ertönte eine Hupe. Tennyson sah auf die Uhr, während er ans Fenster ging. Genau acht Uhr. Unten auf der Straße stand der Wagen des Walisers, und in ihm, in einen Stahlbehälter eingeschlossen, die Listen.

Tennyson holte eine Pistole aus der Schublade und schob sie in das Halfter unter seiner Achsel.

Er wünschte, er hätte die Ereignisse der Nacht hinter sich und säße schon im Flugzeug nach Paris. Er konnte es kaum erwarten, Klaus Falkenheim gegenüberzutreten.

Holcroft saß stumm im Halbdunkel auf der Couch, der Schein eines für ihn unsichtbaren Mondes füllte die Fenster. Es war vier Uhr früh. Er rauchte eine Zigarette. Vor einer Viertelstunde hatte er die Augen aufgeschlagen und nicht mehr einschlafen können. Seine Gedanken beschäftigten sich mit dem Mädchen, das neben ihm lag.

Helden. Sie war die Frau, mit der er den Rest seines Lebens verbringen wollte, und doch wollte sie ihm nicht sagen, wo sie lebte oder mit wem. Das war jetzt kein leichtes Spiel mit Worten mehr. Er hatte kein Interesse mehr an Spielen.

»Noel?« Heldens Stimme schwebte über die Schatten.

»Ja?«

»Was ist denn, Darling?«

»Nichts. Ich denke nur nach.«

»Ich habe auch nachgedacht.«

»Ich dachte, du schläfst.«

»Ich habe gespürt, daß du aus dem Bett gestiegen bist. Worüber denkst du nach?«

»Über viele Dinge«, sagte er. »Hauptsächlich über Genf. Es wird bald vorbei sein. Du wirst aufhören können zu fliehen, und ich auch.«

»Daran habe ich auch gedacht.« Sie lächelte ihm zu. »Ich will dir mein Geheimnis verraten.«

»Geheimnis?«

»Es ist gar kein besonders großes, aber ich möchte dein Gesicht sehen, wenn ich es dir sage. Komm her.«

Sie streckte ihm beide Hände hin, und er nahm sie, saß nackt vor ihr. »Was ist dein Geheimnis?«

»Deine Konkurrenz. Der Mann, mit dem ich zusammenlebe. Bist du bereit?«

»Ich bin bereit.«

»Es ist der Herr Oberst. Ich liebe ihn.«

»Der alte Mann?« Noel atmete wieder.

»Ja. Bist du wütend?«

»Ich bin außer mir. Ich werde ihn zum Duell fordern müssen.« Holcroft nahm sie in die Arme.

Helden lachte und küßte ihn. »Ich muß heute zu ihm.«

»Ich komme mit. Ich habe den Segen deines Bruders. Ich will sehen, ob ich den seinen auch bekomme.«

»Nein. Ich muß allein hin. Es dauert nur eine gute Stunde.«

»Sagen wir zwei. Aber allerhöchstens.«

»Zwei Stunden. Ich werde mich vor seinen Rollstuhl stellen und sagen: ›Herr Oberst, ich verlasse Sie wegen eines anderen Mannes.‹ Meinst du, daß ihn das schwer treffen wird?«

»Es wird ihn umbringen«, flüsterte Noel sanft.

34

Tennyson betrat den Parkplatz am Flughafen von Orly und sah den grauen Renault. Der Fahrer des Wagens war der zweithöchste Beamte der Sûreté. Er war in Düsseldorf zur Welt gekommen, aber als Franzose aufgewachsen, weil man ihn von einer abgelegenen Startbahn nördlich von Essen mit dem Flugzeug aus Deutschland hinausgeschickt hatte. Er war damals sechs Jahre alt gewesen – am 10. März 1945 – und hatte keinerlei Erinnerungen an das Vaterland. Aber eine Aufgabe hatte er: er war ein *Sonnenkind*. Tennyson stieg zu ihm in den Wagen.

»*Bonjour, monsieur*«, sagte er.

»*Bonjour*«, antwortete der Franzose. »Sie sehen müde aus.«

»Das war eine lange Nacht. Haben Sie alles mitgebracht, worum ich gebeten hatte? Ich habe sehr wenig Zeit.«

»Alles.« Der Sûreté-Beamte griff nach einem Aktendeckel, der auf der Ablage unter dem Armaturenbrett lag, und reichte ihn dem blonden Mann. »Sie werden feststellen, daß die Papiere vollständig sind.«

»Geben Sie mir eine Zusammenfassung; ich lese das später. Ich möchte schnell wissen, wo wir stehen.«

»Also gut.« Der Franzose legte sich den Aktendeckel auf den Schoß. »Das Wichtigste zuerst. Der Mann namens Werner Gerhardt in Neuchâtel kann unmöglich ein aktives Mitglied der ›Abwehr‹ sein.«

»Warum nicht? Von Papen hatte Feinde im Diplomatischen Korps. Weshalb könnte dieser Gerhardt nicht einer davon gewesen sein?«

»Das ist gut möglich. Aber ich habe in der Gegenwart gesprochen; er ist keiner mehr. Er ist nicht nur senil, er ist schwachsinnig. Und das ist er seit Jahren; in dem Dorf, wo er lebt, ist er das Gespött der Leute. Der alte Mann, der dauernd vor sich hinmurmelt und Lieder singt und die Tauben auf dem Dorfplatz füttert.«

»Man kann Senilität auch vortäuschen«, sagte Tennyson. »Und ›schwachsinnig‹ ist nicht gerade ein pathologischer Fachausdruck.«

»Es gibt Beweise. Er ist ambulanter Patient im Ortskrankenhaus, dort gibt es eine Akte über ihn. Er hat die Mentalität eines Kindes und ist kaum mehr imstande, für sich selbst zu sorgen.«

Tennyson nickte und lächelte. »Soviel zu Werner Gerhardt. Weil wir gerade von Patienten sprechen, was macht der Verräter in Stuttgart?«

»Gehirntumor im letzten Stadium. Der lebt keine Woche mehr.«

»Also hat die ›Abwehr‹ nur noch einen funktionsfähigen Anführer«, sagte Tennyson. »Klaus Falkenheim.«

»So scheint es. Aber möglicherweise hat er seine Autorität an einen Jüngeren delegiert. Es gibt Soldaten, die ihm zur Verfügung stehen.«

»Nur zur Verfügung stehen? Aus den Reihen der Kinder, die er beschützt? Den *Verfluchten Kindern*?«

»Das wohl kaum. Es gibt darunter ein paar Idealisten, aber wirkliche Persönlichkeiten gibt es in deren Reihen nicht. Falkenheim empfindet Sympathie für sie, aber das hat nichts mit seiner ›Abwehr‹ zu tun.«

»Woher kommen dann die Soldaten, die der ›Abwehr‹ zur Verfügung stehen?«

»Es sind Juden.«

»Juden?«

Der Franzose nickte. »Soweit wir das feststellen können, werden sie für ihre jeweiligen Einsätze rekrutiert, immer nur einzeln. Es gibt keine Organisation, keine strukturierte Gruppe. Außer daß sie Juden sind, haben sie nur eines gemeinsam: den Ort, von dem sie kommen.«

»Nämlich?«

»Der Kibbuz Har Sha'alav in der Negeb-Wüste.«

»Har Sha'alav?... Mein Gott, wie perfekt«, sagte Tennyson mit kaltem, professionellem Respekt. »Har Sha'alav. Der Kibbuz in Israel, wo man nur unter einer Bedingung aufgenommen wird: Der Bewerber muß der einzige Überlebende einer Familie sein, die in den Lagern umgekommen ist.«

»Richtig«, sagte der Franzose. »Der Kibbuz umfaßt mehr als zweihundert Männer – es sind jetzt Männer –, die rekrutiert werden können.«

Tennyson sah zum Fenster hinaus. »»Sie können mich töten. Aber dann wird ein anderer an meine Stelle treten. Und wenn Sie ihn töten, dann wieder einer an die seine.‹ Das deutet auf eine unsichtbare Armee, die bereit ist, ein kollektives Todesurteil auf sich zu nehmen. Diese Loyalität ist verständlich, aber es handelt sich nicht um eine Armee. Es sind immer nur wenige, die willkürlich ausgewählt werden.« Tennyson wandte sich wieder dem Mann am Steuer zu. »Sind Sie sich Ihrer Information sicher?«

»Ja. Wir kamen dahinter durch die zwei unbekannten Männer, die in Montereau getötet wurden. Unsere Laboratorien haben eine Anzahl von Dingen aufspüren können. Kleidung, Ablagerungen in Schuhen und Hautporen, die Legierungen in Plomben, und insbesondere Spuren früherer Operationen. Beide Männer waren verwundet gewesen, einer hatte Kugelfragmente in der Schulter. Der Jom-Kippur-Krieg. Wir haben das Beweismaterial auf den südwestlichen Teil des Negeb einengen können und dort den Kibbuz gefunden. Der Rest war einfach.«

»Sie haben einen Mann nach Har Sha'alav geschickt?«

Wieder nickte der Franzose. »Einen von uns. Sein Bericht ist in der Akte. Niemand in Har Sha'alav verrät etwas, aber trotzdem ist klar, was dort vor sich geht. Jemand schickt einen Funkspruch; dann werden ein paar Männer ausgewählt und erhalten ihre Anweisungen.«

»Potentielle Selbstmordkommandos, die fest entschlossen sind, alles zu vernichten, was irgendwie mit dem Hakenkreuz in Verbindung steht.«

»Genau. Und um unsere Feststellungen zu untermauern, haben wir uns den Beweis verschafft, daß Falkenheim vor drei Monaten nach Israel gereist ist. Die Computer haben seinen Namen ausgespuckt.«

»Vor drei Monaten... Zu der Zeit, als Manfredi das erste Mal an Holcroft herantrat, um das Zusammentreffen in Genf zu arrangieren. Also wußte Falkenheim nicht nur über die Wolfsschanze Bescheid, sondern hat sogar den Zeitplan richtig erkannt. Er hat seine Armee drei Monate vorher rekrutiert und vorbereitet. Es ist höchste Zeit, daß wir beide uns in unseren jeweiligen Rollen begegnen: zwei Söhne des Reiches. Der eine echt, der andere falsch.«

»Und wem soll ich seinen Tod zuschreiben?«

»Der ODESSA, natürlich. Und veranlassen Sie einen Überfall auf Har Sha'alav. Ich möchte, daß jeder Anführer dort getötet wird; bereiten Sie es sorgfältig vor. Die Schuld muß auf Terroristen der RACHE fallen. Fahren wir.«

Die nächsten paar Minuten würde der blonde Mann auf dem gewundenen Feldweg nicht John Tennyson sein. Man würde ihn mit seinem angestammten Namen ansprechen, Johann von Tiebolt, Sohn Wilhelms, Führer des Neuen Reiches.

Jetzt tauchte die Hütte auf; der Tod eines Verräters war nahe. Von Tiebolt drehte sich um und blickte auf den Hügel. Der Mann von der Sûreté winkte ihm zu. Er würde dort oben bleiben und die Straße sichern, bis die Arbeit getan war. Von Tiebolt ging weiter, bis er nur noch zehn Meter von dem plattenbelegten Weg zu dem kleinen Haus entfernt war. Er blieb im Schutz des Laubwerks stehen und zog die Pistole aus dem Schulterhalfter und steckte sie in die Manteltasche. Geduckt arbeitete er sich durch das hohe Gras auf die Tür zu und ging dann noch ein Stück weiter, blieb schließlich neben dem einzigen Fenster auf der Vorderseite stehen.

Obwohl es ein sonniger Morgen war, brannte in dem dunklen Raum eine Tischlampe. Hinter der Lampe saß Klaus Falkenheim in seinem Rollstuhl, den Rücken zum Fenster gewandt.

Von Tiebolt ging lautlos zur Tür zurück und überlegte einen Augenblick lang, ob er sie eintreten sollte oder nicht, wie es ein Killer der ODESSA ohne Zweifel tun würde. Er entschied sich dagegen. Der Oberst war alt und gebrechlich, aber das hieß keineswegs, daß er ein Narr war. Er hatte irgendwo eine Waffe und würde sie beim ersten Geräusch auf den Mörder richten.

Johann lächelte. Es war kein Schaden, sich ein kleines Spiel zu leisten. Ein hervorragender Schauspieler mit dem anderen, wer würde den begeistertsten Beifall bekommen? Die Antwort lag auf der Hand: derjenige, der nach dem Stück noch da war, um auf die Bühne zu treten und sich zu verbeugen. Und das würde nicht Klaus Falkenheim sein.

Er klopfte an die Tür. »Mein Herr. Verzeihen Sie. Hier ist Johann von Tiebolt. Mein Wagen hat leider den Hügel nicht geschafft.«

Zuerst herrschte Schweigen. Wenn es länger als fünf Sekunden dauerte, würde von Tiebolt härtere Maßnahmen ergreifen, es durfte keine Telefonanrufe geben. Dann hörte er die Stimme des alten Mannes.

»Von Tiebolt?«

»Ja, Heldens Bruder. Ich bin gekommen, um mit ihr zu sprechen. Sie ist nicht in ihrem Verlag, also nehme ich an, daß sie hier ist.«

»Das ist sie nicht.« Der alte Mann verstummte wieder.

»Dann will ich Sie nicht stören, mein Herr. Aber, wenn Sie gestatten, dürfte ich Ihr Telefon benutzen und mir ein Taxi bestellen?«

»Das Telefon?«

Der blonde Mann lächelte. Falkenheims Verwirrung war fast körperlich zu spüren. »Es dauert nur einen Augenblick. Ich muß Helden wirklich bis Mittag ausfindig machen. Ich reise um zwei Uhr in die Schweiz.«

Wieder Schweigen. Diesmal aber nur kurze Zeit. Er hörte, wie ein Riegel zurückgezogen wurde, dann öffnete sich die Tür. Da war der Herr Oberst in seinem Rollstuhl, rückwärts rollend, eine Decke auf dem Schoß. Da war zwischendurch keine Gelegenheit gewesen, zum Telefonhörer zu greifen.

»Danke, mein Herr«, sagte von Tiebolt und streckte ihm die Hand hin. »Es ist schön, Sie wiederzusehen.«

Verwirrt hob der alte Mann die Hand zum Gruß. Johann griff schnell nach der knochigen Hand und drehte sie nach links. Mit der anderen Hand riß er Falkenheim die Decke vom Schoß. Er sah das, was er erwartet hatte: eine 08-Pistole, die über seinen ausgemergelten Beinen lag. Er nahm sie weg und trat dabei mit dem Absatz die Tür zu.

»*Heil Hitler! General Falkenheim*«, sagte er. »Wo ist die ›Abwehr‹?«

Der alte Mann blieb reglos sitzen und starrte den Eindringling ohne eine Spur von Furcht in den Augen an. »Ich habe mich schon gefragt, wann Sie es herausfinden würden. Ich dachte nicht, daß es so schnell gehen würde. Wenn Sie gekommen sind, um mich zu töten, dann bitte. Ich muß Sie loben, Sohn Wilhelm von Tiebolts.«

»Ja, Sohn von Wilhelm, und noch etwas.«

»O ja. Der neue Führer. Das ist Ihr Ziel, aber so weit wird es nicht kommen. Wir werden Sie stoppen. Wenn Sie gekommen sind, um mich zu töten, dann tun Sie es. Ich bin darauf vorbereitet.«

»Weshalb sollte ich? Eine so wertvolle Geisel.«

»Ich bezweifle, daß Sie viel Lösegeld bekämen.«

Von Tiebolt riß den Rollstuhl des alten Mannes herum und schob ihn mitten in den Raum. »Das dürfte stimmen«, antwortete er und hielt den Rollstuhl abrupt an. »Ich nehme an, daß Ihnen gewisse Mittel zur Verfügung stehen, vielleicht Mittel, die von den wandernden Kindern stammen, von denen Sie so viel halten. Aber Geld ist für mich ohne Belang.«

»Dessen war ich sicher. Schießen Sie also.«

»Und«, fügte von Tiebolt hinzu, »es ist zu bezweifeln, daß ein Mann, der gerade in einem Stuttgarter Sanatorium an Gehirntumor im Sterben liegt, viel anbieten könnte. Würden Sie mir auch darin zustimmen?«

Falkenheim verbarg seine Überraschung. »Er war ein sehr tapferer Mann«, sagte er.

»Ganz sicher. Sie sind alle tapfere Männer. Erfolgreiche Verräter müssen von einer gewissen verschrobenen Courage erfüllt sein. Werner Gerhardt zum Beispiel.«

»Gerhardt...?« Diesmal konnte der alte Mann seinen Schock nicht verbergen. »Wo haben Sie diesen Namen gehört?«

»Sie fragen sich wohl, woher ich das alles weiß? Wie ich selbst über Sie so vieles in Erfahrung gebracht habe?«

»Nicht über mich. Das Risiko, das ich eingegangen bin, lag auf der Hand. Ich habe es so arrangiert, daß jemand von den Kindern von Tiebolts in meiner Nähe war. Ich hielt das Risiko für notwendig.«

»Ja, die schöne Helden. Aber wir sind alle schön. Das hat seine Vorteile.«

»Sie hat nichts mit Ihnen zu tun; das hatte sie nie.«

»Sie ist ein Teil von Ihrem Pack, den *Verfluchten Kindern*. Eine schwache Hure. Jetzt hurt sie mit dem Amerikaner.«

»Ihr Urteil interessiert mich nicht. Wie haben Sie das über Gerhardt in Erfahrung gebracht?«

»Weshalb sollte ich Ihnen das sagen?«

»Ich werde sterben. Welchen Unterschied macht es also schon?«

»Ich will einen Tauschhandel mit Ihnen machen. Wo haben Sie von der Wolfsschanze gehört?«

»Einverstanden. Zuerst Gerhardt.«

»Warum nicht. Er ist nichts wert. Ein seniler alter Mann.«

»Sie dürfen ihm nichts antun!« schrie Falkenheim plötzlich. »Er hat so viel durchgemacht... so viel Leid.«

»Ihre Sorge ist rührend.«

»Man hat ihn zerbrochen. Vier Monate der Folter, sein Bewußtsein ist dabei in Stücke gegangen. Lassen Sie ihn in Frieden.«

»Wer hat ihn durch die Mangel gedreht? Die Alliierten? Die Briten?«

»ODESSA.«

»Da haben die zum erstenmal etwas Nützliches getan.«

»Wo haben Sie seinen Namen gehört? Wie haben Sie ihn gefunden?«

Von Tiebolt lächelte. »Die Briten. Die haben eine Akte über die ›Abwehr‹. Sehen Sie, im Augenblick interessieren die sich mächtig für die ›Abwehr‹. Sie haben es sich zum Ziel gemacht, sie zu finden und zu vernichten.«

»Vernichten? Es gibt keinen *Anlaß*...«

»O doch, den gibt es. Sie besitzen Beweise, daß Sie den Tinamu angeheuert haben.«

»Den Tinamu? Das ist doch absurd!«

»Ganz und gar nicht. Das war Ihre letzte Rache, die Rache müder, alter Männer gegen ihre Feinde. Sie können mir glauben: der Beweis ist unwiderlegbar. Ich habe ihn ihnen geliefert.«

Der alte Mann sah Johann an, und sein Blick wirkte angewidert. »Sie sind ekelhaft.«

»Zurück zum Thema Wolfsschanze!« Von Tiebolt hob die Stimme. »Wo? Wie? Ich merke es, wenn Sie lügen.«

Falkenheim sank in den Rollstuhl zurück. »Das hat jetzt nichts zu sagen. Für Sie nicht und für mich nicht. Ich werde sterben, und Sie wird man stoppen.«

»Jetzt bin ich es, den *Ihr* Urteil nicht interessiert. Wolfsschanze!«

Falkenheim blickte teilnahmslos in die Ferne. »Althene Clausen«, sagte er leise. »Heinrich Clausens nahezu perfekte Strategie.«

Von Tiebolts Gesicht wurde zu einer starren Maske des Staunens. »Clausens Frau....?« Die Worte erstarben ihm im Munde. »Sie haben das herausgefunden?«

Der alte Mann wandte sich wieder Johann zu. »Es war nicht schwierig; wir hatten überall unsere Informanten. In New York ebenso wie in Berlin. Wir wußten, wer Mrs. Richard Holcroft war, und weil wir es wußten, erließen wir Anweisung, sie zu schützen. Das war die Ironie daran: sie zu *schützen*. Und dann erfuhren wir es: Auf dem Höhepunkt des Krieges, während ihr amerikanischer Mann auf hoher See war, fliegt sie mit einer Privatmaschine nach Mexiko. Von Mexiko aus reist sie unter strengster Geheimhaltung nach Buenos Aires weiter, wo sich die deutsche Botschaft einschaltet und sie unter diplomatischem Schutz nach Lissabon fliegt. Nach *Lissabon*. Warum?«

»Berlin hat Ihnen die Antwort geliefert?« fragte von Tiebolt.

»Ja. Unsere Leute im Finanzministerium. Wir erfuhren, daß ungeheure Summen aus Deutschland abgezogen wurden; es lag in unserem Interesse, uns da nicht störend einzuschalten. Was immer dazu beitrug, die Kriegsmaschinerie der Nazis zu beeinträchtigen, lag in unserem Interesse; später würden dann auch Frieden und Vernunft wiederkehren. Aber fünf Tage, nachdem Mrs. Holcroft New York verlassen hatte, um über Mexiko und Buenos Aires nach Lissabon zu reisen, flog Heinrich Clausen, das Genie der Finanzen, ebenfalls unter strenger Geheimhaltung, von Berlin ab. Er machte zunächst in Genf Station, um sich mit einem Bankier namens Manfredi zu treffen. Dann flog er weiter nach Lissabon. Wir wußten, daß er kein Überläufer war. Wie kein anderer, glaubte er an die deutsche – arische – Überlegenheit. Und zwar so sehr, daß er die vielen Gauner in Hitlers Organisation nicht ertragen konnte.« Der Oberst machte eine Pause. »Wir zogen den naheliegenden Schluß: Clausen und seine angeblich verräterische ehemalige Frau zusammen in Lissabon; Millionen und Abermillionen auf Schweizer Konten... und die Niederlage Deutschlands jetzt sichergestellt. Wir suchten nach dem tieferen Sinn und fanden ihn in Genf.«

»Sie haben die Dokumente gelesen?«

»Wir haben alles von der Grande Banque de Genève bekommen. Der Preis betrug fünfhunderttausend Schweizer Franken.«

»Für Manfredi?«

»Selbstverständlich. Er wußte, wer wir waren. Er nahm an, wir würden an die in jenen Papieren vorgegebenen Ziele glauben – und sie honorieren. Wir ließen ihn bei seiner Annahme. Wolfsschanze! *Wessen* Wolfsschanze? ›Wir müssen für Wiedergutmachung sorgen.‹« Falkenheim sprach die Worte mit beißender Schärfe. »Nichts lag denen so fern wie das. Das Geld sollte dazu eingesetzt werden, um das Reich aufs neue zum Leben zu erwecken.«

»Was haben Sie dann getan?«

Der alte Soldat sah von Tiebolt gerade in die Augen. »Ich bin nach Berlin zurückgekehrt und habe Ihren Vater, Kessler und Heinrich Clausen exekutiert. Sie haben nie die Absicht gehabt, sich selbst das Leben zu nehmen. Sie rechneten damit, in Südamerika Zuflucht zu finden, dort das Gedeihen ihres Planes zu überwachen und zuzusehen, wie er sich vollendete. Wir haben diesen Männern ihren Pakt mit dem Tod gegeben, von dem Clausen so rührend an seinen Sohn schrieb.«

Von Tiebolt strich über den Lauf der 08, die er in der Hand hielt. »Sie haben also das Geheimnis der Althene Clausen gelüftet.«

»Sie haben von Huren gesprochen. Sie ist die größte Hure der Welt.«

»Es überrascht mich, daß Sie sie leben ließen.«

»Eine zweite Ironie: wir hatten keine Wahl. Da Clausen nicht mehr war, war sie der Schlüssel zur Wolfsschanze. Zu *Ihrer* Wolfsschanze. Wir wußten, daß sie und Clausen jeden einzelnen Schritt vorbereitet hatten, der in den folgenden Jahren getan werden sollte. Wir mußten mehr wissen; aber sie hätte uns das nie gesagt, also mußten wir sie beschatten. Wann sollten die Millionen von Genf geholt werden? Und wie sollten sie eingesetzt werden? Und durch wen?«

»Die *Sonnenkinder*«, sagte von Tiebolt.

Die Augen des alten Mannes blickten ausdruckslos. »Was haben Sie gesagt?«

»Lassen Sie nur. Sie warteten also ab, daß Althene Clausen handelte, worin auch immer dieses Handeln bestand?«

»Ja, aber wir haben nichts von ihr erfahren. Nie. Die Jahre verstrichen, und langsam wurde uns klar, daß sie das Genie ihres Mannes geerbt hatte. In dreißig Jahren hat sie kein einziges Mal ihre Sache verraten, weder durch ihr Handeln noch durch das, was sie sagte. Man mußte ihre Diszipliniertheit bewundern. Das erste Signal für uns kam, als Manfredi mit dem Sohn Kontakt aufnahm.« Falkenheim zuckte zusammen. »Das Widerwärtige daran ist, daß sie selbst zugelassen hat, daß ihr eigenes Kind so mißbraucht wird. Holcroft weiß nichts.«

Der blonde Mann lachte. »Sie haben ja keine Ahnung. Die soviel gerühmte ›Abwehr‹ ist ein Haufen von Narren.«

»Das glauben Sie?«

»Das *weiß* ich. Sie haben das *falsche* Pferd im *falschen* Stall beobachtet!«

»Was?«

»Dreißig Jahre lang haben Sie wie gebannt auf den einen Menschen geblickt, der absolut *nichts* wußte. Die größte Hure der Welt, wie Sie sie nennen, weiß sich sicher in dem Wissen, daß sie und ihr Sohn wahrhaft Teil eines großen Feldzugs der Wiedergutmachung sind.«

Von Tiebolts Lachen hallte von den Wänden des Zimmers wider. »Diese Reise nach Lissabon«, fuhr er dann fort, »war die brillanteste Manipulation Heinrich Clausens. Der reuige Sünder, der an einer heiligen Sache zum Heiligen wurde. Es muß der größte Auftritt seines Lebens gewesen sein. Bis hinab zu seinen letzten Instruktionen, daß sie nicht gleich zustimmen dürfe. Der Sohn sollte selbst das Gerechte an der Sache seines Märtyrervaters erkennen, und, sobald er davon überzeugt war, freiwillig eine Verpflichtung auf sich nehmen, die über alles andere in seinem Leben hinausging.« Von Tiebolt lehnte sich mit verschränkten Armen gegen den Tisch, die 08 in der Hand. »Verstehen Sie nicht? Keiner von *uns* konnte es tun. Das Dokument in Genf war in dem Punkt völlig korrekt. Die Schätze, die das Dritte Reich gestohlen hat, sind legendär. Es durfte keinerlei Verbindung zwischen jenem Konto in Genf und einem wahren Sohn Deutschlands geben.«

Falkenheim starrte Johann an. »Sie hat es nie *gewußt*...?«

»Niemals! Sie war die ideale Marionette. Selbst im psychologischen Sinne. Die Tatsache, daß sich Heinrich Clausen als jener Heilige erwies, bestätigte ihr Zutrauen zu ihrem eigenen Urteil. Sie hatte *jenen* Mann geheiratet, nicht den Nazi.«

»Unglaublich«, flüsterte der Oberst.

»Um das wenigstens zu sagen«, pflichtete von Tiebolt ihm bei. »Sie erfüllte seine Anweisungen bis auf den letzten Buchstaben. An alles war gedacht, auch an einen Totenschein für einen männlichen Säugling in einem Londoner Krankenhaus. Alle Spuren, die zu Clausen führten, wurden verwischt.« Wieder lachte der blonde Mann, es war ein Laut, der durch Mark und Knochen ging. »Sie sehen also, Sie sind der Wolfsschanze wirklich nicht gewachsen.«

»Ihrer Wolfsschanze, nicht der meinen.« Falkenheim wandte den Blick ab. »Man muß Sie loben.«

Plötzlich hörte von Tiebolt zu lachen auf. Irgend etwas stimmte nicht. Es stand in den Augen des alten Mannes – sie blitzten kurz auf und umwölkten sich dann wieder tief in ihren Höhlen in diesem totenschädelähnlichen Kopf. »Sehen Sie mich an!« schrie er. »Sie sollen mich *ansehen*!«

Falkenheim blickte hoch. »Was ist denn?«

»Ich habe gerade etwas gesagt... etwas, das Sie wußten. Das Sie *wußten*.«

»Wovon reden Sie?«

Von Tiebolt packte den alten Mann am Hals. »Ich sprach von einem Totenschein! In einem Londoner Hospital! Sie haben das schon einmal gehört.«

»Ich weiß nicht, was Sie meinen.« Falkenheims zitternde Finger schlangen sich um die Gelenke des blonden Mannes, und seine Stimme klang vor Anstrengung heiser.

»Doch, das wissen Sie, glaube ich, schon. Alles, was ich Ihnen gerade gesagt habe, hat Sie schockiert. Oder doch nicht? Sie haben bloß schockiert getan, aber Sie sind es *nicht*. Das Krankenhaus. Der Totenschein. Da haben Sie überhaupt nicht reagiert! Sie haben das schon einmal gehört!«

»Ich habe nichts gehört«, keuchte Falkenheim.

»Lügen Sie mich nicht an!« Von Tiebolt schlug dem alten Mann seine 08 ins Gesicht und riß ihm dabei die Wange auf. »So gut sind Sie nicht mehr. Sie sind zu *alt*. Sie haben Erinnerungslücken! Ihr Gehirn ist verkümmert. Sie machen Ihre Pausen im falschen Augenblick, *Herr General*.«

»Sie sind wahnsinnig...«

»Und Sie ein *Lügner*! Ein armseliger Lügner übrigens. *Verräter*.« Wieder schlug er dem alten Mann mit dem Lauf seiner Waffe ins Gesicht. Blut strömte aus seinem offenen Mund. »Sie haben, was Althene angeht, *gelogen*! Mein Gott, Sie *wußten es*!«

»Nichts... *nichts*.«

»Ja! *Alles*! Deshalb fliegt sie nach Genf. Und ich konnte mir nicht erklären, weshalb.« Wieder schlug von Tiebolt wütend zu, dem alten

Mann wurde die halbe Unterlippe weggerissen. »Sie! In Ihrem letzten verzweifelten Versuch, uns zu stoppen, sind Sie an sie herangetreten! Sie haben Sie bedroht... und ihr dabei das verraten, was sie nie *wußte*!«

»Das ist alles falsch. *Falsch.*«

»Nein«, sagte von Tiebolt und senkte plötzlich die Stimme. »Es gibt für sie keinen anderen Grund, nach Genf zu fliegen. So, glauben Sie also, können Sie uns stoppen. Die Mutter erreicht das Kind und sagt ihm, es solle kehrtmachen – ihr Vertrag ist eine *Lüge.*«

Falkenheim schüttelte den blutbesudelten Kopf. »Nein... nichts von dem, was Sie sagen, stimmt.«

»Alles stimmt, und darin liegt auch die Antwort auf die letzte Frage. Wenn Sie so darauf erpicht sind, Genf zunichte zu machen, brauchten Sie ja bloß dafür zu sorgen, daß es bekannt wird. Nazischatz. Man würde überall auf der Welt Ansprüche erheben, vom Schwarzen Meer bis zur Elbmündung, von Moskau bis Paris. Aber das tun Sie nicht. Ich frage Sie noch einmal, *warum*?« Von Tiebolt beugte sich vor und war jetzt nur noch wenige Zentimeter von dem zerschundenen Gesicht entfernt. »Sie glauben, Sie können Genf kontrollieren, die Millionen so einsetzen, wie *Sie* sie einsetzen wollen. ›Wir müssen für Wiedergutmachung sorgen.‹ Holcroft erfährt die Wahrheit und wird zu *Ihrem* Soldaten, sein Zorn ist grenzenlos, und seine Loyalität wächst in das Dreifache.«

»Er *wird* es erfahren«, flüsterte Falkenheim. »Er ist besser als Sie, das haben wir beide gemerkt, nicht wahr? Das sollte Ihnen eine Genugtuung sein. Schließlich ist er auf seine Art auch ein *Sonnenkind.*«

»*Sonnen-*« Wieder schlug von Tiebolt dem Alten mit der Pistole ins Gesicht. »Sie stecken voll Lügen. Ich sprach den Namen aus, und Sie haben sich nichts anmerken lassen.«

»Weshalb sollte ich jetzt noch lügen? *Operation Sonnenkinder*«, sagte Falkenheim. »Per Schiff, Flugzeug und Unterseeboot. Überall die Kinder. Wir haben die Listen nie bekommen, aber wir brauchen sie nicht. Man wird sie stoppen, wenn man Sie stoppt. Wenn man Genf stoppt.«

»Damit das geschieht, muß Althene Clausen ihren Sohn erreichen. Sie wird Genf so lange nicht als das auffliegen lassen, was es ist, so lange sie nicht alles andere versucht hat. Das zu tun, hieße ihren Sohn vernichten, der Welt kundzutun, wer er ist. Ehe sie das zuläßt, wird sie alles mögliche andere tun. Sie wird versuchen, ihn in aller Stille zu erreichen. Wir werden sie aufhalten.«

»Man wird *Sie* aufhalten!« sagte Falkenheim und würgte an dem Blut, das ihm in den Mund floß. »Es wird keine riesigen Summen geben, die man an Ihre *Sonnenkinder* auszahlt. Wir haben auch eine Armee, eine, von der Sie nie erfahren werden. Jeder einzelne davon wird freudig sein Leben geben, um Sie zu stoppen.«

»Natürlich, *Herr General*.« Der blonde Mann nickte. »Die Juden von Har Sha'alav.«

Er sprach das mit leiser Stimme, aber auf den alten Mann wirkten diese Worte wie ein Peitschenhieb. »*Nein!*«

»Ja«, sagte von Tiebolt. »›Sie können mich töten. Aber dann wird ein anderer an meine Stelle treten. Und wenn Sie ihn töten, dann wieder einer an die seine.‹ Die Juden von Har Sha'alav. Von der ›Abwehr‹ so gründlich indoktriniert, daß sie selbst zur ›Abwehr‹ wurden. Die lebenden Reste von Auschwitz.«

»Sie sind ein *Tier*.« Falkenheim zitterte am ganzen Leib.

»Ich bin Wolfsschanze, die wahre Wolfsschanze«, sagte der blonde Mann und hob die Pistole. »Solange sie die Wahrheit nicht wußten, versuchten die Juden den Amerikaner zu töten, und jetzt werden die Juden sterben. Ehe die Woche um ist, wird Har Sha'alav vernichtet sein, und mit Har Sha'alav die ›Abwehr‹. Die Wolfsschanze wird triumphieren.«

Von Tiebolt hielt die Waffe an den Kopf des alten Mannes. Dann drückte er ab.

35

Tränen strömten über Heldens Wangen. Sie hielt den Körper von Klaus Falkenheim an sich gedrückt, brachte es aber nicht über sich, seinen Kopf anzusehen. Schließlich ließ sie die Leiche los und kroch weg, von Schrecken erfüllt. Und Schuld. Sie lag zusammengekrümmt auf dem Boden, außerstande, ihrem Schluchzen Einhalt zu gebieten. Von Schmerz erfüllt, schob sie sich an die Wand, drückte die Stirn dagegen und ließ die Tränen fließen. Mit der Zeit wurde ihr klar, daß man ihre Schreie, ihr Schluchzen nicht gehört hatte. Sie hatte allein die schreckliche Szene betreten und hatte überall Spuren der verhaßten ODESSA vorgefunden: Hakenkreuze ins Holz geritzt, mit Seife auf die Fensterscheibe geschmiert und mit Falkenheims Blut auf den Boden gesudelt. Das Zimmer selbst war förmlich auseinandergenommen worden. Bücher zerfetzt, Regale heruntergerissen, Möbel aufgeschlitzt; das Haus war von Wahnsinnigen durchsucht worden.

Und doch war da etwas... nicht im Haus. Draußen. Im Wald. Helden preßte die Hände gegen den Fußboden und stemmte sich an der Wand in die Höhe, versuchte verzweifelt, sich an die Worte zu erinnern, die der alte Mann erst vor fünf Tagen zu ihr gesprochen hatte: *Wenn mir etwas zustoßen sollte, darfst du nicht in Panik geraten... Geh allein in den Wald, an die Stelle, wo du mich neulich spazierengeführt hast, erinnerst du dich? Ich hatte dich gebeten, ein paar wilde Blumen zu pflücken, während ich an einem Baum stehenblieb. Ich zeigte dir, daß die Äste des Baumes ein perfektes V bildeten. Geh zu diesem Baum. Zwischen die Zweige ist ein kleiner Behälter geklemmt, und in ihm ist eine Nachricht, die nur du lesen darfst.*

Helden holte den kleinen röhrenförmigen Behälter aus seinem Versteck, entfernte den Gummistopfen. Im Inneren der Röhre befand sich ein zusammengerolltes Stück Papier, an dem ein paar Zehntausendfrancscheine befestigt waren. Sie nahm das Geld weg und las:

Meine liebste HELDEN –
   Die Zeit und die Gefahr, die für Dich darin liegt, erlauben es mir nicht, hier das zu schreiben, was Du wissen mußt. Vor drei Monaten habe ich es so eingerichtet, daß Du zu mir kommst, weil ich dachte, Du seist die Abgesandte eines Feindes, auf den ich dreißig Jahre gewartet habe. Seitdem habe ich Dich kennen – lieben – gelernt und habe mit großer Erleichterung begriffen, daß Du nicht Teil jenes Schreckens bist, der vielleicht aufs neue über die Welt kommen könnte.
   Sofern ich getötet werden sollte, bedeutet das, daß man mich entdeckt hat. Außerdem ist es ein Zeichen dafür, daß die Zeit nahe ist, in der die Katastrophen ihren Anfang nehmen. Dann müssen Befehle an jene mutigen Männer weitergeleitet werden, die das letzte Bollwerk bilden können.
   Du mußt allein – ich wiederhole, allein – zum See von Neuchâtel in die Schweiz reisen. Niemand darf Dir folgen. Ich weiß, daß Du das kannst. Man hat es Dich gelehrt. In dem Dorf Près-du-Lac lebt ein Mann mit Namen Werner Gerhardt. Ihn mußt du finden. Überbringe ihm die folgende Botschaft: »Die Münze der Wolfsschanze hat zwei Seiten.« Er wird dann wissen, was zu tun ist.
   Du mußt es schnell tun. Es ist sehr wenig Zeit. Noch einmal, Du darfst niemandem etwas sagen, keinen Alarm schlagen. Sag Deinen Arbeitgebern und Deinen Freunden, daß Du persönliche Dinge in England zu erledigen hast, unverdächtig und überzeugend, wenn man bedenkt, daß Du mehr als fünf Jahre dort gelebt hast.
   Schnell jetzt, meine liebste Helden. Nach Neuchâtel. Nach Près-du-Lac. Zu Werner Gerhardt. Du mußt Dir den Namen merken und dieses Papier verbrennen.

Lebewohl
Dein alter Freund, der
Oberst

Helden lehnte sich gegen den Baum und blickte zum Himmel auf. Dünne Wolkenfetzen zogen schnell auf östlichem Kurs dahin; der Wind wehte heftig. Sie wünschte, der Wind könnte sie davontragen und ihr so ersparen, von einem Ort zum nächsten zu eilen, wobei jede Bewegung riskant war und jeder Mensch, den sie ansah, ein möglicher Feind.

Noel hatte gesagt, es werde bald vorüber sein und sie werde aufhören können zu fliehen. Er hatte unrecht.

Holcroft bettelte am Telefon, versuchte, sie zu überreden, jetzt nicht zu reisen – wenigstens einen Tag noch zu bleiben –, aber Helden ließ es sich nicht ausreden. Man hatte sie über Gallimard verständigt, daß die persönlichen Habseligkeiten ihrer Schwester darauf warteten, von ihr inspiziert zu werden; es galt zu überlegen, zu entscheiden, zu veranlassen.

»Ich werde dich in Genf anrufen, Darling. Wirst du im d'Accord wohnen?«

»Ja.« Was nur mit ihr war? Sie war so glücklich, so gut gestimmt gewesen, und das lag kaum zwei Stunden zurück. Jetzt wirkte sie angespannt; ihre Worte waren klar, aber ihre Stimme klang belegt.

»Ich ruf dich in ein oder zwei Tagen an.«

»Soll ich mitkommen? Ich brauche erst ziemlich spät morgen abend in Genf zu sein. Die Kesslers kommen erst um zehn und dein Bruder noch später.«

»Nein, Darling. Es ist eine traurige Reise. Mir ist lieber, wenn ich allein fahre. Johann ist jetzt in London... ich will versuchen, ihn zu erreichen.«

»Du hast hier Kleider.«

»Ein Kleid, Hosen, Schuhe. Es ist einfacher für mich, wenn ich bei... Herrn Oberst... vorbeisehe und mir Kleider mitnehme, die sich besser für Portsmouth eignen.«

»Einfacher?«

»Auf dem Weg zum Flughafen. Ich muß in jedem Fall hin. Mein Paß, Geld...«

»Ich habe Geld«, unterbrach Noel. »Ich dachte, du seist schon bei ihm gewesen.«

»*Bitte*, Darling. Stell dich nicht an.« Heldens Stimme klang jetzt brüchig. »Ich hab' dir doch gesagt, daß ich im Büro war.«

»Nein, das hast du nicht. Das hast du nicht gesagt. Du hast gesagt, man habe es dir mitgeteilt.« Holcroft war beunruhigt; was sie sagte, gab keinen Sinn. Die Hütte lag *nicht* auf dem Weg nach Orly. »Helden, was ist los?«

»Ich liebe dich, Noel. Ich rufe dich morgen abend an. Hotel d'Accord, Genf.« Sie legte auf.

Auch Holcroft legte den Hörer zurück, und der Klang ihrer Stimme hallte in seinen Ohren. Es war möglich, daß sie nach London reiste, aber er hatte Zweifel. Wohin reiste sie wirklich? Weshalb log sie? Verdammt! Was stimmte da nicht? Was war geschehen?

Es hatte keinen Sinn, in Paris zu bleiben. Da er allein nach Genf mußte, konnte er ebensogut jetzt abreisen.

Er durfte weder das Flugzeug noch die Eisenbahn riskieren. Unsichtbare Männer würden ihn beobachten; er mußte ihnen entwischen. Der stellvertretende Direktor des George V. würde für ihn unter dem Namen Fresca einen Wagen mieten und ihm die Route aufschreiben. Er würde in der Nacht nach Genf fahren.

Althene Holcroft blickte durchs Fenster der Maschine der TAP auf die Lichter von Lissabon in der Tiefe; sie würden in wenigen Minuten landen. Während der nächsten zwölf Stunden gab es für sie sehr viel zu tun, und sie hoffte inständig, daß sie es schaffte. Ein Mann war ihr in Mexiko gefolgt, das wußte sie. Aber dann war er im Flughafen verschwunden. Das bedeutete, daß ein anderer seinen Platz eingenommen hatte.

Sie hatte in Mexiko versagt. Sie war nicht untergetaucht. Sobald sie in Lissabon war, würde sie verschwinden müssen; sie durfte nicht ein zweites Mal versagen.

Lissabon.

O *Gott*, Lissabon!

In Lissabon hatte alles angefangen. Die Lüge eines ganzen Lebens, eine mit diabolischem Geschick aufgebaute Lüge. Was war sie doch für eine Närrin gewesen; und was für eine schauspielerische Leistung hatte Heinrich doch vollbracht.

Zuerst hatte sie sich geweigert, sich mit Heinrich in Lissabon zu treffen, so tief war ihr Abscheu. Aber dann war sie doch gereist, weil die Drohung klar gewesen war. Ihr Sohn würde von seinem Vater gebrandmarkt werden. Noel *Holcroft* würde nie in Frieden gelassen werden, denn der Name Noel *Clausen* – einziger Sohn des berüchtigten Nazi – würde ihn sein ganzes Leben lang verfolgen.

Wie erleichtert sie gewesen war! Wie dankbar, daß die Drohung nur als Druckmittel gedient hatte, sie nach Lissabon zu holen. Und wie betäubt und erschüttert, als Heinrich ihr ganz ruhig den außergewöhnlichen Plan darlegte, der Jahre in Anspruch nehmen, der aber dann, wenn er sich erfüllte, die ganze Welt verbessern würde. Sie hörte zu, ließ sich überzeugen und tat alles, was er von ihr verlangte. Weil dieser Plan Wiedergutmachung bedeutete.

Sie hatte ihn wieder geliebt – während jener wenigen kurzen Tage in Lissabon – und hatte sich ihm in einer Aufwallung der Gefühle angeboten.

Mit Tränen in den Augen hatte er abgelehnt. Er sei ihrer nicht würdig, hatte er gesagt.

Es war die vollendete Täuschung! Die äußerste Ironie!

Denn jetzt, in diesem Augenblick, war es eben die Drohung, die sie vor dreißig Jahren nach Lissabon gezogen hatte, die Drohung, die sie jetzt aufs neue hierher führte. Noel Holcroft würde ausgelöscht werden; er würde zu Noel Clausen werden, Sohn Heinrichs, Instrument und Werkzeug des Neuen Reiches.

Mitten in der Nacht war ein Mann in Bedford Hills zu ihr gekommen. Ein Mann, der sich dadurch Zutritt verschafft hatte, daß er sich hinter der verschlossenen Tür auf den Namen ›Manfredi‹ berief; sie hatte ihn eingelassen, in der Meinung, ihr Sohn habe ihn vielleicht geschickt. Er hatte gesagt, er sei Jude von einem Ort, der sich Har Sha'alav nannte, und daß er sie töten werde. Und dann werde er ihren Sohn töten. Es werde nicht dazu kommen, daß das Gespenst der Wolfsschanze – der *falschen* Wolfsschanze – sich von Zürich und Genf aus in der Welt verbreitete.

Althene war wütend gewesen. Ob der Mann wußte, mit wem er sprach? Was sie *getan* hatte? Wofür sie sich *eingesetzt* hatte?

Der Mann war nur über Genf und Zürich informiert. Und über Lissabon vor dreißig Jahren. Das war alles, was er wissen mußte, um zu wissen, wofür sie sich einsetzte, und für ihn und alle Männer seinesgleichen auf der ganzen Welt war diese Stellungnahme eine Ungeheuerlichkeit.

Althene hatte in den dunklen Augen, die sie ebenso sicher in Schach hielten, als wenn man eine Waffe auf sie gerichtet hätte, den Zorn und den Schmerz gesehen. In ihrer Verzweiflung hatte sie verlangt, er solle ihr sagen, was er zu wissen glaubte.

Er hatte ihr gesagt, daß ungewöhnlich hohe Summen an Ausschüsse und Organisationen auf der ganzen Erde gehen würden. An Männer und Frauen, die dreißig Jahre lang auf das Signal gewartet hatten.

Es würde Mord und Brand auf den Straßen geben, Regierungen würden ins Wanken geraten, ihre Macht untergraben werden. Und dann werde der Ruf nach Stabilität und Ordnung durch die Lande hallen. Starke Männer und Frauen, denen riesige Summen zur Verfügung standen, träten dann auf den Plan und forderten ihr Recht. Und binnen wenigen Monaten säßen sie an den Schalthebeln der Macht.

Sie waren überall, in allen Ländern, warteten nur auf das Signal aus Genf.

Wer waren diese Männer und Frauen?

Die *Sonnenkinder*. Die Kinder von Fanatikern, die man vor mehr als dreißig Jahren per Flugzeug, Schiff und Unterseeboot aus Deutschland in die Welt geschickt hatte, ausgeschickt von Männern, die wußten, daß ihre Sache verloren war – die aber daran glaubten, daß sie zu neuem Leben erwachen könne.

Überall waren sie. Gewöhnliche Männer konnten nicht auf gewöhnliche Weise mit den Behörden gegen sie ankämpfen. In zu vielen Fällen übten die *Sonnenkinder* nämlich die Kontrolle über eben diese Behörden aus. Aber die Juden von Har Sha'alav waren keine gewöhnlichen Männer, noch kämpften sie auf gewöhnliche Weise. Sie begriffen, daß sie, um die falsche Wolfsschanze zu bekämpfen, im geheimen kämpfen mußten, hart und gewalttätig, ohne je zuzulassen, daß die *Sonnenkinder* erfuhren, wo sie waren – oder wo sie das nächstemal zuschlagen würden. Und der erste Punkt auf der Tagesordnung verlangte, den Fluß riesiger Summen aufzuhalten.

Dann brauchte man sie doch bloß an die Öffentlichkeit zu zerren!

Wen? Wo? Welches sind ihre Namen? Wie läßt sich etwas beweisen? Wer kann sagen, daß dieser General oder jener Admiral, dieser Polizeichef oder jener Firmenchef, dieser Richter oder jener Senator, Kongreßabgeordnete oder Gouverneur ein Sonnenkind ist? Männer bewerben sich um politische Ämter, tragen Klischeevorstellungen vor sich her, eingenebelt in Schlagwörter, appellieren an den Haß und machen sich doch nicht verdächtig. Vielmehr jubeln die Massen ihnen zu, schwingen die Fahnen und stecken sich Abzeichen an die Revers.

Sie sind überall. Die Nazis sind unter uns, und wir sehen sie nicht. Sie sind eingehüllt in einen Mantel der Wohlanständigkeit und einen wohlgebügelten Anzug.

Der Jude aus Har Sha'alav hatte voll Leidenschaft gesprochen. »Selbst Sie, alte Frau. Sie und Ihr Sohn. Instrumente des Neuen Reiches. Selbst Sie wissen nicht, wer sie sind.«

Ich weiß nichts. Ich schwöre, so wahr ich lebe, daß ich nichts weiß. Ich bin nicht das, was Sie von mir glauben. Töten Sie mich. Um Gottes willen, töten Sie mich. Tun Sie es jetzt! Nehmen Sie an mir Rache. Wenn das, was Sie sagen, die Wahrheit ist, haben Sie und ich das verdient. Aber ich flehe Sie an, nehmen Sie mit meinem Sohn Verbindung auf. Sehen Sie zu, daß Sie mit ihm sprechen können. Erklären Sie ihm das, was Sie mir erklärt haben. Halten Sie ihn auf! Töten Sie ihn nicht, brandmarken Sie ihn nicht. Er ist nicht das, was Sie von ihm glauben. Geben Sie ihm sein Leben. Nehmen Sie das meine, aber geben Sie ihm seines!

Und der Jude von Har Sha'alav hatte gesagt: »Richard Holcroft ist umgebracht worden. Das war kein Unfall.«

Sie war beinahe zusammengebrochen, hatte sich aber mit letzter Kraft aufrecht gehalten. Sie durfte sich diesen Augenblick des Vergessens nicht gestatten, der ihr so willkommen gewesen wäre.

O mein Gott...

»Wolfsschanze hat ihn getötet. Die falsche Wolfsschanze. Ebenso sicher, als ob sie ihn in eine Gaskammer in Auschwitz geführt hätten.«

Was ist Wolfsschanze? Und weshalb nennen Sie sie ›falsch‹?

»Finden Sie es selbst heraus. Wir werden wieder miteinander sprechen. Wenn Sie gelogen haben, werden wir Sie töten. Ihr Sohn wird leben – solange die Welt ihn leben läßt –, aber er wird mit einem Hakenkreuz auf der Stirn leben.«

Suchen Sie ihn. Sagen Sie es ihm.

Der Mann von Har Sha'alav war gegangen. Althene hatte in einem Sessel am Fenster gesessen und die ganze Nacht hindurch auf den schneebedeckten Rasen hinausgeblickt. Ihr geliebter Richard, der Mann, der ihr und ihrem Sohn das Leben zurückgegeben hatte... Was hatten sie getan?

Aber sie wußte, was jetzt zu tun war.

Das Flugzeug setzte auf, und der leichte Ruck verdrängte Althenes Träume aus ihrem Bewußtsein und führte sie in die Gegenwart zurück. Nach Lissabon.

Sie stand an der Reling der Fähre, und die Wellen des Tejo klatschten gegen den Rumpf, während das alte Schiff sich einen Weg durch die Bucht bahnte. In der linken Hand hielt sie ein Spitzentaschentuch, das im Wind flatterte.

Sie glaubte, ihn zu sehen, machte aber, wie man sie instruiert hatte, keine Bewegung, bis er auf sie zukam. Sie hatte ihn selbstverständlich vorher noch nie gesehen, aber das war nicht wichtig. Er war ein alter Mann in einem zerdrückten Anzug, mit dichten grauen Koteletten, die in die Stoppeln eines weißen Bartes übergingen. Seine Augen suchten die Passagiere ab, als ob er Angst hätte, einer von ihnen könnte nach der Polizei rufen. Er war der Mann; er stand hinter ihr.

»Der Fluß wirkt heute kalt«, sagte er.

Das Spitzentaschentuch flog in den Wind. »O du liebe Güte, jetzt habe ich es verloren.«

Althene sah zu, wie es ins Wasser fiel...

»Sie haben es gefunden«, sagte der Mann.

»Danke.«

»Bitte sehen Sie mich nicht an. Sehen Sie sich die Stadtsilhouette auf der anderen Seite der Lagune an.«

»Wie Sie meinen.«

»Sie geben Ihr Geld zu großzügig aus, Senhora«, sagte der Mann mit leiser Stimme.

»Ich habe es sehr eilig.«

»Sie bringen da Namen, die so weit in der Vergangenheit liegen, daß es keine Gesichter dazu gibt. Stellen Forderungen, die man seit Jahren nicht mehr gestellt hat.«

»Ich kann mir nicht vorstellen, daß die Zeiten sich so sehr geändert haben.«

»O doch, das haben sie, Senhora. Männer und Frauen reisen immer noch im geheimen. Aber nicht mit so einfachen Dingen wie gefälschten Pässen. Wir leben im Zeitalter des Computers. Falsche Papiere sind nicht mehr das, was sie einmal waren. Wir erinnern uns zurück an den Krieg, an die Fluchtrouten.«

»Ich muß so schnell wie möglich nach Genf. Niemand darf wissen, daß ich dort bin.«

»Sie werden nach Genf kommen, Senhora. Und nur diejenigen, die Sie informieren, werden wissen, daß Sie dort sind. Aber es wird nicht so schnell gehen, wie Sie wünschen; es ist nicht einfach nur ein einziger Flug mit einer Fluggesellschaft.«

»Wie lange wird es dauern?«

»Zwei oder drei Tage. Sonst gibt es keine Garantien. Dann nimmt man Sie fest – entweder die Behörden oder jene anderen, denen Sie aus dem Wege gehen.«

»Wie komme ich hin?«

»Über Grenzen, die nicht überwacht werden, oder wo man die Grenzposten bestechen kann. Über die Nordroute. Sierra de Gata, von dort nach Saragossa, über die Ostpyrenäen. Von dort nach Montpellier und Avignon. In Avignon nehmen Sie ein kleines Flugzeug nach Grenoble, dann eines nach Chambéry und nach Genf. Das wird einiges kosten.«

»Ich kann bezahlen. Wann brechen wir auf?«

»Noch heute abend.«

36

Der blonde Mann unterschrieb die Meldekarte des Hotel d'Accord und reichte sie dem Empfangsangestellten über den Tresen.

»Vielen Dank, Mr. Tennyson. Sie bleiben vierzehn Tage?«

»Vielleicht länger, sicher nicht kürzer. Ich wäre Ihnen dankbar, wenn Sie eine Suite für mich hätten.«

Der Angestellte lächelte. »Ihr Genfer Freund, der Herr Staatsrat, hat angerufen. Wir haben ihm versichert, daß wir alles tun, um Ihnen einen angenehmen Aufenthalt zu bereiten.«

»Ich werde ihm sagen, daß ich sehr zufrieden bin.«

»Sie sind sehr liebenswürdig.«

»Übrigens, ich erwarte hier in den nächsten Tagen eine alte Bekannte zu treffen, Mrs. Holcroft. Für wann ist sie angemeldet?«

Der Angestellte nahm ein Journal und blätterte darin. »Sagten Sie Holcroft?«

»Ja. Althene Holcroft. Amerikanerin. Vielleicht haben Sie auch eine Reservierung für ihren Sohn, Mr. Noel Holcroft.«

»Es tut mir leid, aber unter dem Namen ist überhaupt nichts bestellt. Und ich weiß, daß es augenblicklich keine Gäste mit Namen Holcroft gibt.«

Die Kinnmuskeln des blonden Mannes spannten sich. »Dann muß da irgendwo ein Irrtum vorliegen. Sie wird in diesem Hotel erwartet. Vielleicht nicht heute abend, aber ganz bestimmt morgen oder übermorgen. Bitte, sehen Sie noch einmal nach. Gibt es eine vertrauliche Liste?«

»Nein, Sir.«

»Wenn es die nämlich gäbe, würde mein Freund, der Herr Staatsrat, Sie sicher bitten, sie mir zu zeigen.«

»Das wäre in dem Fall nicht notwendig, Mr. Tennyson. Man hat uns gesagt, daß wir Sie bei besonderen Wünschen in jeder Hinsicht unterstützen sollen.«

»Vielleicht reist sie inkognito. Sie ist in der Beziehung manchmal sehr exzentrisch.«

Der Angestellte drehte das Journal herum. »Bitte, sehen Sie selbst nach, Sir. Möglicherweise erkennen Sie einen Namen.«

Das war nicht der Fall. Äußerst ärgerlich. »Das ist Ihre vollständige Liste?« fragte er noch einmal.

»Ja, Sir. Wir sind ein kleines und, wenn ich das so sagen darf, ein recht exklusives Hotel. Die meisten unserer Gäste sind hier schon früher einmal abgestiegen. Ich kenne fast jeden dieser Namen.«

»Welche kennen Sie nicht?« beharrte der blonde Mann.

Der Angestellte wies mit dem Finger auf zwei. »Das hier sind die einzigen Namen, die mir unbekannt sind«, sagte er. »Die Herren aus Deutschland, zwei Brüder namens Kessler, und ein Sir William Ellis aus London. Diese Reservierung ist erst vor wenigen Stunden erfolgt.«

Tennyson sah den Angestellten an. »Ich gehe jetzt auf mein Zimmer, aber ich muß Sie um ein Beispiel jener Unterstützung bitten, von der der Herr Staatsrat gesprochen hat. Es ist äußerst dringend, daß ich erfahre, wo Mrs. Holcroft in Genf abgestiegen ist. Ich wäre Ihnen dankbar, wenn Sie die verschiedenen Hotels anrufen würden. Aber mein Name sollte unter keinen Umständen erwähnt werden.« Er holte eine Hundertfrankennote heraus. »Finden Sie sie für mich«, sagte er.

Um Mitternacht erreichte Noel Châtillon-sur-Seine, wo er einen erstaunten Ellis in London anrief.

»*Was* wirst du tun?« sagte Ellis.

»Du hast mich gehört, Willie. Ich zahle dir fünfhundert Dollar und deine Auslagen für einen, vielleicht auch zwei Tage in Genf. Das einzige, was ich von dir möchte, ist, daß du meine Mutter mit nach London nimmst.«

»Ich eigne mich überhaupt nicht als Kindermädchen. Und nach allem, was du mir über deine Mutter erzählt hast, ist sie der letzte Mensch auf der Welt, der einen Reisebegleiter braucht.«

»Den braucht sie jetzt schon. Jemand ist ihr gefolgt. Ich erzähle es dir, wenn du in Genf bist. Wie steht es, Willie? Tust du es?«

»Natürlich. Aber deine fünfhundert kannst du dir sonstwohin stekken. Ich bin sicher, daß deine Mutter und ich viel mehr Gemeinsamkeiten haben, als wir beide je hatten. Aber die Kosten kannst du übernehmen. Du weißt ja, daß ich stilvoll zu reisen pflege.«

»Weil wir schon beim Thema sind: Reiß dich zusammen, ja? Geht das? Ich möchte, daß du das Hotel d'Accord in Genf anrufst und dir eine Reservierung für den heutigen späten Vormittag geben läßt. Wenn du die erste Maschine nimmst, solltest du gegen halb zehn dort sein.«

»Ich werde mich meines besten Benehmens befleißigen, wie es zu Louis-Vuitton-Gepäck paßt. Vielleicht noch ein kleiner Titel ...«

»Willie!«

»Ich kenne die Schweizer besser als du. Die beten Titel förmlich an; sie stinken nach Geld, und Geld ist ihre einzige Geliebte.«

»Ich rufe dich gegen zehn, halb elf an. Ich möchte dein Zimmer benutzen, bis ich weiß, wie alles läuft.«

»Das kostet extra«, sagte Willie Ellis. »Wir sehen uns in Genf.«

Holcroft hatte beschlossen, Willie aufzufordern, weil ihm sonst niemand einfiel, der keine Fragen stellen würde. Ellis war nicht der zügellose Narr, als der er sich gerne gab. Um Althene aus der Schweiz hinauszubegleiten, gab es kaum einen Besseren als ihn.

Und sie mußte die Schweiz verlassen. Die Feinde des Vertrages hatten ihren Mann getötet und würden auch sie töten. Weil Genf der Ort war, an dem es geschehen würde. In zwei oder drei Tagen fände eine Zusammenkunft statt, Papiere würden unterzeichnet, Gelder nach Zürich überwiesen werden. Die Feinde des Vertrages würden alles versuchen, um diese Verhandlungen zum Scheitern zu bringen. Seine Mutter durfte nicht in Genf bleiben. In Genf würde es zu Gewalttaten kommen, das spürte er.

Er fuhr in südlicher Richtung weiter nach Dijon und traf lange nach Mitternacht dort ein. Die kleine Stadt war bereits schlafen gegangen, und während er durch die finsteren Straßen fuhr, wußte er, daß er auch Schlaf brauchte; er mußte morgen ganz wach sein. Wacher als je. Er fuhr weiter, bis er wieder auf dem freien Land war, und hielt den Mietwagen dann am Straßenrand an. Er rauchte eine Zigarette, drückte sie aus und zog die Füße auf den Sitz, lehnte den Kopf gegen die Scheibe und schob seinen Regenmantel darunter.

In ein paar Stunden würde er die Grenze erreichen und sie mit der ersten Welle des Morgenverkehrs überqueren. Und sobald er in der Schweiz war... Er konnte nicht mehr denken. Der Nebel begann ihn einzuhüllen; sein Atem ging langsam und schwer. Und dann erschien das Gesicht, stark, kantig, so wenig verwandt und ihm doch jetzt so vertraut.

Es war das Gesicht Heinrich Clausens, und es rief nach ihm, forderte ihn auf, sich zu beeilen. Bald wäre der Alptraum vorüber; Wiedergutmachung würde geleistet werden.

Er schlief.

Erich Kessler sah zu, wie sein jüngerer Bruder Hans dem Sicherheitsbeamten der Fluggesellschaft seine Arzttasche zeigte. Seit der Olympiade von 1972, als man annahm, daß die Palästinenser mit zerlegten Gewehren und Maschinenpistolen nach München geflogen waren, hatte man die Sicherheitsvorkehrungen auf dem Flughafen verdreifacht.

Dabei war es die Wolfsschanze gewesen, die die Waffen der Palästinenser nach München gebracht hatte – *ihre* Wolfsschanze, dachte Erich.

Hans lachte, er hatte einen Witz mit dem Angestellten gemacht. In Genf, dachte Erich, gäbe es keine solchen Witze, denn dort gäbe es keine Untersuchung, nicht durch die Fluggesellschaft und nicht durch den Zoll und auch durch sonst niemanden. Der Herr Staatsrat würde dafür sorgen. Einer der angesehensten Ärzte Münchens, ein Spezialist für Innere Medizin, traf als sein Gast ein.

Hans war all das und noch mehr, dachte Erich, als sein Bruder ihm entgegenkam. Hans war ein mittelgroßer, stämmiger Bursche mit unwiderstehlichem Charme. Ein hervorragender Fußballspieler, Kapitän seiner Mannschaft, der sich nach dem Spiel um die Verletzungen seiner Gegenspieler kümmerte.

Es war seltsam, dachte Erich, aber Hans war eigentlich viel besser als er auf die Rolle des älteren Sohnes vorbereitet. Abgesehen von der Zufälligkeit des Geburtsdatums wäre Hans es gewesen, der mit Johann von Tiebolt zusammenarbeitete. Und Erich, der stille Gelehrte, wäre der Untergebene gewesen. Einmal hatte er in einem Augenblick der Selbstzweifel das zu Johann gesagt.

Von Tiebolt wollte davon nichts hören. Er brauchte einen reinen Intellektuellen. Einen Mann, der ein blutloses Leben führte – jemand, den die Abgründe des Herzens, die Maßlosigkeit, nie in Versuchung geführt hatten. Hatte er das nicht in jenen wenigen, aber wichtigen Augenblicken unter Beweis gestellt, wenn er – der stille Gelehrte – sich dem Tinamu widersetzt und seine Vorbehalte vorgebracht hatte? Vorbehalte, die schließlich zu einem Wechsel der Taktiken geführt hatten?

Ja, das war wahr, aber es war nicht jene wesentliche Wahrheit, die

Zwischen _____ durch:

Eine Nacht im Mietwagen auf freiem Feld mit einer Zigarette als Nachtmahl und dem Mantel als Kissen – wir können uns kaum vorstellen, wie man so Erholung findet. Nicht mal ein heißer Drink ist ihm gegönnt…

Sollte es uns bei diesem Gedanken jetzt frösteln, so können wir zu Hause leicht Abhilfe schaffen: Schließlich wird auch in der Schweiz und allen weiteren Stationen unsere volle Aufmerksamkeit gebraucht. Genehmigen wir uns deshalb zwischendurch den…

Zwischen_____durch:

Die geschmackvolle Trinksuppe für den kleinen Appetit. – In Sekundenschnelle zubereitet. Einfach mit kochendem Wasser übergießen, umrühren, fertig.

Viele Sorten – viel Abwechslung.

Guten Appetit!

Johann nicht wahrhaben wollte: Hans war von Tiebolt beinahe ebenbürtig. Wenn es zu einer Auseinandersetzung kam, war es möglich, daß Johann sterben würde.

Das war die Meinung des stillen, blutlosen Intellektuellen.

»Alles läuft planmäßig«, sagte Hans, als sie zu ihrer Maschine gingen. »Der Amerikaner ist so gut wie tot, und kein Labor wird die Todesursache feststellen können.«

Helden verließ den Zug in Neuchâtel. Sie stand auf dem Bahnsteig und paßte ihre Augen dem grellen Sonnenlicht an, das sich im Dach des Bahnhofs spiegelte. Sie wußte, daß sie sich unter die Menge mischen sollte, die den Zug verließ, aber einen Augenblick lang mußte sie stillstehen und tief durchatmen. Sie hatte die letzten drei Stunden in der Finsternis eines Güterwagens verbracht, versteckt hinter Kisten mit Maschinen. In Besançon war eine Tür für exakt sechzig Sekunden auf elektronischem Wege geöffnet worden, und sie war hineingegangen. Exakt fünf Minuten vor Mittag hatte sich die Tür wieder geöffnet; sie hatte Neuchâtel ungesehen erreicht. Ihre Beine schmerzten, und in ihren Schläfen tobte es, aber sie hatte es geschafft. Es hatte sehr viel Geld gekostet.

Die frische Luft füllte ihre Lungen. Sie nahm ihren Koffer und ging auf den Ausgang zu. Das Dorf Près-du-Lac lag an der Westseite des Sees, keine dreißig Kilometer südlich. Sie fand einen Taxifahrer, der bereit war, sie hinzubringen.

Die Fahrt war holprig, und es ging durch viele Kurven, aber für sie war es wie ein ruhiges, schwebendes Dahingleiten. Sie blickte zum Fenster hinaus auf die vorbeieilenden Hügel und die blauen Wellen des Sees. Die herrliche Landschaft vermittelte ihr den Eindruck, als wäre alles angehalten. Sie schenkte ihr die wertvollen Augenblicke, die sie brauchte, um den Versuch des Verstehens zu unternehmen. Was hatte der Oberst gemeint, als er schrieb, er habe es so eingerichtet, daß sie in seiner Nähe sei, weil er glaubte, sie sei ›die Abgesandte eines Feindes‹? Ein Feind, auf den er ›dreißig Jahre gewartet hatte‹? Was war das für ein Feind? Und weshalb hatte er sie ausgewählt?

Was hatte sie getan? Oder nicht getan? War es wieder das schreckliche Dilemma? Für das verdammt, was sie war, und für das verdammt, was sie nicht war? Wann, um Gottes willen, würde das alles *aufhören*?

Der Oberst wußte, daß er sterben würde. Er hatte sie auf den Fall seines Todes vorbereitet, hatte sichergestellt, daß sie über Geld verfügte, um diese geheime Reise in die Schweiz zu finanzieren, zu einem Mann namens Werner Gerhardt in Neuchâtel. Wer war er? Was war er für Falkenheim, daß man ihn nur nach dem Tod des Obersten aufsuchen durfte?

Die Münze der Wolfsschanze hat zwei Seiten.

Der Taxifahrer riß sie aus ihren Gedanken. »Die Gaststätte ist dort unten am Ufer«, sagte er. »Als Hotel nichts Besonderes.«

»Es wird genügen, ganz sicher.«

Ihr Zimmer ging auf den See hinaus. Es war so friedlich hier, daß Helden sich versucht fühlte, sich ans Fenster zu setzen und bloß über Noel nachzudenken, weil ihr, wenn sie über ihn nachdachte, so... behaglich... zumute war. Aber es galt, einen Werner Gerhardt zu finden. Im Telefonverzeichnis von Près-du-Lac gab es den Namen nicht. Weiß Gott, wann es zum letztenmal überarbeitet worden war. Aber das Dorf war nicht groß; sie würde als erstes den Portier fragen. Vielleicht kannte er den Namen.

Das tat er auch, aber nicht auf eine beruhigende Weise.

»Der verrückte Gerhardt?« sagte der korpulente Mann, der in einem Korbsessel hinter dem Tresen saß. »Sie überbringen ihm Grüße von alten Freunden? Besser, Sie hätten ein Mittel, das sein wirres Gehirn etwas in Ordnung bringt. Er wird kein Wort von dem verstehen, was Sie ihm sagen.«

»Das wußte ich nicht«, erwiderte Helden, von einem Gefühl der Verzweiflung überwältigt.

»Sie werden es ja selbst sehen. Es ist Nachmittag, und der Tag ist kühl, aber die Sonne scheint. Er sitzt ohne Zweifel auf dem Dorfplatz und singt seine kleinen Liedchen und füttert die Tauben. Die machen ihm die Kleidung schmutzig, aber das merkt er nicht.«

Sie sah ihn auf der steinernen Umrandung des kreisförmigen Brunnens auf dem Dorfplatz sitzen. Er schien die Passanten überhaupt nicht wahrzunehmen, die immer wieder Blicke auf ihn warfen, häufiger Blicke des Ekels als des Mitleids. Seine Kleidung war ausgefranst und der zerschlissene Mantel mit Taubenkot besudelt, wie es der Portier vorhergesagt hatte. Er war ebenso alt und so krank wie der Oberst, aber viel kleiner und im Gesicht und am Körper aufgedunsen. Seine Haut war fahl und faltig und von roten, aufgeplatzten Äderchen gesprenkelt. Und er trug eine dicke Nickelbrille, die im Rhythmus seines zitternden Kopfes hin und her wackelte. Seine Hände zitterten, als er in eine Tüte griff und Brotkrumen herausholte und sie auf dem Boden verstreute und damit Schwärme von Tauben anlockte, deren Stimmen den Kontrapunkt zu dem schrillen Singsang bildeten, der von seinen Lippen kam.

Helden empfand Übelkeit. Das ging weit über Senilität hinaus. Das da waren nur noch die kläglichen Überreste eines Menschen.

Die Münze der Wolfsschanze hat zwei Seiten. Die Zeit ist nahe, in der die Katastrophen ihren Anfang nehmen.

Es schien sinnlos, die Worte zu wiederholen. Dennoch, sie war so weit gekommen und wußte nur, daß ein großer Mann hingemetzelt worden war, weil seine Warnung stimmte.

Sie ging auf den alten Mann zu und setzte sich neben ihn, bemerkte, daß einige Leute auf dem Platz sie ansahen, als wäre sie auch schwachsinnig. Sie sprach mit leiser Stimme und in deutscher Sprache:

»Herr Gerhardt? Ich bin weit gereist, um Sie zu sehen.«

»Solch eine hübsche Dame... eine hübsche, hübsche Dame.«

»Ich komme von Herrn Falkenheim. Erinnern Sie sich an ihn?«

»Das Heim eines Falken? Falken mögen meine Tauben nicht. Die tun meinen Tauben weh. Meine Freunde und ich mögen sie nicht, was, ihr Süßen?« Gerhardt beugte sich vor und schürzte die Lippen, küßte die Luft über den gierigen Vögeln auf der Erde.

»Sie würden diesen Mann mögen, wenn Sie sich an ihn erinnerten.«

»Wie kann ich mögen, was ich nicht kenne? Würden *Sie* etwas Brot mögen? Sie können es essen, wenn Sie wollen, aber das würde meine Freunde verletzen.« Der alte Mann richtete sich mühsam auf und warf ein paar Brotkrumen vor Heldens Füße.

»›Die Münze der Wolfsschanze hat zwei Seiten‹«, flüsterte Helden.

Dann hörte sie die Worte. Er unterbrach seinen Rhythmus nicht, der leise, schrille Singsang war derselbe, aber jetzt war Bedeutung dahinter. »Er ist tot, nicht wahr...? Antworten Sie mir nicht, Sie brauchen nur mit dem Kopf zu nicken oder ihn zu schütteln. Sie reden mit einem närrischen alten Mann, den keiner versteht. Denken Sie daran.«

Helden war zu verblüfft, um sich bewegen zu können. Und durch ihre Starrheit gab sie dem alten Mann die Antwort. Er fuhr in seinem Singsang fort: »Klaus ist tot. Also haben die ihn endlich gefunden und getötet.«

»Es war die ODESSA«, sagte sie. »Die ODESSA hat ihn getötet. Überall waren Hakenkreuze.«

»Wolfsschanze wollte, daß wir das glauben.« Gerhardt warf Brotkrumen in die Luft; die Tauben fingen an, untereinander zu streiten. »Hier, ihr Süßen! Zeit für euren Tee.« Er drehte sich halb zu Helden herum, und seine Augen schienen in weite Ferne zu blicken. »Die ODESSA ist, wie immer, der Sündenbock. Das liegt auf der Hand.«

»Sie sagen Wolfsschanze«, flüsterte Helden. »Man hat einem Mann namens Holcroft einen Brief gegeben und ihn bedroht. Er ist vor dreißig Jahren geschrieben worden, von Männern unterzeichnet, die sich die Überlebenden der Wolfsschanze nannten.«

Einen Augenblick hörte Gerhardts Zittern auf. »Es gab mit einer Ausnahme keine Überlebenden der Wolfsschanze! Klaus Falkenheim. Andere waren dabei und sind davongekommen. Aber sie waren nicht die Adler; sie waren Abschaum. Und jetzt glauben sie, ihre Zeit sei gekommen.«

»Ich verstehe nicht.«

»Ich werde es Ihnen erklären, aber nicht hier. Kommen Sie später, wenn es dunkel geworden ist, in mein Haus am See. Südlich, an der Uferstraße, genau drei Kilometer hinter der Gabelung ist ein Weg...« Er beschrieb ihr die Richtung, als wären das die Worte zu einer kindischen Melodie. Als er geendet hatte, stand er mühsam auf und warf den Vögeln die letzten Krumen hin. »Ich glaube nicht, daß man Ihnen folgen wird«, sagte er mit einem senilen Lächeln, »aber vergewissern Sie sich. Es gibt Arbeit für uns, und sie muß schnell erledigt werden... Hier, meine Süßen! Jetzt habe ich nichts mehr... ihr Lieben.«

37

Über dem flachen Weideland von Chambéry kreiste eine kleine, einmotorige Maschine am Nachthimmel. Der Pilot wartete darauf, daß die zwei Reihen von Leuchtfeuern entzündet wurden: das Signal für ihn zur Landung. Auf dem Boden stand ein Wasserflugzeug, bereit zum Start. Wenige Minuten, nachdem die erste Maschine am Ende der primitiven Landebahn angelangt war, wäre das Wasserflugzeug in der Luft und trüge seine wertvolle Ladung nach Norden, an der Rhône entlang, würde bei Versoix die Schweizer Grenze überqueren und zwanzig Kilometer nördlich der Stadt auf dem Genfer See landen. Die Ladung hatte keinen Namen, aber das interessierte die Piloten nicht. Ihr Honorar konnte sich durchaus mit dem messen, das sonst Rauschgiftkuriere zu zahlen pflegten.

Nur ein einziges Mal hatte sie Gefühle gezeigt, und das war vier Minuten nach Avignon in Richtung auf Saint-Vallier, als die kleine Maschine in einen gefährlichen Hagelsturm geraten war.

»Es könnte sein, daß das Wetter für dieses leichte Flugzeug zu viel ist«, sagte der Pilot. »Es wäre klüger, umzukehren.«

»Fliegen Sie darüber hinweg.«

»Dafür reicht unsere Kraft nicht aus, und wir haben keine Ahnung, wie ausgedehnt die Hagelfront ist.«

»Dann fliegen Sie durch. Ich zahle nicht nur für den Transport, sondern auch für die Einhaltung des Zeitplans. Ich muß heute abend in Genf sein.«

»Wenn wir notlanden müssen, würde uns eine der Streifen festnehmen. Unser Flug ist nicht registriert.«

»Wenn wir auf dem Fluß notlanden müssen, dann bezahle ich die Strafe. Man hat sie an der Grenze in Port-Bou ebenfalls bezahlt; das geht wieder. Weiter.«

»Und wenn wir abstürzen, Madame?«

»Stürzen Sie eben nicht ab.«

Unter ihnen wurden in der Dunkelheit die Leuchtfeuer von Chambéry der Reihe nach entzündet, eine Reihe nach der anderen. Der Pilot ließ die Maschine nach links abkippen und kreiste dann zum Landeanflug nach unten. Sekunden später setzten sie auf.

»Sie sind gut«, sagte die wertvolle Ladung und schnallte sich los. »Ist mein nächster Pilot Ihnen ebenbürtig?«

»Genausogut, Madame. Und dann hat er noch einen Vorteil. Er kennt sämtliche Radarpunkte auf hundert Meter genau, auch in der Dunkelheit. Für solches Expertentum muß man bezahlen.«

»Mit dem größten Vergnügen«, erwiderte Althene.

Das Wasserflugzeug startete um Punkt zehn Uhr siebenundfünfzig gegen den Nachtwind. Der Flug über die Grenze bei Versoix würde in sehr geringer Höhe stattfinden und sehr wenig Zeit in Anspruch nehmen, höchstens zwanzig Minuten bis eine halbe Stunde. Es war die Spezialisetappe der Reise, und der Spezialist im Cockpit war ein muskulöser Mann mit rotem Bart und schütterem rotem Haar. Er kaute eine halbgerauchte Zigarre, und sein Englisch hatte den harten Akzent, den man mit Elsaß-Lothringen in Verbindung bringt. Die ersten paar Minuten des Fluges sagte er nichts, aber als er dann sprach, staunte Althene.

»Ich weiß nicht, was für eine Ware Sie bei sich haben, Madame, aber Sie werden in ganz Europa gesucht.«

»Was? Wer sucht mich, und wie kommt es, daß Sie das wissen? Mein Name ist nicht erwähnt worden; das hat man mir garantiert!«

»Ein Rundschreiben der Interpol, das in ganz Europa verteilt wurde, mit einer sehr genauen Beschreibung. Es kommt sehr selten vor, daß die internationale Polizei nach einer Frau Ihres – wollen wir sagen – Ihres Alters und Ihres Aussehens sucht. Ich nehme an, Ihr Name ist Holcroft.«

»Nehmen Sie gar nichts an.« Althene hielt sich an ihrem Sicherheitsgurt fest und versuchte, ihre Reaktionen unter Kontrolle zu behalten. Sie wußte nicht, weshalb es sie erschreckt hatte – der Mann von Har Sha'alav hatte gesagt, sie seien überall. Aber die Tatsache, daß die Wolfsschanze hinreichenden Einfluß auf Interpol hatte, um ihren Apparat zu gebrauchen, war entmutigend. Sie mußte sich also nicht nur vor den Nazis der Wolfsschanze versteckt halten, sondern auch vor der Polizei. Das Ganze war eine äußerst geschickt aufgebaute Falle; ihre Vergehen waren nicht abzuleugnen: Reisen mit falschem Paß und dann ohne Paß. Und sie konnte keine Erklärungen für diese Vergehen liefern. Wenn sie das täte, brächte sie ihren Sohn – Sohn Heinrich Clausens – mit einer Verschwörung in Verbindung, die so ungeheuerlich war, daß er erledigt wäre. Mit dieser äußersten Konsequenz mußte sie sich auseinandersetzen; es war durchaus möglich, daß ihr Sohn geopfert werden mußte, doch die eigentliche Ironie lag in der Möglichkeit, daß die Wolfsschanze selbst Verbindungen zu den Behörden hatte. *Sie waren überall.* Sobald sie in ihre Hände fiele, würde die Wolfsschanze sie töten, ohne ihr Gelegenheit zu lassen, das zu sagen, was sie wußte.

Der Tod war akzeptabel; nicht hingegen, daß man sie zum Schweigen brachte. Sie wandte sich dem bärtigen Piloten zu. »Wie kommt es, daß Sie über dieses Rundschreiben Bescheid wissen?«

Der Mann zuckte die Achseln. »Woher weiß ich über die Radarstationen Bescheid? Sie zahlen mich; ich zahle andere. Es gibt heutzutage keine reinen Profite mehr.«

»Steht in dem Rundschreiben auch, weshalb diese... alte Frau... gesucht wird?«

»Es ist ein eigenartiger Alarm. Es heißt da ganz eindeutig, daß sie mit falschen Papieren reist, aber daß sie nicht festgenommen werden soll. Ihr Aufenthaltsort soll an Interpol Paris gemeldet werden, die ihn nach New York weitergibt.«

»New York?«

»Von dort stammt die Aufforderung. Die Polizei in New York, ein Detective-Lieutenant namens Miles.«

»Miles?« Althene runzelte die Stirn. »Ich habe nie von ihm gehört.«

»Vielleicht aber die gesuchte Frau«, sagte der Pilot und rollte die Zigarre von einem Mundwinkel in den anderen.

Althene schloß die Augen. »Hätten Sie Lust, einen wirklich reinen Profit zu machen?«

»Ich bin kein Kommunist, mich beleidigt das Wort Profit nicht. Wie?«

»Verstecken Sie mich in Genf. Helfen Sie mir, jemanden zu erreichen.«

Der Pilot warf einen prüfenden Blick auf sein Armaturenbrett und drehte nach links ab. »Das kostet Sie viel.«

»Ich zahle«, sagte sie.

Johann von Tiebolt ging in der Hotelsuite auf und ab, ein graziöses, zorniges Tier, erregt. Seine Zuhörerschaft bestand aus den Brüdern Kessler; der stellvertretende Präsident des Genfer Staatsrats war vor wenigen Minuten gegangen. Die drei waren allein; die Spannung, die in der Luft lag, war offenkundig.

»Sie ist irgendwo in Genf«, sagte von Tiebolt. »Das *muß* sie sein.«

»Offenbar unter falschem Namen«, fügte Hans Kessler hinzu, dessen Ärztetasche zu seinen Füßen stand. »Wir werden sie finden. Wir schicken einige Leute mit ihrem Steckbrief los. Unser Freund hat uns eben versichert, daß das kein Problem sei.«

Von Tiebolt blieb stehen. »Kein Problem? Unserem Freund zufolge liegt der Genfer Polizei ein Rundschreiben der Interpol vor, das sich mit ihr befaßt. Das bedeutet schlicht und einfach, daß sie mindestens sechstausend Kilometer gereist ist, ohne daß man sie gefunden hat. Sechstausend Kilometer durch Reihen von Computern, in Flugzeugen mit Passagierlisten und durch wenigstens zwei Einwanderungsstellen. Mach dir nichts vor, Hans. Sie ist viel besser, als wir annahmen.«

»Morgen ist Freitag«, sagte Erich. »Holcroft müßte morgen eintreffen, und er wird mit uns Verbindung aufnehmen. Wenn wir ihn haben, haben wir sie auch.«

»Er hat gesagt, daß er im d'Accord absteigt, aber er hat es sich anders überlegt. Es gibt dort keine Reservierung, und Mr. Fresca hat das George Cinq verlassen.« Von Tiebolt stand am Fenster. »Mir gefällt das nicht. Etwas stimmt nicht.«

Hans griff nach seinem Glas. »Ich glaube, du übersiehst da etwas Offensichtliches.«

»Was?«

»So wie Holcroft die Dinge sieht, stimmt da eine ganze Menge nicht. Er glaubt, man sei hinter ihm her; er wird vorsichtig sein und auch sehr vorsichtig reisen. Ich wäre sehr überrascht, wenn er sich unter seinem eigenen Namen ein Zimmer bestellt.«

»Ich hatte angenommen, er würde den Namen Fresca benutzen oder eine Abwandlung davon, die ich erkennen könnte«, sagte von Tiebolt, ohne auf die Bemerkung des jüngeren Kessler einzugehen. »Aber so etwas gibt es in keinem Hotel von Genf.«

»Gibt es den Namen Tennyson?« fragte Erich mit leiser Stimme, »oder irgend etwas *Ähnliches*?«

»Helden?« Johann drehte sich herum.

»Helden.« Der ältere Kessler nickte. »Sie war mit ihm in Paris zusammen. Man darf annehmen, daß sie ihm hilft; du hast das ja selber vorgeschlagen.«

Von Tiebolt stand unbewegt da. »Helden und ihre widerlichen Verräter sind im Augenblick anderweitig beschäftigt. Sie suchen die Reihen der ODESSA nach den Mördern des Herrn Oberst ab.«

»*Falkenheim*?« Hans beugte sich vor. »Falkenheim ist *tot*?«

»Falkenheim war der Führer der ›Abwehr‹ – das letzte funktionsfähige Mitglied, um es exakt zu sagen. Mit seinem Tod gibt es für die Wolfsschanze keine Opposition mehr. Seine Judenarmee ist jetzt ohne Kopf; das Wenige, was sie wußten, haben *ihre* Führer mit ins Grab genommen.«

»Juden? Bei der ›Abwehr‹?« Erich war jetzt völlig verwirrt. »Wovon, Herrgott noch mal, *redest* du?«

»Ein Überfall auf den Kibbuz Har Sha'alav ist bereits veranlaßt; man wird die Schuld Terroristen der RACHE geben. Ich bin sicher, daß dir der Name ›Har Sha'alav‹ etwas sagt. Am Ende hat sich die ›Abwehr‹ den Juden von Har Sha'alav zugewandt. Pack zu Pack.«

»Ich hätte gerne eine etwas deutlichere Erklärung!« sagte Erich.

»Später. Wir müssen uns auf die Holcrofts konzentrieren. Wir müssen . . .« Von Tiebolt hielt inne, plötzlich kam ihm ein Gedanke. »Prioritäten. Immer Prioritäten setzen«, fügte er wie im Selbstgespräch hinzu. »Und die erste Priorität ist das Dokument bei der Grand Banque de Genève, und das bedeutet, daß dem Sohn der Vorrang zukommt. *Ihn* müssen wir finden; *ihn* isolieren; ihn in absoluter Quarantäne halten. Für unsere Zwecke braucht das nur etwa dreißig Stunden zu sein.«

»Ich kann dir nicht folgen«, unterbrach Hans. »Was geschieht in diesen dreißig Stunden?«

»In der Zeit treffen wir uns mit den Direktoren der Bank«, sagte Erich. »Bis dahin ist das alles unterschrieben und in Gegenwart des Justitiars der Grand Banque bestätigt, alle Schweizer Gesetze befolgt. Das Geld wird nach Zürich weitergeleitet sein, und wir übernehmen Montag früh die Kontrolle darüber.«

»Ab dreißig Stunden von Freitag morgen an ist –«

»Samstag mittag«, unterbrach ihn von Tiebolt. »Wir treffen uns Samstag früh um neun Uhr mit den Direktoren. Es war nie fraglich, daß man uns akzeptieren würde – das hat nur Holcroft gedacht. Manfredi hat das schon vor Monaten erledigt. Wir sind nicht nur akzeptabel, wir sind fast Heilige. Mein Brief von MI-5 ist nur die Krönung des Ganzen. Samstag mittag ist es geschafft.«

»Sind die so erpicht darauf, siebenhundertundachtzig Millionen Dollar zu verlieren, daß sie die Bank an einem Samstag öffnen?«

Der blonde Mann lächelte. »Ich habe den Wunsch in Holcrofts Namen ausgesprochen; aus Gründen der Eile und der Vertraulichkeit. Die Direktoren hatten keine Einwände – die wollen auch etwas abhaben – und Holcroft wird das auch nicht, wenn wir es ihm sagen. Er hat seine eigenen Gründe dafür, es hinter sich zu bringen. Er ist am Ende seiner Kraft.«

Von Tiebolt sah zu Erich hinüber. Sein Lächeln wurde breiter. »Er sieht in uns beiden Freunde, Säulen der Stärke, zwei Männer, die er verzweifelt braucht. Die Programmierung hat unsere kühnsten Hoffnungen übertroffen.«

Kessler nickte. »Bis Samstag mittag wird er die letzte Bedingung unterzeichnet haben.«

»Was für eine letzte Bedingung?« fragte Hans erschreckt.

»Wir werden sie bis dahin alle unterschrieben haben«, antwortete von Tiebolt und machte eine kleine Pause, um seinen Worten noch mehr Bedeutung zu verleihen. »Das ist in den Schweizer Gesetzen zwingend vorgeschrieben, wenn solche Konten freigegeben werden sollen. Wir sind zusammengekommen und sind uns völlig über unsere Verantwortung im klaren. Wir haben einander kennengelernt und vertrauen einander. Deshalb überträgt jeder von uns für den Fall, daß einer vor den anderen sterben sollte, alle Rechte und Privilegien an seine Miterben. Selbstverständlich mit Ausnahme der Vergütung von zwei Millionen, welche an die Erben des Betreffenden verteilt werden. Diese zwei Millionen – ganz legal zugewiesen und den anderen Vollstreckern des Testaments nicht zugänglich – nehmen dem Ganzen jegliche Möglichkeit eines Betrugs.«

Der jüngere Kessler pfiff leise durch die Zähne. »Wirklich brillant. Diese letzte Bedingung – diese Todesklausel, mit der die Verantwortung auf die anderen übergeht – brauchte also gar nicht in das Dokument aufgenommen zu werden... weil es sich ohnehin um eine gesetzliche Vorschrift handelt. Wäre diese Klausel Teil des Vertrages gewesen, dann hätte Holcroft vielleicht von Anfang an Argwohn geschöpft.« Der Arzt schüttelte bewundernd den Kopf, und seine Augen leuchteten. »Aber das war nicht der Fall, weil es eben *Gesetz* ist.«

»Ganz richtig. Und alle Vorschriften müssen minutiös erfüllt werden. In vier oder sechs Wochen spielt es keine Rolle mehr, aber solange wir nicht substantielle Fortschritte erzielt haben, darf es keine Beunruhigung geben.«

»Das ist mir klar«, sagte Hans. »Aber ab Samstag mittag ist Holcroft ja praktisch überflüssig, nicht wahr?«

Erich hob die Hand. »Am besten setzt du ihn eine Weile unter Drogen, um ihn gegebenenfalls vorführen zu können. Ein funktionsfähiger geistiger Krüppel... bis ein großer Teil der Mittel verteilt ist. Dann macht es nichts mehr aus; die Welt wird dann zu sehr mit anderen Dingen beschäftigt sein, um sich über einen Unfall in Zürich aufzuregen. Doch jetzt müssen wir tun, was Johann verlangt. Wir müssen Holcroft finden, ehe seine Mutter ihn findet.«

»Und ihn unter irgendeinem Vorwand isoliert halten«, fügte von Tiebolt hinzu, »bis zu unserer Zusammenkunft übermorgen. Sie wird ohne Zweifel versuchen, ihn zu erreichen, und dann werden wir wissen, wo sie ist. Wir haben Männer in Genf, die den Rest erledigen können.« Er zögerte. »Hans, dein Bruder hat wie stets das Wesentliche erfaßt. Aber deine Frage ist mit ja zu beantworten. Ab Samstag mittag ist Holcroft überflüssig. Wenn ich es mir recht überlege, frage ich mich, ob die weiteren vier oder sechs Wochen wirklich wünschenswert sind.«

»Jetzt ärgerst du mich«, sagte der Wissenschaftler. »Ich beuge mich in vielen Dingen deinem ungewöhnlichen Geist, aber in diesem Punkt ist eine Abweichung von der Strategie wirklich nicht angebracht. Holcroft *muß* zur Verfügung stehen. Wie du gesagt hast, es darf keine Störung geben, bis nicht ›substantielle Fortschritte‹ erzielt sind.«

»Ich glaube nicht, daß es zu einer solchen Störung kommt«, erwiderte von Tiebolt. »Unsere Väter wären mit der von mir vorgeschlagenen Änderung einverstanden. Ich habe den Zeitplan etwas verkürzt.«

»Du hast *was*?«

»Mit dem Wort ›Störungen‹ meinte ich juristische Komplikationen, nicht Holcroft. Gesetzliche Vorschriften sind konstant. Die Lebensdauer eines Menschen ist es nicht.«

»Welchen Zeitplan? Warum?«

»Zweite Frage zuerst, und du kannst sie beantworten.« Johann stand vor dem Stuhl des älteren Kessler. »Was war die wirksamste Kriegswaffe des Reichs? Welche Strategie hätte England in die Knie gezwungen, wenn man nicht gezögert hätte? Wie hießen die Donnerschläge, die die Welt erschütterten?«

»*Blitzkrieg*«, sagte der Arzt.

»Ja. Schnelle, entschlossene Angriffe, aus heiterem Himmel. Männer und Waffen und Maschinen, die blitzschnell Grenzen überschritten und hinter sich Verwirrung und Verwüstung zurückließen. Ganze Völkerschaften auseinandergerissen, außerstande, die Reihen zu schließen, außerstande, Entscheidungen zu treffen. Der *Blitzkrieg*, Erich. Das muß jetzt unsere Strategie sein; wir dürfen nicht zögern.«

»Das ist mir zu abstrakt, Johann! Drück dich deutlicher aus!«

»Gut. Erstens: John Tennyson hat einen Artikel geschrieben, der morgen von den Agenturen übernommen und überallhin verbreitet wird. Der Tinamu hat Aufzeichnungen geführt, und es geht die Rede, daß man sie gefunden hat. Namen jener mächtigen Männer, die ihn benutzt haben, Daten, Herkunftsorte der Gelder. Das wird in allen Machtzentren der Welt wie ein Blitz einschlagen. Zweitens: am Samstag wird in Genf das Dokument unterzeichnet und das Geld nach Zürich übermittelt. Sonntag beziehen wir dort unser Hauptquartier; alles ist bestens vorbereitet, sämtliche Kommunikationsmittel funktionieren. Wenn Holcroft bei uns ist, hat Hans ihn narkotisiert, wenn nicht, ist er tot. Drittens: am Montag sind die Mittel flüssig und befinden sich unter unserer Kontrolle. Nach den Greenwich-Zeitzonen beginnen wir, die Mittel telegrafisch an unsere Leute zu überweisen, wobei wir uns auf die wichtigsten Ziele konzentrieren. Wir fangen hier in Genf an. Dann geht es weiter nach Bonn, Paris, Madrid, Lissabon, London, Washington, New York, Chicago, Houston, Los Angeles und San Francisco. Um fünf Uhr Zürcher Zeit erreichen wir den pazifischen Raum. Honolulu, die Marshallinseln, die Gilbertinseln. Um acht Uhr kommen wir nach Neuseeland, Auckland und Wellington. Um zehn ist

Australien an der Reihe – Brisbane, Sydney, Adelaide – dann weiter nach Perth, hinüber nach Singapur, in den Fernen Osten. Die erste Phase endet in Neu-Delhi. Auf dem Papier haben wir dann drei Viertel der Weltkugel finanziert. Viertens: nach weiteren vierundzwanzig Stunden – Dienstag – erhalten wir die Bestätigungen, daß die Mittel eingetroffen und in Bargeld umgewechselt worden sind, bereit zum Einsatz. Fünftens: ich werde von Zürich aus dreiundzwanzig Telefongespräche führen. Ich werde dreiundzwanzig Männer in verschiedenen Hauptstädten erreichen, welche die Dienste des Tinamu genutzt haben. Sie werden erfahren, daß in den nächsten paar Wochen bestimmte Forderungen an sie gestellt werden; man erwartet von ihnen, daß sie diese Forderungen erfüllen. Sechstens: am Dienstag fängt es an. Der erste Mord wird symbolisch sein. Der Kanzler in Bonn. Und dann bewegen wir uns nach Art eines Blitzkriegs westwärts.« Von Tiebolt hielt einen Augenblick inne. »Am Dienstag wird Code Wolfsschanze in Gang gesetzt.«

Das Telefon klingelte; zuerst schien niemand es zu hören. Dann nahm von Tiebolt ab.

»Ja?«

Er lauschte schweigend und starrte dabei die Wand an. Schließlich sprach er. »Gebrauchen Sie die Worte, die ich Ihnen gab«, sagte er mit leiser Stimme. »Töten Sie sie.« Er legte auf.

»Was ist?« fragte der Arzt.

Von Tiebolt, der die Hand immer noch am Telefonhörer hatte, antwortete mit monotoner Stimme: »Das war nur eine Vermutung – eine Möglichkeit –, aber ich habe einen Mann nach Neuchâtel geschickt. Um jemand zu beobachten. Und dieser Jemand hat sich mit jemand anders getroffen. Es ist nicht wichtig, sie werden bald tot sein. Meine schöne Schwester und ein Verräter namens Werner Gerhardt.«

Es gab einfach keinen Sinn, dachte Holcroft, während er Willie Ellis' Stimme am Telefon hörte. Er hatte Willie von einer Telefonzelle auf der überfüllten Place Neuve im d'Accord erreicht und erwartete, daß der Designer inzwischen mit Althene Verbindung aufgenommen hatte. Das war nicht der Fall; sie war nicht da. Aber seine Mutter hatte das Hotel d'Accord erwähnt. Sie würde sich mit ihm im Hotel d'Accord treffen.

»Hast du sie beschrieben? Eine Amerikanerin um die Siebzig, für eine Frau groß?«

»Natürlich. Alles, was du vor einer halben Stunde erwähnt hast. Es gibt dort niemanden unter dem Namen Holcroft, und auch keine Frau, auf die die Beschreibung paßt. Überhaupt keine Amerikaner.«

»Das ist verrückt.« Noel versuchte nachzudenken. Tennyson und die Kesslers würden erst abends ankommen; er hatte niemanden, an den er sich wenden konnte. Tat seine Mutter etwa das gleiche, was er gerade tat? Versuchte sie, *ihn* von außerhalb des Hotels zu erreichen, in der Erwartung, daß *er* dort wäre?

»Willie, ruf die Rezeption an und sag, du habest grade von mir gehört. Benutze meinen Namen. Sag ihnen, ich hätte dich gefragt, ob irgendwelche Mitteilungen für mich da sind.«

»Ich glaube, du kennst die Regeln hier in Genf nicht«, sagte Willie. »Nachrichten, die zwei Leute betreffen, werden keinem unbekannten Dritten gegeben, und da macht das d'Accord keine Ausnahme. Offen gestanden, als ich mich nach deiner Mutter erkundigte, hat mir das ein paar sehr seltsame Blicke eingetragen. Trotz meines Louis-Vuitton-Gepäcks konnte ich dem kleinen Ekel gar nicht schnell genug zu reden aufhören.«

»Versuch es trotzdem.«

»Es gibt da einen besseren Weg. Ich glaube, ich –« Willie verstummte, irgendwo in der Ferne war ein Pochen zu hören. »Augenblick; da ist jemand an der Tür. Ich wimmle ihn ab, und dann sprechen wir weiter.«

Noel konnte das Geräusch einer sich öffnenden Tür hören. Stimmen waren zu vernehmen, undeutlich, fragend; dann ein kurzer Wortwechsel. Dann wieder Schritte. Holcroft wartete, daß Willie wieder an den Apparat kam.

Ein Husten war zu hören, etwas mehr als ein Husten. Was war das? Der Ansatz zu einem Schrei? War es der Ansatz eines *Schreies*?

»Willie?«

Schweigen. Dann wieder Schritte.

»*Willie?*« Plötzlich überlief es Noel eisig. Und dann war da jählings wieder der Schmerz in seinem Magen, als er sich an die Worte erinnerte. *Dieselben Worte!*...

...Da ist jemand an der Tür. Ich wimmle ihn ab, und dann sprechen wir weiter...

Ein anderer Engländer. Sechstausend Kilometer entfernt, in New York. Und ein Streichholz, das im Fenster auf der anderen Seite des Hofes aufflammte.

Peter Baldwin.

»Willie! Willie, wo *bist* du? *Willie!*«

Ein Klicken ertönte. Dann war die Leitung tot.

O Gott! Was hatte er *getan*? Willie!

Schweiß brach ihm aus; seine Hände zitterten.

Er mußte zum d'Accord! Er mußte, so schnell er konnte, dorthin, Willie finden, Willie helfen. O Gott! Wenn nur dieser bohrende Schmerz in seinen Augen nachließe!

Er rannte aus der Telefonzelle, die Straße hinunter zu seinem Wagen.

Er ließ den Motor an, war sich einen Augenblick lang unsicher, wo er war oder wohin er wollte. Das d'Accord. Hôtel d'Accord! Es befand sich in der Rue des Granges, in der Nähe von Puits-Saint-Pierre; eine Straße mit riesigen alten Häusern, Stadtvillen. Das d'Accord war das größte Gebäude dort. Auf dem Hügel... *Welchem* Hügel? Er hatte keine Ahnung, wie er hinkommen sollte!

Er raste bis zur nächsten Kreuzung; dort stockte der Verkehr. Er schrie zu der Frau im Wagen neben ihm durch das Fenster hinüber.

»Bitte! Die Rue des Granges – welche Richtung?«

Die Frau reagierte überhaupt nicht auf seine Rufe; sie wandte den Blick ab und sah geradeaus. »Bitte, es ist jemand verletzt! Schwer verletzt, glaube ich. Bitte! Ich spreche nicht sehr gut Französisch. Auch Deutsch nicht oder... *Bitte!*«

Die Frau drehte sich zu ihm um, musterte ihn einen Augenblick lang. Dann beugte sie sich zur Seite und kurbelte die Scheibe herunter.

»Rue des Granges?«

»Ja, bitte!«

Sie beschrieb ihm schnell den Weg. Fünf Straßen weiter, dann nach rechts, auf den Hügel zu, dann links...

Der Verkehr setzte sich wieder in Bewegung. Schwitzend versuchte Noel, sich jedes Wort der Beschreibung einzuprägen. Er rief ihr seinen Dank zu und gab Gas.

Er würde später wohl keine Ahnung mehr haben, wie er die alte Straße gefunden hatte, aber plötzlich war sie da. Er fuhr die steile Steigung hoch und sah die blitzenden goldenen Lettern: HOTEL D'AC-CORD.

Mit zitternden Händen parkte er den Wagen und stieg aus. Er mußte ihn abschließen; zweimal versuchte er, den Schlüssel ins Schloß zu schieben, konnte aber die Hand nicht ruhig genug halten. So hielt er den Atem an und drückte mit den Fingern gegen das Metall, bis sie zu zittern aufhörten. Er mußte sich jetzt zusammenreißen; er mußte *überlegen*. Und es war wichtig, daß er jetzt vorsichtig war, wichtiger als alles andere. Er hatte den Feind schon einmal gesehen, hatte auch gegen jenen Feind gekämpft. Er würde das wieder können.

Er blickte zu dem prunkvollen Eingang des d'Accord hinauf. Hinter den Glastüren sah er den Portier mit jemandem in der Halle reden. Er durfte jetzt nicht einfach zum Eingang hineingehen und die Halle betreten, wenn der Feind Willie Ellis in die Falle gelockt hatte. Dann wartete jener Feind jetzt auf ihn.

Es gab eine schmale Gasse, die an der Gebäudeflanke entlang nach unten führte. An der Steinmauer war ein Schild: LIVRAISON.

Irgendwo an dieser schmalen Gasse gab es einen Lieferanteneingang. Er schlug den Kragen seines Regenmantels hoch und ging über das Pflaster, steckte die Hände in die Taschen und spürte den Stahl der Pistole in der Rechten und den perforierten Zylinder des Schalldämpfers in der linken Tasche. Er dachte kurz an die, die ihm die Waffe gegeben hatte, an Helden. Wo war sie? Was war geschehen?

Nichts ist so, wie es für Sie war...

Überhaupt nichts.

Er kam an die Tür, als ein Mann in einem weißen Arbeitsmantel herauskam. Er hob die rechte Hand und lächelte dem Mann zu.

»Entschuldigen Sie. Sprechen Sie Englisch?«

»Aber selbstverständlich, Monsieur. Wir sind in Genf.«

Ein harmloser Witz – sonst nichts –, aber der verrückte Amerikaner mit dem breiten Lächeln war bereit, fünfzig Franken für den billigen Mantel zu bezahlen, doppelt soviel, wie er neu gekostet hatte. Der Austausch vollzog sich schnell; dies war Genf. Holcroft zog den Regenmantel aus und legte ihn sich über den linken Arm. Er schlüpfte in den weißen Kittel und ging hinein.

Willie hatte sich eine Suite im zweiten Stock reserviert; ihr Eingang war die letzte Tür am Ende des Korridors. Noel ging durch einen dunklen Flur, der in ein noch dunkleres Treppenhaus führte. Am Treppenabsatz stand ein Karren an der Wand mit drei kleinen, noch nicht geöffneten Kartons mit Hotelseife unter einem vierten, der halb leer war. Er entfernte den obersten Karton, nahm sich die übrigen drei und ging die Marmortreppe hinauf, wobei er hoffte, daß er wenigstens entfernt wie jemand aussah, der vielleicht hierher gehörte.

»Jacques? C'est vous?« Der Ruf kam von unten, und die Stimme war angenehm.

Holcroft drehte sich um und zuckte die Achseln.

»Pardon. Je croyais que c'était Jacques qui travaille chez la fleuriste.«

»Non«, sagte Noel schnell und ging weiter die Treppe hinauf. Er erreichte das zweite Stockwerk, stellte die Seifenkartons neben die Treppe und zog den Arbeitskittel aus. Er schlüpfte wieder in seinen Regenmantel, spürte die Pistole und öffnete langsam die Tür; im Korridor war niemand.

Er ging zur letzten Tür auf der rechten Seite, lauschte auf Geräusche; aber da waren keine. Er erinnerte sich, wie er in einem anderen Korridor an einer Tür gelauscht hatte, aber das war Lichtjahre weit entfernt von diesem prunkvollen, mit Elfenbeinarbeiten ausgelegten Korridor, in dem er jetzt stand. An einem Ort, der Montereau hieß... damals war geschossen worden und jemand gestorben.

O Gott, war Willie etwas zugestoßen? Willie, der sich gleich bereit erklärt hatte, ihm zu helfen, der ein Freund gewesen war, als keine anderen zu finden waren. Holcroft nahm die Waffe heraus und griff nach der Türklinke. Er trat zurück, soweit er konnte.

Dann drückte er mit einer einzigen, schnellen Bewegung die Klinke herunter und warf sich dabei mit seinem ganzen Gewicht gegen die Tür, setzte die Schulter als Ramme ein. Die Tür sprang ungehindert auf, schmetterte gegen die Wand dahinter; sie war nicht versperrt gewesen.

Noel kauerte sich nieder, die Waffe vor sich ausgestreckt. Niemand war im Raum, aber ein Fenster stand offen, und die kalte Winterluft blähte die Gardinen auf. Er ging verwirrt ans Fenster; warum ließ man bei dem Wetter ein Fenster offen?

Und dann sah er es: Blutspuren auf dem Fenstersims. Jemand hatte heftig geblutet. Vor dem Fenster war eine Feuerleiter. Er konnte rote Flecken auf den Leitersprossen sehen. Derjenige, der die Feuerleiter benutzt hatte, war schwer verwundet gewesen.

Willie?

»Willie? Bist du da?«

Schweigen.

Holcroft rannte ins Schlafzimmer.

Niemand.

»Willie?«

Er wollte sich gerade umdrehen, als er auf der Vertäfelung einer verschlossenen Tür seltsame Spuren sah. Die Vertäfelung war feinstes Schnitzwerk mit Vergoldungen und prunkvollem Lilienmuster, rosa und weiß und hellblau. Aber was er da sah, gehörte nicht zu dem Rokokomuster.

Das waren verwischte Handabdrücke aus Blut.

Er rannte zu der Tür und trat mit solcher Gewalt dagegen, daß die Vertäfelung aufsplitterte.

Er hatte noch nie etwas derartig Schreckliches gesehen. Über den Rand der leeren Badewanne hing der verstümmelte Körper von Willie Ellis, mit Blut besudelt. Die Brust und der Leib waren ihm förmlich aufgerissen, und die Eingeweide hingen ihm über das rotgetränkte Hemd, seine Kehle war so tief aufgeschlitzt, daß der Kopf kaum noch am Hals festhing, und seine Augen standen weit offen, in Todesqual erstarrt.

Noel brach zusammen und versuchte, die Luft zu schlucken, die seine Lungen nicht füllen wollte.

Und dann sah er das Wort, mit Blut auf die Fliesen über der verstümmelten Leiche hingekritzelt.

ABWEHR

38

Helden fand den Weg drei Kilometer hinter der Stelle, wo sich die Straße von Près-du-Lac gabelte. Sie hatte sich vom Portier eine Taschenlampe ausgeborgt, deren Lichtkegel sie jetzt vor sich richtete, während sie sich den Weg zu Werner Gerhardts Haus durch den Wald bahnte.

Es war eigentlich gar kein richtiges Haus, dachte Helden, als sie das seltsam aussehende Gebäude erreichte, das eher wie eine Miniaturfestung aussah. Es war sehr klein – kleiner als die Hütte Falkenheims –, aber von der Stelle aus, wo sie stand, schienen die Mauern ungewöhnlich dick zu sein. Der Lichtkegel ihrer Taschenlampe erfaßte vorstehende Steinbrocken, die entlang der zwei Seiten, die sie sehen konnte, mit Mörtel verbunden waren; auch das Dach wirkte sehr massiv. Die wenigen Fenster lagen ziemlich hoch und waren ganz schmal. Sie hatte noch nie ein solches Haus gesehen. Es schien in ein Kindermärchen zu passen, in dem Hexen und Zaubersprüche vorkamen.

Damit war auch eine Frage beantwortet, die die Bemerkungen des Portiers in ihr hatten aufkommen lassen, als sie vor ein paar Stunden vom Dorfplatz zurückgekommen war.

»Haben Sie den verrückten Gerhardt gefunden? Es heißt, er sei einmal ein großer Diplomat gewesen, ehe es in seinem Kopf zu rappeln anfing. Es heißt, daß sich seine alten Freunde immer noch um ihn kümmern, obwohl ihn heute keine mehr besuchen. Aber früher einmal haben sie für ihn gesorgt. Sie haben ihm am See ein stabiles Haus gebaut.«

Kein Wind, kein Sturm, kein Schneefall würde je irgendeine Wirkung auf dieses Haus haben. Jemand hatte wirklich vorgesorgt.

Sie hörte das Geräusch einer sich öffnenden Tür. Es erschreckte Helden, weil in den seitlichen oder hinteren Mauern keine Tür war. Dann erfaßte der Lichtkegel die kleinwüchsige Gestalt Werner Gerhardts. Er stand am Rande der zum See führenden Terrasse und hob die Hand. Wie war es nur möglich, daß der alte Mann sie gehört hatte?

»Ich sehe, Sie sind gekommen«, sagte Gerhardt, und in seiner Stimme war keine Spur von Wahnsinn. »Schnell jetzt, im Wald ist es kalt. Kommen Sie herein vors Feuer. Wir wollen Tee trinken.«

Der Raum war größer, als man in diesem kleinen Haus erwartet hätte. Das schwere Mobiliar war alt, aber bequem, mit viel Leder und Holz. Helden saß auf der Ottomane, vom Feuer und dem Tee durchwärmt. Sie hatte gar nicht bemerkt, wie sehr sie gefroren hatte.

Sie redeten jetzt schon seit ein paar Minuten, wobei Gerhardt ihre erste Frage beantwortete, ehe sie überhaupt Gelegenheit hatte, sie zu stellen.

»Ich bin vor fünf Jahren aus Berlin hierhergekommen, über München, wo man meine Tarnung vorbereitet hatte. Ich war ein ›Opfer‹ der ODESSA, ein zerbrochener Mann, der seine letzten Jahre in Senilität und Einsamkeit verlebte. Ich bin eine lächerliche Gestalt; ein Arzt in der Klinik führt die Aufzeichnungen über mich. Er heißt Litvak, falls Sie ihn je brauchen. Er ist der einzige, der weiß, daß ich völlig normal bin.«

»Aber warum war diese Tarnung notwendig?«

»Das werden Sie verstehen, sobald wir miteinander gesprochen haben. Übrigens, Sie waren überrascht, daß ich Ihr Kommen bemerkt habe.« Gerhardt lächelte. »Dieses primitive Uferhäuschen ist sehr modern. Niemand kommt ihm nahe, ohne daß ich es weiß. Ich höre dann ein Summen.« Das Lächeln des alten Mannes verschwand. »So, was ist Klaus passiert?«

Sie sagte es ihm. Gerhardt war eine Weile stumm, in seinen Augen stand Schmerz.

»Diese *Tiere*«, sagte er. »Die können einen Mann nicht einmal mit dem Anschein von Anstand exekutieren; die müssen ihn verstümmeln. Gott soll sie *verdammen*!«

»Wen?«

»Die falsche Wolfsschanze. Die Tiere. Nicht die Adler.«

»Adler? Ich verstehe nicht.«

»Das Komplott, Hitler im Juli vierundvierzig zu töten, war unter anderem eine Verschwörung von Offizieren. Militärs – im großen und ganzen anständige Männer –, die erkannten, was der Führer und seine Wahnsinnigen an Schrecklichkeiten verübt hatten. Das war nicht das Deutschland, für das sie kämpfen wollten. Ihr Ziel war es, Hitler zu töten, sich um einen gerechten Frieden zu bemühen und die Mörder und Sadisten bloßzustellen, die ihre Funktionen im Namen des Reiches ausübten. Rommel nannte diese Männer ›die wahren Adler Deutschlands‹.«

»Die Adler…«, wiederholte Helden. »›Sie werden die Adler nicht aufhalten…‹«

»Wie bitte?« fragte der alte Mann.

»Nichts. Fahren Sie bitte fort.«

»Natürlich scheiterte der Plan, und dann kam es zu einem Blutbad. Zweihundertundzwölf Offiziere, von denen viele nur entfernt verdächtig waren, wurden gefoltert und getötet. Und dann wurde das Stichwort Wolfsschanze plötzlich ein Vorwand, jegliche abweichende Meinung im Reich auszutilgen. Tausende, die im militärischen oder politischen Bereich Kritik geäußert hatten, wurden aufgrund erfundener Beweise verhaftet und exekutiert. Die große Mehrzahl von ihnen hatte nicht das mindeste zu tun mit einem Attentat auf das Leben Hitlers. Rommel erhielt den Befehl, Selbstmord zu begehen, da man sich wegen seiner Popularität fürchtete, ihn hinrichten zu lassen. Die schlimmsten

Ängste der Offiziere des Widerstands bestätigten sich: jetzt hatten die Wahnsinnigen die totale Kontrolle über Deutschland an sich gerissen. Das war es, was sie mit ihrer Verschwörung in der Wolfsschanze hatten verhindern wollen. In *ihrer* Wolfsschanze; der wahren Wolfsschanze.«

»*Ihrer* ... Wolfsschanze?« fragte Helden. »Die Münze der Wolfsschanze hat zwei Seiten.««

»Ja«, sagte Gerhardt. »Es gab noch eine andere Verschwörung. Eine zweite Gruppe von Männern, die ebenfalls den Tod Hitlers wollten. Aber aus einem völlig anderen Grund. Diese Männer hielten ihn für einen Versager. Sie sahen seine Schwächen, seine geringer gewordenen Fähigkeiten. Sie wollten an die Stelle seines Wahnsinns einen anderen Wahnsinn setzen, einen, der effizienter war. In ihren Plänen war kein Platz für den Frieden, sie wollten den Krieg mit allen Mitteln. Mit Taktiken, von denen man nicht mehr gehört hatte, seit die Mongolenhorden vor Jahrhunderten durch Europa fegten. Ganze Völker als Geiseln, Massenexekutionen für die geringfügigsten Vergehen, eine Schreckensherrschaft, so fürchterlich, daß die Welt um Waffenstillstand nachsuchen würde, und wäre es nur um der Menschheit willen.« Gerhardt hielt inne; als er dann fortfuhr, war seine Stimme von Abscheu erfüllt. »Dies war die falsche Verschwörung, die es nie hätte geben dürfen. Sie – die Männer *jener* Wolfsschanze – haben immer noch ihr altes Ziel vor Augen.«

»Wenn aber auch diese Männer Teil der Verschwörung gegen Hitler waren«, sagte Helden, »wie sind sie entkommen?«

»Indem sie sich als die unbedingtesten Anhänger Hitlers aufführten. Sie gruppierten sich schnell neu und bekundeten ihren Ekel über den Verrat der anderen. Wie stets, wurde der Führer auch diesmal durch Eifer und Wildheit beeindruckt; seinem ganzen Wesen nach war er nämlich ein Feigling, müssen Sie wissen. Er beauftragte einige von ihnen mit den Exekutionen und genoß ihre Ergebenheit.«

Helden rutschte auf dem Sessel nach vorne. »Sie sagen, diese Männer – diese andere Wolfsschanze – hätten immer noch ihr altes Ziel vor Augen. Aber die meisten von ihnen müßten doch inzwischen tot sein.«

Der alte Mann seufzte. »Sie wissen es wirklich nicht, wie? Klaus hat gesagt, Sie wüßten es nicht.«

»Sie wissen, wer ich bin?« fragte Helden.

»Natürlich. Sie haben die Briefe selbst zur Post gebracht.«

»Ich habe für den Herrn Oberst eine Menge Briefe aufgegeben. Aber keine nach Neuchâtel.«

»Diejenigen, die für mich bestimmt waren, habe ich erhalten.«

»Er hat Ihnen von mir geschrieben?«

»Häufig. Er hat Sie sehr geliebt.« Gerhardts Lächeln war voll Wärme. Doch als er weitersprach, verblaßte es. »Sie haben mich gefragt, wie die

Männer der falschen Wolfsschanze nach so vielen Jahren noch ihr Ziel vor Augen haben könnten. Sie haben natürlich recht. Die meisten von ihnen sind tot. Daher sind es nicht sie, es sind die Kinder.«

»Die *Kinder*?«

»Ja. Sie sind überall; in jeder Stadt, jeder Provinz, in jedem Land. In jedem Beruf, jeder politischen Gruppierung. Ihre Funktion ist es, dauernden Druck auszuüben, die Leute zu überzeugen, daß ihr Leben so viel besser sein könnte, wenn starke Männer sich gegen die Schwäche auflehnten. Lautstarker Zorn vertritt eine wirkliche Verbesserung, Groll und Erbitterung treten an die Stelle der Vernunft. Überall geschieht das, und nur wenige von uns wissen, was es ist: eine breit angelegte Vorbereitung. Die Kinder sind herangewachsen.«

»Wo – und wie?«

»Jetzt kommen wir zum Kern der Sache. Das, was ich jetzt sage, wird Ihnen auch andere Fragen beantworten.« Der alte Mann beugte sich vor. »Man hat es die ›Operation Sonnenkinder‹ genannt, und es geschah 1945. Tausende von Kindern im Alter zwischen sechs Monaten und sechzehn Jahren wurden aus Deutschland in die Welt hinausgeschickt. In alle Winkel der Welt...«

Während Gerhardt erzählte, spürte Helden Übelkeit in sich aufsteigen, körperliche Übelkeit.

»Ein Plan wurde entwickelt«, fuhr Gerhardt fort, »der gewährleisten sollte, daß den *Sonnenkindern* nach einer bestimmten Zeit Millionen von Dollar zur Verfügung standen. Die Zeit wurde aus den normalen ökonomischen Zyklen extrapoliert und errechnet; man legte sie auf dreißig Jahre fest.«

Ein scharfer Atemzug Heldens unterbrach ihn, aber nur kurz.

»Es war ein Plan, den sich drei Männer erdacht hatten...«

Ein leiser Schrei entrang sich Heldens Kehle.

»...Diese drei Männer hatten Zugang zu unschätzbaren Geldbeträgen, und einer von ihnen war vielleicht der geschickteste Finanzmann unserer Zeit. Er war es, er vor allem, der die wirtschaftlichen Kräfte zusammenschmiedete, die den Aufstieg Adolf Hitlers sicherstellten. Und als Hitlers Reich ihn enttäuschte, machte er sich daran, ein anderes zu schaffen.«

»Heinrich Clausen...«, flüsterte Helden. »O *Gott*, nein!... Noel! O Gott, Noel!«

»Er war nie mehr als ein Mittel zum Zweck, ein Kanal, durch den man das Geld schleusen konnte. Er weiß nichts.«

»Dann...« Heldens Augen weiteten sich, und der Schmerz in ihren Schläfen wurde schärfer.

»Ja«, sagte Gerhardt und griff nach ihrer Hand. »Ein junger Knabe wurde ausgewählt, einer der Söhne. Ein außergewöhnliches Kind, fanatisch, brillant und schön. Man beobachtete ihn, entwickelte ihn, bildete ihn für seine Mission im Leben aus.«

»Johann... O Gott im Himmel, das ist *Johann*.«

»Ja. Johann von Tiebolt. Er ist es, der darauf vorbereitet ist, die *Sonnenkinder* überall auf der Welt zur Macht zu führen.«

Es war, als dröhnte eine mächtige Trommel in ihren Schläfen, lauter und immer lauter werdend, eindringlich. Das Bild, das ihre Augen aufnahmen, wurde unscharf, der Raum begann um sie zu kreisen, und Dunkelheit senkte sich über sie. Helden fiel in den Abgrund.

Sie schlug die Augen auf, wußte nicht, wie lange sie bewußtlos gewesen war. Gerhardt hatte sie an die Ottomane gelehnt und hielt ihr ein Glas Cognac unter die Nase. Sie griff nach dem Glas und schluckte. Der Alkohol breitete sich schnell in ihr aus und führte sie zu dem schrecklichen Augenblick zurück.

»Johann«, flüsterte sie, und der Name war wie ein Schmerzensschrei. »Deshalb hat der Oberst —«

»Ja«, sagte der alte Mann und griff ihr damit vor. »Deshalb hat Klaus Sie zu ihm bringen lassen. Die aufrührerische Tochter von Tiebolts, geboren in Rio, ihrem Bruder und ihrer Schwester entfremdet. War die Entfremdung echt oder benutzte man Sie, damit Sie sich in die Reihen der enttäuschten deutschen Jugend einschlichen? Das mußten wir wissen.«

»Benutzt und dann getötet«, fügte Helden hinzu und schauderte. »Die haben versucht, mich in Montereau zu töten. Mein Gott, mein *Bruder*.«

Der alte Mann stand mit einiger Mühe auf. »Ich fürchte, Sie irren«, sagte er. »Es war ein tragischer Nachmittag, angefüllt mit Irrtümern. Die zwei Männer, die Jagd auf Sie machten, kamen von uns. Ihre Anweisungen waren klar: sie sollten alles erfahren, was es über Holcroft Wissenswertes gab. Er war damals noch ein unbekannter Faktor. War er ein Teil von Wolfsschanze – ihrer Wolfsschanze? Sofern er nur ein unwissendes Werkzeug war, sollte er leben, und wir würden ihn zu überzeugen versuchen, sich uns anzuschließen. Gehörte er der Wolfsschanze an, so sollte er getötet werden. In dem Fall hätten Sie weggeschafft werden sollen, ehe Ihnen ein Leid geschah, ehe Sie in die Sache hineingezogen wurden. Aus Gründen, die wir nicht kennen, entschieden sich unsere Männer dafür, ihn zu töten.«

Helden senkte den Blick. »Johann hat uns an jenem Nachmittag einen Mann nachgeschickt. Um herauszufinden, wer sich so für Noel interessierte.«

Gerhardt setzte sich. »Dann haben unsere Leute diesen Mann gesehen und gedacht, es handle sich um ein Treffen mit von Tiebolt, mit einem Abgesandten der *Sonnenkinder*. Für sie bedeutete das, daß Holcroft tatsächlich zur Wolfsschanze gehörte. Das genügte ihnen als Beweis.«

»Es war meine Schuld«, sagte Helden. »Als dieser Mann mitten in der Menschenmenge nach meinem Arm griff, hatte ich Angst. Er sagte mir, ich müsse mit ihm gehen. Er sprach Deutsch. Ich dachte, er gehöre zu ODESSA.«

»Nichts weniger als das. Er war ein Jude von einem Ort namens Har Sha'alav.«

»Ein Jude?«

Gerhardt berichtete ihr kurz von dem Kibbuz in der Negeb-Wüste. »Sie sind unsere kleine Armee. Man schickt einen Funkspruch; sie schicken Männer. So einfach ist das.«

Befehle müssen weitergeleitet werden . . . an jene mutigen Männer, die das letzte Bollwerk bilden können. Jetzt begriff Helden diese Worte. »Und Sie werden jetzt einen solchen Funkspruch schicken?«

»*Sie* werden ihn veranlassen. Ich habe vorhin einen Dr. Litvak in der Klinik erwähnt. Er bewahrt für diejenigen, die es vielleicht interessiert, meine Krankenblätter auf. Er ist einer der unseren; er verfügt über eine Sendeanlage und spricht jeden Tag mit mir. Ein Telefon hier wäre zu gefährlich. Gehen Sie noch heute nacht zu ihm. Er kennt die Codes und wird Har Sha'alav erreichen. Ein Team muß nach Genf geschickt werden; Sie müssen ihnen sagen, was zu tun ist. Johann, Kessler, selbst Noel Holcroft, wenn er schon zu tief in der Sache steckt, müssen getötet werden. Das Geld darf nicht verteilt werden.«

»Ich werde Noel überzeugen.«

»Um Ihrer selbst willen hoffe ich, daß Sie das können. Es wird vielleicht nicht so einfach sein, wie Sie glauben. Man hat ihn auf brillante Weise manipuliert. Er ist zutiefst überzeugt; das geht so weit, daß er inzwischen selbst den Vater, den er nie kannte, in Schutz nimmt.«

»Wie haben Sie das erfahren?«

»Von seiner Mutter. Wir haben jahrelang geglaubt, daß sie in Clausens Plan eine Rolle spielte, und haben jahrelang gewartet. Dann haben wir sie aufgesucht, sie ins Verhör genommen und erfahren, daß sie nichts damit zu tun hatte. Sie war die Brücke zur perfektesten Verbindung, die es geben konnte – und zugleich ihr Ursprung. Wer sonst, als ein Noel Clausen-Holcroft, dessen Herkunft man aus allen Akten getilgt hatte, nur aus seinem eigenen Bewußtsein nicht, würde die Geheimhaltungsbedingungen denn akzeptieren, die das Genfer Dokument forderte? Ein normaler Mensch hätte juristische und finanzielle Beratung gefordert, aber Holcroft, der an seinen Vertrag glaubte, behielt alles für sich.«

»Aber man muß ihn doch *überzeugt* haben«, sagte Helden. »Er ist ein starker, ein moralischer Mensch. Wie konnten die das zuwege bringen?«

»Wie überzeugt man jemanden, daß seine Sache gerecht ist?« fragte der alte Mann rhetorisch. »Indem man dafür sorgt, daß andere sich verzweifelt darum bemühen, ihn zu stoppen. Wir haben die Berichte aus Rio gelesen. Holcrofts Erlebnis mit Maurice Graff, das, was er in der Botschaft ausgesagt hat. Das Ganze war ein gut inszeniertes Schauspiel. Niemand hat versucht, ihn in Rio zu töten, aber Graff wollte, daß er das glaubte.«

»Graff ist ODESSA.«

»Keineswegs! Er ist einer der Anführer der falschen Wolfsschanze... der einzigen Wolfsschanze, jetzt. Ich sollte sagen, daß er das war; er ist tot.«

»Was?«

»Er ist gestern erschossen worden von einem Mann, der eine Nachricht hinterließ, aus der man entnehmen kann, daß es sich um einen Racheakt portugiesischer Juden handelt. Das Werk Ihres Bruders natürlich. Graff war zu alt, zu rechthaberisch. Er hatte seinen Zweck erfüllt.«

Helden stellte das Cognacglas auf den Boden. Die Frage mußte gestellt werden. »Herr Gerhardt, weshalb haben Sie nie Genf als das enthüllt, was es wirklich war?«

Der alte Mann erwiderte ihren fragenden Blick. »Weil wir damit nur die Hälfte geschafft hätten, nur das halbe Komplott hätten enthüllen können. Man hätte uns natürlich sofort getötet, aber das ist belanglos. Der Rest ist es, worauf es ankommt.«

»Der Rest?«

»Die zweite Hälfte. Wer sind die *Sonnenkinder*? Wie sind ihre Namen? Wo sind sie? Vor dreißig Jahren hat man eine Liste angefertigt; die muß Ihr Bruder haben. Sie ist umfangreich – Hunderte von Seiten – und muß irgendwo versteckt sein. Von Tiebolt würde sich eher bei lebendigem Leib verbrennen lassen, als dieses Versteck zu verraten. Aber es *muß* eine zweite Liste geben! Eine kurze – ein paar Seiten nur, vielleicht. Er trägt sie entweder bei sich, oder sie befindet sich zumindest in seiner Nähe. Eine Liste all der Leute, die Geld erhalten sollen. Das werden die Vertrauten der Wolfsschanze sein. Dies ist die Liste, die man finden kann und muß. Sie müssen den Soldaten von Har Sha'alav sagen, daß sie sie finden müssen. Das Geld abstoppen und die Liste finden. Das ist unsere einzige Hoffnung.«

»Ich werde es ihnen sagen«, versprach Helden. »Sie werden sie finden.« Sie sah weg, hing plötzlich einem anderen Gedanken nach. »Wolfsschanze. Selbst der Brief, der vor mehr als dreißig Jahren an

Noel Holcroft geschrieben wurde – der Brief, der an ihn appellierte und ihn zugleich bedrohte –, war ein Teil davon.«

»Sie haben im Namen von Adlern an ihn appelliert und gedroht, aber verpflichtet waren sie Bestien.«

»Das konnte er nicht wissen.«

»Nein, das konnte er nicht. Der Name Wolfsschanze ist beeindruckkend, ein Symbol der Tapferkeit. Das war die einzige Wolfsschanze, die für Holcroft eine Bedeutung hatte. Er wußte nichts von der anderen Wolfsschanze, jenem gemeinen Zerrbild der echten. Niemand wußte davon. Nur einer.«

»Der Oberst?«

»Falkenheim, ja.«

»Wie ist er entkommen?«

»Durch eine Namensverwechslung.« Gerhardt ging an den offenen Kamin und stocherte in den Holzscheiten herum. »Unter den Riesen der Wolfsschanze war der Befehlshaber des Frontabschnittes Belgien, Alexander von Falkenhausen. Falken*hausen*, Falken*heim*. Klaus Falkenheim hatte Ostpreußen verlassen, um an einer Besprechung in Berlin teilzunehmen. Als das Attentat scheiterte, schaffte es Falkenhausen irgendwie, Falkenheim über Funk zu erreichen und ihn von der Katastrophe zu informieren. Er bat Klaus, nicht zurückzukommen. Er würde der ›Falke‹ sein, den man fangen würde. Der andere ›Falke‹ war Hitler treu ergeben; er würde dafür sorgen, daß das jedem klar war. Klaus hatte Einwände, aber er begriff. Es gab Arbeit für ihn. Jemand mußte überleben.«

»Wo ist Noels Mutter?« fragte Helden. »Was hat sie erfahren?«

»Sie weiß jetzt alles. Wir wollen hoffen, daß sie nicht in Panik geraten ist. Wir haben sie in Mexiko aus den Augen verloren; wir vermuten, daß sie versucht, ihren Sohn zu erreichen. Es wird ihr nicht gelingen. In dem Augenblick, wo man sie entdeckt, ist sie eine tote Frau.«

»Wir müssen sie finden.«

»Nicht zu Lasten der anderen Prioritäten«, sagte der alte Mann. »Vergessen Sie nicht, es gibt jetzt nur noch eine Wolfsschanze. Sie gilt es zu vernichten, das ist alles, was jetzt wichtig ist.« Gerhardt legte den Schürhaken weg. »Sie werden noch heute abend Dr. Litvak aufsuchen. Sein Haus steht in der Nähe der Klinik, etwas darüber, auf einem Hügel, zwei Kilometer nördlich davon. Es ist ein ziemlich steiler Hügel; das ist gut für seine Funkanlage. Ich gebe Ihnen –«

Ein kräftiges Summen erfüllte den Raum. Das Echo von den Wänden war so kräftig, daß Helden die Vibration spürte und aufsprang. Gerhardt wandte sich vom Kamin ab und sah auf ein schmales Fenster oben in der linken Wand. Er schien die Glasscheiben zu studieren, die zu hoch angebracht waren, als daß er durch sie hätte sehen können.

»Da ist ein Nachtspiegel, der Infrarotbilder aufnimmt«, sagte er, ohne den Blick von der Scheibe zu wenden. »Es ist ein Mann. Ich kann ihn sehen, aber ich erkenne ihn nicht.« Er ging an den Schreibtisch, holte eine kleine Pistole heraus und reichte sie Helden.

»Was soll ich tun?« fragte sie.

»Verstecken Sie sie unter Ihrem Rock.«

»Sie wissen nicht, wer es ist?« Helden hob den Rock und setzte sich in einen Sessel, der der Tür gegenüberstand. Die Waffe hatte sie jetzt verborgen.

»Nein. Er ist gestern eingetroffen; ich habe ihn auf dem Dorfplatz gesehen. Vielleicht ist er einer von uns, vielleicht auch nicht. Ich weiß es nicht.«

Helden konnte jetzt Schritte vor der Tür hören. Sie verstummten, einen Augenblick herrschte Schweigen. Dann war ein schnelles Klopfen zu vernehmen.

»Herr Gerhardt?«

Der alte Mann gab Antwort, seine Stimme war jetzt wieder schrill, er sprach in dem eigenartigen Tonfall, den er auf dem Dorfplatz gebraucht hatte. »Du lieber Gott, wer ist da? Es ist sehr spät; ich bin beim Beten.«

»Ich bringe Ihnen Nachricht von Har Sha'alav.«

Der alte Mann atmete erleichtert auf und nickte Helden zu. »Einer von uns«, sagte er und zog den Riegel zurück. »Niemand außer uns weiß über Har Sha'alav Bescheid.«

Die Tür öffnete sich. Einen winzigen Augenblick lang erstarrte Helden. Dann schnellte sie aus dem Sessel und warf sich zu Boden. Die Gestalt unter der Tür hielt eine Waffe mit großem Lauf in der Hand; die Explosion hallte wie Donner. Gerhardt flog nach rückwärts, von dem Schuß zu Boden gefegt, sein Körper war eine verzerrte, blutige Masse, die sich noch in der Luft krümmte, ehe sie gegen den Schreibtisch prallte. Helden glitt hinter den Ledersessel und griff nach der Pistole unter ihrem Rock.

Ein zweiter Schuß krachte, ebenso donnerartig wie der erste. Die lederne Lehne des Sessels flog auseinander. Noch ein Schuß, und sie spürte einen eisigen Schmerz am Bein. Blut quoll über ihren Strumpf.

Sie hob die Pistole und drückte schnell hintereinander ab, zielte – und zielte doch nicht – auf die riesige Gestalt in der Tür.

Sie hörte den Mann schreien. In ihrer Panik prallte sie gegen die Wand, ein in die Enge getriebenes Tier, das im Begriff war, sein belangloses Leben zu verlieren. Tränen strömten ihr übers Gesicht, als sie erneut zielte und immer wieder abdrückte, bis die Schüsse verstummten und sie nur noch das krankmachende Klicken des leergeschossenen Magazins hörte. Sie schrie vor Schreck auf; sie hatte keine Kugeln mehr. Hoffentlich war ihr ein schneller Tod beschieden.

Sie hörte ihre Schreie – sie *hörte* sie –, als schwebte sie am Himmel und blickte hinab auf Chaos und Rauch.

Da *war* Rauch. Überall. Er erfüllte den ganzen Raum, und die beißenden Schwaden brannten in ihren Augen, blendeten sie. Sie begriff nicht; nichts geschah.

Dann hörte sie die mit schwacher Stimme geflüsterten Worte:

»Mein Kind...«

Es war Gerhardt! Schluchzend drückte sie die Hand gegen die Mauer und stieß sich ab. Ihr blutendes Bein hinter sich herziehend, kroch sie auf die Stelle zu, von der das Flüstern kam.

Der Rauch begann dünner zu werden. Sie konnte die Gestalt des Mörders sehen. Er lag auf dem Rücken, mit kleinen roten Kreisen am Hals und in der Stirn. Er war tot.

Und Gerhardt lag im Sterben. Sie kroch zu ihm und legte ihr Gesicht dicht neben das seine, so daß ihre Tränen auf ihn fielen.

»Mein Kind... gehen Sie zu Litvak. Er muß Har Sha'alav erreichen. Halten Sie sich von Genf fern.«

»*Fern*...?«

»Sie, Kind. Die wissen, daß Sie zu mir gekommen sind. Wolfsschanze hat Sie gesehen... Sie sind alles, was noch übriggeblieben ist. Sie sind die Ab–«

»Was?«

»...›Die Abwehr‹.«

Gerhardts Kopf glitt von ihr weg. Er war tot.

39

Der rotbärtige Pilot ging schnell die Rue des Granges hinunter, auf den geparkten Wagen zu. Althene, die im Wagen saß, sah ihn näherkommen. Sie war beunruhigt. Weshalb hatte der Pilot nicht ihren Sohn mitgebracht? Und warum hatte er es so eilig?

Der Pilot schob sich hinter das Steuer, brauchte einen Augenblick, um Atem zu schöpfen.

»Im d'Accord herrscht große Verwirrung, Madame. Jemand ist umgebracht worden.«

Althene stöhnte. »*Noel*? Ist es mein *Sohn*?«

»Nein. Ein Engländer. William Ellis heißt er.«

»Gütiger Gott!« Althenes Hände krampften sich um ihre Tasche. »Noel hatte einen Freund in London, der Ellis hieß. Er hat häufig von ihm gesprochen. Ich muß meinen Sohn erreichen!«

»Aber nicht in dem Hotel, Madame. Nicht, wenn es eine Verbindung zwischen Ihrem Sohn und dem Engländer gibt. Dort wimmelt es von Polizei, und Sie werden gesucht.«

»Fahren Sie zu einem Telefon.«

»Ich werde anrufen. Aber das ist dann wahrscheinlich das letzte, was ich für Sie tue, Madame. Ich habe nicht den Wunsch, in einen Mord hineingezogen zu werden. Das war nicht Teil unserer Vereinbarung.«

Sie fuhren beinahe eine Viertelstunde, bis der Pilot sicher war, daß ihnen niemand folgte.

»Weshalb sollte uns jemand folgen?« fragte Althene. »Niemand hat mich gesehen; Sie haben meinen Namen nicht erwähnt. Und den Noels auch nicht.«

»Nicht Sie, Madame. Mich. Ich lege keinen Wert auf nähere Beziehungen zur Genfer Polizei. Ich hatte mit denen hin und wieder kleine Zusammenstöße. Wir kommen nicht besonders gut miteinander aus.«

Sie fuhren jetzt durchs Uferviertel, und der Pilot suchte die Straßen nach einer abseits stehenden Telefonzelle ab. Er fand eine, lenkte den Wagen an den Randstein und huschte in die Zelle. Althene beobachtete ihn, wie er sprach. Dann kam er zurück, setzte sich viel langsamer hinter das Steuer, als er es verlassen hatte, und saß einen Augenblick lang mit finsterer Miene da.

»Um Himmels willen, was ist geschehen?«

»Das gefällt mir nicht«, sagte er. »Die haben einen Anruf von Ihnen erwartet.«

»Natürlich. Das hatte mein Sohn arrangiert.«

»Aber Sie waren nicht am Telefon. Sondern ich.«

»Welchen Unterschied macht das? Ich habe jemanden gebeten, für mich anzurufen. Was haben sie gesagt?«

»Nicht sie. Er. Und das, was er gesagt hat, war viel zu klar. In dieser Stadt geht man nicht so großzügig mit Informationen um. Man drückt sich nur dann klar aus, wenn man eine Stimme erkennt oder wenn gewisse Codeworte gebraucht werden, die bestätigen, daß der Anrufende ein Recht auf Wissen besitzt.«

»Was *besagte* die Information?« fragte Althene gereizt.

»Eine Zusammenkunft. Sobald wie möglich. Zehn Kilometer nördlich auf der Straße nach Vésenaz. Das ist auf der Ostseite des Sees. Er sagte, Ihr Sohn wäre dort.«

»Dann fahren wir hin.«

»›Wir‹, Madame?«

Sie bot ihm fünfhundert amerikanische Dollar an.

»Sie sind verrückt«, sagte er.

»Dann sind wir uns einig?«

»Unter der Bedingung, daß Sie so lange, bis Sie mit Ihrem Sohn zusammen sind, genau das tun, was ich sage«, antwortete er. »Wenn ich soviel Geld annehme, übernehme ich auch eine Verpflichtung. Aber wenn er nicht dort ist, geht mich das nichts an. Ich werde trotzdem bezahlt.«

»Das werden Sie. Fahren wir.«

»Gut.« Der Pilot setzte den Wagen in Bewegung.

»Weshalb sind Sie so argwöhnisch? Mir kommt das alles ganz logisch vor«, sagte Althene.

»Das habe ich Ihnen doch gesagt. In dieser Stadt gelten besondere Regeln. In Genf ist das Telefon der Kurier. Man hätte mir eine zweite Nummer nennen müssen, damit Sie selbst mit Ihrem Sohn sprechen können. Als ich das vorschlug, sagte man mir, dafür sei keine Zeit.«

»Alles durchaus möglich.«

»Mag sein, aber mir gefällt es nicht. Die Zentrale hat gesagt, sie verbinde mich mit dem Empfang, aber der Mann, mit dem ich gesprochen habe, war kein Empfangsangestellter.«

»Woher wissen Sie das?«

»Empfangsangestellte können arrogant sein, und sind das häufig auch, aber sie haben keinen Befehlston an sich. Den hatte aber der Mann, mit dem ich sprach. Und er war nicht aus Genf. Er hatte einen Akzent, den ich nicht unterbringen konnte. Sie werden genau das tun, was ich sage, Madame.«

Von Tiebolt legte den Hörer auf und lächelte. »Jetzt haben wir sie«, sagte er ruhig und ging zu der Couch, wo Hans Kessler lag und sich einen Eisbeutel an die rechte Wange hielt, um sich seine Schürfwunden zu kühlen. Der persönliche Arzt des Staatsrats hatte ihn behandelt.

»Ich komme mit«, sagte Hans, dessen Stimme von Zorn und Schmerz angespannt war.

»Besser nicht«, warf sein Bruder ein.

»Man darf dich nicht sehen«, fügte von Tiebolt hinzu. »Wir werden Holcroft sagen, daß du aufgehalten worden bist.«

»Nein!« erregte sich der Arzt und schlug mit der Faust auf den Tisch. »Du kannst Holcroft sagen, was du willst, aber ich komme heute abend mit. Dafür ist dieses Miststück verantwortlich!«

»Ich würde sagen, daß *du* dafür verantwortlich warst«, sagte von Tiebolt. »Es war ein Auftrag zu erledigen, und du wolltest ihn übernehmen. Du warst ganz erpicht darauf. Das bist du bei solchen Dingen immer. Du magst körperlichen Kampf.«

»Er wollte nicht sterben! Die schwule Sau wollte nicht *sterben*!« schrie Hans. »Er hatte die Kraft von fünf Löwen. Sieh dir das an!« Er riß sein Hemd auf, so daß man die schwarzen Fäden sehen konnte. »Mit den bloßen Händen hat er mich so zugerichtet! Mit den *Händen*!«

Erich Kessler wandte den Blick von den Wunden seines Bruders.

»Du kannst noch von Glück reden, daß du weggekommen bist, ohne daß dich einer gesehen hat. Und jetzt müssen wir dich aus diesem Hotel schaffen. Die Polizei verhört jeden.«

»Hierher werden die nicht kommen«, wandte Hans zornig ein. »Dafür hat unser Staatsrat gesorgt.«

»Trotzdem. Ein einziger neugieriger Polizist, der zufällig hereinkommt, könnte zu Komplikationen führen«, sagte von Tiebolt nach einem Blick auf Erich. »Hans muß weg. Eine dunkle Brille, ein Schal, sein Hut. Der Staatsrat wartet in der Halle.« Der blonde Mann ließ den Blick zu dem Verwundeten wandern. »Wenn du dich bewegen kannst, bekommst du dann eine Chance mit der Holcroft. Dann fühlst du dich vielleicht besser.«

»Ich kann mich bewegen«, sagte Hans mit schmerzverzerrtem Gesicht.

Johann wandte sich wieder dem älteren Kessler zu. »Du bleibst hier, Erich. Holcroft wird bald hier anrufen, aber er wird sich erst dann zu erkennen geben, wenn er deine Stimme erkennt. Sei bekümmert, besorgt. Sag ihm, ich hätte dich in Berlin angerufen und dich gebeten, früher hierherzukommen. Ich hätte auch versucht, *ihn* in Paris zu erreichen, aber er sei bereits abgereist gewesen. Dann sagst du ihm, daß wir beide über das, was heute nachmittag hier geschehen ist, schockiert sind. Der Mann, der getötet wurde, hatte sich nach ihm erkundigt; wir machten uns beide Sorgen um seine Sicherheit. Man dürfe ihn *nicht* im d'Accord sehen.«

»Ich könnte sagen, jemand, auf den seine Beschreibung paßt, sei gesehen worden, wie er das Haus durch den Lieferanteneingang verließ«, fügte der Gelehrte hinzu. »Er befand sich in einer Art Schockzustand; er wird das akzeptieren. Das wird seine Panik noch verstärken.«

»Ausgezeichnet. Triff dich mit ihm und bring ihn ins Excelsior. Trag dich unter dem Namen –« der blonde Mann überlegte einen Augenblick – »unter dem Namen Fresca ein. Wenn er noch irgendwelche Zweifel hat, wird ihn das überzeugen. Er hat diesen Namen in deinem Beisein nie gebraucht; er wird wissen, daß wir uns schon begegnet sind.«

»Schön«, sagte Erich. »Und im Excelsior werde ich ihm erklären, daß du wegen allem, was geschehen ist, an die Direktoren der Bank herangetreten bist und das Gespräch für morgen vormittag festgesetzt hast. Je schneller wir es hinter uns bringen, desto schneller können wir nach Zürich fahren und die Sicherheitsvorkehrungen treffen.«

»Noch einmal, ausgezeichnet, Herr Professor. Komm, Hans«, sagte von Tiebolt. »Ich helfe dir.«

»Nicht notwendig«, sagte der Arzt aus München, wobei sein Gesichtsausdruck seine Worte Lügen strafte. »Du brauchst bloß meine Tasche zu nehmen.«

»Selbstverständlich.« Von Tiebolt nahm die Arzttasche. »Ich bin fasziniert. Du mußt mir sagen, was du ihm injizieren willst. Vergiß nicht, wir wollen zwar seinen Tod, aber nicht so, daß es wie Mord aussieht.«

»Keine Sorge«, sagte Hans. »Alles ist klar bezeichnet. Es wird keine Fehler geben.«

»Sobald wir uns mit der Holcroft getroffen haben«, sagte von Tiebolt und legte einen Mantel über Hans' Schultern, »werden wir entscheiden, wo Hans heute nacht bleiben soll. Vielleicht im Haus des Staatsrats.«

»Gute Idee«, stimmte der Gelehrte zu. »Dann stünde auch der Arzt zur Verfügung.«

»Den *brauche* ich nicht«, stieß Hans mit zusammengebissenen Zähnen hervor. Man konnte ihm anmerken, daß ihm jeder Schritt Schmerzen bereitete. »Ich hätte mich selbst zusammenflicken können; der ist nicht besonders gut. Auf Wiedersehn, Erich.«

»Auf Wiedersehn.«

Von Tiebolt öffnete die Tür, sah sich nach Erich um und geleitete dann den verwundeten Hans in den Korridor hinaus. »Du sagst, jede Ampulle sei bezeichnet?«

»Ja. Das Serum, das ich für die Frau vorgesehen habe, wird ihren Herzschlag so beschleunigen ...«

Die Tür schloß sich. Der ältere Kessler setzte sich zurecht. So funktionierte die Wolfsschanze, eine andere Entscheidung war nicht möglich. Der Arzt, der Hans behandelt hatte, hatte keine Zweifel daran gelassen, daß es zu inneren Blutungen gekommen war; seine inneren Organe waren schwer verletzt worden, als wären sie von Klauen mit außergewöhnlichen Kräften zerfetzt worden. Wenn Hans nicht in ein Krankenhaus eingeliefert wurde, war es möglich, daß er starb. Aber man durfte seinen Bruder nicht in ein Krankenhaus einliefern; dort würde man Fragen stellen. Ein Mann war am Nachmittag im d'Accord getötet worden; der verwundete Patient war Gast im d'Accord gewesen. Zu viele Fragen. Außerdem befand sich das, was Hans beitragen konnte, in der schwarzen Ledertasche, die Johann trug. Der Tinamu würde alles erfahren, was sie wissen mußten. Hans Kessler, *Sonnenkind*, wurde nicht länger gebraucht; er war zu einer Last geworden.

Das Telefon klingelte. Kessler nahm ab.

»Erich?« Es war Holcroft.

»Ja?«

»Ich bin in Genf. Sie sind früher eingetroffen; ich dachte, ich versuche es einmal.«

»Ja. Von Tiebolt hat mich heute morgen in Berlin angerufen. Er hat versucht, Sie in Paris zu erreichen. Er hat vorgeschlagen –«

»Ist er angekommen?« unterbrach der Amerikaner.

»Ja. Er ist jetzt unterwegs, um die letzten Vorbereitungen für morgen zu treffen. Wir haben Ihnen vieles zu sagen.«

»Und ich haben *Ihnen* vieles zu sagen«, sagte Holcroft. »Wissen Sie, was passiert ist?«

»Ja, es ist schrecklich.« Wo blieb die Panik? Wo war die Angst eines Mannes, der bis an die Grenzen seiner Leistungsfähigkeit belastet war? Die Stimme am Telefon war nicht die Stimme eines Ertrinkenden, der nach einem Strohhalm greift. »Er war ein Freund von Ihnen. Es heißt, er habe sich nach Ihnen erkundigt.«

Am anderen Ende der Leitung trat eine kurze Pause ein. »Er hat sich nach meiner Mutter erkundigt.«

»Das habe ich nicht verstanden. Wir wissen nur, daß er den Namen Holcroft gebraucht hat.«

»Was bedeutet *Abwehr*?«

Kessler war verblüfft. Der Amerikaner hatte sich im Griff; das hatte er nicht erwartet. »Was kann ich Ihnen sagen? Das ist der Feind Genfs.«

»Ist es das, was von Tiebolt in London herausgefunden hat?«

»Ja. Wo sind Sie, Noel? Ich muß Sie sehen, aber Sie dürfen nicht hierherkommen.«

»Das weiß ich. Hören Sie mir zu. Haben Sie Geld?«

»Etwas.«

»Tausend Schweizer Franken?«

»Tausend…? Ja, ich denke schon.«

»Gehen Sie hinunter an den Empfang und sprechen Sie allein mit dem Angestellten dort. Lassen Sie sich seinen Namen geben und geben Sie ihm das Geld. Sagen Sie ihm, es sei für mich, und ich würde ihn in ein paar Minuten anrufen.«

»Aber wie –«

»Lassen Sie mich ausreden. Sobald Sie ihm das Geld gegeben und seinen Namen haben, gehen Sie zu den Telefonen bei den Aufzügen. Stellen Sie sich neben den Apparat links von der Tür. Wenn es klingelt, nehmen Sie ab. Das bin dann ich.«

»Woher kennen Sie die Nummer?«

»Ich habe jemanden dafür bezahlt, daß er hineingeht und mir die Nummer beschafft.«

Das war kein Nervenbündel. Das war ein durch und durch klar denkender Mensch mit einem tödlichen Zielbewußtsein. Das war es, was Erich Kessler befürchtet hatte. Wenn seine Gene nicht anders angeordnet wären – und wenn nicht eine halsstarrige Frau gewesen wäre –, dann könnte der Mann am Telefon einer der ihren sein. Ein *Sonnenkind*.

»Was werden Sie zu dem Angestellten sagen?«

»Das sage ich Ihnen später, dafür ist jetzt keine Zeit. Wie lange werden Sie brauchen?«

»Ich weiß nicht. Nicht lange.«

»Zehn Minuten?«

»Ja, so ungefähr. Aber, Noel, vielleicht sollten wir warten, bis Johann zurückkommt.«

»Wann wird das sein?«

»Ich schätze höchstens eine Stunde oder zwei.«

»Geht nicht. Ich rufe Sie in zehn Minuten in der Halle an. Nach meiner Uhr ist es jetzt acht Uhr fünfundvierzig. Stimmt das?«

»Ja.« Kessler sparte sich den Blick auf die Uhr; sein Verstand arbeitete auf Hochtouren. Holcroft war gefährlich selbstbewußt. »Ich finde wirklich, wir sollten warten.«

»Das kann ich nicht. Die haben ihn getötet. Herrgott! Und *wie* die ihn getötet haben. Und sie wollen sie auch, aber die werden sie nicht finden.«

»Sie? Ihre Mutter? . . . von Tiebolt hat es mir gesagt.«

»Die werden sie nicht finden«, wiederholte Holcroft. »*Mich* werden sie finden. Ich bin es, den sie wirklich haben wollen. Und ich will *die* auch. Ich werde die in eine Falle locken, Erich.«

»Reißen Sie sich zusammen! Sie wissen nicht, was Sie tun!«

»Das weiß ich genau.«

»Die Genfer Polizei ist im Hotel. Wenn Sie mit dem Empfangsangestellten sprechen, könnte er etwas sagen. Man wird Sie suchen.«

»Die können mich in ein paar Stunden haben. Ich werde sie sogar suchen.«

»*Was?* Noel, ich *muß* Sie sprechen!«

»Zehn Minuten, Erich. Jetzt ist es acht Uhr sechsundvierzig.« Holcroft legte auf.

Kessler wußte, daß er keine andere Wahl hatte, er mußte Holcrofts Anweisung befolgen. Irgend etwas anderes zu tun würde Verdacht erregen. Aber was wollte Holcroft erreichen? Was würde er zu dem Empfangsangestellten sagen? Wahrscheinlich war es nicht wichtig. Sobald die Mutter aus dem Weg geschafft war, war es nur noch notwendig, Holcroft bis morgen vormittag in Funktion zu halten. Ab Mittag würde er nicht mehr benötigt werden.

Noel wartete an der dunklen Straßenecke unten an der Rue des Granges. Er war auf das, was er gleich tun würde, nicht stolz, aber der Zorn, der ihn erfüllte, hatte jegliches Gefühl von Moral in ihm betäubt. Der Anblick von Willie Ellis hatte etwas in seinem Kopf zerreißen lassen. Sein Anblick beschwor andere Bilder in ihm herauf: Richard Holcroft, von einem absichtlich außer Kontrolle geratenen Wagen an einer Hausmauer zerquetscht. Strychninvergiftung in einem Flugzeug und der Tod in einem französischen Dorf. Und Mord in Berlin. Und ein Mann, der seiner Mutter gefolgt war... Er würde nicht zulassen, daß sie ihr nahe kamen! Es war *vorbei*; er würde selbst für ein Ende sorgen.

Jetzt kam es darauf an, alles einzusetzen, jeden Funken Kraft, den er besaß, alles, woran er sich erinnerte. Und der Mord in Berlin war es, der ihm jenes Faktum lieferte, das ihm jetzt helfen würde. In Berlin hatte er die Mörder zu Erich Kessler geführt. Er war dumm gewesen, unvorsichtig – und sie waren ihm zu einer Gaststätte am Kurfürstendamm gefolgt. Kessler und Holcroft; Holcroft und Kessler. Wenn jene Killer Holcroft suchten, würden sie Kessler nicht aus den Augen lassen. Und wenn Kessler das Hotel verließ, würden sie ihm folgen.

Holcroft sah auf die Uhr. Die Zeit für den Anruf war da; er ging über das Pflaster auf die Telefonzelle zu. Er hoffte, daß Erich sich melden würde. Und ihn später verstünde.

Kessler stand in der Hotelhalle vor dem Telefon, einen Zettel in der Hand. Auf den Zettel hatte der verblüffte Angestellte seinen Namen geschrieben; die Hand des Mannes hatte gezittert, als er das Geld entgegengenommen hatte. Professor Kessler wäre dankbar, wenn er erfahren könnte, was Mr. Holcroft dem Angestellten gesagt hatte. Das wünschte Mr. Holcroft auch. Und der Angestellte würde es nicht zu bereuen brauchen. Die kleine Information würde ihm zusätzliche fünfhundert Franken einbringen.

Das Telefon klingelte; Erich hielt den Hörer in der Hand, ehe das Klingeln ganz verstummt war. »Noel?«

»Wie heißt der Angestellte?«

Kessler nannte den Namen.

»Fein.«

»Und jetzt bestehe ich darauf, daß wir uns sehen«, sagte Erich. »Es gibt eine Menge, was Sie erfahren sollten. Morgen ist ein sehr wichtiger Tag.«

»Nur wenn wir heute nacht überstehen. Wenn ich sie heute nacht finde.«

»Wo sind Sie? Wir *müssen* uns sehen.«

»Das werden wir. Hören Sie gut zu. Warten Sie fünf Minuten neben dem Telefon. Es kann sein, daß ich Sie noch einmal anrufen muß. Wenn ich das nicht tue – innerhalb von fünf Minuten –, dann gehen Sie hinaus und den Hügel hinunter. Am Fuß des Hügels biegen Sie nach links und gehen weiter. Ich warte dann auf der Straße auf Sie.«

»Gut! In fünf Minuten also.« Kessler lächelte. Die kleinen Spielchen, die dieser Amateur trieb, waren nutzlos. Er würde ohne Zweifel den Angestellten am Empfang bitten, eine Nachricht oder eine Telefonnummer an seine Mutter durchzugeben, falls und wenn sie ihn anrufen sollte – ihn, den nicht registrierten Gast; soviel dazu. Vielleicht hatte Johann recht: Vielleicht hatte Holcroft die Grenzen seiner Leistungsfähigkeit erreicht. Vielleicht war der Amerikaner doch kein potentielles *Sonnenkind*.

In der Halle des d'Accord waren immer noch Polizisten sowie ein paar Journalisten, die hinter den etwas vagen Berichten von einem Raubüberfall, die die Polizei verbreitet hatte, eine Story witterten. Schließlich war dies Genf. Und dann gab es die Neugierigen – Gäste, die herumstanden, miteinander redeten, sich gegenseitig beruhigten, einige von ihnen verstört und einige auf Sensationen erpicht.

Erich blieb stehen, wo er war, mied die Menge, war darauf bedacht, so wenig wie möglich aufzufallen. Er war überhaupt nicht gern in der Halle; er zog die Anonymität seines Zimmers vor.

Er sah auf die Uhr; vier Minuten waren seit Holcrofts Anruf verstrichen. Wenn der Amerikaner nicht in der nächsten Minute anrief, würde er wieder an den Empfangstisch gehen und...

Der Angestellte kam auf ihn zu, er wirkte unsicher, man spürte, daß ihn Zweifel plagten. »Herr Professor?«

»Ja, mein Freund.« Kessler schob die Hand in die Tasche.

Die Nachricht, die Holcroft hinterlassen hatte, war nicht so, wie Erich es erwartet hatte. Noels Mutter sollte versteckt bleiben und eine Telefonnummer hinterlassen, wo ihr Sohn sie erreichen konnte. *Sie* erreichen konnte. Der Angestellte hatte natürlich geschworen, diese Nummer nicht preiszugeben, aber frühere Übereinkünfte hatten stets den Vorrang. Falls die Dame anrufen sollte, fände Herr Kessler die Nummer in seinem Fach vor.

»Mr. Kessler? Professor Erich Kessler?«

Ein Page, der seinen Namen rief, ging durch die Halle. Er *rief* ihn! Das war *unmöglich*. Niemand wußte, daß er hier war!

»Ja? Ja, ich bin Professor Kessler«, sagte er. »Was *ist*?« Er war bemüht, leise zu sprechen, nicht aufzufallen.

»Ich soll die Nachricht mündlich übermitteln, Sir«, sagte der Page. »Der Herr, der angerufen hat, sagte, es sei keine Zeit, es aufzuschreiben. Es kommt von Mr. H. Er sagt, Sie sollen sich jetzt in Bewegung setzen.«

»Was?«

»Sonst hat er nichts gesagt, Sir. Ich habe selbst mit ihm gesprochen. Sie sollen sich jetzt in Bewegung setzen. Das sollte ich Ihnen sagen.«

Kessler hielt den Atem an. Plötzlich war ihm alles klar. Das hatte er nicht erwartet. Holcroft benutzte *ihn* als Köder.

Vom Standpunkt des Amerikaners aus wußte der Mörder des Mannes in der schwarzen Lederjacke in Berlin, daß Noel Holcroft mit Erich Kessler zusammengewesen war.

Eine einfache und doch geniale Strategie: Erich Kessler bloßzustellen, Erich Kessler eine Nachricht von Mr. H. empfangen zu lassen und zu veranlassen, daß Erich Kessler das Hotel verließ und in die finsteren Straßen von Genf hinausging.

Und wenn niemand ihm folgte, wäre das schwer zu erklären. So schwer, daß Holcroft seinen Köder vielleicht noch einmal ins Verhör nehmen würde. Dann konnten Fragen auftauchen, die ihren ganzen Plan in sich zusammenfallen lassen könnten.

Noel Holcroft war doch ein potentielles *Sonnenkind*.

40

Helden kroch durch Gerhardts Haus, über die umgeworfenen Möbel und das Blut auf dem Boden, öffnete Schubladen und Schränke, bis sie schließlich eine kleine Blechkassette mit Verbandszeug fand. Verzweifelt bemüht, an nichts zu denken, als daran, wie sie ihre Bewegungsfähigkeit wiedergewinnen konnte, und dabei den Schmerz als einen unerwünschten Zustand ihres Bewußtseins verdrängend, verband sie ihre Wunde so straff sie konnte und richtete sich dann mühsam auf. Auf Gerhardts Stock gestützt, gelang es ihr, den Weg hinauf und die drei Kilometer bis zur Gabelung zu gehen.

Ein Bauer in einem alten Wagen nahm sie mit. Ob er sie zu einem gewissen Dr. Litvak auf dem Hügel in der Nähe der Klinik bringen könne?

Das konnte er. Es war kein großer Umweg für ihn.

Ob er sich bitte *beeilen* würde?

Walter Litvak war Ende der Vierzig, mit einer beginnenden Glatze und klar blickenden Augen und mit der Angewohnheit, in kurzen, präzisen Sätzen zu sprechen. Er war schlank und bewegte sich schnell und vergeudete seine Kräfte ebensowenig wie seine Worte; da er hochintelligent war, stellte er Beobachtungen an, ehe er Antworten gab, und da er ein Jude war, den als Kind holländische Katholiken versteckt und den dann später mitfühlende Lutheraner erzogen hatten, hatte er gegenüber der Intoleranz keinerlei Toleranz.

Ein Vorurteil hatte er, und das war verständlich. Sein Vater und seine Mutter, zwei Schwestern und ein Bruder waren in Auschwitz in den Gaskammern gestorben. Wenn ihm nicht ein Schweizer Arzt von einem Bezirk in den Bergen von Neuchâtel erzählt hätte, dem ein Arzt fehlte, hätte Walter Litvak sein Leben im Kibbuz Har Sha'alav in der Negeb-Wüste verbracht.

Er hatte ursprünglich die Absicht gehabt, drei Jahre in der Klinik zu bleiben. Das lag jetzt fünf Jahre zurück. Und dann, nach ein paar Monaten in Neuchâtel, sagte man ihm, wer der Mann war, der ihn angeworben hatte: er gehörte einer Gruppe von Männern an, die gegen das Wiederaufleben des Nazismus kämpften. Sie wußten Dinge, die anderen Menschen unbekannt waren. Von Tausenden von erwachsenen Kindern – überall; und von unzähligen Millionen, die jene unbekannten Leute erreichen würden – überall. Es gab so viel nichtmedizinische Arbeit zu tun. Sein Kontaktmann war ein Mann namens Werner Gerhardt, und die Gruppe nannte sich ›Abwehr‹.

Walter Litvak blieb in Neuchâtel.

»Kommen Sie schnell herein«, sagte er zu Helden. »Lassen Sie sich von mir helfen. Ich habe hier eine kleine Praxis.«

Er nahm ihr den Mantel ab und trug sie halb in einen Raum mit einem Untersuchungstisch.

»Man hat auf mich geschossen.«

Litvak legte sie auf den Tisch und zog ihr Rock und Unterrock aus. »Schonen Sie Ihre Kräfte, versuchen Sie nicht zu reden.« Er schnitt den Verband auf und studierte die Wunde. Dann nahm er eine Spritze aus dem Sterilisationsgerät. »Ich werde Sie jetzt ein paar Minuten schlafen lassen.«

»Das *dürfen Sie nicht.* Dafür ist keine Zeit! Ich muß Ihnen sagen...«

»Ich sagte, ein paar Minuten«, unterbrach der Arzt und schob die Nadel in Heldens Arm.

Sie schlug die Augen auf, und die Umrisse, die sie umgaben, waren unscharf, und von ihrem Bein ging ein taubes Gefühl aus. Als ihr Blick klarer wurde, sah sie den Arzt auf der anderen Seite des Zimmers. Sie versuchte, sich aufzusetzen; Litvak hörte sie und drehte sich um.

»Das hier sind Antibiotika«, sagte er. Er hielt ein Fläschchen mit Pillen in der Hand. »Einen Tag lang alle zwei Stunden, dann alle vier. Was ist passiert? Sagen Sie es mir schnell. Ich gehe dann zur Hütte hinunter und erledige das Notwendige.«

»Die Hütte? Sie haben es gewußt?«

»Sie haben in Ihrer Bewußtlosigkeit geredet; das tun die Leute meistens nach einem Schock. Sie haben ein paarmal ›Abwehr‹ gesagt. Dann ›Johann‹. Ich nehme an, das ist von Tiebolt, und Sie sind seine Schwester – die, die bei Falkenheim gewesen ist. Es geht also los, nicht wahr? Die Erben sammeln sich in Genf.«

»Ja.«

»Das habe ich mir schon heute morgen gedacht. Die Nachrichten aus der Negeb sind schrecklich. Die haben uns gefunden, Gott allein weiß, wie.«

»Was für Nachrichten?«

»Har Sha'alav.« Der Arzt griff nach der Flasche; an seinem Unterarm schwollen die Venen an. »Ein Überfall. Häuser bombardiert, Leute massakriert, Felder niedergebrannt. Die Zählung der Toten ist noch nicht abgeschlossen, aber die Schätzungen belaufen sich auf über 170. Hauptsächlich Männer, aber auch Frauen und Kinder.«

Helden schloß die Augen; es gab keine Worte für sie.

»Die Ältesten sind bis auf den letzten Mann getötet worden. In den Gärten hingeschlachtet. Es heißt, das Ganze sei das Werk von Terroristen gewesen, der RACHE. Aber das ist nicht wahr. Das war die Wolfsschanze. Kämpfer der RACHE würden niemals Har Sha'alav angreifen; sie wissen, was geschehen würde. Juden von jedem Kibbuz, jeder Kommandoeinheit würden auf sie Jagd machen.«

»Gerhardt hat gesagt, Sie sollten ein Telegramm nach Har Sha'alav schicken«, flüsterte Helden.

Litvaks Augen umwölkten sich. »Da ist jetzt nichts mehr zu telegrafieren. Es gibt niemanden mehr. Jetzt sagen Sie mir, was unten am See geschehen ist.«

Das tat sie. Als sie fertig war, half ihr der Arzt vom Tisch und trug sie in ein großes, rustikal eingerichtetes Wohnzimmer. Er setzte sie auf die Couch und faßte zusammen:

»Genf ist das Schlachtfeld, und wir dürfen keine Stunde vergeuden. Selbst wenn man Har Sha'alav erreichen könnte, wäre das sinnlos. Aber in London ist ein Mann von Har Sha'alav; man hat ihm befohlen, dort zu bleiben. Er ist Holcroft nach Portsmouth gefolgt. Er war es, der die Fotografie aus Holcrofts Tasche geholt hat.«

»Das war ein Bild von Beaumont«, sagte Helden. »ODESSA.«

»Wolfsschanze«, verbesserte Litvak. »Ein *Sonnenkind*. Eines von Tausenden, aber auch einer der wenigen, die mit von Tiebolt zusammenarbeiteten.«

Helden richtete sich auf. Sie runzelte die Stirn. »Die Akten. Beaumonts *Akten*. Sie ergaben keinen Sinn.«

»Was für Akten?«

Sie berichtete dem aufgeregten Arzt von den widersprüchlichen Informationen, die sie in Beaumonts Marineakten gefunden hatte. Und von der ganz ähnlichen Akte von Beaumonts Stellvertreter Ian Llewellen.

Litvak schrieb sich den Namen auf seinen Notizblock. »Wie bequem. Zwei Männer der Wolfsschanze, die ein elektronisches Aufklärungsschiff kommandieren. Wie viele von ihrer Art es wohl geben mag? An wie vielen Orten?«

»Llewellen ist neulich in den Zeitungen zitiert worden. Als Beaumont und Gretchen –« Sie konnte den Satz nicht zu Ende sprechen.

»Lassen Sie nur«, sagte der Arzt. »Die *Sonnenkinder* haben ihre eigenen Regeln. Llewellen ist ein Name, den man der Liste hinzufügen muß, die sich in Genf finden wird. Gerhardt hatte recht. Das Allerwichtigste ist nun, daß diese Liste von uns gefunden wird. Das ist ebenso wichtig wie das Einfrieren des Geldes. In mancher Hinsicht vielleicht sogar noch wichtiger.«

»Warum?«

»Das Geld bildet die Mittel für das Vierte Reich, aber die Menschen *sind* jenes Reich. Sie werden dasein, ob das Geld nun verteilt wird oder nicht. Wir müssen herausfinden, wer sie sind.«

Helden lehnte sich zurück. »Mein... Johann von Tiebolt kann getötet werden. Ebenso Kessler und... wenn es notwendig ist... selbst Noel. Das Geld kann man aufhalten. Aber wie können wir sicher sein, daß man die Liste finden wird?«

»Der Mann aus Har Sha'alav in London wird da Vorstellungen haben. Er hat viele Talente.« Litvak wandte kurz den Blick ab. »Sie sollten das wissen, weil Sie mit ihm werden arbeiten müssen. Man nennt ihn einen Killer und einen Terroristen. Er selbst sieht sich nicht so, aber die Gesetze, die er gebrochen hat, und die Verbrechen, die er begangen hat, würden seine Selbsteinschätzung durchaus in Frage stellen.« Der Arzt sah auf die Uhr. »Es ist jetzt drei Minuten vor neun; er wohnt nur eine knappe Meile von Heathrow entfernt. Wenn ich ihn erreiche, könnte er bis Mitternacht in Genf sein. Wissen Sie, wo Holcroft wohnt?«

»Ja. Im d'Accord. Verstehen Sie, er weiß von nichts. Er glaubt zutiefst an das, was er tut. Er hält es für richtig.«

»Das verstehe ich. Unglücklicherweise könnte sich das in bezug auf sein Leben als belanglos erweisen. Aber zuallererst müssen wir ihn erreichen.«

»Ich habe ihm gesagt, daß ich ihn heute abend anrufe.«

»Gut. Ich bringe Sie ans Telefon. Aber passen Sie auf, was Sie sagen. Man wird ihn beschatten; seine Leitung ist sicher angezapft.« Litvak führte sie zu dem Tischchen mit dem Telefon.

»Hotel d'Accord. *Bonsoir*«, sagte die Vermittlung.

»Guten Abend. Mr. Noel Holcroft, bitte?«

»Monsieur Holcroft...?« Die Vermittlung zögerte. »Einen Augenblick, Madame.«

Schweigen, ein Klicken. Dann sprach ein Mann. »Mrs. Holcroft?«

»Was?«

»Dort spricht doch Mrs. Holcroft, nicht wahr?«

Helden war überrascht. Irgend etwas stimmte nicht. Die Vermittlung hatte nicht einmal den Versuch unternommen, Noels Zimmer anzurufen. »Dann haben Sie mich also erwartet?« fragte sie.

»Aber selbstverständlich, Madame«, erwiderte der Angestellte am Empfang mit vertraulich klingender Stimme. »Ihr Sohn war sehr großzügig. Ich soll Ihnen sagen, es sei sehr wichtig, daß Sie unsichtbar bleiben. Aber Sie sollen eine Telefonnummer hinterlassen, wo er Sie erreichen kann.«

»Aha. Augenblick, bitte.« Helden hielt die Hand über die Sprechmuschel und drehte sich zu Litvak um. »Die glauben, ich sei Mrs. Holcroft. Er hat sie dafür bezahlt, daß sie eine Nummer entgegennehmen, wo man sie erreichen kann.«

Der Arzt nickte und ging schnell zu seinem Schreibtisch. »Reden Sie weiter. Sagen Sie, Sie wollen sicher sein, daß diese Nummer keinem anderen gegeben wird. Bieten Sie Geld an. Tun Sie alles, um sie hinzuhalten.« Litvak holte ein abgegriffenes Adreßbuch heraus.

»Ehe ich eine Nummer gebe, möchte ich sicher sein...« Helden hielt inne, und der Mann am anderen Ende schwor beim Grab seiner Mutter, daß er die Nummer nur Holcroft geben werde. Der Arzt schob Helden hastig einen Zettel mit einer Nummer zu. Sie wiederholte sie für den Hotelangestellten und legte auf. »Wo ist das?« fragte sie Litvak.

»Das ist eine leere Wohnung in der Avenue de la Paix, aber nicht unter der Adresse, die bei der Telefongesellschaft eingetragen ist. Hier ist es.« Litvak schrieb die Adresse unter die Nummer. »Sie müssen sich beides merken.«

»Das will ich tun.«

»Jetzt versuche ich, unseren Mann in London zu erreichen«, sagte der Arzt und ging zur Treppe. »Ich habe hier einen Sender. Damit kann ich über Funk mit ihm in Verbindung treten.« Er blieb auf der untersten Stufe stehen. »Ich bringe Sie nach Genf. Sie werden sich nicht sehr gut bewegen können, aber die Wunde ist nicht tief; die Naht hält schon unter dem Verband. Und auf die Weise haben Sie Gelegenheit, Holcroft zu erreichen. Ich hoffe, es gelingt Ihnen, und ich hoffe, Sie haben Erfolg. Noel Holcroft muß sich von Johann von Tiebolt und Kessler trennen. Wenn er sich gegen Sie stellt, auch wenn er nur zögert, muß man ihn töten.«

»Ich weiß.«

»Vielleicht genügt es nicht, das zu wissen. Ich fürchte, die Entscheidung wird nicht bei Ihnen liegen.«

»Bei wem dann? Bei Ihnen?«

»Ich darf Neuchâtel nicht verlassen. Es wird auf den Mann in London ankommen.«

»Den Terroristen? Den Killer, der bloß das Wort ›Nazi‹ zu hören braucht, damit er zu schießen beginnt?«

»Er wird objektiv sein«, sagte Litvak und ging die Treppe weiter hinauf. »Er steht unter keinerlei Druck. Sie werden sich mit ihm in der Wohnung treffen.«

»Wie komme ich nach Genf? Ich –« Helden hielt inne.

»Was?«

»Ich fragte, wie ich nach Genf komme. Gibt es Züge?«

»Für Züge ist keine Zeit. Sie fliegen.«

»Schön. Das ist auch schneller.«

Und viel besser, denn das eine, was sie dem Arzt nicht übermittelt hatte, war Werner Gerhardts letzte Warnung, die Warnung an sie.

Mein Kind. Halten Sie sich Genf fern ... Wolfsschanze hat Sie gesehen.

»Wer bringt mich hin?«

»Es gibt Piloten, die nachts über die Seen fliegen«, sagte Litvak.

Althene war irritiert, aber sie hatte der Bedingung zugestimmt. Der Pilot hatte ihr eine einzige Frage gestellt.

»Kennen Sie die Leute, die Sie suchen, vom Sehen?«

Das hatte sie verneint.

»Ehe die Nacht um ist, werden Sie das vielleicht.«

Deshalb stand sie jetzt in dem dunklen Wald oberhalb der Straße neben einem Baum, so daß sie den Wagen sehen konnte. Es war ein etwas abschüssiger Fichtenwald, der von der Uferstraße emporstieg. Der Pilot hatte sie an ihren Beobachtungsposten geführt.

»Wenn Ihr Sohn da ist, schicke ich ihn zu Ihnen«, hatte er gesagt.

»Natürlich wird er da sein. Warum sollte er nicht?«

»Wir werden sehen.«

Einen Augenblick lang hatten seine Zweifel sie beunruhigt. »Wenn er nicht da ist, was dann?«

»Dann werden Sie wissen, wer es ist, der Sie sucht.« Er war wieder zur Straße hinuntergegangen.

»Und was ist mit Ihnen?« hatte sie ihm nachgerufen. »Wenn mein Sohn nicht da ist?«

»Mit mir?« Der Pilot hatte gelacht. »Ich habe schon viele solche Verhandlungen mitgemacht. Wenn Ihr Sohn nicht da ist, dann bedeutet das, daß es denen sehr wichtig ist, Sie zu finden, nicht wahr? Ohne mich kommen die aber nicht an Sie heran.«

Jetzt wartete sie bei dem Baum, höchstens vierzig Meter entfernt, und hatte, wenn man die vielen Zweige bedachte, recht gute Sicht. Der Wagen stand am Straßenrand, die Parkbeleuchtung war eingeschaltet. Der Pilot hatte dem Mann im d'Accord gesagt, er solle in einer Stunde kommen, nicht früher. Er solle von Süden kommen und im Abstand von einem halben Kilometer anfangen, wiederholt auf- und abzublenden.

»Können Sie mich hören, Madame?« Der Pilot stand neben dem Wagen und sprach in normalem Tonfall.

»Ja.«

»Gut. Die kommen jetzt. Unten an der Straße blitzen Lichter. Bleiben Sie, wo Sie sind; passen Sie auf und lauschen Sie, aber zeigen Sie sich nicht. Wenn Ihr Sohn aussteigt, sagen Sie nichts, bis ich ihn zu Ihnen schicke.« Der Pilot machte eine Pause. »Wenn die mich zwingen, mit ihnen zu kommen, dann gehen Sie zu dem Landeplatz auf der Westseite des Sees, wo wir angekommen sind. Die Stelle nennt sich Atterrisage Médoc. Dort trete ich mit Ihnen in Verbindung ... Das gefällt mir nicht.«

»Warum? Was ist?«

»In dem Wagen sind zwei Männer. Der neben dem Fahrer hält eine Waffe hoch; ich nehme an, er überprüft sie.«

»Wie käme ich dorthin?« fragte Althene.

»In einer kleinen Magnetkassette unter der Motorhaube ist ein zweiter Satz Schlüssel.« Der bärtige Mann hob eine Hand zum Mund und sprach laut, um das Geräusch des herannahenden Motors zu übertönen. »Auf der rechten Seite. Seien Sie jetzt still!«

Ein langer schwarzer Wagen hielt zehn Meter vor dem Piloten. Auf der Beifahrerseite stieg ein Mann aus, aber es war nicht ihr Sohn. Er war untersetzt und trug einen Mantel mit hochgeklappten Revers und einen dicken Schal um den Hals. Seine Augen waren hinter einer großen, dunklen Brille verborgen, was ihm das Aussehen eines riesigen Insekts verlieh. Er hinkte leicht, als er langsam in den Lichtkegel der Scheinwerfer trat.

Der Fahrer blieb hinter dem Steuer sitzen. Althene starrte ihn an, in der Hoffnung, Noel zu erkennen. Er war es nicht; sie konnte das Gesicht des Mannes nicht deutlich sehen, aber sein Haar war blond.

»Mrs. Holcroft ist im Wagen, nehme ich an«, sagte der Mann mit der dunklen Brille zu dem Piloten. Er sprach Englisch, aber mit auffällig deutschem Akzent.

»Ihr Sohn ist dann wohl in dem Ihren?« erwiderte der Pilot.

»Bitte sagen Sie Mrs. Holcroft, sie soll aussteigen.«

»Bitte sagen Sie zu ihrem Sohn, daß er dasselbe tun soll.«

»Machen Sie keine Schwierigkeiten. Wir haben es eilig.«

»Wir auch. In Ihrem Fahrzeug ist nur eine Person, Monsieur. Und auf die paßt die Beschreibung ihres Sohnes nicht.«

»Wir werden Mrs. Holcroft zu ihm bringen.«

»Wir werden *ihn* zu Mrs. Holcroft bringen.«

»Hören Sie auf!«

»Womit soll ich aufhören? Man hat mich bezahlt, so wie man sicher auch Sie bezahlt. Wir machen beide unsere Arbeit, oder nicht?«

»Ich habe keine Zeit für Sie!« schrie der Deutsche und hinkte an dem Piloten vorbei auf den Wagen zu.

Der Pilot nickte. »Darf ich dann vorschlagen, daß Sie sich die Zeit nehmen. Sie werden nämlich Mrs. Holcroft nicht finden.«

»*Du Sauhund! Wo ist die Frau?*«

»Darf ich ferner vorschlagen, Monsieur, daß Sie sich die Beleidigungen sparen. Ich komme aus Châlons-sur-Marne. Ihr habt dort zweimal gesiegt, und seitdem habe ich eine gewisse Abneigung gegen deutsche Schimpfworte.«

»Wo ist die *Frau*?«

»Wo ist der Sohn?«

Der Deutsche zog die rechte Hand aus der Manteltasche. Er hielt eine Pistole hoch. »Man bezahlt Ihnen nicht so viel, daß es Ihr Leben wert ist. Wo ist sie?«

»Und Sie, Monsieur? Vielleicht hat man Ihnen zuviel bezahlt, um mich zu erschießen und sie dann nicht zu finden.«

Der Schuß klang betäubend. Vor den Füßen des Piloten spritzte der Kies auf. Althene klammerte sich erschreckt an dem Baumstamm fest.

»So, Franzose, vielleicht verstehen *Sie* jetzt, daß mir das Geld nicht so wichtig ist wie die Frau. Wo ist sie?«

»*Les boches!*« sagte der Pilot angewidert. »Man braucht denen bloß eine Knarre zu geben und schon drehen sie durch. Ihr werdet euch nie ändern. Wenn Sie die Frau haben wollen, werden Sie den Sohn liefern, und dann bringe ich ihn zu ihr.«

»Sie werden mir jetzt sagen, wo sie ist!« Der Deutsche hob die Waffe und richtete sie auf den Kopf des Piloten. »*Jetzt!*«

Althene konnte sehen, wie sich die Tür des Wagens öffnete. Ein Schuß peitschte, und dann noch einer. Der Pilot warf sich zu Boden. Der Deutsche schrie, die Augen traten ihm hervor. »Johann? *Johann!*«

Eine dritte Explosion war zu hören. Der Deutsche brach auf der Straße zusammen; der Pilot rappelte sich auf.

»Er war im Begriff, Sie zu *töten*«, schrie der Fahrer mit ungläubiger Stimme. »Wir wußten, daß er krank war, aber nicht geistesgestört. Was soll ich sagen?«

»Er hätte mich getötet...?« Der Pilot stellte die Frage nicht weniger ungläubig. »Das gibt doch keinen Sinn!«

»Natürlich nicht«, sagte der blonde Mann. »Was Sie verlangt haben, gab Sinn. Helfen Sie mir, ihn in den Wald zu zerren und ihm die Papiere wegzunehmen. Kommen Sie mit.«

»Wer sind Sie?«

»Ein Freund von Holcroft.«

»Das würde ich gerne glauben.«

»Das werden Sie.«

Althene mußte an sich halten, um ihren Platz nicht zu verlassen. Ihr war schwach in den Beinen, ihre Kehle war trocken, und ein Schmerz hinter ihren Augen zwang sie dazu, sie immer wieder zu schließen.

Der blonde Mann und der Pilot zerrten die Leiche keine zehn Meter unter ihr ins Gebüsch. Die Anweisungen des Piloten bedeuteten für sie jetzt sehr viel. Er hatte recht gehabt.

»Soll ich meinen Wagen nehmen, Monsieur?«

»Nein. Schalten Sie die Scheinwerfer aus und kommen Sie mit mir. Wir holen ihn morgen früh ab.«

Der Pilot kam der Aufforderung nach, zögerte dann aber. »Ich lasse ihn ungern so nahe bei einer Leiche stehen.«

»Wir holen ihn vor Tagesanbruch ab. Haben Sie Ihre Schlüssel?«

»Ja.«

»Beeilen Sie sich!« sagte der blonde Mann.

Das Schweigen des Piloten ließ seine Erleichterung erkennen; er hatte keine weiteren Einwände. Binnen Sekunden waren sie mit dem schwarzen Wagen verschwunden.

Althene stieß sich von dem Baum ab. Sie versuchte, sich an die genauen Worte des Piloten zu erinnern.

Da ist ein zweiter Satz Schlüssel... eine kleine Magnetkassette... unter der Motorhaube... zu dem Landeplatz... wo wir angekommen sind. Atterrisage Médoc.

Atterrisage Médoc. Auf der Westseite des Sees.

Fünf Minuten später fuhr sie auf der Uferstraße auf Genf zu. Nach einer Weile trat ihr Fuß fester auf das Gaspedal, hielt das Steuer entspannter. Sie begann wieder zu denken.

Atterrisage Médoc. Auf der Westseite des Sees... zehn oder zwölf Meilen nördlich der Stadt. Wenn sie ihre Gedanken nur darauf konzentrierte, auf das schmale Stückchen Uferstreifen mit den Zapfsäulen auf dem einen Kai, würde ihr Herzschlag sich vielleicht verlangsamen und sie wieder atmen können.

Atterrisage Médoc. Bitte, lieber Gott, laß es mich finden! Laß mich so lange leben, um es zu finden und meinen Sohn zu erreichen! Lieber Gott im Himmel! Was habe ich getan? Eine Lüge, die dreißig Jahre dauerte... ein so schrecklicher Verrat, ein Brandmal... Ich muß ihn finden!

Helden saß direkt hinter dem Piloten in dem kleinen Wasserflugzeug. Sie spürte den Verband unter ihrem Rock; er lag straff an, behinderte aber den Kreislauf nicht. Die Wunde meldete sich immer wieder mit einem leichten Pochen, aber die Tabletten milderten den Schmerz; sie könnte wohl hinreichend gut gehen. Und wenn sie das nicht könnte, würde sie sich dazu zwingen.

Der Pilot lehnte sich zu ihr zurück. »Eine halbe Stunde nach der

Landung wird man Sie zu einem Restaurant am See fahren, wo Sie ein Taxi in die Stadt bekommen können«, sagte er. »Sollten Sie während der nächsten zwei Wochen unsere Dienste benötigen, finden Sie uns an einer privaten Landestelle, die sich Atterrisage Médoc nennt. Es war mir ein Vergnügen, Sie an Bord zu haben.«

41

Erich Kessler war kein gewalttätiger Mann, aber er billigte körperliche Gewalt, wenn sie praktischen Zielen diente. Er billigte sie als Beobachter und Theoretiker, nicht als Teilnehmer. Aber im Augenblick gab es keine Alternative und auch nicht genug Zeit, eine solche zu suchen. Er würde selbst an der Gewalttätigkeit teilhaben müssen.

Holcroft hatte ihm keine Wahl gelassen. Der Amateur hatte sich seine eigenen Prioritäten gesetzt und mit beunruhigender Einsicht gehandelt. Die Chromosomen Heinrich Clausens lebten in dem Sohn fort. Man mußte ihn wieder unter Kontrolle bringen.

Erich wählte sich aus den in der Halle anwesenden Menschen die Person aus, die er brauchte: einen Reporter, und seinem lässigen Verhalten nach zu schließen wahrscheinlich ein guter.

Kessler näherte sich dem Mann; er sprach mit leiser Stimme. »Sie sind doch der Journalist vom... vom...«

»*Genève Soir*«, sagte der Reporter.

»Schrecklich, was passiert ist. Der arme Mann. Eine Tragödie. Ich stehe schon eine ganze Weile hier und versuche, mir darüber klarzuwerden, ob ich etwas sagen soll. Aber ich darf mich da einfach nicht hineinziehen lassen.«

»Wohnen Sie im Hotel?«

»Ja. Ich bin aus Berlin. Ich komme häufig nach Genf. Mein Gewissen drängt mich, die Polizei aufzusuchen und denen zu sagen, was ich weiß. Aber mein Anwalt sagt, man könnte das falsch auslegen. Ich bin geschäftlich hier; das könnte nachteilig sein. Trotzdem sollten die es wissen.«

»Was für Informationen haben Sie?«

Erich sah den Journalisten mit traurigem Blick an. »Nun, ich habe den Ermordeten sehr gut gekannt.«

»Und?«

»Nicht hier. Mein Anwalt sagt, ich solle mich heraushalten.«

»Wollen Sie damit sagen, daß Sie in den Mord verwickelt waren?«

»Du lieber Gott, *nein*. Nicht so. Keineswegs. Es ist nur, daß ich... Informationen besitze. Vielleicht auch Namen. Es gibt... Gründe.«

»Wenn Sie nicht beteiligt sind, werde ich Sie als Informationsquelle schützen, das kann ich als Journalist.«

»Das ist alles, worum ich Sie bitte. Warten Sie hier auf mich, ich hole mir nur oben meinen Mantel. Dann komme ich wieder herunter und gehe nach draußen. Folgen Sie mir den Hügel hinunter. Dort suchen wir uns eine abgeschiedene Stelle, wo wir sprechen können. Kommen Sie erst dann auf mich zu, wenn ich Sie rufe.«

Der Journalist nickte.

Kessler ging auf die Aufzüge zu. Er würde sich seinen Mantel holen und zwei Pistolen, beides Waffen, deren Herkunft man nicht nachprüfen konnte. Die kleine Verzögerung würde Holcrofts Unruhe verstärken, und das war gut so.

Noel wartete in der Türnische auf der anderen Straßenseite vom Hotel d'Accord. Kessler hätte die Nachricht vor fünf Minuten erhalten sollen. Was ihn wohl aufhalten mochte?

Da war er! Die korpulente Gestalt, die jetzt langsam die wenigen Treppen vom Eingang des d'Accord herunterging, konnte niemand anders sein. Die Leibesfülle, der gemessene Schritt, der schwere Mantel. Das war es; Kessler war erst noch in sein Zimmer gegangen, um seinen Mantel zu holen.

Holcroft sah zu, wie Erich behäbig den Hügel hinunterschritt, wobei er den Vorübergehenden freundlich zunickte. Kessler war ein sympathischer Mann, dachte Noel, und würde wahrscheinlich nicht begreifen, weshalb er als Köder benutzt wurde; so zu denken, war seinem Wesen fremd. Ebenso wie es Holcroft bisher fremd gewesen war, einen Menschen so zu benutzen; aber *nichts* ist, wie es war. Jetzt war es für ihn ganz natürlich.

Und es war erfolgreich. Verdammt, es funktionierte! Ein Mann, Mitte der Dreißig vielleicht, hatte inzwischen die unterste Stufe des d'Accord erreicht und blickte Kesslers sich langsam entfernender Gestalt nach. Er begann, ihm nachzugehen – zu langsam für jemanden, der irgendwohin ging – und doch weit genug hinter Erich, um nicht gesehen zu werden.

Wenn Kessler jetzt nur das tat, was er ihm aufgetragen hatte. Die Querstraße, die die Rue des Granges kreuzte, war von alten, dreistöckigen Bürogebäuden gesäumt, teuer und gepflegt, aber im wesentlichen nach fünf Uhr abends verlassen. Noel hatte sich alles gut überlegt; davon hing ab, ob es ihm gelang, einen Killer von der ›Abwehr‹ in eine Falle zu locken. Ein einziger Killer genügte; er würde ihn zu anderen führen. Es war durchaus nicht undenkbar, daß er dem Mann den Arm brach, um die Information zu bekommen. Oder daß er ihn mit einem Schuß einschüchterte.

Noel tastete nach der Waffe in seiner Tasche und nahm langsam die Verfolgung auf, hielt sich auf seiner Straßenseite.

Vier Minuten später erreichte Kessler den Fuß des Hügels und bog nach links. Der Mann hinter ihm tat es ihm gleich. Holcroft wartete, bis der Verkehr abriß und beide Männer nicht mehr zu sehen waren. Dann überquerte er die Straße, hielt sich aber immer noch auf der gegenüberliegenden Seite, von wo aus er einen Überblick hatte.

Plötzlich blieb er stehen. Kessler war nirgends zu entdecken.

Ebensowenig der Mann, der ihm gefolgt war.

Noel fing zu rennen an.

Kessler bog nach links in eine schwach beleuchtete Straße, ging fünfzig Meter hinein und hob einen kleinen Spiegel. Der Journalist war hinter ihm, Holcroft nicht. Dies war jetzt der Augenblick, um sich schnell zu bewegen. Zur Linken war eine kleine Sackgasse, die zwei oder drei parkende Autos aufnehmen konnte, wobei eine vorgehängte Kette zeigte, daß es sich um Privatbesitz handelte. Jetzt standen keine Fahrzeuge da. Und es war finster. Sehr finster. Ideal. Mit einiger Mühe stieg er über die Kette und ging schnell auf die Mauer im Hintergrund zu. Er schob die Hand in die Tasche und holte die erste Pistole heraus – die erste Pistole, die er benutzen würde. Er mußte daran ziehen; der Schalldämpfer hatte sich im Stoff verfangen.

»Hierher!« sagte er, laut genug, daß der Journalist ihn hören konnte. »Hier können wir reden, und es sieht uns niemand.«

Der Journalist kletterte über die Kette und versuchte, sich in der Finsternis zu orientieren. »Wo sind Sie?«

»Hier.« Erich hob die Waffe, als der Journalist sich näherte. Als er nur noch ein paar Schritte von ihm entfernt war, feuerte Kessler auf die sich undeutlich abzeichnende Silhouette des Mannes. Es gab ein Geräusch, wie wenn man ausspuckt, etwas hohl; und dann hallte der Atem, den der Mann ausstieß, als die Kugel seine Kehle durchbohrte, zwischen den zwei Gebäuden wider. Der Mann brach zusammen. Erich drückte noch einmal ab, schoß ihm durch den Kopf. Er schraubte den Schalldämpfer von der Pistole und durchwühlte die Kleider des Toten, holte eine Brieftasche und das Notizbuch heraus und warf sie beide in die Finsternis. Jetzt zog er die zweite Waffe aus der linken Tasche und drückte sie dem Reporter in die Hand und krümmte seinen Zeigefinger um den Abzug.

Immer noch kniend, riß Kessler sein Hemd auf und fetzte zwei Knöpfe von seinem Mantel. Er strich mit der flachen Hand über das Öl und den Schmutz am Boden des Parkplatzes und beschmierte sich das Gesicht damit.

Jetzt war er bereit. Er richtete sich auf und taumelte auf die Kette zu.

Zuerst konnte er Holcroft nicht sehen, dann aber schon. Der Amerikaner rannte gerade in die Straße herein und blieb jetzt kurz vor einer Straßenlaterne stehen.

Jetzt.

Kessler ging zu dem Toten zurück, beugte sich über ihn, packte die Hand mit der Pistole, zog sie hoch, daß die Waffe nach oben wies, und drückte den toten Finger gegen den Abzug.

Die Steinmauern, die sie umgaben, verstärkten den Knall des Schusses. Erich riß noch zweimal an dem leblosen Finger, ließ die Hand des Toten herunterfallen und zog schnell die Waffe aus der eigenen Tasche.

»Noel! *Noel!*« schrie er und warf sich gegen die Mauer, ließ seinen schweren Körper langsam zu Boden sinken. »Noel, wo *sind* Sie?«

»Erich?! Um Himmels willen ... *Erich?*« Holcrofts Stimme war nicht weit entfernt; in wenigen Sekunden war sie noch näher.

Kessler zielte mit seiner jetzt vom Schalldämpfer befreiten Waffe auf den Klumpen aus totem Fleisch im Schatten. Das war der letzte Schuß, den er würde abgeben müssen... und das tat er in dem Augenblick, in dem er Noel Holcrofts Silhouette im schwachen Licht auftauchen sah.

»Erich!«

»*Hier.* Er hat versucht, mich zu *töten!* Noel, er hat versucht, mich zu töten!«

Holcroft spürte die Kette, sprang darüber und rannte auf Kessler zu. Er kniete in der Dunkelheit nieder. »Wer? Wo?«

»Dort drüben! Johann wollte, daß ich eine Pistole trage... Ich mußte schießen. Ich hatte keine Wahl!«

»Sind Sie verletzt?«

»Ich glaube nicht. Er hat mich *verfolgt*. Er wußte über Sie Bescheid. ›Wo ist er?‹ sagte er immer wieder. ›Wo ist H? Wo ist Holcroft?‹ Er hat mich zu Boden geworfen...«

»O *Gott!*« Noel sprang auf und stürzte auf die Leiche zu. Er zog sein Feuerzeug aus der Tasche und schnippte es an. Das Licht der kleinen Flamme fiel auf die Leiche. Noel durchsuchte ihre Taschen, rollte sie dann herum, um auch die Hosentaschen zu durchsuchen. »Verdammt, da ist *nichts!*«

»Nichts? Was meinen Sie damit, nichts? Noel, wir müssen hier weg. Denken Sie an morgen!«

»Keine Brieftasche, kein Führerschein, nichts!«

»Morgen. Wir müssen an morgen denken!«

»Heute!« schrie Holcroft. »Heute nacht wollte ich sie haben!«

Kessler blieb ein paar Sekunden lang stumm, dann sagte er leise, mit ungläubiger Stimme: »Sie haben das geplant...?«

Holcroft richtete sich erzürnt auf; Erichs Worte hatten seinen Zorn etwas gedämpft. »Es tut mir leid«, sagte er. »Ich wollte nicht, daß Sie zu Schaden kommen. Ich dachte, ich hätte alles unter Kontrolle.«

»Warum haben Sie das getan?«

»Weil die sie töten, wenn sie sie finden. Ebenso wie sie Willie Ellis getötet haben... und Richard Holcroft. So viele andere.«

»Wer?«

»Die Feinde von Genf. Diese ›Abwehr‹. Ich wollte bloß einen von denen haben! Lebend, *verdammt*!«

»Helfen Sie mir auf«, sagte Kessler.

»Können Sie das verstehen?« Holcroft fand Erichs Hand und zog ihn hoch.

»Ja, natürlich. Aber ich finde, Sie hätten nicht allein handeln sollen.«

»Ich wollte ihn in eine Falle locken, mir von ihm die Namen anderer beschaffen, und wenn ich ihm dazu den Arm hätte brechen müssen. Dann hätte ich ihn der Polizei übergeben und die Behörden gebeten, mir bei der Suche nach meiner Mutter zu helfen und sie zu schützen.«

»Das geht jetzt nicht mehr. Er ist tot; die würden uns zu viele Fragen stellen, die wir nicht beantworten dürfen. Aber Johann kann uns helfen.«

»Von Tiebolt?«

»Ja. Er hat mir gesagt, daß er hier in Genf einen einflußreichen Freund hat. Einen Staatsrat. Er hat gesagt, wenn ich Sie finde, soll ich Sie ins Excelsior bringen. Tragen Sie sich dort unter dem Namen Fresca ein. Ich weiß nicht, weshalb gerade unter dem Namen.«

»Das ist ein Name, an den wir gewöhnt sind«, sagte Noel. »Wird er dort mit uns Verbindung aufnehmen?«

»Ja. Er ist mit den letzten Vorbereitungen für morgen beschäftigt. In der Bank.«

»Der *Bank*?«

»Morgen ist alles vorüber; das war es, was ich Ihnen zu sagen versuchte. Kommen Sie, wir müssen uns beeilen. Wir dürfen nicht hierbleiben; jemand könnte vorbeikommen. Johann hat mir aufgetragen, ich soll Ihnen sagen, wenn Ihre Mutter in Genf ist, werden *wir* sie finden. Man wird sie schützen.«

Holcroft stützte Kessler beim Gehen. Der Gelehrte blickte in die Finsternis zurück und schauderte.

»Denken Sie nicht mehr daran«, sagte Noel.

»Es war schrecklich.«

»Es war notwendig.«

Ja, das war es, dachte Kessler.

Helden sah die alte Frau auf einer Bank unten am Kai sitzen. Sie blickte aufs Wasser hinaus und schien die wenigen Mechaniker und Passagiere nicht wahrzunehmen, die sich zwischen den Wasserflugzeugen und den Schuppen hin und her bewegten.

Als Helden näherkam, konnte sie im Mondlicht das Gesicht der Frau sehen, ihre kantigen Züge und die hohen Backenknochen, die ihre großen Augen so besonders zur Geltung brachten. Die Frau war tief in Gedanken, sie war so allein, so fremd hier, so...

Helden humpelte vor die Bank und starrte auf das Gesicht hinunter. Mein Gott! Sie blickte da auf ein Gesicht, das, wenn die Jahre und das andere Geschlecht nicht gewesen wären, Noel Holcroft hätte gehören können. Es war seine Mutter!

Was machte sie hier? Von allen Orten auf der ganzen Welt ausgerechnet hier? Doch die Antwort lag auf der Hand: Noels Mutter war insgeheim nach Genf geflogen!

Die alte Frau blickte auf, dann sah sie uninteressiert weg, und Helden hastete, so schnell sie konnte, über den Weg zu einem kleinen Schuppen, der gleichzeitig als Warteraum und Funkzentrale diente. Sie ging hinein und auf den Mann hinter einem improvisierten Tresen zu, der den Rest des Raums von Telefonen und Funkanlagen trennte. »Die Frau draußen. Wer ist sie?«

Der Mann blickte kurz von seiner Arbeit auf und musterte sie. »Hier nennt man keine Namen«, sagte er. »Das sollten Sie wissen.«

»Aber es ist schrecklich wichtig! Wenn sie die ist, für die ich sie halte, ist sie in großer Gefahr. Ich sage das zu Ihnen, weil ich weiß, daß Sie Dr. Litvak kennen.«

Bei diesem Namen blickte der Mann wieder auf. Es war offenkundig, daß man in Atterrisage Médoc mit dem Risiko und der Gefahr zu leben gewohnt war, aber beiden, soweit möglich, aus dem Wege ging. Und Dr. Litvak war offenbar ein vertrauter Kunde. »Sie wartet auf einen Anruf.«

»Von wem?«

Wieder musterte sie der Mann. »Von einem unserer Piloten: ›Le Chat rouge.‹ Hat sie Ärger mit der Polizei?«

»Nein.«

»Den Korsen? Der Mafia?«

Helden schüttelte den Kopf. »Schlimmer.«

»Dr. Litvak ist Ihr Freund?«

»Ja. Er hat den Flug aus Neuchâtel für mich gebucht. Sie können nachsehen, wenn Sie wollen.«

»Das brauche ich nicht. Wir wollen hier keinen Ärger. Schaffen Sie sie weg.«

»Wie? Ein Wagen soll mich abholen und zu einem Restaurant am See bringen, wo ich auf ein Taxi warten soll. Man hat mir gesagt, es würde eine halbe Stunde dauern.«

»Jetzt nicht mehr.« Der Mann sah an ihr vorbei. »Henri, komm her.«
Er nahm einen Bund mit Wagenschlüsseln vom Tresen. »Gehen Sie zu
der alten Frau und reden Sie mit ihr. Sagen Sie ihr, sie muß hier weg.
Henri wird Sie fahren.«

»Vielleicht hört sie nicht auf mich.«

»Das muß sie. Sie bekommen Ihren Wagen.«

Helden ging, so schnell ihre Wunde das zuließ, hinaus. Mrs. Holcroft
saß nicht mehr auf der Bank, und einen Augenblick lang geriet Helden
in Panik. Dann sah sie sie. Sie stand jetzt reglos draußen auf dem
verlassenen Kai, im Mondlicht. Helden ging auf sie zu.

Die alte Frau drehte sich um, als sie Heldens Schritte hörte. Sie rührte
sich nicht von der Stelle und bot keinen Gruß.

»Sie sind Mrs. Holcroft«, sagte Helden. »Noels Mutter.«

Als sie den Namen ihres Sohnes hörte, fuhren Althene Holcrofts
Hände zusammen; ihr Atem schien zu stocken. »Wer sind Sie?«

»Jemand, der es gut meint. Bitte, glauben Sie das. Mehr, als Sie
wissen.«

»Da ich nichts weiß, kann es weder mehr noch weniger sein.«

»Mein Name ist von Tiebolt.«

»Dann gehen Sie mir aus den Augen!« Die Worte der alten Frau
waren wie Peitschenschläge in der Nacht. »Die Männer hier haben Geld
bekommen. Sie werden nicht zulassen, daß Sie mir etwas tun. Vorher
töten sie Sie. Gehen Sie wieder zu Ihrem Wolfsrudel!«

»Ich habe nichts mit Wolfsschanze zu tun, Mrs. Holcroft.«

»Sie sind eine von Tiebolt!«

»Wenn ich zur Wolfsschanze gehörte, würde ich nicht in Ihre Nähe
kommen. Das verstehen Sie doch sicher.«

»Ich verstehe nur, daß Sie hier für etwas Widerwärtiges stehen...«

»Ich habe mein ganzes Leben mit dieser Meinung in der einen oder
anderen Form gelebt. Aber Sie haben unrecht! Sie müssen mir glauben.
Sie dürfen nicht hierbleiben; das ist gefährlich für Sie. Ich kann Sie
verstecken; ich kann Ihnen helfen...«

»Sie? Wie? Durch den Lauf einer Pistole? Unter den Rädern eines
Wagens?«

»Bitte! Ich weiß, weshalb Sie nach Genf gekommen sind. Ich bin aus
demselben Grund hier. Wir müssen ihn erreichen, es ihm sagen, ehe es
zu spät ist. Man muß verhindern, daß das Geld ausbezahlt wird.«

Die alte Frau schien von Heldens Worten betroffen. Dann runzelte
sie die Stirn, als ob die Worte eine Falle wären.

»Oder muß man *mich* aufhalten? Nun, ich werde mich nicht aufhalten lassen. Ich werde schreien, und wenn ich das tue, dann werden die
Männer kommen. Wenn sie Sie töten, bedeutet mir das nichts. Sie sind
dreißig Jahre Lüge! Sie alle! Sie werden an *niemanden* herantreten.«

»Mrs. Holcroft! Ich liebe Ihren Sohn. Ich liebe ihn so sehr... und wenn wir ihn nicht erreichen, dann wird er getötet werden. Von der einen oder der anderen Seite! Keine kann zulassen, daß er weiterlebt! Sie müssen das *verstehen*.«

»Lügnerin!« sagte Althene. »Sie sind alle Lügner!«

»Hol Sie der Teufel!« schrie Helden. »Niemand wird kommen, um Ihnen zu helfen. Die wollen, daß Sie hier verschwinden! Und ich bin kein Krüppel. Das ist eine *Kugel* in meinem Bein! Die steckt dort, weil ich versuche, Noel zu erreichen! Sie wissen nicht, was wir durchgemacht haben! Sie haben nicht das Recht –«

Aus dem Schuppen am Wasser war Lärm zu hören. Die beiden Frauen konnten die Worte verstehen... weil sie für sie bestimmt waren.

»Sie sind hier nicht willkommen, Monsieur! Es gibt keine solche Frau, wie Sie sie beschreiben! Bitte, gehen Sie.«

»Geben Sie mir keine Befehle! Sie ist hier!«

Helden zuckte zusammen. Das war eine Stimme, die sie ihr ganzes Leben lang gehört hatte.

»Das hier ist eine private Anlegestelle. Ich fordere Sie noch mal auf, zu gehen!«

»Öffnen Sie die Tür da!«

»Was? Welche Tür?«

»Die hinter Ihnen!«

Helden drehte sich zu Althene Holcroft herum. »Ich habe jetzt keine Zeit für Erklärungen. Ich kann Ihnen nur sagen, daß ich es gut mit Ihnen meine. Gehen Sie ins Wasser! Man darf Sie nicht sehen!«

»Weshalb soll ich Ihnen glauben?« Die alte Frau starrte an Helden vorbei auf den Kai und den Schuppen; sie war erschreckt, unschlüssig. »Sie sind jung und stark. Sie könnten mich leicht töten.«

»Der Mann da drin will Sie töten«, flüsterte Helden. »Er hat versucht, mich zu töten.«

»Wer ist er?«

»Mein Bruder. Seien Sie um Gottes willen still!«

Helden packte Althene um die Hüften und zwang die alte Frau auf den Plankenbelag des Kais hinunter. Dann rollte sie sich und die alte Frau ganz vorsichtig über den Rand ins Wasser. Althene zitterte, sie hatte Wasser in den Mund bekommen; jetzt hustete sie und schlug um sich. Helden hielt die alte Frau an der Hüfte fest, trat Wasser.

»Sie dürfen nicht husten! Sie dürfen kein Geräusch machen. Legen Sie sich den Riemen Ihrer Handtasche um den Hals. Ich helfe Ihnen.«

»Gott im Himmel, was *tun* Sie?«

»Seien Sie still.«

Etwa zehn Meter vom Kai entfernt war ein kleines Boot mit Außenbordmotor vertäut. Helden zog Althene auf den schützenden Schatten seines Rumpfes zu. Sie hatten die Hälfte des Weges zurückgelegt, als sie das Krachen einer Tür hörten und den Lichtkegel einer kräftigen Taschenlampe sahen. Er tanzte unruhig, während der blonde Mann auf den Pier zulief, dann stehenblieb und den Lichtbalken aufs Wasser richtete. Heldens Bein schmerzte jetzt schier unerträglich, als sie sich abmühte, das Boot zu erreichen.

Sie schaffte es nicht; sie hatte keine Kraft mehr im Bein, und das Gewicht ihrer schweren Kleider war ihr zuviel.

»Versuchen Sie, das Boot zu erreichen«, flüsterte sie. »Ich schwimme zurück... er wird mich sehen und –«

»Seien Sie still!« sagte die alte Frau, deren Arme sich jetzt in schnellen, leichten Bewegungen ausbreiteten und damit Heldens Last erleichterten. »Das ist derselbe Mann. Ihr Bruder. Er hat eine Pistole. *Schnell.* Kommen Sie.«

»Ich kann nicht.«

»Doch.«

Gemeinsam, sich gegenseitig stützend, strebten sie wieder dem Boot zu. Der blonde Mann war auf dem Kai, und der Lichtkegel seiner Taschenlampe wanderte in einem methodischen Muster über die Wasserfläche. Binnen Sekunden würde sie das Licht erreichen; es bewegte sich jetzt wie ein tödlicher Laserstrahl. In dem Augenblick, in dem er sie erreichte, würde ein Kugelhagel auf sie niedergehen, und dann wäre alles vorbei.

Johann von Tiebolt war ein erstklassiger Schütze, und seine Schwester wußte das.

Jetzt kam der blendende Strahl; der Bootsrumpf war über ihnen. Instinktiv drückten beide Frauen das Gesicht ins Wasser und tauchten unter. Der Strahl zog vorbei. Jetzt waren sie hinter dem Boot; die Kette, an dem es vertäut lag, hing an ihren Kleidern fest. Sie klammerten sich an die Kette, als wäre sie eine Rettungsleine, und füllten ihre erschöpften Lungen mit Luft.

Schweigen. Schritte. Zuerst langsam und bedächtig, und dann immer schneller werdend, als Johann von Tiebolt den Kai verließ. Dann wieder das Krachen einer Tür und wieder Stimmen.

»Wo ist sie hin?«

»Sie sind verrückt!«

»Und Sie tot!«

Ein Schuß peitschte über den See. Ein Schmerzensschrei folgte ihm, dann ein zweiter Schuß. Dann herrschte wieder Stille.

Minuten verstrichen. Die zwei Frauen im Wasser sahen einander im weichen Mondlicht an. Tränen füllten die Augen von Helden von Tiebolt. Die alte Frau berührte das Gesicht des Mädchens und sagte nichts.

Jetzt zerriß das Aufheulen eines Motors den Schrecken der lastenden Stille. Dann quietschende Reifen und das Geräusch von wegspritzendem Kies. Die zwei Frauen nickten einander zu und bewegten sich wieder, einander festhaltend, in Richtung auf den Kai zu.

Sie krochen eine Leiter hinauf und knieten in der Finsternis, atmeten tief.

»Ist das nicht seltsam«, sagte Althene. »Plötzlich mußte ich an meine Schuhe denken. Ich wollte sie nicht verlieren.«

»Und haben Sie sie verloren?«

»Nein. Wahrscheinlich ist das noch viel seltsamer.«

»Meine sind fort«, sagte Helden abwesend. Sie stand auf. »Wir müssen hier weg. Er könnte zurückkommen.« Sie blickte zu dem Schuppen hinüber. »Ich will dort nicht hineingehen, aber ich denke, das müssen wir. Da lagen Wagenschlüssel…« Sie beugte sich vor, um der alten Frau aufzuhelfen.

Helden öffnete die Tür und schloß instinktiv die Augen. Der Mann war über dem Tresen zusammengesunken, sein Gesicht war von der Kugel weggefetzt. Einen Augenblick lang tauchte das Bild des verstümmelten Kopfs von Klaus Falkenheim vor ihrem inneren Auge auf, und sie wollte schreien. Aber sie flüsterte nur.

»Mein Bruder…«

»Kommen Sie, Kind, schnell jetzt!« Unglaublich, daß das die alte Frau sein sollte, die den Befehl mit solcher Bestimmtheit gab. Sie hatte einen Schlüsselring entdeckt. »Es ist besser, wenn wir ihren Wagen nehmen. Ich habe auch einen, aber den hat man gesehen.«

Und dann sah Helden das Wort, klar und deutlich mit dickem Schmierstift auf den Boden unter dem Toten geschrieben.

»Nein! Das ist eine Lüge!«

»Was ist? Was ist?« Die alte Frau griff sich die Schlüssel und rannte zu dem Mädchen hinüber.

»Da. Das ist eine Lüge!«

Das Wort auf dem Boden war hastig hingeschmiert, mit großen Buchstaben.

ABWEHR

Helden hinkte darauf zu und sank in die Knie, versuchte, die Buchstaben wegzuwischen. Ihre Hände arbeiteten wie wild, die Tränen strömten ihr dabei übers Gesicht. »Eine Lüge! Eine Lüge! Das waren große Männer!«

Althene berührte das hysterisch gewordene Mädchen an der Schulter und nahm schließlich ihren Arm und zog sie vom Boden hoch. »Dafür ist keine Zeit! Das haben Sie selbst gesagt. Wir müssen weg.«

Sanft, aber bestimmt führte die ältere Frau die jüngere hinaus. Über der Tür brannte eine einzige Lampe und erzeugte ebensoviel Schatten wie Licht. Zwei Wagen waren zu sehen – der, den Althene gefahren hatte, und ein graues Auto mit einem Kennzeichen, das mit Draht an der Stoßstange befestigt war. Sie führte Helden darauf zu.

Und blieb stehen.

Die ganze Kraft, die sie in sich aufgeboten hatte, brach zusammen.

Im Kies lag der Körper des rothaarigen Piloten. Er war tot, die Hände hinter dem Rücken gefesselt. Sein ganzes Gesicht – die Partien um die Augen und den Mund – war von Messerstichen zerfetzt.

Man hatte ihn gefoltert und erschossen.

Schweigend fuhren sie durch die Nacht, jede in ihre eigenen quälenden Gedanken versunken. »Da ist eine Wohnung«, sagte Helden schließlich. »Man hat mir den Weg beschrieben. Dort sind wir sicher. Ein Mann ist von London hergeflogen, um uns zu helfen. Er sollte inzwischen dort sein.«

»Wer ist das?«

»Ein Jude von einem Ort, der Har Sha'alav heißt.«

Althene sah das Mädchen durch die fliegenden Schatten an. »Ein Jude aus Har Sha'alav hat mich aufgesucht. Deshalb bin ich hier.«

»Ich weiß.«

Ein schlanker Mann mit dunkler Haut und sehr dunklen Augen öffnete die Tür des Apartments. Er war weder klein noch groß, strahlte aber schiere physische Kraft aus. Die mächtigen Schultern waren es, die diesen Eindruck vermittelten, und der straffe Stoff seines weißen Hemdes, das am Hals offenstand und dessen Ärmel hochgerollt waren, so daß die muskulösen Arme freilagen. Sein schwarzes Haar war kurz geschnitten, und sein Gesicht fiel ebenso durch seinen starr wirkenden Blick wie durch seine Züge auf.

Er musterte die zwei Frauen, nickte dann und winkte sie herein. Er nahm Heldens Hinken ebenso wie die nassen Kleider der beiden ohne Kommentar zur Kenntnis.

»Ich bin Yakov Ben-Gadíz«, sagte er. »Damit wir einander richtig verstehen, ich bin es, der die Entscheidungen treffen wird.«

»Auf welcher Grundlage?« fragte Althene.

Ben-Gadíz sah sie an. »Sind Sie die Mutter?«

»Ja.«

»Ich habe Sie nicht erwartet.«

»Ich habe auch nicht erwartet, hier zu sein. Wenn dieses Mädchen nicht gewesen wäre, wäre ich jetzt tot.«

»Dann haben Sie noch eine weitere Verpflichtung, neben der anderen, die über allem anderen steht.«

»Ich habe Sie etwas gefragt. Mit welchem Recht treffen Sie Entscheidungen für mich? Das darf niemand.«

»Ich war mit Neuchâtel in Verbindung. Heute nacht gibt es Arbeit.«

»Für *mich* gibt es nur eines. Ich muß meinen Sohn erreichen.«

»Später«, sagte Yakov Ben-Gadíz. »Zuerst ist da etwas anderes. Eine Liste muß gefunden werden. Wir glauben, daß sie im Hotel d'Accord ist.«

»Das ist lebenswichtig«, unterbrach Helden, die ihre Hand auf Althenes Arm hatte.

»Daß wir Ihren Sohn erreichen, ist ebenso lebenswichtig«, fuhr Yakov fort und starrte die alte Frau an. »Und ich brauche einen Köder.«

42

Von Tiebolt hielt den Telefonhörer in der einen und Kesslers Notiz in der anderen Hand. Er sprach mit dem stellvertretenden Präsidenten des Genfer Staatsrats. »Ich sage Ihnen, die Adresse ist falsch! Es handelt sich um ein altes, verlassenes Gebäude ohne Telefonanschluß. Ich würde sagen, die ›Abwehr‹ hat sich recht erfolgreich in Ihr staatliches Telefonnetz eingeschlichen, und jetzt finden Sie die richtige Adresse für mich!«

Der blonde Mann lauschte ein paar Augenblicke und explodierte dann. »Idiot, ich *kann* die Nummer nicht anrufen! Der Hotelangestellte hat geschworen, daß er sie keinem anderen als Holcroft geben würde. Was ich auch sagen würde, sie würde beunruhigt sein. Und jetzt finden Sie diese Adresse für mich heraus! Meinetwegen wecken Sie dazu den Bundespräsidenten, mir ist das egal. Ich erwarte, daß Sie mich binnen einer Stunde zurückrufen.« Er knallte den Hörer auf die Gabel und starrte wieder auf die Notiz von Kessler.

Erich war weggegangen, um sich mit Holcroft zu treffen. Ohne Zweifel befanden die beiden sich jetzt im Excelsior, wo Holcroft unter dem Namen Fresca eingetragen sein würde. Er könnte anrufen, um sich zu vergewissern, aber das würde möglicherweise zu Komplikationen führen. Es galt, den Amerikaner an die Grenzen seiner Zurechnungsfähigkeit zu treiben. Sein Freund aus London ermordet; seine Mutter nirgends aufzufinden; möglicherweise hatte er sogar von Heldens Tod in Neuchâtel gehört. Holcroft wäre dem Zusammenbruch nahe; es konnte sein, daß er auf einem Zusammentreffen bestehen würde.

Und darauf war Johann zur Stunde noch nicht vorbereitet. Es war kurz nach drei Uhr früh, und sie hatten die Mutter immer noch nicht ausfindig gemacht. Er mußte sie finden, sie töten. Bis zu der Konferenz in der Bank hatte er noch sechs Stunden. Jeden Augenblick – aus einer Menschenmenge heraus, von einem Taxi mitten im Verkehr, auf einer

Treppe, oder irgendwo in einer Ecke – könnte sie ihrem Sohn gegen-übertreten und die Warnung hinausschreien: *Verrat! Halt! Gib Genf auf!*

Und das durfte nicht geschehen! Ihre Stimme mußte zum Verstum-men gebracht, die Programmierung ihres Sohnes durchgeführt wer-den. Sie mußte ganz einfach noch in dieser Nacht sterben, und mit ihrem Tod wären alle Risiken ausgeschaltet. Und dann würde schnell und in aller Stille noch ein Tod hinzukommen. Der Sohn Heinrich Clausens hatte seine Funktion bald erfüllt.

Aber zuerst seine Mutter. Ehe der Tag anbrach. Die Vorstellung, daß sie irgendwo dort draußen lauerte, machte ihn wahnsinnig. Am Ende einer Telefonleitung, während die dazugehörige Adresse irgendwo in den Archiven eines Bürokraten begraben lag. Der blonde Mann setzte sich und zog ein langes, zweischneidiges Messer aus einer Scheide, die in sein Jackett eingenäht war. Er mußte es waschen. Der rothaarige Pilot hatte es besudelt.

Noel öffnete seinen Koffer auf dem Gepäckständer und sah sich die zerdrückten Kleider darin an. Dann wanderte sein Blick über die weißen Wände mit der einfachen Tapete und die Tür, die zu einem winzigen Balkon hinausführte, und über den kleinen, zu prunkvoll wirkenden Lüster an der Decke. Hotelzimmer fingen an, sich wie ein Ei dem anderen zu gleichen; er erinnerte sich mit einer gewissen Zunei-gung der schäbigen Ausnahme in Berlin. Daß er sich im Augenblick daran erinnern konnte, war fast verblüffend. Er hatte sich in dieser beunruhigenden neuen Welt ohne Beeinträchtigung seiner Fähigkeiten eingewöhnt. Er war nicht sicher, ob das gut oder schlecht war.

Erich war am Telefon und versuchte, von Tiebolt im d'Accord zu erreichen. Wo, zum Teufel, steckte Johann? Es war halb vier Uhr morgens. Kessler legte auf und wandte sich Noel zu. »Er hat die Nachricht hinterlassen, wir sollten uns keine Sorgen machen. Er ist mit dem Staatsrat zusammen. Sie tun alles in ihrer Macht Stehende, um Ihre Mutter zu finden.«

»Dann hat sie also nicht angerufen?«

»Nein.«

»Das gibt einfach keinen Sinn. Ist der Mann am Empfang noch da?«

»Ja. Sie haben ihm so viel bezahlt, wie er sonst in zwei Wochen verdient. Das wenigste, was er dafür tun kann, ist, die ganze Nacht dableiben.« Kesslers Ausdruck wurde nachdenklich. »Wissen Sie, es ist durchaus möglich, daß es sich um eine ganz normale Verzögerung handelt, eine Verbindung, die nicht geklappt hat, ein Flughafen im Nebel, Schwierigkeiten mit den Paßbehörden irgendwo.«

»Möglich ist alles, aber es gibt trotzdem keinen Sinn. Ich kenne sie. Sie würde dafür sorgen, daß ich benachrichtigt werde.«

»Vielleicht hält man sie irgendwo fest.«

»Daran habe ich auch gedacht; das wäre das Beste, was ihr passieren könnte. Sie reist mit einem falschen Paß. Hoffen wir, daß man sie festgenommen und auf ein paar Tage in eine Zelle gesteckt hat. Auch kein Anruf von Helden?«

»Überhaupt keine Anrufe«, erwiderte der Deutsche, dessen Augen plötzlich wie gebannt an Noel hingen.

Holcroft streckte sich, er hielt sein Rasierzeug in der Hand. »Dieses Warten, ohne etwas zu wissen, macht mich wahnsinnig.« Er deutete auf die Tür zum Badezimmer. »Ich gehe mich jetzt waschen.«

»Gute Idee. Warum ruhen Sie sich nicht anschließend ein bißchen aus? Sie müssen erschöpft sein. Wir haben noch knapp fünf Stunden, und ich glaube wirklich, daß Johann ein sehr tüchtiger Mann ist.«

»Darauf baue ich«, sagte Noel.

Er zog sein Hemd aus und ließ das heiße Wasser laufen, so daß Dampf erzeugt wurde. Bald war der Spiegel beschlagen, und ein schwacher Nebel hing über dem Waschbecken. Er hielt sein Gesicht in die feuchte Hitze, stützte sich mit beiden Händen auf das Becken und blieb so stehen, bis ihm der Schweiß von der Stirn rann. Er hatte das vor einigen Jahren von Sam Buonoventura gelernt. Nicht, daß es ein Dampfbad ersetzte, aber es half immerhin.

Sam? Sam! Herrgott, warum hatte er nicht an ihn gedacht? Wenn seine Mutter ihre Pläne geändert hatte oder irgend etwas passiert war, dann war es durchaus möglich, daß sie Sam anrief. Besonders, wenn es im d'Accord niemanden unter dem Namen Holcroft gab.

Er sah auf die Uhr; es war drei Uhr fünfunddreißig nach Genfer Zeit, zehn Uhr fünfunddreißig in der Karibik. Wenn Sam ihm etwas zu sagen hatte, würde er in der Nähe seines Telefons bleiben.

Noel drehte den Wasserhahn ab. Er konnte Kesslers Stimme aus dem Schlafzimmer hören, aber da war sonst niemand. Mit wem redete er, und weshalb sprach er so leise?

Holcroft wandte sich zur Tür und öffnete sie einen Spalt. Kessler stand auf der anderen Seite des Raums, den Rücken der Badezimmertür zugewandt, und telefonierte. Noel hörte, was er sagte, und trat hinaus.

»Ich sage dir, das ist unsere Antwort. Sie reist mit falschem Paß. Wenn man die Aufzeichnungen der Einwanderungs –«

»*Erich!*«

Yakov Ben-Gadíz schloß den Deckel seines Verbandskastens, richtete sich neben dem Bett auf und musterte sein Werk. Heldens Wunde war gerötet, aber es lag kein Wundbrand vor. Er hatte den schmutzigen Verband durch einen frischen ersetzt.

»So«, sagte er, »das sollte für eine Weile genügen. Die Schwellung wird in der nächsten Stunde zurückgehen, aber Sie dürfen das Bein nicht gebrauchen. Sie müssen es erhöht legen.«

»Sagen Sie mir bloß nicht, daß Sie Arzt sind«, meinte Helden.

»Man braucht kein Arzt zu sein, um Schußverletzungen zu behandeln. Man muß sich nur daran gewöhnen.« Der Israeli ging zur Tür.

»Bleiben Sie hier. Ich möchte mit Mrs. Holcroft sprechen.«

»Nein!«

Ben-Gadíz blieb stehen. »Was haben Sie gesagt?«

»Schicken Sie sie nicht allein hinaus. Sie ist außer sich vor Schuldgefühlen und ängstigt sich um ihren Sohn. Sie kann nicht klar denken; sie hätte keine Chance. Tun Sie es nicht.«

»Und wenn ich es tue, werden Sie mich daran hindern?«

»Ich weiß etwas Besseres. Sie wollen meinen Bruder haben. Gebrauchen Sie *mich*.«

»Zuerst will ich die Liste der *Sonnenkinder*. Wir haben drei Tage, um von Tiebolt zu töten.«

»Drei Tage?«

»Die Banken sind morgen und am Sonntag geschlossen. Die können sich frühestens am Montag mit den Direktoren der Grande Banque treffen. Zuerst die Liste. Ich stimme Litvak zu; *sie* hat hier erste Priorität.«

»Wenn sie so wichtig ist, trägt er sie doch ohne Zweifel *bei sich*.«

»Das bezweifle ich. Männer wie Ihr Bruder gehen keine solchen Risiken ein. Ein Unfall, ein Raubüberfall auf der Straße... jemand wie ich. Nein, er trägt die Liste ganz bestimmt nicht mit sich herum. Und ebensowenig würde er sie in einen Hotelsafe legen. Sie ist in seinem Zimmer. In einem besseren Safe. Ich möchte in dieses Zimmer, ihn auf eine Weile herausholen.«

»Ein Grund mehr, mich einzusetzen!« sagte Helden. »Er glaubt, ich sei *tot*. Er hat mich am See nicht gesehen; er hat sie gesucht, nicht mich. Der Schock wird ihn verblüffen, er wird verwirrt sein. Er wird überall hingehen, wo ich sage, um mich zu finden. Ich brauche nur das Wort ›Abwehr‹ zu erwähnen. Da bin ich *ganz sicher*.«

»Ich verlasse mich auch darauf«, erwiderte Yakov. »Aber für morgen. Nicht in dieser Nacht. Sie sind heute nacht nicht die, die er will. Er will Holcrofts Mutter.«

»Ich werde ihm sagen, daß sie mit mir zusammen ist! Das wäre perfekt!«

»Er würde Ihnen nie glauben. Sie, die nach Neuchâtel gefahren sind, um sich mit Werner Gerhardt zu treffen? Die entkommen ist? Das riecht doch nach einer Falle.«

»Dann lassen Sie mich wenigstens mit ihr gehen«, bettelte Helden.

»Vereinbaren Sie das Zusammentreffen, und ich halte mich versteckt. Dann kann ich *ihr* wenigstens einigen Schutz bieten. Ich habe eine Pistole.«

Ben-Gadíz überlegte einen Augenblick, ehe er antwortete. »Ich weiß, was Sie anbieten, und bewundere Sie dafür. Aber ich darf Sie nicht beide riskieren. Sehen Sie, ich brauche die Mutter heute, und Sie werde ich morgen brauchen. Sie wird ihn heute nacht weglocken und Sie morgen. Es muß so laufen.«

»Sie können *beides* heute nacht erreichen!« bohrte Helden. »Sie bekommen Ihre Liste, und ich werde ihn *töten*. Das schwöre ich.«

»Ich glaube Ihnen, aber Sie übersehen da etwas. Ich traue Ihrem Bruder mehr zu als Sie. Gleichgültig, wie wir unseren Plan aufstellen, er wird das Zusammentreffen mit Mrs. Holcroft heute nacht unter Kontrolle haben. Er hat den Schlüssel zu allem, nicht wir.«

Helden starrte den Israeli an. »Sie benutzen sie ja nicht nur; Sie opfern sie.«

»Ich werde *jeden einzelnen* von uns benutzen und jeden einzelnen von uns opfern, um das zu tun, was getan werden muß. Und wenn Sie mich daran hindern, werde ich Sie töten.« Yakov ging zur Tür und trat hinaus.

Althene saß an einem Schreibtisch am anderen Ende des Zimmers. Die kleine Schreibtischlampe war das einzige Licht im Raum. Sie trug einen dunkelroten Bademantel, den sie in einem Kleiderschrank gefunden hatte und der ihr zu weit war. Die durchnäßten Kleider, die sie und Helden getragen hatten, lagen über den Heizkörpern, um zu trocknen. Sie schrieb auf ein Blatt Hotelpapier. Als sie Yakovs Schritte hörte, drehte sie sich um. »Ich habe mir Papier aus Ihrem Schreibtisch geborgt«, sagte sie.

»Das ist nicht mein Papier und nicht mein Schreibtisch«, antwortete der Israeli. »Schreiben Sie einen Brief?«

»Ja. An meinen Sohn.«

»Warum? Mit ein bißchen Glück finden wir ihn. Sie können dann mit ihm sprechen.«

Althene lehnte sich in dem Stuhl zurück und sah Ben-Gadíz voll in die Augen. »Ich glaube, wir wissen beide, daß die Chance recht gering ist, daß ich ihn wiedersehe.«

»Wirklich?«

»Natürlich. Es hat doch keinen Sinn, wenn ich mir selbst etwas vormache... oder Sie das versuchen. Von Tiebolt muß sich mit mir treffen. Wenn er das tut, wird er mich nicht mehr weglassen. Nicht lebend. Weshalb sollte er auch?«

»Wir werden alle uns möglichen Sicherheitsvorkehrungen treffen.«

»Danke, ich werde eine Pistole mitnehmen. Ich habe nicht die

Absicht, mich hinzustellen und ihm zu sagen, daß er bloß abzudrücken braucht.«

»Es wäre besser, wenn Sie sitzen würden.«

Sie lächelten einander zu. »Wir sind beide sehr praktisch eingestellt, nicht wahr? Überlebenstypen.«

Yakov zuckte die Achseln. »So ist es einfacher.«

»Sagen Sie – diese Liste, auf die Sie so erpicht sind. Die *Sonnenkinder*. Die muß doch sehr umfangreich sein. Bände. Namen von Leuten und Familien überall.«

»Das ist nicht die Liste, die wir suchen; das ist die Liste der Herrenmenschen. Ich bezweifle, daß wir sie je zu Gesicht bekommen. Die Liste, die wir finden *können* – die wir finden *müssen* –, ist die, mit der wir etwas anfangen können. Die Namen der Führer, die das Geld in Empfang nehmen sollen, die es in strategisch wichtigen Gebieten verteilen sollen. Diese Liste muß sich an einem Ort befinden, wo von Tiebolt jederzeit an sie herankann.«

»Und mit dieser Liste haben Sie auch die Identität der Führer der Wolfsschanze.«

»Überall.«

»Was macht Sie so sicher, daß die Liste im d'Accord ist?«

»Das ist der logische Ort. Von Tiebolt vertraut niemandem. Alle anderen sind nur bruchstückweise informiert; er hat die Kontrolle über das Ganze. Er würde diese Liste niemals in einen Safe legen; ebensowenig würde er sie bei sich tragen. Sie wird in seinem Hotelzimmer sein, und das Zimmer wird von Fallen wimmeln. Und er würde es nur unter den schlimmsten Voraussetzungen verlassen.«

»Und wir sind uns darüber einig, daß ich diese schlimmste Voraussetzung bin?«

»Ja. Er fürchtet Sie, wie sonst niemanden auf der Welt, denn es gibt sonst niemanden, der Ihren Sohn davon überzeugen könnte, Genf aufzugeben. Die brauchen ihn; die haben ihn immer gebraucht. Die Gesetze müssen erfüllt werden, damit die Mittel freigegeben werden können. Es gab nie einen anderen Weg.«

»Welche Ironie doch darin liegt. Das Gesetz wird dazu benutzt, um die größte Gesetzlosigkeit zu begehen, die man sich vorstellen kann.«

»Das ist keine neue Erkenntnis, Mrs. Holcroft.«

»Und was ist mit meinem Sohn? Werden Sie ihn töten?«

»Das will ich nicht.«

»Ich würde gerne etwas Konkreteres hören.«

»Es wird keinen Anlaß dazu geben, wenn er zu uns kommt. Wenn man ihn von der Wahrheit überzeugen kann, und davon, daß er nicht übertölpelt werden soll, gibt es guten Grund, ihn am Leben zu halten. Auch wenn das Geld nicht kommt, wird Wolfsschanze noch nicht am

Ende sein. Überall dort draußen sind die *Sonnenkinder*. Sie werden gelähmt sein, aber nicht entlarvt. Und auch nicht vernichtet. Wir werden jede Stimme brauchen können, die sich gegen sie erheben kann. Ihr Sohn wird eine höchst wichtige Geschichte zu erzählen haben. Gemeinsam werden wir an die richtigen Leute herantreten.«

»Wie werden Sie ihn denn überzeugen... wenn ich von der Zusammenkunft mit von Tiebolt nicht zurückkomme?«

Der Israeli sah die Andeutung eines Lächelns auf Althenes Lippen und begriff die Pause in ihrer Frage. Seine Voraussetzung war klar gewesen: sie würde nicht zurückkommen.

»So wie die Kontaktperson in Neuchâtel und ich es sehen, haben wir heute und morgen zur Verfügung; die Aktion in La Grande Banque beginnt ohne Zweifel Montag. Sie werden ihn isoliert halten, an einem Ort, wo man ihn nicht erreichen kann. Meine Aufgabe ist es, diese Isolierung zu durchbrechen, ihn wegzuholen.«

»Und wenn Sie das tun, was werden Sie ihm sagen?«

»Ich werde ihm die Wahrheit sagen, ihm alles erklären, was wir in Har Sha'alav erfahren haben. Helden könnte da äußerst hilfreich sein – wenn sie noch lebt, um es offen zu sagen. Und dann ist da die Liste. Wenn ich sie finde, werde ich sie ihm zeigen.«

»Zeigen Sie ihm diesen Brief«, unterbrach Althene und wandte sich wieder dem Papier auf dem Schreibtisch zu.

»Der wäre auch hilfreich«, sagte der Israeli.

»*Erich!*«

Kessler fuhr herum, sein korpulenter Körper wirkte starr. Er ließ den Hörer sinken, aber Holcroft hinderte ihn daran.

»Halt! Mit wem sprechen Sie?« Noel packte den Hörer, sprach hinein. »Wer ist da?«

Schweigen.

»Wer ist da?«

»Bitte«, sagte Kessler, der sich langsam wieder in die Gewalt bekam. »Wir versuchen, Sie zu *schützen*. Man darf Sie nicht auf der Straße sehen; das wissen Sie. Die würden Sie töten. Sie sind der wichtigste Schlüssel zu Genf.«

»Sie haben nicht über mich gesprochen!«

»Wir versuchen, Ihre Mutter zu finden! Sie haben gesagt, daß sie mit falschem Paß reist, aus Lissabon kommt. Das war uns nicht bewußt. Johann kennt Leute, die solche Papiere liefern; darüber haben wir jetzt gesprochen.«

Wieder sprach Holcroft ins Telefon.

»Von Tiebolt? Sind Sie das?«

»Ja, Noel«, kam ruhig die Antwort. »Erich hat recht. Ich habe hier

Freunde, die versuchen, uns zu helfen. Ihre Mutter könnte in Gefahr sein. Aber Sie dürfen mit der Suche nichts zu tun haben. Sie müssen unsichtbar bleiben.«

»»Dürfen‹?« Holcroft sprach das Wort mit scharfer Stimme aus. »»Müssen?‹ Wir wollen einmal etwas klarstellen – für Sie alle beide.« Noel sprach ins Telefon, sah dabei aber Kessler an. »Ich entscheide, was ich tue und was ich nicht tue. Ist das klar?«

Der Gelehrte nickte. von Tiebolt sagte nichts. Holcroft hob die Stimme. »Ich habe gefragt, ob das *klar* ist.«

»Ja, natürlich«, sagte Johann schließlich. »Erich hat Ihnen ja schon gesagt, daß wir nur helfen wollen. Die Information, daß Ihre Mutter unter falschem Namen reist, könnte hilfreich sein. Ich kenne Leute, die mit solchen Dingen zu tun haben. Ich werde einige von ihnen anrufen und Sie auf dem laufenden halten.«

»Bitte.«

»Wenn wir uns vor morgen früh nicht sehen, treffen wir uns in der Bank. Ich nehme an, Erich hat Ihnen alles erklärt.«

»Ja, das hat er. Und, Johann... tut mir leid, daß ich laut geworden bin; ich weiß, daß Sie sich Mühe geben, mir zu helfen. Die Leute, hinter denen wir her sind, nennen sich ›Abwehr‹, nicht wahr? Das ist es doch, was Sie in London herausgefunden haben.«

Am anderen Ende der Leitung herrschte ein paar Augenblicke lang Stille. Dann: »Woher wissen Sie das?«

»Sie haben ihre Visitenkarte hinterlassen. Ich will diese Bastarde haben.«

»Das wollen wir auch.«

»Danke. Rufen Sie mich sofort an, wenn Sie etwas hören.« Noel legte auf. »Tun Sie das nie wieder«, sagte er zu Kessler.

»Ich bitte um Entschuldigung. Ich dachte, ich täte das Richtige. Ebenso wie Sie wahrscheinlich geglaubt haben, das Richtige zu tun, als Sie es so einrichteten, daß man mich vom d'Accord aus verfolgte.«

»Ist das nicht eine lausige Welt, in der wir leben?« sagte Noel und griff nach dem Telefon.

»Was haben Sie vor?«

»Da ist ein Mann in Curaçao, mit dem ich sprechen möchte. Vielleicht weiß er etwas.«

»O ja. Der Ingenieur, der Ihre Nachrichten weitergeleitet hat.«

»Ich stehe in seiner Schuld.«

Noel rief die Zentrale und gab die Nummer in Curaçao durch. »Soll ich am Apparat bleiben oder rufen Sie mich zurück?«

»Um die Zeit dauert es nicht lange, Sir.«

»Dann warte ich.« Er setzte sich aufs Bett. Nach höchstens einer Minute hörte er Buonoventuras Telefon klingeln.

Eine Männerstimme meldete sich. Aber es war nicht die Stimme Sams.

»Yeah?«

»Sam Buonoventura, bitte.«

»Wer will ihn sprechen?«

»Ein Freund. Ich rufe aus Europa an.«

»Da läuft nichts mehr, Mister. Der nimmt keine Anrufe mehr entgegen.«

»Was soll das heißen?«

»Sam ist abgekratzt, Mister. Irgend so'n Scheißneger hat ihn mit 'ner Drahtschlinge abgemurkst. Wir suchen hier alles nach diesem Dreckskerl ab.«

Holcroft ließ den Kopf sinken. Er hatte die Augen geschlossen, und sein Atem stockte. Man hatte ihn mit Sam in Verbindung gebracht und war zu dem Schluß gelangt, daß man Sams Hilfe nicht zulassen konnte. Buonoventura war sein Informationszentrum; er mußte getötet werden, damit keine weiteren Informationen durchkamen. Die ›Abwehr‹ versuchte, ihn zu isolieren. Er hatte in Sams Schuld gestanden, und diese Schuld hatte Sam das Leben gekostet. Alles, was er anfaßte, war vom Tode gezeichnet; er war der Todesbote.

»Sparen Sie sich die Mühe«, sagte er, ohne recht zu merken, daß er redete. »Ich habe ihn umgebracht.«

43

»Hat Ihr Sohn je den Namen ›Tennyson‹ erwähnt?« fragte Ben-Gadíz.

»Nein.«

»Wann haben Sie das letzte Mal mit ihm gesprochen?«

»Nach dem Tod meines Mannes. Er war in Paris.«

Yakov hatte die Arme über der Brust verschränkt gehabt. Jetzt löste er sie voneinander; er hatte da etwas gehört, was er hören wollte. »War das Ihr erstes Gespräch mit ihm nach dem Tod Ihres Mannes?«

»Nach seiner Ermordung«, verbesserte ihn Althene, »obwohl ich das damals noch nicht wußte.«

»Beantworten Sie meine Frage. War das Ihr erstes Gespräch mit ihm nach dem Tod Ihres Mannes?«

»Ja.«

»Dann war es ein trauriges Gespräch.«

»Natürlich. Ich mußte es ihm sagen.«

»Gut. In solchen Situationen denkt man nicht sehr klar; man sagt und hört dann Sachen, an die man sich hinterher selten klar erinnert.

Damals hat er den Namen ›Tennyson‹ erwähnt. Er sagte, er sei nach Genf unterwegs, wahrscheinlich mit einem Mann namens Tennyson. Können Sie das von Tiebolt zu verstehen geben?«

»Sicher. Aber wird er es glauben?«

»Er hat keine Wahl. Er will Sie haben.«

»Ich ihn auch.«

»Rufen Sie an. Und vergessen Sie nicht, Sie sind am Durchdrehen; eine Frau in Panik ist unberechenbar. Bringen Sie ihn mit Ihrer Stimme durcheinander. Sie müssen schreien, flüstern, stottern. Sagen Sie ihm, Sie hätten Ihren Piloten anrufen sollen. Es habe einen Mord gegeben; der Landeplatz wimmelte von Polizei, und Sie hätten Angst, schreckliche Angst. Schaffen Sie das?«

»Hören Sie zu«, sagte Althene und griff nach dem Telefon.

Die Zentrale des d'Accord verband sie mit dem Zimmer seines sehr wichtigen Gastes, Mr. John Tennyson.

Und Yakov hörte sich voll Bewunderung Althenes Leistung an.

»Sie müssen sich zusammenreißen, Mrs. Holcroft«, sagte der Fremde im d'Accord.

»Dann sind Sie der Tennyson, den mein Sohn erwähnt hat?«

»Ja. Ich bin sein Freund. Wir sind uns in Paris begegnet.«

»Um Christi Barmherzigkeit willen, können Sie mir helfen?«

»Natürlich. Ich würde es mir als Ehre anrechnen.«

»Wo ist Noel?«

»Ich bedaure sehr, das weiß ich nicht... Er hat in Genf Geschäfte, mit denen ich nichts zu tun habe.«

»Nein?« Das klang erleichtert.

»O nein. Wir haben miteinander zu Abend gegessen – gestern abend –, und dann ist er zu seinen Geschäftspartnern gegangen.«

»Hat er gesagt, wo er hingeht?«

»Leider nein. Sehen Sie, ich muß weiter nach Mailand... Ich habe Noel in Paris gesagt, daß ich mich mit ihm in Genf treffen kann und ihm dann die Stadt zeige.«

»Können Sie sich mit mir treffen, Mr. Tennyson?«

»Aber selbstverständlich. Wo sind Sie?«

»Wir müssen vorsichtig sein. Ich darf nicht zulassen, daß Sie Risiken eingehen.«

»Für mich ist das kein Risiko, Mrs. Holcroft. Ich kann mich in Genf ganz frei bewegen.«

»Ich nicht. Diese schreckliche Geschichte in Médoc.«

»Beruhigen Sie sich doch. Was das auch war, es betrifft Sie doch ganz sicher nicht. Wo sind Sie? Wo können wir uns treffen?«

»Am Bahnhof. Im Wartesaal am Nordeingang. In fünfundvierzig Minuten. Gott segne Sie.«

Sie legte auf. Yakov Ben-Gadíz lächelte.

»Er wird sehr vorsichtig sein«, sagte der Israeli. »Er wird seine Helfer postieren, und das verschafft uns Zeit. Ich fahre jetzt zum d'Accord. Ich brauche jede Minute.«

Von Tiebolt legte langsam den Hörer auf die Gabel. Die Wahrscheinlichkeit, daß er in eine Falle gelockt würde, war ziemlich groß, dachte er, aber sicher war er sich dessen natürlich nicht. Er hatte absichtlich behauptet, Holcroft sei nie in Genf gewesen; das war eine Lüge, und das wußte die alte Frau. Andererseits klang echte Panik aus ihrer Stimme, und eine Frau in ihrem Alter, die in Panik war, hörte weniger zu, als daß sie wünschte, daß man ihr zuhörte. Vielleicht hatte sie die Bemerkung überhört, oder sie hatte sie für unwesentlich gehalten.

Daß Holcroft den Namen ›Tennyson‹ gebraucht hatte – wenn das tatsächlich der Fall war –, überraschte ihn bei dem Amerikaner nicht. Er neigte zu unkontrollierten Gefühlsausbrüchen und redete oft, ohne nachzudenken. Die Nachricht von Richard Holcrofts Tod in New York hatte ihn vielleicht so aus dem Gleichgewicht gebracht, daß ihm der Name ›Tennyson‹ entglitten war, ohne daß er das bemerkte.

Andererseits hatte der Amerikaner Stärken an den Tag gelegt, die er nicht für möglich gehalten hätte. Daß er seiner Mutter den Namen genannt hatte, stand im Widerspruch zu seiner sonstigen Selbstbeherrschung. Und außerdem wußte Johann, daß er es mit einer Frau zu tun hatte, die immerhin imstande war, sich falsche Papiere zu verschaffen, die in Lissabon untergetaucht war. Er würde außergewöhnliche Vorsichtsmaßnahmen treffen. Er würde sich nicht von einer alten, außer sich geratenen Frau in eine Falle locken lassen – oder von einer, die vorgab, außer sich zu sein.

Das Telefon klingelte und riß ihn aus seinen Gedanken.

»Ja?«

Es war der Staatsrat. Sie versuchten immer noch, die genaue Adresse herauszufinden, die hinter der Telefonnummer steckte, die Mrs. Holcroft im d'Accord angegeben hatte. Jemand war zur Staatlichen Telefongesellschaft unterwegs, um in den Archiven nachzusehen. von Tiebolt antwortete mit eisiger Stimme.

»Bis der sie findet, nützt mir die Nummer nichts mehr. Ich habe mit der Frau Kontakt. Schicken Sie sofort einen Polizisten mit einem Dienstwagen zum d'Accord. Sagen Sie ihm, ich sei ein wichtiger Staatsbesuch, der persönliche Hilfe benötigt. Er soll in fünfzehn Minuten in der Halle sein.« Von Tiebolt wartete nicht auf Antwort, sondern legte den Hörer auf und ging zum Tisch, wo zwei Pistolen lagen. Er hatte sie zum Reinigen zerlegt und würde sie jetzt schnell wieder zusammensetzen. Es waren zwei der Lieblingswaffen des Tinamu.

Wenn Althene Holcroft die Dreistigkeit besaß, ihm eine Falle zu stellen, so würde sie erfahren, daß sie dem Führer der Wolfsschanze nicht gewachsen war. Ihre Falle würde zurückschnappen und sie selbst zerquetschen.

Der Israeli hielt sich in einer dunklen Gasse gegenüber dem d'Accord versteckt. Auf der Hoteltreppe redete von Tiebolt ruhig mit einem Polizeibeamten und erteilte ihm Instruktionen.

Als sie fertig waren, lief der Polizist zu seinem Wagen. Der blonde Mann ging zu einer schwarzen Limousine am Randstein und setzte sich hinter das Steuer. Von Tiebolt wollte keinen Chauffeur für die Fahrt, die er jetzt antrat.

Beide Fahrzeuge rollten die Rue des Granges hinunter. Yakov wartete, bis sie verschwunden waren, und überquerte dann mit seiner Aktentasche die Straße.

Er ging auf das Empfangspult zu, das Urbild eines müden Beamten. Er seufzte, als er zu dem Angestellten sagte: »Polizeilabor. Man hat mich aus dem Bett gestöbert, um zusätzliche Proben aus dem Zimmer des Toten zu holen. Dieser Ellis. Denen fällt auch nie etwas ein, bis alle schlafen. Wie war die Nummer?«

»Zweiter Stock. Zimmer einundzwanzig«, sagte der Angestellte mit einem mitfühlenden Lächeln. »Vor der Tür steht ein Posten.«

»Danke.« Ben-Gadíz ging zum Lift und drückte den Knopf für den fünften Stock. John Tennyson war auf 512 registriert. Jetzt war keine Zeit, sich mit einem Polizisten im Wachdienst aufzuhalten. Er brauchte jede Minute – jede Sekunde –, die er bekommen konnte.

Der Mann in der Uniform der Genfer Polizei trat durch den Nordeingang des Bahnhofs. Seine Lederabsätze klapperten auf den Steinplatten. Er ging auf die alte Frau zu, die am äußeren Ende der ersten Bankreihe saß.

»Mrs. Althene Holcroft?«

»Ja?«

»Bitte, kommen Sie mit mir, Madame.«

»Darf ich fragen, weshalb?«

»Ich soll Sie zu Mr. Tennyson geleiten.«

»Ist das notwendig?«

»Eine kleine Aufmerksamkeit der Stadt Genf.«

Die alte Frau stand auf und folgte dem Uniformierten. Als sie auf das breite Portal des Nordeingangs zugingen, kamen vier Polizisten von draußen und besetzten die Türen. Niemand würde ohne Erlaubnis an ihnen vorbeikommen.

Draußen stand ein Polizeiwagen und neben ihm noch zwei Unifor-

mierte. Einer öffnete der Frau die Tür. Sie stieg ein, worauf ihr Begleiter seine Untergebenen instruierte:

»Befehlsgemäß verlassen die nächsten zwanzig Minuten keine Pri-
vatfahrzeuge oder Taxis den Bahnhof. Zuwiderhandelnde identifizieren Sie und geben mir das Ergebnis über Funk durch.«

»Jawohl.«

»Wenn es zu keinen Zwischenfällen kommt, dürfen die Männer in
zwanzig Minuten wieder in ihre Wachen zurück.« Der Polizeibeamte
stieg in den Wagen und ließ den Motor an.

»Wohin fahren wir?« fragte Althene.

»Zu einem Gästehaus im Anwesen des stellvertretenden Staatsratspräsidenten von Genf. Dieser Mr. Tennyson muß ein sehr wichtiger
Mann sein.«

»Ja, das ist er in vieler Hinsicht«, antwortete sie.

Von Tiebolt wartete hinter dem Steuer der schwarzen Limousine. Er
parkte fünfzig Meter vom Nordeingang des Bahnhofs; der Motor seiner Limousine lief im Leerlauf. Er sah zu, wie der Polizeiwagen in die
Nacht hinausfuhr, und drehte sich nach rechts und wartete, bis die
zwei Polizeibeamten ihre Posten eingenommen hatten.

Dann bog er in die Straße ein. Sein Plan sah vor, dem Polizeiwagen
in diskretem Abstand zu folgen und darauf zu achten, ob irgendwelche anderen Fahrzeuge Interesse für ihn zeigten. Es galt, alle Eventua-
litäten in Betracht zu ziehen, darunter auch die Möglichkeit, daß die
alte Frau irgendwo an sich einen Peilsender versteckt hatte, der Signale aussandte und damit das Pack anlockte, das in ihren Diensten
stand.

Das letzte Hindernis, das Code Wolfsschanze im Wege stand, würde im Lauf der nächsten Stunde ausgeschaltet werden.

Yakov Ben-Gadíz stand vor von Tiebolts Tür. Er hatte das Schild
›Nicht stören‹ aufgehängt. Der Israeli kniete nieder und öffnete seine
Tasche. Er holte eine seltsam geformte Taschenlampe heraus und
knipste sie an; ein kaum wahrnehmbares grünes Leuchten ging von
ihr aus. Er richtete den Lichtkegel auf die linke Unterseite der Tür, ließ
ihn langsam nach rechts und dann nach oben wandern. Er suchte
Fäden oder Haare – winzige Spuren, die, wenn man sie entfernte, dem
Bewohner des Zimmers verrieten, daß jemand es in seiner Abwesenheit betreten hatte. Im grünlichen Licht waren unten zwei Fäden zu
erkennen, die Tür und Türstock verbanden, dann drei vertikal ange-
brachte und einer oben. Yakov zog eine winzige Nadel aus dem
Gehäuse der Taschenlampe und berührte das Holz vorsichtig neben
jedem Faden; die Nadelmarken waren winzig – mit bloßem Auge nicht

zu erkennen, wohl aber im grünen Licht. Dann kniete er wieder nieder und holte einen kleinen Metallzylinder aus der Tasche. Es handelte sich um ein höchst kompliziertes elektronisches Gerät zum Öffnen von Schlössern, das die Abwehrlabors in Tel Aviv entwickelt hatten.

Er legte die Mündung des Zylinders über das Schloß und betätigte die Sonden. Das Schloß öffnete sich mit einem Klicken, und Yakov strich vorsichtig mit den Fingern der linken Hand über den Türrand und entfernte die Fäden. Langsam schob er die Tür auf. Er griff nach seiner Tasche, trat ein und schloß die Tür hinter sich. An der Wand stand ein kleines Tischchen; er legte die Fäden behutsam darauf ab, beschwerte sie mit dem Zylinder und knipste erneut seine Taschenlampe an.

Er sah auf die Uhr. Ihm standen allerhöchstens dreißig Minuten zur Verfügung, um die Sicherheitsvorkehrungen außer Kraft zu setzen, die von Tiebolt angebracht hatte, und dann die Liste der *Sonnenkinder* zu finden. Die Tatsache, daß die Tür mit Fäden gesichert war, war ein gutes Zeichen. Es gab also einen Grund für ihr Vorhandensein.

Er ließ den grünen Lichtkegel durch den Wohnraum wandern. Es gab zwei Wandschränke und die Tür zum Schlafzimmer. Alle waren geschlossen. Die Schranktüren untersuchte er zuerst. Da waren keine Fäden, keine starken Schlösser, nichts.

Er ging auf die Schlafzimmertür zu und ließ den Lichtstrahl an ihrem Rand entlangwandern. Auch hier waren keine Fäden, dafür aber etwas anderes. Im grünen Licht reflektierte ein winziges gelbes Licht zwischen Tür und Türstock, etwa einen halben Meter über dem Boden. Ben-Gadíz wußte sofort, was er da vor sich hatte. Eine Miniaturfotozelle, die mit einer anderen in der Türfüllung in Kontakt stand.

Wenn er die Tür öffnete, würde der Kontakt unterbrochen und der Alarm ausgelöst. Die moderne Technik hatte hier eine absolut zuverlässige Sicherung geschaffen – es gab keine Möglichkeit, sie außer Kraft zu setzen. Es war dies nicht das erstemal, daß Yakov so etwas sah – winzige Zellen mit eingebauten Zeitmessern. Sobald sie einmal installiert waren, boten sie während der vorgesehenen Zeit, die selten unter fünf Stunden lag, absoluten Schutz. Niemand, auch der nicht, der sie eingestellt hatte, konnte sie vor Ablauf der Zeit ausschalten.

Woraus zu schließen war, daß Johann von Tiebolt beabsichtigte, den Kontakt zu unterbrechen, wenn er den Raum betreten wollte. Und es waren Situationen denkbar, die erforderten, daß er den Alarm auslöste.

Um was für eine Art von Alarm mochte es sich handeln? Ein Geräusch kam nicht in Frage; damit würde er nur die Aufmerksamkeit auf sein Zimmer lenken. Funksignale vielleicht, aber deren Reichweite war zu beschränkt.

Nein, der Alarm selbst mußte in der unmittelbaren Umgebung der zu schützenden Stelle ein Abschreckungsmittel freisetzen. Ein Abschreckungsmittel, das einen Eindringling bewegungsunfähig machte, das jedoch von Tiebolt selbst entsichern konnte.

Auf Elektroschock war kein Verlaß. Säure war nicht zu kontrollieren; von Tiebolt selbst könnte dauernden Schaden erleiden. Gas? Ein Sprühnebel?... *Toxin.* Ein vernebeltes Gift. Giftige *Dünste*. Stark genug, um einen Eindringling bewußtlos zu machen. Eine Sauerstoffmaske würde dagegen schützen. Wenn von Tiebolt eine benutzte, konnte er den Raum jederzeit betreten.

Tränengas und chemische Keule waren in Yakovs Gewerbe keine Unbekannten. Er kehrte zu seiner Tasche zurück, kniete nieder und holte eine Gasmaske mit einem kleinen Sauerstoffkanister heraus. Er stülpte sie sich über den Kopf, schob sich das Mundstück in den Mund und ging wieder zur Tür. Er stieß die Tür schnell auf und trat einen Schritt zurück.

Eine Dunstwolke erfüllte den Türrahmen. Sie hing ein paar Sekunden in der Luft, verbreitete sich dann schnell und war wieder verschwunden, als wäre sie nie gewesen. Ben-Gadíz spürte ein leichtes Brennen um die Augen. Die Reizung blendete ihn nicht, aber Yakov wußte, daß die Chemikalien, die das Brennen erzeugten, wenn er sie einatmete, seine Lungen lähmen und zu seinem sofortigen Zusammenbruch führen würden. Das war der Beweis, den er gesucht hatte. Irgendwo in diesem Zimmer lag die Liste der *Sonnenkinder*.

Er trat durch die Tür, vorbei an einem Stativ mit einem Gaszylinder. Um die letzten Überreste des Gases zu beseitigen, öffnete er ein Fenster; kalte Winterluft wehte herein und blähte die Gardinen.

Ben-Gadíz holte seine Aktentasche aus dem Wohnzimmer und begann dann mit der Suche. Da er die Liste in einem feuersicheren Stahlbehälter vermutete, holte er einen kleinen Metalltaster mit Leuchtskala heraus und begann beim Bett und arbeitete sich danach durch den Raum.

Vor dem Kleiderschrank schlug die Nadel des Spürgeräts aus. Der grüne Lichtschein seiner Lampe ließ die vertrauten winzigen gelben Punkte am Türrahmen erkennen.

Er hatte das Versteck gefunden.

Er öffnete die Türen; eine Gaswolke quoll ihm entgegen und füllte den Kleiderschrank ebenso wie vorher die Schlafzimmertür. Nur daß die Gaswolke diesmal länger in der Luft hängenblieb, dichter war. Falls der erste Alarm versagte, setzte dieser hier genügend Giftstoffe frei, um einen Menschen zu töten. Im Kleiderschrank stand ein Koffer aus teurem, weichem Leder, aber Yakov wußte, daß es sich um kein gewöhnliches Gepäckstück handelte. Da waren keine Falten vorn oder hinten, so wie man sie oben und an den Seiten sehen konnte. Es handelte sich um mit Stahl verstärktes Leder.

Wieder suchte er mit seiner grünen Lampe nach Fäden und Markierungen, aber da waren keine. Er hob den Koffer aufs Bett und drückte einen zweiten Knopf an seiner Lampe. An die Stelle des grünen Lichts trat jetzt ein scharfgebündelter gelblichweißer Strahl. Er studierte die zwei Schlösser. Es waren keine gewöhnlichen Schlösser. Ohne Zweifel löste jedes von ihnen einen anderen Alarm aus.

Er nahm eine dünne Ahle aus der Tasche und schob sie in das rechte Schloß, sorgfältig darauf bedacht, die Hand so weit wie möglich hinten zu halten.

Ein Zischen ertönte, und links vom Schloß schoß eine lange Nadel heraus. Flüssigkeit quoll aus der Spitze, ein paar Tropfen fielen auf den Teppich.

Yakov nahm sein Taschentuch heraus und wischte die Nadel sauber und schob sie langsam und vorsichtig wieder zurück, wobei er seine Ahle dazu benützte, sie durch das winzige Loch zu schieben.

Jetzt wandte er sich dem linken Schloß zu. Zur Seite gebeugt, wiederholte er seine Manipulation mit der Ahle; die Klappe sprang auf, wieder war ein Zischen zu hören, aber diesmal schoß nicht eine Nadel, sondern irgend etwas anderes heraus und bohrte sich in die Polsterung eines Sessels auf der anderen Seite des Zimmers. Ben-Gadíz eilte zu dem Stuhl und richtete sein Licht auf die Stelle, wo das kleine Projektil in den Stoff gedrungen war. Ein feuchter Fleck war zu erkennen, und er grub das Geschoß mit seiner Ahle heraus.

Es handelte sich um eine Gelatinekapsel mit einer Stahlspitze. Dieses Geschoß würde sich ebenso leicht in Fleisch bohren, wie es das Stoffgewebe durchdrungen hatte. Bei der Flüssigkeit handelte es sich um ein starkes Narkotikum.

Ben-Gadíz steckte die Kapsel befriedigt ein, kehrte zu dem Koffer zurück und öffnete ihn. Innen war ein flacher Metallbehälter an der Stahlwand befestigt. Vor ihm lag das geheime Versteck, hinter ihm die Alarmanlagen und die tödlichen Fallen. Das, was er gesucht hatte, war sein. Er sah auf die Uhr; die ganze Operation hatte achtzehn Minuten in Anspruch genommen.

Er hob die Klappe des Metallbehälters und nahm die Papiere heraus. Es waren elf Seiten, jede Seite mit sechs Spalten – Namen, Telegrammadressen und Städte –, vielleicht hundertfünfzig Eintragungen pro Seite. Etwa sechzehnhundertfünfzig Personen. Die Elite der *Sonnenkinder*. Die Führer der Wolfsschanze.

Yakov Ben-Gadíz kniete über seiner offenen Tasche nieder und entnahm ihr eine Kamera.

»Vous êtes très aimable. Nous allons vous téléphonner dans une demi-heure. Merci.« Kessler legte den Hörer auf und schüttelte den Kopf zu Noel, der in der Suite des Excelsior-Hotels am Fenster stand. »Nichts. Ihre Mutter hat das d'Accord nicht angerufen.«

»Ist das ganz zuverlässig?«

»Es hat überhaupt keine Anrufe für einen Mr. Holcroft gegeben. Ich habe mich sogar in der Zentrale erkundigt für den Fall, daß der Angestellte am Empfang einmal nicht dagewesen wäre. Sie haben es ja selbst gehört.«

»Ich verstehe das nicht. Wo *ist* sie? Sie hätte schon vor Stunden anrufen müssen. Und Helden. Sie hat gesagt, daß sie mich Freitag abend anruft; und jetzt ist Samstag früh!«

»Beinahe vier Uhr«, sagte Erich. »Sie sollten sich wirklich etwas ausruhen. Johann tut alles, was er kann, um Ihre Mutter zu finden. Er hat die besten Leute in Genf für uns eingesetzt.«

»Ich kann jetzt nicht ruhen«, sagte Noel. »Sie vergessen da etwas: ich habe gerade einen Mann in Curaçao umgebracht. Sein Verbrechen bestand darin, daß er mir geholfen hat, und ich habe ihn getötet.«

»Das waren nicht Sie. Das war die ›Abwehr‹.«

»Dann lassen Sie uns doch etwas *tun!*« schrie Holcroft. »Von Tiebolt hat hochgestellte Freunde. Denen müßte man es sagen! Der britische Geheimdienst steht tief in seiner Schuld, er hat ihnen den Tinamu geliefert! Lösen Sie diese Schuld ein! Jetzt! Soll doch die ganze gottverdammte Welt von diesen Schweinehunden hören! Worauf warten wir?«

Kessler ging ein paar Schritte auf Noel zu und sah ihn voll Mitgefühl an. »Wir warten auf das Allerwichtigste von allem. Die Zusammenkunft in der Bank. Den Vertrag. Sobald das vorbei ist, gibt es nichts, was wir nicht tun können. Und wenn wir es tun, wird die ›ganze gottverdammte Welt‹, wie Sie es ausgedrückt haben, zuhören müssen. Denken Sie an unseren Vertrag, Noel. Er ist die Antwort auf so vieles. Für Sie, Ihre Mutter, Helden... auf so vieles. Ich denke, das wissen Sie.«

Holcroft nickte langsam. Als er sprach, klang seine Stimme müde, erschöpft. »Ja, ich weiß. Es macht mich einfach verrückt, nichts zu wissen, nichts zu hören.«

»Natürlich ist das alles schwer für Sie gewesen. Aber bald ist es vorbei, und dann wird alles gut sein.« Erich lächelte. »Ich gehe mich jetzt waschen.«

Noel trat ans Fenster. Genf schlief – so wie Paris geschlafen hatte und Berlin und London und Rio. Durch wie viele Fenster hatte er nachts auf schlafende Städte hinausgeblickt? Auf zu viele. *Nichts ist so, wie es für Sie war...*

Nichts.

Holcroft runzelte die Stirn. *Nichts*. Nicht einmal sein Name. Sein *Name*. Er war als Fresca eingetragen, nicht Holcroft, Fresca! Das war der Name, den Helden anrufen sollte!

Fresca.

Er wirbelte herum, auf das Telefon zu. Es hatte keinen Sinn, Erich anrufen zu lassen; die Vermittlung im d'Accord sprach Englisch, und er kannte die Nummer. Er wählte.

»Hôtel d'Accord. *Bonsoir*.«

»Vermittlung, hier spricht Mr. Holcroft. Dr. Kessler hat vor ein paar Augenblicken mit Ihnen gesprochen wegen der Nachrichten, die ich erwarte.«

»Entschuldigen Sie bitte, Monsieur. Dr. Kessler? Sie wünschen Dr. Kessler?«

»Nein, Sie verstehen nicht. Dr. Kessler hat erst vor wenigen Augenblicken mit Ihnen gesprochen, wegen einer Mitteilung, die ich erwarte. Ich möchte, daß Sie sich noch nach einem anderen Namen erkundigen. ›Fresca‹. ›N. Fresca‹. Hat irgend jemand für N. Fresca angerufen?«

Die Frau in der Vermittlung machte eine Pause. »Im d'Accord ist kein Fresca, Monsieur. Möchten Sie, daß ich Sie mit Dr. Kesslers Zimmer verbinde?«

»Nein, er ist *hier*. Er hat gerade mit Ihnen gesprochen!«

Herrgott, dachte Noel, die Frau konnte Englisch sprechen, schien es aber nicht zu verstehen. Dann erinnerte er sich an den Namen des Empfangsangestellten; er nannte ihn der Frau. »Kann ich bitte mit ihm sprechen?«

»Tut mir leid, Monsieur. Er ist schon vor über drei Stunden gegangen. Er hat um Mitternacht Dienstschluß.«

Holcroft hielt den Atem an und sah auf die Tür zum Badezimmer. Dahinter lief Wasser; Erich konnte ihn nicht hören. Und die Frau in der Telefonzentrale des d'Accord verstand perfekt Englisch. »Einen Augenblick bitte, Miß. Wir wollen das einmal klarstellen. Sie haben nicht vor ein paar Minuten mit Dr. Kessler gesprochen?«

»Nein, Monsieur.«

»Gibt es in Ihrer Vermittlung noch jemanden?«

»Nein. Um diese Zeit kommen nur wenige Gespräche.«

»Und der Mann am Empfang ist nach Mitternacht weggegangen?«

»Ja, das habe ich Ihnen doch gerade gesagt.«

»Und es hat niemand für Mr. Holcroft angerufen?«

Wieder kam es auf der anderen Seite zu einer kurzen Pause. Als die Frau dann wieder sprach, klang ihre Stimme zögernd, als erinnerte sie sich an etwas. »Doch, ich glaube schon, Monsieur. Kurz nachdem ich meinen Dienst anfing. Eine Frau hat angerufen. Man hat mir Anweisung gegeben, das Gespräch an den Empfangschef weiterzugeben.«

»Danke«, sagte Noel leise und legte auf.

Das Wasser im Badezimmer lief jetzt nicht mehr. Kessler kam heraus. Er sah Holcrofts Hand am Telefon. Die Augen des Gelehrten blickten jetzt nicht mehr freundlich.

»Was, zum Teufel, geht hier vor?« fragte Noel. »Sie haben nicht mit dem Angestellten gesprochen. Und ebensowenig mit der Vermittlung. Meine Mutter hat vor Stunden angerufen, und Sie haben es mir nicht gesagt. Sie haben *gelogen*.«

»Sie dürfen sich jetzt nicht aufregen, Noel.«

»Sie haben mich *angelogen*!« brüllte Holcroft und riß sein Jackett vom Stuhl und ging an das Bett, auf das er seinen Regenmantel geworfen hatte – den Regenmantel mit der Pistole in der Tasche.

»Sie hat mich *angerufen*, Sie Schwein!«

Kessler rannte in den Vorraum und stellte sich vor die Tür. »Sie war nicht an der Stelle, die sie uns genannt hat! Wir sind beunruhigt. Wir versuchen, sie zu finden, sie zu *schützen*. Und Sie zu schützen! von Tiebolt versteht sich auf diese Dinge; er hat sein ganzes Leben mit ihnen verbracht. Lassen Sie *ihn* die Entscheidungen treffen.«

»*Entscheidungen*? Was für gottverfluchte Entscheidungen? Für mich hat der keine Entscheidungen zu treffen! Und Sie auch nicht! Gehen Sie mir aus dem Weg!«

Kessler bewegte sich nicht, und so packte Noel ihn bei den Schultern und riß ihn von der Tür weg. Holcroft rannte in den Korridor hinaus, auf das Treppenhaus zu.

44

Die Torflügel des Anwesens öffneten sich; das Dienstfahrzeug rollte zwischen ihnen durch. Der Polizist nickte dem Wächter zu und blickte vorsichtig durch das Fenster auf den Dobermann, der an seiner Kette zerrte, bereit, anzugreifen. Er wandte sich Mrs. Holcroft zu.

»Das Gästehaus ist vier Kilometer vom Tor entfernt. Wir nehmen die Straße, die nach rechts abbiegt, abseits von der eigentlichen Zufahrt.«

»Wenn Sie es sagen«, meinte Althene.

»Ich sage Ihnen das, weil ich noch nie hier gewesen bin. Ich hoffe, daß ich in der Dunkelheit den Weg finde.«

»Ganz sicher werden Sie das.«

»Ich soll Sie dort absetzen und wieder zu meinen normalen dienstlichen Verpflichtungen zurückkehren«, sagte er. »Im Gästehaus ist niemand, aber man hat mir gesagt, daß der vordere Eingang offen sein wird.«

»Ich verstehe. Mr. Tennyson erwartet mich?«

Der Polizeibeamte schien zu zögern. »Er wird in Kürze eintreffen. Er wird Sie natürlich zurückfahren.«

»Natürlich. Sagen Sie mir, kommen Ihre Anweisungen von Mr. Tennyson?«

»Meine augenblicklichen Instruktionen ja. Nicht die Anweisungen im allgemeinen, sie kommen vom stellvertretenden Staatsratspräsidenten über den Polizeipräsidenten.«

»Vom stellvertretenden Staatsratspräsidenten? Vom Polizeipräsidenten? Sind das Freunde von Mr. Tennyson?«

»Das nehme ich an, Madame. Mr. Tennyson muß wirklich ein sehr wichtiger Mann sein.«

»Aber Sie sind kein Freund von ihm?«

Der Mann lachte. »Ich? O nein, Madame. Ich bin dem Herrn nur kurz begegnet. Wie gesagt, es handelt sich um ein behördliches Entgegenkommen.«

»Ich verstehe. Glauben Sie, daß Sie mir persönlich entgegenkommen könnten?« fragte Althene und öffnete ostentativ ihre Handtasche. »Auf vertraulicher Basis?«

»Das kommt darauf an, Madame...«

»Nur ein Telefonanruf bei einer Freundin, die sich vielleicht meinetwegen Sorgen macht. Ich habe vergessen, sie vom Bahnhof aus anzurufen.«

»Aber gerne«, sagte der Beamte. »Da Sie mit Mr. Tennyson befreundet sind, nehme ich an, daß auch Sie eine wichtige Besucherin Genfs sind.«

»Ich schreibe Ihnen die Nummer auf. Eine junge Dame wird sich melden. Sagen Sie ihr genau, wohin Sie mich gebracht haben.«

Das Gästehaus hatte eine hohe Decke, Gobelins an den Wänden und französische Bauernmöbel. Es gehörte ins Loiretal, als Nebengebäude eines großen Château.

Althene saß in einem wuchtigen Sessel. Die Pistole, die Yakov Ben-Gadíz gehörte, war zwischen den Kissen und der Armlehne eingeklemmt. Der Polizeibeamte war vor fünf Minuten weggefahren, jetzt wartete sie auf Johann von Tiebolt.

Die Versuchung, in dem Augenblick zu schießen, in dem von Tiebolt durch die Tür trat, war beinahe überwältigend, aber sie mußte sie unterdrücken. Wenn es Dinge gab, die sie erfahren konnte, mußte sie sie erfahren. Und wäre es nur, um sie an den Israeli oder das Mädchen weiterzuleiten.

Er war eingetroffen; das leise, vibrierende Geräusch eines Automotors draußen bewies das. Sie hatte den kraftvollen Motor vor Stunden gehört, als der dazugehörende Wagen auf einem verlassenen Stück Straße über dem Genfer See anhielt. Sie hatte zwischen den Bäumen zugesehen, wie der blonde Mann getötet hatte. So wie er Stunden später brutal in Atterrisage Médoc getötet hatte. Ihn vom Leben zum Tod zu bringen, wäre ein gutes Recht. Sie berührte den Kolben der Waffe und fühlte sich in ihrer Zielsetzung sicher.

Die Tür öffnete sich, und der große Mann mit dem glänzend blonden Haar und den feingemeißelten Zügen trat ein. Er schloß die Tür; seine Bewegungen wirkten in der weichen, indirekten Beleuchtung graziös.

»Mrs. Holcroft, sehr freundlich, daß Sie gekommen sind.«

»Ich war es, die um die Zusammenkunft gebeten hatte. Es ist sehr liebenswürdig von Ihnen, daß Sie das arrangiert haben. Ihre Vorsichtsmaßnahmen waren höchst lobenswert.«

»Sie scheinen der Ansicht zu sein, daß sie notwendig waren.«

»Kein Auto hätte uns vom Bahnhof her verfolgen können.«

»Das hat auch keines. Wir sind allein.«

»Das ist ein angenehmes Haus. Mein Sohn würde es interessant finden. Als Architekt würde er es ein Beispiel der oder jener Stilrichtung nennen und auf die verschiedenen Einflüsse hinweisen können.«

»Sicher würde er das; genauso funktioniert sein Verstand.«

»Ja«, sagte Althene und lächelte. »Er kann eine Straße hinuntergehen und plötzlich stehenbleiben und ein Fenster oder einen Erker anstarren und ein Detail sehen, das anderen nichts sagt. Er liebt seine Arbeit sehr. Ich habe nie gewußt, woher er das hat. Ich habe in der Richtung keinerlei Talente, und sein verstorbener Vater war Bankier.«

Der blonde Mann stand reglos da. »Dann hatten beide Väter mit Geld zu tun?«

»Das wissen Sie also?« fragte Althene.

»Natürlich. Heinrich Clausens Sohn. Ich glaube, wir können aufhören, einander anzulügen, Mrs. Holcroft.«

»Mir war klar, daß es auf Ihrer Seite eine Lüge war, Herr von Tiebolt. Ich war nicht sicher, ob Sie wußten, daß ich auch gelogen habe.«

»Offen gestanden, bis zu diesem Augenblick nicht. Wenn es Ihre Absicht war, mir eine Falle zu stellen, so tut es mir leid, wenn ich Ihnen das verdorben habe. Aber Sie kannten das Risiko ja sicher.«

»Ja, das kannte ich.«

»Weshalb sind Sie eingegangen? Sie müssen doch über die Konsequenzen nachgedacht haben?«

»Das habe ich. Aber ich fand, daß es nur fair wäre, Sie die Konsequenzen von etwas wissen zu lassen, was ich früher getan habe. Vielleicht ist dann ein Arrangement zwischen uns möglich.«

»Wirklich? Worin könnte dieses Arrangement bestehen?«

»Daß Sie Genf aufgeben. Die Wolfsschanze auflösen.«

»Ist das alles?« Der blonde Mann lächelte. »Sie sind verrückt.«

»Nehmen Sie einmal an, ich sage Ihnen jetzt, daß ich einen sehr langen Brief geschrieben habe, in dem die Einzelheiten einer Lüge dargelegt sind, mit der ich über dreißig Jahre gelebt habe. Ein Brief, in dem ich die Teilnehmer und ihre Strategien nach Namen, Familie und Bank identifiziere.«

»Wobei Sie Ihren Sohn vernichten.«

»Wenn er es wüßte, wäre er bestimmt der erste, der das, was ich getan habe, billigt.«

Von Tiebolt verschränkte die Arme über der Brust. »Sie sagten ›nehmen Sie einmal an, ich sage Ihnen‹... Nun, Sie haben es mir gesagt. Und ich fürchte, ich würde darauf antworten müssen, daß Sie über etwas geschrieben haben, wovon Sie nichts wußten. Alle Gesetze sind eingehalten, und die jämmerlich wenigen Fakten, von denen Sie behaupten, daß sie sich in Ihrem Besitz befinden, würde man als das Geschwätz einer verrückten alten Frau abtun, die seit langer Zeit Gegenstand amtlicher Überwachung war. Aber das ist belanglos. Sie haben niemals einen derartigen Brief geschrieben.«

»Das wissen Sie nicht.«

»Bitte«, sagte von Tiebolt. »Wir haben Kopien Ihrer gesamten Korrespondenz und von jeder Verfügung, die Sie aufgesetzt haben... und wir kennen den Inhalt jedes einzelnen Telefongesprächs, das Sie in den letzten fünf Jahren geführt haben.«

»Sie haben *was*?«

»Es gibt in Ihrem Bundeskriminalamt – FBI heißt das wohl – eine Akte unter der Codebezeichnung ›Mother Goddamn‹. Sie ist jedem Zugriff entzogen, weil sie die nationale Sicherheit betrifft. Niemand weiß genau, weshalb, aber so ist es eben. Und gewisse Ermessensspielräume sind üblich. Die Akte befindet sich auch in den Händen des CIA und beim Abschirmdienst sowie in den Computern von G-Zwo.«

Wieder lächelte von Tiebolt. »Wir sind *überall*, Mrs. Holcroft. Können Sie das denn nicht begreifen? Das sollten Sie wissen, ehe Sie diese Welt verlassen; wenn Sie hierbleiben, würde das nichts verändern. Sie können uns nicht aufhalten. Niemand kann es.«

»Und dennoch wird man Sie aufhalten, weil Sie lügen! Das haben Sie immer getan. Und wenn Ihre Lügen ihren Zweck nicht erfüllen, töten Sie. So haben Sie es damals gehalten, und so halten Sie es auch jetzt.«

»Lügen sind Linderungsmittel; der Tod ist häufig die Lösung für Probleme, die den Fortschritt behindern.«

»Wobei die Probleme Menschen sind.«

»Stets.«

»Sie sind der verachtenswerteste Mensch auf der ganzen Welt. Sie sind *wahnsinnig*!«

Der blonde Killer schob die Hand in die Jackettasche. »Sie machen mir meine Arbeit leicht«, sagte er und zog eine Pistole heraus. »Eine andere Frau hat dasselbe zu mir gesagt. Sie war nicht weniger starrsinnig als Sie. Ich habe ihr eine Kugel durch den Kopf gejagt – durch ein Wagenfenster. Nachts. In Rio de Janeiro. Sie war meine Mutter, und sie hat mich wahnsinnig genannt, unsere Arbeit als verachtenswert bezeichnet. Sie hat nie die Notwendigkeit – die Schönheit – unserer Sache begriffen. Sie versuchte, uns in die Quere zu kommen.« Der blonde Mann hob die Pistole. »Ein paar alte Männer – ergebene Liebhaber der Hure – verdächtigten mich, sie getötet zu haben und versuchten, auf ihre schwachsinnige Art eine Anklage gegen mich erheben zu lassen. Können Sie sich das vorstellen? Eine *Anklage* gegen mich. Das klingt so amtlich. Was sie nicht begriffen haben, war, daß wir auch die Gerichte kontrollierten. *Niemand* kann uns stoppen.«

»Noel wird Sie stoppen!« rief Althene, wobei sich ihre Hand der verborgenen Waffe zuschob.

»Ihr Sohn wird in ein oder zwei Tagen tot sein. Selbst wenn wir ihn nicht töten, werden andere das tun. Er hat eine Spur des Mordens hinterlassen, von der er sich nie mehr lösen kann. Ein ehemaliger Angehöriger des britischen Geheimdienstes ist in New York erdrosselt worden. Sein letztes Gespräch hat er mit Ihrem Sohn geführt. Ein Mann namens Graff ist in Rio getötet worden; Ihr Sohn hat ihn bedroht. Ein Bauingenieur in der Karibik ist heute nacht gestorben, ebenfalls erdrosselt. Er hat vertrauliche Nachrichten an Noel Holcroft übermittelt – in Rio, in Paris und dazwischen. Morgen früh wird ein New Yorker Detektiv namens Miles auf der Straße erschlagen werden. Die Akte seines augenblicklichen Falles, der ihn so beschäftigt, ist ein wenig abgeändert worden, aber nicht die Hauptperson des Falles – Noel Holcroft. Tatsächlich ist es für Noels inneren Frieden das beste, wenn wir ihn töten. Er hat jetzt schon kein Leben mehr.« Von Tiebolt hob die Waffe höher und streckte dann langsam den Arm, so daß der Kopf der Frau sein Ziel war. »Sie sehen also, Mrs. Holcroft, Sie können uns unmöglich stoppen. Wir sind *überall*.«

Althene wirbelte in ihrem Stuhl herum, tastete nach der Waffe.

Johann von Tiebolt feuerte. Dann feuerte er noch einmal und noch einmal.

Yakov Ben-Gadíz stellte in von Tiebolts Suite die Ordnung her, die er vorgefunden hatte, und lüftete die Räume, damit es nichts gab, was auf sein Eindringen hinweisen könnte.

Hätte Klaus Falkenheim noch gelebt, so hätte das, was Yakov tat, ihn erschüttert. *Sie müssen die Liste in die Hand bekommen. Die Namen. Danach müssen Sie das Konto als das entlarven, was es ist, veranlassen, daß die Verteilung der Millionen unterbleibt. Und die Sonnenkinder vernichten.*

Das waren Falkenheims Instruktionen gewesen.

Aber es gab noch einen anderen Weg. Die Ältesten von Har Sha'alav hatten lange bedächtig darüber diskutiert. Sie hatten keine Zeit mehr gehabt, das Ergebnis ihrer Diskussion Falkenheim zur Kenntnis zu bringen, aber sie waren fest entschlossen, so zu handeln. Sie nannten es die Alternative von Har Sha'alav.

Es war gefährlich, aber es war zu schaffen.

Die Liste in unsere Hand bringen und die Millionen kontrollieren, das Konto nicht entlarven, es stehlen. Und dann das riesige Vermögen dazu einsetzen, um die Sonnenkinder zu bekämpfen. Überall.

Die Strategie war nicht bis ins letzte ausgearbeitet, weil sie nicht genug wußten. Aber jetzt wußte Yakov genug. Von den drei Söhnen, die sich der Bank präsentieren würden, war einer nicht das, was die anderen waren.

Am Anfang war Holcroft der Schlüssel zur Erfüllung des Wolfs-schanzenvertrages. Zuletzt würde er sein Ende sein. Falkenheim war tot, überlegte Yakov. Die Ältesten von Har Sha'alav waren tot; es gab sonst niemanden mehr. Die Entscheidung war ganz allein die seine.

Die Alternative von Har Sha'alav.

War es zu schaffen?

Innerhalb der nächsten vierundzwanzig Stunden würde er es wissen.

Sein Blick wanderte über die einzelnen Gegenstände im Raum. Alles war an Ort und Stelle, alles war so, wie es gewesen war. Nur daß jetzt elf Fotografien in seiner Aktentasche ruhten, die vielleicht den Anfang vom Ende der Wolfsschanze bedeuteten. Elf Seiten mit den Namen der mächtigsten *Sonnenkinder* in der ganzen Welt, die Adressen derer, die das meiste Vertrauen genossen. Männer und Frauen, die dreißig Jahre lang unter ihrer Tarnkappe die Nazilüge gelebt hatten.

Nie wieder.

Yakov nahm seine Mappe auf. Er würde die Fäden an der Außentür wieder anbringen und...

Er erstarrte in seiner Bewegung, seine Gedanken stockten, und er konzentrierte sich ganz auf das, was von außerhalb der Tür zu ihm hereindrang. Er konnte Schritte hören, schnelle Schritte, vom Teppich gedämpft, aber unverkennbar Schritte, die den Hotelkorridor heraufka-men, immer näher, und plötzlich verhielten. Stille, dann das Geräusch eines Schlüssels im Schloß. Jetzt erregtes Klappern von Schlüssel und Klinke. Der Innenriegel hielt. Eine Faust donnerte gegen die Tür, nur wenige Zentimeter von Ben-Gadíz entfernt.

»Von Tiebolt! Lassen Sie mich herein!«

Es war der Amerikaner. Binnen Sekunden würde er die Tür einschlagen.

Kessler kroch zum Bett, hielt sich am Pfosten fest und zog seine korpulente Gestalt in die Höhe. Die Brille war ihm bei Holcrofts Attacke vom Gesicht geflogen. In ein paar Augenblicken würde er sie wiederfinden, aber jetzt mußte er überlegen, analysieren, was es zu tun galt.

Holcroft würde zum d'Accord eilen, um Johann zu stellen. Etwas anderes *konnte* er gar nicht tun. Aber Johann war nicht dort, und er mußte verhindern, daß der Amerikaner im Hotel eine Szene machte.

Aber er würde das gar nicht tun, dachte Kessler, und lächelte trotz seiner Besorgnis. Holcroft brauchte sich nur Zugang zu von Tiebolts Suite zu verschaffen. Ein ganz gewöhnlicher Hotelschlüssel war die Antwort auf sein Problem. Der Amerikaner würde die Schlafzimmertür öffnen, und in dem Augenblick bräche er zusammen und stellte kein unmittelbares Problem mehr dar.

Ein Gegenmittel und ein paar Eisbeutel würden ihn für die Konferenz in der Bank wieder hinreichend herstellen; man würde ihm ein Dutzend Erklärungen liefern. Es kam jetzt nur darauf an, dafür zu sorgen, daß er Johanns Zimmerschlüssel bekam.

Die Angestellten am Empfang des d'Accord würden ihm auf die Bitte eines anderen Gastes keinen geben, wohl aber, wenn der Staatsrat sie dazu aufforderte. von Tiebolt war sein persönlicher Freund; seinen Wünschen war in jeder Hinsicht nachzukommen.

Kessler griff nach dem Telefon.

Helden hinkte in dem Apartment herum, zwang ihr Bein, sich an den Schmerz zu gewöhnen, war wütend, daß man sie zurückgelassen hatte, und wußte doch, daß es vernünftig war – das einzig mögliche. Der Israeli rechnete nicht damit, daß Noel anrief, aber auch dieser Fall mußte in Betracht gezogen werden. Yakov war überzeugt, daß man versuchte, Noel zu isolieren, all seine Mitteilungen abzufangen; aber immerhin bestand die entfernte Möglichkeit...

Das Telefon klingelte; Helden erstarrte. Dann schluckte sie und hinkte quer durchs Zimmer, um den Hörer abzunehmen. *O Gott! Laß es Noel sein!* Es war eine unbekannte Stimme, und der Anrufer war auch nicht bereit, sich zu erkennen zu geben.

»Mrs. Holcroft ist zu einem Gästehaus auf einem Villenanwesen dreizehn Kilometer südlich der Stadt gebracht worden. Ich beschreibe Ihnen den Weg.«

Das tat er. Helden schrieb mit. Als der Fremde fertig war, fügte er noch hinzu: »Am Haupttor ist ein Wächter. Er hat einen Hund.«

Yakov durfte nicht zulassen, daß das Pochen anhielt, und auch Holcrofts Rufe mußten aufhören. Die Störung würde das Hotelpersonal und die Gäste aufmerksam machen.

Der Israeli zog den Riegel zurück und drückte sich gegen die Wand. Die Tür flog auf. Die Gestalt des großen Amerikaners füllte den Türrahmen. Er stürzte ins Zimmer, die Arme ausgestreckt, als wäre er darauf vorbereitet, einen Angriff abzuwehren.

»Von Tiebolt! Wo *sind* Sie?«

Die Dunkelheit überraschte Holcroft offenbar. Ben-Gadíz trat leise zur Seite, die Taschenlampe in der Hand. Er sprach schnell, zwängte zwei Sätze in einen einzigen Atemzug hinein.

»Von Tiebolt ist nicht hier, und ich will Ihnen nichts Böses. Wir sind keine Gegner.«

Holcroft fuhr herum, die Hände ausgestreckt. »Wer sind Sie? Was, zum Teufel, tun Sie hier? Schalten Sie das Licht ein!«

»Kein Licht! Hören Sie mir nur zu.«

Der Amerikaner trat zornig einen Schritt vor. Yakov drückte den Knopf seiner Taschenlampe; grünes Licht hüllte Holcroft ein und veranlaßte ihn dazu, sich die Augen zuzuhalten. »Schalten Sie das ab!«

»Nein. Hören Sie mich zuerst an.«

Holcrofts rechter Fuß zuckte vor, traf Ben-Gadíz am Knie; gleichzeitig sprang Noel vorwärts, die Augen geschlossen, die Hände ausgestreckt, um den Israeli zu packen.

Yakov duckte sich und trieb dem Amerikaner die Schulter in die Brust; Holcroft war nicht aufzuhalten. Sein Knie stieß nach Ben-Gadíz' Schläfe. Seine Faust krachte Yakov ins Gesicht.

Es durfte keine Verletzungen geben! Keine Blutspuren auf dem Boden! Yakov ließ die Lampe fallen und packte den Arm des Amerikaners; Holcrofts Kraft überraschte ihn. Er sprach, so laut er das wagte.

»Sie müssen mir *zuhören*! Ich bin nicht Ihr Feind. Ich habe Nachricht von Ihrer Mutter. Einen Brief. Sie war mit *mir* zusammen.«

Der Amerikaner schlug um sich; er war dabei, den Griff des Israeli aufzubrechen. »Wer *sind* Sie?«

»Abwehr«, flüsterte Ben-Gadíz.

Als er dieses Wort hörte, verlor Holcroft jede Beherrschung. Er brüllte, und seine Arme und Beine wurden zu Dampfhämmern, die man nicht abwehren konnte.

»Ich *bringe Sie um...* «

Yakov hatte keine Wahl. Er unterlief die schmetternden Schläge, und seine Finger suchten den Hals des Amerikaners, seine Daumen bohrten sich in die deutlich hervortretenden Venen an seiner Kehle. Er tastete, bis er den Nerv gefunden hatte, und drückte dann mit aller Kraft. Holcroft brach zusammen.

Noel schlug die Augen in der Finsternis auf, aber es war keine vollkommene Finsternis. An der Wand war ein grüner Lichtschein zu sehen – dasselbe grüne Licht, das ihn vorher geblendet hatte –, und als er es sah, wallten die Empörung und der Zorn erneut in ihm auf. Etwas drückte ihn gegen den Fußboden, ein Knie, das seine Schulter festhielt, und die Mündung einer Pistole an seinem Kopf. Seine Kehle schmerzte höllisch, trotzdem versuchte er, sich zu lösen, versuchte aufzukommen, weg von der Waffe. Aber sein Hals ertrug die Belastung nicht. Er fiel zurück und hörte das eindringliche Flüstern des Mannes über ihm.

»Sie müssen jetzt ganz klar denken. Wenn ich Ihr Feind wäre, hätte ich Sie getötet. Können Sie das überhaupt verstehen?«

»Sie sind mein Feind!« antwortete Noel, dem der stechende Schmerz an der Kehle das Reden fast unmöglich machte. »Sie haben gesagt, Sie seien ›Abwehr‹. Der Feind von Genf... *Mein* Feind!«

»Das eine stimmt, aber das andere nicht. Nicht Ihr Feind.«

»Sie lügen!«

»Denken Sie doch nach! Weshalb habe ich nicht abgedrückt? Genf ist gestoppt; Sie sind gestoppt; es werden keine Gelder überwiesen. Wenn ich Ihr Feind bin, was hindert mich dann, Ihnen eine Kugel durch den Kopf zu jagen? Als Geisel kann ich Sie nicht benutzen; das hätte keinen Sinn. Sie müssen dort sein. Also gewinne ich nichts, wenn ich Sie leben lasse. Sofern ich Ihr Feind bin.«

Holcroft versuchte, das zu erfassen, was er hörte, die Bedeutung zu finden, die dahinter steckte, aber es gelang ihm nicht. Er wollte nur auf den Mann einschlagen, der ihn hier gefangenhielt. »Was wollen Sie? Wo haben Sie meine Mutter? Sie sagten, Sie hätten einen Brief.«

»Alles der Reihe nach. Zuerst will ich hier weg. Mit *Ihnen*. Zusammen können wir das erreichen, was Wolfsschanze nie für möglich hielt.«

»Wolfsschanze?... Was erreichen?«

»Dafür sorgen, daß die Gesetze für uns arbeiten. Wiedergutmachung leisten.«

»Die Gesetze – wer Sie auch sind, Sie müssen von Sinnen sein!«

»Das ist die Alternative von Har Sha'alav. Die Millionen kontrollieren. Gegen sie kämpfen. *Überall*. Ich bin bereit, Ihnen den einzigen Beweis zu liefern, den ich besitze.« Yakov Ben-Gadíz nahm die Pistole von Noels Kopf weg. »Hier ist meine Waffe.« Er bot sie Holcroft an.

Noel studierte das Gesicht des Fremden in den eigenartigen Schatten, die das makabre grüne Licht warf. Die Augen über ihm gehörten einem Mann, der absolut die Wahrheit sprach.

»Helfen Sie mir auf«, sagte er. »Es gibt eine Hintertreppe.«

»Zuerst müssen wir hier alles in Ordnung bringen, was verschoben worden ist. Alles muß so sein, wie es war.«

Nichts ist so, wie es für Sie war...

»Wo gehen wir hin?«

»Zu einem Apartment in der Rue de la Paix. Dort ist der Brief. Und das Mädchen.«

»Das Mädchen?«

»Von Tiebolts Schwester. Er glaubt, sie sei tot. Er hat befohlen, sie zu töten.«

»Helden?«

»Später.«

45

Sie rannten aus der Mündung der Seitengasse und die Rue des Granges hinunter zum Wagen des Israeli. Ben-Gadíz nahm hinter dem Steuer Platz. Holcroft hielt sich den Hals; der Schmerz war so intensiv, als wären die Adern aufgerissen.

»Sie haben mir keine Wahl gelassen«, sagte Yakov, als er sah, welche Qualen Holcroft litt.

»Aber Sie mir«, erwiderte Noel. »Sie haben mir die Waffe gegeben. Wie heißen Sie?«

»Yakov.«

»Was ist das für ein Name?«

»Hebräisch... für Jakob. Ben-Gadíz.«

»Ben wie?«

»Gadíz.«

»Spanisch?«

»Spaniolisch«, sagte Yakov und raste die Straße hinunter, über die Kreuzung, auf den See zu. »Meine Familie ist Anfang des neunzehnten Jahrhunderts nach Krakau eingewandert.« Yakov riß den Wagen nach rechts herum, auf einen kleinen Platz zu.

»Ich dachte, Sie seien Kesslers Bruder«, sagte Holcroft. »Der Arzt aus München.«

»Ich weiß nichts von einem Arzt aus München.«

»Er ist hier irgendwo. Als ich ins d'Accord kam, hat mir der Angestellte am Empfang von Tiebolts Schlüssel gegeben und mich dann gefragt, ob ich Hans Kessler sprechen wolle.«

»Was hat das mit mir zu tun?«

»Der Angestellte wußte, daß die Kesslers und von Tiebolt zusammen in Johanns Suite zu Abend aßen. Er dachte, Kesslers Bruder sei noch dort.«

»Warten Sie!« unterbrach ihn Yakov. »Ist der Bruder untersetzt? Sehr kräftig?«

»Könnte sein; Kessler sagte, daß er ab und zu Fußball spielte.«

»Er ist tot. Ihre Mutter hat es uns gesagt. Von Tiebolt hat ihn getötet. Ich glaube, Ihr Freund Ellis hat ihn verletzt; die konnten ihn nicht länger bei sich haben.«

Noel starrte den Israeli an. »Wollen Sie sagen, daß er das mit Willie war? Der ihn umgebracht und mit dem Messer so zugerichtet hat?«

»Das ist nur eine Vermutung.«

»O Gott! . . . Was ist mit meiner Mutter? Wo ist sie?«

»Später.«

»Jetzt.«

»Dort ist ein Telefon. Ich muß das Apartment anrufen. Helden ist dort.« Ben-Gadíz lenkte den Wagen an den Randstein.

»Jetzt, habe ich gesagt!« Holcroft richtete die Waffe auf Yakov.

»Wenn Sie mich jetzt töten wollen«, sagte Yakov, »dann verdiene ich es, daß ich sterbe, und Sie auch. Ich würde Sie bitten, selbst anzurufen, aber für Gefühle ist jetzt keine Zeit.«

»Wir haben so viel Zeit, wie wir brauchen«, antwortete Noel. »Die Sache mit der Bank kann man verschieben.«

»Die Bank? La Grande Banque de Genève?«

»Neun Uhr, heute früh.«

»Mein Gott!« Ben-Gadíz packte Holcroft an der Schulter und senkte die Stimme. Es war nun die Stimme eines Mannes, der um mehr als nur sein Leben flehte. »Geben Sie der Alternative von Har Sha'alav eine Chance. Sie kommt nie wieder. Sie müssen mir vertrauen. Ich habe zu viele Menschen getötet, als daß ich Sie vor zwanzig Minuten nicht auch hätte töten können. Wir müssen jeden Augenblick wissen, wo wir stehen. Helden hat vielleicht etwas erfahren.«

Noel studierte das Gesicht des Mannes neben ihm. »Rufen Sie an. Sagen Sie ihr, ich sei hier und wollte von Ihnen beiden Erklärungen.«

Sie rasten die Landstraße hinunter, vorbei am Tor des Anwesens, und Fahrer und Passagier achteten nicht auf das Bellen eines zornigen Hundes, der von dem vorbeirasenden Wagen aus dem Schlaf gerissen worden war. Die Straße bog nach links. Yakov ließ den Wagen langsam über den Seitenstreifen rollen ins Unterholz hinein.

»Hundeohren merken es, wenn ein Motor schnell abgestoppt wird. Ein Diminuendo ist für sie viel schwieriger.«

»Sind Sie Musiker?«

»Ich war Geiger.«

»Ein guter?«

»Symphonieorchester von Tel Aviv.«

»Was hat Sie dazu –«

»Ich habe bessere Arbeit gefunden«, unterbrach Ben-Gadíz. »Steigen Sie schnell aus. Ziehen Sie den Mantel aus, nehmen Sie die Waffe.

Drücken Sie die Tür zu; es darf kein Geräusch geben. Das Gästehaus wird noch ein ganzes Stück entfernt liegen, aber wir finden es.«

Das Gelände war von einer dicken, oben mit Stacheldraht gesicherten Ziegelmauer umgeben. Yakov erkletterte einen Baum, um Stacheldraht und Mauer zu studieren. »Keine Alarmanlagen«, sagte er. »Die würden zu leicht von kleinen Tieren ausgelöst. Aber der Stacheldraht ist fast einen halben Meter hoch. Wir werden springen müssen.«

Der Israeli kam wieder herunter, kauerte sich neben der Mauer nieder und machte mit den Händen eine Leiter. »Da hinauf«, befahl er Noel. Es war unmöglich, den Stacheldraht auf der Mauer zu umgehen. Er war so aufgerollt, daß er jeden Punkt sicherte.

Holcroft spannte alle Muskeln und schaffte es, die linke Fußspitze auf die Mauerkante zu setzen. Dann sprang er hoch, über den Stacheldraht hinweg und prallte auf den Boden. Sein Jackett hatte sich im Draht verfangen, seine Knöchel waren aufgeschürft, aber er hatte es geschafft. Er stand auf, nahm nur unbestimmt wahr, daß sein Atem schwer ging, daß sein Hals und die Schürfwunden an seinem Schienbein schmerzten. Wenn der Fremde am Telefon Helden die richtigen Informationen durchgegeben hatte, war er nur ein paar hundert Meter von Althene entfernt.

Auf der Mauerkrone ragte die Silhouette des Israeli wie die eines großen Vogels vor dem Nachthimmel auf; er flankte über die Drahtrolle und kam auf dem Boden auf. Er machte eine Rolle, so wie Ringer das tun, um den Fall abzubremsen, und sprang neben Noel in die Höhe, hob das Handgelenk, um auf die Uhr zu sehen.

»Es ist beinahe sechs. Bald wird es hell. Schnell.«

Sie arbeiteten sich durch die Bäume, wichen Ästen aus, sprangen über das dichte Blattwerk zu ihren Füßen, bis sie den Weg fanden, der zum Gästehaus führte. In der Ferne konnten sie ein schwaches Leuchten erkennen – das Licht, das aus kleinen Kathedralglasfenstern fiel.

»Halt!« sagte Ben-Gadíz.

»Was?« Yakovs Hand packte Noel an der Schulter. Der Israeli beugte sich vor, zerrte Holcroft zu Boden. »Was machen Sie da?«

»Seien Sie ruhig! Im Haus tut sich was. Leute.«

Noel spähte durch das Gras zu dem nicht einmal hundert Meter entfernten Haus hinüber. Er konnte keine Gestalten hinter den Fenstern sehen. »Ich sehe niemanden.«

»Sehen Sie sich die Lichter an. Da bewegen sich Leute vor den Lampen.«

Holcroft sah sofort, was Ben-Gadíz meinte. Da war ein feiner Wechsel zwischen Licht und Schatten. Das normale Auge – besonders das normale Auge von jemandem, der von Sorge erfüllt und schnell gelaufen war – hätte das nicht bemerkt. »Sie haben recht«, flüsterte er.

»Kommen Sie«, sagte Yakov. »Wir schleichen uns durch den Wald von der Seite an.«

Sie liefen zu den Bäumen zurück und kamen am Rand eines kleinen Krocketplatzes heraus, die Tore und Stäbe wirkten in der Winternacht gespenstisch. Dahinter waren die Fenster des Hauses zu sehen.

»Ich laufe jetzt hinüber und gebe Ihnen ein Zeichen, wenn Sie nachkommen können«, flüsterte Yakov. »Und denken Sie daran, kein Geräusch.«

Der Israeli huschte über den Rasen und kauerte sich neben einem Fenster nieder, machte aber keine Anstalten, die Hand zu heben. Was stimmte da nicht? Weshalb kam das Signal nicht?

Noel konnte nicht länger warten. Er sprang auf und rannte über den Rasen.

Der Israeli drehte sich herum, und seine Augen funkelten. »Weg da!« flüsterte er.

»Wieso? Sie ist im Haus!«

Ben-Gadíz packte Holcroft an der Schulter, stieß ihn zurück. »Zurück, habe ich gesagt! Wir müssen hier weg...«

»Den Teufel werden wir!« Noel riß beide Arme wild nach oben, brach den Griff des Israeli auf. Er sprang ans Fenster und sah hinein. Das ganze Universum explodierte in einem Feuersturm. Sein Geist zerstob. Er wollte schreien, aber da kam kein Schrei, da war nur schierer, nackter Schrecken, jenseits jeder Vernunft, jenseits eines jeden Geräuschs.

In dem schwach beleuchteten Raum sah er den Körper seiner Mutter, im Tod schräg über einer Stuhllehne verkrümmt. Der schöne, graziöse Kopf war von Blut überströmt, Dutzende von roten Rinnsalen über dem verrunzelten Fleisch.

Noel hob die Hände, die Arme, sein ganzes Wesen war am Zerreißen, am Zerbersten. Er konnte die Luft fühlen. Seine Fäuste tauchten auf die Glasscheiben zu.

Aber der Aufprall kam nicht. Statt dessen schlang sich ein Arm um seinen Hals, drückte eine Hand sich auf seinen Mund; riesige Polypenarme, die seinen Kopf zurückzogen, ihn hochhoben, so daß sich seine Wirbelsäule krümmte. Dann sackten ihm die Beine ein, als etwas ihn zu Boden zwang. Sein Gesicht wurde auf die Erde gepreßt, bis er keine Luft mehr bekam. Dann schoß ein scharfer, unerträglicher Schmerz durch seine Kehle, und da war wieder das Feuer.

Er wußte, daß er sich bewegte, aber er wußte nicht wie oder weshalb. Zweige peitschten ihm ins Gesicht, Hände hämmerten auf seinen Rücken, trieben ihn weiter in die Dunkelheit hinein. Er wußte nicht, wie lange er sich in diesem chaotischen Schwebezustand befand, aber schließlich kam eine Steinmauer. Schroffe Befehle bellten an seinem Ohr.

»Hinauf! Über den Draht!«

Langsam stellte sich sein Bewußtsein wieder ein. Er spürte, wie die scharfen Metallspitzen nach ihm stachen, seine Haut aufschürften, seine Kleidung zerfetzten. Dann wurde er über eine harte Fläche gezerrt und gegen die Tür eines Autos geschleudert.

Das nächste, was er wahrnahm, war, daß er auf dem Sitz eines Wagens saß und durch das Glas einer Windschutzscheibe starrte. Die Dämmerung kam auf.

Er saß da, ausgepumpt, betäubt, und las den Brief von Althene.

Liebster NOEL –

Es ist unwahrscheinlich, daß wir einander sehen, aber ich flehe Dich an, trauere nicht um mich. Später vielleicht, aber nicht jetzt. Dafür ist keine Zeit.

Ich tue, was ich tun muß, aus dem einfachen Grund, weil es getan werden muß, und ich die Person bin, die sich dafür als erste anbietet. Selbst wenn es jemanden anderes gäbe, wäre ich nicht sicher, daß ich diesem anderen das überlassen würde, was mir zugedacht ist.

Ich will nicht auf die Lüge eingehen, mit der ich über dreißig Jahre gelebt habe. Mein neuer Freund, Mr. Ben-Gadíz, wird Dir alles ausführlich erklären. Für jetzt mag genügen, daß mir die Lüge nie bewußt war, noch – Gott im Himmel – die schreckliche Rolle, die man Dir aufzwingen würde.

Ich komme aus einer anderen Zeit, in der man Schulden bei ihrem richtigen Namen nannte und in der man Ehre nicht für einen Anachronismus hielt. Ich zahle willig meine Schulden, in der Hoffnung, daß damit ein Rest meiner Ehre wiederhergestellt werden möge.

Wenn wir uns nicht wieder begegnen sollten, so sollst Du wissen, daß Du mir große Freude in mein Leben gebracht hast. Wenn es je eines Beweises bedürfte, daß wir besser sind als die, von denen wir abstammen, so bist Du dieser Beweis.

Laß mich ein Wort bezüglich Deiner Freundin Helden hinzufügen. Ich glaube, sie ist ein Mensch, wie ich ihn mir als Tochter gewünscht hätte. Das steht in ihren Augen, in ihrer Stärke. Ich habe sie nur ein paar Stunden lang gekannt, und in der Zeit hat sie mein Leben gerettet und war bereit, ihr eigenes dafür zu opfern. Es ist wahr, daß wir oft in einem Augenblick der Klarheit ein ganzes Leben erfassen. Für mich hat es diesen Augenblick gegeben, und ihr gilt meine tiefe Zuneigung.

Lebe wohl, mein Noel.

In Liebe
ALTHENE

Noel blickte zu Yakov auf, der am Fenster des Apartments stand und in das graue Licht des frühen Wintermorgens hinausschaute. »Was war das, was sie niemanden anders tun lassen wollte?« fragte er. Langsam löste er sich aus dem Dunkel seiner Verzweiflung.

»Sich mit meinem Bruder treffen«, antwortete Helden von der anderen Seite.

Noel ballte die Faust und schloß die Augen. »Ben-Gadíz hat gesagt, dein Bruder habe veranlaßt, daß man dich tötet.«

»Ja. Er hat viele Menschen töten lassen.«

Holcroft wandte sich dem Israeli zu. »Meine Mutter hat geschrieben, Sie würden die Lüge erklären.«

»Ich überlasse das Helden. Ich kenne einen großen Teil der Geschichte, aber sie kennt sie ganz.«

»Bist du deshalb nach London gegangen?« fragte Noel.

»Deshalb habe ich Paris verlassen«, antwortete sie. »Aber ich war nicht in London. Ich war in einem kleinen Dorf am See von Neuchâtel.«

Sie erzählte ihm die Geschichte Werner Gerhardts, die Geschichte von der Wolfsschanze, von der Münze mit den zwei Seiten. Sie gab sich Mühe, sich an jede Einzelheit zu erinnern, die ihr der Letzte der ›Abwehr‹ gegeben hatte.

Als sie zu Ende war, stand Holcroft auf. »Also war ich die ganze Zeit nichts als ein Strohmann. Der Strohmann für die andere Seite der Wolfsschanze.«

»Sie sind die Kombination, mit der die Safes der *Sonnenkinder* geöffnet werden«, sagte Ben-Gadíz. »Sie waren derjenige, der die Einhaltung aller Gesetze gewährleistete. Derart ungeheure Geldmittel kommen nicht einfach so auf den Markt. Der ganze Rattenschwanz von Vorschriften muß erfüllt werden, sonst treten Hindernisse auf. Das konnte sich die Wolfsschanze nicht leisten. Es war ein brillantes Täuschungsmanöver.«

Noel starrte die Wand neben der Schlafzimmertür an. Er stand da und nahm das Bild in sich auf, das sich ihm bot. Die schwach beleuchtete Tapete, das undeutliche Muster aus ineinanderverschlungenen Kreisen. Das schwache Licht – oder sein gestörtes Sehvermögen – ließ sie so schnell rotieren, daß ihm schwindlig wurde, schwarze Punkte, die verschwanden, um wieder zu großen Kreisen zu werden. *Kreise. Kreise der Täuschung*. In jenen Kreisen gab es keine geraden Linien der Wahrheit. Nur Täuschung. Nur Lügen!

Er hörte den Schrei, der sich seiner Kehle entrang, und spürte den Aufprall seiner Hände an der Wand, spürte, wie er wie wild auf sie einschlug, von dem einzigen Wunsch beseelt, die schrecklichen Kreise zu zerstören.

Andere Hände berührten ihn. Sanfte Hände.

Ein Mann hatte in seiner Seelenqual nach ihm gerufen. Und dieser Mann war falsch!

Er spürte Tränen in seinen Augen und wußte, daß sie wirklich da waren, weil die Kreise verschwammen, ihre Form verloren. Und Helden hielt ihn fest, zog sein Gesicht an das ihre. Und ihre sanften Finger wischten ihm die Tränen weg.

»Geliebter. Du mein einziger Geliebter...«

»Ich... werde... töten!« Wieder hörte er seinen eigenen Schrei, hörte die schreckliche Brutalität in seinen Worten.

»Das *werden* Sie«, antwortete eine Stimme, die hohl in den Tiefen seines Bewußtseins widerhallte. Sie war laut und gehörte Yakov Ben-Gadíz, der Helden beiseite geschoben und ihn herumgerissen hatte, und jetzt seine Schultern gegen die Wand preßte. »Das *werden* Sie!«

Noel versuchte, mit seinen brennenden Augen klar zu sehen, sein Zittern zu unterdrücken. »Sie wollten verhindern, daß ich sie sehe!«

»Ich wußte, daß ich das nicht konnte«, sagte Yakov leise. »Ich wußte es, als Sie mich ansprangen. Ich habe eine Ausbildung hinter mir wie wenige andere Menschen auf der Welt, aber Sie haben etwas Außergewöhnliches in sich. Ich möchte keine Spekulationen darüber anstellen, aber ich bin dankbar, daß Sie nicht mein Feind sind.«

»Ich verstehe nicht.«

»Ich gebe Ihnen die Alternative von Har Sha'alav. Sie wird alle Disziplin fordern, deren Sie fähig sind. Ich will offen sein: ich könnte es nicht, aber vielleicht können Sie es.«

»Was?«

»Sie sollen die Konferenz in der Bank über sich ergehen lassen. Mit den Mördern Ihrer Mutter, mit dem Mann, der den Tod Heldens und den von Richard Holcroft angeordnet hat. Ihm sollen Sie gegenübertreten; ihnen beiden. Unterschreiben Sie die Papiere.«

»Sie sind verrückt! Total verrückt!«

»Nein! Wir haben die Gesetze studiert. Man wird von Ihnen verlangen, daß Sie eine Erklärung unterzeichnen. Und mit dieser Erklärung übertragen Sie Ihre sämtlichen Rechte an die Miterben. Wenn Sie das tun, unterzeichnen Sie ein Todesurteil. Unterzeichnen Sie! Es wird nicht Ihr Todesurteil sein, sondern das der anderen!«

Noel sah in Yakovs dunkle, flehende Augen. Da war sie wieder: die klare, unbedingte Wahrheit. Einen Augenblick lang sprach keiner von ihnen, und dann begann Holcroft langsam seine Kraft und Selbstkontrolle wiederzugewinnen. Ben-Gadíz ließ seine Schultern los.

»Die werden mich suchen«, sagte Noel. »Sie werden glauben, ich sei in von Tiebolts Räume eingedrungen.«

»Das haben Sie auch getan; die Fäden sind nicht mehr an der Tür. Sie haben gesehen, daß niemand dort war, also sind Sie weggegangen.«

»Wohin? Das werden sie wissen wollen.«

»Kennen Sie sich hier in der Stadt aus?«

»Eigentlich nicht.«

»Dann haben Sie ein Taxi genommen; Sie sind am See entlanggefahren, haben an einem Dutzend Piers und Anlegeplätzen nach Leuten Ausschau gehalten, die vielleicht Ihre Mutter gesehen haben könnten. Das ist plausibel; die meinen, Sie seien in Panik geraten.«

»Es ist fast halb acht«, sagte Noel. »Noch eineinhalb Stunden. Ich gehe jetzt in mein Hotel. Wir treffen uns nach der Konferenz mit der Bank.«

»Wo?« fragte Yakov.

»Nehmen Sie sich ein Zimmer im Excelsior, tragen Sie sich als Ehepaar ein. Sehen Sie zu, daß Sie nach halb zehn, aber lange vor Mittag dort sind. Mein Zimmer ist dreihundertelf.«

Er stand vor der Hoteltür; es war drei Minuten nach acht. Er konnte drinnen zornige Stimmen hören. Von Tiebolt führte das große Wort, sein Ton war schneidend, gewalttätig.

Gewalt. Holcroft atmete tief und drängte die Instinkte zurück, die ihn wie Feuer durchpulsten. Er würde dem Mann gegenübertreten, der seine Mutter und seinen Vater getötet hatte, würde diesem Mann in die Augen sehen und seine Wut nicht erkennen lassen.

Er klopfte an die Tür und stellte dankbar fest, daß seine Hand nicht zitterte.

Die Tür öffnete sich, und er starrte dem blonden Mörder in die Augen, der die geliebten Menschen getötet hatte.

»Noel! Wo sind Sie gewesen? Wir haben überall gesucht!«

»Ich auch«, sagte Holcroft, dem es nicht schwerfiel, Müdigkeit vorzutäuschen, während es fast unmöglich war, seinen Haß zu unterdrücken. »Ich habe die ganze Nacht nach ihr gesucht. Ich konnte sie nicht finden. Ich glaube nicht, daß sie überhaupt hierher gekommen ist.«

»Wir werden uns weiter bemühen«, sagte von Tiebolt. »Trinken Sie eine Tasse Kaffee. Wir fahren bald zur Bank, und dann ist alles vorbei.«

»Ja, nicht wahr?« sagte Noel.

Sie saßen zu dritt auf einer Seite des langen Konferenztisches, Holcroft in der Mitte, Kessler zu seiner Linken, von Tiebolt zur Rechten. Ihnen gegenüber hatten die zwei Direktoren der Grande Banque de Genève Platz genommen.

Jeder von ihnen hatte einen ordentlichen Stapel von Dokumenten vor sich, alle identisch und in derselben Reihenfolge. Ihre Augen folgten den mit Maschine geschriebenen Worten, Seite um Seite wurde umgelegt, und über eine Stunde verstrich, bis das Dokument zur Gänze verlesen war.

Jetzt blieben noch zwei Schriftstücke, deren Deckblätter einen blauen Rand hatten. Der Direktor zur Linken sprach.

»Es ist Ihnen sicher bewußt, daß La Grande Banque de Genève bei einem Betrag dieser Größenordnung und angesichts der Ziele dieses Dokuments nicht die Verantwortung für die Auszahlung übernehmen kann, sobald die Mittel einmal freigegeben sind und damit nicht länger unserer Kontrolle unterliegen. Das Dokument legt die Last dieser Verantwortung ganz eindeutig fest. Sie soll zu gleichen Teilen auf die drei Teilnehmer übertragen werden. Deshalb verlangt das Gesetz, daß jeder einzelne von Ihnen alle Rechte an die jeweiligen Miterben überschreibt, für den Fall, daß der Betreffende vor den beiden anderen sterben sollte. Diese Rechte beeinträchtigen jedoch die einzelnen Erbanteile nicht; letztere sind im Falle Ihres Todes an Ihre Erbberechtigten zu verteilen.« Der Bankdirektor setzte seine Brille auf. »Bitte, lesen Sie die Papiere, die vor Ihnen liegen, und überzeugen Sie sich, daß sie meiner Darstellung entsprechen, und unterzeichnen Sie über Ihrem mit Schreibmaschine eingesetzten Namen. Tauschen Sie die Papiere dann aus, so daß jedes Dokument alle drei Unterschriften erhält.«

Sie lasen schnell, dann folgten die Unterschriften, und die Seiten wurden ausgetauscht. Als Noel sein Blatt Kessler reichte, sagte er beiläufig:

»Wissen Sie, das habe ich Sie zu fragen vergessen, Erich. Wo ist Ihr Bruder? Ich dachte, er wollte auch nach Genf kommen.«

»Das habe ich bei der ganzen Aufregung Ihnen zu sagen vergessen«, meinte Kessler und lächelte. »Hans ist in München aufgehalten worden. Ich bin sicher, daß wir ihn in Zürich sehen werden.«

»Zürich?«

Der Blick des Gelehrten wanderte an Holcroft vorbei zu von Tiebolt. »Nun ja. Zürich. Ich dachte, wir wollten Montag früh dort sein.«

Noel wandte sich dem blonden Mann zu. »Das haben Sie nicht erwähnt.«

»Wir hatten bis jetzt noch keine Zeit dazu. Paßt Ihnen Montag nicht?«

»O keineswegs. Vielleicht habe ich bis dahin etwas von ihnen gehört.«

»Was?«

»Von meiner Mutter. Oder Helden. Sie müßte anrufen.«

»Ja, natürlich. Ich glaube bestimmt, daß die beiden Sie erreichen.«

Das letzte Dokument war die formelle Freigabe des Kontos. Ein Computer war vorbereitet worden. Nachdem alle im Raum Anwesenden ihre Unterschrift geleistet hatten, würde man die Codes eingeben, und dann würden die Mittel auf eine Bank in Zürich überwiesen werden.

Alle unterzeichneten. Der Direktor zur Rechten nahm den Telefonhörer ab. »Geben Sie die folgenden Zahlen in den Computer Nummer elf ein. Sind Sie soweit? ... Sechs, eins, vier, vier, zwo, Strich, vier. Acht, eins, null, null. Strich, null... Bitte wiederholen.« Der Direktor lauschte und nickte.

»Dann ist das abgeschlossen?« fragte sein Kollege.

»Ja«, antwortete der Direktor. »Meine Herren, mit diesem Augenblick ist die Summe von siebenhundertundachtzig Millionen US-Dollar auf einem gemeinschaftlich auf Sie lautenden Konto in der Banque du Livre in Zürich verfügbar. Mögen Sie die Weisheit von Propheten haben und möge Gott Ihre Entscheidungen lenken.«

Draußen auf der Straße wandte sich von Tiebolt Holcroft zu. »Was haben Sie jetzt für Pläne, Noel? Wir müssen immer noch vorsichtig sein, müssen Sie wissen. Die ›Abwehr‹ wird das nicht einfach hinnehmen.«

»Ich weiß... Pläne? Ich werde weiterhin versuchen, meine Mutter zu finden. Irgendwo muß sie ja sein.«

»Ich habe durch meinen Freund, den Staatsrat, veranlaßt, daß wir alle drei Polizeischutz bekommen. Ihr Leibwächter wird Sie am Excelsior übernehmen, die unseren uns im d'Accord. Es sei denn, Sie möchten lieber zu uns ziehen.«

»Das ist mir zuviel Mühe«, sagte Holcroft. »Ich habe mich inzwischen eingewöhnt. Ich bleibe im Excelsior.«

»Fahren wir morgen nach Zürich?« fragte Kessler und überließ damit von Tiebolt die Entscheidung.

»Es wäre vielleicht keine schlechte Idee, getrennt zu reisen«, sagte Holcroft. »Wenn die Polizei keine Einwände hat, würde ich gern mit dem Wagen fahren.«

»Sehr gut gedacht, mein Freund«, meinte von Tiebolt. »Die Polizei wird keine Einwände haben, und getrennt zu reisen ist sehr vernünftig. Sie nehmen den Zug, Erich; ich werde fliegen. Noel wird fahren. Ich lasse uns Zimmer im Columbine reservieren.«

Holcroft nickte. »Wenn ich bis morgen nichts von meiner Mutter oder Helden gehört habe, dann hinterlasse ich die Nachricht, daß sie dort Verbindung mit mir aufnehmen sollen«, sagte er. »Ich nehme mir jetzt ein Taxi.« Er ging mit schnellen Schritten zur Ecke. Noch einen Augenblick, und der Zorn in ihm wäre zum Ausbruch gekommen. Er hätte von Tiebolt mit bloßen Händen getötet.

Johann sprach mit leiser Stimme. »Er weiß es. Ich kann nicht sagen, wieviel, aber er weiß es.«

»Wieso bist du da so sicher?« fragte Kessler.

»Zuerst habe ich es nur gefühlt; aber dann habe ich es gewußt. Er hat sich nach Hans erkundigt und deine Antwort akzeptiert, daß er immer noch in München sei. Er weiß, daß das nicht stimmt. Ein Angestellter im d'Accord hat sich gestern abend erboten, ihn mit Hans zu verbinden.«

»O mein Gott...«

»Keine Sorge. Unser amerikanischer Kollege wird auf der Straße nach Zürich sterben.«

46

Der Anschlag auf Noels Leben – sofern es zu einem solchen kommen sollte – würde auf der Straße nördlich von Fribourg und südlich von Köniz stattfinden. So schätzte Yakov Ben-Gadíz die Lage ein. Die Strecke war ungefähr zwanzig Kilometer lang, mit Straßenabschnitten in den Bergen, die um diese Jahreszeit kaum befahren waren. Es war Winter, und obwohl das Klima nicht alpin war, gab es doch häufig leichte Schneefälle. Die Straßen waren nicht die besten; das schreckte die Fahrer ab. Aber Holcroft hatte sich eine Route ausgesucht, die die Fernstraßen mied, eine, die ihn durch kleine Dörfer führte, deren Architektur ihn, wie er behauptete, interessierte.

Das heißt, Yakov hatte die Route ausgearbeitet, und Noel hatte sie den Polizisten überbracht, die Anweisung vom Staatsrat hatten, ihn auf der Fahrt nach Norden zu eskortieren. Die Tatsache, daß niemand versuchte, Holcroft von der gewählten Route abzubringen, erhärtete die Ansicht des Israeli.

Weiterhin stellte Yakov Spekulationen über die Mordmethode an. Weder von Tiebolt noch Kessler würden sich in der Nähe befinden. Jeder würde irgendwo anders sehr auffällig auftreten. Und wenn es zu einer Exekution kommen sollte, so würde diese von so wenigen Männern wie möglich ausgeführt werden – von bezahlten Killern, die in keiner Weise mit Wolfsschanze in Verbindung standen. Sie würden so kurz nach dem Zusammentreffen in La Grande Banque de Genève keine Risiken eingehen. Der Killer oder die Killer würden ihrerseits von *Sonnenkindern* ermordet werden; alle Spuren, die zur Wolfsschanze führten, würden getilgt.

Das war die Strategie, so wie Ben-Gadíz sie sah, und es galt nun, eine Gegenstrategie aufzubauen. Eine, die sicherstellte, daß Noel nach Zürich kam; das war alles, worauf es ankam. Sobald er Zürich erreicht hatte, würde es *ihre* Strategie sein. Es gab Dutzende von Methoden, um in einer großen Stadt zu töten, und Yakov war ein Experte dafür.

Die Reise begann, die Gegenstrategie setzte ein. Holcroft fuhr einen schweren Wagen, den er bei Bonfils in Genf gemietet hatte, der teuersten Mietwagenfirma der Schweiz, die sich auf ungewöhnliche Fahrzeuge für ungewöhnliche Klienten spezialisiert hatte. Es war ein Rolls-Royce, gepanzert, mit kugelsicherem Glas, und Reifen, die auch nach mehreren Einschüssen noch funktionsfähig wären.

Helden fuhr eineinhalb Kilometer vor Noel, sie hatte einen unauffälligen, aber wendigen Renault gewählt; Ben-Gadíz hatte dahinter Position bezogen, einen guten halben Kilometer entfernt, und sein Wagen war ein Maserati, ein Fahrzeug, das in den wohlhabenden Schichten Genfs nicht ungewöhnlich war. Zwischen Yakov und Holcroft fuhr der mit zwei Mann besetzte Polizeiwagen, den man dem Amerikaner zu seinem Schutz beigeordnet hatte. Die Polizisten wußten nichts.

»Sie werden unterwegs lahmgelegt werden«, hatte der Israeli gesagt, während sie zu dritt in Noels Hotelzimmer die Karten studierten. »Man wird sie nicht opfern; das würde unangenehme Fragen auslösen. Es sind echte Polizisten, ich habe mir ihre Dienstnummern besorgt und Litvak angerufen. Wir haben sie überprüft. Neulinge, seit einem Jahr im Dienst. Als solche nicht sehr erfahren.«

»Werden es morgen dieselben Männer sein?«

»Ja. Ihre Anweisung lautet, daß sie bei Ihnen bleiben sollen, bis die Zürcher Polizei Sie übernimmt. Und daraus schließe ich, daß sie eine Wagenpanne haben werden, ihre Vorgesetzten anrufen und Anweisung erhalten, nach Genf zurückzukehren. Die Anordnungen zu Ihrem Schutz werden sich in Luft auflösen.«

»Dann ist das nur Fassade.«

»Tatsächlich sind sie jedoch nicht ohne Nutzen. Solange Sie sie sehen können, sind Sie sicher. Niemand wird etwas versuchen.«

Jetzt waren sie zu sehen, dachte Noel nach einem Blick in den Rückspiegel und trat vor der kurvenreichen Abfahrt auf die Bremsen des Rolls-Royce. Weit unter sich konnte er Heldens Wagen aus einer Straßenbiegung kommen sehen. Noch zwei Minuten, und sie würde ihre Fahrt verlangsamen, bis sie einander sehen konnten, und erst dann wieder Tempo aufnehmen; auch das war Teil ihres Planes. Das letztemal hatte sie das vor drei Minuten getan. Alle fünf Minuten sollten sie Augenkontakt aufnehmen. Er wünschte, er könnte zu ihr *sprechen*. Einfach reden... ganz gewöhnliche Worte, ein ruhiges Gespräch... eines, das nichts mit dem Tod zu tun hatte oder den Strategien, derer es bedurfte, um ihm auszuweichen.

Aber solche Gespräche konnte es erst nach Zürich geben. In Zürich wäre der Tod, aber ein anderer Tod, als Holcroft ihn je ins Auge gefaßt hatte. Weil er der Killer sein würde, niemand anders. *Niemand*. Er verlangte dieses Recht. Er würde in die Augen Johann von Tiebolts sehen und ihm sagen, daß er jetzt gleich sterben würde.

Er fuhr zu schnell; sein Zorn hatte ihn zu kräftig aufs Gaspedal treten lassen. Er verlangsamte seine Fahrt; dies war jetzt nicht die Zeit, von Tiebolt die Arbeit abzunehmen. Es hatte zu schneien begonnen, und die Bergstraße war schlüpfrig

Yakov verfluchte den leichten Schneefall, nicht weil er das Fahren erschwerte, sondern weil er die Sicht behinderte. Sie verließen sich auf Sichtkontakt; Funkverbindung kam nicht in Frage, solche Signale konnte man zu leicht auffangen. Die Hand des Israeli berührte einige Gegenstände, die auf dem Sitz neben ihm lagen; in Holcrofts Rolls-Royce waren ähnliche Gegenstände bereitgelegt. Sie waren Teil der Gegenstrategie – der wirksamste Teil.

Sprengkörper. Insgesamt acht. Vier Ladungen, in Plastik gehüllt, und so abgestimmt, daß sie exakt drei Sekunden nach dem Aufprall detonierten; und vier Panzerabwehrgranaten. Außerdem gab es da zwei Waffen: einen U.S.-Army Colt Automatic und einen Karabiner, beide geladen, entsichert, schußbereit. Sie waren über Litvaks Kontakte in Genf gekauft worden. Das friedliche Genf, wo solche Arsenale in kleineren Mengen erhältlich waren, als Terroristen glaubten, aber in größeren, als die Schweizer Behörden sich vorstellen konnten.

Ben-Gadíz spähte durch die Windschutzscheibe. Wenn es geschah, würde es bald geschehen. Der Polizeiwagen, ein paar hundert Meter vor ihm, würde bewegungsunfähig werden, wahrscheinlich infolge von mit Säuren bestrichenen Nägeln, die man in die Reifen eingedrückt hatte und die sich nach einiger Zeit durchfraßen, oder wegen eines defekten Vergasers, den man mit irgendeinem Stoff gefüllt hatte, der die Benzinleitung verstopfte... Es gab so viele Möglichkeiten. Aber jedenfalls würde der Polizeiwagen plötzlich nicht mehr da sein, und dann wäre Holcroft isoliert.

Yakov hoffte, daß Noel, falls ein fremder Wagen auftauchte, sich genau an das erinnerte, was er zu tun hatte. Er sollte im Zickzack fahren, während Yakov beschleunigte und seinen Maserati wenige Meter vor dem unbekannten Auto abbremste und die Plastiksprengkörper danach warf. In den Sekunden bis zu den Explosionen sollte Holcroft außer Schußweite sein. Wenn es Probleme gab – defekte Zünder, Explosivstoffe, die nicht explodierten –, würde er die Granaten einsetzen.

Das würde genügen. von Tiebolt riskierte sicher nicht mehr als ein Exekutionsfahrzeug. Die Möglichkeit, daß ein anderer Fahrer zum Beobachter wurde, war zu groß; es würde sich um wenige, sehr professionelle Killer handeln.

Der Führer der *Sonnenkinder* war kein Narr; wenn Holcrofts Tod sich nicht auf dieser Straße ereignete, dann würde er in Zürich erfolgen. Und das war von Tiebolts Fehler, dachte der Israeli, von einem Gefühl der Befriedigung erfüllt. Von Tiebolt wußte nichts von Yakov Ben-Gadíz. Und der war ebenfalls kein Narr, ebenfalls ein Fachmann. Der Amerikaner *würde* nach Zürich gelangen, und sobald er in Zürich war, war Johann von Tiebolt ein toter Mann, so wie Erich Kessler ein toter Mann war, getötet von einem, den Zorn und Wut erfüllte.

Wieder fluchte Yakov. Der Schnee fiel jetzt dichter, in größeren Flocken. Letzteres bedeutete, daß der Schneeschauer nicht lange dauern würde, aber für den Augenblick war das eine Störung, die ihm gar nicht gefiel.

Er konnte den Polizeiwagen nicht sehen! Wo war er? Die Straße war sehr kurvig. Der Polizeiwagen war nirgends mehr. Er hatte ihn verloren! Wie, beim Allmächtigen, *konnte* das passiert sein?

Und dann war er wieder da, und er atmete ruhiger, trat aufs Gas, um näherzukommen. Er durfte nicht zulassen, daß seine Gedanken wanderten; er saß nicht im Saal des Symphonieorchesters in Tel Aviv. Der Polizeiwagen spielte die Schlüsselrolle; er durfte ihn keinen Moment aus den Augen lassen.

Er fuhr schneller, als er dachte; der Tachometer zeigte fünfundsiebzig Kilometer, viel zu schnell für diese Straße. Warum?

Dann erkannte er den Grund. Die Distanz zwischen ihm und dem Genfer Polizeiwagen verringerte sich, aber der Polizeiwagen beschleunigte. Er fuhr schneller, als er vorher gefahren war, er raste jetzt förmlich in die Kurven hinein, fuhr mit halsbrecherischer Geschwindigkeit durch den Schnee... Rückte Holcroft näher!

War der Fahrer *verrückt*?

Ben-Gadíz starrte durch die Windschutzscheibe und versuchte zu begreifen. Irgend etwas beunruhigte ihn, und er war nicht sicher, was es war. Was *taten* die?

Und dann sah er es; das war vorher nicht dagewesen.

Eine Beule im Kofferraumdeckel des Polizeiwagens. Eine Beule! Der Wagen, dem er die letzten drei Stunden gefolgt war, hatte keine Beule gehabt!

Es war ein anderer Polizeiwagen!

Aus einer der Seitengassen in dem Labyrinth von Kurven hatte ein Funkbefehl den ursprünglichen Wagen von der Straße geholt. Ein anderer war an seine Stelle getreten. Und das bedeutete, daß die Männer in dem Wagen jetzt von dem Maserati wußten und unendlich gefährlicher waren. Holcroft wußte nichts von *ihnen*.

Der Polizeiwagen bog in eine lange Kurve ein; Yakov konnte sein dauerndes Hupen hören, trotz des Schneefalls und des Windes. Sie gaben Holcroft ein *Signal*. Sie rückten längsseits.

»Nein! Nicht!« schrie Yakov die Windschutzscheibe an, drückte die Daumen auf die Hupe, umklammerte das Steuer, während die Reifen seines Wagens durch die Kurve pfiffen. Er jagte den Maserati auf den Polizeiwagen zu, der noch fünfzig Meter entfernt war. »Holcroft! Nicht!«

Plötzlich zersprang seine Windschutzscheibe. Winzige Kreise des Todes erschienen überall; er konnte die Glassplitter spüren, die ihm die Wangen aufrissen, die Finger. Er war getroffen worden. Eine Maschinenpistole war aus dem zerschlagenen Rückfenster des Polizeiwagens auf ihn abgefeuert worden.

Aus seiner Motorhaube quoll Rauch; der Vergaser explodierte. Im nächsten Augenblick waren die Reifen durchlöchert, Gummifetzen flogen durch die Luft. Der Maserati rutschte nach rechts, krachte gegen die Böschung.

Ben-Gadíz brüllte zum Himmel, warf sich mit der Schulter gegen eine Tür, die sich nicht öffnen wollte. Hinter ihm fing der Treibstoff Feuer.

Holcroft sah den Polizeiwagen im Rückspiegel. Plötzlich rückte er näher, seine Scheinwerfer flackerten auf und ab. Aus irgendeinem Grund gaben ihm die Polizisten Signale.

In der Kurve konnte er nicht halten; ein paar hundert Meter weiter vorn mußte es ein gerades Stück Straße geben. Er bremste den Rolls-Royce ab, während der Polizeiwagen längsseits kam, wobei der Schneefall die Gestalt des jungen Offiziers nur undeutlich erkennen ließ.

Er hörte das schrille Hupen und sah das dauernde schnelle Blitzen der Lichter. Er kurbelte die Scheibe herunter. »Ich halte an, sobald –«

Dann sah er das Gesicht. Und den Ausdruck in jenem Gesicht. Das war keiner der jungen Polizisten aus Genf! Es war ein Gesicht, das er nie zuvor gesehen hatte. Dann tauchte der Lauf eines Gewehrs auf.

Verzweifelt versuchte er, das Fenster hochzukurbeln. Es war zu spät. Er hörte die Schüsse, sah die blendenden Lichtblitze, konnte spüren, wie hundert Rasiermesser über seine Haut fetzten. Er sah sein eigenes Blut, das gegen das Glas spritzte, und begriff, daß es seine eigenen Schreie waren, die durch einen führerlos gewordenen Wagen hallten.

Metall knirschte gegen Metall, ächzte unter der Wucht des Aufpralls. Das Armaturenbrett stand kopf; die Pedale waren, wo das Dach sein sollte, und er war gegen dieses Dach gedrückt, und dann war er das nicht mehr; jetzt flog er über die Rückenlehne, wurde gegen Glas geschleudert und dann wieder weg, jetzt auf dem Steuerrad aufgespießt und dann ins All gehoben und wieder weggeschleudert.

In jenem All war Frieden. Der Schmerz der Rasierklingen verging, und er trat durch die Nebel seines Geistes ins Leere.

Yakov schlug die Überreste seiner Windschutzscheibe mit der Pistole weg. Der Karabiner war auf den Boden gefallen, während die Plastikexplosivstoffe in ihrer Schachtel geblieben waren; die Granaten waren nirgends zu sehen.

Alle Waffen, mit Ausnahme einer, waren jetzt nutzlos. Nur diese eine war es nicht, weil er sie zur Verfügung hatte, in seiner Hand, und sie gebrauchen konnte, bis keine Munition mehr da war – bis kein Leben mehr in ihm war.

In dem weißen Polizeiwagen waren drei Männer; der dritte, der Scharfschütze, kauerte wieder am Rückfenster. Ben-Gadíz konnte seinen Kopf im Fenster sehen! Jetzt! Er zielte vorsichtig durch die Wolken von Dampf und drückte ab. Das Gesicht flog schräg nach oben und fiel dann in das zackige Glas des Fensters zurück.

Wieder warf Yakov sich mit der Schulter gegen die Tür. Sie lockerte sich. Er mußte schnell hinaus. Das Feuer hinter ihm garantierte die Explosion des Tanks. Weiter vorn ließ der Fahrer des Polizeiwagens sein Fahrzeug gegen den Rolls krachen. Der zweite Mann war auf der Straße, griff durch Holcrofts Fenster, riß am Steuerrad. Sie versuchten, den Wagen über die Böschung zu kippen.

Ben-Gadíz warf sich mit dem ganzen Oberkörper gegen die Tür; jetzt flog sie auf. Der Israeli taumelte auf die schneebedeckte Straße hinaus, seine Wunden erzeugten im weißen Pulverschnee hundert rote Flecken. Er hob die Pistole und feuerte einen Schuß nach dem anderen ab, auf ein vor seinen umnebelten Augen verschwommenes Ziel. Und dann geschahen im selben Augenblick zwei schreckliche Dinge.

Der Rolls kippte über die Böschung, und eine ganze Salve von Schüssen hallte durch das Schneegestöber. Eine Reihe von Kugeln ließ vor Yakov den Schnee aufspritzen und schnitt dann quer über Yakovs Beine. Der Schmerz war unerträglich, daß er ihn kaum mehr wahrnahm.

Da war kein Gefühl mehr, aber dennoch drehte er sich zur Seite und wälzte sich weg. Seine Hände berührten den zerfetzten Gummi seiner Reifen, dann Stahl und noch mehr Stahl und kalte Stellen aus Glas und Schnee.

Jetzt kam die Explosion; der Tank des Maserati zerplatzte in einem Feuerball. Und Ben-Gadíz hörte die Worte aus der Ferne. »Sie sind tot! Kehrtmachen! Hier verschwinden!« Die Angreifer machten sich davon.

Helden war schon vor einer Minute langsamer geworden. Noel hätte inzwischen zu sehen sein müssen. Wo war er? Sie hielt am Straßenrand und wartete. Weitere zwei Minuten verstrichen. Sie durfte nicht länger warten!

Sie wendete und fuhr wieder den Berg hinauf. Den Gashebel durchgedrückt, passierte sie den nächsten Kilometerstein; immer noch keine Spur von Noel. Ihre Hände begannen zu zittern.

Irgend etwas war geschehen, das wußte sie; das konnte sie fühlen! Sie sah den Maserati! Er war demoliert! Brannte!

O Gott! Wo war Noels Wagen? Wo war Noel? Yakov?

Sie trat auf die Bremse und sprang schreiend aus dem Wagen. Sie stürzte auf dem schlüpfrigen Boden, ohne zu realisieren, daß ihre Beinwunde den Sturz verursacht hatte, stemmte sich hoch und schrie wieder, rannte weiter.

»Noel! *Noel!*«

Tränen strömten ihr in der kalten Luft übers Gesicht; ihre Schreie drohten ihre Kehle zu sprengen. Sie war nicht mehr imstande, ihrer Hysterie Herr zu werden.

Von irgendwo aus dem Nichts hörte sie den Befehl.

»*Helden!* Hören Sie auf. Hier...«

Eine Stimme. Yakovs Stimme! Von wo? Woher kam sie? Sie hörte sie wieder.

»Helden! Hier unten!«

Die Böschung. Sie rannte an die Böschung, und ihre Welt brach zusammen. Unten lag der Rolls-Royce – umgekippt und rauchend, überall zerdrücktes Metall. Von Schrecken erfüllt, sah sie die Gestalt von Yakov Ben-Gadíz neben dem Rolls auf der Erde. Und dann sah sie die roten Streifen im Schnee, die eine Spur über die Straße und die Böschung hinunter bildeten zu der Stelle, wo Yakov lag. Helden sprang mit einem Satz über die Böschung, rollte sich im Schnee und über die Felsen, schrie gegen den Tod an, von dem sie wußte, daß er sie erwartete. Sie fiel neben Ben-Gadíz nieder und starrte durch das offene Fenster auf ihre Liebe. Er lag ausgestreckt da, unbeweglich, das Gesicht von Blut überströmt.

»Nein!...*Nein!*«

Yakov packte ihren Arm und zog sie zu sich. Er konnte kaum reden, aber seine Befehle waren klar.

»Sie müssen zu Ihrem Wagen zurück. Es gibt da ein kleines Dorf südlich von Teyvaux, höchstens fünf Kilometer von hier. Rufen Sie Litvak. Près-du-Lac ist nicht so weit... zwanzig, zweiundzwanzig Kilometer. Er kann Piloten anheuern, schnelle Wagen. Sie müssen ihn erreichen, es ihm sagen.«

Helden konnte den Blick nicht von Noel wenden. »Er ist tot... er ist *tot!*«

»Vielleicht nicht. Schnell!«

»Ich kann nicht. Ich kann ihn nicht *verlassen.*«

Ben-Gadíz hob seine Pistole. »Wenn Sie es nicht tun, töte ich ihn jetzt.«

Litvak betrat den Raum, in dem Ben-Gadíz auf dem Bett lag, die untere Hälfte seines Körpers von Verbänden umhüllt. Yakov starrte zum Fenster hinaus auf die schneebedeckten Felder und die Berge dahinter; er blickte starr und schien das Eintreten des Arztes überhaupt nicht zu registrieren.

»Wollen Sie die Wahrheit hören?«

Der Israeli drehte langsam den Kopf. »Es hat ja wenig Sinn, ihr aus dem Weg zu gehen, oder?«

»Ich könnte Ihnen schlimmere Nachrichten bringen. Sie werden niemals mehr besonders gut gehen können; dazu ist der Schaden zu groß. Aber nach einer Weile werden Sie sich wieder bewegen können. Zuerst mit Krücken, später vielleicht mit einem Stock.«

»Nicht gerade der Zustand für meine Arbeit?«

»Nein, aber Ihr Geist ist intakt, und Ihre Hände werden heil. Ihre Musik wird es nicht beeinträchtigen.«

Yakov lächelte traurig. »Ich war nie besonders gut. Meine Gedanken blieben nie bei der Sache. Ich war nicht so gut wie in meinem anderen Leben.«

»Einen Verstand wie den Ihren kann man auch für andere Zwecke einsetzen.«

Der Israeli runzelte die Stirn und blickte wieder zum Fenster hinaus. »Wir werden sehen, wenn wir wissen, was dort draußen übriggeblieben ist.«

»Dort draußen ändert sich alles, Yakov. Schnell.«

»Was ist mit Holcroft?«

»Ich weiß nicht, was ich sagen soll. Eigentlich hätte er sterben müssen, aber er lebt noch. Nicht daß es für sein Leben einen großen Unterschied macht. Er kann nicht mehr zurück und wieder das sein, was er war. Er wird in einem halben Dutzend Ländern wegen Mordes gesucht. Oder sie würden ihn sofort abknallen.«

»Sie haben gewonnen«, sagte Yakov, und seine Augen füllten sich mit Tränen. »Die *Sonnenkinder* haben gewonnen.«

»Das werden wir sehen«, sagte Litvak, »wenn wir wissen, was dort draußen übriggeblieben ist.«

Epilog

Bilder. Formlos, ohne Schärfe, ohne Bedeutung. Umrisse, in Dunst eingeätzt. Da war nur ein Bewußtsein. Keine Gedanken, keine Erinnerungen an Erfahrungen, nur Bewußtsein. Und dann begannen die formlosen Bilder Gestalt anzunehmen; die Nebel lösten sich und verwandelten Bewußtsein in Erkennen. Später würden sich die Gedanken einstellen; für den Augenblick reichte es, sehen zu können und sich zu erinnern.

Noel sah ihr Gesicht über sich, gerahmt von in Wellen herunterfallendem blondem Haar, das sein Gesicht berührte. In ihren Augen standen Tränen; sie rannen ihr über die Wangen. Er versuchte, die Tränen wegzuwischen, aber er konnte das liebliche, müde Gesicht über sich nicht erreichen. Seine Hand fiel herunter, und sie nahm sie in die ihre.

»Darling...«

Er hörte sie. Er konnte hören. Was er sah und hörte, hatte Bedeutung. Er schloß die Augen und wußte, daß sich irgendwie bald wieder Gedanken einstellen würden.

Litvak stand unter der Tür und sah zu, wie Helden Noels Brust und Wangen mit einem Schwamm betupfte. Er hatte eine Zeitung unter dem Arm. Er untersuchte Holcrofts Gesicht, das Gesicht, das im Kugelhagel so viel Schaden erlitten hatte. Da waren Narben an der linken Wange, an der Stirn und überall am Hals. Aber der Heilungsprozeß hatte begonnen. Von irgendwo im Haus war eine Violine zu hören, sie wurde von einem sehr fähigen Musiker gespielt.

»Ich würde vorschlagen, daß Ihre Krankenschwester eine Gehaltserhöhung bekommt«, sagte Noel mit schwacher Stimme.

»Für welche Dienste?« lachte Litvak.

»Doktor, heil dich selbst.« Helden schloß sich dem Gelächter an.

»Ich wollte, das könnte ich. Ich wollte, ich könnte vieles heilen«, erwiderte der Arzt und ließ die Zeitung neben Holcroft fallen. Es war die Pariser Ausgabe der *Herald Tribune*. »Die habe ich Ihnen in Neuchâtel gekauft. Ich weiß nicht, ob Sie lesen wollen.«

»Wie lautet die heutige Lektion?«

»›Die Konsequenzen des Abweichlertums‹, könnte ich mir als Schlagzeile vorstellen. Ihr Oberster Gerichtshof hat den Redaktionsstab der *New York Times* angewiesen, nicht mehr über das Pentagon zu berichten. Es geht natürlich um Fragen der nationalen Sicherheit. Besagtes Oberstes Gericht hat auch dem profunden Gedanken Ausdruck verliehen, man müsse, wenn Minderheiten die Allgemeinheit in ihrem Wohlbefinden bedrohen, um der Abschreckung willen schnelle und sichtbare Exempel statuieren.«

»Heute ist John Smith eine Minderheit«, sagte Noel mit schwacher Stimme und legte den Kopf zurück ins Kissen. »Peng, er ist tot.«

Sie hören Weltnachrichten von BBC London. Seit der Welle von Attentaten, denen zahlreiche Politiker auf der ganzen Welt zum Opfer gefallen sind, sind in den wichtigsten Hauptstädten der Welt strengste Sicherheitsmaßnahmen eingeführt worden. Die größte Verantwortung fällt dabei dem Militär und den Polizeibehörden zu. Um die Zusammenarbeit in den Spitzengremien und einen entsprechenden Austausch von Informationen sicherzustellen, ist in Zürich eine Agentur für internationale Kommunikation, AIK, ins Leben gerufen worden…

Yakov Ben-Gadíz war mitten im Scherzo von Mendelssohns Violinkonzert, als er feststellte, daß seine Gedanken wieder zu schweifen begannen. Noel Holcroft lag ausgestreckt auf einer Couch, und Helden saß neben ihm auf dem Boden.

Der Gesichtschirurg, der aus Los Angeles eingeflogen war, um seinen anonymen Patienten zu operieren, hatte bemerkenswerte Arbeit geleistet. Das Gesicht war immer noch das von Holcroft, und war doch nicht mehr das vertraute. Die Narben der Gesichtswunden waren verschwunden, und an ihre Stelle waren leichte Vertiefungen getreten, die seinen Zügen etwas Gemeißeltes verliehen. Die Linien auf seiner Stirn waren jetzt tiefer, die Falten um seine Augen ausgeprägter. In dem so veränderten Gesicht war keine Unschuld; statt dessen war da ein Zug von Grausamkeit. Vielleicht sogar mehr als ein Zug.

Abgesehen von diesen Veränderungen war Noel gealtert, wobei der Alterungsprozeß schnell und schmerzhaft vor sich gegangen war. Vier Monate erst war es her, seit man ihn von der Böschung nördlich von Fribourg abgeholt hatte, aber wenn man ihn ansah, hätte man meinen können, daß eher zehn Jahre verstrichen waren.

Trotzdem, er hatte sein Leben, und sein Körper war unter Heldens Pflege und den ewigen Übungen genesen, die Litvak vorgeschrieben und die ein einst gefährlicher Kommandokämpfer aus Har Sha'alav überwacht hatte.

Yakov bereiteten diese Sitzungen Freude. Er forderte Außergewöhnliches, und Holcroft erfüllte die Forderungen; das Instrument seines Körpers benötigte volle Gesundheit, ehe die wahre Ausbildung beginnen konnte.

Morgen würde sie beginnen. Hoch oben in den Hügeln und Bergen, wo kein spähender Blick ihn erreichen konnte, dafür unter den wachsamen Augen von Yakov Ben-Gadíz. Der Schüler würde das tun, wozu der Lehrer nicht mehr imstande war; der Schüler würde alle Qualen der Hölle durchmachen, bis er den Lehrer übertraf.

Morgen würde es anfangen.

»Draht! Seil! Kette!«

»Sie müssen Ihre Finger gebrauchen! Das sind Waffen, das dürfen Sie nie vergessen...«

»Noch einmal diesen Damm hinauf, Sie waren zu langsam...«

»Klettern Sie diesen Hügel hoch und kommen Sie zurück, ohne daß ich Sie sehe...«

»Ich habe Sie gesehen. Ich habe Ihnen eine Kugel in den Kopf gejagt!«

»Den *Nerv* müssen Sie drücken, nicht die Ader! Es gibt da fünf Punkte. Die müssen Sie finden. Blind. Sie *fühlen*...«

»Sie müssen aus einem Sturz heraus *rollen*; nicht sich ducken...«

»Jede Aktion muß zwei Alternativen haben, zwischen denen Sie sich in Bruchteilen von Sekunden entscheiden können. Sie müssen sich dazu erziehen, so zu denken und zu handeln. *Instinktiv*...«

»Treffsicherheit ist eine Frage ruhigen Visierens, einer ruhigen Hand und eines ruhigen Atems. Schießen Sie noch einmal, sieben Schüsse; die müssen alle im Umkreis von fünf Zentimetern liegen...«

»Entkommen, entkommen, *entkommen*! Nutzen Sie Ihre Umgebung; Sie müssen mit ihr *verschmelzen*! Haben Sie keine Angst, sich nicht zu bewegen. Ein Mann, der reglos stehenbleibt, wird häufig als letzter erkannt...«

Die Sommermonate verstrichen, und Yakov Ben-Gadíz war zufrieden. Der Schüler war jetzt besser als der Lehrer. Er war bereit.

Wie seine Partnerin; sie war ebenfalls bereit. Zusammen würden sie das Team bilden.

Die *Sonnenkinder* waren identifiziert. Jetzt war das Studium der Namenslisten an der Reihe.

THE HERALD TRIBUNE

Paris, 10. Oktober – Die Agentur für internationale Kommunikation in Zürich, kurz AIK, hat heute die Bildung eines unabhängigen Gremiums aus Vertretern aller Mitgliedernationen angekündigt. Der erste AIK-Kongreß findet am 25. des Monats statt...

Das Paar ging das linke Limmatufer entlang am Zürcher Lindenhof vorbei. Der Mann war ziemlich groß, aber gebeugt und hinkte leicht, was ihn im Passantenstrom ebenso wie der schäbige Koffer behinderte, den er trug. Die Art, wie die Frau seinen Arm hielt, ließ mehr auf

Verantwortung als auf Zuneigung schließen. Keiner von beiden sprach; sie waren ein Paar, das in gegenseitiger Abneigung ein undefinierbares Alter erreicht hatten.

Sie kamen an ein Bürogebäude und gingen hinein, wobei der Mann hinter der Frau her auf die Aufzugkabinen zuhinkte. Sie blieben vor einem livrierten Angestellten stehen, und die Frau fragte in deutscher Sprache nach der Büronummer einer kleinen Buchprüfungsfirma.

Man nannte ihr eine Nummer im zwölften Stockwerk, dem obersten, aber da Mittagszeit war, bezweifelte der Mann, daß jemand da wäre. Das mache nichts, sie würden warten. Sie verließen den Aufzug im zwölften Stock. Der Korridor war verlassen. Sowie die Aufzugtür sich hinter ihnen schloß, rannte das Paar zu der Treppe am rechten Ende des Korridors. Das Hinken war verschwunden, ebenso die finsteren Gesichter. Sie rannten die Treppe zur Dachtür hinauf und blieben auf dem Treppenabsatz stehen. Der Mann setzte den Koffer ab, kniete nieder und öffnete ihn. Vor ihm lagen der Lauf und Kolben eines Karabiners, ein Zielfernrohr, der an ersterem befestigt war, und ein Riemen an letzterem.

Er holte die Teile heraus und montierte sie zusammen. Dann nahm er den Hut mit der angenähten Perücke ab und warf ihn in den Koffer. Er stand auf und half der Frau den Mantel ablegen, zog die Arme durch und wendete so das Tuch. Jetzt war es ein gut geschnittener, teurer beiger Mantel aus einem der besseren Geschäfte in Paris.

Dann half die Frau dem Mann seinen Mantel wenden. Aus ihm war jetzt ein modischer, mit Wildleder besetzter Herbstpaletot geworden. Die Frau nahm ihr Kopftuch ab, zog ein paar Nadeln aus dem Haar und ließ das blonde Haar auf die Schultern fallen. Sie öffnete ihre Handtasche und holte einen Revolver heraus.

»Ich werde hier sein«, sagte Helden. »Weidmannsheil.«

»Weidmannsdank«, sagte Noel und stieß die Tür zum Dach auf. Er kauerte sich neben einem Kamin nieder, schob den Arm durch den Riemen des Karabiners und zog ihn straff. Er griff in die Tasche und holte drei Patronen heraus, drückte sie ins Magazin und lud durch. *Jede Aktion muß zwei Alternativen haben.*

Er würde sie nicht brauchen. Er würde sein Ziel nicht verfehlen. Nicht dieses Ziel...

Er drehte sich um und kniete neben der Mauer nieder. Er schob das Gewehr darüber und preßte das Auge an das Zielfernrohr.

Zwölf Stockwerke tiefer, auf der anderen Straßenseite, jubelten die Menschen einigen Männern zu, die aus den breiten Glastüren des Lindenhofs kamen. Sie traten ins Licht der Sonne heraus, und Spruchbänder verkündeten den ersten AIK-Kongreß.

Da war er. In seinem Visier, und das Fadenkreuz lag genau über dem fein gemeißelten Gesicht unter dem glänzend blonden Haar.

Holcroft drückte ab. Zwölf Stockwerke unter ihm zerplatzte das fein gemeißelte Gesicht in eine Masse aus Blut und zerfetztem Fleisch.

Endlich war der Tinamu zur Strecke gebracht.

Vom Tinamu.

Sie waren überall. Es hatte gerade erst angefangen.

Robert Ludlum
Meister des politischen Thrillers

Geboren wurde Robert Ludlum 1927 in New York. Als Vierzehn-
jähriger riß er von zu Hause aus, um Soldat zu werden. Erst drei
Jahre später konnte sein Wunschtraum erfüllt werden: Er wurde
als Marinesoldat in die Armee aufgenommen.

Nach Ende des Zweiten Weltkrieges kehrte er aus dem Südpa-
zifik nach Hause zurück. An der Universität lernte er seine Frau,
eine angehende junge Schauspielerin, kennen. Kurz vor seinem
erfolgreichen Studienabschluß heirateten sie. In den nächsten
Jahren standen sie in New Yorker Theatern gemeinsam auf der
Bühne.

1956 wurde Robert Ludlum erfolgreicher Theaterproduzent.
Wenig später entdeckte ihn das amerikanische Fernsehen.
Trotz seiner Erfolge sowohl als Schauspieler als auch als Produ-
zent entschloß er sich mit 40 Jahren, die Schauspielerei aufzugeben. Er löste alle Engagements und zog sich 18 Monate zurück, um sein erstes Buch zu schreiben.

1971 erschien *Das Scarlatti-Erbe.* Sofort nach Erscheinen als
»Buch des Monats« prämiert, erreichte Ludlums Erstlingswerk
innerhalb kurzer Zeit die erste Stelle der amerikanischen Best-
sellerlisten. Internationale Anerkennung seines schriftstelleri-
schen Talentes folgte. Die Weltauflage seiner Bücher beträgt
mittlerweile über 200 Millionen Exemplare. Ludlums Thriller werden in 27 Ländern verlegt und sind in 32 Sprachen erhältlich.

Was ist das Geheimnis seiner Erfolgsbilanz?

Ist es das in schillernden Variationen verwendete Thema der internationalen Spionage? Ist es Ludlums charakteristischer,
durch spektakuläre Handlungen gekennzeichneter Stil? Oder ist
es seine Disziplin als Schriftsteller, die ihn jeden Morgen schon

um halb fünf Uhr früh an den Schreibtisch treibt? Er meint selbst, daß es wohl von jedem ein bißchen sei.

Jeder abgeschlossene Roman wird zuerst von seiner Frau gelesen. Ludlum vertraut ihrem Instinkt als Schauspielerin. »Das Theater ist das beste Training für einen Schriftsteller. Man lernt, die Aufmerksamkeit des Publikums zu wecken, die Menge zu fesseln und zu begeistern, andernfalls muß man am nächsten Tag den Laden dichtmachen«, erklärt Robert Ludlum.

Verzeichnis lieferbarer Titel

(Stand Juli 1991)

Die Aquitaine-Verschwörung
(01/6941)
Der Borowski-Betrug
(01/6417)
Die Borowski-Herrschaft
(01/7705)
Der Gandolfo-Anschlag
(01/6180)
Das Genessee-Komplott
(01/7876)
Der Holcroft-Vertrag
(01/6744)
Der Ikarus-Plan (01/8082)
Das Jesus-Papier (01/6044)
Das Kastler-Manuskript
(01/5898)
Der Matarese-Bund
(01/6265)
Die Matlock-Affäre
(01/5723)
Das Osterman-Wochenende
(01/5803)

Das Parsifal-Mosaik
(01/6577)
Der Rheinmann-Tausch
(01/5948)
Das Scarlatti-Erbe (01/6136)

2 bzw. 3 Romane in einem Band:
Das Jesus-Papier/Das Kastler-
Manuskript (23/41)
Das Osterman-Wochenende/
Die Matlock-Affäre/
Der Gandolfo-Anschlag (23/11)
Der Rheinmann-Tausch/
Das Scarlatti-Erbe (23/23)

Unter dem Pseudonym
Jonathan Ryder:
Die Halidon-Verfolgung
(01/6481)

Die Bandnummern der Heyne-
Taschenbücher sind jeweils in
Klammern angegeben.

ROBERT LUDLUM

01/6265

Der neue amerikanische Bestseller-Autor!

ROBERT LUDLUM

Der Borowski Betrug

ROMAN

01/6417

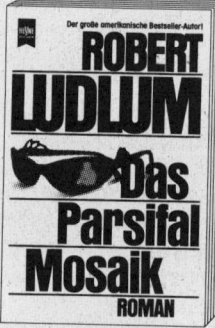

01/6577

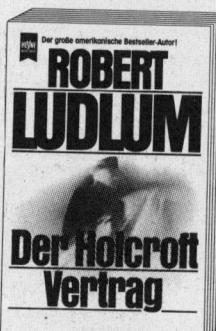

01/6744

01/6941

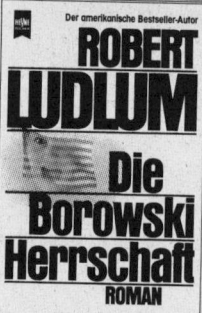

01/7705

01/7876

01/8082